·医师资格考试历年真题纵览与考点评析丛书·

2011 中西医结合助理医师资格考试历年真题纵览与考点评析

·第六版·

主　编　郑　艳　姜莉莉　吴　军
副主编　孙文琴　姜传武　范传波　马俊凤

军事医学科学出版社
·北　京·

内容提要

本书按照最新中西医结合助理医师资格考试大纲要求，对历年真题及命题考点进行了汇总，力求做到重点突出，兼顾难点、疑点和覆盖面。本书重点对历年相关章节中的考题进行了评析，在给出本题参考答案基础上，对与之相关的考点也做了重点评析。

图书在版编目(CIP)数据

2011中西医结合助理医师资格考试历年真题纵览与考点评析/郑艳，姜莉莉，吴军主编. -6版.
-北京：军事医学科学出版社，2011.1
(医师资格考试历年真题纵览与考点评析丛书)
ISBN 978-7-80245-697-6

Ⅰ.①2… Ⅱ.①郑… ②姜… ③吴… Ⅲ.①中西医结合-医师-资格考核-自学参考资料 Ⅳ.①R2-031

中国版本图书馆CIP数据核字(2010)第261612号

出　版：军事医学科学出版社
地　址：北京市海淀区太平路27号
邮　编：100850
联系电话：发行部：(010)66931051，66931049，63827166
编辑部：(010)66931127，66931039，66931038
传　真：(010)63801284
网　址：http://www.mmsp.cn
印　装：北京市顺义兴华印刷厂
发　行：新华书店

开　本：787mm×1092mm　1/16
印　张：33.5
字　数：1053千字
版　次：2011年3月第6版
印　次：2011年3月第1次
定　价：60.00元

医师资格考试历年真题纵览与考点评析丛书

◆2011 临床执业医师资格考试历年真题纵览与考点评析（第七版）

◆2011 临床助理医师资格考试历年真题纵览与考点评析（第七版）

◆2011 临床执业（含助理）医师实践技能模拟考场与应试技巧（第六版）

◆2011 中医执业医师资格考试历年真题纵览与考点评析（第五版）

◆2011 中医助理医师资格考试历年真题纵览与考点评析（第六版）

◆2011 中西医结合执业医师资格考试历年真题纵览与考点评析（第五版）

◆2011 中西医结合助理医师资格考试历年真题纵览与考点评析（第六版）

◆2011 中医/中西医结合实践技能模拟考场与应试技巧（第六版）

◆2011 口腔助理医师资格考试历年真题纵览与考点评析（第五版）

◆2011 临床执业医师资格考试临考押题试卷

◆2011 临床助理医师资格考试临考押题试卷

◆2011 中西医结合执业医师资格考试临考押题试卷

◆2011 中西医结合助理医师资格考试临考押题试卷

◆2011 中医执业医师资格考试临考押题试卷

◆2011 中医助理医师资格考试临考押题试卷

◆2011 口腔执业医师资格考试临考押题试卷

◆2011 口腔助理医师资格考试临考押题试卷

再版说明

工欲善其事，必先利其器。一本得心应手的参考书，是考生顺利过关的助推器。

我社出版的历年考题纵览丛书，经历了多年的医师执考检验，逐渐成熟起来，在广大考生中享有良好的声誉和口碑，发行量和销售量逐年快速增长，在医学考试书的市场占有重要的地位。

2011 年执业医师考试大纲的调整对本书的编者提出了挑战，军事医学科学出版社紧密联系医考专家，补充和调整相关内容，积极配合调整后的大纲，帮助考生应对2011 年执业医考的新挑战。

本书一如既往地将历年真题融入各个章节之中，引导考生在系统分科复习的同时，自然而然地把握命题理念，发现命题规律，掌握2011年命题新趋势、新特点。此外，针对读者的反馈意见，编者增加了考题解析内容。翻阅本书，犹如一位良师对您进行单独辅导，使得本书的功能和价值大大提高。

为了使广大考生充分利用 2011 年新版本的历年考题纵览丛书，军事医学科学出版社在本社网站（www. mmsp. cn）开设医学考试书专版，邀请医考专家在线答疑，解决考生对于试题及答案的疑惑，同时也为考生朋友们提供了自由交流的空间。

路漫漫其修远兮，吾将上下而求索。军事医学科学出版社愿做考生朋友们向上攀登的铺路石，2011 版的历年考题纵览丛书一定将为考生执考顺利过关助一臂之力。

致考生

医师资格考试是医疗卫生界规模比较大的一次考试，牵动着数十万医学学子的心，是从事医疗行业的准入考试。每年数十万的学子前赴后继争过独木桥的场景让人不寒而栗，可谓是终极无间，那么如何才能顺利通过考试，下面介绍一些应考的经验和复习方法。

一、明确考试目标

“凡事预则立，不预则废”，所以明确的目标是做好应考复习的重要前提，只有复习的目标明确，在复习过程中才能积极地调动大脑的潜力，提高记忆的效率和准确度，使时间的浪费减到最少。我们在复习开始之前应当先冷静下来进行思考，明确此次复习备考的目标。

1. 全面把握大纲的要求

考试大纲是复习备考必不可少的参考资料，我们往往对它不够重视，其实熟悉和掌握大纲的基本要求是明确复习内容的基本步骤。考试大纲详细规定了各科目考查的内容、重点和要求，而且大纲所规定的内容和重点与实际临床和学习中的内容和重点是有差异的。由于不同专业的临床要求不同、内容详略不同，或者使用的教材版本不同，平时在学习过程中所学习的内容常常和考试大纲有出入。平时临床用不到、一般考试不考的内容，大纲却常常作为考点或重点内容要求。因此，在开始复习之前，都有必要仔细地阅读考试大纲的内容和要求，了解大纲对专业内容的要求和明确复习范围。在实际复习过程中，大家没有做好这项工作，复习到一定阶段常常出现越复习越不知道复习什么，也不知道复习了有用没用的情况，有的甚至因此丧失了参加考试的信心。

2. 认真分析复习的重点

了解和把握大纲要求是开始复习工作的第一步，在此基础上，还应当结合自身的学习情况进行认真的分析。大家经过几年的专业学习和临床工作，对各门课程知识的掌握和临床操作都有一定的基础，但是，也存在着对某些内容总是有的方面记得清楚，而另一些方面则较为模糊的情况。通过对大纲的学习，对照自己对各门课程的掌握情况，仔细分析自己的强项和弱项，细致地将自己掌握的不牢固的课程、章节、知识点等总结出来，这些内容就是复习的重点。

还有一个方法可以发现复习重点，那就是进行模拟题训练。在做题过程中常常出错的地方一般就是自己的弱点，在复习时就应当作为重点来对待。但是使用这种方法发现的重点往往比较分散，可以作为对前一种方法的补充，在复习进行到一定程度，对复习效果进行自我检查时使用。在制订复习计划和进行复习备考的过程中，还有一个问题值得重视，即合理的休息和调整。执考复习是一个漫长的高强度的学习过程，任务繁重而时间相对较为紧张。有的人为了赶时间，不惜放弃最起码的休息时间，结果使自己身心疲惫，复习效果也不好。合理的休息和调整是人体的基本需求，古人说“文武之道，一张一弛”，既会紧张学习，又会放松休息，才会达到学习的最佳境界。执考复习时间紧、任务重，如果没有足够的睡眠和适当的放松调整，过度疲惫的身体会首先提出罢工，很难坚持到底。

二、借鉴往年考生复习备考经验

近两年中医执业医师考试的内容和形式虽然有了较大调整，但是大部分考试内容、考试的方式、题型等没有变化，因此，借鉴往年考生的复习备考经验还是很有帮助的。往届考生经过了执业医师考试全过程的锻炼，对复习备考的过程往往有比较成熟的认识和经验，尤其是在合理安排时间、确定复习重点、适应考试环境等方面，可以帮助大家合理地安排复习计划、设定复习目标，并获得对考试环境的初步认识和了解。下面简单介绍中医/中西医结合执业医师（含助理）考试的备考方法。

（一）经验一：只要功夫深，铁杵磨成针

1. 认真对待实践技能的考试，实践技能完全可以和笔试结合起来一起复习。其中方药、辨证施治、针灸等也都是笔试的重点。

2. 关于教材的选用：一般选用中医药出版社和华夏出版社两种，但是两本书中西医内、外、妇、儿中有些病用的证型和方药不一样，个人感觉还是以中医药版为准。

3. 中医占的比重大，很多人就此吃亏，花很多时间复习西医科目。其实中医的内科、针灸是重点，占25%；中医的基础理论、诊断、中药方剂占25%；西医部分，卫生法规占25%；还有中医的外、妇、儿等占25%。估计出题的具体比例提前谁都不知道，即使非常简单的题目，没有个范围比例，无疑像大海捞针。但是大约知道考试比例，过关就要容易些。

4. 结合习题看书。对有价值的习题，要追根溯源，确实弄懂。选A对，那么为什么选其他是错误的。把相关知识点一一铺开，怎么考都能过关。

5. 要有重点，但不要偏科。近几年中医内科占了很大的比重。

6. 做什么样的练习题比较好？历年真题是必不可少的。里面有解释，不懂就看，而且题目难度和真题相似。虽然今年新换了大纲，估计题库也调整了，但往年考题还是很管用的。毕竟考试的重点和命题原则没有变，只不过换了种问法。考试重点仍然是以临床各科为主，尤其要把中医内科学好。西医内容比大家想象的少得多。掌握历年题型也很重要，应考时可以做到胸有成竹，平时练习也可有所侧重。

题型举例：

A1型题：单句型最佳选择题

答题说明：

以下每一道题下面有A、B、C、D、E五个备选答案。请从中选择一个最佳答案，并在答题卡上将相应字母所属方格涂黑。

(1)标准型

例：脾脏影响肝的五行传受是（ ）

A. 相克

B. 相乘

C. 相生

D. 相辅

E. 以上均非

答案：C

特点及答题方法：每道题由一个题干和五个备选答案组成，其中只有一个最佳答案为正确答案,其余均为干扰答案。干扰答案或完全不正确或部分正确,或相互排斥。回答问题时,应找出最佳的或最适当的答案,排除似乎有道理而实际不恰当的答案。

(2)否定型

例:下列各症,除(　)外,均为里证的特点

A. 但热不寒

B. 但寒不热

C. 寒热往来

D. 苔黄

E. 脉沉

答案:C

特点及答题方法:如果试题涉及多个相关问题或正确答案,可采用否定型题。题目的题干中有一个特别标注的否定词,5 个备选答案中有一个是错误的。因为这种题型可能造成考生从肯定到否定的思维突变,影响答题,出现不该出现的错误,因此,这类题通常都会在否定词下用黑点或下划线标注。考生在答题时要从备选答案中选出最不适合的,或用的最少的,或某一方面是例外的一个答案。

A2 型题:病历摘要型最佳选择题

答题说明:

以下每一道题下面有 A、B、C、D、E 五个备选答案。请从中选择一个最佳答案,并在答题卡上将相应题号的相应字母所属方格涂黑。

例:某患者,便血紫暗,甚则黑色,腹痛隐隐,喜热饮,面色不华,神倦懒言,便溏,舌质淡,脉细,应辨证为:

A. 脾胃气虚

B. 脾胃虚寒

C. 湿热中阻

D. 肝火犯胃

E. 脾肾阳虚

答案:B

特点及答题方法:每一道考题由一个叙述性主题(简要病例)作为题干,一个引导性问题和 A、B、C、D、E 五个备选答案组成。回答此类试题,要全面分析题干中所给出的各种条件,分清主次,选择正确答案。

B 型题:配伍题

答题说明:

以下提供若干组考题,每组考题共同使用在考题前列出的 A、B、C、D、E 五个备选答案。请从中选择一个与问题密切相关的答案,并在答题卡上将相应题号的相应字母所属的方框涂黑。每个备选答案可能被选择一次、多次或不被选择。

例:

A. 不伤害原则

B. 有利原则

C. 尊重原则

D. 公正原则

E. 自主原则

①社会主义医学道德的内容不包括( )

②患者有选择接受或拒绝医生制订的治疗方案的权利，这种权利体现的是( )

答案：①E　②E

特点及答题方法：每组题由 A、B、C、D、E 五个备选答案与 2 ~ 3 个题干组成，答案在前，题干在后。答题时要求为每一个题干选择一个正确答案，每个备选答案可以重复选用，也可以一次不用。

（二）经验二：掌握科学的学习方法，执考就会事半功倍

准备执业医师资格考试，最大障碍莫过于记忆力差的问题了。怎样克服工作忙、记忆力差的矛盾，提高学习和识记效果呢？我们认为应当在“科学”二字上好好动脑筋，提高记忆的科学性。

1. 求理解。俗话说，欲要记，先要懂。从记忆规律的角度来讲，一个人对所要记忆的知识理解得越深刻，记忆效果就越好。因此，对于所学知识要搞清弄懂，特别是对那些重点、难点内容更是要耐心琢磨，反复品味，力求“知其义而明其根”。国外有人曾作过研究：对于一个成年人来说，一篇百字文，在搞清了文章的思想、内涵和基本语意后，15 ~ 20 分钟就可以把它记住了；如果盲目机械记忆，则要近 1 小时，甚至更长时间。

2. 勤复习。记忆的过程也就是同遗忘作斗争的过程，斗争的最好武器就是复习，要使复习取得好效果就必须注意：①及时复习。德国著名心理学家艾宾浩斯的遗忘规律告诉我们，人们对所学知识的遗忘是先快后慢，先多后少。遗忘最严重的时刻是在识记后的头一天，甚至发生在最初的几小时、几分钟（头一天有可能遗忘所记材料的一半），以后速度逐渐减慢。及时复习对巩固所学知识能起到事半功倍的效果。相反，等遗忘殆尽后再“回锅”，就事倍功半了。②强化记忆。艾宾浩斯的研究还证实，人们对所学习、记忆的内容达到了初步掌握的程序后，如果再用原来所花时间的一半去进一步巩固强化，使学习、记忆的程序达到 150%，将会使记忆的痕迹得到强化，所记内容经久不忘，这在心理学上称为“过度学习”效应。③重点强化错题，避免屡错不改。

3. 巧记忆。善于根据不同的教材内容和学科特点，结合自己的实际，运用多种方法进行记忆。可分散难点，学练结合；自我回忆，尝试再现；抓住特征，展开联想；记住主要公式，进行类推；赋予机械的材料以人为的意义等。

4. 多动笔。“好记性不如烂笔头。”在学习中，一定要注意学思结合，手脑并用，养成“不动笔墨不读书”的好习惯。对于那些不容易记住的重点、难点内容更是要多动笔。这比单纯地口诵目记效果要好得多。

5. 抓重点。立足于全面、系统，突出重点，抓“牛鼻子”，可以起到“以点带面”，“牵一发而动全身”的效果。

6. 善归纳。有条理的知识比杂乱无章的知识更容易记牢。在学习中要及时对所学知识进行归纳、整理，加强前后知识、新旧知识的联系，努力使所学知识在头脑中形成一个层次分明、逻辑严密的知识系统，这对于保持记忆无疑也有着重要的作用。

（三）经验三：克服心理障碍

1. 轻敌。每个人的基础不一样，有的人自我感觉“底子”厚，于是不把执业医师考试放在

眼里。其实,执业医师考试不是单纯的理论考试,而是专业知识水平考试,考查是否具有执业的能力。因此,基础好虽然有一定优势,但仍需要通过大量的练习来熟悉题型。

2. 急躁。有些人抱着"一次过关"的心理,这对其顺利通过考试反而不利。过于看重考试成绩,会加重心理负担,从而影响考试水平的正常发挥。相反,如果抱着通过考试提高水平的态度轻松上阵,能有效提高学习的积极性,能更加从容地应对考试。

3. 信息闭塞。有些人喜欢关起门来苦读,平时很少上网查询信息,也很少与人交流心得。这种闭门造车式的复习方法带来的结果是:他所用的教材可能已被淘汰,他的复习方法可能也早已落伍,而他沿着"错误的道路"正越走越远。

4. 迷信。有些人对自己没信心,迷信所谓的"培训班",以为交了"银子","名师"就能搞定一切。老话说得好:师傅领进门,修行在个人。如果自己不努力,再好的名师也无法越俎代庖。还有人整天在网上搜寻别人的成功经验,殊不知,每个人的基础不同,只有自己摸索出来的经验,才是最适用的。

5. 投机。有些人对基础练习缺乏耐心,而是醉心于研究各种考试技巧,希望能够四两拨千斤。然而事实是,熟能生巧,只有反复练习才能掌握考试方法,如果投机取巧,最后只能是拣了芝麻丢了西瓜。千万记住:技巧只是锦上添花的东西,熟练才是备考的真谛。至于搞什么类似传答案、替考等捷径,终究为人所不齿,一旦败露倒霉的还是自己。

6. 犹豫。有些人过于患得患失,总盘算着自己行不行、什么时候考最有利等问题,许多宝贵的复习时间就在犹豫中浪费了。还有些人虽然定了复习计划,执行起来总是拖拖拉拉,三天打鱼,两天晒网,临到考试才发现脑袋空空。对待考试的态度一定要果断,既然早晚是必须要考的,那就制订好复习计划,一鼓作气,通过执业医师考试。

三、做好应试冲刺工作

经验表明,考前的自我调整对临场发挥的水平有重要影响。在考试开始前一周左右,应当自觉地进行一系列的自我调整,使身体处于较佳状态,保持充沛的体力和精力,以保证考试的顺利进行。需要注意的问题有:

1. 调整作息时间,保证睡眠

考前一周,复习备考的疲劳程度达到峰值,体能和精力在前一阶段复习过程中已经过长期消耗,必须保证基本的八小时睡眠时间,以使体能和精力得到恢复,以满足考试的需要。虽然有时会感觉还有很多内容没掌握好,急于在这一周内进行突击复习,但是,精神的过度紧张和体力的过度消耗对考试的不利影响常常要大于这一周突击复习的收获。

2. 调整复习内容,巩固复习成果,适当降低学习强度

考前一周,复习的重点不应放在全面复习方面,而应当放在巩固已有复习成果,强化记忆已发现的知识弱点方面。通过对整个复习过程的回顾和总结,进一步使已掌握的知识系统化和条理化。尽量不要在记忆新知识点方面花费太多的时间。适当降低学习的强度,适当延长学习休息间隔。可以反复观看技能考试配套光盘,不断细化操作规范。最好找个搭档,模拟一遍系统查体和一些基本操作,这样可以更好地适应考试环境。

3. 调整身心状态,恢复精力和体力

长达数月的紧张学习,使人身心疲惫。在考前最后一周应当注意身心的自我调整,除保证休息、改善营养外,还应当进行适当的运动和娱乐活动,以增强体能和放松过度紧张的精神状

态。比如，每天安排半小时进行散步，抽出一小部分时间听听音乐，看看杂志等。但同时也应当避免进行大运动量和长时间的锻炼和娱乐。

4. 保持平常心，冷静地对待考试

执考是医师准入制度的一次考试，是对自己前一阶段复习成果的检验，是对平时临床工作的一次系统总结，要以平常心冷静地对待考试，充分运用自己的考试经验，发挥自己最好的知识水平。执考的整个过程对于每一位从事医疗行业的朋友来说都是一笔宝贵的财富，在摘取胜利果实的时刻，平静的心态和丰收的硕果才是最大的享受。

目　录

中医基础理论

第一单元 中医学理论体系的主要特点

命题考点1 整体观念的概念、内容

【历年真题纵览】

A1 型题

1. 中医学的基本特点,主要是
A. 阴阳五行与脏象经络
B. 整体观念与辨证论治
C. 以五脏为主的整体观
D. 望闻问切与辨证论治
E. 辨证求因与审因论治
参考答案:B

2. 中医学整体观念的内涵是
A. 人体是一个有机的整体
B. 自然界是一个整体
C. 时令、晨昏与人体阴阳相应
D. 五脏与六腑是一个有机整体
E. 人体是一个有机整体,人与自然相统一
参考答案:E

【考点评析】

1. 中医学的理论体系受阴阳五行学说的深刻影响,是以整体观念为主导思想,以脏腑经络的生理和病理为基础,以辨证论治为诊疗特点的医学理论体系。其基本特点是整体观念与辨证论治。

2. 中医学非常重视人体本身的统一性、完整性及其与自然界的相互关系,它认为人体是一个有机整体,同时也认识到人体与自然环境有密切关系。这种内外环境的统一性、机体自身的整体性思想称之为整体观念。

3. 整体观念指人体是有机整体;五脏与六腑是一个有机整体;时令、晨昏与人体阴阳相应。

4. 整体观念的内容:人体是有机整体,五脏与六腑是一个有机整体;并与自然界相统一,时令、晨昏与人体阴阳相应。

命题考点2 症、证、病的概念,辨证论治、同病异治和异病同治的概念

【历年真题纵览】

A1 型题

1. 关于辨证的描述正确的是
A. 通过四诊收集症状、体征等资料
B. 分析疾病的原因、性质、部位
C. 分析邪正之间的关系
D. 概括、判断为某种性质的证
E. 以上都是
参考答案:E

2. "证候"不包括
A. 四诊检查所得
B. 内外致病因素
C. 疾病的特征
D. 疾病的性质
E. 疾病的全过程
参考答案:E

3. 同病异治的实质是
A. 证同治异
B. 证异治异
C. 病同治异
D. 证异治同
E. 病同治同
参考答案:B

4. 因中气下陷所致的久痢、脱肛及子宫下垂,都可采用升提中气法治疗,此属于
A. 因人制宜
B. 同病异治
C. 异病同治
D. 审因论治
E. 虚则补之

参考答案:C

5. 最能体现辨证论治的内容是

A. 急则治其标,缓则治其本

B. 人体是一个有机的整体

C. 标本同治

D. 同病异治,异病同治

E. 因时、因地、因人制宜

参考答案:D

B1 型题

6.

A. 病

B. 证

C. 症

D. 病性

E. 以上都不是

①"同病异治"中,不同的是

②"异病同治"中,相同的是

参考答案:①B ②B

【考点评析】

1. 辨证,就是将四诊(望、闻、问、切)所收集的资料、症状和体征,通过分析、综合,辨清疾病原因、性质、部位以及邪正之间的关系,概括、判断为某种性质的证。证,是对机体在疾病发展过程中某一阶段病理本质的概括,"证"的概念中包含病机;病,是对疾病全过程的特点与规律所作的概括;证候应是指每个证所表现的具有内在联系的症状、体征,即证候为证的外候。

2. 论治:又称施治,就是根据辨证的结果,确定相应的治疗原则和方法。

3. "同病异治":是指对同一疾病不同阶段出现的不同证型,采用不同的治法。

4. "异病同治":是指不同的疾病在发展过程中出现性质相同的证型,因而可以采用同样的治疗方法,所谓"证同治亦同,证异治亦异"。

第二单元 阴阳学说

命题考点1 阴阳学说的概念

【历年真题纵览】

A1 型题

1. 昼夜分阴阳,则上午为

A. 阴中之阳

B. 阳中之阳

C. 阳中之阴

D. 阴中之阴

E. 阴中之至阴

参考答案:B

2. 四时阴阳的消长变化,从冬至到立春为

A. 阴消阳长

B. 重阴必阳

C. 阴长阳消

D. 重阳必阴

E. 由阳转阴

参考答案:A

3. "谨察阴阳所在而调之,以平为期",是指

A. 因时制宜

B. 治病求本

C. 早期治疗

D. 调整阴阳,使之恢复平衡

E. 以上均不是

参考答案:D

【考点评析】

1. 事物阴阳属性具有无限可分性,阴阳之中可以再分阴阳,如:昼为阳,夜为阴,上午为阳中之阳,下午为阳中之阴;前夜为阴中之阴,后夜为阴中之阳。事物的阴阳属性在一定条件下可以相互转化。

2. 秋冬为阴,春夏为阳,由夏至到冬至,是阴长阳消的过程;由冬至到夏至,则是阴消阳长的过程。

命题考点2 阴阳学说的基本内容

【历年真题纵览】

A1 型题

1. 事物或现象阴阳属性的征兆是

A. 寒热

B. 上下

C. 水火

D. 晦明

E. 动静

参考答案:C

2. "阴中求阳"的治法适用于

A. 阴虚

B. 阳虚

C. 阴盛

D. 阳盛

E. 阴阳两虚

参考答案:B

3."重阴必阳,重阳必阴"说明了阴阳之间的哪种关系

A. 相互交感

B. 对立制约

C. 互根互用

D. 消长平衡

E. 相互转化

参考答案:E

4. 阴阳的相互转化是

A. 绝对的

B. 有条件的

C. 必然的

D. 偶然的

E. 量变

参考答案:B

【考点评析】

阴阳的属性:

1. 阴阳的绝对性指阴阳的对立统一运动是事物本身所固有的,事物的发生发展变化都是阴阳对立统一矛盾运动的结果;阴阳的相对性指阴阳在一定条件下可以相互转化,阴阳具有无限可分性;阴阳的对立制约指阴阳的相互制约,相互消长,处于动态的平衡;阴阳的互根互用指阴依存于阳,阳依存于阴,每一方都以其相对一方的存在为自身存在的条件;阴阳的交感互藏指阴中有阳,阳中有阴。如《素问·阴阳应象大论》:"天地者,万物之上下也;阴阳者,气血之男女也;左右者,阴阳之道路也;水火者,阴阳之征兆也;阴阳者,万物之能始也。"

2. 阴阳消长指运动是绝对的,人体阴阳处于动态的平衡中,而非静态的;阴阳转化指在一定条件下阴阳双方可以相互转化,条件一般是"物极"阶段;阴阳的自和与平衡指阴阳有自我调整平衡的能力,是疾病痊愈的依据。如《素问·阴阳应象大论》中的"重寒则热,重热则寒"、"重阴必阳,重阳必阴"就是说明这类病理情况。

命题考点3 阴阳学说在中医学中的应用

【历年真题纵览】

A1 型题

言脏腑之阴阳,脾为

A. 阴中之阳

B. 阴中之阴

C. 阴中之至阴

D. 阳中之阴

E. 阳中之阳

参考答案:C

【考点评析】

阴阳学说在中医学中的应用:人体下为阴,里为阴,脏为阴,腹为阴;上为阳,表为阳,腑为阳,背为阳。五脏中肝为阴中之阳,脾为阴中之至阴,肾为阴中之阴;心为阳中之阳,肺为阳中之阴。如《素问·金匮真言论》:"言人身脏腑中阴阳。则脏者为阴,腑者为阳……故背为阳,阳中之阳,心也;背为阳,阳中之阴,肺也;腹为阴,阴中之阴,肾也;腹为阴,阴中之阳,肝也;腹为阴,阴中之至阴,脾也。此皆阴阳表里内外雌雄相输应。故以应天之阴阳也。"物质属阴;功能属阳。病理状态下,阴精,阴邪,阴的偏盛偏衰;阳气,阳邪,阳的偏盛偏衰。调整阴阳的原则是寒者热之,壮水之主,阳中求阴是补阴(虚热性病变,在补阴的基础上加少量补阳药);热者寒之,益火之源,阴中求阳是补阳(虚寒病变,在补阳的基础上加少量补阴药)。

第三单元 五行学说

命题考点1 五行学说的概念

【历年真题纵览】

A1 型题

1. 火的特性是

A. 曲直

B. 稼穑

C. 从革

D. 炎上

E. 润下

参考答案:D

2.《灵枢·本神》论"智"的概念是

A."所以任物者"

B."因志而存变"者

C."因虑而处物"者

D."因思而远慕"者

E."意之所存"者

参考答案:C

3. 按五行属性分类,五化中属土者是

A. 生

B. 长

C. 化

D. 收

E. 藏

参考答案:C

【考点评析】

1. 木曰曲直,火曰炎上,土爰稼穑,金曰从革,水曰润下。

2. 所以任物者谓之心,心有所忆谓之意,意之所存谓之志,因志而存变谓之思,因思而远慕谓之虑,因虑而处物谓之智。

命题考点2 五行学说的基本内容和在中医学中的应用

【历年真题纵览】

A1 型题

1. 下列关于五行生克规律的叙述,错误的是

A. 木为水之子

B. 火为土之母

C. 水为火之所不胜

D. 金为木之所胜

E. 木为土之所不胜

参考答案:D

2. 下列各项中,属于母病及子的是

A. 肺病及肾

B. 肝病及肾

C. 肺病及心

D. 心病及肝

E. 脾病及肾

参考答案:A

3.《难经经释》说:"邪扶生气而来,虽进而易退",是指

A. 母病及子

B. 子病犯母

C. 相乘传变

D. 相侮传变

E. 表里传变

参考答案:A

4. 五行调节事物整体动态平衡的机制是

A. 生我

B. 我生

C. 克我

D. 我克

E. 制化

参考答案:E

5. "见肝之病,知肝传脾"的病机传变是

A. 木克土

B. 木乘土

C. 土侮木

D. 母病及子

E. 子病犯母

参考答案:B

B1 型题

6.

A. 泻南补北

B. 扶土抑木

C. 滋水涵木

D. 培土生金

E. 佐金平木

①心肾不交的治法是

②肝阳上亢的治法是

参考答案:①A ②C

7.

A. 益火补土法

B. 金水相生法

C. 抑木扶土法

D. 培土制水法

E. 泻火补水法

①肾阳虚不能温脾,以致脾阳不振,其治疗宜采用

②肾阴不足,心火偏亢,以致心肾不交,其治疗宜采用

参考答案:①A ②E

【考点评析】

五行的内容:

1. 五行相生顺序:木火土金水相生;相克顺序:木土水火金相克。

2. 五行中生我者为"母",我生者为"子"。克我者为我"所不胜",我克者为我"所胜"。相生关系的传变包括母病及子和子病及母。疾病由母脏传至子脏,称为"母病及子"。疾病由子脏传至母脏,称为"子病犯母"或"子盗母气"。

3. 五行制化,是五行生克关系的相互结合,是指五行运动中"生"与"克"的相互作用,即以维持动态平衡的关系。如果只有相生而无相克,就不能保持正常的平衡发展;有相克而无相生,则万物不会有生

化。所以相生、相克是一切事物维持相对平衡的两个不可缺少的条件。只有在相互作用、相互协调的基础上,才能促进事物的生化不息。

4. 泻南补北法:指通过泻心火,补肾水以交通心肾的一种治疗方法,又称泻火补水法,滋阴降火法,主要适用于肾阴不足,心阳偏亢,水火失济,心肾不交病证。滋水涵木法:指通过滋肾阴以养肝阴,从而涵敛肝阳的治疗方法,主要适用于肾阴亏损而致肝阴不足,甚则肝阳偏亢之病证。培土生金法:是指补脾益气而达到补益肺气的治疗方法,主要适用于脾虚胃弱不能滋养肺脏之"土不生金"证。扶土抑木法:是以健脾疏肝药物治疗脾虚肝气亢逆病证的一种方法,又称健脾疏肝法,主要适用于脾虚肝郁病证。佐金平木法:指通过清肃肺气,以抑制肝火亢盛病证的一种治疗方法,又称清肺泻肝法,主要适用于肝火亢逆,灼伤肺金,影响肺气清肃而致的"木火刑金"病证。益火补土法:是温肾阳而补脾阳的一种方法,适用于肾阳式微而致脾阳不振之证。

第四单元　五　脏

命题考点1　五脏的生理功能与特性

【历年真题纵览】

A1 型题

1. 心的主要生理功能是
   A. 主藏血
   B. 主神志
   C. 主运化
   D. 主统血
   E. 主疏泄
参考答案:B

2. 心主神志最主要的物质基础是
   A. 津液
   B. 精液
   C. 血液
   D. 宗气
   E. 营气
参考答案:C

3. 心为"五脏六腑之大主"的理论依据是
   A. 心主血
   B. 心主神志
   C. 心主思维
   D. 心总统魂魄
   E. 心总统意志
参考答案:B

4. 下列哪项在心主血脉中起关键作用
   A. 心血充盈
   B. 心气充沛
   C. 心神安宁
   D. 心搏如常
   E. 脉道通利
参考答案:B

5. 心系病证的主要病机特点是
   A. 气血亏损,心神失养
   B. 邪气扰心,心神不宁
   C. 水气凌心,扰乱心神
   D. 血脉运行障碍,神明失司
   E. 痰火扰心,心神不安
参考答案:D

6. 肺主气的功能取决于
   A. 司呼吸
   B. 宗气的生成
   C. 全身气机的调节
   D. 朝百脉
   E. 主治节
参考答案:A

7. 肺主通调水道的功能主要依赖于
   A. 肺主一身之气
   B. 肺司呼吸
   C. 肺输精于皮毛
   D. 肺朝百脉
   E. 肺主宣发和肃降
参考答案:E

8. 说"肺为娇脏"的主要依据是
   A. 肺主一身之气
   B. 肺外合皮毛
   C. 肺朝百脉
   D. 肺为水之上源
   E. 肺气通于天,不耐寒热
参考答案:E

9. "脾主升清"的确切内涵是
   A. 脾的阳气主升
   B. 脾以升为健
   C. 脾气散精,上归于肺
   D. 与胃的降浊相对而言
   E. 输布津液,防止水湿内生
参考答案:C

10. 脾为气血生化之源的理论基础是
A. 气能生血
B. 人以水谷为本
C. 脾主升清
D. 脾能运化水谷精微
E. 脾为后天之本
参考答案:D
11. 下列哪项不是脾的生理功能
A. 水谷的受纳和腐熟
B. 水谷精微的转输
C. 水液的吸收和转输
D. 脏器位置的维系
E. 血液的统摄
参考答案:A
12. 气机升降出入的枢纽是
A. 肝、肺
B. 肺、肾
C. 脾、胃
D. 肝、胆
E. 心、肾
参考答案:C
13. 肝主疏泄的基本生理功能是
A. 调畅情志活动
B. 调畅全身气机
C. 促进脾胃运化
D. 促进血行和津液代谢
E. 调节月经和精液的排泄
参考答案:B
14. 肝藏血的生理功能是指肝可
A. 贮藏血液
B. 调节血量
C. 统摄血液
D. 贮藏血液和调节血量
E. 化生血液与统摄血液
参考答案:D
15. 有主水和纳气功能的脏是
A. 肝
B. 心
C. 脾
D. 肺
E. 肾
参考答案:E
16. 肾系病证的主要病机特点是
A. 肺失通调,三焦气化不利
B. 肾失开阖,膀胱气化不利
C. 脾失健运,水虚内停
D. 肾阴、肾阳不足,气化不利
E. 温热蕴结,肾与膀胱气化不利
参考答案:D
17. 被称为先天之本的脏是
A. 肾
B. 脾
C. 心
D. 肝
E. 肺
参考答案:A
18. 肾中精气的主要生理功能是
A. 促进机体的生长发育
B. 促进生殖机能的成熟
C. 主生长发育和生殖
D. 化生血液的物质基础
E. 人体生命活动的根本
参考答案:C
19. 天癸的产生主要取决于
A. 肾中精气的充盈
B. 脾气的健运
C. 肾阳的蒸化
D. 肝血的充足
E. 肾阴的滋养
参考答案:A
20. 肾主纳气的主要生理作用是
A. 使肺之呼吸保持一定的深度
B. 有助于元气的固摄
C. 有助于精液的固摄
D. 有助于元气的生成
E. 有助于肺气的宣发
参考答案:A
21. "肾为气之根"主要指
A. 肾为五脏阳气之根本
B. 肾主纳气,以维持呼吸深沉
C. 肾主膀胱的气化开合
D. 肾主水液的蒸腾气化
E. 元气由肾精所化生
参考答案:B
22.《素问·上古天真论》"筋骨坚,发长极,身体盛壮",是女子哪一年龄段的生理表现
A. "二七"
B. "三七"
C. "四七"
D. "五七"

E.“六七”

参考答案:C

23. 下列关于五脏所藏的叙述,错误的是

A. 心藏神

B. 肝藏魂

C. 肺藏魄

D. 脾藏意

E. 肾藏智

参考答案:E

24. 脾之液为

A. 汗

B. 涕

C. 泪

D. 唾

E. 涎

参考答案:E

25. 肾之液为

A. 汗

B. 涕

C. 泪

D. 唾

E. 涎

参考答案:D

26. 下列关于五脏外合五体的叙述,错误的是

A. 心合脉

B. 肝合爪

C. 脾合肉

D. 肺合皮

E. 肾合骨

参考答案:B

B1 型题

27.

A. 心、肺

B. 心、肝

C. 肺、脾

D. 肺、肝

E. 肺、肾

①与呼吸运动关系最密切的是

②与气的生成关系最密切的是

参考答案:①E ②C

28.

A. 脾

B. 胃

C. 肾

D. 肝

E. 肺

①“水火之宅”是指

②“生痰之源”是指

参考答案:①C ②A

29.

A. 右肾为命门

B. 命门为两肾的总称

C. 两肾之间为命门

D. 命门为肾间动气

E. 命门为精室

①《难经》认为

②赵献可认为

参考答案:①A ②C

30.

A. 心

B. 脾

C. 肺

D. 肝

E. 肾

①称“封藏之本”的是

②称“罢极之本”的是

参考答案:①E ②D

【考点评析】

1. 心主神志,主血脉。心主血脉包括主血和主脉两个方面。一方面,全身的血都在脉中运行,依赖于心脏的搏动而输送到全身,发挥其濡养作用;而心脏的正常搏动,主要依赖于心气,故心气充沛在心主血脉活动中起关键作用。只有心气充沛,才能维持其正常的心力、心率和心律,血液才能在脉内正常循行,周流不息而营养全身。心主神志的物质基础为心主血脉,血液是神志活动的物质基础。正因为心具有主血脉的生理功能,所以才具有主神志的功能。如《灵枢·本神》说:“心藏脉,脉舍神”;《灵枢·营卫生会》又说:“血者,神气也。”心主血脉的功能异常,亦必然出现神志的改变。心为“五脏六腑之大主”,实质上是指人的精神、意识、思维活动对五脏六腑的生理功能有一定的反作用。在中医学的藏象学说中,将人的精神、意识、思维活动不仅归属于五脏,而且主要归属于心的生理功能,故说心为“五脏六腑之大主”。

2. 肝主藏血,主疏泄。肝藏血是指肝有贮藏血液和调节血量的生理功能,其藏血的生理意义,有涵养肝气、调节血量、濡养肝及筋目、为经血之源及防止出血五方面。肝主疏泄是指肝气具有疏通气机,使之畅达的功能。主要体现在四个方面:促进血液

运行和津液代谢；促进脾胃的运化功能和胆汁的分泌排泄；调畅情志活动；通调妇女的排卵、月经来潮和男子的排精。

3. 脾主运化，主统血。脾的主要生理功能和特性有：主运化，把水谷化为精微，并将精微物质转输至全身，脾运化水谷的功能是精、气、血、津液化生的基础，也是脏腑、经络、四肢百骸，以及筋肉皮毛等组织的营养来源，所以说，“脾胃为后天之本，气血生化之源”；主统血，统摄血液在经脉之中流行，防止逸出脉外的功能；主升，具体表现在升清和升举内脏两方面。脾胃的升降，对整体气机的升降出入更具重要性，这是因为脾胃为后天之本，居于人体中部，通连上下，是升降运动的枢纽。脾可调衡气的运动，肝肾气之上升，肺心气之下降皆由于脾胃为之斡旋。

4. 肺叶娇嫩，通过口鼻直接与外界相通，且外合皮毛，易受邪侵，不耐寒热，故有“娇脏”之称。《医学心悟》曰：“肺为娇脏，攻击之剂，即不任受，而外主皮毛，最易受邪。”肺的主气功能包括主一身之气和呼吸之气。主一身之气，是指一身之气都归属于肺，由肺所主，肺有节律的一呼一吸，对全身的气机具有调节作用。肺主呼吸之气，指肺是体内外气体交换的场所。肺主一身之气和呼吸之气，实际上都隶属于肺的呼吸功能。肺的通调水道功能，是指肺的宣发和肃降对体内水液的输布、运行和排泄起着疏通和调节的作用。肺主宣发，不但将津液和水谷精微宣发于全身，而且主司腠理的开合，调节汗液的排泄；肺气肃降，不但将吸入之清气下纳于肾，而且将体内的水液不断地向下输送，而成为尿液生成之源，经肾和膀胱的气化作用，生成尿液而排出体外。

5. 肾藏精，主生长、发育、生殖与脏腑气化。精是构成人体的最基本物质，也是人体生长发育及各种功能活动的物质基础。肾所藏精气包括“先天之精”和“后天之精”。“先天之精”是禀受于父母的生殖之精，与生俱来，是构成胚胎发育的原始物质，所以称“肾为先天之本”。其主要生理效应是促进机体的生长、发育和逐步具备生殖能力。人体的生、长、壮、老、已的自然过程，与肾中精气的盛衰密切相关。如《素问·上古天真论》说：“女子七岁，肾气盛，齿更，发长；二七，而天癸至，任脉通，太冲脉盛，月事以时下，故有子；三七，肾气平均，故真牙生而长极；四七，筋骨坚，发长极，身体盛壮；五七，阳明脉衰，面始焦，发始堕；六七，三阳脉衰于上，面皆焦，发始白；七七，任脉虚，太冲脉衰少，天癸竭，地道不通，故形坏而无子也。”肾主水主要通过肾中精气的气化功能，对体内津液的输布和排泄起着调节作用。肾主纳气，是指肾有摄纳肺所吸入的清气，防止呼吸表浅的作用，这实际上也是肾的闭藏作用在呼吸运动中的具体体现。

6. “天癸”即是随着肾中精气不断充盛，发展到一定阶段产生的一种促进性腺发育成熟的物质。

7. “肺为气之主，肾为气之根”，肾主纳气，即肺吸入之气，应下纳于肾，也就是说肺的呼吸功能需靠肾气主纳的作用来协助，故曰“肾为气之根”。

8. 人的精神意识活动是以五藏精气为物质基础的，因而，精神状态的异常与脏腑功能失调有关。《素问·宣明五气篇》说：“五脏所藏：心藏神，肺藏魄，肝藏魂，脾藏意，肾藏志。”此“志”非彼“智”。五液，是指汗、涕、泪、涎、唾五种分泌液或排泄液。五液与五脏的关系非常密切，如《素问·宣明五气篇》说：“五藏化液：心为汗，肺为涕，肝为泪，脾为涎，肾为唾；是为五液”。肝合筋、心合脉、脾合肉、肺合皮、肾合骨。所谓五体，是指筋、脉、肌、皮、骨。五脏外合五体，《灵枢·九针论》说：“肝主筋”，而非肝合爪，故肝应在体合筋。爪甲乃筋之延续，又称“爪为筋之余”，为肝之外华，故《素问·五脏生成篇》说：“肝之合筋也，其荣爪也。”

9. 肾阴是人体阴液的根本，对各脏腑组织起着濡润、滋养的作用；肾阳是人体阳气的根本，对各脏腑组织起着温煦、生化的作用，肾中阴阳犹如水火一样内寄于肾，故前人又有“肾为水火之宅”的理论。脾主运化水湿，若脾不健运，水湿不运，便停于体内，或肌肤四肢，或脏腑等部位，成痰成饮，故古人说“脾为生痰之源，肺为贮痰之器”。

10. 命门一词最早见于《灵枢·根结》：“命门者，目也。”但自《难经》提出“左者为肾，右者为命门”，后世诸家对此观点不一，主要有：元代滑寿及明代虞抟（《医学正传》）的两肾俱称命门说；明代赵献可等两肾之间为命门说；明代孙一奎的命门为肾间动气说。

命题考点2 五脏之间的关系

【历年真题纵览】

A1 型题

1. 与气虚关系最密切的脏腑是

A. 心、肺

B. 肺、脾

C. 肺、肾

D. 脾、胃

E. 肝、肺

参考答案:B

2. 下列各脏中,其生理特性以升为主的是

A. 肺与脾

B. 肺与肝

C. 肝与肾

D. 心与肾

E. 肝与脾

参考答案:E

3. 肝藏血与脾统血的共同生理功能是

A. 贮藏血液

B. 调节血量

C. 统摄血液

D. 防止出血

E. 化生血液

参考答案:D

4. 连接“肺主呼吸”和“心主血脉”的中心环节是

A. 经脉的相互连结

B. 气血的相互关系

C. 宗气的贯通和运行

D. 心主营、肺主卫之间的相互作用

E. 以上都不是

参考答案:C

5.“乙癸同源”应归属于

A. 肝与心的关系

B. 肝与肾的关系

C. 肺与脾的关系

D. 肾与脾的关系

E. 肝与肺的关系

参考答案:B

6.《素问·水热穴论》中所称的“胃之关”为

A. 肝

B. 心

C. 脾

D. 肺

E. 肾

参考答案:E

B1 型题

7.

A. 心与脾

B. 肺与脾

C. 脾与肾

D. 肺与肝

E. 肺与心

①与气机调节关系最密切的脏是

②与气的生成关系最密切的脏是

参考答案:①D ②B

【考点评析】

五脏之间的关系:

1. 心与肺:心主血、肺主气、心主行血、肺主呼吸的关系,实际是气和血相互依存、相互为用的关系;心与脾:主要表现在血液的生成和运行上,常见心脾两虚证;心与肝:主要表现在心行血、肝藏血上,常见心肝血虚证;心与肾:主要表现在心火应下温肾水,肾水上济心火,为水火既济,否则为心肾不交。

2. 肺与脾:主要表现在气的生成、津液的运行方面。肺司呼吸,脾主运化。肝主疏泄,肺降而肝升,是全身气机调畅的重要环节。水谷之精化生水谷之气,布散全身成为人体之气的主要组成部分。自然界的清气依靠肺的呼吸和肾的纳气吸入体内,参与气的生成,成为生成人体之气的重要来源。故肺、脾与气的生成关系最密切。肺与肝:主要在于气机的调节方面,肺主降而肝主升,常见木火刑金;肺与肾:主要表现在水液代谢和呼吸运动方面。

3. 肝与脾:首先表现在肝的疏泄功能和脾的运化功能的相互影响;其次在于肝藏血和脾统血对血液的生成、运行的影响上。肝藏血是指肝有贮藏血液和调节血量的生理功能,其藏血的生理意义,有涵养肝气、调节血量、濡养肝及筋目、为经血之源及防止出血五方面。脾主统血,是指脾有统摄血液在经脉之中流行,防止逸出脉外的功能。肝与肾:甲乙属木,甲为阳木,在脏腑为胆;乙为阴木,在脏腑为肝。壬癸属水,水能生木,壬为阳,癸为阴,分别对应膀胱和肾。“乙癸同源”即是用天干来说明肝肾的关系。肝肾同源,肝藏血,肾藏精,精和血之间能相互滋生,相互转化。表现为女子月经紊乱,男子泄精的异常。

4. 脾与肾:为先天后天的关系,脾阳根于肾阳,先天之精需后天之精的营养。《素问·水热穴论》谈:“肾者,胃之关也,关门不利,故聚水而从其类也。”肾有调节水液的功能,起着胃的关闸作用。水饮入于胃,由脾上输于肺,肺气肃降,水饮下流归于肾,从膀胱、尿道排出体外。

第五单元　六　腑

命题考点1　六腑的生理功能

【历年真题纵览】

A1 型题

1. 具有"喜润恶燥"特性的脏腑是
   A. 肝
   B. 肺
   C. 脾
   D. 胃
   E. 大肠

参考答案:D

2. 利小便而实大便的理论依据是
   A. 脾主运化
   B. 肺主通调水道
   C. 小肠主受盛
   D. 小肠主化物
   E. 小肠主泌别清浊

参考答案:E

3. 被称为"孤府"的脏腑是
   A. 胃
   B. 小肠
   C. 大肠
   D. 膀胱
   E. 三焦

参考答案:E

4. 津液输布的主要通道是
   A. 血府
   B. 经络
   C. 腠理
   D. 三焦
   E. 分肉

参考答案:D

5. 小肠的主要生理功能是
   A. 主运化
   B. 主通调水道
   C. 主受纳
   D. 主腐熟水谷
   E. 主泌别清浊

参考答案:E

6. 大肠的主要生理功能是
   A. 受盛
   B. 传化糟粕
   C. 化物
   D. 泌别清浊
   E. 通行元气

参考答案:B

7. "中焦如沤"是描绘
   A. 胃的受纳功能
   B. 脾的散精功能
   C. 小肠泌别清浊功能
   D. 脾胃等脏腑的消化饮食物的生理过程
   E. 心肺输布气血的作用

参考答案:D

8. 属于上焦生理功能特点的是
   A. 主气的升发
   B. 升已而降,若雾露之溉
   C. 通行三气
   D. 原气之别使
   E. 以上都不是

参考答案:B

9. 六腑"以降为顺,以通为用"的理论基础是
   A. 六腑的形体特点为空腔器官
   B. 六腑都是接受饮食物的受盛器官
   C. 六腑都不是贮藏精气的器官
   D. 六腑既是受盛水谷又是传化糟粕的器官
   E. 以上都不对

参考答案:D

B1 型题

10.
   A. 仓廪之官,五味出焉
   B. 中正之官,决断出焉
   C. 受盛之官,化物出焉
   D. 相傅之官,治节出焉
   E. 作强之官,伎巧出焉

①小肠者

②肾者

参考答案:①C　②E

【考点评析】

腑的生理功能:

1. 胆的功能是储存和排泄胆汁。

2. 胃的功能主受纳腐熟水谷,主通降,以降为和。胃有喜润恶燥的特性,禀燥之气化,方能受纳腐熟而主通降,但燥赖水润湿济为常,主要体现在两个方面:一是"胃以阳体而合阴精,阴精则降",胃气下降必赖胃阴的濡养;二是胃之喜润恶燥与脾之喜燥

恶湿，阴阳互济，从而保证了脾升胃降的动态平衡。

3. 小肠的功能是主受盛、化物、主泌别清浊。小肠者，受盛之官，化物出焉。小肠的泌别清浊功能正常，则水液和糟粕各走其道而二便正常。若小肠功能失调，清浊不分，水液归于糟粕，即可出现水谷混杂，便溏泄泻等。因"小肠主液"，故小肠分清别浊功能失常不仅影响大便，而且影响小便，临床上常用的"利小便即所以实大便"的治法，即是这个原理在临床治疗中的应用。

4. 大肠的主要生理功能是传化糟粕，即将由小肠而来的食物残渣，再吸收其中多余的水液，形成粪便，经肛门排出体外。《素问·灵兰秘典论》说："大肠者，传导之官，变化出焉。"

5. 膀胱者州都之官，津液藏焉，气化则能出矣，主贮尿和排尿。

6. 三焦主通行元气，主水液运行的道路。上焦如雾，中焦如沤，下焦如渎。膈以上部位为上焦，包括心、肺，有宣发卫气，以雾露弥漫的状态营养于肌肤、毛发及全身各脏腑组织的作用。上焦的功能，实际体现为心肺的气化输布作用，关系到营卫气血津液等营养物质的输布。"沤"，在这里是指饮食物经腐熟和发酵状态的形象。中焦如沤是指中焦脾胃对水谷精微的运化。中焦的功能主要是指脾胃的生理功能，例如水谷的受纳、消化，营养物质的吸收，体液的蒸化，化生精微为血液等。实际上中焦为气机升降之枢纽，气血生化之源。所以，中焦的功能被形容为"如沤"。

7. 六腑的共同生理功能是：将饮食腐熟消化，传化糟粕。其生理特点是，实而不能满，故有六腑以降为顺，以通为用之说。

命题考点2 六腑与五脏之间的关系

【历年真题纵览】

A1 型题

1. 大肠功能失常，可直接影响

A. 肾失气化

B. 肝失疏泄

C. 肺失肃降

D. 脾失健运

E. 脾失升清

参考答案：C

2. 在脾胃的关系中，最根本的是

A. 脾燥胃湿，燥湿相济

B. 太阴湿土得阳始运，阳明燥土得阴自安

C. 胃主纳谷，脾主磨谷

D. 脾主升清，胃主降浊

E. 胃为水谷之海，脾为胃行其津液

参考答案：D

3. 患者口淡乏味，纳呆食少，食后脘腹胀满，嗳气不舒，多食则恶心，甚或呕吐。其病位在

A. 大、小肠

B. 脾、肾

C. 肝、胆

D. 脾、胃

E. 脾、肝

参考答案：D

A2 型题

4. 患者，女，25岁。口舌生疮，心烦失眠，小便黄赤，尿道灼热涩痛，口渴，舌红无苔，脉数。其病位在

A. 心、脾

B. 小肠

C. 膀胱

D. 心、小肠

E. 肾、膀胱

参考答案：D

【考点评析】

1. 肺与大肠相表里，故大肠传导功能正常有利于肺气之肃降。

2. 脾气的特点以升为顺，胃气的特点以降为和，此为脾胃最基本的关系。

3. 心经有热则心烦失眠，舌为心之苗，故口舌生疮，心火上炎，灼伤津液则口渴，心与小肠相表里，心火移热于小肠，则小便黄赤，尿道灼热涩痛。故病位在心与小肠。

4. 腑与五脏之间的关系：心与小肠：心火可以下移小肠，如尿赤尿少，小肠火上炎于心有口舌生疮。肺与大肠：肺的肃降有利于大肠的传导，大便的正常有利于肺呼吸功能保持正常。脾与胃：脾主升清，喜燥恶湿多为虚证，以泄泻为主症；胃主降浊，喜润恶燥多为实证，以呕恶等胃气不降为主症。肝与胆：胆汁来源于肝之余气，胆汁的排泄有赖于肝的疏泄功能，肝主谋略，胆主决断。肾与膀胱：膀胱的贮尿和排尿功能有赖于肾的气化功能。脑与五脏：脑主要与心、肝、肾关系密切。女子胞与脏腑：天癸的作用；十二经脉气血充沛，渗灌冲任二脉，在冲任的调节下，产生月经；心、肝、脾三脏对全身的血液生成和运行有调节作用。

命题考点3 奇恒之腑:包括脑、髓、骨、脉、胆、女子胞

【历年真题纵览】

A1 型题

1. 下列“诸海”中错误的是

A. 脑为髓海

B. 肺为气海

C. 冲脉为十二经脉之海

D. 冲脉为血海

E. 胃为水谷之海

参考答案:B

2. 女子胞的功能与下述哪脏关系较不密切

A. 肝

B. 心

C. 脾

D. 肺

E. 肾

参考答案:D

【考点评析】

1. 四海:胃者水谷之海;冲脉者,为十二经之海;膻中者,为气之海;脑为髓之海。

2. 腑的名词:

①胃的分部:胃的上部称为上脘,包括贲门;中部叫中脘,即胃体部位;下部叫下脘。

②三焦是分布于胸腹腔的一个大腑,在于脏腑之外,躯体之内,包罗诸脏,唯它最大,又称“孤腑”,此为脏腑三焦。横膈以上的脏器包括心肺和头面部称为上焦;横膈以下,脐以上的部位为中焦;胃以下的脏器称为下焦,是部位三焦;诊断学尚有辨证三焦。

③奇恒之腑包括脑、髓、骨、脉、胆、女子胞,形态中空似腑,但是内藏精气,功能似脏。

④五脏藏精气而不泻也,故满而不能实,六腑传化物而不藏,故实而不能满也。心者,君主之官,神明出焉;肺者,相傅之官,治节出焉;肝者,将军之官,谋虑出焉;胆者,中正之官,决断出焉;膻中者,臣使之官,喜乐出焉;脾胃者,仓廪之官,五味出焉;大肠者,传导之官,变化出焉;小肠者,受盛之官,化物出焉;肾者,作强之官,伎巧出焉;三焦者,决渎之官,水道出焉;膀胱者,州都之官,津液藏焉,气化则能出矣。

3.《素问·五脏生成篇》指出,头者精明之腑,《灵枢·海论》指出髓海不足,脑转耳鸣,李时珍指出,头者,元神之腑,说明脑与人的视觉、听觉、精神意识有关。

4. 女子胞即子宫,是发生月经和孕育胎儿的器官。

5. 女子胞与脏腑的关系:女子以血为本,经水为血所化,而血来源于脏腑。在脏腑之中,心主血,肝藏血,脾统血,脾与胃同为气血生化之源,肾藏精,精化血,肺主气,朝百脉而输精微,它们分司血的生化、统摄、调节等重要作用。故脏腑安和,血脉流畅,血海充盈,则经候如期,胎孕乃成。在五脏之中,女子胞与肝、脾、肾的关系尤为密切。

6. 女子胞与经络的关系:女子胞与冲、任、督、带以及十二经脉均有密切关系。其中,以冲、任、督、带为最。冲脉与十二经脉相通,为十二经脉之海,有“冲为血海”之称。任脉为阴脉之海,蓄积阴血,为人体妊养之本。任脉通畅,月经正常。月经如常,方能孕育胎儿,故称“任主胞胎”。

第六单元 精、气、血、津液、神

命题考点1 气

【历年真题纵览】

A1 型题

1. 具有推动呼吸和血行功能的气是

A. 心气

B. 肺气

C. 营气

D. 卫气

E. 宗气

参考答案:E

2. 推动人体生长发育及脏腑功能活动的气是

A. 元气

B. 宗气

C. 营气

D. 卫气

E. 中气

参考答案:A

3. 恶心呕吐,呃逆嗳气等症频作,其病机是

A. 痰浊上壅

B. 肺气上逆

C. 肝气上逆

D. 胃气上逆

E. 奔豚气逆

参考答案:D

A2 型题

4. 患者自汗,多尿,滑精,是因气的何种作用失常所致

A. 推动

B. 温煦

C. 防御

D. 固摄

E. 气化

参考答案:D

5. 患者,男性,72 岁。素体气虚,复感外邪,恶寒较重,无发热,鼻塞流涕,头痛无汗,肢体倦怠乏力,咳嗽咳痰无力,舌质淡,苔薄白,脉浮。诊断为气虚感冒。据此判断气的功能减退主要体现在

A. 推动作用

B. 温煦作用

C. 防御作用

D. 固摄作用

E. 中介作用

参考答案:C

B1 型题

6.

A. 上荣于目

B. 上出息道,下走气街

C. 熏于肓膜,散于胸腹

D. 通于三焦,流行全身

E. 与血同行,环周不休

①元气的分布是

②卫气的分布是

参考答案:①D ②C

7.

A. 推动作用

B. 温煦作用

C. 防御作用

D. 固摄作用

E. 营养作用

①上述气的作用,可祛除病邪的是

②上述气的作用,可维持体温相对恒定的是

参考答案:①C ②B

8.

A. 气滞

B. 气逆

C. 气陷

D. 气闭

E. 气脱

①气外出太过而不能内守,称之为

②气不能外达而郁结闭塞于内,称之为

参考答案:①E ②D

【考点评析】

1. 气的基本知识:气是构成人体和维持人体生命活动的最基本物质。气的生成:气来源于禀受父母的先天之精气、水谷之精气、自然界之清气,与肾、脾胃、肺关系密切,其中脾胃的运化功能尤为重要。气化:气的运动叫做气机,有升、降、出、入四种形式;通过气的运动而产生的各种变化叫做气化。

2. 气的分类与功能:

气的功能有五个方面:推动、温煦、防御、固摄、气化作用。

气的分类:人体的气主要分为元气、宗气、营气、卫气。

①元气藏于肾中,并通过三焦而流行于全身,无所不至,推动人体的生长发育和生殖机能。

②宗气聚集于胸中,循喉咽贯注于心肺之脉,其生理功能一是走息道以行呼吸,二是贯心脉以行气血。

③营气分布于血脉之中,成为血液的组成部分而循脉上下,营运全身。营气的主要生理功能是化生血液,营养全身。营气者,泌其津液,注之于脉,化以为血,以荣四末,内注五脏六腑。

④卫气运行于皮肤和分肉之间,熏于肓膜,散于胸腹。护卫肌表,防御外邪入侵;温养脏腑、肌肉、皮毛等;调节腠理开合、汗液排泄,维持体温的相对恒定。卫气者,出其悍气之慓疾,而先行于四末分肉皮肤之间,而不休者也。

命题考点 2 血

【历年真题纵览】

A1 型题

1. 与血液生成关系最密切的脏是

A. 心

B. 肺

C. 脾

D. 肝

E. 肾

参考答案:C

2. 与血的循行关系最密切的脏腑是

A. 肺脾肾
B. 肝心肾
C. 肺肝脾
D. 心肺肝脾
E. 肝脾肾

参考答案:D

3. 当人安静睡眠,血液主要归于
A. 心
B. 肝
C. 脾
D. 肺
E. 肾

参考答案:B

B1 型题

4.
A. 怒
B. 喜
C. 思
D. 悲
E. 恐

①《素问·调经论》说:"血有余",则
②《素问·调经论》说:"血不足",则

参考答案:①A ②E

【考点评析】

1. 血的概念:血是运行于脉中、循环流注全身的红色液态物质,有营养和濡润作用,是构成人体和维持人体生命活动的基本物质之一。

2. 血的生成:由营气和津液构成,《灵枢·决气》:中焦受气取汁,变化而赤,是为血,血生成还要通过营气泌其津液注之于脉,及心肺的作用。

3. 血的功能:具有营养和滋养全身的作用,是机体精神意识活动的主要物质基础。具有运载作用。血能养神,血是神的重要物质基础。

4. 血的运行:心、肺、脉构成了血液的循环系统,其正常运行决定于气的推动作用和固摄作用之间的平衡。与心肺肝脾、脉道的通利及血寒、血热等有关。

命题考点3 津液

【历年真题纵览】

B1 型题

A. 润泽肌肤
B. 营养周身
C. 温煦内脏
D. 补益脑髓
E. 以上都不是

①液的作用重在
②营血的作用重在

参考答案:①D ②B

【考点评析】

1. 津液的概念:性质较清稀,流动性较大,布散于体表皮肤、肌肉和孔窍,并能渗注于血脉起滋润作用的,称为津。性质较稠厚,流动性较小,灌注于骨节、脏腑、脑、髓等组织,起濡养作用的称为液。

2. 津液的代谢:津液来源于饮食,通过脾、胃、小肠和大肠消化吸收饮食中的水分和营养而生成。津液的输布主要依靠脾、肺、肾、肝、心和三焦等脏腑生理功能的综合作用而完成。津液的排泄与津液的输布一样,主要依赖于肺、脾、肾等脏腑的综合作用。津液代谢的生理过程,需要多个脏腑的综合调节,其中尤以肺、脾、肾三脏为要。

3. 津液的功能:津液的功能主要包括滋润营养、化生血液、调节阴阳和排泄废物等。

命题考点4 气、血、津液之间的关系

【历年真题纵览】

A1 型题

治疗血行瘀滞,多配用补气、行气药,是由于
A. 气能生血
B. 气能行血
C. 气能摄血
D. 血能生气
E. 血能载气

参考答案:B

【考点评析】

1. 气血的关系:气能生血,气能摄血,气能行血,血为气之母,血属阴主静,不能自行,有赖于气的推动,气行则血行,气滞则血瘀。血液的循行,有赖于心气的推动、肺气的宣发布散和肝气的疏泄调达。所以血行瘀滞时,多配用补气、行气药。

2. 津液:津液的概念:是机体一切正常水液的总称,包括脏腑组织器官的内在体液及正常的分泌物,是构成人体和维持人体生命活动的基本物质。津液的代谢:《素问·经脉别论篇》:饮入于胃,游溢精气,上输于脾,脾气散精,上归于肺,通调水道,下输膀

胱,水精四布,五经并行。津液的代谢途径与胃、脾、肺、肾有关,关键在于肾。《素问·水热穴论篇》:岐伯曰:肾者胃之关也,关门不利,故聚水而从其类也。津液的功能:有滋润和濡养作用。

3.神:神的概念:是人体生命活动的总称,一是指人体生命活动的外在表现;二是指人的精神、意识和思维活动。神的生成:神产生于先天之精,又必须依赖后天之精的滋养,只有当先后天之精充足,由精化生的气血津液充足,脏腑功能正常,人才表现出有神。神的功能:神是精气的外在表现,神的旺衰,可以了解精气的盛衰,病情的预后和轻重。

4.六气的功能与不足为病:精:两神相搏,合而成形,常先身生,是谓精,精脱者,耳聋;气:上焦开发,宣五谷味,熏肤、充身、泽毛,若雾露之溉,是谓气,气脱者,目不明;津:腠理发泄,汗出溱溱,是谓津,津脱者,腠理开,汗大泄;液:谷入气满,淖泽注于骨,骨属屈伸,泄泽补益脑髓,皮肤润泽,是谓液,液脱者,骨属屈伸不利,色夭,脑髓消,胫痹,耳数鸣;血:中焦受气取汁,变化而赤,是谓血,血脱者,色白,夭然不泽;脉:壅遏营气,令无所避,是谓脉,脉脱者,其脉空虚。

5.精、气、血、津液之间的关系:气与血:气能生血、摄血、行血,血为气之母。气与津液:气能生津、化津、行津,气能摄津,津以载气。精、血、津液:均为阴液,精血同源互化,津血同源。精、气、神:精气是神的物质基础,神是精气的外在表现,三者盛则同盛,衰则同衰。

第七单元 经 络

命题考点1 经络学说概念、组成、分布、走行

【历年真题纵览】

A1型题

1.足厥阴肝经与足太阴脾经循行交叉,变换前中位置,是在

A.外踝上8寸处

B.内踝上2寸处

C.内踝上3寸处

D.内踝上5寸处

E.内踝上8寸处

参考答案:E

2.在十二经脉走向中,足之三阴是

A.从脏走手

B.从头走足

C.从足走胸

D.从足走腹

E.从手走头

参考答案:D

3.按十二经脉分布规律,太阳经行于

A.面额

B.后头

C.头侧

D.前额

E.面部

参考答案:B

4.手三阳经与足三阳经交接在

A.四肢部

B.肩胛部

C.头面部

D.胸部

E.背部

参考答案:C

5.行于头部前额的经脉是

A.太阳经

B.阳明经

C.少阳经

D.厥阴经

E.少阴经

参考答案:B

6.绕阴器的经脉是

A.足厥阴经

B.手厥阴经

C.足少阴经

D.手太阴经

E.足太阴经

参考答案:A

7.按十二经脉的流注次序,小肠经流注于

A.膀胱经

B.胆经

C.三焦经

D.心经

E.胃经

参考答案:A

8.经脉有表里关系的是

A.手太阴与手少阳

B. 足厥阴与足少阳
C. 手少阴与手阳明
D. 足太阳与足太阴
E. 足少阴与足阳明

参考答案:B

9. 手足少阳经交接的部位在
A. 目内眦
B. 目眶下
C. 拇指端
D. 目外眦
E. 鼻翼旁

参考答案:D

B1 型题

10.
A. 足少阴肾经
B. 足厥阴肝经
C. 足阳明胃经
D. 足太阴脾经
E. 足少阳胆经

①行于下肢外侧中线的经脉是
②行于下肢内侧后缘的经脉是

参考答案:①E ②A

11.
A. 下肢外侧后缘
B. 上肢内侧中线
C. 下肢外侧前缘
D. 上肢外侧中线
E. 上肢内侧后缘

①患者疼痛沿三焦经放散,其病变部位在
②患者病发心绞痛,沿手少阴经放散,其病变部位在

参考答案:①D ②E

【考点评析】

1. 经络的概念:经络是运行全身气血,联络脏腑肢节,沟通上下内外的通路。

2. 经络的组成:由经脉(包括正经十二,奇经八脉,十二经别),络脉(包括十五别络,孙络,浮络),十二经筋,十二皮部组成。

3. 十二经走向:手之三阴,从脏走手;手之三阳,从手走头;足之三阳,从头走足;足之三阴,从足走腹。

4. 十二经交接:手之三阴在手指末端交手之三阳,手之三阳在头部交足之三阳,足之三阳在足趾交足之三阴,足之三阴在腹部交手三阴。

5. 十二经分布:四肢部,阳经在外侧,阴经在内侧,阳明、太阴在前缘,少阴、太阳在后缘,少阳、厥阴在中间,足厥阴在内踝上八寸以下小腿内侧前缘;头面部,阳明行于面部额部,太阳经行于面部、头顶、头后部,少阳经行于头侧部。躯干部,手三阳经行于肩胛部,足阳明经行于前部,足太阳经行于后部,足少阴经行于侧面。手三阴经均从腋下走出,足三阴经均行于腹面。循行于腹面的经脉,自内而外的顺序为足少阴、足阳明、足太阴、足厥阴。

6. 十二经脉表里关系:足太阳膀胱与足少阴肾为表里,足少阳胆与足厥阴肝为表里,足阳明胃与足太阴脾为表里,是为足阴阳也。手太阳小肠与手少阴心为表里,手少阳三焦与手厥阴心包为表里,手阳明大肠与手太阴肺为表里,是为手之阴阳也。

7. 十二经脉流注次序:肺大胃脾心小肠,膀肾包焦胆肝藏。

8. 十二经脉:足太阳经起于目内眦,终于足小趾,循行于下肢外侧后缘,属膀胱,络肾;足少阴经起于足小趾,终于胸中,循行于下肢内侧后缘,属肾,络膀胱;足少阳经起于目外眦,终于足大趾,循行于下肢外侧中间,属胆,络肝;足厥阴经起于足大趾,终于肺中,循行于下肢内侧中间,属肝,络胆;足阳明经起于鼻翼旁,终于足大趾端,循行于下肢外侧前缘,属胃,络脾;足太阴经起于足大趾端,终于心中,循行于下肢内侧前缘,属脾,络胃;手太阳经起于小指端,终于目内眦,循行于上肢外侧后缘,属小肠络心;手少阴经起于心中,终于小指端,循行于上肢内侧后缘,属心,络小肠;手太阴经起于肺中,终于食指端,循行于上肢内侧前缘,属肺,络大肠;手阳明经起于食指端,终于鼻翼旁,循行于上肢外侧前缘,属大肠,络肺;手少阳经起于无名指端,终于目外眦,循行于上肢外侧中间,属三焦,络心包;手厥阴经起于胸中,终于无名指端,循行于上肢内侧中间,属心包,络三焦。

9. 六经终者临床表现:太阳终者,戴眼反折,瘛疭,其色白,绝汗乃出,出则死矣;少阳终者,耳聋,百节皆纵,目寰绝系,绝系一日半死,其死也色先清白,乃死矣;阳明终者,口目动作,善惊妄言,色黄,其上下经盛,不仁,则终矣;少阴终者,面黑齿长而垢,腹胀闭,上下不通而终矣;太阴终者,腹胀闭不得息,善噫善呕,呕则逆,逆则面赤,逆则上下不通,不通则面黑皮毛焦而终矣;厥阴终者,中热嗌干,善溺心烦,甚则舌卷卵上缩而终矣。

命题考点2 奇经八脉

【历年真题纵览】

A1 型题

1. 奇经八脉中既称“血海”又称“经脉之海”者是

A. 冲脉
B. 任脉
C. 督脉
D. 带脉
E. 维脉

参考答案:A

2. 在奇经八脉中,其循行多次与手、足三阳经及阳维脉交会的是

A. 冲脉
B. 任脉
C. 督脉
D. 阴维脉
E. 阳跷脉

参考答案:C

3. 任脉的生理作用主要是

A. 通调冲、任
B. 调节任、督
C. 总调奇经八脉
D. 调节阴经经气
E. 总调冲、任、督、带

参考答案:D

B1 型题

4.

A. 阴跷脉、阳跷脉
B. 阴维脉、阳维脉
C. 督脉、任脉
D. 冲脉、任脉
E. 阴跷脉、阴维脉

①患者,女。因流产而失血过多,导致月经不调,久不怀孕。其病在哪经

②患者久病,眼睑开合失司,下肢运动不利。其病在哪经

参考答案:①D ②A

【考题评析】

1. 奇经八脉包括督脉、任脉、冲脉、带脉、阴阳跷脉和阴阳维脉。它们的分布不像十二经脉那样有规律,同脏腑没有直接的相互络属,相互之间没有表里关系,与十二正经不同,故称为奇经八脉。功能:①进一步密切十二正经的联系。②调节十二经的气血。③与肝肾等脏及女子胞、脑、髓等奇恒之府关系密切。

2. 冲脉为气血的要冲,调节十二经气血,有“十二经脉之海”之称,又为“血海”,与妇女的月经密切相关;任脉总任一身之阴脉,有“阴脉之海”之称,另外“任主胞胎”;督脉总督一身之阳经,有“阳脉之海”之称;带脉约束纵行诸脉;阴维脉维络诸阴;阳维脉维络诸阳;阴阳跷脉有濡养眼目、司眼睑之开合和下肢运动的功能;分主一身左右之阴阳。

命题考点3 经别、别络、经筋、皮部

【历年真题纵览】

A1 型题

十二经脉的功能反映于体表的是

A. 十二经别
B. 十二经筋
C. 十五别络
D. 十二皮部
E. 奇经八脉

参考答案:D

【考点评析】

1. 经别就是别出的正经,特点为离(从十二经脉四肢别出)、入(走入脏腑深部)、出(浅出体表而上头面)、合(阳经经别合于阳经经脉;阴经经别合于相表里的阳经经脉,称为六合)。功能:①加强互为表里两经的联系;②加强体表与体内、四肢与躯干的向心联系;③加强十二经脉对头面的联系;④扩大了十二经脉的主治范围;⑤加强了足三阴、足三阳经与心脏的联系。

2. 别络是从经脉分出的支脉,分布于体表,别络十五,十二经、任督二脉和脾之大络,如加胃之大络则为十六。功能:①加强互为表里两经的联系;②对其他络脉有统率作用;③渗灌气血濡养全身。

3. 经筋是十二经脉联属于筋肉的体系,功能有赖于经络气血的濡养,受十二经调节,主要功能是约束骨骼,有利于关节的屈伸运动,宗筋主束骨而利机关者也。

4. 皮部指体表的皮肤按经络的分布部位分区,应用:观察不同部位皮肤色泽和形态的变化有助于诊断脏腑、经络等的疾病;对皮部进行敷贴、温熨等

治疗脏腑的疾病。

第八单元　病　因

命题考点1　六淫

【历年真题纵览】

A1 型题

1. 六淫之中只有外感而无内生的邪气是
A. 风
B. 寒
C. 暑
D. 湿
E. 火
参考答案:C

2. 易入血分,可会聚于局部,腐蚀血肉,发为痈肿疮疡的邪气是
A. 风
B. 湿
C. 寒
D. 火
E. 燥
参考答案:D

3. 最易导致疼痛的外邪是
A. 风
B. 寒
C. 暑
D. 燥
E. 湿
参考答案:B

4. 下列哪项是火邪、燥邪、暑邪共同的致病特点
A. 耗气
B. 上炎
C. 伤津
D. 动血
E. 生风
参考答案:C

5. 常先困脾的邪气是
A. 风
B. 燥
C. 湿
D. 寒
E. 火
参考答案:C

6. 易致肝风内动的邪气是
A. 寒
B. 燥
C. 湿
D. 暑
E. 火
参考答案:E

7. 寒邪袭人,导致肢体屈伸不利,是由于
A. 其性收引,以致经络、筋脉收缩而挛急
B. 其为阴邪,伤及阳气,肢体失于温煦
C. 其性凝滞,肢体气血流行不利
D. 其与肾相应,肾精受损,不能滋养肢体
E. 其邪袭表,卫阳被遏,肢体肌肤失于温养
参考答案:A

8. 可致"首如裹"的邪气是
A. 风
B. 寒
C. 暑
D. 湿
E. 火
参考答案:D

A2 型题

9. 患者久病湿疹,面垢多眵,大便溏泄,时发下痢脓血,小溲浑浊不清,湿疹浸淫流水,舌苔白厚腻,脉濡滑。病属湿邪为患,此证反映了湿邪的哪种性质
A. 重着
B. 粘腻
C. 趋下
D. 秽浊
E. 类水
参考答案:D

10. 患者关节疼痛重着,四肢沉重,头重如裹,其病因是
A. 风邪
B. 寒邪
C. 暑邪
D. 湿邪
E. 痰饮
参考答案:D

11. 入夏时常发热,肌肤灼热,汗少,食少,倦怠乏力,证属于
A. 中暑
B. 中暑热

C. 中暑湿
D. 暑湿困表
E. 湿滞经络

参考答案:B

B1 型题

12.

A. 风
B. 火
C. 燥
D. 心
E. 热

①诸禁鼓栗,如丧神守,皆属于
②诸胀腹大,皆属于
③诸涩枯涸,干劲皴揭,皆属于
④诸痛痒疮,皆属于

参考答案:①B ②E ③C ④D

【考点评析】

1. 六淫即风、寒、暑、湿、燥、火六种外感病邪的统称。内生五邪,是指在疾病的发展过程中,机体内气血津液和脏腑经络等的生理功能发生异常,而产生类似于风、寒、湿、燥、火六淫外邪致病的病理现象。暑邪只有外感没有内生。

2. 六淫的特性:风为阳邪,其性开泄,易袭阳位;善行而数变;风为百病之长。寒为阴邪,易伤阳气;寒性凝滞;寒性收引。暑为阳邪,其性炎热;暑性升散,耗气伤津;暑多夹湿。湿性重浊;湿为阴邪,易阻遏气机,损伤阳气;湿性黏滞;湿性趋下,易袭阴位。燥性干涩,易伤津液,燥易伤肺,有温凉之分。火热为阳邪,其性炎上;火易耗气伤津;火易生风动血;火易致肿疡。疠气是一类具有强烈传染性的病邪,有发病急骤、病情较重、症状相似、传染性强、易于流行等特点。

3.《内经》病机十九条:《素问·至真要大论》"帝曰:愿闻病机何如?岐伯曰:诸风掉眩,皆属于肝;诸寒收引,皆属于肾;诸气膹郁,皆属于肺;诸湿肿满,皆属于脾;诸热瞀瘛,皆属于火;诸痛痒疮,皆属于心;诸厥固泄,皆属于下;诸痿喘呕,皆属于上;诸禁鼓栗,如丧神守,皆属于火;诸痉项强,皆属于湿;诸逆冲上,皆属于火;诸胀腹大,皆属于热;诸躁狂越,皆属于火;诸暴强直,皆属于风;诸病有声,鼓之如鼓,皆属于热;诸病胕肿,疼酸惊骇,皆属于火;诸转反戾,水液浑浊,皆属于热;诸病水液,澄澈清冷,皆属于寒;诸呕吐酸,暴注下迫,皆属于热。"另外,刘元素《素问·玄机原病式》补充了燥邪病机:"诸涩枯涸,干劲皴揭,皆属于燥。"

命题考点2 情志致病

【历年真题纵览】

A1 型题

1. 易导致肾气不固的情志异常是

A. 过度悲伤
B. 过度愤怒
C. 突然受惊
D. 喜乐过度
E. 恐惧过度

参考答案:E

2. 七情致病,最易损伤的内脏是

A. 心肝肾
B. 肺脾肾
C. 肝脾肾
D. 心肺脾
E. 心肝脾

参考答案:E

3. 七情影响脏腑气机,悲则

A. 气上
B. 气消
C. 气缓
D. 气结
E. 气下

参考答案:B

B1 型题

4.

A. 怒则气上
B. 悲则气消
C. 喜则气缓
D. 思则气结
E. 恐则气下

①患者因受精神刺激突发二便失禁,骨痿厥,遗精。其病机是

②患者因受精神刺激而气逆喘息,面红目赤,呕血,昏厥猝倒。其病机是

参考答案:①E ②A

【考点评析】

1. 不同情志刺激对各脏有不同影响,如怒伤肝、喜伤心、思伤脾、忧伤肺、恐伤肾等。

2. 七情内伤,影响脏腑气机。"怒则气上",即过怒可使肝气横逆上冲,血随气逆,并走于上;"喜则气缓",过喜可心气涣散,神不守舍,甚则失神狂乱等;

"思则气结",即思虑过度可伤神损脾,导致气机郁结;"悲则气消",即过悲可使肺气抑郁,意志消沉,肺气耗伤;"恐则气下",即过度恐惧可使肾气不固,气泄于下,表现为二便失禁,遗精等症;"惊则气乱",指突然受惊,使心无所倚、神无所归、惊慌失措等。

命题考点3 饮食失宜

【历年真题纵览】

A1 型题

1.《素问·五藏生成篇》说:"多食甘",则

A. 肉胝而唇揭

B. 骨痛而发落

C. 筋急而爪枯

D. 脉凝泣而变色

E. 皮槁而毛拔

参考答案:B

2.《素问·五藏生成篇》说:"多食辛",则

A. 肉胝而唇揭

B. 筋急而爪枯

C. 骨痛而发落

D. 脉凝泣而变色

E. 皮槁而毛拔

参考答案:B

3.《内经》所说"味过于辛",则

A. 肝气以津,脾气乃绝

B. 大骨气劳,短肌,心气抑

C. 脾气不濡,胃气乃厚

D. 心气喘满,色黑,肾气不衡

E. 筋脉沮弛,精神乃央

参考答案:E

【考点评析】

1.《素问·五藏生成篇》说:"多食咸,则脉凝泣而变色(水克火,余类推);多食苦,则皮槁而毛拔;多食辛,则筋急而爪枯;多食酸,则肉胝而唇揭;多食甘,则骨痛而发落。"

2.《素问》说:"味过于酸,肝气以津,脾气乃绝;味过于咸,大骨气劳,短肌,心气抑;味过于甘,心气喘满,色黑,肾气不衡;味过于苦,脾气不濡,胃气乃厚;味过于辛,筋脉沮弛,精神乃央。"

命题考点4 劳逸失度

【历年真题纵览】

A1 型题

1. 劳神过度易损伤的脏腑是

A. 心肝

B. 肝肾

C. 脾肾

D. 心脾

E. 脾肺

参考答案:D

2. 下列关于劳逸损伤与疾病发生关系的叙述,错误的是

A. 久视伤血

B. 久坐伤肉

C. 久立伤骨

D. 久思伤心

E. 久行伤筋

参考答案:D

A2 型题

3. 患者,男,40 岁。腰酸膝软,眩晕耳鸣,精神萎靡,性机能减退,并有遗精,早泄。其病因是

A. 劳力过度

B. 房劳过度

C. 劳神过度

D. 劳心过度

E. 安逸过度

参考答案:B

【考点评析】

1. 七情内伤:七情指喜、怒、忧、思、悲、恐、惊七种情志变化,是机体的精神状态。喜属心,怒属肝,悲忧属肺,思属脾,恐惊属肾。怒则气上,喜则气缓,悲则气消,恐则气下,寒则气收,炅则气泄,惊则气乱,劳则气耗,思则气结。

2. 饮食:饮食不节指饮食饥饱失常,过饥则气血不足,《素问·痹论》说:"饮食自倍,肠胃乃伤",《素问·生气通天论》说:"高粱之变,足生大丁","因而饱食,筋脉横解,肠澼为痔"。饮食不洁导致虫症,及多种肠胃疾病。饮食偏嗜指饮食偏寒则伤脾阳,饮食偏热则生胃热。五味偏嗜则伤五脏。

3. 劳逸:劳力过度则伤气,久之则气少力衰,神疲消瘦;劳神太过伤及心脾,出现心悸健忘失眠多梦及纳呆腹胀便溏等;房劳过度,性生活不节制,房事

过度导致肾精耗伤。如《素问·宣明五气》说:“五劳所伤,久视伤血,久卧伤气,久坐伤肉,久立伤骨,久行伤筋。”过度安逸指过度安闲,不劳动及运动。

命题考点5 痰饮、瘀血

【历年真题纵览】

A1 型题

1. 痰停于哪个部位可引起眩晕
   A. 心
   B. 肺
   C. 头
   D. 咽
   E. 胃

参考答案:C

2. 下列除哪项外,均与瘀血的形成有关
   A. 气滞
   B. 血寒
   C. 饮食偏嗜
   D. 气虚
   E. 血热

参考答案:C

3. 气滞血瘀多与何脏腑的生理功能相关
   A. 肺
   B. 脾
   C. 肾
   D. 三焦
   E. 以上都不是

参考答案:E

4. 痰湿、饮的产生多与下列哪组脏腑功能失调有关
   A. 心、肝、脾
   B. 心、脾、肾
   C. 心、肝、肾
   D. 心、肺、脾
   E. 肺、脾、肾

参考答案:E

A2 型题

5. 患者,女,68岁。喘而胸闷,甚不能平卧,咳嗽痰多黏腻色白,咳吐不利,兼呕恶纳呆,苔白厚腻,脉滑,病因为
   A. 风寒
   B. 过劳
   C. 七情
   D. 痰饮
   E. 瘀血

参考答案:D

B1 型题

6.
   A. 六淫
   B. 过劳
   C. 七情
   D. 痰饮、瘀血
   E. 疠气

①具有强烈传染性的病邪

②“久卧伤气”的病因为

③既是疾病过程中的病理产物,又是某些疾病的致病因素

参考答案:①E ②B ③D

【考点评析】

1. 痰:外感六淫、内伤七情、饮食所伤肺脾肾三焦等脏腑气化功能失调,水液代谢障碍,多为热灼成痰,随气升降流行,内而脏腑,外而筋骨皮肉,可形成多种病症。如痰停于心则心悸,停于肺则咳喘吐痰,停于咽则咽中如有炙脔,为梅核气,停于胃则呕吐痰涎,停于头清窍被蒙导致眩晕,此即无痰不作眩。

2. 饮:外感六淫、内伤七情、饮食所伤,肺脾肾及三焦气化功能失调,多属寒邪。饮留胃肠为痰饮;泛滥肌肤为溢饮;支撑胸肺为支饮;饮流胸胁为悬饮。饮多停于局部。

3. 瘀血的形成主要有两个方面:一是因气虚、气滞、血寒、血热等原因,使血行不畅而凝滞。气为血帅,气虚或气滞,不能推动血液的正常运行;或寒邪客于血脉,使经脉收缩拘急,血液凝滞不畅;或热入营血,血热搏结等,均可形成瘀血。二是由于内外伤、气虚失摄或血热妄行等原因造成血离经脉,积存于体内形成瘀血。瘀血失去正常的濡润作用,又影响全身或局部血液的运行,造成出血、癥积、疼痛。瘀血不去,新血不生。临床表现为刺痛、固定、拒按,夜甚;肿块,肌表可见青紫肿胀,体内有块不移;出血,血色紫暗,有块;面色黧黑,肌肤甲错舌紫暗等。

4. 疠气的致病特点:有发病急骤、病情较重、症状相似、传染性强、易于流行等特点;过度安闲,不劳动及运动使人乏力。瘀血、痰饮是病理产物,反过来又影响全身或局部气血的运行造成病变。

第九单元 发 病

命题考点 发病基本原理

【历年真题纵览】

A1 型题

1. 主要与正气的强弱有关的是

A. 居住的地域条件

B. 工作环境

C. 精神状态

D. 气候变化

E. 以上均非

参考答案:C

2. 下列关于与疾病发生有关的外环境的叙述,错误的是

A. 气候因素

B. 地域因素

C. 生活环境

D. 工作场所

E. 外界精神刺激

参考答案:E

3. 疾病发生的内在根据是

A. 正气不足

B. 正气

C. 邪气

D. 邪气亢盛

E. 正虚邪实

参考答案:A

【考点评析】

1. 正气指机体的机能活动和抗病、康复能力。邪气泛指各种致病因素;疾病的发生变化是在一定条件下的邪正斗争的结果。正气存内,邪不可干;邪之所凑,其气必虚;风雨寒热不得虚,邪不能独伤人。邪气是发病的重要条件:有时邪气在发病中处于重要地位。

2. 疾病的发生与内外环境都有着密切的关系。外环境,主要指生活、工作环境,包括气候变化、地理特点、环境卫生等。内环境,主要是指人体本身的正气。正气强弱则与体质和精神状态有关。精神状态受情志因素的直接影响,情志舒畅,精神愉快,则气机畅通,气血调和,脏腑功能协调,正气旺盛。

3. 发病类型:邪气的种类、性质和致病途径及其作用不同,个体的体质和正气强弱不一,所以其发病类型也有区别。发病类型大致有猝发、伏发、徐发、间发、继发、合病与并病、复发等。

第十单元 病 机

命题考点1 邪正盛衰

【历年真题纵览】

A1 型题

1. 下列哪项不是虚证的临床表现

A. 二便失禁

B. 自汗盗汗

C. 面容憔悴

D. 疼痛隐隐

E. 二便不通

参考答案:E

2. "大实有羸状"的病机是

A. 邪气亢盛,正气衰败

B. 脏腑气血虚极

C. 实邪结聚,阻滞经络,气血不能外达

D. 邪热炽盛,煎熬津液,阴精大伤

E. 疾病初期,正邪交争过于激烈

参考答案:C

3. "虚"的病机概念,主要是指

A. 卫气不固

B. 正气虚损

C. 脏腑功能低下

D. 气血生化不足

E. 气化无力

参考答案:B

4. 下列关于"实"的叙述,错误的是

A. 外感邪盛

B. 肌肤经络闭塞

C. 气机升降失调

D. 脏腑功能亢进

E. 气血壅滞瘀结

参考答案:C

5. 元气耗损和功能减退,脏腑功能低下,抗病能力下降的病机是

A. 气虚

B. 气脱

C. 血虚

D. 津亏

E. 气陷

参考答案:A

6. 外感实热病证,兼见喘促,气不能接续,甚则气短心悸。其病机是

A. 真虚假实

B. 真实假虚

C. 实中夹虚

D. 虚中夹实

E. 因虚致实

参考答案:C

B1 型题

7.

A. 真虚假实

B. 真实假虚

C. 真寒假热

D. 真热假寒

E. 虚中夹实

①"至虚有盛候"指的是

②"大实有羸状"指的是

③"热深厥亦深"的特点指的是

④"阴虚阳亢"指的是

参考答案:①A ②B ③D ④E

8.

A. 正胜邪退

B. 邪去正虚

C. 邪盛正虚

D. 邪正相持

E. 正虚邪恋

①重病后的恢复期多属于

②病后转为迁延性或慢性病症的称为

参考答案:①B ②E

【考点评析】

1. 虚证即因机体气、血、津液和经络、脏腑等生理功能较弱,正气虚损,对病邪的斗争难以出现较剧烈的病理反应,从而在临床出现一系列虚弱、衰退和不足的证候,如面色苍白,精神萎靡,疲倦乏力,心悸气短,自汗或盗汗等。实证即因邪气虽盛,而人体的正气未衰,正邪斗争剧烈,而在临床表现出一系列病理性反应比较剧烈有余的证候。

2. 实主要指邪气亢盛,是以邪气盛为矛盾主要方面的一种病理反应。实证即因邪气虽盛,而人体的正气未衰,正邪斗争剧烈,而在临床表现出一系列病理性反应比较剧烈有余的证候。实证常见外感病初期和中期,或由于痰、食、水、血等留滞于体内而引起的病证。气机升降失常有气逆、气陷证,分为虚实。

3. 在某些情况下,疾病的现象与本质并不完全一致,即出现与疾病本质不符的假象。这些假象不能反映病机的虚或实,临床需仔细辨别。邪热内盛,阳气郁闭于内而不能外达,致四肢厥冷,且热越盛肢厥越严重,即真热假寒,所谓"热深厥亦深",亦称阳盛格阴证。临床常有"至虚有盛候"的真虚假实和"大实有羸状"的真实假虚的情况。真实假虚(大实有羸状)即大实之证,可能会出现虚假的虚证表现。假虚之象,其机理是实邪壅盛,阻遏气机,而外呈不足之象。

4. 邪正盛衰是指在疾病过程中,机体的抗病能力与致病邪气之间相互斗争中所发生的盛衰变化。一般来说,正气增长而旺盛,则必然使邪气消退;反之,邪气增长而亢盛,则必然会损耗正气。正胜则邪退,疾病趋向于好转和痊愈;邪胜则正衰,疾病趋向于恶化,甚则导致死亡;若邪正双方力量对比势均力敌,或正虚邪恋,邪去而正气不复的情况,则疾病多由急性转为慢性,或留下后遗症而持久难愈。

命题考点2 阴阳失调

【历年真题纵览】

A1 型题

1. 以阴阳失调来阐释真寒假热或真热假寒,其病机是

A. 阴阳偏盛

B. 阳偏衰

C. 阴阳格拒

D. 阴阳互损

E. 阴阳离决

参考答案:C

2. 邪热内盛,深伏于里,阳气被遏,不能外达,手足厥冷,属于

A. 阳损及阴

B. 阳盛格阴

C. 阴盛格阳

D. 阴损及阳

E. 阴阳脱失

参考答案:B

3. 阴偏衰的证候性质是指

A. 假热证

B. 假寒证

C. 虚热证

D. 实热证

E. 虚寒证

参考答案:C

4. 阳损及阴的病机,主要是指

A. 阳气虚损,气化不利,水湿阴寒病邪积聚

B. 阳气偏盛,消灼阴液,阴液亏损

C. 阳热内盛,深伏于里,格阴于外

D. 阳气虚损,阴气失制而偏盛

E. 阳气虚损,累及阴液化生不足

参考答案:E

5. 在阴阳失调的病机变化中,"阴"的含义指"阴邪"的是

A. 阴虚则阳亢

B. 阳盛则阴病

C. 阴盛则阳病

D. 阴损及阳

E. 阳盛格阴

参考答案:C

6. "壮水之主,以制阳光"是指

A. 以阳中求阴之法调整阴阳偏衰

B. 以阴中求阳之法调整阴阳偏衰

C. 泻热之法,调整阳偏衰

D. 以补阴之法,治疗阴虚阳亢之证

E. 以补阳之法,治疗阴虚阳亢之证

参考答案:D

7. 适合治疗阳偏衰的治法是

A. 阴病治阳

B. 阳病治阴

C. 阴病治阴

D. 阳病治阳

E. 以上都不是

参考答案:A

8. "诸热之而寒者,取之阳",是指

A. 阴病治阳

B. 阴中求阳

C. 因寒用热

D. 寒者热之

E. 用热远热

参考答案:A

9. 下列哪项是形成阴阳两虚的基本病机

A. 阴阳偏盛

B. 阴阳偏衰

C. 阴阳互损

D. 阴阳格拒

E. 阴阳亡失

参考答案:C

10. "益火之源,以消阴翳",所指的是

A. 补阴扶阳

B. 阳病治阴

C. 阴中求阳

D. 阳中求阴

E. 阴病治阳

参考答案:E

【考点评析】

阴阳失调:阴阳偏盛为实证,阳邪侵入人体造成阳偏盛,表现为阳偏盛而阴未虚的实热证;阴偏盛指疾病中机能障碍或不足,产热不足及病理代谢产物积聚的状态,表现为阴偏盛而阳未虚的实寒证。阴阳偏衰为虚证,阴偏衰指阴虚证,阳偏衰指阳虚证。阴阳互损是指在阴或阳任何一方虚损的前提下,病变发展影响及相对的一方,形成阴阳两虚的病理变化。阴阳格拒是由于某些原因引起阴或阳的一方偏盛至极,因而壅遏于内,将另一方排斥格拒于外,迫使阴阳不相维系,从而出现真寒假热或真热假寒等复杂的病理现象。阴阳亡失指机体的阳气或阴液突然大量的亡失,导致生命垂危的病理状态,分为亡阴证和亡阳证。

命题考点3　内生"五邪"

【历年真题纵览】

A1 型题

1. 下列关于火热内生机理的叙述,错误的是

A. 气有余便是火

B. 邪郁化火

C. 五志过极化火

D. 精亏血少,阴虚阳亢

E. 外感暑热阳邪

参考答案:E

2. 内火多由

A. 寒邪入里化火

B. 湿邪内蕴而化火

C. 五志化火

D. 内燥伤津而化火

E. 郁热而化火

参考答案:C

3. 下列关于津枯血燥形成原因的叙述,错误

的是

A. 高热伤津

B. 烧伤耗津

C. 失血脱液

D. 痰瘀阻津

E. 阴虚劳热

参考答案:D

4. 形成寒从中生的原因,主要是

A. 心肾阳虚,温煦气化无力

B. 肺肾阳虚,温煦气化失常

C. 脾肾阳虚,温煦气化失司

D. 肝肾阳虚,温煦气化失职

E. 胃肾阳虚,温煦腐化无力

参考答案:C

B1 型题

5.

A. 风气内动

B. 寒从中生

C. 湿浊内生

D. 津伤化燥

E. 火热内生

①久病累及脾肾,以致脾肾阳虚,温煦气化失司,可以形成

②邪热炽盛,煎灼津液,伤及营血,燔灼肝经,可以形成

参考答案:①B ②A

6.

A. 生血不足或失血过多

B. 久病耗血或年老精亏

C. 产后恶露日久不净

D. 热病后期,阴津亏损

E. 水不涵木,浮阳不潜

①血燥生风的病因是

②阴虚风动的病因是

参考答案:①A ②D

【考点评析】

1. 内生"五邪":风气内动指体内阳气亢逆变动而形成的一种病理状态,又称肝风内动;寒从中生指机体阳气虚衰,温煦气化功能减退,虚寒内生或阴寒之邪弥漫的病理状态;湿浊内生指由于脾的运化功能和输布津液的功能障碍,引起水湿痰浊蓄积停滞的病理状态;津伤化燥指机体津液不足,人体各组织器官孔窍失去濡润,出现干燥枯涩的病理状态;火热内生指由于阳热有余或阴虚阳亢,或由于气血、病邪的郁滞而产生的火热内扰,机能亢奋的病理状态。

2. 风气内动主要包括:肝阳化风指因多种原因使肝肾阴亏,水不涵木,肝阳上亢而化风;热极生风多由高热至极,热灼津液、营血,筋脉失濡,阳热亢盛而化风;阴虚风动多由热病或久病耗伤阴液,筋脉失于濡养,则变生内风;血虚生风多由血化生不足、失血、耗血,使肝血不足,筋脉失濡,血不荣络而化风;血燥生风多由久病耗血,或年老精亏血少,或长期营养缺乏,生血不足,或瘀血内结,新血生化障碍所致。

第十一单元 防治原则

命题考点1 预防、治则

【历年真题纵览】

A1 型题

1.《素问·阴阳应象大论》提出调整阴阳,其"中满者",应

A. 因而越之

B. 引而竭之

C. 泻之于内

D. 按而收之

E. 散而泻之

参考答案:C

2. "用寒远寒,用热远热",属于

A. 因病制宜

B. 因地制宜

C. 因人制宜

D. 因时制宜

E. 因证制宜

参考答案:D

3. 用温热方药治疗寒性病证出现的寒象,其治法是

A. 寒者热之

B. 热者寒之

C. 寒因寒用

D. 热因热用

E. 用寒远寒

参考答案:A

4. "塞因塞用"不适用于

A. 脾虚腹胀

B. 血虚便秘

C. 血枯经闭

D. 肾虚尿闭

E. 血瘀经闭

参考答案:E

5. "热因热用"属于

A. 阴病治阳

B. 阳中求阴

C. 阴中求阳

D. 逆治法

E. 反治法

参考答案:E

6. "甚者独行,间者并行"是指

A. 调节阴阳平衡

B. 同病异治,异病同治

C. 急则治其标,缓则治其本,标本同治

D. 未病先防,既病防变

E. 因势利导

参考答案:C

B1 型题

7.

A. 热因热用

B. 寒因寒用

C. 通因通用

D. 塞因塞用

E. 寒者热之

①适用于热结旁流的治则是

②适用于真寒假热的治则是

参考答案:①C　②A

8.

A. 正治法

B. 从治法

C. 反治法

D. 补虚法

E. 反佐法

①真热假寒适用的法则是

②风寒感冒适用的法则是

参考答案:①B　②A

【考点评析】

1. 治则:正治称逆治法,适用于疾病征象与疾病本质一致的病证。《素问·阴阳应象大论》说:"形不足者,温之以气;精不足者,补之以味。其高者,因而越之;其下者,引而竭之;中满者泻之于内;其有邪者,渍形以为汗;其在皮者,汗而发之;其慓悍者,按而收之;其实者,散而泻之。审其阴阳,以别柔刚。阳病治阴,阴病治阳,定其血气,各守其乡,血实宜决之,气虚宜掣引之"。反治又称从治,是顺从疾病假象而治的一种治疗方法。从,是指采用方药或施术的性质顺从疾病的假象。

2. 治病求本指找出疾病的根本原因,并针对病因进行治疗。正气是本;旧病是本;病因是本;缓则治本;治标:邪气是标;新病是标;症状是标;急则治标(如中满,小大不利),标本并重则标本兼治。

3. 扶正:扶助正气,多用补虚的方法;祛邪:驱除邪气,多用泻实的方法;调整阴阳:损其偏盛,补其偏衰。

4. 调整阴阳:包括损其偏盛、补其偏衰、阴阳互补、回阳救阴等。

5. 调理精气血津液:包括调精、调气、调血、调津液、调理精气血津液关系。

6. 三因治宜:指因时、因地、因人制宜确定治则。

中医诊断学

第一单元 问 诊

命题考点1 问寒热

【历年真题纵览】

A1 型题

1. 发热每于劳累后发生或加重，乏力，自汗，气短者，其证型是

A. 阴虚

B. 肝郁

C. 气虚

D. 血虚

E. 阳虚

参考答案：C

2. 疾病初起，恶寒发热同时并见，多为

A. 疟疾病证

B. 湿温病证

C. 外感表证

D. 半表半里证

E. 阳明病证

参考答案：C

3. 发热每于劳累后发生或加重，乏力，自汗，气短者，其证型是

A. 阴虚

B. 肝郁

C. 气虚

D. 血虚

E. 阳虚

参考答案：C

B1 型题

4.

A. 恶寒重发热轻

B. 发热重恶寒轻

C. 发热轻而恶风

D. 恶寒重发热重

E. 恶寒轻发热轻

①风寒表证的寒热特征是

②伤风表证的寒热特征是

参考答案：①A ②C

【考点评析】

感受外邪必有恶寒，风寒伤阳重则恶寒重，如病人内有郁热又外感风寒则寒热并重；风为阳邪，其性开泄，汗孔开故恶风，发热轻；风热为阳邪，故恶寒最轻，而发热重。

劳累后耗气，乏力，自汗，气短为气虚之象，阴虚为五心烦热，肝郁必有情志不疏表现，血虚有面色爪甲色白无华，阳虚者应有畏寒肢冷。

命题考点2 问汗

【历年真题纵览】

A1 型题

1. 自汗、盗汗并见，其病机是

A. 精血亏虚

B. 阴阳两虚

C. 阳气不足

D. 津液不足

E. 以上均非

参考答案 B

2. 外感病汗出热退身凉者，表示

A. 表邪入里

B. 阳气衰少

C. 汗出亡阳

D. 真热假寒

E. 邪去正安

参考答案：E

3. 外感热病中，正邪相争，提示病变发展转折点的是

A. 战汗

B. 自汗

C. 盗汗

D. 冷汗

E. 热汗

参考答案:A

4. 下列哪项属于病理性汗出

A. 衣被过厚

B. 剧烈活动

C. 进食辛辣

D. 气候炎热

E. 睡眠之时

参考答案:E

5. 日间汗出,活动后更重的称为

A. 盗汗

B. 自汗

C. 黄汗

D. 战汗

E. 大汗

参考答案:B

【考点评析】

1. 自汗日间汗出不止,劳则加重,见于气虚阳虚;盗汗睡时汗出,醒后自止,见于阴虚或气阴两虚,今自汗、盗汗并见,其病机是阴阳两虚。

2. 外感病病邪从皮毛入,汗之邪从汗解,故热退身凉;表邪入里则但热不寒;阳气衰少则畏寒;汗出亡阳大汗淋漓,四肢厥冷;真热假寒,胸腹热,手足厥。

3. 战汗是在病势沉重之时,先见全身战栗抖动,而后汗出,是正邪相争,病变发展转折点,汗后脉静,身凉则安,汗后脉躁,身热必难;冷汗,汗出而冷,大汗淋漓为亡阳的表现;热汗,汗出如油,黏而热,见于亡阴证。

命题考点3 问疼痛

【历年真题纵览】

A1 型题

1. 少阴经头痛的特征是

A. 前额连眉棱骨痛

B. 两侧太阳穴处痛

C. 后头部连项痛

D. 头痛连齿

E. 头痛晕沉

参考答案:D

2. 太阳经头痛的特点是

A. 前额连眉棱骨痛

B. 两侧太阳穴处痛

C. 后头部连项痛

D. 头痛连齿

E. 头痛昏沉

参考答案:C

3. 情志郁结不舒所致胸痛的特点是

A. 胸背彻痛

B. 胸痛喘促

C. 胸痛咯血

D. 胸痛走窜

E. 胸部刺痛

参考答案:D

4. 心下或胃脘,痞塞不适和胀满,按之柔软或按之较硬,但满不痛者是

A. 结胸

B. 虚痞

C. 水饮

D. 食积

E. 鼓胀

参考答案:B

【考点评析】

1. 前额连眉棱骨痛属于阳明头痛;两侧太阳穴处痛属于少阳头痛;后头部连项痛属于太阳头痛;巅顶痛属于厥阴头痛,都是根据经络循行部位而定;头痛连齿为少阴头痛,肾主骨,齿为骨之余;头痛晕沉为感受湿邪头痛,湿性重浊,蒙蔽清阳所致。

2. 问疼痛:新病痛重、持续、拒按,为实证;久病痛轻、时作时止、喜按,为虚。胀痛、窜痛为气滞;绞痛为气闭;痛重、冷痛为寒邪;灼痛为热邪;固定痛、刺痛为血瘀;重痛、酸痛为湿邪;空痛、隐痛为虚痛。

3. 头痛分为外感内伤;胸痛主心肺病变;胁痛与肝胆有关;胃脘痛见于胃病;腹痛分为大腹、小腹、少腹的不同脏器。

4. 腰痛主肾病;头晕病机为风火痰虚瘀;胸闷为心肺气机不利;心悸是由于各种原因扰心神及心神失养所致。

命题考点4 问耳目

【历年真题纵览】

A1 型题

1. 视物旋转动荡,如在舟车之上,称为

A. 目昏

B. 目痒

C. 目眩

D. 雀目

E. 内障

参考答案:C

2. 下列哪项是痰湿内阻所致头晕的表现

A. 头晕胀痛

B. 头晕昏沉

C. 头晕眼花

D. 头晕耳鸣

E. 以上均非

参考答案:B

3. 痰湿内阻所致头晕的特征,是伴有

A. 胀痛

B. 刺痛

C. 眼花

D. 耳鸣

E. 昏沉

参考答案:E

【考点评析】

问耳目:耳鸣:实证耳鸣自觉耳内鸣响突发声大,按之不减多为肝火;虚证声细如蝉,按之减轻多为阴虚或肾虚。耳聋:实证暴聋为肝火或风火上攻;虚证渐聋多肾虚。目眩:实证为风火或痰湿上蒙;虚证为中气下陷,或肝肾不足。雀目:为肝肾亏虚。

命题考点5 问饮食、二便、睡眠、经带

【历年真题纵览】

A1 型题

1. 饥不欲食可见于

A. 胃火亢盛

B. 胃强脾弱

C. 脾胃湿热

D. 胃阴不足

E. 肝胃蕴热

参考答案:D

2. 下列除哪项外,均可导致渴不多饮

A. 阴虚

B. 湿热

C. 寒湿

D. 痰饮

E. 瘀血

参考答案:C

3. 下列哪项不会出现口渴多饮

A. 热盛伤津

B. 汗出过多

C. 剧烈呕吐

D. 泻下过度

E. 湿热内阻

参考答案:E

4. 肝胃蕴热的口味是

A. 口中泛酸

B. 口中酸馊

C. 口甜黏腻

D. 口中味苦

E. 口中味咸

参考答案:A

5. 下列各项,属肝郁脾虚的是

A. 肛门灼热

B. 里急后重

C. 大便溏结不调

D. 大便完固不化

E. 以上均非

参考答案:C

【考点评析】

1. 问饮食:口渴多饮为津液损伤,见于燥证热证;渴不多饮见于痰饮正津不布、阳虚不化水、湿热证、温病热入营分、瘀血。食欲减退见于脾胃虚或湿盛困脾。厌食见于脾胃或肝胆湿热;消谷善饥见于胃火消渴或胃强脾弱;饥不欲食见于胃阴虚。口淡见于脾虚、寒证;口甜见于脾虚或湿热;口黏腻见于湿浊、湿热、痰热;口酸见于伤食、肝胃郁热;口涩见于燥热或气火;口苦见于肝胆火旺、胆火上逆;口咸见于肾虚寒逆。

2. 问二便:完固不化见于脾胃虚寒或命门火衰;溏泻不调见于肝脾不调或脾胃虚弱;脓血便见于痢疾;肛门灼热见于湿热下注;里急后重见于湿热阻气机;排便不爽见于湿热或肝脾不调或伤食。尿频见于下焦湿热或肾气不固;尿次减少见于癃闭;尿量多见于消渴或肾虚;尿少见于津液不足或膀胱气化不利;尿痛见于湿热、淋病;尿不尽见于肾气虚;尿失禁(醒时尿不能控制)、遗尿见于肾气不足,膀胱失约。

3. 问经带:经期提前、经量多见于气虚失摄或血热或瘀血;月经后期、经量少见于血虚或气滞血瘀、寒凝;白带见于脾肾阳虚或寒湿下注;黄带为湿热下注。

第二单元 望 诊

命题考点1 望神

【历年真题纵览】

A1 型题

1. 假神的病机是
   A. 气血不足,精神亏损
   B. 机体阴阳严重失调
   C. 脏腑虚衰,功能低下
   D. 精气衰竭,虚阳外越
   E. 阴盛于内,格阳于外

参考答案:D

2. 下列除哪项外,均提示病情严重,预后不良
   A. 目暗睛迷
   B. 舌苔骤剥
   C. 脉微欲绝
   D. 抽搐吐沫
   E. 昏迷烦躁

参考答案:D

【考点评析】

1. 得神有神表现为神志清,两目精彩,呼吸平稳,语言清晰,肌肉不消,动作自如,面色红润,反应灵敏,反映正气充足;少神表现为精神不振,两目乏神,面色少华,肌肉松软,倦怠乏力,少气懒言,动作迟缓,反映气血不足,精神亏损。

2. 失神表现为精神萎靡,面色无华,两目晦暗,呼吸气微或短促,语言错乱,消瘦迟钝,甚至神识不清,失神还包括邪盛神乱的情况,如壮热、昏谵、抽搐等,反映脏腑虚衰,功能低下。

3. 假神是危重患者出现一些精神暂时好转的假象,表现为久病重病精气本已极度虚衰,而突然神志清醒,目光转亮而浮光外露,言语不休,语声清亮,欲进饮食,想见亲人,面色无华而两颧泛红如妆,反映精气衰竭,虚阳外越。

4. 神乱指反复发作的精神或神志异常,表现为焦虑恐惧、狂躁不安、淡漠痴呆和猝然昏倒,不具前述失神的意义。

命题考点2 望面色

【历年真题纵览】

A1 型题

1. 湿邪阻遏,气血受困的面色是
   A. 黄而鲜明
   B. 黄如烟熏
   C. 面黄而垢
   D. 淡黄消瘦
   E. 淡黄浮肿

参考答案:E

2. 患者面色苍白,时而泛红如妆,其证型是
   A. 实热内炽
   B. 阴虚火旺
   C. 肝胆湿热
   D. 真寒假热
   E. 真热假寒

参考答案:D

3. 主水饮,肾虚水泛,气血受困的面色特点是
   A. 面色㿠白
   B. 面色黧黑
   C. 眼眶黑
   D. 面色紫黑
   E. 黄如烟熏

参考答案:C

4. 实热证的面色是
   A. 两颧娇红
   B. 满面通红
   C. 两颧泛红如妆
   D. 两颧潮红
   E. 以上均不是

参考答案:B

5. 湿热熏蒸的面色是
   A. 黄而鲜明
   B. 黄如烟熏
   C. 苍黄
   D. 淡黄消瘦
   E. 淡黄浮肿

参考答案:A

B1 型题

6.
   A. 血虚证
   B. 阳气暴脱

C. 脾胃气虚

D. 虚阳上越

E. 阳虚水泛

①上述各项,可见面色淡白且唇色淡症状的是

②上述各项,可见面色㿠白而虚浮症状的是

参考答案:①A ②E

【考点评析】

1. 望色:常色指明润含蓄,分为主色与客色;病色指晦暗暴露,分为善色和恶色。白色主虚、寒、脱血、夺气;黄色主脾虚、湿盛;赤色主热证;青色主寒、痛、气滞、血瘀、惊风;黑色主肾虚、寒证、水饮、血瘀。

2. 望色十法:浮沉分表里;清浊分阴阳;微甚分虚实;散抟分新久;泽夭分善恶。

命题考点3 望形体姿态

【历年真题纵览】

A1 型题

1. 提示病情危重的异常姿态是

A. 颤动

B. 抽搐

C. 撮空

D. 痿废

E. 麻痹

参考答案:C

2. 提示邪陷心包,阴阳离决的异常姿态是

A. 颤动

B. 抽搐

C. 痿废

D. 撮空

E. 麻痹

参考答案:D

【考点评析】

望形体:强弱胖瘦:体强为形气壮实,体弱为形气不足,胖而能食为形盛有余,胖而食少为形盛气虚,胖人多痰,瘦而能食中焦有火,瘦而食少脾胃气虚,瘦人火多。动静姿态:动静姿态有八法,动强仰伸为阳、热证;静弱俯屈为阴、寒、虚证。疲惫姿态:《素问·脉要精微论》:头者精明之府,头倾视深,精神将夺矣。背者胸中之府,背曲肩随,府将坏矣。腰者肾之府,转摇不能,肾将惫矣。膝者筋之府,屈伸不能,行则偻附,筋将惫矣。骨者髓之府,不能久立,行则振掉,骨将惫矣。

命题考点4 望头面五官

【历年真题纵览】

A1 型题

1. 下列各项,属实热证的是

A. 头颅过大

B. 头颅过小

C. 囟填

D. 囟陷

E. 解颅

参考答案:C

2. 齿燥如枯骨者,属

A. 热盛伤津

B. 阳明热盛

C. 肾阴枯涸

D. 胃阴不足

E. 肾气虚乏

参考答案:C

3. 下列各项,可见全目赤肿症状的是

A. 心火亢盛

B. 脾有湿热

C. 肝经风热

D. 阴虚火旺

E. 肺热亢盛

参考答案:C

B1 型题

4.

A. 戴眼反折

B. 目睛微定

C. 昏睡露睛

D. 双睑下垂

E. 横目斜视

①痰热内闭的目态是

②脾肾两亏的目态是

参考答案:①B ②D

5.

A. 黑珠

B. 两眦血络

C. 眼睑

D. 白睛

E. 瞳仁

①根据眼的五轮分属,属肾的是

②根据眼的五轮分属,属肝的是

参考答案:①E ②A

【考点评析】

1. 望头：方颅见于佝偻病；囟门高起为囟填为实，囟门凹陷为囟陷为虚，囟门迟闭为解颅；头发干枯为精血不足，斑秃为血虚受风，脱发为肾虚或血热。

2. 望面：面肿眼睑先肿，发病速为阳水，面色㿠白为阴水，面色青紫为心肾阳衰兼瘀血；口眼歪斜见于风邪中络。

3. 望目：目部的脏腑相关部位掌握五轮学说，望目形：眼突为肺胀或瘿病，瞳孔缩小见于肝火及中毒，瞳孔散大、瞪眼直视、戴眼反折属病危，横目斜视为肝风。

命题考点5 望皮肤、排泄物、分泌物

【历年真题纵览】

A1 型题

1. 风痰的特征是
   A. 色黄黏稠
   B. 白而清稀
   C. 清稀多泡沫
   D. 白滑而量多
   E. 少而黏稠

参考答案：C

B1 型题

2.
   A. 阳斑
   B. 阴斑
   C. 麻疹
   D. 风疹
   E. 隐疹

①皮下斑点隐隐稀少，色淡红，压之不退，伴诸虚症状，此为

②皮疹高出皮肤，时现时隐，搔之连片，此为

参考答案：①B ②E

3.
   A. 黄而黏稠，坚而成块
   B. 白而清稀
   C. 清稀而多泡沫
   D. 白滑而量多，易咯
   E. 少而黏，难咯

①寒痰的特征是

②湿痰的特征是

参考答案：①B ②D

4.
   A. 咳嗽，咳痰稀白
   B. 咳嗽，痰多泡沫
   C. 咳喘，咳痰黄稠
   D. 咳嗽，痰少难咯且咳喘
   E. 痰多易咯

①热邪壅肺证，可见

②燥邪犯肺证，可见

参考答案：①C ②D

【考点评析】

1. 皮肤：斑色红或青紫，不高出皮肤，压之不退色，色红紫伴实证者为阳斑，斑点隐隐稀少，色淡红，伴诸虚症状为阴斑；疹色鲜红，高出皮肤，压之退色。

2. 排出物：排出物凡色白、清稀者多属虚；色黄稠浊多属实证热证。痰黄而黏稠，坚而成块属于热痰；白而清稀为寒痰；清稀而多泡沫为风痰；白滑而量多，易咯为湿痰；少而黏，难咯属燥痰，为感受燥邪或阴虚。

第三单元 望 舌

命题考点 各种舌象的特点与临床意义

【历年真题纵览】

A1 型题

1. 气血两虚证的舌象是
   A. 舌质淡瘦
   B. 舌淡齿痕
   C. 舌尖芒刺
   D. 舌暗瘀点
   E. 舌红裂纹

参考答案：A

2. 邪热夹酒毒上壅的舌象是
   A. 舌色青紫
   B. 舌色晦暗
   C. 舌紫肿胀
   D. 舌脉粗长
   E. 舌多瘀斑

参考答案：C

3. 阳虚湿盛的舌象是
   A. 舌红苔白滑
   B. 舌淡嫩苔白滑
   C. 舌边红苔黑润

D. 舌红瘦苔黑
E. 舌绛苔粘腻
参考答案:B
4. 舌红绛而光者,属
A. 阴虚
B. 气虚
C. 血虚
D. 气阴两虚
E. 水涸火炎
参考答案:E
5. 脏腑湿热证的共同特点是
A. 黄疸
B. 腹痛
C. 腹泻
D. 舌苔黄腻
E. 头胀重
参考答案:D
6. 下列除哪项外,均是舌颤动的病因
A. 气血两虚
B. 亡阴伤津
C. 热极生风
D. 酒毒所伤
E. 心脾有热
参考答案:E
7. 下列各项,不属望苔质内容的是
A. 厚薄
B. 润燥
C. 腐腻
D. 裂纹
E. 剥落
参考答案:D
8. 下列各项,可见舌淡白裂纹多的是
A. 脾虚湿侵
B. 血虚不润
C. 阴液亏虚
D. 寒湿内盛
E. 痰浊壅滞
参考答案:B
9. 下列哪项外,均属血瘀证的舌象
A. 舌色暗红
B. 舌色青紫
C. 舌有紫斑
D. 舌苔灰黑
E. 舌下络脉粗长
参考答案:D
10. 舌尖所候的脏腑是
A. 心、肺
B. 脾、胃
C. 肝、胆
D. 肾
E. 三焦
参考答案:A

A2 型题

11. 患者,女,36 岁。发热 10 日,身热夜甚,口干少饮,心烦躁扰,鼻衄 2 次,脉细数。其舌象应是
A. 舌红苔黄腻
B. 舌红苔黄糙
C. 舌绛苔少而干
D. 舌绛苔少而润
E. 舌红苔白干
参考答案:C
12. 患者恶寒发热,头身疼痛,无汗,鼻塞流涕,脉浮紧。其舌苔应是
A. 白厚
B. 薄白
C. 黄腻
D. 花剥
E. 白腻
参考答案:B
13. 患者腹部痞胀,纳呆呕恶,肢体困重,身热起伏,汗出热不解,尿黄便溏。其舌象应是
A. 舌红苔黄腻
B. 舌红苔黄糙
C. 舌绛苔少而干
D. 舌绛苔少而润
E. 舌红苔白而干
参考答案:A
14. 患儿,3 岁。形体消瘦,面色不华,山根青筋显露,容易感冒,腹泻,食欲不佳,舌淡红,其舌苔应见
A. 白厚
B. 薄白
C. 黄腻
D. 花剥
E. 白腻
参考答案:B

B1 型题

15.
A. 舌色淡红
B. 舌质淡白

C. 舌质绛红
D. 舌质紫暗
E. 舌起粗大红刺
①邪入营血证的舌象是
②气血瘀滞证的舌象是
参考答案:①C ②D

16.
A. 病邪入里
B. 寒邪化热
C. 邪退正复
D. 热退津复
E. 湿热留恋
①舌苔由黄燥转为白润,提示
②舌苔由薄白转为白厚,提示
参考答案:①D ②A

【考点评析】

1. 舌象的意义:正常舌象为质红活荣润,苔均匀薄白而润,反映脏腑机能正常,气血津液充盈、胃气旺盛。

2. 舌色:舌淡白主气血两虚、阳虚;舌红主热;舌绛热入营血;舌紫主气血运行不畅,原因有寒凝血瘀、热毒血瘀、气滞血瘀。

3. 舌形变化:老嫩判别虚实,老见于实证,嫩见于虚证。胖大舌主体内水湿停滞;瘦薄舌主舌失濡养。

4. 舌下络脉和舌态:点刺舌主脏腑阳热亢盛或血热亢盛;裂纹舌主精血亏虚或阴津耗损,舌体失养;齿痕舌主脾虚湿盛;强硬主热入心包或高热伤津、风痰阻络;痿软舌主伤阴或气血俱虚;颤动舌主肝风内动;歪斜舌主肝风夹痰或痰瘀阻滞经络;吐弄舌主心脾有热,危重时吐舌为心气已绝,弄舌为热甚动风先兆,也可见于先天愚型;短缩舌见于病情危重的患者。

5. 苔质:厚薄反映邪正的盛衰;润燥反映体内津液盈亏和输布情况;腐腻测知阳气与湿浊的消长;剥落一般主胃气匮乏,胃阴枯涸或气血两虚,也是全身虚弱的征象;真假辨别病情轻重,病势顺逆。

6. 苔色:白苔为正常舌苔,病中主表证、寒证、湿证,亦可见于热证;黄苔主热证、里证;灰、黑苔见于热极或寒极。

第四单元 闻 诊

命题考点 听声音,辨气味

【历年真题纵览】

A1 型题

1. 独语、错语的共同病因是
A. 风痰阻络
B. 热扰心神
C. 心气大伤
D. 心气不足
E. 痰火扰心
参考答案:D

2. 言语轻迟低微,欲言不能复言者,称为
A. 郑声
B. 谵语
C. 错语
D. 夺气
E. 独语
参考答案:D

3. 谵语的病因病机多由于
A. 热扰心神
B. 痰火扰心
C. 心气大伤,精神散乱
D. 心气不足,神失所养
E. 痰迷心窍,心神受蔽
参考答案:A

4. 下列各项,可见神志不清,语无伦次,声高有力症状的是
A. 谵语
B. 郑声
C. 独语
D. 错语
E. 狂言
参考答案:A

5. 肺气不得宣散,上逆喉间,气道窒塞,呼吸急促,称为
A. 喘证
B. 哮证
C. 上气
D. 短气
E. 少气

参考答案:D

6. 顿咳常见于

A. 青年

B. 老年

C. 小儿

D. 女性

E. 男性

参考答案:C

7. 咳声重浊者,多属

A. 风寒

B. 寒湿

C. 痰饮

D. 燥热

E. 肺热

参考答案:A

8. 咳声如犬吠样,可见于

A. 百日咳

B. 白喉

C. 感冒

D. 肺痨

E. 肺痿

参考答案:B

9. 唐代以前所称的"哕",是指

A. 呃逆

B. 嗳气

C. 恶心

D. 干呕

E. 噫气

参考答案:A

10. 下列哪项不属于四诊中听声音的内容

A. 错语

B. 呃逆

C. 嗳气

D. 咳嗽

E. 耳鸣

参考答案:E

11. 胃热患者,其口气为

A. 酸臭

B. 奇臭

C. 臭秽

D. 腥臭

E. 腐臭

参考答案:C

12. 下列除哪项外,均可出现口臭

A. 龋齿

B. 心火

C. 胃热

D. 宿食

E. 内痈

参考答案:B

B1 型题

13.

A. 热扰心神

B. 痰火扰心

C. 风痰阻络

D. 心气不足

E. 心气大伤

①语言謇涩,病因多属

②独语,病因多属

参考答案:①C ②D

14.

A. 心气大伤

B. 心气不足

C. 痰火扰心

D. 风痰阻络

E. 热扰心神

①郑声的病因多为

②语言謇涩的病因多为

参考答案:①A ②D

15.

A. 夜间咳甚

B. 咳声不扬

C. 咳声低微

D. 咳声重浊

E. 天亮咳甚

①肾水亏之咳嗽,多表现为

②脾虚之咳嗽,多表现为

参考答案:①A ②E

【考点评析】

1. 胃气上逆的声音:呃逆为客气动膈,上充于喉,呃呃连声,为膈肌痉挛;嗳气与噫气相同,为胃气上冲咽喉发出的声响,饱食后常见;呕吐是食物从胃中经口吐出,有声无物为干呕,有物无声为吐,有声有物为呕,有寒热虚实的不同;反胃为朝食暮吐,暮食朝吐,多由胃寒。

2. 异常的声音:谵语表现为神志不清,语无伦次,声高有力,为热扰心神之实证;郑声表现为神志不清,语言重复,时断时续,语声低弱模糊,反映心气大伤,精神散乱;夺气表现为言语轻迟低微,欲言不能复言,反映中气大虚;错语表现为语言错乱,语后自知言错的症状,有虚实之分,虚证多因心气不足,神失所养,实证多为痰湿、瘀血、气滞阻滞心窍所致;独语表现为自言自语,喃喃不休,见人则止,首尾不续,有虚实两端,虚为心气不足,神失所养,实为气郁痰结,阻闭心窍;语言謇涩表现为吐字不清,语言不利,每与舌强并现,属于风痰阻络,为中风病的表现;狂言表现为语无伦次,声高有力,反映痰火扰心;语声嘶哑者为喑哑,语而无声者为失音,或称为“喑”,新病多属实证,久病多属虚证。

3. 喘、哮、短气、少气的区别:喘指气喘,呼吸困难,短促急迫,甚则鼻翼扇动,张口抬肩,不能平卧,与肺肾有关。实喘发病急骤,呼吸深长,气粗声高,胸中胀满,呼出为快,多属风寒或痰热袭肺;虚喘病势缓慢,时轻时重,喘声低微,呼吸短促难续,深吸为快,动则喘甚,是肺肾亏虚,气失摄纳所致。上气即咳嗽气逆,为肺气上逆;哮指呼吸急促,喉间有哮鸣音为特点,哮必兼喘,喘未必兼哮;短气指呼吸气急而短促,数而不相接续,似喘而不抬肩,呼吸虽急而无痰声。虚证短气,兼有形瘦神疲,声低息微等症,多因体质衰弱或元气大虚;实证短气常见呼吸声粗,或胸部窒闷,或胸腹胀满等,多因痰饮、胃肠积滞、气滞、瘀阻所致。少气又称气微,指呼吸微弱而声低,气少不足以息,言语无力的症状,属于诸虚劳损证,多为内伤久病体虚或肺肾气虚所致。

4. 咳嗽的辨证:寒湿咳嗽表现为咳嗽痰多清稀;痰饮痰多稀涎;燥热咳嗽咳声清扬;肺热咳嗽表现为咳声不扬,痰黄而稠,不易咳出;风寒感冒表现为咳声重浊;肺痿咳嗽以咳吐浊唾涎沫为特征;百日咳称顿咳,阵发性、痉挛性、连续不断,咳后有鸡鸣样回声,病程长,常见于小儿,为风邪与痰热搏结所致;白喉咳声如犬吠样,伴声嘶,吸气困难,是肺肾阴虚、火毒攻喉所致;肺痨、阴虚干咳无痰或少痰或痰中带血;阴虚咳嗽夜间较重,脾虚咳嗽为痰湿咳嗽,多晨起时咳重。

5. 嗅气味:口臭:是指患者张口时,口中发出臭秽之气。多见于口腔本身的病变或胃肠有热之人。口腔疾病致口臭的,可见于牙疳、龋齿或口腔不洁等。胃肠有热致口臭的,多见胃火上炎,宿食内停或脾胃湿热之证。病室的气味由病体本身及其排出物等发出。瘟疫病开始即有臭气触人,轻则盈于床帐,重的充满一室。室内有血腥味,多是失血证。室内有腐臭气味,多有浊腐疮疡。室内有尸臭气味,是脏腑败坏。室内有尿臊气,多见于水肿病晚期。室内有烂苹果气味,多见于消渴病。

第五单元　脉　诊

命题考点1　脉象的特点与临床意义

【历年真题纵览】

A1 型题

1. 平脉的主要特点不包括

A. 一息4~5至,相当于70~80次/分

B. 不浮不沉,不大不小

C. 不上不下,不粗不细

D. 寸关尺三部有脉

E. 从容和缓,流利有力

参考答案:C

2. 按寸口脉分候脏腑,左关脉可候

A. 心与膻中

B. 肾与小腹

C. 脾与胃

D. 肝、胆与膈

E. 肺与胸中

参考答案:D

3. 下列除哪项外,均是脉象有胃气的特点

A. 不浮不沉

B. 不快不慢

C. 柔和有力

D. 从容和缓

E. 节律一致

参考答案:E

4. 下列脉象,脉位不偏沉的是

A. 弱脉

B. 伏脉

C. 牢脉

D. 芤脉

E. 沉脉

参考答案:D

5. 邪盛病进时,常见的脉象是

A. 实

B. 大

C. 紧

D. 滑

E. 长

参考答案:B

6. 下列各项,不属于弦脉所主的病证是

A. 肝郁
B. 胃热
C. 诸痛
D. 痰饮
E. 疟疾

参考答案:B

7. 下列各项,不属涩脉临床主病的是
A. 气滞
B. 血瘀
C. 精伤
D. 血少
E. 热盛

参考答案:E

8. 不属于迟脉类的脉象是
A. 迟脉
B. 缓脉
C. 涩脉
D. 结脉
E. 促脉

参考答案:E

9. 下列除哪项外,均有脉率快的特点
A. 数
B. 促
C. 滑
D. 疾
E. 动

参考答案:C

10. 下列除哪项外,均主实证
A. 弦
B. 濡
C. 滑
D. 紧
E. 长

参考答案:B

11. 下列哪种脉象主虚证
A. 滑
B. 结
C. 促
D. 动
E. 疾

参考答案:E

12. 下列除哪项外,均是气血不足证的常见脉象
A. 虚
B. 细
C. 弱
D. 微
E. 结

参考答案:E

13. 濡脉与弱脉的主要不同点,在于
A. 脉位的浮沉
B. 脉力的大小
C. 脉形的长短
D. 脉率的快慢
E. 脉律的齐否

参考答案:A

14. 下列哪项不属于滑脉所主病证
A. 痰饮
B. 食滞
C. 实热
D. 疟疾
E. 恶阻

参考答案:D

15. 下列除哪项外,指下均有脉气紧张之感觉
A. 弦
B. 紧
C. 长
D. 革
E. 牢

参考答案:C

16. 寒邪中阻,宿食不化,腹痛拒按,舌苔白厚,脉象可见
A. 滑数
B. 弦紧
C. 结代
D. 细涩
E. 迟缓

参考答案:B

17. 结脉与促脉的主要不同点,在于
A. 脉位的浮沉
B. 脉力的大小
C. 脉形的长短
D. 脉率的快慢
E. 脉律的齐否

参考答案:D

B1 型题

18.
A. 滑
B. 促
C. 弦
D. 涩

E. 数

①胸痹心痛患者，脉象多见

②心烦不寐患者，脉象多见

参考答案：①D ②E

19.

A. 脉位的浮沉

B. 脉力的大小

C. 脉形的长短

D. 脉率的快慢

E. 脉律的齐否

①濡脉与弱脉的主要不同点，在于

②结脉与促脉的主要不同点，在于

参考答案：①A ②D

【考点评析】

1. 寸口分候脏腑：五脏比较一致，六腑有不同意见；左寸主心与膻中，右寸主肺与胸中，上以候上；左关主肝、胆与膈，右关主脾与胃，关主中焦；尺部候肾与小腹为尺主腹中。切脉指法布指：中指定关，三指平齐，疏密得当；运指：举、按、寻，总按、单诊，循法、推法。寸口"三部九候"：寸关尺、浮中沉。

2. 正常脉象特点为有胃、有神、有根：胃指和缓从容流利，神指有力柔和，节律整齐，根为尺脉沉取有力。

3. 病理脉象的体象、主病：浮脉轻按即得，重按反减，举之有余，按之不足，主表证或虚阳外越；散脉浮大无根，主元气耗散，脏气将绝；芤脉浮大中空，如按葱管，主失血、伤阴；革脉浮而搏指，中空边坚，主亡血、失精、崩漏；沉脉轻取不应，重按始得，主里证；浮脉重按推筋至骨始得，主邪闭、厥证、痛极；牢脉沉按实大弦长，主阴寒内积，疝气，癥瘕；迟脉一息不足四至，主寒证；缓脉一息四至，往来怠缓，主脾虚、虚证；数脉一息五至以上，主热证；疾脉脉来数急，一息七八至，主阳极阴竭，元气将脱；虚脉举而无力，软而空豁，主虚证；实脉举按皆大而有力，主实证；洪脉脉来阔大，来盛去衰，主热盛；大脉脉体宽大而无汹涌之势，主健康人，病进；长脉首尾端直，超过本位，主阳气有余，热证；细脉脉来如线，应指明显，主气血俱虚、诸虚劳损、主湿；濡脉浮而细软，主虚证、湿证；弱脉沉而细软，主气血两虚；微脉极细极软，似有若无，主阴阳气血诸虚，阳气暴脱；短脉首尾俱短，不满本部，有力主气郁，无力主气损；滑脉往来流利，应指圆滑，主痰、食、实热；涩脉往来艰涩，迟滞不畅，主精伤、血少、气滞、血瘀；动脉脉短如豆，滑数有力，主痛、惊；弦脉端直以长，如按琴弦，主肝胆病、诸痛、痰饮；紧脉紧张有力，状如转索，主寒、痛症、宿食；结脉脉迟而时有一止，止无定数，主阴盛气结、寒痰瘀血；代脉脉来而时有一止，止有定数，主脏气衰、风、痛、跌扑损伤；促脉脉数而时有一止，止无定数，主阳热亢盛、瘀滞、痰食停滞。

命题考点 2 按诊

【历年真题纵览】

A1 型题

1. 下列各项，可见腹部肿块，痛无定处，聚散不定症状的是

A. 痞满

B. 食积

C. 鼓胀

D. 瘕聚

E. 瘕积

参考答案：D

2. 腹胀满，无压痛，叩之作空声，可见于

A. 水臌

B. 气胀

C. 痰饮

D. 积聚

E. 内痈

参考答案：B

【考点评析】

1. 按诊手法：主要有触、摸、按、叩四法。

2. 按胸胁：虚里，即心尖搏动处，位于左乳下第四、五肋间，乳头直下稍内侧。虚里为诸脉之所宗。正常情况下，按之应手，动而不紧，缓而不怠，动气聚而不散，节律清晰一致，一息 4～5 至，是心气充盛，宗气积于胸中，为平人无病的征象。虚里按之其动微弱者为不及，是宗气内虚之征，或为饮停心包的支饮；搏动迟弱，或久病体虚而动数者，皆为心阳不足。按之弹手，洪大而博，或绝而不应者，是心肺气绝，证属危候。

3. 按脘腹：主要应了解其凉热、软硬、胀满、肿块、压痛以及脏器大小等，以推断脏腑病位和证候性质。腹满有虚实之别，凡脘腹部按之手下饱满充实而有弹性、有压痛者，多为实满；若脘腹部虽然膨满，但按之手下虚软而缺乏弹性，无压痛者，多属虚满。脘部按之有形而胀痛，推之辘辘有声者，为胃中有水饮。腹部高度胀大，如鼓之状者，称为鼓胀。若腹部有肿块，按诊时要注意肿块的部位、形态、大小、硬

度、有无压痛和能否移动等情况。凡肿块推之不移，肿块痛有定处者，为癥积，病属血分；肿块推之可移，或痛无定处，聚散不定者，为瘕聚，病属气分。

第六单元 八纲

命题考点 八纲辨证的概念、证候相兼、错杂、真假

【历年真题纵览】

A1 型题

1. 下列哪项不属于八纲辨证的内容
A. 病性寒热
B. 病变吉凶
C. 邪正盛衰
D. 病变类别
E. 病变部位
参考答案：B

2. 辨别寒热真假时要注意，真象常出现于
A. 面色
B. 体表
C. 四肢
D. 舌、脉
E. 以上均非
参考答案：D

3. 阳虚证最主要的表现是
A. 舌质淡白苔薄白
B. 口不渴或少饮
C. 面色白而无华
D. 脉沉细无力
E. 经常畏寒肢凉
参考答案：E

4. 脏腑阴虚的共同症状是
A. 心悸失寐
B. 干咳痰少
C. 饥不欲食
D. 眩晕目涩
E. 舌红少津
参考答案：E

5. 表证与里证的区别点，错误的是
A. 表证一般常见脉浮，里证一般常见脉沉
B. 表证病程一般较短，里证病程一般较长
C. 表证一般恶寒为主，里证一般发热为主
D. 表证病情一般较轻，里证病情一般较重
E. 表证一般舌苔薄，里证一般舌苔多有变化
参考答案：C

6. 下列哪项是虚热证与实热证的鉴别要点
A. 发热口干
B. 盗汗颧红
C. 大便干结
D. 小便短赤
E. 舌红而干
参考答案：B

7. 下列除哪项外，均为里实热证的表现
A. 身发高热
B. 两颧娇红
C. 口渴饮冷
D. 热汗不止
E. 脉象洪数
参考答案：B

8. 下列各项，不属虚证临床表现的是
A. 声低气弱
B. 体质虚弱
C. 舌质淡嫩
D. 疼痛拒按
E. 病程较长
参考答案：D

9. 危重病人，突然头额冷汗大出，四肢厥冷，属于
A. 亡阴
B. 亡阳
C. 阳虚
D. 阴虚
E. 以上均非
参考答案：B

10. 真热假寒的病机是
A. 阴损及阳
B. 阳损及阴
C. 阳盛格阴
D. 阴盛格阳
E. 阳盛阴虚
参考答案：C

A2 型题

11. 患者年高体衰，病属虚寒，久已卧床不起。今日晨起突然面色泛红，烦热不宁，语言增多，并觉口渴喜饮，舌淡，脉大而无根。其病机是
A. 阴盛格阳

B. 阳虚阴盛

C. 阳损及阴

D. 阳气亡失

E. 阴阳离决

参考答案：A

12. 患者，男，40岁。素有高血压病史，现眩晕耳鸣，面红头胀，腰膝酸软，失眠多梦，时有遗精或性欲亢进，舌红，脉沉弦细，其病机是

A. 阴虚内热

B. 阴损及阳

C. 阴虚阳亢

D. 阳损及阴

E. 阴虚火旺

参考答案：C

13. 患者急性发病，壮热，烦渴，面红目赤，尿黄，便干，舌苔黄。其病机是

A. 阳盛格阴

B. 阳损及阴

C. 阳热偏盛

D. 阳盛伤阴

E. 阴盛格阳

参考答案：C

14. 患者久病，畏寒喜暖，形寒肢冷，面色㿠白，倦卧，小便清长，下利清谷，偶见小腿浮肿，按之凹陷如泥，舌淡脉迟。其病机是

A. 阳气亡失

B. 阳盛格阴

C. 阳损及阴

D. 阳气偏衰

E. 阳盛耗阴

参考答案：D

15. 患者，男，35岁。2日来发热微恶寒，口苦，胁痛，尿短黄，大便粘臭，舌红苔薄白，脉数。其证候是

A. 表里俱热

B. 表寒里热

C. 真寒假热

D. 真热假寒

E. 表热里寒

参考答案：B

16. 患者身热不恶寒，反恶热，烦渴喜冷饮，神昏谵语，便秘溲赤，手足逆冷，舌红苔黄而干，脉沉数有力。其证候是

A. 表寒里热

B. 表热里寒

C. 真热假寒

D. 真寒假热

E. 上热下寒

参考答案：C

17. 患者身患外感实热病证，兼见喘喝，气不能接续，甚则心悸气短。其病机是

A. 实中夹虚

B. 虚中夹实

C. 真虚假实

D. 真实假虚

E. 因虚致实

参考答案：A

18. 患者胃肠热盛，大便秘结，腹满硬痛而拒按，潮热，神昏谵语，但又兼见面色苍白，四肢厥冷，精神委顿。其病机是

A. 虚中夹实

B. 真实假虚

C. 由实转虚

D. 真虚假实

E. 实中夹虚

参考答案：B

19. 久病患者，纳食减少，疲乏无力，腹部胀满，但时有缓减，腹痛而喜按，舌胖嫩而苔润，脉细弱而无力。其病机是

A. 真实假虚

B. 真实病证

C. 真虚假实

D. 真虚病证

E. 虚中夹实证

参考答案：C

【考点评析】

八纲辨证：

1. 表里：表证特点为新起发热、与恶寒并见，内部脏腑的症状不明显；里证特征是无新起发热恶寒并见，内部脏腑的症状明显，有非表即里之说。鉴别表里应审查寒热症状、内脏症状是否突出及舌脉。

2. 寒热：寒证特点是机体机能活动衰退，表现出具有冷、凉功能的证候；热证特点是机体机能活动亢进，表现出具有温热功能的证候。鉴别要点在于对寒热的喜恶、口渴与否、面色的赤白、胸腹四肢的温凉、二便、舌脉。

3. 虚实：实证特点为邪盛正气未衰，邪正斗争剧烈，表现为有余、强烈、积聚的特点；虚证反映正气不足，邪气并不明显，证候较多，有“出者为虚”、“缓者为虚”的特点。

4.阴阳:阳证表热实为阳证;阴证里寒虚为阴证。

5.阴阳辨证:

①阳虚证病机是体内阳气亏损,失却温煦、推动、蒸化、气化作用,畏寒肢凉是主症;口不渴或渴喜热饮,自汗,小便清长,便溏,舌质淡白苔薄白,脉沉细无力;阴虚证病机是津液精血等阴液亏少而无以制阳,滋润濡养作用减退,表现为口干咽燥、潮热颧红、五心烦热、大便干结、小便短赤、盗汗,舌红少津少苔,脉细数。

②亡阴证病机是体液大量耗损,阴液严重匮乏而欲竭,表现为危重病人,汗出如油,味咸而黏,身灼肢热,虚烦躁扰,恶热,渴饮,小便极少,面色赤,唇舌干燥,脉细数疾;亡阳证病机是阳气极度衰微,表现为阳气欲脱,见于危重病人,冷汗淋漓,汗质稀淡,神情淡漠,肌肤不温,四肢厥冷,呼吸气微,面色苍白,舌淡润,脉微欲绝。

6.八纲证候间的关系:①证候相兼,指在疾病第一阶段,其病位无论在表、在里,在病情性质上没有寒与热、虚与实等相反的证候存在。临床上常见的相兼证候有表实寒证、表实热证、里实寒证、里实热证、里虚寒证、里虚热证等,其临床表现一般是有关纲领证候的相加。②证候错杂,指在疾病的第一阶段,不仅表现为病位的表里同时变病,而且呈现寒热、虚实性质相反的证候。证候间的错杂关系有四种情况:第一类是表里同病而寒热虚实性质并无矛盾,如表里实寒证、表里实热证等;第二类是表里同病,寒热性质相同,但虚实性质相反的证候,如表实寒里虚寒证、表实热里虚热证;第三类是表里同病,虚实性质相同,但寒热性质相反的证候,有表实寒里实热证,即“寒包火”证;第四类是表里同病,而寒与热、虚与实的性质均相反的证候,如表实寒里虚热证。

7.证候真假的辨证:

①真热假寒病机是邪热内闭,阳气不能外达的阳盛格阴证,为热深厥亦深。内有真热,而外现某些假寒的症状,表现为四肢凉或厥冷,恶寒或寒战,神识昏沉,面色紫暗,脉沉迟或细数似寒,但必高热,冷不过肘膝,胸腹灼热,口臭息粗,口渴引饮,小便短黄,舌红苔黄而干,脉有力。真寒假热病机是阳气虚衰,阴寒内盛,虚阳外越,表现为自觉发热或欲揭衣被,面色泛红如妆,神识烦扰不宁,口渴咽痛,脉浮大或数,似热,但必胸腹不热,下肢必厥冷,小便清长或下利清谷,渴不多饮,舌淡,脉大而无根。

②真实假虚:本质为实证反出现某些虚羸现象的证候,由于大积大聚,以致经脉阻滞,气血不能畅达所致,表现为聚积在腹中,按之则痛,色红气粗,脉来有力,甚或默默不欲语,肢体不欲动,或眩晕昏花,或泄泻不实,是大实有羸状;真虚假实:本质为虚证反出现某些实盛现象的证候,表现为腹部胀满,腹痛,似乎为实证,但是时胀而时有缓减,痛而喜按,纳食减少,疲乏无力,舌胖嫩而苔润,脉细弱而无力。

第七单元　病性辨证

命题考点1　六淫辨证

【历年真题纵览】

A1型题

1.可导致身热烦渴,胸闷呕恶的邪气

A.风热

B.燥热

C.暑热

D.火热

E.暑湿

参考答案:E

2.风性善动的临床表现多见

A.游走不定

B.头痛、感冒

C.恶风、自汗

D.动摇不定

E.以上均是

参考答案:D

3.内燥常见于

A.肺、胃、大肠

B.肺、脾、肾

C.肺、胃、肾

D.肺、肾、大肠

E.肺、脾、胃

参考答案:A

4.下列哪项不是火淫的临床表现

A.壮热口渴

B.面红目赤

C.烦躁不宁

D.舌质红绛

E.脉象濡数

参考答案:E

5.下列描述不正确的是

A. 风为阳邪，善行而数变

B. 疖常由金黄色葡萄球菌感染引起

C. 寒主收引，寒胜则痛

D. 湿性粘腻，易于上浮

E. 丹毒常由β-溶血性链球菌感染引起

参考答案：D

A2 型题

6. 患者恶寒发热，无汗，头痛，身痛，喘咳，舌苔薄白，脉浮紧。其证候是

A. 湿淫

B. 暑淫

C. 寒淫

D. 风淫

E. 燥淫

参考答案：C

7. 患者头胀且痛，胸闷，口不渴，身重而痛，发热体倦，小便清长，舌苔白滑，脉濡缓。其证候是

A. 伤暑

B. 冒湿

C. 伤湿

D. 中暑

E. 以上均非

参考答案：B

【考点评析】

1. 身热烦渴提示为火热。

2. 内燥为津液亏虚，肺、胃、大肠均喜润恶燥，故内燥最易伤及三脏；脾喜燥恶湿；肾以真阴真阳的亏虚为主。

3. 火淫为六淫之一，属于实热证，所以出现壮热口渴、面红目赤、烦躁不宁、舌质红绛，但不会脉象濡数，应为脉数有力，脉象濡主虚证、湿证，数主热，脉象濡数为湿热外袭或阴虚阳浮之象。

4. 恶寒发热为感受外邪，无汗为寒束肌表，头痛、身痛为寒邪阻遏卫阳，喘咳为寒邪束肺，舌苔薄白主表主寒，脉浮为表，紧为寒。湿淫以困重、闷胀、酸楚、腻浊为主；暑淫炎热升散，耗气伤津为主；风淫开泻，汗出恶风；燥淫主要是干燥不润。

5. 身重而痛，发热体倦，头胀且痛，为感冒外邪，伤暑、冒湿均可出现，胸闷，口不渴，小便清长，舌苔白滑，脉濡缓提示没有热伤津液。伤湿为湿邪直中于里必有泄泻；中暑为暑闭心神必兼昏厥。

命题考点 2 气血辨证

A2 型题

1. 患者神疲乏力，少气懒言，常自汗出，头晕目眩，舌淡苔白，脉虚无力。其证候是

A. 气虚

B. 气陷

C. 气逆

D. 气微

E. 气滞

参考答案：A

2. 患者头晕目花，少气倦怠，腹部有坠胀感，脱肛，舌淡苔白，脉弱。其证候是

A. 气滞

B. 气虚

C. 气陷

D. 气脱

E. 气逆

参考答案：C

3. 患者神疲思睡，动则心悸，常自汗出，纳差乏力，面色不华，舌淡，脉沉细无力。其证候是

A. 气虚

B. 气陷

C. 气逆

D. 气脱

E. 气滞

参考答案：A

4. 临床见恶心、呕吐、呃逆、嗳气等症频作，其病机是

A. 痰浊上壅

B. 肺气上逆

C. 肝气上逆

D. 胃气上逆

E. 奔豚气逆

参考答案：D

5. 咳喘无力，动则气短，声低气怯，自汗畏风，面色白，舌淡苔白，脉虚弱，此证属

A. 心气虚

B. 肺气虚

C. 脾气虚

D. 宗气虚

E. 卫气虚

参考答案：B

6. 患者，男，56 岁。素患眩晕，因情急恼怒而突

发头痛而胀，继则昏厥仆倒，呕血，不省人事，肢体强痉，舌红苔黄，脉弦。其病机是

A. 气郁

B. 气逆

C. 气脱

D. 气陷

E. 气结

参考答案：B

B1 型题

7.

A. 怒则气上

B. 悲则气消

C. 喜则气缓

D. 思则气结

E. 恐则气下

①患者因受精神刺激突发二便失禁，骨酸痿厥或遗精。其病机是

②患者因受精神刺激而气逆喘息，面红口赤，呕血，昏厥猝倒。其病机是

参考答案：①E ②A

8.

A. 气滞血瘀

B. 气不摄血

C. 气随血脱

D. 气血两虚

E. 气血失和

①肝病日久，两胁胀满疼痛，并见舌质瘀斑、瘀点。其病机是

②产后大出血，继则冷汗淋漓，甚则晕厥。其病机是

参考答案：①A ②C

【考点评析】

1. 气虚证指气的推动、温煦、防御、固摄、气化作用等功能减退，或脏腑机能下降所表现出的虚弱证候，表现为少气懒言、声音低微、呼吸气短、神疲乏力，或有头晕目眩，自汗，劳则加重；气陷证指在气虚证的基础上进一步发展，表现为在气虚的证候上出现内脏位置不能维固而下垂，或觉气下坠感；气虚不固证指气虚失摄而出现的虚弱证候，出现自汗等卫表不固、出血等脾虚失摄，及二便、精液、胎元不固等肾虚表现；气脱证指元气亏虚已极，气息奄奄欲脱的危重证候，表现为呼吸微弱而不规则，或见昏迷、昏仆，汗出不止，面色苍白，目合口开，手撒遗尿，脉微欲绝等，伴有亡阳者还有肢厥身凉的表现。

2. 血虚证为血液亏少机体失于濡养的虚弱证候，表现为面色、爪甲、唇舌等的淡白无华，伴有头晕、心悸、手足不仁、妇女经血量少色淡；血脱证又称脱血，血液突然大量耗失，或因长期失血、血虚而进一步发展，血脉空虚所致，出现面色苍白、眩晕心悸、舌淡、脉微欲绝或芤等危重证候。

3. 气滞证又称气郁、气结证。是气机运行不畅所表现的证候，表现为胸胁脘腹的胀闷或疼痛，疼痛性质为胀痛、窜痛伴肠鸣、嗳气，矢气后减轻，与情志因素有关；气逆证为气机升降失常，气上冲逆而不调的病理变化，表现为咳嗽等肺气上逆，呕吐、恶心等胃气上逆，头痛、眩晕、奔豚等肝气上逆；气闭证为气机出入异常，因暴怒、大惊、忧思过极等致使气机郁闭，属于气的实证，为急性重证，或见昏迷、昏厥，或为脏器的绞痛、大小便闭，并有呼吸气粗、声高、脉沉实有力。

4. 血瘀证指凡离开经脉的血液停留于某处；或血液运行受阻，壅积于经脉或器官之内，成凝滞状态，失却生理功能者，均属瘀血。由瘀血内阻产生的证候称为瘀血证或血瘀证，证候主要有疼痛，为刺痛、固定痛，夜间甚，肿块在体表者呈青紫色包块，在腹内者为较硬而推之不移的肿块，出血色暗有块；色脉改变包括面色黧黑，唇甲青紫，皮下瘀斑，青筋显露，舌质紫暗，有瘀斑、点，脉细涩或结代，或无脉。血热证指脏腑火热亢盛，热迫血分所表现的实热证候，即血分的热证，包括温病中的血分证，杂病中的热盛迫血所致的出血，外科疮疡病中的疮、疖、疔、痈。血寒证指寒邪客于血脉，凝滞气机，血液运行不畅所表现的实寒证，即血分的寒证，包括寒凝肝脉、寒凝胞宫、寒凝脉络等证。

5. 气滞血瘀证指气滞导致血行不畅出现血瘀，表现为气滞和血瘀症状俱有；气虚血瘀证指气虚推动血行无力出现血瘀，表现为气虚和血瘀并现；气血两虚证指既有气虚又有血虚的证候；气不摄血证指由于脾气虚、脾不统血导致血液溢出脉外，表现为气虚并有出血；气随血脱证指由大出血所致的气脱，表现为大出血并气脱。

命题考点3 津液辨证

A1 型题

1. 下列哪项不是阴水证的临床表现

A. 水肿先从下肢肿起

B. 下半身肿痛

C. 腰酸肢冷

D. 水肿皮薄光亮

E. 起病缓，病程长

参考答案：D

2. 不属于“湿毒浸淫”症状的是

A. 汗出而黏

B. 脚生湿气

C. 局部痛痒，流黄水

D. 尿浊

E. 女子带下腥臭

参考答案：A

3. 下列哪项不是阳水证的临床表现

A. 起病急，病程短

B. 水肿先从头面肿起

C. 上半身肿甚

D. 水肿皮薄光亮

E. 肢冷，腰痠痛

参考答案：E

A2 型题

4. 患者，男，46 岁。腹痛腹泻 2 天，日泻 10 余次水便，经治已缓，目前口渴心烦，皮肤干瘪，眼窝凹陷，舌淡白苔薄黄，脉细无力。其证候是

A. 津亏

B. 阴虚

C. 亡阴

D. 外燥

E. 实热

参考答案：A

5. 患者曾发高热，热退而见口鼻、皮肤干燥，形瘦，目陷，唇舌干燥，舌紫绛边有瘀斑、瘀点。其病机是

A. 津液不足

B. 津亏血瘀

C. 津枯血燥

D. 津停气阻

E. 气阴两亏

参考答案：B

【考点评析】

津液辨证的病机与表现：痰为水液内停而凝聚成形的病理产物，黏稠，随气机流窜全身，有多种临床表现：痰液贮肺、痰蒙心神、痰阻心脉、痰阻经络等；饮为水液内停而凝聚成形的病理产物，较痰清稀，饮多停于局部，有寒饮停肺、饮停心包、饮停胸胁、饮停胃肠等；水为肺脾肾功能失调，水液内停而凝聚成形的病理产物，较饮更为清稀，流动性大，可以泛溢于肌肤，并可以随体位的变动而改变，有阳水、阴水之分；体内津液不足，脏腑组织官窍失却津液的滋润濡养和充盈，分为伤津（津亏）和液脱（液耗），以干燥为主症。

第八单元　脏腑辨证

命题考点 1　五脏辨证

【历年真题纵览】

A1 型题

1. 下列哪项是咳嗽肺阴亏虚证的主要特征

A. 咳逆上气阵作

B. 干咳声短，痰少而粘

C. 咳时痰滞咽喉

D. 反复咳嗽痰多

E. 咳时胸闷呕恶

参考答案：B

2. 下列哪项是燥邪犯肺证与肺阴虚证的鉴别要点

A. 有无发热恶寒

B. 有无胸痛咳血

C. 有无口干咽燥

D. 痰量的多少

E. 咳痰的难易

参考答案：A

3. 下列除哪项外，均是缺铁性贫血脾气虚弱证的临床表现

A. 面色萎黄

B. 神疲乏力

C. 纳少便溏

D. 气短懒言

E. 腰膝酸软

参考答案：E

4. 头痛目眩，肢体麻木，肌肉瞤动，震颤，甚则突然昏倒，不省人事，此证属

A. 肝阳化风

B. 热极生风

C. 血虚动风

D. 阴虚动风

E. 以上均不是

参考答案：A

5. 下列肝胆病中，哪项不见眩晕症状

A. 肝血虚

B. 肝阴虚

C. 胆郁痰扰

D. 肝阳上亢

E. 肝气郁结

参考答案:E

6. 下列除哪项外,均为肾虚的症状

A. 腰膝酸软

B. 耳鸣耳聋

C. 牙齿动摇

D. 尿频急痛

E. 阳痿遗泄

参考答案:D

A2 型题

7. 患者,女,30 岁。神志不宁,虚烦不得眠,并见五心烦热,盗汗,舌红,脉细数。其病机是

A. 心气不足

B. 心血不足

C. 心阴不足

D. 心血瘀阻

E. 心神不足

参考答案:C

8. 患者,女,25 岁。口舌生疮,心烦失眠,小便黄赤,尿道灼热涩痛,口渴,舌红无苔,脉数。其病位在

A. 心、脾

B. 心、胃

C. 心、膀胱

D. 心、小肠

E. 心、大肠

参考答案:D

9. 患者,男,60 岁。主诉心胸憋闷疼痛,并放射至肩背,心悸怔忡,有恐惧感,舌紫有瘀点苔白,脉沉细涩。其病机是

A. 心血亏虚

B. 肝血不足

C. 心阳偏衰

D. 心阴虚亏

E. 心血瘀阻

参考答案:E

10. 患者,男,70 岁。神志痴呆,表情淡漠,举止失常,面色晦滞,胸闷泛恶,舌苔白腻,脉滑。其病机是

A. 痰迷心窍

B. 痰火扰心

C. 心血瘀阻

D. 肾精亏虚

E. 心脾两虚

参考答案:A

11. 患者,男,65 岁。咳嗽,咳痰黄黏,身热汗出,口渴,舌苔薄黄,脉浮数。其证型是

A. 燥热伤肺

B. 风热犯肺

C. 肝火犯肺

D. 痰热郁肺

E. 以上均非

参考答案:B

12. 患者,女,36 岁,已婚。面色萎黄,神疲乏力,气短懒言,食少便溏,月经淋漓不断,经血色淡,舌淡无苔,脉沉细无力。其病机是

A. 脾不统血

B. 脾肾阳虚

C. 气血两虚

D. 脾肺气虚

E. 肝血不足

参考答案:A

13. 患者身目发黄,黄色鲜明,腹部痞满,肢体困重,便溏尿黄,身热不扬,舌红苔黄腻,脉濡数。其证候是

A. 肝胆湿热

B. 大肠湿热

C. 肝火上炎

D. 湿热蕴脾

E. 寒湿困脾

参考答案:D

14. 患者,女性,34 岁。胁痛隐隐,绵绵不休,口干咽燥,舌红少苔,脉弦细数,其证候为

A. 肝脾不调

B. 肝胃不和

C. 肝郁气结

D. 肝阴不足

E. 肝络瘀阻

参考答案:D

15. 患者眩晕耳鸣,头目胀痛,面红目赤,急躁易怒,腰膝酸软,头重足轻,舌红,脉弦细数。其证候是

A. 肝火上炎

B. 肝阳上亢

C. 肝阴不足

D. 肝气郁结

E. 肝阳化风

参考答案:B

16. 患者,男,50 岁。眩晕欲仆,头重脚轻,筋惕

肉瞤，肢麻震颤，腰膝酸软，舌红苔薄白，脉弦细。其病机是

A. 肝阳上亢

B. 肝肾阴虚

C. 肝阳化风

D. 阴虚风动

E. 肝血不足

参考答案：C

17. 患者，男，45岁。平日急躁易怒，今日因事与人争吵时突感头晕，站立不住，面赤如醉，舌体颤动，脉弦。其证候是

A. 肝火上炎

B. 肝阳上亢

C. 热极生风

D. 肝阳化风

E. 肝气郁结

参考答案：D

18. 患者，男，60岁。形寒便溏，完谷不化，夜尿频多清长，下肢不温，舌质淡白，脉沉细。其舌苔应是

A. 透明苔

B. 白干苔

C. 黄苔

D. 黄腻苔

E. 灰苔

参考答案：A

19. 患者，女，31岁。3年来怀孕3次，均不足3个月而流产，听力减退，带下清稀，腰部酸痛，舌淡苔白，脉弱。其证候是

A. 肾气不固

B. 肾精不足

C. 肾阳虚

D. 中气下陷

E. 脾肾阳虚

参考答案：A

20. 患者全身浮肿，下肢尤甚，小便短少，心悸目眩，畏寒肢冷，苔白脉沉滑，属于

A. 脾阳虚衰

B. 水理内停

C. 阴阳两虚

D. 肾虚水泛

E. 肾阴不足

参考答案：D

B1 型题

21.

A. 畏寒身肿，小便短少

B. 畏寒肢冷，倦卧嗜睡

C. 腰酸耳鸣，小便失禁

D. 眩晕咽干，腰膝酸软

E. 发脱齿摇，健忘恍惚

①肾虚水泛的临床表现是

②肾气不固的临床表现是

参考答案：①B ②C

【考点评析】

1. 心病辨证：

①心气虚辨证要点为心悸及气虚见症；心阳虚辨证要点为心悸怔忡，胸闷或痛及阳虚见症；心阳虚脱辨证要点为心阳虚和亡阳的表现；心血虚辨证要点为心悸、健忘、失眠及血虚见症；心阴虚辨证要点为悸烦不宁、失眠多梦及阴虚见症。

②心脉痹阻，以心悸怔忡、心胸憋闷疼痛为主症。瘀阻心脉的疼痛为刺痛，伴见舌暗，瘀斑、点，脉细涩等瘀血内阻的症状；痰阻心脉的疼痛以闷痛为特点，多见体胖痰多，身重困倦等痰浊内盛的症状；寒凝心脉的疼痛以突然发作，痛势剧烈，得温痛减，伴畏寒肢冷脉沉迟或沉紧等寒邪内盛的症状；气滞心脉的疼痛以胀痛为特点，发作与精神因素有关，伴见胁胀、太息、脉弦等气滞症状。

③痰蒙心神辨证要点为神志抑郁错乱和痰浊内盛见症；痰火扰神证辨证要点为神志亢奋狂乱和痰火内盛的见症；心火亢盛证辨证要点为心烦失眠或神昏谵语等神志症状及舌脉出现火热炽盛之象；瘀阻脑络证辨证要点为头痛、头晕及瘀血证。

2. 肺病辨证：肺气虚辨证以咳喘无力、吐痰清稀及气虚见症为特点；肺阴虚辨证以干咳或痰少而粘和阴虚内热见症为特点；风寒犯肺辨证以咳嗽，痰液清稀和风寒表证并见为特点；寒痰阻肺辨证以咳喘并见寒痰内盛的表现为特点；饮停胸胁辨证以胸胁胀闷疼痛，咳唾引痛为特点；风热犯肺辨证以咳嗽和风热表证并见为要点；肺热炽盛以肺及肺系症状和里实热证并见为特点；痰热壅肺辨证以咳喘、痰多色黄及里实热证并见为特点；燥邪犯肺辨证以肺及肺系症状和干燥少津为特点；风水相搏辨证以骤起眼睑头面先肿，并兼卫表症状为要点。

3. 脾病辨证：脾气虚辨证以食少、腹胀、便溏及气虚见症为特点；脾阳虚辨证以脾失健运、消化机能减弱与虚寒之象并见为特点；脾虚气陷辨证以体弱气坠、内脏下垂为辨证要点；脾不统血辨证以脾气虚证和出血表现为辨证要点；湿热蕴脾辨证以脾胃运化功能障碍及湿热内蕴并见为辨证要点；寒湿困脾辨证以脾胃运化功能障碍及寒湿内盛并见为辨证要点。

4. 肝病辨证：肝血虚辨证以筋脉、目、爪甲失于濡养的见症及血虚表现为要点；肝阴虚辨证以头目、筋脉、肝络失于滋润的见症及阴虚内热的表现为特点；肝郁气滞辨证以情志抑郁、胸胁或少腹胀痛或窜痛，或妇女月经失调等表现为要点；肝火炽盛辨证以肝经循行部位上表现的实火炽盛症状为要点；肝阳上亢辨证以头目眩晕、胀痛、头重脚轻、腰膝酸软等为要点；肝阳化风辨证以平素有眩晕等肝阳上亢之状，又突见动风之象，或见猝然昏倒，半身不遂等症为要点；热极生风辨证以高热兼见动风之象为要点；阴虚风动辨证以动风兼有阴虚表现为特点；血虚生风辨证以动风兼有血虚表现为特点；寒滞肝脉辨证以少腹、阴部、巅顶冷痛，脉弦紧或沉紧为特点。

5. 肾病五证的鉴别：肾阳虚：辨证以性、生殖机能减退，伴见形寒肢冷、腰膝酸冷等虚寒表现为特点；肾阴虚辨证以腰膝酸冷、眩晕耳鸣、遗精、月经不调并伴见虚热之象为特点；肾精不足辨证以小儿生长发育迟缓、成人生殖机能低下及早衰为要点；肾气不固辨证以精液、二便、经带、胎元不固为要点；肾虚水泛辨证以水肿、腰以下为甚，并伴见虚寒症状为要点。

命题考点 2 腑病辨证

【历年真题纵览】

A1 型题

1. 下列除哪项外，均为阳明腑实证的临床表现

A. 脉沉迟而实

B. 日晡潮热

C. 身热不扬

D. 腹胀拒按

E. 大便秘结

参考答案：C

2. 大肠液亏证的主症是

A. 口干咽燥

B. 口臭头晕

C. 便干难以排出

D. 舌红苔白干

E. 脉象细涩

参考答案：C

A2 型题

3. 患者，女，26 岁，已婚。胃脘痞满，不思饮食，频频泛恶，干呕，大便秘结，舌红少津，脉细弱。其病机是

A. 脾阴不足

B. 胃阴不足

C. 胃燥津亏

D. 胃热炽盛

E. 肝胃不和

参考答案：B

【考点评析】

腑病辨证：胃气虚辨证以胃失和降和气虚见症为要点；胃阳虚辨证以胃失和降和阳虚见症为要点；胃阴虚辨证以胃失和降和阴虚失润见症为要点；胃热炽盛辨证以胃脘灼热疼痛及实火内炽见症为要点；寒饮停胃辨证以胃肠有水声，脘腹胀满为要点；寒滞胃肠辨证以脘腹冷痛及实寒证见症为特点；食滞胃肠辨证以脘腹胀满疼痛，呕吐酸腐食嗅为要点，并有伤食史；胃肠气滞辨证以脘腹痞胀疼痛，走窜不定为主要见症；肠热腑实辨证以腹满硬疼、便秘及里热炽盛为要点；肠道津亏辨证以大便燥结，难以排出及津亏失润见症为要点；肠道湿热辨证以下痢或泄泻及湿热征象为依据；膀胱湿热辨证以尿频尿急、排尿灼痛并伴见湿热征象为辨证依据；胆郁痰扰辨证以惊悸、失眠、眩晕、苔黄腻为特点。

命题考点 3 脏腑兼证

【历年真题纵览】

A1 型题

1. 下列各项中，哪两脏可同有血虚的证候

A. 心、脾

B. 肝、脾

C. 心、肺

D. 心、肝

E. 肝、肾

参考答案：D

2. 腹胀，便秘，胸闷喘咳，舌红苔黄，脉实有力。其病位在

A. 肺与心

B. 肺与脾

C. 肺与胃

D. 肺与肝

E. 肺与大肠

参考答案：E

A2 型题

3. 患者，女，38 岁。眩晕，自汗；心悸，失眠，多

梦，腹胀便溏，食少，体倦，面色无华。其病理变化是

A. 水气凌心

B. 心肾不交

C. 肺脾气虚

D. 心脾两虚

E. 心肝血虚

参考答案：D

4. 患者，女，56 岁。咳喘 10 年，伴见胸闷心悸，咳痰清稀，声低乏力，面白神疲，舌质淡白，脉弱。其证候是

A. 心肺气虚

B. 肺气虚

C. 寒邪客肺

D. 脾肺气虚

E. 肾不纳气

参考答案：A

5. 患者心悸怔忡，神识朦胧，困倦易睡，畏寒肢冷，肢面浮肿，下肢为甚，舌淡暗苔白滑，脉沉细微。其证候是

A. 痰湿困脾

B. 脾气虚弱

C. 心肾阳衰

D. 脾肾阳虚

E. 以上均非

参考答案：C

6. 患者，男，65 岁。眩晕，耳鸣如蝉，健忘失眠，胁痛，腰膝酸痛，盗汗，舌红少苔，脉细数。其证候是

A. 肾精不足

B. 肾阴虚

C. 肝阴虚

D. 肝肾阴虚

E. 肝阳上亢

参考答案：D

7. 患者平素性急易怒，时有胁胀，近日胁胀加重，伴食欲不振，食后腹胀，便溏，舌苔薄白，脉弦。其证候是

A. 脾气虚

B. 脾阳虚

C. 脾肾阳虚

D. 肝脾不调

E. 肝胃不和

参考答案：D

8. 患者，男，45 岁。心烦不寐，眩晕耳鸣健忘，腰酸梦遗，舌红少津，脉细数。其病变所在脏腑为

A. 心

B. 肾

C. 肝

D. 心、肾

E. 肝、胃

参考答案：D

9. 患者，男，40 岁。素有高血压病史，现眩晕耳鸣，面红头胀，腰膝酸软，失眠多梦，时有遗精或性欲亢进，舌红，脉沉弦细。其病机是

A. 阴虚内热

D. 阴损及阳

C. 阴虚阳亢

D. 阳损及阴

E. 阴虚火旺

参考答案：C

10. 患者，男，50 岁。咳喘 20 余年，现咳嗽痰少，口燥咽干，形体消瘦，腰膝酸软，颧红盗汗，舌红少苔，脉细数。其病机是

A. 肺气虚损

B. 肺阴虚亏

C. 肺肾阴虚

D. 肺肾气虚

E. 肾气虚衰

参考答案：C

11. 患者，男，50 岁。咳嗽喘促，呼多吸少，动则益甚，声低息微，腰膝酸软，舌淡，脉沉细两尺无力。其病机是

A. 肺气虚损

B. 肺阴虚亏

C. 肺肾气虚

D. 肺肾阴虚

E. 肾气虚衰

参考答案：C

B1 型题

12.

A. 食滞胃脘

B. 胃阴虚

C. 肝脾不调

D. 肝胃不和

E. 胃阳虚

①呕吐吞酸，胸胁胀满，嗳气频作，脘闷食少。其证候是

②干呕呃逆，胃脘嘈杂，口干咽燥，舌红少苔。其证候是

参考答案：①D　②B

13.

A. 脾气虚

B. 脾阳虚

C. 脾虚气陷

D. 寒湿困脾

E. 湿热蕴脾

①白带清稀量多，食少腹胀，畏寒怕冷，舌质淡胖，舌苔白滑，脉沉迟无力。其中医证候是

②白带量多，脘腹胀闷，纳呆便溏，头身困重，舌淡苔白腻，脉濡缓。其中医证候是

参考答案：①A ②D

14.

A. 尿频尿急，尿道灼痛，尿黄短少

B. 头痛目赤，急躁易怒，胁痛便秘

C. 腹部痞闷，纳呆便溏，面目发黄

D. 腹痛下痢，赤白粘冻，里急后重

E. 阴囊湿疹，瘙痒难忍，小便短赤

①湿热蕴脾可见

②肝胆湿热可见

参考答案：①C ②E

【考点评析】

脏腑兼病辨证：心肾不交辨证以惊悸失眠、多梦遗精、腰膝酸软及伴见阴虚症状为依据；心脾气血两虚辨证以心悸失眠、食少腹胀、慢性出血，并伴见气血亏虚的表现为要点；肝火犯肺辨证以咳嗽、咯血、胸胁灼痛、易怒，并伴见实火内炽之象为依据；肝胃不和辨证以胸胁、胃脘胀痛或窜痛，呃逆嗳气为要点；肝脾不调辨证以胸胁胀满、腹痛肠鸣、纳呆便溏为依据；心肺气虚辨证以咳喘、心悸，并见气虚的表现为要点；脾肺气虚辨证以食少便溏，咳喘短气，伴见气虚的表现为特点；肺肾气虚又称肾不纳气，以久病咳喘，呼多吸少，动则益甚和伴有肺肾气虚的表现为依据；心肾阳虚辨证以心悸怔忡、肢体浮肿并伴见虚寒之象为依据；脾肾阳虚辨证以泻利浮肿、腰腹冷痛，并伴见虚寒之象为依据；心肝血虚辨证以神志、目、筋、爪甲失养之症伴见血虚之象为依据；肝肾阴虚辨证以腰膝酸软、胁痛、耳鸣遗精、眩晕，并见虚热之象为依据；肺肾阴虚辨证以咳嗽少痰，腰膝酸软，遗精，并伴见虚热之象为依据；肝胆湿热辨证以胁肋胀痛，厌食腹胀，身目发黄，阴部瘙痒及湿热内蕴征象为依据。

中 药 学

第一单元 药性理论

命题考点1 结合有代表性的药物认识四气的确定和四气的作用

【历年真题纵览】

A1 型题

1. 外感风热证,应选择何种性味的药物
   A. 辛温
   B. 辛凉
   C. 甘寒
   D. 苦寒
   E. 甘温

参考答案:B

2. 四气的确定是
   A. 从人体的感官感觉出来的
   B. 从疾病的性质中总结出来的
   C. 从药物作用于人体所产生的不同反应和不同疗效概括出来的
   D. 从季节的不同变化总结出来的
   E. 根据病情轻重而确定的

参考答案:C

【考点评析】

四气即寒、热、温、凉四种药性。如黄芩对于发热口渴、咽痛等热证有清热解毒作用,表明该药具有寒性;如附子对于腹中冷痛、四肢厥冷等寒证具有温中散寒作用,表明该药具有热性。四气反映药物在影响人体阴阳盛衰、寒热变化等方面的作用倾向,是说明药物作用性质的重要概念之一。

命题考点2 结合有代表性的药物认识五味的确定和五味的作用及适应证

【历年真题纵览】

A1 型题

1. 有软坚散结和泻下作用的药物五味性质多为
   A. 咸
   B. 酸
   C. 苦
   D. 甘
   E. 辛

参考答案:A

2. 具有沉降性质的性味是
   A. 苦温
   B. 辛温
   C. 苦寒
   D. 辛寒
   E. 咸温

参考答案:C

3. 芳香药多具有
   A. 辛味
   B. 甘味
   C. 苦味
   D. 酸味
   E. 淡味

参考答案:A

4. 涩味药多用于治疗
   A. 胃热消渴
   B. 水肿、小便不利
   C. 胸胁苦满
   D. 恶心呕吐
   E. 虚汗、遗精滑精

参考答案:E

5. 按照五味理论,下列药物中具有辛味的是
   A. 柴苏

B. 海藻
C. 乌梅
D. 大黄
E. 党参

参考答案:A

6. 祛风湿药的药性大多为
A. 甘寒滋润
B. 辛温性燥
C. 苦寒性燥
D. 酸涩性敛
E. 甘温燥热

参考答案:B

7. 具有敛肺止咳的药物大多是何种药味
A. 辛

……涩作用的是

E. 白芷
参考答案:B
5. 细辛具有的功效是
A. 温助阳气
B. 祛风胜湿
C. 消肿排脓
D. 温肺化饮

……如麻黄
……五味子味酸
……味，更重
……床用药。

命题考点3 各类药物的升降浮沉趋向和影响药物升降浮沉的主要因素

【历年真题纵览】

A1 型题

1. 具有升浮性质的性味是
A. 辛温
B. 苦温
C. 辛寒
D. 苦寒
E. 咸温

参考答案:A

2. 以下哪项不是升浮药物的作用
A. 发表散寒
B. 透疹
C. 安神
D. 涌吐
E. 开窍

参考答案:C

3. 具有升浮性能的药物可以具有的作用
A. 平喘
B. 止吐
C. 潜阳
D. 通便
E. 涌吐

参考答案:E

4. 按照药性升降浮沉理论，下列选项中，具有沉降特性的是
A. 解表药
B. 活血药
C. 温里药
D. 清热药
E. 开窍药

参考答案:D

【考点评析】

1. 升降浮沉反映药物作用的趋向性，是说明药物作用性质的概念之一。

2. 一般具有升阳发表、驱风散寒、涌吐、开窍等功效的药物，药性多为升浮；具有泻下、清热、利水渗湿、重镇安神、潜阳息风、消导积滞、降逆止呕、收敛固涩、止咳平喘等功效的药物，药性多为沉降。影响药性升降浮沉的主要因素是炮制和配伍。

命题考点4　结合有代表性的药物认识归经的确定

【历年真题纵览】

A1 型题

1. 归经是指
   A. 药物具有的升降浮沉的作用趋向
   B. 药物具有的寒、热、温、凉四种性质
   C. 药物具有的辛、甘、酸、苦、咸五种滋味
   D. 药物对于机体某部分的选择性作用
   E. 药物对于机体有无毒副作用

参考答案:D

2. 荆芥的主要归经是
   A. 肺、肝
   B. 肺、脾
   C. 肺、心
   D. 肺、肾
   E. 肺、膀胱

参考答案:A

3. 确定归经理论的依据是
   A. 阴阳学说
   B. 五行学说
   C. 脏腑经络理论
   D. 药性理论
   E. 所治病证

参考答案:C

4. 杏仁能止咳平喘,治疗胸闷喘咳,其归经为
   A. 归心经
   B. 归肝经
   C. 归脾经
   D. 归肺经
   E. 归肾经

参考答案:D

5. 全蝎能止抽搐,是因为根据归经理论其归
   A. 心经
   B. 肾经
   C. 肝经
   D. 肺经
   E. 脾经

参考答案:C

【考点评析】

归经是指药物作用归属脏腑经络的概念。如知母具有清泻肺胃气分实热,又能滋肾阴,润肾燥而退骨蒸,归属肺、胃和肾经;龟甲可滋补肝肾之阴而退内热,又有养血补心之效,归属心、肝和肾经;麝香具有开窍醒神的作用,归心经;杏仁能治胸闷咳喘,归肺经等。

命题考点5　引起毒性反应的原因,结合具体有毒药物认识其使用注意事项

【历年真题纵览】

A1 型题

1. 关于中药毒性反应产生的原因,下列哪种说法是错误的
   A. 剂量过大
   B. 炮制不当
   C. 配伍不当
   D. 以毒攻毒
   E. 误服伪品

参考答案:D

2. 下列有大毒的药物是
   A. 茯苓
   B. 芫花
   C. 水蛭
   D. 巴豆
   E. 黄连

参考答案:D

3. 巴豆制成巴豆霜之目的是
   A. 减低毒性
   B. 提高疗效
   C. 便于贮存
   D. 矫臭矫味
   E. 便于调剂

参考答案:A

B1 型题

4.
   A. 本品有一定毒性,不宜持续和过量服用
   B. 脾虚便溏者不宜服用
   C. 大量服用能引起呃逆、眩晕、呕吐等反应
   D. 与热茶同服可致呃逆、腹泻
   E. 本品与乌头相反

①使用苦楝皮时应注意
②使用槟榔时应注意

参考答案:①A　②B

【考点评析】

1. 毒性是指药物对机体的损害性，与副作用不同，它对人体的危害性较大。为了确保用药安全，必须认识中药的毒性，了解毒性反应产生的原因，掌握正确的剂型、用量和使用方法等。

2. 引起毒性反应的原因有药物本身具有毒性；不当的配伍使得原本并无毒性或毒性不剧的药物出现了比较明显的毒性；不同特质的患者对药物有不同的反应，也可出现毒性反应。如附子为临床常用的回阳救逆，助阳补火的药物，但其有毒，因此在使用时应注意严格按照规定用量使用，内服须经炮制，且宜先煎0.5～1小时，至口尝无麻辣感为度，若内服过量，或炮制、煎煮方法不当，可引起中毒。

第二单元　中药的配伍

命题考点1　中药配伍的意义

【历年真题纵览】

A1型题

中药配伍的概念中不包括

A. 中药配伍是指有目的地按病情需要和药性特点，有选择地将两味以上药物配合

B. 可以增强药物治疗的效力

C. 可以同时照顾到兼证

D. 可以避免药物的不良反应

E. 配伍是指君臣佐使的组方方法

参考答案：E

【考点评析】

1. 配伍是指有目的的按病情需要和药性特点，有选择地将两味以上药物配合同用。

2. 配伍用药可以增强方药的治疗效力；可同时照顾到兼证；可以避免药物的不良反应，抑制或消除药物的毒性反应。

命题考点2　各种配伍关系的意义

【历年真题纵览】

A1型题

1. 下列哪项属于佐助药的范围

A. 针对重要的兼病或兼证起主要治疗作用的药物

B. 直接治疗次要兼证的药物

C. 具有调和方中诸药作用的药物

D. 病重邪甚时，用与君药性味相反而又在治疗起相成作用，以防止药病格拒

E. 引领方中药物直下病所的药物

参考答案：B

2. 相须、相使配伍可产生

A. 协同作用，增进疗效

B. 拮抗作用，降低疗效

C. 减毒作用

D. 毒副作用

E. 以上都不是

参考答案：A

3. 黄芪与茯苓配伍，茯苓能增强黄芪补气利水的功效，这种配伍关系属于

A. 相须

B. 相使

C. 相畏

D. 相杀

E. 相恶

参考答案：B

4. 两种药物合用，一种药物能破坏另一种药物的功效，这种配伍关系属于

A. 相须

B. 相使

C. 相畏

D. 相杀

E. 相恶

参考答案：E

5. 一种药物能使另一种药物原有功效降低，甚或丧失的配伍方式是

A. 相恶

B. 相须

C. 相反

D. 相使

E. 相杀

参考答案：A

6. 两种药物配伍能产生剧烈的毒性反应或副作用，这种配伍关系属于

A. 相须

B. 相使

C. 相反

D. 相杀

E. 相恶

参考答案:C

7. 人参配莱菔子,莱菔子能削弱人参的补气作用,这种配伍关系属于

A. 相须

B. 相使

C. 相畏

D. 相恶

E. 相杀

参考答案:D

【考点评析】

配伍关系中的配伍意义包括相须、相使、相畏、相杀、相恶、相反。相须指性能功效相类似的药物配合应用,可以增强原有疗效。如大黄可泻下攻积,芒硝可泻下软坚,两者配合能明显增强攻下泻热的治疗效果,因此两者相须为用;全蝎、蜈蚣同用,能明显增强止痉定搐的作用,因此也为相须配伍。相使指在性能功效方面有某些共性,或性能功效虽不相同,但是治疗目的一致的药物配合应用,而以一种药物为主,另一种药物为辅,能提高主药疗效。相畏指一种药物的毒性反应或副作用能被另一种药物减轻或消除。相杀指一种药物能减轻或消除另一种药物的毒性或副作用,如生姜与附子合用,能减轻后者的毒性,说生姜杀附子的毒,因此两者配伍属相杀。相畏、相杀实际上是同一种配伍关系的两种提法,是药物间相互对待而言。相恶指一种药物能使另一种药物原有的功效降低,甚至丧失。如人参用于治疗元气虚脱,莱菔子则有消导积滞的功效,两者合用能降低人参的治疗效果,因此为相恶。相反指两种药合用,能产生或增强毒性反应或副作用,如"十八反"、"十九畏"中的若干药物。"十八反"中甘草反芫花,因此两者为相反。

第三单元 中药的用药禁忌

命题考点1 配伍禁忌,"十八反"、"十九畏"的内容

【历年真题纵览】

A1 型题

1. 甘草与芫花配伍,属于

A. 相须

B. 相使

C. 相畏

D. 相杀

E. 相反

参考答案:E

2. 在中药的配伍关系中,黄连配木香是

A. 相须关系

B. 相使关系

C. 相畏关系

D. 相杀关系

E. 相反关系

参考答案:B

3. 全蝎与蜈蚣同用治疗痉挛抽搐的配伍关系是

A. 相须

B. 相使

C. 相畏

D. 相杀

E. 相恶

参考答案:A

4. 海藻与甘草配伍属于药物七情中的

A. 相须

B. 相使

C. 相畏

D. 相杀

E. 相反

参考答案:E

5. 药物"七情"中,配伍禁忌有

A. 相须、相使

B. 单行

C. 相反、相恶

D. 相杀

E. 相畏

参考答案:C

6. 反乌头的药物是

A. 甘遂

B. 瓜蒌

C. 苦参

D. 赤芍

E. 海藻

参考答案: B

7. 属于十九畏的配伍药对是

A. 川乌和草乌

B. 桃仁与红花

C. 官桂与赤石脂

D. 乌头与贝母

E. 甘草与甘遂

参考答案:C

8. 人参与皂荚同用，皂荚可以降低人参的补气作用，人参对皂荚而言，这种配伍关系属

A. 相须

B. 相使

C. 相杀

D. 相畏

E. 相恶

参考答案：E

9. 与人参相反的药物是

A. 半夏

B. 乌头

C. 藜芦

D. 白芍

E. 细辛

参考答案：C

【考点评析】

1. "十八反"是指甘草反甘遂、大戟、海藻、芫花；乌头反贝母、瓜蒌、半夏、白蔹、白及；藜芦反人参、沙参、丹参、玄参、细辛、芍药、苦参。

2. "十九畏"是指硫黄畏朴硝，水银畏砒霜，狼毒畏密陀僧，巴豆畏牵牛，丁香畏郁金，川乌、草乌畏犀角，牙硝畏三棱，官桂畏石脂，人参畏五灵脂。

命题考点 2　妊娠用药禁忌的概念及分类

【历年真题纵览】

A1 型题

1. 妊娠禁用的药物是

A. 大黄

B. 芒硝

C. 青皮

D. 麝香

E. 附子

参考答案：D

2. 在妊娠用药禁忌中，属于慎用药的是

A. 牵牛子

B. 茯苓

C. 芍药

D. 水蛭

E. 红花

参考答案：E

【考点评析】

妊娠用药禁忌专指妇女妊娠期除中断妊娠、引产外，禁忌使用的药物。妊娠禁忌药分为禁用与慎用两大类。属禁用的多为剧毒药，或药性作用峻猛之品，及堕胎作用较强的药物；慎用药则主要指活血祛瘀药、行气药、攻下药、温里药中的部分药。一般来讲，对于妊娠禁忌的，如无特殊必要，应尽量避免使用，以免发生事故。如孕妇患病非用不可，则应注意辨证准确，掌握好剂量与使用的方法和时间，通过恰当的炮制和配伍，尽量减轻药物对妊娠的危害，做到用药有效而安全。

第四单元　中药的剂量与用法

命题考点 1　影响中药剂量的因素；有毒药、峻猛药及某些名贵药的剂量

【历年真题纵览】

A1 型题

巴豆内服，其用量范围是

A. 0.5 ~ 1 g

B. 3 ~ 5 g

C. 5 ~ 10 g

D. 0.1 ~ 0.3 g

E. 1.5 ~ 3 g

参考答案：D

【考点评析】

1. 影响中药剂量的因素有药材质量、质地、性味、有毒无毒；方药配伍、剂型、用药目的；患者年龄、性别、体质强弱、病程长短、病势轻重等，同时还和用药的季节、气候和居住环境等因素有关。

2. 要特别注意某些有毒药、峻猛药及某些名贵药的剂量。如附子为有毒药，应煎服，3 ~ 15 g；大戟为泻下逐水药，性峻猛烈，煎服，1.5 ~ 3 g；麝香为名贵药材，入丸散剂，每次 0.06 ~ 0.1 g。

命题考点 2　剂量

【历年真题纵览】

A1 型题

麻黄的常用日剂量为

A. 3 ~ 10 g

B. 15 ~ 20 g

C. 20～25 g
D. 10～15 g
E. 20～30 g
参考答案：A

【考点评析】

中药剂量的含义一般是指每一味药的成人一日量。

命题考点3 中药的用法

【历年真题纵览】

A1 型题

1. 入汤剂宜另煎的药物是
A. 西洋参
B. 太子参
C. 沙参
D. 党参
E. 玄参
参考答案：A

2. "水飞"属于炮制方法中的哪种制法
A. 修制
B. 水制
C. 火制
D. 水火共制
E. 其他制法
参考答案：B

3. 醋制延胡索的目的是
A. 减毒
B. 增效
C. 改性
D. 矫味
E. 方便使用
参考答案：B

4. 入汤剂宜包煎的药物是
A. 苏子
B. 天竺黄
C. 旋覆花
D. 白前
E. 白芥子
参考答案：C

5. 砂仁入汤剂宜
A. 先煎
B. 后下
C. 煎
D. 包煎
E. 烊化
参考答案：B

6. 白豆蔻入汤剂宜
A. 烊化
B. 另煎
C. 包煎
D. 先煎
E. 后下
参考答案：E

7. 入汤剂宜包煎的药物是
A. 蒲黄
B. 麻黄
C. 大黄
D. 姜黄
E. 雄黄
参考答案：A

8. 下列关于中药的煎煮，说法错误的是
A. 解表药宜用文火快煎
B. 煎药器具最好用陶瓷器皿中的沙锅、砂罐
C. 煎一般药宜先武火后文火
D. 一剂药一般可煎三次，最少应煎两次
E. 汤剂煎减后应榨渣取汁
参考答案：A

9. 葛根退热生津宜
A. 生用
B. 炒用
C. 煨用
D. 醋制用
E. 久煎
参考答案：A

B1 型题

10.
A. 紫苏
B. 荆芥
C. 香薷
D. 麻黄
E. 生姜
①用于止血，宜炒炭用的药物是
②用于平喘，宜蜜炙用的药物是
参考答案：①B ②D

【考点评析】

1. 中药的煎煮方法包括煎药器具的选择、加水多少、煎前浸泡、煎煮火候和时间、榨渣取汁、煎煮次数，入药方法包括先煎、后下、包煎、另煎、烊化、冲服

等。如羚羊角和阿胶等胶类物，容易黏附于其他药渣及锅底，既浪费药材，又容易熬焦，宜另行烊化，再与其他药汁兑服；车前子、葶苈子等药材较细，又含淀粉、黏液质较多，煎煮时容易粘锅、糊化、焦化，入药时宜用纱布包裹入煎；旋覆花、辛夷等药材有毛，对咽喉有刺激性，入药时也应包煎；龟甲、石决明和牡蛎等矿物和贝壳类药物，因其有效成分不易煎出，入汤剂宜先煎30分钟左右再纳入其他药物同煎；钩藤等药物有效成分加热后容易挥散或被破坏，因此不宜久煎，一般不超过20分钟，入药宜后下；蒲黄质地较轻，煎煮时易漂浮在药液面上，或成糊状，不便于煎煮或服用，因此入药时宜用纱布包裹入煎；西洋参、人参等贵重药材宜另煎，以免煎出的有效成分被其他药渣吸附，造成浪费；琥珀等为植物树脂埋藏地下转化而成的化石样物质，使用应研末冲服，不入煎剂；石决明为矿物类药物，有效成分不易煎出，入汤剂宜先煎30分钟左右再纳入其他药物同煎。

2. 服药时间应根据胃肠状况、病情需要及药物特性来确定，分为饭前、饭后和特定时间服药。

第五单元　解表药

命题考点1　解表药的使用注意事项

【历年真题纵览】

A2型题

患者，男，45岁，胸闷，咳嗽，咯吐痰涎，色白清稀，鼻塞流涕。用药首选

A. 归肺经
B. 归心经
C. 归肝经
D. 归膀胱经
E. 归脾经

参考答案：A

【考点评析】

解表药是指以发散表邪、解除表证为主要作用的药物，本类药物辛散轻扬，主入肺、膀胱经，可发汗解表，部分药兼有利尿退肿、止咳平喘、透疹、止痛、消疮的作用。本类药物主要用于外感表证，部分药物还可用于水肿、咳喘、麻疹、风湿痹痛、疮疡初起等证而兼有表证者。

命题考点2　发散风寒药麻黄、桂枝、紫苏、荆芥、防风的性能、功效和应用；香薷、羌活、白芷、细辛、辛夷的功效和主治病证；生姜、藁本、苍耳子的功效；麻黄、香薷、荆芥、细辛的用法；麻黄、桂枝、细辛、苍耳子的使用注意

【历年真题纵览】

A1型题

1. 荆芥的主要归经是

A. 肺、肝
B. 肺、脾
C. 肺、心
D. 肺、肾
E. 肺、膀胱

参考答案：A

2. 苍耳子具有的功效是

A. 清头目
B. 利咽喉
C. 祛风湿
D. 利水
E. 平喘

参考答案：C

3. 荆芥的性味是

A. 辛、温
B. 辛、微温
C. 辛、苦、温
D. 辛、甘、温
E. 辛、甘、微温

参考答案：B

4. 治疗胸阳不振，血脉受寒之胸痹胸痛者，应首选

A. 麻黄
B. 桂枝
C. 细辛
D. 生姜
E. 白芷

参考答案：B

5. 细辛具有的功效是

A. 温助阳气
B. 祛风胜湿
C. 消肿排脓
D. 温肺化饮

E. 温中和胃

参考答案：D

6. 下列哪项是苍耳子具有的功效

A. 利咽消肿

B. 清利头目

C. 利水消肿

D. 平喘止咳

E. 祛风除湿

参考答案：E

7. 治疗风寒湿邪导致的肢节疼痛，尤以上半身疼痛更为适用的药物是

A. 羌活

B. 生姜

C. 细辛

D. 藁本

E. 紫苏

参考答案：A

8. 治疗鼻渊头痛、风寒头痛的最佳药物是

A. 麻黄

B. 苍耳子

C. 细辛

D. 紫苏

E. 荆芥

参考答案：B

9. 既能解表散寒，祛风止痛，通鼻窍，又能燥湿止带的药是

A. 苍耳子

B. 藁本

C. 细辛

D. 生姜

E. 白芷

参考答案：E

10. 有“呕家圣药”之称的药物是

A. 藿香

B. 半夏

C. 升麻

D. 生姜

E. 竹茹

参考答案：D

11. 下列叙述哪一项说法是错误的

A. 麻黄清表热

B. 金银花透表热清里热

C. 秦艽清虚热

D. 石膏清里热

E. 牡丹皮清血热退虚热

参考答案：A

12. 既能发汗解表，又能利水消肿的药组是

A. 麻黄、香薷

B. 香薷、紫苏

C. 麻黄、荆芥

D. 紫苏、生姜

E. 荆芥、防风

参考答案：A

13. 既能行气安胎，又能发表散寒，解鱼蟹毒的药物是

A. 砂仁

B. 黄芩

C. 紫苏

D. 白术

E. 白豆蔻

参考答案：C

14. 误服生半夏中毒，应考虑选用下列哪项解毒

A. 甘草

B. 绿豆

C. 黄连

D. 金银花

E. 生姜

参考答案：E

15. 下列何药尤善治腰以上风寒湿痹

A. 羌活

B. 独活

C. 桑枝

D. 桂枝

E. 防风

参考答案：A

16. 既能化湿、解暑，又能利水消肿的药物是

A. 藿香

B. 佩兰

C. 青蒿

D. 砂仁

E. 香薷

参考答案：E

17. 下列哪项不是紫苏的主治证

A. 风寒表证

B. 阳虚水肿

C. 妊娠呕吐

D. 鱼蟹中毒

E. 脾胃气滞

参考答案：B

18. 既能祛风解表，又能胜湿、止痛止痉的药物是

A. 荆芥
B. 防风
C. 香薷
D. 紫苏
E. 桂枝
参考答案：B

19. 生姜和紫苏都具有的功效是
A. 散寒止痛
B. 发汗解表
C. 温肺止咳
D. 温中止呕
E. 行气宽中
参考答案：B

20. 下列哪项不是生姜的功效
A. 发汗解表
B. 温中止呕
C. 温肺止咳
D. 行气化痰
E. 解毒
参考答案：D

A2 型题

21. 患者，男，60岁，素有咳嗽病史，因为夜间外出衣着单薄，次日出现恶寒发热，头痛，咳嗽气喘，痰多清稀色白，舌苔白滑，脉浮，用药首选
A. 麻黄、细辛
B. 桑叶、菊花
C. 柴胡、升麻
D. 藁本、蔓荆子
E. 蝉蜕、羌活
参考答案：A

22. 患者，女，60岁，平素上肢关节疼痛，因为天气突然降温，出现恶寒发热，肢体疼痛加重，屈伸不利，无汗，舌苔薄白，脉浮紧，用药首选
A. 葛根、升麻
B. 生姜、白芷
C. 羌活、防风
D. 紫苏、麻黄
E. 薄荷、蝉蜕
参考答案：C

【考点评析】

1. 麻黄辛、微苦、温，归肺、膀胱经，有发汗解表，宣肺平喘，利水消肿的功效，用于风寒感冒，咳嗽气喘，风水水肿；桂枝辛、甘、温，归心、肺、膀胱经，有发汗解肌，温通经脉，助阳化气的功效，用于风寒感冒，寒凝血滞诸痛证，痰饮、蓄水证，心悸；紫苏辛、温，归肺、脾经，有发汗解表，行气宽中的功效，用于风寒感冒，咳嗽痰多，脾胃气滞，又可用于鱼蟹中毒，腹痛吐泻；荆芥辛、微温，归肺、肝经，有发表散风，透疹消疮，炒炭止血的功效，用于外感表证，麻疹不透、风疹瘙痒，疮疡初起兼有表证，吐衄下血；防风辛、甘、微温，归膀胱、肝脾经，有发表散风，胜湿止痛，止痉，止泻的功效，用于感冒头痛，风疹瘙痒，风湿痹痛，破伤风证，还可用于肝郁侮脾，腹痛泄泻等。

2. 香薷有发汗解表，化湿和中，利水消肿的功效，用于阴暑证，水肿脚气；羌活有散寒祛风，胜湿止痛的功效，用于风寒感冒，头痛身疼，风寒湿痹，肩臂疼痛；白芷有解表散寒，通窍，止痛，燥湿止带，消肿排脓的功效，用于外感风寒，头痛、鼻塞，阳明头痛、齿痛、鼻渊、风湿痹痛，带下过多，疮痈肿毒，还可用于治疗皮肤风湿瘙痒及毒蛇咬伤等；细辛有祛风散寒，通窍，止痛，温肺化饮的功效，用于风寒感冒，阳虚外感，头痛、鼻渊、牙痛、痹痛，寒痰停饮，气逆咳喘；辛夷有发散风寒，宣通鼻窍的功效，用于风寒头痛，鼻渊头痛。

3. 生姜有发汗解表，温中止呕，温肺止咳的功效；藁本有祛风散寒，胜湿止痛的功效；苍耳子有散风除湿、通窍止痛的功效。

4. 麻黄发汗解表宜生用，止咳平喘宜炙用，凡表虚自汗、阴虚盗汗及虚喘均当慎用；桂枝辛温助热，容易伤阴动血，凡外感热病、阴虚火旺、血热妄行等证，均当忌用，孕妇及月经过多者慎用；香薷煎服，利水退肿须浓煎；荆芥不宜久煎，发表透疹消疮宜生用，止血宜炒用；细辛煎服，2～5 g，阴虚阳亢头痛，肺燥伤阴干咳忌用，反藜芦；苍耳子有小毒，血虚头痛不宜服用，过量服用易致中毒。

> 命题考点3　发散风热药薄荷、蝉蜕、柴胡、葛根的性能、功效和应用；牛蒡子、桑叶、菊花的功效和主治病证；蔓荆子、升麻的功效；薄荷、葛根的用法；牛蒡子的使用注意

【历年真题纵览】

A1 型题

1. 具有疏散风热功效的药物是
A. 金银花
B. 大青叶
C. 鱼腥草

D. 穿心莲
E. 淡竹叶
参考答案:A

2. 具有清利头目功效的药物是
A. 蔓荆子
B. 葛根
C. 柴胡
D. 升麻
E. 白芷
参考答案:A

3. 治疗肝气郁结,胸闷,胁肋胀痛,月经不调者,宜选用
A. 紫苏
B. 蔓荆子
C. 蝉蜕
D. 薄荷
E. 荆芥
参考答案:D

4. 薄荷的归经
A. 肺、肝经
B. 肺、胃经
C. 肝、胃经
D. 肺、心经
E. 心、肝经
参考答案:A

5. 蝉蜕的主要归经是
A. 肺、脾
B. 肺、肾
C. 肺、心
D. 肺、肝
E. 肺、大肠
参考答案:D

6. 用于治疗风热外袭,火毒内结,痈肿疮毒,兼有便秘者
A. 薄荷
B. 牛蒡子
C. 桑叶
D. 蝉蜕
E. 浮萍
参考答案:B

7. 肝气郁结,胁肋胀痛,胸闷,月经不调,宜选用
A. 蝉蜕
B. 菊花
C. 柴胡
D. 蔓荆子
E. 葛根
参考答案:C

8. 具有透疹消疮功效的药物是
A. 紫苏
B. 荆芥
C. 香薷
D. 白芷
E. 防风
参考答案:B

9. 治疗风热感冒、温病初起,常配伍同用的药物是
A. 麻黄、桂枝
B. 桂枝、白芍
C. 石膏、知母
D. 金银花、连翘
E. 牡丹皮、赤芍
参考答案:D

10. 葛根尤善治
A. 肝气郁结,胁肋胀痛
B. 表证发热,项背强痛
C. 肝经风热,目赤翳障
D. 少阳证寒热往来
E. 血热妄行,吐血衄血
参考答案:B

11. 应用炙桑叶可以
A. 升阳气
B. 润肺燥
C. 解毒热
D. 清血热
E. 清肺热
参考答案:B

12. 治疗风热郁闭,咽喉肿痛,大便燥结者,应首选
A. 薄荷
B. 蝉蜕
C. 菊花
D. 蔓荆子
E. 牛蒡子
参考答案:E

13. 既能疏散风热,又能息风止痉的药物是
A. 薄荷
B. 蝉蜕
C. 桑叶
D. 菊花
E. 牛蒡子
参考答案:B

14. 治疗肝经风热,目赤肿痛宜选用

A. 柴胡、桑叶
B. 牛蒡子、葛根
C. 蝉蜕、升麻
D. 桑叶、夏枯草
E. 菊花、白芷

参考答案:D

15. 柴胡、升麻均具有的功效是
A. 散寒解表
B. 清热解毒
C. 疏肝解郁
D. 升举阳气
E. 透发麻疹

参考答案:D

16. 下列除哪项外均具有明目功效
A. 菊花
B. 桑叶
C. 蝉蜕
D. 牛蒡子
E. 决明子

参考答案:D

17. 功能疏肝解郁的药物是
A. 薄荷
B. 牛蒡子
C. 桑叶
D. 菊花
E. 蔓荆子

参考答案:A

18. 具有透疹作用的药组是
A. 蝉蜕、金银花、菊花
B. 薄荷、葛根、升麻
C. 紫草、牛蒡子、防风
D. 桑叶、薄荷、菊花
E. 荆芥、连翘、升麻

参考答案:B

19. 既能发表解肌,又能升阳止泻的药物是
A. 升麻
B. 葛根
C. 柴胡
D. 桑叶
E. 薄荷

参考答案:B

20. 菊花具有的功效是
A. 平降肝阳,息风止痉
B. 疏风清热,息风止痉
C. 疏散风热,清热解毒
D. 清肺止咳,清热解毒
E. 疏风清热,清利咽喉

参考答案:C

21. 柴胡治疗少阳证,寒热往来,宜配伍
A. 黄芩
B. 黄连
C. 黄柏
D. 苦参
E. 龙胆草

参考答案:A

22. 下列除哪项外,均有透疹的功效
A. 薄荷
B. 牛蒡子
C. 桑叶
D. 升麻
E. 葛根

参考答案:C

23. 下列哪项不是桑叶的功效
A. 疏散风热
B. 清肺润燥
C. 平肝明目
D. 凉血止血
E. 泻三焦火

参考答案:E

【考点评析】

1. 薄荷辛凉,归肺、肝经,有疏散风热,清理头目,利咽,透疹,疏肝解郁的功效,用于风热感冒,温病初起,头痛目赤,咽喉肿痛,麻疹不透,风疹瘙痒,肝郁气滞,胸闷胁痛;蝉蜕甘寒,归肺、肝经,有疏散风热,透疹止痒,明目退翳,止痉的功效,用于风热感冒,咽痛喑哑,麻疹不透,风疹瘙痒,目赤翳障,惊痫夜啼,破伤风证;柴胡苦辛,微寒,归肝、胆经,有疏散退热,疏肝解郁,升阳举陷的功效,用于寒热往来,感冒发热,肝郁气滞,月经不调,胸胁疼痛,气虚下陷,久泻脱肛,还可退热截疟;葛根甘、辛、凉,归脾、胃经,有解肌退热,头发麻疹,生津止渴,升阳止泻的功效,用于外感表证,麻疹不透,热病口渴,阴虚消渴,热泻热痢,脾虚泄泻。

2. 牛蒡子有疏散风热,透疹利咽,解毒散肿的功效,用于风热感冒,咽喉肿痛,麻疹不透,痈肿疮毒,痄腮喉痹;桑叶有疏散风热,清肺润燥,平肝明目的功效,用于风热感冒,头痛咳嗽,肺热燥咳,肝阳眩晕,目赤昏花,还可治疗血热妄行吐血、衄血之证;菊花有疏散风热,平肝明目,清热解毒的功效,用于风热感冒,发热头痛,目赤昏花,眩晕惊风,疔疮肿毒。

3. 蔓荆子有疏散风热,清利头目的功效;升麻有发表透疹,清热解毒,升举阳气的功效。

4. 薄荷煎服宜后下;葛根煎服退热生津宜生用,升阳止泻宜煨用。牛蒡子性寒,滑肠通便,气虚便溏者慎用。

第六单元　清热药

命题考点1　清热药的使用注意事项

【历年真题纵览】

A1 型题

清热药不具有的功效是

A. 清热泻火

B. 清热燥湿

C. 清热镇痉

D. 清热凉血

E. 清虚热

参考答案:C

【考点评析】

清热药分为清热泻火药,可清气分热,用于气分实热证;清热燥湿药,可清热燥湿,用于湿热病证;清热凉血药,可清解营分、血分热邪,用于血分实热证;清热解毒药,可清解热毒,用于痈肿疮疡等热毒炽盛的病证;清虚热药,可清虚热、退骨蒸。若患者同时兼有表证,应先解表后清里,或与解表药同时配伍使用;若兼有里热积滞者,则应与泻下药配伍使用。使用清热药时应注意本类药物药性寒凉,易伤脾胃,热证易伤津液,苦寒药物易化燥伤阴,阴虚患者应当慎用;阴盛格阳、真寒假热之证,禁用清热药。

命题考点2　清热泻火药石膏、知母、栀子的性能、功效和应用;芦根、天花粉、夏枯草的功效和主治病证;淡竹叶、决明子的功效;石膏的用法用量

【历年真题纵览】

A1 型题

1. 治疗阴虚肺燥,干咳无痰,口干舌燥者,应首选

A. 石膏

B. 芦根

C. 天花粉

D. 黄芩

E. 知母

参考答案:E

2. 既能清热泻火,又能滋阴润燥的药物是

A. 石膏

B. 芦根

C. 知母

D. 葛根

E. 决明子

参考答案:C

3. 既能清热泻火,又能除烦止渴的药物是

A. 夏枯草

B. 决明子

C. 蔓荆子

D. 石膏

E. 柴胡

参考答案:D

4. 芦根具有的功效是

A. 除烦、止呕、利尿

B. 除烦、止泻、利尿

C. 泻火、止泻、利尿

D. 泻火、止汗、生津

E. 除烦、燥湿、止呕

参考答案:A

5. 石膏的功效是

A. 滋阴润燥

B. 除烦止渴

C. 生津利尿

D. 消肿生肌

E. 燥湿解毒

参考答案:B

6. 夏枯草的主要功效是

A. 清心

B. 清肺

C. 清肝

D. 清胃

E. 清小肠

参考答案:C

7. 既能生津,又能除烦止呕的药物是

A. 石膏

B. 天花粉

C. 栀子

D. 淡竹叶

E. 芦根

参考答案:E

8. 下列除哪项外,均有清热除烦的功效

A. 栀子

B. 竹叶

C. 淡竹叶

D. 夏枯草

E. 石膏

参考答案:D

B1 型题

9.

A. 石膏

B. 知母

C. 栀子

D. 天花粉

E. 夏枯草

①治疗肝火上炎,目珠疼痛,应选用

②治疗痰气郁结,瘰疬痰核,应选用

参考答案:①E ②E

【考点评析】

1. 石膏辛甘大寒,归肺、胃经,有清热泻火,除烦止渴,收敛生肌的功效,用于壮热烦渴,肺热喘咳,胃火牙痛,疮疡不敛;知母苦甘寒,归肺、胃、肾经,有清热泻火,滋阴润燥的功效,用于热病烦渴,肺热咳嗽,阴虚燥咳,骨蒸潮热,阴虚消渴,肠燥便秘;栀子苦寒,归心、肝、肺、胃、三焦经,有泻火除烦,清热利湿,凉血解毒,消肿止痛的功效,用于热病烦闷,湿热黄疸,血热吐衄,疮疡肿毒。

2. 芦根有清热生津,除烦止呕的功效,用于热病烦渴,胃热呕逆,肺热咳嗽,肺痈吐脓,还有利尿与透疹的作用,用于治疗小便短赤,热淋涩痛,麻疹透发不畅;天花粉有清热生津,清肺润燥,解毒消痈的功效,用于热病口渴,消渴多饮,肺热燥咳,痈肿疮疡;夏枯草有清肝火,散郁结的功效,用于目赤肿痛,头痛眩晕,瘰疬瘿瘤。

3. 淡竹叶有清热除烦,通利小便的功效;决明子有清肝明目,润肠通便的功效。

4. 石膏煎服,15~60 mg,宜打碎先煎,内服宜生用,外用宜火煅研末。

命题考点3 清热燥湿药黄芩、黄连、黄柏的性能、功效和应用;龙胆草、苦参的功效和主治病证;苦参的使用注意

【历年真题纵览】

A1 型题

1. 长于清肺热的药物是

A. 黄芩

B. 黄连

C. 黄柏

D. 苦参

E. 鸦胆子

参考答案:A

2. 善去脾胃大肠湿热,为治湿热泻痢要药的是

A. 黄芩

B. 葛根

C. 黄柏

D. 苦参

E. 黄连

参考答案:E

3. 既用治湿热黄疸,又可治骨蒸劳热、盗汗的药物是

A. 知母

B. 龙胆草

C. 黄芩

D. 苦参

E. 黄柏

参考答案:E

4. 能清热燥湿,泻肝胆火的药物是

A. 栀子

B. 龙胆草

C. 黄芩

D. 苦参

E. 黄柏

参考答案:B

5. 治疗胎热不安首选

A. 黄连

B. 栀子

C. 黄芩

D. 紫苏

E. 黄柏

参考答案:C

6. 善祛中焦湿热、泻心胃火毒的药是

A. 黄连

B. 栀子

C. 黄芩

D. 龙胆草

E. 黄柏

参考答案:A

7. 治疗阴虚发热,骨蒸盗汗首选

A. 栀子

B. 石膏

C. 黄柏

D. 黄连

E. 玄参

参考答案:C

8. 既治湿热泻痢,又治湿热小便不利的药物是

A. 栀子

B. 淡竹叶

C. 苦参

D. 芦根

E. 葛根

参考答案:C

9. 下列哪味药长于清肺火及上焦实热

A. 秦皮

B. 苦参

C. 黄芩

D. 黄连

E. 黄柏

参考答案:C

10. 黄芩具有的功效是

A. 清泻心火

B. 清泻肺火

C. 泻肝胆火

D. 滋肾泻火

E. 泻三焦火

参考答案:B

【考点评析】

1. 黄芩苦寒,归肺、胃、胆、大肠经,有清热燥湿,泻火解毒,凉血止血,除热安胎的功效,用于湿温暑热,湿热痞闷,黄疸泻痢,肺热咳嗽,热病烦渴,痈肿疮毒,咽喉肿痛,血热吐衄,胎热不安。本品尤善清上焦湿热。黄连苦寒,归心、肝、胃、大肠经,有清热燥湿,泻火解毒的功效,用于胃肠湿热,泻痢呕吐,热盛火炽,高热烦躁,痈疽疮毒,皮肤湿疮,耳目肿痛。本品尤善清中焦湿火郁结;黄柏苦寒,归肾、膀胱、大肠经,有清热燥湿,泻火解毒,退热除蒸的功效,用于湿热带下,热淋脚气,泻痢黄疸,疮疡肿痛,湿疹湿疮,阴虚发热,盗汗遗精;本品长于清泻下焦湿热。

2. 龙胆草有清热燥湿,泻肝胆火的功效,用于阴肿阴痒,带下湿疹,黄疸尿赤,肝火头痛,目赤耳聋,胁痛口苦,肝经热盛,热极生风所致的高热惊厥,手足抽搐;苦参有清热燥湿,杀虫利尿的功效,用于湿热泻痢,黄疸尿赤,带下阴痒,湿疹疥疮,小便不利。

3. 苦参苦寒伤胃、伤阴,脾胃虚寒及阴虚津伤者忌用或慎用。反藜芦。

命题考点4 清热解毒药金银花、连翘的性能、功效和应用;大青叶、青黛、贯众、蒲公英、鱼腥草、射干、白头翁的功效和主治病证;穿心莲、紫花地丁、土茯苓、山豆根、马齿苋、鸦胆子的功效;青黛、贯众、鸦胆子的用法用量;穿心莲、鸦胆子的使用注意

【历年真题纵览】

A1 型题

1. 治疗温热病邪入血分,发斑,神昏,壮热者,宜选用

A. 鱼腥草

B. 穿心莲

C. 大青叶

D. 山豆根

E. 白头翁

参考答案:C

2. 具有疏散风热功效的药物是

A. 金银花

B. 大青叶

C. 鱼腥草

D. 穿心莲

E. 淡竹叶

参考答案:A

3. 既能清热解毒,又能疏散风热的药物是

A. 连翘

B. 薄荷

C. 紫花地丁

D. 蒲公英

E. 半边莲

参考答案:A

4. 大青叶的功效是

A. 清热解毒,凉血止痢
B. 清热解毒,凉血消斑
C. 清热解毒,凉血散肿
D. 清热解毒,燥湿止带
E. 清热解毒,利水消肿
参考答案:B

5. 菊花的作用是
A. 生津止渴
B. 胜湿止痛
C. 止血
D. 疏风散寒
E. 平肝明目
参考答案:E

6. 功能清热解毒、排脓,善治肺痈、肺热咳嗽的药物是
A. 土茯苓
B. 白头翁
C. 鱼腥草
D. 蒲公英
E. 射干
参考答案:C

7. 青黛入汤剂时应
A. 先煎
B. 另煎
C. 后下
D. 作散剂冲服
E. 包煎
参考答案:D

8. 熊胆入丸散剂的用量是
A. 5 ~ 10 g
B. 0.5 ~ 1 g
C. 1 ~ 2 g
D. 0.25 ~ 0.5 g
E. 0.01 ~ 0.02 g
参考答案:D

9. 既可用治咽喉肿痛,又能用于痰盛咳喘的药物是
A. 山豆根
B. 射干
C. 马勃
D. 薄荷
E. 蝉蜕
参考答案:B

10. 治疗热毒血痢,当首选的药物是
A. 苦参
B. 葛根
C. 白头翁
D. 穿心莲
E. 黄柏
参考答案:C

11. 治疗肠痈,当首选的药组是
A. 金银花、连翘
B. 鱼腥草、金荞麦
C. 蒲公英、漏芦
D. 紫花地丁、野菊花
E. 败酱草、鸡血藤
参考答案:E

12. 既能清热解毒,又具凉血、止痢之效的药物是
A. 大青叶
B. 连翘
C. 板蓝根
D. 青黛
E. 金银花
参考答案:E

13. 前人称为"疮家圣药"的是
A. 板蓝根
B. 大血藤
C. 白头翁
D. 连翘
E. 大青叶
参考答案:D

14. 善于治疗乳痈的药物是
A. 金银花
B. 连翘
C. 鱼腥草
D. 紫花地丁
E. 蒲公英
参考答案:E

15. 穿心莲的功效是
A. 清热解毒,敛疮
B. 清热凉血,祛瘀止痛
C. 清热解毒,明目
D. 清热凉血,养阴生津
E. 清热解毒,燥湿
参考答案:E

16. 下列哪项是贯众具有的功效
A. 化湿止痒
B. 涩肠止泻
C. 和中止呕

D. 肃肺止咳

E. 凉血止血

参考答案:E

17. 具有排脓、利尿功效的药物是

A. 金银花

B. 大青叶

C. 鱼腥草

D. 白头翁

E. 山豆根

参考答案:C

18. 既可清热解毒,又通经下乳功效的中药是

A. 连翘

B. 龙胆草

C. 黄芩

D. 蒲公英

E. 夏枯草

参考答案:D

19. 下列哪项不是金银花的适用病证

A. 痈肿疔疮

B. 温病初起

C. 热毒血痢

D. 暑热烦渴

E. 心悸失眠

参考答案:E

B1 型题

20.

A. 金银花

B. 板蓝根

C. 白头翁

D. 蒲公英

E. 鱼腥草

①可用于治疗湿热黄疸及小便淋沥涩痛的药物是

②可用于治疗温病初起及热毒泻痢的药物是

参考答案:①D ②A

21.

A. 白头翁

B. 大青叶

C. 穿心莲

D. 射干

E. 鱼腥草

①具有祛痰功效的药物是

②具有利尿功效的药物是

参考答案:①D ②E

22.

A. 败酱草

B. 金银花

C. 鱼腥草

D. 鸦胆子

E. 大青叶

①具有清热解毒,凉血消斑的药物是

②具有清热解毒,截疟止痢的药物是

参考答案:①E ②D

【考点评析】

1. 金银花甘寒,归肺、心、胃经,有清热解毒,疏散风热的功效,用于痈肿疔毒,外感风热,温病初起,热毒血痢;连翘苦、微寒,归肺、心、胆经,有清热解毒,消痈散结,疏散风热的功效,用于痈肿疮毒,瘰疬痰核,外感风热,温病初起,还可用于热涩淋痛。

2. 大青叶有清热解毒,凉血消斑的功效,用于热入营血,温毒发斑,喉痹口疮,丹毒痈肿;青黛有清热解毒,凉血消斑,清肝泻火,定惊的功效,用于温毒发斑,吐血衄血,痄腮喉痹,火毒疮疡,咳嗽胸痛,痰中带血,暑热惊痫,惊风抽搐;贯众有清热解毒,杀虫,凉血止血的功效,用于风热感冒,温热病发斑,痄腮,绦虫、钩虫、蛔虫等多种肠道寄生虫病,血热吐衄,便血、崩漏等,还可用于治疗烧烫伤及妇人带下、眩晕等;蒲公英有清热解毒,消痈散结,利湿通淋的功效,用于痈肿疔毒,乳痈内痈,热淋涩痛,湿热黄疸,目赤肿痛;鱼腥草有清热解毒,消痈排脓,利尿通淋的功效,用于肺痈吐脓,肺热咳嗽,热毒疮疡,湿热淋证;射干有清热解毒,祛痰利咽的功效,用于咽喉肿痛,痰盛咳喘;白头翁有清热解毒,凉血止痢的功效,用于热毒血痢。

3. 穿心莲有清热解毒,燥湿消肿的功效;紫花地丁有清热解毒,消痈散结的功效;土茯苓有解毒除湿,通利关节的功效;山豆根有清热解毒,利咽消肿的功效;马齿苋有清热解毒,凉血止痢的功效;鸦胆子有清热解毒,治痢截疟,腐蚀赘疣的功效。

4. 鸦胆子内服,不宜入煎剂,以干龙眼肉或胶囊包裹吞服,亦可制成丸剂、片剂服用,外用适量。本品对胃肠道和肝肾均有损害,不宜多用久服;胃肠出血及肝肾病患者,应忌用或慎用。穿心莲煎剂易致呕吐,脾胃虚寒者不宜用。青黛难溶于水,一般作散剂冲服,或入丸剂服用。贯众杀虫及清热解毒宜生用,止血宜炒炭用。

命题考点5　清热凉血药生地黄、玄参、牡丹皮的性能、功效和应用；赤芍的功效和主治病证；紫草的功效

【历年真题纵览】

A1 型题

1. 玄参的功效是

A. 清热凉血、祛瘀

B. 泻火解毒、透疹

C. 清热凉血、止呕

D. 泻火解毒、滋阴

E. 清热解毒、利尿

参考答案：D

2. 既能清热凉血，又能养阴生津的药物是

A. 知母

B. 天花粉

C. 生地黄

D. 芦根

E. 牡丹皮

参考答案：C

3. 功能凉血，解毒，养阴的药物是

A. 赤芍

B. 玄参

C. 丹皮

D. 紫草

E. 大青叶

参考答案：B

4. 生地黄和玄参都具有的功效是

A. 清热凉血，养阴生津

B. 清热凉血，燥湿解毒

C. 清热燥湿，凉血止血

D. 活血祛瘀，清热滋阴

E. 清热利湿，活血散瘀

参考答案：A

B1 型题

5.

A. 散热凉血

B. 清热泻火

C. 活血散瘀

D. 凉血解毒

E. 凉血止血

①牡丹皮生用可

②牡丹皮酒炒用

参考答案：①A　②C

6.

A. 清热凉血，养阴生津

B. 清热凉血，活血散瘀

C. 清热凉血，散瘀止痛

D. 凉血活血，解毒透疹

E. 清热凉血，滋阴解毒

①生地的功效是

②玄参的功效是

③牡丹皮的功效

④紫草的功效是

⑤赤芍的功效是

参考答案：①A　②E　③B　④D　⑤C

【考点评析】

1. 生地黄甘、苦、寒，归心、肝、肺经，有清热凉血，养阴生津的功效，用于热入营血，口干色绛，为清热凉血养阴生津之要药，用于血热妄行，斑疹吐衄，津伤口渴，内热消渴；玄参苦、甘、寒、咸，归肺、胃、肾经，有清热凉血，滋阴解毒的功效，用于温邪入营，内陷心包，温毒发斑，津伤便秘，咽喉肿痛，瘰疬痰核，痈肿疮毒；牡丹皮苦、辛、微寒，归心、肝、肾经，有清热凉血，活血散瘀的功效，用于斑疹吐衄，温邪伤阴，阴虚发热，血滞经闭，痛经癥瘕，跌打损伤，痈疡肿毒，肠痈腹痛。

2. 赤芍有清热凉血，散瘀止痛的功效，用于热入营血，斑疹吐衄，经闭癥瘕，跌打损伤，痈肿疮毒，目赤翳障。

3. 紫草有凉血活血，解毒透疹的功效。

命题考点6　清虚热药青蒿、地骨皮的性能、功效和应用；白薇、银柴胡、胡黄连的功效

【历年真题纵览】

A1 型题

1. 具有清热凉血，益阴除热之功，善治产后虚热和阴虚外感的药是

A. 银柴胡

B. 胡黄连

C. 青蒿

D. 白薇

E. 地骨皮

参考答案：D

2. 既善清虚热，又可清泄肺热的药物是

A. 黄芩

B. 地骨皮

C. 穿心莲

D. 石膏

E. 鱼腥草

参考答案:B

3. 青蒿的功效是

A. 清热凉血，清肺降火

B. 清热凉血，利尿通淋，解毒截疟

C. 凉血退蒸，宣肺平喘

D. 滋阴清热，凉血退蒸

E. 清虚热，退骨蒸，解暑，截疟

参考答案:E

【考点评析】

1. 青蒿苦、辛寒，归肝、胆、肾经，有清虚热，除骨蒸，解暑，截疟的功效，用于温邪伤阴，夜热早凉，阴虚发热，劳热骨蒸，感受暑邪，发热头痛口渴，疟疾寒热；地骨皮甘、淡、寒，归肺、肝、肾经，有凉血退蒸，清肺降火的功效，用于阴虚发热，骨蒸盗汗，肺热咳嗽，血热妄行的吐血、衄血、尿血等。

2. 白薇有清热凉血，利尿通淋，解毒疗疮的功效；银柴胡有清虚热，除疳热的功效；胡黄连有退虚热，除疳热，清湿热的功效。

第七单元　泻下药

命题考点1　泻下药的使用注意事项

【历年真题纵览】

A1 型题

攻下药不适用于

A. 大便秘结

B. 火热炽盛的血证

C. 高热神昏

D. 虚热证

E. 肠道寄生虫病

参考答案:D

【考点评析】

攻下药多苦寒沉降，具有较强的泻下通便作用，主要用于大便秘结和实热积滞之证；润下药多味甘质润，能润滑大肠，多用于肠燥津枯便秘；峻下逐水药大多苦寒有毒，泻下作用峻猛，适用于水肿、鼓胀等证。里实兼有表证者，当先解表后攻里，必要时可表里双解；里实而正虚者，应与补益药同用。泻下药作用峻猛，年老体虚、脾胃虚弱者应当慎用，胎前产后及经期者应禁用。并且勿过量。

命题考点2　攻下药大黄的性能、功效和应用；芒硝的功效和主治病证；番泻叶、芦荟的功效；大黄、芒硝、番泻叶、芦荟的用法用量；大黄、芒硝、番泻叶、芦荟的使用注意

【历年真题纵览】

A1 型题

1. 用大黄泻下攻积，最恰当的用法是

A. 酒炒后下

B. 醋炒先煎

C. 炒炭研末服

D. 生用后下

E. 生用先煎

参考答案:D

2. 大黄的性味是

A. 苦寒

B. 甘寒

C. 酸寒

D. 咸寒

E. 苦咸寒

参考答案:A

3. 治疗火热上炎，口舌生疮，咽喉肿痛，大便秘结者，宜选用

A. 牛黄

B. 黄连

C. 大黄

D. 射干

E. 芦荟

参考答案:C

4. 大黄具有的功效是

A. 软坚散结

B. 凉血解毒

C. 蚀疮去腐

D. 消肿生肌

E. 收湿敛疮

参考答案:B

5. 具有泻下通便，清肝，杀虫功效的药物是

A. 牛黄
B. 火麻仁
C. 大黄
D. 芒硝
E. 芦荟
参考答案:E

6. 下列除哪项外均为大黄的功效
A. 泻下攻积
B. 清热泻火
C. 凉血解毒
D. 逐瘀通经
E. 利尿通淋
参考答案:E

7. 大黄用以攻下通便,应选用
A. 熟大黄
B. 生大黄先煎
C. 生大黄后下
D. 酒炙大黄
E. 大黄炭
参考答案:C

8. 具有泻下软坚、清热功效的药物是
A. 大黄
B. 芦荟
C. 芒硝
D. 番泻叶
E. 郁李仁
参考答案:C

9. 下列除哪项外均为大黄的主治病证
A. 积滞便秘
B. 湿热痢疾
C. 热毒疮疡
D. 痰饮喘咳
E. 血热吐衄
参考答案:D

10. 治疗积滞便秘之要药是
A. 决明子
B. 芒硝
C. 大黄
D. 番泻叶
E. 芦荟
参考答案:C

【考点评析】

1. 大黄苦寒,归脾胃、大肠、肝、心经,有泻下攻积,清热泻火,止血,解毒,活血祛瘀的功效,用于大便秘结,胃肠积滞,血热妄行引起的吐血、衄血,目赤、咽喉肿痛,牙龈肿痛等,热毒疮疡,烧烫伤,瘀血证,还可用于黄疸、淋证等。

2. 芒硝有泻下、软坚、清热的功效,用于实热积滞,大便燥结,咽痛,口疮,目赤及痈疮肿痛。

3. 番泻叶有泻下导滞的功效;芦荟有泻下、清肝、杀虫的功效。

4. 生大黄泻下力较强,攻下应生用,入汤剂应后下,久煎则泻下力减弱;酒制大黄泻下力较弱,活血作用较好,宜用于瘀血证;大黄炭多用于出血证。本品苦寒,易伤胃气,脾胃虚弱者慎用,妇女月经期、哺乳期、怀孕应忌用。芒硝内服冲入药汁或开水溶化后服用,孕妇及哺乳期妇女忌用或慎用。番泻叶温开水泡服,煎服宜后下,妇女哺乳期、月经期及孕妇忌用,剂量过大,有恶心、呕吐、腹痛等副作用。芦荟入丸散剂,脾胃虚弱、食少便溏及孕妇忌用。

命题考点3　润下药火麻仁、郁李仁的功效

【历年真题纵览】

A1 型题

1. 既可润肠通便,又能利水消肿的药物是
A. 决明子
B. 生地黄
C. 火麻仁
D. 郁李仁
E. 松子仁
参考答案:D

B1 型题

2.
A. 火麻仁
B. 芒硝
C. 芦荟
D. 甘遂
E. 巴豆
①津枯血少,大便不通宜用
②身面浮肿,胸胁积液宜用
参考答案:①A　②D

【考点评析】

火麻仁有润肠通便的功效;郁李仁有润肠通便,利水消肿的功效。

命题考点4　峻下逐水药甘遂、牵牛子、巴豆的功效；甘遂、牵牛子、巴豆的用法用量；甘遂、牵牛子、巴豆的使用注意

【历年真题纵览】

A1 型题

1. 治疗寒积便秘的药物是
A. 大黄
B. 火麻仁
C. 巴豆
D. 甘遂
E. 牵牛子
参考答案：C

2. 甘遂的功效是
A. 泻水逐饮，消肿散结
B. 泻下利水，散结止痛
C. 泻肝胆火，清利湿热
D. 泻下通便，活血祛瘀
E. 泻水逐饮，清热利湿
参考答案：A

3. 甘遂内服时，宜
A. 入汤剂
B. 入丸散
C. 先煎
D. 后下
E. 另煎
参考答案：B

4. 甘遂内服时用量宜
A. 0.01～0.5 g
B. 0.5～1 g
C. 0.5～3 g
D. 1～3 g
E. 3～10 g
参考答案：B

5. 具有泻水逐饮，消肿散结功效的药物是
A. 大黄
B. 芒硝
C. 巴豆
D. 牵牛子
E. 甘遂
参考答案：E

【考点评析】

1. 甘遂有泻水逐饮，消肿散结的功效；牵牛子有泻下，逐水，去积，杀虫的功效；巴豆有峻下冷积，逐水退肿，祛痰利咽，蚀疮的功效。

2. 甘遂入丸散剂，内服醋制用，以减低毒性，虚弱者及孕妇忌用，反甘草；牵牛子孕妇忌用，不宜与巴豆同用；巴豆入丸散剂，大多制成巴豆霜用，以降低毒性，孕妇及体弱者忌用，畏牵牛。

第八单元　祛风湿药

命题考点1　祛风湿药的使用注意事项

【历年真题纵览】

A1 型题

祛风湿药的药性大多为
A. 甘寒滋润
B. 辛温性燥
C. 苦寒性燥
D. 酸涩性敛
E. 甘温燥热
参考答案：B

【考点评析】

祛风湿药在配伍时，若风邪偏盛，可佐以养血活血药物；湿邪偏盛，可佐以健脾燥湿药物；寒邪偏盛，可佐以温阳活血通络的药物。该类药物药性多燥，易耗伤阴血，因此阴虚血亏者慎用。

命题考点2　祛风寒湿药独活、蕲蛇、木瓜的性能、功效和应用；威灵仙、川乌的功效和主治病证；蕲蛇、威灵仙、川乌的用法

【历年真题纵览】

A1 型题

1. 既能祛风湿，又能消骨鲠的药物是
A. 防己
B. 独活
C. 威灵仙
D. 桑寄生
E. 秦艽
参考答案：C

2. 尤善治风湿痹证属下部寒湿者的药物是

A. 威灵仙
B. 乌梢蛇
C. 伸筋草
D. 海风藤
E. 独活
参考答案:E

3. 祛风湿兼可解表的药物是
A. 秦艽
B. 木瓜
C. 防己
D. 独活
E. 威灵仙
参考答案:D

4. 具有祛风、活络、定惊作用的药是
A. 白附子
B. 木瓜
C. 白花蛇
D. 桑枝
E. 丝瓜络
参考答案:C

5. 治疗湿痹、筋脉拘挛、吐泻转筋病证,最宜选用的药物是
A. 木瓜
B. 防己
C. 豨莶草
D. 秦艽
E. 伸筋草
参考答案:A

6. 木瓜具有的功效是
A. 活血通经
B. 舒筋活络
C. 行气化湿
D. 温里散寒
E. 软坚散结
参考答案:B

7. 下列药物中有散寒祛风,善治肩背肢节痛的中药是
A. 独活
B. 羌活
C. 木瓜
D. 荆芥
E. 白芷
参考答案:B

A2 型题

8. 患者,男,50 岁,2 周前突发小腿肌肉抽筋,近来发作频繁,尤以夜间为重,每因天气寒冷或衣被包裹不严而发作。用药宜首选
A. 防己
B. 木瓜
C. 威灵仙
D. 桑寄生
E. 秦艽
参考答案:B

B1 型题

9.
A. 威灵仙
B. 白花蛇
C. 桑寄生
D. 蚕砂
E. 秦艽
①既能祛风湿,又治骨鲠的药物是
②既能祛风湿,又息风定惊的药物是
参考答案:①A ②B

【考点评析】

1. 独活辛苦,微温,归肝、膀胱经,有祛风湿,止痹痛,解表的功效,用于风寒湿痹痛,外感风寒挟湿表证;蕲蛇甘、咸温,有毒,归肝经,有祛风通络,定惊止痛的功效,用于风湿顽痹,肢体麻木,筋脉拘挛及中风口眼歪斜、半身不遂等,麻风疠毒,手足麻木,皮肤瘙痒,小儿急慢惊风,破伤风;木瓜酸温,归肝、脾经,有舒筋活络,除湿和胃的功效,用于风湿痹痛,筋脉拘挛,脚气肿痛,吐泻转筋。

2. 威灵仙有祛风湿,通经络,消骨鲠的功效,用于风湿痹痛,诸骨哽咽;川乌有祛风除湿,散寒止痛的功效,用于风寒湿痹,诸寒疼痛,跌打损伤,麻醉止痛。

3. 蕲蛇煎服,5 ~15 g,研末服,每次 1 ~1.5 g;川乌入汤剂应先煎 0.5 ~1 小时,一般制后用,生品内服宜慎,孕妇忌用,反半夏、瓜蒌、贝母、白及、白蔹,不宜久服。

命题考点 3 祛风湿热药秦艽的性能、功效和应用;防己的功效和主治病证;豨莶草的功效;防己、豨莶草的用法

【历年真题纵览】

A1 型题

1. 下列治风湿热痹的最佳选药是

A. 桑寄生
B. 独活
C. 羌活
D. 防己
E. 五加皮
参考答案:D
2. 既能祛风湿,又能退虚热的药物是
A. 地骨皮
B. 青蒿
C. 胡黄连
D. 秦艽
E. 黄柏
参考答案:D
3. 下列除哪项外均是秦艽的功效
A. 祛风湿
B. 止痹痛
C. 清热解毒
D. 退虚热
E. 清湿热
参考答案:C
B1 型题
4.
A. 独活
B. 防己
C. 秦艽
D. 木瓜
E. 威灵仙
①具有解表功效的药物是
②具有利水功效的药物是
参考答案:①A ②B

【考点评析】

1. 秦艽苦、辛、微寒,归胃、肝、胆经,有祛风湿,止痹痛,退虚热,清湿热的功效,用于风湿痹痛,筋脉拘挛及手足不遂等,骨蒸潮热,湿热黄疸等。

2. 防己有祛风湿,止痛,利水消肿的功效,用于痹证,尤宜于湿热偏盛者,水肿,痰饮证;豨莶草有祛风湿,通经活络,清热解毒的功效。

3. 防己祛风止痛宜木防己,利水退肿宜汉防己,本品大苦大寒,易伤胃气,体弱阴虚,胃纳不佳者慎用;豨莶草一般风湿痹证宜制用,湿疮、湿疹宜生用。

命题考点 4 祛风湿强筋骨药桑寄生的性能、功效和应用;五加皮的功效和主治病证;狗脊的功效

【历年真题纵览】

A1 型题
1. 肝肾不足所致之胎动不安,应首选
A. 紫苏
B. 狗脊
C. 黄芩
D. 桑寄生
E. 五加皮
参考答案:D
2. 风湿痹痛,兼有肝肾不足的最佳选药是
A. 羌活
B. 独活
C. 桑寄生
D. 威灵仙
E. 秦艽
参考答案:C
A2 型题
3. 患者,男,70 岁,腰腿疼痛 4 年,遇寒加重,夜间尤甚,得温痛减,舌淡苔白,脉沉迟,治疗应首选
A. 羌活
B. 秦艽
C. 桑寄生
D. 威灵仙
E. 独活
参考答案:C
B1 型题
4.
A. 羌活
B. 防己
C. 独活
D. 木瓜
E. 五加皮
①善治下肢风寒湿痹者
②风湿痹证,肝肾不足两者所致的腰腿疼痛均可应用者
参考答案:①C ②E

【考点评析】

1. 桑寄生苦、甘寒,归肝、肾经,有祛风湿,益肝肾,强筋骨,安胎的功效,用于风湿痹痛,腰膝酸痛,

胎漏下血，胎动不安等。

2. 五加皮有祛风湿，强筋骨，利尿的功效，用于风湿痹痛，四肢拘挛，肝肾不足，腰膝软弱，小儿行迟，水肿，小便不利等；狗脊有祛风湿，补肝肾，强筋骨的功效。

第九单元 化湿药

命题考点1 化湿药的使用注意事项

【历年真题纵览】

A1 型题

化湿药的性味多

A. 芳香温燥
B. 苦寒
C. 苦甘
D. 辛温
E. 咸寒

参考答案:A

【考点评析】

化湿药性偏温燥，具有化湿运脾的功效，适用于湿浊内阻之证，部分药物还可用于湿温和暑温。根据病证不同，可分别与健脾胃药、行气药、温里药、清热药等配伍应用。本类药物易于耗气伤阴，阴虚血燥及气虚者慎用，另外本类药物不宜久煎，以免降低药效。

命题考点2 藿香、苍术、厚朴的性能、功效和应用；砂仁、豆蔻的功效和主治病证；佩兰的功效；砂仁、豆蔻的用法

【历年真题纵览】

A1 型题

1. 砂仁入汤剂宜

A. 先煎
B. 后下
C. 煎
D. 包煎
E. 烊化

参考答案:B

2. 白豆蔻入汤剂宜

A. 烊化
B. 另煎
C. 包煎
D. 先煎
E. 后下

参考答案:E

3. 湿浊中阻，脘闷呕恶，口中甜腻多涎宜用

A. 陈皮
B. 麻黄
C. 厚朴
D. 枳壳
E. 佩兰

参考答案:E

4. 既能燥湿健脾，又能发汗解表的药物是

A. 防己
B. 藿香
C. 苍术
D. 白术
E. 厚朴

参考答案:C

5. 治疗久泻不止并见脘腹胀痛、恶心呕吐者，应选用

A. 藿香
B. 乌梅
C. 白豆蔻
D. 白术
E. 肉豆蔻

参考答案:B

6. 善于下气除胀满，为消除胀满的要药是

A. 苍术
B. 厚朴
C. 砂仁
D. 豆蔻
E. 藿香

参考答案:B

7. 佩兰的功效是

A. 止咳
B. 解暑
C. 行气
D. 祛湿
E. 止呕

参考答案:B

8. 既能芳香化湿，又可理气安胎的药物是

A. 藿香
B. 佩兰

C. 砂仁
D. 白豆蔻
E. 草豆蔻
参考答案:C

9. 藿香尤其适宜于治疗下列哪种呕吐
A. 胃虚呕吐
B. 胃寒呕吐
C. 胃热呕吐
D. 湿浊呕吐
E. 肝胃不和呕吐
参考答案:D

10. 具有安胎作用的化湿药是
A. 苍术
B. 紫苏
C. 砂仁
D. 豆蔻
E. 厚朴
参考答案:C

11. 下列除哪项外均为砂仁的主治病证
A. 湿阻中焦
B. 痰饮喘咳
C. 脾胃气滞
D. 虚寒吐泻
E. 胎动不安
参考答案:B

12. 白豆蔻具有止呕的作用,善于治疗
A. 胃热呕吐
B. 胃寒呕吐
C. 胃虚呕吐
D. 妊娠呕吐
E. 寒饮呕吐
参考答案:B

13. 下列化湿药中,消除胀满之要药是
A. 厚朴
B. 苍术
C. 白豆蔻
D. 藿香
E. 砂仁
参考答案:A

【考点评析】

1. 藿香辛,微温,归脾胃、肺经,有化湿,解暑,止呕的功效,用于湿滞中焦证,暑湿证及湿温证初起,呕吐;苍术辛、苦、温,归脾、胃经,有燥湿健脾,祛风湿的功效,用于湿滞中焦证,风湿痹证,外感风寒挟湿之表证;厚朴辛、苦、温,归脾、胃、肺、大肠经,有行气,燥湿,消积,平喘的功效,用于湿阻中焦,气滞不利所致的脘闷腹胀,腹痛,或呕逆等证,肠胃积滞,腕腹胀满,大便秘结,痰饮咳喘等。

2. 砂仁有化湿行气,温中止呕,止泻,安胎的功效,用于湿困脾土及脾胃气滞证,脾胃虚寒吐泻,气滞妊娠恶阻及胎动不安等证;豆蔻有化湿行气,温中止呕的功效,用于湿滞中焦及脾胃气滞的脘腹胀满,不思饮食等,呕吐。

3. 砂仁宜后下;豆蔻入散剂为好,入汤剂宜后下。

第十单元　利水渗湿药

命题考点1　利水渗湿药的使用注意事项

【历年真题纵览】

A1 型题

关于利水渗湿药的功效说法不正确的有
A. 利水消肿
B. 利尿通淋
C. 利湿退黄
D. 用于黄疸
E. 用于血瘀证
参考答案:E

【考点评析】

1. 本类药物味多甘淡,具有利水消肿、利尿通淋、利湿退黄等功效,适用于小便不利、水肿、淋证、黄疸、湿疮、泄泻、带下、湿温和湿痹等水湿所致的各种病证。

2. 根据不同病证,可分别与解表药、温补脾肾药、清热药、凉血止血药、行气药、健脾化湿药等配伍应用。本类药物易耗伤津液,慎用于阴亏津少、肾虚遗精遗尿等病证。

命题考点2　利水消肿药茯苓、薏苡仁的性能、功效和应用;猪苓、泽泻的功效和主治病证;薏苡仁的用法

【历年真题纵览】

A1 型题

1. 治疗脾虚湿盛的水肿,宜选用
A. 泽泻

B. 猪苓
C. 车前子
D. 滑石
E. 薏苡仁
参考答案:E
2. 薏苡仁具有的功效是
A. 泻下通便
B. 清肝泄火
C. 清泄胃热
D. 除痹健脾
E. 解暑益气
参考答案:D
3. 治疗脾虚证,兼见心悸失眠,宜首选
A. 猪苓
B. 茯苓
C. 泽泻
D. 车前子
E. 薏苡仁
参考答案:B
4. 可治疗寒热虚实各种水肿的药物是
A. 泽泻
B. 猪苓
C. 茯苓
D. 车前子
E. 香加皮
参考答案:C
5. 下列不具有健脾祛湿作用的药物是
A. 茯苓
B. 白术
C. 猪苓
D. 薏苡仁
E. 苍术
参考答案:C
6. 茯苓的功效是
A. 健脾利水
B. 健脾燥湿
C. 健脾补肾
D. 益气养阴
E. 清热利水
参考答案:A
7. 下列关于茯苓的说法错误的是
A. 茯苓有利水渗湿,健脾安神的功效
B. 可用于各种水肿和脾虚诸证
C. 茯苓皮多用于皮肤水肿
D. 茯神有宁心安神之功,多用于心神不安,惊悸,健忘等证
E. 茯苓有清热退黄的功效,用于各种黄疸
参考答案:E
8. 厚朴的功效是
A. 行气燥湿,温中止呕
B. 行气,燥湿,消积,平喘
C. 化湿行气,温中止呕,安胎
D. 化湿行气,温中止呕
E. 燥湿散寒,除痰
参考答案:B
9. 茯苓和猪苓都具有的功效是
A. 利水渗湿
B. 健脾安神
C. 清肝明目
D. 清热泻火
E. 渗湿止泻
参考答案:A

【考点评析】

1. 茯苓甘、淡、平,归心、脾、肾经,有利水渗湿,健脾安神的功效,用于各种水肿。本品无寒热之偏,可用于治疗寒热虚实各种水肿,脾虚诸证,心悸失眠。薏苡仁甘、淡、微寒,归脾、胃、肺经,有利水渗湿,健脾,除痹,清热排脓的功效,用于小便不利,水肿,脚气及脾虚泄泻,湿痹拘挛,肺痈,肠痈。

2. 猪苓有利水渗湿的功效,用于小便不利,水肿,泄泻,淋浊;泽泻有利水渗湿,泄热的功效,用于水肿,小便不利,泄泻,淋浊带下及痰饮等。

3. 薏苡仁清利湿热宜生用,健脾止泻宜炒用,用量宜大。

命题考点3 利尿通淋药车前子的性能、功效和应用;滑石的功效和主治病证;海金沙、石韦、萆薢的功效;车前子、滑石、海金沙的用法

【历年真题纵览】

A1 型题

1. 治疗湿热痹证,应选用
A. 石韦
B. 泽泻
C. 猪苓
D. 木通
E. 滑石

参考答案:D

2. 既能利水通淋,又能通经下乳的药物是

A. 滑石

B. 车前子

C. 木通

D. 海金沙

E. 穿山甲

参考答案:C

3. 能利尿通淋,清热解暑,收湿敛疮的药是

A. 滑石

B. 车前子

C. 地肤子

D. 木通

E. 石苇

参考答案:A

4. 用治暑湿泄泻,利小便以实大便是指何药

A. 茯苓

B. 猪苓

C. 车前子

D. 泽泻

E. 木通

参考答案:C

5. 既能利水通淋,又能清解暑热的药物是

A. 木通

B. 车前子

C. 滑石

D. 海金砂

E. 地肤子

参考答案:C

6. 善治血淋,尿血的药物是

A. 石苇

B. 泽泻

C. 车前子

D. 萆薢

E. 木通

参考答案:A

7. 下列关于滑石说法错误的是

A. 滑石外用有清热收湿敛疮的功效,可用于治疗湿疮、湿疹等

B. 可用于暑湿和湿温等病证

C. 可用于小便不利,淋沥涩痛等病证

D. 在用法上需注意宜先煎

E. 可用于石淋等

参考答案:D

8. 下列各项,不属车前子主治病证的是

A. 湿盛泄泻

B. 目赤肿痛

C. 痰热咳嗽

D. 心悸失眠

E. 湿热淋证

参考答案:D

B1 型题

9.

A. 金钱草

B. 萆薢

C. 猪苓

D. 茵陈蒿

E. 木通

①善治膏淋的药物是

②善治石淋的药物是

参考答案:①B ②A

【考点评析】

1. 车前子甘、寒,归肾、肝、肺经,有利尿通淋,渗湿止泻,清肝明目,清肺化痰的功效,用于小便淋涩,暑湿泄泻,目赤涩痛,目暗昏花,翳障,痰热咳嗽;滑石有利水通淋,清解暑热,收湿敛疮的功效,用于小便不利,淋沥涩痛,暑湿,湿温,湿疮,湿疹。

2. 海金砂有利尿通淋的功效;石苇有利水通淋,清肺止咳的功效;萆薢有利湿祛浊,祛风除湿的功效。

3. 车前子、滑石、海金砂均宜布包入煎剂。

命题考点4 利湿退黄药茵陈、金钱草的性能、功效和应用;虎杖的功效和主治病证

【历年真题纵览】

A1 型题

1. 茵陈的归经正确的是

A. 脾、胃、肝、肾

B. 肝、胆、脾、肾

C. 肝、胆、胃、肾

D. 肝、胆、脾、胃

E. 脾、胃、胆、肾

参考答案:D

2. 既能利尿通淋,除湿退黄,又能解毒消肿的药物是

A. 海金沙

B. 茵陈蒿

C. 龙胆草

D. 金钱草

E. 鸡内金

参考答案：D

3. 为治湿热黄疸的要药是

A. 栀子

B. 茵陈

C. 地肤子

D. 薏苡仁

E. 萆薢

参考答案：B

4. 茵陈蒿的功效是

A. 清利湿热，利胆退黄

B. 除湿退黄，利尿通淋

C. 利胆退黄，活血祛瘀

D. 清利湿热，祛痰止咳

E. 利尿通淋，解毒消肿

参考答案：A

A2 型题

5. 患者，男，29 岁，全身皮肤发黄，伴有发热，头痛，恶心，呕吐，舌质红，舌苔黄腻，脉弦滑，用药宜选用

A. 车前子

B. 茵陈蒿

C. 泽泻

D. 地肤子

E. 冬瓜皮

参考答案：B

【考点评析】

茵陈苦、微寒，归脾、胃、肝、胆经，有清利湿热，利胆退黄的功效，用于黄疸，湿温，湿疹，湿疮；金钱草甘淡微寒，归肝、胆、肾、膀胱经，有除湿退黄，利尿通淋，解毒消肿的功效，用于湿热黄疸，石淋热淋，恶疮肿毒，毒蛇咬伤等；虎杖有利胆退黄，清热解毒，活血祛瘀，祛痰止咳的功效，用于湿热黄疸，淋浊带下，烧烫伤，痈肿疮毒，毒蛇咬伤，血瘀经闭，跌打损伤，肺热咳嗽等。

第十一单元　温里药

命题考点 1　温里药的使用注意事项

【历年真题纵览】

A1 型题

温里药性味多是

A. 味辛性温热

B. 苦平

C. 酸温

D. 酸热

E. 咸温

参考答案：A

【考点评析】

本类药多辛、温，有温里散寒，温经止痛的功效，部分药物还有助阳回阳的作用，适用于里寒证。根据病证不同，可与辛温解表药、行气活血药、芳香化湿或温燥祛湿药、温补脾肾药、大补元气药等配伍。本类药物多辛热燥烈，易耗阴助火，忌用于实热证、阴虚火旺和津血亏虚等证，孕妇慎用。

命题考点 2　附子、干姜、肉桂、吴茱萸的性能、功效和应用；小茴香、丁香、花椒的功效和主治病证；高良姜的功效；附子、肉桂、吴茱萸、花椒的用法用量；附子、肉桂、丁香的使用注意

【历年真题纵览】

A1 型题

1. 下列哪味药能上助心阳，中温脾阳，下补肾阳，被称为“回阳救逆第一品药”

A. 干姜

B. 附子

C. 鹿茸

D. 肉桂

E. 生姜

参考答案：B

2. 既能温中回阳，又可温肺化饮的药物是

A. 煨姜

B. 生姜

C. 良姜

D. 炮姜

E. 干姜

参考答案：E

3. 吴茱萸治疗胃寒呕吐，是因其能

A. 温中止呕

B. 助阳止泻

C. 疏肝暖肝

D. 理气和胃

E. 散寒止痛

参考答案:A

4. 肉桂的功效是

A. 温肺化饮

B. 回阳救逆

C. 补火助阳

D. 疏肝下气

E. 温中和胃

参考答案:C

5. 能上助心阳、中温脾阳、下补肾阳的药物是

A. 附子

B. 干姜

C. 丁香

D. 吴茱萸

E. 小茴香

参考答案:A

6. 附子回阳救逆常配伍

A. 人参

B. 肉桂

C. 鹿茸

D. 干姜

E. 生姜

参考答案:D

7. 入汤剂宜后下的药物是

A. 附子

B. 肉桂

C. 干姜

D. 吴茱萸

E. 小茴香

参考答案:B

8. 善治厥阴头痛的药物是

A. 藁本

B. 白芷

C. 吴茱萸

D. 细辛

E. 蔓荆子

参考答案:C

9. 下列除哪项外均是附子的主治病证

A. 亡阳证

B. 寒疝腹痛,睾丸偏坠胀痛

C. 虚寒型阳痿宫冷

D. 寒痹证

E. 脾肾阳虚所致脘腹冷痛

参考答案:B

A2 型题

10. 患者,男,40 岁,腰腿怕冷,痿软无力,且有阳痿、早泄、尿频症状,舌淡,苔白,脉沉迟无力,用药宜选用

A. 肉桂

B. 细辛

C. 干姜

D. 吴茱萸

E. 小茴香

参考答案:A

11. 患者,女,40 岁,脘腹冷痛,恶心欲吐,大便溏泻,舌淡,苔白,脉沉细,用药宜选用

A. 附子

B. 肉桂

C. 吴茱萸

D. 小茴香

E. 干姜

参考答案:E

B1 型题

12.

A. 附子

B. 肉桂

C. 干姜

D. 吴茱萸

E. 细辛

①善"引火归元"者是

②善温中散寒者是

参考答案:①B ②C

【考点评析】

1. 附子辛、甘、热,有毒,归心、肾、脾经,有回阳救逆,助阳补火,散寒止痛的功效,用于亡阳证,虚寒性的阳痿宫冷,脘腹冷痛,泄泻,水肿,寒痹;干姜辛、热,归脾、胃、心、肺经,有温中散寒,回阳通脉,温肺化饮的功效,用于脘腹冷痛,寒呕,冷泻,亡阳证,寒饮咳喘,形寒背冷,痰多清稀之证;肉桂辛、甘、热,归脾、肾、心、肝经,有补火助阳,散寒止痛,温经通脉的功效,用于肾阳衰弱的阳痿宫冷,虚喘心悸,心腹冷痛,寒疝作痛,寒痹腰痛,胸痹,阴疽,闭经,痛经等;吴茱萸辛、苦、热,有小毒,归肝、脾、胃、肾经,有散寒止痛,温中止呕,助阳止泻的功效,用于寒滞肝脉诸痛证,胃寒呕吐证,虚寒泄泻证。

2. 小茴香有散寒止痛,理气和中的功效,用于寒疝腹痛,睾丸偏坠胀痛,少腹冷痛,痛经,中焦虚寒气滞证;丁香有温中降逆,散寒止痛,温肾助阳的功效,用于胃寒呕吐,呃逆,胃寒脘腹冷痛,肾虚阳痿,宫冷;花椒有温中止痛,杀虫,止痒的功效,用于中寒腹痛,寒湿吐泻,虫积腹痛,湿疹瘙痒,妇人阴痒。高良

姜有散寒止痛，温中止呕的功效。

3. 附子宜先煎，阴虚阳亢及孕妇忌用，反半夏、瓜蒌、贝母、白蔹、白及。本品有毒，内服须经炮制，若内服过量，或炮制、煎煮方法不当，可引起中毒。肉桂宜后下，畏赤石脂。吴茱萸辛热燥烈，易耗气动火，故不宜多用、久服。丁香畏郁金。

第十二单元 理气药

命题考点1 理气药的使用注意事项

【历年真题纵览】

A1 型题

不属于理气药主要归经的是

A. 脾经

B. 胃经

C. 肝经

D. 肺经

E. 肾经

参考答案：E

【考点评析】

本类药物多辛、苦、温而芳香，有理气健脾、疏肝解郁、理气宽胸、行气止痛、破气散结等功效，适用于各类气滞病证。根据病证不同，可和消导药、补气药、清热除湿药、苦温燥湿药、滋阴养血药、活血祛瘀药、宣肺解表药等配伍。本类药物多辛温香燥，易耗气伤阴，因此气阴不足者慎用。

命题考点2 陈皮、枳实、香附、薤白的性能、功效和应用；青皮、木香、川楝子的功效和主治病证；沉香、乌药、佛手、柿蒂的功效；川楝子的使用注意

【历年真题纵览】

A1 型题

1. 橘皮的性味是

A. 辛、甘、温

B. 辛、苦、温

C. 苦、温

D. 辛、苦、平

E. 甘、苦、平

参考答案：B

2. 下列哪味药物能够治疗临床表现为月经不调，伴有乳房胀痛，胁肋胀满，舌苔薄白，脉弦的病症

A. 川楝

B. 香附

C. 木香

D. 沉香

E. 橘皮

参考答案：B

3. 具有疏肝解郁，理气和胃，燥湿化痰功效的药物是

A. 香附

B. 青皮

C. 橘皮

D. 佛手

E. 枳实

参考答案：D

4. 枳实的正确归经是

A. 肝、胆、胃

B. 肝、脾、三焦

C. 脾、胃、大肠

D. 肺、脾、肾

E. 肺、脾、胃

参考答案：C

5. 可治虫积腹痛，又可治头癣的药物是

A. 延胡索

B. 木香

C. 丁香

D. 香附

E. 川楝子

参考答案：E

6. 下元虚冷，肾不纳气之虚喘，当选用

A. 沉香

B. 乌药

C. 香附

D. 肉桂

E. 细辛

参考答案：D

7. 下列哪味善于散阴寒之凝滞，行胸阳之壅结，为治疗胸痹的要药

A. 沉香

B. 香附

C. 陈皮

D. 薤白

E. 枳实

参考答案:D

8.苦寒有小毒,不宜持续及过量服用的药物是

A.全蝎

B.苦参

C.花椒

D.吴茱萸

E.川楝子

参考答案:E

9.具有疏肝解郁,调经止痛,理气调中功效的药物是

A.陈皮

B.青皮

C.枳实

D.佛手

E.香附

参考答案:E

10.尤善行大肠气滞,为治湿热泻痢里急后重之要药的是

A.青皮

B.陈皮

C.木香

D.佛手

E.川楝子

参考答案:C

11.治疗胁肋胀痛,嗳气吞酸,舌红苔薄黄,脉弦数者,宜选用

A.枳实

B.陈皮

C.木香

D.香附

E.川楝子

参考答案:E

12.善治肝胃气滞,胁痛胸闷,脘腹疼痛,久咳痰多之症的药物是

A.佛手

B.青皮

C.枳实

D.乌药

E.娑罗子

参考答案:A

13.治疗脾胃气滞,脘腹胀痛及泻痢里急后重,宜选用

A.陈皮

B.枳壳

C.佛手

D.木香

E.大腹皮

参考答案:D

14.治疗肝气郁结,月经不调,痛经,乳房胀痛,宜首选的药物是

A.木香

B.香附

C.沉香

D.檀香

E.九香虫

参考答案:B

15.下列不属于木香主治病证的是

A.脾胃气滞证

B.泻痢里急后重

C.腹痛胁痛

D.黄疸

E.尿频遗尿

参考答案:E

16.香附的功效是

A.行气止痛,温肾散寒

B.行气止痛,杀虫疗癣

C.疏肝理气,调经止痛

D.疏肝解郁,理气和中

E.理气和中,燥湿化痰

参考答案:C

17.橘皮的功效是

A.理气健脾,燥湿化痰

B.理气健脾,和胃止痛

C.健脾燥湿,化痰止咳

D.温中健脾,化痰止咳

E.理气健脾,降逆止呕

参考答案:A

B1型题

18.

A.陈皮

B.青皮

C.乌药

D.沉香

E.薤白

①善行脾胃气滞的药物是

②善疏肝胆气滞的药物是

参考答案:①A ②B

【考点评析】

1.陈皮辛、苦、温,归脾、肺经,有理气健脾,燥湿化痰的功效,用于脾胃气滞证,湿痰,寒痰咳嗽;枳实

辛、苦、微温，归脾、胃、大肠经，有破气除痞，化痰消积的功效，用于食积证、胃肠热结气滞证，痰滞胸脘痞满，胸痹结胸；香附辛、微苦、微甘、平，归肝、脾、三焦经，有疏肝理气，调经止痛的功效，用于气滞胁痛，腹痛，肝郁月经不调，痛经，乳房胀痛等；薤白辛、苦、温，归肺、胃、大肠经，有通阳散结，行气导滞的功效，用于胸痹证，脘腹痞满胀痛，泻痢里急后重。

2. 青皮有疏肝理气，消积化滞的功效，用于肝气郁滞诸证，食积腹痛；木香有行气止痛的功效，用于脾胃气滞证，泻痢里急后重，本品为治湿热泻痢里急后重之要药，用于腹痛胁痛，黄疸；川楝子有行气止痛，杀虫疗癣的功效，用于肝郁化火所致诸痛证，虫积腹痛。

3. 沉香有行气止痛，温中止呕，纳气平喘的功效；乌药有行气止痛，温肾散寒的功效；佛手有疏肝解郁，理气和中，燥湿化痰的功效；柿蒂有降气止呃的功效。

4. 川楝子有毒，不宜过量或持续服用。

第十三单元　消食药

命题考点　山楂、莱菔子、鸡内金的性能、功效和应用；神曲、麦芽的功效和主治病证；麦芽、莱菔子的使用注意

【历年真题纵览】

A1 型题

1. 对莱菔子描述错误的是
   A. 辛、甘、平
   B. 脾、胃、肺经
   C. 消食除胀
   D. 降气化痰
   E. 生用消食下气

参考答案：E

2. 善于化油腻肉食积滞的药物是
   A. 山楂
   B. 麦芽
   C. 谷芽
   D. 神曲
   E. 鸡内金

参考答案：A

3. 既能消食除胀，又能降气化痰的药物是
   A. 鸡内金
   B. 山楂
   C. 莱菔子
   D. 谷芽
   E. 神曲

参考答案：C

4. 鸡内金具有的功效是
   A. 除痰浊
   B. 化湿浊
   C. 行气血
   D. 化结石
   E. 散郁结

参考答案：D

5. 既能消食化积，又能散瘀的药物是
   A. 山楂
   B. 番泻叶
   C. 谷芽
   D. 莱菔子
   E. 麦芽

参考答案：A

6. 麦芽与山楂的共同主治症是
   A. 乳房胀痛
   B. 脘腹冷痛
   C. 肝胃不和胁痛
   D. 肾虚遗精
   E. 食滞

参考答案：E

7. 山楂的性味是
   A. 辛、甘、酸，温
   B. 酸、苦、微温
   C. 酸、甘、微温
   D. 酸、苦、温
   E. 酸、苦、咸、温

参考答案：C

8. 山楂的功效是
   A. 消食化积，行气止痛
   B. 消食化积，行气散瘀
   C. 健脾和胃，降逆止痛
   D. 温肾助阳，行气止痛
   E. 消食化积，活血散瘀

参考答案：B

9. 既能消食健胃，又能涩精止遗的中药是
   A. 山楂
   B. 麦芽
   C. 鸡内金
   D. 莱菔子

E. 谷芽

参考答案:C

B1 型题

10.

A. 止遗尿

B. 降气化痰

C. 杀虫

D. 固精止遗

E. 回乳消胀

①麦芽除消食外,兼能

②鸡内金除消食外,兼能

参考答案:①E ②D

【考点评析】

1. 山楂酸、甘、微温,归脾、胃、肝经,有消食化积,行气散瘀的功效,用于肉食积滞证,泻痢腹痛,疝气痛,瘀阻胸腹痛,痛经;莱菔子辛、甘、平,归脾、胃、肺经,有消食除胀,降气化痰的功效,用于食积气滞证,咳喘痰多,胸闷食少等;鸡内金甘、平,归脾、胃、小肠、膀胱经,有消食健胃,涩精止遗的功效,用于饮食积滞,小儿疳积,肾虚遗精,遗尿等。

2. 神曲有消食和胃的功效,用于饮食积滞证;麦芽有消食健胃,回乳消胀的功效,用于米面薯芋食滞证,断乳乳房胀痛。

3. 生麦芽功偏消食健胃,炒用多用于回乳消胀。莱菔子生用吐风痰,炒用消食下气化痰。本品辛散耗气,气虚及无食积、痰滞者慎用,不宜与人参同用。

第十四单元 驱虫药

命题考点1 驱虫药的使用注意事项

【历年真题纵览】

A1 型题

驱虫药应在何时服用效果最好

A. 睡前

B. 饭后

C. 空腹

D. 随时

E. 腹痛时

参考答案:C

【考点评析】

使用驱虫药时,需根据患者不同的体质和兼证配伍,根据病证可分别与泻下药、消导积滞药、健脾和胃药等配伍使用。本类药物一般应空腹服用,无泻下作用的药物,可加服泻下药以促进虫体排出,应用毒性较大的驱虫药,需注意用量用法,孕妇、年老体弱者慎用,发热或腹痛剧烈者,不宜驱虫。

命题考点2 槟榔的性能、功效和应用;使君子的功效和主治病证;苦楝皮、雷丸的功效;使君子、苦楝皮、槟榔、雷丸的用法用量;使君子、苦楝皮、槟榔的使用注意

【历年真题纵览】

A1 型题

1. 下列哪项是贯众具有的功效

A. 化湿止痒

B. 涩肠止泻

C. 和中止呕

D. 肃肺止咳

E. 凉血止血

参考答案:E

2. 驱绦虫首选

A. 贯众

B. 雷丸

C. 槟榔

D. 乌梅

E. 苦楝皮

参考答案:C

3. 驱虫药中,既能驱虫消积,又能行气利水的药物是

A. 雷丸

B. 槟榔

C. 榧子

D. 贯众

E. 苦楝皮

参考答案:B

4. 既能治蛔虫、蛲虫证,又善疗小儿疳积的药物是

A. 使君子

B. 苦楝皮

C. 鹤草芽

D. 南瓜子

E. 槟榔

参考答案:A

5. 雷丸用于治下列何种虫病最佳

A. 蛔虫病
B. 钩虫病
C. 脑囊虫病
D. 蛲虫病
E. 绦虫病
参考答案:E
6. 苦楝皮的功效是
A. 杀虫,行气解毒
B. 杀虫,疗癣
C. 解毒杀虫,清热凉血
D. 驱虫消积,行气利水
E. 杀虫消积,通便润肺
参考答案: B

A2 型题

7. 患者食积气滞,脘腹胀满,大便秘结。治疗宜选用
A. 使君子
B. 苦楝皮
C. 雷丸
D. 槟榔
E. 贯众
参考答案:D

【考点评析】

1. 槟榔辛、苦、温,有祛虫消积,行气利水的功效,用于多种肠道寄生虫病,食积气滞,泻痢后重,水肿,脚气肿痛;使君子有祛虫消积的功效,用于蛔虫证,蛲虫证,小儿疳积;苦楝皮有杀虫,疗癣的功效;雷丸有杀虫的功效。

2. 使君子大量服用可致呃逆、眩晕、呕吐、腹泻等反应,若与热茶同服,能引起呃逆,腹泻;苦楝皮有毒,不宜过量或持续服用;槟榔脾虚便溏或气虚下陷者忌用;雷丸入丸散剂,不宜入煎剂,本品含蛋白酶,加热后易于破坏而失效。

第十五单元　止血药

命题考点1　止血药的使用注意事项

【历年真题纵览】

A1 型题

关于止血药下列说法不正确的是
A. 凉血止血
B. 化瘀止血
C. 收敛止血
D. 出血兼有瘀血者不宜单独使用
E. 所有的止血药都是炒炭后可加强止血效果
答案:E

【考点评析】

1. 对于出血患者,若为血热妄行,则应选择凉血止血药,并配伍清热泻火药;若为瘀血内阻而出血,则应选择化瘀止血药,并配伍行气活血药;若为血不循经,妄行脉外而出血,则应选择收敛止血药,并配伍收涩之品;若为虚寒性出血,则应选择温经止血药,并配伍益气健脾温阳之品。

2. 凉血止血药、收敛止血药容易恋邪留瘀,出血兼有瘀血者不宜单独使用。一般而言,止血类药炒炭后可加强止血的功效,但也有少数以生品止血效果较好。

命题考点2　凉血止血药小蓟、地榆的性能、功效和应用;大蓟、槐花、侧柏叶、白茅根的功效和主治病证

【历年真题纵览】

A1 型题

1. 地榆、槐花、白茅根共有的功效是
A. 凉血止血
B. 收敛止血
C. 化瘀止血
D. 温经止血
E. 补血止血
参考答案:A
2. 有凉血止血散瘀之功,尤宜用于尿血的药物是
A. 白茅根
B. 血余炭
C. 槐花
D. 小蓟
E. 茜草
参考答案:D
3. 治疗肺胃出血,宜首选
A. 白及
B. 大蓟
C. 槐花
D. 地榆
E. 白茅根
参考答案:B

4. 下列哪项不是白茅根的主治病症

A. 尿血

B. 目赤

C. 血淋

D. 黄疸

E. 水肿

参考答案:B

5. 在下列药物中,既能凉血止血,又能解毒敛疮的是

A. 大蓟

B. 地榆

C. 侧柏叶

D. 白茅根

E. 苎麻根

参考答案:B

6. 功能凉血止血,尤善治尿血、血淋的药物是

A. 大蓟

B. 小蓟

C. 侧柏叶

D. 槐花

E. 地榆

参考答案:B

7. 治疗血热所致之痔血、便血,宜首选

A. 小蓟

B. 艾叶

C. 槐花

D. 灶心土

E. 白及

参考答案:C

8. 下列哪项不是地榆的主治病证

A. 热性出血病证

B. 烫伤

C. 湿疹

D. 疮疡痈肿

E. 消渴

参考答案:E

9. 大蓟和小蓟都具有的功效是

A. 凉血止血,散瘀解毒消痈

B. 凉血止血,化痰止咳

C. 散瘀止血,解毒敛疮

D. 活血止血,解毒消痈

E. 凉血止血,解毒杀虫

参考答案:A

10. 下列凉血止血药中还具有化痰止咳功效的中药是

A. 小蓟

B. 小蓟

C. 侧柏叶

D. 槐花

E. 地榆

参考答案:C

B1 型题

11.

A. 蒲黄

B. 地榆

C. 羊蹄

D. 侧柏叶

E. 小蓟

①宜治尿血、血淋涩痛的药物是

②宜治下焦血热所致出血证的药物是

参考答案:①A ②B

12.

A. 白茅根

B. 蒲黄

C. 白及

D. 郁金

E. 延胡索

①生用可治疗产后子宫收缩不良出血的药物是

②醋制可增强止痛作用的药物是

参考答案:①A ②E

【考点评析】

1. 小蓟苦、甘、凉,归心、肝经,有凉血止血,散瘀解毒消痈的功效,用于血热所致的出血证,热毒痈肿;地榆苦、酸、微寒,归肝、胃、大肠经,有凉血止血,解毒敛疮的功效,用于各种热性出血证,如吐血、衄血、便血、崩漏及血痢等,烫伤,湿疹及疮疡痈肿等。

2. 大蓟有凉血止血,散瘀解毒消痈的功效,用于血热所致的出血证,热毒痈肿;槐花有凉血止血,清肝火的功效,用于血热出血证,肝火上炎之头痛目赤等;侧柏叶有凉血止血,化痰止咳的功效,用于各种出血证,如吐血、衄血、咯血、便血、崩漏、尿血等,尤以血热者为宜,咳嗽,对肺热咳嗽有痰者尤宜;白茅根有凉血止血,清热利尿的功效,用于血热妄行之出血证,热淋,水肿等。

命题考点3　化瘀止血药三七、茜草的性能、功效和应用；蒲黄的功效和主治病证；三七、蒲黄的用法；三七、蒲黄的使用注意

【历年真题纵览】

A1 型题

1. 三七具有的功效是
   A. 凉血消痈
   B. 活血定痛
   C. 养血安神
   D. 温经通脉
   E. 解毒敛疮

参考答案:B

2. 三七、茜草、蒲黄的共同功效是
   A. 凉血止血
   B. 收敛止血
   C. 温经止血
   D. 化瘀止血
   E. 补气摄血

参考答案:D

3. 下列能凉血散瘀止血的药物是
   A. 三七
   B. 茜草
   C. 艾叶
   D. 地榆
   E. 白及

参考答案:B

4. 治疗血热夹瘀的出血证,宜选用
   A. 地榆
   B. 艾叶
   C. 仙鹤草
   D. 茜草
   E. 降香

参考答案:D

5. 蒲黄入汤剂宜
   A. 先煎
   B. 后下
   C. 包煎
   D. 烊化
   E. 另煎

参考答案:C

6. 素有伤科要药之称的药物是
   A. 大蓟
   B. 艾叶
   C. 三七
   D. 花蕊石
   E. 棕榈炭

参考答案:C

7. 既有化瘀止血,又有利尿功效的中药是
   A. 小蓟
   B. 蒲黄
   C. 三七
   D. 茜草
   E. 白及

参考答案:B

A2 型题

8. 治疗崩漏下血,色紫黑、有块,小腹疼痛拒按,血块排出后痛减,舌质紫暗,脉涩者,应选用
   A. 白及
   B. 仙鹤草
   C. 地榆
   D. 三七
   E. 艾叶

参考答案:D

B1 型题

9.
   A. 三七
   B. 蒲黄
   C. 茜草
   D. 白及
   E. 白茅根

①既能凉血止血,又能活血祛瘀的药物是
②既能化瘀止血,又能利尿通淋的药物是
参考答案:①C　②E

10.
   A. 化瘀止血,活血定痛
   B. 凉血化瘀止血,通经
   C. 化瘀止血,利尿
   D. 凉血止血,清热利尿
   E. 收敛止血

①三七的功效是
②蒲黄的功效是
参考答案:①A　②C

【考点评析】

1. 三七甘、温、微苦,归肝、胃经,有化瘀止血,活血定痛的功效,用于各种内外出血证,尤以有瘀者为宜。本品既能止血,又能散瘀,药效卓著,有止血而

不留瘀，化瘀而不伤正的特点；还可用于跌打损伤，瘀滞疼痛。茜草苦、寒，归肝经，有凉血化瘀止血，通经的功效，用于血热夹瘀的出血证，如吐血、衄血、尿血、崩漏、便血等。本品专入肝经血分，能凉血止血，又能活血散瘀，用于血瘀经闭及跌打损伤，风湿痹痛等。蒲黄有化瘀止血，利尿的功效，用于各种内外出血证。

2. 三七多研末服，外用适量，研末外掺或调敷；茜草止血炒炭用，活血通经生用或酒炒用。蒲黄入煎剂布包，止血多炒用，散瘀多生用，孕妇忌用。

命题考点4　收敛止血药白及的性能、功效和应用；仙鹤草、血余炭的功效；白及的使用注意

【历年真题纵览】

A1 型题

1. 白及具有的功效是
   A. 化瘀止血
   B. 凉血止血
   C. 收敛止血
   D. 温经止血
   E. 益气摄血

参考答案：C

2. 既能收敛止血，又兼能补虚的药物是
   A. 三七
   B. 仙鹤草
   C. 白及
   D. 紫珠
   E. 藕节

参考答案：B

3. 收敛止血要药是
   A. 三七
   B. 白及
   C. 棕榈炭
   D. 血余炭
   E. 小蓟

参考答案：B

【考点评析】

1. 白及苦、甘、涩、寒，归肺、胃、肝经，有收敛止血，消肿生肌的功效，用于内务诸出血证，如咯血、衄血、吐血、便血及外伤出血，为收敛止血要药，还可用于痈肿，烫伤，手足皲裂，肛裂等；仙鹤草有收敛止血，补虚，消积，止痢，杀虫的功效；血余炭有收敛止血，化瘀利尿的功效。

2. 白及反乌头。

命题考点5　温经止血药艾叶的性能、功效和应用

【历年真题纵览】

A1 型题

1. 下列哪项除外，均为艾叶的主治病证
   A. 宫冷不孕
   B. 胎漏下血
   C. 胎动不安
   D. 寒性咳喘
   E. 妊娠恶阻

参考答案：E

2. 治疗虚寒性崩漏下血宜首选
   A. 地榆
   B. 槐花
   C. 灶心土
   D. 炮姜
   E. 艾叶

参考答案：E

3. 既能温中止血，又可治疗胃寒呕吐、脾虚久泻的药物是
   A. 艾叶
   B. 仙鹤草
   C. 降香
   D. 灶心土
   E. 生姜

参考答案：D

【考点评析】

艾叶苦、辛、温，归肝、脾、肾经，有温经止血，散寒调经，安胎的功效，用于虚寒出血，尤宜于崩漏，还可用于下焦虚寒或寒客胞宫所致的月经不调，痛经，宫冷不孕，胎漏下血，胎动不安等。

第十六单元　活血祛瘀药

命题考点1　活血祛瘀药的使用注意事项

【历年真题纵览】

A1 型题

下列关于活血化瘀药的说法中不正确的是

A. 主归肝、心经

B. 入血分

C. 以通畅血行,消散瘀血为主要作用

D. 无耗血动血之弊

E. 孕妇慎用

参考答案:D

【考点评析】

使用活血祛瘀药,应根据形成瘀血的不同病因病机,随证配伍温里散寒药、清热凉血药、祛风湿药、软坚散结药、理气药和补益药等同时应用。本类药物易耗血动血,对妇女月经过多及其他出血病证而无瘀血表现者忌用;孕妇慎用或忌用。

命题考点2　活血止痛药川芎、延胡索、郁金的性能、功效和应用;姜黄、乳香的功效和主治病证;延胡索的用法;郁金、乳香的使用注意

【历年真题纵览】

A1 型题

1. 川芎归经为

A. 肝、胆、心包

B. 肝、胆、心

C. 肝、脾、心

D. 肝、脾、心包

E. 以上都不是

参考答案:A

2. 功能活血行气,善治风湿痹证的药物是

A. 羌活

B. 桂枝

C. 秦艽

D. 乳香

E. 姜黄

参考答案:E

3. 善"上行头目"功能祛风止痛,为治头痛的要药是

A. 羌活

B. 川芎

C. 细辛

D. 白芷

E. 吴茱萸

参考答案:B

4. 兼有消肿生肌之效的活血祛瘀药有

A. 乳香

B. 三棱

C. 煅石膏

D. 丹参

E. 桃仁

参考答案:A

5. "行血中气滞,气中血滞,专治一身上下诸痛"的药物是

A. 郁金

B. 川芎

C. 延胡索

D. 姜黄

E. 乳香

参考答案:C

6. 郁金既能活血止痛,又能行气止痛,治疗气滞血瘀痛证,常配伍

A. 木香

B. 香附

C. 檀香

D. 沉香

E. 青木香

参考答案:A

7. 下列关于川芎说法错误的是

A. 可用于头痛,风湿痹痛

B. 有活血行气,祛风止痛功效

C. 辛温,归肝、胆、心包经

D. 用于血瘀气滞的痛证

E. 有消肿生肌的功效

参考答案:E

8. 下列不属于郁金的主治病证是

A. 热病神昏,癫痫痰闭之证

B. 气滞血瘀的胸腹疼痛

C. 吐血、衄血等气火上逆之出血证

D. 肝胆湿热证

E. 跌打损伤，血肿疼痛

参考答案：E

A2 型题

9. 患者外感风邪，头痛，恶寒发热，目眩，鼻塞，舌苔薄白，脉浮，治疗宜选用

A. 川芎

B. 丹参

C. 郁金

D. 牛膝

E. 益母草

参考答案：A

【考点评析】

1. 川芎辛、温，归肝、胆、心包经，有活血行气，祛风止痛的功效，用于血瘀气滞的痛证。本品辛散温通，既能活血，又能行气，为“血中气药”，治妇女月经不调、经闭、痛经、产后瘀滞腹痛等，为妇科活血调经之要药；还可用于心胸痹痛，跌打损伤，瘀血肿痛等；还可用于头痛，风湿痹痛。本品能“上行头目”，治头痛，不论风寒、风热、风湿、血虚、血瘀，均可配伍使用。延胡索辛、苦、温，归肝、脾、心经，有活血，行气，止痛的功效，用于气血瘀滞诸痛证，止痛作用优良，无论何种痛证，均可配伍使用，如胸痹心痛，胁肋胀痛，寒疝腹痛，妇女痛经，产后瘀滞腹痛，跌打损伤等。郁金辛、苦、寒，归肝、胆、心经，有活血行气止痛，解郁清心，利胆退黄，凉血的功效，用于气滞血瘀的胸、胁、腹痛。本品既能活血，又能行气解郁而达止痛之效，还可用于热病神昏，癫痫痰闭之证，肝胆湿热证，能清热利胆退黄，吐血、衄血、妇女倒经等气火上逆之出血证，还可治疗结石症。

2. 姜黄有活血行气，通经止痛的功效，用于血瘀气滞的心、腹、胸、胁痛，经闭，产后腹痛及跌打损伤等；还可用于风湿痹痛；本品尤长于行肢臂而除痹痛；还可用于牙痛。乳香有活血行气止痛，消肿生肌的功效，用于外科跌打损伤，疮疡痈肿。本品既能活血化瘀止痛，又能活血消痈，去腐生肌，为外科要药；还可用于瘀血阻滞诸痛证，如心腹瘀痛，风湿痹痛等。

3. 延胡索多醋制后用，可使其有效成分的溶解度大大提高而加强止痛药效。乳香孕妇及无瘀滞者忌用，本品气浊味苦，易致恶心呕吐，故内服不宜多用，胃弱者慎用。

命题考点 3　活血调经药丹参、红花、益母草、牛膝的性能、功效和应用；桃仁、鸡血藤的功效和主治病证；牛膝的用法；丹参的使用注意

【历年真题纵览】

A1 型题

1. 具有活血化瘀、凉血消痈、养血安神等作用的药物是

A. 大蓟

B. 川芎

C. 丹参

D. 远志

E. 磁石

参考答案：C

2. 肺痈、肠痈初起属热邪瘀滞，在使用清热药物的同时，常佐用

A. 牛膝

B. 郁李仁

C. 白及

D. 丹参

E. 桃仁

参考答案：E

3. 具有利水消肿功效的药物是

A. 益母草

B. 鸡血藤

C. 丹参

D. 川芎

E. 郁金

参考答案：A

4. 既能活血通经，又能利水消肿的药物是

A. 当归

B. 川芎

C. 香附

D. 益母草

E. 鸡血藤

参考答案：D

5. 下列除哪味药外，均为兼行气作用的活血化瘀药

A. 川芎

B. 郁金

C. 姜黄

D. 延胡索

E. 丹参

参考答案：E

6. 桃仁既能活血祛瘀，又能润肠通便，并能

A. 行气止痛

B. 止咳平喘

C. 利水消肿

D. 凉血消痈

E. 化瘀止血

参考答案：B

7. 既能活血调经，又能补血的药物是

A. 红花

B. 益母草

C. 丹参

D. 鸡血藤

E. 桃仁

参考答案：D

8. 丹参的功效是

A. 活血调经止痛

B. 活血调经，凉血消痈，安神

C. 破血祛瘀止痛

D. 活血祛瘀，润肠通便

E. 活血祛瘀，利水消肿

参考答案：B

9. 红花的功效是

A. 活血通经，祛瘀止痛

B. 活血调经，行气化痰

C. 凉血活血，散瘀止痛

D. 活血祛瘀，润肠通便

E. 活血调经，利水消肿

参考答案：A

A2 型题

10. 患者尿色深红，夹有血块，小便涩痛，舌苔黄，脉数。治疗宜选用

A. 桃仁

B. 红花

C. 川芎

D. 延胡索

E. 牛膝

参考答案：E

11. 患者瘀血阻滞，月经不调，兼见腰膝痠痛，下肢痿软无力。治疗应首选

A. 丹参

B. 桃仁

C. 川芎

D. 牛膝

E. 红花

参考答案：D

12. 病人，女，25 岁，剖宫产后，现小腹疼痛，部位固定，拒按，大便干硬，排便困难，舌有瘀点瘀斑，脉沉涩。治疗应首选

A. 川芎

B. 丹参

C. 延胡索

D. 益母草

E. 桃仁

参考答案：E

【考点评析】

1. 丹参苦、微寒，归心、肝经，有活血调经，凉血消痈，安神的功效，用于妇女月经不调，痛经，经闭，产后瘀滞腹痛。本品能活血化瘀，善调妇女经水，为妇科要药；还可用于血瘀心胸、脘腹疼痛，癥瘕积聚，风湿痹痛等。本品为活血化瘀之要药，广泛用于各种瘀血证，还可用于疮疡痈肿，热病烦躁神昏及杂病心悸失眠等。红花辛、温，归心、肝经，有活血通经，祛瘀止痛的功效，用于血滞经闭，痛经，产后瘀滞腹痛等。本品辛散温通，专入血分，还可用于癥瘕积聚，心腹瘀痛及跌打损伤，血脉闭塞紫肿疼痛等，斑疹色暗，热郁血瘀者。益母草辛、苦、微寒，归心、肝、膀胱经，有活血调经，利水消肿的功效，用于血滞经闭、痛经、经行不畅、产后瘀滞腹痛、恶露不尽等。本品主入血分，善于活血祛瘀调经，为妇科经产要药，还可用于水肿，小便不利，跌打损伤，疮痈中毒，皮肤痒疹等。牛膝苦、甘、酸、平，归肝、肾经，有活血调经，补肝肾，强筋骨，利水通淋，引火（血）下行的功效，用于瘀血阻滞的经闭、痛经、月经不调、产后腹痛等及跌打损伤。本品性善下行，活血通经，还可用于肾虚腰痛及久痹腰膝酸痛乏力等，淋证，水肿，小便不利，头痛，眩晕，吐血、衄血等火热上炎、阴虚火旺之证。

2. 桃仁有活血祛瘀，润肠通便的功效，用于多种瘀血证，如经闭、痛经、产后瘀滞腹痛，跌打损伤等。本品祛瘀力较强，又称破血药，还可用于肠燥便秘，肺痈、肠痈，咳嗽气喘等。鸡血藤有行血补血，调经，舒筋活络的功效，用于月经不调、经行不畅、痛经、血虚经闭等证。本品既能活血，又能补血，对血瘀、血虚之证均适用，还可用于风湿痹痛及手足麻木，肢体瘫痪，血虚萎黄等。

3. 牛膝活血通经、利水通淋，引火下行宜生用；补肝肾强筋骨宜酒炙用，孕妇及月经过多者忌用。丹参活血化瘀宜酒炙用，反藜芦。

命题考点 4　活血疗伤药土鳖虫、马钱子、骨碎补的功效;马钱子的用法用量和使用注意

【历年真题纵览】

A1 型题

血竭的功效是

A. 活血疗伤,止血生肌

B. 活血祛瘀,止血敛疮

C. 活血止血,通经止痛

D. 活血祛风,通经止痛

E. 活血化瘀,祛风止痛

参考答案:A

【考点评析】

1. 土鳖虫有破血逐瘀,续筋接骨的功效;马钱子有散结消肿,通络止痛的功效;骨碎补有活血续伤,补肾强骨的功效。

2. 马钱子内服宜制,多入丸散,日服 0.3 ~ 0.6 g,外用适量,内服不可多服久服,孕妇禁用,过量中毒可引起肢体颤动、惊厥、呼吸困难,甚至昏迷。

命题考点 5　破血消癥药莪术、水蛭的功效

【历年真题纵览】

A1 型题

莪术和三棱都具有的功效是

A. 破血行气,消积止痛

B. 破血行气,散寒止痛

C. 活血祛瘀止痛

D. 活血祛瘀,止痛消积

E. 破血散结,化痰止痛

参考答案:A

【考点评析】

莪术有破血行气,消积止痛的功效;水蛭有破血逐瘀消癥的功效。

第十七单元　化痰止咳平喘药

命题考点 1　化痰止咳平喘药的使用注意事项

【历年真题纵览】

A1 型题

下列关于化痰止咳平喘药说法不正确的是

A. 治疗各种“痰证”

B. 应根据寒痰、热痰、燥痰等病证进行配伍应用

C. 痰中带血病证者也可正常应用

D. 可用于中风和惊厥等证

E. 可用于癫痫

参考答案:C

【考点评析】

根据病证不同,如兼有表证,可配伍解表药,火热而致者,可配伍清热泻火药,里寒者,可配伍温里散寒药,虚劳者,可配伍补益药。本类药物温燥之性较强,有出血倾向患者慎用;麻疹初起有表邪之咳嗽,不宜单独使用止咳药。

命题考点 2　温化寒痰药半夏的性能、功效和应用;天南星、旋覆花的功效和主治病证;白芥子、白前的功效;半夏、天南星、白芥子、旋覆花的用法;半夏、天南星、白芥子的使用注意

【历年真题纵览】

A1 型题

1. 具有消痰行水,降逆止呕功效的药物是

A. 桔梗

B. 川贝母

C. 竹沥

D. 瓜蒌

E. 旋覆花

参考答案:E

2. 可用于风痰眩晕,中风惊厥,口眼㖞斜,癫痫及破伤风的药物是

A. 竹茹

B. 天南星

C. 白芥子

D. 海浮石

E. 黄药子

参考答案:B

3. 善治脏腑湿痰的药物是

A. 白前

B. 禹白附

C. 半夏

D. 白芥子

E. 皂荚

参考答案:C

4. 可燥湿化痰、降逆止呕的药是

A. 枳实

B. 半夏

C. 莱菔子

D. 芦根

E. 全瓜蒌

参考答案:B

5. 桔梗的作用是

A. 润肺止咳,下气化痰

B. 宣肺利咽,清肺化痰

C. 宣肺利咽,祛痰排脓

D. 降气止咳,祛痰排脓

E. 降气止呕,祛痰排脓

参考答案:C

6. 下列哪项不是半夏的主治病证

A. 湿痰、寒痰证

B. 胃气上逆呕吐

C. 心下痞,结胸,梅核气等

D. 瘿瘤痰核

E. 大便秘结

参考答案:E

7. 下列哪项不是天南星的适应病证

A. 湿痰证

B. 寒痰证

C. 风痰证

D. 痈疽肿毒

E. 外感证

参考答案:E

A2 型题

8. 病人,男,35 岁,近 2 年来头痛昏蒙,周身困重,胸脘痞满,恶心,呕吐痰涎,舌苔腻,脉滑,治疗宜首选

A. 半夏、天麻

B. 苍术、厚朴

C. 天麻、钩藤

D. 秦艽、防己

E. 藿香、佩兰

参考答案:A

B1 型题

9.

A. 白芥子

B. 杏仁

C. 半夏

D. 桔梗

E. 竹茹

①治疗寒饮呕吐,宜选用

②治疗湿阻胸脘痞闷,宜选用

参考答案:①C ②C

【考点评析】

1. 半夏辛、温,有毒,归脾、胃、肺经,有燥湿化痰,降逆止呕,消痞散结,外用消肿止痛的功效,用于湿痰、寒痰证。本品辛温而燥,为燥湿化痰,温化寒痰之要药,尤善治脏腑之湿痰,还可用于胃气上逆呕吐。半夏为止呕要药,各种原因引起的呕吐,均可配伍应用,对痰饮或胃寒呕吐尤宜,可用于心下痞,结胸,梅核气等,瘿瘤痰核,痈疽肿毒及毒蛇咬伤等。

2. 天南星有燥湿化痰,祛风解痉,外用消肿止痛的功效,用于湿痰、寒痰证,风痰证,如眩晕、中风、癫痫、口眼㖞斜、破伤风等,还可用于痈疽肿毒,毒蛇咬伤等。旋覆花有降气化痰,降逆止呕的功效,用于咳喘痰多及痰饮蓄结胸膈痞满等。噫气,呕吐。本品善降胃气,还可用于胸胁疼痛等。白芥子有温肺化痰,利气散结的功效。白前有降气化痰的功效。

3. 半夏一般宜制过用。制半夏有姜半夏、法半夏等,姜半夏长于降逆止呕;法半夏长于燥湿且温性较弱。半夏曲则有化痰消食之功。竹沥半夏,药性由温变凉,能清化热痰,主治热痰、风痰之证。半夏反乌头,其性温燥,一般阴虚燥咳,血证,热痰,燥痰应慎用。天南星阴虚燥痰及孕妇忌用;旋覆花入煎剂宜布包,阴虚劳嗽,津伤燥咳者忌用,因本品有绒毛,易刺激咽喉作痒而致呛咳呕吐,需布包入煎。白芥子辛温走散,耗气伤阴,久咳肺虚及阴虚火旺者忌用;对皮肤黏膜有刺激,易发泡,有消化道溃疡、出血者及皮肤过敏者忌用,用量不宜过大,过量易导致胃肠炎,产生腹痛腹泻。

命题考点 3 清化热痰药川贝母、浙贝母、瓜蒌、桔梗的性能、功效和应用；竹茹的功效和主治病证；天竺黄、前胡、海藻的功效；川贝母、浙贝母、瓜蒌、海藻的使用注意

【历年真题纵览】

A1 型题

1. 竹茹具有的功效是

A. 燥湿化痰，降逆止呕

B. 消痰行水，降逆止呕

C. 清化热痰，除烦止呕

D. 化痰止咳，和胃降逆

E. 温肺止咳，和胃止呕

参考答案：C

2. 既能清热化痰，宽胸散结，又能润肠通便的药物是

A. 桃仁

B. 杏仁

C. 贝母

D. 瓜蒌

E. 桔梗

参考答案：D

3. 下列各项，不属瓜蒌主治病证的是

A. 胸痹结胸

B. 肺痈肠痈

C. 痰热咳喘

D. 肠燥便秘

E. 小儿惊风

参考答案：E

4. 瓜蒌的功效是

A. 清热化痰，宽胸散结，润肠通便

B. 清热化痰，降气平喘

C. 清热化痰，宣肺止咳

D. 理气散结，宣肺平喘化痰

E. 清热化痰，除烦止呕

参考答案：A

A2 型题

5. 患者咳嗽，痰稠色黄，不易咯出，大便秘结，舌红苔黄，脉滑数，治疗应首选

A. 半夏

B. 贝母

C. 瓜蒌

D. 桔梗

E. 竹茹

参考答案：C

B1 型题

6.

A. 竹叶

B. 竹沥

C. 竹茹

D. 天竺黄

E. 淡竹叶

①清化热痰，除烦止呕的药物是

②清化热痰，清心定惊的药物是

参考答案：①C ②D

7.

A. 半夏

B. 瓜蒌

C. 白芥子

D. 川贝母

E. 桔梗

①痰热咳嗽，宜选用

②阴虚燥咳，宜选用

参考答案：①B ②D

【考点评析】

1. 桔梗苦、辛、平，归肺经，有宣肺祛痰，利咽，排脓的功效，用于肺气不宣的咳嗽痰多，胸闷不畅。本品辛散苦泄，宣开肺气，无论属寒属热均可配伍使用；还可用于咽喉肿痛，失音，肺痈咳吐脓痰。川贝母苦、甘、微寒，归肝、心经，有清热化痰，润肺止咳，散结消肿的功效，用于虚劳咳嗽，肺热燥咳。本品尤宜于内伤久咳，燥痰，热痰之证，还可用于瘰疬疮肿及乳痈、肺痈。浙贝母苦、寒，归肺、心经，有清热化痰，开郁散结的功效，用于风热燥热痰热咳嗽。本品功似川贝母而偏苦泄，还可用于瘰疬，瘿瘤，痈疡疮毒，肺痈等。瓜蒌甘、微苦、寒，归脾胃、大肠经，有清热化痰，宽胸散结，润肠通便的功效，用于痰热咳嗽，胸痹、结胸等，肺痈、肠痈、乳痈等，还可用于肠燥便秘。

2. 竹茹有清热化痰，除烦止呕的功效，用于痰热所致的咳嗽或心烦不眠等，胃热呕吐；天竺黄有清热化痰，清心定惊的功效；前胡有降气化痰，宣散风热的功效；海藻有消痰软坚，利水消肿的功效。

3. 川贝母、浙贝母反乌头；瓜蒌甘、寒而滑，脾虚便溏及湿痰、寒痰者忌用，反乌头；海藻传统认为反甘草，但临床也每有配伍同用者。

命题考点4　止咳平喘药苦杏仁、百部、葶苈子的性能、功效和应用；苏子、桑白皮的功效和主治病证；紫菀、款冬花、枇杷叶、白果的功效；苦杏仁、白果的使用注意

【历年真题纵览】

A1 型题

1. 具有润肺止咳、灭虱杀虫功效的药物是
A. 杏仁
B. 竹茹
C. 半夏
D. 桔梗
E. 百部

参考答案:E

2. 既能止咳平喘,又能润肠通便的药物是
A. 葶苈子
B. 莱菔子
C. 苦杏仁
D. 柏子仁
E. 白芥子

参考答案:C

3. 枇杷叶的功效是
A. 温肺止咳,和胃降逆
B. 清肺止咳,降逆止呕
C. 清热化痰,除烦止呕
D. 消痰利水,降逆止呕
E. 燥湿化痰,降逆止呕

参考答案:B

4. 治疗痰涎壅盛、喘咳不得平卧之证的首选药物为
A. 苏子
B. 葶苈子
C. 白芥子
D. 桑白皮
E. 白果

参考答案:B

5. 用于治肺虚久咳、痰少咽燥之症,宜选
A. 紫菀
B. 川贝母
C. 陈皮
D. 黄芩
E. 半夏

参考答案:A

6. 功可泻肺平喘,利尿消肿的药物是
A. 桑白皮
B. 白果
C. 葶苈子
D. 紫菀
E. 麻黄

参考答案:B

7. 桑白皮和葶苈子都具有的功效是
A. 清热化痰,降逆平喘
B. 润肺化痰止咳,降气平喘
C. 宣肺化痰,止咳平喘
D. 清肺化痰止咳
E. 泻肺平喘,利水消肿

参考答案:E

8. 下列哪项不是苏子的适应病证
A. 痰壅气逆
B. 咳嗽气喘
C. 肠燥便秘
D. 恶心呕吐
E. 久咳痰喘

参考答案:D

【考点评析】

1. 苦杏仁苦、微温,有小毒,归肺、大肠经,有止咳平喘,润肠通便的功效,用于咳嗽气喘。本品降肺气,之中兼有宣肺之功而达止咳平喘,为治咳喘之要药,还可用于肠燥便秘。百部甘、苦、微温,归肺经,有润肺止咳,杀虫的功效,用于新旧咳嗽,百日咳,肺痨咳嗽,功专润肺止咳,无论外感内伤,暴咳、久咳,均可配伍使用,还可用于蛲虫、阴道滴虫、头虱疥癣等。葶苈子辛、苦、大寒,归肺、膀胱经,有泻肺平喘,利水消肿的功效,用于痰涎壅盛,喘咳不得平卧之证,水肿、悬饮、胸腹积水、小便不利等。

2. 苏子有降气化痰,止咳平喘,润肠通便的功效,用于痰壅气逆,咳嗽气喘,肠燥便秘;桑白皮有泻肺平喘,利水消肿的功效,用于肺热咳喘等,水肿如风水、皮水等;紫菀有润肺化痰止咳的功效;款冬花有润肺止咳化痰的功效;枇杷叶有清肺化痰止咳,降逆止呕的功效;白果有敛肺定喘,止带缩尿的功效。

3. 苦杏仁宜打碎入煎剂,本品有小毒,用量不宜过大,婴儿慎用;白果有毒,不可多用,小儿尤当注意。

第十八单元　安神药

命题考点1　重镇安神药磁石的性能、功效和应用；龙骨的功效和主治病证；朱砂、琥珀的功效；朱砂、龙骨、琥珀的用法用量；朱砂的使用注意

【历年真题纵览】

A1 型题

1. 具有潜阳安神，纳气平喘功效的药物是
A. 磁石
B. 龙骨
C. 牡蛎
D. 远志
E. 朱砂
参考答案：A

2. 朱砂具有的功效是
A. 解郁安神
B. 镇心安神
C. 潜阳安神
D. 健脾安神
E. 养心安神
参考答案：B

3. 磁石具有的功效是
A. 潜阳安神
B. 养心安神
C. 解郁安神
D. 祛痰止咳
E. 收敛固涩
参考答案：A

4. 磁石的功效描述错误的是
A. 镇惊安神
B. 清热解毒
C. 平肝潜阳
D. 聪耳明目
E. 纳气定喘
参考答案：B

5. 琥珀的服用方法是
A. 先煎
B. 后下
C. 包煎
D. 另煎
E. 研末冲服
参考答案：E

6. 龙骨入煎剂应
A. 先煎
B. 后下
C. 另煎
D. 包煎
E. 冲服
参考答案：A

7. 琥珀善治
A. 热淋
B. 血淋
C. 石淋
D. 膏淋
E. 气淋
参考答案：B

8. 朱砂内服的用量是
A. 15～30 g
B. 10～15 g
C. 1～3 g
D. 1.5～3 g
E. 0.1～0.5 g
参考答案：E

9. 下列不属于龙骨的主治病证是
A. 心神不宁，心悸失眠
B. 惊痫癫狂
C. 瘀血阻滞证
D. 肝阳上亢眩晕
E. 滑脱诸证
参考答案：C

A2 型题

10. 病人，男，40岁，心悸，失眠，多梦，时伴有梦遗1月余，伴心烦，自觉记忆力下降，舌红少苔，脉细数。治疗应首选
A. 琥珀、龙齿
B. 龙骨、牡蛎
C. 五味子、乌梅
D. 紫贝齿、代赭石
E. 石决明、珍珠母
参考答案：B

【考点评析】

1. 磁石咸、寒，归心、肝、肾经，有镇惊安神，聪耳明目，纳气定喘的功效，用于心神不宁，惊悸，癫痫，肝阳眩晕，肝肾亏虚，目暗耳聋，肾虚喘促等。龙骨有镇惊安神，平肝潜阳，收敛固涩的功效，用于心神不宁，心悸失眠，惊痫癫狂。龙骨质重，有很好的镇

惊安神之效,为重镇安神之要药,可用于治疗各种神志失常之患,还可用于肝阳眩晕,滑脱诸证。煅龙骨外用,有吸湿敛疮生肌之效,可用于湿疮痒疹及疮疡久溃不愈等证。朱砂有镇心安神,清热解毒的功效。琥珀有镇惊安神,活血散瘀,利尿通淋的功效。

2. 朱砂入丸散或研末冲服,本品有毒,内服不可过量或持续服用,以防汞中毒,忌火煅;龙骨入煎剂宜先煎,收敛固涩宜煅用,余皆生用;琥珀研末冲服,不入煎剂。

命题考点2　养心安神药酸枣仁的性能、功效和应用;柏子仁、远志的功效和主治病证;合欢皮的功效

【历年真题纵览】

A1 型题

1. 既能养心安神,又能收敛止汗,用于体虚多汗的药物是

A. 柏子仁
B. 酸枣仁
C. 夜交藤
D. 合欢皮
E. 远志

参考答案:B

2. 具有宁心安神,祛痰开窍的药物是

A. 丹参
B. 龙骨
C. 合欢皮
D. 远志
E. 郁金

参考答案:D

3. 治疗心悸失眠,健忘多梦,体虚多汗者,宜用

A. 酸枣仁
B. 柏子仁
C. 朱砂
D. 合欢皮
E. 远志

参考答案:A

4. 石菖蒲、远志的共同作用是

A. 开窍宁神
B. 化湿和胃
C. 养心安神
D. 祛痰止咳
E. 消痈散肿

参考答案:A

5. 有养心安神,润肠通便功效的中药是

A. 酸枣仁
B. 琥珀
C. 磁石
D. 柏子仁
E. 夜交藤

参考答案:D

6. 下列哪项不是远志的适应病证

A. 惊悸失眠健忘
B. 癫痫发狂
C. 肝阳眩晕
D. 痈疽疮毒
E. 咳嗽痰多

参考答案:C

B1 型题

7.

A. 平喘
B. 通便
C. 敛汗
D. 消食
E. 利尿

①柏子仁除养心安神外,还具有的功效是
②酸枣仁除养心安神外,还具有的功效是

参考答案:①B　②C

【考点评析】

酸枣仁甘、酸、平,归心、肝、胆经,有养心益肝,安神,敛汗的功效,用于心悸失眠,体虚多汗;柏子仁有养心安神,润肠通便的功效,用于心悸失眠,肠燥便秘;远志有宁心安神,祛痰开窍,消散痈肿的功效,用于惊悸,失眠健忘,痰阻心窍,癫痫发狂,咳嗽痰多等;合欢皮有安神解郁,活血消肿的功效。

第十九单元　平肝息风药

命题考点1　平抑肝阳药牡蛎、代赭石的性能、功效和应用;石决明的功效和主治病证;珍珠母、刺蒺藜的功效;石决明、牡蛎、代赭石的用法;代赭石的使用注意

【历年真题纵览】

A1 型题

1. 能平肝潜阳、降逆、止血的药物是

A. 磁石
B. 珍珠母
C. 代赭石
D. 石决明
E. 朱砂
参考答案:C

2. 煅用能收敛固涩的药是
A. 石决明
B. 珍珠母
C. 牡蛎
D. 代赭石
E. 刺蒺藜
参考答案:C

3. 石决明入煎剂宜打碎
A. 后下
B. 包煎
C. 另煎
D. 冲服
E. 先煎
参考答案:E

4. 平肝降逆宜生用,止血宜煅用的药物是
A. 石决明
B. 朱砂
C. 磁石
D. 牡蛎
E. 代赭石
参考答案:E

5. 石决明、草决明的共同作用是
A. 润肠通便
B. 清肝明目
C. 息风止痉
D. 止咳平喘
E. 降气化痰
参考答案:B

6. 下列忌火煅的药物是
A. 青礞石
B. 牡蛎
C. 朱砂
D. 石决明
E. 代赭石
参考答案:C

7. 具有平肝疏肝作用的药物是
A. 钩藤
B. 薄荷
C. 柴胡
D. 刺蒺藜
E. 沙苑蒺藜
参考答案:D

8. 下列除哪项外均是牡蛎的功效
A. 凉血止血
B. 平肝潜阳
C. 软坚散结
D. 收敛固涩
E. 收敛制酸
参考答案:A

【考点评析】

1. 牡蛎咸、涩、微寒,归肝、肾经,有平肝潜阳,软坚散结,收敛固涩的功效,用于肝阳上亢,头晕目眩,痰核,瘰疬,癥瘕积聚等证,滑脱诸证,煅牡蛎有收敛制酸的作用;代赭石苦、寒,归肝、心经,有平肝潜阳,重镇降逆,凉血止血的功效,用于肝阳上亢,头晕目眩,呕吐,呃逆,噫气等证,气逆喘息,血热吐衄、崩漏等;石决明有平肝潜阳,清肝明目的功效,用于肝阳上亢,头晕目眩,目赤,翳障,视物昏花等;珍珠母有平肝潜阳,清肝明目,镇心安神的功效;刺蒺藜有平肝疏肝,祛风明目的功效。

2. 石决明入煎剂应打碎先煎,平肝、清肝宜生用,外用点眼宜煅用、水飞;牡蛎入煎剂宜打碎先煎,除收敛固涩煅用外,余皆生用;代赭石入煎剂宜打碎先煎,降逆、平肝宜生用,止血煅用,孕妇慎用,本品含有微量砷,故不宜长期服用。

命题考点2 息风止痉药羚羊角、牛黄、钩藤、天麻的性能、功效和应用;地龙、全蝎、僵蚕的功效和主治病证;蜈蚣的功效;羚羊角、牛黄、钩藤、全蝎、蜈蚣的用法用量;牛黄的使用注意

【历年真题纵览】

A1 型题

1. 下列除哪项外均是地龙的功效
A. 清热息风
B. 通络
C. 平喘
D. 攻毒散结
E. 利尿
参考答案:D

2. 既能平肝息风,又能清肝明目的药物是

A. 羚羊角
B. 石决明
C. 钩藤
D. 天麻
E. 牛黄
参考答案:A

3. 治疗破伤风痉挛抽搐等证,常与蜈蚣配伍
A. 独活
B. 钩藤
C. 全蝎
D. 地龙
E. 羚羊角
参考答案:C

4. 治疗热病高热,热极生风,惊痫抽搐的要药是
A. 地龙
B. 羚羊角
C. 钩藤
D. 天麻
E. 全蝎
参考答案:B

5. 治疗中风后气虚血滞,经络不利之半身不遂,口眼㖞斜者宜选用
A. 天麻
B. 全蝎
C. 蜈蚣
D. 地龙
E. 僵蚕
参考答案:D

6. 既能清热平肝,又能息风止痉的药物是
A. 夏枯草
B. 刺蒺藜
C. 钩藤
D. 白菊花
E. 决明子
参考答案:C

7. 羚羊角粉内服的每次剂量是
A. 1 ~ 3 g
B. 0.3 ~ 0.5 g
C. 0.1 ~ 0.3 g
D. 0.03 ~ 0.06 g
E. 3 ~ 5 g
参考答案:B

8. 性平无毒的息风止痉药物是
A. 牛黄
B. 天麻
C. 全蝎
D. 地龙
E. 羚羊角
参考答案:B

9. 下列哪项是地龙具有的功效
A. 息风,止血
B. 通络,解毒
C. 活血,平喘
D. 降逆,止呕
E. 平喘,利尿
参考答案:E

10. 下列哪项不是羚羊角的适应病证
A. 肝风内动,惊痫癫狂
B. 心悸健忘,耳鸣多梦
C. 肝阳上亢,头晕目眩
D. 肝火上炎,目赤头痛
E. 温热病壮热神昏
参考答案:B

【考点评析】

1. 羚羊角咸、寒,归肝、心经,有平肝息风,清肝明目,清热解毒的功效,用于肝风内动,惊痫抽搐。本品有良好的清肝热、息肝风作用,最宜于热极生风,为治疗肝风内动,惊痫抽搐之要药;还可用于肝阳上亢,头晕目眩,温热病壮热神昏,热毒发斑等;还可用于治疗肺热咳喘。牛黄苦、凉,归肝、心经,有息风止痉,化痰开窍,清热解毒的功效,用于温热病及小儿惊风之壮热神昏,惊厥抽搐等证,还可用于温热病热入心包,中风,惊风,咽喉肿痛、溃烂及痈疽疔毒等热毒蕴滞郁结之证。钩藤甘、微寒,归肝、心包经,有息风止痉,清热平肝的功效,用于肝风内动,惊痫抽搐,为治疗肝风内动,惊痫抽搐之要药,亦多用于小儿,还可用于头痛,眩晕。天麻甘、平,归肝经,有息风止痉,平抑肝阳,祛风通络的功效,用于肝风内动,惊痫抽搐,不论寒热虚实,均可配伍应用,还可用于眩晕,头痛,为止眩晕之良药,还可用于肢麻痉挛抽搐,风湿痹痛。

2. 地龙有清热息风,通络,平喘,利尿的功效,用于高热惊痫,癫狂,气虚血滞,半身不遂,痹证,肺热哮喘,热结膀胱,小便不利或尿闭不通;全蝎有息风止痉,攻毒散结,通络止痛的功效,用于痉挛抽搐,疮疡肿毒,瘰疬结核,风湿顽痹,顽固性偏正头痛;僵蚕有息风止痉,祛风止痛,化痰散结的功效,用于惊痫抽搐,对惊风、癫痫挟有痰热者尤为适宜,还可用于风中经络,口眼歪斜,风热头痛,目赤,咽肿或风疹瘙痒,痰核瘰疬;蜈蚣有息风止痉,攻毒散结,通络止痛

的功效。

3. 羚羊角煎服单煎2小时以上，取汁服，磨汁或研粉服，每次0.3～0.6 g；牛黄入丸散，孕妇慎用；钩藤有效成分钩藤碱加热后易破坏，不宜久煎，一般不超过20分钟；全蝎和蜈蚣有毒，用量不宜过大，孕妇慎用。

第二十单元　开窍药

命题考点1　开窍药的使用注意事项

【历年真题纵览】

A1 型题

下列关于开窍药说法不正确的是

A. 以开窍醒神为主要作用

B. 主要用于治疗闭证神昏病证

C. 为救急、治标之品

D. 可以久服

E. 不宜入煎剂

参考答案：D

【考点评析】

本类药物大多味辛、芳香，善于走窜，有通关开窍、启闭醒神的作用。主要用于治疗温热病热陷心包、痰浊蒙蔽清窍之神昏谵语，以及惊风、癫痫、中风等猝然昏厥、痉挛抽搐等病证。若为寒闭，可与温里驱寒之品配伍应用；若为热闭，可与清热解毒之品配伍应用，若兼有惊厥抽搐者，须配伍息风止痉药物。本类药物辛香走窜，为救急、治标之品，易耗伤正气，只宜暂服，不可久用，内服多不入煎剂，只入丸剂、散剂服用。

命题考点2　麝香的性能、功效和应用；冰片、石菖蒲的功效和主治病证；苏合香的功效；麝香、冰片、苏合香的用法用量；麝香、冰片的使用注意

【历年真题纵览】

A1 型题

1. 可治难产，胎衣不下及跌打损伤，痹证，心腹诸痛的药物是

A. 牛膝

B. 肉桂

C. 麝香

D. 骨碎补

E. 五灵脂

参考答案：C

2. 既可用于痰湿蒙蔽清窍的神志昏迷，又可用于噤口痢的药物是

A. 冰片

B. 远志

C. 牛黄

D. 麝香

E. 石菖蒲

参考答案：E

3. 治疗痰湿蒙蔽清窍所致的神志昏乱宜首选

A. 石菖蒲

B. 冰片

C. 天竺黄

D. 竹茹

E. 郁金

参考答案：A

4. 麝香的功效是

A. 活血止痛

B. 清热止痛

C. 辟秽祛浊

D. 化湿和胃

E. 清心化痰

参考答案：A

5. 下列除哪项外均是麝香的主治病证

A. 脱证神昏，冷汗淋漓

B. 闭证神昏

C. 疮疡肿毒，咽喉肿痛

D. 血瘀经闭，癥瘕

E. 难产，胞衣不下

参考答案：A

6. 冰片的功效是

A. 活血止痛

B. 清热止痛

C. 辟秽祛浊

D. 化湿和胃

E. 清心化痰

参考答案：B

7. 既有芳香开窍，又具有芳香化湿之效的药物是

A. 麝香

B. 石菖蒲

C. 藿香
D. 冰片
E. 砂仁
参考答案:B

B1 型题

8.
A. 苏合香
B. 冰片
C. 石菖蒲
D. 合欢皮
E. 酸枣仁
①用于闭证神昏,疮疡肿痛,溃后不敛
②用于寒闭神昏及胸腹冷痛,满闷
参考答案:①B　②A

【考点评析】

1. 麝香辛、温,归心、脾经,有开窍醒神,活血通经,止痛,催产的功效,用于闭证神昏。麝香走窜之性甚烈,有极强的开窍通闭醒神的作用,为醒神回苏之要药,无论寒闭、热闭均可应用,还可用于疮疡肿毒,咽喉肿痛,血瘀经闭,癥瘕,心腹暴痛,跌打损伤,风寒湿痹,难产,死胎,胞衣不下等证。

2. 冰片有开窍醒神,清热止痛的功效,用于闭证神昏,与麝香常相须为用,还可用于目赤肿痛,喉痹口疮,疮疡肿痛,溃后不散等;石菖蒲有化湿和胃的功效,用于痰湿蒙蔽清窍之神志昏迷,还可用于湿阻中焦,脘腹胀闷,痞塞宁神。

第二十一单元　补虚药

命题考点 1　补气药人参、黄芪、白术、甘草的性能、功效和应用;西洋参、党参、山药的功效和主治病证;太子参、白扁豆、大枣、蜂蜜的功效;人参、西洋参的用法;人参、白术、甘草的使用注意

【历年真题纵览】

A1 型题

1. 具有燥湿利水,固表止汗功效的药物是
A. 黄芪
B. 浮小麦
C. 白术
D. 麻黄根
E. 白芍
参考答案:C

2. 具有补气升阳、托毒生肌功效的药物是
A. 升麻
B. 柴胡
C. 白术
D. 黄芪
E. 当归
参考答案:D

3. 黄芪功效解释错误的是
A. 补气升阳
B. 止汗安胎
C. 利水消肿
D. 托疮生肌
E. 益卫固表
参考答案:B

4. 既能益气养阴,又能固精止带的药物是
A. 白术
B. 党参
C. 黄芪
D. 白扁豆
E. 山药
参考答案:E

5. 白术的性味是
A. 辛、甘、温
B. 辛、苦、温
C. 甘、苦、温
D. 辛、苦、平
E. 甘、苦、平
参考答案:C

6. 治疗气虚欲脱证,宜选用的药物是
A. 太子参
B. 人参
C. 党参
D. 北沙参
E. 西洋参
参考答案:B

7. 具有益卫固表,利尿功效的药物是
A. 山药
B. 党参
C. 浮小麦
D. 麻黄根
E. 黄芪
参考答案:E

8. 山药的功效是
A. 健脾燥湿

B. 养血安神
C. 补肾涩精
D. 益卫固表
E. 升阳固表
参考答案:C

9. 以下哪项不是人参的功效
A. 安神镇惊
B. 安神益智
C. 养心安神
D. 宁心安神
E. 补益脾肺
参考答案:A

10. 下列除哪项外均是黄芪的主治病证
A. 脾胃气虚及中气下陷证
B. 肺气虚及表虚自汗等病证
C. 气虚水湿失运的浮肿、小便不利等病证
D. 气血不足,疮疡内陷等病证
E. 胎动不安等病证
参考答案:E

11. 下列哪项不是黄芪的适应病证
A. 中气下陷证
B. 外感发热证
C. 表虚自汗证
D. 气血不足疮疡内陷
E. 气虚外感证
参考答案:B

12. 下列除哪项外均是白术的功效
A. 补气健脾
B. 燥湿利水
C. 止汗
D. 安胎
E. 升举阳气
参考答案:E

【考点评析】

1. 人参甘,微苦微寒,归心、肺、脾经,有大补元气,补脾益肺,生津,安神的功效,用于气虚欲脱,脉微欲绝的重危证候,无论因大失血、大吐泻或久病、大病所致者,单用人参大量浓煎,即有大补元气的功效,还可用于肺气虚弱的短气喘促,懒言声微,脉虚自汗等证;脾气不足的倦怠乏力,食少便溏等证;热病气津两伤,身热口渴及消渴证等;气血亏虚的心悸,失眠,健忘等证。黄芪甘,微寒,归脾、肺经,有补气升阳,益卫固表,利水消肿,托疮生肌的功效,用于脾胃气虚及中气下陷诸证,肺气虚及表虚自汗,气虚外感诸证,气虚水湿失运的浮肿,小便不利,气血不足,疮疡内陷的脓疱不溃或溃久不敛。白术苦、甘、温,归脾、胃经,有补气健脾,燥湿利水,止汗,安胎的功效,用于脾胃气虚,运化无力,食少便溏,脘腹胀满,肢软神疲等证,脾虚水停,而为痰饮、水肿、小便不利,脾虚气弱,肌表不固而汗多,脾虚气弱,胎动不安等。甘草甘、平,归心、肺、脾、胃经,有益气补中,清热解毒,祛痰止咳,缓急止痛,调和药性的功效,用于心气不足的心动悸,脉结代,脾气虚弱的倦怠乏力,食少便溏,痰多咳嗽,脘腹及四肢挛急作痛,还可用于药性峻猛的方剂中,能缓和烈性或减轻毒副作用,又可调和脾胃,还可用于热毒疮疡,咽喉肿痛及药物、食物中毒等。

2. 西洋参有补气养阴,清火生津的功效,用于阴虚火旺的喘咳痰血证,热病气阴两伤,烦倦,口渴等;党参有益气,生津,养血的功效,用于中气不足的体虚倦怠,食少便溏等,肺气亏虚的咳嗽气粗,语声低弱等,气津两伤的气短口渴,及气血双亏的面色萎黄,头晕心悸等;山药有益气养阴,补脾肺肾,固精止带的功效,用于脾胃虚弱证,肺肾虚弱证,阴虚内热,口渴多饮,小便频数的消渴证;太子参有补气生津的功效;白扁豆有健脾、化湿、消暑的功效;大枣有补中益气,养血安神,缓和药性的功效;蜂蜜有补中缓急,润燥,解毒的功效。

3. 人参宜文火另煎兑服,反藜芦,畏五灵脂;西洋参宜另煎兑服;白术燥湿利水宜生用,补气健脾宜炒用,健脾止泻宜炒焦用;甘草清热解毒宜生用,补中缓急宜炙用,湿盛胀满,浮肿者不宜用,反大戟、圆滑、甘遂、海藻,久服较大剂量的生甘草,可引起浮肿等。

> 命题考点2 补阳药鹿茸、杜仲、续断、菟丝子的性能、功效和应用;淫羊藿、巴戟天、补骨脂的功效和主治病证;肉苁蓉、益智仁的功效;鹿茸的用法用量和使用注意

【历年真题纵览】

A1 型题

1. 治疗畏寒肢冷,腰膝酸痛,小便频数,精神疲乏,并见疮疡不敛者,应首选
A. 党参
B. 黄芪
C. 鹿茸
D. 续断

E. 何首乌

参考答案:C

2. 既治肝肾不足,目暗不明,又治胎动不安的药物是

A. 杜仲

B. 巴戟天

C. 狗脊

D. 桑寄生

E. 菟丝子

参考答案:A

3. 下列何药为温肾壮阳,补督脉,益精血的要药

A. 鹿茸

B. 杜仲

C. 狗脊

D. 蛤蚧

E. 巴戟天

参考答案:A

4. 杜仲与续断的共同功效是

A. 补肝肾

B. 续筋骨

C. 益气血

D. 行血脉

E. 祛风湿

参考答案:A

5. 补骨脂的功效是

A. 温脾开胃,固精缩尿

B. 摄涎止唾,温脾止泻

C. 摄涎止唾,固精缩尿

D. 固精缩尿,暖肝和胃

E. 固精缩尿,温脾止泻

参考答案:E

6. 下列除哪项外均是菟丝子的主治病证

A. 肾虚腰痛,阳痿遗精,尿频

B. 肝肾不足,目昏目暗,视力减退

C. 脾肾虚泻

D. 肝肾不足的胎动不安

E. 肺虚咳喘

参考答案:E

7. 下列哪项不是鹿茸的适应病证

A. 肾阳不足阳痿早泄

B. 脾胃虚寒呕吐泄泻

C. 肝肾精血不足筋骨萎软

D. 冲任虚寒崩漏

E. 疮疡久溃不敛

参考答案:B

A2 型题

8. 患者阳痿,滑精,尿频,腰膝冷痛,治疗宜选用

A. 补骨脂

B. 枸杞子

C. 熟地黄

D. 党参

E. 山药

参考答案:A

9. 病人,男,62 岁,腰膝痠软,筋骨痿软,行走无力,大便秘结,治疗应首选

A. 肉苁蓉

B. 桑寄生

C. 巴戟天

D. 淫羊藿

E. 杜仲

参考答案:A

10. 病人,女,30 岁,妊娠 3 个月,近日出现胎漏胎动,伴腰膝痠软乏力,治疗应首选

A. 骨碎补

B. 鹿茸

C. 菟丝子

D. 续断

E. 益智仁

参考答案:D

B1 型题

11.

A. 巴戟天

B. 肉苁蓉

C. 杜仲

D. 补骨脂

E. 菟丝子

①补阳兼通便,宜选用

②补阳兼平喘,宜选用

参考答案:①B ②D

12.

A. 阿胶

B. 三七

C. 狗脊

D. 骨碎补

E. 菟丝子

①具有补肾、活血、止血功效的药物是

②具有补肾、强腰膝、祛风湿功效的药物是

参考答案:①D ②C

【考点评析】

1. 鹿茸甘、咸、温,归肾、肝经,有壮肾阳,益精

血，强筋骨，调冲任，托疮毒的功效，用于肾阳不足，精血亏虚的阳痿早泄，宫寒不孕，尿频不禁，头晕耳鸣，腰膝酸软，肢冷神疲等证，为温肾壮阳，补督脉，益精血的要药，还可用于肝肾精血不足的筋骨萎软，小儿发育不良，囟门过期不合，齿迟，行迟等，冲任虚寒，带脉不固的崩漏不止，带下过多，疮疡久溃不愈，脓出清稀，或阴疽内陷不起等；杜仲甘、温，归肝、肾经，有补肝肾，强筋骨，安胎的功效，用于肝肾不足的腰膝酸软，下肢萎软及阳痿，尿频等证，肝肾亏虚，下元虚冷的妊娠下血，胎动不安，或习惯性流产等；续断苦、甘、辛，微温，归肝、肾经，有补肝肾，强筋骨，止血安胎，疗伤续折的功效，用于肝肾不足，腰痛脚弱，风湿痹痛，及跌打损伤，骨折，肿痛等，肝肾虚弱，冲任失调的胎动欲坠或崩漏经多等；菟丝子甘、温，归肝、肾、脾经，有补肾固精，养肝明目，止泻，安胎的功效，用于肾虚腰痛，阳痿遗精，尿频，带下等证，肝肾不足，目失所养所致目昏目暗，视力减退之证，脾肾虚泻，肝肾不足的胎动不安，还可治疗肾虚消渴等。

2. 淫羊藿有温肾壮阳，强筋骨，祛风湿的功效，用于肾阳虚的阳痿、不孕及尿频等证，肝肾不足的筋骨痹痛、风湿拘挛麻木等证；巴戟天有补肾阳，强筋骨，祛风湿的功效，用于肾阳虚弱的阳痿、不孕、月经不调、少腹冷痛等，肝肾不足的筋骨萎软、腰膝疼痛、或风湿久痹、步履艰难；补骨脂有补肾助阳，固精缩尿，暖脾止泻，纳气平喘的功效，用于肾阳不足，命门火衰，腰膝冷痛，阳痿，遗精，尿频等，脾肾阳虚泄泻，肾不纳气的虚喘等；肉苁蓉有补肾阳，益精血，润肠通便的功效；益智仁有暖肾固精缩尿，温脾止泻摄唾的功效。

3. 鹿茸研细末服用，或入丸散剂。服用鹿茸宜从小量开始，缓缓增加，不宜骤用大量，以免阳升风动，头晕目赤，或助火动血，而致鼻衄。凡阴虚阳亢，血分有热，胃火盛或肺有痰热，以及外感热病者，均应忌用。

命题考点3　补血药当归、熟地黄、白芍、阿胶、何首乌的性能、功效和应用；阿胶的用法；白芍的使用注意

【历年真题纵览】

A1 型题

1. 既能补血，又能止血，滋阴润肺的药是
   A. 白芍
   B. 当归
   C. 熟地黄
   D. 阿胶
   E. 三七

参考答案：D

2. 既能补血，又能止血的药是
   A. 当归
   B. 三七
   C. 小蓟
   D. 大蓟
   E. 阿胶

参考答案：E

3. 下列除哪项外均是当归的主治病证
   A. 心肝血虚，面色萎黄，眩晕心悸
   B. 肾阴不足的潮热骨蒸、盗汗、遗精
   C. 血虚或血虚而兼有瘀滞的月经不调，痛经，经闭
   D. 痈疽疮疡
   E. 血虚肠燥便秘

参考答案：B

4. 既能补血，又能活血、润肠的药是
   A. 鸡血藤
   B. 何首乌
   C. 当归
   D. 阿胶
   E. 丹参

参考答案：C

5. 当归的功效是
   A. 补血止血
   B. 活血止血
   C. 止血润肠
   D. 补血止泻
   E. 补血活血

参考答案：E

6. 具有补血、截疟、润肠作用的药物是
   A. 生地黄
   B. 熟地黄
   C. 当归
   D. 何首乌
   E. 白芍

参考答案：D

7. 具有养血、柔肝、平肝作用的药物是
   A. 白术
   B. 赤芍
   C. 天麻

D. 柴胡

E. 白芍

参考答案:E

8. 阿胶的功效是

A. 补血止血

B. 补血行血

C. 补血柔肝

D. 补血益气

E. 补血温肺

参考答案:A

9. 制首乌善于治疗的病证是

A. 肠燥便秘

B. 精血亏虚

C. 久疟

D. 瘰疬

E. 痈疽

参考答案:A

A2 型题

10. 患者面色萎黄,眩晕,心悸,失眠,月经不调,兼见耳鸣,舌淡,脉弱,治疗应首选

A. 骨碎补

B. 补骨脂

C. 枸杞子

D. 熟地黄

E. 黄精

参考答案:D

11. 患者风湿腰膝疼痛已多年,并见经来腹痛,经血紫黯、多血块,舌质淡边有瘀点,脉弦紧,治疗宜选用

A. 熟地黄

B. 何首乌

C. 当归

D. 白芍

E. 杜仲

参考答案:C

【考点评析】

1. 当归甘、辛、温,归肝、心、脾经,有补血,活血,调经,止痛,润肠的功效,用于心肝血虚,面色萎黄,眩晕心悸等。当归甘温质润,为补血要药;还可用于血虚或血虚而兼有瘀滞的月经不调,痛经,经闭等,血虚、血滞而兼有寒凝,以及跌打损伤,风湿痹阻的疼痛证,痈疽疮疡,血虚肠燥便秘等。熟地黄甘、微温,归肝、肾经,有补血滋阴,益精填髓的功效,用于血虚萎黄,眩晕,心悸失眠,月经不调,崩漏等证。本品为补血要药;还可用于肾阴不足的骨蒸、潮热盗汗、遗精、消渴等,肝肾精血亏虚的腰膝酸软、眩晕耳鸣、须发早白等。白芍苦、酸、甘,微温,归肝、脾经,有养血调经,平肝止痛,敛阴止汗的功效,用于血虚或阴虚有热的月经不调,崩漏等证;肝阴不足、肝气不舒或肝阳偏亢的头痛,眩晕,胁肋疼痛,脘腹四肢拘挛作痛等证;阴虚盗汗、营卫不和的表虚自汗等。阿胶甘、平,归肺、肝、肾经,有补血,止血,滋阴润燥的功效,用于血虚萎黄,眩晕,心悸等,为补血佳品,还可用于多种出血证,止血作用良好,对出血而兼有阴虚、血虚证者,尤为适宜,还可用于阴虚证及燥证。制首乌甘、涩,微温,归肝、肾经;生首乌甘、苦、平,归心、肝、大肠经。制首乌有补益精血,固肾乌须的功效;生首乌有截疟解毒,润肠通便的功效,用于血虚而见头昏目眩,心悸失眠,萎黄乏力,肝肾精血亏虚的头晕耳鸣,腰膝酸软,遗精崩带,须发早白等证,还可用于体虚久疟,肠燥便秘及痈疽,瘰疬等证。

2. 阿胶入汤剂,烊化兑服,止血常用阿胶珠,可以同煎。本品性滋腻,有碍消化,胃弱便溏者慎用。白芍平肝、敛阴多生用,养血调经多炒用或酒制用,本品反藜芦。

命题考点4 补阴药北沙参、麦冬、龟甲、鳖甲的性能、功效和应用;百合、天冬、石斛、玉竹、枸杞子的功效和主治病证;黄精、女贞子的功效;龟甲、鳖甲的用法

【历年真题纵览】

A1 型题

1. 既能滋补肝肾,又有养肝明目作用的药物是

A. 决明子

B. 莲子

C. 车前子

D. 麦门冬

E. 枸杞子

参考答案:E

2. 主要用于肺、胃阴虚证的药物是

A. 北沙参

B. 百合

C. 石斛

D. 墨旱莲

E. 女贞子

参考答案:A

3. 治疗精血不足，视力减退者，宜选用的药物是
A. 枸杞子
B. 墨旱莲
C. 黄精
D. 玉竹
E. 百合
参考答案：A

4. 麦冬的功效是
A. 润肺益肾养肝
B. 润肺益胃养肝
C. 润肺益肾清心
D. 润肺益胃清心
E. 润肺益肾益胃
参考答案：D

5. 南沙参和北沙参都具有的功效是
A. 养阴清肺
B. 滋阴润燥
C. 润肠通便
D. 益胃生津
E. 补肾填精
参考答案：A

6. 北沙参的功效是
A. 养阴清肺，益胃生津
B. 养阴清肺，化痰止咳
C. 滋阴润燥，清退虚热
D. 滋阴润燥，利尿消肿
E. 益胃生津，降逆止呕
参考答案：A

A2 型题

7. 病人，女，50 岁，五心烦热，潮热盗汗，腰膝痠软，舌质红，脉细，治疗应首选
A. 牡蛎
B. 龟甲
C. 麦冬
D. 沙参
E. 黄精
参考答案：B

【考点评析】

1. 北沙参甘，微苦，微寒，归肺、胃经，有养阴清肺，益胃生津的功效，用于肺阴虚的肺热燥咳，干咳少痰，或痨嗽久咳，咽干喑哑等，胃阴虚或热伤胃阴，津液不足的口渴咽干，舌质红绛，胃脘隐痛，嘈杂，干呕等；麦冬甘，微苦，微寒，归心、肺、胃经，有养阴润肺，益胃生津，清心除烦的功效，用于肺阴不足，而有燥热的干咳痰粘，劳热咳嗽等，胃阴虚或热伤胃阴，口渴咽干，大便燥结等，心阴虚及温病热邪扰及心营，心烦不眠，色绛而干等；龟甲甘、咸、寒，归肝、肾、心经，有滋阴潜阳，益肾健骨，固经止血，养血补心的功效，用于阴虚内热，阴虚阳亢及热病阴虚风动等证，肾虚骨痿，小儿囟门不合等证，阴虚血热，冲任不固的崩漏、月经过多等，心虚惊悸、失眠、健忘等；鳖甲咸、寒，归肝、肾经，有滋阴潜阳，软坚散结的功效，用于阴虚发热，阴虚阳亢，阴虚风动等证，还可用于癥瘕积聚，疟母等。

2. 百合有养阴润肺止咳，清心安神的功效，用于肺阴虚的燥热咳嗽及劳嗽久咳，痰中带血等，热病余热未清，虚烦惊悸，失眠多梦等；天冬有养阴润燥，清火，生津的功效，用于阴虚肺热的燥咳或劳嗽咳血，肾阴不足，阴虚火旺的潮热盗汗、遗精，内热消渴，肠燥便秘等证；石斛有养阴清热，益胃生津的功效，用于热病伤津，低热烦渴，口燥咽干，舌红苔少，胃阴不足，口渴咽干，食少呕逆，胃脘嘈杂、隐痛或灼痛，舌光少苔等；玉竹有养阴润燥，生津止渴的功效，用于阴虚肺燥的干咳少痰，热病伤津，烦热口渴及消渴等；枸杞子有补肝肾，明目的功效，用于肝肾不足，腰酸遗精，及头晕目眩，视力减退，内障目昏，消渴等。

3. 黄精有滋肾润肺，补脾益气的功效；女贞子有补肝肾阴，乌须明目的功效。

4. 龟甲、鳖甲入汤剂宜先煎。

第二十二单元　收涩药

命题考点1　收涩药的使用注意事项

【历年真题纵览】

A1 型题

收涩药的功效不包括
A. 固表止汗
B. 敛肺止咳
C. 止血凝血
D. 涩肠止泻
E. 固精缩尿
参考答案：C

【考点评析】

收涩药多性味酸涩，分别具有固表止汗、敛肺止咳、涩肠止泻、固精缩尿、收敛止血、止带等功效，适用于久病体虚、正气不固、脏腑功能衰退所导致的滑脱之病证。收涩药治疗仍属于治病之标，还应根据

病证不同，与相应的补益药配伍同用。该类药物可用于自汗盗汗，与补气补阴药配伍；久咳虚喘，与补肺益肾纳气药配伍；久泻久痢，配伍温补脾肾药；遗精滑精、遗尿尿频，配伍补肾药；崩带不止，配伍补肝肾，固冲任药。该类药物大多药性收敛固涩，因此对于尚有邪气未清的病证，不宜应用，以免有"闭门留寇"之患。

命题考点2　固表止汗药麻黄根、浮小麦的功效

【历年真题纵览】

A1 型题

1. 麻黄根的使用注意是
   A. 肺虚者忌用
   B. 年老体弱者忌用
   C. 孕妇忌用
   D. 有表邪者忌用
   E. 脾胃有湿热者忌用

参考答案：D

2. 麻黄根和浮小麦都具有的功效是
   A. 宣肺
   B. 敛汗
   C. 益气
   D. 除热
   E. 滋阴

参考答案：B

【考点评析】

麻黄根有敛肺止汗的功效；浮小麦有敛汗、益气、除热的功效。

命题考点3　敛肺涩肠药五味子、乌梅的性能、功效和应用；诃子、肉豆蔻的功效和主治病证；赤石脂的功效；诃子的用法

【历年真题纵览】

A1 型题

1. 五味子主要用于
   A. 肺虚久咳
   B. 肺燥咳嗽
   C. 肺寒咳嗽
   D. 外感咳嗽
   E. 肺热咳嗽

参考答案：A

2. 下列哪项不是诃子的主治病证
   A. 久泻
   B. 久咳
   C. 失音
   D. 久痢
   E. 心烦

参考答案：E

3. 既能涩肠止泻，又能温中行气的药物是
   A. 藿香
   B. 诃子
   C. 肉豆蔻
   D. 砂仁
   E. 白豆蔻

参考答案：C

4. 乌梅的功效是
   A. 敛肺、涩肠、止遗、安蛔
   B. 敛肺、止带、止遗、安蛔
   C. 敛肺、涩肠、生津、安蛔
   D. 敛肺、涩肠、止带、安蛔
   E. 敛肺、止带、止血、安蛔

参考答案：C

5. 可用于心悸、失眠、多梦的药物是
   A. 山茱萸
   B. 五味子
   C. 金樱子
   D. 覆盆子
   E. 桑螵蛸

参考答案：B

6. 既能敛肺止咳，又能涩肠止泻的药
   A. 乌梅
   B. 金樱子
   C. 白果
   D. 肉豆蔻
   E. 赤石脂

参考答案：A

7. 既能敛汗，又能补肾宁心安神的药物是
   A. 酸枣仁
   B. 五味子
   C. 浮小麦
   D. 牡蛎
   E. 龙骨

参考答案：B

A2 型题

8. 病人脾肾虚寒久泻，泻下物清稀无臭味，手足不温，不思饮食，治疗应首选

A. 浮小麦

B. 肉豆蔻

C. 桑螵蛸

D. 诃子

E. 麻黄根

参考答案：B

9. 患者久咳，近期又患蛔虫腹痛，治疗宜选用

A. 诃子

B. 芡实

C. 乌梅

D. 肉豆蔻

E. 桑螵蛸

参考答案：C

B1 型题

10.

A. 乌梅

B. 五味子

C. 龙骨

D. 诃子

E. 赤石脂

①泻痢日久，便血脱肛，崩漏带下，宜选用

②久咳虚喘，久泻久痢，自汗盗汗，心悸失眠，宜选用

参考答案：①E ②B

【考点评析】

1. 五味子酸、甘、温，归肺、心、肾经，有敛肺滋肾，生津敛汗，涩精止泻，宁心安神的功效，用于久咳虚喘，津伤口渴及消渴，自汗、盗汗，遗精、滑精，久泻不止，心悸、失眠多梦等；乌梅酸、涩、平，归肝、脾、肺、大肠经，有敛肺止咳，涩肠止泻，安蛔止痛，生津止渴的功效，用于肺虚久咳，久泻，久痢，蛔厥腹痛，呕吐，虚热消渴。

2. 诃子有涩肠止泻，敛肺止咳，利咽开音的功效，用于久泻，久痢，脱肛，久咳，失音等；肉豆蔻有涩肠止泻，温中行气的功效，用于脾肾虚寒久泻，胃寒胀痛，食少呕吐等；赤石脂有涩肠止泻，收敛止血，敛疮生肌的功效。

3. 诃子涩肠止泻宜煨用，敛肺清热利咽开音宜生用，凡外有表邪，内有湿热积滞者忌用。

命题考点4 固精缩尿止带药山茱萸的性能、功效和应用；桑螵蛸、海螵蛸、莲子、芡实的功效和主治病证；金樱子、椿皮的功效

【历年真题纵览】

A1 型题

1. 下列哪味药物既能收敛止血，又能收湿敛疮

A. 桑螵蛸

B. 海螵蛸

C. 五味子

D. 芡实

E. 莲子

参考答案：B

2. 下列哪味药物具有益肾固精，养心安神的功效

A. 莲子

B. 芡实

C. 山茱萸

D. 乌贼骨

E. 金樱子

参考答案：A

3. 具有补脾止泻，益肾固精功效的药物是

A. 杜仲

B. 乌梅

C. 莲子

D. 续断

E. 狗脊

参考答案：C

【考点评析】

1. 山茱萸酸、涩、微温，归肝、肾经，有补益肝肾，收敛固涩的功效，用于肝肾亏虚，头晕目眩，腰膝酸软，阳痿等证。本品性温而不燥，既能补益肾精，又能温肾助阳，既能补阴，又能补阳，为补益肝肾之要药，还可用于遗精，遗尿，崩漏下血及月经过多等，大汗不止，体虚欲脱等证，还可用于消渴证。

2. 桑螵蛸有固精缩尿，补肾助阳的功效，用于遗精，遗尿等证，肾虚阳痿等；海螵蛸有固精止带，收敛止血，制酸止痛，收湿敛疮的功效，用于遗精，带下，崩漏下血，吐血，便血及外伤出血，胃痛吐酸，湿疮、湿疹，溃疡不敛等；莲子有益肾固精，补脾止泻，止带，养心的功效，用于肾虚遗精，遗尿，脾虚食少，久泻，带下病，虚烦、心悸、失眠等；芡实有益肾固精，健

脾止泻,除湿止带的功效,用于遗精,滑精,脾虚久泻,带下病等。

3. 金樱子有固精缩尿,涩肠止泻的功效。

第二十三单元　攻毒杀虫止痒药

命题考点1　攻毒杀虫止痒药的使用注意事项

【历年真题纵览】

A1 型题

下列关于攻毒杀虫止痒药说法不正确的是

A. 有解毒疗疮,攻毒杀虫的功效

B. 可用于疥癣、湿疹等病证

C. 大都不具有毒性

D. 应严格控制剂量和用法

E. 不宜过量或持续使用

参考答案:C

【考点评析】

攻毒杀虫止痒药都有不同程度的毒性,无论外用或内服,均应严格控制剂量和用法,不宜过量或持续适用,以防发生中毒。制剂时,应严格遵守炮制和制剂方法,确保临床用药安全。

命题考点2　硫黄、蛇床子的功效

【历年真题纵览】

A1 型题

1. 外用攻毒杀虫,内服则利水通便的药物是

A. 升药

B. 雄黄

C. 商陆

D. 轻粉

E. 牵牛子

参考答案:D

2. 外用杀虫主治疥疮,内服可助阳通便的药物是

A. 雄黄

B. 硫黄

C. 蛇床子

D. 樟脑

E. 土荆皮

参考答案:B

3. 治疗阳痿、阴痒、湿疹、带下的药物是

A. 硫黄

B. 白矾

C. 续断

D. 蛇床子

E. 雄黄

参考答案:D

A2 型题

4. 患者,男,68岁,风湿性关节炎25年,现症见肢体关节疼痛难忍,影响饮食、睡眠,手足拘挛不能自由屈伸,且有麻木感。治疗应首选

A. 马钱子

B. 硫黄

C. 蛇床子

D. 冰片

E. 牛黄

参考答案:A

5. 患者目赤翳障,烂弦风眼,首选

A. 明矾

B. 雄黄

C. 硼砂

D. 蜂房

E. 炉甘石

参考答案:E

B1 型题

6.

A. 杀虫补血

B. 解毒杀虫止痒,补火助阳通便

C. 散结消肿,通络止痛

D. 解毒明目退翳,收湿生肌敛疮

E. 拔毒化腐

①硫黄的功效是

②马钱子的功效是

参考答案:①B　②C

【考点评析】

硫黄有解毒杀虫止痒,补火助阳通便的功效;蛇床子有杀虫止痒,温肾壮阳的功效。

方剂学

第一单元 总论

命题考点1 方剂的组成

【历年真题纵览】

A1 型题

1. 针对兼病或兼证治疗作用的药物是
   A. 君药
   B. 臣药
   C. 佐药
   D. 使药
   E. 以上都不是

参考答案:B

2. 制定方中君药的重要依据是
   A. 珍稀或贵重药物
   B. 针对方证主要病机的药物
   C. 用量最大的药物
   D. 兼有多种功效的药物
   E. 无毒副作用的药物

参考答案:B

B1 型题

3.
   A. 能引导方中群药直至病所的药物
   B. 针对兼病或兼证起主要治疗作用
   C. 针对主病或主证起主要治疗作用
   D. 对方中群药有调和作用的药物
   E. 直接治疗次要症状的药物

①方剂组成原则中君药的作用是
②方剂组成原则中佐药的作用是

参考答案:①C ②E

【考点评析】

方剂的基本结构包含君药、臣药、佐药、使药。君药是针对主病或主证起主要治疗作用的药物,是方剂组成中不可缺少的主药。臣药有两种意义:①辅助君药加强治疗主病或主证的药物;②针对兼病或兼证起主要治疗作用的药物。佐药有三种意义:①佐助药,配合君、臣药以加强治疗作用,或直接治疗次要症状的药物;②佐制药,用以消除或减弱君、臣药的毒性,或能制约君、臣药峻烈之性的药物;③反佐药,即病重邪甚,可能拒药时,配用与君药性味相反而又能在治疗中起相成作用的药物。使药有两种意义:①引经药,即能引方中诸药至病所的药物;②调和药,具有调和方中诸药作用的药物。

命题考点2 方剂的变化

【历年真题纵览】

A1 型题

1. 从方剂组成变化而论,桂枝汤与小建中汤之间的变化属于
   A. 药味加减
   B. 药量增减
   C. 剂型更换
   D. 药味加减与药量增减变化的联合运用
   E. 药味加减与剂型更换变化的联合运用

参考答案:D

2. 三拗汤由麻黄汤变化而来,属于下列哪种变化
   A. 药量加减变化
   B. 药味加减变化
   C. 剂型更换变化
   D. 剂型与药味均有变化
   E. 药量与剂型均有变化

参考答案:B

3. 小承气汤与厚朴三物汤之间的变化属于
   A. 药味加减的变化
   B. 药量增减的变化
   C. 剂型更换的变化
   D. 药味加减与药量增减变化联合运用
   E. 药味加减与剂型更换变化联合运用

参考答案:D

4. 不属于方剂运用变化内容的是

A. 方剂药味的加减
B. 方剂剂型的更换
C. 方剂药量的增加
D. 方剂药量的减少
E. 方剂主治范围的扩大
参考答案:E

【考点评析】

方剂的变化有药味加减的变化;药量加减的变化;剂型更换的变化等。

命题考点3 常用剂型及其特点

【历年真题纵览】

A1 型题

慢性疾病的治疗宜选用
A. 散剂
B. 汤剂
C. 硬膏剂
D. 针剂
E. 丸剂
参考答案:B

【考点评析】

常用剂型有:汤剂,特点是吸收快,能迅速发挥疗效,而且便于加减使用,是临床使用最广泛的一种剂型;散剂,特点是制作简便,便于服用携带,节省药材,不易变质;丸剂,特点是吸收缓慢,药力持久,体积小,服用、携带方便,一般用于慢性、虚弱性疾病;膏剂,特点是药力持久,特点是储存方便;丹剂,特点是多用精炼药品或贵重药品制成没有固定的剂型;酒剂,特点是多用于体虚补养,风湿疼痛或跌打扭伤等;茶剂,特点是制作简单,服用方便;药露,特点是气味清淡,便于口服,夏天尤为常用;锭剂、饼剂,特点是为一种固体制剂;条剂,特点是外科常用化腐拔管等。

第二单元 解表剂

命题考点1 解表剂的适用范围及应用注意事项

【历年真题纵览】

A1 型题

1. 解表剂适用于下列除哪项以外的病证
A. 外感风寒
B. 麻疹初起
C. 麻疹已透
D. 风温初起
E. 水肿而有表证
参考答案:C

2. 解表剂不宜用于
A. 疮疡初起
B. 风温初起
C. 外感风寒
D. 水肿见表证者
E. 麻疹已透
参考答案:B

【考点评析】

解表剂用于外感表证,感受风寒或温热病邪,以及麻疹、疮疡、水肿、疟疾、痢疾等初起,见有恶寒、发热等表证者,即可应用。使用解表剂时应注意不宜久煎,以免药性耗散;服用解表剂后,宜避风寒或增加衣被,以助汗出,但又不要大汗淋漓;临床使用解表剂,必须是外邪所致的表证,如果病邪已经入里,或麻疹已透,疮疡已溃,虚证水肿,吐泻失水等,不宜使用。

命题考点2 辛温解表剂麻黄汤、桂枝汤、小青龙汤、九味羌活汤的组成药物、功用、主治证候及配伍意义

【历年真题纵览】

A1 型题

1. 桂枝汤的组成中不含有的药物是
A. 麻黄
B. 芍药
C. 生姜
D. 大枣
E. 甘草
参考答案:A

2. 治疗外感风寒湿之表证,应首选
A. 大秦艽汤
B. 麻黄汤
C. 桂枝汤
D. 小青龙汤
E. 九味羌活汤
参考答案:B

3. 桂枝汤中体现"散收配伍",能调和营卫的药对是

A. 桂枝与大枣
B. 芍药与生姜
C. 芍药与甘草
D. 桂枝与芍药
E. 桂枝与生姜

参考答案:D

4. 九味羌活汤的功用是

A. 散风除湿,宣痹止痛
B. 疏风通络,散寒除湿
C. 发汗祛湿,兼清里热
D. 疏风清热,宣痹止痛
E. 发汗解表,祛风胜湿

参考答案:C

5. 桂枝汤的功用是

A. 发汗解表,泻肺平喘
B. 解肌发表,调和营卫
C. 温经散寒,养血通脉
D. 温通心阳,平冲降逆
E. 调和气血,缓急止痛

参考答案:B

6. 桂枝汤中不含有的中药是

A. 芍药
B. 甘草
C. 大枣
D. 生姜
E. 葛根

参考答案:E

7. 桂枝汤的药物组成是

A. 桂枝、芍药、大枣、生姜、甘草
B. 桂枝、芍药、杏仁、甘草、人参
C. 桂枝、芍药、生姜、大枣、杏仁
D. 桂枝、芍药、麻黄、生姜、甘草
E. 桂枝、芍药、生姜、大枣、人参

参考答案:A

A1 型题

8. 患者素有水饮,复感风寒,恶寒发热,无汗,咳喘痰多而稀,身体重痛,舌苔白滑,脉浮。治疗应选用

A. 苓桂术甘汤
B. 五苓散
C. 小青龙汤
D. 苏子降气汤
E. 麻黄汤

参考答案:C

9. 患者咳逆喘满不得卧,气短气急,咳痰白稀,呈泡沫状,胸部膨满,口干不欲饮,周身酸楚,恶寒,面色青暗,舌体暗淡,苔白滑,脉浮紧。应选用

A. 小青龙汤
B. 越婢加半夏汤
C. 麻黄汤
D. 麻杏石甘汤
E. 定喘汤

参考答案:A

10. 证见恶寒发热,无汗,头痛项强,肢体酸楚疼痛,口苦微渴,舌苔白,脉浮。治当首选

A. 麻黄汤
B. 九味羌活汤
C. 败毒散
D. 桂枝汤
E. 小青龙汤

参考答案:B

11. 证见咳嗽咽痒,咳痰不爽,微恶风发热,舌苔薄白,脉浮缓。治当首选

A. 银翘散
B. 止嗽散
C. 麻黄汤
D. 苏子降气汤
E. 麻杏石甘汤

参考答案:B

12. 患者恶寒发热,无汗,喘咳,痰多而稀,舌苔白滑,脉浮。治当首选

A. 止嗽散
B. 苏子降气汤
C. 麻黄汤
D. 小青龙汤
E. 败毒散

参考答案:D

【考点评析】

麻黄汤由麻黄、桂枝、杏仁、甘草组成,有发汗解表,宣肺平喘的功用,用于治疗外感风寒表实证。麻黄为方中君药,桂枝为臣,佐以杏仁,甘草为使药而兼佐药之义。桂枝汤由桂枝、芍药、甘草、生姜、大枣组成,有解肌发表,调和营卫的功用,用以治疗外感风寒,营卫失和的病证,方中桂枝为君,芍药为臣,桂、芍相合,相须为用,一治卫强,一治营弱,姜枣相合,并为佐药,炙甘草一为佐药,一为使药。小青龙汤由麻黄、芍药、细辛、干姜、甘草、桂枝、半夏、五味子组成,有解表蠲饮,止咳平喘的功用,用于治疗风寒客表,水饮内停的病证。方中麻黄、桂枝为君,干

姜、细辛为臣,五味子、芍药和半夏为佐,五味子和芍药既可防治温燥伤津,又可防止耗伤肺气,炙甘草兼佐、使之用。九味羌活汤由羌活、防风、苍术、细辛、白芷、川芎、生地黄、黄芩、甘草组成,有发汗祛湿,兼清里热的功用,用于治疗外感风寒湿邪的病证。方中羌活除在表之风寒湿邪,用作君药,防风、苍术发汗祛湿,为臣药,细辛、川芎、白芷皆是佐药,黄芩、生地既治兼证之热,又制辛温之燥,亦为佐药,甘草调和诸药,是为使药。

命题考点3 辛凉解表剂桑菊饮、银翘散、麻黄杏仁甘草石膏汤的组成药物、功用及主治证候

【历年真题纵览】

A1 型题

1. 银翘散的功用是
   A. 辛凉宣泄,清肺平喘
   B. 疏风清热,宣肺止咳
   C. 辛凉透表,清热解毒
   D. 疏风解毒,清肺泄热
   E. 疏散风热,清肝明目

参考答案:C

2. 桑菊饮的功用是
   A. 辛凉宣泄,清肺平喘
   B. 疏风清热,宣肺止咳
   C. 辛凉透表,清热解毒
   D. 疏风解毒,清肺泄热
   E. 疏散风热,清肝明目

参考答案:B

3. 银翘散和桑菊饮的组成中均含有的药物是
   A. 银花、薄荷、桔梗、芦根
   B. 连翘、薄荷、杏仁、芦根
   C. 连翘、薄荷、桔梗、杏仁
   D. 银花、薄荷、桔梗、生甘草
   E. 连翘、薄荷、桔梗、生甘草

参考答案:E

4. 桑菊饮除疏风清热外,还具有的功用是
   A. 清肺平喘
   B. 清肺泄热
   C. 降气平喘
   D. 宣肺止咳
   E. 宣肺平喘

参考答案:D

5. 以疏风清热、宣肺止咳为功用的方剂是
   A. 银翘散
   B. 桑菊饮
   C. 麻黄汤
   D. 小青龙汤
   E. 麻黄杏仁甘草石膏汤

参考答案:B

6. 具有辛凉透表,清热解毒功用的方剂是
   A. 黄连解毒汤
   B. 银翘散
   C. 麻杏甘石汤
   D. 败毒散
   E. 清营汤

参考答案:B

7. 银翘散中具有疏散风热、清利头目,且可解毒利咽配伍意义的药组是
   A. 薄荷、牛蒡子
   B. 荆芥穗、淡豆豉
   C. 银花、连翘
   D. 芦根、生甘草
   E. 芦根、竹叶

参考答案:A

8. 下列何项不是桑菊饮与银翘散组成中均有的药物
   A. 芦根
   B. 生甘草
   C. 牛蒡子
   D. 桔梗
   E. 连翘

参考答案:C

9. 下列关于麻黄杏仁甘草石膏汤说法错误的是
   A. 杏仁为臣药
   B. 麻黄为君药,取其"火郁发之"之义
   C. 有辛凉宣肺,清肺平喘的功用
   D. 主治风热袭肺,或风寒郁而化热,壅遏于肺所致之证
   E. 石膏与麻黄是相制而用

参考答案:A

10. 麻杏石甘汤的功效是
   A. 辛凉宣泄,清肺平喘
   B. 解表散寒,兼清里热
   C. 辛凉透表,清热解毒
   D. 疏风解表,清肺泄热
   E. 疏风泄热,宣肺止咳

参考答案:A

11. 麻黄杏仁甘草石膏汤中用量最重的药是

A. 麻黄

B. 石膏

C. 杏仁

D. 甘草

E. 以上都不是

参考答案:B

【考点评析】

桑菊饮由桑叶、菊花、杏仁、连翘、薄荷、桔梗、甘草、苇根组成,有疏风清热,宣肺止咳的功用,用于治疗风温初起。方中菊花清散上焦风热,桑叶清透肺络之热,并作君药,薄荷、桔梗、杏仁并作臣药,连翘、苇根为佐药,甘草调和诸药,为使药。银翘散由连翘、银花、桔梗、薄荷、竹叶、甘草、荆芥穗、淡豆豉、牛蒡子组成,有辛凉透表,清热解毒的功用,用以治疗温病初起。本方特点一是芳香避秽,清热解毒,一是辛凉之中配以小量辛温之品,又不悖辛凉之旨。麻黄杏仁甘草石膏汤有辛凉宣泄,清肺平喘的功用,用以治疗外感风邪,郁而化热,壅遏于肺所致的咳逆气急等病证。方中麻黄为君,是"火郁发之"之义,石膏为臣,用量倍于麻黄。

命题考点4　扶正解表剂败毒散的组成药物、功用及主治证候

【历年真题纵览】

A1 型题

1. 败毒散的功用是

A. 发汗解表,散风祛湿

B. 发汗解表,调和营卫

C. 祛风除湿止痛

D. 散寒解表

E. 温经散寒解表

参考答案:A

2. 下列除哪项外均是败毒散的组成药物

A. 枳壳

B. 茯苓

C. 桔梗

D. 人参

E. 黄芪

参考答案:E

【考点评析】

败毒散由柴胡、前胡、川芎、枳壳、羌活、独活、茯苓、桔梗、人参、甘草组成,有发汗解表,散风祛湿的功用,用于治疗感冒风寒湿邪,出现头项强痛,无汗,鼻塞等病证。方中羌活、独活并以为君,川芎和柴胡为臣,甘草调和诸药,其余为佐。

第三单元　泻下剂

命题考点1　泻下剂的适用范围及应用注意事项

【历年真题纵览】

A1 型题

泻下剂的作用哪项除外

A. 通便

B. 泻热

C. 攻积

D. 逐水

E. 发汗

参考答案:E

【考点评析】

泻下剂主要用于里实证,如肠胃积滞、实热内结,水饮内停,寒积阻滞等病证。使用泻下剂时应注意对于年老体虚,新产血亏,病后津伤,以及亡血家,虽有大便秘结,也不可太过攻下;峻下之剂,孕妇慎用;另外泻下剂大多易于耗伤胃气,慎勿过剂;而且要注意饮食,以防重伤胃气;应根据病证不同,适当配伍应用。

命题考点2　寒下剂大承气汤的组成药物、功用、主治证候及主要配伍意义

【历年真题纵览】

A1 型题

1. 下列除哪项外均是大承气汤的主治病证

A. 里热实证之发狂

B. 阳明腑实证

C. 热结旁流

D. 里热实证之热厥

E. 寒积里实证

参考答案:E

2. 下列除哪项外，均是大承气汤主治证可能见到的临床表现

A. 腹痛便秘

B. 小便频数

C. 潮热谵语

D. 手足濈然汗出

E. 下利清水

参考答案:B

3. 大承气汤中的佐使药是

A. 大黄、芒硝

B. 大黄、厚朴

C. 芒硝、厚朴

D. 枳实、厚朴

E. 芒硝、枳实

参考答案:D

4. 大承气汤的臣药是

A. 大黄

B. 芒硝

C. 枳实

D. 厚朴

E. 枳实、厚朴

参考答案:B

5. 阳明腑实证，痞满而不燥者。当用

A. 调胃承气汤

B. 大承气汤

C. 小承气汤

D. 增液承气汤

E. 复方大承气汤

参考答案:C

【考点评析】

大承气汤由大黄、厚朴、枳实、芒硝组成，有峻下热结的功用，用于治疗阳明腑实证、热结旁流、里热实证之热厥、痉病或发狂。方中大黄为君，芒硝为臣，两者相须为用，枳实、厚朴共为佐使。本方有小承气汤、调胃承气汤、复方大承气汤等变化。

命题考点3 温下剂大黄附子汤、温脾汤的组成药物、功用及主治证候

【历年真题纵览】

A1 型题

1. 温脾汤的功用是

A. 攻下冷积，温补脾肾

B. 荡涤肠胃，温补肾阳

C. 攻下冷积，温补脾阳

D. 攻下冷积，温肾暖胃

E. 攻下冷积，温脾暖胃

参考答案:C

2. 温脾汤的主治病证是

A. 阳明腑实证

B. 热结旁流

C. 结胸证

D. 脾阳不足，冷积便秘

E. 肠胃燥热，津液不足

参考答案:D

3. 温脾汤的辨证要点是

A. 腹痛，便秘，手足不温，苔白，脉沉弦

B. 腹痛便秘，手足不温，苔白腻，脉弦紧

C. 腹痛拒按，便秘，舌燥，苔黄，脉沉有力

D. 腹痛便秘，手足厥冷，苔白，脉沉紧

E. 腹痛便秘，苔黄，脉实有力

参考答案:A

4. 温脾汤组成中不含有的药物组是

A. 人参、茯苓、白术

B. 大黄、附子、干姜

C. 大黄、甘草、人参

D. 附子、干姜、人参

E. 大黄、人参、甘草

参考答案:A

5. 温脾汤的组成是由附子、干姜、甘草加下列哪组药物组成

A. 人参、大黄、白术

B. 人参、大黄、当归

C. 人参、大黄、芒硝、当归

D. 人参、大黄、枳实

E. 人参、芒硝、厚朴

参考答案:C

6. 组成药物中均含有干姜的方剂是

A. 实脾散、归脾汤

B. 归脾汤、健脾丸

C. 健脾丸、温脾汤

D. 温脾汤、实脾散

E. 归脾汤、温脾汤

参考答案:D

B1 型题

7.

A. 温脾汤

B. 实脾散

C. 归脾汤
D. 健脾丸
E. 保和丸

①治疗冷积内停,大便秘结,腹痛,手足不温,舌苔白,脉沉弦者,应首选

②治疗冷积不化,下痢赤白,腹痛,手足不温,舌苔白,脉沉弦者,应首选

参考答案:①A ②A

【考点评析】

温脾汤由大黄、附子、干姜、人参和甘草组成,有温补脾阳,攻下冷积的功用,用以治疗脾阳不足,冷积便秘的病证。

命题考点4 润下剂麻子仁丸、济川煎的组成药物、功用和主治证候

【历年真题纵览】

A1 型题

1. 具有润肠泄热,行气通便功用的方剂是
A. 大承气汤
B. 济川煎
C. 大黄牡丹汤
D. 麻子仁丸
E. 十枣汤

参考答案:D

2. 以大便秘结,小便频数,舌苔微黄为辨证要点的方剂是
A. 八正散
B. 济川煎
C. 麻子仁丸
D. 温脾汤
E. 大承气汤

参考答案:C

3. 济川煎的药物组成中包含下列哪组药物
A. 当归、麻黄
B. 牛膝、肉苁蓉
C. 泽泻、山茱萸
D. 枳壳、白芍
E. 蜂蜜、肉苁蓉

参考答案:B

4. 下列方剂均属泻下剂,其中不用大黄的方剂是
A. 大黄牡丹汤
B. 温脾汤
C. 济川煎
D. 大承气汤
E. 麻子仁丸

参考答案:C

5. 济川煎的主治证是
A. 肾阳虚弱,精津不足证
B. 阳明腑实证
C. 胃肠燥热,脾约便秘证
D. 阳虚寒积证
E. 阳明腑实,气血不足证

参考答案:A

6. 济川煎的主治病证是
A. 大便秘结,小便清长,腰膝酸软,头目眩晕
B. 大便不通,小便短少,头晕目眩,腰酸背冷
C. 大便秘结,小便短少,头晕目眩,脘腹冷痛
D. 大便不通,小便清长,头晕目眩,少腹冷痛
E. 大便秘结,小便短少,头晕目眩,腰膝酸软

参考答案:A

7. 麻子仁丸的组成药物中,不含有的是
A. 杏仁
B. 枳实
C. 芒硝
D. 厚朴
E. 大黄

参考答案:C

【考点评析】

麻子仁丸由麻子仁、枳实、芍药、大黄、厚朴、杏仁组成,有润肠泄热,行气通便的功用,用以治疗脾约证,胃肠燥热,津液不足出现大便干结,小便频数等病证;济川煎是常用的润下剂,有温肾益精,润肠通便的功用,由当归、牛膝、肉苁蓉、泽泻、升麻、枳壳组成,用于老年肾虚,大便秘结,小便清长,头目眩晕,腰膝酸软病证。

命题考点5 逐水剂十枣汤的组成药物、功用及主治证候

【历年真题纵览】

A1 型题

1. 十枣汤的药物组成
A. 大戟、大枣、甘遂、芫花
B. 巴豆、大枣、芫花、大戟
C. 大黄、大枣、甘遂、大戟
D. 牵牛、大枣、甘遂、巴豆
E. 牵牛、大枣、芫花、大戟

参考答案:A

2. 十枣汤的最佳服用时间是

A. 饭后服

B. 饭前服

C. 睡前服

D. 不拘时服

E. 清晨空腹服

参考答案:B

【考点评析】

十枣汤有攻逐水饮的功用,治疗悬饮、实水等病证,如悬饮证见咳唾胸胁引痛,心下痞硬,干呕短气,脉沉弦,宜用十枣汤。十枣汤由芫花、大戟、甘遂组成,服用时先煮大枣,再纳药末,由于三药都有毒,易伤正气,因此以大枣之甘,益气护胃,并能缓和诸药之峻烈及其毒性,使下不伤正。

第四单元　和解剂

命题考点1　和解剂的使用范围

【历年真题纵览】

A1 型题

下列关于和解剂使用范围不正确的说法是

A. 用于少阳半表半里证

B. 肝脾功能失调证

C. 上下寒热互结

D. 肠胃失调

E. 气血瘀阻证

参考答案:E

【考点评析】

凡是解除少阳半表半里之邪、肝脾功能失调上下寒热互结或肠胃失调者,均为和解剂的使用范围。

命题考点2　和解少阳剂小柴胡汤、蒿芩清胆汤的组成药物、功用、主治证候及配伍意义

【历年真题纵览】

A1 型题

1. 小柴胡汤中"和解少阳"的主要药物是

A. 柴胡与半夏

B. 黄芩与人参

C. 半夏与生姜

D. 柴胡与黄芩

E. 黄芩与半夏

参考答案:D

2. 小柴胡汤组成中包含下列哪项药物组

A. 柴胡、黄芩、当归

B. 柴胡、半夏、甘草

C. 黄芩、党参、半夏

D. 柴胡、茵陈蒿、半夏

E. 生姜、半夏、大黄

参考答案:B

3. 下列除哪项外均是蒿芩清胆汤的组成药物

A. 猪苓、枳实

B. 青蒿、黄芩

C. 陈皮、碧玉散

D. 枳壳、赤茯苓

E. 竹茹、半夏

参考答案:A

4. 下列除哪项外均是小柴胡汤主治病证

A. 伤寒少阳证

B. 妇人伤寒,热入血室

C. 疟疾见少阳证

D. 黄疸见少阳证

E. 痰湿阻于膜原

参考答案:E

A2 型题

5. 患者往来寒热,胸胁苦满,默默不欲饮食,心烦喜呕,口苦,咽干,目眩,苔薄白,脉弦。治当首选

A. 蒿芩清胆汤

B. 小柴胡汤

C. 逍遥散

D. 半夏泻心汤

E. 大柴胡汤

参考答案:B

B1 型题

6.

A. 四逆散

B. 逍遥散

C. 大柴胡汤

D. 葛根芩连汤

E. 小柴胡汤

①和解少阳的代表方剂是

②和解少阳、内泻热结的代表方剂是

参考答案:①E　②C

【考点评析】

小柴胡汤由柴胡、半夏、黄芩、人参、甘草、生姜和大枣组成，有和解少阳的功用，治疗伤寒少阳证、妇人伤寒，热入血室等病证。方中柴胡为少阳专药，用以治疗半表半里之邪而为君药，黄芩为臣，配合柴胡，一清一散，共解少阳之邪，半夏、人参、甘草为佐，大枣为使。蒿芩清胆汤由青蒿、竹茹、半夏、茯苓、黄芩、枳壳、陈皮、碧玉散组成，有清胆利湿，和胃化痰的功用，治疗寒热如疟，寒轻热重。方中青蒿、黄芩并为君药，竹茹、半夏清化痰热，陈皮、枳壳和胃降逆，并为臣药，茯苓、碧玉散清利湿热，作为佐药。

命题考点 3 调和肝脾剂四逆散、逍遥散、痛泻要方的组成药物、配伍特点、功用及主治证候

【历年真题纵览】

A1 型题

1. 逍遥散的组成中有

A. 当归、川芎

B. 白芍、茯苓

C. 香附、陈皮

D. 薄荷、防风

E. 白术、半夏

参考答案：B

2. 下列哪项不属于痛泻要方的组成

A. 陈皮

B. 黄连

C. 防风

D. 白芍

E. 白术

参考答案：B

3. 下列除哪项外均属于痛泻要方的主治证

A. 肠鸣腹痛

B. 大便泄泻

C. 泻必腹痛

D. 气逆干呕

E. 舌苔薄白

参考答案：D

4. 防风在痛泻要方中的作用是

A. 散肝舒脾

B. 祛风散寒解表

C. 祛风御风并使固表不留邪

D. 透解热毒

E. 升散脾中伏火

参考答案：A

5. 下列关于逍遥散说法错误的是

A. 包含有柴胡、当归、白芍、白术、茯苓、甘草和薄荷

B. 有疏肝解郁，健脾和营的功用

C. 主治肝郁血虚，脾失健运之证

D. 既补肝体，又助肝用，气血兼顾，肝脾并治

E. 方中茯苓和当归是君药

参考答案：E

6. 逍遥散的组成中不含有

A. 白芍

B. 薄荷

C. 柴胡

D. 枳壳

E. 当归

参考答案：D

7. 逍遥散中姜的用法是

A. 鲜生姜

B. 生姜汁

C. 煨生姜

D. 生姜皮

E. 炮姜

参考答案：C

8. 痛泻要方由下列哪组药物组成

A. 白术、白芍、陈皮、防风

B. 茯苓、白芍、陈皮、防风

C. 党参、白术、白芍、防风

D. 陈皮、白术、防风、白芍

E. 柴胡、白芍、防风、陈皮

参考答案：A

9. 四逆散主治病证中不包括下列哪项证候

A. 或颏、或悸

B. 小便不利

C. 发热恶寒

D. 腹中痛

E. 泄利下重

参考答案：C

A2 型题

10. 治疗肠鸣腹痛，大便泄泻，泻必腹痛，舌苔薄白，脉两关不调，弦而缓者。应首选

A. 痛泻要方

B. 四逆散

C. 败毒散

D. 半夏泻心汤

E. 白头翁汤

参考答案:A

【考点评析】

逍遥散由柴胡、当归、白芍、白术、茯苓、甘草组成,有疏肝解郁,健脾合营的功用,用以治疗肝郁血虚,而致两胁作痛,寒热往来,头痛目眩,口燥咽干,神疲食少等。方中既有柴胡疏肝,又有当归、白芍柔肝,还有茯苓和白术健脾,为治疗肝郁血虚,脾失健运的要剂。痛泻要方由白术、白芍、陈皮、防风组成,有补脾泻肝的功用,用以治疗肠鸣腹痛,大便泄泻,泻后仍有腹痛等。本证是由土虚木乘所致,四药相配,可补脾土而泻肝木,调气机以止痛泻。四逆散由炙甘草、枳实、柴胡和芍药组成,有透邪解郁,疏肝理脾的功用,治疗少阴病,四逆之证。

命题考点4 调和肠胃剂半夏泻心汤的组成药物、功用及主治证候和配伍意义

【历年真题纵览】

A1 型题

1. 半夏泻心汤的功效是

A. 寒热平调、辛开苦降

B. 寒热平调、散结除痞

C. 寒热平调、降逆消痞

D. 寒热平调、补气和中

E. 寒热平调、和胃消痞

参考答案:E

2. 半夏泻心汤的组成,除半夏、人参外,尚有

A. 黄芩、黄柏、柴胡、甘草、大枣

B. 黄芩、栀子、生姜、甘草、大枣

C. 黄芩、黄连、附子、甘草、大枣

D. 黄芩、黄连、干姜、甘草、大枣

E. 黄芩、黄芪、炮姜、甘草、大枣

参考答案:D

3. 半夏泻心汤中体现“辛开”之义的药物是

A. 栀子、黄芩

B. 黄芩、黄连

C. 半夏、干姜

D. 生姜、黄连

E. 甘草、黄连

参考答案:C

【考点评析】

半夏泻心汤由半夏、黄芩、干姜、人参、甘草、黄连和大枣组成,有和胃降逆,开结除痞的功用。方中黄连、黄芩之苦寒降泄除其热,干姜、半夏之辛温开结散其寒,参、草、大枣之甘温益气补其虚,七味相配,寒热并用,苦降辛开,补气和中。用以治疗胃气不和,心下痞满不痛,干呕或呕吐,肠鸣下利。本证为寒热互结,气不升降,本方寒热并用,辛开苦降,用以治疗寒热错杂之证。

第五单元 清热剂

命题考点1 清气分热方剂白虎汤、竹叶石膏汤等的组成药物、功用、主治证候及配伍意义

【历年真题纵览】

A1 型题

1. 下列哪味药是小青龙汤和竹叶石膏汤共同的组成成分

A. 人参

B. 五味子

C. 麦门冬

D. 半夏

E. 竹叶

参考答案:D

2. 竹叶石膏汤中含有的药物

A. 半夏、麦冬、甘草

B. 竹叶、石膏、党参

C. 石膏、人参、知母

D. 竹叶、麦冬、生地

E. 甘草、生地、石膏

参考答案:A

3. 竹叶石膏汤的组成中不含有的药物是

A. 半夏

B. 麦门冬

C. 人参

D. 甘草

E. 知母

参考答案:E

4. 白虎汤的主治证候不包括

A. 烦渴引饮

B. 恶寒发热

C. 壮热面赤

D. 脉洪大有力

E. 汗出恶热

参考答案:B

5. 竹叶石膏汤的功用是

A. 清热解毒,养阴生津

B. 清热养阴,利水通淋

C. 清热生津,益气通络

D. 辛凉宣泄,清肺平喘

E. 清热生津,益气和胃

参考答案:E

6. 白虎汤中臣药是

A. 石膏

B. 知母

C. 甘草

D. 粳米

E. 黄芩

参考答案:B

7. 白虎汤中君药是

A. 生石膏

B. 知母

C. 生石膏、知母

D. 甘草

E. 粳米

参考答案:A

【考点评析】

白虎汤由石膏、知母、甘草、粳米组成,有清热生津的功用,是清气分热的代表方,用以治疗阳明气分热盛,出现壮热面赤、烦渴引饮,汗出恶热等。方中石膏为君,知母为臣,一助石膏清肺胃之热,一以苦寒润燥以滋阴,甘草和粳米共为佐使;竹叶石膏汤由竹叶、石膏、半夏、麦冬、人参、甘草和粳米组成,有清热生津,益气和胃的功用,用以治疗伤寒、温病和暑病之后,余热未清,气津两伤的病证。方中竹叶、石膏为君,人参与麦冬为臣,半夏为佐,甘草和粳米为使。

命题考点2　清营凉血方剂清营汤、犀角地黄汤、清瘟败毒饮等的组成药物、功用及主治证候

【历年真题纵览】

A1 型题

1. 清营汤主治病证中身热的特点是

A. 午后身热

B. 身热夜甚

C. 身热烦扰

D. 入暮发热

E. 夜热早凉

参考答案:B

2. 下列除哪项外均是犀角地黄汤的主治病证

A. 热伤血络吐血

B. 蓄血留瘀之胸中烦满

C. 热扰心营之混狂谵语

D. 气虚不摄之出血

E. 紫癜属热伤血络证

参考答案:D

【考点评析】

清营汤由犀角、生地黄、玄参、竹叶、麦冬、丹参、黄连、银花和连翘组成,有清营透热,养阴活血的功用,用以治疗邪热传营。方中犀角、生地黄为君,玄参与麦冬为臣,佐以银花、连翘、黄连和竹叶清热解毒以透邪热,使入营之邪促其透出气分而解。犀角地黄汤由水牛角、生地黄、芍药、牡丹皮组成,有清热解毒,凉血散瘀的功用,用以治疗热毒深陷血分所致的热入血分证和热伤血络证。方中水牛角清心肝解热毒,直入血分而凉血为君,配伍特点是凉血与散血并用。清瘟败毒饮由生石膏、生地、犀角、栀子、桔梗、黄芩、知母、赤芍、玄参、连翘、甘草、丹皮和竹叶组成,有清热解毒,凉血泻火的功用,用于治疗瘟疫热毒,充斥内外,气血两燔。

命题考点3　清热解毒方剂黄连解毒汤、普济消毒饮、凉膈散等的组成药物、功用及主治证候

【历年真题纵览】

A1 型题

1. 主治三焦火毒证的代表方是

A. 普济消毒饮

B. 龙胆泻肝汤

C. 半夏泻心汤

D. 仙方活命饮

E. 黄连解毒汤

参考答案:E

2. 普济消毒饮主治

A. 阳明气分热盛证

B. 热入营分证
C. 大头瘟
D. 肝胆实火上炎证
E. 三焦火毒证
参考答案:C
3. 普济消毒饮中配用升麻、柴胡的目的是
A. 疏散风热,引药上行
B. 疏肝解郁
C. 清肝胆实火
D. 升举清阳
E. 透疹解毒
参考答案:A
4. 功用为清热解毒,消肿溃坚,活血止痛的方剂是
A. 黄连解毒汤
B. 普济消毒饮
C. 逍遥散
D. 仙方活命饮
E. 清胃散
参考答案:D
5. 仙方活命饮的君药是
A. 赤芍
B. 白芷
C. 皂角刺
D. 乳香
E. 金银花
参考答案:E
6. 属普济消毒饮主治症状之一的是
A. 身热夜甚
B. 热甚发斑
C. 恶寒发热
D. 身热谵语
E. 午后身热
参考答案:C
7. 治疗一切实热火毒,三焦热盛之证的方剂是
A. 黄连解毒汤
B. 泻心汤
C. 凉膈散
D. 普济消毒饮
E. 龙胆泻肝汤
参考答案:A
8. 普济消毒饮具有疏风散邪,清热解毒之功,主治
A. 阳明气分热盛
B. 邪热传营
C. 一切实热火毒,三焦热盛之证
D. 瘟疫热毒,充斥内外,气血两燔
E. 大头瘟
参考答案:E
9. 功用为泻火解毒的方剂是
A. 黄连解毒汤
B. 普济消毒饮
C. 凉膈散
D. 仙方活命饮
E. 五味消毒饮
参考答案:A
10. 凉膈散的组成中含有
A. 小承气汤
B. 大承气汤
C. 调胃承气汤
D. 泻心汤
E. 增液汤
参考答案:C
11. 凉膈散的君药是
A. 大黄
B. 芒硝
C. 山栀
D. 黄芩
E. 连翘
参考答案:E
12. 凉膈散中用量最重的药物是
A. 大黄
B. 芒硝
C. 山栀
D. 黄芩
E. 连翘
参考答案:E
13. 症见疮疡肿毒初起,红肿掀痛,身热凛寒,苔薄白,脉数有力。宜选用
A. 仙方活命饮
B. 五味消毒饮
C. 黄连解毒汤
D. 四妙勇安汤
E. 透脓散
参考答案:A
14. 仙方活命饮的君药是
A. 赤芍
B. 白芷
C. 金银花
D. 乳香
E. 皂角刺
参考答案:C

15. 凉膈散中配用黄芩的目的是
A. 清肺热
B. 清热燥湿
C. 清胸膈郁热
D. 清少阳经热
E. 清中焦之热
参考答案：C
16. 普济消毒饮中配用升麻、柴胡的目的是
A. 疏散风热，引药上行
B. 疏肝解郁
C. 透疹解毒
D. 升举清阳
E. 升提中气
参考答案：A
17. 黄连解毒汤的组成中除黄连外，还有
A. 栀子、黄芩、黄柏、知母
B. 栀子、黄芩、黄柏、茵陈
C. 栀子、大黄、黄柏
D. 栀子、黄芩、黄柏、大黄
E. 栀子、黄芩、黄柏
参考答案：E
18. 体现"以泻代清"用意的方剂是
A. 白虎汤
B. 黄连解毒汤
C. 凉膈散
D. 普济消毒饮
E. 龙胆泻肝汤
参考答案：C

【考点评析】

黄连解毒汤有泻火解毒的功用，用以治疗一切实热火毒，三焦热盛之证。本方特点是泻火以解热毒。普济消毒饮由黄芩、黄连、陈皮、甘草、玄参、柴胡、桔梗、连翘、板蓝根、马勃、牛蒡子、薄荷、僵蚕、升麻组成，有疏风散邪，清热解毒的功用，用以治疗大头瘟。方中配柴胡、升麻，有疏散风热之功，即"火郁发之"之义，同时黄芩和黄连又可防止其升发太过。凉膈散由大黄、朴硝、甘草、栀子、薄荷、黄芩、连翘、竹叶组成，有泻火通便，清上泄下的功用，治疗上中二焦火热证，配伍特点是清上与泻下并行，所谓"以泻代清"的意义。

命题考点4　清脏腑热方剂导赤散、龙胆泻肝汤、左金丸、泻白散、玉女煎、芍药汤、白头翁汤等的组成药物、功用及主治证候

【历年真题纵览】

A1 型题

1. 导赤散药物组成是
A. 黄柏、生甘草梢、竹叶、木通
B. 生地黄、木通、生甘草梢、竹叶
C. 黄连、生地黄、麦冬、竹叶
D. 生地黄、木通、生甘草梢、麦冬
E. 生地黄、黄芩、木通、生甘草梢
参考答案：B
2. 清胃散的功用是
A. 清胃滋阴
B. 清胃安中
C. 清胃解毒
D. 清胃止呕
E. 清胃凉血
参考答案：E
3. 泻白散的功效
A. 清肺化痰，平喘止咳
B. 清肺泻热，平喘止咳
C. 清热解毒，泻肺止咳
D. 宣肺化痰，止咳平喘
E. 降肺化痰，止咳定喘
参考答案：B
4. 龙胆泻肝汤与蒿芩清胆汤中均含有的药物是
A. 半夏
B. 木通
C. 黄芩
D. 栀子
E. 泽泻
参考答案：C
5. 组成药物中含有官桂的方剂是
A. 乌梅丸
B. 桂枝汤
C. 猪苓汤
D. 麻黄汤
E. 芍药汤
参考答案：E

6. 具有清胃凉血功用的方剂是
A. 玉女煎
B. 清气化痰丸
C. 蒿芩清胆汤
D. 温胆汤
E. 清胃散
参考答案:E
7. 龙胆泻肝汤组成中不含有的药物是
A. 半夏
B. 木通
C. 黄芩
D. 栀子
E. 泽泻
参考答案:A
8. 组成药物中含有牛膝的方剂是
A. 芍药汤
B. 龙胆泻肝汤
C. 清营汤
D. 导赤散
E. 玉女煎
参考答案:E
9. 导赤散功用是
A. 清心利水养阴
B. 清肝胆实火,泻肝胆湿热
C. 清泻肝火,降逆止呕
D. 清胃凉血
E. 清泻肺热,止咳平喘
参考答案:A
10. 龙胆泻肝汤中清利湿热的药物是
A. 泽泻、车前子、茯苓
B. 茯苓、车前子、木通
C. 茯苓、泽泻、猪苓
D. 猪苓、茯苓、木通
E. 泽泻、车前子、木通
参考答案:E
11. 泻白散主治
A. 外寒里饮证
B. 肺热喘咳证
C. 风邪犯肺证
D. 温病初起
E. 外感风邪、邪热壅肺
参考答案:B
12. 清胃散中不含有哪味药
A. 生地黄
B. 升麻
C. 当归
D. 牡丹皮
E. 麦冬
参考答案:E
13. 玉女煎的药物组成不包括
A. 石膏
B. 熟地黄
C. 黄连
D. 麦冬
E. 知母
参考答案:C
14. 葛根芩连汤的功用是
A. 清热燥湿,调气和血
B. 清胃凉血
C. 解表清里
D. 解表化湿,理气和中
E. 宣畅气机,清利湿热
参考答案:C
15. 芍药汤主治
A. 疫毒痢
B. 湿热痢
C. 热毒痢
D. 寒湿痢
E. 虚寒痢
参考答案:B
16. 芍药汤中清热燥湿而解肠中热毒的药物是
A. 黄芩、黄连、黄柏
B. 黄芩、黄连、山栀
C. 山栀、黄连、大黄
D. 黄芩、大黄、山栀
E. 黄芩、黄连、大黄
参考答案:E
17. 白头翁汤主治
A. 湿热痢
B. 寒湿痢
C. 阴虚痢
D. 热毒痢
E. 噤口痢
参考答案:D
18. 芍药汤中的反佐药为
A. 芍药
B. 大黄
C. 槟榔
D. 肉桂
E. 黄连

参考答案:D

19. 治疗“心移热于小肠”的心经热盛的方剂是

A. 导赤散

B. 左金丸

C. 泻白散

D. 玉女煎

E. 芍药汤

参考答案:A

A2 型题

20. 患者心胸烦热,口渴,口舌生疮,舌红,脉数,治宜选用

A. 凉膈散

B. 黄连解毒汤

C. 导赤散

D. 泻白散

E. 龙胆泻肝汤

参考答案:C

21. 患者腹痛,便脓血,赤白相兼,里急后重,肛门灼热,小便短赤,舌苔黄腻,脉弦数。治宜选用

A. 葛根芩连汤

B. 四神丸

C. 白头翁汤

D. 芍药汤

E. 真人养脏汤

参考答案:D

22. 患者喘咳气急,皮肤蒸热,日晡尤甚,舌红苔黄,脉细数。治疗应选用

A. 麻杏甘石汤

B. 泻白散

C. 清气化痰丸

D. 止嗽散

E. 葛根芩连汤

参考答案:B

【考点评析】

导赤散由生地、木通和生甘草组成,有清心养阴,利水通淋的功用,用以治疗心经热盛出现心烦,口渴面赤,口舌生疮,或心热移于小肠出现小便淋漓涩痛。龙胆泻肝汤由龙胆草、黄芩、栀子、泽泻、木通、车前子、当归、生地、柴胡、甘草组成,有泻肝胆实火,清下焦湿热的功用,用以治疗肝胆实火上扰,或湿热下注,出现头痛目赤,胁痛口苦,阴肿、阴痒,妇女湿热带下等。方中龙胆草大苦大寒,上泻肝胆实火,下清下焦湿热,为泻火除湿两擅其功的君药;黄芩、栀子为臣;泽泻、木通、车前子助湿热从水道而排;生地和当归滋阴,养血,标本兼顾;柴胡为引诸药入肝胆之经。左金丸由黄连和吴茱萸组成,有清肝泻火,降逆止呃的功用,治疗肝火犯胃证。泻白散由地骨皮、桑白皮、甘草、粳米组成,有泻肺清热,止咳平喘的功用,用以治疗肺热咳嗽。玉女煎由石膏、熟地、麦冬、知母、牛膝组成,有清胃滋阴的功用,用于治疗胃热阴虚出现头痛、牙龈出血等。芍药汤由芍药、当归、黄连、槟榔、,木香、甘草、大黄、黄芩和肉桂组成,有调和气血,清热解毒的功用,用以治疗温热痢。配伍特点为行血与调气并重,兼以通因通用,寒热共投,肉桂配在其中意为反佐。白头翁汤白头翁、黄柏、黄连、秦皮组成,有清热解毒,凉血止痢功用,用于治疗热痢,配伍意义在于清解中兼有涩止。清胃散由生地、当归身、丹皮、黄连、升麻组成,有清胃凉血的功用,用于治疗胃有积热,出现牙痛、牙龈溃烂,牙宣出血等。方中黄连擅清中焦胃火而为君,生地丹皮为臣,升麻为阳明引经药。

命题考点5 清虚热剂青蒿鳖甲汤、清骨散和当归六黄汤等的组成药物、功用及主治证候

【历年真题纵览】

A1 型题

1. 青蒿鳖甲汤不包含下列哪组药物

A. 青蒿、知母

B. 青蒿、丹皮

C. 鳖甲、生地

D. 知母、生地

E. 鳖甲、柴胡

参考答案:E

2. 青蒿鳖甲汤的组成中含有

A. 知母、石膏

B. 石膏、牡丹皮

C. 当归、芍药

D. 生地黄、当归

E. 牡丹皮、生地黄

参考答案:E

3. 当归六黄汤的功用为

A. 清热解毒,疏风散邪

B. 清热燥湿,调气和血

C. 清热解毒,凉血止痢

D. 养阴透热

E. 滋阴泻火,固表止汗

参考答案:E

【考点评析】

当归六黄汤有滋阴泻火,固表止汗的功用,治疗阴虚有火,发热盗汗;青蒿鳖甲汤由青蒿、鳖甲、生地、知母、丹皮组成,有养阴透热的功用,治疗温病后期,阴液耗伤,邪伏阴分。

第六单元　祛暑剂

命题考点　六一散、香薷散、新加香薷饮、清暑益气汤(《温热经纬》)的组成药物、功用及主治证候

【历年真题纵览】

A2 型题

病人症见酷暑时身热汗多,口渴心烦,小便短赤,体倦少气,苔黄少津,脉虚数。治疗应首选

A. 人参白虎汤

B. 白虎汤

C. 六一散

D. 王氏清暑益气汤

E. 新加香薷饮

参考答案:D

【考点评析】

六一散由滑石、甘草组成,有祛暑利湿的功用,治疗感受暑湿,出现身热烦渴、小便不利,或泄泻;香薷散由香薷、白扁豆、厚朴组成,有祛暑解表,化湿和中的功用,治疗夏月乘凉饮冷,外感于寒,内伤于湿,出现恶寒发热,无汗头痛,头重身倦等;新加香薷饮由香薷、银花、扁豆花、厚朴、连翘组成,有祛暑解表,清热化湿的功用,治疗暑温初起,复感于寒,出现发热头痛,恶寒无汗,口渴面赤,胸闷不舒等;清暑益气汤(《温热经纬》)由西洋参、石斛、麦冬、黄连、竹叶、荷梗、知母、甘草、粳米、西瓜翠衣组成,有清暑益气,养阴生津的功用,治疗中暑受热,气津两伤,出现身热汗多,心烦口渴,小便短赤,体倦少气,精神不振等。

第七单元　温里剂

命题考点 1　温里剂的适用范围及应用注意事项

【历年真题纵览】

A1 型题

下列关于温里剂说法错误的是

A. 具有温里助阳的作用

B. 具有散寒通脉的作用

C. 治疗里寒证

D. 多由辛温燥热之品组成

E. 可用于外感风寒表证

参考答案:E

【考点评析】

温里剂适用于里寒证,即脏腑经络寒邪阻滞的病证。本类方剂多辛温燥热,使用时要注意辨别寒热真假,还应注意病人素体如有阴虚、失血等,不可过剂。

命题考点 2　温中驱寒剂理中丸、小建中汤、大建中汤、吴茱萸汤等的组成药物、功用、主治证候及配伍意义

【历年真题纵览】

A1 型题

1. 理中丸的组成药物是

A. 附子、干姜、人参、白术

B. 附子、干姜、白术、茯苓

C. 附子、干姜、甘草、白术

D. 干姜、人参、白术、甘草

E. 干姜、人参、茯苓、甘草

参考答案:D

2. 吴茱萸汤与小建中汤组成中均含有的药物是

A. 人参

B. 芍药

C. 桂枝

D. 生姜

E. 炙甘草

参考答案:D

3. 下列哪项是温脾汤和理中丸中均含有的药物

A. 干姜、附子、白术

B. 干姜、人参、甘草

C. 干姜、人参、白术

D. 干姜、附子、甘草

E. 干姜、附子、人参

参考答案:B

4. 下列哪味药是理中丸的组成药物

A. 生姜

B. 白术

C. 大枣

D. 附子

E. 饴糖

参考答案:B

5. 不宜使用吴茱萸汤治疗的病证是

A. 胃中虚寒,食谷欲呕

B. 肝寒上逆,干呕头痛

C. 胃寒脘痛,吞酸

D. 中焦虚寒,膈满脘痛

E. 少阳吐利,肢厥脉微

参考答案:C

6. 具有温中补虚,和里缓急功用的方剂是

A. 理中丸

B. 小建中汤

C. 吴茱萸汤

D. 一贯煎

E. 逍遥散

参考答案:B

7. 治疗肝胃虚寒,浊阴上逆证的常用方剂是

A. 小建中汤

B. 吴茱萸汤

C. 参苓白术散

D. 温脾汤

E. 理中丸

参考答案:B

8. 药物组成中不含有干姜的方剂是

A. 四逆汤

B. 回阳救急汤

C. 理中丸

D. 吴茱萸汤

E. 半夏泻心汤

参考答案:D

9. 理中丸的君药为

A. 人参

B. 白术

C. 干姜

D. 人参与干姜

E. 人参与白术

参考答案:C

10. 既能温中补虚、和里缓急,又可以调和阴阳、柔肝理脾的方剂是

A. 理中丸

B. 小建中汤

C. 逍遥散

D. 一贯煎

E. 柴胡疏肝散

参考答案:B

11. 吴茱萸汤和理中丸中相同的药物是

A. 人参

B. 干姜

C. 甘草

D. 大枣

E. 生姜

参考答案:A

12. 理中丸的功用是

A. 温中祛寒,补气健脾

B. 健脾和胃,温中补虚

C. 温补脾胃,降逆止呕

D. 温中补虚,和胃降逆

E. 温补脾肾

参考答案:A

13. 理中丸与四君子汤中相同的药物是

A. 人参、白术、茯苓

B. 人参、茯苓、干姜

C. 人参、茯苓、甘草

D. 人参、干姜、甘草

E. 人参、白术、甘草

参考答案:E

14. 桂枝汤、小建中汤、当归四逆汤中相同的药物是

A. 桂枝、芍药、甘草、生姜

B. 桂枝、芍药、甘草、大枣

C. 桂枝、芍药、生姜、大枣

D. 芍药、甘草、生姜、大枣

E. 桂枝、甘草、生姜、大枣

参考答案:B

15. 大建中汤的功效是

A. 温中补虚,降逆止痛

B. 温中补虚,和里缓急

C. 温中散寒,缓急止痛
D. 健脾散寒,降逆止痛
E. 健脾和胃,缓急止痛
参考答案:A
16. 吴茱萸汤中包含的药物组是
A. 吴茱萸、人参、白术
B. 人参、大枣、生姜
C. 吴茱萸、生姜、半夏
D. 人参、大枣、肉桂
E. 吴茱萸、肉桂、生姜
参考答案:B

【考点评析】

理中丸由人参、干姜、甘草、白术组成,有温中祛寒,补气健脾的功用,治疗中焦虚寒,阳虚失血和小儿慢惊等。方中干姜为君,人参大补元气为臣,其他为佐使。小建中汤由芍药、桂枝、炙甘草、生姜、大枣、饴糖组成,有温中补虚,和里缓急的功用,用于治疗虚劳里急。方中饴糖为君,配伍特点为于辛甘化阳之中,还有酸甘化阴之用。吴茱萸汤由吴茱萸、人参、大枣、生姜组成,有温中补虚,降逆止呕的功用,用于胃中虚寒,厥阴头痛,少阴吐利。

命题考点3 回阳救逆剂四逆汤、回阳救急汤等的组成药物、功用及主治证候

【历年真题纵览】

A1 型题

1. 四逆汤的组成药物
A. 人参、干姜、炙甘草
B. 人参、生附子、炙甘草
C. 人参、肉桂、炙甘草
D. 生附子、干姜、炙甘草
E. 生附子、肉桂、炙甘草
参考答案:D
2. 治疗心肾阳虚寒厥证的代表方剂是
A. 四逆汤
B. 四逆散
C. 真武汤
D. 当归四逆汤
E. 理中丸
参考答案:A
3. 下列各项,不属四逆汤主治证临床表现的是
A. 四肢厥逆
B. 神疲欲寐
C. 呕吐口渴
D. 恶寒蜷卧
E. 腹痛下利
参考答案:C

A2 型题

4. 患者四肢厥冷,恶寒蜷卧,神衰欲寐,面色苍白,腹痛下利,呕吐不渴,舌苔白滑,脉微细。治宜选用
A. 四逆散
B. 四逆汤
C. 当归四逆汤
D. 理中丸
E. 真武汤
参考答案:B

【考点评析】

四逆汤由附子、干姜和炙甘草组成,有回阳救逆的功用,治疗少阴病和太阳病误汗亡阳,证见四肢厥逆,恶寒蜷卧,呕吐不渴,腹痛下利,神衰欲寐等。本方为回阳救逆的代表方,方中附子生用,通行十二经,迅达内外而祛寒为君药,干姜与附子同用为臣。

命题考点4 温经散寒剂当归四逆汤、黄芪桂枝五物汤的组成药物、功用及主治证候

【历年真题纵览】

A1 型题

1. 当归四逆汤的功用是
A. 温经散寒,养血通脉
B. 活血化瘀,温经止痛
C. 化痰祛瘀,温经止痛
D. 温经散寒,除湿止痛
E. 养血益气,温经化瘀
参考答案:A
2. 黄芪桂枝五物汤的功用是
A. 益气温阳,补血通络
B. 温阳活血,通络止痛
C. 益气温阳,和血通痹
D. 益气温阳,散寒祛瘀
E. 益气养血,活血通络
参考答案:C
3. 当归四逆汤包含下列哪组药物

A. 当归、桂枝、芍药、细辛
B. 当归、蜀椒、细辛、炙甘草
C. 桂枝、芍药、细辛、人参
D. 芍药、通草、桂枝、干姜
E. 通草、大枣、桂枝、附子

参考答案:A

4. 当归四逆汤的组成中含有
A. 当归、通草
B. 当归、红花
C. 川芎、熟地
D. 熟地、桂枝
E. 桂枝、川芎

参考答案:A

【考点评析】

当归四逆汤由当归、桂枝、芍药、细辛、甘草、通草和大枣组成,有温经散寒,养血通脉的功用,治疗阳气不足而又血虚,外受寒邪和寒入经络的疼痛等病证。本方是桂枝汤去生姜,倍大枣,加当归、细辛和通草而成。黄芪桂枝五物汤由黄芪、芍药、桂枝、生姜、大枣组成,有益气温阳,和血通痹的功用,治疗血痹证,证见肌肤麻木不仁等。

第八单元　补益剂

命题考点1　补益剂的适用范围及应用注意事项

【历年真题纵览】

A1 型题

下列关于补益剂说法不正确的是
A. 具有补养人体气血阴阳的作用
B. 主治各种虚证
C. 以补益药为主组成
D. 不需辨别虚实真假
E. 对虚证不受补的病人,应先调理脾胃

参考答案:E

【考点评析】

1. 补益剂用于治疗各种虚证,可分为气虚、血虚、阴虚和阳虚等,但不用于真实假虚的患者,若误补则实者愈实。

2. 使用补益剂要辨证气血阴阳不同虚损证候,可以常服久服,适当配伍健脾、和胃、理气等药品,即补益每兼理气、调胃之义。补益剂用于虚损证候,毒邪内盛阶段不宜使用。

命题考点2　补气剂四君子汤、六君子汤、参苓白术散、补中益气汤、玉屏风散、生脉散的组成药物、功用及主治证候

【历年真题纵览】

A1 型题

1. 具有益气生津、敛阴止汗功用的方剂是
A. 生脉散
B. 清暑益气汤
C. 六一散
D. 竹叶石膏汤
E. 白虎汤

参考答案:A

2. 理中丸与四君子汤中相同的药物是
A. 人参、白术、茯苓
B. 人参、白术、甘草
C. 人参、茯苓、干姜
D. 人参、干姜、甘草
E. 人参、茯苓、甘草

参考答案:B

3. 参苓白术散主治
A. 阳虚水泛证
B. 脾胃气虚证
C. 脾虚湿盛证
D. 肺肾气虚证
E. 寒湿困脾证

参考答案:C

4. 香砂六君子汤是在四君子汤基础上加
A. 陈皮、黄芪、木香、砂仁
B. 枳壳、半夏、木香、砂仁
C. 陈皮、半夏、砂仁、神曲
D. 陈皮、半夏、木香、砂仁
E. 枳实、半夏、木香、砂仁

参考答案:D

5. 参苓白术散中除人参、茯苓、白术、甘草和桔梗外,尚有
A. 黄芪、当归、陈皮、升麻、柴胡
B. 莲子肉、薏苡仁、砂仁、白扁豆、山药
C. 黄芪、当归、陈皮、白扁豆、山药
D. 莲子肉、薏苡仁、砂仁、当归、陈皮

E. 黄芪、当归、砂仁、白扁豆、山药

参考答案:B

6. 黄芪在补中益气汤中的配伍意义主要是

A. 补气升阳

B. 补气利水

C. 益气生血

D. 补气行血

E. 补气摄血

参考答案:A

7. 补中益气汤中用量最大的药物是

A. 人参

B. 升麻

C. 甘草

D. 黄芪

E. 白术

参考答案:D

8. 四君子汤的功用是

A. 益气健脾

B. 益气补中

C. 健脾养胃

D. 健脾和胃

E. 益气和胃

参考答案:A

9. 四君子汤证的病机是

A. 脾肾阳虚,水湿内停

B. 脾胃虚弱,湿自内生

C. 脾胃气虚,运化乏力

D. 脾胃气虚,饮食停滞

E. 脾胃虚弱,中气下陷

参考答案:C

10. 何方中配伍桔梗引经入肺

A. 补中益气汤

B. 参苓白术散

C. 归脾汤

D. 炙甘草汤

E. 银翘散

参考答案:B

11. 补中益气汤的君药是

A. 升麻

B. 黄芪

C. 人参

D. 白术

E. 柴胡

参考答案:B

12. 生脉散的功效是

A. 益气生津,敛阴止汗

B. 益气生津,健脾和胃

C. 益胃健脾,养阴生津

D. 滋阴止汗

E. 补益气阴

参考答案:A

A2 型题

13. 暑热耗气伤液,症见体倦气短,汗多无热,咽干口渴,脉虚细。治疗应选用

A. 玉女煎

B. 六一散

C. 生脉散

D. 当归六黄汤

E. 清暑益气汤

参考答案:C

14. 证见食少便溏,腹泻,四肢乏力,形体消瘦,胸脘痞闷,面色萎黄,舌质淡,苔白腻,脉虚缓。治宜首选

A. 四君子汤

B. 补中益气汤

C. 六君子汤

D. 归脾汤

E. 参苓白术散

参考答案:E

【考点评析】

四君子汤由人参、白术、茯苓、炙甘草组成,有益气健脾的功用,用以治疗脾胃气虚的病证。方中以人参为君,甘温大补元气,健脾养胃,白术为臣,佐以茯苓和甘草,是补气的基本方。本方有异功散、六君子汤、香砂六君子汤、保元汤等变化。参苓白术散由莲子肉、薏苡仁、砂仁、桔梗、扁豆、茯苓、人参、甘草、山药和白术组成,有益气健脾,渗湿止泻的功用,用以治疗脾胃虚弱出现食少便溏,泄泻等病证。方中以四君子汤平补脾胃为主,配以扁豆、薏苡仁等,桔梗为引经药,助诸药达于上焦以益肺。补中益气汤由黄芪、甘草、人参、当归、橘皮、升麻、柴胡和白术组成,有补中益气,升阳举陷的功用,治疗脾胃气虚,发热,自汗,气虚下陷出现脱肛、子宫下垂等中气下陷的病证。方中黄芪补气为君,人参、白术、甘草为臣,佐以陈皮、当归,升麻和柴胡升举下陷的阳气,以求浊降清升。生脉散由人参、麦冬和五味子组成,有益气生津,敛阴止汗的功用,治疗暑热汗多,耗气伤津,久咳肺虚,气阴两伤出现呛咳少痰等病证。方中人参大补元气为君,麦冬为臣,五味子酸收敛肺止汗为佐使。玉屏风散由黄芪、白术和防风组成,是常用的

固表止汗剂，有益气固表止汗的功用，治疗卫气虚弱，易感风邪等病证。

命题考点 3　补血剂四物汤、当归补血汤、归脾汤的组成药物、功用、主治证候

【历年真题纵览】

A1 型题

1. 当归补血汤主治证候中可见
   A. 寒热往来
   B. 夜热早凉
   C. 身热不扬
   D. 憎寒壮热
   E. 肌热面赤

参考答案：E

2. 四物汤与补中益气汤中共同的药物是
   A. 熟地黄
   B. 黄芪
   C. 白芍
   D. 当归
   E. 白术

参考答案：D

3. 治疗心脾两虚，脾不统血之便血、崩漏的首选方剂是
   A. 四物汤
   B. 归脾汤
   C. 黄土汤
   D. 固冲汤
   E. 逍遥散

参考答案：B

4. 归脾汤的组成中有
   A. 木香
   B. 阿胶
   C. 川芎
   D. 白芍药
   E. 干地黄

参考答案：A

5. 归脾汤中包含的基础方是
   A. 生脉散
   B. 四物汤
   C. 酸枣仁汤
   D. 当归补血汤
   E. 增液汤

参考答案：D

6. 主治脾不统血证的方剂是
   A. 四物汤
   B. 当归补血汤
   C. 归脾汤
   D. 胶艾汤
   E. 人参养荣汤

参考答案：C

7. 归脾汤的功用是
   A. 益气补血，健脾养心
   B. 补益气血，养心安神
   C. 益气养心，健脾止泻
   D. 补脾止血，养心安神
   E. 补血安神，健脾养心

参考答案：A

8. 当归补血汤中黄芪和当归用量比例是
   A. 3∶1
   B. 4∶1
   C. 5∶1
   D. 6∶1
   E. 2∶1

参考答案：C

B1 型题

9.
   A. 参苓白术散
   B. 补中益气汤
   C. 当归补血汤
   D. 归脾汤
   E. 炙甘草汤

①治疗血虚发热证

②治疗气虚血热，虚劳肺痿证

参考答案：①C　②E

【考点评析】

四物汤由当归、川芎、白芍和熟地黄组成，有补血调血的功用，治疗冲任虚损的病证，是补血调经的主方。方中当归、熟地黄补血为主，川芎理血中之气，芍药敛阴养血。全方补血不滞血，行血不破血，补中有散，散中有收，构成止血要剂。本方有圣愈汤、桃红四物汤等变化。当归补血汤由黄芪、当归组成，有补气生血的功用，治疗劳倦内伤，气弱血虚，阳浮外越，出现发热面赤等病证，以及疮疡溃后，久不愈合等。方中重用黄芪，正是有形之血，生于无形之气的意义，黄芪和当归的用量比例为5∶1。归脾汤由白术、茯神、黄芪、龙眼肉、酸枣仁、人参、木香、炙甘草和当归、远志组成，有益气补血，健脾养心的功用，

治疗心脾两虚，气血不足出现心悸怔忡，脾不统血出现的各种出血病证。

命题考点4 补阴剂六味地黄丸、左归丸、炙甘草汤、一贯煎等的组成药物、功用、主治证候、配伍意义和变化应用

【历年真题纵览】

A1型题

1. 下列关于六味地黄丸说法错误的是
   A. 有滋补肝肾的功用
   B. 主要用于肝肾阴虚之证
   C. 方中泽泻、茯苓和熟地黄体现了“三泻”之义
   D. 方中熟地黄、山茱萸和干山药体现了“三补”之义
   E. 配伍特点是补中有泻

参考答案：C

2. 一贯煎的功用是
   A. 补气养阴
   B. 补肾益阴
   C. 滋阴降火
   D. 补气生津
   E. 滋阴疏肝

参考答案：E

3. 属于六味地黄丸中“三补”的药物是
   A. 熟地、山茱萸、丹皮
   B. 熟地、山药、泽泻
   C. 熟地、山茱萸、山药
   D. 茯苓、泽泻、丹皮
   E. 山药、山茱萸、丹皮

参考答案：C

4. 炙甘草汤的组成中含有
   A. 阿胶、麦冬、麻仁
   B. 桃仁、干姜、当归
   C. 阿胶、麦冬、白芍
   D. 黄芪、天冬、薏苡仁
   E. 熟地、当归、白芍

参考答案：A

5. 具有益气滋阴，通阳复脉功用的方剂是
   A. 生脉散
   B. 炙甘草汤
   C. 补中益气汤
   D. 归脾汤
   E. 天王补心丹

参考答案：B

6. 脉结代，心动悸，虚羸少气，舌光少苔，治宜选用
   A. 朱砂安神丸
   B. 生脉散
   C. 酸枣仁汤
   D. 炙甘草汤
   E. 天王补心丹

参考答案：D

7. 六味地黄丸中用量最大的药物是
   A. 熟地黄
   B. 山茱萸
   C. 泽泻
   D. 茯苓
   E. 山药

参考答案：A

8. 下列各项，不属一贯煎主治证临床表现的是
   A. 胸脘胁痛
   B. 吞酸口苦
   C. 咽干口燥
   D. 舌苔白腻
   E. 疝气

参考答案：D

9. 一贯煎中的君药是
   A. 北沙参
   B. 麦冬
   C. 当归身
   D. 枸杞子
   E. 生地黄

参考答案：E

10. 川楝子在一贯煎中的作用是
    A. 驱杀蛔虫
    B. 清泄肝火
    C. 行气消痞
    D. 泻火坚阴
    E. 疏肝泄热

参考答案：E

【考点评析】

六味地黄丸由熟地黄、山茱萸、山药、泽泻、茯苓和丹皮组成，有滋补肝肾的功用，治疗肝肾阴虚出现腰膝酸软，头目眩晕，盗汗遗精等病证，是滋补肝肾的代表方剂，体现了“壮水之主，以制阳光”的意义。本方配伍特点补中有泄。一贯煎由沙参、麦冬、当归、生地、枸杞、川楝子组成，有滋阴疏肝的功用，治

疗肝肾阴虚，血燥气郁，出现吞酸吐苦，咽干口燥，胸胁疼痛等病证。方中川楝子疏泄肝气，性虽苦寒，但在大量滋阴柔肝之品中，无伤阴之害。

炙甘草汤由炙甘草、生姜、人参、生地黄、桂枝、阿胶、麦冬、麻仁和大枣组成，有益气滋阴，补血复脉的功用，治疗气虚血弱，脉结代，心动悸，虚劳肺痿等病证。本方有通阳复脉的作用。

命题考点5　补阳剂肾气丸、右归丸的组成药物、功用及主治证候和配伍意义

【历年真题纵览】

A1 型题

1. 肾气丸所治消渴的病机是
   A. 肾阴不足
   B. 肾阳不足
   C. 阴阳两虚
   D. 虚火上炎
   E. 肾气衰败

参考答案：B

2. 右归丸的功效是
   A. 温补肾阳，填精补血
   B. 温补肾阳
   C. 滋阴补肾
   D. 补肾填精
   E. 温肾填精

参考答案：A

【考点评析】

肾气丸由六味地黄丸加上桂枝、附子组成，有温补肾阳的功用，治疗肾阳不足，出现腰痛脚软，少腹拘急，小便不利等病证。方中配伍体现了“益火之源，以消阴翳”和“阴中求阳”之旨。

第九单元　固涩剂

命题考点1　牡蛎散的组成药物、功用、主治证候及主要配伍意义

【历年真题纵览】

A1 型题

1. 牡蛎散的功用是
   A. 益气固表，敛阴止汗
   B. 温阳益气，敛阴止汗
   C. 滋阴益气，固表止汗
   D. 气血双补，固表止汗
   E. 调和营卫，固表止汗

参考答案：A

2. 玉屏风散的功用是
   A. 益气固表，调和营卫
   B. 益气固表止汗
   C. 益气养阴敛汗
   D. 滋阴益气，固表止汗
   E. 补肺固表止汗

参考答案：B

【考点评析】

牡蛎散由黄芪、麻黄根、牡蛎组成，有益气固表，敛阴止汗的功用，治疗诸虚不足，出现身常汗出，夜卧尤甚，久而不止，心悸惊惕等。

命题考点2　真人养脏汤、四神丸的组成药物、功用及主治证候

【历年真题纵览】

A1 型题

1. 下列不属于四神丸的组成药物是
   A. 赤石脂
   B. 肉豆蔻
   C. 五味子
   D. 吴茱萸
   E. 补骨脂

参考答案：A

2. 真人养脏汤中的君药是
   A. 罂粟壳、肉桂
   B. 罂粟壳
   C. 肉桂、人参
   D. 人参
   E. 肉桂、白术

参考答案：A

3. 真人养脏汤的组成药物中不含有
   A. 人参、甘草
   B. 当归、白术
   C. 木香、诃子
   D. 阿胶、桔梗
   E. 罂粟壳

参考答案:D

4. 肉桂在真人养脏汤中的作用是

A. 温肾暖脾

B. 温肾纳气

C. 温通经脉

D. 温阳化气

E. 温经散寒

参考答案:A

5. 四神丸的组成中有

A. 肉豆蔻、山茱肉

B. 肉豆蔻、赤石脂

C. 肉豆蔻、补骨脂

D. 五味子、山茱肉

E. 五味子、赤石脂

参考答案:C

6. 四神丸的功用是

A. 疏肝和胃,固肠止泻

B. 健脾益气,固肠止泻

C. 温肾暖脾,固肠止泻

D. 益胃暖脾,固肠止泻

E. 温中散寒,固肠止泻

参考答案:C

7. 真人养脏汤的组成中有

A. 诃子、乌梅

B. 诃子、罂粟壳

C. 诃子、五倍子

D. 诃子、山茱肉

E. 诃子、赤石脂

参考答案:B

8. 四神丸的君药是

A. 肉豆蔻

B. 五味子

C. 吴茱萸

D. 补骨脂

E. 生姜

参考答案:D

A2 型题

9. 病人症见泄泻多在黎明之前,腹部作痛,肠鸣即泻,泻后则安,不思饮食,食不消化,形寒肢冷,腰膝酸软,舌淡苔白,脉沉迟无力。治疗应首选

A. 四神丸

B. 参苓白术散

C. 桃花汤

D. 真人养脏汤

E. 金匮肾气丸

参考答案:A

B1 型题

10.

A. 涩肠固脱,温补脾肾

B. 温补脾肾,涩肠止泻

C. 益气固表,育阴除烦

D. 滋补心肾,涩精止遗

E. 滋阴泻火,固表止汗

①真人养脏汤的功用是

②四神丸的功用是

参考答案:①B ②A

【考点评析】

真人养脏汤由人参、当归、白术、肉豆蔻、肉桂、炙甘草、白芍、木香、诃子、罂粟壳组成,有涩肠固脱,温补脾肾的功用,治疗久泻久痢,脾肾虚寒,出现大便滑脱不禁,下痢赤白等病证。本方以涩肠固脱为主,并与温肾暖脾药共用。四神丸由肉豆蔻、补骨脂、五味子、吴茱萸组成,有温补脾肾,涩肠止泻的功用,治疗脾肾虚寒出现五更泄泻,或久泻不愈等病证。

命题考点 3 金锁固精丸、桑螵蛸散的组成药物、功用及主治证候

【历年真题纵览】

A1 型题

桑螵蛸散的功用是

A. 调补心肾,涩精止遗

B. 温补心肾,填精止遗

C. 补益心脾,涩精止遗

D. 补肾涩精

E. 补心涩精

参考答案:A

【考点评析】

桑螵蛸散由桑螵蛸、远志、菖蒲、龙骨、人参、茯神、当归、龟甲组成,有调补心肾,涩精止遗的功用,治疗心肾两虚,出现小便频数,心神恍惚,健忘食少等病证。方中桑螵蛸为君,配以补益心肾和收涩之品,可两调心肾,交通上下。

命题考点4 固冲汤的组成药物、功用及主治证候

【历年真题纵览】

A1 型题

血崩或月经过多,色淡质稀,心悸气短,腰膝酸软,舌质淡,舌苔薄白,脉微弱。治疗应首选

A. 桂枝汤
B. 牡蛎散
C. 固冲汤
D. 当归六黄汤
E. 补中益气汤

参考答案:C

【考点评析】

固冲汤由白术、黄芪、龙骨、牡蛎、山萸肉、芍药、海螵蛸、茜草、棕榈炭、五味子组成,有补气健脾,固冲摄血的功用,用于治疗脾气虚弱,脾不统血,冲脉不固所致之血崩或月经过多的病证。

第十单元 安神剂

命题考点 朱砂安神丸、酸枣仁汤、天王补心丹的组成药物、功用、主治证候及主要配伍意义

【历年真题纵览】

A1 型题

1. 对天王补心丹的组成药物"三参"描述正确的是

A. 人参、玄参、丹参
B. 党参、元参、沙参
C. 洋参、丹参、党参
D. 人参、洋参、玄参
E. 太子参、沙参、玄参

参考答案:A

2. 朱砂安神丸的组成药物中不含

A. 朱砂
B. 黄连
C. 茯神
D. 当归
E. 生地黄

参考答案:C

3. 天王补心丹主治证候中可见

A. 高热
B. 烦躁
C. 虚烦
D. 便溏
E. 口渴

参考答案:C

4. 朱砂安神丸主治

A. 阴血不足,肝阳上亢证
B. 心阴不足,虚火上亢证
C. 心肾阴虚,虚火上炎证
D. 肾阴不足,心肾不交证
E. 心火亢盛,阴血不足证

参考答案:E

5. 朱砂安神丸中配伍黄连的意义是

A. 泻火解毒
B. 清热燥湿
C. 清胃泻火
D. 清热解毒
E. 清心泻火

参考答案:E

6. 方中有人参、玄参、丹参同用的方剂是

A. 清营汤
B. 天王补心丹
C. 养阴清肺汤
D. 清燥救肺汤
E. 百合固金汤

参考答案:B

7. 天王补心丹主治证是

A. 阳虚血少,神志不安证
B. 气虚血少,神志不安证
C. 气血两虚,神志不安证
D. 阴阳两虚,神志不安证
E. 阴虚血少,神志不安证

参考答案:E

8. 朱砂安神丸主治证的病机为

A. 阴血不足,肝阳上亢
B. 心阴不足,虚火上炎
C. 心火亢盛,阴血不足
D. 肾阴不足,心肾不交
E. 心肾阴虚,虚火上炎

参考答案:C

9. 朱砂安神丸中，配伍生地、当归的意义是

A. 凉血活血

B. 滋阴活血

C. 凉血补血

D. 补血活血

E. 滋阴补血

参考答案:E

A2 型题

10. 证见心悸怔忡，虚烦失眠，神疲健忘，手足心热，口舌生疮，大便干结，舌红少苔，脉细数。治宜选用

A. 酸枣仁汤

B. 朱砂安神丸

C. 温胆汤

D. 归脾汤

E. 天王补心丹

参考答案:E

B1 型题

11.

A. 滋心养血，镇心安神

B. 滋阴养血，补心安神

C. 养心安神，清热除烦

D. 养心安神，和中缓急

E. 镇心安神，泻火养阴

①酸枣仁汤的功用是

②甘麦大枣汤的功用是

参考答案:①C ②D

【考点评析】

朱砂安神丸由朱砂、黄连、炙甘草、生地、当归组成，有镇心安神，泻火养阴的功用，治疗心火偏亢，阴血不足，出现心烦神乱，失眠多梦，惊悸等病证。方中重用朱砂以安神，并配以滋阴养血之品以培本，黄连苦寒泻火，清热除烦；全方一泻偏盛之火，一补不足阴血，达到心火下降，阴血上承的目的。酸枣仁汤由酸枣仁、甘草、知母、茯苓、川芎组成，有养血安神，清热除烦的功用，治疗虚劳虚烦不得眠，心悸盗汗，头目眩晕等病证。全方配伍以治阴虚阳浮，方中酸枣仁养肝血，安心神，为主药；天王补心丹由生地、人参、丹参、玄参、茯苓、五味子、远志、桔梗、当归、天冬、麦冬、柏子仁、酸枣仁组成，有滋阴养血，补心安神的功用，治疗阴亏血少，出现心悸神疲，虚烦少寐等病证。方中重用生地，一可滋阴，一可养血，配以养心安神之品，不仅可补阴血不足之本，又可治虚烦少寐之标。

第十一单元　开窍剂

命题考点　安宫牛黄丸、紫雪、至宝丹、苏合香丸的功用及主治证候

【历年真题纵览】

A1 型题

1. 安宫牛黄丸的作用是

A. 清热开窍，豁痰解毒

B. 清热泻火，开窍安神

C. 清心解毒，开窍安神

D. 清热开窍，息风止痉

E. 以上都不是

参考答案:A

2. 不含麝香的方剂是

A. 安宫牛黄丸

B. 回阳救急汤

C. 至宝丹

D. 苏合香丸

E. 阳和汤

参考答案:E

3. 具有清热开窍，息风止痉功用的方剂是

A. 安宫牛黄丸

B. 紫雪

C. 至宝丹

D. 苏合香丸

E. 羚角钩藤汤

参考答案:B

4. 具有化浊开窍，清热解毒功用的方剂是

A. 安宫牛黄丸

B. 紫雪

C. 至宝丹

D. 苏合香丸

E. 羚角钩藤汤

参考答案:C

5. 苏合香丸主治证

A. 胸痹属中焦虚寒者

B. 寒闭证

C. 热闭证

D. 痰热内闭心包证

E. 暑秽

参考答案:C

6. 下列哪项不属于安宫牛黄丸的辨证要点
A. 高热烦躁
B. 神昏谵语
C. 斑疹吐衄
D. 舌红或绛
E. 脉数
参考答案:C
7. 紫雪的功用是
A. 开窍定惊,清热化痰
B. 清热开窍,息风镇痉
C. 清热解毒,开窍安神
D. 化浊开窍,清热解毒
E. 清热解毒,开窍醒神
参考答案:B
8. 至宝丹的功用,除化浊开窍外,尚有
A. 息风止痉
B. 化浊解毒
C. 豁痰解毒
D. 清热解毒
E. 化痰定惊
参考答案:D

A2 型题

9. 病人症见突然昏仆,不省人事,牙关紧闭,口噤不开,口眼㖞斜,颜面潮红,呼吸气粗,口臭身热,舌苔黄腻,脉弦滑数。治宜选用
A. 紫雪丹
B. 至宝丹
C. 苏合香丸
D. 安宫牛黄丸
E. 大承气汤
参考答案:B

B1 型题

10.
A. 安宫牛黄丸
B. 紫雪丹
C. 至宝丹
D. 苏合香丸
E. 以上都不是

①高热烦躁,神昏谵语,惊厥抽搐,口渴唇焦,舌质红绛,脉弦数者。治宜选用

②高热昏迷,神昏谵语,舌蹇肢厥,舌质红绛,舌苔黄,脉数疾有力者。治宜选用

参考答案:①B ②D

【考点评析】

安宫牛黄丸有清热开窍,豁痰解毒的功用,治疗温热病,热邪内陷心包,痰热壅闭心窍,证见高热烦躁,神昏谵语,以及中风昏迷等邪热内陷者;紫雪有清热开窍,镇痉安神的功用,治疗温热病,热邪内陷心包,证见高热烦躁,神昏谵语,痉厥等病证;至宝丹有清热开窍,化浊解毒的功用,治疗中暑、中风及温病痰热内闭,证见神昏谵语,身热烦躁,痰盛气粗等病证。

第十二单元 理气剂

命题考点1 行气剂越鞠丸、柴胡疏肝散、四磨汤、瓜蒌薤白白酒汤、半夏厚朴汤、厚朴温中汤、金铃子散、橘核丸、暖肝煎等的组成药物、功用、主治证候及配伍意义

【历年真题纵览】

A1 型题

1. 半夏厚朴汤的组成药物是
A. 半夏、香附、川芎、栀子、苍术
B. 菊花、栀子、川芎、陈皮、厚朴
C. 苍术、厚朴、陈皮、川芎、栀子
D. 半夏、茯苓、生姜、苏叶、厚朴
E. 川芎、栀子、神曲、苍术、香附
参考答案:D
2. 具有行气疏肝,散寒止痛功用的方剂是
A. 半夏厚朴汤
B. 越鞠丸
C. 天台乌药散
D. 柴胡疏肝散
E. 逍遥散
参考答案:C
3. 下列不属于越鞠丸的组成是
A. 川芎
B. 苍术
C. 栀子
D. 神曲
E. 木香
参考答案:E
4. 越鞠丸的主治证候不包括
A. 饮食不消

B. 嗳腐吞酸
C. 心胸烦热
D. 恶心呕吐
E. 脘腹胀痛
参考答案:C

5. 半夏厚朴汤的功用是
A. 行气散结,降逆化痰
B. 行气散结,降逆止呕
C. 行气散结,止咳平喘
D. 行气散结,宽胸利膈
E. 行气散结,化痰止咳
参考答案:A

6. 主治梅核气的常用方剂是
A. 苏子降气汤
B. 枳实薤白桂枝汤
C. 越鞠丸
D. 半夏厚朴汤
E. 旋覆代赭汤
参考答案:D

7. 枳实薤白桂枝汤的组成中含有
A. 木香、香附
B. 苍术、厚朴
C. 青皮、陈皮
D. 瓜蒌、厚朴
E. 木香、厚朴
参考答案:D

8. 越鞠丸所治的"六郁"证不包括
A. 湿郁
B. 火郁
C. 寒郁
D. 痰郁
E. 食郁
参考答案:C

9. 天台乌药散的功用不包括
A. 散寒
B. 行气
C. 止痛
D. 疏肝
E. 活血
参考答案:E

10. 半夏厚朴汤药物组成中不包含
A. 茯苓
B. 麦冬
C. 半夏
D. 苏叶
E. 生姜
参考答案:B

A2 型题

11. 患者,男,58 岁,近日生气后胸膈痞闷,脘腹胀痛,嗳腐吞酸,恶心呕吐,饮食不消。治疗应首选
A. 藿香正气散
B. 平胃散
C. 半夏厚朴汤
D. 半夏泻心汤
E. 越鞠丸
参考答案:E

B1 型题

12.
A. 寒湿气滞证
B. 小肠疝气
C. 胸痹
D. 梅核气
E. 郁证
①半夏厚朴汤的适应证
②瓜蒌薤白白酒汤的适应证
参考答案:①D ②C

【考点评析】

越鞠丸由苍术、香附、川芎、神曲、栀子组成,有行气解郁的功用,治疗气郁所致的胸膈痞闷,脘腑胀满,嗳腐吞酸,恶性呕吐,饮食不消等病证。本方重于行气解郁,气机流畅,则痰、火、湿、食诸郁自解。香附行气解郁为君,以治气郁,川芎治血郁,栀子治火郁,苍术治疗湿郁,神曲治食郁,均为辅助药物。枳实薤白桂枝汤由枳实、厚朴、薤白、桂枝、瓜蒌组成,有通阳散结,祛痰下气的功用,治疗胸痹,证见胸满而痛,甚或胸痛彻背等。天台乌药散由乌药、木香、小茴香、青皮、高良姜、槟榔、川楝子和巴豆组成,有行气疏肝、散寒止痛的功用,治疗寒凝气滞,证见小肠疝气等病证。暖肝煎由当归、枸杞、小茴香、肉桂、乌药、沉香、茯苓组成,有暖肝温肾,行气止痛的功用,治疗肝肾阴寒,出现小腹疼痛,疝气等。半夏厚朴汤由半夏、厚朴、茯苓、生姜、苏叶组成,有行气散结,降逆化痰的功用,治疗梅核气,证见咽中如有物阻,咯吐不出,吞咽不下等。

命题考点2 降气剂苏子降气汤、三子养亲汤、定喘汤、旋覆代赭汤、橘皮竹茹汤等的组成药物、功用及主治证候

【历年真题纵览】

A1 型题

1. 苏子降气汤组成中不含有

A. 苏叶

B. 苏子

C. 甘草

D. 干姜

E. 生姜

参考答案:D

2. 旋覆代赭汤中用量最重的药物是

A. 旋覆花

B. 代赭石

C. 甘草

D. 半夏

E. 生姜

参考答案:E

3. 具有降逆化痰,益气和胃功用的方剂是

A. 苏子降气汤

B. 半夏泻心汤

C. 旋覆代赭汤

D. 二陈汤

E. 小青龙汤

参考答案:C

4. 旋覆代赭汤的药物组成中不含有

A. 甘草、大枣

B. 生姜、半夏

C. 人参、甘草

D. 半夏、干姜

E. 人参、大枣

参考答案:D

5. 苏子降气汤的功用是

A. 降气定喘,清热平喘

B. 降逆化痰,益气和胃

C. 降气平喘,化痰润肺

D. 降气平喘,祛痰止咳

E. 补肺益肾,止咳平喘

参考答案:D

A2 型题

6. 患者喘咳短气,胸膈满闷,腰疼脚弱,肢体水肿,舌苔白滑,脉弦滑。治宜选用

A. 小青龙汤

B. 苏子降气汤

C. 止嗽散

D. 麻黄汤

E. 泻白散

参考答案:B

7. 患者痰多气急,痰稠色黄,哮喘咳嗽,舌苔黄腻,脉滑数。治宜选用

A. 四磨汤

B. 大青龙汤

C. 泻白散

D. 定喘汤

E. 苏子降气汤

参考答案:D

【考点评析】

苏子降气汤由苏子、半夏、当归、甘草、前胡、厚朴、肉桂组成,有降气平喘,祛痰止咳的功用,治疗上实下虚,证见痰涎壅盛,喘咳短气,或腰疼脚弱等病证。本方上下兼顾而以上为主,使气降痰消,喘咳自平。旋覆代赭汤由旋覆花、人参、生姜、代赭石、甘草、半夏和大枣组成,有降逆化痰,益气和胃的功用,治疗胃气虚弱,痰浊内阻,证见心下痞硬等。

第十三单元 理血剂

命题考点1 活血祛瘀剂血府逐瘀汤、桃核承气汤、复元活血汤、补阳还五汤、温经汤、生化汤的组成药物、功用、主治证候及主要配伍意义

【历年真题纵览】

A1 型题

1. 桃核承气汤是在调胃承气汤基础上做了什么加减

A. 加桃仁、桂枝、红花

B. 加桂枝、桃仁

C. 加白芍、桂枝

D. 加桃仁、青皮

E. 加川芎、桃仁

参考答案:B

2. 生化汤主治证的病机是

A. 热与血结

B. 血虚受寒

C. 气虚血滞

D. 冲任虚损

E. 血瘀气滞

参考答案:B

3. 补阳还五汤中重用黄芪的意义是

A. 益气升阳

B. 大补脾肺之气,以裕生血之源

C. 益气固表

D. 大补脾胃元气,使气旺以促血行

E. 益气托毒外出

参考答案:D

4. 生化汤的药物组成中用量最大的是

A. 当归

B. 川芎

C. 桃仁

D. 赤芍

E. 甘草

参考答案:A

5. 下列哪项是温经汤的组成药物

A. 干姜、吴茱萸

B. 人参、肉桂

C. 川芎、丹参

D. 半夏、陈皮

E. 当归、芍药

参考答案:E

6. 下列哪项是补阳还五汤主治证候的临床表现

A. 小便不利

B. 小便频数

C. 大便秘结

D. 大便溏薄

E. 二便不利

参考答案:B

7. 治疗由跌打损伤所致的瘀血留于胁下,痛不可忍的病证,首先考虑用

A. 膈下逐瘀汤

B. 血府逐瘀汤

C. 桃核承气汤

D. 复元活血汤

E. 补阳还五汤

参考答案:D

8. 下列各药,不属生化汤组成药物的是

A. 川芎

B. 桃仁

C. 红花

D. 炮姜

E. 甘草

参考答案:C

9. 具有逐瘀泻热功用的方剂是

A. 复元活血汤

B. 血府逐瘀汤

C. 生化汤

D. 补阳还五汤

E. 桃核承气汤

参考答案:E

10. 桃核承气汤与大承气汤共同含有的药物是

A. 桃仁、桂枝

B. 大黄、厚朴

C. 大黄、桃仁

D. 芒硝、大黄

E. 桃仁、芒硝

参考答案:D

11. 血府逐瘀汤主治证是

A. 膈下血瘀证

B. 少腹血瘀证

C. 脘腹血瘀证

D. 两胁血瘀证

E. 胸中血瘀证

参考答案:E

12. 组成中含地龙的方剂是

A. 血府逐瘀汤

B. 补阳还五汤

C. 桃核承气汤

D. 温经汤

E. 复元活血汤

参考答案:B

13. 在补阳还五汤的主治证中,下列哪一项是错误的

A. 半身不遂

B. 口眼㖞斜

C. 口角流涎

D. 口干烦渴

E. 语言謇涩

参考答案:D

14. 补阳还五汤中的君药是

A. 桃仁

B. 红花

C. 川芎

D. 当归尾

E. 黄芪

参考答案:E

15. 温经汤的组成不含有下列哪组药物

A. 人参、桂枝、甘草

B. 阿胶、麦冬、生姜

C. 当归、川芎、芍药

D. 半夏、吴茱萸、牡丹皮

E. 熟地黄、桃仁、红花

参考答案:E

16. 组成中含有炮姜的方剂是

A. 当归四逆汤

B. 补阳还五汤

C. 生化汤

D. 半夏泻心汤

E. 温经汤

参考答案:C

17. 补阳还五汤的功用

A. 补气,活血,养血

B. 补气,活血,通络

C. 补气,活血,行气

D. 行气,舒肝,通络

E. 行气,止痛,活血

参考答案:B

18. 温经汤功效是

A. 温经散寒,祛瘀养血

B. 温经散寒,活血止痛

C. 活血化瘀,温经止痛

D. 活血祛瘀,通络止痛

E. 补气活血通络

参考答案:A

19. 温经汤主治证的病机是

A. 脾气亏虚,冲脉不固

B. 肝肾两虚,冲脉不固

C. 冲任虚寒,瘀血阻滞

D. 冲任虚损,瘀血阻滞

E. 寒凝血瘀,湿阻胞宫

参考答案:C

A2 型题

20. 证见月经不调,小腹冷痛,经血夹有瘀块,时有烦热,舌质暗,脉细涩。治应首选

A. 温经汤

B. 四物汤

C. 逍遥散

D. 生化汤

E. 归脾汤

参考答案:A

21. 患者胸部刺痛,固定不移,心悸失眠,舌有瘀斑,脉弦紧。治宜首选

A. 四物汤

B. 枳实薤白桂枝汤

C. 桃核承气汤

D. 血府逐瘀汤

E. 复元活血汤

参考答案:D

22. 患者,女,26 岁,已婚。产后受寒,瘀血内阻,恶露不行,小腹冷痛。治疗应首选

A. 生化汤

B. 复元活血汤

C. 四物汤

D. 桃核承气汤

E. 血府逐瘀汤

参考答案:A

23. 病人症见少腹急结,小便不利,谵语烦渴,至夜发热,其人如狂,舌有瘀点,脉涩。治疗应首选

A. 少腹逐瘀汤

B. 犀角地黄汤

C. 黄连解毒汤

D. 清瘟败毒饮

E. 桃核承气汤

参考答案:E

B1 型题

24.

A. 活血祛瘀,行气止痛

B. 活血祛瘀,温经止痛

C. 活血祛瘀,通络止痛

D. 活血祛瘀,疏肝通络

E. 活血祛瘀,凉血止痛

①血府逐瘀汤的功用是

②复元活血汤的功用是

参考答案:①A ②D

25.

A. 冲任虚寒,瘀血阻滞证

B. 瘀阻胞宫证

C. 产后血虚寒凝,瘀血阻滞证

D. 气滞血瘀证

E. 寒凝气滞,脉络瘀阻证

①温经汤的主治证是

②生化汤的主治证是

参考答案:①A ②C

26.

A. 川芎、赤芍、当归、桃仁、红花、柴胡

B. 川芎、赤芍、当归尾、桃仁、红花、黄芪

C. 川芎、赤芍、当归、桃仁、红花、穿山甲

D. 川芎、赤芍、当归、桃仁、红花、瓜蒌根

E. 川芎、赤芍、当归、桃仁、红花、大黄

①血府逐瘀汤的组成中含有

②补阳还五汤的组成中含有

参考答案:①A ②B

【考点评析】

血府逐瘀汤由桃仁、红花、当归、生地、川芎、赤芍、牛膝、桔梗、柴胡、枳壳、甘草组成,有活血祛瘀,行气止痛的功用,治疗胸中血瘀,血行不畅,证见胸痛、头痛日久不愈,痛如针刺等。桃核承气汤由桃核、大黄、桂枝、甘草、芒硝组成,有破血下瘀的功用,治疗下焦蓄血,出现少腹急结,小便自利等。方中瘀、热并泻,服后微利。复元活血汤由柴胡、瓜蒌根、当归、红花、甘草、穿山甲、大黄、桃仁组成,有活血祛瘀,疏肝通络的功用,治疗跌打损伤,瘀血留于胁下等;补阳还五汤由黄芪、当归、赤芍、地龙、川芎、红花和桃仁组成,有补气,活血,通络的功用,治疗中风后遗症证见半身不遂,口眼㖞斜等。方中重用黄芪为君,使气旺血行,瘀祛络通。温经汤由吴茱萸、当归、芍药、川芎、人参、桂枝、阿胶、丹皮、生姜、甘草、半夏、麦冬组成,有温经散寒,祛瘀养血的功用,治疗冲任虚寒,瘀血阻滞,证见月经不调等。生化汤由当归、川芎、桃仁、干姜、甘草组成,有活血化瘀,温经止痛的功用,治疗产后血虚受寒,证见恶露不行,小腹冷痛等,其中童便可益阳化瘀,并有引败血下行的作用。

命题考点 2 止血剂十灰散、小蓟饮子、槐花散、咳血方、黄土汤的组成药物、功用及主治证候

【历年真题纵览】

A1 型题

1. 十灰散与小蓟饮子除止血外,相同的功用是

A. 凉血

B. 清肠

C. 养血

D. 泻火

E. 疏风

参考答案:A

2. 木火刑金而致的咳血证,治疗宜选

A. 十灰散

B. 百合固金汤

C. 养阴清肺汤

D. 槐花散

E. 咳血方

参考答案:E

21. 咳血方的组成中有

A. 瓜蒌仁

B. 桔梗

C. 生地

D. 白茅根

E. 杏仁

参考答案:A

3. 以大便下血,血色黯淡,舌淡苔白,脉沉细无力为辨证要点的方剂是

A. 槐花散

B. 归脾汤

C. 理中丸

D. 芍药汤

E. 黄土汤

参考答案:E

4. 槐花散的功用是

A. 清肠止血,疏风行气

B. 清热燥湿,凉血止血

C. 清热解毒,理气止痛

D. 清热凉血,行气化瘀

E. 清热泻火,疏风解表

参考答案:A

5. 黄土汤的功用是

A. 温阳健脾,益气止血

B. 温阳健脾,养血止血

C. 温中散寒,养血和血

D. 温阳健脾,补气摄血

E. 补气养血,收涩止血

参考答案:B

6. 黄土汤主治证的病机是

A. 脾气不足,统摄失职

B. 心脾两虚,气血不足

C. 冲任虚寒,瘀血阻滞

D. 热邪炽盛,迫血妄行

E. 脾阳不足,统摄无权

参考答案:E

7. 槐花散中不包含的药物是

A. 柏叶
B. 槐花
C. 荆芥穗
D. 枳壳
E. 生地黄
参考答案:E

A2 型题

8. 病人症见大便前出血,有时便后出血,大便中带血,血色鲜红或晦暗,治疗应首选
A. 黄土汤
B. 小蓟饮子
C. 槐花散
D. 十灰散
E. 四生丸
参考答案:C

9. 患者咳嗽痰稠带血,咯吐不爽,心烦易怒,胸胁刺痛,颊赤,便秘,舌红苔黄,脉弦数,治疗应首选
A. 十灰散
B. 泻白散
C. 咳血方
D. 贝母瓜蒌散
E. 养阴清肺汤
参考答案:C

【考点评析】

十灰散由大戟、小蓟、荷叶、侧柏叶、茅根、山栀、大黄、牡丹皮、棕榈皮组成,有凉血止血的功用,治疗血热妄行所致的多种出血病证。小蓟饮子由生地、小蓟、滑石、木通、蒲黄、藕节、淡竹叶、当归、栀子、炙甘草组成,有凉血止血,利水通淋的功用,治疗下焦瘀热血淋,证见尿中带血,小便频数而疼痛。槐花散由槐花、柏叶、荆芥穗、枳壳组成,有清肠下血,疏风下气的功用,治疗肠风脏毒下血,证见便前后出血等。本方以槐花专清大肠湿热,凉血止血为君。咳血方由青黛、瓜蒌、海石、栀子、诃子组成,有清火化痰,敛肺止咳的功用,治疗肝火犯肺引起的咳血。黄土汤由甘草、干地黄、白术、附子、阿胶、黄芩、灶心黄土组成,有温阳健脾,养血止血的功用,治疗脾阳不足,中焦虚寒,证见大便下血等。本方寒热并用,标本兼治,温阳而不伤阴,滋阴而不碍阳。

第十四单元　治风剂

> **命题考点 1**　疏散外风剂川芎茶调散、消风散、牵正散的组成药物、功用、主治证候及主要配伍意义

【历年真题纵览】

A1 型题

1. 川芎茶调散主治
A. 外感风邪头痛
B. 肝阳上亢头痛
C. 瘀血阻络头痛
D. 血虚不荣头痛
E. 气虚不升头痛
参考答案:A

2. 牵正散的组成是
A. 白附子、僵蚕、全蝎
B. 白附子、僵蚕、地龙
C. 白附子、蜈蚣、全蝎
D. 僵蚕、蜈蚣、全蝎
E. 全蝎、川芎、白附子
参考答案:A

3. 消风散的功用是
A. 祛风散寒,活血止痛
B. 疏风除湿,清热养血
C. 祛风解表,散寒除湿
D. 祛风化痰,通络止痉
E. 祛风化痰,止痉定痛
参考答案:B

4. 组成中含有细辛、薄荷的方剂是
A. 小青龙汤
B. 川芎茶调散
C. 大秦艽汤
D. 银翘散
E. 败毒散
参考答案:B

5. 关于川芎茶调散中药物功效描述不正确的是
A. 川芎长于止痛
B. 白芷善治太阳经头痛
C. 羌活善治太阳经头痛
D. 川芎善治少阳、厥阴经头痛
E. 细辛善治少阴经头痛

参考答案:B

A2 型题

6. 患者右侧头痛,恶寒发热,目眩鼻塞,舌苔薄白,脉浮。治疗应选用

A. 天麻钩藤饮

B. 九味羌活汤

C. 川芎茶调散

D. 败毒散

E. 防风通圣散

参考答案:C

7. 病人症见皮肤疹出色红,遍身斑点,全身瘙痒,抓破后渗出血水,舌苔白而微黄,脉浮数有力。治疗应首选

A. 清营汤

B. 犀角地黄汤

C. 防风通圣散

D. 甘露消毒丹

E. 消风散

参考答案:E

8. 证见头痛,或偏或正,或巅顶作痛,目眩鼻塞,或微恶风发热,舌苔薄白,脉浮。治宜首选

A. 桂枝汤

B. 麻黄汤

C. 天麻钩藤饮

D. 九味羌活汤

E. 川芎茶调散

参考答案:E

B1 型题

9.

A. 风邪初中经络证

B. 风寒湿痹

C. 外感风邪头痛

D. 风疹、湿疹

E. 外感风寒表证

①川芎茶调散主治

②消风散治主治

参考答案:①C ②D

【考点评析】

川芎茶调散由川芎、荆芥、白芷、羌活、甘草、细辛、防风、薄荷组成,有疏风止痛的功用,治疗外感风邪头痛。方中川芎、白芷、羌活疏风止痛,其中川芎长于止痛,善治少阳、厥阴经头痛(头顶部或两侧头痛),羌活善治太阳经头痛(后头痛牵连项部),白芷善治阳明经头痛(前额部),均为君药;细辛散寒止痛,长于治疗少阴经头痛,薄荷搜风散热,荆芥、防风辛散上行,疏散上部风邪,均为臣药;甘草调和诸药,为佐使药。消风散由当归、生地、防风、蝉蜕、知母、苦参、胡麻、荆芥、苍术、牛蒡子、石膏、甘草、木通组成,有疏风养血,清热除湿的功用,治疗风疹、湿疹,证见皮肤疹出色红等。本方配伍即"治风先治血,血行风自灭"之意,是治疗风疹和湿疹的常用代表方剂。

命题考点3 平熄内风剂羚角钩藤汤、镇肝息风汤、天麻钩藤饮、大定风珠的组成药物、功用及主治证候

【历年真题纵览】

A1 型题

1. 下列哪项不是地黄饮子所治瘖痱证的临床表现

A. 舌强不能言

B. 足废不能用

C. 口干不欲饮

D. 脉沉细弱

E. 高热不能退

参考答案:E

2. 镇肝息风汤主治证的病机是

A. 肝阳偏亢,肝风上扰

B. 肝经热盛,热极动风

C. 肝肾阴亏,肝阳上亢,气血逆乱

D. 热极动风,兼有阴伤

E. 以上均不是

参考答案:C

3. 牵正散的药物组成是

A. 荆芥、防风、附子

B. 全蝎、蜈蚣、地龙

C. 蜈蚣、天麻、地龙

D. 蝉蜕、苍术、牛蒡子

E. 白附子、白僵蚕、全蝎

参考答案:E

4. 消风散的组成药物中含有

A. 防风、羌活

B. 荆芥、白芷

C. 防风、细辛

D. 白芍、木通

E. 知母、石膏

参考答案:E

5. 羚角钩藤汤的功用是
A. 镇肝息风,滋阴潜阳
B. 凉肝息风,增液舒筋
C. 滋阴息风,养心安神
D. 凉血解毒,清热息风
E. 平肝息风,补益肝肾
参考答案:B
6. 组成中含有鲜生地、白芍的方剂是
A. 镇肝息风汤
B. 天麻钩藤饮
C. 羚角钩藤汤
D. 消风散
E. 清营汤
参考答案:C
7. 具有镇肝息风,滋阴潜阳作用的方剂是
A. 镇肝息风汤
B. 天麻钩藤饮
C. 龙胆泻肝汤
D. 补阳还五汤
E. 羚角钩藤汤
参考答案:A
8. 组成中含有茵陈、川楝子、生麦芽的方剂是
A. 越鞠丸
B. 茵陈蒿汤
C. 保和丸
D. 一贯煎
E. 镇肝息风汤
参考答案:E
9. 镇肝息风汤主治证的脉象应是
A. 弦滑
B. 滑数
C. 弦细弱
D. 弦长有力
E. 弦涩
参考答案:D
10. 具有平肝息风,清热活血,补益肝肾功用的方剂是
A. 镇肝息风汤
B. 六味地黄丸
C. 天麻钩藤饮
D. 羚角钩藤汤
E. 犀角地黄汤
参考答案:C
11. 大定风珠的功用是
A. 滋阴息风
B. 平肝息风
C. 滋阴潜阳
D. 祛风止痉
E. 清热息风
参考答案:A
12. 天麻钩藤饮的功效是
A. 镇肝息风,滋阴潜阳
B. 滋阴养血,息风止痉
C. 平肝息风,清热活血
D. 燥湿化痰,平肝息风
E. 平肝潜阳,息风止眩
参考答案:C
13. 以凉肝息风为主,配伍滋阴、化痰、安神之品组方的方剂是
A. 镇肝息风汤
B. 天麻钩藤饮
C. 大定风珠
D. 羚角钩藤汤
E. 钩藤饮
参考答案:D
14. 镇肝息风汤的君药是
A. 怀牛膝
B. 生赭石
C. 生龟板
D. 生牡蛎
E. 白芍
参考答案:A
15. 天麻钩藤饮主治
A. 肝阳偏亢,肝风上扰
B. 肝肾阴虚,肝阳上亢
C. 肝经热盛,热极动风
D. 真阴亏虚,虚风内动
E. 阳亢风动,气血逆乱
参考答案:A
16. 天麻钩藤饮中不包含的药物组是
A. 石决明、山栀
B. 黄芩、川牛膝
C. 桑寄生、夜交藤
D. 枸杞子、益母草
E. 杜仲、茯神
参考答案:D

A2 型题

17. 病人症见高热不退,烦闷躁扰,手足抽搐,发为惊厥,舌绛而干,脉弦数。治疗应首选
A. 羚角钩藤汤

B. 清营汤

C. 镇肝息风汤

D. 至宝丹

E. 天麻钩藤饮

参考答案：A

18. 症见头目眩晕，目胀耳鸣，脑部热痛，面色如醉，心中烦热，肢体渐觉不利。口眼渐形歪斜，脉弦长有力。治宜首选

A. 镇肝息风汤

B. 天麻钩藤饮

C. 补阳还五汤

D. 牵正散

E. 龙胆泻肝汤

参考答案：A

B1 型题

19.

A. 白芍、地黄、麦冬

B. 鸡子黄、阿胶

C. 麻仁、牡蛎

D. 龟板、鳖甲

E. 五味子

①大定风珠中君药是

②大定风珠中，滋阴潜阳者是

参考答案：①B　②D

【考点评析】

天麻钩藤饮由天麻、钩藤、石决明、栀子、黄芩、牛膝、杜仲、桑寄生、益母草、夜交藤、茯神组成，有平肝息风，清热活血，补益肝肾的功用，治疗肝阳偏亢，肝风上扰，证见头疼，眩晕失眠等。大定风珠有滋阴息风的功用，治疗温病热邪久羁，热灼真阴，证见脉气虚弱，时时欲脱者。羚角钩藤汤由羚羊角片、霜桑叶、川贝、生地、钩藤、菊花、茯神、白芍、生甘草、竹茹组成，有凉肝息风，增液舒筋的功用，治疗肝经热盛，热极动风，证见高热不退，烦闷躁扰，或痉厥等。本方配伍既有平肝息风之品，又有滋阴柔肝之品，标本兼顾。镇肝息风汤由牛膝、赭石、龙骨、牡蛎、龟板、白芍、玄参、天冬、川楝子、生麦芽、茵陈、甘草组成，有镇肝息风，滋阴潜阳的功用，治疗肝肾阴亏，肝阳上亢，气血逆乱，证见头目眩晕，心中烦热，或口眼歪斜，眩晕昏仆等。

第十五单元　治燥剂

命题考点 1　清宣润燥剂杏苏散、桑杏汤、清燥救肺汤的组成药物、功用、主治证候及主要配伍意义

【历年真题纵览】

A1 型题

1. 杏苏散主治病机是

A. 风温犯肺，肺失清肃

B. 外感风寒，肺气不宣

C. 外感温燥，肺失清肃

D. 凉燥外袭，肺失宣降

E. 风热袭肺，壅遏于肺

参考答案：D

2. 清燥救肺汤组方中体现培土生金的药味是

A. 桑叶

B. 石膏

C. 杏仁

D. 阿胶

E. 甘草

参考答案：E

3. 桑杏汤的主治证候中有

A. 咽喉肿痛

B. 痰稠色黄

C. 干咳无痰

D. 气喘短气

E. 咳嗽痰稀

参考答案：C

4. 杏苏散的主治证候中有

A. 痰少而粘

B. 咳嗽痰稀

C. 气逆而喘

D. 咳嗽声嘶

E. 痰中带血

参考答案：B

5. 温燥伤肺，气阴两伤证，治宜选用

A. 杏苏散

B. 养阴清肺汤

C. 百合固金汤

D. 麦门冬汤

E. 清燥救肺汤

参考答案:E

6. 清燥救肺汤组成中含有下列哪组药
A. 桑叶、石膏
B. 桑叶、天冬
C. 杏仁、桔梗
D. 石膏、天花粉
E. 枇杷叶、贝母

参考答案:A

7. 下列不属于清燥救肺汤主治证候的是
A. 胸膈满闷,口渴
B. 恶寒无汗
C. 干咳无痰,气逆而喘
D. 头身疼痛
E. 咽喉干燥,鼻燥

参考答案:B

8. 证见头微痛,恶寒无汗,咳嗽稀痰,鼻塞咽干,苔白脉弦。治当首选
A. 麻黄汤
B. 桂枝汤
C. 桑杏汤
D. 杏苏散
E. 小青龙汤

参考答案:D

9. 清燥救肺汤的病机是
A. 温燥伤肺,气阴两伤
B. 温燥外袭,肺津受灼
C. 凉燥外袭,肺失宣降
D. 肺肾阴虚,虚火上炎
E. 胃阴不足,虚火灼肺

参考答案:A

10. 清燥救肺汤与桑杏汤方中共有的药物是
A. 杏仁、桑叶
B. 桔梗、枳壳
C. 沙参、麦冬
D. 杏仁、桔梗
E. 杏仁、枇杷叶

参考答案:A

A2 型题

11. 温燥伤肺患者,身热头痛,干咳无痰,气逆而喘,鼻燥咽干,心烦口渴,舌干无苔,脉虚数。治疗应首选
A. 杏苏散
B. 清燥救肺汤
C. 百合固金汤
D. 桑杏汤
E. 麦门冬汤

参考答案:B

B1 型题

12.
A. 桑杏汤
B. 杏苏散
C. 养阴清肺汤
D. 百合固金汤
E. 清燥救肺汤

①治疗外感凉燥证,应首选
②治疗温燥伤肺证,应首选

参考答案:①B ②A

【考点评析】

杏苏散由苏叶、半夏、茯苓、前胡、桔梗、枳壳、甘草、生姜、橘皮、杏仁、大枣组成,有清宣凉燥,宣肺化痰的功用,治疗外感凉燥,证见恶寒无汗,咳嗽痰喘,鼻塞咽干等。本方配伍特点:发表宣肺而解凉燥;利气化痰而止咳嗽。桑杏汤由桑叶、杏仁、沙参、象贝、香豉、栀皮、梨皮组成,有轻宣温燥的功用,治疗外感温燥,邪在肺卫。清燥救肺汤由桑叶、石膏、人参、甘草、胡麻仁、阿胶、麦冬、杏仁、枇杷叶组成,有清燥润肺的功用,治疗温燥伤肺,证见干咳无痰,气逆而喘等。本方配伍特点是轻宣润肺和养阴并进。

命题考点2 滋阴润燥剂百合固金汤、麦门冬汤、养阴清肺汤、增液汤等的组成药物、功用及主治证候

【历年真题纵览】

A1 型题

1. 增液汤的主治证候中有
A. 咳唾涎沫
B. 大便秘结
C. 咽喉燥痛
D. 咳嗽声嘶
E. 痰少而粘

参考答案:B

2. 增液汤的药物组成是
A. 人参、麦冬、生地黄
B. 玄参、麦冬、生地黄
C. 人参、麦冬、熟地黄
D. 沙参、麦冬、生地黄
E. 人参、天冬、生地黄

参考答案:B

3. 百合固金汤主治

A. 肝肾阴虚,虚火上炎证

B. 肺肾阴虚,虚火上炎证

C. 心肾阴虚,虚火上炎证

D. 肺胃阴虚,虚火上炎证

E. 心肺阴虚,虚火上炎证

参考答案:B

4. 具有增液润燥功用的方剂是

A. 黄龙汤

B. 疏凿饮子

C. 败毒散

D. 五仁丸

E. 增液汤

参考答案:E

A2 型题

5. 病人症见温热病,咽干口燥,大便秘结,下后两三天,又复便秘,脉沉无力。治疗应首选

A. 济川煎

B. 增液汤

C. 麻子仁丸

D. 调胃承气汤

E. 增液承气汤

参考答案:B

6. 病人症见咳嗽气喘,痰中带血,咽喉燥痛,头晕目眩,午后潮热,舌红苔少,脉细数。治疗应首选

A. 百合固金汤

B. 定喘汤

C. 养阴清肺汤

D. 清燥救肺汤

E. 麦门冬汤

参考答案:A

【考点评析】

养阴清肺汤由生地、麦冬、生甘草、玄参、贝母、丹皮、薄荷组成,有养阴清肺的功用,治疗白喉。增液汤由玄参、生地、麦冬组成,有滋阴清热,润燥通便的功用,治疗阳明温病,证见大便秘结。百合固金汤由生地、熟地、麦冬、百合、白芍、当归、贝母、甘草、玄参、桔梗组成,有养阴润肺,化痰止咳的功用,治疗肺肾阴虚,证见咳痰带血,咽喉燥痛,骨蒸潮热等,所治的阴虚脏腑在于肺肾。麦门冬汤由麦冬、半夏、人参、甘草、粳米、大枣组成,有滋养肺胃,降逆和中的功用,治疗肺阴不足和胃阴不足,证见咳逆上气,或咳吐涎沫,气逆呕吐等。方中粳米、大枣补脾益胃,使中气健运,则津液自能上输于肺,于是胃得其养,此即“培土生金”之意。

第十六单元 祛湿剂

命题考点1 燥湿和胃剂平胃散、藿香正气散的组成药物、功用、主治证候及主要配伍意义

【历年真题纵览】

A1 型题

1. 治疗湿滞脾胃证的基础方剂是

A. 藿香正气散

B. 平胃散

C. 四君子汤

D. 理中丸

E. 三仁汤

参考答案:B

2. 藿香正气散的功效是

A. 祛暑解表,清热化湿

B. 宣畅气机,清热利湿

C. 解表化湿,理气和中

D. 发汗解表兼清里热

E. 温阳化气,利水渗湿

参考答案:C

3. 平胃散主治证的病机是

A. 湿滞脾胃

B. 湿热中阻

C. 外寒内湿

D. 脾虚失运

E. 湿热下注

参考答案:A

4. 平胃散功效是

A. 健脾和胃,降逆止呕

B. 燥湿运脾,行气和胃

C. 燥湿和胃

D. 健脾燥湿,和胃止痛

E. 健脾燥湿,行气止痛

参考答案:B

【考点评析】

平胃散由苍术、厚朴、陈皮、甘草组成,有燥湿运脾,行气和胃的功用,治疗湿滞脾胃,证见脘腹胀满,不思饮食,呕吐恶性,肢体沉重等。本方是治疗湿滞

脾胃的主方。藿香正气散由大腹皮、白芷、紫苏、茯苓、半夏、白术、陈皮、厚朴、桔梗、藿香和甘草组成，有解表化湿，理气和中的功用，治疗外感风寒，内伤湿滞，证见霍乱吐泻，发热恶寒等。本方是治霍乱常用方，诸药配伍，使风寒外散，湿浊内化，清升浊降，气机通畅，诸证自愈。

命题考点2　清热祛湿剂茵陈蒿汤、三仁汤、甘露消毒丹、八正散的组成药物、功用及主治证候

【历年真题纵览】

A1 型题

1. 下列哪项是小蓟饮子和八正散共同的功用
   A. 凉血止血
   B. 利湿化浊
   C. 利水通淋
   D. 燥湿解毒
   E. 泻火养阴

参考答案：C

2. 三仁汤中的“三仁”是指
   A. 杏仁、桃仁、郁李仁
   B. 火麻仁、杏仁、桃仁
   C. 杏仁、豆蔻仁、薏苡仁
   D. 桃仁、冬瓜仁、薏苡仁
   E. 松子仁、柏子仁、胡麻仁

参考答案：C

3. 茵陈蒿汤主治证候中具有的特征性症状是
   A. 舌苔黄腻
   B. 腹微满
   C. 一身面目俱黄，黄色鲜明
   D. 小便不利
   E. 口渴

参考答案：C

4. 甘露消毒丹的功用有
   A. 利水通淋
   B. 利湿化浊
   C. 清热凉血
   D. 利水消肿
   E. 燥湿运脾

参考答案：B

5. 茵陈蒿汤主治证的病机是
   A. 湿热阻遏中焦，熏蒸肝胆
   B. 痰湿阻滞中焦
   C. 寒湿困阻中焦
   D. 湿热流注下焦
   E. 湿热郁蒸经络

参考答案：A

6. 八正散与小蓟饮子组成中均含有的药物是
   A. 木通、小蓟
   B. 生地黄、滑石
   C. 栀子、大黄
   D. 竹叶、生地黄
   E. 木通、滑石

参考答案：E

7. 能宣畅气机，清利湿热的方剂是
   A. 五苓散
   B. 三仁汤
   C. 八正散
   D. 平胃散
   E. 二陈汤

参考答案：B

8. 治疗湿热黄疸的常用方是
   A. 茵陈四逆汤
   B. 甘露消毒丹
   C. 茵陈蒿汤
   D. 当归拈痛汤
   E. 导赤散

参考答案：C

9. 三仁汤中不包含的药物组是
   A. 杏仁、滑石
   B. 竹叶、白蔻仁
   C. 薏苡仁、厚朴
   D. 陈皮、薏苡仁
   E. 白通草、半夏

参考答案：D

【考点评析】

茵陈蒿汤由茵陈蒿、栀子、大黄组成，有清热，利湿，退黄的功用，治疗湿热黄疸，证见一身面目俱黄，黄色鲜明，小便不利等。本方为治湿热黄疸第一要方。方中重用茵陈蒿为君，以其最擅清利湿热，退黄疸；栀子为臣，通利三焦，导湿热下行；大黄为佐，泻热逐瘀，通利大便。三仁汤由杏仁、滑石、通草、白蔻仁、竹叶、厚朴、薏苡仁、半夏组成，有宣畅气机，清利湿热的功用，治疗湿温初起及暑温夹湿，证见头痛恶寒，身重疼痛，面色淡黄等。本方是治疗湿温初起，邪在气分，湿重于热的常用代表方剂，方中三仁相伍，宣上畅中渗下，使气畅湿行。甘露消毒丹有利湿化浊,清热解毒的功用,治疗湿温时疫,邪在气分。连朴饮有清热化湿,理气和中的功用,治疗湿热蕴伏,霍乱吐利。八正散由车前子、瞿麦、扁蓄、滑石、栀子、甘草、木通、大黄组成,有清热泻火,利水通淋的功用,治疗湿热下注,证见热淋、血淋等。

命题考点3 利水渗湿剂五苓散、防己黄芪汤、猪苓汤、五皮散的组成药物、功用及主治证候和配伍意义

【历年真题纵览】

A1 型题

1. 下列除哪项外均是五苓散的主治病证

A. 外有表证,内停水湿

B. 痰饮

C. 水湿内停之泄泻

D. 水湿内停之小便不利

E. 黄疸

参考答案:E

2. 五苓散、猪苓汤组成中均含有的药物是

A. 桂枝

B. 阿胶

C. 滑石

D. 白术

E. 泽泻

参考答案:E

3. 五苓散的功效是

A. 利水渗湿,健脾和胃

B. 利水清热养阴

C. 利水渗湿,温阳化气

D. 理气健脾,利水渗湿

E. 健脾利水

参考答案:C

A2 型题

4. 患者小便不利,发热,口渴欲饮,心烦不寐,证属水热互结。治疗应首选

A. 五苓散

B. 猪苓汤

C. 小蓟饮子

D. 八正散

E. 导赤散

参考答案:B

B1 型题

5.

A. 猪苓汤

B. 五苓散

C. 防己黄芪汤

D. 实脾散

E. 真武汤

①患者小便涩痛,时或尿中带血,发热,口渴欲饮,心烦不寐。治疗应首选

②患者头痛发热,烦渴欲饮,水入即吐,小便不利,舌苔白,脉浮。治疗应首选

参考答案:①A ②B

【考点评析】

五苓散由茯苓、猪苓、泽泻、白术、桂枝组成,有利水渗湿,温阳化气的功用,治疗外有表邪,内停水湿,水湿内停,痰饮等病证。防己黄芪汤由防己、黄芪、甘草、白术组成,有益气祛风,健脾利水的功用,治疗卫表不固,风水或风湿,证见汗出恶风,身重,小便不利等。方中黄芪与防己为君,固表益气与行气利水并用。猪苓汤由猪苓、茯苓、泽泻、阿胶、滑石组成,有利水清热养阴的功用,治疗水热互结,证见小便不利,发热等。本方渗利与清热养阴并进,利水不伤阴,滋阴不敛邪,水气去,邪热清,阴液复。

命题考点4 温化水湿剂真武汤、苓桂术甘汤、实脾散的组成药物、功用及主治证候和配伍意义

【历年真题纵览】

A1 型题

1. 实脾散与真武汤共有的药物是

A. 附子、干姜、茯苓、白术

B. 附子、干姜、茯苓、甘草

C. 附子、生姜、白芍、白术

D. 附子、木香、茯苓、甘草

E. 附子、生姜、茯苓、白术

参考答案:E

2. 真武汤的组成药物中含有

A. 熟地黄

B. 阿胶

C. 当归

D. 芍药

E. 生地黄

参考答案:D

3. 苓桂术甘汤中的君药是

A. 茯苓

B. 桂枝

C. 茯苓、桂枝

D. 甘草

E. 白术

参考答案:A

4. 实脾散的功效是

A. 利水渗湿,温阳化气

B. 解表化湿,理气和中

C. 温中散寒,行气除满

D. 温中补虚,缓急止痛

E. 温阳健脾,行气利水

参考答案:E

A2 型题

5. 病人症见面浮肢肿,腰以下尤甚,按之凹陷,腰痛酸重,尿量减少,四肢厥冷,畏寒神疲,面色灰滞,舌淡苔白,脉沉细。治疗应首选

A. 五皮饮

B. 真武汤

C. 实脾散

D. 防己黄芪汤

E. 五苓散

参考答案:B

6. 病人,男,25 岁,心悸反复发作 2 年余,现见眩晕,胸脘痞满,形寒肢冷,小便短少,下肢浮肿,口渴不欲饮,恶心且吐痰涎清稀,舌苔白滑,脉弦滑。治疗应首选

A. 五皮饮

B. 炙甘草汤

C. 防己黄芪汤

D. 苓桂术甘汤

E. 三仁汤

参考答案:D

【考点评析】

苓桂术甘汤有温化寒痰,健脾利湿的功用,治疗中阳不足之痰饮病,证见胸胁支满,目眩心悸等。本方即为"病痰饮者,当以温药和之"之意,以茯苓为君,有健脾渗湿,祛痰化饮的功效,以桂枝为臣,既可温阳化饮,又可化气利水,兼能平冲降逆,佐以白术,使以甘草。真武汤由茯苓、芍药、白术、生姜、附子组成,有温阳利水的功用,治疗脾肾阳虚,水气内停和太阳病,发汗,汗出不解,心下悸,头眩等。本方为治疗脾肾阳虚,水湿内停的主要方剂。方中白芍,一为取其利小便,一为取其缓急止痛。实脾散由厚朴、白术、木瓜、木香、草果仁、大腹皮、附子、茯苓、干姜、炙甘草组成,有温阳健脾,行气利水的功用,治疗阳虚水肿,证见身半以下肿甚,手足不温等。

命题考点 5　祛风胜湿及羌活胜湿汤、独活寄生汤的组成药物、功用及主治证候

【历年真题纵览】

A1 型题

1. 羌活胜湿汤的功用是

A. 祛风胜湿

B. 补益肝肾,祛风胜湿

C. 祛风除湿,清热补阴

D. 滋补肝肾,祛风止痛

E. 祛风除湿,活血止痛

参考答案:A

2. 独活寄生汤的组成中不含有下列哪组药物

A. 独活、杜仲

B. 牛膝、细辛

C. 茯苓、肉桂

D. 防风、羌活

E. 当归、芍药

参考答案:D

3. 有祛风胜湿功用,主要治疗风湿在表,肩背痛不可回顾病证的方剂是

A. 温经汤

B. 小青龙汤

C. 羌活胜湿汤

D. 独活寄生汤

E. 川芎茶调散

参考答案:C

4. 羌活胜湿汤中含有的药物组是

A. 藁本、川芎

B. 防风、荆芥穗

C. 独活、陈皮

D. 川芎、细辛

E. 当归、甘草

参考答案:A

【考点评析】

羌活胜湿汤由羌活、独活、藁本、防风、炙甘草、川芎、蔓荆子组成,有祛风胜湿的功用,用于治疗风湿在表的病证。方中羌活、独活为君,羌活入太阳

经,能祛上部风湿;独活独善祛下部风湿,两者相合,能散周身风湿,舒利关节而止痛,防风、藁本为臣,佐以川芎活血,祛风止痛,蔓荆子祛风止痛,甘草作为使药调和诸药。独活寄生汤由独活、桑寄生、杜仲、牛膝、细辛、秦艽、茯苓、肉桂、防风、川芎、人参、甘草、当归、芍药、干地黄组成,有祛风湿,止痹痛,益肝肾,补气血的功用,治疗痹证日久,肝肾两亏,气血不足,证见腰膝疼痛,肢节屈伸不利,或麻木不仁等。

第十七单元　祛痰剂

命题考点1　二陈汤、半夏白术天麻汤的组成药物、功用、主治证候及主要配伍意义

【历年真题纵览】

A1 型题

1. 二陈汤中不含有
A. 茯苓
B. 乌梅
C. 半夏
D. 白术
E. 生姜

参考答案:D

2. 半夏白术天麻汤的组成药物不包括
A. 半夏、白术、天麻
B. 茯苓
C. 橘红
D. 钩藤
E. 甘草

参考答案:D

3. 半夏白术天麻汤主治证的病机是
A. 阳虚阴盛,水饮内停
B. 实热老痰,上蒙清窍
C. 胆胃不和,痰浊内扰
D. 脾湿生痰,风痰上扰
E. 邪热内陷,痰热结胸

参考答案:D

4. 二陈汤的功用是
A. 清热化痰,理肺止咳
B. 润燥化痰,清热止咳
C. 燥湿化痰,理气和中
D. 清热化痰,宣肺止咳
E. 化痰息风,理气燥湿

参考答案:C

B1 型题

5.
A. 二陈汤
B. 小陷胸汤
C. 清气化痰丸
D. 半夏白术天麻汤
E. 温胆汤

①具有理气化痰,清胆和胃作用的方剂是
②具有燥湿化痰,理气和中作用的方剂是

参考答案:①E　②A

【考点评析】

二陈汤由半夏、橘红、茯苓、甘草、生姜、乌梅组成,有燥湿化痰,理气和中的功用,治疗湿痰咳嗽,证见痰多色白易咯,胸膈痞闷,恶心呕吐等。本方是治湿痰的主方,方中以半夏为君,善能燥湿化痰,且可降逆止呕,以橘红为臣,以茯苓为佐。半夏白术天麻汤由半夏、天麻、茯苓、橘红、白术、甘草、大枣组成,有燥湿化痰,平肝息风的功用,治疗风痰上扰,证见眩晕头痛,胸闷呕恶等。方中半夏燥湿化痰,降逆止呕,天麻化痰息风,而止头眩,二者合用,为治疗风痰眩头痛的要药。

命题考点2　温胆汤、清气化痰丸、贝母瓜蒌散的组成药物、功用及主治证候

【历年真题纵览】

A1 型题

1. 贝母瓜蒌散的功效
A. 清热化痰、理气止咳
B. 润肺清热,理气化痰
C. 燥湿化痰,理气止咳
D. 燥湿化痰,理气和中
E. 理气化痰,温肺化饮

参考答案:B

2. 止嗽散的功用是
A. 疏表宣肺
B. 泻肺清热
C. 宣肺止咳
D. 疏风散邪
E. 理气化痰

参考答案:C

3. 温胆汤的功用是

A. 理气化痰，温胆和胃

B. 燥湿化痰，清胆和胃

C. 清化热痰，清胆和胃

D. 和胃化痰，清胆宁心

E. 理气化痰，清胆和胃

参考答案：E

4. 温胆汤主治证的病机是

A. 火热犯肺，灼津为痰

B. 邪热内陷，痰热结胸

C. 脾湿生痰，风痰上扰

D. 脾失健运，湿聚成痰

E. 胆胃不和，痰浊内扰

参考答案：E

5. 清气化痰丸的功用是

A. 清热化痰，宽胸散结

B. 清热化痰，理气止咳

C. 和解少阳，清热化痰

D. 理气化痰，和胃利胆

E. 荡涤实热，攻逐顽痰

参考答案：B

A2 型题

6. 病人症见痰稠色黄，咯之不爽，胸膈痞闷，甚则气急呕恶，小便短赤，舌质红苔黄腻，脉滑数。治疗应首选

A. 二陈汤

B. 温胆汤

C. 滚痰丸

D. 清气化痰丸

E. 橘皮竹茹汤

参考答案：D

7. 患者咳嗽，痰稠而粘，咳痰不爽，咽喉干燥。治疗应首选

A. 止嗽散

B. 杏苏散

C. 二陈汤

D. 贝母瓜蒌散

E. 麦门冬汤

参考答案：D

8. 证见咳嗽气喘，咳痰黄稠，胸膈痞闷，甚则气急呕恶，烦躁不宁，舌质红，苔黄腻，脉滑数者。治宜首选

A. 二陈汤

B. 半夏白术天麻汤

C. 贝母瓜蒌散

D. 温胆汤

E. 清气化痰丸

参考答案：E

B1 型题

9.

A. 清热化痰，理气止咳

B. 润肺清热，理气化痰

C. 清热化痰，宽胸散结

D. 荡涤实热，攻逐顽痰

E. 理气化痰，和胃利胆

①清气化痰丸的功用是

②贝母瓜蒌散的功用是

参考答案：①A　②B

【考点评析】

温胆汤由半夏、竹茹、枳实、陈皮、甘草、茯苓组成，有理气化痰，清胆和胃的功用，治疗胆胃不和，痰热内扰，证见虚烦不眠，或呕吐呃逆等病证。清气化痰丸由瓜蒌仁、陈皮、黄芩、杏仁、枳实、茯苓、胆南星、制半夏组成，有清热化痰，理气止咳的功用，治疗痰热内结，证见咳嗽痰黄，咯之不出，胸膈痞满等。贝母瓜蒌散由贝母、瓜蒌、花粉、茯苓、橘红、桔梗组成，有润肺清热，理气化痰的功用，治疗肺燥有痰，证见咳痰不爽，涩而难出等。方中以贝母为君，清热润肺，化痰止咳，开痰气之郁结，以瓜蒌为臣，以其他药物为佐使。

第十八单元　消食剂

命题考点 1　保和丸、健脾丸的组成药物、功用、主治证候及主要配伍意义

【历年真题纵览】

A1 型题

1. 保和丸的功效

A. 消食导滞

B. 消食和胃

C. 行气导滞

D. 健脾和胃

E. 消食行气

参考答案：B

2. 保和丸中连翘的主要作用是

A. 清热散结

B. 清热解毒

C. 轻宣透表

D. 消痈散结

E. 疏风清热

参考答案:A

3. 保和丸和健脾丸中相同的药是

A. 半夏、肉豆蔻

B. 连翘、黄连

C. 神曲、山楂

D. 山楂、麦芽

E. 木香、砂仁

参考答案:C

4. 能治疗一切食积的方剂是

A. 枳实导滞丸

B. 保和丸

C. 木香槟榔丸

D. 枳术丸

E. 健脾丸

参考答案:B

A2 型题

5. 患者脾胃虚弱,饮食内停,食少难消,脘腹痞闷,大便溏薄,舌苔腻微黄,脉虚弱。治疗应首选

A. 枳术丸

B. 健脾丸

C. 保和丸

D. 六君子汤

E. 参苓白术散

参考答案:B

6. 患者脘腹痞满胀痛,嗳腐吞酸,泄泻,舌苔厚腻,脉沉实。治疗应选用

A. 木香槟榔丸

B. 保和丸

C. 四君子汤

D. 参苓白术散

E. 健脾丸

参考答案:B

B1 型题

7.

A. 消导化积,清热利湿

B. 健脾和胃,消食止泻

C. 消痞除满,健脾和胃

D. 分消湿热,理气健脾

E. 行气导滞,攻积泄热

①健脾丸的功用是

②枳实消痞丸的功用是

参考答案:①B　②C

【考点评析】

保和丸由山楂、神曲、半夏、茯苓、陈皮、连翘、萝卜子组成,有消食和胃的功用,治疗一切食积,证见脘腹痞满胀痛,嗳腐吞酸等。方中以山楂为君,可消一切饮食积滞,神曲消食健脾,萝卜子下气消食,三者共为臣,佐以半夏和陈皮。健脾丸有健脾和胃,消食止泻的功用,治疗脾胃虚弱,兼有饮食积滞的病证。

命题考点2　木香槟榔丸、枳实导滞丸、枳实消痞丸的组成药物、功用及主治证候

【历年真题纵览】

A1 型题

1. 枳实导滞丸的组成药物不包括

A. 枳实、大黄

B. 黄芩、黄连

C. 白术、神曲

D. 茯苓、泽泻

E. 木香、槟榔

参考答案:E

2. 木香槟榔丸的功用是

A. 行气导滞,攻积泄热

B. 消导化积,清热利湿

C. 消积导滞,清利湿热

D. 消食和胃,行气化滞

E. 消积除痞,导滞通便

参考答案:A

3. 枳实消痞丸的功用是

A. 消食和胃,清热化湿

B. 行气导滞,攻积泄热

C. 健脾消食,泻热通便

D. 消痞除满,健脾和胃

E. 消导化积,清热除湿

参考答案:D

4. 枳实导滞丸的主治证是

A. 食滞胃脘证

B. 湿热食积证

C. 酒积伤脾证

D. 脾虚气滞,寒热互结证

E. 脾虚食积证

参考答案:B

5. 枳实导滞丸和枳实消痞丸中相同的药是

A. 枳实、白术、茯苓
B. 枳实、黄芩、麦芽
C. 枳实、大黄、莱菔子
D. 枳实、黄连、神曲
E. 枳实、甘草、黄连
参考答案:A

A2 型题

6. 心下痞满,不欲饮食,倦怠乏力,大便失调,舌苔黄腻,脉沉实。治疗应首选
A. 健脾丸
B. 枳实导滞丸
C. 枳实消痞丸
D. 木香槟榔丸
E. 保和丸
参考答案:C

7. 患者脘腹痞满疼痛,下痢赤白,里急后重,舌苔黄腻,脉沉实。治疗应选用
A. 木香槟榔丸
B. 保和丸
C. 四君子汤
D. 参苓白术散
E. 健脾丸
参考答案:A

8. 患者脘腹痛,泄泻,舌苔黄腻,脉沉有力。治疗应选用
A. 枳实导滞丸
B. 保和丸
C. 健脾丸
D. 木香槟榔丸
E. 大承气汤
参考答案:A

9. 患者脾胃虚弱,饮食内停。症见食少难消,脘腹痞闷,大便溏薄,舌苔腻微黄,脉虚弱。治疗应首选
A. 健脾丸
B. 保和丸
C. 四君子汤
D. 参苓白术散
E. 木香槟榔丸
参考答案:A

【考点评析】

木香槟榔丸由木香、槟榔、青皮、陈皮、枳壳、黄连、黄柏、大黄、香附、牵牛组成,有行气导滞,攻积泄热的功用,治疗积滞内停,湿蕴生热,证见脘腹痞满胀痛等;枳实导滞丸由大黄、枳实、神曲、茯苓、黄芩、黄连、白术、泽泻组成,有消导化积,清热祛湿的功用,治疗湿热食积,内阻肠胃,证见脘腹胀痛,下痢泄泻等;枳实消痞丸有消痞除满,健脾和胃的功用,治疗脾虚气滞,寒热互结,证见心下痞满,不欲饮食,倦怠乏力,大便不调。

第十九单元　驱虫剂

> **命题考点**　乌梅丸的组成药物、功用及主治证候

【历年真题纵览】

A1 型题

乌梅丸亦可辨证应用于
A. 久咳
B. 久痢
C. 久疟
D. 久瘀
E. 久痹
参考答案:B

【考点评析】

乌梅丸由乌梅、细辛、干姜、黄连、当归、附子、蜀椒、桂枝、人参、黄柏组成,有温脏安蛔的功用,治疗蛔厥证。本方治疗胃热肠寒的蛔厥,以乌梅为君,味酸能制蛔,蜀椒、细辛味辛能驱蛔,黄连和黄柏味苦能下蛔,寒能清热。本方配伍,寒热并治,邪正兼顾。

针　灸　学

第一单元　经络系统的组成

命题考点1　十二经脉的名称

【历年真题纵览】

A1 型题

1. 十二经脉的命名主要结合了哪几个方面的内容

A. 阴阳、五行、脏腑

B. 五行、手足、阴阳

C. 脏腑、手足、五行

D. 手足、阴阳、脏腑

E. 以上均不是

参考答案:E

2. 十二经脉的名称有错误的是

A. 手太阴肺经、手厥阴心包经

B. 足厥阴肝经、足少阴肾经

C. 足太阳膀胱经、足太阴脾经

D. 足阳明胃经、足少阳胆经

E. 手少阳三焦经、手太阳大肠经

参考答案:E

【考点评析】

十二经脉包括:手太阴肺经、手厥阴心包经、手少阴心经、手阳明大肠经、手少阳三焦经、手太阳小肠经、足阳明胃经、足少阳胆经、足太阳膀胱经、足太阴脾经、足厥阴肝经、足少阴肾经。

命题考点2　十二经脉的分布

【历年真题纵览】

A1 型题

1. 足三阳经在下肢的分布规律为

A. 太阳在前,阳明在中,少阳在后

B. 少阳在前,太阳在中,阳明在后

C. 太阳在前,少阳在中,阳明在后

D. 阳明在前,太阳在中,少阳在后

E. 阳明在前,少阳在中,太阳在后

参考答案:E

B1 型题

2.

A. 足少阴肾经

B. 足厥阴肝经

C. 足阳明胃经

D. 足太阴脾经

E. 足少阳胆经

①行于下肢外侧中线的经脉是

②行于下肢内侧后缘的经脉是

参考答案:①E　②A

【考点评析】

十二经脉在体表对称地分布于头面、躯干和四肢,纵贯全身。阴经分布于四肢内侧和胸腔,上肢内侧为手三阴经,下肢内侧为足三阴经;阳经分布于四肢外侧和头面、躯干,上肢外侧为手三阳经,下肢外侧为足三阳经。

命题考点3　十二经脉属络表里关系

【历年真题纵览】

A1 型题

肺经与下列何经相表里

A. 脾经

B. 大肠经

C. 小肠

D. 三焦

E. 肾

参考答案:B

【考点评析】

十二经脉的属络表里关系:十二经脉内属于脏腑,脏与腑有表里相合的关系,阴经与阳经有表里属络关系。即手太阴肺经与手阳明大肠经相表里，足阳明胃经与足太阳脾经相表里，手少阴心经与手太阳小肠经相表里，足太阳膀胱经与足少阴肾经相表里，手厥阴心包经与手少阳三焦经相表里，足少阳胆经与足厥阴肝经相表里。

命题考点4 十二经脉的循行走向与交接规律

【历年真题纵览】

A1 型题

1. 下列关于十二经脉循行走向的描述，正确的是

A. 手三阳从头走手
B. 手三阳从手走头
C. 手三阳从手走胸
D. 足三阳从足走头
E. 足三阴从胸走足

参考答案：B

2. 足三阴经在足内踝上8寸以下的排列是

A. 厥阴在前，少阴在中，太阳在后
B. 少阴在前，厥阴在中，太阳在后
C. 太阴在前，少阴在中，厥阴在后
D. 少阴在前，太阴在中，厥阴在后
E. 厥阴在前，太阴在中，少阴在后

参考答案：E

3. 足三阳经行走方向的规律是

A. 从手走头
B. 从胸走手
C. 从足走胸
D. 从头走足
E. 从足走腹

参考答案：D

4. 循行于下肢外侧中线的经脉是

A. 胆经
B. 脾经
C. 胃经
D. 膀胱经
E. 三焦经

参考答案：A

B1 型题

5.

A. 手之阳经与手之阴经
B. 手之阳经与足之阳经
C. 手之阴经与足之阴经
D. 足之阳经与足之阴经
E. 手之阳经与足之阴经

①在手指末端交接的经脉是
②不直接交接的经脉是

参考答案：①A ②C

【考点评析】

手三阴经从胸走手，手三阳经从手走头，足三阳经从头走足，足三阴经从足走腹胸。相表里的阴经与阳经在手足末端交接，同名的阳经与阳经在头面部交接，手足三阴经在胸部相接。手、足三阳经在四肢的排列是阳明在前，少阳在中，太阳在后。手三阴经在上肢的排列是太阴在前，厥阴在中，少阴在后。足三阴经在小腿下半部及足部排列是厥阴在前，太阴在中，少阴在后，至内踝上八寸处足厥阴经同足太阴经交叉后，循行在太阴与少阴之间，使成为太阴在前，厥阴在中，少阴在后。

命题考点5 奇经八脉的名称

【历年真题纵览】

A1 型题

1. 在奇经八脉中，其循行多次与手、足三阳经及阳维脉交会的是

A. 冲脉
B. 任脉
C. 督脉
D. 阴维脉
E. 阳跷脉

参考答案：C

2. 具有调节肢体运动和眼睑开合功能的是

A. 督脉
B. 阴跷与阳跷
C. 足太阳膀胱经
D. 足少阳胆经
E. 十二经筋

参考答案：B

【考点评析】

奇经八脉包括督脉、任脉、冲脉、带脉、阴阳跷脉和阴阳维脉。

命题考点6 十五络脉的分布特点

【历年真题纵览】

A1 型题

经络系统中能加强经脉之间在浅层相互联系的主要是

A. 奇经八脉

B. 十五络脉

C. 十二经别

D. 十二经筋

E. 十二皮部

参考答案:B

【考点评析】

十二经脉的别络均从本经四肢肘膝关节以下的络穴分出,走向其相表里的经脉,即阴经别络于阳经,阳经别络于阴经,任脉的别络从鸠尾分出以后散布于腹部;督脉的别络从长强分出以后散布于头,左右别走足太阳经;脾之大络从大包分出以后散布于胸胁。

第二单元 经络的作用和经络学说的临床应用

命题考点1 经络的作用

【历年真题纵览】

A1 型题

1. 经络的作用不正确的是

A. 联系脏腑

B. 运行气血

C. 抗御病邪

D. 营养全身

E. 感知痛觉

参考答案:E

2. 经络的作用不包括

A. 联系脏腑

B. 运行气血

C. 沟通阴阳

D. 营养全身

E. 抗御病邪

参考答案:C

【考点评析】

经络的作用:联系脏腑,沟通内外;运行气血,营养全身;抗御病邪,保卫机体。

命题考点2 经络学说的临床应用

【历年真题纵览】

A1 型题

经络学说的临床应用正确的是

A. 指导辨证归经、针灸治疗

B. 指导辨证论治

C. 指导临床用药

D. 指导用药剂量

E. 指导辨别病变部位

参考答案:A

【考点评析】

经络学说的应用:指导辨证归经、指导针灸治疗。

第三单元 腧穴的分类

命题考点 十四经穴、奇穴、阿是穴

【历年真题纵览】

A1 型题

1. 腧穴可分为哪三大类

A. 经穴,奇穴,阿是穴

B. 经穴,奇穴,特定穴

C. 十二经穴,经外奇穴,阿是穴

D. 经穴,络穴,奇穴

E. 经穴,络穴,阿是穴

参考答案:A

2. 关于十四经穴叙述错误的是

A. 十四经穴是归属于十二经和任脉、督脉循行线上的腧穴

B. 十四经穴是归属于十二经和任脉、冲脉脉循行线上的腧穴

C. 有固定的位置和归经

D. 主治本经病证

E. 有固定的名称

参考答案:B

【考点评析】

十四经穴是归属于十二经和任脉、督脉循行线上的腧穴,有固定的名称、固定的位置和归经,且有主治本经病证的共同作用,是腧穴的主要部分。奇穴是指既有一定的名称,又有明确的位置,但尚未列入或不便列入十四经系统的腧穴(包括近代发现认可的新穴)。阿是穴是既无固定的名称,也无固定的位置,是以压痛点或其他反应点作为针灸施术部位。

第四单元　腧穴的主治特点

命题考点1　近治作用

【历年真题纵览】

A1 型题

针刺睛明、承泣、四白治疗眼疾属于腧穴的

A. 远治作用

B. 近治作用

C. 特殊作用

D. 抗御病邪作用

E. 运行气血作用

参考答案:B

【考点评析】

腧穴均可治疗所在部位局部及邻近组织、器官的病证,称为近治作用。

命题考点2　远治作用

【历年真题纵览】

A1 型题

针刺合谷穴治疗颈部和头部疾病属于腧穴的

A. 远治作用

B. 近治作用

C. 特殊作用

D. 抗御病邪作用

E. 运行气血作用

参考答案:A

【考点评析】

远治作用是十四经腧穴主治作用的基本规律,在十四经所属腧穴中尤其是十二经脉在四肢肘膝关节以下的腧穴,不仅能治疗局部病证,而且还能治疗本经循行所过处的远隔部位的脏腑、组织器官病证。

命题考点3　特殊作用

【历年真题纵览】

A1 型题

1. 下列穴位的哪个治疗作用为双向性调整作用

A. 列缺治疗头痛

B. 合谷治疗面瘫

C. 曲池治疗上肢疼痛

D. 内关治疗心律失常

E. 百会治疗失眠

参考答案:D

B1 型题

2.

A. 中脘治疗呕吐

B. 承泣治疗眼病

C. 内关既治疗心动过速又可治疗心动过缓

D. 合谷治疗牙痛

E. 阿是穴治疗局部疼痛

①属远治作用的是

②属特殊作用中双向调节作用的是

参考答案:①D　②C

【考点评析】

特殊作用:对机体的不同状态有着双向的良性调整作用。

第五单元　腧穴的定位方法

命题考点1　骨度分寸定位法

【历年真题纵览】

A1 型题

1. 内辅骨下廉至内踝高点的骨度分寸是

A. 13 寸

B. 12 寸

C. 9 寸

D. 6 寸

E. 5 寸

参考答案:A

2. 脐中至横骨上廉(耻骨联合上缘)骨度分寸是

A. 10 寸

B. 12 寸

C. 13 寸

D. 6 寸

E. 5 寸

参考答案:E

B1 型题

3.

A. 13 寸

B. 12 寸

C. 9 寸

D. 6 寸

E. 5 寸

①前发际至后发际的骨度分寸是

②两肩胛骨内缘之间的骨度分寸是

参考答案:①B ②D

4.

A. 16 寸

B. 13 寸

C. 12 寸

D. 9 寸

E. 8 寸

①歧骨(胸剑联合)至脐的骨度分寸是

②内辅骨下廉(胫骨内髁下缘)至内踝高点的骨度分寸是

参考答案:①E ②B

【考点评析】

骨度分寸定位法是以体表骨节为主要标志折量全身各部的长度和宽度,定出分寸用于腧穴定位的方法。

命题考点2 体表解剖标志定位法

【历年真题纵览】

A1 型题

曲池定位时屈肘,成直角,当肘横纹外端与肱骨外上髁连线中点,这是何种定位方法

A. 骨度分寸定位法

B. 体表解剖标志定位法

C. 手指同身寸取穴法

D. 简便取穴法

E. 随意取穴法

参考答案:B

【考点评析】

固定的标志,指各部位由骨节和肌肉所形成的突起、凹陷、五官轮廓、发际、指(趾)甲、乳头、肚脐等;活动的标志,指各部的关节、肌肉、肌腱、皮肤随着活动而出现的空隙、凹陷、皱纹、尖端等,即需采取相应的姿势才会出现的标志。

命题考点3 手指同身寸取穴法

【历年真题纵览】

A1 型题

手指同身寸取穴法常用的手法有

A. 食指同身寸

B. 无名指同身寸

C. 中指同身寸

D. 板指同身寸

E. 手掌同身寸

参考答案:C

【考点评析】

手指同身寸取穴法是指依据患者本人手指所规定的分寸来量取腧穴的定位方法。常用有:中指同身寸、拇指同身寸、横指同身寸。

第六单元 手太阴肺经、穴

命题考点1 经脉循行

【历年真题纵览】

A1 型题

1. 手太阴肺经的起始穴位是

A. 云门

B. 中府

C. 少商

D. 列缺

E. 少泽

参考答案:B

2. "起于中焦,下络大肠"的经脉是

A. 足阳明胃经

B. 足太阴脾经

C. 手少阴心经

D. 手阳明大肠经

E. 手太阴肺经

参考答案:E

【考点评析】

手太阴肺经起于中焦,向下联络大肠,回绕过来沿着胃的上口,通过横膈,属于肺脏从“肺系”(肺与喉咙相联系的部位)横行出来(中府),向下沿上臂内侧前缘行于手少阴经和手厥阴经的前面,下行到肘窝中,沿着前臂内侧前缘,进入寸口,经过鱼际沿着鱼际的边缘止于拇指桡侧端(少商)。手腕后方的支脉:从列缺处分出,一直走向食指桡侧端(商阳),与手阳明大肠经相接。

命题考点2 主治概要

【历年真题纵览】

A1 型题

手太阴经主治

A. 肺、喉病

B. 心、胃病

C. 后头、肩胛病、神志病

D. 侧头、耳病、胁肋病

E. 肝病

参考答案:A

【考点评析】

手太阳肺经主治喉、胸、肺病,以及经脉循行部位的其他病证。

命题考点3 常用腧穴的定位和主治:尺泽、太渊、列缺、少商

A1 型题

1. 肘横纹中,肱二头肌腱桡侧凹陷中的腧穴是

A. 尺泽

B. 曲泽

C. 少海

D. 小海

E. 曲池

参考答案:A

2. 腕掌侧横纹桡侧,桡动脉搏动处的穴位是

A. 大陵

B. 间使

C. 少府

D. 商阳

E. 太渊

参考答案:E

3. 治疗咽喉肿痛,宜点刺出血,应首选

A. 少商

B. 鱼际

C. 太渊

D. 经渠

E. 列缺

参考答案:A

4. 桡骨茎突上方,腕横纹上 1.5 寸,主治咳嗽、气急、头项强痛的腧穴是

A. 尺泽

B. 曲泽

C. 少海

D. 小海

E. 列缺

参考答案:E

【考点评析】

1. 尺泽在肘横纹中,肱二头肌腱桡侧凹陷处,主治肘臂挛痛、气喘、小儿惊风。

2. 太渊腕掌横纹桡侧,桡动脉搏动处,主治咳嗽、气喘、乳胀、咽喉痛、手腕痛。

3. 列缺在桡骨茎突上方,腕横纹上 1.5 寸,主治咳嗽、气急、头项强痛、牙痛。

4. 少商在拇指末节桡侧指甲根角侧上方 0.1 寸,主治中风昏扑、手指挛痛、小儿惊风。

第七单元 手阳明大肠经、穴

命题考点1 经脉循行

A1 型题

“出髃骨之前廉,上出于柱骨之会上”的经脉是

A. 足阳明胃经

B. 手阳明大肠经

C. 手少阳三焦经

D. 足太阳膀胱经

E. 足少阳胆经

参考答案:B

【考点评析】

手阳明大肠经起于食指末端（商阳），沿着食指内（桡）侧向上，通过一、二掌骨之间（合谷），向上进入两筋（拇长伸肌膜与拇短伸肌腱）之间的凹陷处，沿前臂桡侧至肘部外侧，再沿上臂外侧前缘，上走肩端，沿肩峰前缘，向上出于颈椎“手足三阳经聚会处”大椎，再向下进入缺盆（锁骨上窝），联络肺脏，通过横膈，属于大肠。缺盆部支脉：上走颈部，通过面颊，进入下齿龈，回绕至上唇，交叉于人中，左脉向右，右脉向左，分布在鼻孔两侧（迎香），与足阳明胃经相接。

命题考点2　主治概要

【历年真题纵览】

A1 型题

手阳明经主治

A. 心、胃病

B. 前头、口齿、咽喉、胃肠病

C. 侧头、耳病、胁肋病

D. 肾病、肺病、咽喉病

E. 前头、鼻、口、齿病

参考答案：E

【考点评析】

手阳明经主治头面、五官、咽喉病，热病，胃肠病及经脉循行部位的其他病。

命题考点3　常用腧穴的定位和主治：合谷、曲池、迎香

【历年真题纵览】

A1 型题

1. 合谷穴

A. 以治疗大肠的疾病见长

B. 在第 2 掌骨尺侧的中点处

C. 是输穴

D. 是八脉交会穴

E. 以治疗头面五官的疾病见长

参考答案：E

2. 曲池位于

A. 肘横纹内侧端，屈肘，曲泽与肱骨内上髁连线的中点

B. 肘横纹外侧端，屈肘，尺泽与肱骨内上髁连线的中点

C. 肘横纹内侧端，屈肘，曲池与肱骨内上髁连线的中点

D. 肘横纹内侧端，屈肘，曲泽与肱骨外上髁连线的中点

E. 肘横纹外侧端，屈肘，尺泽与肱骨外上髁连线的中点

参考答案：E

【考点评析】

1. 合谷，手背第一、二掌骨之间，约平第二掌骨中点。为原穴。主治头痛、牙痛、发热、喉痛、指挛、臂痛、口眼㖞斜。

2. 曲池，屈肘，成直角，当肘横纹外端尺泽与肱骨外上髁连线中点。治疗发热、高血压、手臂肿痛、肘痛、上肢瘫痪。

3. 迎香，鼻翼外缘中点，旁开 0.5 寸，当鼻唇沟中。治疗鼻炎、鼻塞、口眼㖞斜。

第八单元　足阳明胃经、穴

命题考点1　经脉循行

【历年真题纵览】

A1 型题

1. 足阳明胃经的起始穴位是

A. 大包

B. 睛明

C. 承泣

D. 四白

E. 迎香

参考答案：E

2. 足阳明胃经与手阳明大肠经交汇于

A. 大包

B. 睛明

C. 承泣

D. 四白

E. 迎香

参考答案：E

【考点评析】

足阳明胃经起于鼻翼两侧（迎香），上行到鼻根部，与旁侧足太阳经交会，向下沿着鼻的外侧（承

泣)，入上齿龈，回出环绕口唇，向下交会于颏唇沟内承浆穴(任脉)处，再向后沿着口腮后下方，出于下颌大迎处，沿着下颌角颊车，上行耳前，经过上关(足少阳经)，沿发际至额(头维)，与督脉会于神庭。面部支脉：从大迎前下走人迎，沿着喉咙，会大椎，入缺盆，向下通过横膈，属胃，络于脾脏。

命题考点2 主治概要

【历年真题纵览】

A1 型题

足阳明经的主治特点是

A. 后头、肩膀病、神志病

B. 后头、背腰病

C. 侧头、胁肋病

D. 前头、口齿病、胃肠病

E. 前头、鼻、口、齿病

参考答案:D

【考点评析】

足阳明经主治胃肠病，头面、目、鼻、口、齿病，神志病及经脉循行部位的其他病证。

命题考点3 常用腧穴的定位和主治：地仓、颊车、下关、天枢、足三里、丰隆、内庭

【历年真题纵览】

A1 型题

1. 神阙穴旁开2寸处的腧穴是

A. 阴交

B. 水分

C. 天枢

D. 气海

E. 大横

参考答案:C

2. 足三里

A. 位于梁丘下3寸

B. 位于上巨虚下2寸

C. 位于犊鼻下3寸

D. 是胃经的下合穴

E. 是胃经的郗穴

参考答案:C

3. 下列腧穴中，属化痰要穴的是

A. 丰隆

B. 足三里

C. 阴陵泉

D. 内关

E. 百会

参考答案:A

A2 型题

4. 患者，男，40岁。突发胃痛，呕吐，腹胀，腹泻。治疗应首选

A. 足三里

B. 关元

C. 命门

D. 大椎

E. 肾俞

参考答案:A

【考点评析】

1. 地仓在面部口角外侧，上直对瞳孔，治疗口眼㖞斜、口角跳动、齿痛、流泪、唇缓不收。

2. 颊车在面颊部，下颌角前上方约一横指(中指)，当咀嚼时咬肌隆起，按之凹陷处，治疗口眼㖞斜、颊肿、齿痛、牙关紧闭、面肌痉挛。

3. 下关在面部耳前方，当颧弓与下颌切迹所形成的凹陷中，治疗牙关紧闭、下颌疼痛、口㖞、面痛、齿痛、耳鸣、耳聋。

4. 天枢在腹部，距脐中2寸。主治腹痛、腹胀、肠鸣泄泻、痢疾、便秘、肠痈、热病、疝气、水肿、月经不调。

5. 足三里在小腿前外侧，当犊鼻下3寸，距胫骨前缘一横指(中指)。主治胃痛、呕吐、腹胀、肠鸣、消化不良、下肢痿痹、泄泻、便秘、痢疾、疳积、癫狂、中风、脚气、水肿、下肢不遂、心悸、气短、虚劳羸瘦。此穴主治甚广，为全身强壮要穴之一，能调节改善机体免疫功能，有防病保健作用。

6. 丰隆在小腿前外侧，当外踝尖上8寸，条口外，距胫骨前缘二横指(中指)。主治痰多、哮喘、咳嗽、胸痛、头痛、咽喉肿痛、便秘、癫狂、痫证、下肢痿痹、呕吐。

7. 内庭在足背，当第2、第3趾间，趾蹼缘后方赤白肉际处。主治齿痛、口㖞、喉痹、鼻衄、腹胀、痢疾、泄泻、足背肿痛、热病、胃痛吐酸。

第九单元 足太阴脾经、穴

命题考点1 经脉循行

【历年真题纵览】

A1 型题

足太阴脾经的起始穴位是

A. 隐白

B. 公孙

C. 大敦

D. 至阴

E. 至阳

参考答案:A

【考点评析】

足太阳脾经起于足大趾末端(隐白),沿着大趾内侧赤白肉际,经过大趾本节后的第1跖趾关节后面,上行至内踝前面,再上小腿,沿着胫骨后面,交出足厥阴经的前面,经膝股部内侧前缘,进入腹部,属于脾脏,联络胃,通过横膈上行,挟咽部两旁,连系舌根,分散于舌下。胃部支脉:向上通过横膈,流注于心中,与手少阴心经相接。

命题考点2 主治概要

【历年真题纵览】

A1 型题

1. 足太阴脾经主治

A. 肺、喉病

B. 侧头、胁肋病

C. 后头、肩胛病、神志病

D. 脾胃病、妇科病、前阴病

E. 回阳固脱,有强壮作用

参考答案:D

2. 足太阴经主治

A. 心病

B. 脾胃病

C. 肝病

D. 胆病

E. 肾病

参考答案:B

【考点评析】

本经腧穴主治脾胃病、妇科病、前阴病和经脉循行部位的其他病证。

命题考点3 常用腧穴的定位和主治:隐白、公孙、三阴交、阴陵泉

【历年真题纵览】

A1 型题

1. 血海穴位于

A. 髌骨上缘中点上2寸

B. 髌骨内上缘上2寸

C. 髌骨外上缘上2寸

D. 髌骨内下缘上2寸

E. 髌骨外下缘上2寸

参考答案:B

2. 三阴交位于

A. 内踝尖上4寸,胫骨内侧缘后方

B. 外踝尖上3少,胫骨外侧缘后方

C. 内踝尖上3寸,胫骨内侧缘前方

D. 内踝尖上3寸,胫骨内侧缘后方

E. 外踝尖上4寸,胫骨外侧缘前方

参考答案:D

3. 阴陵泉主治错误的是

A. 膝关节酸痛

B. 小便不利

C. 阴茎痛

D. 妇人阴痛

E. 乳少

参考答案:E

【考点评析】

1. 隐白在足大趾末节内侧,距趾甲根角侧后方0.1寸(指寸),治疗胃痛、腹胀、肠鸣、泄泻、便秘、痔漏。

2. 公孙在足内侧缘,当第1跖骨基底的前下方赤白肉际处,主治胃痛、呕吐、食不化、腹痛、泄泻、痢疾。

3. 三阴交在小腿内侧,当足内踝尖上3寸,胫骨内侧缘后方,治疗失眠、腹胀纳呆、遗尿、小便不利、妇科病。

4. 阴陵泉在小腿内侧,当胫骨内侧髁后下方凹陷处,治疗膝关节酸痛、小便不利、阴茎痛、妇人阴痛、遗精、膝痛、黄疸。

第十单元 手少阴心经、穴

命题考点1 经脉循行

【历年真题纵览】

A1 型题

起于本脏的经脉是

A. 少阳三焦经

B. 足厥阴肝经

C. 手少阴心经

D. 足少阴肾经

E. 足太阳膀胱经

参考答案:C

【考点评析】

手少阴心经起于心中,出属"心系"(心与其他脏器相联系的部位),通过横膈,联络小肠。"心系"向上的脉:挟着咽喉上行,连系于"目系"(眼球连系于脑的部位)。"心系"直行的脉:上行于肺部,再向下出于腋窝部(极泉),沿着上臂内侧后缘,于太阴经和手厥阴经的后面,到达肘窝,沿前臂内侧后缘,至掌后豌豆骨部进入掌内,沿小指内侧至末端(少冲),与手太阳小肠经相接。

命题考点2 主治概要

【历年真题纵览】

A1 型题

手少阴心经主治

A. 心、胃病

B. 前头、口齿、咽喉、胃肠病

C. 心、胸、神志病

D. 肾病、肺病、咽喉病

E. 前头、鼻、口、齿病

参考答案:C

【考点评析】

手少阴心经主治心、胸、神志病和经脉循行部位的其他病证。

命题考点3 常用腧穴的定位和主治:通里、神门

【历年真题纵览】

A1 型题

1. 通里位于

A. 前臂掌侧,当桡侧腕屈肌腱的桡侧缘腕横纹上1寸

B. 前臂掌侧,当桡侧腕屈肌腱的尺侧缘腕横纹上1寸

C. 前臂掌侧,当尺侧腕屈肌腱的尺侧缘腕横纹上2寸

D. 前臂掌侧,当尺侧腕屈肌腱的桡侧缘腕横纹上1寸

E. 前臂掌侧,当掌长肌腱的桡侧缘腕横纹上1寸

参考答案:D

2. 腕横纹尺侧端,尺侧腕屈肌腱桡侧凹陷中的腧穴是

A. 神门

B. 大陵

C. 列缺

D. 太渊

E. 内关

参考答案:A

【考点评析】

1. 通里在前臂掌侧,当尺侧腕屈肌腱的桡侧缘,腕横纹上1寸,治疗头晕、咽痛、暴喑、舌强不语、腕臂痛。

2. 神门在腕部,腕掌侧横纹尺侧端,尺侧腕屈肌腱的桡侧凹陷处,治疗惊悸、怔忡、失眠、健忘。

第十一单元 手太阳小肠经、穴

命题考点1 经脉循行

【历年真题纵览】

A1 型题

手太阳小肠经联系的脏腑,除心和小肠外,还有

A. 胃

B. 胆

C. 脾
D. 肝
E. 大肠
参考答案:A
【考点评析】
本经起于手小指外侧端(少泽),沿着手背外侧至腕部,出于尺骨茎突,直上沿着前臂外侧后缘,经尺骨鹰嘴与肱骨内上髁之间,沿上臂外侧后缘,出于肩关节,绕行肩胛部,交会于大椎(督脉),向下进入缺盆部,联络心脏,沿着食管,通过横膈,到达胃部,属于小肠。缺盆部支脉:沿着颈部,上达面颊,至目外眦,转入耳中(听宫)。颊部支脉:上行目眶下,抵于鼻旁,至目内眦(睛明),与足太阳膀胱经相接,而又斜行络于颧骨部。

命题考点2 主治概要

【历年真题纵览】
A1 型题
手太阳小肠经主治
A. 侧头、耳病、胁肋病
B. 前头、口齿、咽喉、胃肠病
C. 心、胃病
D. 头、项、耳、目、咽喉病和热病、神志病
E. 肾病、肺病、咽喉病
参考答案:D
【考点评析】
本经腧穴主治头、项、耳、目、咽喉病和热病、神志病,以及经脉循行部位的其他病证。

命题考点3 常用腧穴的定位和主治:少泽、后溪、养老、听宫

【历年真题纵览】
A1 型题
养老在
A. 小指末节尺侧
B. 手掌尺侧
C. 前臂背面尺侧
D. 面部,耳屏前
E. 小指本节(第5掌指关节)后的远侧掌横纹头赤白肉际
参考答案:C
【考点评析】
1. 少泽在手小指末节尺侧,距指甲角0.1寸(指寸),治疗发热、中风昏迷、乳少、咽喉肿痛。
2. 后溪在手掌尺侧,微握拳,当小指本节(第5掌指关节)后的远侧掌横纹头赤白肉际。是输穴。治疗头项强痛、耳聋、咽痛、齿痛、目翳、肘臂挛痛。
3. 养老在前臂背面尺侧,当尺骨小头近端桡侧凹陷中,主治目视不明、肩臂腰痛。
4. 听宫在面部,耳屏前,下颌骨髁状突的后方,张口时呈凹陷处。治疗耳鸣、耳聋、聤耳、齿痛、癫狂痫。

第十二单元 足太阳膀胱经、穴

命题考点1 经脉循行

【历年真题纵览】
A1 型题
直接入络脑的经脉是
A. 足少阴肾经
B. 足太阳膀胱经
C. 足厥阴肝经
D. 手少阴心经
E. 手太阴肺经
参考答案:B
【考点评析】
本经起于目内眦(睛明),上额,交于巅顶(百会)。巅顶部支脉:从头顶列颞颥部。巅顶部直行的脉:从头顶入里络于脑,回出分开下行项后,沿着肩胛部内侧,挟着脊柱,到达腰部,从脊旁肌肉进入体腔,联络肾脏,属于膀胱。腰部的支脉:向下通过臀部,进入腘窝中。后项的支脉:通过肩胛骨内缘直下,经过臀部(环跳)下行,沿着大腿后外侧,与腰部下来的支脉会合于腘窝中,从此向下,通过腓肠肌,出于外踝的后面,沿着第5跖骨粗隆,至小趾外侧端(至阴),与足少阴肾经相接。

命题考点 2　主治概要

【历年真题纵览】

A1 型题

足太阳膀胱经主治

A. 心、胃病

B. 前头、鼻、口、齿病

C. 后头、肩胛病、神志病

D. 前头、口齿、咽喉、胃肠病

E. 头、项、目、背、腰、下肢部病证，以及脏腑、神志病

参考答案：E

【考点评析】

头、项、目、背、腰、下肢部病证，以及脏腑、神志病。

命题考点 3　常用腧穴的定位和主治：攒竹、肺俞、心俞、膈俞、肝俞、脾俞、肾俞、大肠俞、次髎、天柱、委中、承山、昆仑、申脉、至阴

【历年真题纵览】

A1 型题

1. 肺俞位于

A. 第 2 胸椎棘突，旁开 1. 5 寸

B. 第 2 胸椎膊突下，旁开 1.5 寸

C. 第 2 胸椎棘突下，旁开 3 寸

D. 平第 3 胸椎棘突，旁开 1.5 寸

E. 第 3 胸椎棘突下，旁开 1.5 寸

参考答案：E

2. 治疗胎位不正的腧穴是

A. 隐白

B. 至阴

C. 大敦

D. 昆仑

E. 太溪

参考答案：B

3. 肺俞穴的主治病症是

A. 肘臂疼痛

B. 胃脘痛

C. 呃逆、呕吐

D. 腹痛、腹泻

E. 咳嗽、气喘

参考答案：E

4. 承山主治错误的是

A. 腰背痛

B. 小腿转筋

C. 痔疾、便秘

D. 目眩

E. 腹痛

参考答案：D

B1 型题

5.

A. 肝俞

B. 肾俞

C. 脾俞

D. 肺俞

E. 心俞

①第 5 胸椎棘突下旁开 1.5 寸的腧穴是

②第 3 胸椎棘突下旁开 1.5 寸的腧穴是

③第 11 胸椎棘突下旁开 1.5 寸的腧穴是

④第 2 腰椎棘突下旁开 1.5 寸的腧穴是

参考答案：①E　②D　③C　④B

【考点评析】

1. 攒竹在面部，当眉头陷中，眶上切迹处。主治头痛失眠、眉棱骨痛、目赤痛。

2. 肺俞在背部，当第 3 胸椎棘突，旁开 1.5 寸。主治咳嗽气喘、胸闷、背肌劳损。

3. 心俞在背部，当第 5 胸椎棘突下，旁开 1.5 寸。主治癫狂、痫证、惊悸、失眠、健忘、心烦、咳嗽、吐血、梦遗、心痛、胸背痛。

4. 膈俞在背部，当第 7 胸椎棘突下，旁开 1.5 寸。主治胃脘痛、呕吐、呃逆、饮食不下、咳嗽、吐血、潮热、盗汗。

5. 肝俞在背部，当第 9 胸椎棘突下，旁开 1.5 寸。主治黄疸、胁痛、吐血、目赤、目视不明、眩晕、夜盲、癫狂、痫证、背痛。

6. 脾俞在背部，当第 11 胸椎棘突下，旁开 1.5 寸。主治腹胀、泄泻、呕吐、胃痛、消化不良、水肿、背痛、黄疸。

7. 肾俞在腰部，当第 2 腰椎棘突下，旁开 1.5 寸。主治遗精、阳痿、早泄、不孕、不育、耳鸣、耳聋、小便不利、水肿、喘咳少气。

8. 大肠俞在腰部，当第 4 腰椎棘突下，旁开 1.5 寸。主治腰脊疼痛、腹痛、腹胀、泄泻、便秘、痢疾。

9. 次髎在骶部，当髂后上棘内下方，适对第2骶后孔处。主治腰痛、月经不调、痛经、小便不利、遗精、遗尿、下肢痿痹。

10. 天柱在项部，大筋(斜方肌)外缘之后发际凹陷中，约当后发际正中旁开1.3寸。主治头痛、项强、眩晕、目赤肿痛、肩背痛、鼻塞。

11. 委中在腘横纹中点，当股二头肌腱与半腱肌肌腱的中间。主治腰痛、下肢痿痹、中风昏迷、半身不遂、腹痛、腹泻、呕吐、小便不利、遗尿。

12. 承山在小腿后面正中，委中与昆仑之间，当伸直小腿或足跟上提时腓肠肌肌腹下出现尖角凹陷处。主治腰背痛、小腿转筋、痔疾、便秘、腹痛、疝气。

13. 昆仑在足部外踝后方，当外踝尖与跟腱之间凹陷处。主治头痛、项强、目眩、鼻衄、疟疾、肩背拘急、腰痛、脚跟痛、小儿痫证、难产。

14. 申脉在足外侧部，外踝直下方凹陷中。主治痫证、癫狂、头痛、失眠、眩晕、腰痛、目赤痛、项强。

15. 至阴在足小趾末节外侧，距趾甲根角侧后方0.1寸(指寸)。主治头痛、鼻塞、鼻衄、目痛、胞衣不下、胎位不正、难产。

第十三单元 足少阴肾经、穴

命题考点1 经脉循行

【历年真题纵览】

A1型题

足少阴肾经的起始穴位是

A. 太溪

B. 俞府

C. 至阴

D. 涌泉

E. 然谷

参考答案:D

【考点评析】

足少阴肾经起于足小趾之下，斜向足心(涌泉)，出于舟骨粗隆下，沿内踝后，进入足跟，再向上行于腿肚内侧，出腘窝内侧，向上行股内后缘，通向脊柱(长强)，属于肾(腧穴通路:还出于前，向上行腹部前正中线旁开0.5寸，胸部前正中线旁开2寸，终止于锁骨下缘俞府穴)，联络膀胱；肾脏部直行的脉:从肾向上通过肝和横膈，进入肺中，沿着喉咙、挟于舌根部；肺部支脉:从肺部出来，联络心脏，流注于胸中，与手厥阴心包经相接。

命题考点2 主治概要

【历年真题纵览】

A1型题

足少阴肾经主治

A. 妇科、前阴病和肾、肺、咽喉病

B. 心、胃病

C. 前头、鼻、口、齿病

D. 中风、昏迷、热病、头面病

E. 侧头、耳病、胁肋病

参考答案:A

【考点评析】

足少阴肾经主治妇科、前阴病和肾、肺、咽喉病，以及经脉循行部位的其他病证。

命题考点3 常用腧穴的定位和主治:涌泉、照海、太溪

【历年真题纵览】

A1型题

1. 照海通于

A. 任脉

B. 督脉

C. 冲脉

D. 带脉

E. 阴跷脉

参考答案:E

2. 内踝尖下方凹陷处的穴位是

A. 侠溪

B. 照海

C. 大钟

D. 中封

E. 昆仑

参考答案:B

3. 足少阴肾经的原穴为

A. 照海

B. 太溪

C. 阴谷

D. 复溜

E. 然谷

参考答案:B

4. 涌泉不能主治

A. 头痛

B. 滞产

C. 头晕

D. 小便不利、便秘

E. 小儿惊风

参考答案:B

【考点评析】

1. 涌泉在足底部,蜷足时足前部凹陷处,约当足底第2、第3趾趾缝纹头端与足跟连线的前1/3与后2/3交点上。主治头痛、头晕、小便不利、便秘、小儿惊风、足心热、癫证、昏厥。

2. 照海在足内侧,内踝尖下方凹陷处,八脉交会穴之一,交于阴跷脉。主治痛证、失眠、小便不利、小便频数、咽干咽痛、目赤肿痛、月经不调、痛经、赤白带下。

3. 太溪在足内侧内踝后方,当内踝尖与跟腱之间的凹陷处。主治头痛目眩、咽喉肿痛、齿痛、耳聋、耳鸣、气喘、胸痛咯血、消渴、月经不调、失眠、健忘、遗精、阳痿、小便频数、腰脊痛、下肢厥冷、内踝肿痛。

第十四单元　手厥阴心包经、穴

命题考点1　经脉循行

【历年真题纵览】

A1 型题

手厥阴心包经的起始穴位是

A. 大泉

B. 少冲

C. 中冲

D. 少府

E. 天池

参考答案:E

【考点评析】

手厥阴心包经起于胸中,出属心包络,向下通过横膈,从胸至腹依次联络上、中、下三焦。胸部支脉:沿着胸中,出于胁部,至腋下3寸处(天池),上行抵腋窝中,沿上臂内侧,行于手太阴和手少阴之间,进入肘窝中,向下行于前臂两筋的中间。进入掌中,沿着中指到指端(中冲)。掌中支脉:从劳宫分出,沿无名指到指端(关冲),与手少阳三焦经相接。

命题考点2　主治概要

【历年真题纵览】

A1 型题

手厥阴心包经主治

A. 前头、口齿、咽喉病

B. 肝病

C. 心病

D. 心、胃病

E. 前头、鼻、口、齿病

参考答案:D

【考点评析】

本经主治心、胸、胃、神志病,以及经脉循行部位的其他病证。

命题考点3　常用腧穴的定位和主治:曲泽、内关

【历年真题纵览】

A1 型题

曲泽位于

A. 肘横纹尺侧端,当肱二头肌腱的尺侧缘

B. 肘横纹桡侧端,当肱二头肌腱的尺侧缘

C. 肘横纹中,当肱二头肌腱的尺侧缘

D. 肘横纹中,当肱二头肌腱的桡侧缘

E. 肘横纹中,当肱三头肌腱的尺侧缘

参考答案:C

【考点评析】

1. 曲泽在肘横纹中,当肱二头肌腱的尺侧缘。主治心痛、心悸、胃痛、呕吐、泄泻、热病、肘臂挛痛。

2. 内关在前臂掌侧,当曲泽与大陵的连线上,腕横纹上2寸,掌长肌腱与桡侧腕屈肌腱之间。主治心痛、心悸、胸闷、胸痛、胃痛、呕吐、呃逆、癫痫、热病、上肢痹痛、偏瘫、失眠、眩晕、偏头痛。

第十五单元 手少阳三焦经、穴

命题考点1 经脉循行

【历年真题纵览】

A1 型题

手少阳三焦经的起始穴位是

A. 丝竹空
B. 中冲
C. 关冲
D. 侠溪
E. 中渚

参考答案:C

【考点评析】

手少阳三焦经起于无名指末端(关冲)。向上行于小指与无名指之间,沿着手背,出于前臂外侧桡骨和尺骨之间,向上通过肘尖,沿上臂外侧,上达肩部,交出足少阳胆经的后面,向上进入缺盆部,分布于胸中,散络于心包,向下通过横膈,从胸至腹,属上、中、下三焦。胸中支脉:从胸向上,出于缺盆部,上走颈旁,连系耳后,沿耳后直上,出于耳部上行额角,再屈而下行至面颊部,到达眼下部。耳部支脉:从耳后进入耳中,出走耳前,交叉于面颊部,到达目外眦(丝竹空之下),与足少阳胆经相接。

命题考点2 主治概要

【历年真题纵览】

A1 型题

手少阳三焦经主治

A. 肝病
B. 肾病、肺病、咽喉病
C. 侧头、耳、胸胁、咽喉病和热病
D. 前头、鼻、口、齿病
E. 侧头、耳病、胁肋病

参考答案:C

【考点评析】

本经主治侧头、耳、胸胁、咽喉病和热病,以及经脉循行部位的其他病证。

命题考点3 常用腧穴的定位和主治:中渚、支沟、外关、肩髎

【历年真题纵览】

A1 型题

1. 肩峰前下方当肩峰与肱骨大结节之间的腧穴是

A. 肩髎
B. 肩髃
C. 肩贞
D. 天宗
E. 曲池

参考答案:B

2. 外关在

A. 肩髃后方,当臂外展时,于肩峰后下方呈现凹陷处
B. 前臂背侧,当阳池与肘尖的连线上,腕背横纹上2寸,尺骨与桡骨之间
C. 前臂背侧,当阳池与肘尖的连线上,腕背横纹上3寸,尺骨与桡骨之间
D. 前臂掌侧,当曲泽与大陵的连线上,腕横纹上2寸,掌长肌腱与桡侧腕屈肌腱之间
E. 肘横纹中,当肱二头肌腱的尺侧缘

参考答案:B

【考点评析】

1. 中渚在手背部,当环指本节(掌指关节)的后方,第4、第5掌骨间凹陷处。主治头痛、目赤、耳鸣、耳聋、喉痹、热病、手指不能屈伸。

2. 支沟在前臂背侧,当阳池与肘尖的连线上,腕背横纹上3寸,尺骨与桡骨之间。主治耳鸣、耳聋、暴喑、瘰疬、胁肋痛、便秘、热病。

3. 外关在前臂背侧,当阳池与肘尖的连线上,腕背横纹上2寸,尺骨与桡骨之间。主治热病、头痛、颊痛、目赤肿痛、耳鸣、耳聋、瘰疬、胁肋痛、上肢痹痛。

4. 肩髎在肩部,肩髃后方,当臂外展时,于肩峰后下方呈现凹陷处。主治臂痛、肩重不能举。

第十六单元 足少阳胆经、穴

命题考点1 经脉循行

【历年真题纵览】

A1 型题

足少阳胆经的起始穴位是

A. 耳和髎

B. 角孙

C. 足临泣

D. 足窍阴

E. 瞳子髎

参考答案:E

【考点评析】

足少阳胆经起于目外眦(瞳子髎),上行到额角,下耳后。沿颈旁,行手少阳三焦经之前,至肩上退后,交出手少阳三焦经之后,向下进入缺盆。耳部支脉:从耳后进入耳中,出走耳前,达目外眦后方。外眦部支脉:从目外眦处分出。下走大迎,会合手少阳经到达目眶下,下行经颊车,于颈部向下会合前脉于缺盆,然后向下进入胸中,通过横膈,络于肝,属于胆,沿着胁肋内,出于少腹两侧腹股沟动脉部,绕阴部毛际,横行进入髋关节部。缺盆部直行脉:从缺盆下行腋下,沿胸侧,经过季肋,下行会合前脉于髋关节部,再向下沿着大腿外侧,出膝外侧,下行经腓骨前面,直下到达腓骨下端,下出外踝前面,沿足背部,进入第4趾外侧端(足窍阴)。足背部支脉:从足背分出,沿第1、第2跖骨之间,出于大趾端,穿过趾甲,回过来到趾甲后的毫毛部(大敦),与足厥阴肝经相接。

命题考点2 主治概要

【历年真题纵览】

A1 型题

足少阳胆经主治

A. 肺、喉病

B. 心、胃病

C. 后头、背腰病

D. 侧头、目、耳、咽喉病和神志病、热病

E. 侧头、胁肋病

参考答案:D

【考点评析】

本经主治侧头、目、耳、咽喉病和神志病、热病,以及经脉循行部位的其他病证。

命题考点3 常用腧穴的定位和主治:阳白、风池、环跳、阳陵泉、悬钟、足临泣

【历年真题纵览】

A1 型题

1. 环跳位于

A. 侧卧屈股,当髂前上棘与股骨大转子最凸点连线的中点处

B. 侧腹部,当髂前上棘的前下方

C. 侧卧屈股,当髂前上棘与股骨大转子最凸点连线的外1/3处

D. 侧卧屈股,当髂前上棘与股骨大转子最凸点连线的内1/3处

E. 侧卧屈股,当股骨大转子最凸点与骶管裂孔连线的外1/3与中1/3的交点处

参考答案:E

2. 项部,当枕骨之下,与风府相平,胸锁乳突肌与斜方肌上端之间的凹陷处是

A. 阳陵泉

B. 悬钟

C. 风池

D. 风府

E. 中渚

参考答案:C

3. 当小腿外侧,腓骨小头前下方凹陷中的穴位是

A. 阳池

B. 阳白

C. 阳溪

D. 阳陵泉

E. 光明

参考答案:D

【考点评析】

1. 阳白在前额部,当瞳孔直上,眉上1寸。主治头痛、目眩、目痛、视物模糊、眼睑跳动。

2. 风池在项部,当枕骨之下,与风府相平,胸锁乳突肌与斜方肌上端之间的凹陷处。主治头痛、眩

晕、目赤肿痛、鼻渊、鼻衄、耳鸣、耳聋、颈项强痛、感冒、癫痫、中风、热病、疟疾、瘿气。

3. 环跳在股外侧部，侧卧屈股，当股骨大转子最凸点与骶管裂孔连线的外 1/3 与中 1/3 交点处。主治腰胯疼痛、半身不遂、下肢痿痹。

4. 阳陵泉在小腿外侧，当腓骨头前下方凹陷处。主治胁痛、口苦、呕吐、半身不遂、下肢痿痹、脚气、黄疸、小儿惊风。

5. 悬钟在小腿外侧，当外踝尖上 3 寸，腓骨前缘。主治项强、胸胁胀痛、下肢痿痹、咽喉肿痛、脚气、半身不遂、痔疾。

第十七单元 足厥阴肝经、穴

命题考点 1 经脉循行

【历年真题纵览】

A1 型题

进入阴毛中，环绕阴器，上达小腹的经脉是

A. 任脉

B. 冲脉

C. 足太阴脾经

D. 足厥阴肝经

E. 足少阴肾经

参考答案：D

命题考点 2 主治概要

【历年真题纵览】

A1 型题

足厥阴肝经主治

A. 前头、口齿、咽喉、胃肠病

B. 中风、昏迷、热病、头面病

C. 肝病、妇科病、前阴病

D. 肝病

E. 侧头、耳病、胁肋病

参考答案：C

【考点评析】

足厥阴肝经主治肝病、妇科病、前阴病和经脉循行部位的其他病证。

命题考点 3 常用腧穴的定位和主治：行间、太冲、期门

【历年真题纵览】

A1 型题

前正中线旁开 4 寸，平第 6 肋间隙的穴位是

A. 期门

B. 日月

C. 膻中

D. 大包

E. 京门

参考答案：A

【考点评析】

1. 行间在足背，当第 1、第 2 趾间，趾蹼缘的后方赤出肉际处，主治头痛、目眩、目赤肿痛、青盲、口㖞、胁痛、疝气、小便不利、崩漏、癫痫、月经不调、痛经、带下、中风。

2. 太冲在足背侧，当第 1 跖骨间隙的后方凹陷处。主治头痛、眩晕、目赤肿痛、口眼㖞斜、胁痛、遗尿、疝气、崩漏、月经不调、癫痫、呕逆、小儿惊风、下肢痿痹。

3. 期门在胸部，当乳头直下，第 6 肋间隙，前正中线旁开 4 寸。主治胸胁胀痛、腹胀、呕吐、乳痈。

第十八单元 督脉、穴

命题考点 1 经脉循行

【历年真题纵览】

A1 型题

督脉的循行，起于

A. 小腹内

B. 会阴部

C. 胞宫

D. 外阴

E. 肛门

参考答案：A

【考点评析】

督脉起于小腹内，下出于会阴部，向后行于脊柱的内部，上达项后风府，进入脑内，上行巅顶、沿前额下行鼻柱。

命题考点 2 主治概要

【历年真题纵览】

A1 型题

督脉主治

A. 肺、喉病

B. 侧头、胁肋病

C. 中风、昏迷、热病、头面病

D. 回阳固脱,有强壮作用

E. 前头、口齿、咽喉、胃肠病

参考答案:C

【考点评析】

督脉主治神志病、热病和腰骶、背、头项局部病证,以及相应的内脏疾病。

命题考点 3 常用腧穴的定位和主治:大椎、哑门、百会、水沟

【历年真题纵览】

A1 型题

1. 百会位于

A. 头部,当前发际正中直上 3 寸,或两耳尖连线的中点处

B. 头部,当前发际正中直上 5 寸,或两耳尖连线的中点处

C. 头部,当前发际正中直上 4 寸,或两耳尖连线的中点处

D. 头部,当前发际正中直上 5 寸,或两目外眦尖连线的中点处

E. 头部,当前发际正中直上 4 寸,或两目外眦连线的中点处

2. 位于第 7 颈椎棘突下的穴位是

A. 至阳

B. 大椎

C. 灵台

D. 身柱

E. 神道

参考答案:B

3. 水沟主治错误的是

A. 阴挺

B. 昏迷

C. 晕厥

D. 小儿惊风

E. 腰脊强痛

参考答案:A

【考点评析】

1. 大椎在后正中线上,第 7 颈椎棘突下凹陷中。主治热病、疟疾、咳嗽、气喘、骨蒸盗汗、癫痫、头痛项强、肩背痛、腰脊强痛、风疹。

2. 哑门在项部,当后发际正中直上 0.5 寸,第一颈椎下。主治暴喑、舌强不语、癫狂痫、头痛项强。

3. 百会在头部,当前发际正中直上 5 寸,或两耳尖连线的中点处。主治头痛、眩晕、中风失语、癫狂、脱肛、泄泻、阴挺、健忘、不寐。

4. 水沟在面部,当人中沟的上 1/3 与中 1/3 交点处。主治昏迷、晕厥、癫狂痫、小儿惊风、口角㖞斜、腰脊强痛。

第十九单元 任脉、穴

命题考点 1 经脉循行

【历年真题纵览】

A1 型题

任脉起于小腹,止于

A. 咽喉

B. 口唇

C. 鼻

D. 眶下

E. 齿

参考答案:D

【考点评析】

任脉起于小腹内,下出会阴,向上行于阴毛部,沿着腹内,向上经过关元等穴,到达咽喉部再上行环绕口唇、经过面部,进入目眶下(承泣)。

命题考点 2 主治概要

【历年真题纵览】

A1 型题

任脉主治

A. 中风、昏迷、热病、头面病
B. 腹、胸、颈、头面的局部病证和相应的内脏器官疾病
C. 肺、喉病
D. 侧头、胁肋病
E. 后头、肩胛病,神志病
参考答案:B

【考点评析】

任脉主治腹、胸、颈、头面的局部病证和相应的内脏器官疾病,少数腧穴有强壮作用或可治疗神志病。

命题考点3 常用腧穴的定位和主治:中极、关元、神阙、中脘、膻中、廉泉

【历年真题纵览】

A1 型题

1. 关元位于脐下
A. 4 寸
B. 3 寸
C. 2 寸
D. 1 寸
E. 0.5 寸
参考答案:B

2. 位于脐上4寸的穴位是
A. 下脘
B. 水分
C. 建里
D. 中脘
E. 上脘
参考答案:D

【考点评析】

1. 中极在下腹部,前正中线上,当脐中下4寸。主治小便不利、遗尿、疝气、遗精、阳痿、月经不调、崩漏、带下、阴挺、不孕。

2. 关元在下腹部,前正中线上,当脐中下3寸。主治遗尿、小便频数、尿闭、泄泻、腹痛、遗精、阳痿、中风脱证、虚劳羸瘦(本穴有强壮作用,为保健要穴)。

3. 神阙在腹中部,脐中央。主治腹痛、泄泻、脱肛、水肿、虚脱。

4. 中脘在上腹部,前正中线上,当脐中上4寸。主治胃痛、呕吐、吞酸、呃逆、腹胀、泄泻、黄疸、癫狂。

5. 膻中在胸部,当前正中线上,平第4肋间,两乳头连线的中点。主治咳嗽、气喘、胸痛、心悸、乳少、呕吐、噎膈。

6. 廉泉在颈部,当前正中线上,喉结上方,舌骨上缘凹陷处。主治舌下肿痛、舌纵流涎、舌强不语、暴喑、喉痹、吞咽困难。

第二十单元 常用奇穴

命题考点 常用腧穴的定位和主治:四神聪、印堂、太阳、夹脊、十宣、膝眼、四缝、胆囊

【历年真题纵览】

A1 型题

1. 治疗小儿疳积、百日咳,应首选
A. 足三里
B. 四缝
C. 合谷
D. 曲池
E. 大椎
参考答案:B

2. 治疗昏迷,癫痫,高热,咽喉肿痛应首选
A. 四缝
B. 十宣
C. 八邪
D. 合谷
E. 曲池
参考答案:B

【考点评析】

1. 四神聪在头顶部,当百会前后左右各1寸,共4穴。主治头痛、眩晕、失眠、健忘、癫痫。

2. 印堂在额部,当两眉头的中间。主治头痛、眩晕、鼻衄、鼻渊、小儿惊风、失眠。

3. 太阳在颞部,当眉梢与目外眦之间,向后约一横指的凹陷处。主治头痛、目疾。

4. 夹脊在背腰部,当第1胸椎至第5腰椎棘突下两侧后正中线旁开0.5寸,左右共34穴。适用范围较广,其中上胸部的穴位治疗心肺、上肢疾病,下胸部的穴位治疗胃肠疾病;腰部的穴位治疗腰腹及下肢疾病。

5. 十宣在手十指尖端,距指甲游离缘0.1寸(指

寸)。主治昏迷、癫痫、高热、咽喉肿痛。

6. 膝眼屈膝,在髌韧带两侧凹陷处。在内侧的称为内膝眼,在外侧的称外膝眼。主治膝痛、腿痛、脚气。

7. 四缝在第2至第5指掌侧,近端指关节的中央,一手4穴,左右共8穴。主治小儿疳积、百日咳。

8. 胆囊:在小腿外侧上部,当腓骨小头前下方凹陷处(阳陵泉)直下2寸。主治急慢性胆囊炎、胆石症、胆道蛔虫症、下肢痿痹。

第二十一单元 毫针刺法

命题考点1 进针方法

【历年真题纵览】

A1 型题

取头顶、项部以及上背部的腧穴,患者应取的体位为

A. 仰卧位
B. 侧卧位
C. 俯卧位
D. 仰靠坐位
E. 侧伏坐位

参考答案:C

【考点评析】

1. 俯卧位:适宜于取头、项、脊背、腰部和下肢背侧及上肢部分腧穴。仰卧位:适宜于取头、面、胸、腹部腧穴,和上、下肢部分腧穴。

2. 侧卧位:适宜于取身体侧面少阳经腧穴和上、下肢的部分腧穴。

3. 仰靠坐位:适宜于取前头额面和颈前等部位的腧穴。

4. 俯伏坐位:适宜于取后头和项、背部的腧穴。

5. 侧伏坐位:适宜于取头部的一侧、面颊及耳前后部位的腧穴。

6. 指切进针法:适用于短针的进针。

7. 夹持进针法:适用于长针的进针。

8. 舒张进针法:适用于皮肤松弛部位腧穴的进针。

9. 提捏进针法:适用于皮肉浅薄部位的进针。

命题考点2 针刺角度

【历年真题纵览】

A1 型题

斜刺的角度应为

A. 15°左右
B. 25°左右
C. 35°左右
D. 45°左右
E. 60°左右

参考答案:D

【考点评析】

1. 直刺针身与皮肤呈90°角,垂直刺入,适用于人体大部分腧穴尤其是肌肉丰厚部位的腧穴,如四肢、腹部、腰部的穴位。

2. 斜刺针身与皮肤呈45°角,倾斜刺入,适用于骨骼边缘的腧穴,或内有重要脏器不宜深刺的部位,或为避开血管及瘢痕部位而采用此法,如胸、背部的穴位。

3. 平刺针身与皮肤呈15°角,横向刺入,适用于皮肤浅薄处的腧穴,如头部的穴位。

命题考点3 行针与得气

【历年真题纵览】

A1 型题

1. 针刺治疗疾病的手法,总的归纳为

A. 补虚泻实
B. 提插补泻
C. 开合补泻
D. 补法与泻法
E. 平补平泻

参考答案:D

2. 关于“得气”错误的是

A. 又名“针感”
B. 提插捻转是为了“得气”
C. 针刺必须“得气”
D. “得气”是行针过程中都会感觉到的
E. “得气”与否直接影响治疗效果

参考答案:D

【考点评析】

行针的基本手法有提插法、捻转法。行针又名运针,是指将针刺入腧穴后,为了使之得气、调节针感和进行补泻而施行的各种针刺手法。得气是指将针刺入腧穴后所产生的经气感应,又名针感。针刺必须得气,得气与否直接影响治疗效果。

命题考点4 针刺补泻

【历年真题纵览】

A1 型题

1. 捻转补泻法的补法操作为
   A. 捻转角度小,用力轻,频率慢,操作时间短
   B. 捻转角度大,用力轻,频率慢,操作时间短
   C. 捻转角度大,用力轻,频率快,操作时间短
   D. 捻转角度大,用力轻,频率快,操作时间长
   E. 捻转角度大,用力轻,频率慢,操作时间长

参考答案:A

2. 捻转补泻法中泻法的操作方法是
   A. 捻转角度小,频率快,用力重
   B. 捻转角度大,频率慢,用力轻
   C. 捻转角度小,频率慢,用力轻
   D. 捻转角度大,频率慢,用力重
   E. 捻转角度大,频率快,用力重

参考答案:E

3. 下列操作,属于针刺补法的是
   A. 捻转角度大
   B. 捻转频率快
   C. 操作时间长
   D. 先深后浅
   E. 重插轻提

参考答案:E

【考点评析】

1. 捻转补泻:补法——捻转角度小,用力轻,频率慢,时间短,拇指向前,食指向后。泻法——捻转角度大,用力重,频率快,时间长,拇指向后,食指向前。

2. 提插补泻:补法——先浅后深,重插轻提,幅度小,频率慢,时间短,以下插为主。泻法——先深后浅,轻插重提,幅度大,频率快,时间长,以上提为主。

3. 平补平泻:进针得气后,均匀地提插捻转。

命题考点5 针刺异常情况与注意事项

【历年真题纵览】

A1 型题

晕针时应当采取的措施错误的是
   A. 立即停止针刺
   B. 已刺之针暂时不能起出
   C. 给予热茶或温开水饮之
   D. 患者平卧,头部放低
   E. 松开衣带,注意保暖

参考答案:B

【考点评析】

1. 晕针表现:突然出现头晕目眩,面色苍白,心慌气短、出冷汗,恶心欲吐;精神萎倦,血压下降。脉沉细。严重者会出现四肢厥冷,神志昏迷、二便失禁,唇甲青紫,脉细微欲绝。

2. 处理:立即停止针刺,将已刺之针迅速起出,让患者平卧,头部放低,松开衣带,注意保暖。轻者静卧片刻,给予热茶或温开水饮之,糖水亦可,一般可渐渐恢复。重者在行上述处理后,可选取水沟、素髎、内关、合谷、太冲、涌泉、足三里等穴指压或针刺之。亦可灸百会、气海、关元等穴,即可恢复。若仍人事不省、呼吸细微、脉细弱者,可考虑配合其他治疗或采用急救措施。

第二十二单元 常用灸法

命题考点1 灸法的种类

【历年真题纵览】

A1 型题

1. 艾柱灸可分为
   A. 明灸和着肤灸
   B. 化脓灸和非化脓灸
   C. 间隔灸与悬灸
   D. 直接灸和间隔灸
   E. 直接灸与实按灸

参考答案:D

【考点评析】

常用灸法	艾灸	艾炷灸	直接灸	无瘢痕灸
				瘢痕灸
			间接灸	隔姜灸
				隔蒜灸
				隔盐灸
				隔附子饼灸
		艾卷灸	悬灸	温和灸
				雀啄灸
				回旋灸
			实按灸	太乙神针
				雷火神针
		温针灸		
		温灸器灸		
	其他灸法	灯火灸		
		天灸		蒜泥灸
				细辛灸
				天南星灸
主治	温经散寒、扶阳固脱、消瘀散结、防病保健			

命题考点 2　适应范围

【历年真题纵览】

A1 型题

1. 选用神阙穴常用的操作方法是

A. 灯草灸

B. 隔姜灸

C. 隔蒜灸

D. 隔盐灸

E. 隔泥灸

参考答案:D

2. 隔姜灸不能用于治疗

A. 未溃疮疡

B. 呕吐

C. 泄泻

D. 遗精

E. 风寒湿痹

参考答案:A

【考点评析】

灸法适应范围:温经散寒、扶阳固脱、消瘀散结、防病保健。

第二十三单元　针灸治疗

命题考点 1　选穴原则

【历年真题纵览】

A1 型题

"腰背委中求"其病证选取穴位的主要依据是

A. 根据经络理论

B. 根据穴位所在部位

C. 属于经验取穴

D. 根据病证的表现

E. 以上均不是

参考答案:A

【考点评析】

针灸选穴原则:近部取穴、远部取穴和随证取穴。

命题考点 2　配穴方法

【历年真题纵览】

A1 型题

1. 下列配穴中不属于俞募配穴法的是

A. 心俞、巨阙

B. 肺俞、中府

C. 三焦俞、石门

D. 膀胱俞、中极

E. 胆俞、期门

参考答案:D

2. 常用配穴方法不包括

A. 远近配穴

B. 本经配穴

C. 表里经配穴、前后配穴

D. 同名经配穴、上下配穴

E. 左右配穴

参考答案:A

【考点评析】

配穴方法:本经配穴、表里经配穴、同名经配穴、上下配穴、前后配穴和左右配穴。

命题考点 3 特定穴:五输穴、原穴、络穴、背俞穴、募穴、八脉交会穴、八会穴、郄穴的临床应用

【历年真题纵览】

A1 型题

1. 常用于治疗急性疾病的特定穴为
   A. 八会穴
   B. 八脉交会穴
   C. 合穴
   D. 络穴
   E. 郄穴

参考答案:E

2. 十二井穴中,用于治疗乳少的常用穴为
   A. 少商
   B. 商阳
   C. 少冲
   D. 中冲
   E. 少泽

参考答案:E

3. 心包经的郄穴是
   A. 劳宫
   B. 阴郄
   C. 间使
   D. 郄门
   E. 浮郄

参考答案:D

4. 下列腧穴中,治疗急性胃病应首选
   A. 三阴交
   B. 梁丘
   C. 内庭
   D. 上巨虚
   E. 下巨虚

参考答案:B

5. 在八脉交会中,与后溪相通的奇经是
   A. 任脉
   B. 督脉
   C. 阳维脉
   D. 阳跷脉
   E. 冲脉

参考答案:B

B1 型题

6.
   A. 井穴
   B. 荥穴
   C. 输穴
   D. 经穴
   E. 合穴

①多用于急救的是
②擅治疗热证的是
参考答案:①A ②B

7.
   A. 少海
   B. 神门
   C. 通里
   D. 极泉
   E. 阴郄

①手少阴心经的郄穴是
②手少阴心经的络穴是
参考答案:①E ②A

8.
   A. 养老
   B. 腕骨
   C. 后溪
   D. 支正
   E. 少泽

①手太阳经的郄穴是
②手太阳经的络穴是
参考答案:①A ②D

9.
   A. 太冲
   B. 太溪
   C. 太渊
   D. 合谷
   E. 神门

①手太阴经的原穴是
②手阳明经的原穴是
参考答案:①C ②D

10.
   A. 原穴
   B. 郄穴
   C. 络穴
   D. 井穴
   E. 募穴

①特定穴中,多用于急救的是
②特定穴中,多用于治疗表里两经病证的是

参考答案:①B　②C

【考点评析】

1. 五输穴:足十二经脉主气出入之所,具有治疗十二经脉、五脏六腑病变的作用。

2. 原穴是脏腑的原气经过留止的部位,每一脏腑各有1个原穴,故有“十二原”之称,其分布均位于腕、踝部附近。

3. 络穴是络脉由经脉别出部位的腧穴,也是表里两经联络之处。十二经脉各有1个络穴,皆位于肘、膝关节以下。

4. 俞穴是脏腑之气输注之处,均位于背、腰部。俞为阳,是阴病行阳的重要处所。

5. 募穴是脏腑之气汇集之处,均位于胸腹部。募为阴,是阳病行阴的重要处所。

6. 八脉交会穴是奇经八脉与十二经之气相交会的8个腧穴,又称交经八穴。均位于腕、踝部上、下。八脉交会穴具有治疗奇经病的作用。

7. 八会穴是人体脏、腑、气、血、筋、脉、骨髓之精气聚会处的8个腧穴。对各自相应的脏腑、组织等病证具有特殊治疗作用。

8. 郄穴:十二经脉各有1个郄穴、阴维脉、阳维脉、阴跷脉、阳跷脉也各有1个郄穴,共有16个郄穴。常用于治疗本经循行部位及所属脏腑急性病证。

第二十四单元　头面躯体病证

命题考点　下列常见病的辨证、治法、处方、操作:头痛、漏肩风、腰痛、痹证

【历年真题纵览】

A1 型题

1. 腰痛病证,除在局部选取腰眼、阿是穴、大肠俞为主穴外,远端选取

A. 委中
B. 外关
C. 曲泽
D. 阴谷
E. 足三里

参考答案:A

2. 前额疼痛应选择哪条经脉的穴位治疗

A. 阳明经
B. 少阳经
C. 太阳经
D. 厥阴经
E. 少阴经

参考答案:A

3. 外感头痛选取下列哪组穴位

A. 列缺、头维、风池
D. 曲池、后溪、外关
C. 百会、足三里、申脉、大椎
D. 列缺、百会、太阳、风池
E. 天柱、太冲、内关、合谷

参考答案:D

【考点评析】

1. 外感头痛:祛风散寒、化湿通络。毫针刺百会、太阳、风池、合谷。

2. 内伤头痛:①肝阳上亢:平肝潜阳、滋水涵木。毫针刺百会、风池、太冲、太溪。②肾虚头痛:滋阴补肾。毫针刺百会、太溪、肾俞、悬钟。③血虚头痛:益气养血、活络止痛。毫针刺百会、心俞、脾俞、足三里。④痰浊头痛:健脾涤痰、降逆止痛。毫针刺头维、太阳、丰隆、阴陵泉。⑤瘀血头痛:活血化瘀,行气止痛。毫针刺阿是穴、合谷、血海、三阴交。

3. 腰痛:除湿散寒、补益肾气。毫针刺肾俞、腰眼、委中。

4. 痹证:行痹刺膈俞、血海;痛痹刺肾俞、关元;着痹刺阴陵泉;热痹刺大椎、曲池。以上痹证还要根据发病部位局部取穴。

5. 根据辨证虚实分别采用补法,泻法或平补平泻。

第二十五单元　内科病证

命题考点　下列常见病的辨证、治法、处方、操作:中风、眩晕、不寐、感冒、胃痛、便秘

【历年真题纵览】

A2 型题

1. 患者,男,68岁。中风半身不遂,舌强语言不利,口角㖞斜,如兼见面红目赤,心烦口苦,舌红苔黄,脉弦。除用主穴外,还应选用的是

A. 太冲、太溪
B. 丰隆、合谷

C. 足三里、气海

D. 内庭、风池

E. 曲池、内庭

参考答案:A

2. 患者,男,24 岁。脘腹胀痛,痛甚欲便,泻后痛减,大便恶臭,伴嗳腐吞酸,不思饮食,舌苔垢赋,脉滑。治疗时除取大肠俞、天枢、足三里穴外,还应加

A. 内庭

B. 中脘

C. 曲池

D. 气海

E. 梁门

参考答案:B

3. 某患者大便秘结,面色无华,头晕心悸,唇舌色淡,脉细。应在主穴基础上选用

A. 合谷、内庭

B. 太冲、中脘

C. 脾俞、气海

D. 足三里、三阴交

E. 神阙、关元

参考答案:D

4. 某男,45 岁,经常不能正常入睡,易醒彻夜不寐。兼有头晕耳鸣,腰膝酸软,五心烦热,遗精盗汗,舌红,脉细数。治疗选用

A. 照海、申脉、神门、印堂、行间、侠溪

B. 照海、申脉、神门、印堂、四神聪、太溪、水泉、心俞、脾俞

C. 照海、申脉、神门、印堂、太溪、丰隆、内庭、曲池

D. 照海、申脉、神门、印堂、太溪、太白、公孙、内关

E. 照海、申脉、四神聪、太溪、水泉、心俞、脾俞

参考答案:B

5. 某女,素有高血压史,晨五时起床小便,突然左侧肢体麻木,活动不利,并伴有头晕目眩,苔白腻,脉弦滑。治疗应选取

A. 曲池、外关、合谷、尺泽

B. 阳陵泉、曲泉、大敦、太溪

C. 廉泉、太阳、支沟、劳宫

D. 足三里、三阴交、阴陵泉、风池

E. 内关、水沟、三阴交、极泉、尺泽、委中

参考答案:E

【考点评析】

1. 中风:滋养肝肾、通经活络。刺肩髃、曲池、手三里、外关、合谷、环跳、阳陵泉、足三里、解溪、昆仑。

2. 眩晕:平肝潜阳、滋水涵木等。刺风池、肝俞、肾俞、行间;头维、内关、中脘、丰隆、阴陵泉;百会、悬钟、肾俞、太溪;百会、足三里、脾俞、肾俞。辨证选穴。

3. 不寐:宁心安神。主穴选四神聪、神门、三阴交。

4. 感冒:①风寒型:祛风散寒、解表宣肺。主穴选大椎、风门、列缺。②风热型:疏散风热,清肃肺气。主穴选大椎、曲池、外关、合谷。

5. 胃痛:①实证:疏通瘀滞、和胃止痛。刺中脘、内关、足三里。②虚证:温中健脾、和胃止痛。刺中脘、脾俞、胃俞、足三里。

6. 便秘:①实证:刺天枢、支沟、曲池、内庭,气滞者配太冲。②虚证:刺大肠俞、天枢、支沟、上巨虚。

第二十六单元　妇儿科病证

命题考点　下列常见病的辨证、治法、处方、操作:痛经、遗尿

【历年真题纵览】

A1 型题

1. 实证痛经选取

A. 中极、归来、子宫

B. 地机、归来、气海

C. 三阴交、足三里、气海

D. 天枢、阳陵泉、地机

E. 三阴交、中极、次髎

参考答案:E

A2 型题

2. 患儿,女,8 岁。遗尿 3 个月余,每隔 3 ~ 5 夜 1 次,面色萎黄,纳食不多,舌淡苔薄,脉细弱。治疗应首选

A. 中极、关元、三阴交、膀胱俞

B. 中极、天枢、足三里、阴陵泉、太冲

C. 关元、太溪、三阴交、至阴

D. 气海、太冲、行间、昆仑、曲池

E. 曲骨、内庭、太溪、肾俞、气海

参考答案:A

3. 患者,女,26 岁。经前腹痛剧烈,拒按,经色紫黑,有血块,血块下后疼痛缓解。治疗应首选

A. 三阴交、足三里、气海

B. 三阴交、脾俞、胃俞

C. 三阴交、中极、次髎
D. 三阴交、肝俞、肾俞
E. 三阴交、太溪、悬钟

参考答案：C

【考点评析】

1. 痛经：实证取任脉，足太阴经穴为主；虚证取任、督脉、足少阴和足阳明经。①实证：中极、地机。②虚证：命门、肾俞、关元、足三里、大赫。

2. 遗尿：以任脉经穴和膀胱经背俞穴为主。主穴：关元、中极、三阴交、肾俞、膀胱俞。

第二十七单元　皮外骨伤、五官科病证

命题考点　下列常见病的辨证、治法、处方、操作：蛇串疮、扭伤、耳鸣耳聋、牙痛

【历年真题纵览】

A1 型题

1. 落枕病证，主要损伤筋脉为
A. 手三阳、足少阴
B. 手三阳和足少阳
C. 足三阳和手少阳
D. 手三阳和足太阳
E. 手三阳、足阳明

参考答案：B

2. 治疗耳聋实证，应首选的经穴是
A. 足少阴，手太阳经穴
B. 足少阳，手少阳经穴
C. 足少阴，手少阴经穴
D. 足少阳，手少阴经穴
E. 足少阴，手少阳经穴

参考答案：B

A2 型题

3. 患者，男，48 岁。耳中胀痛，鸣声不断，按之不减，烦躁易怒，胸胁胀痛，口苦咽干，舌苔黄，脉弦数。治疗除取翳风、听会、侠溪、中渚外，还应加
A. 外关、合谷
B. 听宫、足三里
C. 太冲、丘墟
D. 肾俞、关元
E. 耳门、太溪

参考答案：C

4. 某男，牙痛甚烈，兼有口臭、口渴、便秘、脉洪。在选取主穴基础上，加取
A. 外关、风池
B. 内庭、二间
C. 太溪、行间
D. 解溪、足三里
E. 三间、行间

参考答案：B

5. 患者耳鸣不断，按之不减，烦躁易怒，胸胁胀痛，口苦咽干，舌苔黄，脉弦数。治疗除取听会、翳风、中渚、侠溪外，还应加
A. 听宫、关元
B. 听宫、足三里
C. 耳门、太溪
D. 太冲、丘墟
E. 外关、合谷

参考答案：D

【考点评析】

1. 蛇串疮：取穴曲池、合谷、支沟、血海、三阴交、太冲。

2. 扭伤：①肩部：肩髃、肩髎、肩贞。②肘部：曲池、小海、天井。③腕部：阳池、阳溪、阳谷。④腰部：肾俞、腰阳关、委中。⑤髋部：环跳、秩边、居髎。⑥膝部：膝阳关、梁丘、血海、膝眼。⑦踝部：解溪、昆仑、丘墟。

3. 耳鸣耳聋：取少阳经穴为主。主穴取翳风、听会、侠溪、中渚。

4. 牙痛：取手足阳明经穴为主。主穴取合谷、颊车、内庭、下关。

中西医结合内科学

第一单元 呼吸系统疾病

命题考点1 慢性支气管炎

【历年真题纵览】

A1 型题

1. 诊断慢性支气管炎的主要依据是

A. 病史和症状

B. 阳性体征

C. 胸部X线检查

D. 心电图改变

E. 肺功能检查

参考答案:A

2. 导致慢性支气管炎发生、发展、反复发作的重要因素是

A. 长期吸烟

B. 感染因素

C. 理化刺激

D. 寒冷气候

E. 过敏因素

参考答案:B

3. 治疗慢性支气管炎痰浊阻肺证,应首选的方剂是

A. 三拗汤

B. 麻杏石甘汤

C. 二陈汤合三子养亲汤

D. 桑白皮汤

E. 小青龙汤

参考答案:C

4. 治疗慢性支气管炎痰热郁肺证,应首选

A. 四逆散合左金丸

B. 泻白散合黛蛤散

C. 柴胡疏肝散

D. 清金化痰汤

E. 桑白皮汤

参考答案:E

A2 型题

5. 患者,男,56岁。患慢性支气管炎10余年,近日来咳嗽加重,咽痒,咯稀薄白色痰,舌苔薄白,脉浮。治疗应首选

A. 青霉素加麻杏石甘汤

B. 青霉素加参苏饮

C. 麦迪霉素加泻白散

D. 复方新诺明加二陈汤

E. 庆大霉素加清金化痰汤

参考答案:B

B1 型题

6.

A. 咳嗽咳痰,时轻时重

B. 咳嗽咳痰,喘息哮鸣

C. 咳嗽声嘶,不能平卧

D. 咳嗽声嘶,躁扰不宁

E. 咳嗽短气,动则尤甚

①慢性支气管炎单纯型的主要临床表现是

②慢性支气管炎喘息型的主要临床表现是

参考答案:①A ②B

【考点评析】

1. 慢性支气管炎与中医学的"久咳"病相类似,归属于中医学"咳嗽"、"喘证"等范畴。

2. 西医病因、病理:慢性支气管炎的病因较为复杂,往往是多种因素长期相互作用的结果,常见因素有遗传因素、感染因素、吸烟、气候因素、理化因素、过敏因素、自主神经功能失调等。病理:早期表现为小气道不同程度的上皮细胞变性、坏死、增生,鳞状上皮化生,杯状细胞增生,炎症细胞浸润,黏膜水肿,分泌物增多。继之黏液腺泡增多,支气管黏膜上皮表面的纤毛变短,其修复功能下降;支气管平滑肌增厚,管腔狭窄。

3. 中医病因病机:主要包括外邪侵袭、肺脏虚弱、脾虚生痰、肾气虚衰。本病常因暴咳迁延未愈,邪恋伤肺,使肺脏虚弱,气阴耗伤,肺气不得宣降,故长期咳嗽、咳痰不愈,日久累及脾肾。病情多为虚实

夹杂，正虚多以气虚为主或兼阴虚，痰饮停聚为实，或偏寒，或偏热，日久夹瘀。其病位在肺，涉及脾、肾。

4. 临床表现：症状主要有咳嗽、咳痰、喘息或气促。体征：慢性支气管炎早期常无明显体征，有时在肺底部可闻及湿性和干性啰音，喘息型支气管炎可听到哮鸣音，发作时有广泛的湿啰音和哮鸣音。长期反复发作，可见肺气肿的体征。

5. 诊断

(1) 诊断要点：临床上以咳嗽、咳痰为主要症状，或伴有喘息，每年发病累计3个月，并连续2年或以上，并除外其他心肺疾病，如支气管哮喘、支气管扩张、肺结核、尘肺、心功能不全等。

(2) 分型：可分为单纯型和喘息型。单纯型主要表现为咳嗽、咳痰；喘息型除咳嗽、咳痰外，尚具有喘息症状，并伴有哮鸣音。

(3) 分期：可分为急性发作期、慢性迁延期、临床缓解期。

6. 西医治疗

(1) 急性发作期：控制感染抗生素使用原则为及时、有效。常用抗生素可选用β-内酰胺类、大环内酯类、喹诺酮类等。祛痰镇咳常用的药物有盐酸氨溴索（沐舒坦）、必嗽平、氯化铵、棕色合剂。解痉平喘适用于喘息型患者急性发作，或合并肺气肿者，常用药物有氨茶碱、博力康尼，也可应用吸入型支气管扩张剂，如喘康速或溴化异丙托品。

(2) 缓解期：主要是加强体质的锻炼，提高自身抗病能力，也可使用免疫调节剂，如卡介苗。

7. 中医辨证论治

(1) 实证：多见于急性发作期。

①风寒犯肺证　证候：咳喘气急，胸部胀闷，痰白量多，伴有恶寒或发热，无汗，口不渴，舌苔薄白而滑，脉浮紧。治法：宣肺散寒，化痰止咳。方药：三拗汤加减。

②风热犯肺证　证候：咳嗽频剧，气粗或咳声嘶哑，痰黄黏稠难出，胸痛烦闷，兼有鼻流黄涕，身热汗出，口渴，便秘，尿黄，舌苔薄白或黄，脉浮或滑数。治法：清热解表，止咳平喘。方药：麻杏石甘汤加减。

③痰浊阻肺证　证候：咳嗽，咳声重浊，痰多色白而黏，胸满窒闷，纳呆，口黏不渴，甚或呕恶，舌苔厚腻色白，脉滑。治法：燥湿化痰，降气止咳。方药：二陈汤合三子养亲汤加减。

④痰热郁肺证　证候：咳嗽，气息喘促，胸中烦闷胀痛，痰多色黄黏稠，咯吐不爽，或痰中带血，渴喜冷饮，面红咽干，尿赤，便秘，苔黄腻，脉滑数。治法：清热化痰，宣肺止咳。方药：桑白皮汤加减。

⑤寒饮伏肺证　证候：咳嗽，喘逆不得卧，咳吐清稀白沫痰，量多，冷空气刺激加重，甚至面浮肢肿，常兼恶寒肢冷，微热，小便不利，舌苔白滑或白腻，脉弦紧。治法：温肺化饮，散寒止咳。方药：小青龙汤加减。

(2) 虚证：多见于缓解期及慢性迁延期。

①肺气虚证　证候：咳嗽气短，痰涎清稀，反复易感，倦怠懒言，声气怯，面色㿠白，自汗畏风，舌淡苔白，脉细弱。治法：补肺益气，化痰止咳。方药：补肺汤加减。

②肺脾气虚证　证候：咳嗽气短，倦怠乏力，咳痰量多易出，面色㿠白，食后腹胀，便溏或食后即便，舌苔薄白或薄白腻，舌质胖，边有齿痕，脉细弱。治法：补肺健脾，止咳化痰。方药：玉屏风散合六君子汤加减。

③肺肾阴虚证　证候：咳喘气促，动则尤甚，痰黏量少难咯，伴口咽发干，潮热盗汗，面赤心烦，手足心热，腰酸耳鸣，舌红苔薄黄，脉细数。治法：滋阴补肾，润肺止咳。方药：沙参麦冬汤合六味地黄丸加减。

命题考点2　支气管哮喘

【历年真题纵览】

A1型题

1. 哮病发生的“夙根”是

A. 风
B. 痰
C. 气
D. 虚
E. 淤

参考答案：B

2. 支气管哮喘缓解期肺虚证的治法是

A. 健脾化痰
B. 补肾纳气
C. 补肺固卫
D. 温肺散寒
E. 清热宣肺

参考答案：C

3. 支气管哮喘的内因责之于伏痰，与哪脏功能失调有关

A. 肺、脾、肾
B. 肺、脾、肝
C. 肺、肝、肾

D. 脾、肝、肾

E. 肺、心、肾

参考答案:A

4. 哮喘持续状态是指哮喘发作严重,时间持续在

A. 1~2 小时

B. 3~4 小时

C. 5~6 小时

D. 8~12 小时

E. 24 小时以上

参考答案:E

A2 型题

5. 患者,女,21 岁。春季旅游途中突感胸闷,呼吸困难,大汗。查体:口唇稍发绀,呼吸急促,听诊双肺布满干啰音,心率 96 次/分。既往有类似发作,有时休息后可缓解。应首先考虑的是

A. 过敏性休克

B. 支气管哮喘

C. 喘息性支气管炎

D. 心源性哮喘

E. 癔症

参考答案:B

6. 患者,男,52 岁。患支气管哮喘 20 年,冠心病 6 年。5 月 1 日游园时突感咽痒,胸闷憋气,很快出现呼吸困难而急诊。查体:端坐呼吸,口唇发绀,桶状胸廓,心率 108 次/分,肺动脉瓣第二心音大于主动脉瓣第二心音,双肺满布哮鸣音,舌暗红苔薄黄,脉弦滑。其诊断是

A. 实喘

B. 虚喘

C. 热哮

D. 寒哮

E. 以上均非

参考答案:C

7. 患者,男,21 岁。呼吸困难,咳嗽,汗出 1 小时而就诊。查体:端坐呼吸,呼吸急促,口唇微绀,心率 114 次/分,律不齐,双肺满布哮鸣音。为迅速缓解症状,应立即采取的最佳治法是

A. 口服氨茶碱

B. 肌注氨茶碱

C. 喷吸沙丁胺醇

D. 口服强的松

E. 口服阿托品

参考答案:C

8. 患者,女,40 岁。突起呼吸困难,两肺满布以呼气相为主的哮鸣音,无湿啰音,心率 100 次/分,心界不大,心脏听诊无杂音,并见咳嗽,痰涎稀白,口不渴,面色晦滞带青,形寒肢冷,舌苔白滑,脉浮紧。应首先考虑的治疗药物是

A. β-受体激动剂与射干麻黄汤

B. 氨茶碱与玉屏风散

C. 毛花苷 C 与六君子汤

D. 异丙肾上腺素与金匮肾气丸

E. 糖皮质激素与定喘汤

参考答案:A

B1 型题

9.

A. 三子养亲汤

B. 小青龙汤

C. 清金化痰汤

D. 涤痰汤

E. 麻杏石甘汤

①治疗肺胀寒饮停肺证,应首选

②治疗哮喘发作期寒证,应首选

参考答案:①B ②D

【考点评析】

1. 支气管哮喘属中医学"哮病"范畴,病理因素以痰为主,病位在肺,关乎脾肾。发作期为内伏之痰,遇感触发,痰随气升,气因痰阻,痰气搏结,壅阻气道,以致肺失宣降,发为哮病。发作期邪实为主,间歇期正虚为主,大发作期虚实并见。西医认为病因为①外源性哮喘:幼年发病,有多种过敏原变态反应史。②内源性哮喘:成年发病,多因呼吸道感染、寒冷空气、精神神经等非抗原因素引起。以上两种因素常混合存在造成哮喘的发作。

2. 临床表现:喉中哮鸣有声,呼吸困难,端坐呼吸,咳嗽痰多,重可出现发绀,甚至导致持续状态(24 小时以上)。体征于发作时胸廓胀满,呼吸幅度小,两肺满布哮鸣音。

3. 诊断要点

①发作时的症状和体征。

②呈反复发作性。常因气候突变、饮食不当、情志失调、劳累等因素诱发。发作前多有鼻痒、喷嚏、胸闷等先兆症状。

③有过敏史或家族史。

④血液嗜酸性粒细胞可升高,痰涂片可见嗜酸性粒细胞。

⑤胸部 X 线检查一般无特殊改变,久病可见肺气肿征。

4. 辨证论治

①发作期

寒哮：治宜温肺散寒、化痰平喘，方用射干麻黄汤，若表寒里热用小青龙汤。

热哮：治宜清热肃肺、化痰定喘，方用定喘汤加减。

②缓解期

肺虚：治宜补肺固卫，方用玉屏风散加味。

脾虚：治宜健脾化痰，方用六君子汤。

肾虚：治宜补肾摄纳，方用金匮肾气丸或七味都气丸。

5. 西医治疗原则

（1）支气管舒张剂

①β2 受体激动剂：β2 受体激动剂为治疗哮喘急性发作的首选药。短效可用沙丁胺醇、特布他林、非诺特罗等；长效可选丙卡特罗、沙美特罗和福莫特罗等，适用于夜间哮喘。

②茶碱类：氨茶碱、控释型茶碱是治疗哮喘的有效药物。

③抗胆碱药物：包括异丙托溴铵、泰乌托品、654－2、东莨菪碱等。

（2）抗感染：糖皮质激素是当前防治哮喘最有效的药物，可分为吸入、口服和静脉用药。吸入剂：吸入治疗是目前推荐长期抗感染治疗哮喘的最常用方法，包括倍氯米松、氟地卡松和布地奈德等。口服剂：泼尼松（强的松）、泼尼松龙（强的松龙），用于吸入糖皮质激素无效或需要短期加强的患者。静脉用药：重度至严重哮喘发作时应及早应用琥珀酸氢化可的松、地塞米松、甲基泼尼松龙。

命题考点 3　肺炎球菌肺炎

【历年真题纵览】

A1 型题

1. 肺炎患者神昏谵语，舌謇肢厥。其证型是

A. 邪热内闭

B. 热陷心包

C. 邪热伤阴

D. 邪热伤阳

E. 阴竭阳脱

参考答案：B

2. 治疗肺炎正虚邪恋证，应首选

A. 银翘散

B. 桑菊饮

C. 千金苇茎汤

D. 麻杏石甘汤

E. 泻白散

参考答案：D

3. 肺炎球菌肺炎邪犯肺卫证的治法是

A. 疏风清热，宣肺止咳

B. 清热化痰，宽胸止咳

C. 清热解毒，化痰开窍

D. 益气养阴，回阳固脱

E. 益气养阴，润肺化痰

参考答案：A

A2 型题

4. 患者，女，22 岁。恶寒，高热，咳嗽，胸痛 1 天入院。检查：血压 85/50 mmHg（11.4/6 kPa），脉搏 100 次/分，X 线胸片示右上肺大片片状阴影，呈肺段分布，白细胞 $21 \times 10^9/L$。其诊断是

A. 休克型肺炎

B. 病毒性肺炎

C. 支原体肺炎

D. 肺炎球菌肺炎

E. 肺脓肿

参考答案：A

5. 患者，男，18 岁。因高热、胸痛、咯铁锈色痰入院。检查：急性热病病容，体温 40℃，脉搏 102 次/分，X 线胸片示左上肺大片片状阴影，白细胞 $19 \times 10^9/L$。治疗应首选

A. 青霉素加麻杏石甘汤

B. 输液加给氧

C. 糖皮质激素

D. 红霉素加庆大霉素

E. 病毒唑加退热药

参考答案：A

6. 患者，男，32 岁。患肺炎球菌肺炎已 1 周，现低热夜甚，干咳少痰，五心烦热，神疲纳差，舌红少苔，脉细数。其证型是

A. 热陷心包

B. 风热犯肺

C. 痰热犯肺

D. 气阴两伤

E. 阴阳两虚

参考答案：D

7. 患者，男，35 岁。高热 2 天余，咳嗽，咳痰，伴右侧胸痛。X 线检查右中肺实变阴影。其诊断是

A. 急性支气管炎

B. 肺炎球菌肺炎

C. 肺炎支原体肺炎

D. 病毒性肺炎

E. 原发型肺结核

参考答案:B

8. 患者,女,48岁。咳嗽1周,咳嗽时胸背痛,咯吐大量脓痰,素有便秘,舌苔黄,脉滑数。用药宜首选

A. 柴胡,桔梗

B. 柴胡,枳壳

C. 瓜蒌仁,浙贝母

D. 鱼腥草,桃仁

E. 薏苡仁,冬瓜仁

参考答案:E

B1 型题

9.

A. 清营汤

B. 化斑汤

C. 白虎汤

D. 苇茎汤

E. 止嗽散

①治疗肺炎热陷心包证,应首选

②治疗肺炎咳吐黄稠脓痰者,应首选

参考答案:①A ②D

【考点评析】

1. 肺炎属中医学的"风温肺热",病因病机为外感风热病邪,痰热郁肺,气滞血瘀、热郁蕴酿为毒,瘀毒伤肺络所致。西医认为病因为肺炎双球菌感染引起,此菌为上呼吸道正常菌群,当机体免疫力下降时致病。表现为肺部的炎症、渗出和实变。

2. 临床表现:寒战高热,胸痛,咳嗽,初干咳,1~2天后可咯铁锈色痰,呼吸困难,重症可有休克表现及肺实变体征。

3. 诊断要点:痰涂片或培养找到病原菌,肺X线片示一侧或两侧肺叶、肺段炎性阴影为主要诊断依据。

4. 辨证论治:

①邪犯肺卫证　证候:发病初起,咳嗽,咳痰不爽,痰色白或黏稠色黄,发热重,恶寒轻,无汗或少汗,口微渴,头痛,鼻塞,舌边尖红,苔薄白或微黄,脉浮数。治法:疏风清热,宣肺止咳。方药:三拗汤或桑菊饮加减。

②痰热壅肺证　证候:咳嗽,咳痰黄稠或咳铁锈色痰,呼吸气促,高热不退,胸膈痞满,按之疼痛,口渴烦躁,小便黄赤,大便干燥,舌红苔黄,脉洪数或滑数。治法:清热化痰,宽胸止咳。方药:麻杏石甘汤合苇茎汤加减。

③热闭心神证　证候:咳嗽气促,痰声辘辘,烦躁,神昏谵语,高热不退,甚则四肢厥冷,舌红绛,苔黄而干,脉细滑数。治法:清热解毒,化痰开窍。方药:清营汤加减。

④阴竭阳脱证　证候:高热骤降,大汗肢冷,颜面苍白,呼吸急迫,四肢厥冷,唇甲青紫,神志恍惚,舌淡青紫,脉微欲绝。治法:益气养阴,回阳固脱。方药:生脉散合四逆汤加减。

⑤正虚邪恋证　证候:干咳少痰,咳嗽声低,气短神疲,身热,手足心热,自汗或盗汗,心胸烦闷,口渴欲饮,或虚烦不眠,舌红,苔薄黄,脉细数。治法:益气养阴,润肺化痰。方药:竹叶石膏汤加减。

5. 西医治疗原则:

①一般治疗。

②病因治疗:尽早应用抗生素是治疗感染性肺炎的首选手段。

命题考点4　原发性支气管肺癌

【历年真题纵览】

A1 型题

1. 治疗原发性支气管肺癌气阴两虚证,应首选的方剂是

A. 大补元煎合五味消毒饮

B. 血府逐瘀汤

C. 导痰汤

D. 沙参麦冬汤

E. 十枣汤

参考答案:A

A2 型题

2. 患者,男,68岁。诊为肺癌,症见唇甲紫暗,咳痰不爽,胸痛气急,舌有瘀点,脉弦。其证型是

A. 脾肺气虚

B. 痰热搏结

C. 气滞血瘀

D. 痰湿内阻

E. 肺气郁闭

参考答案:C

3. 患者,男性,58岁。有肺癌病史。症见咳嗽痰少,神疲乏力,纳差腹胀,口干喜饮,盗汗,大便干结,舌质红,脉细弱。可选用下列哪种方剂

A. 血府逐瘀汤

B. 导痰汤

C. 六君子汤

D. 六味地黄汤

E. 生脉饮

参考答案：E

4. 患者，男，67 岁。原发性支气管肺癌，咳嗽，痰多，胸闷，纳差便溏，身热尿黄，舌质暗或有瘀斑，苔厚腻，脉滑数。其证型是

A. 气滞血瘀

B. 痰湿毒蕴

C. 阴虚毒热

D. 气阴两虚

E. 阴阳两虚

参考答案：B

B1 型题

5.

A. 导痰汤

B. 温胆汤

C. 六君子汤

D. 七味白术散

E. 补中益气汤

①治疗肺癌痰湿毒蕴证，应首选

②治疗肺癌肺脾气虚证，应首选

参考答案：①A ②C

【考点评析】

中医学原无肺癌这一病名，现亦称“肺癌”，也可归属于“肺积”、“息贲”等病证范畴。

1. 原发性支气管肺癌发病外因为感受外邪、诸种毒气；内因为正虚脏腑失调。属正虚邪实证。西医认为吸烟、大气污染、职业性因素和理化性致癌因子、病毒、真菌毒素、遗传等因素是原发性支气管肺癌的病因。

2. 临床表现：原发肿瘤症状：咳嗽、咯血、喘鸣、胸闷、气短、体重下降、发热；局部扩展：可伴胸痛、呼吸困难、咽下困难、声音嘶哑等；如发生转移则出现相应器官组织的病变表现。

3. 常用检查：胸部 X 线、CT、磁共振、痰脱落细胞检查、纤维支气管镜检查、肿瘤标记物检查等。

4. 早期诊断要点：

①40 岁以上男性，有长期吸烟史，近期呛咳，持续数周不愈，或反复咯血痰。

②肺部炎症控制难或反复出现。

③X 线上见局限性肺气肿、肺不张、孤立性圆形病灶、单侧肺门阴影增大。

④原因不明的四肢关节疼痛及杵状指。

⑤无中毒症状的胸腔积液，尤其是血性积液。

⑥肺部原有的孤立圆形病灶增大。如出现以上情况当高度警惕，及早诊断。

5. 辨证论治：

①气滞血瘀证：宜行气活血软坚，血府逐瘀汤加减。

②痰湿毒蕴证：宜清热化痰、祛湿解毒，导痰汤加减。

③肺脾气虚证：宜益肺健脾，六君子汤加减。

④肺肾阴虚证：宜滋肾润肺，六味地黄汤合百合固金汤加减。

⑤气阴两虚证：宜益气养阴，大补元煎加减。

6. 西医治疗原则：肺癌的治疗应根据患者的机体状况、肿瘤的病理类别、侵犯的部位和发展趋势以及分期，合理、有计划地选择治疗手段。非小细胞癌早期患者以手术治疗为主，可切除的晚期（ⅢA）患者可采取新辅助化疗 + 手术治疗 + 放疗，不可切除的局部晚期（ⅢB）患者可采取化疗与放疗联合治疗，远处转移的晚期患者以姑息治疗为主。小细胞肺癌以化疗为主，辅以手术和（或）放疗。

①手术治疗。

②化学药物治疗（简称化疗）：小细胞肺癌对于化疗非常敏感，很多化疗药物可提高小细胞肺癌的缓解率，一般诱导化疗以 2～3 个周期为宜，较大病灶经化疗后缩小，以利手术治疗及放疗。非小细胞癌对化疗反应不敏感，主张对 NSCLC Ⅰ、Ⅱ期病人手术后进行化疗，以防术后局部复发或远处转移；ⅢA 期病人应于术前、术后进行全身化疗；ⅢB 期及Ⅳ期病人已不宜手术或放疗，可通过化疗延长生存期。

③放射治疗。

7. 预防：戒烟，防止空气污染，尤其是致癌物质污染，改善劳动条件，定期查体。

命题考点 5 慢性肺源性心脏病

【历年真题纵览】

A1 型题

1. 肺动脉高压早期的 X 线表现是

A. 双肺纹理增多

B. 双肺透亮度增加

C. 右下肺动脉主干增宽

D. 右心房肥大

E. 右心室肥厚、扩张

参考答案：C

2. 肺心病的诊断依据是

A. 长期肺、支气管病史

B. 肺动脉高压及右心室扩大征象

C. 肺气肿体征

D. 动脉血二氧化碳分压≥7.3 kPa

E. 动脉血二氧化碳分压≤8.0 kPa

参考答案:B

3. 治疗慢性肺源性心脏病阳虚水泛证,应首选的方剂是

A. 越婢加半夏汤

B. 涤痰汤

C. 真武汤

D. 苏子降气汤

E. 补肺汤

参考答案:C

4. 下列哪项不是肺胀的常见临床表现

A. 长期反复咳嗽

B. 喘息,气短难续

C. 痰涎壅盛

D. 胸中胀满

E. 唇暗舌紫,脉结代

参考答案:E

A2 型题

5. 患者,男,56 岁,肺心病病史 6 年,前日酒后受凉,发热,咳喘大作,咯吐黄痰,舌暗苔黄腻,脉滑数。其证型是

A. 痰浊阻肺

B. 痰热壅肺

C. 寒饮内停

D. 痰蒙清窍

E. 风热犯肺

参考答案:B

6. 患者,男,78 岁。经常气短,呼吸困难,最近出现头痛,烦躁不安,渐至言语不清,昏迷,于今日入院。查体:肺部叩诊呈过清音,心浊音界缩小,肝浊音界下降,应首先考虑的是

A. 结核性脑膜炎

B. 肺心病

C. 脑出血

D. 肺性脑病

E. 精神病

参考答案:D

7. 患者,男,53 岁。慢性肺源性心脏病史,咳嗽痰多,色白黏腻,气短喘息,脘痞纳少,倦怠乏力,舌质淡,苔薄腻,脉滑。其中医治法是

A. 清肺化痰,降逆平喘

B. 涤痰开窍,息风止痉

C. 温肾健脾,化饮利水

D. 补肺纳肾,降气平喘

E. 健脾益肺,化痰降气

参考答案:E

8. 患者,男,65 岁。慢性肺源性心脏病史 5 年。近日受凉后发热,咳喘加重,面色暗,口唇发绀,呼吸急促,舌红苔黄腻,脉弦滑数。其证型是

A. 痰浊阻肺

B. 痰热壅肺

C. 寒饮内停

D. 阴竭阳脱

E. 痰蒙神窍

参考答案:B

【考点评析】

1. 肺源性心脏病病因病机为外感时邪,内伤久病,痰浊潴留,日久肺虚为基础。病位在肺,及于脾、肾、心,病理因素为痰浊、水饮、血瘀互为影响。为虚实夹杂证。西医病机本病由支气管、肺、胸廓等疾病,致肺功能、结构发生不可逆性改变,又反复的气道感染和低氧血症,使肺动脉高压形成、心脏病变或发生心力衰竭等。

2. 临床表现:

①功能代偿期:多有长期慢性咳嗽、咳痰或哮喘史,活动后心悸、呼吸困难、乏力和劳动时耐力下降。体检可有明显肺气肿征,可有干、湿性啰音。肺动脉瓣区第二心音亢进,上腹部剑突下有明显心脏搏动。颈静脉可有轻度充盈。

②功能失代偿期:呼吸衰竭;心力衰竭。

③X 线表现:除肺胸基础疾病及急性肺部感染的特征外,尚可有肺动脉高压征:如右肺下动脉干扩张;肺动脉段明显突出;右心室增大等。

④并发症:酸碱失衡和电解质紊乱;上消化道出血和休克;肝肾功能损害和肺性脑病。

3. 常用检查:X 线、心电图、超声心动图、血气分析、血常规、肺功能检查、痰细菌学检查等。

4. 诊断要点:据慢性支气管炎、肺气肿、其他胸肺疾病或肺血管病变病史,肺动脉高压、右心室增大或右心功能不全等,结合辅助检查结果可作出诊断。

5. 辨证论治:

(1)急性期

①痰浊壅肺证　证候:咳嗽痰多,色白黏腻或呈泡沫样,短气喘息,稍劳即著,脘痞纳少,倦怠乏力,舌质偏淡,苔薄腻或浊腻,脉滑。治法:健脾益肺,化痰降气。方药:苏子降气汤加减。

②痰热郁肺证　证候:喘息气粗,烦躁,胸满,咳

嗽,痰黄或白,黏稠难咯,或身热,微恶寒,有汗不多,溲黄便干,口渴,舌红,舌苔黄或黄腻,边尖红,脉数或滑数。治法:清肺化痰,降逆平喘。方药:越婢加半夏汤加减。

③痰蒙神窍证　证候:神志恍惚,谵语,烦躁不安,撮空理线,表情淡漠,嗜睡,昏迷,或肢体瞤动,抽搐,咳逆,喘促,咳痰不爽,苔白腻或淡黄腻,舌质暗红或淡紫,脉细滑数。治法:涤痰开窍,息风止痉。方药:涤痰汤加减,另服安宫牛黄丸或至宝丹。

④阳虚水泛证　证候:面浮,下肢肿,甚则一身悉肿,腹部胀满有水,心悸,咳喘,咳痰清稀,脘痞,纳差,尿少,怕冷,面唇青紫,舌胖质暗,苔白滑,脉沉细。治法:温肾健脾,化饮利水。方药:真武汤合五苓散加减。

(2)缓解期

①肺肾气虚证　证候:呼吸浅短难续,声低气怯,甚则张口抬肩,倚息不能平卧,咳嗽,痰白清稀如沫,胸闷,心慌形寒,汗出,舌淡或暗紫,脉沉细微无力,或有结代。治法:补肺纳肾,降气平喘。方药:补肺汤加减。

②气虚血瘀证　证候:喘咳无力,气短难续,痰吐不爽,心悸,胸闷,口干,面色晦暗,唇甲发绀,神疲乏力,舌淡暗,脉细涩无力。治法:益气活血,止咳化痰。方药:生脉散合血府逐瘀汤加减。

6.西医治疗原则

(1)急性加重期

①控制感染。

②氧疗。

③控制心力衰竭:利尿、强心、扩血管。

④控制心律失常。

⑤抗凝。

⑥加强护理。

(2)缓解期:去除诱因;营养疗法,增强体质和免疫功能;减少或避免急性加重期的发生。

第二单元　循环系统疾病

命题考点1　风湿性心脏瓣膜病

【历年真题纵览】

A1 型题

1.风湿性心脏瓣膜病的主要病因是

A.七情所伤

B.饮食不节

C.禀赋不足

D.劳倦体虚

E.感受外邪

参考答案:E

2.风湿热诊断标准中的主要表现不包括

A.舞蹈病

B.关节痛

C.心肌炎

D.皮下结节

E.环形红斑

参考答案:B

3.风湿性心脏瓣膜病并发栓塞,最常见于

A.二尖瓣狭窄合并心力衰竭

B.二尖瓣狭窄合并心房纤颤

C.二尖瓣关闭不全合并心力衰竭

D.二尖瓣关闭不全合并主动脉瓣关闭不全

E.二尖瓣狭窄合并关闭不全

参考答案:B

4.风湿性心脏瓣膜病心阴不足证的治法是

A.益气养阴

B.滋阴补阳

C.滋阴安神

D.滋阴润燥

E.滋补肾阴

参考答案:C

A2 型题

5.患者,女,42岁。心悸气短,动则气促,神疲乏力,自汗,胸闷心痛,咳唾痰涎,舌暗苔白腻,脉弦滑时有结代。诊断为风心病,心功能3级,其治法是

A.益气通瘀化痰

B.益气温阳化瘀

C.益气温阳祛痰

D.温阳泻肺逐饮

E.温阳活血利水

参考答案:A

6.患者,男,40岁。患风湿性心脏瓣膜病多年。症见心悸气短,神疲乏力,咳嗽喘促,颧颊暗红,唇甲青紫,舌有瘀斑,脉细结代。其治法是

A.温补心阳

B.滋阴安神

C.温阳利水

D.泻肺利水

E.益气活血

参考答案:E

B1 型题

7.

A. 心阴不足

B. 心阳不足

C. 心肾阳虚

D. 气虚血瘀

E. 水气凌心射肺

①风湿性心脏瓣膜病患者，症见：心悸喘促，不能平卧，四肢浮肿，形寒肢冷，便溏尿少，舌淡苔白，脉沉细弱。其证型是

②风湿性心脏瓣膜病患者，症见：心悸盗汗，心烦不寐，两颧发红，干咳带血，舌红少苔，脉细数。其证型是

参考答案：①C　②A

8.

A. 气虚、阳虚或阴虚

B. 气虚、血虚或阴虚

C. 气虚、血虚或阳虚

D. 水饮内停，瘀血内阻

E. 风寒湿邪，瘀血内阻

①中医学认为，风湿性心脏瓣膜病多虚实夹杂，其本虚是指

②中医学认为，风湿性心脏瓣膜病多虚实夹杂，其标实是指

参考答案：①A　②D

【考点评析】

1. 风湿性心脏病属中医"心痹"范畴，为风寒湿邪或风湿热邪侵入人体，留着筋脉关节，日久内合于心形成心痹。痹病日久耗伤正气，或反复感受外邪，邪由经络关节侵及血脉，遂由血脉内舍脏腑，因心主血脉，血脉之邪，心先受之，故发生心痹。其本虚为正气不足。

2. 二尖瓣狭窄时，扩大的左心耳处最易形成栓子，而房颤又易促使左心耳处血栓形成，脱落后引起栓塞。

3. 中医之"心"有藏神的功能，心阴不足必神无所藏，表现为心烦不安或心神不宁，故在滋补心阴的同时应兼顾安神。

4. 中医辨证论治

(1)气阴两虚证　证候：心悸气短，倦怠乏力，头晕目眩，面色无华，动则汗出，自汗或盗汗，夜寐不宁，口干，舌质红或淡红，苔薄白，脉细数无力或促、结、代。治法：益气养阴，宁心复脉。方药：炙甘草汤加味。

(2)气虚血瘀证　证候：心悸气短，面色晦暗，口唇青紫，颈脉怒张，胸胁满闷，胁下痞块，或痰中带血，舌有紫斑、瘀点，脉细涩或结代。治法：益气养心，活血通脉。方药：独参汤合桃仁红花煎加减。

(3)心肾阳虚证　证候：心悸，喘息不能平卧，颜面及肢体浮肿，或伴胸水、腹水，脘痞腹胀，形寒肢冷，大便溏泄，小便短少，舌体胖大，质淡，苔薄白，脉沉细无力或结代。治法：温补心肾，化气行水。方药：参附汤合五苓散加减。

(4)阳虚水泛证　证候：喘促气急，痰涎上涌，咳嗽，吐粉红色泡沫样痰，颜面灰白，口唇青紫，汗出肢冷，烦躁不安，舌质暗红，苔白腻，脉细促。治法：温肾助阳，泻肺行水。方药：真武汤合葶苈大枣泻肺汤加减。

(5)心阳虚脱证　证候：心悸烦躁，呼吸短促，不能平卧，喘促不宁，额汗不止，精神萎靡，唇甲青紫，四肢厥冷，舌质淡，苔白，脉细微欲绝。治法：补虚固脱。方药：参附汤合生脉散。

命题考点 2　原发性高血压

【历年真题纵览】

A1 型题

1. 中医学认为引起高血压病的病机关键是

A. 肝肾阴阳失调

B. 肝脾疏泄失调

C. 肺肾吐纳失调

D. 心肾交济失调

E. 心肺相辅失调

参考答案：A

2. 下列哪项不是高血压病的并发症

A. 短暂性脑缺血发作

B. 脑血栓形成

C. 脑出血

D. 脑栓塞

E. 高血压脑病

参考答案：D

3. 治疗高血压病肝阳上亢证，应首选

A. 龙胆泻肝汤

B. 天麻钩藤饮

C. 镇肝息风汤

D. 半夏白术天麻汤

E. 地黄饮子

参考答案：C

4. 治疗高血压病痰湿内盛证，应首选的方剂是

A. 半夏白术天麻汤
B. 瓜蒌薤白半夏汤合涤痰汤
C. 枳实薤白桂枝汤合当归四逆汤
D. 天麻钩藤饮
E. 济生肾气丸

参考答案:A

A2 型题

5. 患者,男,54 岁。高血压病史多年,眩晕头痛,耳鸣,多梦,心烦易怒,口苦咽干,腰痠腿软。手足心热,舌红苔薄白,脉弦细数。其证型是

A. 肝风上扰
B. 痰浊中阻
C. 肝火亢盛
D. 阴虚阳亢
E. 肝肾阴虚

参考答案:D

6. 患者,男,53 岁。头晕头痛,目眩,面红目赤,烦躁,口苦,便秘,小便短赤,舌红苔黄,脉弦数。血压 170/100 mmHg (22.6/13.3 kPa)。其治法是

A. 滋阴平肝
B. 泻肝清火
C. 滋阴补阳
D. 化痰胜湿
E. 镇肝息风

参考答案:B

7. 患者,男,58 岁。既往有高血压病史,晨起时突然出现口眼歪斜,语言謇涩,右侧半身不遂,痰多,腹胀便秘,头晕目眩,舌质红,苔黄腻,脉弦滑。即来医院就诊,测血压 180/100 mmHg,头颅 CT 未见异常。其诊断是

A. 高血压病,肝阳暴亢,风上火扰证
B. 高血压病,脑梗死风痰淤血阻痹络脉证
C. 高血压病,脑出血气虚血瘀证
D. 高血压病,脑梗死,痰热腑实风痰上扰证
E. 高血压病阴虚风动证

参考答案:D

8. 患者,女,45 岁。血压 160/95 mmHg(21.3/12.6 kPa)以上,已持续 2 年。现眩晕头痛,腰膝痠软,耳鸣多梦,心烦易怒,口苦咽干,手足心热,舌红少苔,脉弦细数。其证型是

A. 肝火亢盛
B. 肝风上扰
C. 阴虚阳亢
D. 痰浊中阻
E. 阴阳两虚

参考答案:C

9. 患者,男,48 岁。十二指肠溃疡病史 20 年,近感头痛、眩晕而就诊。检查:血压 160/100 mmHg (21/13 kPa)。下列降压药应慎用的是

A. 可乐定
B. 利血平
C. 肼苯哒嗪
D. 氢氯噻嗪
E. 卡托普利

参考答案:B

B1 型题

10.

A. α-受体阻滞剂
B. β-受体阻滞剂
C. 钙拮抗剂
D. 利尿剂
E. 血管紧张素转化酶抑制剂

①治疗高血压伴心率过快,应首选
②治疗高血压伴心力衰竭,应首选

参考答案:①B ②E

【考点评析】

1. 高血压定义为收缩压≥140 mmHg 和(或)舒张压≥于 90 mmHg。根据血压升高水平,又进一步将高血压分为 1,2,3 级。目前诊断标准采用 2004 年中国高血压联盟的诊断标准。

表 血压水平的定义和分类

类别	收缩压(mmHg)	舒张压(mmHg)
正常血压	<120	<80
正常高值	120~139	80~89
高血压	≥140	≥90
1 级高血压(轻度)	140~159	90~99
2 级高血压(中度)	160~179	100~109
3 级高血压(重度)	≥180	>110
单纯收缩期高血压	≥140	<90

注:当收缩压和舒张压分属于不同分级时,以较高的级别作为标准

2. 原发性高血压的病因为多因素,可分为遗传和环境因素两个方面。高血压是遗传易感性和环境因素相互作用的结果。一般认为在比例上,遗传因素约占 40%,环境因素约占 60%。

3. 高血压的发病机制:高血压的血流动力学特征主要是总外周血管阻力相对或绝对增高。高血压的发病机制较集中在以下几个环节。①交感神经系统活性亢进;②肾性水钠潴留;③肾素－血管紧张

素-醛固酮系统(RAAS)激活;④细胞膜离子转运异常导致细胞内钠、钙离子浓度升高;⑤胰岛素抵抗。

4. 高血压早期无明显病理改变。长期高血压引起全身小动脉病变,表现为小动脉中层平滑肌细胞增殖和纤维化,管壁增厚和管腔狭窄,导致重要靶器官如心、脑、肾组织缺血。长期高血压及伴随的危险因素可促进动脉粥样硬化的形成及发展,该病变主要累及中、大动脉。①心脏:高血压的心脏改变主要是左心室肥厚和扩大。②脑:长期高血压使脑血管发生缺血与变性,容易形成微动脉瘤,从而发生脑出血。③肾脏:长期持续高血压使肾小球内囊压力升高,肾小球纤维化、萎缩,以及肾动脉硬化,最终导致肾功能衰竭。④视网膜小动脉早期发生痉挛,随着病程进展出现硬化改变。

5. 恶性或急进型高血压:少数患者病情急骤发展,舒张压持续>130 mmHg,并有头痛、视力模糊、眼底出血、渗出和乳头水肿,肾脏损害突出,持续蛋白尿、血尿与管型尿。病情进展迅速,如不及时给予有效降压治疗,预后很差,常死于肾功能衰竭、脑卒中或心力衰竭。病理上以肾小动脉纤维样坏死为特征。

6. 高血压危象:因紧张、疲劳、寒冷、嗜铬细胞瘤阵发性高血压发作、突然停服降压药等诱因,小动脉发生强烈痉挛,血压急剧上升,影响重要脏器血液供应而产生危急症状。在高血压早期与晚期均可发生。危象发生时,出现头痛、烦躁、眩晕、恶心、呕吐、心悸、气急及视力模糊等严重症状,以及伴有痉挛动脉(椎基底动脉、颈内动脉、视网膜动脉、冠状动脉等)累及的靶器官缺血症状。

7. 高血压脑病:发生在重症高血压患者,由于过高的血压突破了脑血流自动调节范围,脑组织血流灌注过多引起脑水肿。临床表现以脑病的症状与体征为特点,表现为弥漫性严重头痛、呕吐、意识障碍、精神错乱,甚至昏迷、局灶性或全身抽搐。

8. 高血压治疗原则:①改善生活行为:减轻体重,减少钠盐摄入,补充钙和钾盐,减少脂肪摄入,限制饮酒,增加运动;②高血压2级或以上患者(>160/100mmHg);高血压合并糖尿病,或者已经有心、脑、肾靶器官损害和并发症患者;凡血压持续升高6个月以上,改善生活行为后血压仍未获得有效控制患者。③原则上应将血压降到患者能最大耐受的水平,目前一般主张血压控制目标值至少<140/90 mmHg。糖尿病或慢性肾脏病合并高血压患者,血压控制目标值<130/80 mmHg。

9. 目前常用降压药物可归纳为五大类,即利尿剂、β受体阻滞剂、钙通道阻滞剂(CCB)、血管紧张素转换酶抑制剂(ACEI)和血管紧张素Ⅱ受体阻滞剂(ARB)。

10. 辨证论治:

①肝阳上亢证　证候:头晕头痛,口干口苦,面红目赤,烦躁易怒,大便秘结,小便黄赤,舌质红,舌苔薄黄,脉弦细有力。治宜平肝潜阳,方用天麻钩藤饮加减。

②痰湿内盛证　证候:头晕头痛,头重如裹,困倦乏力,胸闷,腹胀痞满,少食多寐,呕吐痰涎,肢体沉重,舌胖苔腻,脉濡滑。治宜祛痰泄浊,方用半夏白术天麻汤加减。

③瘀血内停证　证候:头痛经久不愈,固定不移,头晕阵作,偏身麻木,胸闷,时有心前区痛,口唇发绀,脉弦细涩,舌紫。治宜活血化瘀,方用血府逐瘀汤加减。

④肝肾阴虚证　证候:头晕耳鸣,目涩,咽干,五心烦热,盗汗,不寐多梦,腰膝酸软,大便干涩,小便热赤,脉细数或细弦,舌质红少苔。治宜滋补肝肾,平潜肝阳,方杞菊地黄丸加减。

⑤肾阳虚衰证　证候:头晕眼花,头痛耳鸣,形寒肢冷,心悸气短,腰膝酸软,遗精阳痿,夜尿频多,大便溏薄,脉沉弱,舌淡胖。治宜温补肾阳,方用济生肾气丸加减。

11. 预防　高血压的预防一般分为三级:一级预防是针对高危人群和整个人群,以社区为主,注重使高血压易感人群通过减轻体重、改善饮食结构、戒烟、限酒、增加体育活动等预防高血压病的发生;二级预防是针对高血压患者,包括一切预防内容,并采用简便、有效、安全、价廉的药物进行治疗;三级预防是针对高血压重症的抢救,预防其并发症的产生和死亡。

命题考点3　冠状动脉粥样硬化性心脏病

【历年真题纵览】

A1型题

1. 心绞痛的疼痛典型部位,在

A. 心尖区

B. 心前区

C. 胸骨体下段之胸骨后

D. 胸骨体上中段之胸骨后

E. 心窝部

参考答案:D

2. 心绞痛发作时，首选的速效药物是

A. 普萘洛尔（心得安）

B. 硝苯地平（心痛定）

C. 硝酸异山梨醇酯（消心痛）

D. 硝酸甘油

E. 阿司匹林

参考答案：D

3. 心绞痛病位在心，还涉及的脏腑是

A. 肺、肝、肾

B. 肝、脾、肾

C. 肺、脾、肾

D. 肺、脾、肝

E. 肺、心包、脾

参考答案：B

4. 冠心病心绞痛气阴两虚证的治法是

A. 益气温阳，宁心安神

B. 益气养阴，宁心复脉

C. 养心壮胆，安神定悸

D. 养心滋肾，宁神复脉

E. 益气补血，宁心定悸

参考答案：B

5. 胸痹的病机，总属

A. 气血失和

B. 寒热错杂

C. 气血两虚

D. 本虚标实

E. 上盛下虚

参考答案：D

A2 型题

6. 患者，男，70 岁。患冠心病多年，胸痛绵绵，心悸少寐，气短乏力，五心烦热，汗多口干，眩晕耳鸣，两颧微红，舌红少苔，脉细数无力。治疗应首选

A. 生脉散合炙甘草汤

B. 知柏地黄丸

C. 保元汤

D. 血府逐瘀汤

E. 瓜蒌薤白半夏汤

参考答案：B

7. 患者，男，54 岁。常于安静时突发胸骨后疼痛，每次约半小时，含硝酸甘油片不能缓解。心电图示有关导联 ST 段抬高。诊断为心绞痛，其类型是

A. 稳定型

B. 变异型

C. 卧位型

D. 中间型

E. 恶化型

参考答案：B

8. 患者，男，62 岁。胸闷刺痛，痛有定处，恶心呕吐，口中粘腻，头晕目眩，心悸气短，面部暗青，舌紫暗苔白腻，脉弦滑。其治法是

A. 通阳泄浊

B. 豁痰理气

C. 祛瘀止痛

D. 益气养阴

E. 豁痰化瘀

参考答案：E

9. 患者，女，60 岁。反复发作胸闷胸痛半月余，痰多白粘，纳呆，脘胀，形寒肢冷，舌苔白腻，脉弦滑。心电图 V3、V4、V5、V6 导联 ST 段下移，T 波倒置。其证型是

A. 痰湿痹阻

B. 气阴两虚

C. 寒痰痹阻

D. 气血不足

E. 肝气郁结

参考答案：C

10. 患者，男，53 岁。形体肥胖，胸闷胸痛反复发作 1 周，含服硝酸甘油 1 ~ 2 分钟可缓解。痰多色白，纳呆，脘胀，形寒肢冷，舌淡苔白滑，脉弦滑。其治法是

A. 通阳泄浊，益气养阴

B. 豁痰散结，益气补血

C. 豁痰化痰，行气止痛

D. 通阳泄浊，豁痰散结

E. 疏肝理气，活血化瘀

参考答案：D

11. 患者，男，70 岁。既往有高血压和糖尿病病史。经常体乏少力，气短懒言，今洗衣服时突然心前区疼痛，伴有心悸汗出，含服硝酸甘油 2 分钟疼痛缓解。舌淡暗有齿痕，脉沉细。心电图示 V1 ~ V6 T 波倒置。心肌酶谱正常。应首先考虑的诊断是

A. 冠心病心绞痛气虚血瘀证

B. 冠心病心绞痛痰浊内阻证

C. 冠心病心肌梗死气滞血瘀证

D. 冠心病心肌梗死寒凝心脉证

E. 冠心病心肌梗死心肾阳虚证

参考答案：A

B1 型题

12.

A. 阴寒凝滞

B. 气滞心胸

C. 气虚血瘀

D. 痰浊内阻

E. 气阴两虚

①心绞痛遇劳则发,神疲乏力,气短懒言,心悸自汗,舌淡暗,苔薄白,脉结代。属于

②心绞痛发则胸闷痛如窒,气短痰多,肢体沉重,纳呆泛恶,舌苔浊腻,脉滑。属于

参考答案:①E ②D

【考点评析】

1. 心绞痛是指冠状动脉粥样硬化发生血管腔阻塞,导致心肌缺血、缺氧而引起的心脏病。属中医学的"胸痹"范畴。心绞痛病因有寒邪内侵、情志失调、饮食不当、年老体虚等。本虚标实,本虚为心、脾、肝、肾功能失调,标实为寒凝气滞,心血瘀阻,痰浊闭塞。西医认为本病与劳累、情绪激动、左心衰等心脏负荷增加有关,心肌耗氧量增加,而病变冠状动脉不能满足需要,同时缺血缺氧又使多种代谢产物增加积聚,共同引起疼痛。

2. 危险因素:多发生在40岁以上,男性多于女性,脑力劳动者发病较多,其他主要有高血压、高脂血症、糖尿病、吸烟、肥胖、体力活动减少以及心理社会因素等。

3. 西医分类

①隐匿型冠心病(无症状型冠心病)。

②心绞痛型冠心病。

③心肌梗死型冠心病。

④心力衰竭和心律失常型冠心病(心肌硬化性冠心病)。

⑤猝死型冠心病(原发性心脏骤停型冠心病)。

4. 临床表现:典型心绞痛的特点:

①胸骨后或心前区突然发生疼痛,可放射至颈颌部、左肩胛部、左臂内侧甚或上腹部。

②多因劳力过度、情绪激动、饱餐、吸烟、突然受冷、心动过速及休克等而诱发。

③疼痛的性质常为压迫、憋闷紧缩感,偶伴濒死的恐惧感觉。重者可迫使病人终止活动,面色苍白,出冷汗等。

④疼痛持续时间多为1~5分钟。

⑤舌下含用硝酸甘油后1.5~3分钟或休息后疼痛缓解。

5. 常用检查:心脏X线检查、心电图检查、核素心肌显影、冠状动脉造影等。

6. 诊断要点:

①典型症状和体征,含服硝酸甘油后可迅速缓解。

②结合年龄和伴见的冠心病易患因素。

③再除外其他原因所致的心绞痛,一般可诊断。

7. 分型诊断

①劳累型心绞痛:包括有稳定型心绞痛、初发型心绞痛(新近发生心绞痛)、恶化型心绞痛(增剧型心绞痛)。

②自发性心绞痛:包括卧位型心绞痛、变异型心绞痛、中间综合征和梗死后心绞痛。

③混合型心绞痛。

8. 辨证论治

①心血瘀阻证　证候:胸痛较剧,如刺如绞,痛有定处,入夜加重,伴有胸闷,日久不愈,或因暴怒而致心胸剧痛,舌质紫暗,或有瘀斑,舌下络脉青紫迂曲,脉弦涩或结代。治宜活血化瘀,通脉止痛,方用血府逐瘀汤加减。

②痰浊内阻证　证候:胸闷痛如窒,气短痰多,肢体沉重,形体肥胖,纳呆恶心,舌苔浊腻,脉滑。治宜通阳泄浊、豁痰散结,方用瓜蒌薤白半夏汤合涤痰汤加减。

③阴寒凝滞证　证候:猝然胸痛如绞,天冷易发,感寒痛甚,形寒,甚则四肢不温,冷汗自出,心痛彻背,背痛彻心,心悸短气,舌质淡红,苔白,脉沉细或沉紧。治宜辛温通阳、开痹散寒,方用枳实薤白桂枝汤合当归四逆汤加减。

④气虚血瘀证　证候:胸痛隐隐,时轻时重,遇劳则发,神疲乏力,气短懒言,心悸自汗,舌质淡暗,胖有齿痕,苔薄白,脉缓弱无力或结代。治宜益气活血、通脉止痛,方用补阳还五汤加减。

⑤气阴两虚证　证候:胸闷隐痛,时作时止,心悸气短,倦怠懒言,头晕目眩,心烦多梦,或手足心热,舌红少津,脉细弱无力或结代。治宜益气养阴、活血通络,方用生脉散合炙甘草汤加减。

⑥心肾阴虚证　证候:胸闷痛或灼痛,心悸盗汗,虚烦不寐,腰膝酸软,头晕耳鸣,舌红少苔,脉沉细数。治宜滋阴益肾、养心安神,方用左归丸加减。

⑦心肾阳虚证　证候:心悸而痛,胸闷气短,甚则胸痛彻背,心悸汗出,畏寒肢冷,下肢浮肿,腰酸无力,面色苍白,唇甲淡白或青紫,舌淡白或紫暗,脉沉细或沉微欲绝。治宜益气壮阳、温络止痛,方用参附汤合右归丸加减。

9. 西医治疗原则

①硝酸酯类药:有五种用药途径:口含、口服、吸入、静脉、皮肤。

②β-受体阻滞剂。

③钙通道阻滞剂:治疗变异型心绞痛疗效最好。

④冠状动脉扩张剂。

⑤其他疗法：如低分子右旋糖酐。

10. 预防：可归纳为A、B、C、D、E五个方面。

A. aspirin 阿司匹林，抗血小板聚集（或氯吡格雷，噻氯匹定）；

anti - anginal 抗心绞痛，硝酸类制剂。

B. beta - blocker β受体阻滞剂，预防心律失常，减轻心脏负荷等；

blood pressure control 控制好血压。

C. cholesterol lowing 控制血脂水平；

cigarettes quiting 戒烟。

D. diet control 控制饮食；

diabetes treatment 治疗糖尿病。

E. education 普及有关冠心病的教育，包括患者及家属；

exercise 鼓励有计划的、适当的运动锻炼。

命题考点4 心肌梗死

【历年真题纵览】

A1 型题

1. 前间壁心肌梗死特征性心电图改变，见于

A. V3、V4、V5

B. V1、V2、V3、V4、V5

C. V1、V2、V3

D. V5、Ⅰ、aVL

E. Ⅱ、Ⅲ、aVF

参考答案：C

2. 急性心肌梗死最常见的心律失常是

A. 房性早搏或心房纤颤

B. 室性早搏或室性心动过速

C. 房室传导阻滞

D. 预激综合征

E. 右束支传导阻滞

参考答案：B

3. 缓解急性心肌梗死疼痛的最有效药物是

A. 硝酸异山梨醇酯（消心痛）

B. 硝酸甘油

C. 吗啡

D. 安痛定

E. 硝苯地平（心痛定）

参考答案：C

4. 治疗心肌梗死心阳欲脱证，应首选的方剂是

A. 半夏白术天麻汤

B. 瓜蒌薤白半夏汤合涤痰汤

C. 枳实薤白桂枝汤合当归四逆汤

D. 参附龙牡汤

E. 当归四逆汤合苏合香丸

参考答案：D

A2 型题

5. 患者，男，74岁。胸痛持续剧烈，甚则心痛彻背，背痛彻心，形寒肢冷，神疲气怯，伴心悸气促，手足青紫厥冷，舌紫暗苔滑润，脉沉细无力。诊断为急性前壁心肌梗死，其证型是

A. 气阴亏损，心络瘀阻

B. 心肾阳虚，虚阳外越

C. 心脾两虚，痰浊阻遏

D. 气阳虚衰，寒凝心络

E. 心肺气虚，痰瘀互结

参考答案：D

6. 患者，男，59岁。体胖，多年吸烟，近1年常有劳累性心前区疼痛，日前丧母而致心前区剧痛，并向左肩放射。入院时检查：神志模糊，心电图示广泛心肌缺血，抢救无效死亡。其死因最大的可能是

A. 心肌炎

B. 高血压性心脏病，心力衰竭

C. 急性心肌梗死

D. 心肌病

E. 脑溢血

参考答案：C

7. 患者，男，50岁。急性心肌梗死第2天，少尿，血压80/50 mmHg（10.7/6.7 kPa），烦躁不安，面色苍白，表情淡漠，皮肤湿冷，大汗淋漓，脉细弱无力。应首先考虑的是

A. 左心衰竭

B. 急性肾功能衰竭

C. 心肌梗死后综合征

D. 低血糖反应

E. 心源性休克

参考答案：E

8. 患者冠心病史3年。晨痛持续剧烈，甚则心痛彻背，背痛彻心，含服硝酸甘油后不能缓解，且形寒肢冷，神疲气怯，心悸，汗出，面浮足肿，气急喘促，难以平卧，手足青紫厥冷。舌紫暗，苔白润，脉沉细无力。其证型是

A. 高血压性心脏病，气阴两虚型

B. 冠心病心绞痛，气阴两虚型

C. 冠心病心绞痛，寒痰痹阻

D. 冠心病心绞痛，痰瘀痹阻

E. 急性心肌梗死，气阴两虚型

参考答案：E

B1 型题

9.

A. 四逆汤合桃红四物汤

B. 生脉散合血府逐瘀汤

C. 六味地黄汤合补中益气汤

D. 瓜蒌薤白白酒汤合苓桂术甘汤

E. 参附汤合枳实薤白桂枝汤

①治疗急性心肌梗死气阴亏损，心络瘀阻证，应首选

②治疗急性心肌梗死阳气虚衰，寒凝心络证，应首选

参考答案：①B ②E

【考点评析】

1. 心肌梗死属中医学“真心痛”范畴。辨证分气阴亏损、心络瘀阻证；阳气虚衰、寒凝心络证两型。西医认为本病基本病因是动脉粥样硬化，还有炎症、动脉畸形、痉挛等，引起血管管腔狭窄、闭塞，致心肌缺血性坏死，开始急性心肌梗死的病理过程。

2. 临床表现：疼痛、发热、心律失常、低血压和休克、心力衰竭等。

(1)先兆症状：原有心绞痛症状加重、发作频繁且时间延长，对硝酸甘油疗效明显降低；一向健康的中老年人突发心绞痛，并进行性加重；劳累型心绞痛突然转为夜间或安静时发作，或同时并发自发性心绞痛等。

(2)症状：①疼痛：其发作部位和性质与心绞痛相似，但需鉴别：心肌梗死多无明显诱因，常发生于安静时；发作后经休息或含用硝酸甘油不能缓解；疼痛剧烈难以忍耐，同时持久；病人常烦躁不安；疼痛范围广泛；少数病人可无疼痛，一开始即表现为休克或急性心力衰竭；部分病人疼痛位于上腹部，易误诊为急腹症；部分病人因疼痛放射至下颌、颈部、背部而误诊为牙痛或关节痛。②全身症状：有发热、心动过速、白细胞增高和红细胞沉降率增高。③胃肠道症状：少数常以此为首发症状。④心律失常：以室性心律失常最为多见。⑤低血压和休克。⑥心力衰竭。

(3)体征：①心脏体征。②低血压和休克。③其他：可有与心律失常、休克和心力衰竭有关的其他体征。

3. 常用检查：①心电图是确诊的最有价值的检查方法之一，典型表现有坏死性 Q 波，损伤性 ST 段和缺血性 T 波改变，动态演变可分为极早期、急性期、亚急性期和陈旧期四个阶段；②血白细胞增多；③红细胞沉降率增快；④血清心肌酶谱改变，尤其 CPK 的同工酶只见于急性心肌坏死，故具有高度敏感性和特异性；⑤血和尿肌红蛋白增高。

4. 诊断要点：典型急性心肌梗死的诊断条件有剧烈的胸骨后或心前区疼痛，特征性心电图改变和心肌酶升高。

5. 辨证论治

①气滞血瘀证　证候：胸中痛甚，胸闷气促，烦躁易怒，心悸不宁，脘腹胀满，唇甲青暗，舌质紫暗或有瘀斑，脉沉弦涩或结代。治宜活血化瘀、通络止痛，方用血府逐瘀汤加减。

②寒凝心脉证　证候：胸痛彻背，心痛如绞，胸闷憋气，形寒畏冷，四肢不温，冷汗自出，心悸短气，舌质紫暗，苔薄白，脉沉细或沉紧。治宜散寒宣痹、芳香温通，用当归四逆汤合苏合香丸加减。

③痰瘀互结证　证候：胸痛剧烈，如割如刺，胸闷如窒，气短痰多，心悸不宁，腹胀纳呆，恶心呕吐，舌苔浊腻，脉滑。治宜豁痰活血、理气止痛，方用瓜蒌薤白半夏汤合桃红四物汤加减。

④气虚血瘀证　证候：胸闷心痛，动则加重，神疲乏力，气短懒言，心悸自汗，舌体胖大，有齿痕，舌质暗淡，苔薄白，脉细弱无力或结代。治宜益气活血、祛瘀止痛，方用补阳还五汤加减。

⑤气阴两虚证　证候：胸闷心痛，心悸不宁，气短乏力，心烦少寐，自汗盗汗，口干耳鸣，腰膝酸软，舌红，苔少或剥脱，脉细数或结代。治宜益气养阴、通脉止痛，方用生脉散合左归饮加减。

⑥阳虚水泛证　证候：胸痛胸闷，喘促心悸，气短乏力，畏寒肢冷，腰部、下肢浮肿，面色苍白，唇甲淡白或青紫，舌淡胖或紫暗，苔水滑，脉沉细。治宜温阳利水、通脉止痛，方用真武汤合葶苈大枣泻肺汤加减。

⑦心阳欲脱证　证候：胸闷憋气，心痛频发，四肢厥逆，大汗淋漓，面色苍白，口唇发绀，手足青至节，虚烦不安，甚至神志淡漠，或突然昏厥，舌质青紫，脉微欲绝。治宜回阳救逆、益气固脱，方用参附龙牡汤加减。

6. 西医治疗原则

①休息、吸氧和监护。

②迅速止痛和镇静。

③心肌再灌注，应用溶栓疗法、介入疗法、冠状旁路移植术等。

④药物治疗：硝酸酯类药、抗血小板药、β－受体

阻滞剂、钙通道阻滞剂、抗凝药、ACEI类药和血管紧张素Ⅱ受体阻滞等。

⑤消除心律失常。

⑥控制休克。

⑦治疗心力衰竭。

命题考点5 心功能不全

【历年真题纵览】

A1 型题

1. 慢性心功能不全的基本病因是

A. 严重心律失常

B. 感染

C. 心肌收缩、舒张功能受损

D. 钠盐摄入过多

E. 过度体力劳动

参考答案:C

2. 急性心梗并发心力衰竭,24小时内禁用的是

A. 利尿剂

B. ACEI

C. 洋地黄

D. 硝酸甘油

E. 硝普钠

参考答案:C

3. 通脉四逆汤合参附龙骨牡蛎汤适用于心力衰竭的哪种证型

A. 心肾阳虚,痰饮上逆

B. 心肺气虚,痰浊中阻

C. 心肾阳虚,水饮泛滥

D. 心肺气虚,血脉瘀阻

E. 心肾阳虚,虚阳外越

参考答案:E

A2 型题

4. 患者,男,26岁。先天性心脏病致心力衰竭,应用强心苷疗效不显著。可试换用的药物是

A. 氯化钙

B. 阿托品

C. 卡托普利

D. 肾上腺素

E. 异丙肾上腺素

参考答案:C

5. 患者,男,58岁。高血压病史20年,近1年常心慌、气短,昨夜睡眠中突然憋醒,胸闷、咳嗽、气喘,急诊入院。经检查诊断为急性肺水肿,左心衰竭。治疗应选用

A. 肾上腺素

B. 异丙肾上腺素

C. 山莨菪碱

D. 吗啡

E. 以上均非

参考答案:D

6. 患者,男,60岁。3年前急性广泛性前壁心肌梗死,现喘促气逆,不能平卧,夜间尤甚,心悸不寐,咳痰清稀、量多,形寒肢冷,腰膝瘦软,小便不利,舌淡暗苔白腻,脉弦细而滑。治疗应首选

A. 真武汤合五苓散

B. 真武汤合苓桂术甘汤

C. 真武汤合桃红四物汤

D. 参附汤合五苓散

E. 参附汤合葶苈大枣泻肺汤

参考答案:B

7. 患者,女,60岁。高血压病史18年,劳累后喘息。近日外感后,喘息加重,咳嗽,咳吐泡沫痰,夜间不能平卧,心悸气短,面色白,形寒肢冷,尿少,下肢轻度浮肿,便溏,舌淡齿痕,脉沉细。应首先考虑的诊断是

A. 心绞痛心肺气虚证

B. 高血压病气虚血瘀证

C. 支气管哮喘气阴亏虚证

D. 慢性支气管炎心肾阳虚证

E. 心力衰竭心肾阳虚证

参考答案:E

8. 患者,女,28岁。以心悸、气短、下肢浮肿入院。检查:颈静脉怒张,心尖部舒张期杂音,肝肋缘下3 cm轻度压痛。肝颈静脉回流征(+)。其肝脏病变可能是

A. 慢性迁延性肝炎

B. 肝炎后肝硬化

C. 慢性肝淤血

D. 肝脂肪变性

E. 肝细胞肝癌

参考答案:C

B1 型题

9.

A. 参附汤合五苓散

B. 参附汤合葶苈大枣泻肺汤

C. 参附龙牡汤

D. 真武汤合五苓散

E. 真武汤合葶苈大枣泻肺汤

①治疗心力衰竭心肾阳虚,痰饮上逆证,应首选

②治疗心力衰竭心肾阳虚,水饮泛滥证,应首选

参考答案:①B ②D

10.

A. 心率加快

B. 体循环静脉淤血

C. 毛细血管通透性增高

D. 肺淤血,肺水肿

E. 心室肥厚

①左心衰竭主要是由于

②右心衰竭主要是由于

参考答案:①D ②B

11.

A. 心悸气短,动则加剧,胸闷心痛,咳唾

B. 喘促气逆,不能平卧,痰稀量多,形寒肢冷

C. 下肢水肿,喘促气短,形寒肢冷,小便短少

D. 喘促日久,呼多吸少,面赤躁扰,汗出如珠

E. 咳痰黄稠,烦躁不安,心烦失眠,口咽干

①充血性心力衰竭心肾阳虚,痰饮上逆证的主要临床表现是

②充血性心力衰竭心肾阳虚,虚阳外越证的主要临床表现

参考答案:①B ②D

【考点评析】

1. 心功能不全的病因病机是外邪犯心或真脏受损,致血脉瘀阻,水饮痰湿内停,变生诸症而心衰,病位在心,五脏俱损,虚实夹杂,标本互见。气血阴阳诸虚并见,甚阳竭阴亡。西医认为原发性心肌损害和心脏负荷过重是心衰原因。导致心肌收缩力下降而心排血量不能满足机体代谢需要,器官组织灌注不足,同时肺循环、体循环瘀血。感染、心律失常、血容量增加、过度劳累或情绪激动、治疗不当、原有心脏病加重或并发其他疾病等是本病发作的诱因。

2. 临床表现:

①左心衰:呼吸困难、端坐呼吸,咳嗽咯粉红色泡沫样痰,发绀,乏力,夜尿多,甚至昏迷。体征:心尖区舒张期奔马律,双肺闻及广泛水泡音与哮鸣音。

②右心衰:消化道、肝脏瘀血表现。体征:颈外静脉充盈,肝大压痛,肝颈静脉回流征阳性,心前区抬举性心尖搏动,剑突下搏动常明显,下垂性水肿,可出现胸腹水、心包积液等。

③并发症:肺栓塞、肺梗死、体动脉和肺动脉栓塞、呼吸道感染等。

3. 心功能分级:

一级:仅有心脏病体征,活动不受限制。

二级:体力活动稍受限制,休息时无症状。

三级:体力活动明显受限,休息时症状不明显。

四级:不能胜任任何体力活动。

4. 诊断要点:

①左心衰:诱因、症状体征、肺循环充血的X线表现。

②右心衰:原有心脏病表现、体循环静脉充血表现、体循环静脉压增高确诊。

5. 辨证论治:

①心肺气虚证 证候:心悸,气短,肢倦乏力,动则加剧,神疲咳喘,面色苍白,舌淡或边有齿痕,脉沉细或虚数。宜补益心肺,用养心汤合补肺汤加减。

②气阴亏虚证 证候:心悸,气短,疲乏,动则汗出,自汗或盗汗,头晕心烦,口干,面颧暗红,舌质红少苔,脉细数无力或结代。宜益气养阴,用生脉散加减。

③心肾阳虚证 证候:心悸,气短乏力,动则气喘,身寒肢冷,尿少浮肿,腹胀便溏,面颧暗红,舌质红少苔,脉细数无力或结代。宜温补心肾,用桂枝龙骨牡蛎汤合金匮肾气丸加减。

④气虚血瘀证 证候:心悸气短,胸胁作痛,颈部青筋暴露,胁下痞块,下肢浮肿,面色灰青,唇青甲紫,舌质紫暗或有瘀点、瘀斑,脉涩或结代。宜益气活血,用人参养荣汤合桃红四物汤加减。

⑤阳虚水泛证 证候:心悸气短,或不得平卧,咯吐泡沫痰,面肢浮肿,畏寒肢冷,烦躁出汗,额面灰白,口唇青紫,尿少腹胀,或伴胸水、腹水,舌暗淡或暗红,舌苔白滑,脉细促或结代。宜温阳利水,用真武汤加减。

⑥痰饮阻肺证 证候:心悸气急,咳嗽喘促,不能平卧,咯白痰或痰黄黏稠,胸脘痞闷,头晕目眩,尿少浮肿,或伴痰鸣,或发热口渴,舌苔白腻或黄腻,脉弦滑或滑数。宜泻肺化痰,用葶苈大枣泻肺汤加减。

6. 西医治疗原则:

①祛除病因。

②减轻心脏负荷:休息、限制钠盐摄入、应用利尿剂、应用血管扩张剂。

③增强心肌收缩力。

④心源性急性肺水肿的处理:半坐位或半卧位,双腿下垂;吸氧;应用吗啡;应用血管扩张剂;利尿、强心、平喘。

7. 舒张功能不全性心衰的治疗:洋地黄无效,慎用强心利尿药,常用抑制心肌收缩力(β-受体阻滞剂、钙拮抗剂)和改善舒张功能(硝酸酯类、卡托普利、硝苯地平、甲基多巴等)的药物。

8. 预防:避免诱因,积极治疗原发病;根据心力衰竭患者的病情制定运动训练计划,避免过度劳累;应进食低热量、易消化的清淡饮食,根据病情限制钠盐的摄入。

命题考点6 心律失常

【历年真题纵览】

A1 型题

1. 治疗心律失常气阴两虚证,应首选

A. 人参养荣汤

B. 天王补心丹

C. 归脾汤

D. 养心汤

E. 炙甘草汤

参考答案:A

B 型题

2.

A. 利多卡因

B. 地高辛

C. 维拉帕米

D. 苯妥英钠

E. 阿托品

①治疗急性心肌梗死当日出现的室性早搏,应首选

②治疗心功能正常的阵发性室上性心动过速,应首选

参考答案:①A ②C

【考点评析】

1. 室性早搏

(1)心电图诊断:①提前出现的宽大(>0.12 秒)而畸形的 QRS 波群。②畸形的 QRS 波群之前无 P 波。③代偿间歇完全。④T 波与 QRS 波群主波方向相反。⑤有二联律、三联律和间位性室早。

(2)治疗:健康人偶可发生无需治疗。伴发器质性心脏病者,应治疗原发病。抑制室早,常用利多卡因静注为首选,无效可静注普鲁卡因胺、心律平,再无效可试用普萘洛尔。

2. 室上性心动过速

(1)心电图诊断

阵发性:①心率 120~250 次/分,节律规则,QRS 波群形态与窦性心律时相似,可伴差异性传导而增宽。②P 波为逆行性,也可能缺如或在 QRS 波群之后。

非阵发性:①心率在 70~130 次/分,心律齐,QRS 波群为室上性,若伴室内差异传导,则 QRS 波群可宽而畸形。②P 波形态为逆行性,有时可房室分离。

(2)治疗:

控制发作:①刺激迷走神经;②应用升压药物;③抗心律失常药物:首选维拉帕米或普鲁卡因胺;④电复律。

预防复发:避免诱因,适当应用镇静药。

3. 心房纤颤

(1)心电图诊断

①P 波消失,代之以基线的形态、振幅、频率均不一致的房颤波(f 波),心房率多在 350~600 次/分。

②心室率多数快而不规则,多在 120~200 次/分。

③QRS 波群的形态和振幅有差异,但多为室上性。

(2)治疗:去除诱因,再据阵发性或持续性而分别治疗。①阵发性(急性):症状严重应首选电复律;无严重心血管损害,首先减慢心室率。②持续性(慢性):电复律或药物复律,但均有危险,如无复律可能,则以控制心室率为目的。

4. 辨证论治:心律失常属中医“心动悸”范畴,治则“虚则补之,实则泻之”,“惊则平之”,治疗大法为“宁心止悸”。风湿热证宜疏风清热、通脉安神,任氏通脉宁心饮加减;热毒犯心证宜泄热解毒、宁心通脉,黄连解毒汤加减;痰饮凌心证宜豁痰理气、宁心安神,用涤痰汤加减;心脉瘀阻证宜活血化瘀、行气通脉,血府逐瘀汤加减;心肝失调证宜平肝镇逆、宁心定悸,羚角钩藤汤加减;心胆失调证宜补气养心、壮胆安神,十味温胆汤加减;气阴两虚证宜益气养阴、宁心复脉,用炙甘草汤加减。

第三单元 消化系统疾病

命题考点1 胃炎

【历年真题纵览】

A1 型题

1. 慢性胃炎脾胃虚寒证的治法是

A. 温中散寒

B. 健脾温中

C. 益气养胃

D. 理气和胃

E. 疏肝健脾

参考答案:B

2. 慢性胃炎脾胃湿热证的治法是

A. 健脾益气,温中和胃

B. 疏肝理气,和胃止痛

C. 养阴益胃,和中止痛

D. 化瘀通络,和胃止痛

E. 清利湿热,醒脾化浊

参考答案:E

3. 患者脘腹胀痛拒按,恶闻香臭,嗳腐吞酸,泻下臭秽。应首先考虑的是

A. 痰停在胃

B. 外感暑湿

C. 暴食过量

D. 脾虚不运

E. 瘀阻于肝

参考答案:C

A2 型题

4. 患者胃痛隐隐,喜温喜按,空腹甚痛,得食痛减,神疲乏力,大便溏薄,舌淡苔白,脉虚弱。其治法是

A. 散寒止痛

B. 除湿散寒

C. 温中涩脾

D. 温胃止泻

E. 温补脾肾

参考答案:C

5. 患者,男,49 岁。慢性胃炎 3 年。胃脘隐痛,嘈杂,口干咽燥,五心烦热,舌红少津,脉细。治疗应首先考虑的方剂是

A. 四君子汤加减

B. 益胃汤加减

C. 失笑散合丹参饮加减

D. 柴胡疏肝散加减

E. 三仁汤加减

参考答案:B

B1 型题

6.

A. 化肝煎

B. 良附丸

C. 保和丸

D. 失笑散

E. 养胃汤

①治疗胃炎胃阴不足证,应首选

②治疗胃炎寒邪客胃证,应首选

参考答案:①E ②B

【考点评析】

1. 慢性胃炎西医病因

①幽门螺杆菌感染。

②免疫因素。

③理化因素:长期饮用烈酒,进食过冷、过热、过于粗糙食物,直接损伤胃黏膜;长期服用非甾体类抗炎药抑制前列腺素合成,破坏胃黏膜屏障。

④其他:十二指肠液反流,胃黏膜产生炎症、糜烂、出血;慢性右心衰竭、肝硬化门脉高压引起胃黏膜淤血、缺氧导致黏膜损伤。

2. 中医病因病机:慢性胃炎的病因以饮食、情志所伤、脾胃虚弱多见。初起多实,病在气分,久病以虚为主,或虚实相兼,寒热错杂,病在血分。病位在胃,与肝、脾关系密切。

3. 临床表现:本病临床表现缺乏特异性,且症状轻重与病变程度不一致。多数病人常无任何症状,部分病人表现为上腹胀满、隐痛,嗳气,反酸,食欲不佳等消化不良症状,进食后加重。胃黏膜糜烂时可出现消化道出血。可伴有消瘦、贫血等。体征多不明显,可有上腹部压痛。

4. 实验室及其他检查

①幽门螺杆菌检查。

②胃液分析:浅表性胃炎者胃酸分泌不受影响,基础分泌量与最大分泌量一般正常。B 型萎缩性胃炎者胃酸水平正常或降低,A 型胃炎则降低,严重者无胃酸。

③血清学检查:A 型胃炎血清胃泌素水平明显升高,壁细胞抗体呈阳性,内因子抗体阳性率低于壁细胞抗体,B 型胃炎胃泌素水平常降低。

④胃镜及组织学检查:是慢性胃炎诊断的最可靠方法。浅表性胃炎胃镜下表现为黏膜充血,色泽较红,边缘模糊,多为局限性,水肿与充血区共存,形成红白相间征象,黏膜粗糙不平,有出血点,可有小的糜烂。萎缩性胃炎则见黏膜失去正常颜色,呈淡红、灰色,呈弥散性,黏膜变薄,皱襞变细平坦,黏膜血管暴露,有上皮细胞增生或明显的肠化生。

5. 西医治疗

(1)一般治疗:戒除烟酒,注意饮食,少吃刺激性食物。

(2)减轻和消除损伤因子。

①*H. pylori* 治疗:根除 *H. pylori* 是治疗本病和防止复发的关键。

②制酸剂:H_2 受体拮抗剂或质子泵抑制剂可使胃腔内 H^+ 浓度降低,减轻 H^+ 反弥散程度,有利于胃

黏膜的修复。适用于有黏膜糜烂或以烧心、反酸为主要表现者。

③其他存在胆汁反流者,可选用胃动力剂。

(3)增强胃黏膜防御:增强胃黏膜保护对胃炎治疗也相当重要。

(4)对症处理。

6. 中医辨证论治

(1)肝胃不和证

证候:胃脘胀痛或痛窜两胁,每因情志不舒而病情加重,得嗳气或矢气后稍缓,嗳气频作,泛酸嘈杂,舌淡红,苔薄白,脉弦。治法:疏肝理气,和胃止痛。方药:柴胡疏肝散加减。

(2)脾胃虚弱证

证候:胃脘隐痛,喜温喜按,食后胀满痞闷,纳呆,便溏,神疲乏力,舌淡红,苔薄白,脉沉细。治法:健脾益气,温中和胃。方药:四君子汤加减。

(3)脾胃湿热证

证候:胃脘灼热胀痛、嘈杂,脘腹痞闷,口干口苦,渴不欲饮,身重肢倦,尿黄,舌红,苔黄腻,脉滑。治法:清利湿热,醒脾化浊。方药:三仁汤加减。

(4)胃阴不足证

证候:胃脘隐痛、嘈杂,口干咽燥,五心烦热,大便干结,舌红少津,脉细。治法:养阴益胃,和中止痛。方药:益胃汤加减。

(5)胃络瘀血证

证候:胃脘疼痛如针刺,痛有定处,拒按,入夜尤甚,或有便血,舌暗红或紫暗,脉弦涩。治法:化瘀通络,和胃止痛。方药:失笑散合丹参饮加减。

命题考点2 消化性溃疡

【历年真题纵览】

A1 型题

1. 消化性溃疡并发幽门梗阻,应首选的治疗措施是

A. 阿托品加输液

B. 奥美拉唑加输液

C. 抗生素加消食中药

D. 禁食、胃肠减压、补液

E. 服中药消导化滞

参考答案:D

2. 消化性溃疡胃络瘀阻证的治法是

A. 疏肝理气,健脾和胃

B. 温中散寒,健脾和胃

C. 健脾养阴,益胃止痛

D. 清胃泄热,疏肝理气

E. 活血化瘀,通络和胃

参考答案:E

3. 消化性溃疡胃阴不足证的治法是

A. 疏肝理气,健脾和胃

B. 温中散寒,健脾和胃

C. 养阴益胃,和胃生津

D. 清胃泄热,疏肝理气

E. 活血化瘀,通络和胃

参考答案:C

A2 型题

4. 患者,男,38 岁。有溃疡病史,近两周来时常出现食后上腹部疼痛,无节律性,昨日酒后症状加重,近日晨起出现呕吐,吐物为大量宿食。应首先考虑的是

A. 多发性胃溃疡

B. 十二指肠球部溃疡

C. 十二指肠球后溃疡

D. 幽门部溃疡并发幽门梗阻

E. 胃溃疡恶变

参考答案:D

【考点评析】

消化性溃疡临床表现为节律性上腹痛,周期性发作,伴有吞酸等症,与“胃溃疡”相类似,可归属于中医学“胃脘痛”、“反酸”等范畴。

1. 西医病因:发病机制:消化性溃疡是多种病因所致疾病,总缘于胃、十二指肠黏膜损伤因子与其自身防御因素失去平衡。主要有幽门螺杆菌、非甾体类抗炎药、胃酸与胃蛋白酶、遗传因素、胃十二指肠运动异常、精神因素、其他因素(吸烟、长期饮用烈酒、浓茶、咖啡等)。

2. 中医病因病机:中医认为多种因素可导致本病,常与脾胃虚弱、饮食不节、情志所伤等相关。本病起病缓慢,反复发作,多因饮食、情志、寒邪等诱发。初起在气,多为气滞;久病入血,可兼见血病。病变部位主要在胃,与肝脾关系密切,病性总属本虚标实。郁热内蒸,迫血妄行,或中阳虚弱,气不摄血,血溢脉外,可变生呕血、便血,气滞血瘀,邪毒郁结于胃可演变为胃癌。

3. 临床表现:多数消化性溃疡以上腹疼痛为主要表现,有以下特点:慢性病程,反复发作,呈周期性、节律性。

(1)症状:上腹疼痛为主要症状,多位于中上腹。

节律性疼痛是消化性溃疡的特征之一。大多数DU患者好发于两餐之间,持续不减,直至下次进食后缓解,有午夜痛;GU常在餐后1小时内发生疼痛。可伴有烧心、反胃、反酸、嗳气、恶心等非特异性症状,部分以出血、穿孔等并发症为首发症状。

(2)体征:缺乏特异性体征。在溃疡活动期,可有上腹部局限性压痛。

(3)并发症

①上消化道出血:10% ~20%消化性溃疡以出血为首发症状。

②穿孔:溃疡进一步发展穿透浆膜层即为穿孔,临床可分为急性、亚急性和慢性穿孔三类。

③幽门梗阻:幽门梗阻引起胃内容物潴留,临床表现为上腹饱胀不适,餐后明显,呕吐胃内容物,量多。上腹部空腹振水音和胃蠕动波是幽门梗阻的典型体征。

④癌变:少数GU发生癌变,DU一般不发生。

4.实验室及其他检查

①幽门螺杆菌检查:检测方法主要包括^{13}C呼气试验、快速尿素酶试验、黏膜涂片染色。

②X线钡餐检查:龛影是消化性溃疡的直接征象,是诊断的可靠依据。

③内镜检查:是消化性溃疡最直接的诊断方法。

5.诊断

(1)诊断要点:①长期反复发生的周期性、节律性慢性上腹部疼痛,应用制酸药物可缓解;②上腹部可有局限性深压痛;③X线钡餐造影见溃疡龛影;④内镜检查可见到活动期溃疡。

(2)特殊类型的消化性溃疡:复合性溃疡、幽门管溃疡、球后溃疡。

6.西医治疗

(1)一般治疗

(2)根除*H. pylori*:目前推荐方案有三联疗法和四联疗法。三联疗法一般为质子泵抑制剂或铋剂,加上抗生素羟氨苄青霉素、克拉霉素、甲硝唑(或替硝唑)中的任何两种。四联疗法则为质子泵抑制与铋剂合用,再加上任何两种抗生素。

(3)抗酸药物治疗:抗酸药物包括碱性抗酸药、H_2受体拮抗剂、质子泵抑制剂。H_2受体拮抗剂常用有西咪替丁、雷尼替丁、法莫替丁等。质子泵抑制剂常用药物有奥美拉唑、兰索拉唑、泮托拉唑等。

(4)保护胃黏膜:药物有硫糖铝、枸橼酸铋钾和前列腺素类药物。

(5)非甾体类抗炎药相关溃疡的治疗:首先应暂停或减少非甾体类抗炎药的剂量,然后按上述方案治疗。若病情需要继续服用非甾体类抗炎药,可合用质子泵抑制剂或米索前列醇。

(6)外科治疗:当出现下列情形之一时应考虑手术治疗:①大出血经内科紧急处理无效;②急性穿孔;③器质性幽门梗阻;④GU怀疑有癌变。

7.中医辨证论治

(1)肝胃不和证

证候:胃脘胀痛,痛引两胁,情志不遂而诱发或加重,嗳气,泛酸,口苦,舌淡红,苔薄白,脉弦。治法:疏肝理气,健脾和胃。方药:柴胡疏肝散合五磨饮子加减。

(2)脾胃虚寒证

证候:胃痛隐隐,喜温喜按,畏寒肢冷,泛吐清水,腹胀便溏,舌淡胖,边有齿痕,苔白,脉迟缓。治法:温中散寒,健脾和胃。方药:黄芪建中汤加减。

(3)胃阴不足证

证候:胃脘隐痛,似饥而不欲食,口干而不欲饮,纳差,干呕,手足心热,大便干,舌红,少津少苔,脉细数。治法:健脾养阴,益胃止痛。方药:一贯煎合芍药甘草汤加减。

(4)肝胃郁热证

证候:胃脘灼热疼痛,胸胁胀满,泛酸,口苦口干,烦躁易怒,大便秘结,舌红,苔黄,脉弦数。治法:清胃泄热,疏肝理气。方药:化肝煎合左金丸加减。

(5)胃络瘀阻证

证候:胃痛如刺,痛处固定,肢冷,汗出,有呕血或黑便,舌质紫暗,或有瘀斑,脉涩。治法:活血化瘀,通络和胃。方药:活络效灵丹合丹参饮加减。

命题考点3 胃癌

【历年真题纵览】

A1型题

1.治疗胃癌痰瘀内阻证,应首选

A.生化汤

B.一贯煎

C.膈下逐瘀汤

D.丹参饮

E.失笑散

参考答案:C

2.怀疑胃溃疡恶变时的最佳处理措施是

A.边治疗溃疡边密切观察

B.胃镜取活检明确诊断,指导治疗

C.服中药活血化瘀,清热解毒

D. 立即化疗

E. 立即手术

参考答案:B

3. 早期胃癌是指病变局限在

A. 黏膜层

B. 黏膜层和黏膜下层

C. 黏膜层和肌层

D. 肌层

E. 胃全层,未发生远处转移

参考答案:B

4. X线钡餐检查显示“皮革胃”,多见于

A. 浅表性胃炎

B. 萎缩性胃炎

C. 肿块型胃癌

D. 溃疡型胃癌

E. 浸润型胃癌

参考答案:E

5. 溃疡型胃癌的胃肠X线主要表现是

A. 腔内龛影

B. 胃壁僵硬

C. 胃腔明显减少

D. 龛影

E. 黏膜皱襞平坦

参考答案:A

6. 胃癌病位在胃,与下列关系密切的是

A. 肝、脾、肾

B. 肝、心、肾

C. 脾、肺、肾

D. 心、肺、肾

E. 心、脾、肾

参考答案:A

7. 胃癌胃热伤阴证的治法是

A. 疏肝和胃,降逆止痛

B. 温中散寒,健脾益气

C. 清热和胃,养阴润燥

D. 理气活血,软坚消积

E. 燥湿健脾,消痰和胃

参考答案:C

A2 型题

8. 患者,男,45岁。无节律性上腹部疼痛不适2个月,食欲不振。多次大便隐血试验均为阳性。为确诊,应做的检查是

A. 胃肠X线

B. 胃镜

C. 胃液分析

D. 腹腔镜

E. 癌胚抗原

参考答案:B

9. 患者,男,45岁。胃脘无节律性胀痛半年,胃脘胀满,时而伴两胁不适呕吐吞酸,食少纳差,舌淡红苔薄白,脉弦。X线钡餐检查:胃小弯部有充盈缺损。其证型是

A. 气血亏虚

B. 肝胃不和

C. 脾胃虚寒

D. 痰食交阻

E. 痰瘀内结

参考答案:B

【考点评析】

1. 胃癌发病与情志抑郁、饮食不当或久病不愈有关。病位在胃脘,与肝脾肾功能失调均相关,以脾肾虚衰为本,以气滞痰凝血瘀火郁为标。初期邪实入侵,后期本虚为主。西医认为本病与环境、饮食、遗传及烟酒嗜好、免疫功能障碍等均相关。好发于胃窦部,其次为胃小弯部,胃体区相对少。病理组织学上以腺癌多。

2. 临床表现:早期胃癌常无明显症状和体征。

中、晚期胃癌的临床表现:

①癌浸润可致上腹饱胀、疼痛、少食或厌食。累及食管可呃逆和咽下困难;幽门口附近则可因梗阻而呕吐。

②癌溃疡可类似胃溃疡的表现,可出现出血及癌穿孔。

③癌肿致能量消耗,出现营养不良、抗病力下降。

④癌肿向其他脏器转移引起相应脏器病变的症状。

⑤体征:以上腹部压痛、扪及不规则肿块为多见,可有其他脏器转移的相应体征。

3. 常用检查:血常规、粪常规、上消化道钡餐检查、电子胃镜及活组织检查等。

4. 诊断要点:对可疑病人及时进行胃镜和X线检查有重要价值,可做到早期诊断,主要有:

①40岁以上新近才出现的中、上腹不适或疼痛,无明显节律性,并伴有厌食与体重减轻。

②胃溃疡最大刺激胃酸分泌试验仍缺酸者(pH >5)。

③胃溃疡经严格内科治疗1个月以上仍无好转,甚至X线检查发现溃疡反而增大。

④慢性萎缩性胃炎伴有肠上皮化生及异型增生。

⑤中年以上出现不能解释的进行性贫血、消瘦及大便隐血试验持续阳性。

5. 辨证论治:

(1)痰气交阻证

证候:胸膈或胃脘满闷作胀或痛,胃纳减退,厌食肉食,或有吞咽哽噎不顺,呕吐痰涎,苔白腻,脉弦滑。治法:理气化痰,消食散结。方药:海藻玉壶汤加减。

(2)肝胃不和证

证候:胃脘痞满,时时作痛,窜及两胁,嗳气频繁,或进食发噎,舌质红,苔薄白或薄黄,脉弦。治法:疏肝和胃,降逆止痛。方药:柴胡疏肝散加减。

(3)脾胃虚寒证

证候:胃脘隐痛,绵绵不断,喜按喜暖,食生冷痛剧,进热食则舒,时呕清水,大便溏薄,或朝食暮吐,暮食朝吐,面色无华,神疲肢凉,舌淡而胖,有齿痕,苔白滑润,脉沉细或沉缓。治法:温中散寒,健脾益气。方药:理中汤合四君子汤加味。

(4)胃热伤阴证

证候:胃脘嘈杂灼热,痞满吞酸,食后痛胀,口干喜冷饮,五心烦热,便结尿赤,舌质红绛,舌苔黄糙或剥苔、无苔,脉细数。治法:清热和胃,养阴润燥。方药:玉女煎加减。

(5)瘀毒内阻证

证候:脘痛剧烈,或向后背放射,痛处固定,拒按,上腹肿块,肌肤甲错,眼眶黯黑,舌质紫暗或瘀斑,舌下脉络紫胀,脉弦涩。治法:理气活血,软坚消积。方药:膈下逐瘀汤加减。

(6)痰湿阻胃证

证候:脘膈痞闷,呕吐痰涎,进食发噎不利,口淡纳呆,大便时结时溏,舌体胖大,有齿痕,苔白厚腻,脉滑。治法:燥湿健脾,消痰和胃。方药:开郁二陈汤加减。

(7)气血两虚证

证候:神疲乏力,面色无华,少气懒言,动则气促,自汗,消瘦,舌苔薄白,舌质淡白,舌边有齿痕,脉沉细无力或虚大无力。治法:益气养血,健脾和营。方药:八珍汤加减。

6. 西医治疗原则:手术切除是目前唯一较有效的方法。

命题考点4 肝硬化

【历年真题纵览】

A1 型题

1. 对早期肝硬化有确诊意义的检查是

A. B 型超声波

B. 食管钡餐造影

C. CT

D. 血清蛋白电泳

E. 肝穿刺活体组织学检查

参考答案:E

2. 中医学认为肝硬化之病位主要在

A. 肝、胆、脾、胃

B. 肝、胆、肺、肾

C. 肝、心、脾、肾

D. 肝、脾、肾

E. 肝、心、脾

参考答案:D

3. 治疗鼓胀湿热蕴结证,应首选

A. 柴胡疏肝散

B. 胃苓汤

C. 茵陈蒿汤合中满分消丸

D. 五苓散

E. 一贯煎

参考答案:C

4. 治疗肝硬化脾肾阳虚证,应首选的方剂是

A. 柴胡疏肝散合胃苓汤加减

B. 实脾饮加减

C. 中满分消丸合茵陈蒿汤加减

D. 调营饮加减

E. 附子理中汤合五苓散加减

参考答案:E

A2 型题

5. 患者,男,42 岁。4 年来经常腹胀,下肢浮肿。查体:前胸有蜘蛛痣,有腹水,肝未触及,脾大。应首先考虑的是

A. 普通型病毒性肝炎

B. 门脉性肝硬化

C. 酒精性肝炎

D. 肝细胞肝癌

E. 慢性肝淤血

参考答案:B

6. 患者,女,28 岁。以心悸,气短,下肢浮肿入院。检查:颈静脉怒张,心尖部舒张期杂音,肝肋缘下 3 cm 轻度压痛。肝颈静脉回流征(+)。其肝脏病变可能是

A. 慢性迁延性肝炎

B. 肝炎后肝硬化

C. 慢性肝淤血

D. 肝脂肪变性

E. 肝细胞肝癌

参考答案:C

7. 患者,男,50 岁。肝硬化腹水,腹大坚满,脘闷纳呆,大便溏,小便不利,舌苔白腻,脉弦缓。其治法是

A. 运脾利湿,化气行水

B. 疏肝理气,攻下逐水

C. 活血化瘀,利水消肿

D. 调脾行气,清热利湿

E. 温补肾阳,通阻利水

参考答案:A

8. 患者,男,55 岁。右上腹胀痛、消瘦 2 个月,发热 1 周。查体:体温 38.5℃,皮肤巩膜轻度黄染,肝肋下 3.0 cm,质硬,表面有结节。最有助于确诊的检查是

A. 腹部 B 超

B. 血清 AFP 定性

C. 腹部 CT

D. 肝穿刺病理检查

E. 异常凝血酶原检查

参考答案:B

B1 型题

9.

A. 柴胡疏肝散

B. 调营饮

C. 附子理中汤合五苓散

D. 一贯煎合猪苓汤

E. 胃苓汤

①治疗肝硬化脾肾阳虚证,应首选

②治疗肝硬化肝肾阴虚证,应首选

参考答案:①C ②D

【考点评析】

1. 肝硬化属中医学“鼓胀、黄疸、胁痛”等范畴,常见病因可为肝瘅之后,肝著日久,肝体积损,肝络瘀滞;或感染蛊毒,虫毒结聚,使肝脾受伤,络脉瘀塞;或长期纵酒,酒毒湿热,内伤肝脾;或心阳不振,行血无力,血瘀于肝。病位主要在肝脾肾三脏,病机涉及全身而非独肝脏之病。西医认为病毒性肝炎所致的肝硬化最常见。其次有酒精性、药物性、自身免疫性、瘀血性、代谢障碍性、隐匿性等肝硬化。

2. 临床表现:

(1) 分期:临床上将肝硬化分为肝功能代偿期和失代偿期。

①代偿期:症状轻,无特异性,可见倦怠乏力,食欲不振,厌食油腻,恶心呕吐,右上腹不适或隐痛,腹胀,轻微腹泻等症状。其中以乏力和食欲减退出现较早且突出。体征多不明显。

②失代偿期:主要为肝功能减退和门静脉高压症两大类临床表现。

肝功能减退的临床表现:全身症状:一般情况与营养状况较差,消瘦乏力,精神不振,严重者卧床不起,皮肤粗糙,面色灰暗、黝黑,呈肝病面容,部分有不规则低热和黄疸;消化道症状:常见食欲减退,厌食,勉强进食后上腹饱胀不适,恶心呕吐;出血倾向及贫血:患者轻者发生鼻出血、牙龈出血、月经过多、皮肤紫癜等,重者可出现胃肠道黏膜弥漫性出血、尿血、皮肤广泛出血等;内分泌紊乱:男性患者常有性欲减退、睾丸萎缩等,女性患者有月经不调、闭经、不孕等。在上腔静脉引流区域出现蜘蛛痣和毛细血管扩张、肝掌。患者面部和其他暴露部位,可见皮肤色素沉着。

门静脉高压症的临床表现:脾大、侧支循环的建立和开放、腹水是门静脉高压的三大临床表现。肝硬化腹水的发生机制比较复杂,最基本因素是门静脉高压、肝功能障碍、血浆胶体渗透压降低。

(2) 肝脏体征:早期肝脏肿大,表面光滑,质地中等;晚期缩小、坚硬,表面不平,呈结节状,一般无压痛,但当肝细胞进行性坏死或炎症时可有压痛及叩击痛。

(3) 并发症

①上消化道出血:是肝硬化最常见的并发症,常引起失血性休克或诱发肝性脑病。

②肝性脑病:是肝硬化最严重的并发症。

③自发性腹膜炎。

④原发性肝癌:10% ~25% 的肝癌是在肝硬化基础上发生的。

⑤肝肾综合征。

⑥肝肺综合征。

⑦电解质和酸碱平衡紊乱。

3. 常用检查:血常规、尿常规、肝功能、腹水检查、影像学检查(B 超、X 线钡餐、上腹部 CT)、腹腔镜、肝穿刺活组织检查等。

4. 诊断要点:肝脏活组织检查具有确诊意义。鼓胀诊断要点:腹肿大、皮色苍黄、腹部脉络暴露等。

5. 辨证论治:

(1) 气滞湿阻证　证候:腹大胀满,按之软而不坚,胁下胀痛,饮食减少,食后胀甚,得嗳气或矢气稍减,小便短少,舌苔薄白腻,脉弦。治法:疏肝理气,健脾利湿。方药:柴胡疏肝散合胃苓汤加减。

(2) 寒湿困脾证　证候:腹大胀满,按之如囊裹

水,甚则颜面微浮,下肢浮肿,怯寒懒动,精神困倦,脘腹痞胀,得热则舒,食少便溏,小便短少,舌苔白滑或白腻,脉缓或沉迟。治法:温中散寒,行气利水。方药:实脾饮加减。

(3)湿热蕴脾证 证候:腹大坚满,脘腹撑急,烦热口苦,渴不欲饮,或有面目肌肤发黄,小便短黄,大便秘结或溏滞不爽,舌红,苔黄腻或灰黑,脉弦滑数。治法:清热利湿,攻下逐水。方药:中满分消丸合茵陈蒿汤加减。

(4)肝脾血瘀证 证候:腹大胀满,脉络怒张,胁腹刺痛,面色晦暗黧黑,胁下癥块,面、颈、胸壁等处可见红点赤缕,手掌赤痕,口干不欲饮,或大便色黑,舌质紫暗,或有瘀斑,脉细涩。治法:活血化瘀,化气行水。方药:调营饮加减。

(5)脾肾阳虚证 证候:腹大胀满,形如蛙腹,朝宽暮急,神疲怯寒,面色苍黄或㿠白,脘闷纳呆,下肢浮肿,小便短少不利,舌淡胖,苔白滑,脉沉迟无力。治法:温肾补脾,化气利水。方药:附子理中汤合五苓散加减。

(6)肝肾阴虚证 证候:腹大胀满,甚或青筋暴露,面色晦滞,口干舌燥,心烦失眠,牙龈出血,时或鼻衄,小便短少,舌红绛少津,少苔或无苔,脉弦细数。治法:滋养肝肾,化气利水。方药:一贯煎合膈下逐瘀汤加减。

6. 西医治疗原则

①一般治疗:休息,高蛋白、高热量、高维生素、易消化软食,禁烟酒。

②腹水的处理:限钠水摄入,利尿,提高有效循环血容量(血浆、白蛋白、腹水回输),腹腔穿刺放腹水。

③治疗并发症:食管-胃底静脉破裂出血、肝性脑病、感染、电解质紊乱及肝肾综合征等。

④外科手术。

命题考点5 原发性肝癌

【历年真题纵览】

A1 型题

1. 治疗原发性肝癌湿热瘀毒证,应首选

A. 逍遥散合桃红四物汤

B. 茵陈蒿汤合鳖甲煎丸

C. 犀角地黄汤

D. 失笑散合丹参饮

E. 柴胡疏肝散

参考答案:B

2. 原发性肝癌湿热瘀毒证的治法是

A. 疏肝理气,活血化瘀

B. 清热利湿,化瘀解毒

C. 养阴柔肝,软坚散结

D. 补气温阳,化瘀解毒

E. 益气养阴,化瘀解毒

参考答案:B

A2 型题

3. 患者,男,52岁。间歇性右上腹痛2个月,实验室检查:甲胎球蛋白320 ng/ml。为了确诊,应该做的检查是

A. 肝功能

B. 癌胚抗原

C. B型超声波

D. 腹腔镜

E. 血小板计数

参考答案:C

4. 患者,男,52岁。右上腹疼痛2个月,右胁胀满,胁下癥块触痛,烦躁易怒,恶心纳呆,面色萎黄不荣,舌暗有瘀斑,苔薄白,脉弦涩。实验室检查:甲胎球蛋白510 ng/ml,B型超声波示右肝叶占位性病变,直径5 cm。其证型是

A. 热毒伤阴

B. 湿热瘀毒

C. 气滞血瘀

D. 水湿内停

E. 肝脾淤血

参考答案:C

B 型题

5.

A. 疏肝理气,活血化瘀

B. 清热利湿,解毒破结

C. 养阴清热,解毒祛瘀

D. 理气化痰,消食散结

E. 温中散寒,健脾调胃

①治疗肝癌湿热瘀毒证,应首选

②治疗肝癌气滞血瘀证,应首选

参考答案:①B ②A

【考点评析】

1. 原发性肝癌为肝脏恶证,多因情志郁结、酒食所伤、感受湿热邪毒、或黄疸、肝瘅等经久不愈,邪毒滞留,导致肝脾损伤,气机痞塞,瘀血凝络,瘀毒内结,日渐聚结,积久恶变而成。西医认为本病病因尚未完全明确,目前认为主要与病毒感染、致癌物质的

使用、肝硬化的病理转归等有密切关系。

2. 临床表现

(1)肝病表现:①肝区疼痛与肝大:肝脏进行性肿大、压痛,质地坚硬,边缘不规则,表面呈结节状,是肝癌最具特征性的常见体征;②黄疸;③肝硬化表现。

(2)全身症状:常有消化道症状。还有发热、乏力、衰弱、进行性营养不良和消瘦,甚至可形成恶病质。

(3)转移症状:肺转移最常见,其他为骨、脊柱、颅内等。

(4)并发症:上消化道大出血,癌结节破溃,继发性肺部、肠道感染和败血症等,常为致死原因。

3. 常用检查

(1)血清学检查

①甲胎蛋白(AFP)测定:是当前诊断原发性肝癌最特异性标志物。

②其他肝癌标志物的监测:如 γ - 谷氨酰转肽酶、血清碱性磷酸酶、醛缩酶、α_1-抗糜蛋白酶等。

(2)影像学检查:包括 B 超、CT、肝血管造影、放射性核素扫描和核磁共振显像。

(3)组织学检查:肝穿刺活组织检查。

4. 诊断要点

①凡有 5 年以上慢性肝炎病史和 HBsAg 阳性者,尤其是 40 岁以上患者,应作为肝癌发病的高危人群,进行 AFP 动态监测与 B 超检查,以诊断亚临床型肝癌和早期肝癌。

②在排除活动性肝病、妊娠、生殖腺胚胎瘤的情况下,若 AFP 定性阳性持续 4 周以上,或定量检查≥500 ng/ml 持续 4 周以上,或定量≥200 ng/ml 持续 8 周以上,结合其他临床资料可诊断原发性肝癌。

5. 辨证论治

(1)气滞血瘀证　证候:两胁胀痛,腹部结块,推之不移,脘腹胀闷,纳呆乏力,嗳气泛酸,大便不实,舌质红或暗红,有瘀斑,苔薄白或薄黄,脉弦或涩。治法:疏肝理气,活血化瘀。方药:逍遥散合桃红四物汤加减。

(2)湿热瘀毒证　证候:胁下结块坚实,痛如锥刺,脘腹胀满,目肤黄染,日渐加深,面色晦暗,肌肤甲错,或高热烦渴,口苦咽干,小便黄赤,大便干黑,舌质红,有瘀斑,苔黄腻,脉弦数或涩。治法:清利湿热,化瘀解毒。方药:茵陈蒿汤合鳖甲煎丸加减。

(3)肝肾阴虚证　证候:腹大胀满,积块膨隆,形体羸瘦,潮热盗汗,头晕耳鸣,腰膝酸软,两胁隐隐作痛,小便短赤,大便干结,舌红少苔或光剥有裂纹,脉弦细或细数。治法:养阴柔肝,软坚散结。方药:滋水清肝饮合鳖甲煎丸加减。

6. 西医治疗原则:手术切除、放疗、化疗和免疫治疗。

命题考点 6　急性胰腺炎

【历年真题纵览】

A1 型题

1. 对急性胰腺炎发病起主要作用的酶是

A. 胰蛋白酶

B. 淀粉酶

C. 磷脂酶

D. 弹性蛋白酶

E. 脂肪酶

参考答案:B

A2 型题

2. 患者,男,35 岁。昨晚因暴食而胁腹剧痛,胸胁胀满,矢气后可缓,舌苔薄黄,脉弦小数。实验室检查:血清淀粉酶 600 索氏单位。应首先考虑的是

A. 胃穿孔

B. 胆石症

C. 急性胰腺炎

D. 肠梗阻

E. 急性胆囊炎

参考答案:C

3. 患者,男,40 岁。暴食后出现脘腹胀痛,口苦泛恶,目黄身黄,发热,头身困重,大便不爽,小便黄,舌红苔黄腻,脉弦数。实验室检查:血淀粉酶 850 索氏单位。其治法是

A. 理气活血止痛

B. 通腑泄热止痛

C. 疏肝理气止痛

D. 活血解毒止痛

E. 清利肝胆湿热

参考答案:E

4. 患者,女,39 岁。诊断为急性胰腺炎,症见全腹疼痛,痛而拒按,发热,口苦而干,脘腹胀满,小便短赤,大便秘结,舌红,苔黄腻,脉滑数。其证型是

A. 肝郁气滞

B. 肠胃热结

C. 肝胆湿热

D. 肝郁脾虚

E. 血瘀内停

参考答案:B

【考点评析】

1. 急性胰腺炎属中医学的“胰瘅”范畴，可归属于“腹痛”、“脾心痛”等范畴。因饮食不节、饮酒无度、肝胆久病、情志失调和蛔虫内扰等致肝气犯胃，湿热蕴结，中焦宣泄不利，腑气升降失常。如湿毒鸱张，则可出现热深动血，脓成络损的危急变证。病性属阳证和里、热、实证，以邪实为主。西医认为本病主要以奥狄括约肌功能失常，胆汁或十二指肠液反流为发病原因。常在胆道疾病、十二指肠乳头临近部位病变、胰管梗阻、酗酒和暴饮暴食、急性传染病、手术和外伤等前提下发病。

2. 临床表现

(1)症状：腹痛、恶心、呕吐及腹胀、发热，其他多有不同程度的脱水，呕吐频繁可有代谢性碱中毒。重症胰腺炎有明显脱水与代谢性酸中毒，伴血钾、血镁、血钙降低，可出现休克。

(2)体征：水肿型体征较轻，可有上腹部压痛。坏死型上腹压痛显著，出现腹膜炎时全腹压痛、肌紧张和反跳痛，并发脓肿时上腹部可扪及肿块。伴肠麻痹时有明显腹胀，肠鸣音减弱或消失。可见血性胸水和腹水、黄疸。

(3)并发症

①局部并发症：主要是胰腺脓肿和假性囊肿。

②全身并发症：有败血症、急性呼吸窘迫综合征、急性肾衰竭、心力衰竭、弥漫性毛细血管内凝血、消化道出血以致多器官功能衰竭。

3. 实验室及其他检查

(1)淀粉酶测定：血清淀粉酶起病后6～12小时开始升高，12～24小时达到高峰，一般持续3～5天后下降，超过500 U(Somogyi法)即有确诊价值。尿淀粉酶升高较晚，下降较慢，持续1～2周，超过256 U(Winslow法)或500 U(Somogyi法)提示本病。

(2)血常规：白细胞计数升高，严重者可有粒细胞核左移。

(3)血清脂肪酶测定：此酶升高较晚，发病后48～72小时开始升高，可持续7～10天，急性胰腺炎时常超过1.5 U(Cherry－Crandall)，对就诊较晚患者有诊断价值。

(4)C反应蛋白(CRP)：有助于评估急性胰腺炎的严重程度，CRP＞250 mg/L提示广泛的胰腺坏死。

(5)影像学检查：CT对胰腺炎的严重程度有较大价值。

(6)其他：血糖、血胆红素、心电图等都有价值。

4. 诊断：根据典型的临床表现和实验室检查，常可作出诊断。重症病例具有局部并发症(胰腺坏死、假性囊肿、脓肿)和(或)器官衰竭。有以下表现者当拟诊为重症胰腺炎：①临床症状出现烦躁不安、四肢厥冷、皮肤呈斑点状等休克症状；②腹肌强直、腹膜刺激征、Crey－Turner征或Cullen征；③实验室检查，血钙显著下降至2 mmol/L以下，血糖＞11.2 mmol/L(无糖尿病)，血、尿淀粉酶突然下降；④腹腔诊断性穿刺有高淀粉酶活性腹水。

5. 辨证论治：

(1)肝郁气滞证　证候：突然中上腹痛，痛引两胁，或向右肩背部放射，恶心呕吐，口干苦，大便不畅，舌淡红，苔薄白，脉弦细或紧。治法：疏肝利胆，行气止痛。方药：小柴胡汤加减。

(2)肝胆湿热证　证候：上腹胀痛拒按，胁痛，或有发热，恶心呕吐，目黄身黄，小便短黄，大便不畅，舌红，苔薄黄或黄腻，脉弦数。治法：清利肝胆湿热。方药：清胰汤合龙胆泻肝汤加减。

(3)肠胃热结证　证候：全腹疼痛，痛而拒按，发热，口苦而干，脘腹胀满，大便秘结，小便短黄，舌质红，苔黄腻，脉沉实或滑数。治法：通腑泄热，行气止痛。方药：大承气汤加减。

6. 西医治疗原则：本病起病急骤，轻症患者经3～5天积极治疗多可治愈，重症患者病情凶险。

(1)监护。

(2)维持水、电解质平衡及抗休克：积极补充体液及电解质(钾、钠、钙、镁离子等)，维持有效血容量。坏死型患者常有休克，还应补充血浆、白蛋白及全血。

(3)抑制胰腺分泌：禁食及胃肠道减压、生长抑素、H_2受体拮抗剂。

(4)解痉镇痛：抗胆碱能药物能减少胃酸与胰腺分泌，缓解平滑肌痉挛。

(5)抗感染。

(6)抑制胰酶活性：适用于胰腺炎的早期。

(7)并发症治疗：并发急性呼吸窘迫综合征者，使用呼吸机。有急性肾功能衰竭者，可做透析治疗。

(8)手术治疗：出血坏死型胰腺炎经内科治疗无效者；并发脓肿、假囊肿、弥漫性腹膜炎、肠麻痹者；需解除胆道或壶腹部梗阻者；疑有腹腔内脏穿孔、肠坏死者。

命题考点7　上消化道出血

【历年真题纵览】

A1型题

1. 上消化道大出血患者，出现外周血液血红蛋

白下降的时间是

A. 即时

B. 半小时

C. 1 小时

D. 2 小时

E. 3~4 小时后

参考答案:E

2. 上消化道出血时,一旦出现呕血,提示胃内贮积的血量在

A. 5~20 ml 以上

B. 50~70 ml 以上

C. 250~300 ml 以上

D. 500~800 ml 以上

E. 800~1 000 ml 以上

参考答案:C

A2 型题

3. 患者,男,50 岁。半天来呕血 4 次,量约 1 200 ml,黑便 2 次,量约 600 g,伴头晕心悸。查体:血压 80/60 mmHg(10.6/8 kPa),心率 118 次/分,神志淡漠,巩膜轻度黄染,腹部膨隆,移动性浊音(+)。应首先采取的措施是

A. 配血,等待输血

B. 配血,快速输液,等待输血

C. 紧急胃镜检查明确出血部位

D. 诊断性腹腔穿刺,明确腹水性质

E. 急查血细胞比容

参考答案:B

B1 型题

4.

A. 泻热凉血

B. 滋阴凉血

C. 健脾摄血

D. 益气补血

E. 益气补肾

①消化性溃疡合并上消化道出血属肝胃郁热者,其治法是

②消化性溃疡合并上消化道出血属阴虚血热者,其治法是

参考答案:①A ②B

5.

A. 5~20 ml

B. 30~40 ml

C. 50~70 ml

D. 80~100 ml

E. 120 ml 以上

①大便隐血试验阳性,提示消化道出血量在

②出现柏油样便,提示消化道出血量在

参考答案:①A ②C

【考点评析】

根据临床表现,上消化道出血可归属于"呕血"、"黑便"、"便血"范畴。本病来势凶猛,病情急重,随时可出现亡阴、亡阳之"脱证",危及生命。

1. 西医病因

(1)上消化道疾病:包括食管疾病如食管癌、食管贲门黏膜撕裂等,胃十二指肠疾病如消化性溃疡、胃癌、胃黏膜脱垂等。其中消化性溃疡是上消化道出血的主要原因。

(2)门脉高压:可引起食管胃底静脉曲张破裂或门脉高压性胃病。

(3)上消化道邻近器官或组织的疾病:包括胆道疾病(胆结石、胆管癌等)引起胆道出血、胰腺疾病累及十二指肠、主动脉瘤破入上消化道及纵隔肿瘤或脓肿破入食管等。

(4)全身性疾病:主要有血管性疾病(如过敏性紫癜)、血友病、尿毒症和各种严重疾病引起的应激性溃疡等。

2. 中医病因病机:本病属于吐血和便血范围,主要与饮食、情志因素有关。

(1)饮食不节:饮食不节导致湿热郁结于内,湿热郁久化火,灼伤胃络;或燥热蕴结,胃热内盛,火伤胃络,迫血妄行;或湿热下注,损伤肠络。

(2)情志内伤:忧思恼怒过度,肝气郁而化火,肝火横逆犯胃。

(3)劳倦内伤:多因禀赋不足、思虑劳伤太过、饮食不节,损伤脾胃,致脾气虚弱,气不摄血。

总之,本病病位在胃与大肠,与肝脾关系密切。若呕血便血不止,气随血脱可致亡阴、亡阳之"脱证"。

3. 临床表现:上消化道出血的临床表现取决于病变部位与性质、出血量多少与速度。

(1)呕血与黑便:为上消化道出血的特征性表现。呕血多为棕褐色,呈咖啡样。黑便呈柏油样,黏稠发亮。

(2)周围循环衰竭。

(3)贫血。

4. 实验室及其他检查

(1)血象:出血早期血象无明显改变,3~4 小时后可出现不同程度的正细胞正色素性贫血。

(2)氮质血症:一般一次性出血后可引起 BUN 开始上升,24 小时左右达高峰,一般不超过 6.7 mmol/L,

4天左右恢复正常。

(3)胃镜检查。

(4)X线钡餐检查。

(5)其他检查:选择性血管造影、放射性核素检查和吞线试验主要适用于不明原因的小肠出血和不适宜胃镜检查的大出血。

5.诊断

(1)消化道出血的确定:根据呕血、黑便和失血性周围循环衰竭的典型临床表现,血象改变和呕吐物、粪便隐血试验强阳性,诊断并不困难。

(2)出血量的估计:据研究,成人每日消化道出血>5 ml即可出现粪便隐血试验阳性,每日出血量50~100 ml可出现黑便,胃内蓄积血量在250~300 ml可引起呕吐。一次出血量少于400 ml时,一般不出现全身症状;出血量超过400~500 ml,可出现乏力、心慌等全身症状;短时间内出血量超过1 000 ml,可出现周围循环衰竭表现。

(3)确定病因的诊断:常见的有消化性溃疡、肝硬化上消化道出血、急性糜烂出血性胃炎、胃癌、动脉瘤破裂、胆道疾患出血及食管贲门黏膜撕裂综合征等。

6.西医治疗

(1)一般治疗:绝对卧床休息,保持呼吸道通畅,必要时给氧。活动性出血期间禁食。密切观察生命体征变化和呕血、黑便情况。定期监测血红蛋白浓度、红细胞计数、血细胞比容和血尿素氮。

(2)积极补充血容量:尽快建立有效输液通路,补充血容量。

(3)止血。

7.中医辨证论治

(1)胃中积热证　证候:吐血紫暗或咖啡色,甚则鲜红,常混有食物残渣,大便黑如漆,口干喜冷饮,胃脘胀闷灼痛,舌红苔黄,脉滑数。治法:清胃泻火,化瘀止血。方药:泻心汤合十灰散加减。

(2)肝火犯胃证　证候:吐血鲜红或紫暗,口苦目赤,胸胁胀痛,心烦易怒,或有黄疸,舌红苔黄,脉弦数。治法:泄肝清胃,降逆止血。方药:龙胆泻肝汤加减。

(3)脾不统血证　证候:吐血暗淡,大便漆黑稀溏,面色苍白,头晕心悸,神疲乏力,纳少,舌淡红,苔薄白,脉细弱。治法:益气健脾,养血止血。方药:归脾汤加减。

(4)气随血脱证　证候:吐血倾盆盈碗,大便溏黑甚则紫暗,面色苍白,大汗淋漓,四肢厥冷,眩晕心悸,烦躁口干,神志恍惚,昏迷,舌淡红,脉细数无力或脉微细。治法:益气摄血,回阳固脱。方药:独参汤或四味回阳饮加减。

第四单元　泌尿系统疾病

命题考点1　急性肾小球肾炎

【历年真题纵览】

A1型题

1.急性肾炎的中医病机主要是

A.肺气不宣

B.脾失健运

C.肾失开合

D.膀胱不利

E.三焦不通

参考答案:C

2.急性肾小球肾炎脾肾亏虚,水气泛滥证的治法是

A.清热解毒,利湿消肿

B.健脾渗湿,通阳利水

C.散风清热,宣肺行水

D.益气扶正,利水消肿

E.补肺肾,益气阴

参考答案:D

3.急性肾小球肾炎的发病机制是

A.溶血性链球菌感染后的炎症反应

B.溶血性链球菌感染后的免疫反应

C.细菌直接感染肾脏

D.病毒直接破坏肾脏

E.溶血性链球菌感染所致的中毒反应

参考答案:B

【考点评析】

1.急性肾小球肾炎属中医学“皮水”,病因有感受风邪、水湿、湿毒、湿热,致肺、脾两脏功能失调,又以肺气不宣为主。西医认为本病由甲型β溶血性链球菌感染后的免疫反应引起。

2.临床表现:水肿、蛋白尿、血尿、高血压。

3.辨证论治:

(1)急性期

①风寒束肺,风水相搏证　证候:恶寒发热,且恶寒较重,咳嗽气短,面部浮肿,或有全身水肿,皮色光泽,舌质淡,苔薄白,脉象浮紧或沉细。治法:疏风散寒,宣肺行水。方药:麻黄汤合五苓散加减。

②风热犯肺，水邪内停证　证候：发热而不恶寒，或热重寒轻，咽喉疼痛，口干口渴，头面浮肿，尿少色赤，舌质红，苔薄黄，脉象浮数或细数。治法：散风清热，宣肺行水。方药：越婢加术汤加减。

③热毒内归，湿热蕴结证　证候：皮肤疮毒未愈，或有的疮疡已结痂，面部或全身水肿，口干口苦，尿少色赤，甚则血尿，舌质红，苔薄黄或黄腻，脉象滑数或细数。治法：清热解毒，利湿消肿。方药：麻黄连翘赤小豆汤合五味消毒饮加减。

④脾肾亏虚，水气泛溢证　证候：下肢水肿，按之凹陷不起，身重，脘痞腹胀，胃纳欠佳，腰酸尿少，气短乏力，舌淡，苔白腻，脉濡缓。治法：健脾渗湿，通阳利水。方药：五皮饮合五苓散加减。

⑤肺肾不足，水湿停滞证　证候：疲倦乏力，下肢水肿，腰酸尿少，咽部暗红，或低热，舌偏红，苔少，脉细或细数。治法：益气扶正，利水消肿。方药：防己黄芪汤加减。

(2)恢复期

①脾气虚弱证　证候：倦怠乏力，胃纳呆滞，面色萎黄，舌质淡红，苔白，脉细弱。治法：健脾益气。方药：参苓白术散加减。

②肺肾气阴两虚证　证候：低热咽干，咳嗽痰少，神倦头晕，腰膝酸软，手足心热，舌尖红，苔薄少，脉细或细数。治法：补肺肾，益气阴。方药：参芪地黄汤加减。

4. 西医治疗原则：本病为自限性疾病，不宜应用糖皮质激素及细胞毒药物，治疗以休息和对症治疗为主。

(1)一般治疗

①休息。

②饮食：低盐及富含维生素的饮食，适量地摄入蛋白。

(2)治疗感染灶：应用抗生素治疗。首选青霉素，80万～120万单位肌注，每天2次，连用10～14天(过敏者选用大环内酯类抗生素)。

(3)对症治疗

①利尿。

②透析治疗：少数患者发生急性肾衰竭应及时给予透析治疗以帮助患者度过急性期。

命题考点2　慢性肾小球肾炎

【历年真题纵览】

A1 型题

1. 慢性肾小球肾炎蛋白尿形成的主要病机是

A. 心脾气虚

B. 肺肾气虚

C. 脾肾两虚

D. 心肾阴虚

E. 肝肾阴虚

参考答案：C

2. 慢性肾小球肾炎脾肾阳虚证的治法是

A. 补气健脾益肾

B. 补益肺肾

C. 温补脾肾

D. 滋养肝肾

E. 益气养阴

参考答案：C

A2 型题

3. 患者，男，50岁。反复浮肿、尿血3年，经常感冒。症见面色无华，少气乏力，午后低热，口干咽燥，舌红少苔，脉细。检查：血压140/95 mmHg，尿蛋白(++)、定量3 g/24 h，内生肌酐清除率48%，血尿素氮10 mmol/L。除对症治疗外，还应加

A. 参芪地黄汤

B. 六味地黄汤

C. 右归丸

D. 左归饮

E. 大补元煎

参考答案：A

4. 患者，男，55岁。慢性肾炎病史7年。现浮肿明显，下肢尤甚，面色㿠白，畏寒肢冷，腰膝酸软、神疲纳呆，阳痿，舌嫩淡胖有齿痕，脉沉细。检查：尿常规示：蛋白(+++)，镜检可见颗粒管型。其方剂为

A. 附子理中汤合真武汤

B. 玉屏风散合六味地黄丸

C. 归芍地黄汤

D. 参芪地黄汤

E. 理中丸

参考答案：A

【考点评析】

1. 慢性肾小球肾炎水肿与中医学的“石水”相

似，可归属于“水肿”、“虚劳”、“腰痛”、“尿血”等范畴。病机是脾肾功能失调气阳虚损，使体内水液及精微物质发生障碍，导致精微外泄，水湿滞留，肌肤肿满而水肿。是本虚标实、虚中夹实之证。西医认为本病多为免疫介导的炎症导致病程慢性化。

2. 临床表现：水肿、高血压、尿少或血尿、贫血、食欲差、疲乏等。

3. 常用检查：

①尿常规：尿蛋白(±)~(++++)，多为镜下血尿，可见各种管型和低比重尿。

②肾功能检查：主要为肾小球滤过率下降，内生肌酐清除率降低。

③血常规：肾功能受损时，常呈正细胞正色素性贫血，晚期尤为明显。

④血浆蛋白及脂质测定：白蛋白降低，血脂常增高。

⑤X 线及 B 超检查：可见双侧肾影均等缩小。

4. 诊断要点：肾穿刺活检对决定诊断、确定病理类型、拟订治疗方案、判断预后有重要价值。

5. 辨证论治：

(1)本证

①脾肾气虚证　证候：腰脊酸痛，神疲乏力，或浮肿，纳呆或脘胀，大便溏薄，尿频或夜尿多，舌质淡，舌有齿痕，苔薄白，脉细。治法：补气健脾益肾。方药：异功散加味。

②肺肾气虚证　证候：颜面浮肿或肢体肿胀，疲倦乏力，少语懒言，自汗出，易感冒，腰脊酸痛，面色萎黄，舌淡，苔白润，脉细弱。治法：补益肺肾。方药：玉屏风散合金匮肾气丸加减。

③脾肾阳虚证　证候：全身浮肿，面色苍白，畏寒肢冷，腰脊冷痛，神疲，纳少，便溏，遗精，阳痿，早泄，或月经失调，舌嫩淡胖，有齿痕，脉沉细或沉迟无力。治法：温补脾肾。方药：附子理中丸或济生肾气丸加减。

④肝肾阴虚证　证候：目睛干涩或视物模糊，头晕耳鸣，五心烦热或手足心热，口干咽燥，腰脊酸痛，遗精，或月经失调，舌红少苔，脉弦细或细数。治法：滋养肝肾。方药：杞菊地黄丸加减。

⑤气阴两虚证　证候：面色无华，少气乏力，或易感冒，午后低热，或手足心热，腰酸痛，或见浮肿，口干咽燥或咽部暗红，咽痛，舌质红，少苔，脉细或弱。治法：益气养阴。方药：参芪地黄汤加减。

(2)标证

①水湿证　证候：颜面或肢体浮肿，舌苔白或白腻，脉细或沉细。治法：利水消肿。方药：五苓散合五皮饮加减。

②湿热证　证候：面浮肢肿，身热汗出，口干不欲饮，胸脘痞闷，腹部胀满，纳食不香，尿黄短少，便溏不爽，舌红，苔黄腻，脉滑数。治法：清热利湿。方药：三仁汤加减。

③血瘀证　证候：面色黧黑或晦暗，腰痛固定或呈刺痛，肌肤甲错，肢体麻木，舌色紫暗或有瘀斑，脉象细涩。治法：活血化瘀。方药：血府逐瘀汤加减。

④湿浊证　证候：纳呆，恶心或呕吐，口中黏腻，脘胀或腹胀，身重困倦，浮肿尿少，精神萎靡，舌苔腻，脉沉细或沉缓。治法：健脾化湿泄浊。方药：胃苓汤加减。

6. 西医治疗原则：

(1)限制食物中蛋白及磷的入量：低蛋白及低磷饮食。

(2)控制高血压：治疗原则：力争把血压控制在理想水平，即蛋白尿≥1 g/d，血压控制在 125/75 mmHg以下；蛋白尿<1 g/d，血压控制可放宽到 130/80 mmHg 以下。选择具有延缓肾功能恶化，保护肾功能的降血压药物。有钠水潴留容量依赖性高血压患者可选用噻嗪类利尿药；对肾素依赖性高血压应首选血管紧张素转换酶抑制剂，或用血管紧张素Ⅱ受体拮抗剂。

(3)应用血小板解聚药：如双嘧达莫(300~400 mg/d)、阿司匹林(40~80 mg/d)，对系膜毛细血管性肾小球肾炎有一定的降尿蛋白作用。

(4)糖皮质激素和细胞毒药物。

(5)避免对肾有害的因素：劳累、感染、妊娠和应用肾毒性药物(如氨基糖苷类抗生素等)，均可能引起肾损伤，导致肾功能下降或进一步恶化，应尽量予以避免。

命题考点3　肾病综合征

【历年真题纵览】

A1 型题

1. 下列哪项不是阳水证的临床表现

A. 起病急，病程短

B. 水肿先从头面肿起

C. 上半身肿甚

D. 水肿皮薄光亮

E. 肢冷腰酸痛

参考答案：E

A2 型题

2. 患者，女，19 岁。患肾病综合征，症见眼睑浮

肿,时有四肢、全身浮肿,身发痈疡,恶风发热,小便不利,舌红,苔薄黄,脉滑数。其证型是

A. 湿毒浸淫

B. 风水相搏

C. 水湿浸渍

D. 湿热内蕴

E. 脾虚湿困

参考答案:A

3. 患者,男,38岁。近日出现颜面及下肢高度浮肿,按之没指,胸闷腹胀,身重,纳呆尿少,舌苔白腻,脉濡。实验室检查:尿蛋白(+++),24小时尿蛋白定量为4 g,胆固醇增高,血浆蛋白25 g/L。应首先考虑的诊断是

A. 急性肾小球肾炎肾阴亏虚证

B. 慢性肾小球肾炎肾阳衰微证

C. 肾病综合征脾虚湿困证

D. 慢性肾小球肾炎脾虚湿困证

E. 肾病综合征水湿浸渍证

参考答案:E

B1 型题

4.

A. 五皮饮合胃苓汤

B. 济生肾气丸合真武汤

C. 参芪麦味地黄汤

D. 桂枝茯苓丸合五苓散

E. 知柏地黄丸

①治疗肾病综合征水湿浸渍证,应首选

②治疗肾病综合征肾阳衰微证,应首选

参考答案:①A ②B

5.

A. 少尿,浮肿,蛋白尿

B. 血尿,蛋白尿

C. 浮肿,蛋白尿,血尿,高血压

D. 血尿,少尿,蛋白尿,浮肿

E. 浮肿,大量蛋白尿,低蛋白血症

①肾病综合征的临床特征是

②急性肾小球肾炎的临床特征是

参考答案:①E ②C

【考点评析】

1. 肾病综合征属"水肿"范畴,多因脾肾亏虚,复感风、寒、湿邪,又常因酒色、饮食、劳累及客邪等致反复发作。主要与肺、脾、肾三脏及三焦功能失调有关。西医认为2/3成人肾病综合征和90%的儿童肾病综合征均为原发性,主要由肾小球疾病引起。主要病理改变有微小病变肾病、系膜增生性肾炎、膜性肾病、系膜毛细血管性肾炎、局灶节段性肾小球硬化。

2. 临床表现:

①常于上呼吸道感染后起病,可急、可缓,亦有隐袭性起病者。

②呈全身性、体位性、可凹性水肿,严重者常呈胸腔、腹腔积液,常伴少尿。可有程度不一的体位性低血压,脉压小,脉搏细弱、口渴等循环血容量不足的表现。

③可有厌食、恶心、呕吐、腹泻和腹痛等消化道症状。

3. 常用检查:

①尿蛋白定量 >3.5 g/24 h;可有各种管型。

②血液生化检查:血浆白蛋白 <30 g/L,总蛋白常 <50 g/L。

血脂测定:总脂、胆固醇、甘油三酯、低密度脂蛋白明显升高。

③肾穿刺活体组织检查:可呈不同类型的病理改变。

④肾功能检查:血尿素氮、血肌酐可升高。

4. 诊断要点:①大量蛋白尿(>3.5 g/24 h)。②低蛋白血症(血浆白蛋白 <30 g/L)。③明显水肿。④高脂血症。其中①、②项必备。

5. 辨证论治:

(1)风水相搏证　证候:起始眼睑浮肿,继则四肢、全身亦肿,皮肤光泽,按之凹陷易恢复,伴发热,咽痛,咳嗽,小便不利等症,舌苔薄白,脉浮。治法:疏风解表,宣肺利水。方药:越婢加术汤加减。

(2)湿毒浸淫证　证候:眼睑浮肿,延及全身,身发痈疡,恶风发热,小便不利,舌质红,苔薄黄,脉浮数或滑数。治法:宣肺解毒,利湿消肿。方药:麻黄连翘赤小豆汤合五味消毒饮。

(3)水湿浸渍证　证候:全身水肿,按之没指,伴有胸闷腹胀,身重困倦,纳呆,泛恶,小便短少,舌苔白腻,脉象濡缓。治法:健脾化湿,通阳利水。方药:五皮饮合胃苓汤。

(4)湿热内蕴证　证候:浮肿明显,肌肤绷急,腹大胀满,胸闷烦热,口苦,口干,大便干结,小便短赤,舌红苔黄腻,脉沉数或濡数。治法:清热利湿,利水消肿。方药:疏凿饮子加减。

(5)脾虚湿困证　证候:浮肿,按之凹陷不易恢复,腹胀纳少,面色萎黄,神疲乏力,尿少色清,大便或溏,舌质淡,苔白腻或白滑,脉沉缓或沉弱。治法:温运脾阳,利水消肿。方药:实脾饮加减。

(6)肾阳衰微证　证候:面浮身肿,按之凹陷不

起，心悸，气促，腰部冷痛酸重，小便量少或增多，形寒神疲，面色灰滞，舌质淡胖，苔白，脉沉细或沉迟无力。治法：温肾助阳，化气行水。方药：济生肾气丸合真武汤。

(7)肾阴亏虚证　证候：水肿反复发作，精神疲惫，腰酸遗精，口咽干燥，五心烦热，舌红，脉细弱。治法：滋补肾阴，兼利水湿。方药：左归丸加泽泻、茯苓、冬葵子。

6. 西医治疗原则：

①一般治疗：休息，限盐，低优质蛋白、富含不饱和脂肪酸、富含可溶性纤维等的饮食。

②对症治疗：利尿消肿；减少尿蛋白，控制血压。

③主要治疗：抑制免疫与炎症反应，糖皮质激素为首选，其次有细胞毒药物、环孢素等。

命题考点4　尿路感染

【历年真题纵览】

A1 型题

1. 急性肾盂肾炎的主要病机是

A. 湿热蕴结下焦，膀胱气化不利

B. 湿热蕴结中焦，膀胱气化失司

C. 湿热蕴结肝胆，肝胆疏泄失常

D. 肾气亏虚，肾失蒸化开合

E. 肾阴亏虚，湿热蕴结

参考答案：A

2. 肾盂肾炎脾肾气虚证的治法是

A. 疏利气机，通利小便

B. 健脾益肾，通淋泄浊

C. 补脾升清，益气利水

D. 温阳益气，补肾利水

E. 理气疏导，利尿通淋

参考答案：B

3. 治疗肾盂肾炎膀胱湿热证，应首选

A. 知柏地黄汤

B. 猪苓汤

C. 程氏萆薢分清饮

D. 八正散

E. 真武汤

参考答案：D

4. 下列不属尿路感染的途径是

A. 上行感染

B. 血行感染

C. 间接感染

D. 直接感染

E. 淋巴感染

参考答案：C

5. 下列各项，不属尿路感染中医证型的是

A. 膀胱湿热

B. 气滞血瘀

C. 脾肾亏虚，湿热屡犯

D. 心火亢盛，热移小肠

E. 肾阴不足，湿热留恋

参考答案：D

6. 丹栀逍遥散合石苇散治疗尿路感染的中医治法是

A. 疏肝理气，清热通淋

B. 清热利湿通淋

C. 健脾补肾

D. 滋阴益肾，清热通淋

E. 清心泻火，利湿通淋

参考答案：A

7. 知柏地黄丸治疗尿路感染的治法是

A. 疏肝理气，清热通淋

B. 益气健脾，利湿通淋

C. 滋阴益肾，清热通淋

D. 清热利湿，利尿通淋

E. 滋阴降火，利尿通淋

参考答案：C

A2 型题

8. 患者，女，22岁。寒战高热，腰痛，尿频、尿急、灼热刺痛，舌红苔黄，脉濡数。检查：体温38℃，双肾区叩击痛，血白细胞 $19.5\times10^9/L$，中性90%，尿白细胞20个/高倍视野，尿大肠杆菌培养，菌落计数 > $10^5/L$。治疗应首选

A. 庆大霉素加八正散

B. 诺氟沙星加易元散

C. 诺氟沙星加龙胆泻肝汤

D. 庆大霉素加萆薢分清饮

E. 庆大霉素加知柏地黄汤

参考答案：A

9. 患者，女，26岁。产后第3天出现寒战，高热，腰痛，尿痛，下腹痛。检查：肾区叩击痛，耻骨上压痛，尿白细胞30个/高倍视野，尿蛋白(+)，血白细胞 $18\times10^9/L$，中性0.86。其诊断是

A. 败血症

B. 肾结核

C. 急性肾盂肾炎

D. 急性膀胱炎

E. 急性肾小球肾炎

参考答案:C

【考点评析】

1. 本病属中医“淋证”范畴。主要是湿热蕴结下焦,致膀胱气化不利,初起多实日久转虚或虚实夹杂,病在膀胱和肾,涉及肝脾。西医认为本病主要是以大肠杆菌为主的病原菌,经上行其次是血行感染引起,偶有淋巴道感染,外伤或邻近肾脏的器官发生感染所致。

2. 临床表现:

①全身表现:多起病急骤,高热、寒战、全身不适、头痛、乏力、食欲减退,或恶心、呕吐。

②泌尿系统症状:腰痛或肾区不适,常有尿频、尿急、尿痛及膀胱区压痛等尿路刺激征,查体上输尿管点或肋腰点压痛,肾区叩痛。

③尿变化:真性菌尿。

3. 常用检查:尿常规:脓尿、菌尿;尿沉渣见白细胞增加,有白细胞管型。血常规示白细胞升高,中性粒细胞核左移。血沉增快。

4. 诊断要点:根据临床表现和尿白细胞增多、尿细菌检查阳性,诊断可以确立。

5. 辨证论治:

(1)膀胱湿热证　证候:小便频数,灼热刺痛,色黄赤,小腹拘急胀痛,或腰痛拒按,或见恶寒发热,或见口苦,大便秘结,舌质红,苔薄黄腻,脉滑数。治法:清热利湿通淋。方药:八正散加减。

(2)气滞血瘀证　证候:小便不畅,少腹胀满疼痛,小便灼热刺痛,有时可见血尿,烦躁易怒,情绪不稳,口苦口黏,舌质暗红,可见瘀点,脉弦或弦细。治法:活血化瘀,疏肝理气。方药:丹栀逍遥散加减。

(3)脾肾亏虚,湿热屡犯证　证候:小便淋沥不已,时作时止,每于劳累后发作或加重,尿热,或有尿痛,面色无华,神疲乏力,少气懒言,腰膝酸软,食欲不振,口干不欲饮水,舌质淡,苔薄白,脉沉细。治法:健脾补肾。方药:无比山药丸加减。

(4)肾阴不足,湿热留恋证　证候:小便频数,滞涩疼痛,尿黄赤混浊,腰膝酸软,手足心热,头晕耳鸣,四肢乏力,口干口渴,舌质红少苔,脉细数。治法:滋阴益肾,清热通淋。方药:知柏地黄丸加减。

6. 西医治疗原则:

(1)一般治疗　患病后,宜休息3~5天,多饮水,勤排尿。

(2)碱化尿液　可减轻膀胱刺激征,同时增强某些抗菌药物的疗效。可用碳酸氢钠1.0 g,每日3次,口服。

(3)抗菌治疗　尿路感染时,应选用肾毒性小且在肾脏及尿中浓度高的抗菌药物。

①初发者可选用复方磺胺甲噁唑(SMZ－TMP)2片,每日2次;或诺氟沙星200 mg,每日3次。7~14天为一疗程。

②如全身及泌尿道症状较重,可根据尿培养和药敏试验采用静脉给药。如大肠杆菌敏感且肾功能正常者,可选用氨基糖苷类抗生素,如庆大霉素8万~12万U肌注,每日2次,或8万~16万U静脉滴注,每日2次。

③如病人有全身感染中毒症状,甚至出现低血压、呼吸性碱中毒,疑为革兰阴性杆菌败血症者,多为急性重症肾盂肾炎,应联合使用两种或两种以上抗生素静脉滴注治疗。可选用三代头孢菌素类中的头孢曲松钠、头孢曲松(菌必治)、头孢哌酮等,半合成广谱青霉素中的羧苄青霉素、氧哌嗪青霉素、硫咪唑青霉素等,加用一种氨基糖苷类抗生素。

命题考点5　慢性肾功能不全

【历年真题纵览】

A1 型题

1. 慢性肾功能不全的主要病机是

A. 肺脾气虚,卫表不固

B. 肾与膀胱气化失司

C. 肺气不宣,脾失健运

D. 脾肾两虚,精微下注

E. 脾肾两虚,湿浊内聚

参考答案:E

2. 尿毒症终末期最理想的治疗措施是

A. 血液透析

B. 肾移植

C. 输新鲜血

D. 每天口服生大黄8~12 g

E. 用中药保留灌肠

参考答案:A

3. 治疗慢性肾衰竭阴阳两虚证,应首选的方剂是

A. 济生肾气丸

B. 参芪地黄汤

C. 杞菊地黄丸

D. 金匮肾气丸

E. 六君子汤

参考答案:D

4. 慢性肾功能衰竭脾阳亏虚型治宜

A. 附子理中丸合五苓散

B. 济生肾气丸合真武汤

C. 杞菊地黄丸

D. 金匮肾气丸

E. 无比山药丸

参考答案:A

5. 患者既往有慢性肾功能不全史,近日因饮食不节,出现口干口苦,口臭,恶心欲呕,舌苔黄腻,其中医治法是

A. 疏肝和胃

B. 清化和中

C. 利水消肿

D. 益气健脾

E. 活血化瘀

参考答案:B

A2 型题

6. 患者,男,55 岁。少尿,浮肿,视物模糊 2 年,伴有全身乏力,皮肤干燥,腰膝痠软,口中有尿臭味,舌红少苔,脉细。检查:血压 180/105 mmHg(24/14 kPa),血清钾 6.8 mmol/L,血肌酐 640 μmol/L。治疗应首选

A. 降压药加羚角钩藤汤

B. 降压药加镇肝息风汤

C. 透析加杞菊地黄丸

D. 透析加天麻钩藤饮

E. 降压药加知柏地黄丸

参考答案:C

【考点评析】

1. 慢性肾功能不全属中医"关格"范畴。如水肿、淋证、癃闭等迁延不愈,或饮食劳倦、房劳过度等,致脾肾亏虚则升清泌浊失职、水湿停聚,发为本病。病机为脾肾亏虚,湿浊内聚。晚期阴阳俱损多脏器衰败。西医认为任何泌尿系统疾病能破坏肾的正常结构和功能者均可引起肾衰。

2. 临床表现:

①代谢障碍:包括水、糖、蛋白质、脂肪、胰高血糖素、肾上腺皮质激素等的代谢异常。

②消化系统:食欲不振、恶心呕吐为常见。

③循环系统症状:高血压、心衰、心律失常。

④精神、神经系统:早期头痛、记忆力减退、失眠、皮肤瘙痒,晚期可见嗜睡、烦躁、谵语、肌肉颤动甚至抽搐、惊厥、昏迷。

⑤血液系统:贫血及后期出血倾向。

⑥呼吸系统:尿毒症性支气管炎,肺、胸膜炎。

⑦皮肤:尿毒症性皮炎,肤色萎黄。

⑧代谢性酸中毒。

⑨电解质平衡紊乱:钠、钾、钙、磷异常。

⑩继发感染:常见呼吸道和泌尿道感染。

3. 分期:①代偿期;②氮质血症期;③肾衰竭期;④尿毒症晚期。

4. 常用检查:

①血常规:尿毒症期 Hb 一般 <80 g/L。

②尿常规检查:尿比重多在 1.018 以下,尿蛋白定性为(+)~(++),尿沉渣检查可见管型。

③肾功能检查。

④血液生化检查:低蛋白、低钙、高磷。

⑤其他检查:腹部平片、肾 B 超、CT 等。

5. 诊断要点:据典型肾脏病史、临床表现及肾功能检查异常,慢性肾功能不全一般容易诊断。

6. 辨证论治:慢性肾衰竭的中医辨证治疗以本虚为纲,标实为目,根据患者本虚标实的情况而分别施治。

(1)本虚证

①脾肾气虚证　证候:倦怠乏力,气短懒言,纳呆腹胀,腰酸膝软,大便溏薄,口淡不渴,舌淡有齿痕,苔白或白腻,脉象沉细。治法:补气健脾益肾。方药:六君子汤加减。

②脾肾阳虚证　证候:面色㿠白或黧黑晦暗,下肢浮肿,按之凹陷难复,神疲乏力,纳差便溏,或五更泄泻,口黏口淡不渴,腰膝酸痛,或腰部冷痛,畏寒肢冷,夜尿频多清长,舌淡胖嫩,齿痕明显,脉沉弱。治法:温补脾肾。方药:济生肾气丸加减。

③气阴两虚证　证候:面色少华,神疲乏力,腰膝酸软,口干唇燥,饮水不多,或手足心热,大便干燥或稀,夜尿清长,舌淡有齿痕,脉象沉细。治法:益气养阴,健脾补肾。方药:参芪地黄汤加减。

④肝肾阴虚证　证候:头晕头痛,耳鸣眼花,两目干涩,或视物模糊,口干咽燥,渴而喜饮,或饮水不多,腰膝酸软,大便易干,尿少色黄,舌淡红少津,苔薄白或少苔;脉弦或细弦,常伴血压升高。治法:滋肾平肝。方药:杞菊地黄汤加减。

⑤阴阳两虚证　证候:浑身乏力,畏寒肢冷,或手足心热,口干欲饮,腰膝酸软,或腰部酸痛,大便稀溏或五更泄泻,小便黄赤或清长,舌苔白,舌胖润有齿痕,脉沉细,全身虚弱症状明显。治法:温扶元阳,补益真阴。方药:全鹿丸加减。

(2)标实证

①湿浊证　证候:恶心呕吐,胸闷纳呆,或口淡黏腻,口有尿味。治法:和中降逆,化湿泄浊。方药:小半夏加茯苓汤加减。

②湿热证　证候：中焦湿郁化热常见口干口苦，甚则口臭，恶心频频，舌苔黄腻。下焦湿热可见小溲黄赤或溲解不畅，尿频，尿急，尿痛等。治法：中焦湿热宜清化和中；下焦湿热宜清利湿热。方药：中焦湿热者以黄连温胆汤加减；下焦湿热以知柏地黄丸或二妙丸加减。

③水气证　证候：面肢浮肿或全身浮肿，甚则有胸水、腹水。治法：利水消肿。方药：五皮饮或五苓散加减。

④血瘀证　证候：面色晦暗或黧黑，或口唇紫暗，腰痛固定，或肢体麻木，舌紫暗或有瘀点瘀斑，脉涩或细涩。治法：活血化瘀。方药：桃红四物汤或当归芍药散加减。

⑤肝风证　证候：头痛头晕，手足蠕动，筋惕肉瞤，抽搐痉厥。治法：镇肝息风。方药：天麻钩藤汤加减。

7. 西医治疗原则：

（1）治疗基础疾病和使慢性肾衰竭恶化的因素：如及时控制感染、积极控制血压、纠正电解质紊乱、治疗心力衰竭、停用肾毒性药物等。

（2）延缓慢性肾衰竭的发展

①饮食治疗：限制蛋白饮食；高热量饮食；低磷饮食。此外，有水肿、高血压和少尿者要限制食盐。

②必需氨基酸（EAA）的应用：如果 GFR ≤ 10 ml/min时，患者因食欲差、蛋白质摄入少，会发生蛋白质营养不良，必须加用EAA或EAA及其 α - 酮酸混合制剂。EAA 的适应证是肾衰竭晚期患者，一般用量为每日 0.1 ~ 0.2 g/kg，分 3 次服用。

③控制全身性高血压和（或）肾小球内高压力首选血管紧张素Ⅱ抑制药，包括血管紧张素转换酶抑制剂（ACEI）和血管紧张素Ⅱ受体拮抗剂（ARB）。

（3）并发症的治疗

①纠正水、电解质紊乱。

②代谢性酸中毒的治疗：轻度酸中毒时可口服碳酸氢钠，若严重酸中毒，尤其伴深大呼吸或昏迷时，应静脉补碱。

③肾性贫血的治疗

红细胞生成素（EPO）：当 Hb < 60 g/L，血细胞比容（HCT）< 30% 时，就应使用。

补充铁剂和叶酸：常需与 EPO 并用，如硫酸亚铁口服，右旋糖酐铁静注，注意观察铁代谢情况。

输血或红细胞：在严重贫血时，可小量输血。

（4）替代治疗

①透析疗法：透析疗法可替代肾的排泄功能，但不能代替内分泌和代谢功能。血液透析和腹膜透析的疗效相近，但各有其优缺点，在临床应用上可互为补充。当血肌酐高于 707 μmol/L，便应做透析治疗。

②肾移植：成功的肾移植会恢复正常的肾功能（包括内分泌和代谢功能），可使患者几乎完全康复。

第五单元　血液及造血系统疾病

命题考点 1　缺铁性贫血

【历年真题纵览】

A1 型题

1. 下列除哪项外，均是缺铁性贫血脾气虚弱证的临床表现

A. 面色萎黄

B. 神疲乏力

C. 纳少便溏

D. 气短懒言

E. 腰膝酸软

参考答案：E

A2 型题

2. 患者，女，30 岁。贫血原因不明。试服铁剂治疗第 6 天复查血象，网织红细胞上升达 5%，但未见血红蛋白增加，镜检见红细胞大小不等和中心淡染区扩大。其最可能的诊断是

A. 缺铁性贫血

B. 急性白血病

C. 巨幼细胞性贫血

D. 阵发性睡眠性血红蛋白尿

E. 再生障碍性贫血

参考答案：A

3. 患者患贫血 3 年。经常头晕眼花，面黄浮肿，活动后则头晕心悸，气促，饮食尚可，有食生米、木炭等异食癖。实验室检查：大便常规发现钩虫卵，血红蛋白 80 g/L，应是

A. 缺铁性贫血

B. 再障性贫血

C. 溶血性贫血

D. 海洋性贫血

E. 肾性贫血

参考答案：A

B1 型题

4.

A. 香砂六君子汤

B. 八珍汤

C. 四神丸

D. 四物汤

E. 金匮肾气丸

①治疗缺铁性贫血脾气虚弱证,应首选

②治疗缺铁性贫血气血两虚证,应首选

参考答案:①A ②B

【考点评析】

1. 缺铁性贫血属中医"血劳"的范畴。因饮食不足,脾胃虚弱,化生原料缺乏,虫病、慢性失血等均可导致血劳。西医认为本病病因为铁摄入不足而需要增加;铁消耗过多,吸收不良。

2. 临床表现:面色苍白、疲乏无力、心悸气急、头昏眼花,黏膜损害,神经及精神系统异常。

3. 常用检查:

①贫血形态学检查如周围血象、骨髓检查。

②铁代谢检查如血清铁、总铁结合力、血浆转铁蛋白等。

③缺铁性红细胞生成检查如红细胞原卟啉、FEP/Hb 比值。

④贮备铁缺乏检查如骨髓细胞外铁、铁粒幼细胞计数、血清铁蛋白(SF)、红细胞铁蛋白测定。

4. 诊断要点:依据病史、红细胞形态及骨髓检查和骨髓铁染色,典型病例诊断不难。

5. 辨证论治

(1)脾胃虚弱证　证候:面色萎黄,口唇色淡,爪甲无泽,神疲乏力,食少便溏,恶心呕吐,舌质淡,苔薄腻,脉细弱。治法:健脾和胃,益气养血。方药:香砂六君子汤合当归补血汤加减。

(2)心脾两虚证　证候:面色苍白,倦怠乏力,头晕目眩,心悸失眠,少气懒言,食欲不振,毛发干脱,爪甲裂脆,舌淡胖,苔薄,脉濡细。治法:益气补血,养心安神。方药:归脾汤或八珍汤加减。

(3)脾肾阳虚证　证候:面色苍白,形寒肢冷,腰膝酸软,神倦耳鸣,唇甲淡白,或周身浮肿,甚则腹水,大便溏薄,小便清长,男子阳痿,女子经闭,舌质淡或有齿痕,脉沉细。治法:温补脾肾。方药:八珍汤合无比山药丸加减。

(4)虫积证　证候:面色萎黄少华,腹胀,善食易饥,恶心呕吐,或有便溏,嗜食生米、泥土、茶叶等,神疲肢软,气短头晕,舌质淡,苔白,脉虚弱。治法:杀虫消积,补益气血。方药:化虫丸合八珍汤加减。

6. 西医治疗原则:

(1)病因治疗　防治寄生虫病,驱除钩虫;积极治疗慢性失血;积极治疗慢性胃肠疾病;改变偏食习惯;婴幼儿及时添加辅食;对生长期儿童、孕妇及哺乳期妇女宜给予含铁较多的食物。

(2)铁剂治疗

①口服铁剂:是治疗缺铁性贫血的主要方法。硫酸亚铁片疗效较好,安全,且价格低廉,但有胃肠道副作用。力蜚能胶囊为多糖铁复合物,其效果与硫酸亚铁片相当。富马酸亚铁片含铁量较高,奏效较快。口服铁剂要先从小剂量开始,渐达足量。进餐时或饭后吞服,可减少恶心、呕吐、上腹部不适等胃肠道不良反应。口服铁剂有效者 3~4 天后网织红细胞开始升高,1 周后血红蛋白开始上升,一般 2 个月可恢复正常。贫血纠正后仍需继续治疗 3~6 个月以补充体内应有的贮存铁。

②注射铁剂:只有当口服铁剂消化道反应严重,不能耐受者,口服铁剂不能奏效者,需要迅速纠正缺铁者等情况下才使用注射铁剂。可用右旋糖酐铁或山梨醇枸橼酸铁。

(3)辅助治疗

①输血或输入红细胞:仅适用于严重病例,血红蛋白在 30 g/L 以下,症状明显者。

②加用维生素 E:缺铁患者多伴有维生素 E 的缺乏,因此用铁剂疗效不显著者,可加用维生素 E。

③适当补充高蛋白及含铁丰富的饮食,促进康复。

命题考点 2　再生障碍性贫血

【历年真题纵览】

A1 型题

1. 治疗再生障碍性贫血热入营血证,应首选

A. 圣愈汤

B. 犀角地黄汤

C. 左归丸

D. 龙胆泻肝汤

E. 苇茎汤

参考答案:B

2. 再生障碍性贫血肾阴虚证的治法是

A. 滋阴补肾,益气养血

B. 补肾助阳,益气养血

C. 滋阴助阳,益气补血

D. 补肾活血

E. 补益气血

参考答案:A

3. 再生障碍性贫血患者,症见面白无华,唇淡,

头晕心悸,气短乏力,动辄加剧,舌淡苔薄白,脉细弱,治疗应首选的方剂是

A. 右归饮

B. 左归饮

C. 八珍汤

D. 六味地黄丸

E. 金匮肾气丸

参考答案:C

A2 型题

4. 患者,男,25 岁。头晕 1 个月,高热,鼻衄 1 周来诊,心烦口渴,皮肤见瘀点及瘀斑,舌红绛苔黄燥,脉数。实验室检查:全血细胞减少,骨髓增生减低,无巨核细胞,治疗应首选

A. 犀角地黄汤

B. 圣愈汤

C. 右归丸

D. 左归丸

E. 小营煎

参考答案:A

5. 患者,男,35 岁。再生障碍性贫血 3 年。面色无华,头晕,气短,乏力,动则加剧,舌淡,苔薄白,脉细弱。治疗应首先考虑的方剂是

A. 右归丸合当归补血汤

B. 左归丸、右归丸合当归补血汤

C. 八珍汤

D. 六味地黄丸合桃红四物汤

E. 左归丸合当归补血汤

参考答案:C

【考点评析】

1. 再生障碍性贫血属中医学“髓劳”,可归属于“虚劳”、“血虚”、“血证”范畴。正气不足,沾染邪毒,或因禀赋差异,药物偏激引起。西医认为本病原发者病因不明。继发者常由各种毒性因素作用所致:①抑制骨髓的药物。②化学毒物。③电离辐射。④病毒感染。⑤免疫因素。⑥其他因素:妊娠期再障;慢性肾功能衰竭;阵发性睡眠性血红蛋白尿。

2. 临床表现:

①急性型:少见,起病急。早期突出症状是感染、发热和出血。可见轻度浮肿,肝脾不大,进展快,多数月至 1 年内死亡。

②慢性型:多见,起病慢,病程迁延,早期贫血为主。出血轻微,可有感染、发热,但易控制。可见贫血貌,轻度浮肿,反复输血及感染可出现脾脏轻度肿大。可生存数年,甚至可长期缓解或痊愈。少数可发展为慢性再障急性型。

3. 常用检查:周围血象全血细胞减少高度提示再障。急性再障骨髓象表现为多部位增生减低或增生缺乏。

4. 诊断要点:依据临床表现、血象和骨髓象的特征性改变可确诊。

(1)进行性贫血同时伴有出血及感染。

(2)结合 1987 年修订的再障诊断标准:①全血细胞减少,网织红细胞绝对值减少;②一般无脾大;③骨髓检查显示至少一个部位增生减低或重度减低;④除外其他引起全血细胞减少的疾病;⑤一般抗贫血药物治疗无效。

5. 辨证论治

①肾阴虚证　证候:面色苍白,唇甲色淡,心悸乏力,颧红盗汗,手足心热,口渴思饮,腰膝酸软,出血明显,便结,舌质淡,舌苔薄,或舌红少苔,脉细数。治法:滋阴补肾,益气养血。方药:左归丸合当归补血汤加减。

②肾阳亏虚证　证候:形寒肢冷,气短懒言,面色苍白,唇甲色淡,大便稀溏,面浮肢肿,出血不明显,舌体胖嫩,舌质淡,苔薄白,脉细无力。治法:补肾助阳,益气养血。方药:右归丸合当归补血汤加减。

③肾阴阳两虚证　证候:面色苍白,倦怠乏力,头晕心悸,手足心热,腰膝酸软,畏寒肢冷,齿鼻衄血或紫斑,舌质淡,苔白,脉细无力。治法:滋阴助阳,益气补血。方药:左归丸、右归丸合当归补血汤加减。

④肾虚血瘀证　证候:心悸气短,周身乏力,面色晦暗,头晕耳鸣,腰膝酸软,皮肤紫斑,肌肤甲错,胁痛,出血不明显,舌质紫暗,有瘀点或瘀斑,脉细或涩。治法:补肾活血。方药:六味地黄丸或肾气丸合桃红四物汤加减。

⑤气血两虚证　证候:面白无华,唇淡,头晕心悸,气短乏力,动则为甚,舌淡,苔薄白,脉细弱。治法:补益气血。方药:八珍汤加减。

⑥热毒壅盛证　证候:壮热,口渴,咽痛,鼻衄,齿衄,皮下紫癜、瘀斑,心悸,舌红而干,苔黄,脉洪数。治法:清热凉血,解毒养阴。方药:清瘟败毒饮加减。

6. 西医治疗原则:

(1)一般治疗:防止患者与任何对骨髓造血有毒性的物质接触;禁用对骨髓有抑制作用的药物;注意休息,避免过劳;防止交叉感染,注意皮肤及口腔卫生。

(2)支持疗法:包括控制感染、止血、输血。严重

贫血血红蛋白<60 g/L患者,可输入浓集红细胞。

(3)刺激骨髓造血功能的药物

①雄激素:为治疗再障的首选药物。丙酸睾酮:每次50~100 mg,每日1次,肌注;司坦唑醇(康力龙):每次2~4 mg,每日3次,口服。

②免疫调节剂:左旋咪唑治疗再障有效。

③免疫抑制剂:抗胸腺球蛋白和抗淋巴细胞球蛋白、环孢素A、大剂量丙种球蛋白。

④骨髓移植(BMT):为治疗造血干细胞缺陷引起急性再障的最佳方法,且能根治。

⑤脐血输注:可作为造血干细胞的来源代替骨髓移植。

命题考点3 急性白血病

【历年真题纵览】

A1型题

1. 下列哪项不是急性白血病痰热瘀阻证的主症

A. 心烦口苦

B. 腹部癥积

C. 头身困重

D. 口渴喜饮

E. 痰多胸闷

参考答案:D

2. 五阴煎加味适用于急性白血病的哪种证型

A. 热毒炽盛

B. 气阴两虚

C. 痰热瘀阻

D. 阴虚火旺

E. 气营两燔

参考答案:B

3. 急性白血病痰热瘀阻证的治法是

A. 清热化痰,活血散结

B. 清热解毒,凉血止血

C. 滋阴降火,凉血解毒

D. 益气养阴,清热解毒

E. 清热解毒,利湿化浊

参考答案:A

4. 急性白血病热毒炽盛证的治法是

A. 清热化痰,活血散结

B. 清热解毒,凉血止血

C. 滋阴降火,凉血解毒

D. 益气养阴,清热解毒

E. 清热解毒,利湿化浊

参考答案:B

A2型题

5. 患者,男,21岁。患急性淋巴细胞性白血病,壮热口渴,头痛面赤,咽喉肿痛,时有鼻衄,便秘,舌红绛,苔黄,脉洪大,其证型是

A. 阴虚火旺

B. 气阴两虚

C. 热毒炽盛

D. 痰热瘀阻

E. 肝火上炎

参考答案:C

【考点评析】

1. 急性白血病:中医学古代文献中无此病名记载,可归属于"急劳"、"热劳"、"血证"、"瘟毒"、"虚劳"、"癥积"病证范畴。主要为热毒与正虚,浊邪内结,痰瘀互阻。病位在髓,营血同病,责之于肾,肝脾相关,病性多属虚实夹杂,病情危重,预后差。西医认为本病与病毒感染、电离辐射、化学因素、遗传因素等有关。

2. 临床表现:各型急性白血病有大致相同的临床表现。①起病或急或缓。急者,可突然高热,进行性贫血、衰竭,显著出血等;缓者进行性疲乏、低热或(及)轻微出血等。②发热。③出血:是白血病的重要死因。④贫血。⑤肝脾淋巴结肿大。⑥骨骼及关节痛。⑦神经系统表现:白血病细胞可浸润脑膜及中枢神经致头痛、头晕、颈项强直、呕吐,但不发热。⑧各种皮损表现:斑丘疹、结节、肿块、红皮病、局部皮肤隆起、紫红色硬结,或皮下硬、痛结节,皮色不变。

3. 常用检查:

①血象:贫血,多呈正细胞正色素型;网织红细胞计数减少;血小板降低;白细胞早期常低,晚期常增加,增多者血片中找到原始和早期幼稚细胞可提示诊断。

②骨髓象:具有确诊价值。典型者有核细胞增生明显或轻度活跃。

③血液生化:血清尿酸浓度明显高。

④组织化学染色。

4. 诊断要点:有发热、感染、出血、贫血、肝脾淋巴结肿大,应高度拟诊。结合外周血液中有原始细胞,骨髓细胞学检查示任一系原始细胞>30%即可诊断。

5. 辨证论治:

(1)热毒炽盛证 证候:壮热,口渴多汗,烦躁,头痛面赤,身痛,口舌生疮,咽喉肿痛,面颊肿胀疼

痛，或咳嗽，咯黄痰，皮肤、肛门疖肿，便秘尿赤，或见吐血、衄血、便血、尿血、斑疹，或神昏谵语，舌质红绛，苔黄，脉大。治法：清热解毒，凉血止血。方药：黄连解毒汤合清营汤加减。

(2)痰热瘀阻证　证候：腹部癥积，颌下、腋下、颈部有痰核单个或成串，痰多，胸闷，头重，纳呆，发热，肢体困倦，心烦口苦，目眩，骨痛，胸部刺痛，口渴而不欲饮，舌质紫暗，或有瘀点、瘀斑，舌苔黄腻，脉滑数或沉细而涩。治法：清热化痰，活血散结。方药：温胆汤合桃红四物汤加减。

(3)阴虚火旺证　证候：皮肤瘀斑，鼻衄，齿龈出血，发热或五心烦热，口苦口干，盗汗，乏力，体倦，面色晦滞，舌质红，苔黄，脉细数。治法：滋阴降火，凉血解毒。方药：知柏地黄丸合二至丸加减。

(4)气阴两虚证　证候：低热，自汗，盗汗，气短，乏力，面色不华，头晕，腰膝酸软，手足心热，皮肤瘀点、瘀斑，鼻衄，齿衄，舌淡，有齿痕，脉沉细。治法：益气养阴，清热解毒。方药：五阴煎加味。

(5)湿热内蕴证　证候：发热，有汗而热不解，头身困重，腹胀纳呆，大便不爽或下利不止，肛门灼热，小便黄赤而不利，关节酸痛，舌红，苔黄腻，脉滑数。治法：清热解毒，利湿化浊。方药：葛根芩连汤加味。

6. 西医治疗原则：

(1)一般治疗：

①高白细胞血症紧急处理：当白细胞 $>100\times10^9/L$ 时，应立即使用血细胞分离机清除过高白细胞，同时予以化疗和水化，预防并发症。

②防治感染：严重感染是急性白血病主要的死亡原因，故防治感染甚为重要。

③纠正贫血。

④控制出血　如果因血小板计数过低而引起出血，输注浓集血小板悬液是较有效措施。

⑤防治高尿酸血症肾病。

⑥维持营养。

(2)化学治疗：目前多采用联合化疗，药物组合应符合以下各条件：①作用于细胞周期不同阶段的药物；②各药物间有相互协同作用，以最大限度地杀灭白血病细胞；③各药物副作用不重叠，对重要脏器损伤较小。

(3)骨髓及干细胞移植：进行异基因骨髓移植或病情持续缓解半年以上行自身骨髓移植是完全治愈白血病的有效措施，但必须设法使骨髓移植成功。

命题考点4　慢性粒细胞性白血病

【历年真题纵览】

A2 型题

1. 患者，男，48 岁。确诊慢性粒细胞白血病已2年半，服用白消安治疗效果较好。近期出现乏力，低热，鼻衄。检查：脾大肋缘下 6 cm，血红蛋白 70 g/L，外周血原始粒细胞比例大于 20%。应首先考虑的是

A. 脾功能亢进

B. 慢粒急变

C. 合并肺结核

D. 骨髓抑制

E. 急性溶血

参考答案：B

2. 患者，女，52 岁。既往患有慢性粒细胞白血病，目前病情尚平稳，但有低热，盗汗，五心烦热，口干口苦，消瘦，皮肤有瘀斑，舌红少苔，苔薄白，脉细数。治疗应首先考虑的方剂是

A. 清营汤合犀角地黄汤

B. 八珍汤

C. 青蒿鳖甲汤

D. 膈下逐瘀汤

E. 六味地黄丸

参考答案：C

3. 患者，男，72 岁。慢性淋巴细胞白血病 1 年余，经化疗后病情有缓解。现症见气短懒言、乏力、低热、手足心热，腰膝疲软，皮肤瘀点、瘀斑，舌淡，脉沉细。治疗应首选

A. 桃红四物汤

B. 八珍汤加减

C. 加味瓜蒌散

D. 归脾汤

E. 银翘散

参考答案：B

【考点评析】

1. 慢性粒细胞性白血病属中医“积聚”、“虚劳”等范畴，由于脏腑亏虚，外感六淫、内伤七情等引起气血功能紊乱，脏腑功能失调所致，本病为气血痰食邪毒相互搏结而成。西医认为本病发病原因尚未完全明了，是物理、化学、生物、遗传等多因素疾患。电离辐射及苯导致慢粒发生比较肯定。

2. 临床表现：①全身症状：乏力、低热、多汗、消瘦等。部分有左上腹沉重、纳减。后期常有贫血及出血倾向。②脾脏、肝脏和淋巴结肿大。③骨骼：约75%有胸骨下部压痛。其他如胫骨、肋骨及各大关节亦有压痛。④眼底变化：可有视网膜及视神经乳头水肿及眼底出血、渗出等。⑤其他：女性闭经或阴道出血；男性阴茎异常勃起。个别眼眶、头颅及乳房等出现无痛性肿块。

3. 常用检查：①血液：慢粒以白细胞数极度增高为特征。早期红细胞及血红蛋白可有轻度至中度减少；血小板大多正常，1/3病例增高。②骨髓：骨髓中各系细胞极度增生，其中以粒系为主。③染色体检查：绝大部分病人的粒细胞中有一种称为Ph的染色体。④血液生化：血清维生素B_{12}结合力及浓度具有特征性增高。幅度与白细胞增多程度成正相关。⑤中性粒细胞碱性磷酸酶（NAP）测定：多数降低和缺如，完全缓解时可恢复正常，15%病人在急变期正常或增高。

4. 诊断要点：①临床有低热、乏力、多汗、消瘦、胸骨压痛、鼻衄、齿龈出血或女性月经过多、贫血等。②脾大及进行性巨脾，肝脏及淋巴结肿大。③血液学检查白细胞数显著增高。④骨髓象符合慢粒的改变。

5. 辨证论治：

（1）阴虚内热证　证候：低热，多汗或盗汗，头晕目眩，虚烦，面部潮红，口干口苦，消瘦，手足心热，皮肤瘀斑或鼻衄、齿衄，舌质光红，苔少，脉细数。治法：滋阴清热，解毒祛瘀。方药：青蒿鳖甲汤加减。

（2）瘀血内阻证　证候：形体消瘦，面色晦暗，胸骨按痛，胁下癥块按之坚硬、刺痛，皮肤瘀斑，鼻衄，齿衄，尿血或便血，舌质紫黯，脉细涩。治法：活血化瘀。方药：膈下逐瘀汤加减。

（3）气血两虚证　证候：面色萎黄或苍白，头晕眼花，心悸心慌，疲乏无力，气短懒言，自汗，食欲减退，舌质淡，苔薄白，脉细弱。治法：补益气血。方药：八珍汤加减。

（4）热毒壅盛证　证候：发热甚或壮热，汗出，口渴喜冷饮，衄血发斑，或便血尿血，身疼骨痛，左胁下积块进行性增大，硬痛不移，倦怠神疲，消瘦，舌红，苔黄，脉数。治法：清热解毒为主，佐以扶正祛邪。方药：清营汤合犀角地黄汤加减。

6. 西医治疗原则：

（1）化学治疗

①羟基脲：为周期特异性抑制DNA合成的药物，起效快，但持续时间较短。该药治疗慢粒白血病其中数生存期比白消安长，且急变率低，为当前首选化疗药物。

②白消安（马利兰）。

③阿糖胞苷：小剂量Ara－C不仅可控制病情发展，且可使Ph染色体阳性细胞减少甚或转阴。

（2）干扰素（IFN－α）

（3）骨髓移植：移植应在慢粒白血病慢性期缓解后尽早进行，以45岁以下为宜。其3～5年无病存活率60%。慢粒白血病自身骨髓移植或外周血干细胞移植的主要困难是骨髓体外净化尚未彻底解决，因而移植后复发率较高。

（4）白细胞单采：采用血细胞分离机可除去大量白细胞，减少体内白细胞数量。

（5）慢粒白血病急性变的治疗：可参照急性白血病化疗方法治疗，但缓解率低。

命题考点5　特发性血小板减少性紫癜

【历年真题纵览】

A1型题

1. 治疗特发性血小板减少性紫癜出血，应首选

A. 免疫抑制剂

B. 输新鲜血液

C. 脾切除

D. 抗生素

E. 糖皮质激素

参考答案：E

2. 特发性血小板减少性紫癜破坏血小板的主要场所在

A. 骨髓

B. 肝脏

C. 脾脏

D. 肾脏

E. 淋巴结

参考答案：C

3. 治疗特发性血小板减少性紫癜阴虚火旺证，应首选的方剂是

A. 茜根散加减

B. 归脾汤加减

C. 桃红四物汤加减

D. 犀角地黄汤加减

E. 黄土汤加减

参考答案：A

A2 型题

4. 患儿,男,14 岁。2 周前患急性咽炎。1 天前突然牙龈出血,口腔血疱,双下肢瘀斑。实验室检查:血红蛋白 110 g/L,白细胞 9×10^9/L,血小板 10×10^9/L,骨髓增生活跃,巨核细胞 23 个/片。应首先考虑的诊断是

A. 急性白血病

B. 再生障碍性贫血

C. 过敏性紫癜

D. 特发性血小板减少性紫癜(急性型)

E. 特发性血小板减少性紫癜(慢性型)

参考答案:D

【考点评析】

1. 本病属中医"血证"、"阴阳毒"、"发斑"、"肌衄"、"葡萄疫"、"紫癜"、"紫斑"等范畴,部分严重病例并发脑出血者可归属"中风"范畴。

特发性血小板减少性紫癜的病因病机有血热伤络、阴虚火旺及气不摄血之不同。病位在血及髓,与心、肝、脾、肾关系密切。病理性质有虚实之分,热盛迫血为实,阴虚火旺,气不摄血为虚。西医认为本病病因有①血小板过量破坏:急性型多认为是病毒抗原吸附在血小板表面与抗体结合,或者是病毒抗原抗体复合物与血小板结合造成破坏。慢性型认为可能由于抗血小板抗体作用于血小板抗原引起免疫性破坏。脾脏是血小板破坏的主要场所,其次是肝脏。②抗血小板抗体:与血小板膜的抗原部位结合后,加速血小板在单核巨噬细胞系内被吞噬破坏。

2. 临床表现

①急性型起病急,儿童多见,无性别差异,发病前多有明显感染史,出血较严重,累及黏膜、内脏。

②慢性型起病隐袭,成年女性多见,病程超过半年,无明显诱因,出血较轻,皮肤瘀点或月经过多为主。

3. 常用检查

①血液:急性型发病时血小板明显减少,常低于 20×10^9/L。慢性型血小板一般在 $(30\sim80)\times10^9$/L,在 50×10^9/L 以上时可无症状,$<10\times10^9$/L 可有广泛或自发性出血。血小板功能异常,生存时间明显缩短。

②骨髓:急性型骨髓巨核细胞正常或增多,幼稚型比例增多,体积小,无血小板形成。慢性型骨髓巨核细胞增多,以颗粒型增多为主,体积正常,血小板形成减少。

③血小板表面相关免疫球蛋白增高。

4. 诊断要点:根据病史、临床表现、出血症状、血小板减少及寿命缩短、骨髓中巨核细胞数量增多、血小板形成减少和血小板表面相关免疫球蛋白增高等进行诊断。

5. 辨证论治:

(1)血热妄行证　证候:皮肤紫癜,色泽新鲜,起病急骤,紫斑以下肢最为多见,形状不一,大小不等,有的甚至互相融合成片,发热,口渴,便秘,尿黄,常伴有鼻衄、齿衄,或有腹痛,甚则尿血、便血,舌质红,苔薄黄,脉弦数或滑数。治法:清热凉血。方药:犀角地黄汤加减。

(2)阴虚火旺证　证候:紫斑较多,颜色紫红,下肢尤甚,时发时止,头晕目眩,耳鸣,低热颧红,心烦盗汗,齿衄鼻衄,月经量多,舌红少津,脉细数。治法:滋阴降火,清热止血。方药:茜根散或玉女煎加减。

(3)气不摄血证　证候:斑色暗淡,多散在出现,时起时消,反复发作,过劳则加重,可伴神情倦怠,心悸,气短,头晕目眩,食欲不振,面色苍白或萎黄,舌质淡,苔白,脉弱。治法:益气摄血,健脾养血。方药:归脾汤加减。

(4)瘀血内阻证　证候:肌衄,斑色青紫,鼻衄,吐血,便血,血色紫黯,月经有血块,毛发枯黄无泽,面色黧黑,下睑色青,舌质紫暗或有瘀斑、瘀点,脉细涩或弦。治法:活血化瘀止血。方药:桃红四物汤加减。

6. 西医治疗原则:

(1)一般治疗:注意休息。血小板低于 20×10^9/L 者,应严格卧床。

(2)糖皮质激素:是治疗本病的首选药物,近期有效率约为 80%。

(3)脾切除:是治疗本病的有效方法之一。适应证有:①正规糖皮质激素治疗 3~6 个月无效;②泼尼松维持量每日需大于 30 mg;③有糖皮质激素使用禁忌证;④^{51}Cr 扫描脾区放射指数增高。切脾治疗有效率为 70%~90%。

(4)免疫抑制剂治疗:不宜首选。适应证为:①糖皮质激素或切脾疗效不佳者;②有使用糖皮质激素或切脾禁忌证者;③与糖皮质激素合用以提高疗效及减少糖皮质激素的用量。

(5)其他治疗:达那唑为合成雄性激素,与糖皮质激素有协同作用。氨肽素口服,报道有效率可达 40%。

(6)急症处理:适用于:①当血小板低于 20×10^9/L 者;②出血严重、广泛者;③疑有或已发生颅内出血者;④近期将实施手术或分娩者。常选用的方

法有:①血小板悬液输注,可根据病情重复使用;②静脉注射丙种球蛋白;③血浆置换,可有效清除患者血浆中的PAIg;④大剂量甲泼尼龙。

第六单元　内分泌与代谢系统疾病

命题考点1　甲状腺功能亢进症

【历年真题纵览】

A1 型题

1.中医学认为,甲状腺功能亢进症的基本病理是

A.气滞、血瘀、火盛

B.痰凝、血瘀、正虚

C.痰凝、火盛、血瘀

D.气滞、痰凝、血瘀

E.气滞、火盛、痰凝

参考答案:D

2.逍遥散合二陈汤适用于甲状腺功能亢进症的哪种证型

A.心肝阴虚

B.心肾阴虚

C.心脾两虚

D.肝火亢盛

E.痰热瘀阻

参考答案:B

3.治疗甲状腺功能亢进症心肾阴虚证应首选

A.六味地黄丸和黄连阿胶汤

B.天王补心丹

C.丹栀逍遥散

D.消瘰丸

E.白虎汤

参考答案:A

A2 型题

4.患者,女,28岁。患甲状腺功能亢进症半年,症见口干,心悸,腰膝痠软,耳鸣目眩,舌红少苔,脉细数。治疗应首选甲巯咪唑加

A.生脉散

B.天王补心丹

C.当归补血汤

D.丹栀逍遥散

E.右归丸

参考答案:B

B1 型题

5.

A.甲巯咪唑加天王补心丹

B.M碘加天王补心丹

C.甲巯咪唑加六味地黄丸

D.甲巯咪唑加消瘰丸

E.碘液加天王补心丹

①治疗甲状腺功能亢进症心肝阴虚证,应首选

②治疗甲状腺功能亢进症心肝阴虚证,且对抗甲状腺药物过敏者,应首选

参考答案:①A　②B

【考点评析】

1.甲状腺功能亢进症属中医学"瘿病"、"瘿瘤"范畴。基本病理是气滞痰凝,日久引起血脉瘀阻,以气、痰、瘀三者合而为患。西医认为本病是在遗传基础上,由于精神刺激等应激因素诱发自身免疫反应引起。

2.临床表现:①甲状腺毒症:多汗、乏力、多食易饥、减重等高代谢症状;心悸气短,心律失常;焦虑易怒,失眠好动,手眼震颤;腹泻肝大;甲亢性周期性瘫痪;血淋巴、单核细胞增多;女子闭经、男子阳痿。②甲状腺弥漫对称性肿大伴杂音和震颤。③眼征:突眼。④甲状腺危象:原有症状加重,体重减轻,恶心呕吐,高热,心率160次/分以上,大汗,腹泻、腹痛,谵妄、昏迷。高热虚脱,心衰,肺水肿,水、电解质代谢紊乱是死因。

3.常用检查:甲状腺激素测定,甲状腺自身抗体测定,甲状腺影像学检查。

4.诊断要点:①高代谢表现。②甲状腺肿大。③血清FT3、FT4增高,TSH减低。

5.辨证论治:

(1)气滞痰凝证　证候:颈前肿胀,烦躁易怒,胸闷,两胁胀满,善太息,失眠,腹胀便溏,舌苔白腻,脉弦或弦滑。治法:疏肝理气,化痰散结。方药:逍遥散合二陈汤加减。

(2)肝火旺盛证　证候:颈前肿胀,眼突,烦躁易怒,手指颤抖,多汗,面红目赤,头晕目眩,口苦咽干,大便秘结,舌红苔黄,脉弦数。治法:清肝泻火,消瘿散结。方药:龙胆泻肝汤加减。

(3)阴虚火旺证　证候:颈前肿大,眼突,心悸汗多,手颤,消瘦,口干咽燥,五心烦热,失眠多梦,月经不调,舌红少苔,脉细数。治法:滋阴降火,消瘿散结。方药:天王补心丹加减。

(4)气阴两虚证　证候:颈前肿大,眼突,心悸失

眠，消瘦，神疲乏力，气短汗多，口干咽燥，手足心热，纳差，大便溏薄，舌质红或淡红，脉细或细数无力。治法：益气养阴，消瘿散结。方药：生脉散加味。

6. 西医治疗原则：

(1)抗甲状腺药物(ATD)治疗：目前抗甲状腺药物分为硫脲类和咪唑类，药物有丙硫氧嘧啶(PTU)、甲硫氧嘧啶(MTU)、甲巯咪唑(他巴唑)、卡比马唑(甲亢平)。其作用机理主要为抑制甲状腺激素的合成。适应证：①病情轻，甲状腺轻度或中度肿大的患者；②年龄20岁以下的青少年、儿童、孕妇、年老体弱或其他方面严重疾病不适宜手术者；③手术后复发且不适宜放射碘治疗者；④手术前准备；⑤用作放射碘治疗术后的辅助治疗。

(2)放射性^{131}I治疗：适应于年龄在25岁以上，中度甲亢，经ATD治疗无效或对ATD过敏，不宜手术或不愿手术者。

(3)手术治疗：严格掌握适应证。

(4)甲状腺危象的治疗：首先针对诱因治疗，如控制感染等。抑制甲状腺素的合成与释放，常首选PTU 600 mg口服，以后每6小时给予250 mg，待症状缓解后逐步减至一般治疗量；还可联合使用碘剂、普萘洛尔、氢化可的松等。

(5)其他治疗。

命题考点2 糖尿病

【历年真题纵览】

A1型题

1. 金匮肾气丸适用于糖尿病的哪种证型
A. 阴虚阳盛
B. 气阴两虚
C. 阴阳两虚
D. 阴阳欲绝
E. 气滞血瘀

参考答案：C

2. 下列哪项不能作为糖尿病确诊的依据
A. 多次空腹血糖≥7.8 mmol/L
B. 尿糖(++)
C. 餐后血糖≥11.13 mmol/L
D. 葡萄糖耐量试验1小时和2小时血糖均>11.13 mmol/L
E. 无“三多一少”症状，血糖多次在7.8~11.13 mmol/L之间

参考答案：B

3. 糖尿病微血管病变的病理特点是
A. 毛细血管的动脉粥样硬化，管腔狭窄
B. PAS阳性物质沉着于内皮下，毛细血管基底膜增厚
C. 毛细血管的钙化，通透性降低
D. 毛细血管的微血栓形成，血液流速慢
E. 毛细血管的内皮细胞受损

参考答案：B

4. 糖尿病酮症酸中毒的临床特点是
A. 呼吸浅慢，不规则
B. 呼吸困难伴发绀
C. 呼吸深大，呼气有烂苹果味
D. 呼吸浅快，呼气有大蒜味
E. 潮式呼吸

参考答案：C

5. 患者查体发现尿糖(+++)，为明确诊断，应进一步检查
A. 24小时尿糖定量
B. 空腹血糖
C. 血脂
D. 肾功能
E. 葡萄糖耐量试验

参考答案：B

6. 平胃散合桃红四物汤适用于治疗糖尿病的证型是
A. 痰瘀互结
B. 气阴两虚
C. 阴虚燥热
D. 阴阳两虚
E. 脉络瘀阻

参考答案：A

7. 糖尿病最主要的诊断依据是
A. 尿糖
B. 空腹血糖
C. 糖耐量
D. 糖化血红蛋白
E. 血浆胰岛素

参考答案：C

8. 糖尿病最主要的诊断依据是
A. 尿糖
B. 空腹血糖
C. 糖耐量
D. 糖化血红蛋白
E. 血浆胰岛素

参考答案：B

A2 型题

9. 患者,男,58岁。糖尿病病史15年。检查:双下肢水肿,尿蛋白(+++),空腹血糖8.0 mmol/L(144 mg/dl),餐后2小时血糖11.13 mmol/L(200 mg/dl),血压160/100 mmHg(21.28/13.3 kPa)。其诊断是

A. 高血压Ⅰ期合并糖尿病

B. 糖尿病肾病

C. 慢性肾炎合并糖尿病

D. 糖尿病合并肾盂肾炎

E. 糖尿病肾炎

参考答案:B

10. 患者有糖尿病史20年,小便量多,混浊如膏,腰膝酸软,形寒怕冷,面色黧黑,舌淡苔白,脉沉细无力,治疗应首选的方剂是

A. 金匮肾气丸

B. 七味都气丸

C. 左归丸

D. 六味地黄丸

E. 血府逐瘀汤

参考答案:A

11. 患者,女,24岁。口干渴,消瘦2年,用胰岛素治疗好转。因故停药3天,出现恶心呕吐,神志不清。急查:尿糖(+++),血糖28 mmol/L(500 mg/dl),血液酸碱度7.20,脱水貌。治疗应首选

A. 补液,电解质,清开灵注射液

B. 补液,电解质,安宫牛黄丸

C. 补液,纠正电解质及酸碱平衡紊乱,胰岛素

D. 补碱,补液和电解质

E. 中枢兴奋剂,足量胰岛素

参考答案:C

【考点评析】

1. 糖尿病属中医学"消渴"范畴。病机为阴虚为本,燥热为标;多兼血瘀;病理演变有气阴两伤或阴阳两虚;变证百出:可见肺痨、白内障、雀目、耳聋、疮疡痈疽、水肿、昏迷。病位在肺、胃、肾。肾为关键。西医认为本病与遗传因素、环境因素、自身免疫因素等有关。

2. 临床表现:

①代谢紊乱症状群:典型表现多饮、多食、多尿、体重减轻,可有皮肤瘙痒,外阴较重,视力模糊。

②并发症和伴发症,常为就诊原因。

③反应性低血糖。

④其他:手术前检查发现或健康查体时发现。

3. 并发症:

(1)糖尿病慢性病变

①心血管病变。

②肾脏病变,以肾小球微血管病最为重要,即糖尿病肾病(DN),其主要病理改变是小球硬化。

③眼部病变。

④神经病变:以对称性多发性神经病变最常见,远端感觉障碍为主,常呈"手套、袜套"样分布。

⑤皮肤及其他病变:面色红润,皮下出血和瘀斑,皮肤溃疡表浅,不易愈合,疼痛,多见于足部。

(2)糖尿病急性并发症:①感染;②糖尿病酮症酸中毒;③糖尿病高渗性昏迷。

4. 常用检查:尿糖、血糖测定;葡萄糖耐量试验(OGTT);糖化血红蛋白A1和糖化血浆白蛋白测定;胰岛素释放试验等。

5. 诊断要点:

①诊断标准:具有糖尿病及其并发症的典型症状,空腹静脉血糖≥7.0 mmol/L或随机血糖≥11.1 mmol/L者,可诊断为糖尿病。或OGTT中2小时血糖≥11.1 mmol/L者。

②分型:分为1型糖尿病、2型糖尿病、特殊类型及妊娠期糖尿病。

6. 辨证论治:

(1)无症状期

证候:一般没有突出的临床症状,食欲旺盛,而耐劳程度减退,化验检查一般血糖偏高,但常无尿糖。应激情况下血糖可明显升高,出现尿糖。治法:滋养肾阴。方药:麦味地黄汤加减。

(2)症状期

①阴虚燥热期

上消(肺热津伤证) 证候:烦渴多饮,口干舌燥,尿频量多,多汗,舌边尖红,苔薄黄,脉洪数。治法:清热润肺,生津止渴。方药:消渴方加减。

中消(胃热炽盛证) 证候:多食易饥,口渴多尿,形体消瘦,大便干燥,苔黄,脉滑实有力。治法:清胃泻火,养阴增液。方药:玉女煎加减。

下消(肾阴亏虚证) 证候:尿频量多,混浊如脂膏,或尿有甜味,腰膝酸软,乏力,头晕耳鸣,口干唇燥,皮肤干燥、瘙痒,舌红少苔,脉细数。治法:滋阴固肾。方药:六味地黄丸加减。

②气阴两虚证 证候:口渴引饮,能食与便溏并见,或饮食减少,精神不振,四肢乏力,体瘦,舌质淡红,苔白而干,脉弱。治法:益气健脾,生津止渴。方药:七味白术散加减。

③阴阳两虚证 证候:小便频数,混浊如膏,甚则饮一溲一,面色黧黑,耳轮焦干,腰膝酸软,形寒畏

冷，阳痿，舌淡苔白，脉沉细无力。治法：滋阴温阳，补肾固摄。方药：肾气丸加减。

④痰瘀互结证　证候："三多"症状不明显，形体肥胖，胸脘腹胀，肌肉酸胀，四肢沉重或刺痛，舌暗或有瘀斑，苔厚腻，脉滑。治法：活血化瘀祛痰。方药：平胃散合桃红四物汤加减。

⑤脉络瘀阻证　证候：面色晦暗，消瘦乏力，胸中闷痛，肢体麻木或刺痛，夜间加重，唇紫，舌暗或有瘀斑，或舌下青筋怒张，脉弦或沉涩。治法：活血通络。方药：血府逐瘀汤加减。

(3)并发症

①疮痈：治以清热解毒，用五味消毒饮合黄芪六一散加减治疗。

②白内障、雀目、耳聋：治以滋补肝肾，益精养血，用杞菊地黄丸、羊肝丸、磁朱丸加减治疗。

7. 西医治疗原则：

(1)糖尿病教育。

(2)饮食治疗：

①成人需要热量：成年人休息状态下每日每千克标准体重 105 ~ 125 kJ，轻体力劳动 125.5 ~ 146 kJ，中度体力劳动 146 ~ 167 kJ，重体力劳动 167 kJ以上。

②合理分配三大营养素：其比例为，碳水化合物含量占总热量的 50% ~60%，蛋白质 15%，脂肪约占总热量的 30%。饮食中蛋白质含量成人每日每千克理想体重 0.8 ~1.2 g。每日三餐分配为 1/5、2/5、2/5 或 1/3、1/3、1/3。

(3)口服药治疗：

①磺脲类(SUs)：主要作用于胰岛 B 细胞表面的受体，促进胰岛素释放。用于 2 型糖尿病经饮食及运动治疗后病情控制不理想者。于餐前 30 分钟口服，现多用第二代 SUs 药物，如格列本脲、格列吡嗪、格列齐特、格列喹酮等。

②双胍类：适于 2 型糖尿病患者经饮食及运动治疗未能控制者，尤其是肥胖或超重患者为首选药，多用二甲双胍。

③α 葡萄糖苷酶抑制剂(AGI)：适于空腹血糖正常而餐后血糖高者。可与 SUs、双胍类或胰岛素联合使用治疗 2 型糖尿病，常用者有拜糖平(阿卡波糖)、倍欣(伏格列波糖)。

④噻唑烷二酮：主要用于 2 型糖尿病，特别是有胰岛素抵抗的患者。

(4)胰岛素治疗：

①适应证：1 型糖尿病替代治疗；糖尿病酮症酸中毒、高渗性非酮症糖尿病昏迷和乳酸性酸中毒伴高血糖；2 型糖尿病口服降糖药治疗无效；妊娠期糖尿病；糖尿病合并严重并发症；全胰腺切除引起的继发性糖尿病；因伴发病需外科治疗的围手术期。

②使用方法：1 型糖尿病所需胰岛素剂量平均为 35 ~40 U/d，初剂量可按 20 ~25 U/d 给予，治疗 2 ~ 3 d 后根据血糖监测结果再作调整。一般每 3 ~5 d 调整 1 次，每次增减 2 ~4 U，直至达到血糖控制目标。2 型糖尿病患者，需从小剂量开始，逐步增加。起始剂量为 20 U，老年或虚弱的病人减至 10 ~15 U。根据尿糖和血糖测定结果，每隔数天需调整胰岛素剂量，每次增减以 2 U 为宜。

(5)胰腺移植和胰岛细胞移植：多用于 1 型糖尿病。

(6)并发症的治疗：

糖尿病酮症酸中毒　①补液：静脉输注生理盐水，补液速度宜先快后慢，最初 2 小时内输入1 000 ~ 2 000 ml，以后酌情调整补液量及速度；②应用胰岛素：每小时输注胰岛素 0.1 U/kg，使血中胰岛素浓度恒定在 100 ~200 μU/ml；③当 CO_2 结合力降至4.5 ~ 6.7 mmol/L 时，应予纠酸；④补钾；⑤处理诱因和并发症。

高渗性非酮症糖尿病昏迷　①补液；②小剂量胰岛素疗法；③补钾；④积极治疗诱发病和防治并发症。

此外，对低血糖反应及昏迷、糖尿病肾病均应积极治疗。

8. 预防：

一级预防：避免糖尿病发病。

二级预防：及早检出并有效治疗。

三级预防：延缓和防治并发症。

提倡不吸烟、少饮酒、少吃盐，合理膳食，经常运动，防止肥胖。

第七单元　风湿性疾病

命题考点 1　风湿热

【历年真题纵览】

A1 型题

1. 下列哪项不是 Jones 风湿热诊断标准的主要表现

A. 发热

B. 心脏炎

C. 多发性关节炎
D. 环形红斑
E. 皮下结节
参考答案:A

2. 风湿性关节炎属中医学中的
A. 风寒湿痹
B. 风湿热痹
C. 尪痹
D. 鹤膝风
E. 蝶疮流注
参考答案:B

A2 型题

3. 患者,男,40 岁。症见肢体关节疼痛,时轻时重,关节肿大,屈伸不利,皮下结节,舌紫黯,苔白腻,脉细涩,实验室检查:抗"O" > 500 U,C 反应蛋白阳性,血常规示白细胞计数轻度升高,中性粒细胞稍增多。诊断为"风湿热"。治疗应首选
A. 地塞米松合三痹汤
B. 阿司匹林合白虎加桂枝汤
C. 阿司匹林合桃红饮
D. 吲哚美辛合犀角散
E. 水杨酸钠合独活寄生汤
参考答案:C

【考点评析】

1. 风湿热属中医学的"风湿热痹"范畴。主要病因病机是风湿热邪痹阻经络关节。西医认为本病是感染乙型溶血性链球菌后的一种变态反应,可能与病毒感染有关,是全身性结缔组织的炎症,早期以关节和心脏受累为常见。

2. 临床表现:主要临床表现有发热、关节炎、心脏炎、皮下结节及环形红斑、舞蹈病,偶见风湿性胸膜炎、腹膜炎、肾炎、脉管炎。关节炎表现为游走性多关节炎、大关节受累、局部红肿热痛,但不化脓,无关节畸形变。心脏炎可表现为弥漫性心肌炎、心内膜炎和心包炎。

3. 常用检查:

①咽拭子培养:风湿活动时溶血性链球菌培养阳性。

②血清抗体测定:抗链球菌溶血素"O"(>500 单位);抗链球菌激酶(>80 万单位);透明质酸酶(>128 单位)。

③血常规。

④尿常规。

⑤非特异性血清成分改变测定:血沉增快,C 反应蛋白阳性,黏蛋白浓度增高,蛋白电泳、血清总补体和补体 C 均降低。

4. 诊断要点:

①新近有溶血性链球菌感染的证据。

②主要表现:心脏炎、多关节炎、舞蹈病、环形红斑、皮下结节。

③次要表现:发热、关节痛、血沉增快或 C 反应蛋白阳性、心电图 P-R 间期延长。

以上具有两个主要表现和两个次要表现,同时符合①,即可诊断。

5. 辨证论治:

(1)风寒湿阻证　证候:关节、肌肉呈游走性疼痛,低热或不发热,关节肿胀,恶冷喜暖,活动不便,身重,苔白腻或薄白,脉濡。治法:祛风化湿,散寒宣痹。方药:蠲痹汤加减。

(2)热邪痹阻证　证候:关节疼痛,局部灼热、红肿,得冷稍舒,痛不可触,常病及多个关节,多兼有发热、恶风、口渴、烦闷不安等全身症状,苔黄燥,脉滑数。治法:清热宣痹。方药:白虎加桂枝汤加减。

(3)气血两虚,寒湿阻滞证　证候:关节、肢体酸胀冷痛,反复发作,畏寒喜温,头晕神疲,食少困重,面白舌淡,脉沉无力。治法:温补气血,宣痹止痛。方药:独活寄生汤加减。

(4)气阴两虚证　证候:关节微肿疼痛,活动不利,心悸气短,自汗,时有胸痛,失眠,纳差,乏力,舌质红,脉弱或细数。治法:益气养阴,宣痹止痛。方药:五阴煎加减。

6. 西医治疗原则:

(1)一般治疗。

(2)药物治疗:

①抗生素治疗:消除链球菌感染,治疗咽部炎症及扁桃体炎。首选青霉素 80 万~160 万 U/d,分2 次肌内注射,疗程为 10 天。

②抗风湿药物治疗:首选药物为非甾体类抗炎药。常用阿司匹林。

③舞蹈病治疗:在上述治疗的基础上加用镇静药如地西泮、巴比妥类或氯丙嗪等。

④并发症和合并症的治疗。

命题考点 2　类风湿性关节炎

【历年真题纵览】

A1 型题

1. 诊断类风湿性关节炎最有意义的实验室指

标是

A. 血清抗链球菌溶血素“O”阳性

B. 抗链球菌激酶阳性

C. 抗透明质酸酶阳性

D. 红细胞沉降率加快

E. 类风湿因子阳性

参考答案:E

2. 类风湿性关节炎关节僵硬变形的原因是

A. 感受风寒湿热邪气

B. 正气不足,肝肾两虚

C. 气血不行,瘀血内生

D. 气机不畅,津凝成痰

E. 痰瘀互结于关节

参考答案:E

3. 类风湿性关节炎发作的高峰年龄在

A. 5 岁以内

B. 6 ~ 15 岁

C. 16 ~ 35 岁

D. 36 ~ 45 岁

E. 46 ~ 52 岁

参考答案:E

4. “晨僵”是下列哪个病证的特征性表现

A. 风寒湿痹

B. 风湿热痹

C. 尪痹

D. 中风后遗症

E. 蝶疮流注

参考答案:C

A2 型题

5. 患者,女,35 岁。关节肿胀疼痛,痛有定处,晨僵,屈伸不利,遇寒痛剧,局部畏寒怕冷,舌苔薄白,脉沉紧。诊断为类风湿性关节炎,治疗应首选

A. 大秦艽汤

B. 宣痹汤

C. 蠲痹汤

D. 三痹汤

E. 白虎加桂枝汤

参考答案:C

6. 患者,女,40 岁。不明原因的手足发麻,关节肿痛半年余。开始为手指小关节疼痛,后出现其他关节疼痛,呈对称性,遇寒或晨起时关节发硬,活动后减轻,舌苔薄白,脉浮紧。其最有意义的检查是

A. 血沉

B. 抗核抗体

C. 双手 X 线平片

D. 抗链球菌溶血素“O”

E. 肾功能

参考答案:C

7. 患者,女,36 岁。患类风湿性关节炎 12 年,现关节红肿,疼痛如燎,晨僵,活动受限,兼恶风发热,有汗不解,心烦口渴,便干尿赤,舌红苔黄,脉滑数。其证型是

A. 风寒湿阻

B. 风湿热郁

C. 阴虚郁热

D. 湿热蕴蒸

E. 湿热伤津

参考答案:B

B1 型题

8.

A. 蠲痹汤

B. 三痹汤

C. 独活寄生汤

D. 六味地黄丸

E. 虎潜丸

①治疗类风湿性关节炎肾虚寒凝证,应首选

②治疗类风湿性关节炎气血亏虚证,应首选

参考答案:①C ②B

【考点评析】

1. 类风湿性关节炎属中医学的“尪痹”范畴,认为是素体虚弱、正气不足、受风寒湿热之邪所致。外邪侵袭,使肌肉、筋骨、关节痹阻,气血运行不畅,瘀血内生,津凝成痰,痰瘀互结于关节,致关节肿痛,僵硬变形。西医认为本病病因未明,目前认为主要与细菌、病毒、遗传、性激素有一定关系。其产生是机体对抗原刺激免疫反应的结果。基本病理是滑膜炎。

2. 临床表现:本病发病迟缓,关节症状出现前,可有乏力、食欲减退、手足麻木发冷等前驱症状。随之可出现:

①关节症状:大多数为对称性多关节炎。关节受累常从四肢远端的小关节开始,关节肿胀、疼痛、压痛、僵硬、畸形。晨僵程度及持续时间可视为病情活动的判断指标之一。近端指间关节肿胀使手指呈梭形,关节周围肌肉萎缩、肌力减弱。晚期出现畸形,影响正常活动,甚至生活不能自理。

②类风湿结节:15% ~25% 的患者关节隆突部及经常受压处,如肘关节鹰嘴突等部位可见类风湿结节。

③类风湿血管炎:表现为甲床的裂片样出血(末

梢动脉炎)、下肢皮肤慢性溃疡、周围神经炎、无菌性骨坏死等。

④脏器受累:以肺部病变为主,主要表现为胸膜炎、胸腔积液、类风湿尘肺、弥漫性肺间质纤维化。心肾较少受累。

⑤特殊临床类型的表现:有费耳提(Felty)综合征,又称Still病。

3. 常用检查:

①一般检查:血常规一般有轻、中度贫血;白细胞活动期可略有增高;血沉活动期迅速增高可作为疾病活动的指标。

②免疫学检查:70%~80%患者类风湿因子(RF)阳性;10%~20%出现抗核抗体阳性。

③X线检查:早期关节周围软组织肿胀和关节腔渗液,以后可有关节部位骨质疏松,关节腔隙缩小和骨质侵蚀;晚期出现关节半脱位或骨性强直。

4. 诊断要点:

①多为青壮年发病:有反复发作的对称性关节炎,多发于四肢小关节,尤其是近端指间关节,呈肿胀、疼痛和僵硬。

②久病受累关节呈梭形肿胀,后期关节变形僵直,关节周围肌肉萎缩。

③血中类风湿因子阳性。X线片可见典型改变。

亦可沿用美国风湿病学学会1987年修订的诊断标准:

①晨僵至少1小时(≥6周)

②3个或3个以上关节肿(≥6周)。

③腕、掌指关节或近端指间关节肿(≥6周)。

④对称关节肿(≥6周)。

⑤皮下结节。

⑥手部X线像改变。

⑦类风湿因子阳性(滴度≥1:32)。

确诊为类风湿性关节炎需具备上述4点或4点以上的标准。

5. 鉴别诊断:

①增生性骨关节炎:本病发病年龄40岁以上多见,一般营养状况好,无全身症状;多为膝、脊柱等负重关节受累,局部无红肿,无游走现象,关节畸形和肌肉萎缩不多见;X线显示关节边缘呈唇齿样增生或骨刺形成,关节周围骨质有钙质沉着;血沉正常,RF阴性。

②风湿性关节炎:本病多发生于青少年;起病多急骤,病前常有咽痛、发热和白细胞增高;以四肢大关节受累多见,为游走性关节肿痛,极少出现畸形;可伴有心脏炎。血清抗链球菌溶血素O、抗链球菌激酶及抗透明质酸酶均为阳性,而RF阴性;水杨酸制剂疗效迅速而显著。

③结核性关节炎:本病可伴有其他部位结核病变;两个以上关节同时发病者较少见;X线可见骨质局限性破坏或有椎旁脓肿阴影,关节腔渗出液结核菌培养阳性。

6. 辨证论治:

(1)活动期

①湿热痹阻证　证候:发热,口苦,饮食无味,纳呆,或有恶心呕吐,关节肿痛以下肢为重,全身困乏无力,下肢沉重酸胀,浮肿或有关节积液,舌苔黄腻,脉滑数。治法:清热利湿,祛风通络。方药:四妙丸加减。

②阴虚内热证　证候:午后或夜间发热,盗汗或兼自汗,口干咽燥,手足心热,关节肿胀疼痛,小便赤涩,大便秘结,舌红少苔,脉细数。治法:养阴清热,祛风通络。方药:丁氏清络饮加减。

③寒热错杂证　证候:低热,关节灼热疼痛,或有红肿,形寒肢凉,阴雨天疼痛加重,得温则舒,舌质红,苔白,脉弦细或数。治法:祛风散寒,清热化湿。方药:桂枝芍药知母汤加减。

(2)缓解期

①痰瘀互结,经脉痹阻证　证候:关节肿痛且变形,屈伸受限,或肌肉刺痛,痛处不移,皮肤失去弹性,按之稍硬,肌肤紫黯,面色黧黑,或有皮下结节,肢体顽麻,舌质暗红或有瘀点、瘀斑,苔薄白,脉弦涩。治法:活血化瘀,祛痰通络。方药:身痛逐瘀汤合指迷茯苓丸加减。

②肝肾亏损,邪痹筋骨证　证候:形体消瘦,关节变形,肌肉萎缩,骨节烦疼、僵硬,活动受限,筋脉拘急,或筋惕肉𥆧,腰膝酸软无力,眩晕,心悸气短,指甲淡白,舌淡苔薄,脉细弱。治法:益肝肾,补气血,祛风湿,通经络。方药:独活寄生汤加减。

7. 西医治疗原则:

(1)药物治疗

①非甾体抗炎药(NSAID):有消炎止痛作用,但不能控制病情,必须与改变病情的抗风湿药同服。常用的有布洛芬、萘普生、吲哚美辛、舒林酸、阿西美辛、双氯芬酸等。

②慢作用抗风湿药:此类药首选甲氨蝶呤,亦可用青霉胺、柳氮磺胺吡啶、雷公藤总苷、硫唑嘌呤、环磷酰胺、环孢素、来氟米特等。

③糖皮质激素:适用于有关节外症状者或关节炎明显或急性发作患者。

(2)外科手术治疗:包括关节置换和滑膜切除手术。

命题考点3 系统性红斑狼疮

【历年真题纵览】

A1 型题

1. 中医学认为,系统性红斑狼疮后期的主要病机是

A. 阴虚内热

B. 气阴两伤

C. 阳气亏虚

D. 阴阳两虚

E. 阴虚血瘀

参考答案:A

2. 系统性红斑狼疮属中医学中的

A. 风寒湿痹

B. 风湿热痹

C. 尪痹

D. 鹤膝风

E. 蝶疮流注

参考答案:E

A2 型题

3. 患者,女,23岁。面部蝶形红斑,关节肌肉酸痛,皮肤紫斑,烦躁口渴,神昏谵语,手足抽搐,大便秘结,小便短赤,舌红绛苔黄腻,脉洪数。其治法是

A. 清热祛风通络

B. 滋阴降火凉血

C. 清热活血息风

D. 清热解毒凉血

E. 养肝息风化瘀

参考答案:D

4. 患者,女,30岁。患系统性红斑狼疮。现低热,口苦纳呆,两胁胀痛,黄疸,肝大,烦躁易怒,皮肤红斑,舌紫暗,脉弦。其证型是

A. 瘀热痹阻

B. 气血两亏

C. 阴虚内热

D. 瘀热伤肝

E. 热郁积饮

参考答案:D

【考点评析】

1. 系统性红斑狼疮后期,多因先天阴精不足,后天精血受损,又为久病消耗阴津;或外感热毒,耗伤阴津,最易出现阴虚内热之证,表现为发热或长期低热。

2. 根据系统性红斑狼疮典型的临床表现特点:面部蝶形红斑,皮疹,口腔黏膜水疱、溃疡,游走性、多发性关节红肿热痛等,与中医的"蝶疮流注"表现相似。

3. 西医治疗

(1)轻型SLE的治疗:如以关节肌肉痛为主,可用非甾体抗炎药如双氯芬酸;如以皮疹为主,可用抗疟药如氯喹,皮疹还可用含糖皮质激素的软膏。如无效应及早服用小剂量糖皮质激素治疗。

(2)重型SLE的治疗:可应用下述治疗:①糖皮质激素(简称激素);②细胞毒药物:常用环磷酰胺(CTX)或硫唑嘌呤;③环孢素:如果大剂量激素联合应用细胞毒药物使用数周,病情仍不改善,应加用环孢素;④丙种球蛋白:静脉注射大剂量丙种球蛋白可以提高狼疮危象治疗的成功率;⑤雷公藤总苷也有一定的疗效。

(3)缓解期的治疗:治疗目的是巩固已取得的疗效,防止病情复燃。

4. 中医辨证论治

(1)气营热盛证　证候:高热,不恶寒,满面红赤,皮肤红斑鲜红,咽干,口渴喜冷饮,尿赤而少,关节疼痛,舌红绛苔黄,脉滑数或洪数。治法:清热解毒,凉血化斑。方药:清瘟败毒饮加减。

(2)阴虚内热证　证候:长期低热,手足心热,面色潮红而有暗紫斑片,口干咽痛,渴喜冷饮,目赤齿衄,关节肿痛,烦躁不寐,舌质红少苔,或苔薄黄,脉细数。治法:养阴清热。方药:玉女煎合增液汤加减。

(3)热郁积饮证　证候:胸闷胸痛,心悸怔忡,时有微热,咽干口渴,烦热不安,红斑皮疹,舌红苔厚腻,脉滑数、濡数,偶有结代。治法:清热蠲饮。方药:葶苈大枣泻肺汤合泻白散加减。

(4)瘀热痹阻证　证候:手足瘀点累累,斑疹斑块暗红,两手白紫相继,两腿青斑如网,脱发,口糜,口疮,鼻衄,肌衄,关节肿痛疼痛,月经愆期,小便短赤,有蛋白血尿,低热或自觉烘热,烦躁多怒,苔薄舌红,舌光红刺或边有瘀斑,脉细弦或涩数。治法:清热凉血,活血散瘀。方药:犀角地黄汤加减。

(5)脾肾两虚证　证候:面色不华,但时有潮红,两手指甲亦无华色,神疲乏力,畏寒肢冷,时而午后烘热,口干,小便短少,两腿浮肿如泥,进而腰股俱肿,腹大如鼓,舌胖,舌偏淡红,苔薄白或薄腻,脉弦

细或细弱。治法:滋肾填精,健脾利水。方药:济生肾气丸加减。

(6)气血两亏证　证候:心悸怔忡,健忘失眠,多梦,面色不华,肢体麻木,舌质淡,苔薄白,脉细缓。治法:益气养血。方药:八珍汤加减。

(7)脑虚瘀热证　证候:病情危笃,身灼热,肢厥,神昏谵语,或昏愦不语,或痰壅气粗,舌謇,舌色鲜绛,脉细数。治法:清心开窍。方药:清宫汤送服或鼻饲安宫牛黄丸或至宝丹。

(8)瘀热伤肝证　证候:低热绵绵,口苦纳呆,两胁胀痛,月经提前,经血暗紫带块,烦躁易怒,或黄疸,肝脾肿大,皮肤红斑、瘀斑,舌质紫暗或有瘀斑,脉弦。治法:疏肝清热,凉血活血。方药:茵陈蒿汤合柴胡疏肝散加减。

5. 预防　①及时有效地控制感染;②避免应用和食用某些诱发药物和食物;③疾病未得控制时,不宜妊娠;④避免日光暴晒及紫外线照射。

第八单元　神经系统疾病

命题考点 1　癫痫

【历年真题纵览】

A1 型题

1. 癫痫肝肾阴虚证的治法是

A. 补益肝肾,育阴息风

B. 健脾和胃,化痰息风

C. 活血化瘀,通络息风

D. 清热化痰,息风定痫

E. 清肝泻火,化痰息风

参考答案:A

A2 型题

2. 患者,男,40 岁。癫痫病史多年,今因癫痫持续状态被送入医院。应采取的治疗措施是

A. 口服苯巴比妥

B. 口服苯妥英钠

C. 口服丙戊酸钠

D. 静脉注射安定

E. 肌内注射氯丙嗪

参考答案:D

3. 患者,女,24 岁。进餐时突然倒地,意识丧失,四肢抽搐,双目上翻,牙关紧闭口吐白沫,小便失禁,约 20 分钟后抽搐停止,神识清醒,自觉肢体酸痛。头颅 CT、血液生化检查均正常。自幼有类似发病,其诊断是

A. 癔病性抽搐

B. 低血钙性抽搐

C. 脑寄生虫病

D. 癫痫大发作

E. 昏厥性抽搐

参考答案:D

4. 患者,男,28 岁。癫痫大发作。眩晕,两目干涩,心烦失眠,腰膝酸软,舌红少苔,脉细数。其中医治法是

A. 补益肝肾,育阴息风

B. 健脾和胃,化痰息风

C. 清肝泻火,化痰息风

D. 涤痰息风,开窍定痫

E. 活血化瘀,通络息风

参考答案:A

【考点评析】

1. 癫痫属中医"痫证"范畴,由于脏腑亏虚,肝风内动化火,脾虚酿痰,肾虚精亏等所致。西医认为本病发病原因尚未完全明了,和母亲怀孕时损伤、外伤、精神刺激等因素有关。

2. 临床表现:癫痫的发作大多具有间歇性、短时性、刻板性三个特点。发作的形式常见的有四种。

①大发作(全身强直 - 阵挛性发作):以意识丧失和全身抽搐为特征。约占癫痫的 70%。可分为先兆期、强直 - 阵挛期和痉挛后期或昏迷期三个阶段。大发作若短期内发作频繁,发作间隙病人始终处于昏迷状态者,称为癫痫持续状态。常伴有高热、脱水、血白细胞增多和酸中毒。

②小发作:多见于儿童和少年。以短暂意识障碍为特征。常见失神性小发作,表现为突然发生和突然休止的短暂意识丧失,无跌倒和抽搐。持续5 ~ 30 秒后立即清醒,对发作不能回忆。一日可发作十余次至百余次。

③局限性发作:以局部症状为特征。发作过程大多短促,数秒至数十秒。意识通常清醒。常见有局限性运行性发作和局限性感觉性发作两种发作形式。

④精神运动性发作:亦称颞叶癫痫,属继发性癫痫。多发于成人。实系一种具有复杂症状的局限性发作。部分癫痫病人可同时伴有两种以上类型的发作,称混合性发作。

⑤并发症:由于癫痫大发作时意识丧失,可能发生不同程度的撞伤、舌咬伤,但发作后迅速停止,多

无严重并发症。

3. 诊断要点:

①以反复突然发作感觉障碍、肢体抽搐、意识丧失、行为障碍和自主神经功能异常为主症。

②可有过度劳累、精神刺激、暴饮暴食、月经来潮等诱因存在。

③脑电图常规检查或诱发试验可见癫痫波形(棘波、尖波、慢波或棘－慢波综合等)。

④经抗癫痫药物医治可控制发作。

⑤详细询问病史、体检及必要的辅助检查常可发现原发疾病。

4. 鉴别诊断:

①癔病:癔病性抽搐须与癫痫大发作鉴别。癔病发作常有一定的情绪因素,常于有人在场时发作,富于表演色彩,无意识丧失,一般不会自伤及二便失禁;发作过程一般较长,历时数十分钟或数小时,经他人抚慰或暗示性治疗可中止发作;脑电图检查无异常。

②晕厥:晕厥也是短暂的意识障碍,须与失神性小发作鉴别。晕厥多见于虚弱及血管神经功能不稳定的病人,还有心源性等多种原因;起病和恢复较缓慢;发作前常有头昏、胸闷、心慌、眼前朦胧等症状。

③偏头痛:偏头痛的视觉先兆和偶然出现的肢体感觉异常甚至偏瘫,应与局限性发作鉴别。偏头痛的先兆症状持续时程较长,至少数分钟,继之都有头痛发生,常伴恶心、呕吐。

5. 辨证论治:

(1)风痰上扰证　证候:发则突然跌仆,目睛上视,口吐白沫,手足抽搐,喉间痰鸣,舌苔白腻,脉弦滑。治法:涤痰息风,开窍定痫。方药:定痫丸。

(2)痰热内扰证　证候:发作时猝然仆倒,不省人事,四肢抽搐,口中有声,口吐白沫,烦躁不安,气高息粗,痰鸣辘辘,口臭,便干,舌暗红,苔黄腻,脉弦滑。治法:清热化痰,息风定痫。方药:黄连温胆汤。

(3)肝郁痰火证　证候:平素性情急躁,心烦失眠,口苦咽干,时吐痰涎,大便秘结,发作则昏仆抽搐,口吐涎沫,舌红苔黄,脉弦滑数。治法:清肝泻火,化痰息风。方药:龙胆泻肝汤合涤痰汤。

(4)瘀阻清窍证　证候:发则猝然昏仆、抽搐,或单见口角、眼角、肢体抽搐,颜面口唇青紫,舌质紫暗或有瘀斑,脉涩或沉弦。治法:活血化瘀,通络息风。方药:通窍活血汤。

(5)脾虚痰湿证　证候:痫病日久,神疲乏力,眩晕时作,面色不华,胸闷痰多,或恶心欲呕,纳少便溏,舌淡胖,苔白腻,脉濡弱。治法:健脾和胃,化痰息风。方药:醒脾汤。

(6)肝肾阴虚证　证候:痫病久发,头晕目眩,两目干涩,心烦失眠,腰膝酸软,舌质红少苔,脉细数。治法:补益肝肾,育阴息风。方药:左归丸。

6. 西医治疗原则:

(1)药物治疗

①药物控制:药物的选择主要取决于发作类型。GTCS首选药物为苯妥英钠、卡马西平;失神发作首选乙琥胺或丙戊酸钠,其次为氯硝西泮(氯硝安定);单纯部分性发作首选卡马西平,其次为苯妥英钠、扑痫酮、苯巴比妥;儿童肌阵挛发作首选丙戊酸钠,其次为乙琥胺或氯硝西泮。

②癫痫持续状态的处理:地西泮(安定)为首选药物;苯妥英钠;苯巴比妥钠(鲁米那)肌注;异戊巴比妥钠;对症处理。

(2)神经外科治疗:主要掌握手术治疗的适应证。

命题考点2　急性脑血管病

【历年真题纵览】

A1 型题

1. 治疗中风中脏腑元气衰脱,心神散乱证,应首选

A. 安宫牛黄丸
B. 参附汤
C. 苏合香丸
D. 清开灵(静脉滴注)
E. 安神丸

参考答案:B

2. 出血性与缺血性脑血管疾病的鉴别,除临床表现外,最有诊断意义的辅助检查是

A. 血常规
B. 头颅 CT
C. 腰穿
D. 经颅多普勒超声
E. 脑电图

参考答案:B

3. 大脑中动脉脑梗死的主要表现是

A. "三偏"征
B. 共济失调
C. 吞咽困难
D. 延髓性麻痹
E. 眩晕

参考答案:A

4. 治疗中风中经络肝肾阴虚,风阳上扰证,应首选

A. 镇肝息风汤

B. 天麻钩藤饮

C. 星蒌承气汤

D. 二陈汤合桃红四物汤

E. 补阳还五汤

参考答案:A

A2 型题

5. 患者,男,64 岁。高血压病史 5 年,晨起突然口齿不清,口角斜,左侧肢体活动障碍。应首选的检查项目是

A. 腰穿脑脊液

B. 脑血管造影

C. 脑电图

D. 头部 CT

E. 脑超声波

参考答案:D

6. 患者,女,60 岁。平素经常头晕目眩,今日情绪激动后,突然半身不遂,神志昏迷,失语,小便失禁,舌红苔黄腻,脉弦数。应首先考虑的是

A. 中风中经络

B. 中风中脏腑

C. 脏躁

D. 癫痫肝火痰盛证

E. 癫痫肝风痰浊证

参考答案:B

7. 患者,女,64 岁。患高血压病多年,突然抽搐,头痛剧烈,呕吐,神昏,偏瘫,面红气粗,舌红苔黄,脉弦有力。治疗应首选

A. 龙胆泻肝汤

B. 羚角钩藤汤

C. 镇肝息风汤

D. 三甲复脉汤

E. 天麻钩藤饮

参考答案:E

8. 患者,男,32 岁。突然出现剧烈头痛来急诊。查体:神清,颈强直,四肢肌力Ⅴ级,肌张力正常,布鲁辛斯基征(+),最可能的诊断是

A. 腰椎间盘突出症

B. 高血压脑病

C. 脑出血

D. 蛛网膜下腔出血

E. 脑栓塞

参考答案:D

9. 患者,女,68 岁。既往有高血压史。今晨起床时发现右侧偏瘫,口眼㖞斜,言语不利,头晕,手足麻木,肌肤不仁,舌暗,舌苔薄白,脉浮数。查体:血压 170/80 mmHg,头颅 CT 检查未见异常。应首先考虑的诊断是

A. 高血压病痰热腑实,风痰上扰证

B. 高血压病阴虚风动证

C. 高血压病,脑出血痰热腑实,风痰上扰证

D. 高血压病,脑梗死风痰瘀血,痹阻脉络证

E. 高血压病,脑梗死肝阳暴亢,风火上扰证

参考答案:D

B1 型题

10.

A. 短暂性脑缺血发作

B. 脑血栓

C. 脑栓塞

D. 脑出血

E. 蛛网膜下腔出血

①起病急,神经症状消失快,一般持续数分钟,多无意识障碍者,应首先考虑的是

②起病急,头痛重,伴有呕吐,意识障碍严重,有典型的神经系统局灶体征,多有

参考答案:①A ②D

【考点评析】

1. 急性脑血管病属中医学"中风"范畴,主要病因病机在机体正气亏虚,五志过极,饮食不节,气候变化等因素作用下,导致脏腑阴阳失调,肝肾阴虚,肝阳上亢,阳化风动,挟痰挟瘀,横窜经遂,蒙蔽脑神。病位在脑,其中在本为虚,在标为风、火、痰、气、血诸端,互相影响,合而致病。总属本虚,标实、上盛下虚,阴阳不相维系,其中以肝肾阴虚为根本。西医认为本病病因有:①短暂性脑缺血发作;②脑血栓形成;③脑栓塞:是指固态、液态、气体的栓子造成血流阻塞;④脑出血:指非外伤性实质内的出血,又称脑溢血;⑤蛛网膜下腔出血:血液直接流入蛛网膜下腔时,称为原发性蛛网膜下腔出血。

2. 临床表现:急性脑血管病可分为两大类,即缺血性脑血管病[包括短暂性脑缺血发作(TIA)、脑血栓形成和脑栓塞];出血性脑血管病(包括脑出血和蛛网膜下腔出血)。

(1)短暂性脑缺血发作

①颈动脉系统 TIA:发作性轻度偏瘫或单瘫。以上肢和面部瘫痪明显。

②椎-基底动脉系统 TIA:常见为眩晕、共济失

调、复视、构音障碍、吞咽困难。

(2)脑血栓形成

①颈内动脉:常见为患侧视觉障碍和病变对侧偏瘫及感觉障碍。

②大脑中动脉:对侧运动及感觉障碍,偏盲,优势半球可见失语,非优势半球失语、失写、失计算、左右侧失认。

③大脑前动脉:皮质支闭塞时为对侧下肢运动及感觉障碍,小便失控。深穿支闭塞时表现为对侧中枢性面、舌及上肢瘫痪。双侧大脑前动脉阻塞可表现淡漠、迟钝或欣快、夸大,大、小便失禁,有强握反射。

④大脑后动脉:表现为对侧偏盲和短暂视力障碍。深穿支闭塞出现对侧偏身感觉减退伴疼痛、动眼神经麻痹、小脑性共济失调、偏身舞动症等。

⑤椎-基底动脉:表现为眩晕、眼球震颤、复视、同向偏盲、皮质性失明(病人对自己失明全然无知)、眼肌麻痹、四肢瘫痪等,基底动脉主干闭塞时可出现四肢瘫痪、延髓麻痹及昏迷,常迅速死亡。

⑥小脑后下动脉:同侧眼震,同侧 Horner 征,同侧九、十对颅神经麻痹,同侧小脑性共济失调,同侧面部及对侧半身感觉障碍,眩晕,呕恶等。

⑦此外,本病还有几种较为特殊的临床类型:缓慢进展型、大块梗死型、可逆性缺血性神经功能缺失(RIND)。

(3)脑栓塞:临床表现因栓塞部位不同而异。一部分病人起病后有短暂的意识模糊、头痛或抽搐。约4/5的栓塞发生在脑基底动脉前半部的分布区,故常为上肢单瘫、偏瘫、面瘫、失语、局灶性抽搐等,偏瘫以面部和上肢为重。1/5的栓塞发生在后半部的分布区,表现有头晕、复视、共济失调、交叉性瘫痪等。

(4)脑出血

①内囊出血:轻症多突然头痛、呕吐、意识障碍轻或无,对侧肢体瘫痪,可有偏身感觉减退和病灶对侧同向偏盲,常伴失语症;重症起病急,昏迷深,剧烈呕吐,二便失禁,出血侧瞳孔扩大,双眼向出血侧凝视,出血灶的对侧偏瘫,弛缓性瘫痪,肌张力降低,病理反射引不出,出血灶对侧偏身感觉减退,针刺肢体、面部时无反应。

②脑叶出血:以头痛、呕吐等颅内压增高症状及脑膜刺激征为主。意识障碍极少见。

③脑桥出血:常突然起病,出现剧烈头痛、头晕、坠地、呕吐、复视、说话不清、病侧面部发麻、面瘫和对侧上下肢瘫痪(交叉性瘫痪),头和两眼转向非出血侧。

④小脑出血:多发生在一侧小脑半球。表现为突起后枕部剧烈头痛和眩晕,频繁呕吐,病变侧共济失调而无明显瘫痪,发音含糊,瞳孔缩小,两眼球向病变对侧同向凝视。

⑤脑室出血:小脑和脑桥出血常破入第四脑室。表现为突然昏迷加深,阵发性强直性痉挛,四肢弛缓性瘫痪,腱反射引不出。

(5)蛛网膜下腔出血:突然头部劈裂样剧痛,可牵涉及颈、肩、背、腰和两腿等处。频繁呕吐,冷汗,面色苍白。可有不同程度的意识障碍。60岁以上的老人意识障碍突出。此病易在首次出血后4周内再发,用力排便是常见诱因。临床表现为在病情好转后突发剧烈头痛、反复呕吐、意识障碍加重、瞳孔不等大、眼底出血,脑脊液有新鲜出血、CT描述可见高密度影。

3. 常用检查:①CT;②核磁共振(MRI);③脑血管造影;④脑超声波;⑤脑脊液;⑥血液流变学;⑦其他检查。

4. 诊断要点

(1)短暂性脑缺血发作:①50岁以上;②表现为一过性眩晕、言语不清、黑矇、偏身麻木或瘫痪等。③反复发作,时间短暂,不遗留任何神经功能缺失体征。④脑血管显示血管狭窄或动脉硬化斑块。⑤除外局限性癫痫、美尼尔综合征和晕厥。

(2)脑血栓形成:①60岁以上。②安静状态下发病,缓慢进展或阶段性进展。一般意识清楚或仅有轻度意识障碍。③多数无明显头痛和呕吐。④有颈动脉系统或椎-基底动脉系统缺血的症状和体征。⑤脑脊液一般不含血。⑥头部CT在起病24~48小时后常可见低密度梗死区。⑦除外颅内占位性病变。

(3)脑栓塞:①多有风湿性心脏病、冠心病或心房纤颤,也可见于亚急性心内膜炎、心肌梗死、骨折、气胸等。②急骤起病。③有颈动脉系统或椎-基底动脉系统缺血的症状和体征。一般意识清楚或有短暂意识障碍。④部分病例可同时伴有其他脏器、皮肤、黏膜栓塞症候。⑤脑脊液一般不含血,若有红细胞可考虑为出血性脑梗死。⑥CT与MRI可显示梗死灶。⑦昏迷者应排除可引起昏迷的其他全身性疾病或颅内疾患;若有局限性抽搐应与其他病因所致的症状癫痫鉴别。

(4)脑出血:①50岁以上的高血压动脉硬化病人。②常在白天活动用力或情绪激动时突然发病。③发病时常有反复呕吐、头痛、血压升高。病情进展迅速，常出现意识障碍、偏瘫、失语和其他神经系统局灶症状。④脑脊液多呈血性，压力增高。⑤脑超声波检查可见脑中线移位。⑥CT或MRI检查可证实。⑦须除外其他颅内占位性病变、硬膜下血肿、脑膜脑炎等。

(5)蛛网膜下腔出血：①以青、中年发病居多。②发病急骤，有剧烈头痛、呕吐，或有短暂的意识障碍，可伴有精神症状，③多有脑膜刺激征，少数可伴有脑神经及轻偏瘫等局灶体征。④眼底检查常见玻璃体膜下出血。⑤脑脊液为均匀血性，压力增高。⑥脑血管造影显示动脉瘤或脑血管畸形。⑦CT扫描在发病1周内可于蛛网膜下腔、脑室及脑实质发现高密度影。⑧须除外各种脑膜炎和偏头痛所致头痛、呕吐。

5.辨证论治：

(1)短暂性脑缺血发作

①肝肾阴虚，风阳上扰证　证候：头晕目眩，甚则欲仆，目胀耳鸣，心中烦热，多梦健忘，肢体麻木，或猝然半身不遂，言语謇涩，但瞬时即过，舌质红，苔薄白或少苔，脉弦或细数。治法：平肝息风，育阴潜阳。方药：镇肝息风汤加减。

②气虚血瘀，脉络瘀阻证　证候：头晕目眩，动则加剧，言语謇涩，或一侧肢体软弱无力，渐觉不遂，偶有肢体掣动，口角流涎，舌质暗淡，或有瘀点，苔白，脉沉细无力或涩。治法：补气养血，活血通络。方药：补阳还五汤加减。

③痰瘀互结，阻滞脉络证　证候：头晕目眩，头重如蒙，肢体麻木，胸脘痞闷，或猝然半身不遂，移时恢复如常，舌质暗，苔白腻或黄厚腻，脉滑数或涩。治法：豁痰化瘀，通经活络。方药：黄连温胆汤合桃红四物汤加减。

(2)脑血栓形成

①肝阳暴亢，风阳上扰证　证候：平素头晕头痛，耳鸣目眩，突然发生口眼㖞斜，舌强语謇，或手足重滞，甚则半身不遂，或伴麻木等症，舌质红苔黄，脉弦。治法：平肝潜阳，活血通络。方药：天麻钩藤饮加减。

②风痰瘀血，阻痹络脉证　证候：肌肤不仁，手足麻木，突然口眼㖞斜，语言不利，口角流涎，舌强语謇，甚则半身不遂，或兼见手足拘挛，关节酸痛，恶寒发热，舌苔薄白，脉浮数。治法：祛风化痰通络。方药：真方白丸子加减。

③痰热腑实，风痰上扰证　证候：半身不遂，舌强语謇或不语，口眼㖞斜，偏身麻木，口黏痰多，腹胀便秘，头晕目眩，舌红苔黄腻或黄厚燥，脉弦滑。治法：通腑泄热，化痰理气。方药：星蒌承气汤加减。

④气虚血瘀证　证候：肢体不遂，软弱无力，形体肥胖，气短声低，面色萎黄，舌质淡暗或有瘀斑，苔薄白，脉细弱或沉弱。治法：益气养血，化瘀通络。方药：补阳还五汤加减。

⑤阴虚风动证　证候：半身不遂，口舌㖞斜，舌强语謇，偏身麻木，烦躁失眠，眩晕耳鸣，手足心热，舌红少苔，脉细弦。治法：育阴潜阳。方药：镇肝息风汤加减。

⑥脉络空虚，风邪入中证　证候：手足麻木，肌肤不仁，或突然口眼㖞斜，语言不利，口角流涎，甚则半身不遂，或见恶寒发热，肢体拘急，关节酸痛，舌苔薄白，脉浮弦或弦细。治法：祛风通络，养血和营。方药：大秦艽汤加减。

⑦痰热内闭清窍证　证候：突然昏仆，口噤目张，气粗息高，或两手握固，或躁扰不宁，口眼㖞斜，半身不遂，昏不知人，颜面潮红，大便干结，舌红，苔黄腻，脉弦滑数。治法：清热化痰，醒神开窍。方药：首先灌服(或鼻饲)至宝丹或安宫牛黄丸以辛凉开窍，继用羚羊角汤加减。

⑧痰湿壅闭心神证　证候：突然昏仆，不省人事，牙关紧闭，口噤不开，痰涎壅盛，静而不烦，四肢欠温，舌淡，苔白滑而腻，脉沉。治法：辛温开窍，豁痰息风。方药：急用苏合香丸灌服，继用涤痰汤加减。

⑨元气败脱，心神涣散证　证候：突然昏仆，不省人事，目合口开，鼻鼾息微，手撒肢冷，汗多不止，二便自遗，肢体软瘫，舌痿，脉微欲绝。治法：益气回阳，救阴固脱。方药：立即用大剂参附汤合生脉散加减。

(3)脑栓塞：辨证论治参阅“脑血栓形成”。

(4)脑出血：辨证论治参见“脑血栓形成”。

(5)蛛网膜下腔出血：辨证论治参见“脑血栓形成”。

6.西医治疗原则：

(1)短暂性脑缺血发作：病因治疗、抗血小板聚集剂、抗凝剂、外科手术治疗。

(2)脑梗死(脑血栓形成和脑栓塞)：尽快地改善脑血液循环，增加缺血区的血液灌注，消除脑水肿，防止血栓继续扩散，保存生命，减轻脑缺血性损害，积极促使神经功能恢复，减少残肢，预防复发。

(3)脑出血的抢救原则及治疗：防止进一步出血，降低颅内压，控制脑水肿，防止脑疝发生，稳定生命指征，防治并发症，减少残废。

(4)蛛网膜下腔出血：一般治疗、防止再出血、解除脑血管痉挛、控制脑水肿、手术治疗。

命题考点3 神经衰弱

【历年真题纵览】

A1 型题

1. 治疗神经衰弱阴虚火旺证,应首选

A. 右归丸

B. 肾气丸

C. 酸枣仁汤

D. 大补阴丸

E. 天王补心丹

参考答案:D

2. 治疗神经衰弱肝郁血虚证,应首选

A. 朱砂安神丸

B. 木香顺气丸

C. 加味保和丸

D. 柴胡疏肝散

E. 逍遥散合酸枣仁汤

参考答案:E

【考点评析】

1. 右归丸和肾气丸温补肾阳,适用于肾阳虚衰之证;酸枣仁汤养血安神,适用于肝血不足、虚烦不眠之证;天王补心丹适应于阴亏血少,虚热内生之心悸失眠证,其降火作用不如大补阴丸,大补阴丸滋阴降火,适用于阴虚火旺者,而不是阴虚内热。

2. 朱砂安神丸镇心安神、泻火养阴。木香顺气丸、加味保和丸理气消滞和胃,用于"胃不和则卧不安"之失眠证。柴胡疏肝散虽能疏肝但无养血之功;逍遥散能疏肝解郁,酸枣仁汤能养血安神,为治疗神经衰弱之肝郁血虚证的最佳组合。

第九单元 物理化学因素所致疾病

命题考点1 急性中毒总论

【历年真题纵览】

A1 型题

对吞服强酸的人,哪项处理是错误的

A. 忌洗胃

B. 服镁乳

C. 输液

D. 用碳酸氢钠中和

E. 止痛,防止食管狭窄

参考答案:D

【考点评析】

1. 病因

(1)工业性毒物:①腐蚀性毒物:强酸、强碱及消毒液(来苏);②金属类:汞、铅、三氯化二砷(砒霜);③有机溶剂:如甲醇、汽煤油、苯、四氯化碳;④刺激性气体:如氨、氯、二氯化氮、硫化氢、氰化物、一氧化碳。

(2)农药:有机磷类、氨基甲酸酯类、拟除虫菊酯类和杀虫脒类等、杀鼠药等。

(3)药物:一次性过量服用所致,如镇静安眠类、水杨酸、阿托品类、异烟肼中毒等。

(4)有毒动植物:包括植物类及动物类中药服用不当或过量,或误服。还有毒蕈中毒、发芽马铃薯中毒、毒蛇咬伤后中毒、河豚中毒。

2. 发病机理:

①局部作用:局部组织脱水、变性、坏死。

②缺氧:组织器官尤其是脑组织缺氧。

③麻醉的抑制作用:如抑制呼吸中枢及血管运动中枢,可致呼吸衰竭和循环衰竭。

④抑制酶的活力:很多毒物是通过抑制酶的活力而产生毒性作用。如氰化物对细胞色素氧化酶的抑制可导致细胞呼吸功能障碍、组织缺氧。有机磷农药则可抑制胆碱酯酶,最终影响神经系统功能。

⑤干扰细胞膜或细胞器的生理功能。

3. 临床表现:

(1)呼吸系统症状

①中毒性呼吸衰竭:

中枢性呼吸衰竭:表现为呼吸困难、发绀、呼吸节律不规则、潮式呼吸、叹息性呼吸、意识障碍等。

周围性呼吸衰竭:表现为呼吸活动受限,呼吸窘迫感、窒息感,呼吸表浅等。$PaO_2 < 8$ kPa(60 mmHg),$PaCO_2 > 6.7$ kPa(50 mmHg)者可确诊。

②急性肺水肿。

③特别气味:如氰化物中毒时,可闻到苦杏仁味;有机磷杀草剂、黄磷、铊有蒜味;苯酚、来苏有苯酚味等。

(2)循环系统症状:可引起心悸、胸闷、各种心律失常,严重时出现心室颤动、心力衰竭、阿-斯综合征,甚则心搏骤停。强酸、强碱等中毒可致有效血容量锐减而出现休克。

(3)神经系统症状:

①颅内压增高。

②脑疝形成。

③精神症状:兴奋、多语、幻觉、行为异常、恐惧、表情淡漠、迟钝、抑郁,甚至出现木僵状态和癫痫样发作。

(4)中毒性肝病:表现为肝大、压痛,黄疸,血清转氨酶升高,血清胆红素增高,严重时出现肝昏迷。

(5)急性肾功能衰竭。

(6)急性溶血性贫血。

(7)皮肤黏膜症状:皮肤潮湿、干燥、发绀;口唇及面颊樱桃红色,皮肤黏膜灼伤。

(8)瞳孔变化:瞳孔扩大可见于阿托品、可卡因、麻黄碱及莨菪碱类中毒;瞳孔缩小见于有机磷农药、吗啡中毒。

4. 诊断:

①检查、抢救的同时询问病史。

②中毒的时间、地点及毒物的性质、名称。必要时中毒现场调查,寻找毒源。

③中毒的途径、剂量,症状出现的时间及治疗情况。

④根据病情作重点和系统检查。除生命体征外,要注意瞳孔、皮肤黏膜的变化,病人衣物、口腔内沾染的毒物残渍,病人呕吐物、排泄物的颜色、气味、性状。

⑤留取剩余物或可能含毒的标本进行毒物分析鉴定。

5. 治疗:

(1)清除尚未吸收的毒物

①催吐:休克和昏迷患者禁用。

②洗胃:应尽早进行,一般在服毒后6小时内洗胃有效。

③导泻及灌肠:不易吸收的毒物,在48小时内均可导泻。对于巴比妥类、吗啡类及重金属中毒,可用1%微温肥皂水(约5 000 ml)做高位结肠连续灌洗。

(2)促进毒物排泄

①利尿排毒:积极补液、碱化或酸化尿液。

②透析排毒:包括血液、腹膜及结肠透析。

③血液灌流等。

(3)拮抗解毒:有效拮抗剂和特异解毒剂。

(4)支持疗法。

命题考点2 急性一氧化碳中毒

【历年真题纵览】

A1 型题

1. 一氧化碳中毒,可见

A. 皮肤黏膜呈樱桃红色

B. 皮肤干燥

C. 皮下气肿

D. 皮肤瘀斑

E. 皮肤潮湿

参考答案:A

2. 对重症煤气中毒的昏迷患者,最有效的抢救措施是

A. 鼻导管吸氧

B. 20%甘露醇快速静脉推入

C. 冬眠疗法

D. 血液透析

E. 送入高压氧舱治疗

参考答案:E

3. 对诊断一氧化碳中毒最有意义的辅助检查是

A. 高铁血红蛋白浓度测定

B. 血液碳氧血红蛋白浓度测定

C. 血氧饱和度测定

D. 脑电图检查

E. 头颅CT检查

参考答案:B

【考点评析】

1. 临床表现:

①轻度中毒:头痛、头晕、恶心、呕吐、乏力、意识模糊、嗜睡、血碳氧血红蛋白浓度>10%。

②中度中毒:轻度昏迷、反射迟钝、面色潮红、皮肤黏膜呈樱桃红色、呼吸深快、血压可下降、心率增快,血液碳氧血红蛋白浓度>30%。

③重度中毒:常呈深昏迷,各种反射消失,呼吸浅快,血压下降,二便失禁、四肢软瘫,终致呼吸循环衰竭,血液碳氧血红蛋白浓度>50%。

2. 诊断:依据中毒病史、临床表现及血液碳氧血红蛋白浓度检查可确诊。

3. 治疗

①纠正缺氧:迅速将病人转移到空气新鲜的地方,卧床休息,保暖,保持呼吸道通畅,给氧。

②防治脑水肿:20%的甘露醇、呋塞米、肾上腺皮质激素。

③降温疗法：昏迷时间长，有高热、频繁抽搐者，可采用降温疗法。有物理降温和冬眠疗法。

④促进脑细胞功能恢复。

⑤防治并发症及后发症：防治感染，保持水电解质及酸碱平衡，防治神经系统和心脏后并发症。

命题考点 3　有机磷杀虫药中毒

【历年真题纵览】

A1 型题

1. 治疗有机磷农药中毒毒蕈碱样症状的药物是

A. 阿托品

B. 氯解磷定

C. 利多卡因

D. 甲硝唑(灭滴灵)

E. 双复磷

参考答案：A

2. 下列各项中哪项不是阿托品化的指标

A. 抽搐消失

B. 颜面潮红

C. 瞳孔较前增大

D. 心率增快

E. 口干、皮肤干燥

参考答案：A

3. 下列各项，不属心搏呼吸骤停临床表现的是

A. 突然昏迷

B. 大动脉搏动消失

C. 心音消失

D. 呼吸停止或严重呼吸困难

E. 瞳孔缩小

参考答案：E

A2 型题

4. 患者，男，25 岁。因昏迷而送来急诊。查体：深昏迷状态，呼吸有轻度大蒜味，疑为有机磷中毒。下列哪项对诊断最有帮助

A. 瞳孔缩小

B. 呕吐物有大蒜臭味

C. 大小便失禁

D. 肌肉抽动

E. 全血胆碱酯酶活力降低

参考答案：E

5. 患者，女，23 岁。被人发现时呈昏迷状态。查体：神志不清，两侧瞳孔呈针尖样大小，呼吸有大蒜臭味，应首先考虑的是

A. 急性安眠药物中毒

B. 急性毒蕈中毒

C. 急性有机磷农药中毒

D. 亚硝酸盐中毒

E. 一氧化碳中毒

参考答案：C

6. 患者，男，30 岁。被路人发现昏迷不醒送入医院。查体：血压 110/80 mmHg，心率 60 次/分，流涎，瞳孔针尖大小，口唇发绀，肌肉震颤，皮肤湿冷，双肺可闻较多湿啰音。应首先考虑的诊断是

A. 巴比妥类中毒

B. 癫痫发作

C. 氰化物中毒

D. 硝酸盐中毒

E. 有机磷杀虫药中毒

参考答案：E

B1 型题

7.

A. 丹皮、赤药

B. 白术、茯苓

C. 安宫牛黄丸

D. 薏苡仁、泽泻

E. 天仙子、洋金花

①治疗有机磷农药中毒昏迷者，应首选

②治疗有机磷农药中毒神志清楚者，应首选

参考答案：①C　②E

【考点评析】

1. 有机磷杀虫药中毒病因：有机磷杀虫药大多在 24 小时内通过肾脏由尿排泄，一般在体内并无积蓄。

2. 发病机理：有机磷杀虫药能与体内的乙酰胆碱酯酶(AchE)结合，使乙酰胆碱大量蓄积，从而对胆碱能神经突触的冲动传递产生先兴奋后抑制、继而麻痹的效应，导致神经系统尤其是中枢神经系统功能紊乱。

3. 临床表现：

①毒蕈碱样症状：恶心、呕吐、腹痛、腹泻、瞳孔缩小、视力模糊、多汗、流涎、尿频、二便失禁、心跳减慢、支气管痉挛、呼吸道分泌物增多、呼吸困难、发绀，甚则出现肺水肿。

②烟碱样症状：肌肉震颤、抽搐、心跳加快、血压上升，继而出现肌力减退和瘫痪，呼吸肌麻痹则可引起周围性呼吸衰竭。

③神经系统症状：中枢神经受乙酰胆碱刺激后出现头晕、头痛、疲乏、共济失调、烦躁不安、谵妄、抽

搐和昏迷等症。

4. 诊断要点：根据典型临床表现特别是呼出气有蒜臭味，结合毒物接触史，有关实验室检查，一般可诊断。

5. 治疗：

(1)迅速清除毒物。

(2)使用解毒药物

①胆碱酯酶复能药：如解磷定、氯解磷定、双复磷和双解磷。

②抗胆碱药阿托品：阿托品对毒蕈碱样症状和对抗呼吸中枢抑制有效，但对烟碱样症状和胆碱酯酶活力的恢复没有作用。

阿托品的使用原则：尽早、足量、反复、迅速达到阿托品化。

阿托品化的指征：瞳孔扩大不再缩小；颜面潮红、皮肤干燥；腺体分泌减少，口干无汗；肺部啰音减少或消失；心跳加快。

(3)防治并发症及对症措施：如防治呼吸衰竭、急性肺水肿、休克、急性脑水肿和心律失常等。

第十单元　内科常见危急重症

命题考点1　呼吸衰竭

【历年真题纵览】

A1 型题

1. 慢性呼吸衰竭患者，应采取的吸氧方法
   A. 间歇高浓度
   B. 持续高浓度
   C. 间歇低浓度
   D. 持续低浓度
   E. 面罩持续吸氧

参考答案：D

2. 急性呼吸性酸中毒最先应进行的治疗是
   A. 肺部感染，使用大量抗生素
   B. 进行人工呼吸
   C. 应用呼吸中枢兴奋剂
   D. 解除呼吸道梗阻，改善肺通气功能
   E. 给予碱性液体

参考答案：D

B1 型题

3.
   A. 六君子汤合导痰汤
   B. 圣愈汤合涤痰汤
   C. 生脉散合黄连温胆汤
   D. 保元汤合温胆汤
   E. 肾气丸合涤痰汤

①治疗呼吸衰竭气阴两虚、痰热扰心证，应首选

②治疗呼吸衰竭脾肺气虚、湿痰蒙蔽证，应首选

参考答案：①C　②A

【考点评析】

1. 慢性呼吸衰竭时，呼吸中枢对二氧化碳的刺激已不敏感，主要依靠缺氧刺激主动脉体和颈动脉体的化学感受器，通过反射维持呼吸。此时不宜吸入高浓度氧，以免缺氧骤然解除，化学感受器失去刺激因素，发生呼吸暂停或变浅，使肺泡通气量减少，从而加重二氧化碳潴留和呼吸性酸中毒。故应持续低浓度吸氧，间歇低浓度吸氧难以解决严重缺氧问题，面罩吸氧只适应于缺氧严重但二氧化碳潴留不明显的病人。

2. 六君子汤善补肺脾之气；圣愈汤善补气养血；保元汤补气温阳；肾气丸温补肾阳；而生脉散能益气养阴，黄连温胆汤则能燥湿化痰、清热除烦，为治疗本证的最佳组合。善补脾肺之气者唯六君子汤，而导痰汤又能燥湿开郁，豁痰开窍。

命题考点2　心脏性猝死

【历年真题纵览】

A1 型题

1. 心脏性猝死最早出现的是
   A. 昏厥
   B. 呼吸停止
   C. 瞳孔散大
   D. 脉搏、血压测不到
   E. 抽搐

参考答案：D

2. 一般心肺复苏的正确步骤是
   A. 通畅气道，建立呼吸，循环支持，药物治疗
   B. 建立呼吸，通畅气道，胸外心脏按压
   C. 先口对口人工呼吸，再胸外心脏按压，心腔内注射药物
   D. 先胸外按压恢复心跳，再口对口呼吸及药物治疗
   E. 先心腔内注射药物恢复心跳，再进行口对口呼吸及胸外心脏按压

参考答案:A

【考点评析】

心脏性猝死发生时,其症状和体征依次出现如下:①心音消失;②脉搏、血压测不到;③昏厥或伴有短阵抽搐,抽搐多发生于心脏停搏后10秒内;④呼吸停止,发生在心脏停搏后的20~30秒内;⑤昏迷发生于心脏停搏后30秒后;⑥瞳孔散大,多在心脏停搏后30~60秒出现。

命题考点3 急性肾功能衰竭

【历年真题纵览】

A1型题

1. 急性肾功能衰竭的主要病机是

A. 肺失宣肃

B. 脾失运化

C. 肾元亏虚

D. 瘀血阻络

E. 湿浊积聚

参考答案:E

2. 下列关于急性肾功能衰竭少尿期或无尿期出现水中毒的原因,不正确的是

A. 肾脏排尿减少

B. 输入大量液体

C. 抗利尿激素增多

D. 内生水过多

E. 饮食摄水过多

参考答案:C

A2型题

3. 患者,男,40岁。颅脑术后第5天,但持续高热4天,全身水肿,近2天每日尿量不足100 ml,血尿素氮260 mmol/L,血肌酐大于740 μmol/L,血钾6.6 mmol/L。其诊断是

A. 急性肾功能衰竭

B. 休克

C. 心力衰竭

D. 肝肾综合征

E. 以上均非

参考答案:A

【考点评析】

1. 本病是由多种外感或内伤致病因素,重伤脾肾,使二脏功能急剧受损,清阳不升,浊阴不降,湿浊淤毒积聚于内而发病,如及时去除致病因素则脾肾两脏可恢复升清降浊的生理功能,故邪气盛实是其发病病机。

2. 本例患者为颅脑术后出现高热持续,在重病基础上并发严重感染,可形成多因素参与肾损害,结合肾功能的显著破坏、尿量的急剧减少等不难确诊。休克是由于各种严重致病因素引起的以微循环障碍为特点的多种生命器官、组织、细胞广泛受损的临床综合征;心力衰竭以心力衰竭的表现为特征,又分左、右、全心衰等;肝肾综合征有长期的肝病病史,为后期并发症之一。

命题考点4 休克

【历年真题纵览】

A1型题

1. 治疗休克热伤营血证,应首选

A. 生脉散

B. 清营汤合生脉散

C. 人参养荣汤

D. 保元汤合生化汤

E. 保元汤合固阴煎

参考答案:B

2. 厥证的基本病机是

A. 气虚下陷,清阳不升

B. 气机逆乱,升降乖戾

C. 痰随气升,上蒙清窍

D. 失血过多,气随血脱

E. 气血凝滞,脉络瘀阻

参考答案:B

3. 下列关于休克的一般监测,不正确的是

A. 精神状态

B. 体重

C. 皮肤色泽

D. 脉搏和血压

E. 尿量

参考答案:B

A2型题

4. 患者,男,30岁。高温职业工人。神情淡漠,身热汗出,口干喜饮,四肢厥冷,唇甲发绀,体疲乏力,小便短赤,大便秘结,舌红苔黄少津,脉细数。查体:血压75/50 mmHg(10/6.6 kPa)。治疗应首选

A. 参附注射液加枳实注射液

B. 丹参注射液加参附注射液

C. 醒脑静注射液加丹参注射液

D. 生脉注射液加清开灵注射液
E. 枳实注射液加丹参注射液
参考答案:D

5. 患者,男,25 岁。因汽车撞伤致骨盆、膀胱破裂。检查:面色苍白,呼吸急促,四肢厥冷,烦躁不安,血压 90/70 mmHg(12/9.3 kPa),心率 150 次/分,脉细数。应首先考虑的是
A. 创伤性休克早期
B. 感染性休克
C. 创伤性休克中期
D. 心源性休克
E. 失液性休克
参考答案:A

6. 患者,男,20 岁。肌注青霉素后突然晕倒,血压测不到。应首先采取的抢救措施是
A. 立即静脉点滴呋塞米(速尿)
B. 静脉点滴 5% 碳酸氢钠
C. 立即皮下注射肾上腺素
D. 静脉注射间羟胺
E. 静脉点滴 20% 甘露醇
参考答案:C

7. 患者输血 5 分钟后即出现寒战,高热,头痛,腰背部剧痛,心前区压迫感。检查:血压 78/60 mmHg (10.4/8 kPa),血浆呈粉红色。应首先考虑的是
A. 发热反应
B. 过敏反应
C. 溶血反应
D. 细菌污染反应
E. 以上均非
参考答案:C

B1 型题

8.
A. 低血容量性休克
B. 中毒性休克
C. 心源性休克
D. 过敏性休克
E. 神经源性休克
①急性心肌梗死引起的休克,属于
②肌注青霉素引起的休克,属于
参考答案:①C ②D

9.
A. 当归补血汤
B. 独参汤
C. 四逆加人参汤
D. 白虎加人参汤合犀角地黄汤
E. 三甲复脉汤
①治疗休克寒厥证,应首选
②治疗休克气脱证,应首选
参考答案:①C ②B

【考点评析】

1. 休克是由于各种严重致病因素引起的以微循环障碍为特点的多种生命器官、组织、细胞广泛受损的临床综合征;休克病机主要是:一为营分有热,二为热伤营阴,治当清营养阴,故用清营汤清营凉血,生脉散养阴益气。

2. 高温下工作,大量失水、失液后,造成低血容量性休克。中医证候应属热劫津伤,治宜益气养阴,清心开窍。

3. 有明确的外伤史后出现的休克应诊为创伤性休克;血压在正常范围,脉压未小于 20 mmHg 时属于休克早期。

4. 因应用青霉素而发生的休克属过敏性休克。肾上腺素能通过 β-受体效应使支气管痉挛快速舒张,通过 α-受体效应使外周血管收缩,还能对抗部分Ⅰ型变态反应的介质释放,因此是过敏性休克抢救的首选药物。

5. 输血后可引发的过敏性休克,属于溶血反应所致,其特征性表现是腰背部剧痛,心前区压迫感,血浆呈粉红色。

6. 休克寒厥证,治宜益气温阳、回阳救逆,方用四逆加人参汤。休克气脱证,只当补气固脱,方用独参汤。

中西医结合外科学

第一单元 中医外科证治概要

命题考点1 中医外科命名与专业术语

【历年真题纵览】

A1 型题

急性淋巴管炎相当于中医学的

A. 烂疔

B. 疫疔

C. 红丝疔

D. 蛇头疔

E. 蛇眼疔

参考答案:C

【考点评析】

1. 疾病的命名原则:外科疾病一般是依据部位、穴位、脏腑、病因、症状、形态、颜色、疾病特性、范围大小等分别加以命名,如以部位命名的颈痈、背疽;以穴位命名的人中疔、委中毒;以形态命名的岩、蛇头疔、鹅掌风;以颜色命名的丹毒、白癜风;以疾病特性命名的烂疔、流注等。

2. 专业术语

疡 又名外疡,是一切外科疾病的总称。疡科即外科。

疮疡 有广义和狭义之分,广义地说,是一切体表浅显外科疾患的总称。狭义地说,是指感染因素引起体表的化脓性疾病。

肿疡 指体表外科疾病尚未溃破肿块。

溃疡 指一切外科疾病溃破的疮面。

胬肉 指疮疡溃破后过度生长、高突于疮面或暴翻于疮口之外的肉芽组织。

痈 指气血被邪毒壅聚而发生的化脓性疾病,一般分为外痈和内痈两大类,外痈是指生于体表皮肉之间的化脓性疾患;内痈是生于脏腑的化脓性疾患。

疽 指气血被毒邪阻滞而发于皮肉筋骨的疾病。常见的有有头疽和无头疽两类,有头疽是发生在肌肤间的急性化脓性疾病,相当于西医的痈;无头疽是指多发于骨骼或关节间等深部组织的化脓性疾病,相当于西医的骨髓炎、骨结核、化脓性关节炎等。

根盘 指肿疡基底部周围之坚硬区,边缘清楚。

根脚 指肿疡之基底根部。一般多用于有头疽或疔的基底部的描述。

应指 患处已化脓(或有其他液体)后,用手按压时感觉内有波动感。

护场 指在疮疡的正邪交争中,正气能够约束邪气,使之不至于深陷或扩散所形成的局部肿胀范围。有护场提示正气充足,疾病易愈;无护场提示正气不足,预后较差。

袋脓 溃疡溃后疮口缩小或切口不当,致空腔较大如袋,脓液不易排出而蓄积于内,即为袋脓。

痔 痔有峙突之意,古代将生于肛门、耳道、鼻孔等人之九窍中的突起小肉称为痔,如鼻痔(鼻息肉)、耳痔(耳道息肉)等。由于痔的发病以肛门部最多见,故归属于肛门疾病类。

漏 指溃疡疮口处脓水淋漓不止,犹如滴漏,包括瘘管和窦道两种不同性质的病理改变。瘘管是指体表与脏腔之间有内、外口的病理性管道,或指溃口与溃口相通的病理性管道;窦道是指深部组织通向体表的病理性盲管,一般只具有外口而无内口。

痰 是指发于皮里膜外、筋肉骨节之间的或软或硬、按之有囊性感的包块,属有形之征,多为阴证。以痰取名的疾病大致有疮痨性病变(如流痰、子痰等)和囊肿性病变(如痰包、痰核等)两类。

结核 是症状,又是病名。泛指一切皮里膜外浅表部位的病理性肿块,非指西医之结核病。

岩 指病变部肿块坚硬如石,高低不平,固定不移,形似岩石,破溃后疮面中间凹陷较深,状如岩穴。岩与癌相同。

五善 “善”是指好的征象。在病程中出现善的全身症状表示预后较好。“五善”包括心善、肝善、脾善、肺善、肾善。心善为精神爽快,言语清亮,舌润不渴,寝寐安宁;肝善为身体轻便,不怒不惊,指甲红润,二便通利;脾善为唇色滋润,饮食知味,脓黄而稠,大便和润;肺善为声音响亮,不咳不喘,呼吸均匀,皮肤润泽;肾善为身无潮热,口和齿润,小便清长,夜卧安静。

七恶 "恶"是指坏的征象。在病程中出现恶的全身症状表示预后较差。"七恶"包括心恶、肝恶、脾恶、肺恶、肾恶、脏腑败坏、气血衰竭(脱证)。心恶为神志昏惚,心烦舌燥,疮色紫黑,言语呢喃;肝恶为身体强直,目难正视,疮流血水,惊悸时作;脾恶为形容消瘦,疮陷脓臭,不思饮食,纳药呕吐;肺恶为皮肤枯槁,痰多音暗,呼吸喘急,鼻翼扇动;肾恶为时渴引饮,面容黯黑,咽喉干燥,阴囊内缩;脏腑败坏为身体浮肿,呕吐呃逆,肠鸣泄泻,口糜满布;气血衰竭(阳脱)为疮陷色暗,时流污水,汗出肢冷,嗜卧语低。

顺证 外科疾病在其发展过程中按着顺序出现应有的局部症状者,称为"顺证"。如阳证疮疡表现为初起疮顶高突,红肿疼痛,根脚不散;脓成顶高根收,皮薄光亮,易脓易腐;溃后脓稠色鲜,腐肉易脱,肿消痛减;收口期疮面红活,新肉易生,疮口易敛。

逆证 外科疾病在其发展过程中不以顺序而出现不良的局部症状者,称为"逆证"。如阳证疮疡表现为初起疮顶平塌,根脚散漫,不痛不热;脓成疮顶软陷,肿硬紫暗,不脓不腐;溃后皮烂肉坚无脓,时流血水,肿痛不减;收口期脓稀淋漓,新肉不生,色败臭秽,疮口难敛。

命题考点2 病因病机

【历年真题纵览】

A1 型题

1. 下列外科致病因素中,毒蛇咬伤属于
   A. 外感六淫
   B. 外来伤害
   C. 情志内伤
   D. 房室损伤
   E. 感受特殊之毒

参考答案:E

2. 在下列外科致病因素中,烧伤属于
   A. 外感六淫
   B. 外来伤害
   C. 情志内伤
   D. 房室损伤
   E. 感受特殊之毒

参考答案:B

3. 湿邪所致外科疾病好发于人体
   A. 上部
   B. 下部
   C. 中部
   D. 上肢
   E. 背部

参考答案:B

4. 下列外科疾病的发病机理哪项不正确
   A. 邪正盛衰
   B. 气血凝滞
   C. 经络阻塞
   D. 痰饮瘀血
   E. 以上都不是

参考答案:D

5. 情志内伤所致疾病的特点是
   A. 可直接伤害人体,引起局部气血凝滞
   B. 常有循行经部位夹郁、夹痰的表现
   C. 一般发病迅速,有的可具有传染性
   D. 可导致脏腑气血受损
   E. 大多具有一定的季节性

参考答案:B

【考点评析】

1. 致病因素有外感六淫:六淫邪毒均能直接或间接地侵害人体,发生外科各类疾病;感受特殊之毒:特殊之毒包括、蛇毒、疯犬毒、漆毒、药毒、食物毒和疫疠之毒等;外来伤害:凡跌仆损伤、沸水、火焰、寒冻等,均可直接伤害人体,引起局部气血凝滞,热盛肉腐等,而发生瘀血流注、水火烫伤、冻伤等外伤性疾病;情志内伤:长期的精神刺激或突然受到剧烈的精神创伤,超过了人体生理活动所能调节的范围,可使体内的气血、经络的功能失调,就会发生外科疾病;饮食不节:膏粱厚味、醇酒炙煿或辛辣刺激之品,可使脾胃功能失调,湿热火毒内生,同时感受外邪就易发生痈、有头疽等疾病;房室损伤:早婚、房劳过度与妇女生育过多等因素,可以导致肾精耗损,肾气亏损,冲任失调,或者因为小儿先天不足,肾精不充,均能引起身体衰弱,易为外邪所伤,发生外科疾病。

2. 外科疾病总的发病机理是气血凝滞,营气不从,经络阻塞。具体包括气血凝滞:如疮疡在局部气血凝滞的基础上进一步发展,则郁而化热,热盛肉腐,血肉腐败,酝酿液化而为脓;脏腑与外科疾病的发生以及预后有密切的关系,脏腑功能失调,不但可以导致体表的疮疡发生、发展,同样能引起脏腑本身的病变;局部经络阻塞是总的外科疾病发病机理之一,同时身体经络的某一局部有了弱点,也能成为外科疾病的发病条件。

命题考点 3 诊法与辨证

【历年真题纵览】

A1 型题

1. 临床常见痒症的病因是

A. 风胜、湿胜、热胜、虫淫、血虚

B. 风胜、热胜、湿胜、阴邪、血虚

C. 风胜、湿胜、热胜、燥胜、阴虚

D. 风胜、湿胜、热胜、虫淫、阴虚

E. 风胜、湿胜、热胜、血虚、火盛

参考答案:A

A2 型题

2. 患者,男,46 岁。面部隐疹 3 天,其肿宣浮,患部皮色不变,走注甚速,伴恶风,头痛,舌淡红苔薄白,脉浮。其致病邪气是

A. 风

B. 寒

C. 湿

D. 暑

E. 热

参考答案:A

3. 某女,19 岁。症见遍体作痒,走窜无定,多为干性。抓破血溢,随破随收,不致化腐。其病因是

A. 风胜

B. 湿胜

C. 热胜

D. 虫淫

E. 血虚

参考答案:A

【考点评析】

1. 外科辨证,通过诊查,将人体的局部症状和全身症状加以综合归纳分析,最后作出比较准确的判断,为治疗提供依据,望、闻、问、切四诊,是诊断外科疾病的重要手段。望诊包括望局部病变、面色、精神、形态、舌苔等;闻诊包括听语音、呼吸、呕吐、呃逆和嗅气味;问诊包括问寒热、汗液、饮食、二便、病因或诱因、旧病、职业,问妇女月经,问家族等;切诊包括切脉诊和触诊。

2. 辨阴证、阳证要点:要从发病缓急、病位深浅、皮肤颜色和温度、肿形高度、肿胀范围、肿块硬度、疼痛感觉、脓液稀稠、病程长短、全身症状和预后顺逆等方面来辨别。急性发作的病属阳;慢性发作的病属阴。病发于皮肉的属阳;发于筋骨的属阴。红活焮赤的属阳;紫暗或皮色不变的属阴。灼热的属阳;不热或微热的属阴。肿胀形势高起的属阳;平坦下陷的属阴。肿胀局限,根脚收束的属阳;肿胀范围不局限,根脚散漫的属阴。肿块软硬适度,溃后渐消的属阳;坚硬如石或柔软如棉的属阴。疼痛比较剧烈的属阳;不痛、隐痛或抽痛的属阴。溃后脓液稠厚的属阳;稀薄或纯血水的属阴。阳证的病程比较短;阴证的病程比较长。阳证初起常伴有形寒发热、口渴、纳呆、大便秘结、小便短赤,溃后症状渐次消失;阴证初起一般无明显症状,酿脓期常有骨蒸潮热、颧红,或面色白、神疲自汗、盗汗等症状,溃后尤甚。阳证易消、易溃、易敛,预后多顺(良好);阴证难消、难溃、难敛,预后多逆(不良)。

3. 辨肿:是各种致病因素引起的经络阻隔,气血凝滞而成,以其成因来辨有火、寒、风、湿、痰、气、郁结、瘀血、虚和实的不同;痛:痛是由多种因素导致气血凝滞、阻塞不通而成,有寒热、风、气、化脓、瘀血、虚、实等的不同,还有刺痛、灼痛、裂痛、钝痛等疼痛性状的不同等;痒:是因风、湿、热、虫之邪客于皮肤肌表,引起皮肉间气血不和而成,或由于血虚风燥阻于皮肤间,皮肤失于濡养而成,有风胜、湿胜、热胜、虫淫、血虚等的不同,以其病变过程辨证又有肿疡作痒和溃疡作痒的不同;脓:是皮肉指检热盛肉腐蒸酿而成,是由气血所化生,包括辨脓的有无、辨脓的深浅、脓的形质、色泽和气味等;溃疡:肿疡不能消散吸收的情况下,脓肿破溃,形成溃疡,由于人体的气血强弱、疾病的性质不同,所表现的色泽与形态均有所不同,包括辨溃疡的色泽和溃疡的形态。

4. 辨痛:热痛皮色焮红,灼热疼痛,遇冷则痛减,见于阳证疮疡。寒痛皮色不红,不热,酸痛,得温则痛缓,见于脱疽、寒痹等。风痛痛无定处,忽彼忽此,走注甚速,遇风则剧,见于行痹等。气痛攻痛无常,时感抽掣,喜缓怒甚,见于乳癖等。湿痛而酸胀,肢体沉重,按之出现可凹性水肿或见糜烂流滋,见于臁疮、股肿等。痰痛疼痛轻微,或隐隐作痛,皮色不变,压之酸痛,见于脂瘤、肉瘤。化脓痛痛势急胀,痛无止时,如同鸡啄,按之中软应指,多见于疮疡成脓期。瘀血痛初起隐痛、胀痛,皮色不变或皮色暗褐,或见皮色青紫瘀斑,见于创伤或创伤性皮下出血。

5. 辨痒:风胜走窜无定,遍体作痒,抓破血溢,随破随收,不致化腐,多为干性,如牛皮癣、白疕、隐疹等。湿胜浸淫四窜,黄水淋漓,最易沿表皮蚀烂,越腐越痒,多为湿性,如急性湿疮;或有传染性,如脓疱

疮。热胜皮肤隐疹,焮红灼热作痒,或只发于裸露部位,或遍布全身,甚则糜烂滋水淋漓,结痂成片,常不传染,如接触性皮炎。虫淫浸淫蔓延,黄水频流,状如虫行皮中,其痒尤甚,最易传染,如手足癣、疥疮等。血虚皮肤变厚、干燥、脱屑,很少糜烂流滋水,如牛皮癣等。

6. 辨脓

(1)辨脓的有无

有脓:按之灼热痛甚,以指端重按一处其痛最甚,肿块已软,指起即复(即应指),脉来数者,为脓已成。无脓:按之微热,痛势不甚,肿块仍硬,指起不复(不应指),脉不数者,为脓未成。

(2)辨脓操作方法有接触法、透光法、穿刺法、点压法、B超等。

(3)辨脓之部位深浅。

(4)辨脓的形质、色泽、气味。

命题考点4 治法与方药

【历年真题纵览】

A1 型题

1. 补托法的代表方是
   A. 透脓散
   B. 薏苡附子败酱散
   C. 异功散
   D. 四君子汤
   E. 右归丸

参考答案:A

2. 治疗外科疮疡半阴半阳证,应首选
   A. 阳和膏
   B. 回阳玉龙膏
   C. 冲和膏
   D. 太乙膏
   E. 千捶膏

参考答案:C

3. 脓性指头炎成脓后切开引流时,切口应在
   A. 指掌面
   B. 指背面
   C. 指尖部
   D. 指侧面
   E. 指横纹

参考答案:D

4. 治疗外科疮疡阴证,应首选
   A. 玉露油膏
   B. 回阳玉龙膏
   C. 冲和膏
   D. 太乙膏
   E. 千捶膏

参考答案:B

5. 被毒蛇咬伤后,应立即在距伤口几厘米处的近心端进行结扎
   A. 2~3 cm
   B. 5~10 cm
   C. 12~15 cm
   D. 16~18 cm
   E. 20 cm 以上

参考答案:B

A2 型题

6. 患者,女,35岁。左腋下化脓性淋巴结炎溃破,疮口仍有较多脓腐。治疗应首选
   A. 白降丹
   B. 三石散
   C. 九一丹
   D. 平胬丹
   E. 五五丹

参考答案:C

【考点评析】

1. 内治法总则　内治法按照疮疡初期、成脓、溃后三个不同发展阶段,确立消、托、补三个总的治疗原则:①消法是运用不同的治疗方法和方药,使初起的肿疡得以消散,是一种肿疡初起的治法总则。疮形已成不可用消法,以免毒散不收,气血受损。②托法是用补益气血和透脓的药物,扶助正气,托毒外出,以免毒邪内陷,此法适用于外疡中期,毒邪炽盛,还需加用清热解毒药物。③补法是用补养的药物恢复其正气,使疮口早日愈合。此法适用于溃疡的后期,但毒邪未尽之时,切勿用补法,以免留邪为患。

2. 内治法的具体运用:根据疾病的病种、病因、病机、病位、病性、病程等之不同,归纳起来大致有解表、通里、清热、温通、祛痰、理湿、行气、和营、内托、补益、调胃十一种法则。清热法的代表方剂有五味消毒饮,有清热解毒的功效,黄连解毒汤有清气分热的功效,清热解毒法用于红肿热痛的阳证,如疮疡中的疖、疔疮、有头疽等;和营法的代表方剂有桃红四物汤、活血散瘀汤等,凡经络阻隔,瘀血凝滞,肿疡或溃后肿硬疼痛,结块色红较淡或不红或青紫者,都可应用和营法;内托法的代表方剂有透脓散、托里消毒散等,内托法用于肿疡已成,毒盛正气不虚,尚未溃破或溃而脓出不畅,多用于实证。

3. 常用的外治法可归纳为药物疗法、手术疗法和其他疗法三大类。药物疗法就是用药物制成不同剂型，施用于患处，并赖药物的性能，使其直达病所，产生作用，从而达到治疗目的。药物疗法有膏药、油膏、箍围药、掺药、草药等。

第二单元　无菌术

命题考点　外科手术器械和物品的消毒与灭菌

【历年真题纵览】

A1 型题

1. 手术敷料高压蒸汽灭菌的要求是

A. 121℃，20 分钟

B. 121～126℃，20 分钟

C. 121～126℃，30 分钟

D. 130℃，10 分钟

E. 130℃，20 分钟

参考答案：C

2. 高压蒸汽灭菌法杀灭一切细菌需维持的时间是

A. 15 分钟

B. 20 分钟

C. 25 分钟

D. 30 分钟

E. 60 分钟

参考答案：D

3. 采用化学消毒剂消毒时，甲醛主要适用的是

A. 刀片

B. 剪刀

C. 纱布

D. 被服

E. 导尿管

参考答案：E

4. 常用手术器械、物品及布类的灭菌方法是

A. 紫外线消毒

B. 乳酸消毒

C. 84 液消毒

D. 熏蒸消毒

E. 高压蒸汽灭菌

参考答案：E

5. 灭菌法是指

A. 灭菌法就是消毒法

B. 应用化学方法灭菌

C. 应用物理方法杀灭一切细菌

D. 仅杀灭部分有害微生物，不要求杀灭所有微生物

E. 应用紫外线灭菌

参考答案：C

6. 经过高压蒸汽灭菌法处理的物品，一般可保留

A. 1 周

B. 2 周

C. 3 周

D. 4 周

E. 10 天

参考答案：B

B1 型题

7.

A. 甲醛

B. 苯酚

C. 0.1% 新洁尔灭

D. 0.5% 亚硝酸钠

E. 2.5% 碘酊

①口腔黏膜消毒，应首选

②面部皮肤消毒，应首选

参考答案：①C　②C

【考点评析】

1. 化学消毒法：不宜用热力灭菌的物品，如锐利器械、内腔镜、特殊材料制成的导管，多用化学药剂浸泡消毒。

2. 物理灭菌法：

①蒸汽灭菌法：高压蒸汽灭菌法：一般在蒸汽压力达到 1.05～1.4 kg/cm^2，温度可升高 121～126℃，经过 30 分钟，可杀死所有的细菌，包括具有顽强抵抗力的芽孢细菌；蒸笼灭菌法：待水煮沸后，继续蒸 1～2 小时。本法不能杀死细菌芽孢，如要杀死芽孢，可每日 1 次，连蒸 3 次，每次 2 小时。

②煮沸灭菌法：是常用的一种灭菌法。加水煮沸，持续 15～30 分钟，可杀死一般细菌。对带芽孢细菌，要每日煮沸 1～2 小时，连续 3 日。

③火烧法：采用少量 95% 酒精的火焰，燃烧 1～2 分钟灭菌，此法不可靠，只在紧急情况下，金属机械可用此法灭菌。

第三单元 麻 醉

命题考点1 麻醉方法的分类

【历年真题纵览】

A1 型题

下列哪项属于椎管内麻醉

A. 硬膜外麻醉

B. 表面麻醉

C. 区域阻滞

D. 神经阻滞

E. 局部浸润

参考答案:A

【考点评析】

1. 麻醉方法的分类:根据麻醉作用的范围与性质,目前大致将麻醉方法简单分类如下:

(1)针刺镇痛与辅助麻醉:是根据中医针刺腧穴止痛的经验发展起来的一种特殊麻醉方法。按针刺部位可分为体针、耳针、唇针、面针、鼻针、头针、足针和手针麻醉等,目前最常用的是体针和耳针麻醉。

(2)全身麻醉

①吸入麻醉:麻醉药经口鼻进入,通过呼吸道到达肺泡内,再进入血液循环,最终使中枢神经系统受到抑制而产生麻醉状态。

②非吸入性麻醉:麻醉药由静脉、肌肉或直肠灌注等方法进入体内,从而使中枢神经系统受到抑制。现临床主要采用静脉麻醉。

③局部麻醉:应用局部麻醉药作用于机体的某一部位使感觉神经传导功能暂时被阻断,从而达到麻醉镇痛的效果。包括:

a. 表面麻醉:将渗透性能强的局麻药与局部黏膜接触所产生的无痛状态称为表面麻醉。

b. 局部浸润麻醉:沿手术切口分层注射局麻药阻滞组织中的神经末梢称为局部浸润麻醉。

神经阻滞:将局麻药注射于支配某一区域的神经干周围,使此部位产生局限性麻醉。

c. 区域阻滞:在手术区的周围和基底部注射麻醉药物,阻滞进入手术区的神经末梢,称为区域阻滞麻醉。

d. 椎管内麻醉:将局麻药物注入椎管内,使部分脊神经被阻滞,从而产生躯干某些部位的麻醉。根据注射间隙不同,可分为蛛网膜下腔阻滞麻醉和硬脊膜外腔阻滞麻醉。

④复合麻醉:单一的麻醉方法各有优缺点,同时使用多种麻醉药物或多种麻醉方法使其相互配合,取长补短,从而取得较单一麻醉方法更好的效果,称为复合麻醉,临床亦称平衡麻醉。

2. 麻醉方法的选择:麻醉方法的选择原则有以下四点:

(1)充分估计病人的病情和一般情况。对病情重、一般情况差的病人,应选择对全身影响小、并发症少的麻醉方法麻醉。对精神紧张不能自控的病人,最好采用全麻或做好基础麻醉下行局部或部位麻醉。对老人、小儿、孕产妇,因有生理性改变,麻醉方法选择应与一般病人有所不同。对合并慢性疾病者,选择麻醉时,应根据具体情况酌情选定。

(2)根据手术需要:根据手术部位选择麻醉;根据手术是否需要肌肉松弛进行选择;根据手术创伤性或刺激大小以及出血的多少进行选择;根据手术时间的长短合理选择;根据病人的体位是否可影响呼吸和循环进行具体选择;根据手术可能发生的意外进行相应选择。

(3)按麻醉药和麻醉方法本身的特点进行选择。各种麻醉药和麻醉方法都有各自的特点和适应证、禁忌证,选用前要结合病情、手术加以全面考虑。原则上简单的手术不宜采用复杂的麻醉方法。

(4)麻醉者的技术和经验:原则上应先采用安全性较大的和比较容易操作的麻醉方法。如遇危重病人或较大手术,最好采用麻醉者最熟悉而有把握的麻醉方法。开展新的麻醉方法时,应首先选青壮年、身体健壮的病人进行,不宜用于老弱或小儿病人。在考虑上述原则的情况下,应尽量满足病人的愿望和要求。

命题考点2 麻醉准备与用药

【历年真题纵览】

A1 型题

下列哪种为麻醉前抗胆碱能药

A. 哌替啶

B. 吗啡

C. 阿托品

D. 苯巴比妥

E. 安定

参考答案:C

【考点评析】

1. 麻醉前准备包括麻醉前病情评估，纠正或改善患者病理生理状态、精神状态的准备，胃肠道的准备、麻醉设备，用具及药品的准备。

2. 麻醉前用药的目的是消除病人紧张、焦虑和恐惧的心情，使得患者情绪安定，充分合作，同时也可增强全身麻醉药的效果，减少全麻药的用量及其副作用，还可提高患者痛阈，抑制呼吸道腺体的分泌功能，消除因手术或麻醉引起的不良反应。麻醉前用药应根据麻醉方法和病情来选择用药的种类、用量、给药途径和时间，常用的麻醉前用药有安定镇静药、催眠药、镇痛药和抗胆碱药等。

命题考点 3　局部麻醉：常用局麻药；局麻方法的临床应用；局麻药的不良反应与防治

【历年真题纵览】

A1 型题

下列各项，不属局部麻醉的是

A. 局部浸润麻醉

B. 静脉麻醉

C. 表面麻醉

D. 区域阻滞麻醉

E. 神经阻滞麻醉

参考答案：B

【考点评析】

1. 局部麻醉药可暂时阻断某些周围神经的冲动传导，使这些神经所支配的区域产生麻醉作用，称为局部麻醉，广义的局麻还包括椎管内麻醉。常用的局麻药有普鲁卡因、丁卡因、利多卡因、布比卡因和罗哌卡因等。

2. 局麻方法在临床上有表面麻醉，是指将穿透力强的局麻药施于黏膜表面，使其透过黏膜而阻滞位于黏膜下的神经末梢，使黏膜产生麻醉现象；局部浸润麻醉是指将局麻药注射于手术区的组织内，阻滞神经末梢而达到麻醉作用；区域阻滞是指包围手术区，在其四周和底部注射局麻药，阻滞通入手术区的神经纤维；神经阻滞是指在神经干、丛、节的周围注射局麻药，阻滞其冲动传导，使所支配的区域产生麻醉作用。

命题考点 4　椎管内麻醉：蛛网膜下腔麻醉；硬膜外麻醉

【历年真题纵览】

A1 型题

1. 下列哪项是腰麻适应证

A. 会阴部手术

B. 头部手术

C. 开胸手术

D. 心脏手术

E. 颈部手术

参考答案：A

2. 下列哪项不是硬膜外麻醉的禁忌证

A. 恶病质

B. 脊椎结核

C. 休克

D. 高血压

E. 穿刺点皮肤感染

参考答案：A

3. 下列除哪项外，均是腰麻（蛛网膜下腔阻滞）术的禁忌证

A. 脑脊膜炎

B. 颅内压增高

C. 败血症

D. 脊柱外伤

E. 阑尾炎

参考答案：E

B1 型题

4.

A. 血压下降

B. 呼吸抑制

C. 恶心呕吐

D. 头痛

E. 尿潴留

①椎管内麻醉平面过高，可致

②椎管内麻醉由于某种原因引起脑脊液压力过低，可致

参考答案：①A　②D

【考点评析】

1. 蛛网膜下腔阻滞是指将局麻药注入到蛛网膜下腔，阻断部分脊神经的传导功能而引起相应支配区域的麻醉作用。术中并发症可见血压下降、呼吸抑制、恶心或呕吐等；术后并发症可见腰麻后头痛、

尿潴留、化脓性脑脊膜炎、神经系统并发症(脑神经麻痹、粘连性蛛网膜炎、马尾综合征、脊髓炎、脑脊髓膜炎等)。

2. 硬膜外阻滞是指将局麻药注入到硬脊膜外,阻滞部分脊神经的传导功能,使其所支配区域的感觉和(或)运动功能消失的麻醉方法。术中并发症可见全脊椎麻醉、局麻药毒性反应、血压下降、呼吸抑制、恶心呕吐等;术后并发症可见神经损伤、硬膜外血肿、脊髓前动脉综合征、硬膜外脓肿、导管拔出困难或折断等。

第四单元　体液与营养代谢

命题考点 1　体液代谢与酸碱平衡:体液的含量与分布;水的平衡;电解质含量与代谢;酸碱平衡的维持

【历年真题纵览】

B1 型题

A. 急性肠梗阻
B. 感染性休克
C. 肺炎高热
D. 慢性十二指肠瘘
E. 挤压综合征

①低渗性脱水的常见病因是
②代谢性酸中毒最易发生于
③高钾血症的常见病因是

参考答案:①A　②B　③E

【考点评析】

1. 正常体液容量、渗透压及电解质含量是机体正常代谢和各器官功能正常进行的重要保证,创伤、手术和许多外科疾病都可导致体内水、电解质和酸碱平衡的失调。水和电解质是体液的主要成分,成年男性体液量约为体重的60%,女性50%。体液可分为细胞内液和细胞外液,肌肉组织含水量最多,脂肪组织含水量较少。细胞外液最重要的阳离子是钠,细胞内液中最主要的阳离子是钾。

2. 人体通过体液的缓冲系统、肺的呼吸和肾的排泄完成对酸碱的调节作用。血液中的缓冲系统以 HCO_3^-/H_2CO_3 最为重要,$HCO_3^-/H_2CO_3=20:1$。

命题考点 2　体液代谢的失调:水和 Na^+ 的代谢紊乱;钾的异常

【历年真题纵览】

A1 型题

1. 下列哪种情况下输液过多时不易发生水中毒
A. 大手术后
B. 急性肾功能不全
C. 慢性心功能不全
D. 严重创伤后
E. 甲亢

参考答案:E

2. 下列哪项不是高渗性脱水的诊断依据
A. 口渴
B. 皮肤弹性差,眼窝凹陷
C. 尿量减少,尿比重大于 1.03
D. 血清钠大于 150 mmol/L
E. ECG 示 T 波高尖,QT 间期延长,QRS 波群增宽,PR 间期延长

参考答案:E

【考点评析】

1. 体液平衡的失调可表现为容量失调、浓度失调和成分失调。容量失调是指等渗性体液减少或增加,只引起细胞外液量的变化,而细胞内液容量无明显变化;浓度失调是指细胞外液中的水分有增加或者减少,以致渗透压发生变化,表现为低钠血症或高钾血症。

2. 水、钠的代谢紊乱可分为:①等渗性缺水:这种缺水在外科病人中最易发生,水和钠成比例地丧失,血清钠仍在正常范围,细胞外液的渗透压可正常。常见的病因有消化液的急性丧失;体液丧失在感染区或软组织内。临床表现为恶心、厌食、乏力和少尿等,但不口渴。原发病的治疗十分重要,若能消除病因,缺水很容易纠正,可静脉滴注平衡盐溶液或等渗盐水。②低渗性缺水:水和钠同时丧失,但失钠多于缺水,血清钠低于正常范围,细胞外液呈低渗状态。主要病因有胃肠道消化液持续性丢失、大创面的慢性渗液、应用排钠利尿剂等。一般无口渴感,常有恶心、呕吐、头晕、软弱无力等,应积极处理致病原因,可静脉滴注含盐溶液或高渗盐水。③高渗性缺水:有水和钠的同时丢失,但缺水更多,血清钠高于正常范围,细胞外液渗透压升高。主要病因有摄入水分不够,水分丧失过多等,应积极接触致病原因,

可以静脉滴注5%葡萄糖溶液或低渗氯化钠溶液。

3. 正常血钾浓度为3.5～5.5 mmol/L。钾的代谢异常有低钾血症和高钾血症。血钾浓度低于3.5 mmol/L表示有低钾血症，病因有长期进食不足，应用排钾利尿剂，补液病人长期接受不含钾盐的液体，呕吐、持续胃肠减压、钾向组织内转移等。最早的临床表现是肌无力，心脏受累主要是传导阻滞和节律异常。应对造成低钾血症的病因作积极处理，可使低钾血症易于纠正。静脉补充钾有浓度和速度的限制，每升输液中含钾量不宜超过40 mmol/L（相当于氯化钾3 g），溶液应缓慢滴注，输入钾量应控制在20 mmol/h以下。血钾浓度超过5.5 mmol/L即为高钾血症，常见的病因有进入体内的（或血液内的）钾量太多，肾排钾功能减退，细胞内钾的移出等。高钾血症的临床表现无特异性，可有神志模糊、感觉异常和肢体软弱无力等。由于高钾血症有导致病人心搏突然停止的危险，因此高钾血症一经诊断，应积极予以治疗：停用一切含钾的药物或溶液；降低血钾浓度，可以采取以下几项措施：促使钾离子转入细胞内，阳离子交换树脂和透析疗法等；对抗心律失常等。

命题考点3　酸碱平衡失调：代谢性酸中毒；代谢性碱中毒

【历年真题纵览】

A1型题

代谢性酸中毒最突出的症状是

A. 呼吸深快，呼气时有酮臭

B. 唇干舌燥，眼窝凹陷

C. 呼吸浅慢，呼气时有烂苹果味

D. 心率加快，血压下降

E. 全身乏力，眩晕

参考答案：A

【考点评析】

1. 代谢性酸中毒是临床上最常见的酸碱失调，由于酸性物质的积聚或产生过多，或HCO_3^-丢失过多，即可引起代谢性酸中毒，常见的病因有碱性物质丢失过多、酸性物质过多、肾功能不全等，轻度的代谢性酸中毒可无明显症状，重症病人可有疲乏、眩晕、嗜睡、感觉迟钝或烦躁等，最明显的表现是呼吸深快。病因治疗应放在代谢性酸中毒治疗的首位，对于血浆HCO_3^-低于10 mmol/L重症酸中毒病人，应立即输液和用碱剂进行治疗，常用的碱性药物是碳酸氢钠溶液。

2. 代谢性碱中毒是指体内H^+丢失或HCO_3^-增多，主要病因有胃液丧失过多、碱性物质摄入过多、缺钾、利尿剂的使用等。临床表现一般无明显症状，有时可有呼吸浅慢或精神方面的异常，如嗜睡、神经错乱或谵妄等。纠正碱中毒关键是解除病因，对于胃液丧失所致的代谢性碱中毒，可输注等渗盐水或葡萄糖盐水，治疗严重碱中毒时，可应用稀释盐酸溶液。纠正碱中毒不宜过于迅速，一般也不要求完全纠正。

命题考点4　外科营养支持概述

【历年真题纵览】

A1型题

肠外营养主要并发症无

A. 气胸和血管损伤

B. 空气栓塞

C. 感染

D. 血清电解质紊乱

E. 并发血液系统疾病

参考答案：E

【考点评析】

1. 外科营养支持分为肠内营养和肠外营养。肠内营养的制剂有以整蛋白为主的制剂和以蛋白水解产物或氨基酸为主的制剂。肠内营养最常用的实施方法是鼻胃管。并发症主要有误吸、腹胀腹泻等，适应证有胃肠功能正常但营养物质摄入不足或不能摄入者、胃肠功能不良者和胃肠功能基本正常但伴有其他脏器功能不良者。

2. 肠外营养的制剂主要有葡萄糖、脂肪乳剂、复方氨基酸溶液、电解质、维生素、微量元素和生长激素等；全营养混合液。肠外营养的输入途径是周围静脉或中心静脉导管等。

第五单元　输　血

命题考点1　外科输血的适应证及输血方法

【历年真题纵览】

A1型题

1. 下列哪项不是输血的适应证

A. 严重感染

B. 大面积烧伤
C. 心力衰竭
D. 凝血功能异常
E. 低蛋白血症

参考答案:C

2. 预防输血诱发心衰,关键的措施是
A. 吸氧
B. 给予强心利尿
C. 控制输血量与输血速度
D. 半卧位
E. 四肢轮流扎止血带

参考答案:C

B1 型题

3.
A. 大出血
B. 中度缺水
C. 纠正贫血和低蛋白血症
D. 严重感染
E. 凝血异常

①每次输血量 200 ~ 400 ml 者,适用于
②在短时间内输入所需血量者,适用于

参考答案:①C ②A

【考点评析】

1. 输血适应证有大量失血,主要是补充血容量,用于治疗因手术、严重创伤或其他各种原因所致的低血容量性休克;贫血或低蛋白血症;重症感染;凝血异常。

2. 经周围静脉穿刺是常用的输血途径,通常采用重力点滴输入,在病情危重、急性大出血而静脉穿刺困难者可用中心静脉置管或静脉切开输血。输血速度依病情而定,成人一般控制在 5 ~ 10 ml/min,老年或心功能较差者要调节到较低的速度,但急性大出血时,可经加压快速输入。

命题考点 2 输血不良反应及并发症

【历年真题纵览】

A1 型题

1. 溶血反应的早期特征性表现是
A. 腰背部剧痛、心前区压迫感
B. 面部潮红,出现荨麻疹
C. 头部胀痛,恶心、呕吐
D. 黏膜皮肤有出血点和瘀斑
E. 寒战高热、呼吸困难

参考答案:A

2. 有关溶血反应的治疗,不应采取下列哪种措施
A. 输血浆
B. 肝素治疗
C. 20% 甘露醇 250 ml 静脉快速滴注
D. 减慢输血速度至每分钟 10 滴
E. 5% 碳酸氢钠 250 ml 静脉滴注

参考答案:D

【考点评析】

输血不良反应主要发热反应、过敏反应、溶血反应、细菌污染反应、循环超负荷、输血相关的急性肺损伤、输血相关性移植物抗宿主病、疾病传播、免疫抑制等,大量输血后可出现低体温、暂时性低血钙、碱中毒、高血钾等。

第六单元 休 克

命题考点 1 休克的定义与分类;中医病因病机;西医病因病理

【历年真题纵览】

A1 型题

1. 低阻力性休克最常见于
A. 失血性休克
B. 损伤性休克
C. 感染性休克
D. 心源性休克
E. 过敏性休克

参考答案:C

2. 外科中常见的两种休克是
A. 低血容量性休克和感染性休克
B. 过敏性休克和神经源性休克
C. 过敏性休克和感染性休克
D. 心源性休克和过敏性休克
E. 心源性休克和低血容量性休克

参考答案:A

B1 型题

3.
A. 机械性肠梗阻引起的休克
B. 注射青霉素引起的休克
C. 手术引起的休克

D. 急性重症胆管炎引起的休克

E. 心肌梗死引起的休克

①属低血容量休克的是

②属感染性休克的是

参考答案：①C ②D

【考点评析】

1. 休克是机体有效循环血容量减少，组织灌注不足，细胞代谢紊乱和功能受损的病理过程，它是一个由多种病因引起的综合征，可分为低血容量性、感染性、心源性、神经性和过敏性。

2. 病因病理：有效循环血量锐减及组织灌注不足，以及产生炎症介质是各类休克共同的病理生理基础。包括微循环的变化；代谢改变：无氧代谢引起代谢性酸中毒和能量代谢障碍；炎症介质释放和缺血再灌注损伤；内脏器官的继发性损害。

3. 中医病因病机

（1）中医病因：本病致病原因以"热毒炽盛"或"阴阳虚极"两者为多见。

①外感火热毒邪，或脏腑蕴热，火毒结聚，伤阴耗气，气血两燔，上扰神明。

②因久病真阴耗损，阳气衰微，或外伤失血，大吐大泻，禁食日久，导致阴阳俱虚，发为本病。

（2）中医病机：阴厥、阳厥、热厥、脱证。

命题考点 2 休克的临床表现与监测；休克的预防与治疗

【历年真题纵览】

A1 型题

1. 为改善微循环最好采用下列哪项处理

A. 纠正酸中毒

B. 应用大量激素

C. 扩容和应用扩血管剂

D. 控制输液量和应用收缩血管剂

E. 强心利尿

参考答案：C

2. 暖休克以哪种微生物感染居多

A. 革兰阴性菌

B. 病毒

C. 大肠杆菌

D. 革兰阳性细菌

E. 螺旋体

参考答案：D

B1 型题

3.

A. 固阴煎

B. 四逆汤

C. 七厘散

D. 四逆加人参汤

E. 参附汤合生脉散

①阴脱证治宜

②阳脱证治宜

③阴阳俱脱证治宜

参考答案：①A ②D ③E

【考点评析】

1. 休克的临床表现：休克代偿期表现为精神紧张、兴奋或烦躁不安、皮肤苍白、四肢厥冷、心率加快、脉压减小、呼吸加快、尿量减少等；休克抑制期表现为病人神情淡漠、反应迟钝，甚至可以出现意识模糊或昏迷、出冷汗、口唇肢端发绀、脉搏细速、血压进行性下降，严重时，全身皮肤、黏膜发绀，四肢厥冷，脉搏摸不清，血压测不出，尿少甚至无尿。

2. 休克的监测：一般监测包括精神状态，皮肤温度、色泽，血压，脉率，尿量；特殊监测包括中心静脉压、肺毛细血管楔压、心排出量和心脏指数、动脉血气分析、动脉血乳酸盐测定、DIC 的检测等。

3. 休克治疗：应当针对引起休克的原因和休克不同发展阶段的重要生理紊乱采取相应的措施，治疗休克重点是恢复灌注和对组织提供足够的氧。

（1）一般紧急治疗：包括积极处理引起休克的原发伤、病。

（2）补充血容量：是纠正休克引起的组织低灌注的缺氧的关键，首先采用晶体液和人工胶体液复苏，必要时进行成分输血。

（3）积极处理原发病：如内脏大出血的控制、坏死肠袢切除、消化道穿孔的修补和脓液的引流等。

（4）纠正酸碱平衡失调。

（5）血管活性药物的应用：在充分血容量复苏的前提下需应用血管活性药物，以维持脏器灌注，包括血管收缩剂、血管扩张剂、强心药等。

（6）治疗 DIC 改善微循环。

（7）皮质类固醇和其他药物的应用。

4. 中医辨证论治

（1）热伤气阴证：证候：患者神志淡漠，反应迟钝，身热汗出，口干喜饮，四肢逆冷，小便短赤，大便秘结，舌质红，苔黄少津，脉细数。治则：益气固脱，清热解毒养阴。方药：生脉饮加清热解毒养阴之品。

（2）热伤营血证：证候：精神恍惚，语声低微，唇甲发绀，四肢厥冷，发斑出血，舌质暗紫有瘀点，脉数。治则：气血两清，益气补阴。方药：清营汤加减。

(3)阴厥：证候：烦躁不安，汗出，唇舌干燥，口渴欲饮，唇甲灰白或紫暗，皮肤干皱，肢体软弱无力，尿少或无尿，舌红少津，脉细无力。治则：益气固脱，养血育阴。方药：人参养营汤加减。

(4)寒厥：证候：精神萎靡，反应迟钝，大汗淋漓，身冷畏寒，口淡不渴，心悸胸闷，四肢厥冷，尿少或无尿，舌淡苔白，脉微欲绝。治则：回阳救逆。方药：四味回阳饮加减。

(5)厥逆：证候：面色灰白，精神恍惚或神昏，汗出身冷，口燥咽干，肌肤干皱，四肢厥冷，尿少或无尿，舌淡光滑无苔，脉微欲绝。治则：益气固脱，阴阳双补。方药：保元汤合固阳汤加减。

(6)阴脱：证候：大汗淋漓，烦躁不安，口燥咽干，皮干，静脉萎陷，尿少或无尿，舌质红而干，脉微细数。治则：益气固脱，养血育阴。方药：固阴煎加减。

(7)阳脱：证候：神志模糊，语声低微，冷汗大出，身凉畏冷，四肢不温，尿少或无尿，舌质淡白或淡暗，脉微欲绝。治则：益气固脱。方药：独参汤合四逆汤频服。

第七单元　围手术期处理

命题考点1　概述；手术前准备

【历年真题纵览】

A1 型题

胃肠道手术后一般需禁食时间为

A. 6~12 小时

B. 12~24 小时

C. 24~36 小时

D. 36~48 小时

E. 24~48 小时

参考答案：E

【考点评析】

1. 围手术期应从病人决定需要手术治疗开始，做好充分的术前准备，使病人有充分的思想准备和良好的机体条件，以便更安全地耐受手术；手术后，要采取综合治疗措施，防治可能发生的并发症，尽快恢复生理功能，促使病人早日康复。

2. 手术前准备包括一般准备：心理准备和生理准备两方面，生理准备包括为手术后变化的适应性锻炼，输血和补液，预防感染，提供充分的热量、蛋白质和维生素，胃肠道准备和其他准备。特殊准备：营养不良患者、脑血管病、心血管病、肺功能障碍、肾疾病、糖尿病、凝血障碍患者的特殊准备和下肢深静脉血栓形成的预防。

命题考点2　手术后监测与处理：一般监测；恶心、呕吐、腹胀、呃逆的处理；常用导管与引流物的处理

【历年真题纵览】

A1 型题

1. 一般四肢手术术后拆线时间为

A. 4~5 日

B. 6~7 日

C. 7~9 日

D. 10~12 日

E. 14~20 日

参考答案：D

2. 胃大部切除术后切口血肿愈合情况正确分类、分级的方法是

A. Ⅰ/甲

B. Ⅰ/乙

C. Ⅰ/丙

D. Ⅱ/甲

E. Ⅱ/乙

参考答案：E

【考点评析】

1. 手术后常规监测包括体温、脉率、血压、呼吸频率、尿量、出入水量等。

2. 各种不适的处理

(1)恶心、呕吐：术后恶心、呕吐的常见原因是麻醉反应，待麻醉作用消失后，即可自然停止，腹部手术后的胃扩张或肠梗阻可以发生不同程度的恶心和呕吐，其他的恶心、呕吐的原因如颅内压增高、糖尿病酸中毒、尿毒症等，应查明病因，进行针对性治疗。

(2)腹胀：术后早期腹胀一般是由于胃肠道蠕动受到抑制，随着胃肠道蠕动恢复，肛门排气后即可自行缓解，如手术后数日仍未排气，可能是腹膜炎或其他原因所致的肠麻痹，应作进一步检查。

(3)呃逆：手术后呃逆多为暂时性，早期发生者，可采用压迫眶上缘等方法，顽固性呃逆要警惕吻合口或十二指肠残端瘘，应作进一步检查，及时处理。

第八单元 重症救治与监测

命题考点 心、肺、脑复苏；多器官功能障碍综合征；急性肾功能衰竭

【历年真题纵览】

A1 型题

1. 胸外心脏按压手掌跟部应位于

A. 胸骨上 2/3 与下 1/3 交界处

B. 胸骨下 1/3 处

C. 心前区

D. 胸骨中部

E. 胸骨上中 1/3 交界处

参考答案：A

2. 下列哪项心脏骤停紧急处理原则是错误的

A. 迅速开始人工呼吸

B. 待心电图确诊后开始心脏按压

C. 立即开放静脉输液通路

D. 心内注射加强心肌张力的药物

E. 准备好电击除颤

参考答案：B

3. 一旦确诊为心脏骤停，应争取在多长时间内重建呼吸和循环

A. 4～6 分钟

B. 6～8 分钟

C. 8～10 分钟

D. 10～12 分钟

E. 12～14 分钟

参考答案：A

B1 型题

4.

A. 肾上腺素

B. 阿托品

C. 利多卡因

D. 氯化钙

E. 碳酸氢钠

①心肺复苏的首选药物是

②常用于治疗室性早搏或阵发性室性心动过速的药物是

③对窦性心动过缓有较好疗效的药物是

参考答案：①A ②C ③B

【考点评析】

1. 心肺脑初期复苏包括人工呼吸、心脏按压；后期复苏包括呼吸道的管理，呼吸器的应用，心电图、呼吸、循环和肾功能的监测，药物治疗，体液治疗，心室纤颤电除颤、起搏等；复苏后治疗包括维持良好的呼吸功能、确保循环功能的稳定、防治肾衰竭、脑复苏等。施行胸外心脏按压时术者立于或跪于病人一侧，沿季肋部摸到剑突，选择剑突以上 4～5 cm 处，即胸骨上 2/3 与下 1/3 交界处为按压点，将一手掌跟部置于按压点，另一手掌跟部覆于前者之上。肾上腺素是心肺复苏的首选药物，具有 α、β 肾上腺能受体兴奋作用，有助于自主心律的恢复；阿托品降低心肌迷走神经的张力，提高窦房结的兴奋性，促进房室传导，对窦性心动过缓有较好疗效，尤其适用于有严重窦性心动过缓合并低血压、低组织灌注或合并频发室性早搏者；利多卡因是治疗室性心律失常的有效药物，尤其适用于治疗室性早搏或阵发性室性心动过速；氯化钙可使心肌收缩力增强，延长心脏收缩期，并可提高心肌的激惹性；碳酸氢钠为复苏时纠正急性代谢性酸中毒的主要药物。

2. 多器官功能衰竭综合征是指急性疾病过程中，两个或两个以上的器官或系统同时或序贯发生功能障碍。病因：各种外科感染引起的脓毒症；严重的创伤、烧伤或大手术致休克、缺水；各种原因的休克，心跳、呼吸骤停复苏后等。临床多器官功能衰竭综合征有速发型和迟发型，各器官或系统功能障碍的临床表现因障碍程度、对机体的影响、是否容易发现等而有较大的差异。预防和治疗：积极治疗原发病；重点监测病人的生命体征；防治感染；改善全身情况和免疫调理治疗；保护肠黏膜的屏障作用；及早治疗首先发生功能障碍的器官。

3. 急性肾衰竭是指由各种原因引起的肾功能损害，在短时间（几小时至几日）内出现血中氮质代谢产物积聚，水、电解质和酸碱平衡失调及全身并发症，是一种严重的临床综合病征。病因可分为肾前性、肾后性和肾性。临床表现有少尿型和非少尿型。少尿期表现为水、电解质和酸碱平衡失调，如水中毒、高钾血症、高镁血症、高磷血症、低钠血症、低氯血症、酸中毒等；蛋白质代谢产物积聚；全身并发症。多尿期在少尿期或无尿后的 7～14 天。治疗：少尿期的治疗原则是维持内环境的稳定，包括限制水分和电解质；预防和治疗高血钾；纠正酸中毒；维持营养和供给热量；控制感染；血液净化等。多尿期的治疗重点为维持水、电解质和酸碱平衡，控制氮质血症，增进营养，补充蛋白质，治疗原发病和防治各种

并发症。预防:包括注意高危因素如严重创伤、大手术、全身感染、持续性低血压和肾毒性物质等;及时正确抗休克治疗;在某些手术前,应扩充血容量,术中及术后应应用甘露醇或呋塞米等,保护肾功能;少尿出现可应用补液试验。

第九单元　外科感染

命题考点1　外科感染的特点、分类、临床表现及检查、诊断与治疗

【历年真题纵览】

A1型题

1. 外科感染应用抗生素的原则是
   A. 选择抗革兰阳性菌的抗生素
   B. 选择抗革兰阴性菌的抗生素
   C. 选择广谱抗生素
   D. 根据病灶细菌培养和药物敏感试验选用抗生素
   E. 早期、大剂量使用抗生素

参考答案:D

2. 凡生疮疡,毒不外泄,反陷入里,称为
   A. 走黄
   B. 内陷
   C. 流注
   D. 毒邪内攻
   E. 流火

参考答案:B

3. 气性坏疽的临床特征是
   A. 局部红肿热痛不明显
   B. 一般白细胞不升高
   C. 体温正常
   D. 局部肌肉坏死
   E. 休克发生早

参考答案:D

【考点评析】

1. 感染是病原体入侵、滞留与繁殖所引起的炎症反应,病原体包括病毒、细菌、真菌与寄生虫等。外科感染是指需要外科治疗的感染,包括创伤、手术、烧伤等并发的感染。

中医病因病机:

(1)外感六淫邪毒:六淫邪毒均可发生感染。由于六淫皆可化火,一切化脓性感染全表现为热毒、火毒的证候。外感六淫有一定的季节性,春季多风温、风热,发病快并多为阳证,如颈痈、丹毒等;夏多暑热夹湿,患病焮热肿胀,流脓渗水,如暑疖等;秋多干燥,燥邪易致皮肤干燥皲裂,受邪生痛,如手足疔疮等;冬季多寒,寒致血凝气滞,易生冻疮、脱疽等。总之,火邪属热,热为火之轻,火为热之重,起病急,发展快,红、肿、热、痛皆有,如疔、痈、丹毒等。

(2)正气虚衰:"正气存内,邪不可干;邪之所凑,其气必虚"。正气内伤,不足以抗邪,而致感染发生。其中包括情志内伤、饮食不节、劳伤过度等严重致病因素。

2. 分类:按病菌种类和病变性质分为非特异性感染和特异性感染;按病程分为急性、亚急性和慢性感染;按发生条件分为原发性感染和继发性感染;外源性感染和内源性感染;条件性感染、二重感染和医院内感染等。

3. 临床表现:局部症状:急性炎症有红肿热痛和功能障碍的典型表现,器官-系统功能障碍;全身症状如发热、呼吸心跳加快、头痛、乏力等;特殊表现如破伤风有肌强直性痉挛,气性坏疽和其他产气菌蜂窝织炎可出现皮下捻发音等。

4. 检查:包括实验室检查如白细胞计数和分类、血浆蛋白、肝功能、尿常规检查、淋巴细胞分类等;影像学检查主要用于内在感染的诊断,如超声波检查、X线摄片、CT、MRI等检查。

5. 治疗:治疗原则是消除感染病因和毒性物质,制止病菌生长,增强人体抗感染能力以及促使组织修复。局部处理包括保护感染部位、理疗与外用药物、手术治疗;抗感染药物的应用;全身支持治疗。

命题考点2　局部化脓性感染:疖和疖病;痈;急性蜂窝织炎;丹毒;急性淋巴管炎和淋巴结炎;脓肿

【历年真题纵览】

A1型题

1. 治疗颈痈初期,应首选
   A. 五味消毒饮
   B. 牛蒡解肌汤
   C. 仙方活命饮
   D. 瓜蒌牛蒡汤
   E. 普济消毒饮

参考答案:B

2. 有头疽切开下列哪项最合适

A. 循经切开

B. 十字形切开

C. 对口切开

D. 放射形切开

E. 弧形切开

参考答案:B

3. 凡外疡肿势散漫不聚而无集中之硬块者,均可使用

A. 箍围药

B. 掺药

C. 油膏

D. 膏药

E. 草药

参考答案:A

4. 下列除哪项外,均是痈的临床特点

A. 局部光软无头

B. 红肿疼痛

C. 结块范围多在3㎝范围之内

D. 发病迅速

E. 易肿,易脓,易溃,易敛

参考答案:C

5. 下列除哪项外,均是疔的临床特点

A. 多发于颜面和手足等处

B. 疮形较大

C. 根脚坚硬,有如钉丁之状

D. 病情变化迅速

E. 容易造成毒邪走散

参考答案:B

A2 型题

6. 患者,男,58岁。素有糖尿病史。背部初起红肿疼痛,质地坚韧,界限不清,中央部表面有多个粟粒状脓栓,伴畏寒,发热。应首先考虑的是

A. 疖

B. 急性蜂窝织炎

C. 痈

D. 急性脓肿

E. 化脓性汗腺炎

参考答案:C

7. 患者,男,20岁。初起颜面部红肿热痛,肿势局限,可见一个脓头,3~5日化脓,出脓即愈。应首先考虑的是

A. 疖

B. 痈

C. 急性淋巴管炎

D. 急性淋巴结炎

E. 痤疮

参考答案:A

8. 患者,男,15岁。多发性疖肿,红、肿、热、痛,部分溃破流出黄脓,发热口渴,舌苔薄黄,脉数。治疗应首选

A. 黄连解毒汤

B. 五味消毒饮

C. 清营汤

D. 银翘散

E. 五神汤

参考答案:B

9. 患者,男,32岁。左下肢丹毒,皮肤红肿,痛如火燎,口渴少饮,尿黄,舌红苔黄腻,脉滑数。其证型是

A. 热毒蕴结

B. 热毒入营

C. 湿热化火

D. 风热化火

E. 脾虚湿困

参考答案:C

B1 型题

10.

A. 五味消毒饮

B. 龙胆泻肝汤

C. 仙方活命饮

D. 银翘散

E. 五神汤合萆薢渗湿汤

①左下肢丹毒患者,下肢红肿、灼热,口渴少饮,便秘,舌苔黄腻,脉滑数。治疗应首选

②颈痈患者,高热,疼痛加剧,口渴,舌苔黄,脉弦数。治疗应首选

参考答案:①E ②A

11.

A. 风热毒蕴

B. 胎火蕴毒

C. 潮热毒蕴

D. 火毒炽盛

E. 肝经郁火

①发于颜面部的丹毒,其病机多为

②发于新生儿的丹毒,其病机多为

参考答案:①A ②B

12.

A. 附骨疽

B. 流注

C. 足背发
D. 委中毒
E. 流痰

①四肢近端或躯干部有一处或数处肌肉疼痛、漫肿，皮色不变，肿胀、灼热明显，可触及肿块，伴寒战高热，应首先考虑

②足背高肿疼痛，皮肤灼红，一周左右成脓破溃，脓水黄白，夹有血水，应首先考虑

参考答案：①B ②C

【考点评析】

1. 疖：疖是单个毛囊及其周围组织的急性化脓性感染，病菌以金黄葡萄球菌为主，好发于颈项、头面和背部毛囊，脓栓形成是感染的一个特征。临床表现初起时局部皮肤有红肿痛的小硬节，数日后结节中央坏死、软化，中心处出现黄白色的脓栓，继而脓栓脱落、破溃流脓，脓液流尽后炎症逐步消退，即可愈合。治疗：早期促使炎症消退，可选用热敷等理疗措施，也可选用金黄散、玉露散等外敷；局部化脓时应及早排脓，同时加用抗菌治疗。

中医治疗：暑疖治以清热利湿解毒，清暑汤加减。蝼蛄疖治以补益气血，托毒生肌，托里消毒散加减。疖病治以祛风清热利湿，防风通圣散加减。阴虚染毒者宜养阴清热解毒，六味地黄汤加减；脾虚染毒者宜健脾和胃、清化湿热，四君子汤加味。

2. 痈：痈是指临近的多个毛囊及其周围组织的急性化脓性感染，也可由多个疖融合而成，致病菌以金黄葡萄球菌为主。病变好发于皮肤较厚的部位，如项部和背部，初起小片皮肤硬肿，色暗红，可有凸出点或脓点，随后皮肤硬肿范围增大增多，破溃出脓、坏死脱落，很难自行愈合。治疗应及时应用抗菌药物。局部初期红肿时，可用50%硫酸镁湿敷、金黄散等外敷；出现多个脓点时应切开引流，然后填塞生理盐水纱条，必要时更换填塞敷料重新包扎，术后24小时更换敷料。较大的疮面在肉芽组织长出后，可行植皮术以加快修复。

中医治疗：热毒蕴结证治以和营托毒，清热利湿，仙方活命饮加减。阴虚火盛证治以滋阴生津，清热托毒，竹叶黄芪汤加减。气血两虚证治以调补气血，十全大补汤加减。

3. 皮下急性蜂窝织炎：急性蜂窝织炎是指疏松结缔组织的急性感染，可发生在皮下、筋膜下、肌肉间隙或是深部蜂窝组织。致病菌多为溶血性链球菌、金黄葡萄球菌以及大肠杆菌等，病变附近淋巴结常常受累，可有明显的毒血症。临床可分为一般性皮下蜂窝织炎；产气性皮下蜂窝织炎；新生儿皮下蜂窝织炎和颌下急性蜂窝织炎。治疗：使用抗菌药物。局部早期可用金黄散、玉露散等外敷，形成脓肿应切开引流。局部早期可用金黄散、玉露散等外敷，形成脓肿应切开引流。

中医治疗：锁喉痈治以散风清热，化痰解毒，普济消毒饮加减。腓腨发治以清热解毒，和营利湿，五神汤合萆薢渗湿汤加减。手发背治以清热解毒和营，仙方活命饮加减。足发背治以清热解毒，和营利湿，仙方活命饮合萆薢渗湿汤加减。

4. 丹毒：丹毒是指皮肤淋巴管网的急性炎症感染，为乙型溶血性链球菌侵袭所致，好发于下肢与面部。起病急，开始即可有畏寒、发热、头痛和全身不适等，表现为片状皮肤红疹，局部有烧灼样疼痛，有的可起水疱，附近淋巴结常肿大。治疗：卧床休息，抬高患肢，局部可以50%硫酸镁液湿敷，全身应用抗菌药物。

中医治疗：

(1)辨证论治：①风热化火证：发于头面部，治以散风清火解毒，普济消毒饮。②肝胆湿热证：发于腰胯胁下。清肝泄热利湿。龙胆泻肝汤或柴胡清肝汤加减。③湿热化火证：发于下肢小腿处。利湿清热解毒。五神汤合萆薢渗湿汤加减。④胎火胎毒证：多发生于初生儿。凉营清热解毒。犀角地黄汤加减。⑤毒邪内攻证：凉营泻火解毒。清瘟败毒饮合犀角地黄汤加减。

(2)外治：①外敷：红肿初起者可用金黄散外敷。②砭镰法：适用于下肢丹毒，发于头面部者禁用。

5. 急性淋巴管炎和淋巴结炎：病菌从皮肤、黏膜破损处或其他感染病灶侵入淋巴流，导致淋巴管与淋巴结的急性炎症。急性淋巴管炎临床可分为网状淋巴管炎和管状淋巴管炎，后者常见于四肢，下肢更常见。急性淋巴结炎先有局部淋巴结肿大、疼痛和触痛，可出现发热等全身症状。治疗：急性淋巴管炎应着重治疗原发感染，发现皮肤有红线条时，可用呋喃西林等湿敷；急性淋巴结炎未形成脓肿时，应积极治疗原发感染灶，若已经形成脓肿，除了应用抗菌药物外，还需切开引流。

中医治疗：①辨证论治：颈痈：散风清热，化痰消肿，牛蒡解肌汤加减；腋痈：清肝解郁，消肿化毒，柴胡清肝汤加减；胯腹痈：清热利湿解毒，五神汤合萆薢渗湿汤加减；委中毒：和营祛瘀，清热利湿，活血散瘀汤加减。②外治：初起可敷金黄散；脓成则切开排脓；溃后敷八二丹加药线引流；脓净可用生肌玉红膏收口。

6. 脓肿：脓肿是指在感染过程中，组织或器官内

组织坏死、液化后,形成局限性脓液积聚,周围有脓腔壁形成。脓肿常继发于各种化脓性感染;或在局部损伤后血肿、异物存留、组织坏死继发感染而成;或由远处感染灶经血液循环转移而来形成转移性脓肿。中医学中发于浅部的脓肿属“外痈”范畴,发于深部的属“流注”范畴。浅表脓肿多有皮肤黏膜感染史,局部隆起,红肿热痛明显,压之剧痛,有波动感,多无全身症状。深部脓肿多有外伤或原发性感染病灶,红肿和波动感不明显,但局部疼痛、水肿,有压痛,患处功能障碍;在压痛或水肿最明显处用粗针穿刺可抽得脓液,脓肿切开或破溃后有此处未愈他处又起的现象;常有明显的全身症状。浅表脓肿根据局部表现和波动感试验阳性即可确诊,深部脓肿则必须穿刺抽得脓液或B超等检查协助确诊。

西医治疗:有全身症状者应用敏感抗生素治疗并对症处理。脓肿已经形成应切开引流。

中医治疗:

(1)内治:①余毒流注证:清热解毒,凉血通络,黄连解毒汤合犀角地黄汤加减。②火毒结聚证:清火解毒透脓,五味消毒饮合透脓散加减。③瘀血流注证:和营祛瘀通滞,清热化湿,活血散瘀汤加减。④暑湿流注证:清热解毒化湿,清暑汤加减。⑤正虚邪恋证:益气补血,清热托毒,托里透毒散加减。

(2)外治:初起肿而无块用玉露膏、金黄散等外敷,肿而有块用太乙膏掺红灵膏外贴;成脓者宜切开引流;溃后先用八二丹药线引流,脓尽改用生肌散外敷。

命题考点3 手部急性化脓性感染

【历年真题纵览】

A1 型题

患者,男,27岁。左中指红肿疼痛3天,伴发热,口渴,舌苔薄黄,脉弦数。治疗应首选

A. 仙方活命饮

B. 银翘散

C. 透脓散

D. 五味消毒饮

E. 清营汤

参考答案:D

【考点评析】

常见的手部急性化脓性感染包括甲沟炎、脓性指头炎、手掌侧化脓性腱鞘炎、滑囊炎和掌深间隙感染,病菌主要是金黄葡萄球菌,大多数由外伤引起。因早期使用抗菌药物治疗,局部初期可用金黄散、玉露散等外敷,脓肿形成时应切开引流。甲沟炎和脓性指头炎切开引流时选用末节指侧面作纵切口,切口远侧不超过甲沟的1/2,近侧不超过指节横纹;急性化脓性腱鞘炎和化脓性滑囊炎切开引流时可在肿胀腱鞘远端与近端各作一纵向小切口,分别插入一根细塑料管作对口引流,切口应该避开手指、掌的横纹;掌中间隙感染切开引流时纵向切开中指与无名指间的指蹼掌面,切口不超过手掌远侧横纹,以免损伤动脉的掌浅动脉弓。

命题考点4 全身性感染诊断与治疗

【历年真题纵览】

A1 型题

能引起转移性脓肿的是

A. 葡萄球菌

B. 链球菌

C. 大肠杆菌

D. 绿脓杆菌

E. 变形杆菌

参考答案:A

【考点评析】

全身性外科感染目前通用的是脓毒症和菌血症。脓毒症是指因感染引起全身性炎症反应,体温、呼吸、循环有明显变化者,用以区别一般非侵入性的局部感染;菌血症是脓毒症中的一种,即血培养检出病原菌者。导致全身性感染的原因是致病菌数量多、毒力强和(或)机体抗感染能力低下。常见的致病菌有革兰染色阴性杆菌、革兰染色阳性球菌、无芽孢厌氧菌、真菌等。脓毒症的临床表现:骤起寒战、高热,病情重,发病迅速;头痛头晕、恶心、呕吐、腹胀等;神志淡漠或烦躁、谵妄等;心率加快、脉搏细速、呼吸急促或困难。全身性感染应采用综合性治疗,关键是处理原发感染灶。首先明确感染的原发灶,作及时、彻底的处理,包括清除坏死组织和异物、消灭死腔、脓肿引流等;抗菌药物的应用;支持治疗和对症治疗。

命题考点5 特异性感染:破伤风

【历年真题纵览】

A1 型题

1. 破伤风的临床表现无

A. 肌紧张性收缩

B. 全身乏力

C. 出血

D. 角弓反张

E. 心力衰竭

参考答案:C

2. 下列除哪项外,均是破伤风的临床特点

A. 有皮肉破伤史

B. 有一定潜伏期

C. 发作时呈现全身或局部肌肉的强直性痉挛和阵发性抽搐

D. 发作时呈昏迷状态

E. 可伴有发热

参考答案:D

【考点评析】

1. 破伤风是常和创伤相关联的一种特异性感染。病菌是破伤风梭状杆菌,为专性厌氧菌,革兰染色阳性。

2. 临床表现:一般有潜伏期,通常是6~12天,前驱症状是全身乏力、头晕、头痛、咀嚼无力、局部肌肉发紧等,典型症状是在肌紧张性收缩(肌强直、发硬)的基础上,阵发性强烈痉挛,相应出现的征象是张口困难、口角下缩,咧嘴"苦笑",颈部强直,"角弓反张",发作可因轻微的刺激,如光、声、接触和饮水等而诱发。病人死亡原因多是窒息、心力衰竭和肺部并发症等。

3. 预防:创伤后要早期彻底清创,改善局部循环,是预防破伤风的关键,还可通过人工免疫,产生较稳定的免疫力。人工免疫有自动免疫和被动免疫两种。对伤前未接受自动免疫的伤员,尽早皮下注射破伤风抗毒素1 500~3 000 U。

4. 治疗:采取积极的综合治疗措施,包括清除毒素来源,中和游离毒素,控制和解除痉挛,保持呼吸道通畅和防治并发症等。凡是能找到伤口,伤口内存留有坏死组织、引流不畅者,应在抗毒血清治疗后,在良好麻醉、控制痉挛下进行伤口处理,充分引流,局部可用3%过氧化氢溶液冲洗;抗毒素的应用,目的是中和游离的毒素;病人入院后,应住隔离病室,避免声、光等刺激,避免骚扰病;注意防治并发症;由于病人不断发生痉挛,出大汗等,每日消耗热量和水分丢失比较多,要注意营养补充和水、电解质平衡的调整。

5. 中医治疗

(1)辨证论治

①风毒入络(轻证) 证候:肌肤外伤数日后,渐感四肢乏力,头昏头痛,微有寒热,项背拘急,张口不便,咀嚼乏力。舌苔白腻,脉浮微数。治法:疏风解表,解毒镇痉。方药:玉真散加减。

②风毒入经(较重型) 证候:全身肌肉强直,牙关紧闭,张口及吞咽困难,苦笑面容,头缩颈仰,四肢时有抽搐,轻度角弓反张。舌苔白腻或微黄,脉弦紧。治法:祛风镇痉,化痰通络。方药:五虎追风散加减。

③风毒入脏(重证) 证候:病势发展快,发热汗多,牙关紧闭,角弓反张,抽搐频作,四肢挺直,腹硬如板,痰涎壅盛,大便秘结,小便短赤。舌质淡红,苔黄腻,脉弦或沉紧。治法:祛风化痰,解毒镇痉。方药:存命汤加减。

④风毒深陷,正气衰微(极重证) 证候:发病迅猛,角弓反张,抽搐频繁,面色发绀,气微欲绝,汗出如油,高热昏迷。脉浮数或散乱。治法:扶正救脱,回阳固阴。方药:生脉散加附子。

(2)外治:在控制痉挛下进行彻底清创术,将创口开放,外敷玉真散。至创口出脓后,改用七三丹、红油膏;脓尽新生,则用生肌散、白玉膏。

6. 预防与调护:破伤风是可以预防的,积极开展劳动保护,减少创伤,正确处理新鲜开放伤口和预防注射是有效的预防措施。

(1)正确处理伤口:对所有的新鲜开放伤口都要及时彻底清创,清除坏死组织、异物、血肿,使有可能侵入的破伤风杆菌清除,并消除其生长的条件,就可达到预防的目的。尤其是污染重的伤口和战伤,彻底清创后,伤口予以敞开,不予缝合,并用3%过氧化氢湿敷伤口。

(2)自动免疫法:即注射破伤风类毒素,是预防注射最可靠的方法。破伤风类毒素刺激机体产生抗体,在体内较长时间保持一定浓度,可以中和进入体内的破伤风毒素,而不致发病,从而获得自动免疫。方法是:前后共皮下注射三次,每次0.5 ml,第一次注射后,间隔4~8周,再进行第二次注射,即获得"基础免疫力";在0.5~1年后进行第三次注射,就可获得较稳定的免疫力。这种免疫力可保持10年,以后5年再强化注射0.5 ml,可使机体获得足够的免疫力,但负伤后仍需再注射0.5 ml,便可迅速强化机体免疫力,无需使用破伤风抗毒素。

(3)被动免疫法:对于过去未行自动免疫而有开放性伤口时,在伤后24小时内肌内注射破伤风抗毒血清(TAT),成人和儿童剂量为1500 U,严重污染或伤后超过12小时才得到伤口处理的可加倍剂量。注射后血液中抗体迅速增高,预防破伤风的发生。

破伤风抗毒素在体内仅能维持7日左右，伤口污染严重的病人，可在此期间重复注射一次。注射前须做过敏试验，过敏试验阴性者，才能一次肌注；过敏试验阳性者，必须采用脱敏注射法。

脱敏注射法仍然不能完全避免过敏反应发生。有条件时，可用人体破伤风免疫球蛋白250～500 U肌内注射。破伤风免疫球蛋白无过敏反应，可以在血液中存留4～5周，其效能比破伤风抗毒素大10倍，但制备复杂、费用贵、药源少。目前已逐渐应用于临床。

命题考点6 中医药在外科感染中的应用

【历年真题纵览】

B1 型题

A. 蛇眼疔
B. 红丝疔
C. 颈痈
D. 有头疽
E. 烂疔

①西医学的痈，相当于中医学的

②西医学的颈部急性淋巴结炎，相当于中医学的

参考答案：①D ②C

【考点评析】

1. 内治法按照疮疡初期、成脓、溃后三个不同发展阶段，确立消、托、补三个总的治疗原则：①消法是运用不同的治疗方法和方药，使初起的肿疡得以消散，是一种肿疡初起的治法总则。疮形已成不可用消法，以免毒散不收，气血受损。②托法是用补益气血和透脓的药物，扶助正气，托毒外出，以免毒邪内陷，此法适用于外疡中期，毒邪炽盛，还需加用清热解毒药物。③补法是用补养的药物恢复其正气，助养其新生，使疮口早日愈合。此法适用于溃疡的后期；但毒邪未尽之时，切勿用补法，以免留邪为患。

2. 内治法的具体运用：根据疾病的病种、病因、病机、病位、病性、病程等之不同，归纳起来大致有解表、通里、清热、温通、祛痰、理湿、行气、和营、内托、补益、调胃等十一种法则。

3. 清热法的代表方剂有五味消毒饮，有清热解毒的功效；黄连解毒汤有清气分热的功效。清热解毒法用于红肿热痛的阳证，如疮疡中的疖、疔疮、有头疽等。和营法的代表方剂有桃红四物汤、活血散瘀汤等，凡经络阻隔，瘀血凝滞，肿疡或溃后肿硬疼痛，结块色红较淡或不红或青紫者，都可应用和营法。内托法的代表方剂有透脓散、托里消毒散等。内托法用于肿疡已成，毒盛正气不虚，尚未溃破或溃而脓出不畅，多用于实证。

4. 常用的外治法可归纳为药物疗法、手术疗法和其他疗法三大类。药物疗法就是用药物制成不同剂型，施用于患处，并赖药物的性能，使其直达病所，产生作用，从而达到治疗目的。药物疗法有膏药、油膏、箍围药、掺药、草药等。

第十单元 损 伤

命题考点1 损伤的定义、病因分类、修复、临床表现及检查、治疗、清创术

【历年真题纵览】

A1 型题

1. 下列损伤按致伤因素分类，错误的是
A. 机械性
B. 物理性
C. 化学性
D. 车祸性
E. 生物性

参考答案：D

2. 清创术不包括下列哪项内容
A. 麻醉
B. 清洗创口，去除伤口内纱布，初步检查伤口
C. 扩创，切去明显坏死半游离组织
D. 伤口盖敷料，伤口渗血加压包扎
E. 缝合创口、神经、血管、肌腱和骨骼的整复固定

参考答案：D

【考点评析】

1. 损伤的临床表现：局部表现：疼痛、肿胀或淤斑、功能活动受限、组织损伤。全身表现：损伤性休克，肾功能变化常发生在肌肉较丰富的部位受到严重挤压伤后。由于大量肌肉严重受压时间较长，致使损伤的肌肉释放出大量肌红蛋白，肌红蛋白在肾小球过滤后，在酸性尿液中沉淀而凝结，堵塞肾小球，临床出现尿少或无尿、酸中毒、高钾血症及尿毒症或急性肾功能不全的症状。以上表现统称为挤压综合征。其他表现：损伤后经常出现发热，一般在

38°C 左右，如体温更高，常提示可能存在继发感染。根据不同程度的损伤可出现脱水、胃纳不佳、腹胀、肺活量减少及呼吸加快，支气管内分泌物增加及全身乏力等临床表现。

2. 清创术指缝合修复，先用干纱布掩盖伤口，以酒精消毒皮肤周围皮肤；取下干纱布，以盐水纱布球蘸洗伤口，再消毒皮肤一遍，在伤口外周做局部浸润麻醉，仔细检查伤口内各层受损组织，除去凝血块和破碎组织，结扎活动的出血点，逐层缝合。缝合后消毒皮肤，外加包扎。

命题考点 2　颅脑损伤：头皮血肿、头皮裂伤、头皮撕脱伤、脑震荡；胸部损伤：肋骨骨折、气胸与血胸；腹部损伤：脾损伤、肝破裂、十二指肠及小肠损伤；泌尿系损伤；烧伤的临床表现、诊断与鉴别诊断、治疗

【历年真题纵览】

A1 型题

1. 烧伤患者，局部创面痛觉迟钝，有水疱，基底苍白，间有红色斑点，潮湿。其烧伤程度为

A. Ⅰ度

B. 浅Ⅱ度

C. 深Ⅱ度

D. Ⅲ度

E. 以上均非

参考答案：C

2. 烧伤面积为 32%，属于

A. 轻度

B. 中度

C. 重度

D. 特重度

E. 以上均非

参考答案：C

3. 适于采用包扎疗法的烧伤创面是

A. 面颈部浅度烧伤

B. 会阴部烧伤

C. 四肢浅Ⅱ度烧伤

D. 四肢高压电接触伤

E. Ⅲ度烧伤

参考答案：C

4. 肝破裂手术治疗的基本要求是

A. 彻底清创

B. 确切止血

C. 消除胆汁溢漏

D. 建立通畅的引流

E. 防治感染

参考答案：E

【考点评析】

1. 颅脑损伤可分为头皮损伤、颅骨损伤和脑损伤，对预后起决定性作用的是脑损伤的程度和处理的效果。

(1)头皮血肿：头皮血肿多因钝器伤所致，按血肿出现于头皮内的具体层次可分为皮下血肿、帽状腱膜下血肿和骨膜下血肿。较小的头皮血肿在 1～2 周内可自行吸收，巨大的血肿可采用局部适当加压包扎，有利于防止血肿的扩大，为避免感染，一般不采用穿刺抽吸。处理头皮血肿时，要着重考虑到颅骨损伤甚至脑损伤的可能。

(2)头皮裂伤：头皮裂伤可由锐器或钝器伤所致，可引起失血性休克，可压迫止血、清创缝合，还应注意：需检查伤口深处有无骨折或碎骨片，如果发现有脑脊液或脑组织外溢，需按照开放性脑损伤处理；头皮血供丰富，其清创缝合的时限允许放宽至 24 小时。

(3)头皮撕脱伤：多因发辫受机械力牵扯，使大块头皮自帽状腱膜下下层或连同颅骨骨膜被撕脱所致，可导致失血性或疼痛性休克，治疗应在压迫止血、防治休克、清创、抗感染的前提下进行。

(4)脑震荡：表现为一过性脑功能障碍，无肉眼可见的神经病理改变，显微镜下可见神经组织结构紊乱。主要症状是受伤当时立即出现短暂的意识障碍，可为神志不清或完全昏迷，一般不超过半小时，清醒后大多不能回忆受伤当时乃至伤前一段时间内的情况，称为逆行性遗忘；此后可出现头痛、头晕、恶心呕吐等症状，短期内可自行好转。神经系统检查无阳性体征，脑脊液检查无红细胞、CT 检查颅内无异常发现。

2. 胸部损伤：

(1)肋骨骨折：暴力直接作用于肋骨，可使肋骨向内弯曲折断，前后挤压暴力可使肋骨腋段向外弯曲折断，第 4～7 肋骨长而薄，最易折断。多根多处肋骨骨折可造成连枷胸。临床表现：局部疼痛，在深呼吸、咳嗽或转动体位时加剧；呼吸变浅，咳嗽无力，呼吸道分泌物增多，易致肺不张和肺部感染；胸壁可有畸形，局部明显压痛，挤压胸部疼痛加重，甚至产生骨摩擦音；可产生血胸、气胸、皮下血肿或咯血，严

重时可出现呼吸和循环衰竭；连枷胸可有广泛的肺挫伤，出现低氧血症。治疗的原则是镇痛、清理呼吸道分泌物、固定胸廓和防治并发症。

(2)气胸：胸膜腔内积气称为气胸，可分为闭合性气胸、开放性气胸和张力性气胸。

①闭合性气胸的胸膜腔内压仍低于大气压，轻者可无症状，重者可有明显的呼吸困难，体检可能发现伤侧胸廓饱满，呼吸活动度减低，气管向健侧移位，伤侧胸部叩诊呈鼓音，X线检查可有不同程度的肺萎陷和胸膜腔积气。发生气胸时间较长且气量少的病人，无须特殊处理，可在1～2周内自行吸收；大量气胸需进行胸膜腔穿刺，或闭式胸腔引流。

②开放性气胸胸膜腔内压几乎等于大气压，病人出现明显的呼吸困难，鼻翼扇动，口唇发绀，颈静脉怒张；伤侧胸壁可见伴有气体进出胸腔发出吸吮样声音的伤口，气管向健侧移位；伤侧胸部叩诊鼓音，严重者伴有休克；胸部X线检查可见伤侧大量积气，肺萎陷，纵隔移向健侧。处理原则是将开放性气胸立即变为闭合性气胸，给氧、补充血容量、纠正休克、清创、缝合胸壁伤口，并作闭式胸腔引流，给予抗生素，鼓励病人咳嗽排痰，预防感染。

③张力性气胸为气管、支气管或者肺损伤处形成活瓣，导致胸膜腔压力高于大气压，病人表现为严重的呼吸困难、烦躁、意识障碍、大汗淋漓、呼吸音消失，胸部X线检查显示胸腔严重积气，肺完全萎陷，纵隔移位，并可能有纵隔和皮下气肿，胸腔穿刺有高压气体。张力性气胸是可迅速致死的危急重症，急救时需用粗针头穿刺胸膜腔减压，并外接单向活瓣装置；进一步处理应安置闭式胸腔引流，使用抗生素防治感染。

(3)血胸：胸膜腔积血称为血胸，可与气胸同时存在。临床表现有不同程度的面色苍白、脉搏细速、血压下降和低血容量性休克等表现，并有呼吸急促、肋间隙饱满、气管向健侧移位，伤侧叩诊浊音，呼吸音减低等胸腔积液的临床和胸部X线表现。非进行性血胸可根据积血量多少，采用胸腔穿刺或闭式胸腔引流治疗，并使用抗生素预防感染；进行性血胸应及时开胸探查手术，感染性血胸应该及时改善胸腔引流，排尽感染性积血积脓。

3. 腹部损伤：

(1)脾损伤：脾是腹部内最容易受损的器官，按病理解剖脾破裂可分为中央型破裂、被膜下破裂和真性破裂三种。破裂部位最多见于脾上极及膈面，如发生在脏面，尤其是邻近脾门者，有撕裂脾蒂的可能，若出现这种情况，出血量往往很大，病人可迅速发生休克，甚至死亡。处理原则：无休克或者容易纠正的一过性休克，影像学检查(B超、CT)证实脾破裂比较局限、表浅，可进行非手术治疗；观察中如果发现继续出血或发现有其他脏器损伤，应立即中转手术；彻底查明伤情后明确可以保留脾者，可采用生物胶黏合止血、物理凝固止血、单纯缝合修补、脾破裂捆扎等；脾中心部碎裂，脾门撕裂或者有大量失活组织，高龄及多发伤情况严重者，需要迅速施行全脾切除术；脾被膜下破裂形成的血肿和少数真性破裂后被网膜等周围组织包裹形成的局限性血肿，可因轻微外力影响或者胀破被膜或血凝块而发生为延迟性脾破裂，这种情况需要切除脾。

(2)肝破裂：右肝破裂较左肝为多，在临床表现上与脾破裂相似，但腹痛和腹膜刺激征更加明显。处理原则：基本要求是彻底清创、确切止血、消除胆汁溢漏和建立通畅的引流。肝火器伤和累及空腔脏器的非火器伤都应手术治疗，其他的刺伤和钝性伤则根据伤员全身情况决定治疗方案。

(3)十二指肠及小肠损伤：十二指肠损伤如发生在腹腔内部分，破裂后可有胰液和胆汁流入腹腔而早期引起腹膜炎。闭合伤所致的腹膜后十二指肠破裂识别较困难，临床可表现为右上腹或腰部持续性疼痛并且进行性加重，可向右肩部及右睾丸放散，右上腹及右腰部有明显的固定压痛，可有血性呕吐物，血清淀粉酶升高，X线检查和CT等检查可有相应的影像学表现。全身抗休克和及时得当的手术处理是两大关键。手术包括单纯修补术、带蒂肠片修补术、损伤肠段切除吻合术、损伤修复加幽门旷置术、浆膜切开血肿清除术等，都应在手术基础上附加减压手术。小肠破裂可在早期出现明显的腹膜炎，一旦诊断确定，应立即进行手术治疗，手术方式以简单修补为主，若出现裂口较大或裂口边缘部肠壁组织挫伤严重等情况时，采用部分小肠切除吻合术。

4. 泌尿系损伤多以男性尿道损伤最多见，肾、膀胱次之，输尿管损伤最少见。泌尿系损伤的主要表现为出血和尿外渗，大出血可引起休克，血肿和尿外渗可继发感染。肾损伤的病因有开放性损伤和闭合性损伤，临床表现有休克、血尿、疼痛、腰腹部肿块和发热等，通过病史与体检，化验如尿中含有多量红细胞，特殊检查包括B超、CT、排泄性尿路造影、动脉造影等检查可以明确诊断。轻微肾挫伤经短期休息可以康复，多数肾挫伤可用保守治疗，少数需要手术治疗。

5. 烧伤：烧伤面积的计算：将全身体表面积分为11个9等分，如头、面、颈部为9%，双上肢为2×

9% =18%,躯干前后包括外阴为 3 ×9% =27%,双下肢包括臀部为 5 ×9% +1% =46%。烧伤深度计算法:烧伤深度一般采用三度十分法,即Ⅰ度、Ⅱ度(又分为浅Ⅱ度、深Ⅱ度)和Ⅲ度烧伤。Ⅰ度烧伤(红斑)达表皮角质层,创面表现红肿热痛,感觉过敏,表面干燥,创面无感染时 2 ~3 天后脱屑痊愈,无瘢痕;Ⅱ度(水疱)烧伤中的浅Ⅱ度达真皮浅层,部分生发层健在,创面表现为剧痛,感觉过敏,有水疱,基底部呈均匀红色,潮湿,局部肿胀,创面无感染时 1 ~2 周愈合,无斑痕,有色素沉着;深Ⅱ度烧伤达真皮深层,有皮肤附件残留,创面表现为感觉迟钝,有水疱,基底苍白,间有红色斑点,潮湿,创面无感染时 3 ~4 周愈合,可有斑痕;Ⅲ度(焦痂)烧伤达皮肤全层,甚至伤及皮下组织、肌肉和骨骼,创面表现为痛觉消失,无弹力,坚硬如皮革样,腊白焦黄或炭化,干燥,干后皮下静脉阻塞如树枝状,创面无感染时 2 ~4 周焦痂脱落,形成肉芽创面,除小面积外,一般均需植皮才能愈合,可形成瘢痕和瘢痕挛缩。处理:Ⅰ度烧伤属红斑性炎症反应,无须特殊处理,能自行消退,如烧灼感重,可涂薄层牙膏或面霜减痛。小面积Ⅱ度烧伤清创后,如水疱皮完整,应予保存,只需抽去水疱液,消毒包扎,保护创面、减痛,且可加速创面愈合,如水疱皮已撕脱,可以无菌性敷料包扎,除非敷料浸湿、有异味或有其他感染迹象,不必经常换药,以免损伤新生;如创面已感染,应勤换敷料,清除脓性分泌物,保持创面清洁,多能自行愈合。

第十一单元 肿 瘤

命题考点 1 肿瘤的定义;良性和恶性肿瘤临床表现的区别

【历年真题纵览】

B1 型题

A. 癌
B. 瘤
C. 肉瘤
D. 临界瘤
E. 纤维瘤

①来自间叶组织的恶性肿瘤,称为
②来自上皮组织的恶性肿瘤,称为
参考答案:①C ②A

【考点评析】

1. 肿瘤是机体中正常细胞在不同的始动与促进因素长期作用下,所产生的增生与异常分化所形成的新生物,可分为良性与恶性。

2. 良性肿瘤肿块生长慢,多为外生性或膨胀生长,挤压周围纤维组织,形成纤维包绕,呈假包膜,需彻底切除,多无明显症状,或仅有非特异性全身症状如贫血、低热、消瘦和乏力等,如肿瘤影响营养摄入或并发感染和出血等,这可出现明显的全身症状,治疗以手术切除或保守治疗为主。恶性肿瘤肿块生长快,且可出现相应的转移灶,如肿大的淋巴结、骨和内脏的结节与肿块等,生长过快,尤其是胃肠道的恶性肿瘤,可出现坏死、溃疡和出血等,恶性肿瘤主要呈浸润性生长,局部切除后易复发,恶病质常是恶性肿瘤晚期全身衰竭的表现,治疗以综合的手术、放化疗等为主。

命题考点 2 常见体表肿物:脂肪瘤;纤维瘤;皮脂腺囊肿;血管瘤;原发性支气管肺癌的临床表现及检查、诊断与鉴别诊断;食管癌的病因病理、临床表现及检查;胃癌的病因病理、诊断与鉴别诊断;大肠癌

【历年真题纵览】

A1 型题

1. 好发于头面、耳后、背、臀部等处,瘤呈圆形,位于皮肤表层内,表面与皮肤粘连,瘤体中心常有一黑色小点,可继发感染。应是

A. 脂瘤
B. 肉瘤
C. 筋瘤
D. 血瘤
E. 气瘤

参考答案:A

A2 型题

2. 一女性晚期胃癌患者,既往无妇科病史,影像学检查发现附件肿物,最可能发生

A. 血行转移
B. 淋巴转移
C. 种植转移
D. 直接浸润
E. 重复癌

参考答案:C

3. 下列除哪项外,均是结肠癌的常见临床表现

A. 排便习惯与粪便性状的改变

B. 腹痛

C. 肠梗阻

D. 腹部肿块

E. 呕血

参考答案:E

【考点评析】

1. 脂肪瘤来源于脂肪组织,好发于皮下、腹膜后、肾周围等。多数为单发,少数为多发,质软,与周围组织无粘连,触之有分叶感。

2. 纤维瘤来源于纤维结缔组织,可发于全身各部位,但常见于皮下。为单个结节状,无粘连,质硬,边界清楚,活动度大。

3. 神经纤维瘤来源于神经鞘膜的纤维组织,好发于四肢屈侧的较大神经干上,呈椭圆形或梭形,左右可移动,上下移动较差,压之有酸麻或触电感。

4. 血管瘤来源于血管组织,常见于婴幼儿的头面颈等部位。毛细血管瘤呈暗红色或鲜红色隆起,海绵状血管瘤呈蓝色,质软如海绵,无搏动。

5. 肺癌:

(1)临床表现:肺癌的临床表现与癌肿的部位、大小,是否压迫、侵犯邻近器官以及有无转移等情况有密切关系。早期肺癌一般无明显症状,癌肿逐渐长大时,常出现刺激性咳嗽,脓性痰液、血痰,还可出现胸闷、气促、发热和胸痛等症状。晚期患者可出现声音嘶哑,面、颈、上肢和上胸部静脉怒张,皮下组织水肿,吞咽困难,剧烈胸痛,上肢运动障碍,同侧上眼睑下垂,瞳孔缩小,眼球内陷等,肺癌血行转移后,按侵入的器官而产生不同症状。

(2)检查:X线检查、CT检查、痰细胞学检查、支气管镜检查、纵隔镜检查、放射性核素肺扫描检查、经胸壁穿刺活组织检查、转移病灶活组织检查、胸水检查、剖胸检查等。

(3)诊断与鉴别诊断:中年以上久咳不愈或出现血痰,应及时检查,结合临床表现和相应的影像学和病理学检查可明确诊断。

①与肺结核鉴别:肺结核多见于青年,一般病程较长,发展较慢,病变常位于上叶尖后段或者下叶背段,影像学表现不同,抗结核药物有效。

②和肺部炎症鉴别:支气管肺炎发病较急,感染症状比较明显,经抗菌药物治疗后,症状迅速消失,肺部病变吸收较快,肺脓肿在急性期有明显感染症状,痰量多,呈脓性,X线上空洞壁较薄,常有液平面。

③和肺部其他良性肿瘤鉴别:一般良性肿瘤病程较长,生长缓慢,大多无明显临床症状,X线上呈现接近圆形的块影,密度均匀,多无分叶状。

④和纵隔淋巴肉瘤鉴别:该病临床上常有发热和其他部位浅表淋巴结肿大,X线上表现为两侧气管旁和肺门淋巴结肿大,对放射治疗高度敏感,纵隔镜有助于明确诊断。

6. 食管癌:

(1)病因病理:化学病因如亚硝胺;生物性病因如真菌;缺乏某些微量元素;缺乏维生素;烟、酒、热食热饮和口腔不洁等因素;食管癌遗传易感基因等。胸中段食管癌较多见,下段次之,上段较少,多系鳞癌,贲门部腺癌可向上延伸累及食管下段。按照病理形态可分为髓质型、蕈伞形、溃疡型和缩窄型。癌肿最先向黏膜下层扩散,继而向上、下及全层浸润,很易穿过疏松的外膜侵入到邻近器官,主要经过淋巴途径转移。

(2)临床表现:早期症状不明显,但在吞咽粗硬食物时可能有不同程度的不适感觉,中晚期食管癌典型的症状是进行性咽下困难,先是难咽干的食物,继而半流质,最后水和唾液也不能咽下,常吐黏液样痰,为下咽的唾液和食管的分泌物,病人逐渐消瘦、脱水、无力,持续性胸痛或背痛,声音嘶哑等,最后出现恶病质状态,若有肝、脑等脏器转移,可出现黄疸、腹水和昏迷等症状。

(3)常用检查:食管吞稀钡X线双重对比造影可见食管黏膜皱襞紊乱、粗糙或中断,小的充盈缺损,局限性管壁僵硬,蠕动中断,小龛影,中晚期有明显的不规则狭窄和充盈缺损;食管拉网脱落细胞检查;内窥镜检查。

7. 胃癌:

(1)病因:地域环境及生活饮食因素;幽门螺杆菌感染;癌前病变如胃息肉、慢性萎缩性胃炎、胃部分切除后的残胃;遗传和基因。

(2)病理:早期胃癌根据病灶形态可分为三型:Ⅰ型胃隆起型,病灶突向胃腔;Ⅱ型为浅表型;Ⅲ型为凹陷型,为较深的溃疡。中晚期胃癌统称为进展期胃癌,分为Ⅰ型为结节型;Ⅱ型为溃疡局限型;Ⅲ型为溃疡浸润型;Ⅳ型为弥漫浸润型。组织学分型为乳头状腺癌、管状腺癌、低分化腺癌、黏液腺癌和印戒细胞癌,还有特殊类型癌。

(3)临床表现:早期胃癌多数病人无明显症状,少数人有恶心呕吐或者是类似溃疡病的上消化道症状,无特异性,疼痛与体重减轻是进展期胃癌最常见的临床症状,随着病情进展上腹疼痛加重,食欲下

降,乏力消瘦等。

(4)诊断:通过X线钡餐检查和纤维胃镜加活组织检查,可以明确诊断。

(5)治疗:手术在胃癌的治疗中占主导地位,根治性手术是能够达到治愈目的的重要方法。胃癌的手术治疗可分为根治性手术和姑息性手术两类。化疗:用于根治性手术的术前、术中和术后,延长生存期,晚期胃癌病人采用适量化疗,能减缓肿瘤的发展速度,改善症状,有一定的近期效果。胃癌的其他治疗包括放疗、热疗、免疫治疗和中医中药治疗。

8.结肠癌:

(1)病因:结肠癌病因尚未明确,但相关高危因素有:过多的动物脂肪及动物蛋白饮食;缺乏新鲜蔬菜及纤维素食品;缺乏适度的体力活动;遗传易感基因在结肠癌的发病中也具有重要作用,如家族性肠息肉病已被认为癌前病变,结肠腺瘤、溃疡性结肠炎以及结肠血吸虫病肉芽肿,与结肠癌的发生有密切关系。

(2)病理:根据肿瘤的大体形态可以分为肿块型、浸润型、溃疡型。

(3)临床表现:早期常无明显临床症状,发展后主要有排便习惯与粪便性状的改变;腹痛;腹部肿块;肠梗阻症状和全身症状。

(4)诊断:X线钡餐灌肠或气钡双重对比造影检查,以及纤维结肠镜加组织病理检查可以明确诊断。

(5)治疗:原则是以手术切除为主的综合治疗,化疗:不论辅助化疗或肿瘤化疗均以5-Fu为基础用药。

9.直肠癌:

(1)病因病理:直肠癌是乙状结肠直肠交界处至齿状线之间的癌。病因有饮食及致癌物质,直肠慢性炎症,遗传易感基因,以及癌前疾病如家族性肠息肉病、直肠腺瘤,尤其是绒毛状腺瘤。组织学分型分为腺癌、腺鳞癌。

(2)临床表现:早期无明显症状,逐渐出现直肠刺激症状、肠腔狭窄症状、癌肿破溃感染症状等。

(3)诊断:根据病史、体检、影像学和内镜检查,可以作出临床诊断。检查应遵循由简到繁的原则,常用的检查方法有大便潜血检查、直肠指检、内镜检查、影像学检查和肿瘤标记物检查等。

(4)治疗:手术切除仍然是直肠癌的主要治疗方法。放射治疗作为手术的辅助疗法有提高疗效的作用。化疗亦是作为根治性手术的辅助治疗,可以提高年生存率。其他治疗包括基因治疗、导向治疗、免疫治疗等。

第十二单元　急腹症

命题考点1　急性阑尾炎的病因类型、临床表现及检查、诊断与鉴别诊断、治疗

【历年真题纵览】

A1型题

1.治疗急性阑尾炎瘀滞证,应首选

A.青霉素加大黄牡丹皮汤

B.青霉素加阑尾化瘀汤

C.青霉素加阑尾清化汤

D.青霉素加阑尾清解汤

E.青霉素加阑尾解毒汤

参考答案:A

2.急性阑尾炎常见的腹痛特点是

A.转移性右下腹痛

B.中上腹痛

C.脐周痛

D.持续性绞痛

E.左下腹痛

参考答案:A

A2型题

3.患者,男,42岁。转移性右下腹痛5小时。检查:发热,体温37.5℃,右下腹压痛、反跳痛、肌紧张,血白细胞计数及中性粒细胞比例均增高。应首先考虑的是

A.十二指肠溃疡穿孔

B.急性胆囊炎

C.急性胰腺炎

D.急性肠系膜淋巴结炎

E.急性阑尾炎

参考答案:E

4.患者,男,38岁。转移性腹痛2天。检查:全腹压痛、反跳痛及轻度肌紧张,肠鸣音减弱,舌红苔黄腻,脉洪数。其治法是

A.通里攻下,泻火解毒

B.活血化瘀,疏肝理气

C.活血祛瘀,行气止痛

D.清营解毒,泻热养阴

E.理气开郁,疏肝利胆

参考答案:A

【考点评析】

1.病因:阑尾管腔阻塞是最常见的病因,最常见

的阻塞原因是淋巴滤泡的明显增生,多见于年轻人,粪石也是阻塞的原因之一;细菌侵入。临床病理分型分为急性单纯性阑尾炎、急性化脓性阑尾炎、坏疽性及穿孔性阑尾炎、阑尾周围脓肿。

2. 临床表现:腹痛:典型的腹痛发作始于上腹,逐渐移向脐部,数小时(6~8小时)后转移并局限在右下腹,此过程的时间长短取决于病变发展的程度和阑尾的位置。部分病例发病开始即出现右下腹痛。阑尾发生坏疽时,可出现较剧烈的跳痛,而当阑尾穿孔前,疼痛特别严重,一旦穿孔后,阑尾腔内容物流出,疼痛似有减轻,但范围却扩大。这时可出现腹板硬,全腹压痛、反跳痛以右下腹为甚;胃肠道症状:发病早期可能有厌食、恶心、呕吐等。全身症状:早期乏力,炎症严重时出现中毒症状,心率加快,发热等。体征:右下腹压痛;腹膜刺激征;右下腹包块。可作为辅助诊断的其他体征:结肠充气试验、腰大肌试验、闭孔内肌试验、经肛门直肠指检。

3. 诊断与鉴别诊断:依据病史、临床症状、体检所见和实验室检查如白细胞计数和中性粒细胞比例增高,影像学检查有相应的改变可以明确诊断。本病需要与胃十二指肠溃疡穿孔鉴别,后者多有溃疡病史,表现为突然发作的剧烈腹痛,体征除右下腹压痛外,上腹仍具有疼痛和压痛,腹壁板状强直等腹膜刺激征也较明显,胸腹部X线检查常发现膈下有游离气体,有助于诊断。应和右侧输尿管结石鉴别,后者多有突然发生的右下腹阵发性剧烈绞痛,疼痛向会阴部、外生殖器放射,右下腹无明显压痛,尿中查到红细胞,B超或者X线检查可有助于诊断;本病还需要与妇产科疾病、急性肠系膜淋巴结炎等疾病鉴别。

4. 治疗

(1)手术疗法:诊断明确者,尤其对老年人、小儿、妊娠期患者,应尽早采用手术疗法。手术方式有阑尾切除术、腹腔引流以及脓肿引流术。

(2)非手术疗法:较适合于单纯性阑尾炎、阑尾炎性包块或阑尾周围脓肿。方法主要有:中医辨证论治;外敷药物(双柏散、消炎散等调糊外敷);针刺;中药灌肠;腹腔穿刺抽脓及穿刺置管引流。

(3)中医辨证论治:①瘀滞证:治则为行气活血,通腑泄热,方选大黄牡丹汤合红藤煎加减。②湿热证:治则为通腑泄热,利湿解毒,方选大黄牡丹汤合红藤煎加败酱草、白花蛇舌草、蒲公英。③热毒证:治则为通腑排毒,养阴清热,方选大黄牡丹汤合透脓散加减。

命题考点2 肠梗阻的分类、病因病理、临床表现及检查、诊断与鉴别诊断、治疗

【历年真题纵览】

A1 型题

1. 治疗肠梗阻痞结证,应首选
A. 调胃承气汤
B. 大承气汤
C. 小承气汤
D. 增液承气场
E. 大黄牡丹皮汤

参考答案:B

2. 急性腹膜炎在中医学中归属于
A. 肝胆湿热
B. 膀胱湿热
C. 六腑实热
D. 五脏湿热
E. 下焦湿热

参考答案:C

3. 下列除哪项外,均是肠梗阻常见的临床表现
A. 腹痛
B. 呕吐
C. 便血
D. 腹胀
E. 停止自肛门排气排便

参考答案:C

A2 型题

4. 患者,男,45岁。脘腹胀痛,呕吐,停止排便排气60小时。检查:神情淡漠,末梢循环差,腹胀如鼓,全腹压痛、反跳痛及肌紧张,肠鸣音微弱,舌红绛苔黄腻,脉沉细数。应首先考虑的是
A. 肠梗阻瘀结证
B. 肠梗阻热结证
C. 肠梗阻痞结证
D. 阑尾炎瘀滞证
E. 阑尾炎湿热证

参考答案:B

B1 型题

5.
A. 充分准备后,择期行肠切除术
B. 抗生素治疗
C. 立即手术,去除病因
D. 中西医非手术治疗与观察

E. 腹部热敷

①单纯性机械性肠梗阻可采用

②绞窄性肠梗阻应采取

参考答案:①D ②C

【考点评析】

1. 肠内容物不能正常运行、顺利通过肠道,称为肠梗阻。

按肠梗阻发生的原因分类:①机械性肠梗阻:较常见。是由于器质性病变导致肠腔变小,肠内容物通过发生障碍。其病因为虫团、粪块、结石和异物堵塞管腔,肠管扭转、嵌顿于疝囊颈、粘连带压迫和牵扯,以及肿瘤和其他腹腔内肿块使管腔受压;或因肿瘤、套叠、炎症所致的肠壁病变。②动力性肠梗阻:因神经抑制或毒素作用使肠蠕动丧失或肠管痉挛,使肠内容物的运行停止,而并无机械性梗阻。③血运性肠梗阻:少见,是由于肠系膜血管栓塞或血栓形成,使肠管血运发生障碍而失去动力。

按有无血运障碍分类:①单纯性肠梗阻:仅有内容物通过受阻,而肠管并无血运障碍。②绞窄性肠梗阻:可因肠系膜血管血栓形成、栓塞或受压而使相应肠段发生急性缺血;或单纯性梗阻时因肠管高度膨胀,肠管小血管受压,而导致肠壁发生血运障碍。

按梗阻的部位分类:①高位小肠梗阻——空肠梗阻。②低位小肠梗阻——回肠梗阻。③结肠梗阻。

2. 病因病理:各类型的病理变化不完全一致。单纯性肠梗阻一旦发生,梗阻以上肠蠕动增加,并且肠腔内因气体和液体的积贮而膨胀,梗阻以下肠管则瘪陷或空虚,急性完全性梗阻时,可使肠壁血运障碍,肠壁充血、水肿、增厚,或继而动脉血运受阻,血栓形成,最后,肠管可以出现缺血坏死而溃破穿孔;全身性病理生理变化有体液丧失、肠膨胀、毒素的吸收和感染所致休克、呼吸和循环功能衰竭等。

3. 临床表现:腹痛:阵发性绞痛,可伴有肠鸣,有时能见到肠型和肠蠕动波;呕吐:早期为反射性,吐出物为食物或胃液,高位梗阻呕吐频繁,吐出物主要是胃及十二指肠内容,低位梗阻时,呕吐出现迟而少,吐出物可为粪样;腹胀:一般梗阻发生一段时间后出现,程度与梗阻部位有关;停止自肛门排气排便。

4. 检查:腹部体征:机械性肠梗阻常可见肠型和蠕动波。肠扭转时腹胀多不对称。麻痹性肠梗阻腹胀均匀;单纯性肠梗阻肠管膨胀,有轻度压痛。绞窄性肠梗阻,可有固定压痛和肌紧张,少数病员可触及包块。蛔虫性肠梗阻常在腹部中部触及条索状团块;当腹腔有渗液时,可出现移动性浊音;绞痛发作时,肠鸣音亢进,有气过水声、金属音。肠梗阻并发肠坏死、穿孔时出现腹膜刺激征。麻痹性肠梗阻时,则肠鸣音减弱或消失。低位梗阻时直肠指检如触及肿块,可能为直肠肿瘤、极度发展的肠套叠的套头或肠腔外的肿瘤。X 线检查:腹部 X 线平片检查对诊断有帮助,摄片时最好取直立位,如体弱不能直立可取左侧卧位。化验检查:血常规白细胞计数、血红蛋白、红细胞压积均有增高,尿比重也增高,血 pH 值及二氧化碳结合力下降,血钾降低。

5. 诊断与鉴别诊断:腹部阵发性绞痛,呕吐,腹胀,停止排便、排气,肠型,肠鸣音亢进,气过水声是诊断肠梗阻的依据。最后,X 线检查可以证实临床诊断。

6. 治疗:治疗原则是矫正因肠梗阻所引起的全身生理紊乱和解除梗阻。基础疗法:胃肠减压;矫正水、电解质紊乱和酸碱失衡;防治感染和中毒;还可应用解痉剂、镇静剂等一般对症治疗。解除梗阻:各种类型的绞窄性肠梗阻、肿瘤和先天性肠道畸形引起的肠梗阻,以及非手术治疗无效的病人,适应手术治疗;非手术治疗主要适用于单纯性粘连性肠梗阻、麻痹性或痉挛性肠梗阻、蛔虫或粪块堵塞引起的肠梗阻、肠结核等炎症引起的不完全性肠梗阻、肠套叠早期等。

7. 中医中药治疗:对于非手术治疗的患者可结合中医药治疗。

(1)辨证论治

气滞血瘀证:治则为行气活血,通腑攻下,方选桃仁承气汤加减。

肠腑热结证:治则为活血清热,通里攻下,方选复方大承气汤加减。

肠腑寒凝证:治则为温中散寒,通里攻下,方选温脾汤加减。

水结湿阻证:治则为理气通下,攻逐水饮,方选甘遂通结汤加减。

虫积阻滞证:治则为消导积滞,驱蛔杀虫,方选驱蛔承气汤加减。

(2)外治灌肠法:如中药大承气汤煎汁肛管滴入作保留灌肠。

(3)其他治疗:针刺疗法;推拿按摩。

命题考点3 胆道感染及胆石病

【历年真题纵览】

A1 型题

1. 急性胆囊炎特异性的阳性体征是
   A. 巴宾斯基征
   B. 夏科征
   C. 娄辛征
   D. 莫菲征
   E. 查多克征

参考答案:D

2. 急性梗阻性化脓性胆管炎常见的证型是
   A. 气郁
   B. 湿热
   C. 血瘀
   D. 厥脱
   E. 气虚

参考答案:D

3. 关于胆囊癌,下列叙述哪项是正确的
   A. 男性发病高于女性
   B. 常发生在中年人
   C. 多发生于胆囊颈部
   D. 大多数病人合并有胆囊结石
   E. 大多为鳞状上皮癌

参考答案:D

4. 下列除哪项外,均是急性胆囊炎常见的临床表现
   A. 右上腹剧烈疼痛
   B. 疼痛呈阵发性加重
   C. 疼痛常放射至右肩或右背部
   D. 不会出现恶心、呕吐
   E. 病情重的会出现畏寒和发热

参考答案:D

A2 型题

5. 患者,女,26 岁。曾有肠蛔虫病史和肺结核病史。突发右上腹阵发性钻顶样绞痛,发作时弯腰屈膝,大汗淋漓,无发热、寒战,间歇期如常人,腹部压痛不明显。应首先考虑的是
   A. 小肠结核
   B. 肠痉挛
   C. 胆道蛔虫病
   D. 急性胆囊炎
   E. 胃痉挛

参考答案:C

6. 患者,女,58 岁。右上腹间歇性绞痛并向右肩背部放射,反复发作 4 年,本次发作 2 天。检查:右上腹有局限压痛,舌淡红苔薄白,脉弦紧,B 型超声波检查报告为胆囊内大量泥沙样结石。其治法是
   A. 通里攻下,活血化瘀
   B. 清热解毒,活血祛瘀
   C. 活血化瘀,行气止痛
   D. 疏肝利胆,清热利湿
   E. 疏肝理气,利胆排石

参考答案:E

B1 型题

7.
   A. 脂肪餐后右上腹绞痛、低热、无黄疸
   B. 反复右上腹痛伴寒热、黄疸、间歇性陶土便
   C. 肝区胀痛伴低热、畏寒、无黄疸
   D. 波动性黄疸,粪便潜血(+)
   E. 无痛性黄疸,转氨酶升高,尿胆原(+++),尿胆红素(-)

①壶腹部癌可表现为
②胆总管结石表现为
③胆囊结石表现为
④肝内胆管结石表现为

参考答案:①D ②B ③A ④C

【考点评析】

1. 胆道感染按发病部位分为胆囊炎和胆管炎,按发病急缓和病程经过分为急性、亚急性和慢性炎症,胆道感染和胆石病互为因果关系。急性胆囊炎是胆囊发生的急性化学性和(或)细菌性炎症。

2. 急性结石性胆囊炎:由于胆囊管梗阻、细菌感染等引起,典型发病过程表现为突发右上腹阵发性绞痛,常在饱餐、进油腻食物后或在夜间发作,疼痛常放射至右肩部、肩胛部和背部,伴有恶心、呕吐等,常有轻度发热。查体右上腹有不同程度、不同范围的压痛、反跳痛及肌紧张,Murphy 征阳性。本病的最终治疗是手术治疗。

3. 慢性胆囊炎:是急性胆囊炎反复发作的结果,大多数病人合并有胆囊结石。临床表现不典型,多数病人有胆绞痛病史,尔后有厌油脂食、腹胀、嗳气等消化道症状,出现右上腹部和肩背部隐痛。对伴有胆囊结石者应施行胆囊切除术,无结石、症状轻微、影像学检查显示胆囊无明显萎缩并具有一定功能者,手术治疗应慎重。

4. 急性梗阻性化脓性胆管炎:是细菌感染引起

的胆道系统的急性炎症,大多在胆道梗阻的基础上发生。基本病理变化是胆管完全性梗阻和胆管内化脓性感染。临床表现发病急骤,病情进展快,除了具有一般胆道感染的 Charcot 三联症(腹痛、寒战高热、黄疸)外,还可出现休克、神经中枢系统受抑制表现,即 Reynolds 五联症。治疗原则是紧急手术解除胆道梗阻并引流,及早而有效地降低胆管内压力。

5. 胆石病:包括发生在胆囊和胆管的结石。结石按化学组成成分的不同分为胆固醇结石、胆色素结石和混合性结石。胆囊结石:主要为胆固醇性结石或以胆固醇为主的混合性结石,形成的基本因素是胆汁的成分和理化性质发生了改变,导致胆汁中的胆固醇形成过饱和状态,易于沉淀析出和结晶而形成结石。临床表现:消化不良等胃肠道症状;胆绞痛;Mirizzi 综合征;胆囊积液等。胆囊切除是治疗胆囊结石的首选方法,疗效确切,无症状的胆囊结石,一般不需要立即行胆囊切除,需观察和随诊。

6. 中医中药治疗

(1)辨证论治

①蕴热证(肝胆蕴热) 证候:胁腹隐痛,胸闷不适,肩背窜痛,口苦咽干,腹胀纳呆,大便干结,有时低热,舌红苔腻,脉平或弦。治法:疏肝清热,通下利胆。方药:金铃子散合大柴胡汤加减。

②湿热证(肝胆湿热) 证候:发热恶寒,口苦咽干,胁腹疼痛难忍,皮肤黄染,不思饮食,便秘尿赤,舌红苔黄,脉弦数滑。治法:清胆利湿,通气通腑。方药:茵陈蒿汤合大柴胡汤加减。

③毒证(肝胆脓毒) 证候:胁腹剧痛,痛引肩背,腹拘强直,压痛拒按,高热寒战,上腹饱满,口干舌燥,不能进食,大便燥急,小便黄赤,甚者谵语,肤黄瘀斑,四肢厥冷,鼻衄齿衄,舌绛瘀斑,苔黄开裂,脉微欲绝。治法:泻火解毒,通腑救逆。方药:黄连解毒汤合茵陈蒿汤加减。

(2)针刺疗法:用于止痛、止吐、排石。可选用足三里、内关、期门、胆俞、中脘等穴。耳针可刺交感、神门、肝胆区。一般留针 30 分钟至 1 小时,每日针刺 2~3 次。也可采用足三里穴位注射 654-2 等以解痉止痛。

命题考点 4 急性胰腺炎的临床表现及检查、临床分型、诊断与鉴别诊断、治疗

【历年真题纵览】

A1 型题

1. 急性胆囊炎与急性胰腺炎的鉴别要点是

A. 腹痛

B. 黄疸

C. 高热

D. 呕吐

E. Murphy 征

参考答案:E

2. 急性胰腺炎的治疗措施为

A. 静脉补液

B. 胃肠减压

C. 给解痉止痛剂

D. 应用抗生素

E. 以上都对

参考答案:E

A2 型题

3. 患者,男,31 岁。酗酒后突感左上腹剧痛,并向左腰放射,伴发热、恶心、呕吐。查体:腹平软,左上腹呈束带式压痛,肝、脾不大。应首先考虑的是

A. 急性胆囊炎

B. 急性胰腺炎

C. 急性肠炎

D. 心肌梗死

E. 急性胃炎

参考答案:B

B1 型题

4.

A. 突发剑突下剧烈绞痛,阵发性伴钻顶感,间歇不痛

B. 上腹部持续疼痛,牵及腰部,伴恶心、厌食、消瘦、进行性加重黄疸及白陶土便

C. 上腹部持续剧烈疼痛,常伴有束带状牵拉痛

D. 食后上腹胀痛,并有呕吐

E. 与饮食有关的慢性周期性节律性上腹痛

①急性胰腺炎可有

②胰头癌可有

参考答案:①C ②B

【考点评析】

1. 急性胰腺炎是一种常见的急腹症，按病理分类可分为水肿性和出血坏死性，前者病情轻，预后好，后者病情险恶，死亡率高。致病危险因素有胆道疾病、过量饮酒、十二指肠液反流、创伤因素、胰腺血液循环障碍和其他因素。

2. 病理生理：各种胰酶通过不同途径相继提前在胰管或腺泡内被激活，具有活性的胰酶产生局部和全身损害，在局部对胰腺及其周围组织产生"自身消化"，大量胰酶及有毒物质被腹膜吸收后可导致心、脑、肺、肝、肾等多器官的损害。基本病理改变是胰腺呈不同程度的水肿、充血、出血和坏死。

3. 临床表现：腹痛是本病的主要症状，常于饱餐和饮酒后突然发作，腹痛剧烈，多位于左上腹，向左肩及左腰背部放射；腹胀；恶心、呕吐：早期即可出现，常与腹痛伴发，呕吐剧烈而频繁；腹膜炎体征；其他如发热、黄疸甚至休克等症状。

4. 诊断：实验室检查中血清、尿淀粉酶测定是最常用的诊断方法，血清淀粉酶在发病数小时开始升高，24 小时达高峰，4～5 天后逐渐降至正常，淀粉酶越高诊断正确率越大，但是淀粉酶升高的幅度和病变严重程度不成正相关。腹部 B 超检查是首选的影像学诊断方法，可发现胰腺肿大和胰周液体积聚。

5. 治疗：非手术治疗：急性胰腺炎全身反应期、水肿性胰腺炎及尚无感染的出血坏死性胰腺炎均应采用非手术治疗。手术治疗的适应证有：不能排除其他急腹症时；胰腺和胰周坏死组织继发感染；虽经合理支持治疗，临床症状继续恶化；暴发性胰腺炎经过短期（24 小时）非手术治疗多器官功能障碍仍不能得到纠正；胆源性胰腺炎；病程后期合并肠瘘或胰腺假性囊肿。

6. 中医治疗

（1）辨证论治

①肝郁气滞证：治则为疏肝理气，清热燥湿通便，方选柴胡清肝饮、大柴胡汤、清胰汤Ⅰ号。

②脾胃实热证：治则为清热泻火，通里逐积，活血化瘀，方选大陷胸汤、大柴胡汤。

③脾胃湿热证：治则为清热利湿，行气通下，方选龙胆泻肝汤、清胰汤Ⅰ号。

④蛔虫上扰证：治则为清热通里，制蛔驱虫，方选清胰汤Ⅱ号、乌梅汤等。

（2）针灸疗法。

第十三单元　甲状腺疾病

命题考点 1　甲状腺疾病的分类；中医病因病机

【历年真题纵览】

A2 型题

患者，女，32 岁。右侧甲状腺内出现单发的圆形质硬肿块，光滑，随吞咽上下活动。甲状腺扫描呈冷结节。应首先考虑的是

A. 甲状腺腺瘤

B. 甲状腺舌骨囊肿

C. 单纯性甲状腺肿

D. 甲状腺癌

E. 结节性甲状腺肿

参考答案：A

【考点评析】

1. 甲状腺疾病包括单纯性甲状腺肿、甲状腺腺瘤、甲状腺囊肿、甲状腺癌、甲状腺炎及甲状腺功能亢进等。

2. 瘿是甲状腺疾病的总称。致病因素作用下导致脏腑经络功能失调，气滞、血瘀、痰凝结于颈部，逐渐形成瘿病。

命题考点 2　单纯性甲状腺肿的临床表现及检查、诊断与鉴别诊断、治疗

【历年真题纵览】

A1 型题

1. 不宜行甲状腺大部切除术的是

A. 弥漫性单纯性甲状腺肿的 16 岁女病人

B. 胸骨后甲状腺肿

C. 压迫气管、食管或喉返神经而引起临床症状者

D. 结节性甲状腺肿继发有临床症状者

E. 结节性甲状腺肿疑有恶变者

参考答案：A

2. 气瘿辨证属肝郁气滞证型者，宜选用

A. 逍遥散

B. 四海舒郁丸加减

C. 丹栀逍遥散

D. 海藻玉壶汤

E. 小柴胡汤

参考答案:B

A2 型题

3. 患者,女,20 岁。患地方性甲状腺肿,颈部肿大明显,其发病机制是

A. 缺铁

B. 缺碘

C. 缺钙

D. 维生素 B_{12} 缺乏

E. 内因子缺乏

参考答案:B

【考点评析】

1. 临床表现:女性多见,甲状腺不同程度的肿大和肿大结节压迫周围器官引起的压迫症状是本病的主要临床表现,早期甲状腺呈对称、弥漫性肿大,腺体表面光滑、柔软,随吞咽上下移动,随后,在肿大腺体的一侧或两侧可扪及多个或单个结节,可以出现气管弯曲、移位和气道狭窄影响呼吸,声音嘶哑或吞咽困难。查体甲状腺肿大。

2. 诊断与鉴别诊断:查体发现甲状腺肿大,但还需判断甲状腺肿大及结节的性质,结节性甲状腺病人还应作放射性核素检查,发现一侧或双侧甲状腺内有多发性大小不等、功能状况不一的结节时大多可作出诊断。

3. 治疗:生理性甲状腺肿,宜多食含碘丰富的食物;20 岁以下的弥漫性甲状腺肿病人可给予小量甲状腺素;如出现气管、食管或喉返神经受压引起临床症状,胸骨后甲状腺肿、巨大甲状腺肿、结节型甲状腺肿继发功能亢进、结节型甲状腺肿疑有恶变者需及时施行甲状腺大部切除术。

4. 中医治疗

(1)辨证论治

①肝郁脾虚证:疏肝解郁,健脾益气。四海舒郁丸加减。

②肝郁肾虚证:疏肝补肾,调摄冲任。四海舒郁丸合右归丸加减。

(2)针灸疗法:针刺、灸法、耳针。

命题考点 3 甲状腺瘤

【历年真题纵览】

A1 型题

1. 治疗甲状腺腺瘤,应首选

A. 逍遥散

B. 四逆散

C. 四海舒郁丸

D. 海藻玉壶汤

E. 柴胡疏肝散

参考答案:D

2. 肉瘿辨证属气滞痰凝证者,宜选用

A. 逍遥散

B. 四海舒郁丸加减

C. 丹栀逍遥散

D. 逍遥散合海藻玉壶汤加减

E. 小柴胡汤

参考答案:D

B1 型题

3.

A. 颈淋巴结炎

B. 颏下皮样囊肿

C. 甲状腺腺瘤

D. 甲状腺舌管囊肿

E. 囊状淋巴管瘤

①女,20 岁,颈前区中线甲状软骨下方可扪及 2 cm直径大小肿块,扫描示冷结节,硒甲状腺显影示冷结节处仍无放射性物质浓聚,应考虑为

②男,8 岁,右侧颏下可扪及蚕豆样大小肿块,较扁平,硬度中等,表面光滑,能推动,轻度触痛,应考虑为

③男,10 岁,颈部疼痛就诊,查:颈侧有多个结节,压之疼痛,1 周前因咬物不慎舌尖咬伤,应考虑为

④女,14 岁,舌骨下方一圆形肿物 1 个月,当时未做检查,1 个月后肿块部位出现红肿热痛,伴全身发热,肿块破溃,流出黄色黏液样液体,经久不愈,应考虑为

参考答案:①C ②A ③A ④D

【考点评析】

甲状腺瘤是最常见的甲状腺良性肿瘤,可分为滤泡状和乳头状囊性腺瘤。前者多见,多见于 40 岁以下妇女,临床表现为颈部出现圆形或椭圆形结节,多为单发,稍硬,表面光滑,无压痛,随吞咽上下移

动。大部分病人无任何症状，腺瘤生长缓慢，当乳头状囊性腺瘤因囊壁血管破裂发生囊内出血时，肿瘤可在短期内迅速增大，局部出现胀痛。因本病有引起甲亢和恶变可能，应早期施行包括腺瘤的患侧甲状腺大部或部分切除。

第十四单元　乳腺疾病

命题考点1　乳房检查

【历年真题纵览】

A1 型题

确定乳房肿块性质最可靠的方法是

A. 临床表现

B. 溢液涂片

C. 乳房 X 线检查

D. 活组织切片检查

E. B 超检查

参考答案：D

【考点评析】

1. 乳房肿块的检查方法主要是望诊和触诊，但后者是主要的。望诊：让患者坐正，解开上衣，将两侧乳房完全显露，注意乳房体积的变化，有无增大或缩小，乳头的位置有无内缩或抬高，乳房皮肤有无结节、凹陷或橘皮状、湿疹样改变等；触诊：先检查健侧乳房，再检查患侧，四指并拢，用指腹平放乳房上轻柔按摸，切勿用手指去抓捏，顺序是先按整个乳房，然后按照一定次序按摸乳房的四个象限：上内、上外、下内、下外象限，继而按摸乳晕部分，注意有无血液从乳头溢出，如见到乳头溢血，可能是乳岩、乳衄，最后按摸腋窝、锁骨下及锁骨上区域。

2. 触诊时应注意的问题：发现乳房内肿块时，应注意肿块的位置、大小、坚硬度、疼痛、表面情况及活动度；肿物是否与皮肤粘连，可用手指轻轻提起肿物附近的皮肤，以确定有无粘连；要熟悉正常与异常的乳房，勿将乳房正常的腺体误认为肿块；检查乳房的时间最好选择在经后 7～10 天；确定一个肿块的性质，需要结合年龄、病史或其他检查方法。

命题考点2　急性乳腺炎的病因病理、临床表现及检查、鉴别诊断、治疗

【历年真题纵览】

A1 型题

1. 下列关于急性乳腺炎郁乳期治疗的叙述，错误的是

A. 可行乳房按摩

B. 及早切开引流

C. 青霉素皮试后做肌内注射

D. 太乙膏合红灵丹外贴患部

E. 取金黄散调成糊状外敷患部

参考答案：B

2. 下列关于乳痈外治法描述错误的是

A. 初起可用热敷加乳房按摩的方法

B. 初起即应切开引流

C. 脓肿形成后，应在波动感及压痛最明显处及时切开排脓

D. 切口应按乳络方向并与脓腔基底大小一致

E. 切开排脓后，用八二丹或九一丹提脓拔毒

参考答案：B

A2 型题

3. 患者，女，28 岁。患急性乳腺炎 10 天，脓肿溃破，引流不畅，发热，纳差，舌苔薄黄，脉弦。治疗应首选

A. 瓜蒌牛蒡汤

B. 透脓散

C. 仙方活命饮

D. 归脾汤

E. 四妙汤

参考答案：B

【考点评析】

1. 急性乳腺炎是乳腺的急性化脓性感染，病人多是产后哺乳的妇女，病因有乳汁淤积和细菌侵入。

2. 临床表现：病人感觉乳房疼痛、局部红肿、发热，随着炎症发展，病人可有寒战、高热、脉搏加快，患侧淋巴结肿大、压痛等。

3. 治疗：原则是消除感染、排空乳汁，早期呈蜂窝织炎表现时不宜手术，但脓肿形成后仅以抗菌药物治疗，可导致更多的乳腺组织破坏，应在压痛最明显的炎症区进行穿刺，抽到脓液时表示脓肿形成。呈蜂窝织炎表现而未形成脓肿时，应用抗菌药物治

疗有良好效果,主要病因为金黄色葡萄球菌。脓肿形成后,主要治疗措施是及时做脓肿切开引流,患侧乳房停止哺乳,并以吸乳器吸尽乳汁。关键在于避免乳汁淤积,防治乳头损伤,并保持清洁。

4. 中医治疗

(1)辨证论治

①肝胃郁热证:疏肝清胃,通乳散结。瓜蒌牛蒡汤加减。

②热毒炽盛证:清热解毒,托里透脓。瓜蒌牛蒡汤合透脓散。

③正虚毒恋证:益气养营活血,清热托毒。托里消毒散加减。

(2)外治

①敷贴法:金黄散或玉露散用温开水调成糊状外敷患部,每日1次;或取芒硝60 g,溶解于100 ml开水中,用厚纱布蘸药液外敷于患处,每次20~30分钟,每日2~3次,用于早期炎症。

②祛腐生肌法:切开排脓或自溃后脓腐较多者,先用九一丹、五五丹等掺于小盐水纱条上插入脓腔内引流换药,以祛除脓腐。待脓腐已净时,改用生肌玉红膏、生肌膏等外用,以生肌长皮。

命题考点3 乳腺增生病的诊断与鉴别诊断、中医辨证论治

【历年真题纵览】

A1 型题

1. 乳癖辨证属肝郁痰凝证型者,宜选用

A. 逍遥散
B. 四海舒郁丸加减
C. 逍遥蒌贝散加减
D. 海藻玉壶汤
E. 小柴胡汤

参考答案:C

B1 型题

2.

A. 乳腺脓肿切开引流术
B. 乳腺肿块切除术
C. 单纯乳腺切除术
D. 乳房改良根治术
E. 药物治疗

①乳腺增生病应行
②乳腺纤维腺瘤应行

参考答案:①E ②B

【考点评析】

1. 诊断:突出的临床表现为乳房胀痛和肿块,特点是部分病人具有周期性,疼痛与月经周期有关,月经前疼痛加重,月经来潮后减轻或消失。体检发现一侧或双侧乳腺有弥漫性增厚,可局限于乳腺一部分,也可分散于整个乳腺,肿块呈颗粒状、结节状或片状,大小不一,质韧而不硬,增厚区与周围乳腺组织分界不明显。本病病程较长,发展缓慢。

2. 中医辨证论治

(1)肝郁气滞证:疏肝理气,散结止痛。逍遥散加减。

(2)痰瘀凝结证:活血化瘀,软坚祛痰。失笑散合开郁散加减。

(3)气滞血瘀证:行气活血,散瘀止痛。桃红四物汤合失笑散加减。

(4)冲任失调证:调理冲任,温阳化痰,活血散结。二仙汤加减。

命题考点4 乳房纤维腺瘤的临床表现及检查

【历年真题纵览】

1. 患者,女,21岁。发现右侧乳腺外上象限一单个肿块3个月,呈卵圆形,约4 cm×5 cm大小,表面光滑,边缘清楚,质地坚韧,易推动,无压痛。应首先考虑的是

A. 急性乳腺炎
B. 乳腺囊性增生病
C. 乳腺纤维腺瘤
D. 乳腺结核
E. 乳腺癌

参考答案:C

2. 女,24岁,左乳房内单个肿块,约豌豆大小,不痛,边界清楚,表面光滑,活动度可,诊断为

A. 乳癖
B. 乳核
C. 乳疬
D. 乳痨
E. 乳岩

参考答案:B

【考点评析】

1. 临床表现:高发年龄是20~25岁,好发于乳

房外上象限,约75%为单发,少数为多发,除肿块外,病人常无自觉症状,肿块增大缓慢,有弹性感,表面光滑,月经周期对肿块的大小并无影响。

2. 治疗:属于良性,但有肉瘤变可能,手术切除是唯一有效方法。

命题考点5 乳腺癌的病理、临床表现及检查、诊断、临床分期、鉴别诊断

【历年真题纵览】

A1 型题

1. 治疗乳癌肝郁痰凝型,应首选

A. 逍遥散合开郁散

B. 柴胡疏肝散合开郁散

C. 逍遥散合香贝养荣汤

D. 神效瓜蒌散合开郁散

E. 瓜蒌牛蒡汤合开郁散

参考答案:A

2. 下列除哪项外,均是乳岩肿块常见的临床表现

A. 乳房出现肿块

B. 肿块无痛、无热、皮色不变

C. 肿块表面光滑

D. 可有乳头溢血

E. 晚期肿块溃烂

参考答案:C

3. 下列各项,不属于乳癌局部典型体征的是

A. 质地坚硬

B. 表面不光滑

C. 肿块活动

D. 橘皮样变

E. 乳头内缩

参考答案:C

A2 型题

4. 患者,女,58岁。右乳房发现肿块2个月。查体:右乳头抬高,乳头凹陷,右乳外上象限可扪及一个2 cm×2.5 cm大小肿块,质硬,表面不平,边界不清,活动度差。应首先考虑的是

A. 乳腺纤维腺瘤

B. 乳腺囊性增生病

C. 乳腺癌

D. 乳房肉瘤

E. 乳腺结核

参考答案:C

5. 女,32岁,左乳房外上象限扪及一3 cm×2 cm大小肿块,与皮肤轻微粘连,左腋窝可触及一肿大淋巴结,可推动,诊断为左乳癌,按TNM分期法应为

A. $T_1N_2M_0$

B. $T_2N_2M_1$

C. $T_3N_1M_0$

D. $T_4N_1M_0$

E. $T_1N_1M_1$

参考答案:D

【考点评析】

1. 病因病理:乳腺是多种内分泌激素的靶器官,其中雌酮及雌二醇对乳腺癌的发病有直接关系;一级亲属中有乳腺癌病史者,发病危险性明显升高;乳腺小叶有上皮高度增生或不典型增生者可能与乳腺癌发病有关;另外,营养过剩、肥胖和脂肪饮食等可增加发病机会。病理类型有非浸润性癌、早期浸润性癌、浸润性特殊癌、浸润性非特殊癌、其他罕见癌。

2. 临床表现:早期表现是患侧乳房出现无痛、单发的小肿块,质硬,表面不光滑,与周围组织分界不很清楚,在乳房内不易被移动,累及Cooper韧带可出现"酒窝征",如皮下淋巴管被癌细胞堵塞,引起淋巴回流障碍,出现真皮水肿,皮肤呈"橘皮样"改变。发展至晚期,可侵入胸筋膜、胸肌皮,癌块固定于胸壁,皮肤可溃烂,伴恶臭和出血。淋巴转移最初多见于腋窝,可出现相应的转移部位的症状。

3. 诊断:临床症状、查体所见大多数乳房肿块可以诊断。需要和纤维腺瘤、乳腺囊性增生病、浆细胞性乳腺炎和乳腺结核等疾病鉴别。临床分为0、Ⅰ、Ⅱ、Ⅲ和Ⅳ期,临床分型以T原发癌瘤,N区域淋巴结,M远处转移。$T_1 \leq 2$ cm;$T_2 > 2$ cm,≤ 5 cm;$T_3 > 5$ cm;T_4 癌瘤大小不计,但侵及皮肤或胸壁。N_0:同侧腋窝无肿大淋巴结;N_1:同侧腋窝有肿大淋巴结,尚可推动;N_2:同侧腋窝肿大淋巴结彼此融合,或与周围组织粘连;N_3:同侧胸骨旁淋巴结转移。M_0:无远处转移;M_1:有锁骨上淋巴结转移或远处转移。

4. 治疗:手术治疗是乳腺癌的主要治疗方法,还有辅助化学治疗、内分泌治疗、放射治疗和生物治疗。

第十五单元 胃及十二指肠溃疡的外科治疗

命题考点 手术适应证、外科治疗方法；胃及十二指肠溃疡急性穿孔的临床表现及检查、诊断与鉴别诊断、治疗；胃及十二指肠溃疡大出血的临床表现及检查、诊断与鉴别诊断、治疗；瘢痕性幽门梗阻的临床表现及检查、诊断与鉴别诊断、治疗

【历年真题纵览】

A1 型题

1. 胃、十二指肠溃疡穿孔临床特点之一是

A. X 线检查右膈下均有游离气体

B. 穿孔多发生在胃窦部后壁

C. 既往均有溃疡病史

D. 确诊后一律需手术治疗

E. 应存在压痛、反跳痛和板状腹

参考答案：E

2. 关于胃、十二指肠溃疡急性穿孔的处理，下列哪项是错误的

A. 腹膜炎严重宜行单纯穿孔缝合术

B. 一旦确诊后，应尽早手术治疗

C. 饱餐后穿孔宜手术治疗

D. 穿孔合并大出血宜手术治疗

E. 就诊时腹腔炎症已有局限趋势者，不宜手术治疗

参考答案：B

3. 下列除哪项外，均是胃十二指肠溃疡大出血手术适应证

A. 出血甚剧，短期内出现休克

B. 经短期（6～8 小时）输血（600～900 ml）后，生命体征不稳定

C. 不久前曾有过类似大出血

D. 正在进行针对溃疡治疗的病人出现的大出血

E. 青年患者出现的大出血

参考答案：E

【考点评析】

1. 胃及十二指肠溃疡的外科治疗：

（1）胃溃疡的外科治疗适应证：包括 HP 措施在内的严格内科治疗 8～12 周，溃疡不愈合或短期内复发者；发生溃疡出血、瘢痕性幽门梗阻、溃疡穿孔及溃疡穿透至胃壁外者；溃疡巨大（直径 >2.5 cm）或高位溃疡；胃及十二指肠复合性溃疡；溃疡不能除外恶变或已经恶变者。常用的手术方式是胃大部切除术，胃肠道重建以胃十二指肠吻合（Billroth Ⅰ式）为宜。

（2）十二指肠溃疡外科治疗适应证：出现严重并发症如急性穿孔、大出血或瘢痕性幽门梗阻；经正规内科治疗无效的十二指肠溃疡，即顽固性溃疡；溃疡病程漫长者，为避免过度延长内科治疗增加出现严重并发症的危险，可选用手术。常用方式是胃大部切除术和选择性或高选择性迷走神经切断术。

2. 胃及十二指肠溃疡穿孔的临床表现：情绪波动、过度疲劳、刺激性饮食或服用皮质激素等常为诱发因素。穿孔多在夜间空腹或饱食后突然发生，表现为骤起上腹部刀割样剧痛，迅速波及全腹，病人疼痛难忍，可有面色苍白、出冷汗、脉搏细速、血压下降等表现，常伴有恶心呕吐。当胃内容物沿右结肠旁沟向下流注时，可出现右下腹痛，疼痛也可放射至肩部，当腹腔有大量渗出稀释漏出的消化液时，腹痛可以略为减轻。体检时病人仰卧微屈膝，腹式呼吸减弱或消失，全腹压痛、反跳痛，腹肌紧张呈"板样"强直，尤以右上腹明显，叩诊肝浊音界消失，可有移动性浊音，听诊肠鸣音消失或者明显减弱，X 线检查可见膈下新月状游离气体影。诊断与鉴别诊断：既往有溃疡病史，突发上腹部剧烈疼痛并迅速扩展为全腹疼痛伴有腹膜刺激征等上消化道穿孔的特征性的临床表现，结合 X 线检查腹部发现膈下游离气体，诊断性腹腔穿刺抽出含有胆汁或食物残渣，基本可以明确诊断。应与急性胆囊炎、急性胰腺炎、急性阑尾炎等疾病鉴别。治疗：非手术治疗适用于一般情况良好、症状体征较轻的空腹小穿孔，穿孔超过 24 小时，腹膜炎已局限者，或经水溶性造影剂行胃十二指肠检查证实穿孔已封闭的病人，措施包括持续胃肠减压，输液以维持水、电解质平衡和给予营养支持，全身应用抗生素控制感染，经静脉给予 H_2 受体阻断剂或质子泵拮抗剂等制酸药物。手术治疗是胃十二指肠急性穿孔的主要疗法，包括单纯穿孔缝合术和彻底性溃疡手术。

3. 胃及十二指肠溃疡大出血：临床表现取决于出血量和出血速度，主要症状是呕血和解柏油样黑便，呕血前常有恶心，便血前后可出现心悸、眼前发黑、乏力等，甚至出现晕厥，病人过去常有典型的溃

疡病史。短期内失血 800 ml,可出现休克症状。查体病人可呈贫血貌,面色苍白、脉搏加快,腹部体征不明显,腹部稍胀,上腹部可有轻度压痛,肠鸣音亢进。诊断与鉴别诊断:有溃疡病史,发生呕血与黑便,诊断较为容易;无溃疡病史者,应与应激性溃疡、胃癌出血、食管曲张静脉破裂出血、食管炎、贲门黏膜撕裂综合征等疾病鉴别。治疗:原则是补充血容量防治失血性休克,尽快明确出血部位并采取有效止血措施。

4. 瘢痕性幽门梗阻:临床主要表现为腹痛与反复发作的呕吐,病人最初有上腹膨胀不适并出现阵发性胃收缩痛,呕吐物含大量宿食并有腐败酸臭味,呕吐发生在下午或者晚间,呕吐量大,一次可达 1 000 ~ 2 000 ml,但不含胆汁,常有少尿、便秘、贫血等。查体时发现病人有营养不良、消瘦、皮肤干燥、弹性消失,上腹隆起可见胃型或胃蠕动波,晃动上腹部可闻及振水音。诊断与鉴别诊断:根据长期溃疡病史、特征性呕吐和体征,可诊断。诊断步骤:清晨空腹置胃管,可抽出大量酸臭胃液和食物残渣;X 线钡餐检查,见胃扩大,张力降低,钡剂入胃后有下沉现象,如 6 小时尚有 1/4 钡剂存留者,提示有胃潴留。24 小时后仍有钡剂存留者,提示有瘢痕性幽门梗阻。纤维胃镜检查可以确定梗阻,明确梗阻原因。本病应与痉挛水肿性幽门梗阻、十二指肠球部以下的梗阻病变和胃窦部与幽门的癌肿引起的梗阻等疾病鉴别。治疗:瘢痕性幽门梗阻是外科手术治疗的绝对适应证,术式以胃大部切除为主,也可行迷走神经干切断术加胃窦部切除术。

5. 中医中药治疗

(1)胃热内盛　证候:胃脘胀满且有灼热感,口干口臭,喜冷饮,呕血色淡红,夹杂血块,大便如柏油状,奇臭;舌质红,苔黄或黄糙,脉滑数。治法:清泻胃火,凉血止血。方药:泻心汤加茜草根、侧柏叶、白及、石斛、乌贼骨、仙鹤草等。

(2)肝火犯胃　证候:胁痛脘胀,头痛目赤,心烦易怒,失眠多梦,口干口苦,吐血色暗红,大便色黑;舌红或红绛,苔黄,脉弦数。治法:泻肝清热,降逆止血。方药:龙胆泻肝汤加丹皮、白芍、生大黄、乌贼骨、藕节炭等。

(3)脾虚不摄　证候:胃脘隐痛,面色㿠白,唇甲色淡,头晕目眩,神疲乏力,心悸,吐血色暗淡,大便溏黑,时发时止;舌质淡,苔白,脉细弱。治法:益气健脾,温中止血。方药:黄土汤加地榆炭、乌贼骨、黄芪、党参、仙鹤草等。

第十六单元　腹外疝

命题考点 1　腹股沟区的解剖;腹外疝的临床类型;腹股沟斜疝;腹股沟直疝;其他疝

【历年真题纵览】

A1 型题

1. 关于腹股沟斜疝,下列叙述哪项不正确
   A. 斜疝是最多见的腹外疝
   B. 后天性斜疝的发生与腹股沟区解剖缺损有关
   C. 易复性斜疝肿块常在站立、行走、咳嗽或劳动时出现
   D. 滑动性斜疝可有"消化不良"和便秘等症状
   E. 大的斜疝可扩展至腹股沟下方

参考答案:E

2. 嵌顿性腹股沟斜疝,早期主要症状是
   A. 疝块突然增大,伴腹胀
   B. 疝块突然增大,伴明显腹痛
   C. 疝块突然增大,伴便秘
   D. 疝块突然增大,伴呕吐
   E. 疝块突然增大,伴食欲减退

参考答案:B

3. 下列除哪项外,均是典型的腹外疝的组成内容
   A. 疝环
   B. 疝囊
   C. 疝内容物
   D. 疝外被盖
   E. 横结肠

参考答案:E

A2 型题

4. 患者,男,27 岁。患右腹股沟斜疝 2 个月,今早剧烈运动后,肿块不能回纳,伴腹痛,呕吐,腹胀。应首先考虑的是
   A. 难复性疝
   B. 滑动性疝
   C. 嵌顿性疝
   D. 可复性疝
   E. 肠管壁疝

参考答案:C

5. 男,30 岁,右侧阴囊内发现可复性肿物,透光

试验(-)。诊断考虑

A. 睾丸鞘膜积液

B. 股疝

C. 腹股沟直疝

D. 腹股沟斜疝

E. 隐睾

参考答案:D

【考点评析】

1. 腹股沟区的解剖层次,由浅而深依次为皮肤、皮下组织和浅筋膜、腹外斜肌、腹内斜肌和腹横肌、腹横筋膜、腹膜外脂肪和腹膜壁层。

2. 腹外疝发病的两个主要原因:腹壁强度降低,如精索或子宫圆韧带穿过腹股沟管等;腹内压力增高,如慢性咳嗽、慢性便秘、婴儿经常啼哭等。典型的腹外疝由疝囊、疝内容物和疝外被盖等组成,腹外疝有:①易复性疝:疝内容物很容易回纳入腹腔;②难复性疝:疝内容物不能回纳或不能完全回纳入腹腔;③嵌顿性疝:疝门较小而腹内压突然增高时,疝内容物可强行扩张囊颈而进入囊疝,随后因囊颈的弹性收缩,又将内容物卡住,使其不能回纳,即为嵌顿性疝,嵌顿如不能及时解除,肠管及其系膜受压情况不断加重可使动脉血流减少,最后导致完全阻断,即为绞窄性疝。

3. 腹股沟斜疝:病因:腹股沟斜疝有先天性和后天性之分,先天解剖异常或后天性腹壁薄弱或缺损易导致腹股沟斜疝。临床表现:重要的临床表现是腹股沟区有一突出的肿块,有的病人开始时肿块较小,仅仅通过深环进入腹股沟管,疝环处仅有轻度的坠感,此时诊断较为困难,一旦肿块明显,穿过浅环甚或进入阴囊,诊断较为容易。易复性斜疝除腹股沟区有肿块和偶有胀痛外,并无其他症状,肿块常在站立、行走、咳嗽或者劳动时出现;难复性斜疝除胀痛稍重外,主要特点是疝块不能完全回纳;嵌顿性疝通常发生在斜疝,强力劳动或排便等腹内压骤增是主要原因,表现为疝块突然增大,并伴有明显疼痛,平卧或用手推送不能使疝块回纳,肿块进展发硬,且有明显触痛。

4. 腹股沟直疝:腹股沟直疝通常见于年老体弱者,表现为当病人直立时,在腹股沟内侧端、耻骨结节上外方出现一半球形肿块,并不伴有疼痛或其他症状。直疝囊颈宽大,疝内容物又直接从后向前顶出,平卧后疝块多能自行消退,直疝绝不进入阴囊,极少发生嵌顿,疝内容物通常为小肠或大网膜。

5. 腹股沟斜疝与腹股沟直疝的区别:斜疝多见于儿童及青壮年,经腹股沟管突出,可进入阴囊,疝块外形为椭圆或梨形,回纳疝块后压住深环疝块不再突出,精索在疝囊后方,疝囊颈在腹壁下动脉外侧,嵌顿机会较多;腹股沟直疝多见于老年,由直疝三角突出,不进入阴囊,疝块外形为半球形,基底较宽,回纳疝块压住深环疝块仍可突出,精索在疝囊前外方,疝囊颈在腹壁下动脉内侧,嵌顿机会很少。

6. 腹外疝的治疗:除少数特殊情况外,腹股沟疝一般均应尽早施行手术治疗,半岁以下婴儿可暂时不手术。手术治疗的基本原则是关闭疝门即内环口,加强或修补腹股沟管管壁。手术方法主要有单纯疝囊高位结扎术和疝修补术。嵌顿性疝具备下列情况可先试行手法复位:嵌顿时间在3~4小时以内,局部压痛不明显,也无腹部压痛或腹肌紧张等腹膜刺激征者;年老体弱或伴有其他严重疾病而估计肠袢尚未绞窄坏死者。除上述情况外,嵌顿性疝原则上需要紧急手术,以防止疝内容物坏死并解除伴发的肠梗阻。

7. 其他疝

(1)切口疝:发生于腹壁手术切口处的疝。最常发生切口疝的是经腹直肌切口,其次是正中切口和旁正中切口,腹部切口疝多见于腹部纵向切口。主要临床表现为腹壁切口处逐渐膨隆,肿块通常在站立或用力时更为明显,平卧则缩小或消失,较大的切口疝有腹部牵拉感,伴食欲减退、恶心、呕吐等,原则上应手术治疗。

(2)脐疝:疝囊通过脐环突出的疝称为脐疝。小儿脐疝:发病原因是脐环闭锁不全或脐部瘢痕组织不够坚强,在腹内压增加的情况下如经常啼哭和便秘等情况下发生。小儿脐疝多属易复性,临床上表现为啼哭时脐疝脱出,安静时肿块消失,疝囊颈一般不大,但极少发生嵌顿和绞窄,除了嵌顿或穿破等紧急情况外。在小儿2岁之前可采取非手术治疗,满2岁后,如脐环直径还大于1.5 cm,则可手术治疗,原则上,5岁以上儿童的脐疝均应采取手术治疗。成人脐疝:为后天性,较为少见,多数是中年经产妇女。由于疝环狭小,成人脐疝发生嵌顿或绞窄者较多,应采取手术治疗。脐疝手术修补的原则是切除疝囊,缝合疝环,必要时可重叠缝合疝环两旁的组织。

(3)白线疝:可发生于腹壁正中线(即白线)的不同部位,但绝大多数在脐上。早期白线疝肿块较小而无症状,以可因腹膜受牵拉而出现明显的上腹疼痛,并伴有“消化不良”、恶心、呕吐等症状,嘱病人平卧、回纳疝块后,常可在白线区扪及缺损的空袭。疝块较小而又无明显症状时,可不必治疗,症状明显可行手术。

命题考点 2　股疝

【历年真题纵览】

A1 型题

1. 最易引起嵌顿的疝是

A. 直疝

B. 斜疝

C. 股疝

D. 脐疝

E. 切口疝

参考答案:C

2. 股疝多见于

A. 老年男性

B. 青年人

C. 中年以上妇女

D. 孕妇

E. 中年以上男性

参考答案:C

【考点评析】

股疝:疝囊通过股环、经股管向卵圆窝突出的疝,称为股疝,多见于 40 岁以上的妇女。临床表现为疝块不大,常在腹股沟韧带下方卵圆窝处有一半球形的突起,平卧回纳内容物后,疝块有时并不完全消失。易复性股疝症状较轻,股疝如发生嵌顿,除引起局部明显疼痛外,也常伴有较明显的机械性肠梗阻,严重者甚至可以掩盖股疝的局部症状。

治疗:股疝容易发生嵌顿,一旦嵌顿又可迅速发展为绞窄性,因此股疝诊断确立后,应及时进行手术治疗,对于嵌顿性或绞窄性股疝,更应进行紧急手术,最常用的方法是 McVay 修补法。

第十七单元　消化道大出血的诊断与处理原则

命题考点 1　上消化道大出血的诊断与治疗

【历年真题纵览】

A1 型题

1. 下列关于上消化道大出血处理原则不正确的是

A. 只要确定有呕血和黑便,都应视为紧急情况

B. 抑酸药物包括 H_2 受体拮抗剂和质子泵抑制剂

C. 绝大多数出血性胃炎可由非手术治疗止血

D. 所有病人都需要马上手术治疗

E. 急诊手术首要目标是止血

参考答案:D

2. 下列除哪项外,均是引起上消化道大出血的常见病因

A. 胃十二指肠溃疡

B. 门静脉高压症

C. 出血性胃炎

D. 胃癌

E. 胆囊结石

参考答案:E

【考点评析】

1. 诊断:上消化道大出血的常见原因是胃十二指肠溃疡、门静脉高压、出血性胃炎、胃癌和胆道出血。临床表现为呕血,血色鲜红或呈棕褐色,黑粪症并有恶臭。查体可见蜘蛛痣、肝掌、腹壁皮下静脉曲张、肝脾肿大等,胆道出血多有类似胆绞痛的剧烈上腹部疼痛,右上腹有不同程度的压痛。实验室检查可有血红蛋白、红细胞计数、血细胞比容、肝功能检查等方面的异常,辅助检查有鼻胃管或三腔管检查、内镜检查、选择性腹腔动脉或肠系膜上动脉造影、X 线钡餐检查等。

2. 治疗:处理原则是只要确定有呕血和黑便,都应视为紧急情况,对严重的上消化道出血应遵循:初步处理:表现有低血容量休克时,应迅速建立两条静脉通道,其中一条最好是经颈内静脉或锁骨下静脉达上腔静脉,以便监测中心静脉压。病因处理:治疗消化性溃疡出血的抑酸药物包括 H_2 受体拮抗剂和质子泵抑制剂;对由门静脉高压症引起的食管、胃底曲张静脉破裂的大出血,应视肝功能的情况来决定处理方法;绝大多数出血性胃炎可由非手术治疗止血;胆道出血的量一般不大,多可经非手术疗法,包括抗感染和止血药物的应用而自止。80% 以上的上消化道出血的病人可以经非手术治疗达到止血目的,对部位不明的上消化大大出血,经过积极的处理后,急性出血仍不能得到有效控制,且血压、脉率不稳定,需要早期进行剖腹探查,急诊手术的首要目标是止血,若条件允许,可对原发病做治愈性手术。

命题考点2 下消化道大出血

【历年真题纵览】

A1 型题

下列关于下消化道大出血说法不正确的是

A. 黑粪症通常提示下消化道大出血

B. 便血通常提示下消化道大出血

C. 呈间歇性出血

D. 可为无痛性

E. 血管发育异常是小肠出血的常见病因之一

参考答案:A

【考点评析】

便血通常提示下消化道出血,与上消化道出血不同,下消化道出血相对缓慢,或呈现间歇性,约80%的出血能自行停止。小肠出血:可为无痛性,定位有一定难度,常见的病因有血管发育异常、憩室和良性肿瘤等,辅助检查有选择性肠系膜上动脉造影、CT及术中内镜检查。初步处理同上消化道大出血,对于血管发育异常,可选用内镜治疗、动脉栓塞或手术切除。憩室和肿瘤出血则宜选择手术切除治疗。结直肠出血:多为中、老年病人,最常见的原因是癌和血管发育异常,其次是憩室病。结肠直肠出血可能突然发生,通常表现为鲜血便,可伴有血块或栗色血液,右半结肠的小量出血可见黑粪症。辅助检查有肠系膜动脉造影检查,纤维结肠镜检查等。初期处理包括输注平衡盐溶液及用血浆代用品,必要时输浓缩红细胞,选择性动脉插管滴注血管加压素,或栓塞靶血管有止血效果。

第十八单元 泌尿、男性生殖系统疾病

命题考点1 泌尿、男性生殖系统解剖生理、泌尿,男性生殖系统疾病的临床表现,外科检查方法

【历年真题纵览】

A1 型题

1. 能判断血尿来自何处尿路的检查方法是

A. X 线摄片

B. B 型超声波

C. CT

D. 膀胱镜检查

E. 尿三杯试验

参考答案:E

2. 下列哪种疾病的早期可出现无症状性全程血尿

A. 膀胱炎

B. 前列腺炎

C. 肾癌

D. 膀胱结核

E. 膀胱结石

参考答案:D

3. 下列不属于血尿的是

A. 尿道滴血

B. 肉眼血尿

C. 镜下血尿

D. 全程血尿

E. 终末血尿

参考答案:A

【考点评析】

1. 主要临床表现:①疼痛:包括肾和输尿管痛、膀胱痛、前列腺痛、阴囊痛;②排尿改变:包括尿频、尿急、尿痛、排尿困难、尿流中断、尿潴留、尿失禁、遗尿等;③尿液改变:包括尿量的改变、尿肉眼观察的变化如混浊尿、气尿、血尿等;④男性性功能症状:如性欲改变、勃起功能障碍、射精障碍等,最常见为勃起功能障碍和早泄;⑤尿道分泌物:如大量黏稠、黄色的脓性分泌物是淋菌性尿道炎的典型症状等。

2. 外科检查方法:①体检:包括肾检查、输尿管检查、膀胱检查、男性生殖系统检查等。②实验室检查:包括尿液检查如尿沉渣检查、尿三杯检查、尿细菌学检查、尿细胞学检查、膀胱肿瘤抗原(BTA)检测;肾功能检查:如尿比重、血尿素氮和血肌酐、内生肌酐清除率等;前列腺特异性抗原(PSA)检查:具有前列腺组织特异性,如血清 PSA > 10 ng/ml 应高度怀疑前列腺癌,可用于前列腺癌的筛选、早期诊断、分期和疗效评价以及随访等;还有前列腺液检查、精液分析等。③诊断性器械检查:如尿导管检查用于测定残余尿、有无膀胱损伤等,膀胱尿道镜检查、输尿管镜和肾镜等。④影像学检查:如 B 超、X 线检查、MRI 检查、放射性核素显像等。

命题考点 2　尿石症的病因病理、临床表现及检查、治疗

【历年真题纵览】

A1 型题

1. 尿路结石气结证的治法是
   A. 清热排石
   B. 利湿排石
   C. 行气排石
   D. 祛瘀排石
   E. 益肾排石

参考答案：C

2. 膀胱结石的主要症状是
   A. 尿频、尿急
   B. 脓尿
   C. 尿痛
   D. 排尿中断
   E. 血尿

参考答案：D

3. 下列关于双侧尿路结石的手术治疗原则哪项是错误的
   A. 双侧输尿管结石，先处理梗阻严重侧
   B. 先处理输尿管结石，再处理对侧肾结石
   C. 双侧肾结石应双侧同时处理
   D. 双侧上尿路结石，若全身情况许可，应及时手术
   E. 双侧输尿管结石，若条件许可，可同时取出双侧结石

参考答案：C

4. 导致尿路结石形成的主要因素是
   A. 甲状旁腺功能亢进
   B. 长期卧床
   C. 饮食中动物蛋白增多
   D. 慢性腹泻
   E. 尿中形成结石结晶的盐类呈过饱和状态

参考答案：E

5. 上尿路结石临床表现的特点是
   A. 一侧上腹部疼痛向肩部放射
   B. 转移性右下腹痛
   C. 阵发性腰腹疼痛与血尿相继出现
   D. 无痛性尿血
   E. 尿频、尿急、尿痛

参考答案：C

A2 型题

6. 患者，男，66 岁。有膀胱结石史，现小便淋漓，夜尿频多，间有尿痛，腰膝痠软，舌尖红苔微黄，脉虚数。其证型是
   A. 肾阴虚
   B. 肾虚有热
   C. 膀胱湿热
   D. 肾气虚
   E. 瘀阻水道

参考答案：B

【考点评析】

1. 尿石症是肾结石、输尿管结石、膀胱结石和尿道结石的总称。形成机制尚未完全明确，肾钙化斑、过饱和结晶、结石基质、晶体抑制物质、异质促进成核学说是结石形成的基本学说。草酸钙结石最常见。尿路结石在肾和膀胱内形成，绝大多数输尿管结石和尿道结石是结石排出过程中停留该处所致，结石沿输尿管行径移动，常停留或嵌顿于生理狭窄处，并以输尿管下 1/3 处最多见，尿路结石可引起泌尿道直接损伤、梗阻、感染或恶变。

2. 治疗：上尿路结石的治疗必须实施病人个体化治疗，一般如结石 <0.6 cm，光滑，无尿路梗阻、无感染，纯尿酸结石及胱氨酸结石，可先使用保守疗法；直径 <0.4 cm，光滑的结石，90% 可自行排出。①病因治疗：少数病人能找到形成结石的原因，如甲状旁腺功能亢进等，只要切除腺瘤，原有的尿路结石就会自行溶解消失，尿路梗阻者，只要解除梗阻，可以避免结石复发；②药物治疗：包括碱化尿液、口服别嘌呤醇及饮食调节；③体外冲击波碎石：适用于肾、输尿管上段结石，还有经皮肾镜取石、输尿管镜取石或碎石术、腹腔镜输尿管取石等；④开放手术治疗。

3. 中医辨证治疗：结石表面光滑、横径 <1 cm，双侧肾功能正常，无尿路狭窄、畸形，可采用本法治疗。

（1）湿热蕴结证　腰痛，少腹急满，小便频数短赤，溺时涩痛难忍，淋漓不爽，口干欲饮，舌红，苔黄腻，脉弦细。治法：清热利湿，通淋排石。方药：八正散加减。

（2）气滞血瘀证　主证：腰腹酸胀或隐痛，时而绞痛，局部有压痛或叩击痛，舌暗或有瘀斑，苔薄白或微黄，脉弦紧。治法：行气活血，通淋排石。方药：金铃子散合石苇散加减。

（3）肾气不足证　主证：腰酸坠胀，疲乏无力，病程日久，时作时止，尿频或小便不利，夜尿多，面色无

华或面部轻度浮肿，舌淡，苔薄白，脉细无力。治法：补肾益气，通淋排石。方药：济生肾气丸加减。

4. 总攻疗法：人体结石主要依靠尿液的冲刷作用和输尿管的蠕动，以及人体活动时结石的重力移动以至排出。而输尿管痉挛、炎症性水肿、排尿功能的减弱等有妨碍结石排出的因素，治疗时要作充分考虑。中西医结合就是从整体观念出发，在治疗结石上，既看到结石的危害，也看到了人体的排石能力，治疗上充分调动和提高这种能力，就能提高结石排出率。综合了中、西医的各种有效方法，形成了独树一帜的"总攻疗法"，提高了疗效。

排石汤Ⅱ号的组成与现代药理：利尿：金钱草、车前子、木通、萹蓄、瞿麦（海金沙、冬葵子）。调整输尿管蠕动：枳实、牛膝、大黄、甘草梢、滑石。抗感染：栀子、大黄、黄柏。止血：石韦、蒲黄、仙鹤草。

"总攻疗法"通常隔天1次，7次为1个疗程，休息2周后可进行下一个疗程，一般不超过2个疗程。

命题考点3　睾丸炎、附睾炎的诊断及鉴别诊断、治疗

【历年真题纵览】

A2 型题

1. 患者，男，32岁。阴囊潮红，睾丸肿痛2天，伴发热恶寒，舌红苔黄腻，脉弦数。其治法是

A. 清热利湿，解毒消肿
B. 疏肝解毒，活血散结
C. 疏肝解郁，清热消肿
D. 凉血解毒，活血散结
E. 扶正托毒，散结解毒

参考答案：A

B1 型题

2.

A. 膀胱炎
B. 附睾结核
C. 附睾炎
D. 前列腺炎
E. 肾结核

①青年男性患者，附睾肿块，溃后脓液稀薄，首先考虑为

②青年男性患者，有短期内不能治愈、反复出现、进行性加重的尿频、尿急、尿痛，伴见终末血尿，首先考虑为

参考答案：①B　②E

【考点评析】

1. 附睾炎多见于中青年，常由泌尿系感染和前列腺炎、精囊炎扩散所致，感染多从输精管逆行传播，血行感染少见。临床表现为发病突然，全身症状明显，可有畏寒、高热，患侧阴囊明显肿胀，阴囊皮肤发红、发热、疼痛，并沿精索、下腹部以及会阴部放射，附睾、睾丸及精索均有增大或增粗，肿大以附睾头、尾部为甚，有时附睾、睾丸界限不清，下坠时疼痛加重，可伴有膀胱刺激症状，血白细胞及中性粒细胞升高。治疗：卧床休息，将阴囊托起，采用止痛、热敷，可用0.5%利多卡因做精索封闭，选用广谱抗生素治疗，病情较重者，尽早静脉用药，脓肿形成切开引流。

2. 慢性附睾炎多由急性附睾炎治疗不彻底形成，部分病人无急性炎症过程，可伴有慢性前列腺炎，可见附睾较硬，呈结节状。显微镜检查可见附睾组织纤维增生，有大量瘢痕组织，附睾小管阻塞，白细胞及浆细胞浸润。临床表现为阴囊有轻度不适，或坠胀痛，休息后好转，附睾局限性增厚及肿大，与睾丸的界限清楚，精索、输精管可增粗，前列腺质地偏硬。治疗应托起阴囊，局部热敷、热水坐浴、理疗可缓解症状，重视前列腺炎的综合治疗，如局部疼痛严重，反复发作，可考虑切除附睾。

3. 中医治疗

（1）湿热下注证　证候：一侧或双侧睾丸、附睾肿胀疼痛，阴囊皮肤红肿疼痛，痛引小腹。伴恶寒发热，头痛，口渴。舌红苔黄腻，脉滑数。治法：清热利湿，解毒消肿。方药：龙胆泻肝汤加减。

（2）火毒炽盛证　证候：睾丸肿痛剧烈，阴囊红肿灼热，若脓成则按之应指，高热，口渴，小便黄赤短少。舌红苔黄腻，脉洪数。治法：清火解毒，活血透脓。方药：仙方活命饮加减。

（3）脓出毒泄证　证候：脓液溃出，色泽黄稠，睾丸肿痛减轻，热退或仍微热；或脓液清稀，创口不收，身困乏力。舌红，苔白，脉细或细数。治法：益气养阴，清热除湿。方药：滋阴除湿汤加减。

（4）寒湿凝滞证　证候：睾丸坠胀隐痛，遇寒加重，自觉阴部发凉，可伴腰酸、遗精。舌淡苔白润，脉弦紧或沉弦。治法：温经散寒止痛。方药：暖肝煎加减。

命题考点4　前列腺炎的临床表现与检查、诊断与鉴别诊断、治疗

【历年真题纵览】

A1 型题

下列关于前列腺炎说法不正确的是

A. 慢性前列腺炎分为细菌性和非细菌性

B. 急性前列腺炎分为细菌性和损伤性

C. 急性细菌性前列腺炎可并发前列腺脓肿

D. 慢性细菌性前列腺炎诊断标准之一是前列腺液检查白细胞 >10 个/高倍视野

E. 慢性前列腺炎可伴有性功能减退

参考答案:B

【考点评析】

1. 急性细菌性前列腺炎:临床表现:发病突然,有寒战和高热、尿频、尿急和排尿痛,会阴部坠胀痛,可发生排尿困难或急性尿潴留,常伴发急性膀胱炎。诊断:有典型的临床表现和急性感染史,直肠指检前列腺肿胀、压痛、局部温度升高、表面光滑,形成脓肿则有饱满感或波动感,感染蔓延可引起精囊炎、附睾炎、菌血症等。治疗:积极卧床休息,输液,应用抗菌药物及大量饮水,并使用止痛、解痉、退热等药物,以缓解症状,少数并发前列腺脓肿,应经会阴切开引流。

2. 慢性前列腺炎:分为细菌性和非细菌性。慢性细菌性前列腺炎临床表现为排尿改变及尿道分泌物,排尿后和便后常有白色分泌物自尿道口流出,疼痛,性功能减退,精神神经症状等。诊断依据有反复的尿路感染发作;前列腺按摩液中持续有致病菌存在。直肠指检前列腺饱满、增大、质软、轻度压痛,前列腺液检查白细胞 >10 个/高倍视野,卵磷脂小体减少。治疗效果往往不理想,可用抗菌药物治疗,综合治疗还包括热水坐浴及理疗、前列腺按摩、中医药治疗等。慢性非细菌性前列腺炎表现类似慢性细菌性前列腺炎,不同的是没有反复发作的尿路感染,体检与临床表现不一定相符。可用抗菌药物、抗衣原体、支原体等治疗。

3. 中医辨证治疗

(1)湿热下注证　主证:尿频、尿急、尿痛,尿道灼热感,排尿不利,尿末或大便时滴白,会阴、少腹、睾丸、腰骶坠胀疼痛,伴发热、恶寒、头身痛楚等。舌红,苔黄腻,脉弦滑或数。治法:清热利湿。方药:八正散或龙胆泻肝汤加减。

(2)气滞血瘀证　主证:病程长,少腹、会阴、睾丸坠胀疼痛,感觉排尿不净。指诊:前列腺压痛明显,质地不均匀,可触及结节。舌质暗或有瘀斑,苔薄白,脉弦滑。治法:活血化瘀,行气止痛。方药:前列腺汤加减。

(3)阴虚火旺证　主证:腰膝酸软,头晕目眩,失眠多梦,五心烦热,遗精或血精,排尿或大便时有白浊,尿道不适。舌红少苔,脉细数。治法:滋阴降火。方药:知柏地黄汤加减。

(4)肾阳虚衰证　主证:腰膝酸痛,手足不温,小便频数,淋漓不尽,阳痿早泄。舌淡胖,苔白,脉沉细。治法:温补肾阳。方药:济生肾气丸加减。

命题考点5　前列腺增生病的临床表现与检查、诊断与鉴别诊断、治疗

【历年真题纵览】

A1 型题

1. 男性老年人排尿困难,最常见于

A. 膀胱肿瘤

B. 尿道结石

C. 前列腺炎

D. 前列腺增生症

E. 尿路感染

参考答案:D

2. 下列除哪项外,均是前列腺增生的常见临床表现

A. 尿频多

B. 夜尿次数增多

C. 排尿困难

D. 尿血

E. 严重者可出现肾功能受损

参考答案:D

A2 型题

3. 患者,男,65 岁。有前列腺增生病史,小便频数不爽,淋漓不尽,伴头晕目眩,腰膝痠软,尿黄而热,舌红少苔,脉细数。治疗应首选

A. 抵当丸

B. 肾气丸

C. 知柏地黄汤

D. 前列腺汤

E. 八正散

参考答案:C

【考点评析】

1. 临床表现:多在50岁以后出现症状,症状决定于引起梗阻的程度、病变发展速度以及是否合并感染等。尿频是最常见的早期症状,夜间更为明显,排尿困难是前列腺增生最重要的症状,病情发展缓慢,典型表现是排尿迟缓、断续,尿流细而无力、射程短,终末滴沥,排尿时间延长,当梗阻加重达一定程度时,可出现充溢性尿失禁,合并感染或结石时,可出现明显的尿频、尿急、尿痛症状,并可出现血尿。

2. 诊断:根据典型的临床表现,对前列腺增生的诊断一般并不困难,一般需做直肠指检、B超、尿流率检查,前列腺特异性抗原(PSA)测定,放射性核素肾图检查等,需要与膀胱颈挛缩、前列腺癌、尿道狭窄、神经源性膀胱功能障碍等疾病鉴别。

3. 治疗:未引起梗阻者一般不需处理,梗阻较轻或不能耐受手术者可采用药物治疗或姑息性手术,膀胱残余尿量超过50 ml或既往出现过急性尿潴留,全身状况能耐受手术者,应争取早日手术治疗。

4. 中医治疗

(1)湿热下注证　证候:小便频数,排尿不畅,甚或点滴而下,尿黄而热,尿道灼热或涩痛,小腹拘急胀痛,口苦而黏,或渴不欲饮。舌红,苔黄腻,脉弦数或滑数。治法:清热利湿,通闭利尿。方药:八正散加减。

(2)气滞血瘀证　证候:小便不畅,尿线变细或尿液点滴而下,或尿道闭塞不通,小腹拘急胀痛。舌质紫黯或有瘀斑,脉弦或涩。治法:行气活血,通窍利尿。方药:沉香散加减。

(3)脾肾气虚证　证候:尿频不爽,排尿无力,尿线变细,滴沥不畅,甚者夜间遗尿,倦怠乏力,气短懒言,食欲不振,面色无华,或气坠脱肛。舌淡,苔白,脉细弱无力。治法:健脾温肾,益气利尿。方药:补中益气汤加减。

(4)肾阳衰微证　证候:小便频数,夜间尤甚,排尿无力,滴沥不爽或闭塞不通,神疲倦怠,畏寒肢冷,面色㿠白。舌淡,苔薄白,脉沉细。治法:温补肾阳,行气化水。方药:济生肾气丸加减。

(5)肾阴亏虚证　证候:小便频数不爽,淋漓不尽,尿少热赤,神疲乏力,头晕耳鸣,五心烦热,腰膝酸软,咽干口燥。舌红,苔少或薄黄,脉细数。治法:滋补肾阴,清利小便。方药:知柏地黄丸。

命题考点6　泌尿、男性生殖系统肿瘤

【历年真题纵览】

A1型题

下列关于男性生殖系统肿瘤说法不正确的是

A. 肾癌是泌尿系统中最常见的肿瘤

B. 膀胱癌绝大多数来自上皮组织

C. 肾癌常累及一侧肾脏

D. 肾癌组织病理学检查的透明细胞由肾小管上皮细胞发生

E. 肾癌常见的症状有血尿和肿块

参考答案:A

【考点评析】

1. 膀胱肿瘤:是泌尿系统中最常见的肿瘤,绝大多数来自上皮组织,90%为移行上皮肿瘤,与长期接触某些致癌物质、吸烟、膀胱慢性感染及异物长期刺激等原因有关。临床表现:发病年龄大多数为50～70岁,男性发病率显著高于女性。血尿是膀胱癌最常见和最早出现的症状,常表现为间歇性肉眼血尿,可自行减轻或停止,出血量多少和肿瘤大小、数目及恶性程度不成比例;尿频、尿急、尿痛多为膀胱肿瘤的晚期表现,浸润癌晚期可在下腹部耻骨上区触及肿块,坚硬,排尿后不消退,腰骶部疼痛,肾积水等。辅助检查包括尿检查、影像学检查、膀胱镜检查和膀胱双合诊等。治疗:以手术治疗为主,原则上Ta、T1及局限的T2期肿瘤,可采用保留膀胱的手术,较大、多发、反复发作及分化不良的T2期肿瘤和T3期肿瘤以及浸润性鳞癌和腺癌,应行膀胱全切除术。

2. 肾癌:常累及一侧肾脏,多单发。组织病理多样,透明细胞是其主要构成部分,由肾小管上皮细胞发生。高发年龄是50～70岁。常见的临床表现有血尿、疼痛和肿块;发热、高血压、血沉快等;转移症状。辅助检查有B超、X线检查、CT、MRI等。治疗:根治性肾切除术是肾癌最主要的治疗方法。

3. 肾癌中医治疗

(1)脾肾两虚证　证候:尿血,腰痛,腰部肿块,纳差,恶心,呕吐,形体消瘦,倦怠乏力,面色不华。舌质淡,苔薄白,脉沉细无力。治法:健脾益肾,软坚散结。方药:四物汤合右归饮加减。

(2)肾阴亏虚证　证候:小便短赤带血,潮热盗汗,口燥咽干,腰膝酸软,腰痛、肿块。舌质红,少苔,脉细数。治法:养阴清热凉血。方药:知柏地黄汤加减

(3)湿热蕴结证　证候:腰痛,坠胀不适,尿血,低热,身沉困,饮食不佳,腰腹部肿块。舌体胖,苔白腻,脉滑数。治法:清热利湿,解毒化瘀。方药:八正散加减。

(4)瘀血内阻证　证候:面色晦暗,血尿频发,腰痛,腰腹部肿物日渐增大,肾区憋胀不适,口干舌燥。舌质紫暗或有瘀斑,舌苔薄黄,脉弦。治法:活血化瘀,理气散结。方药:桃红四物汤加减。

(5)气血两虚证　证候:久病体倦,疲乏无力,自汗,盗汗,面色无华,血尿时作,腰痛腹胀,贫血消瘦,行动气促,有时咳嗽伴有低热,口干而不欲饮。舌质红,脉细弱。治法:补益气血。方药:八珍汤加减。

4. 膀胱癌中医治疗

(1)肝气郁滞证　证候:尿血,胁痛,口苦咽干,烦躁易怒。舌质红,苔薄黄,脉弦。治法:疏肝解郁,通利小便。方药:沉香散加减。

(2)湿热下注证　证候:尿血,尿频数,尿痛,小腹胀满,口渴不欲饮,舌质红,苔黄腻,脉滑数。治法:清热利湿,通利小便。方药:八正散加减。

(3)气血两虚证　证候:尿血,面色苍白,倦怠乏力,自汗,盗汗。舌质淡,苔薄白,脉沉细无力。治法:益气养血,通利小便。方药:四君子汤合四物汤加减。

第十九单元　肛门直肠疾病

命题考点1　痔辨证与治疗

【历年真题纵览】

A1 型题

1. 肛门直肠疾病手术时最常用的体位是

A. 侧卧位
B. 截石位
C. 膝胸位
D. 倒置位
E. 蹲位

参考答案:B

A2 型题

2. 患者二期内痔,便血鲜红,便时有物脱出,口渴,大便秘结,舌苔黄,脉浮数。治疗应首选

A. 龙胆泻肝汤
B. 五神汤
C. 归脾汤
D. 小承气汤
E. 凉血地黄汤

参考答案:E

3. 内痔,症见肛门下坠感,痔核脱出,需用手法复位,便血色鲜淡,面色少华,神疲乏力,少气懒言,纳少便溏。舌淡胖,边有齿痕,苔薄白,脉弱。辨证应为

A. 风伤肠络
B. 湿热下注
C. 气滞血瘀
D. 脾虚气陷
E. 阴虚火旺

参考答案:D

B1 型题

4.

A. 凉血地黄汤
B. 止痛如神汤
C. 桃仁承气汤
D. 补中益气汤
E. 脏连丸

①内痔,风伤肠络证治宜
②内痔,脾虚气陷证治宜
③内痔,气滞血瘀证治宜
④内痔,湿热下注证治宜

参考答案:①A　②D　③B　④E

【考点评析】

1. 内痔内治:①风伤肠络:便血、滴血、射血,色鲜红,或伴肛门瘙痒。舌红苔薄黄,脉浮数。治法:清热祛风,凉血止血。常用方为:凉血地黄汤。②湿热下注:便血色鲜,量较多,痔核脱出可自行回纳,肛门灼热。舌红苔薄黄腻,脉弦数。治法:清热渗湿凉血止血,常用方为:脏连丸。③气滞血瘀:痔核脱出,甚或嵌顿有血栓形成,水肿疼痛明显。舌暗红,苔白或黄,脉弦细涩。治法:活血止痛,清热利湿,常用方为:止痛如神汤。④脾虚气陷:肛门坠胀,痔核脱出需手法复位,便血色淡红。舌胖淡,边有齿痕,苔薄白,脉弱无力。治法:健脾补中,益气升提,常用方为:补中益气汤。

2. 内痔外治:①熏洗法:适应证:各期内痔及内痔脱出或伴脱肛者。功用:活血止痛,收敛消肿。药用:五倍子汤、苦参汤。②外敷法:适应证:各期内痔及手术后换药。功用:消肿止痛,收敛止血,祛腐生肌。药用:消痔膏,五倍子散。③塞药法:将药锭塞入肛内。适用于Ⅰ、Ⅱ期内痔。功用:凉血止血,药用:痔疮锭。④枯痔法:适应证:用于Ⅱ、Ⅲ期脱出的痔核(已少用)。功用:腐蚀痔核使之干枯坏死。

3. 外痔中的结缔组织外痔一般无需治疗，当外痔发炎肿痛时，可用熏洗法或外敷黄连膏，对于结缔组织外痔反复发炎或赘皮较长影响清洁卫生者，可考虑手术切除。静脉曲张性外痔的内治法可用清热除湿活血散瘀为主，用革薢化毒汤合活血散瘀汤加减，一般不需外治，当肿胀疼痛时，可用苦参汤加减熏洗，外敷黄连膏，单纯性静脉曲张性外痔可做静脉丛切除术。血栓性外痔内治法以清热凉血为主，用凉血地黄汤加减，外治法初起时可用苦参汤熏洗，外敷黄连膏，可做血栓外痔剥离术。

4. 混合痔的内治法与内痔相同，手术一般可做外痔剥离、内痔结扎法。

命题考点2　痔的分类和病理、临床表现与检查、诊断与鉴别诊断、治疗

【历年真题纵览】

A1 型题

1. 下列哪项不是肛门直肠周围脓肿切开挂线疗法的适应证

A. 坐骨直肠窝脓肿
B. 高位肌间脓肿
C. 骨盆直肠间隙脓肿
D. 肛门前低位脓肿
E. 直肠黏膜下脓肿

参考答案：D

2. 内痔的主要症状是

A. 便血、脱出、周期性疼痛
B. 便秘、便血、便脓
C. 便后肛门疼痛、便血
D. 便血、脱出
E. 便秘、便脓血、脱出

参考答案：D

3. 混合痔的临床特点是

A. 既有内痔，又有外痔
B. 内痔并有结缔组织外痔
C. 内痔部分与外痔部分结合
D. 内痔部分与外痔部形成一整体
E. 以上都不是

参考答案：D

4. 哪一个不是肛门直肠疾病的常见症状

A. 便血
B. 便秘
C. 疼痛
D. 脱垂
E. 发热

参考答案：E

5. 痔不包括

A. 内痔
B. 外痔
C. 混合痔
D. 钩肠痔
E. 血栓外痔

参考答案：D

6. 内痔辨证为风伤肠络证型，宜选用

A. 脏连丸
B. 凉血地黄汤加减
C. 止痛如神汤加减
D. 补中益气汤加减
E. 黄连解毒汤加减

参考答案：B

A2 型题

7. 患者便血，色鲜红，伴有肿物脱出肛外，便后可自行复位。应首先考虑的是

A. 肛裂
B. 一期内痔
C. 二期内痔
D. 三期内痔
E. 直肠息肉

参考答案：C

8. 患者，女，34 岁。肛门周围红肿 8 天。检查：截石位肛门 5 点处有 6 cm × 3 cm 红肿区，灼热，无波动感，压痛明显。其诊断是

A. 肛瘘
B. 肛门直肠周围脓肿
C. 肛裂
D. 肛门边缘脂肪瘤
E. 肛周平滑肌瘤

参考答案：B

B1 型题

9.

A. 脓血便
B. 便血
C. 便秘
D. 流脓
E. 周期性疼痛

①内痔的主要临床表现是
②肛裂的主要临床表现是

参考答案：①B　②E

10.

A. 注射术

B. 外剥内扎术

C. 挂线术

D. 切开引流术

E. 纵切横缝术

①陈旧性肛裂用

②肛瘘用

③内痔用

参考答案:①E ②C ③A

【考点评析】

1. 临床表现:内痔主要临床表现是出血和脱出,无痛性间歇性便后出鲜血是内痔的常见症状,未发生血栓、嵌顿、感染时单纯性内痔无疼痛,部分病人可伴有排便困难,内痔的好发部位是截石位3、7、11点;外痔主要临床表现是肛门不适、潮湿不洁,有时有瘙痒,如发生血栓形成及皮下血肿则有剧痛,血栓性外痔最常见;混合痔表现为内痔和外痔的症状可同时存在。

2. 诊断:主要肛门直肠检查,需与直肠癌、直肠息肉、直肠脱垂等疾病鉴别。

3. 治疗:应遵循三个原则:无症状的痔无需治疗;有症状的痔重在减轻、消除症状,而非根治;以保守治疗为主。①一般治疗:在痔的初期和无症状静止期的痔,只需增加纤维性食物,改变不良的大便习惯,保持大便通畅,防治便秘和腹泻。②注射疗法:治疗Ⅰ、Ⅱ度出血性内痔的效果较好。③红外线瘢痕疗法:适用于Ⅰ、Ⅱ度内痔。④胶圈套扎疗法:可用于治疗Ⅰ、Ⅱ、Ⅲ度内痔。⑤手术治疗包括痔单纯切除术,主要治疗Ⅱ、Ⅲ度内痔和混合痔;吻合器痔上黏膜环切术,主要适用于Ⅱ、Ⅲ度内痔,环状痔和部分Ⅳ度内痔;血栓外痔剥离术,用于治疗血栓性外痔。

第二十单元　周围血管疾病

命题考点1　血栓闭塞性脉管炎的病因病理、临床表现与检查、诊断与鉴别诊断、治疗

【历年真题纵览】

A1 型题

1. 下列哪项不是血栓闭塞性脉管炎的发病因素

A. 吸烟

B. 寒冷和感染

C. 动脉粥样硬化

D. 激素的影响

E. 血管神经调节障碍

参考答案:C

2. 血栓闭塞性脉管炎的早期临床表现主要是

A. 患肢发冷

B. 患肢剧痛

C. 间歇性跛行

D. 静息痛

E. 足背动脉搏动消失

参考答案:C

B1 型题

3.

A. 间歇性跛行

B. 静息痛

C. 趾端发黑,溃疡形成

D. "5P"征

E. 苍白、发绀、潮红

①血栓闭塞性脉管炎营养障碍期的主要临床表现为

②血栓闭塞性脉管炎局部缺血期的主要临床表现为

参考答案:①B ②A

【考点评析】

1. 病因病理:血栓闭塞性脉管炎是一种累及血管的炎症性、阶段性和周期发作性的慢性闭塞性疾病,主要侵袭四肢中小动静脉,尤其是下肢血管,好发于男性青壮年。相关因素有外来因素,如吸烟、寒冷与潮湿的生活环境等;内在因素,如自身免疫功能紊乱、性激素和前列腺素失调以及遗传因素等。

2. 临床表现:起病隐匿,进展缓慢,常呈周期性发作,经过较长时间后症状逐渐明显和加重,主要有患肢怕冷,皮肤温度降低;皮肤色泽苍白或发绀;感觉异常;患肢疼痛,间歇性跛行;长期慢性缺血导致组织营养障碍改变;患肢的远侧动脉搏动减弱或消失;患肢在发病前或发病过程中出现复发性游走性浅静脉炎。临床分为四期。

3. 检查和诊断:临床诊断要点:大多数病人为青壮年男性,多数有吸烟嗜好;患肢有不同程度的缺血性症状;有游走性浅静脉炎病史;患肢足背动脉或胫后动脉搏动减弱或消失;一般无高血压、高脂血症、糖尿病等易致动脉硬化的因素。特殊检查有肢体血流图、超声多普勒检查、动脉造影等。本病应与其他

动脉缺血性疾病如动脉粥样硬化性闭塞、多发性大动脉炎等鉴别。

4. 治疗：处理原则应着重于防止病情进展，改善和增进下肢血液循环。一般疗法：严格戒烟，防止受冷、受潮和外伤，疼痛严重者，可用止痛剂及镇静剂，患者进行锻炼；中药治疗；扩张血管及抑制血小板聚集的药物；高压氧疗法；手术治疗，目的是增加肢体血供和重建动脉血流通道，改善缺血引起的后果。

5. 中医治疗

(1)辨证论治

①寒湿证：温阳通脉，祛寒化湿，阳和汤加减。

②血瘀证：活血化瘀，通络止痛，桃红四物汤加减。

③热毒证：清热解毒，化瘀止痛，四妙勇安汤加减。

④气血两虚证：补养气血，益气通络，十全大补丸加减。

⑤肾虚证：肾阳虚者温补肾阳，肾阴虚者滋补肾阴；肾阳虚者用附桂八味丸加减，肾阴虚者用六味地黄丸加减。

(2)专病专方

①中成药：如通塞脉片、复方丹参片等。

②静脉药物：常用药物有脉络宁、川芎嗪、血栓通注射液等。

(3)其他疗法：还可用中药离子导入法、按摩等。

(4)针灸治疗。

(5)外治：中药熏洗、中药外敷。

命题考点2　下肢深静脉血栓形成的病因病理、临床表现与检查、治疗

【历年真题纵览】

B1 型题

A. 四妙勇安汤
B. 阳和汤
C. 桃红四物汤
D. 附桂八味丸
E. 六味地黄丸

①脱疽血瘀证治疗用

②脱疽热毒证治疗用

参考答案：①C　②A

【考点评析】

1. 病因病理：静脉损伤、血流缓慢和血液高凝状态是造成深静脉血栓形成的三大因素。

2. 临床表现：

(1)根据急性期血栓形成的解剖部位分型：①中央型，即髂－股静脉血栓形成，主要表现为起病急迫，全下肢明显肿胀，患侧髂窝、股三角区有疼痛和压痛，浅静脉扩张，患肢皮温及体温均升高，左侧发病多于右侧；②周围型，包括股静脉血栓形成及小腿深静脉血栓形成，局限于股静脉的血栓形成，表现为大腿疼痛，下肢肿胀不严重，局限在小腿部的深静脉血栓形成表现为突然的小腿剧痛，患足不能着地踏平，行走时症状加重，小腿肿胀且有深压疼痛，Homans 征阳性；③混合型，即全下肢深静脉血栓形成，表现为全下肢肿胀、剧痛，股三角区、腘窝、小腿肌层都可有压痛，常有体温升高和脉率加快，严重者可出现皮肤温度明显降低并呈青紫色，可发生静脉性坏疽。

(2)根据临床病程演变分为闭塞型、部分再通型、再通型和再发型。

3. 检查和诊断：一侧肢体突然发生的肿胀，伴有胀痛、浅静脉扩张，有下肢深静脉血栓形成的可能，结合不同部位的深静脉血栓形成的临床表现特点，一般不难作出诊断。辅助检查有超声多普勒检查、放射性核素检查、下肢静脉顺行造影等。

4. 预防和治疗：手术、制动、血液高凝状态是发病的高危因素，给予抗凝、祛聚药物，四肢主动运动和早期离床活动，是主要的预防措施。非手术治疗包括一般处理如卧床休息，抬高患肢，适当利用利尿剂等，起床活动，应穿弹力袜或用弹力绷带等；溶栓疗法；抗凝疗法；祛聚疗法等。手术治疗最常用于下肢深静脉血栓形成，尤其是髂－股静脉血栓形成而病期不超过 48 小时者。

5. 中医治疗

(1)辨证论治

湿热蕴阻、气滞血瘀证：理气活血兼清热利湿，桃红四物汤合萆薢渗湿汤加减。

气虚血瘀、寒湿凝滞证：益气活血，通阳利水，补阳还五汤合阳和汤加减。

(2)专病专方：血府逐瘀丸、大黄䗪虫丸等。针剂有脉络宁、复方丹参注射液、川芎嗪注射液等。

(3)外治：熏洗疗法。

命题考点3　原发性下肢静脉曲张的临床表现与检查、治疗

【历年真题纵览】

A1 型题

原发性下肢静脉曲张的临床表现没有

A. 下肢浅静脉扩张、伸长和迂曲

B. 皮肤萎缩

C. 色素沉着

D. 皮肤和皮下组织硬结

E. 间歇性跛行

参考答案:E

【考点评析】

1. 临床表现:原发性下肢静脉曲张指单纯涉及隐静脉,浅静脉伸长、迂曲而呈曲张状态,多发生于从事持久站立工作、体力活动强度高或久坐少动的人。静脉壁软弱、静脉瓣膜缺陷以及浅静脉内压力升高,是引起浅静脉曲张的主要原因。主要表现为下肢浅静脉扩张、伸长、迂曲,交通瓣膜破坏后,可出现踝部轻度肿胀和足靴区皮肤营养性变化,包括皮肤萎缩、脱屑、瘙痒、色素沉着、皮肤和皮下组织硬结、湿疹和溃疡形成等。

2. 检查:大隐静脉瓣膜功能试验;深静脉通畅试验;交通静脉瓣膜功能试验等。

3. 治疗:①非手术治疗:主要包括患肢穿弹力袜或用弹力绷带,避免久坐、久站,非手术疗法仅能改善症状,适用于病变局限、症状轻微,妊娠期发病,症状虽明显,但手术耐受力极差者。②硬化剂注射和压迫疗法:适用于少量、局限的病变,或作为手术的辅助疗法。③手术疗法:手术是根本的治疗方法,凡有症状且无禁忌证者都应手术治疗,手术包括大隐或小隐静脉高位结扎及主干与曲张静脉剥脱术。

4. 中医治疗

(1)辨证论治

①气血瘀滞证:行气活血,祛瘀除滞,柴胡疏肝散加减。

②湿热瘀阻证:清热利湿,活血祛瘀,萆薢渗湿汤合大黄䗪虫丸加减。

(2)专病专方:迈之灵、七叶皂苷钠和川芎嗪注射液等。

(3)外治法:熏洗疗法、敷药疗法。

中西医结合妇科学

第一单元　女性生殖系统解剖

命题考点1　骨盆的组成

【历年真题纵览】

A1 型题

1. 以下不属于骨盆构成的是
   A. 骶骨
   B. 尾骨
   C. 耻骨
   D. 坐骨
   E. 股骨

参考答案:E

2. 以下属于骨盆构成的是
   A. 骶骨、尾骨和一块髋骨
   B. 尾骨、耻骨和坐骨
   C. 骶骨、尾骨和左右两块髋骨
   D. 腰椎骨、尾骨和髋骨
   E. 股骨、耻骨和坐骨

参考答案:C

【考点评析】

骨盆由骶骨、尾骨和左右两块髋骨组成。每块髋骨由髂骨、坐骨和耻骨组成。

命题考点2　骨盆的分界

【历年真题纵览】

A1 型题

关于骨盆的分界错误的是
   A. 经耻骨联合上缘,两侧髂耻线到骶骨髂上缘的连线,将骨盆分为两部分
   B. 骨盆分为真骨盆和假骨盆
   C. 真骨盆大小、形态与分娩有关
   D. 假骨盆与分娩有直接关系
   E. 真假骨盆交界面呈椭圆形

参考答案:D

【考点评析】

经耻骨联合上缘,两侧髂耻线到骶骨髂上缘的连线,将骨盆分为两部分,连线以上称假骨盆,连线以下称真骨盆。假骨盆与分娩无直接关系。真骨盆大小、形态与分娩有关。

命题考点3　外阴的范围

【历年真题纵览】

A1 型题

1. 外生殖器不包括
   A. 阴阜
   B. 阴唇
   C. 前庭
   D. 前庭大腺
   E. 阴道

参考答案:E

2. 下列哪项为黏膜组织
   A. 阴道
   B. 阴阜
   C. 大阴唇
   D. 处女膜
   E. 小阴唇

参考答案:D

B1 型题

3.
   A. 大阴唇
   B. 小阴唇
   C. 前庭大腺
   D. 阴道前庭
   E. 处女膜

①发生感染时,最易形成炎症及脓肿的部位是
②局部受伤时,最易出血,形成血肿的部位是
参考答案:①C　②A

【考点评析】

外阴的范围和组成:外阴包括阴阜、阴唇、前庭、前庭大腺及会阴。大阴唇皮下脂肪层含丰富的血管、淋巴管和神经,局部受伤时,易出血形成血肿。前庭大腺正常情况下不能触及,发生感染时,腺管口闭塞,易形成脓肿。

命题考点 4 内生殖器及其功能

【历年真题纵览】

A1 型题

下列关于子宫的叙述,错误的是

A. 位于骨盆腔中央

B. 宫腔呈上窄下宽的三角形

C. 主月经

D. 主孕育胎儿

E. 形态似腑,功能似脏

参考答案:B

【考点评析】

女性内生殖器包括:阴道、子宫、输卵管、卵巢,输卵管和卵巢常被称作附件。子宫呈倒三角形。

命题考点 5 中医对女性生殖器的认识

【历年真题纵览】

A1 型题

1. 中医对子宫的认识错误的是

A. 子宫名首见于《神农本草经》

B. 子宫在中医中称为女子胞、胞宫

C. 子宫形态首先由张仲景描写

D. 胞宫是奇恒之腑

E. 胞宫主月经和孕育胎儿

参考答案:C

2. 下列除哪项外均为"子宫"别名

A. 胞脏

B. 子处

C. 子脏

D. 子门

E. 血室

参考答案:D

【考点评析】

子宫名首见于《神农本草经》。子宫在中医中称为女子胞、胞宫,又名胞脏、子脏、子处、血脏、血室等。子宫形态首先由朱丹溪描写。胞宫是奇恒之腑,主月经和孕育胎儿。子门是子宫颈部位。

第二单元 女性生殖系统生理

命题考点 1 月经及月经期的临床表现

【历年真题纵览】

A1 型题

关于正常女子月经的描述错误的是

A. 初潮年龄为 11~18 岁

B. 月经周期一般为 28~30 天

C. 每次行经时间为 3~7 天

D. 每次月经量约为 200 ml

E. 月经血一般为暗红色,不凝固

参考答案:D

【考点评析】

初潮年龄为 11~18 岁,月经周期一般为 28~30 天,每次行经时间为 3~7 天,每次月经量约为50 ml,月经血一般为暗红色,不凝固。

命题考点 2 卵巢的功能

【历年真题纵览】

A1 型题

关于卵巢功能正确的是

A. 提供成熟卵子,提供支持生殖的内分泌

B. 产生月经

C. 孕育胎儿

D. 为卵子提供通道

E. 性交器官

参考答案:A

【考点评析】

卵巢的功能在于保障生物体的繁殖传代,一是提供成熟卵子;二是提供支持生殖的内分泌。

命题考点 3 卵巢的周期性变化

【历年真题纵览】

A1 型题

1. 关于卵巢周期性变化错误的是

A. 成熟黄体能分泌大量雌激素
B. 排卵时卵母细胞和卵丘同时被挤出
C. 排卵后血体变成黄体
D. 卵泡发育成熟且排卵一个月只能有一个
E. 卵巢内有数个始基卵泡同时发育

参考答案:A

B1 型题

2.
A. 4 ~5 天
B. 7 ~8 天
C. 9 ~10 天
D. 11 ~12 天
E. 13 ~14 天

①若卵子排出后未受精,黄体开始萎缩的时间,是在排卵后的

②黄体发育成熟的时间,在排卵后

参考答案:①C ②B

【考点评析】

卵巢内有数个始基卵泡同时发育,但卵泡发育成熟且排卵一般一个月只有一个。卵母细胞和卵丘同时被挤出,称为排卵。排卵后血体变成黄体,成熟黄体能分泌大量孕激素。排卵后 7 ~8 天黄体成熟,如果卵子受精,则黄体继续发育,称为妊娠黄体,10 周后妊娠黄体开始退化,由胎盘逐渐取代其功能;如卵子未受精,黄体于排卵后 9 ~10 天开始萎缩。

命题考点 4 卵巢激素及其生理作用

【历年真题纵览】

A1 型题

1. 关于孕激素的生理作用,正确的是
A. 使子宫肌松弛,对外界的反应能力增强
B. 使乳腺管增生不足
C. 孕激素使阴道上皮细胞增生
D. 孕激素通过对下丘脑的正反馈作用,影响脑垂体促性腺激素的分泌
E. 孕激素能促进水与钠的排泄

参考答案:E

2. 关于雌激素的生理作用,错误的是
A. 使子宫收缩力增强,对外界的反应能力增强
B. 使乳腺管增生,乳头、乳晕着色
C. 使阴道上皮细胞增生
D. 使宫颈口松弛,宫颈黏液分泌增加、变稀
E. 能促进水与钠的排泄

参考答案:E

B1 型题

3.
A. 使阴道上皮细胞增生、角化
B. 使增生期子宫内膜转变为分泌期内膜
C. 促进卵泡发育,使成熟卵泡排卵
D. 促进黄体发育生成
E. 刺激生乳素的分泌

①孕激素的生理功能是

②雌激素的生理功能是

参考答案:①B ②A

【考点评析】

1. 雌激素的生理功能:促使子宫发育,肌层变厚,并使子宫收缩力增强,增加子宫平滑肌对缩宫素的敏感性;使子宫内膜呈增生期变化;使宫颈口松弛,宫颈黏液分泌增加、变稀、易拉成丝状,出现羊齿状结晶;促进输卵管发育,加强输卵管节律性收缩的振幅;使阴道上皮细胞增生角化,阴唇发育丰满;使乳腺管增生,乳头、乳晕着色;促进第二性征的发育;促进卵泡的发育;通过对下丘脑的正负反馈调节,控制脑垂体促性腺激素的分泌;促进水与钠的潴留;促总胆固醇、β-脂蛋白减少,降低胆固醇与磷脂的比例,有利于防止冠状动脉硬化;促进钙的沉积,绝经期后由于雌激素缺乏而导致骨质疏松。

2. 孕激素的生理功能:使子宫平滑肌松弛,降低妊娠子宫对缩宫素的敏感性,有利于孕卵在子宫腔内;使增生期子宫内膜转化为分泌期内膜,为孕卵着床做好准备;使宫颈口闭合,黏液减少、变稠、拉丝度减少,结晶减少;抑制输卵管平滑肌节律性收缩的振幅;使阴道上皮细胞脱落加快对乳腺的作用:在雌激素作用的基础上,促进乳腺腺泡的发育。对脑垂体的影响:通过对下丘脑的负反馈,影响脑垂体促性腺激素的分泌;能通过中枢神经系统升高体温。正常妇女在排卵后基础体温可升高 0.3 ~0.5℃;能促进水与钠的排泄。

命题考点 5 子宫内膜周期性变化特点

【历年真题纵览】

A1 型题

1. 下列关于子宫内膜周期性变化的描述,错误

的是

A. 增生早期

B. 增生晚期

C. 排卵期

D. 分泌期

E. 月经期

参考答案:C

2. 增殖期为月经周期的

A. 第5~14天

B. 第15~23天

C. 第23~28天

D. 第1~4天

E. 第7~14天

参考答案:A

【考点评析】

卵巢的周期性变化通过激素使子宫内膜也产生相应的变化。增殖期为月经周期的第5~14天,子宫内膜显著增殖是本期特点。分泌期为月经周期的第15~23天。月经前期为月经周期的第23~28天,此时血中雌、孕激素水平急剧下降,子宫内膜出现退行性变化,血管内血流不畅。月经期为月经周期的第1~4天,子宫内膜剥脱出血是本期的特点。

命题考点6 下丘脑促性腺激素释放激素

【历年真题纵览】

A1 型题

下丘脑促性腺激素释放激素描述正确的是

A. 调控卵巢产生雌激素

B. 调控垂体分泌促卵泡素和黄体生成素

C. 调控卵巢产生孕激素

D. 调控垂体产生雌激素

E. 调控垂体产生孕激素

参考答案:B

【考点评析】

下丘脑促性腺激素释放激素调控垂体分泌促卵泡素和黄体生成素。

命题考点7 腺垂体生殖激素

【历年真题纵览】

A1 型题

1. 腺垂体生殖激素描述错误的是

A. 能够分泌促卵泡素

B. 能够分泌黄体生成素

C. 促性腺激素由腺垂体嗜酸性细胞分泌

D. 生乳素由嗜酸性细胞分泌

E. 对性激素的释放起到调节作用

参考答案:C

【考点评析】

腺垂体生殖激素包括促卵泡素和黄体生成素,由垂体前叶嗜碱性细胞分泌。腺垂体嗜酸性细胞分泌生乳素。

命题考点8 卵巢激素的反馈作用

【历年真题纵览】

A1 型题

卵巢激素的反馈作用错误的是

A. 可以产生正反馈

B. 可以产生负反馈

C. 大量雌激素抑制下丘脑分泌卵泡刺激素释放激素

D. 大量雌激素兴奋下丘脑分泌黄体生成素释放激素

E. 卵巢性激素释放减少,增强对下丘脑的抑制,新的周期开始

参考答案:E

【考点评析】

大量雌激素抑制下丘脑分泌卵泡刺激素释放激素,为负反馈;同时兴奋下丘脑分泌黄体生成素释放激素,为正反馈。月经来潮后卵巢性激素释放减少,减弱对下丘脑的抑制,新的周期开始。

命题考点9 月经周期的调节机制

【历年真题纵览】

A2 型题

某女，29岁，月经周期22～23天，量较多，测基础体温为双相。此患者可由于何种原因而引起不孕或流产

A. 黄体功能不全

B. 黄体萎缩不全

C. 无排卵

D. 排卵型月经过多

E. 以上均不是

参考答案：A

【考点评析】

月经的内分泌调节依靠下丘脑－垂体－卵巢轴(HPOA)进行。在下丘脑促性腺激素择放激素(GnRH)的控制下，垂体分泌卵泡刺激素(FSH)和黄体生成素(LH)，卵巢性激素的产生依赖于FSH和LH的作用，而子宫内膜的周期性变化又受到卵巢性激素的调控。

命题考点10 中医有关月经的概念和认识

【历年真题纵览】

A1 型题

1. 身无病，每三月一行经者称

A. 闭经

B. 暗经

C. 居经

D. 激经

E. 并月

参考答案：C

2. 关于天癸说法错误的是

A. 天癸就是月经

B. 先有天癸后有月经

C. 天癸男女都具有

D. 天癸是精的一种

E. 肾气盛才能天癸至

参考答案：A

【考点评析】

月经惯常二月一至的称并月；一年一行的称避年；终身不行经而能受孕的称暗经；受孕之穿越行经而无损于胎儿的称激经。

命题考点11 中医有关月经产生及调节相关脏腑、经络、气血理论

【历年真题纵览】

A1 型题

1. 与月经产生没有直接关系的脏腑是

A. 胆

B. 肺

C. 肾

D. 脾

E. 胃

参考答案：A

2. 中医认为月经的产生是以哪项协调作用于胞宫的结果

A. 冲、任、督、带诸脉

B. 心、肝、脾、肾诸脏

C. 天癸、胞脉、胞宫

D. 卫气、营血、天癸

E. 脏腑、气血、经脉、天癸

参考答案：E

【考点评析】

与月经产生有直接关系的脏腑是心、肝、脾、胃、肾、肺，心主血，肝藏血，脾统血，胃主受纳腐熟，与脾同为生化之源；肾藏精，精化血；肺朝百脉而输布精微。可见脏腑在月经产生的机理上有重要作用。

第三单元 妊娠生理

命题考点1 受精与受精卵发育、输送及着床的机理

【历年真题纵览】

A1 型题

受精卵开始着床的时间是受精后

A. 第3日

B. 第 4 日
C. 第 5 日
D. 第 6 ~ 7 日
E. 第 9 ~ 10 日
参考答案:D

【考点评析】

成熟卵子与精子结合的过程称为受精。受精卵借助输卵管蠕动和纤毛推动,向宫腔方向移动。受精卵在受精后 3 天分裂为囊胚,第 4 天进入宫腔,第 6 ~ 7 天开始着床。受精后第 6 ~ 7 日,晚期囊胚透明带消失之后侵入子宫内膜的过程称受精卵着床。

命题考点 2 胎儿附属物的功能

【历年真题纵览】

A1 型题

1. 胎儿附属物不包括
A. 胎盘
B. 胎膜
C. 胎脂
D. 脐带
E. 羊水
参考答案:C

2. 胎盘的功能不包括
A. 免疫功能
B. 气体交换
C. 营养作用
D. 保持胎儿恒温
E. 排泄作用
参考答案:D

3. 有关羊水的功能,错误的描述是
A. 隔离羊膜与胎体,以免发生粘连,导致畸形
B. 通过羊水抽样作染色体检查,了解胎盘功能、胎儿成熟度等
C. 临产时传导宫腔压力,促使宫口扩张
D. 产生部分内分泌激素
E. 破膜时羊水可冲洗阴道,防止感染
参考答案:E

【考点评析】

1. 胎儿附属物是指胎儿以外的组织,包括胎盘、胎膜、脐带、羊水;胎脂不属于胎儿附属物。

2. 胎盘有免疫功能、气体交换、营养作用、排泄作用、防御功能和内分泌功能。内分泌功能分泌的激素有绒毛膜促性腺激素、胎盘生乳素、雌激素、孕激素、妊娠特异性 β_1 糖蛋白、绒毛膜促甲状腺激素、缩宫素酶、耐热性碱性磷酸酶;不分泌雄激素。

3. 羊水的功能:保证胎儿一定限度的活动;供给胎儿一定的营养;保持胎儿恒温;保护胎儿免受外来撞击;隔离羊膜与胎体。

命题考点 3 胎儿附属物的形成结构特点

【历年真题纵览】

A1 型题

1. 胎盘的组成,正确的是
A. 滑泽绒毛膜 + 包蜕膜 + 羊膜
B. 滑泽绒毛膜 + 底蜕膜 + 真蜕膜
C. 叶状绒毛膜 + 包蜕膜 + 真蜕膜
D. 叶状绒毛膜 + 底蜕膜 + 羊膜
E. 叶状绒毛膜 + 底蜕膜 + 真蜕膜
参考答案:D

2. 正常脐带内有
A. 一条脐动脉,一条脐静脉
B. 一条脐动脉,二条脐静脉
C. 二条脐动脉,一条脐静脉
D. 二条脐动脉,二条脐静脉
E. 二条脐动脉
参考答案:C

【考点评析】

1. 胎盘的组成:胎盘是由羊膜、叶状绒毛膜、底蜕膜组成。

2. 正常脐带中央有一条管腔较大、管壁较薄的脐静脉,两侧有两条管腔较小、管壁较厚的脐动脉。

第四单元 孕期监护及保健

命题考点 1 产前检查时间

【历年真题纵览】

A1 型题

产前检查的时间正确的是
A. 从妊娠 10 周开始
B. 妊娠 20 周起进行产前系列检查
C. 从妊娠 20 ~ 36 周期间每 4 周检查一次

D. 自妊娠30周开始每周检查一次
E. 高危妊娠应每周检查一次
参考答案:B

【考点评析】

产前检查应从确定早孕时开始,妊娠20周起进行产前系列检查,从妊娠20~36周期间每4周检查一次,自妊娠36周开始每周检查一次,高危妊娠应酌情增加产前检查次数。

命题考点2 预产期推算

【历年真题纵览】

A1 型题

1. 末次月经是2008年8月26日,其预产期应是
A. 2009年6月1日
B. 2009年6月2日
C. 2009年6月3日
D. 2009年6月4日
E. 2009年6月5日
参考答案:C

2. 末次月经是2008年1月20日,其预产期应是
A. 2008年10月26日
B. 2008年11月27日
C. 2008年10月27日
D. 2008年11月26日
E. 2008年10月25日
参考答案:C

【考点评析】

预产期的计算:妊娠期从末次月经第一天算起,月数减3或加9,日数加7。一般经过280天即40周便应分娩。

命题考点3 产前检查的步骤及方法

【历年真题纵览】

A1 型题

孕20周末胎儿发育特征,下列哪项是正确的
A. 皮下脂肪开始沉着
B. 用听诊器可在孕妇腹部听到胎心音
C. 身长40 cm
D. 指甲已达指端
E. 内脏器官已发育齐全
参考答案:B

【考点评析】

产前检查包括腹部检查、骨盆测量、胎盘功能检查、胎儿成熟度检查。

命题考点4 胎盘功能检查

【历年真题纵览】

A1 型题

用于胎盘功能检查错误的是
A. 羊水中卵磷脂
B. 孕妇 E_3
C. 孕妇血清胎盘泌乳素
D. 孕妇OCT
E. 孕妇NST
参考答案:A

【考点评析】

胎盘功能检查主要测定孕妇血、尿中的 E_3,测定孕妇血清中的胎盘泌乳素、OCT、NST。

命题考点5 胎儿宫内储备能力监护的方法

【历年真题纵览】

A1 型题

1. 足月妊娠时,正常胎心率的范围是每分钟
A. 100~140次
B. 110~150次
C. 120~160次
D. 130~170次
E. 140~180次
参考答案:C

2. 患者,女,32岁,已婚未育。孕29周,昨晚因食用不洁食物出现腹泻,今晨自觉胎动异常,下列哪项提示胎儿缺氧
A. 胎动8次/12小时
B. 胎动15次/12小时
C. 胎动20次/12小时
D. 胎动25次/12小时
E. 胎动30次/12小时

参考答案:A

【考点评析】

足月妊娠时,正常胎心率的范围是每分钟 120 ~ 160 次。胎动计数是判断胎儿宫内安危的主要临床指标,12 小时 <10 次为正常;12 小时 >10 次提示胎儿缺氧。

命题考点 6　孕期常用药物对胎儿的影响

【历年真题纵览】

A1 型题

1. 常见药物对胎儿的影响错误的是
   A. 反应停可导致“海豹”畸形
   B. 抗癌药物在孕初 3 个月使用可引起各种胎儿畸形
   C. 雌激素可导致男胎女性化
   D. 孕期服用雄激素可生育男胎
   E. 氯霉素可致灰婴综合征

参考答案:D

【考点评析】

服用性激素并不能改变胎儿性别,只会造成胎儿发育畸形。

第五单元　正常分娩

命题考点 1　产力

【历年真题纵览】

A1 型题

胎儿经阴道娩出最主要的力是
A. 子宫收缩力
B. 肛提肌收缩力
C. 腹肌收缩力
D. 膈肌收缩力
E. 腹部压力

参考答案:A

【考点评析】

产力包括子宫收缩力、腹肌和膈肌收缩力及提肛肌收缩力。子宫收缩力是临产后的主要产力,贯穿于整个分娩过程。

命题考点 2　产道

【历年真题纵览】

A1 型题

关于软产道的组成错误的是
A. 子宫下段
B. 输卵管
C. 子宫颈
D. 阴道
E. 盆底软组织

参考答案:B

【考点评析】

产道有骨产道与软产道。软产道由子宫下段、子宫颈、阴道、盆底软组织组成。

命题考点 3　胎儿

【历年真题纵览】

A1 型题

决定胎儿能否顺利通过产道的胎儿因素不包括
A. 胎位
B. 胎儿大小
C. 胎儿有无畸形
D. 胎儿性别
E. 胎儿颅骨过硬

参考答案:D

【考点评析】

胎儿能否顺利通过产道,主要取决于胎儿的胎位、大小及有无畸形。

命题考点 4　精神心理因素

【历年真题纵览】

A1 型题

孕妇恐惧分娩可产生下列变化,错误的是
A. 心率加快
B. 呼吸急促
C. 肺内气体交换不足
D. 产程缩短
E. 体力消耗过多

参考答案:D

【考点评析】

孕妇恐惧分娩可产生焦虑不安,出现心率加快、呼吸急促、肺内气体交换不足、体力消耗过多,子宫收缩乏力,产程延长,血压升高,胎儿缺氧。

命题考点5 枕先露临床经过及处理

【历年真题纵览】

A1 型题

下列关于枕前位分娩机制,判定产程进展的重要标志是

A. 衔接

B. 下降

C. 内旋转

D. 俯屈

E. 仰伸

参考答案:B

【考点评析】

胎头下降贯穿于分娩全过程,临床上注意观察胎头下降程度作为判定产程进展的重要标志。

命题考点6 产程各期的临床表现和处理

【历年真题纵览】

A1 型题

1. 第一产程是指

A. 从出现规律宫缩到宫口开全

B. 宫口扩张,宫缩 10 ~ 15 分钟一次,持续 40 秒到宫口开全

C. 宫口扩张到宫口开全,胎儿娩出

D. 规律宫缩,宫口开全,胎儿娩出,胎盘娩出

E. 宫口扩张到宫口开大 3 cm

参考答案:A

2. 第二产程是指

A. 从出现规律宫缩到宫口开全

B. 宫口扩张,宫缩 10 ~ 15 分钟一次,持续 40 秒到宫口开全

C. 宫口开全,胎儿娩出

D. 规律宫缩,宫口开全,胎儿娩出,胎盘娩出

E. 宫口扩张到宫口开大 3 cm

参考答案:C

3. 临产的重要标志是

A. 见红,破膜,规律宫缩

B. 见红,规律宫缩,宫口扩张不明显

C. 见红,胎先露下降,伴尿频

D. 规律宫缩,见红

E. 规律宫缩,进行性宫口扩张和胎先露下降

参考答案:E

【考点评析】

1. 临产的诊断:临产的标志是规律且逐渐增强的宫缩,进行性宫颈管消失、宫口扩张和胎先露下降。

2. 产程分期及其定义:

第一产程又称宫颈扩张期,指开始出现规律宫缩到宫口开全。表现为:①规律宫缩。②宫颈口扩张、胎头下降。③胎膜破裂。④除此以外,阴道尚有血性黏液样分泌物流出。

第二产程又称胎儿娩出期,指从宫颈口开全到胎儿娩出。表现为:①子宫收缩增强。②排便感。③胎儿下降及娩出。

第三产程又称胎盘娩出期,指从胎儿娩出到胎盘娩出。表现为:①子宫收缩。②胎盘娩出。③阴道流血。

第六单元 正常产褥

命题考点1 产褥期临床表现特点

【历年真题纵览】

A1 型题

1. 下列产褥期的临床表现,正确的是

A. 产后第一日,子宫底稍下降

B. 产后初期,产妇脉搏增快

C. 产后 1 ~2 天可发生"泌乳热"

D. 产后宫缩痛多见于经产妇

E. 恶露通常持续 1 ~2 周

参考答案:D

2. 关于正常产褥错误的是

A. 胎盘娩出后,宫底 7 天左右降入骨盆

B. 过早劳动可以造成子宫脱垂

C. 血性恶露持续 1 周左右

D. 产后血容量短暂增加,2 ~3 周恢复正常

E. 产后3～4天可以有低热

参考答案：A

3. 产褥期是指在新产后多少时间内

A. 8周内

B. 6周内

C. 7周内

D. 5周内

E. 9周内

参考答案：B

【考点评析】

体温多数正常，一般不超过38℃，不哺乳者可有低热，脉搏略缓慢，呼吸深慢，血压平稳。产后第一日，子宫底稍上升；产后初期，产妇脉搏缓慢；产后1～2天不哺乳者可发生"泌乳热"；血性恶露、浆液性恶露、白色恶露，持续4～6周，总量为250～500 ml；产后宫缩痛多见于经产妇。

命题考点2　产褥期处理及保健要点

【历年真题纵览】

A1型题

下列产褥期处理错误的是

A. 2小时内防止宫缩乏力

B. 产后12～24小时可起床活动

C. 营养饮食，适当补充维生素和铁

D. 保持会阴干燥

E. 产后12小时鼓励排尿

参考答案：E

【考点评析】

产后4小时鼓励排尿。

第七单元　妇产科疾病的病因与发病机理

命题考点1　西医对病因的认识

【历年真题纵览】

A1型题

西医对病因的认识错误的是

A. 生物性因素

B. 性别性因素

C. 理化性因素

D. 营养性因素

E. 精神性因素

参考答案：B

【考点评析】

西医对病因的认识有：生物性因素、理化性因素、营养性因素、精神性因素、免疫性因素、遗传性因素、先天性因素等。

命题考点2　中医常见病因

【历年真题纵览】

A1型题

妇产科疾病中医常见病因不包括

A. 六淫邪气

B. 七情内伤

C. 金刃所伤

D. 生活所伤

E. 体质因素

参考答案：C

【考点评析】

妇产科疾病中医常见病因包括：六淫邪气、七情内伤、生活所伤、体质因素。

命题考点3　中医对妇产科疾病发病机理的认识

【历年真题纵览】

A1型题

关于中医对妇产科疾病发病机制的认识的叙述，不正确的是

A. 直接损伤胞宫

B. 气血失调

C. 脏腑功能失常

D. 十二经脉受损

E. 损伤了冲、任、督、带的功能

参考答案：D

【考点评析】

中医对妇产科疾病发病机制的认识包括：损伤了冲、任、督、带的功能，脏腑功能失常，气血失调，直

接损伤胞宫。

第八单元　诊断概要

命题考点 1　全身检查、腹部检查及妇科检查

【历年真题纵览】

A1 型题

1. 未婚患者适合的检查方法是
   A. 双合诊
   B. 三合诊
   C. 肛腹诊
   D. 阴道 B 超
   E. 阴道窥器检查

参考答案：C

2. 下列哪项不是妇科内诊检查方法
   A. 肛腹诊
   B. 阴道窥器检查
   C. 乳腺 B 超
   D. 双合诊
   E. 三合诊

参考答案：C

【考点评析】

1. 外阴部检查：外阴发育：阴毛分布及多少，皮肤色泽，有无畸形、水肿、炎症、溃疡、萎缩或肿瘤等，检查尿道口与前庭情况，注意尿道口有无肉阜突出。检查处女膜与会阴的形态。

2. 阴道窥器检查：宫颈：大小、颜色、外口形态，有无出血、囊肿、息肉或肿块及颈管分泌物。可行宫颈刮片、宫颈管分泌物检查。阴道：前、后、侧壁黏膜颜色及皱襞多少，有无阴道隔、双阴道等先天畸形或出血、溃疡、肿块，注意分泌物的量、色、质及有无异味。白带异常者应查找滴虫、真菌或淋菌。

3. 双合诊三合诊检查。未婚患者处女膜未破，检查时不能进行阴道操作。双合诊、三合诊、阴道 B 超、阴道窥器检查均经阴道操作，故不适合。

命题考点 2　早期妊娠的诊断

【历年真题纵览】

A1 型题

1. 早孕时最早及最重要的症状是
   A. 停经
   B. 早孕反应
   C. 尿频
   D. 腹痛
   E. 乳房胀痛

参考答案：A

2. 下列哪项不是早孕时正常表现
   A. 停经
   B. 早孕反应
   C. 尿频
   D. 腹痛
   E. 乳房胀痛

参考答案：D

3. 下列哪组方法诊断妊娠最可靠且简单
   A. 停经史，胎动感，腹部渐膨隆
   B. 停经史，早孕反应，B 超见宫内光团
   C. 停经史，早孕反应，内诊子宫增大，尿 HCG（+）
   D. 早孕反应，内诊子宫增大，附件囊性小包块，尿 HCG（+）
   E. 停经史，内诊子宫增大，B 超见宫内胎囊，胎芽，胎心，尿 HCG（+）

参考答案：E

【考点评析】

1. 症状：

①停经：停经可能是妊娠最早与最重要的症状。停经不一定就是妊娠，应予以鉴别。

②早孕反应：约半数妇女于停经 6 周左右出现畏寒、头晕、乏力、嗜睡、流涎、食欲不振、喜食酸物或厌恶油腻、恶心、晨起呕吐等症状，称早孕反应。

③尿频：系增大的前倾子宫在盆腔内压迫膀胱所致。

停经是早孕时最早及最重要的症状；早孕反应有个体差异，早孕时有轻有重或不出现此症；尿频及乳房胀痛不是最重要症状，需注意鉴别；正常早孕时一般不会出现腹痛，若出现此症状，需警惕先兆流产。

2. 辅助检查：

①超声检查：是检查早期妊娠快速准确的方法。

②妊娠试验:若为阳性,可协助诊断。

③黄体酮试验:撤药试验无阴道流血,早孕的可能性大。

④宫颈黏液检查:宫颈黏液量少质稠,涂片见到排列成行的椭圆体,早孕的可能性大。

⑤基础体温测定:双相型体温的妇女,高温相持续18日不见下降,早期妊娠的可能性大。

命题考点3　中、晚期妊娠的诊断

【历年真题纵览】

A1 型题

1. 中、晚期妊娠的体征错误的是

A. 子宫增大

B. 胎动

C. 见红

D. 胎儿心音

E. 胎头圆而硬,有浮球感

参考答案:C

2. 不能作为确诊中期妊娠的依据是

A. 听诊器听到清晰的胎音

B. 扪及胎头、胎体

C. 自觉胎动

D. B超显示胎儿形象

E. 测及胎儿心电图

参考答案:C

【考点评析】

1. 有早期妊娠的经过,并逐渐感到腹部增大和自觉胎动。

2. 检查与体征:

①子宫增大:子宫随妊娠进展逐渐增大。

②胎动:胎儿在子宫内冲击子宫壁的活动称胎动。胎动是胎儿情况良好的表现。

③胎儿心音:于妊娠18~20周听到胎儿心音,似钟表"滴答"声,每分钟120~160次。

④胎体:胎头圆而硬,有浮球感;胎背宽而平坦;胎臀宽而软;胎儿肢体小且有不规则活动。

3. 辅助检查:

①超声检查:显示胎儿数目、胎产式、胎心搏动、胎盘位置等。

②胎儿心电图:间接法。

命题考点4　胎产式、胎先露、胎方位

【历年真题纵览】

A1 型题

胎方位为枕左前位是指

A. 胎头枕骨位于母体骨盆的左前方

B. 胎头枕骨位于母体骨盆的右前方

C. 胎头枕骨位于母体骨盆的左后方

D. 胎头枕骨位于母体骨盆的右后方

E. 胎头面部位于母体骨盆的左前方

参考答案:A

【考点评析】

1. 胎产式:胎体纵轴与母体纵轴的关系称胎产式。

两纵轴平行者称纵产式;两纵轴垂直者称横产式。

两纵轴交叉呈角度者称斜产式,属暂时的,在分娩过程中多数转为纵产式,偶尔转成横产式。

2. 胎先露:最先进入骨盆入口的胎儿部分称胎先露。

纵产式有头先露及臀先露,横产式为肩先露。

头先露分为枕先露、前囟先露、额先露及面先露。

臀先露分混合臀先露、单臀先露、单足先露和双足先露。

头先露或臀先露与胎手或胎足同时入盆,称复合先露。

3. 胎方位:胎儿先露部的指示点与母体骨盆的关系称胎方位。举例:枕先露时,胎头枕骨位于母体骨盆的左前方,应为枕左前位,余类推。

命题考点5　月经病的诊断与辨证要点

【历年真题纵览】

A1 型题

1. 下列哪项不是月经后期虚寒证的主症

A. 经期延后,量少色淡、质清稀

B. 小腹空痛,心悸失眠

C. 腰酸无力

D. 小便清长,大便稀溏

E. 脉沉迟或细弱无力

参考答案:B

2. 下列各项,不是闭经气血虚弱证主要症状的是

A. 月经闭止,腰膝酸软

B. 月经量少,经色淡质稀,继而停经
C. 头晕眼花
D. 神疲乏力
E. 食欲不振
参考答案:A

3. 以下除哪项外均可作为月经病的辨证依据
A. 月经期、量、色、质
B. 全身症状
C. 化验检查
D. 舌象
E. 脉象
参考答案:C

【考点评析】

以月经期、量、色、质的变化结合全身症状、舌脉作为辨证的依据。

小腹空痛,心悸失眠为血虚型表现;经期延后,量少色淡、质清稀;腰酸无力;小便清长,大便稀溏;脉沉迟或细弱无力为虚寒型表现。

月经闭止,腰膝酸软属肾虚症状;月经量少,经色淡质稀,继而停经;头晕眼花;神疲乏力。食欲不振属气血虚弱证。

命题考点6 带下病的诊断与辨证要点

【历年真题纵览】

A1 型题

1. 问带下史要注意
A. 期、量、色、质
B. 量、色、质、味
C. 期、色、质
D. 色、质、味
E. 量、色、期
参考答案:B

2. 带下量多,脉沉弱,属于
A. 脾虚湿盛
B. 肾气虚损
C. 脾肾两虚
D. 湿热下注
E. 气血虚弱
参考答案:B

【考点评析】

带下量、色、质、气味的变化结合全身症状、舌脉作为依据。

命题考点7 妊娠病的诊断与辨证要点

【历年真题纵览】

A1 型题

1. 妊娠脉象
A. 必为滑脉
B. 多为数脉
C. 脉多滑利而尺脉按之不绝
D. 如切绳转珠
E. 多为洪脉
参考答案:C

2. 妊娠病的治疗原则是
A. 下胎益母
B. 重在治病
C. 重在安胎
D. 补肾健脾
E. 治病与安胎并举
参考答案:E

【考点评析】

分清母病或胎病。辨明胎儿情况,以明确胎孕可安,还是当下胎益母。

命题考点8 产后病的诊断与辨证要点

【历年真题纵览】

A1 型题

产后“三病”是指
A. 呕吐、泄泻、盗汗
B. 尿失禁、缺乳、大便难
C. 血晕、发热、痉证
D. 病痉、病郁冒、大便难
E. 腹痛、恶露不下、发热
参考答案:D

【考点评析】

1. 根据恶露的量、色、质和气味,乳汁多少、色质,饮食多少和产后大便、腹痛状况结合全身证候、舌脉为辨证依据。

2. 产后“三病”即《金匮要略》云“新产妇人有三病,一者病痉、二者病郁冒、三者大便难”。

命题考点 9 杂病的诊断与辨证要点

【历年真题纵览】

A2 型题

女,29 岁,结婚同房 3 年未孕,肌肤甲错,舌暗红有瘀斑,辨证为

A. 血虚
B. 血瘀
C. 血热
D. 阴虚
E. 气滞

参考答案:B

【考点评析】

以临床症状结合舌脉为辨证依据。

第九单元 治法概要

命题考点 1 内分泌治疗

【历年真题纵览】

A1 型题

1. 雄激素临床用于治疗

A. 月经过多
B. 更年期功能失调性子宫出血
C. 老年妇女骨质疏松症
D. 妇女各种类型的贫血
E. 以上都是

参考答案:E

2. 内分泌治疗常用药物不包括

A. 雌激素
B. 雄激素
C. 氯米芬
D. 溴隐亭
E. 甲氨蝶呤

参考答案:E

【考点评析】

甲氨蝶呤为化疗药物。

命题考点 2 中医内治法

【历年真题纵览】

A1 型题

1. 肝主藏血,肾主藏精,精血互生,肝肾同源,故补肾法常与下列哪一方法同用

A. 调补肝肾
B. 调补冲任
C. 理气法
D. 养肝法
E. 调肝法

参考答案:D

2. 滋肾补肾法已被广泛运用于妇产科临床,大量实验研究证实了补肾中药对以下哪一项有明显调节作用

A. 肾上腺皮质
B. 松果体
C. 神经系统
D. 子宫内膜
E. 下丘脑 - 垂体 - 卵巢性腺轴

参考答案:E

A2 型题

3. 某女,小腹疼痛拒按,面色晦黯,月经量多,舌边有瘀点,脉沉涩。妇检:子宫增大如孕 7 周大小,质较硬。中医治疗宜

A. 活血散结,破瘀消癥
B. 行气导滞,活血消癥
C. 理气化痰,破瘀消癥
D. 清热利湿,破瘀消癥
E. 以上均不可

参考答案:A

【考点评析】

常用内治法:补益肾气法、疏肝理气法、健脾和胃法、补气养血法、活血化瘀法、清热凉血法、温通经脉法、利湿祛浊法、消散癥瘕法、调理冲任法。

命题考点 3 外治法

【历年真题纵览】

B1 型题

1.

A. 乳腺炎

B. 痛经
C. 阴道炎
D. 宫颈癌
E. 外阴炎

①贴敷法可用于
②热敷法可用于
参考答案:①A ②B

2.
A. 熏洗法
B. 坐浴法
C. 冲洗法
D. 纳药法
E. 贴敷法

①常用于乳痈、外阴肿胀、慢性盆腔炎
②常用于各种阴道炎、宫颈炎、宫颈癌等
③常用于阴道炎、宫颈炎、阴道手术前的准备
④适用于各种外阴炎、阴道炎、白带增多症
⑤常用于外阴病变,如外阴阴道炎、外阴瘙痒湿疹等
参考答案:①E ②D ③C ④B ⑤A

【考点评析】

1. 熏洗法:清热消肿止痛止痒,用于外阴及阴道瘙痒、疼痛证及淋证。
2. 冲洗法:清热止痒,用于阴痒、白带增多。
3. 纳药法:清热止痒、除湿、杀虫、投毒、祛腐生肌,用于子宫颈糜烂、肥大,宫颈肿瘤,阴痒等。
4. 贴敷法:解毒消肿止痛或生肌排脓,用于痛经,闭经,带下,妊娠腹痛,胎萎不长,产后腹痛,产后大便难,乳痈等。
5. 热敷法:活血化瘀、消肿止痛、温经活络,用于寒凝所致的妇科痛证、生殖道炎症等。
6. 灌肠法:润肠通便、清热解毒、消肿散结,用于产后便秘、产后高热便结及湿热瘀结之癥瘕。
7. 宫腔注射法:活血通络,用于胞脉阻塞所致的不孕症。

命题考点 4 物理疗法

【历年真题纵览】

不属于常用妇科物理疗法的是
A. 直流电疗法
B. 牵引法
C. 直流电离子导入法
D. 中波电疗法
E. 微波疗法
参考答案:B

【考点评析】

常用妇科物理疗法:直流电疗法、中波电疗法、微波疗法、红外线疗法、紫外线疗法等。

命题考点 5 针灸

【历年真题纵览】

A1 型题

妇科针灸疗法不包括
A. 针刺
B. 艾灸
C. 注药
D. 埋线
E. 红外线照射
参考答案:E

【考点评析】

妇科针灸疗法:针刺、艾灸、注药、埋线、通电以及激光辐射等。

第十单元 妊娠病

命题考点 1 妊娠剧吐

【历年真题纵览】

A1 型题

1. 妊娠剧吐患者,除哪项外,均应考虑终止妊娠
A. 经积极治疗病情无改善
B. 体温高于 38℃
C. 心率大于 120 次/分
D. 呕吐物中有胆汁
E. 出现黄疸
参考答案:D

2. 中医学认为妊娠剧吐的主要发病机理是
A. 脾胃虚弱,肝气偏旺
B. 冲气上逆,胃失和降
C. 肝失条达,气机郁滞
D. 痰湿内停,阻滞脾阳
E. 肝气郁结,胃气上逆

参考答案:B

3. 下列各项,属妊娠剧吐肝胃不和证主要症状的是

A. 呕吐血性分泌物

B. 呕吐清水

C. 呕吐痰涎

D. 呕吐食物残渣

E. 呕吐酸水或苦水

参考答案:E

A2 型题

3. 患者,女,24 岁,已婚。停经 45 天,已确诊为早孕。10 天来呕吐频频,食入即吐,吐出物带血丝,精神萎靡,便结尿少,眼眶下陷,脉细滑无力。检查示尿酮体阳性。治疗应首选

A. 生脉散合增液汤

B. 口服维生素 B_6 加生脉散合增液汤

C. 输液加生脉散合增液汤

D. 输液加苏叶黄连汤合增液汤

E. 输液加香砂六君子汤合增液汤

参考答案:C

【考点评析】

1. 孕后早孕反应严重,出现频繁呕吐,甚至呕吐胆汁,不能进食、进水,进而发生体液平衡失调及新陈代谢紊乱,以致严重影响孕妇营养者称为妊娠剧吐。

2. 孕早期出现恶心呕吐,甚至呕吐胆汁,不能进食,严重者可出现黄疸、尿闭、神志模糊、谵妄、昏迷。有不同程度的脱水、低血压及电解质紊乱,血二氧化碳结合力下降,尿酮体阳性。

3. 西医治疗

(1)药物治疗:维生素 B_6、维生素 C 及维生素 B_1。

(2)补液、纠正酸中毒及水电解质紊乱:静脉补液,输入葡萄糖溶液和葡萄糖盐水,补液量每日不少于3 000 ml。并根据患者的具体情况,液体中应加入氯化钾、维生素 B_6、维生素 C。若有营养不良者,可酌情给予氨基酸、脂肪乳等;若有代谢性酸中毒者,应给予碳酸氢钠或乳酸钠纠正。

如果出现持续黄疸、持续蛋白尿、体温升高(持续在 38℃ 以上)、心动过速(≥120 次/分)、伴发 Wernicke 脑病等,危及孕妇生命时,需考虑终止妊娠。

4. 中医分型证治

(1)脾胃虚弱　妊娠早期,恶心呕吐清水、清涎或饮食物,甚或食入即吐,头晕乏力,神疲倦息。舌质淡,苔白润,脉缓滑无力。治法:健脾和胃,降逆止呕。方药:香砂六君子汤。

(2)肝胃不和　妊娠早期,恶心呕吐酸水或苦水,口干口苦,胸胁胀满,喜叹息。舌红,苔微黄,脉弦滑。治法:清肝和胃,降逆止呕。方药:橘皮竹茹汤。

(3)痰湿阻滞　妊娠早期,呕吐痰涎,口中黏腻,不思饮食,胸脘满闷,四肢倦怠。舌苔白腻,脉濡滑。治法:化痰除湿,降逆止呕。方药:小半夏加茯苓汤。

(4)气阴两亏　妊娠早期,呕吐剧烈,甚至呕吐物为咖啡样或血性物,精神萎靡,形体消瘦,肌肤不润。或伴发热口渴,尿少而黄,大便秘结。舌红无津,苔薄黄而干或花剥,脉细滑数无力。治法:益气养阴,和胃止呕。方药:生脉散合增液汤。

命题考点 2　流产

【历年真题纵览】

A1 型题

1. 治疗习惯性流产肾气亏虚证,应首选的方剂是

A. 寿胎丸

B. 胎元饮

C. 加减一贯煎

D. 补肾固冲丸

E. 泰山磐石散

参考答案:D

A2 型题

2. 患者,女,31 岁。妊娠 3 个月,精神不振,今日突感腰酸难忍,小腹坠痛,舌质淡白,脉弱。其证候是

A. 肾气不固

B. 肾虚水泛

C. 肾精不足

D. 肾阳虚

E. 肾阴虚

参考答案:A

3. 患者,女,26 岁,已婚。孕 8 周,阴道出血量多,伴阵发性腹痛,诊断为难免流产。应首先考虑的治疗措施是

A. 尽快清宫

B. 卧床休息

C. 肌注抗生素

D. 给予止血药物

E. 给予大剂量雌激素

参考答案:A

4. 患者,女,23 岁,已婚。停经 80 天,阴道少量出血 10 天,无腹痛。妇科检查子宫增大如孕 40 天大小,B 超检查可见胎囊,未见胎心、胎动。应首选的措施是

A. 查尿妊娠试验

B. 观察 2 周,复查

C. 服中药保胎治疗

D. 用黄体酮安胎治疗

E. 行刮宫术

参考答案:D

5. 患者,女,32 岁,已婚。停经 55 天,2 天来阴道少量出血,色淡红,腰酸腹坠隐痛,头晕耳鸣,小便频数,舌淡苔白,脉沉滑尺弱。检查:尿妊娠试验(+),子宫大小与孕月相符。治疗应首选

A. 维生素 E 加寿胎丸

B. 维生素 E 加胎元饮

C. 维生素 E 加固阴煎

D. 黄体酮加圣愈汤

E. 黄体酮加保阴煎

参考答案:A

B1 型题

6.

A. 先兆流产

B. 难免流产

C. 不全流产

D. 完全流产

E. 习惯性流产

①中医称之为胎动欲堕者,是指

②中医称之为屡孕屡堕者,是指

参考答案:①A ②E

【考点评析】

1. 先兆流产:停经后或有早孕反应,阴道少量出血,时伴腰酸、腹痛,无组织样物排出。子宫增大与停经月份相符,宫口闭,羊膜囊未破。妊娠试验阳性。以保胎至足月妊娠为止,用药至超过以往流产的月份或易发生流产的月份。

2. 难免流产:阴道出血量多,下腹痛加剧,无组织样物排出,或胚胎已死于宫内,虽无阴道出血及腹痛亦属此类。子宫与停经月份相符或稍小,宫口扩张,有时可见胚胎组织堵塞于子宫口。妊娠试验阳性或阴性。以促使胚胎、胎盘组织或胎儿完全排出为原则。

3. 不全流产:常发生于孕 8～12 周,胚胎或胎儿排出,部分或全部胎盘留于宫内,阴道出血不止。子宫小于孕周月份者,宫颈口扩张或有组织物堵塞。妊娠试验阳性或阴性。以促使胚胎、胎盘组织或胎儿完全排出为原则。

4. 完全流产:妊娠流产后阴道出血少或无,腹痛减轻或消失,胚胎或胎儿、胎盘完全排出。子宫大小正常或稍大,宫颈口闭合。妊娠试验阴性。不需特殊处理。

5. 稽留流产:多有先兆流产史和(或)少量不规则阴道出血,胚胎或胎儿在宫内死亡达 2 个月以上尚未排出。子宫比正常妊娠月份的小,宫口未扩张。妊娠试验可为阴性。确诊后在行充分准备情况下及时清宫。

6. 习惯性流产:自然流产连续发生 3 次或 3 次以上,每次流产发生于同一妊娠月份,临床表现与流产相同。以预防为主,对因治疗。夫妇同治。

7. 感染性流产:除有流产症状外,伴发热、腹痛、阴道分泌物呈脓血性、味臭等感染症状。子宫及附件有压痛,严重时可形成炎性包块或脓肿,甚则出现盆腔炎或弥漫性腹膜炎。血白细胞及中性白细胞计数增高。如出血不多可先给予抗生素控制感染,并尽早进行刮宫术;出血多或感染未控制,可先钳刮以止血,同时注射催产素,然后再抗感染,待感染控制后再刮宫。

8. 中医分型论治

(1)先兆流产

①肾虚 妊娠期,阴道少量出血,色淡红或淡暗,腰酸,头晕耳鸣,面色晦暗,或曾屡孕屡堕。舌质淡,苔白,脉沉滑尺弱。治法:补肾健脾,益气安胎。方药:寿胎丸。

②气血虚弱 妊娠期,阴道少量出血,色淡红、质稀薄,小腹隐痛,神疲肢倦。舌质淡,苔薄白,脉细滑无力。治法:益气养血,固肾安胎。方药:胎元饮。

③血热 妊娠期,阴道少量出血,色鲜红或深红、质稠,手足心热,大便秘结。舌红,苔黄,脉滑数。治法:滋阴清热,养血安胎。方药:保阴煎。

④血瘀 素有癥积,妊娠后,阴道少量流血,色暗红,小腹疼痛拒按。舌质暗红,或有瘀点、瘀斑,脉弦滑。治法:祛瘀消癥,固冲安胎。方药:桂枝茯苓丸合寿胎丸。

⑤外伤 妊娠期,跌仆闪挫,或劳累过度,致阴道少量流血,腰酸,小腹坠痛。舌质正常,脉滑无力。治法:益气养血,固肾安胎。方药:圣愈汤。

(2)难免流产、不全流产、稽留流产

①胎动欲堕 妊娠早期,阴道出血量逐渐增多,色红有块,腹痛下坠加重;或妊娠中期,出现小腹疼

痛，阵阵紧逼，会阴坠胀尤甚；或有羊水溢出，继而阴道流血。舌质紫暗或边尖有瘀点，脉滑或涩。治法：祛瘀下胎。方药：脱花煎。

②胎堕不全　妊娠物排出后，仍有部分组织残留于宫内，阴道流血仍持续不止，甚至大量出血，腹痛阵阵紧逼。妇科检查，宫颈口已开，或见胎囊堵于宫颈口。B超示胎心消失。治法：活血祛瘀，佐以益气。方药：生化汤。

③血虚气脱　殒堕过程中，阴道突然大出血，甚或暴下不止，面色苍白，头晕眼花，甚则晕厥。脉微欲绝。治法：益气固脱。方药：人参黄芪汤。

(3)习惯性流产

①肾气亏虚　屡孕屡堕3次以上，或应期而堕；孕后头晕耳鸣，腰膝酸软，夜尿频多。舌质淡，苔薄白，脉沉细弱，尺脉尤甚。治法：补肾益气，固摄冲任。方药：补肾固冲丸。

②气血虚弱　屡孕屡堕3次以上，面色不华，头晕眼花，神疲乏力。舌质淡，苔薄白，脉细弱。治法：益气养血，固冲安胎。方药：泰山磐石散。

③阴虚血热　屡孕屡堕3次以上，孕后两颧潮红，口干咽燥，形体消瘦，大便干结。舌质红，少苔，脉细数。治法：滋阴清热，凉血安胎。方药：加减一阴煎。

(4)流产感染：孕后阴道不规则流血，量时多时少，色暗红、质污秽、腥臭，发热，恶寒，小腹疼痛。舌质红，苔黄腻，脉滑数或弦数。治法：清热解毒，活血化瘀。方药：五味消毒饮合大黄牡丹皮汤。

命题考点3　异位妊娠

【历年真题纵览】

A1型题

1. 中医学认为，异位妊娠最主要的病因病机是
   A. 冲任虚弱
   B. 肾气不足
   C. 寒凝气滞
   D. 痰湿阻胞
   E. 少腹血瘀

参考答案：E

2. 行人工流产术，下列哪种刮出物应怀疑有宫外孕的可能
   A. 含脂肪组织
   B. 含大小不等的水泡状物
   C. 可见胎囊、胎芽
   D. 典型子宫内膜
   E. 蜕膜组织，未见典型绒毛

参考答案：E

3. 异位妊娠未破损型，中医治疗的最佳选方是
   A. 宫外孕Ⅰ号方
   B. 宫外孕Ⅱ号方
   C. 参附汤合生脉散
   D. 补阳还五汤
   E. 以上均不是

参考答案：B

4. 异位妊娠破裂或流产，最主要的临床表现是
   A. 短暂停经
   B. 阴道流血
   C. 突然腰痛
   D. 突然腹痛
   E. 恶心呕吐

参考答案：D

A2型题

5. 患者，女，24岁。停经50天，阴道少量出血3天，小腹剧烈疼痛2小时，查尿HCG(+)，血压70/40 mmHg，面色苍白。其最可能的诊断是
   A. 急性盆腔炎
   B. 异位妊娠
   C. 卵巢囊肿蒂扭转
   D. 难免流产
   E. 黄体破裂

参考答案：B

【考点评析】

孕卵在子宫腔外着床发育称为异位妊娠。

1. 症状：腹痛、停经、不规则阴道出血。

2. 体征：内出血多时呈贫血貌。体温一般正常或略高，急性失血时血压降低甚至测不到，脉搏快而弱或不清，面色苍白，肢冷汗出。下腹有压痛、反跳痛，尤以患侧为甚，但腹肌不紧张。内出血多者，叩诊有移动性浊音。后穹窿饱满有触痛，宫颈举痛明显。宫体稍大、变软，与停经时间不相符。内出血多者，检查子宫呈漂浮感；附件压痛，可触及软性包块，边界不清，压痛明显。

3. 手术治疗：①输卵管切除术：适用于内出血并发休克的急症患者；②保守性手术：适用于有生育要求的年轻妇女。

4. 非手术治疗：

(1)中医治疗：适用于输卵管妊娠未破损型及包块型，活血化瘀消症为治则。

(2)化学药物治疗：适用于早期异位妊娠，要求

保存生育能力的年轻患者：①包块直径 < 3 cm。②输卵管妊娠未发生破裂或流产。③无明显内出血。④血 β-HCG < 2 000 U/L。

命题考点 4 妊娠期高血压疾病

【历年真题纵览】

A1 型题

1. 治疗肾虚型子肿的代表方剂是
A. 白术散
B. 肾气丸
C. 五苓散
D. 真武汤
E. 健固汤
参考答案：D

2. 治疗脾虚型子肿的代表方剂是
A. 白术散
B. 真武汤
C. 五苓散
D. 鲤鱼汤
E. 茯苓导水汤
参考答案：A

3. 妊娠高血压综合征肝风内动证首选方是
A. 镇肝息风汤
B. 牛黄清心丸
C. 天麻钩藤汤
D. 羚角钩藤汤
E. 杞菊地黄丸
参考答案：D

4. 白术散适用于妊娠高血压综合征的哪种证型
A. 脾虚湿盛
D. 肾虚水泛
C. 气滞湿阻
D. 脾虚肝旺
E. 阴虚肝旺
参考答案：A

5. 先兆子痫，经用硫酸镁治疗 1 周后，血压达 150/110 mmHg，其下一步治疗最宜
A. 终止妊娠
B. 解痉
C. 降压
D. 利尿
E. 镇静
参考答案：A

6. 治疗重症妊娠高血压综合征首选药物是
A. 镇静药
B. 利尿药
C. 解痉药
D. 降压药
E. 扩容药
参考答案：C

7. 诊断重度妊高征血压大于
A. 140/90 mmHg
B. 150/90 mmHg
C. 130/90 mmHg
D. 140/100 mmHg
E. 160/110 mmHg
参考答案：E

【考点评析】

1. 轻度妊高征：孕 20 周后出现水肿、蛋白尿、血压 > 140/90 mmHg，或血压较基础压升高 30/15 mmHg，体重每周增加 500 g 以上。

2. 中度妊高征：水肿、高血压、蛋白尿三项中出现两项者，血压 < 160/110 mmHg，24 小时尿蛋白不超过 0.5 g。

3. 重度妊高征：

(1) 先兆子痫：血压≥160/110 mmHg；24 小时尿蛋白≥0.5 g；可有血液浓缩，伴剧烈头痛、眼花、胸闷，此三项中有两项即可诊断。

(2) 子痫：在先兆子痫基础上发生抽搐或昏迷，或仅有昏迷。也有从轻度直接进入先兆子痫和子痫者。

4. 西医治疗原则：以解痉、降压、利尿为主。

5. 中医分型治疗：

①脾虚　妊娠中晚期，面目及下肢水肿，甚或遍及全身，肤色淡黄或不华，皮薄而光亮，按之凹陷，倦怠无力，大便溏薄。舌胖有齿痕，苔薄白或薄腻，脉缓滑无力。治法：健脾渗湿，行水消肿。方药：白术散。

②肾虚　妊娠中晚期，面浮肢肿，下肢尤甚，按之凹陷，心悸气短，下肢逆冷，腰酸无力。舌淡，苔白润，脉沉滑。治法：温肾扶阳，化气行水。方药：真武汤。

③气滞　妊娠中晚期，先由脚肿，渐及于腿，皮色不变，随按随起，头晕胀痛，胸闷胁胀。苔薄腻，脉弦滑。治法：理气行滞，除湿消肿。方药：正气天香散。

④阴虚肝旺　妊娠中晚期，头晕目眩，耳鸣作

响，颜面潮红，夜寐多梦。舌红或绛，少苔，脉弦细数。治法：滋阴养血，平肝潜阳。方药：杞菊地黄丸。

⑤脾虚肝旺　妊娠后期，面浮肢肿，头昏头重如眩冒状，胸胁胀满，神疲肢软。舌胖有齿痕，苔腻，脉弦滑。治法：健脾利湿，平肝潜阳。方药：半夏白术天麻汤。

⑥肝风内动　妊娠后期、产时或新产后，头痛目眩，突发四肢抽搐，两目直视，牙关紧闭，甚至昏不知人。舌红，苔薄黄，脉细弦或滑数。治法：滋阴清热，平肝息风。方药：羚角钩藤汤。

⑦痰火上扰　妊娠晚期，或正值分娩时，头晕头重，胸闷泛恶，猝然昏不知人，面部、口角及四肢抽搐，气粗痰鸣。舌红，苔黄腻，脉弦滑。治法：清热豁痰，息风开窍。方药：牛黄清心丸。

命题考点 5　胎儿生长受限

【历年真题纵览】

A1 型题

1. 胎儿生长受限是指

A. 孕 37 周后，胎儿出生体重小于 3 000 g

B. 孕 42 周后，胎儿出生体重小于 2 500 g

C. 孕 37 周后，胎儿出生体重小于 2 000 g

D. 孕 37 周后，胎儿出生体重小于 2 500 g

E. 孕 42 周后，胎儿出生体重小于 2 000 g

参考答案：D

2. 足月儿出生后体重 2 200 g，诊断为气血虚弱，方剂首选

A. 八珍汤

B. 参苓白术散

C. 补血汤

D. 补中益气汤

E. 六味地黄丸

参考答案：A

【考点评析】

1. 孕 37 周后，胎儿出生体重小于 2 500 g。

2. 预防为主，定期产前检查；孕期治疗，加强胎儿监护，适时分娩，选择分娩方式。

3. 中医治疗

①肾气亏虚　妊娠中晚期，腹形小于妊娠月份，胎儿存活，头晕耳鸣，腰膝酸软，形寒肢冷。舌淡，苔白，脉沉细。治法：补肾益气，填精养胎。方药：寿胎丸合温土毓麟汤。

②气血虚弱　妊娠四五个月，腹形和宫体增大明显小于妊娠月份，胎儿存活，母体瘦弱，面色不华，神疲懒言。舌淡嫩，苔少，脉细弱。治法：益气养血，滋养胎元。方药：胎元饮合寿胎丸。

③阴虚内热　妊娠中晚期，腹形小于妊娠月份，胎儿存活，颧赤唇红，手足心热，口干喜饮。舌质嫩红，少苔，脉细数。治法：清热凉血，养阴安胎。方药：保阴煎。

④胞宫虚寒　妊娠腹形明显小于妊娠月份，胎儿存活，腰腹冷痛，四肢不温。舌淡，苔白，脉沉迟滑。治法：温肾扶阳，养血育胎。方药：长胎白术散。

命题考点 6　前置胎盘

【历年真题纵览】

A1 型题

前置胎盘错误的是

A. 孕 28 周后胎盘附着于子宫下段

B. 甚至胎盘下缘达到宫颈内口

C. 其位置低于胎先露部

D. 孕 32 周后胎盘附着于子宫前部

E. 覆盖宫颈内口

参考答案：D

【考点评析】

1. 孕 28 周后若胎盘附着于子宫下段，甚至胎盘下缘达到或覆盖宫颈内口，其位置低于胎先露部。

2. 妊娠晚期或临产时，无诱因无痛性反复阴道流血。

3. 处理原则：止血补血。

命题考点 7　高危妊娠

【历年真题纵览】

A1 型题

以下不属于高危妊娠的是

A. 年龄 <16 岁及 >35 岁者

B. 身高 <140 cm

C. 足月妊娠胎儿体重≥3 000 g

D. 早期妊娠时用过药物或接受过放射检查

E. 多年的不孕史经治疗后妊娠者

参考答案：C

【考点评析】

1. 在妊娠期有某种病理因素或致病因素可能危害孕妇、胎儿与新生儿或导致难产者称为高危妊娠。

2. 诊断

(1)病史

①年龄<16岁及>35岁者。

②生育史有下列情况者：两次或两次以上流产者；过去有死产或新生儿死者；前次分娩为早产或低体重儿；前次为过大胎儿；有子痫病史者；有家族性疾病或畸形；有手术产史(产钳、剖宫产)；有产伤史；因生殖道畸形造成的早产(子宫纵隔、双角子宫、宫颈关闭不全)；多年的不孕史经治疗后妊娠者；有子宫肌瘤或卵巢囊肿者。

③有下列疾病就详细询问有关病史：原发性高血压或慢性高血压；心脏病，特别是有心衰史或发绀型心脏病；慢性肾炎；糖尿病；甲状腺疾病；肝炎；贫血；其他内分泌疾病。

④早期妊娠时用过药物或接受过放射检查。

⑤幼年患影响骨骼发育的疾病，如结核病、佝偻病。

(2)临床检查

①身高<140 cm，头盆不称。

②体重<40 kg或>85 kg。

③骨盆大小：髂前上棘<22 cm、髂嵴<25 cm、骶耻外径<18 cm、坐骨结节间径<7.5 cm。

④子宫大小是否与停经月份相符，羊水过多或双胎、IUGR。

⑤足月妊娠胎儿体重≥4 000 g，或<2 500 g。胎位异常。

⑥血压>130/90 mmHg，收缩压增加30 mmHg、舒张压增加15 mmHg。

⑦心脏异常。

⑧阴道出口是否过小，外阴静脉曲张。

⑨妊娠期胎动的变化。

⑩常规的化验检查，血尿常规、肝功等。

(3)特殊检查

①孕龄及胎儿发育情况的估计。

②胎盘功能的检查。

③胎儿成熟度。

④胎儿监测。

第十一单元 妊娠合并疾病

命题考点1 妊娠与心脏病的相互影响

【历年真题纵览】

A1型题

妊娠与心脏病的相互影响错误的是

A. 妊娠激素变化可以部分对抗心衰

B. 妊娠期血容量增加，心排出量增加，心率加快

C. 妊娠显著加大心脏负担

D. 子宫增大，机械性增加心脏负担，更易发生心力衰竭

E. 治疗要预防及治疗心衰，适时终止妊娠

参考答案：A

【考点评析】

1. 妊娠期血容量增加，心排出量增加，心率加快，心肌耗氧量加大，显著加大心脏负担；妊娠晚期子宫增大，机械性增加心脏负担，更易发生心力衰竭。

2. 预防及治疗心衰，适时终止妊娠。

命题考点2 妊娠心脏病诊断与鉴别诊断

【历年真题纵览】

A1型题

不属于妊娠心脏病诊断要点的是

A. 妊娠前有心脏病的病史

B. 妊娠前心电图正常

C. 出现心功能异常的症状

D. 发绀、杵状指

E. 心脏听诊杂音

参考答案：B

【考点评析】

1. 诊断：妊娠前有心脏病的病史；出现心功能异常的症状；发绀、杵状指，持续颈静脉怒张；心脏听诊杂音；心电图异常。

2. 西医处理

(1)急性左心衰的处理原则：减少肺循环血量及

静脉回心血量,改善气体交换,增加心肌收缩力,减轻心脏前后负荷。如采用半卧位或坐位的体位、供氧、利尿、扩血管、解除支气管痉挛、强心、镇静、激素的应用。

(2)妊娠期处理:终止妊娠;预防心衰。

(3)分娩期处理:分娩方式的选择;分娩期处理。

(4)产褥期处理:产后1周,应密切监测生命体征;产后24小时内绝对卧床休息;大剂量抗生素预防感染。心功能在Ⅲ级以上者,不宜哺乳。

(5)心脏手术的指征:一般不主张在妊娠期手术,确需者,宜在孕12周前进行。

3. 中医分型治疗

(1)心气虚　妊娠期间,心悸怔忡,面色㿠白或青白,气短自汗,动则尤甚,乏力懒言。舌胖、质淡,苔薄白,脉沉弱滑,或见结代。治法:益气养血,宁心安胎。方药:养心汤。

(2)心血虚　妊娠期间,心悸怔忡,面色少华,头晕目眩,失眠多梦。舌质淡,脉细滑弱。治法:养血益气,宁心安胎。方药:归脾汤。

(3)阳虚水泛　妊娠期间,心悸气短,喘不得卧,咳吐白色泡沫痰,畏寒肢冷,四肢浮肿,尿少便溏。舌质淡,苔白润,脉沉滑弱或结代。治法:温阳化气,行水安胎。方药:真武汤合五苓散。

(4)气虚血瘀　妊娠期间,心悸怔忡,胸胁作痛,胸闷喘憋,口唇发绀。舌质紫暗,脉弦涩或结代。治法:益气化瘀,通阳安胎。方药:补阳还五汤合瓜蒌薤白半夏汤。

命题考点3　妊娠与糖尿病二者间的相互影响

【历年真题纵览】

A1 型题

妊娠与糖尿病二者间的相互影响错误的是

A. 妊娠可加重糖尿病病情

B. 糖尿病患者妊娠后易发生感染

C. 易并发妊高征、羊水过多、巨大儿

D. 可导致产后子宫恢复正常

E. 畸胎死胎发生率高

参考答案:D

【考点评析】

妊娠可加重糖尿病病情;糖尿病患者妊娠后易发生感染,易并发妊高征、羊水过多、巨大儿、畸胎死胎产程延长及产后出血;畸胎死胎发生率高。

命题考点4　妊娠糖尿病中医分型治疗

【历年真题纵览】

A1 型题

1. 治疗胃热炽盛型妊娠糖尿病的首选方是

A. 玉女煎

B. 参苓白术散

C. 全生白术散

D. 四君子汤

E. 人参归脾丸

参考答案:A

2. 治疗妊娠糖尿病肾阴亏虚证的首选方是

A. 八味肾气丸

B. 参苓白术散

C. 六味地黄丸

D. 四君子汤

E. 人参归脾丸

参考答案:C

【考点评析】

中医分型治疗

1. 肺热伤津　妊娠期间,烦渴多饮,口干咽燥。舌边尖红,苔薄黄或少苔,脉滑数。治法:清热润肺,生津止渴。方药:消渴方。

2. 胃热炽盛　妊娠期间,形体消瘦,多食易饥,口干多饮,大便干燥。舌红,苔黄,脉滑数有力。治法:清胃泻火,养阴增液。方药:玉女煎。

3. 肾阴亏虚　妊娠期间,尿频量多,尿浊如膏脂,口咽干燥,腰膝酸软,头晕耳鸣。舌红,少苔,脉细数。治法:滋阴益肾。方药:六味地黄丸。

4. 阴阳两虚　妊娠期间,小便频多,混浊如膏,甚则饮一溲二,面色黧黑,腰膝酸软,形寒畏冷。舌淡,苔少,脉沉细无力。治法:滋阴助阳。方药:金匮肾气丸。

命题考点5　急性肾盂肾炎

【历年真题纵览】

A1 型题

妊娠合并急性肾盂肾炎临床表现及体征不包括

A. 突发寒战、高热

B. 恶心、呕吐

C. 膀胱刺激症状

D. 肾区疼痛及叩痛

E. 膀胱区压痛

参考答案:E

【考点评析】

1. 诊断:妊娠期,尤其是妊娠中期,突发寒战、高热(常达40℃以上)、腰痛,伴恶心、呕吐;有尿频、尿急、尿痛、排尿不尽感等膀胱刺激症状。肾区疼痛及叩痛。尿常规、中段尿培养可以帮助诊断。

2. 西医治疗

(1)卧床休息,取侧卧位;多饮开水,增加尿量。

(2)抗感染治疗:应选用对胎儿影响较小的抗生素,如氨苄西林、头孢菌素类药物。治疗最少2~3周。

3. 中医治疗

(1)阴虚火旺　妊娠期间,小便频数,淋沥不爽,灼热刺痛,量少色黄,午后潮热。舌红,苔少或薄黄,脉细滑数。治法:滋阴清热通淋,佐以安胎。方药:知柏地黄丸。

(2)心火偏亢　妊娠期间,尿频、尿急、灼热疼痛,量少色深,口舌生疮。舌尖红,苔黄而干,脉细滑数。治法:清心泻火,润燥通淋。方药:导赤散。

(3)湿热下注　妊娠期间,尿频、尿急、灼热疼痛,艰涩不利,身热心烦,口干不欲饮。舌红,苔黄腻,脉滑数。治法:清热利湿通淋。方药:加味五淋散。

第十二单元　产时病

命题考点1　产力异常的原因及类型

【历年真题纵览】

A1 型题

产力异常原因不包括

A. 内分泌失调

B. 头盆不称

C. 营养不良

D. 子宫因素

E. 精神因素

参考答案:C

【考点评析】

1. 头盆不称或胎位异常、子宫因素、精神因素、内分泌失调,药物影响。

2. 类型:子宫收缩乏力、子宫收缩过强,每类又分为协调性和不协调性。

命题考点2　临床表现及对母儿影响

【历年真题纵览】

A1 型题

产力异常母儿影响不包括

A. 难产

B. 缺乳

C. 产后出血

D. 胎儿窘迫

E. 胎死宫内

参考答案:B

【考点评析】

产力异常可导致难产、产后出血、胎儿窘迫、胎死宫内。

命题考点3　产道异常的临床分类

【历年真题纵览】

A1 型题

产道异常的临床分类正确的是

A. 骨产道与软产道异常

B. 盆腔异常

C. 子宫异常

D. 阴道异常

E. 盆腔狭窄

参考答案:A

【考点评析】

骨产道异常:骨盆狭窄。

软产道异常:外阴、阴道、宫颈异常。

命题考点4　胎位异常的临床表现

【历年真题纵览】

A1 型题

以下不属于胎位异常的是

A. 持续性枕后位

B. 枕横位
C. 枕先露
D. 面先露
E. 臀先露
参考答案:C

【考点评析】

胎位异常包括:持续性枕后位、枕横位、胎头高直位、前不均倾位、面先露、臀先露、肩先露、复合先露。

命题考点5 胎位异常诊断及处理原则

【历年真题纵览】

A1 型题

胎位异常的处理原则是
A. 手法复位
B. 使用催产素
C. 保胎治疗
D. 及早行剖宫产
E. 引产
参考答案:D

【考点评析】

明确胎位,及早行剖宫产。

命题考点6 胎儿发育异常的分类

【历年真题纵览】

A1 型题

1. 胎儿发育异常的分类错误的是
A. 胎儿宫内发育迟缓
B. 脑积水
C. 联体儿
D. 死胎
E. 葡萄胎
参考答案:E

【考点评析】

胎儿发育异常包括胎儿先天畸形、死胎、胎儿宫内发育迟缓。

命题考点7 诊断及处理原则

【历年真题纵览】

A1 型题

胎儿发育异常处理原则正确的是
A. 及时引产
B. 保胎治疗
C. 基因治疗
D. 吸氧
E. 增加营养饮食
参考答案:A

【考点评析】

胎儿发育异常的处理:定期产前检查、B 超等;确诊后及时引产。

第十三单元 产时胎儿窘迫与胎膜早破

命题考点1 胎儿窘迫的病因

【历年真题纵览】

A1 型题

胎儿窘迫的病因错误的是
A. 母体因素
B. 环境因素
C. 胎盘、脐带因素
D. 胎儿因素
E. 难产处理不当
参考答案:B

【考点评析】

胎儿窘迫的原因有:母体因素,胎盘、脐带因素,胎儿因素,难产处理不当。

命题考点2 胎儿窘迫诊断及处理

【历年真题纵览】

A1 型题

急性胎儿窘迫处理原则正确的是

A. 延长妊娠周数
B. 适时剖宫产
C. 尽快终止妊娠
D. 尽快吸氧
E. 尽快引产

参考答案:C

【考点评析】

1. 诊断:

急性——胎心、胎动改变,羊水胎粪污染,酸中毒。

慢性——胎盘功能检查,胎心、胎动、B 超监测。

2. 处理:

急性——对因治疗,纠正酸中毒,尽快终止妊娠。

慢性——定期产前检查,延长妊娠周数,适时剖宫产。

命题考点 3 胎膜早破定义

【历年真题纵览】

A1 型题

胎膜早破是

A. 临产时胎膜破裂
B. 妊娠 40 周前胎膜破裂
C. 妊娠 32 周前胎膜破裂
D. 临产前胎膜破裂
E. 任何时期的胎膜破裂

参考答案:D

【考点评析】

胎膜早破是临产前胎膜破裂。

命题考点 4 胎膜早破诊断及西医处理

【历年真题纵览】

A1 型题

1. 胎膜早破诊断常用检查方法及处理错误的是

A. 阴道液酸碱度检查
B. 阴道液涂片检查
C. 羊膜镜检查
D. 羊水涂片检查
E. 终止妊娠

参考答案:D

【考点评析】

诊断:阴道液酸碱度检查,阴道液涂片检查,羊膜镜检查。

处理:期待疗法;终止妊娠。

第十四单元 常见产时并发症

命题考点 1 产后出血的定义

【历年真题纵览】

A1 型题

产后出血是指

A. 胎儿娩出后 24 小时内出血量超过 500 ml 者
B. 胎儿娩出后 48 小时内出血量超过 500 ml 者
C. 胎儿娩出后 24 小时内出血量超过 200 ml 者
D. 胎儿娩出后 24 小时内出血量超过 1 000 ml 者
E. 胎儿娩出后 48 小时内出血量超过 1 000 ml 者

参考答案:A

【考点评析】

产后出血是指胎儿娩出后 24 小时内出血量超过 500 ml 者。

命题考点 2 产后出血临床表现

【历年真题纵览】

B1 型题

A. 胎盘剥离不全
B. 子宫胎盘卒中
C. 凝血功能障碍
D. 宫缩乏力
E. 软产道损伤

①胎盘娩出前断续大量阴道出血,暗红色,有血块多为

②胎盘娩出后阴道多量出血,宫体软,伴轮廓不清多为

③胎儿娩出后持续阴道流血,鲜红色多为

参考答案:①A ②D ③E

【考点评析】

产后出血临床表现包括子宫收缩乏力,胎盘因素,软产道裂伤,凝血功能障碍。

命题考点3 产后出血中西医治疗

【历年真题纵览】

A1 型题

治疗血虚气脱型产后出血的首选方剂是

A. 参附汤

B. 独参汤

C. 归脾汤

D. 当归黄芪汤

E. 夺命散

参考答案:A

【考点评析】

1. 西医治疗:针对原因迅速止血、补充血容量纠正休克及防治感染。

2. 中医治疗:

(1)血虚气脱 产时、产后流血过多,突然晕眩,甚则昏不知人,面色苍白,冷汗淋漓,眼闭口开,手撒肢冷。舌淡,无苔,脉微欲绝或浮大而虚。治法:益气固脱。方药:参附汤。

(2)瘀阻气闭 产妇分娩后,恶露不下或量少,少腹阵痛拒按,突然头晕眼花,不能坐起,甚至心下急满,神昏口噤,不省人事,两手握拳,牙关紧闭,面色青紫。唇舌紫暗,脉涩。治法:行血逐瘀。方药:夺命散加当归、川芎。

命题考点4 子宫破裂原因及临床表现

【历年真题纵览】

A1 型题

子宫破裂原因错误的是

A. 胎先露部下降受阻

B. 胎儿过大

C. 子宫瘢痕

D. 手术创伤

E. 子宫收缩剂使用不当

参考答案:B

【考点评析】

1. 原因:胎先露部下降受阻,子宫瘢痕,手术创伤,子宫收缩剂使用不当。

2. 临床表现:病理缩复环,下腹剧痛,血尿,胎心改变,休克。

命题考点5 子宫破裂防治措施

【历年真题纵览】

A1 型题

子宫破裂防治措施错误的是

A. 预防为主

B. 抑制宫缩

C. 抗生素

D. 尽快行剖宫产手术

E. 全身麻醉

参考答案:C

【考点评析】

子宫破裂的防治:预防为主,抑制宫缩,尽快行剖宫产手术。

命题考点6 羊水栓塞的病因和病理演变的特征

【历年真题纵览】

A2 型题

患者,女,28 岁。在分娩时突然出现呼吸困难,后咯血,最终抢救无效死亡。尸检发现肺小血管内有胎脂及角化上皮。其死因可能是

A. 血栓栓塞

B. 气体栓塞

C. 脂肪栓塞

D. 羊水栓塞

E. 瘤细胞栓塞

参考答案:D

【考点评析】

羊水进入母血循环引起肺动脉高压、弥散性血管内凝血(DIC)。

命题考点7　羊水栓塞临床表现及西医处理原则

【历年真题纵览】

A1 型题

1. 羊水栓塞临床表现不包括

A. 休克

B. DIC

C. 出血

D. 感染

E. 急性肾功能衰竭

参考答案:D

A2 型题

产妇,女,35 岁。在分娩时突发呼吸困难,其后咯血不止,经积极抢救未能挽救生命。尸检发现肺小血管内有胎脂及角化上皮。其死因可能是

A. 子宫破裂

B. 气体栓塞

C. 血栓栓塞

D. 羊水栓塞

E. 脂肪栓塞

参考答案:D

【考点评析】

羊水进入母血循环引起肺动脉高压、弥散性血管内凝血(DIC)。临床表现:休克、DIC 引起的出血、急性肾功能衰竭。应抗休克、抗过敏,解除肺动脉高压,纠正缺氧及心衰。

第十五单元　产后病

命题考点1　晚期产后出血

【历年真题纵览】

A1 型题

晚期产后出血是指

A. 分娩 1 周后,产褥期内发生的子宫大量出血

B. 分娩 48 小时后,产褥期内发生的子宫大量出血

C. 分娩 24 小时后,产褥期内发生的子宫大量出血

D. 分娩 72 小时后,产褥期内发生的子宫大量出血

E. 分娩 12 小时后,产褥期内发生的子宫大量出血

参考答案:C

【考点评析】

1. 概念:晚期产后出血指分娩 24 小时后,在产褥期内发生的子宫大量出血。

2. 西医治疗:止血、抗炎。清除宫内残留物,在备血及做好开腹手术术前准备的同时采用刮宫术。操作力求轻柔,刮出物送病理检查,以明确诊断。对于剖宫产术后阴道大量流血,保守治疗无效者,必要时应行开腹探查术。若系肿瘤引起的阴道流血,应做相应治疗。

3. 中医治疗

(1)气虚　产后恶露量多,或持续 10 日不止,色淡红,质稀,小腹空坠,面色㿠白。舌淡,苔薄,脉缓弱。治法:补脾益气,固冲摄血。方药:补中益气汤。

(2)血瘀　产后恶露不止,或排出不畅,色暗红,夹有血块,小腹疼痛拒按。舌暗,或有瘀斑、瘀点,脉沉弦或弦涩。治法:活血化瘀,调冲止血。方药:生化汤合失笑散。

(3)血热　产后恶露量较多,过期不止,色鲜红或深红,质稠,大便干燥。舌红,脉滑数。治法:养阴清热,安冲止血。方药:保阴煎。

命题考点2　产褥感染

【历年真题纵览】

A1 型题

1. 产褥感染热入营血证的治法是

A. 清热解毒,凉血化瘀

B. 清热解毒,泻下逐瘀

C. 清热解毒,凉血养阴

D. 清营解毒,散瘀泄热

E. 清心开窍,回阳救逆

参考答案:D

2. 以下哪个部位的感染不属于产褥感染范畴

A. 外阴

B. 阴道

C. 子宫内膜

D. 盆腔结缔组织

E. 乳腺

参考答案:E

3. 产后血瘀发热最佳选方

A. 解毒活血汤

B. 生化汤

C. 桃红四物汤

D. 少腹逐瘀汤

E. 失笑散

参考答案:B

4. 产后发热感染邪毒证,若实热瘀血内结阳明者,治疗应首选

A. 青霉素加五味消毒饮合失笑散

B. 青霉素加白虎加人参汤

C. 青霉素加大黄牡丹皮汤

D. 庆大霉素加清营汤送服紫雪丹

E. 庆大霉素加清营汤送服安宫牛黄丸

参考答案:A

A2 型题

5. 患者,女,26 岁,已婚。产后 4 天,高热寒战,小腹疼痛拒按,恶露量较多、色紫黯如败酱、有臭气,烦躁口渴,便结尿黄。舌红苔黄,脉洪数。诊断为产褥感染,其证型是

A. 外感风热

B. 血瘀

C. 血虚

D. 湿热

E. 感染邪毒

参考答案:E

6. 女患者,产后 30 天,恶露不止,量较多,色深红,质黏稠,味臭,面色潮红,口燥咽干,舌质红,脉虚细而数。治宜

A. 养阴清热止血

B. 化瘀止血

C. 益气止血

D. 清热解毒止血

E. 凉血止血

参考答案:A

【考点评析】

1. 临床表现:急性外阴、阴道、宫颈炎,子宫内膜炎,子宫肌炎,盆腔腹膜炎,弥漫性腹膜炎,血栓静脉炎,脓毒血症及败血症。

2. 西医治疗:支持疗法,清除宫腔残留物,应用抗生素,治疗血栓静脉炎。

3. 中医治疗

(1)辨证要点　本病的辨证应根据发热的特点,结合恶露的量、色、质、气味,有无腹痛等伴随症状及舌脉辨其虚实。若高热寒战,伴小腹疼痛、拒按,恶露臭秽者,为感染邪毒;若高热汗出,斑疹隐隐,为热入营血;若壮热不退,神昏谵语者,为热陷心包。

(2)分型论治

①感染邪毒　产后发热恶寒,或高热寒战,小腹疼痛拒按,恶露量多或少,色紫暗如败酱,气臭秽,大便燥结。舌红,苔黄而干,脉数有力。治法:清热解毒,凉血化瘀。方药:五味消毒饮合失笑散。

②热入营血　高热汗出,烦躁不安,皮肤斑疹隐隐。舌红绛,苔黄燥,脉弦细而数。治法:清营解毒,散瘀泄热。方药:清营汤。

③热陷心包　壮热不退,神昏谵语,甚至昏迷,面色苍白,四肢厥冷。舌红绛,脉微而数。治法:清心开窍。方药:清营汤送服安宫牛黄丸、紫雪丹,或静脉滴注清开灵注射液。

命题考点 3　产后缺乳

【历年真题纵览】

A2 型题

患者,女,30 岁,已婚。产后 20 天乳少,乳汁清稀,无胀感,神疲纳少,舌淡,少苔,脉虚细。西医诊断为产后缺乳。其中医治法是

A. 补气养血,佐以通乳

B. 疏肝解郁,通络下乳

C. 补肾益气,佐以通乳

D. 健脾和胃,佐以通乳

E. 理气活血,佐以通乳

参考答案:A

【考点评析】

1. 哺乳期内,产妇乳汁甚少或无乳可下者,称“缺乳”。

2. 中医论治

(1)气血虚弱　产后乳少或全无,乳汁清稀,乳房柔软,面色少华,神疲乏力。舌淡,少苔,脉虚细。治法:补气养血,佐以通乳。方药:通乳丹。

(2)肝郁气滞　产后乳汁甚少或全无,乳汁浓稠,乳房胀硬或疼痛,情志抑郁。苔薄黄,脉弦。治法:疏肝解郁,通络下乳。方药:下乳涌泉散。

第十六单元　常见产后并发症

命题考点1　产后关节痛

【历年真题纵览】

A1 型题

黄芪桂枝五物汤用于治疗产后关节痛

A. 气虚证

B. 血虚证

C. 血瘀证

D. 肾虚证

E. 外感证

参考答案:B

【考点评析】

1. 产妇在产褥期内,出现肢体或关节酸楚、疼痛、麻木、重着者,称为产后身痛。

2. 中医论治

(1)辨证要点:重在辨其疼痛的性质。肢体酸楚、麻木者,属虚证;疼痛按之加重者,属血瘀;风盛者,疼痛游走不定;湿盛者,肢体肿胀,麻木重着;寒盛者,冷痛,或刺痛,痛有定处。

(2)分型论治

①血虚　产后肢体麻木,关节酸楚,面色萎黄,头晕心悸。舌淡红,少苔,脉细弱。治法:养血益气,温经通络。方药:黄芪桂枝五物汤。

②血瘀　产后遍身疼痛,或关节刺痛,按之痛甚,恶露量少,色暗红。舌紫暗,苔薄白,脉弦涩。治法:养血活络,行瘀止痛。方药:生化汤。

③外感　产后肢体、关节疼痛,屈伸不利,或痛处游走不定,或冷痛剧烈,怕冷恶风,或关节肿胀,麻木重着。舌淡,苔薄白,脉浮紧。治法:养血祛风,散寒除湿。方药:独活寄生汤。

④肾虚　产后腰膝关节酸痛,或足跟痛;头晕耳鸣,夜尿多。舌淡暗,苔薄白,脉沉细。治法:补肾强腰,壮筋骨。方药:养荣壮肾汤。

命题考点2　产后排尿异常

【历年真题纵览】

A1 型题

1. 肾虚型产后小便不通的主治方剂是

A. 肾气丸

B. 木通散

C. 加味四物汤

D. 济生肾气丸

E. 真武汤

参考答案:D

2. 下列各项,不属产后尿潴留气虚证主要症状的是

A. 产后小便不通

B. 小腹胀急疼痛

C. 气短懒言

D. 面色晦黯

E. 舌淡,苔薄白,脉缓弱

参考答案:B

【考点评析】

1. 新产后产妇发生排尿困难,小便点滴而下,甚则闭塞不通,小腹胀急疼痛者。

2. 分型论治

(1)产后小便不通

①气虚　产后小便不通,小腹胀急疼痛,倦怠乏力,气短懒言。舌淡,苔薄白,脉缓弱。治法:益气生津,宣肺利水。方药:补气通脬饮。

②肾虚　产后小便不通,小腹胀急疼痛,腰膝酸软,面色晦暗。舌淡,苔薄润,脉沉细无力。治法:补肾温阳,化气利水。方药:济生肾气丸。

③气滞　产后小便不通,小腹胀痛,情志抑郁。舌苔正常,脉弦。治法:理气行滞,行水利尿。方药:木通散。

④血瘀　产后小便不通,小腹胀满刺痛。舌质暗,苔薄白,脉沉涩。治法:养血活血,祛瘀利尿。方药:加味四物汤。

(2)产后小便频数与失禁

①气虚　产后小便频数,或失禁,气短懒言,小腹下坠。舌淡,苔薄白,脉缓弱。治法:益气固摄。方药:黄芪当归散。

②肾虚　产后小便频数,或失禁,夜尿尤多,腰膝酸软。舌淡,苔白滑,脉沉细无力。治法:温阳化气,补肾固脬。方药:肾气丸。

第十七单元　外阴瘙痒

命题考点1　常见病因及鉴别诊断

【历年真题纵览】

A1 型题

外阴瘙痒常见病因不包括

A. 特殊感染
B. 皮肤疾病
C. 外阴充血
D. 过敏
E. 外阴不洁

参考答案:C

【考点评析】

1. 病因:特殊感染,外阴鳞状上皮增生,过敏,外阴不洁,皮肤疾病。

2. 鉴别诊断:糖尿病,黄疸等慢性病,妊娠期经前期外阴充血。

命题考点 2 中西医治疗方法

【历年真题纵览】

A2 型题

1. 某女,35 岁。带下量多,阴部瘙痒,烦躁易怒,胸胁胀痛,口苦咽干,大便干,小便短赤,舌红苔黄,脉弦数。治疗方宜选用

A. 萆薢渗湿汤
B. 二妙汤
C. 龙胆泻肝汤
D. 止带汤
E. 知柏地黄丸

参考答案:C

B1 型题

2.

A. 二陈汤
B. 止带汤
C. 知柏地黄丸
D. 萆薢渗湿汤
E. 二妙散

①肝经湿热型阴痒首当选用
②肝肾阴虚型阴痒首当选用

参考答案:①D ②C

【考点评析】

1. 一般治疗:注意卫生,病因治疗,对症治疗:外用药、内服药。

2. 辨证口服及外洗药。

第十八单元 女性生殖系统炎症

命题考点 1 外阴及前庭大腺炎临床表现

【历年真题纵览】

A1 型题

外阴及前庭大腺炎临床表现错误的是

A. 局部疼痛、红肿
B. 大小便困难
C. 局部红肿,压痛
D. 脓肿形成时有波动感
E. 局部流脓

参考答案:E

【考点评析】

局部疼痛、红肿,大小便困难。检查见局部红肿,压痛。脓肿形成时,疼痛加剧,触痛明显,有波动感。

命题考点 2 外阴及前庭大腺炎中西医治疗方法

【历年真题纵览】

A1 型题

治疗前庭大腺炎寒凝瘀滞证,应首选

A. 阳和汤
B. 少腹逐瘀汤
C. 温经汤
D. 桂枝茯苓丸
E. 内补丸

参考答案:A

【考点评析】

1. 西医治疗:①卧床休息,保持外阴清洁,局部冷敷。②抗感染:根据病原体选择抗生素。③手术治疗:脓肿已成,应切开排脓并做造口术。

2. 中医治疗:

(1)外阴炎

①湿热下注 外阴肿痛、灼热或瘙痒、充血或有糜烂、溃疡,带下增多,色黄质稠,气味秽臭,伴烦躁易怒,口干口苦,尿黄便秘。舌苔黄腻,脉弦数。治

法:清热利湿。方药:龙胆泻肝汤。

②湿毒浸渍 外阴疼痛、肿胀、充血、溃疡、渗流脓水,带下增多,色黄秽臭。舌红,苔黄糙,脉数。治法:清热解毒除湿。方药:五味消毒饮。

(2)前庭大腺炎

①热毒蕴结 外阴一侧红肿疼痛、灼热结块,拒按,或破溃溢脓,带下量多,色黄,臭秽,甚或恶寒,发热,口苦咽干,心烦易怒,便秘尿黄。舌红,苔黄腻,脉弦滑数。治法:清热解毒,消肿散结。方药:仙方活命饮。

②寒凝瘀滞 外阴一侧结块肿胀,疼痛缠绵,皮色不变,经久不消。舌体胖,苔薄,脉细缓。治法:温经散寒,化湿涤痰,和营散结。方药:阳和汤。

命题考点3 滴虫性阴道炎、念珠菌阴道炎、细菌性阴道病、老年性阴道炎的病因

【历年真题纵览】

A1 型题

1. 老年性阴道炎的病因是
   A. 阴道毛滴虫
   B. 白色念珠菌
   C. 细菌感染
   D. 雌激素水平不足
   E. 免疫功能亢进

参考答案:D

2. 感染阴道毛滴虫可以引起
   A. 细菌性阴道炎
   B. 滴虫性阴道炎
   C. 念珠菌阴道炎
   D. 老年性阴道炎
   E. 过敏性阴道炎

参考答案:B

【考点评析】

滴虫性阴道炎——阴道毛滴虫;念珠菌阴道炎——白色念珠菌;细菌性阴道病——混合性细菌感染;老年性阴道炎——雌激素水平不足和免疫功能低下。

命题考点4 各种阴道炎的临床表现

【历年真题纵览】

A1 型题

1. 下列各项,不属滴虫性阴道炎湿热下注证主要症状的是
   A. 带下色黄呈泡沫状或脓性
   B. 带下色黄呈脓性或浆液性
   C. 外阴瘙痒
   D. 心烦失眠
   E. 舌苔薄腻,脉弦

参考答案:B

2. 外阴瘙痒,阴道见稀薄泡沫状分泌物,味臭。最可能的诊断是
   A. 老年性阴道炎
   B. 淋病
   C. 霉菌性阴道炎
   D. 滴虫性阴道炎
   E. 细菌性阴道炎

参考答案:D

【考点评析】

滴虫性阴道炎:白带增多,稀薄的泡沫状,或呈脓性,可有臭味,外阴瘙痒,兼或有灼热、疼痛、性交痛等。念珠菌阴道炎:外阴瘙痒、灼痛,白带增加,呈豆渣样,可有尿频、尿急、性交痛。检查可见小阴唇内侧及阴道黏膜上附着白色膜状物,擦除后露出红肿黏膜面。细菌性阴道病:分泌物增多或有臭味,瘙痒轻,检查见阴道黏膜无充血,白带灰白色,黏度很低。老年性阴道炎:分泌物增多,稀薄,外阴瘙痒、灼热感,检查见阴道呈老年性改变,黏膜充血、表浅溃疡。

命题考点5 阴道炎中西医治疗方法

【历年真题纵览】

A1 型题

1. 治疗老年性阴道炎,应首选
   A. 柏己片塞药加3%小苏打液冲洗
   B. 制霉菌素塞药加蛇床子散煎液冲洗
   C. 甲硝唑塞药加蛇床子散煎液冲洗

D. 柏己片塞药加15%乳酸液冲洗

E. 甲硝唑塞药加3%小苏打液冲洗

参考答案:D

2. 治疗老年性阴道炎肾阴亏损证应首选

A. 完带汤

B. 止带方

C. 知柏地黄汤

D. 右归丸

E. 六味地黄汤

参考答案:C

3. 龙胆泻肝汤可治疗

A. 滴虫性阴道炎湿热下注型

B. 滴虫性阴道炎肾虚湿盛型

C. 老年性阴道炎肾阴亏损型

D. 老年性阴道炎湿热下注型

E. 非特异性阴道炎湿热带下型

参考答案:A

A2 型题

4. 患者,女,53岁,已婚。带下量多,色黄,阴道灼热干涩,腰膝酸软。妇科检查:阴道潮红,萎缩变薄。治疗应首先考虑的药物是

A. 知柏地黄汤与雌激素

B. 知柏地黄汤与甲硝唑

C. 易黄汤与雌激素

D. 易黄汤与甲硝唑

E. 龙胆泻肝汤与雌激素

参考答案:A

5. 某患者,女性,40岁。外阴奇痒,白带呈豆渣样。妇科检查:阴道黏膜附有白色膜状物,阴道分泌物悬滴涂片可见芽孢和假菌丝。治疗宜选用

A. 制霉菌素

B. 甲硝唑

C. 蛇床子方

D. 苦黄散

E. 知柏地黄丸

参考答案:A

【考点评析】

1. 滴虫性阴道炎:全身用药:甲硝唑口服;局部用药:甲硝唑入阴。

2. 念珠菌阴道炎:①消除诱因;②局部用药:制霉菌素栓剂入阴;③全身用药:口服氟康唑

3. 细菌性阴道病:甲硝唑口服及阴道用药。

4. 老年性阴道炎:增加阴道抵抗力:雌激素口服及阴道用药;抑制细菌生长:甲硝唑阴道用药。

命题考点6 宫颈炎

【历年真题纵览】

A2 型题

1. 患者,女,35岁,已婚。半年前出现阴道分泌物增多,并伴有性交后出血。妇科检查:宫颈中度糜烂,颗粒状,接触性出血(+)。宫颈细胞学检查:轻度炎症。应首先考虑的治疗措施是

A. 口服中药治疗

B. 手术切除子宫

C. 物理治疗

D. 口服抗生素

E. 局部外敷中药制剂

参考答案:C

2. 某女,29岁,人工流产2次,4年前自然分娩1次,近日有性交出血,平时男用工具避孕,近1年白带量多,色黄,质黏稠,妇科检查宫颈中度糜烂。治疗首选

A. 抗生素治疗

B. 宫颈电熨治疗

C. 硝酸银局部上药

D. 宫颈锥形切除

E. 消糜栓外用

参考答案:B

【考点评析】

1. 宫颈充血、糜烂、分泌物脓性。

2. 病因:病原体感染,宫颈损伤,阴道异物,性传播疾病。

3. 物理治疗:激光、冷冻、红外线、微波;药物治疗:口服、局部用药;手术治疗:宫颈锥切。

4. 慢性宫颈炎(带下病)辨证论治。湿热内蕴证首选止带方,肝经湿热下注者选龙胆泻肝汤,湿毒蕴结型选五味消毒饮。宫颈炎的治疗原则:生育妇女采用宫颈局部上药治疗,已经生育妇女采用电熨等物理治疗法。

命题考点7 盆腔炎

【历年真题纵览】

A1 型题

1. 治疗湿热壅阻型慢性盆腔炎的治法是

A. 清热解毒,化淤止痛

B. 清热利湿,祛淤散结

C. 清热利湿,扶正祛邪

D. 清热解毒,消炎止痛

E. 健脾燥湿,化淤止痛

参考答案:B

A2 型题

2. 某女,少腹坠痛半年,隐隐作痛,带下增多,色黄,口干尿黄。舌红,苔黄,脉弦数。妇科检查:双附件增厚、压痛。首选方是

A. 银甲丸

B. 两地汤

C. 清经散

D. 左归丸

E. 慢盆汤

参考答案:A

3. 患者女性,30 岁。患慢性盆腔炎,可选择下列哪种治疗

A. 冲洗法

B. 坐浴法

C. 熏洗法

D. 中药保留灌肠

E. 纳药法

参考答案:D

【考点评析】

1. 女性内生殖器及其周围的结缔组织、盆腔腹膜发生炎症时称盆腔炎。

2. 临床表现:急性:下腹痛伴发热,白带增多等;慢性:患者下腹胀坠、疼痛及腰骶部酸痛,常在劳累、性交后、排便时及月经前后加剧等。体征为:子宫常呈后位,活动受限或粘连固定,如为输卵管炎,则在子宫一侧或两侧可触到增粗的输卵管,呈条索状,并有轻度压痛等。

3. 急性盆腔炎的西医治疗方法:

(1)支持治疗:休息,补液,物理降温。

(2)药物治疗:抗生素联合用药:①青霉素(或红霉素)与氨基糖苷类(庆大霉素或阿米卡星)及甲硝唑联合。②第一代头孢菌素与甲硝唑联合。③克林霉素或林可霉素与氨基糖苷类联合。④第二代头孢菌素。⑤第三代头孢菌素。⑥哌拉西林钠。⑦喹诺酮类与甲硝唑联合。

(3)手术治疗:手术指征:药物治疗无效,输卵管积脓或输卵管卵巢脓肿,脓肿破裂。

4. 中医治疗:急性:热毒炽盛证,方用五味消毒饮合大黄牡丹汤;湿热瘀结证,方用仙方活命饮。慢性:湿热瘀结证,方用银甲丸;气滞血瘀证,方用膈下逐瘀汤;寒湿凝滞证,方用少腹逐瘀汤;气虚血瘀证,方用理冲汤。

第十九单元 月经病

命题考点 1 功能失调性子宫出血

【历年真题纵览】

A1 型题

1. 下列各项,属黄体功能不足脾气虚弱证主要症状的是

A. 月经提前,量少,色淡黯

B. 精神倦怠

C. 腰背酸痛

D. 心悸失眠

E. 少腹胀痛

参考答案:B

2. 治疗无卵型功能失调性子宫出血肾阴虚证,应首选

A. 四物汤合二至丸

B. 左归丸合二至丸

C. 右归丸合二至丸

D. 保阴煎合失笑散

E. 两地汤合失笑散

参考答案:B

3. "治崩三法"是指

A. 止血、固脱、调经

B. 调经、固本、善后

C. 补肾、扶脾、调肝

D. 塞流、澄源、复旧

E. 以上都不是

参考答案:D

4. 患者,女,45 岁,已婚。经血时暴下,量多或淋漓不止,色淡而质清稀,面色苍白,面浮肢肿,神倦懒言,舌淡苔薄白,脉缓无力。治疗首选

A. 清热固经汤

B. 清经散

C. 右归丸

D. 左归丸合二至丸

E. 固本止崩汤合举元煎

参考答案:E

【考点评析】

1. 无排卵功血:①无规律性的子宫出血,多数月

经周期不正常;经期长短不一;经量多少不定,少至点滴出血,多至血崩;②有的仅表现为月经量增多,经期延长;③不孕;④出血过多,流血时间过久,可出现贫血症状。对不同年龄的患者应用不同的治疗。青春期育龄期患者应以止血和调整周期为主,促进排卵为原则;更年期妇女止血后以调整月经周期、减少经量为原则。

2. 有排卵功血:①月经周期规律,但周期缩短,表现月经频发;②可有经前点滴出血和月经量过多;③可有不孕或易于在孕早期流产;④月经周期正常,但经期时间延长,月经量亦较多,此种表现常见于黄体萎缩不全者;⑤月经过频、出血过多者,亦可能出现贫血症状。对症治疗,健全黄体功能等。

3. 功能失调性子宫出血,月经过多的诊断治疗。西医当诊断为:有排卵型月经失调,排卵型月经过多。中医诊断为月经过多,血热证。治疗当用丙酸睾丸酮加保阴煎。

4. 功能失调性子宫出血,子宫内膜脱落不全的诊断:子宫内膜脱落不全表现为月经间隔时间正常,但经期延长,基础体温双向,但下降缓慢。在月经第5~6天,内膜切片检查仍能见到呈分泌反应的内膜、出血坏死组织及新生的内膜混杂共存。

5. 无排卵型功血的诊断:无排卵型功血患者有各种不同的临床表现,可以表现为类似正常的周期性出血,但常见的症状是不规则子宫出血。妇科检查一般无特殊,子宫大小在正常范围。基础体温呈单向型等。

6. 中医辨证施治:"急则治其标,缓则治其本",灵活掌握塞流、澄源、复旧三法。塞流即止血,血崩者当防虚脱,一般采用固气摄血法,血势渐缓则谨守病机,辨证论治。澄源即是求因治本,复旧即是调理善后。澄源、复旧寓于止血之中,或正本清源、固本善后之中寓止血之药以防出血。

命题考点2 闭经

【历年真题纵览】

A1 型题

1. 闭经的治疗原则是

A. 虚者补而通之,实者泻而通之

B. 调理冲任气血为主

C. 温经养血,活血行滞

D. 急者治其标,缓者治其本

E. 热者清之,逆者平之

参考答案:A

2. 下列哪项不是闭经的临床常见证型

A. 湿热下注

B. 痰湿阻滞

C. 肝肾不足

D. 气血虚弱

E. 气滞血瘀

参考答案:A

3. 治疗闭经痰湿阻滞证,应首选

A. 左归丸

B. 右归丸

C. 归肾丸

D. 血府逐瘀汤

E. 苍附导痰丸

参考答案:E

4. 治疗闭经气血虚弱证,应首选

A. 黄体酮加一阴煎

B. 西药人工周期加启宫丸

C. 人参养荣汤

D. 举元煎

E. 圣愈汤

参考答案:C

A2 型题

5. 女患者,28岁,孕5产1,以往月经尚规律,量中等,近2年月经开始渐渐后错,量越来越少,现已半年余月经尚未来潮,伴有头晕耳鸣,腰膝酸软,小腹隐隐作痛,喜揉喜按,舌淡苔薄白,脉沉细。应诊断为

A. 月经后期

B. 月经过少

C. 原发性闭经

D. 继发性闭经

E. 妊娠

参考答案:D

6.

A. 血府逐瘀汤

B. 温经汤《妇人良方》

C. 膈下逐瘀汤

D. 少腹逐瘀汤

E. 桂枝茯苓丸

①治疗闭经气滞血瘀证,应首选

②治疗子宫肌瘤气滞血瘀证,应首选

参考答案:①A ②E

【考点评析】

1. 闭经的中医病名有血枯、血隔之分。血枯为虚,血隔为实。

2. 闭经的辨证分型。闭经的痰湿阻滞型表现为：月经延后，经量少，色淡质黏稠，渐至月经停闭；伴形体肥胖，胸闷泛恶，神疲倦怠，纳少痰多或带下量多，色白；苔腻，脉滑。

3. 闭经的辨证选方用药。虚热型应养阴清热调经。肾气亏损型闭经的治法为补肾益气，调理冲任，方选加减苁蓉菟丝子丸或归肾丸。痰湿阻滞型闭经的治法为健脾燥湿化痰，活血调经，方选四君子汤合苍附导痰丸。

4. 激素治疗：正常促性腺激素性闭经——子宫镜下分离粘连，大剂量雌孕激素序贯治疗。低促性腺激素性闭经——无生育要求：周期性孕激素疗法；有生育要求——氯米芬、尿促性素、GnRHa。溴隐亭——高催乳素血症；甲状腺片：甲状腺功能低下者；肾上腺皮质激素：肾上腺皮质功能亢进所致，一般用地塞米松；手术治疗：中枢系统肿瘤。

5. 中医辨证论治：

①肝肾不足　年满16周岁尚未行经，或初潮较晚，月经量少，经期延后，渐至闭经，头晕耳鸣，腰腿酸软。舌质淡，苔少，脉沉细。治法：滋肾柔肝，调补冲任。方药：归肾丸。

②气血虚弱　月经后期，量少，色淡，质稀，渐至闭经，头晕眼花，神疲肢倦。舌淡红，苔薄白，脉沉细。治法：补气养血，调经。方药：人参养营汤。

③阴虚血燥　经血由少渐至闭经，五心烦热，两颧潮红，或骨蒸劳热，或咳嗽，咯血。舌红，苔少，脉细数。治法：养阴清热，凉血调经。方药：加减一阴煎。

④气滞血瘀　月经数月不行，精神抑郁，烦躁易怒，少腹胀痛。舌紫暗，有瘀点，脉沉弦或沉涩。治法：理气活血，祛瘀调经。方药：血府逐瘀汤。

⑤寒凝血瘀　以往月经正常，突然经闭，数月不行，小腹疼痛拒按，得热痛减，四肢不温。舌紫暗，或边有瘀点，脉沉涩。治法：温经祛寒，活血化瘀。方药：温经汤。

⑥痰湿阻滞　月经停闭，胸胁胀满，呕恶痰多，神疲倦怠，或面浮肢肿，或带下量多，色白，质黏稠，大便溏。舌体胖嫩，苔腻，脉沉缓或滑。治法：燥湿化痰，活血通经。方药：苍附导痰丸。

命题考点3　痛经

【历年真题纵览】

A1型题

1. 患者，女，34岁，已婚。患痛经2年，经前或经期小腹冷痛，痛甚则呕恶，经色紫黯、有块、块下痛减，形寒肢冷，面色苍白，舌紫黯有淤紧。其证型是

A. 气滞血瘀

B. 寒凝血瘀

C. 气虚血瘀

D. 肾虚血瘀

E. 热郁血瘀

参考答案：B

2. 治疗气滞血瘀型痛经，方药可选

A. 桃红四物汤

B. 逍遥散

C. 少腹逐瘀汤

D. 膈下逐瘀汤

E. 血府逐瘀汤

参考答案：D

3. 气滞血瘀型痛经的特点是

A. 经前、经期小腹冷痛

B. 经前、经期小腹胀痛

C. 经前、经期小腹坠痛

D. 经期、经后小腹隐痛

E. 经期、经后小腹冷痛

参考答案：B

A_2型题

4. 患者，女，25岁，未婚。每次行经期间，小腹冷痛拒按，得热则舒，月经量少，色黯有块，畏寒身痛，舌淡黯，苔白腻，脉沉紧。其中医治法是

A. 理气活血，化瘀止痛

B. 理气行滞，化瘀止痛

C. 疏肝行气，缓急止痛

D. 温经祛寒，活血止痛

E. 益气补血，活血止痛

参考答案：D

【考点评析】

1. 凡在经期或经行前后，出现周期性小腹疼痛，或痛引腰骶，甚至剧痛晕厥者称为痛经。周期性下腹痛及伴随症状，如恶心呕吐、腹泻、肛门坠胀、头晕、头痛、乏力等。

2. 痛经的辨证用药

(1)辨证要点：痛经辨证根据其发病的时间、性质、部位以及其疼痛的程度，结合月经的周期、量、色、质以及兼症辨别其寒、热、虚、实。一般经前痛为实，经后痛为虚，经期痛有虚有实。一般疼痛剧烈拒按为实，隐隐作痛，喜揉喜按属虚。得热痛减多为寒，得热痛甚多为热。绞痛、冷痛者属寒，灼痛者属热。痛甚于胀，血块排出则痛减者为血瘀，胀甚于痛

者多为气滞。持续性疼痛者为血瘀，时痛时止者为气滞。痛在少腹多责肝，痛连腰骶多责肾。

(2)分型论治

①气滞血瘀　经前或经期下腹胀痛，拒按，量少，色紫暗，有血块，块下痛减，伴胸胁、乳房作胀。舌质暗或边有瘀点，脉弦或弦滑。治法：理气行滞，逐瘀止痛。方药：膈下逐瘀汤。

②寒湿凝滞　经前或经期小腹冷痛，得热痛减，量少，色暗，有血块，畏寒肢冷。舌淡暗，苔白腻，脉沉紧。治法：温经祛寒，活血止痛。方药：少腹逐瘀汤。

③湿热瘀阻　经前或经期小腹灼热疼痛，拒按，得热痛增，月经量多或经期延长，平时小腹隐痛，白带量多，色黄，质稠，有味。舌暗红，苔黄腻，脉弦数或细数。治法：清热利湿，祛瘀止痛。方药：清热调血汤。

④气血虚弱　经期或经净后小腹隐隐作痛，喜揉喜按，月经量少，色淡，质稀，神疲乏力。食欲不振。舌淡，苔薄，脉细无力。治法：益气补血，活血止痛。方药：八珍益母汤。

⑤肝肾亏虚　经后小腹隐痛，量少，色淡，腰膝酸软，头晕耳鸣。舌质淡红，脉沉细。治法：滋肾养肝。方药：调肝汤。

命题考点4　代偿性月经

【历年真题纵览】

A1 型题

下列除哪一脏腑外，其他脏腑都是中医"经行吐衄"的病位

A. 肝

B. 心

C. 胃

D. 肺

E. 肾

参考答案：B

【考点评析】

1. 每逢月经前后或正值月经期，出现有规律的吐血、衄血，又称经行吐衄、倒经、逆经。

2. 经行吐衄(代偿性月经)辨证论治：分2型，肝经郁火型，治以丹栀逍遥散加味；阴虚肺燥型治以顺经汤加味。

命题考点5　经前期综合征

【历年真题纵览】

A1 型题

1. 治疗经前期综合征肝肾阴虚，应首选的方剂是

A. 逍遥散

B. 柴胡疏肝散

C. 血府逐瘀汤

D. 滋水清肝饮

E. 丹栀逍遥散

参考答案：B

2. 治疗脾肾阳虚型经前期综合征，应首选的方剂是

A. 肾气丸

B. 白术散

C. 补中益气汤

D. 健固汤合四神丸

E. 归脾汤

参考答案：D

A2 型题

3. 患者，女，35岁，已婚。患子宫肌瘤2年，精神抑郁，经前乳房胀痛，胸胁胀闷，心烦易怒，小腹胀痛，时有刺痛，舌边有瘀点苔白，脉细弦。治疗应首选

A. 桂枝茯苓丸

B. 膈下逐瘀汤

C. 少腹逐瘀汤

D. 补阳还五汤

E. 逐瘀止血汤

参考答案：B

【考点评析】

1. 孕激素不足，雌激素相对过多。

2. 精神疗法：讲解这是一种生理现象，消除患者的各种顾虑。氟西汀：抗抑郁药，每日20～40 mg口服，黄体期用药。利尿剂：螺内酯20 mg，口服，每日3次，黄体期用药。溴隐亭：月经后半期每日口服2.5 mg。维生素 B_6：每日口服100 mg。

3. 中医治疗

①肝郁气滞　经前乳房胀痛，精神抑郁，烦躁易怒。舌质红或紫暗，脉弦。治法：疏肝解郁，理气止痛。方药：柴胡疏肝散。

②肝肾阴虚　经前、经期头晕头痛，烦躁失眠，

口干不欲饮。舌红,少苔,脉细数。治法:滋肾养肝,清热降火。方药:知柏地黄汤。

③脾肾阳虚　经前、经期面目、四肢浮肿,经行泄泻,腰腿酸软,形寒肢冷。舌淡,苔白滑,脉沉缓。治法:健脾温肾。方药:健固汤合四神丸。

④心脾气虚　经行或经后发热,形寒,自汗,神疲肢软,少气懒言,经行感冒,或发风疹。舌淡,苔薄,脉弱无力。治法:健脾升阳,益气固表。方药:归脾汤。

⑤瘀血阻滞　经前、经期身痛,得热痛减,经行量少,色暗,或有血块。舌红,苔白,脉沉紧或沉涩。治法:温经通络,活血散瘀。方药:趁痛散。

命题考点6　围绝经期综合征

【历年真题纵览】

A1 型题

1. 下列关于更年期综合征的叙述,错误的是

A. 中医又称为绝经前后诸证

B. 发生在 45~55 岁

C. 卵巢功能衰退是主要原因

D. 血中促性腺激素水平明显降低

E. 可有尿急、尿失禁或反复发作膀胱炎

参考答案:E

A2 型题

2. 患者,女,47 岁,已婚。近 1 年经乱无期,出血量少或淋漓不尽,色鲜红而质稠,伴头晕耳鸣,腰膝酸软,舌红少苔,脉细数。诊断性刮宫为增殖期子宫内膜,其证型是

A. 肾阳虚

B. 肾阴虚

C. 脾虚

D. 实热

E. 血瘀

参考答案:B

3. 患者,女,50 岁,已婚。月经紊乱近 1 年。现月经 3 个月未行,时感心烦急躁,烘热汗出,恶心,纳差,下肢浮肿,尿妊娠试验(-)血中促性腺激素水平升高。应首选考虑的是

A. 功能性子宫出血

B. 围绝经期综合征

C. 早孕

D. 闭经

E. 神经官能症

参考答案:B

4. 患者,女,46 岁,已婚。经闭 8 个月,白带清稀量多,精神萎靡,形寒肢冷,面浮肢肿,大便溏薄,腰膝酸软,小便清长,舌淡苔薄,脉沉细无力。妇科检查无异常。其诊断是

A. 围绝经期综合征,肾阴虚证

B. 围绝经期综合征,肾阳虚证

C. 围绝经期综合征,肾阴阳两虚证

D. 闭经,肾阴阳两虚证

E. 闭经,肾阴虚证

参考答案:B

【考点评析】

1. 围绝经期综合征辨证分型治疗,肝郁化火型首选方丹栀逍遥散;肾阳虚型,应温肾扶阳。

2. 应用激素替代法治疗更年期综合征的适应证是:因雌激素水平低落而产生明显的神经血管舒缩性综合症状,影响其生活和工作时。

2. 中医辨证要点及分型论治

(1)辨证要点:本病以肾虚为本,病机特点以肾阴阳平衡失调为主。临床辨证关键在于辨清阴阳属性。

(2)分型论治

①肾阴虚　绝经前后,月经紊乱,色鲜红,量或多或少,潮热汗出,头晕耳鸣,腰膝酸软,阴道干涩。舌红,少苔,脉细数。治法:滋肾养阴,佐以潜阳。方药:左归饮。

②肾阳虚　绝经前后,月经紊乱,或崩中漏下,或闭经,精神萎靡,形寒肢冷,面色晦暗。舌淡,苔薄,脉沉细无力。治法:温肾扶阳。方药:右归丸。

③肾阴阳两虚　绝经前后,月经紊乱或闭经,烘热汗出,恶风,头晕健忘,腰背冷痛。舌质淡,苔薄白,脉沉细。治法:益阴扶阳。方药:二仙汤合二至丸。

第二十单元　女性生殖器官肿瘤

命题考点1　宫颈癌的诊断方法

【历年真题纵览】

A1 型题

关于宫颈癌的叙述,下列哪项是错误的

A. 可出现恶病质

B. 阴道流血是常见症状

C. 早期宫颈癌常无症状

D. 有外生和内生两型

E. 宫颈刮片细胞学检查是最可靠的检查方法

参考答案:E

【考点评析】

宫颈癌常用诊断方法有:宫颈刮片细胞学检查、碘试验、固有荧光诊断法、阴道镜检查、宫颈活组织检查、宫颈锥切术等。宫颈刮片细胞学检查主要用于防癌普查。宫颈活组织检查是最可靠和不可缺少的检查。

命题考点2 中西医治疗原则

【历年真题纵览】

A1 型题

宫颈癌热毒瘀滞型主方是

A. 六味地黄丸加二至丸

B. 金匮肾气丸

C. 丹栀逍遥散

D. 黄连解毒汤

E. 清瘟败毒饮

参考答案:D

【考点评析】

1. 西医治疗

预防为主,防癌普查;积极治疗中重度宫颈糜烂;根据临床分期选择手术、放疗及化疗等综合运用;中医辨证治疗。肝肾阴虚型——六味地黄丸加二至丸;脾肾阳虚型——金匮肾气丸;肝郁化火型——丹栀逍遥散;热毒瘀滞型——龙胆泻肝汤合五味消毒饮。

2. 中医辨证治疗

(1)肝郁化火 赤白带下夹有瘀块,心烦易怒,口苦咽干。舌暗,苔微黄,脉弦。治法:疏肝理气,解毒散结。方药:丹栀逍遥散。

(2)肝肾阴虚 赤白带下,其味恶臭,头晕耳鸣,五心烦热。舌质红,苔黄白,脉弦细。治法:滋补肝肾,解毒清热。方药:知柏地黄丸合二至丸。

(3)脾肾阳虚 赤白带下,质稀薄,腰骶冷痛。舌质淡,苔薄,脉沉细。治法:健脾温肾,化湿止带。方药:真武汤合完带汤。

(4)湿热瘀毒 赤白带下,时有腥臭,少腹胀痛,尿黄便干。舌质红,苔黄腻,脉滑数。治法:清热利湿,解毒化瘀散结。方药:黄连解毒汤。

命题考点3 子宫肌瘤分类

【历年真题纵览】

A1 型题

子宫肌瘤分类错误的是

A. 宫体肌瘤

B. 肌壁间肌瘤

C. 浆膜下肌瘤

D. 结缔组织肌瘤

E. 黏膜下肌瘤

参考答案:D

【考点评析】

子宫肌瘤分类:按肌瘤所在的部位分为宫体肌瘤、宫颈肌瘤,按子宫肌瘤发展过程与子宫壁的关系分为肌壁间肌瘤、浆膜下肌瘤、黏膜下肌瘤。

命题考点4 子宫肌瘤临床表现

【历年真题纵览】

A1 型题

不属于子宫肌瘤临床表现的是

A. 月经改变

B. 白带增多

C. 恶病质

D. 下腹坠胀

E. 不孕

参考答案:C

【考点评析】

1. 症状:月经改变、腹部包块、白带增多、腹痛、腰酸、下腹坠胀、压迫症状、不孕、继发性贫血。

2. 体征:与肌瘤大小、位置、数目及有无变性有关。

命题考点5 子宫肌瘤手术和非手术处理原则

【历年真题纵览】

A1 型题

以下有子宫肌瘤手术指征的是

A. 腹部包块

B. 1 个月妊娠子宫大

C. 近绝经年龄

D. 腹痛、腰酸

E. 继发性贫血者

参考答案:E

【考点评析】

1. 手术治疗:子宫大于 2.5 个月妊娠子宫大小、症状明显致继发性贫血者。

2. 药物治疗:肌瘤在 2 个月妊娠子宫大小以内,症状不明显或较轻,近绝经年龄及全身状况不能手术者。

命题考点 6　子宫肌瘤中医辨证论治

【历年真题纵览】

A1 型题

1. 治疗子宫肌瘤气滞血瘀证,应首选

A. 血府逐瘀汤

B. 温经汤《妇人良方》

C. 膈下逐瘀汤

D. 少腹逐瘀汤

E. 桂枝茯苓丸

参考答案:C

2. 下列各项,不属子宫肌瘤中医常见证型的是

A. 气血虚弱

B. 气滞血瘀

C. 阴虚内热

D. 痰湿瘀阻

E. 寒湿凝滞

参考答案:A

A2 型题

3. 患者确诊为子宫肌瘤,症见带下绵绵,畏寒怯冷,四肢不温,遇寒则小腹疼痛,舌暗边有瘀斑,苔薄白,脉弦紧。治疗应首选

A. 桂枝茯苓丸

B. 血府逐瘀汤

C. 逐瘀止血汤

D. 少腹逐瘀汤

E. 理中汤

参考答案:D

B1 型题

4.

A. 少腹逐瘀汤

B. 膈下逐瘀汤

C. 参茜固经冲剂

D. 逐瘀止血汤

E. 消海丸

①治疗子宫肌瘤寒湿凝滞证,应首选

②治疗子宫肌瘤证气血虚弱型,应首选

参考答案:①A　②E

【考点评析】

中医辨证论治

(1)气滞血瘀　腹有癥瘕,小腹胀痛或有刺痛,精神抑郁,经前乳房胀痛。舌边有瘀点或瘀斑,舌苔薄,脉弦。治法:活血化瘀,软坚散结。方药:膈下逐瘀汤。

(2)寒湿凝滞　腹有癥瘕,冷痛喜温,月经后期,量少、色暗,大便溏泻。舌淡暗,苔薄白而润,脉沉紧。治法:温经散寒,活血消癥。方药:少腹逐瘀汤。

(3)痰湿瘀阻　腹有癥瘕,下腹胀满,脘痞多痰,带下量多,质黏腻。舌胖质暗,苔白腻,脉沉滑。治法:化痰理气,活血消癥。方药:开郁二陈汤。

(4)湿热夹瘀　腹有癥瘕,腰骶酸痛,时有发热,带下量多,色黄、秽臭。舌红,苔黄腻,脉滑数。治法:清热利湿,活血消癥。方药:清宫消癥汤。

(5)阴虚内热　腹有癥瘕,偶尔崩下,经色暗红,五心烦热,口干咽燥,大便干结。舌红,苔薄,脉细数。治法:养阴清热,凉血止血。方药:清海丸。

命题考点 7　常见卵巢肿瘤临床特点

【历年真题纵览】

A1 型题

卵巢恶性肿瘤中最常见的是

A. 未成熟畸胎瘤

B. 颗粒-间质细胞癌

C. 浆液性囊腺癌

D. 黏液性囊腺癌

E. 皮质-间质细胞瘤

参考答案:C

【考点评析】

1. 恶性肿瘤病程短,迅速增大,双侧多,固定,实性或囊实性,表面不平,伴腹水,多为血性,可查到癌细胞,逐渐出现恶病质,B 超液性暗区内有杂乱光团、光点,肿块边界不清。

2. 最常见的卵巢恶性肿瘤是浆液性囊腺癌,占

40% ~50%。

命题考点 8　良性卵巢肿瘤与恶性卵巢肿瘤的鉴别诊断

【历年真题纵览】

A1 型题

恶性卵巢肿瘤与良性卵巢肿瘤相比错误的是

A. 病程短，迅速增大

B. 双侧多见

C. 肿块边界清晰

D. 逐渐出现恶病质

E. 表面不平

参考答案：C

【考点评析】

鉴别内容	良性肿瘤	恶性肿瘤
病史	病程长，逐渐增大	病程短，迅速增大
体征	单侧多，活动，囊性，表面光滑，通常无腹水	双侧多，固定，实性或囊实性，表面不平，伴腹水，多为血性，可查到癌细胞
一般情况	良好	逐渐出现恶病质
B 超	为液性暗区，可有间隔光带，边缘清晰	液性暗区，内有杂乱光团、光点，肿块边界不清

第二十一单元　妊娠滋养细胞疾病

命题考点 1　葡萄胎的定义

【历年真题纵览】

下列关于葡萄胎的说法错误的是

A. 水泡状胎块

B. 胎盘绒毛滋养细胞异常增生所致

C. 终末绒毛转变成水泡

D. 部分性葡萄胎恶变率高

E. 水泡相连成串形如葡萄

参考答案：D

【考点评析】

妊娠后胎盘绒毛滋养细胞异常增生，终末绒毛转变成水泡，水泡间相连成串，形如葡萄而得名。

命题考点 2　葡萄胎诊断

【历年真题纵览】

A1 型题

对疑似葡萄胎者，应选择下列哪项检查即可作鉴别诊断

A. HCG 测定

B. HCG 测定和 B 超

C. 妇科检查见子宫大于相应月份的正常妊娠子宫

D. 妇科检查见双侧卵巢增大

E. 妇科检查见阴道内有血

参考答案：B

【考点评析】

1. 停经后不规则阴道流血，见水泡状组织排出，子宫异常增大变软，听不到胎心、胎动。

2. 绒毛膜促性腺激素异常增高，B 超检查无胎儿及胎心。

命题考点 3　葡萄胎西医治疗及随访

【历年真题纵览】

A1 型题

下列葡萄胎治疗后的随访，最有价值的检查是

A. 妇科检查

B. 肺部摄片

C. 尿妊娠试验

D. 血 HCG 测定

E. B 超检查

参考答案：D

【考点评析】

1. 清除宫腔内容物、子宫切除术、黄素化囊肿处理、预防性化疗。

2. 随访：每周查 HCG 至降至正常水平，开始 3 个月每周复查一次，次后 3 个月每半月一次，然后每月一次持续半年，第 2 年起每半年一次，共随访 2 年。

命题考点4 侵蚀性葡萄胎的定义

【历年真题纵览】

A1 型题

侵蚀性葡萄胎命名是主要因为其具有

A. 恶性肿瘤行为

B. 胎儿性质

C. 形如葡萄

D. 具有侵蚀性

E. 不会转移

参考答案:A

【考点评析】

葡萄胎组织侵入子宫肌层局部,少数转移至子宫外,因具恶性肿瘤行为而命名。

命题考点5 侵蚀性葡萄胎诊断

【历年真题纵览】

A1 型题

侵蚀性葡萄胎最常见的转移部位是

A. 阴道

B. 宫旁

C. 肺

D. 脑

E. 肝

参考答案:C

【考点评析】

1. 病史及表现:葡萄胎清除后半年内出现典型的临床表现或转移灶症状;HCG 测定连续高水平;B 超可早期发现侵入子宫肌层的程度。

2. 侵蚀性葡萄胎的转移部位最常见的是肺,其次是阴道、宫旁,脑转移少见。

命题考点6 侵蚀性葡萄胎西医治疗

【历年真题纵览】

A1 型题

侵蚀性葡萄胎西医治疗首选

A. 次广泛子宫切除

B. 化疗

C. 抗生素治疗

D. 刮宫

E. 子宫全切术

参考答案:B

【考点评析】

侵蚀性葡萄胎西医治疗以化疗为主,手术为辅。

第二十二单元 子宫内膜异位症及子宫腺肌病

命题考点1 子宫内膜异位症病因

【历年真题纵览】

A1 型题

目前公认的子宫内膜异位症病因是

A. 体腔上皮化生学说

B. 淋巴播散学说

C. 血液播散学说

D. 子宫内膜种植学说

E. 免疫学说

参考答案:D

【考点评析】

病因不明,有以下学说:子宫内膜种植学说,体腔上皮化生学说,淋巴及静脉播散学说,免疫学说。目前公认的是子宫内膜种植学说。

命题考点2 子宫内膜异位症临床特征

【历年真题纵览】

A1 型题

不属于子宫内膜异位症临床特征的是

A. 痛经

B. 白带过多

C. 持续下腹痛

D. 不孕

E. 月经失调

参考答案:B

【考点评析】

痛经和持续下腹痛,月经失调,不孕,性交痛,其他特殊症状:肠道及泌尿系症状等。

命题考点3 子宫内膜异位症中西医治疗

【历年真题纵览】

A1 型题

1. 治疗子宫内膜异位症气滞血瘀证,应首选的方剂是

A. 温经汤

B. 桃红四物汤

C. 少腹逐瘀汤

D. 失笑散

E. 膈下逐瘀汤

参考答案:E

2. 子宫内膜异位症湿热瘀阻证,应首选的方剂是

A. 失笑散

B. 四妙散合桃红四物汤

C. 温经汤

D. 少腹逐瘀汤

E. 膈下逐瘀汤

参考答案:B

A2 型题

3. 患者,女,32 岁,已婚。继发加重性痛经伴经量过多4 年,经服百消丹治疗,效果欠佳。经期小腹冷痛,喜温畏冷,经血有块,块下痛减,形寒肢冷,舌暗苔白,脉弦紧。已确认为子宫内膜异位症,治疗应首选

A. 炔诺酮加膈下逐瘀汤

B. 炔诺酮加血府逐瘀汤

C. 甲孕酮加少腹逐瘀汤

D. 甲孕酮加膈下逐瘀汤

E. 炔诺酮加桃红四物汤

参考答案:C

【考点评析】

1. 西医治疗:期待疗法:随访对症治疗;药物治疗:高效避孕药、达那唑、孕三烯酮、GnRH-a;手术治疗:腹腔镜及剖腹手术;药物与手术联合治疗:药物缩小手术范围;其他特殊治疗:仅表现不孕患者通过治疗提高受孕率。

2. 辨证治疗

(1)气滞血瘀　经前或经行下腹胀痛、拒按,经血紫暗,有块,块下痛减,腹中积块,固定不移。舌紫暗,脉弦涩。治法:理气活血,化瘀止痛。方药:膈下逐瘀汤。

(2)寒凝血瘀　经前或经行小腹冷痛,下腹结块,疼痛拒按,得热痛减,经量少,色紫暗,形寒肢冷。舌紫暗,苔薄白,脉沉紧。治法:温经散寒,活血祛瘀。方药:少腹逐瘀汤。

(3)湿热瘀结　小腹隐痛,经期加重,灼痛难忍,拒按,或下腹结块,带下量多,色黄质黏味臭。舌质紫暗,或有瘀斑,苔黄腻,脉濡数或滑数。治法:清热利湿,活血祛瘀。方药:清热调血汤。

(4)痰瘀互结　经前或经期小腹掣痛,疼痛剧烈、拒按,或下腹结块,婚久不孕,形体肥胖,呕恶痰多。舌质暗,苔白滑或白腻,脉细。治法:化痰散结,活血逐瘀。方药:丹溪痰湿方合桃红四物汤。

(5)气虚血瘀　经前或经后腹痛,喜按喜温,经色淡、质稀,或婚久不孕,面色少华,神疲乏力。舌淡暗,边有齿痕,苔薄白,脉细无力。治法:益气化瘀。方药:理冲汤。

(6)肾虚血瘀　经行或经后腹痛,痛引腰骶,经行量少,色淡暗、质稀,或有血块,不孕或易流产,腰膝酸软。舌淡暗,苔薄白,脉沉细而涩。治法:益肾调经,活血祛瘀。方药:归肾丸合桃红四物汤。

命题考点4 子宫腺肌病的病因

【历年真题纵览】

A1 型题

不是子宫腺肌病病因的是

A. 多次妊娠

B. 分娩时子宫壁创伤

C. 慢性子宫内膜炎

D. 高雌激素刺激

E. 慢性盆腔炎

参考答案:E

【考点评析】

多次妊娠和分娩时创伤、慢性子宫内膜炎、高雌激素刺激。

命题考点5 子宫腺肌病临床表现

【历年真题纵览】

A1 型题

以下不属于子宫腺肌病临床表现的是

A. 经量增多
B. 经期延长
C. 进行性加重的痛经
D. 子宫均匀增大
E. 小腹疼痛

参考答案:E

【考点评析】

经量增多,经期延长,进行性加重的痛经,子宫均匀增大。

命题考点6 子宫腺肌病西医治疗

【历年真题纵览】

A1 型题

关于子宫腺肌病的叙述,下列哪项是错误的

A. 多发生于子宫肌瘤摘除术后
B. 痛经是主要症状
C. 子宫多均匀增大
D. 过量雌激素的刺激是病因之一
E. 对性激素治疗缺乏反应

参考答案:A

【考点评析】

对症治疗,手术切除子宫。

第二十三单元 女性生殖器官损伤性疾病与发育异常

命题考点1 阴道脱垂的病因

【历年真题纵览】

A1 型题

阴道前壁脱垂的病因是

A. 耻骨尾骨肌纤维断裂
B. 耻骨宫颈筋膜及膀胱宫颈韧带过度伸张
C. 子宫主韧带松弛
D. 子宫圆韧带松弛
E. 肛提肌松弛

参考答案:B

【考点评析】

1. 阴道前壁脱垂主要由于耻骨宫颈筋膜及膀胱宫颈韧带过度伸张或撕裂所致。

2. 阴道后壁脱垂主要是由于耻骨尾骨肌纤维断裂所致,包括直肠膨出及肠膨出。

命题考点2 临床表现及分度

【历年真题纵览】

A1 型题

Ⅱ度阴道脱垂是

A. 阴道前壁仍在阴道内
B. 膨出部暴露于阴道口外
C. 膨出的膀胱仍在阴道内
D. 阴道前壁完全膨出于阴道口外
E. 阴道后壁完全膨出于阴道口外

参考答案:B

【考点评析】

Ⅰ度:膨出的膀胱随同阴道前壁仍在阴道内。
Ⅱ度:膨出部暴露于阴道口外。
Ⅲ度:阴道前壁完全膨出于阴道口外。

命题考点3 子宫脱垂临床表现及分度

【历年真题纵览】

A1 型题

1. Ⅱ度子宫脱垂是

A. 宫颈外口距处女膜缘 <4 cm
B. 宫颈已脱出阴道口,宫体仍在阴道内
C. 宫颈外口达处女膜缘
D. 宫颈及宫体全部脱出至阴道口外
E. 宫颈外口距处女膜缘 <2 cm

参考答案:B

2. 子宫脱垂是指子宫颈外口低于

A. 处女膜缘
B. 阴道口
C. 坐骨结节
D. 阴道中上 1/3
E. 坐骨棘

参考答案:E

3. Ⅲ度子宫脱垂是

A. 宫颈已脱出阴道口,宫体仍在阴道内
B. 宫颈及宫体全部脱出至阴道口外
C. 宫颈外口达处女膜缘

D. 宫颈外口距处女膜缘 <2 cm

E. 宫颈外口距处女膜缘 <4 cm

参考答案:B

【考点评析】

Ⅰ度:轻型为宫颈外口距处女膜缘 <4 cm;重型为宫颈外口达处女膜缘,未超出。

Ⅱ度:轻型为宫颈已脱出阴道口,宫体仍在阴道内;重型为宫颈及部分宫体已脱出阴道口。

Ⅲ度:宫颈及宫体全部脱出至阴道口外。

命题考点 4　子宫脱垂中西医治疗方法

【历年真题纵览】

A1 型题

1. 治疗子宫脱垂肾虚证,应首选

A. 固阴煎

B. 保阴煎

C. 大补元煎

D. 一阴煎

E. 一贯煎

参考答案:C

2. 子宫脱垂气虚证的治疗,应首选

A. 保阴煎

B. 固阴煎

C. 大补元煎

D. 补中益气汤

E. 一贯煎

参考答案:D

A2 型题

3. 患者,女,68 岁。阴中有块状物脱出 10 年余,劳则加剧,平卧则回纳,小腹下坠,四肢乏力,少气懒言,面色无华,舌淡,苔薄,脉虚细。妇科检查诊断为子宫脱垂。其中医治法是

A. 补益中气,升阳举陷

B. 补肾固脱,益气升提

C. 清热利湿,升阳固脱

D. 益气养血,温阳固脱

E. 补肾健脾,升阳固脱

参考答案:A

4. 某女,60 岁,劳动、行走或咳嗽时阴道内有物脱出,小腹下坠,四肢无力,少气懒言,面色少华,小便频数,舌质淡苔薄,脉虚细,诊断为轻度子宫脱垂。治疗最佳选方为

A. 归脾汤

B. 补中益气汤

C. 大补元煎

D. 八珍汤

E. 举元煎

参考答案:B

【考点评析】

中医治疗

(1)气虚　阴中有块状物突出,劳则加剧,平卧则回纳,小腹下坠,神倦乏力,少气懒言。舌淡,苔薄,脉缓弱。治法:补益中气,升阳举陷。方药:补中益气汤。

(2)肾虚　阴中有物脱出或脱出于阴道口外,腰酸腿软,小便频数,夜间尤甚。舌质淡,苔薄,脉沉弱。治法:补肾固脱,益气升提。方药:大补元煎。

(3)湿热　阴中有物脱出于阴道口外,表面红肿疼痛,甚或溃疡渗液,色黄秽臭。舌略红,苔黄腻,脉弦数。治法:清热利湿。方药:龙胆泻肝汤合五味消毒饮。

第二十四单元　不孕症

命题考点 1　不孕症概念

【历年真题纵览】

A1 型题

以下不属于不孕症诊断条件的是

A. 婚后有正常性生活

B. 未避孕

C. 同居 2 年未受孕

D. 婚后未避孕而从未妊娠者

E. 同居 1 年未受孕

参考答案:E

【考点评析】

婚后有正常性生活,未避孕,同居两年未受孕者称不孕症。婚后未避孕而从未妊娠者称原发不孕,曾有过妊娠而后未避孕连续 2 年不孕者称继发性不孕。

命题考点 2 病因

【历年真题纵览】

A1 型题

女性不孕因素错误的是

A. 输卵管不通

B. 双角子宫

C. 排卵障碍

D. 子宫内膜异位症

E. 乳房发育不良

参考答案:E

【考点评析】

女性不孕因素:排卵障碍,输卵管因素,子宫因素,宫颈因素,阴道因素。

男性不育因素:精液异常,性功能异常,免疫因素:抗精子抗体。

男女双方因素:缺乏性生活的基本知识,双方精神过度紧张,免疫因素:同种及自身免疫。

命题考点 3 中西医治疗方法

【历年真题纵览】

A1 型题

1. 苍附导痰丸是治疗哪种不孕的首选方剂

A. 肝郁不孕

B. 痰湿不孕

C. 肝肾不足不孕

D. 肾虚不孕

E. 以上都不是

参考答案:B

2. 避孕套疗法适用于哪种病因导致的不孕症

A. 性病

B. 精液异常

C. 阴道炎

D. 输卵管不畅

E. 免疫异常

参考答案:E

3. 不孕症肾气虚证的首选方剂是

A. 开郁种玉汤

B. 苍附导痰丸

C. 毓麟珠

D. 养精种玉汤

E. 右归丸

参考答案:C

A2 型题

4. 患者,女,31 岁,结婚 5 年未孕。月经后期,量多少不定,经前乳房胀痛,胸胁不舒,小腹胀痛,烦躁易怒,舌红,苔薄,脉弦。妇科检查正常,基础体温为单相,男方检查无异常。已确认为排卵障碍性不孕,治疗应首选

A. 氯底酚胺加启宫丸

B. 氯底酚胺加少腹逐瘀汤

C. 氯底酚胺加开郁种玉汤

D. 雌激素加少腹逐瘀汤

E. 雌激素加开郁种玉汤

参考答案:C

5. 患者,女,29 岁,已婚。自然流产后 5 年,近 3 年一直未孕,月经稀发,量少,偶有闭经,体重增加明显,带下量多,胸闷纳差,舌淡胖,苔白腻,脉濡滑。基础体温为单相。治疗应首先考虑的方剂是

A. 开郁种玉汤

B. 苍附导痰丸

C. 温胞饮

D. 养精种玉汤

E. 右归丸

参考答案:B

【考点评析】

1. 西医治疗

(1)生殖器先天异常的处理。

(2)生殖道局部疾病的治疗:严重的宫颈糜烂,可做局部上药或激光、微波、冷冻等治疗。宫颈息肉、肌瘤、子宫黏膜下肌瘤、子宫内膜息肉、子宫纵隔可做相应的切除或切开手术。

(3)输卵管阻塞的治疗:输卵管内注射药液;输卵管成形术;输卵管导管扩通术。

(4)诱发排卵与健全黄体功能的治疗:氯米芬为临床首选促排卵药,适于体内有一定雌激素水平者。尿促性素为高效促排卵剂。绒促性素具有类似 LH 作用,常与氯米芬合用。氯米芬与 HMG 合并使用。黄体生成激素释放激素脉冲疗法适用于下丘脑性无排卵。溴隐亭适用于无排卵伴有高催乳素血症者。补充黄体激素。

(5)改善宫颈黏液。

(6)免疫性不孕的治疗:①避孕套疗法;②皮质类固醇疗法;③子宫内人工授精。

(7)人工授精。

(8)体外受精、胚胎移植(IVF－ET)。

(9)配子输卵管内移植。

2. 中医治疗

(1)肾虚

①肾气虚　婚久不孕,月经不调,经量或多或少,头晕耳鸣,腰痛腿软。舌淡,脉沉细,两尺尤甚。治法:补肾益气,填精益髓。方药:毓麟珠。

②肾阳虚　婚久不孕,月经后期,量少色淡,甚则闭经,腰痛如折,性欲淡漠。舌淡,苔白滑,脉沉细无力。治法:温肾助阳,化湿固精。方药:温胞饮。

③肾阴虚　婚久不孕,月经延期,量少色淡,头晕耳鸣,腰酸腿软,五心烦热。舌红,苔少,脉细数。治法:滋肾养血,调补冲任。方药:养精种玉汤。

(2)肝郁　婚久不孕,月经前后不定,经血夹块,经前乳房胀痛,精神抑郁。舌红,苔薄,脉弦。治法:疏肝解郁,养血理脾。方药:开郁种玉汤。

(3)瘀血阻滞　婚久不孕,月经后期,经行不畅,色紫暗夹块,经行腹痛。舌紫暗,脉弦涩。治法:活血化瘀,温经通络。方药:少腹逐瘀汤。

(4)痰湿内阻　婚久不孕,形体肥胖,经行后期,甚或闭经,带下量多,色白、质黏,胸闷泛恶。苔白腻,脉滑。治法:燥湿化痰,调理冲任。方药:苍附导痰丸。

第二十五单元　计划生育

命题考点 1　临床常用避孕方法

【历年真题纵览】

A1 型题

不能产生避孕效果的是

A. 宫内节育器

B. 阴茎套

C. 安全期性交

D. 服用避孕药物

E. 性交后冲洗

参考答案:E

【考点评析】

1. 工具避孕:宫内节育器、阴道隔膜、阴茎套。

2. 药物避孕。

3. 其他避孕法:安全期避孕、体外排精避孕、免疫避孕。

命题考点 2　各种避孕方法的适应证、禁忌证

【历年真题纵览】

A1 型题

下列哪项不是宫内节育器的禁忌证

A. 月经过多过频

B. 生殖器急慢性炎症

C. 正常产后 3 个月

D. 子宫畸形宫口过松

E. 严重全身性疾病

参考答案:C

【考点评析】

注意有以下情况禁忌:

1. 工具避孕

宫内节育器——已妊娠生殖器官炎症,月经紊乱,生殖器肿瘤,宫颈口过松,重度子宫脱垂,严重的全身疾患。

阴道隔膜——子宫脱垂,膀胱或直肠膨出以及阴道炎,宫颈重度糜烂。

阴茎套——橡胶制品过敏。

2. 药物避孕——严重高血压、糖尿病、肝肾疾病及甲状腺功能亢进、血栓性疾病、充血性心力衰竭、血液病及哺乳期、子宫肌瘤、恶性肿瘤、乳房内有肿块者。

命题考点 3　人工流产的适应证、禁忌证

【历年真题纵览】

A1 型题

以下哪种情况适应人工流产

A. 避孕失败要求终止妊娠者

B. 急性乙型肝炎合并妊娠

C. 妊娠合并急性肾功能衰竭

D. 妊娠 35 周

E. 妊娠伴急性心衰

参考答案:A

【考点评析】

1. 适应证:因避孕失败要求终止妊娠者,因各种疾病不宜继续妊娠者。

2. 禁忌证:各种疾病的急性期或严重的全身疾

病，需待治疗好转后住院手术。

命题考点 4　人工流产并发症的中西医治疗

【历年真题纵览】

A1 型题

1. 以下哪项不是人工流产术并发症

A. 术后闭经

B. 吸宫不全

C. 子宫穿孔

D. 多囊卵巢综合征

E. 感染

参考答案：D

2. 人工流产术并发子宫穿孔的处理错误的是

A. 在 B 超或腹腔镜监护下清宫

B. 内出血增多者，应剖腹探查修补穿孔处

C. 未行吸宫操作者，1 周后清宫

D. 疑有脏器损伤者，应剖腹探查修补穿孔处

E. 宫颈注射缩宫素后尽快清除宫腔内容物

参考答案：E

【考点评析】

子宫穿孔：在 B 超或腹腔镜监护下清宫，未行吸宫操作者，1 周后清宫；内出血增多或疑有脏器损伤者，应剖腹探查修补穿孔处。

人工流产综合反应：静脉注射阿托品 0.5～1 mg。

吸宫不全：无明显感染应行刮宫术，刮出物送病理检查，术后抗生素预防感染。

漏吸：排除宫外孕可能，确属漏吸，应再次行负压吸引术。

术中出血：宫颈注射缩宫素后尽快清除宫腔内容物。

术后感染：卧床休息、支持疗法，及时应用抗生素。

栓塞：抗休克、抗过敏等。

命题考点 5　中期引产的适应证与禁忌证

【历年真题纵览】

A1 型题

1. 依沙吖啶中期引产的适应证为妊娠几周要求终止妊娠而无禁忌证者

A. 10～14

B. 16～24

C. 10～20

D. 16～27

E. 20～25

参考答案：B

2. 下列哪种情况不是中期引产的禁忌证

A. 急性阑尾炎

B. 急性心绞痛

C. 3 天前引产失败

D. 子宫瘢痕

E. 低热 37.2℃

参考答案：E

【考点评析】

依沙吖啶中期引产的适应证：妊娠 16～24 周需立即终止妊娠而无禁忌证者。

依沙吖啶中期引产禁忌证：疾病的急性期或严重的全身疾病，1 周内曾在院外做过同类手术失败者，子宫有瘢痕者。

第二十六单元　妇产科常用特殊检查

命题考点 1　宫颈黏液检查

【历年真题纵览】

A1 型题

宫颈黏液在月经周期第几天开始出现结晶

A. 14

B. 22

C. 7

D. 28

E. 10

参考答案：C

【考点评析】

1. 在月经周期第 7 天开始出现结晶，逐渐由Ⅲ型转变为Ⅱ型，至排卵期出现典型Ⅰ型结晶，排卵后转为Ⅱ型、Ⅲ型，至月经周期的第 22 天左右出现椭圆体，但也有个别不出现结晶者，仅有上皮细胞及白细胞。

2. 观察雌激素、孕激素的水平，了解卵巢功能，

用于早期妊娠的诊断,可用于观察药物的疗效。

命题考点2 基础体温测定

【历年真题纵览】

A1 型题

1. 基础体温的测定临床应用于
A. 检查不孕原因
B. 指导避孕与受孕
C. 协助诊断妊娠
D. 协助诊断月经失调
E. 以上都是

参考答案:E

2. 某女,29 岁,因不孕症按医生指导测定基础体温。10 月 1、2、3 日体温均在 36.5℃左右,4、5、6 日体温较前升高 0.3~0.5℃,维持在 37℃左右。据此推测此患者目前是
A. 排卵后
B. 排卵前
C. 月经来潮前
D. 月经来潮后
E. 排卵中

参考答案:A

【考点评析】

1. 排卵后,基础体温较前升高 0.3~0.5℃,维持在 37℃左右。至月经来潮前 1~2 天,随着孕激素水平的下降,体温降低,因此正常月经周期基础体温呈双相曲线变化。

2. 临床用于了解卵巢功能、了解黄体功能、鉴别闭经的类型、指导妊娠、指导避孕、观察用药疗效。

命题考点3 女性内分泌激素测定,促性腺激素、垂体催乳素、雌激素、孕激素、雄激素、绒毛膜促性腺激素的正常值范围

【历年真题纵览】

A1 型题

1. 女性黄体生成素的正常范围是
A. 3~30 U/L
B. 5~20 U/L
C. 9~14 ng/ml
D. 37~1 835 pmol/L
E. (2.1±0.8) nmol/L

参考答案:A

2. 黄体期女性黄体生成素的正常范围是
A. 3~30 U/L
B. 5~20 U/L
C. 9~14 ng/ml
D. 37~1 835 pmol/L
E. (2.1±0.8) nmol/L

参考答案:A

【考点评析】

	正常值范围
黄体生成素	3~30 U/L
促卵泡素	5~20 U/L
催乳素	9~14 ng/ml
雌二醇	37~1 835 pmol/L
孕酮	0.6~102.4 nmol/L(非孕期)
睾酮	(2.1±0.8) nmol/L
HCG	<3.1 ng/ml

命题考点4 女性生殖器官活组织检查

【历年真题纵览】

B1 型题

A. 月经来潮后第 6 天
B. 月经来潮第 5 天
C. 月经来潮第 3 天
D. 月经来潮第 2 天
E. 月经来潮 6 小时内

①为确定排卵和黄体功能,选择诊断性刮宫的时间是

②疑诊子宫内膜脱落不全,选择诊断性刮宫的时间是

参考答案:①E ②B

【考点评析】

为判断排卵和黄体功能,应在月经来潮前或月经来潮 12 小时内刮宫确诊;正常月经期第 3~4 天分泌内膜已全部脱落,子宫内膜脱落不全时月经来潮第 5~6 天仍能见到呈分泌反应的内膜,此时刮宫即可确诊。

命题考点5 输卵管通畅检查

【历年真题纵览】

A1 型题

输卵管通液是最常用的妇科检查方法，下列错误的是

A. 检查有无排卵

B. 检查输卵管是否通畅

C. 轻度输卵管粘连者

D. 原发性不孕和继发性不孕的常规检查

E. 作为检查和评价输卵管再通术

参考答案：A

【考点评析】

适应证：原发或继发不孕症，男方精液正常，疑有输卵管阻塞，检验和评价输卵管绝育术或输卵管再通术的效果。对输卵管黏膜轻度粘连有疏通作用，输卵管再通术后经宫腔注药可防止吻合处粘连。

禁忌证：内外生殖器急性炎症或慢性盆腔炎急性或亚急性发作；月经期或有不规则阴道流血者；严重全身性疾病。

结果判定：经缓慢注入20 ml无菌生理盐水又无阻力，患者也无不适感者，证明输卵管通畅。若勉强注入10 ml即感有阻力，患者感下腹胀痛，停止推注后液体又回流至注射器内，表示输卵管闭塞，若再经加压注射又能推进，说明原有粘连已被分离。

命题考点6 常用穿刺方法的适应证及注意事项

【历年真题纵览】

A1 型题

阴道后穹隆穿刺若抽出鲜血，放置4、5分钟发生血凝，说明

A. 抽出了血管内血液

B. 存在脓肿

C. 有内出血

D. 有盆腔炎症

E. 有宫外孕

参考答案：A

【考点评析】

常用穿刺方法的适应证及注意事项

	适应证	注意事项
腹腔穿刺术	腹部叩诊发现移动性浊音；超声检查发现腹腔积液或有包块者，通过穿刺以辨明其积液的性质、部位以协助诊断；急性腹痛，怀疑宫外孕破裂、卵巢囊肿破裂等；寻找癌细胞或作染色体核型分析等；放出大量腹水以缓解症状；腹腔注入药物；行盆腔充气造影时，经腹腔穿刺注入空气	下腹部做过大手术或有腹膜炎，可疑腹腔内有粘连应慎重或注意选择穿刺部位 巨大卵巢囊肿或妊娠3个月以上，不宜实行；严格无菌操作；密切观察患者状况，速度不宜过快，放腹水量不宜超过3 000 ml；术后患者卧床休息6～8小时
阴道后穹隆穿刺术	急腹症患者了解子宫直肠窝内有否积液、积脓，确定性质 盆腔内积液、积脓、腹水的引流 药物注入盆腔 鉴别有无恶性肿瘤存在	严格无菌操作，掌握进针方向 抽出液体如果为暗红色不凝血，应考虑宫外孕可能；脓性及腹水应做细菌涂片检查、培养及常规送检 穿刺前患者如有精神紧张，可针刺合谷、内关穴，以减轻疼痛 进针迅速敏捷，不要盲目向两侧或前后穿刺，不宜过深

中西医结合儿科学

第一单元 儿科学基础

命题考点 1 年龄分期标准

【历年真题纵览】

A1 型题

婴儿期是指

A. 出生后到满 1 周岁之前

B. 1 周岁至满 3 周岁

C. 自出生后脐带结扎时起,至生后足 28 天

D. 3 周岁后(第 4 年)到入小学前(6 ~ 7 岁)

E. 6 ~ 7 岁至 11 ~ 12 岁

参考答案:A

【考点评析】

从出生后脐带结扎时起至生后 28 天称为新生儿期;出生后到满 1 周岁之前为婴儿期,又称乳儿期;指 1 周岁到满 3 周岁之前为幼儿期。

命题考点 2 各年龄期特点及与预防保健的关系

【历年真题纵览】

A1 型题

1. 下列哪项是新生儿保健的重点

A. 防止意外创伤

B. 防止中毒

C. 注意保温

D. 注意添加辅食

E. 防止消化功能紊乱

参考答案:C

2. 第二性征出现于

A. 胎儿期

B. 婴儿期

C. 学龄期

D. 学龄前期

E. 青春期

参考答案:E

【考点评析】

1. 胎儿期的特点是孕期的前 12 周为组织器官形成阶段,故又称胚胎期。这时期对孕妇的保护特别重要。

2. 新生儿期的特点是刚离开母体开始独立生活,如在宫内,其周围环境的温度高达 38℃,故胎儿娩出后,如不注意保暖很容易受凉,严重者可因环境温度过冷而发生呼吸窘迫(这不同于肺表面活性物质不足所致的呼吸窘迫综合征),故对新生儿要特别注意护理。

3. 婴儿期的特点是生长发育迅速,各系统器官继续发育和完善,因此要注意营养补充,特别要提倡母乳喂养。

4. 幼儿期生长发育的速度比婴儿期减慢,但语言、动作、思维的能力明显增强,应抓住此期进行早期教育。因为开始学习行走,动作较多,且好奇心强,故应注意外伤、中毒、感染。

5. 学龄前期的特点是智能发育较快,因此求知欲强、好模仿,此时是进行教育最佳的时期。

6. 青春期体格发育加速,生殖系统发育成熟。第二性征出现,表现出性别在体格上的差异。此期智能跃进,情绪多变,易出现异常心理,应注意教育和诱导,特别是道德品质教育、性教育及卫生指导,加强营养和体育锻炼,避免思想过度紧张。

命题考点 3 体格生长发育常用指标

【历年真题纵览】

A1 型题

1. 新生儿出生时测量头围、胸围,其标准值是

A. 头围 31 cm、胸围 34 cm

B. 头围 32 cm、胸围 38 cm

C. 头围 33 cm、胸围 30 cm

D. 头围 34 cm、胸围 32 cm

E. 头围 35 cm、胸围 40 cm

参考答案:D

2. 小儿 1 岁时,头围是

A. 38 cm

B. 46 cm

C. 50 cm

D. 52 cm

E. 64 cm

参考答案:B

3. 小儿开始更换恒牙的年龄范围是

A. 2 ~ 3 岁

B. 4 ~ 5 岁

C. 6 ~ 7 岁

D. 8 ~ 9 岁

E. 10 岁

参考答案:C

【考点评析】

体格生长发育常用指标:体重、身长、坐高、头围、胸围、腹围、上臂围。2 岁以内乳牙的数目为月龄减 4 ~ 6。6 ~ 7 岁乳牙开始脱落换恒牙,17 ~ 20 岁恒牙出齐,共 28 ~ 32 个。

命题考点 4 各年龄段呼吸、脉搏、血压常数

【历年真题纵览】

A1 型题

按公式计算,正常 6 岁小儿的收缩压是

A. 80 mmHg

B. 88 mmHg

C. 90 mmHg

D. 92 mmHg

E. 100 mmHg

参考答案:D

【考点评析】

各年龄段呼吸、脉搏、血压常数。呼吸、脉搏随年龄增长而减慢。不同年龄血压正常平均值可用公式推算:收缩压 = 80 + (年龄 × 2),舒张压为收缩压的 2/3。

命题考点 5 小儿生长发育规律

【历年真题纵览】

A1 型题

小儿动作发育规律中错误的是

A. 头尾规律

B. 远近规律

C. 左右规律

D. 由不协调到协调

E. 由粗动作到精细动作

参考答案:C

【考点评析】

小儿生长发育规律:生长发育的不平衡性、生长发育的渐进性、生长发育的个体性。

命题考点 6 小儿感觉、运动和语言发育

【历年真题纵览】

A1 型题

1. 下列各项,除哪项外,均属小儿正常动作发育

A. 6 个月会翻身

B. 7 个月会独坐

C. 9 个月会爬

D. 1 岁时眼与手的动作能协调

E. 1 岁半左右会走路

参考答案:D

2. 6 ~ 7 个月婴儿应会的动作是

A. 会爬

B. 扶站

C. 独坐

D. 独走

E. 双脚跳

参考答案:C

3. 下列各项,除哪项外,均属小儿正常语言发育

A. 2 ~ 3 个月会笑

B. 4 个月会笑出声音

C. 10 个月能发复音

D. 1 岁半能用几个字连成单语

E. 7 岁以上能较好地掌握语言

参考答案:E

【考点评析】

1. 视觉（视感知）：新生儿有眨眼反射，强光、声响、疼痛等很多刺激均可引出眨眼反射。小儿生后即有视力，4～5个月开始认母亲。

2. 听觉（听感知）：新生儿已有听觉，当有声响时表现为眨眼或惊吓反射，或由安静变为啼哭，也可能由啼哭转为安静。3个月可将头转向声源，6个月时对母亲的语言有明显的反应。

3. 味觉和嗅觉：生后最初几天味觉就表现相当灵敏，新生儿时期嗅觉在寻找母乳时起一定作用。7～8个月时嗅觉发育灵敏，第2年内能识别各种气味。

4. 粗大运动的发育规律是由上到下的，即由头部的活动至下肢的活动，表现为抬头、抬胸、翻身、坐起、站立、行走次序。对婴儿时期动作的发育过程，可归纳为“二抬（头）四翻（身）六会坐，七滚八爬周岁走”。

命题考点7 小儿生理特点

【历年真题纵览】

A1 型题

1. 小儿的生理特点，论述最为确切的是

A. 脏腑娇嫩，生机蓬勃

B. 生机蓬勃，形气未充

C. 稚阴稚阳，形气未充

D. 脏器清灵，发育迅速

E. 脏腑娇嫩，形气未充

参考答案：B

【考点评析】

小儿生理特点：脏腑娇嫩，形气未充；生机蓬勃，发育迅速。

命题考点8 小儿病理特点

【历年真题纵览】

A1 型题

下列各项中，不属于小儿病理特点的是

A. 脏腑娇嫩

B. 易虚易实

C. 易趋康复

D. 易寒易热

E. 传变迅速

参考答案：A

【考点评析】

小儿病理特点：发病容易，传变迅速；脏气清灵，易趋康复。

命题考点9 小儿稚阴稚阳学说的意义

【历年真题纵览】

A1 型题

1. 小儿生理特点中所说的“稚阴稚阳”的含义是

A. 生机蓬勃，发育迅速

B. 脏腑娇嫩，形气未充

C. 年龄越小，生长越快

D. 年龄越小，发育越快

E. 纯阳无阴，阳常有余

参考答案：B

2. 小儿“纯阳”之体的含义是

A. 阴亏阳亢

B. 纯阳无阴

C. 阳常有余

D. 发育迅速

E. 肝常有余

参考答案：D

【考点评析】

“稚阴稚阳”之说表达了小儿机体柔弱，阴阳二气均较幼稚，形体和功能未臻完善的一面，而“纯阳”之说恰指生长迅速。由于稚阴稚阳，才需要迅速生长，由于生长旺盛，又使小儿形与气、阴与阳均显得相对不足，二者共同构成了小儿生理特点的两个方面。

命题考点10 营养基础

【历年真题纵览】

A1 型题

小儿所需的热量，除了基础代谢所需外，还包括

A. 活动所需

B. 排泄的消耗

C. 生长发育所需

D. 食物的特殊动力作用

E. 以上都是

参考答案：E

【考点评析】

小儿营养就是供给小儿以修补旧组织，增生新组织，产生能量和维持生理活动与正常生长发育所需要的合理食物，是小儿维持身体健康的重要因素之一。年龄越小相对总能量需要越大，一般以总热量的12% ~15%来自蛋白质、30% ~35%来自脂肪、50% ~60%来自碳水化合物最为合适，年龄越小，蛋白质供给量相对越多。人体必需营养物质包括蛋白质、脂肪、碳水化合物、维生素与矿物质、水等。

命题考点11 能量、营养物质、水的需要

【历年真题纵览】

A1 型题

下列关于小儿热量需要的叙述，正确的是

A. 按体重算，每日需要的量随年龄增加而增加

B. 生长愈快，需要热量愈多

C. 排泄所损失的热量占总热量的15%

D. 婴儿每日所需的总热量为418.6 kJ (100 kcal)

E. 小儿哭闹时，能量需要增加2倍

参考答案：B

【考点评析】

小儿处于不断生长发育中，体格增长，各组织器官逐渐成熟，均需热量，每增加1 g体重约需热量21 kJ(5 kcal)。若饮食所供热量不敷此项需要，生长发育就会停顿或迟缓。

命题考点12 母乳喂养的优点和方法

【历年真题纵览】

A1 型题

下列各项，不属母乳喂养优点的是

A. 母乳中含有最适合婴儿生长发育的各种营养素，易于消化和吸收

B. 母乳中含有丰富的抗体、活性细胞和其他免疫活性物质，可增强婴儿抗感染的能力

C. 母乳中饱和脂肪酸较多，有利于脑发育

D. 母乳温度及泌乳速度适宜，新鲜无细菌污染

E. 初乳中含丰富的SIgA，在胃中不被消化，在肠道中发挥免疫防御作用

参考答案：C

【考点评析】

母乳营养丰富易消化吸收，蛋白质、脂肪、糖的比例(1∶3∶6)适当。母乳含优质蛋白质、必需氨基酸及乳糖较多，有利于婴儿脑的发育。母乳含不饱和脂肪酸较多，又含有较多解脂酶，有利于消化吸收。母乳具有增进婴儿免疫力的作用。母乳量随小儿生长而增加，温度及泌乳速度也较合宜，几乎为无菌食品，直接喂哺既简便又经济。产后哺乳可刺激子宫收缩，促使母亲早日恢复，利于计划生育；哺乳母亲也较少发生乳腺癌、卵巢癌等，主张越早开奶越好。为了使乳房尽量排空，每次喂哺时应吸空一侧乳房，再吸另一侧，下次喂哺则从未吸空的一侧开始，这样就能使每侧乳房轮流吸空。母亲患急、慢性传染病，活动性肺结核等消耗性疾病，或重症心、肾疾病等不宜或暂停母乳喂哺。

命题考点13 人工喂养的基本知识

【历年真题纵览】

A1 型题

3 ~4个月婴儿食用牛奶的稀释比例(奶∶水)为

A. 1∶2

B. 1∶1

C. 2∶1

D. 3∶1

E. 不加水

参考答案：D

【考点评析】

母亲因各种原因不能喂哺婴儿时，可选用牛、羊乳或其他代乳品喂养婴儿，称为人工喂养。

命题考点14 辅助食品的添加原则

【历年真题纵览】

A1 型题

母乳喂养，开始增加辅食最适宜的时间是

A. 1 ~2个月

B. 2~3个月
C. 4~5个月
D. 5~6个月
E. 半岁后

参考答案:A

【考点评析】

婴儿满月后,可补充鱼肝油,添加菜汤、果汁等补充维生素C不足;4~6个月时添加米糊、烂粥、蛋黄、鱼泥、动物血、菜泥等;7~9个月可食用蛋、鱼、肉末、馒头、软饭等辅食。添加辅食时宜循序渐进、由稀到稠,由软到硬;由少量到多量,适应一种后再增加另一种。添加辅食过程中如有呕、泻、腹胀等,应暂停添加。

命题考点15 小儿保健的主要内容、传染病管理和计划免疫

【历年真题纵览】

A1型题

麻疹减毒活疫苗接种时间是
A. 4个月
B. 6个月
C. 8个月
D. 10个月
E. 12个月

参考答案:C

【考点评析】

小儿保健的主要内容:护理、营养、教养、体格锻炼、传染病管理和计划免疫。

命题考点16 儿科望诊的主要内容及临床意义

【历年真题纵览】

A1型题

1. 在辨斑疹中,下列哪项不是"斑"的特点
A. 大小不一
B. 片状或点状
C. 红色或紫色
D. 不高出皮肤
E. 压之退色

参考答案:E

2. 望诊方法中有五色主病,其中五色是指
A. 红、黄、青、白、黑
B. 红、黄、灰、白、黑
C. 红、紫、灰、白、黑
D. 红、紫、黄、白、黑
E. 红、紫、黄、白、青

参考答案:A

A2型题

3. 患儿,5岁。舌苔花剥,经久不愈,状如"地图"。病机多为
A. 脾之气阳虚弱
B. 肺脾气阴亏虚
C. 乳食积滞内停
D. 胃之气阴不足
E. 寒湿生冷内停

参考答案:D

4. 小儿舌下红肿突起,形如小舌,其病机是
A. 心火上炎
B. 心脾火赤
C. 脾胃积热
D. 热入营血
E. 阴伤内热

参考答案:B

5. 小儿舌体肿大,板硬麻木,舌色深红,其病机是
A. 阴伤内热
B. 热入营血
C. 脾胃积热
D. 心脾积热
E. 心火上炎

参考答案:D

B1型题

6.
A. 舌体肿硬麻木
B. 舌起粗大红刺
C. 舌苔色黑
D. 舌苔色红
E. 舌苔花剥

①小儿患丹痧,常见其舌状如杨梅
②小儿食橄榄、杨梅常见舌苔为

参考答案:①B ②C

【考点评析】

可在自然状况下观察患儿的神色、形态,反映的病情较为客观,故古代儿科医家都把望诊列为四诊

之首。望诊包括整体望诊和局部望诊两部分。整体望诊:望神、望色、望形体、望姿态;局部望诊:望头面、审苗窍、望指纹、察二便、辨斑疹。

命题考点 17 指纹诊查的方法及临床意义

【历年真题纵览】

A1 型题

1.3 岁以下小儿的正常指纹是

A. 淡紫隐隐显于气关

B. 淡紫隐隐显于风关之下

C. 淡紫隐隐显于命关

D. 色泽鲜红显于风关

E. 色泽鲜红显于气关

参考答案:B

2. 察指纹的适用年龄是

A.5 岁以内

B.4~5 岁

C.4 岁以内

D.3~4 岁

E.3 岁以内

参考答案:E

3. 小儿指纹达于命关提示

A. 正常表现

B. 邪气入络,邪浅病轻

C. 邪气入经,邪深病重

D. 邪入脏腑,病情严重

E. 病情凶险,预后不良

参考答案:E

【考点评析】

指纹的部位分为风关、气关、命关,自虎口向指端,第 1 节为风关,第 2 节为气关,第 3 节为命关。病邪初入,证尚轻浅时指纹现于风关,达于气关为邪入脏腑,病情严重;达于命关,则病情危重凶险。

命题考点 18 小儿啼哭声的诊断意义

【历年真题纵览】

A1 型题

小儿突然大哭,声高而急,时或尖叫,时作时止者,多为

A. 饥饿

B. 口疮

C. 腹痛

D. 咽喉水肿

E. 尿布潮湿不适

参考答案:C

【考点评析】

哭而有泪,哭声清长,是为常态。婴儿可因饥饿、口渴、针刺、虫咬、困睡或尿布潮湿引起不适而哭。哭声绵长,作吮乳状,多为饥饿;突然大哭,声高而急,时或尖叫,时作时止者,多为腹痛;哭声嘶哑,伴呼吸不利,多为咽喉水肿;哭叫拒食,伴流涎烦躁,多为口疮。总之,哭声洪亮为实,细弱为虚,清亮和顺为佳,尖锐而细弱无力为重。

命题考点 19 儿科问个人史、预防接种史的内容

【历年真题纵览】

B1 型题

A. 家族史

B. 生产史

C. 喂养史

D. 生长发育史

E. 预防接种史

①怀疑小儿患时行疾病时,特别要注意询问

②怀疑小儿患脾胃疾病时,特别要注意询问

参考答案:①E ②C

【考点评析】

儿科问个人史要问清出生史、喂养史、生长发育史,学龄儿童还要问学习情况,以推测智力发育情况。

命题考点 20 儿科基本脉象

【历年真题纵览】

B1 型题

A. 沉而有力

B. 数而有力

C. 数而无力

D. 浮而无力

E. 迟而有力

①小儿实热证的脉象是

②小儿虚热证的脉象是

参考答案:①B ②C

【考点评析】

小儿脉象有浮、沉、迟、数、有力、无力六种。数而有力为实热,数而无力为虚热。

命题考点 21 小儿按诊(皮肤、头颅、胸腹、四肢)

【历年真题纵览】

B1 型题

A. 头颅

B. 胸胁

C. 腹部

D. 皮肤

E. 四肢

①小儿水肿,按诊的主要部位是

②婴儿颅内压增高,按诊的主要部位是

参考答案:①D ②A

【考点评析】

按诊是医者应用手指的触觉对患者的各个部位作触摸按压,以确定疾病部位和分辨寒、热、虚、实的一种诊察方法。①按头颅:囟门突起者,多为热邪炽盛,或颅内压增高。②按皮肤:浮肿,按之凹陷不起者,多为脾肾阳虚;按之凹陷即起者,多为风水相搏。

命题考点 22 小儿疾病的治疗原则

【历年真题纵览】

A1 型题

小儿疾病的治疗原则不包括

A. 身心兼顾,综合治疗

B. 中病即止,合理调护

C. 足量用药,长期治疗

D. 及时准确,谨慎细心

E. 中西医结合,取长补短

参考答案:C

【考点评析】

小儿疾病的治疗原则:身心兼顾、综合治疗;及时准确,谨慎细心;中病即止,合理调护;中西医结合,取长补短。

命题考点 23 小儿药物剂量计算常用方法

【历年真题纵览】

A1 型题

小儿药物剂量计算常用方法不包括

A. 按身高计算

B. 按体重计算

C. 按体表面积计算

D. 按年龄计算

E. 按成人量折算

参考答案:A

【考点评析】

小儿药物剂量计算常用方法:按体重计算;按体表面积计算;按年龄计算;按成人量折算小儿中药用量。按体重计算是最常用、最基本的计算方法,每日或每次剂量 = 体重(kg) × 每千克体重需要量。按体表面积计算先计算出小儿体表面积(m^2),然后按每日每平方米所需药量体表面积(m^2),得出每日药量。小儿体表面积(m^2)可按体重折算。按年龄计算,每日或每次剂量 = 年龄(岁) × 每岁需要量。按成人量折算,小儿剂量 = 成人剂量 × 小儿体重(kg) ÷ 50。

命题考点 24 常用中医内治法则

【历年真题纵览】

A1 型题

儿科常用中医内治法则不包括

A. 疏风解表法

B. 以毒攻毒法

C. 清热解毒法

D. 消食导滞法

E. 镇静开窍法

参考答案:B

【考点评析】

常用中医内治法则:疏风解表法;化痰平喘法;清热解毒法;消食导滞法;镇静开窍法;安蛔驱虫法;利水消肿法;健脾益气法;凉血止血法;活血化瘀法;培元补肾法;回阳救逆法。

命题考点25 捏脊疗法的治疗机理

【历年真题纵览】

A1型题

捏脊疗法通过对督脉与膀胱经捏拿，达到调整脏腑功能的目的。常用于治疗

A. 疳气、厌食

B. 咳嗽、哮喘

C. 五迟、五软

D. 心悸、怔忡

E. 遗尿、尿频

参考答案：A

【考点评析】

捏脊疗法的治疗机理：此法通过对督脉和膀胱经的按摩，调和阴阳，疏理经络，行气活血，恢复脏腑功能以防治疾病。常用于治疗疳气、厌食。

命题考点26 小儿脱水程度的判断

【历年真题纵览】

B1型题

1.

A. 5%以下

B. 5%左右

C. 5% ~10%

D. 10%左右

E. 10%以上

①估计脱水的程度，轻度脱水失水量为体重的

②估计脱水的程度，中度脱水失水量为体重的

参考答案：①B ②C

2.

A. 3%以下

B. 3% ~5%

C. 5% ~10%

D. 10%以上

E. 20%以上

①估计脱水的程度，轻度脱水失水量为体重的

②估计脱水的程度，重度脱水失水量为体重的

参考答案：①B ②D

【考点评析】

轻度脱水失水量为体重的5%左右，中度脱水为5% ~10%，重度脱水为10%以上。

命题考点27 小儿代谢性酸中毒的主要临床表现

【历年真题纵览】

A1型题

下列哪项是小儿代谢性酸中毒的主要临床表现之一

A. 呼吸浅快

B. 心率不变

C. 厌食，恶心，呕吐

D. 血压升高

E. 呼吸浅慢

参考答案：C

【考点评析】

小儿代谢性酸中毒的主要临床表现：轻度酸中毒的症状不明显；较重酸中毒出现呼吸深快，心率增快，厌食，恶心，呕吐，精神萎靡，烦躁不安，进而嗜睡、昏睡、昏迷；严重酸中毒，心率转慢，周围血管阻力下降，心肌收缩力减弱，血压下降，心力衰竭。

命题考点28 小儿腹泻的治疗原则及纠正脱水时的液体定量

【历年真题纵览】

A1型题

1. 小儿腹泻重度低渗性脱水第一天补液，下列哪项最适合

A. 2∶1含钠液

B. 2∶3含钠液

C. 3∶2含钠液

D. 1∶2含钠液

E. 1∶3含钠液

参考答案：B

2. 患儿腹泻1天，诊断为轻度脱水，一般补液量为

A. 90 ~120 ml/kg

B. 120 ~150 ml/kg

C. 150 ~180 ml/kg

D. 60 ~90 ml/kg

E. 30～60 ml/kg

参考答案:A

A2 型题

3. 患儿,男,1 岁。腹泻 2 天,体重 8 公斤,精神萎靡,口渴,哭时泪少,前囟及眼眶明显凹陷,皮肤弹性较差,四肢欠温,尿少。实验室检查:血钠 135 mmol/L。为纠正脱水,补充累积损失量,应首选

A. 2:1 液,20 ml/kg

B. 3:2:1 液,50 ml/kg

C. 3:2:1 液,50～100 ml/kg

D. 3:4:2 液,50～100 ml/kg

E. 3:4:1 液,100～120 ml/kg

参考答案:D

【考点评析】

补液量应根据脱水程度确定,一般为轻度补 90～120 ml/kg,中度补 120～150 ml/kg,重度补 150～180 ml/kg。溶液种类主要根据脱水性质而定,等渗性脱水用 1:2 含钠液,低渗性脱水用 2/3 张含钠液,高渗性脱水用 1:3 含钠液。

第二单元　新生儿疾病

命题考点 1　生理性黄疸与病理性黄疸的鉴别

【历年真题纵览】

A1 型题

1. 胎黄是指

A. 胎儿黄疸

B. 新生儿黄疸

C. 新生儿病理性黄疸

D. 新生儿生理性黄疸

E. 孕母患黄疸

参考答案:B

B1 型题

2.

A. 婴儿出生后 1～2 天

B. 婴儿出生后 2～3 天

C. 婴儿出生后 4～5 天

D. 婴儿出生后 1 天之内或生后 2～3 周

E. 生后 3～4 周

①生理性胎黄,黄疸出现时间一般为

②病理性胎黄,黄疸出现时间一般为

参考答案:①B　②D

【考点评析】

生理性黄疸出现时间较晚,黄疸持续时间较短,足月儿生后 2～3 天出现,10～14 天完全消退,早产儿生后 3～4 天出现,21～28 天完全消退;黄疸程度较轻,以未结合胆红素为主,结合胆红素 <26 μmol/L;无伴随病症,一般全身情况好。病理性黄疸出现时间较早,黄疸持续时间较长,黄疸程度较重,黄疸进展快,均有伴随病症。

命题考点 2　湿热熏蒸证、寒湿阻滞证、瘀积胎黄证的症状、治法、主方

【历年真题纵览】

A1 型题

1. 治疗新生儿病理性黄疸寒湿阻滞证应选用

A. 茵陈蒿汤

B. 茵陈理中汤

C. 茵陈五苓散

D. 甘露消毒丹

E. 茵陈四逆汤

参考答案:B

A2 型题

2. 患儿,2 个月。面、目、皮肤发黄,颜色日益加深,晦暗无华,右胁下触及痞块,小便黄短,大便灰白。舌有瘀点,苔黄。治疗应首选

A. 茵陈蒿汤

B. 茵陈理中汤

C. 五苓散

D. 痞积散

E. 血府逐瘀汤

参考答案:D

3. 足月女婴,出生后 2 周出现身黄,目黄,其色晦暗,持续不退,精神倦怠,四肢欠温,不欲吮乳,大便溏薄,小便短少。舌质偏淡,舌苔白腻。治疗应首先考虑的方剂是

A. 茵陈理中汤

B. 茵陈蒿汤

C. 血府逐瘀汤

D. 茵陈四苓汤

E. 茵陈四逆汤

参考答案:A

【考点评析】

1. 寒湿阻滞证　面目、皮肤发黄，色泽晦暗，或黄疸持续不退，伴神疲身倦，四肢欠温，纳呆恶心易吐，小便深黄，大便稀溏或呈灰白色，甚则腹胀气急，舌淡，苔白腻。治法：温中化湿，茵陈理中汤加味。

2. 湿热熏蒸证　治法：清热利湿，茵陈蒿汤加减。

3. 瘀积发黄证　治法：化瘀消积退黄，血府逐瘀汤加减。

第三单元　呼吸系统疾病

命题考点1　小儿上呼吸道感染的主要病原及临床表现

【历年真题纵览】

A1 型题

1. 儿科发病率最高的疾病是

A. 肺系疾病

B. 肝系疾病

C. 心系疾病

D. 脾系疾病

E. 肾系疾病

参考答案：A

B1 型题

2.

A. 衣原体

D. 呼吸道合胞病毒

C. 流感病毒

D. 腺病毒

E. 柯萨奇病毒

①咽结合膜热的病原是

②疱疹性咽峡炎的病原是

参考答案：①D　②E

【考点评析】

上感病原90%以上为病毒。主要为合胞病毒、流感病毒、副流感病毒、腺病毒、鼻病毒、柯萨奇病毒、冠状病毒等。其中以鼻病毒最为多见，其次为肠道病毒、冠状病毒及肺炎支原体等。常于受凉后1～3天出现鼻塞、喷嚏、流涕、干咳、咽部不适、发热等，热度高低不一。婴幼儿可骤然起病，高热，纳差，咳嗽，可伴有呕吐、腹泻、烦躁，甚至高热惊厥。部分患儿并可出现脐周阵痛。

命题考点2　小儿上呼吸道感染常见兼夹证（夹痰、夹滞、夹惊）

【历年真题纵览】

A1 型题

1. 小儿患感冒与成人患感冒的相同之处是

A. 年龄较大者病情多较重

B. 平素体弱者病情多较重

C. 易见夹惊兼证

D. 易见夹痰兼证

E. 易见夹滞兼证

参考答案：B

A2 型题

2. 患儿，男，8个月，发热1天，伴咳嗽流涕，体温骤升时短暂抽搐1次，热退后自止。检查：体温39.5℃，颈软，咽红，脑膜刺激征（－），面神经征（－），血清钙正常。应考虑的是

A. 病毒性脑炎

B. 化脓性脑膜炎

C. 结核性脑膜炎

D. 感冒夹惊

E. 婴儿手足搐搦症

参考答案：D

3. 患儿，5岁。证见发热，恶寒，无汗，鼻塞流涕，微咳，兼见脘腹胀满，呕吐酸腐，口气秽浊，大便酸臭，小便短黄，舌质红，苔厚腻，脉滑。其证候是

A. 风热感冒

B. 风寒感冒

C. 湿热泄泻

D. 感冒夹痰

E. 感冒夹滞

参考答案：E

B1 型题

4.

A. 肺常不足

B. 脾常不足

C. 肝常有余

D. 肾常虚

E. 肺脏娇嫩

①小儿上呼吸道感染常见夹惊的原因是

②小儿上呼吸道感染常见夹滞的原因是

参考答案:①C ②B

【考点评析】

1. 夹惊——感冒高热,兼有惊惕啼叫,睡卧不安,甚则抽风痉挛,目珠上窜,热退抽搐即止。由高热引起,热灼筋脉,扰动肝经。治以解热定惊。宜加用钩藤、僵蚕、地龙、蝉衣、磁石。

2. 夹滞——感冒过程中,兼有腹胀嗳气,甚则呕吐,腹泻,苔厚浊腻,脉数。证属乳食停积中焦,运化失常。治以消食导滞。

3. 夹痰——感冒发热,咳嗽,喉间痰多,甚则气急痰鸣。由肺失清肃,酿液成痰或肺热炼液成痰,痰阻肺络所致。治以肃肺化痰。

命题考点3　风寒感冒证、风热感冒证、暑邪感冒证的症状、治法、主方

【历年真题纵览】

A1 型题

1. 治疗小儿暑邪感冒,应首选

A. 荆防败毒散
B. 新加香薷饮
C. 银翘散
D. 三拗汤
E. 桑菊饮

参考答案:B

2. 小儿上呼吸道感染的中医治疗,应以何法为主

A. 清法
B. 分利
C. 通腑
D. 解表
E. 宣肺

参考答案:D

【考点评析】

1. 风寒感冒——发热,恶寒,无汗,头痛,鼻塞流清涕,喷嚏,咳嗽,口不渴,咽不红,苔薄白,脉浮紧。治法辛温解表。方药荆防败毒散加减。

2. 风热感冒——发热较重,恶风,有汗热不解,头痛,鼻塞,或流黄涕,咳嗽声重,痰粘白或稠黄,咽红或痛,口干引饮,舌红,苔薄白或薄黄而干,脉浮数。治法辛凉解表。方药银翘散加减。

3. 暑邪感冒——高热无汗,头痛,身重困倦,胸闷泛恶,食欲不振,或有呕吐,腹泻,咳嗽,苔薄白或腻,脉数。治法清暑解表。方药新加香薷饮加减。

命题考点4　支气管炎风寒咳嗽证、风热咳嗽证的症状、治法、主方

【历年真题纵览】

A1 型题

1. 治疗小儿急性支气管炎风热咳嗽应首选的方剂是

A. 桑菊饮
B. 杏苏散
C. 银翘散
D. 止嗽散
E. 金沸草散

参考答案:A

A2 型题

2. 患儿,4 岁。发热咳嗽 5 天,呛咳不爽,呼吸气急,痰白而稀,无汗,咽不红。舌淡红,苔薄白,脉浮紧。治疗首选方是

A. 三拗汤
B. 麻黄汤
C. 荆防败毒散
D. 杏苏散
E. 麻杏石甘汤

参考答案:D

3. 患儿,5 岁。发热咳嗽 3 天,咳嗽不爽,痰稠色黄、恶风、微汗出,舌红,苔薄黄,脉浮数,治疗首选方是

A. 三拗汤
B. 麻黄汤
C. 荆防败毒散
D. 桑菊饮
E. 麻杏石甘汤

参考答案:D

【考点评析】

1. 风寒咳嗽——起病较重,咳嗽频作,恶寒,无汗,或有发热、头痛等。治法疏风散寒,宣肺止咳。方药杏苏散加减。

2. 风热咳嗽——起病较急,咳嗽不爽或咳声重浊,痰稠色黄或伴发热、恶风、微汗出。舌红,苔薄黄,脉浮数。治法疏风清热,宣肺化痰。方药桑菊饮加减。

命题考点5 支气管炎痰热咳嗽证、阴虚咳嗽证的症状、治法、主方

【历年真题纵览】

A1 型题

1. 支气管炎痰热咳嗽证主方是

A. 清金化痰汤加减

B. 沙参麦冬汤加减

C. 杏苏散加减

D. 桑菊饮加减

E. 麻杏石甘汤加减

参考答案:A

A2 型题

2. 患儿,男,4岁。咳嗽1周,痰多,色白而稀,喉间痰声辘辘,神乏困倦,胸闷纳呆。舌淡红,苔白腻,脉滑。其证型是

A. 风寒咳嗽

B. 风热咳嗽

C. 痰湿咳嗽

D. 痰热咳嗽

E. 气虚咳嗽

参考答案:C

【考点评析】

1. 痰热咳嗽——咳嗽不爽,痰黄黏稠,不易咯出,口渴咽痛,甚则气息粗促,喉中痰鸣,或伴发热、烦躁、小便短赤、大便干结。舌红,苔黄,脉滑数。治法清肺化痰。方药清金化痰汤加减。

2. 阴虚咳嗽——干咳无痰,或痰少而黏,不易咯出,口渴,咽干,或手足心热,盗汗。舌红,苔少或见花剥苔,脉细数。治法滋阴润肺。方药沙参麦冬汤加减。

命题考点6 肺炎的中西医病因

【历年真题纵览】

A1 型题

1. 小儿急性支气管肺炎最常见的细菌和病毒病原是

A. 肺炎球菌和呼吸道合胞病毒

B. 肺炎球菌和柯萨奇病毒

C. 肺炎球菌和轮状病毒

D. 流感嗜血杆菌和腺病毒

E. 流感嗜血杆菌和呼吸道合胞病毒

参考答案:A

2. 小儿肺炎喘嗽的基本病机是

A. 风寒闭肺

B. 肺气闭郁

C. 毒热闭肺

D. 阴虚肺热

E. 肺脾气虚

参考答案:B

【考点评析】

肺炎的病因,发达国家以病毒为主要病原,而发展中国家则以细菌性肺炎为常见。肺炎喘嗽的外邪系外感风寒、风热之邪,亦可继发于麻疹、顿咳、丹痧等急性热病之后,热毒猖獗,灼烁肺金。内因则为先天不足和后天失养。

命题考点7 支气管肺炎、腺病毒肺炎、合胞病毒肺炎、支原体肺炎临床特点

【历年真题纵览】

A1 型题

1. 6个月以内婴儿无热性支气管肺炎应考虑

A. 葡萄球菌肺炎

B. 合胞病毒肺炎

C. 革兰阴性杆菌肺炎

D. 肺炎支原体肺炎

E. 衣原体肺炎

参考答案:E

A2 型题

2. 2岁女孩,发热、咳嗽、气促1周。查体:精神不振,面色苍白,呼吸困难,皮肤可见荨麻疹样皮疹,双肺可闻及细湿啰音。X线检查显示:多发性小脓肿,易变。本病例诊断最大可能性是

A. 革兰阴性杆菌肺炎

B. 肺炎支原体肺炎

C. 腺病毒肺炎

D. 呼吸道合胞病毒肺炎

E. 葡萄球菌肺炎

参考答案:E

【考点评析】

1. 支气管肺炎——发热、咳嗽、气促、呼吸困难,肺部有较固定的细湿啰音。

2. 腺病毒肺炎——多见于6～24个月小儿，骤起稽留高热，萎靡嗜睡，面色苍白，咳嗽较剧，可出现喘憋、呼吸困难、发绀等。肺部体征出现较晚。

3. 合胞病毒肺炎——喘憋为突出表现，体征以喘鸣为主。

4. 支原体肺炎——起病缓慢，先有鼻塞，而后出现气促和频繁的间断性咳嗽，一般不发热，肺部可闻湿啰音。

命题考点8　肺炎心衰的诊断标准

【历年真题纵览】

A2 型题

患儿，10个月，入院时诊断为腺病毒肺炎痰热闭肺证。今突然虚烦不安，额汗不温，口唇发绀。查体：体温38℃，呼吸64次/分，心率165次/分，心音低钝，肝脏比入院时增大2 cm。舌暗紫，指纹沉而色青，达于命关。治疗应首选

A. 毛花苷C加参附龙牡汤
B. 青霉素加生脉散
C. 地塞米松加参附龙牡汤
D. 毛花苷C加真武汤
E. 地塞米松加麻杏石甘汤

参考答案：A

【考点评析】

①心率突然超过180次/分。②呼吸突然加快，大于60次/分。③突然极度烦躁不安，明显发绀，面色苍白发灰，指甲微循环充盈时间延长。④心音低钝，奔马律，颈静脉怒张。⑤肝脏迅速增大。⑥尿少或无尿，颜面眼睑或下肢浮肿。出现前5项可诊断心力衰竭。

命题考点9　肺炎病原学治疗的抗生素选择

【历年真题纵览】

肺炎双球菌肺炎首选抗生素是

A. 链霉素
B. 红霉素
C. 庆大霉素
D. 青霉素
E. 氨苄西林

参考答案：D

【考点评析】

抗生素使用原则是：①选用敏感药物；②早期治疗；③联合用药；④选用渗入下呼吸道浓度高的药物；⑤足量、足疗程，重症宜经静脉途径给药。肺炎双球菌肺炎首选青霉素。

命题考点10　肺炎风热闭肺证、痰热闭肺证的症状、证候分析、治法、主方

【历年真题纵览】

A1 型题

1. 治疗小儿肺炎首选五虎汤合葶苈大枣泻肺汤的证型是

A. 风寒闭肺
B. 风热闭肺
C. 痰热闭肺
D. 毒热闭肺
E. 阴虚肺热

参考答案：C

A2 型题

2. 患儿流涕、咳嗽3天后，高热不退，咳嗽喘促，鼻煽，喉中痰声漉漉，张口抬肩，口唇发绀，舌红苔黄腻。其证候是

A. 风寒闭肺
B. 风热闭肺
C. 痰热闭肺
D. 痰热咳嗽
E. 心阳虚衰

参考答案：C

【考点评析】

1. 风热闭肺证——症状：初起发热，恶风，有汗热不解，口渴引饮，咳嗽痰黏，咽部红赤，舌红，苔薄黄或薄白而干，脉浮数。重证可见高热烦躁，咳嗽剧烈，痰多黏稠，气急鼻扇，涕泪俱无，大便秘结。舌红，苔黄，脉数大。证候分析：此为风热犯肺或寒郁化热证候，临床较为常见，表邪未解，肺经有热，轻者见发热咳嗽，重者邪闭肺络则见气急，鼻扇，涕泪俱无。治法：辛凉宣肺，止咳化痰。方药：银翘散合麻杏石甘汤加减。

2. 痰热闭肺证——症状发病较急，气喘，鼻扇，喉间痰鸣，声如拽锯，发热，烦躁不安。重证额面口唇青紫发绀，两胁扇动，摇身撷肚，舌淡嫩或带紫色，

苔黄腻而厚,脉滑数。证候分析:痰热闭肺,痰重于热,肺气不降,痰随气升,故气急,痰鸣,甚则呼吸困难。此证多见于虚胖体弱的婴儿,平素容易自汗盗汗,肺脾不足,生湿酿痰,复因外邪引动伏痰,闭滞肺络所致。治法:泻肺降气,定喘涤痰。方药:葶苈大枣泻肺汤合五虎汤加减。

命题考点11 肺炎心衰的西医处理原则

【历年真题纵览】

A1 型题

1. 肺炎心衰的西医处理不包括
   A. 吸氧
   B. 毛花苷 C
   C. 吗啡
   D. 呋塞米
   E. 美托洛尔

参考答案:E

2. 小儿支气管肺炎合并心力衰竭应及时应用
   A. 强心剂
   B. 镇静剂
   C. 镇咳剂
   D. 化痰剂
   E. 激素

参考答案:A

【考点评析】

肺炎心衰的西医处理原则:除吸氧、镇静、平喘止咳外,应选用作用快、排泄快的洋地黄制剂,必要时加用血管活性药物和利尿剂。美托洛尔等β受体阻滞剂加重呼吸困难,降低心肌收缩力,不能应用。

第四单元 循环系统疾病

命题考点1 小儿病毒性心肌炎的中西医病因

【历年真题纵览】

A1 型题

病毒性心肌炎的主要病原是
A. 柯萨奇甲组病毒
B. 柯萨奇乙组病毒(1~6型)
C. 腺病毒、合胞病毒
D. 流感和副流感病毒
E. 带状疱疹、单纯疱疹病毒

参考答案:B

【考点评析】

柯萨奇乙组(1~6型)病毒是本病主要病原。中医学认为,导致本病的主要因素是正气不足,邪毒乘虚侵犯心营所致。

命题考点2 小儿病毒性心肌炎的临床表现

【历年真题纵览】

A1 型题

小儿病毒性心肌炎临床表现不包括
A. 前期有轻重不等的呼吸道感染或消化道感染史
B. 可有头晕,疲倦乏力
C. 重症者可见肝大
D. 心尖区第一心音亢进
E. 反复发作心衰者,心脏明显扩大

参考答案:D

【考点评析】

多数前期有轻重不等的呼吸道感染或消化道感染史,轻型病儿无明显自觉症状,一般可有头晕,疲倦乏力,面色苍白,多汗、胸闷,心前区痛或不适,心悸,食欲不振,偶有恶心、呕吐。重症者发生心力衰竭时,可见肝大、水肿、呼吸困难等;突然心源性休克时,血压下降、脉搏细数、四肢湿冷、末梢发绀。心脏体征主要表现为心尖区第一心音低钝、心动过速,部分有奔马律,心律失常如早搏、传导阻滞,一般无器质性杂音;反复发作心衰者,心脏明显扩大。伴心包炎者可听到心包摩擦音和心包积液体征。

命题考点3 小儿病毒性心肌炎的诊断标准

【历年真题纵览】

A1 型题

下列各项,不属病毒性心肌炎临床诊断依据的是

A. 心功能不全或心源性休克

B. 心脏扩大

C. 肌酸磷酸激酶同工酶升高

D. 心电图表现为完全性右或左束支阻滞

E. ST－T 段改变，T 波高耸

参考答案：D

【考点评析】

1. 主要指标：①急、慢性心功能不全或心脑综合征；②有心脏扩大、奔马律或心包炎表现之一（临床表现、心电图、X 线、超声心动图）；③心电图有明显心律失常，ST-T 改变（持续 4 天以上，伴动态变化），心肌梗死样图形或运动试验阳性之一；④发病 1 个月内血清 CK-MB 增高；⑤心脏同位素扫描发现异常。

2. 次要指标：①发病同时或前 1 个月内有病毒感染史。②有明显乏力、脸色苍白、多汗、心悸、气短、胸闷、头晕、心前区不适、手足凉、肌痛或腹痛等症状（至少 2 项）。婴儿可有拒食、发绀、四肢凉等症状，新生儿可结合流行病史考虑诊断。③心尖区第一心音明显低钝，或安静时心动过速。④心电图有轻度异常。⑤发病数月内血清 LDH_1 α-HBDH 或 AST 增高。

3. 确诊条件：具有主要指标 2 项，或主要指标 1 项及次要指标 2 项者（均要有心电图指标），可诊断为心肌炎。同时具备病原学依据 1 项以上者，可诊断为病毒性心肌炎。

命题考点 4 小儿病毒性心肌炎的中医分型证治及西医治疗

【历年真题纵览】

A1 型题

1. 小儿病毒性心肌炎痰瘀阻络证的治法是

A. 清热化湿，宁心安神

B. 益气养阴，化瘀通络

C. 清热化湿，解毒达邪

D. 豁痰活血，化瘀通络

E. 温振心阳，豁痰活血

参考答案：D

2. 治疗小儿病毒性心肌炎，主张大量使用的维生素是

A. 维生素 A

B. 维生素 B

C. 维生素 C

D. 维生素 D

E. 维生素 E

参考答案：C

A2 型题

3. 小儿病毒性心肌炎证见心悸不宁，活动后尤甚，少气懒言，神疲倦怠，头晕目眩，五心烦热，夜寐不安。舌光红少苔，脉细数或促或结代。其中医分型是

A. 邪毒犯心

B. 温热侵心

C. 痰瘀阻络

D. 气阴亏虚

E. 心阳虚弱

参考答案：D

【考点评析】

1. 维生素 C 有减少细胞内和血液内脂质氧化物浓度，消除自由基，增加冠状动脉血流量，改善心肌代谢，促进心肌炎恢复等作用，主张大量使用。病毒性心肌炎急性期应卧床休息以减轻心脏负担和减少耗氧量。

2. 西医治疗：

（1）休息：急性期卧床至热退后 3～4 周。有心脏扩大者，休息不少于 6 个月。

（2）维生素 C 和能量合剂：能改善心肌代谢，有利心肌功能恢复，每日 1 次或隔日 1 次。

（3）激素：适用于重证病儿。可改善心肌功能，减轻心肌炎性反应。但病程早期及轻型病例多不主张应用。

（4）控制心衰：常用地高辛、毛花苷 C，剂量用一般常用量的 1/3～1/2 即可。

3. 中医分型证治：

（1）邪毒犯心：证见心悸，胸闷胸痛，发热，鼻塞流涕，咽红肿痛，咳嗽，肌肉酸楚疼痛。舌红苔薄，脉数或结代。治法：清热解毒，宁心安神。方药：银翘散加减。

（2）湿热侵心：证见心慌胸闷，寒热起伏，全身肌肉酸痛，腹痛腹泻，肢体乏力。舌红，苔黄腻，脉濡数或结代。治法：清热化湿，宁心安神。方药：葛根黄芩黄连汤加减。

（3）痰瘀阻络：证见心悸不宁，胸闷憋气，心前区痛如针刺，脘闷呕恶。舌体胖，舌质紫暗，或舌边尖见有瘀点，舌苔腻，脉滑或结代。治法：豁痰活血，化瘀通络。方药：瓜蒌薤白半夏汤合失笑散加减。

（4）气阴亏虚：证见心悸不宁，活动后尤甚，少气懒言，神疲倦怠，头晕目眩，五心烦热，夜寐不安。舌光红少苔，脉细数或促或结代。治法：益气养阴，宁

心安神。方药:炙甘草汤合生脉散加减。

(5)心阳虚弱:证见心悸怔忡,神疲乏力,畏寒肢冷,面色苍白,头晕多汗,甚则肢体浮肿,呼吸急促。舌质淡胖或淡紫,脉缓无力或结代。治法:温振心阳,宁心安神。方药:桂枝甘草龙骨牡蛎汤加减。

第五单元 消化系统疾病

命题考点1 鹅口疮的病因及临床特征

【历年真题纵览】

A1 型题

引起鹅口疮的病原是

A. 金黄色葡萄球菌

B. 白色念珠菌

C. 流感病毒

D. 柯萨奇病毒

E. 链球菌

参考答案:B

【考点评析】

西医认为,本病由白色念珠菌感染引起。中医认为,本病病因有虚实之分。实证为胎热内蕴,口腔不洁,感受秽浊之邪,蕴积于心脾。虚证多由胎禀不足。可见于口腔颊黏膜、舌、牙龈、唇及上颌等处,出现白色乳凝块样物,开始呈点状、小片状,继而融合成片状,不易擦拭,强行拭去,可见潮红、粗糙的浅表糜烂面。

命题考点2 鹅口疮心脾积热证、虚火上浮证的症状、治法、主方

【历年真题纵览】

A1 型题

1. 鹅口疮心脾积热证的首选方剂是

A. 清胃散

B. 泻黄散

C. 泻心汤

D. 清热泻脾散

E. 导赤散

参考答案:D

A2 型题

2. 患儿,1 个月。出生以来,口腔内反复见白屑样物,拭之不去,形体瘦弱,面白颧红,舌质嫩红。治疗应首选

A. 百合固金汤

B. 养阴清肺汤

C. 养胃增液汤

D. 麦味地黄丸

E. 六味地黄汤加肉桂

参考答案:E

【考点评析】

1. 心脾积热证——证候:口腔舌面满布白屑,面赤唇红,烦躁不宁,吮乳啼哭,大便干结,小便短黄。舌红,苔薄白,脉滑数或指纹青紫。治法:清心泻脾,解毒泻火。方药:清热泻脾散。

2. 虚火上浮证——证候:口舌白屑散布,黏膜红赤干燥,形体消瘦,两颧潮红,口干不渴,虚烦不寐,大便干结。舌红,少苔,指纹色红,脉细数。治法:滋阴降火,引火归原。方药:知柏地黄丸。

命题考点3 疱疹性口炎的中西医病因

【历年真题纵览】

A1 型题

疱疹性口炎由以下哪种致病微生物引起

A. 单纯疱疹病毒

B. 水痘 - 带状疱疹病毒

C. 念珠菌

D. 金黄色葡萄球菌

E. 柯萨奇病毒

参考答案:A

【考点评析】

西医认为由单纯疱疹病毒感染所致。中医认为,小儿口疮多由风热乘脾,心脾积热,虚火上炎所致。

命题考点4 疱疹性口炎的辨证论治

【历年真题纵览】

1. 小儿疱疹性口炎风热乘脾的中医治疗方药是

A. 银翘散加减

B. 葛根芩连汤加减

C. 六味地黄丸
D. 凉膈散加减
E. 泻心导赤散加减
参考答案:D

A2 型题

2. 小儿疱疹性口炎证见舌上、舌边溃烂,色赤,疼痛,烦躁多啼,口干欲饮,小便短黄。舌尖红,苔薄黄,脉数,指纹紫。其中医分型是
A. 心火上炎
B. 虚火上炎
C. 风热乘脾
D. 气阴亏虚
E. 心阳虚弱
参考答案:A

3. 患儿,2 岁。患疱疹性口炎,舌上、舌边溃烂,色赤疼痛,烦躁多啼,小便短黄,舌尖红,苔薄黄。治疗应首先考虑的方剂是
A. 凉膈散
B. 泻心导赤散
C. 清热泻脾散
D. 清胃散
E. 泻黄散
参考答案:B

【考点评析】

1. 风热乘脾　证候:口颊、上腭、齿龈、口角溃烂为主,甚则满口糜烂,周围黏膜色红,疼痛明显,拒食,烦躁不安,口臭,涎多,或伴发热,小便短赤,大便秘结。舌红,苔薄黄,脉数。治法:疏风清热,泻火解毒。凉膈散加减。

2. 心火上炎　证候:舌上、舌边溃烂,色赤疼痛,烦躁多啼,口干欲饮,小便短黄。舌尖红,苔薄黄,脉数。治法:清心泻火。泻心导赤汤加减。

3. 虚火上炎　证候:口腔溃疡较少,呈灰白色,周围色不红或微红,口臭不甚,反复发作或迁延不愈,神疲颧红,口干不渴。舌红,苔少或花剥,脉细数。治法:滋阴降火,引火归原。六味地黄丸加减。

命题考点 5　小儿腹泻的中西医病因及病机

【历年真题纵览】

A1 型题

1. 小儿泄泻的病变脏腑,主要在
A. 肝胆
B. 肝脾
C. 脾胃
D. 肺脾
E. 脾肾
参考答案:C

B1 型题

2.
A. 柯萨奇病毒
B. 合胞病毒
C. 轮状病毒
D. 腺病毒
E. 流感病毒
①秋季腹泻最常见的病原体是
②咽 - 结合膜热的主要病原体是
参考答案:①C　②D

【考点评析】

饮食不当引起的称为非感染性腹泻。

内在病因——小儿消化系统发育不成熟,机体防御能力差。

感染因素——包括消化道内感染和消化道外感染。

非感染因素——包括饮食因素和气候因素。

中医病因病机:感受外邪、内伤饮食、脾胃虚弱。

命题考点 6　小儿腹泻的临床表现

【历年真题纵览】

A1 型题

1. 婴儿腹泻重型与轻型的主要区别点是
A. 发热、呕吐
B. 每日大便超过 10 次
C. 有水、电解质紊乱
D. 大便含黏液、腥臭
E. 镜检有大量脂肪滴
参考答案:C

A2 型题

2. 患儿,5 个月。急性腹泻,频繁呕吐 2 天,检查头颅,可能发现的体征是
A. 囟门逾期不闭
B. 囟门凹陷
C. 囟门高凸
D. 囟门宽大,头缝开解

E. 囟门早闭

参考答案:B

【考点评析】

轻型腹泻、中型腹泻、重型腹泻。重型腹泻伴有重度脱水、电解质紊乱及明显全身中毒症状。小儿腹泻脱水可见囟门凹陷。

命题考点7 小儿腹泻的诊断和鉴别诊断

【历年真题纵览】

B1 型题

A. 大肠杆菌性肠炎

B. 病毒性肠炎

C. 金黄色葡萄球菌肠炎

D. 真菌性肠炎

E. 生理性腹泻

①患儿乳食正常,体重增长正常,形体虚胖,大便4~5次/日,绿色稀便,伴有湿疹。应首先考虑的是

②患儿发热,流涕,偶有咳嗽,大便呈稀水蛋花样,无腥臭味。应首先考虑的是

参考答案:①E ②B

【考点评析】

根据喂养情况、发病年龄、季节、病程、病情、临床特点及实验室检查结果进行综合分析,作出诊断。注意与生理性腹泻、细菌性痢疾、阿米巴痢疾、急性坏死性肠炎鉴别。生理性腹泻多见于6个月内婴儿,生后不久出现腹泻,大便一日可达四五次,呈稀黄便或绿色便。大便化验正常,乳食正常,无呕吐,体重照常增长,体形多虚胖,常伴湿疹。一般添加辅食后大便逐渐转为正常。病毒性肠炎部分患儿出现上感症状,粪便呈水样或蛋花样,不含黏液和脓血,没有腥臭。

命题考点8 小儿腹泻脱水的分度

【历年真题纵览】

B1 型题

A. 5%以下

B. 5%左右

C. 5%~10%

D. 10%左右

E. 10%以上

①估计脱水的程度,轻度脱水失水量为体重的

②估计脱水的程度,中度脱水失水量为体重的

参考答案:①A ②C

【考点评析】

重度脱水表现:表情淡漠,昏睡或昏迷,皮肤发灰,冰冷,干燥,弹性极差,前囟极度凹陷,眼闭不合,唇黏膜干裂,哭时无泪,循环障碍,四肢发凉,发绀,脉细,心音低钝。尿量极少或无尿。

命题考点9 小儿腹泻的中医分型论治

【历年真题纵览】

A2 型题

1. 患儿,10个月。发病1天,发热,泄泻8次,大便稀薄如水,泻下急迫,恶心呕吐,阵阵啼哭,小便短黄。治疗应首选

A. 保和丸

B. 平胃散

C. 参苓白术散

D. 藿香正气散

E. 葛根黄芩黄连汤

参考答案:E

2. 患儿,10个月。鼻塞流涕2天后,泻下清稀,中多泡沫,腹痛肠鸣。治疗应首选

A. 保和丸

B. 桑菊饮

C. 藿香正气散

D. 参苓白术散

E. 七味白术散

参考答案:C

3. 患儿1天来暴泻不止,便稀如水,面色苍白,四肢厥冷,冷汗自出。其证候是

A. 风寒泻

B. 脾虚泻

C. 脾肾阳虚泻

D. 泄泻伤阳

E. 泄泻伤阴

参考答案:D

4. 患儿,男,3岁。腹泻2天,大便如蛋花汤样,泻下急迫,气味秽臭,食欲不振,发热烦躁,口渴,小便短黄,舌质红,苔黄腻,指纹紫。其证型是

A. 伤食泻
B. 寒湿泻
C. 风寒泻
D. 湿热泻
E. 脾虚泻

参考答案：D

【考点评析】

小儿腹泻的中医分型论治

1. 常证

（1）湿热泻　症状：大便水样，或如蛋花汤样，泻下急迫，量多次频，气味秽臭，或见少许黏液，腹痛时作，食欲不振，或伴呕恶，神疲乏力，或发热烦闹，口渴，小便短黄。舌质红，苔黄腻，脉滑数，指纹紫。治法：清肠解热，化湿止泻。方药：葛根黄芩黄连汤加减。

（2）风寒泻　症状：大便清稀，夹有泡沫，臭气不甚，肠鸣腹痛，或伴恶寒发热，鼻流清涕，咳嗽。舌质淡，苔薄白，脉浮紧，指纹淡红。治法：疏风散寒，化湿和中。方药：藿香正气散加减。

（3）伤食泻　症状：大便稀溏，夹有乳凝块或食物残渣，气味酸臭，或如败卵，脘腹胀满，便前腹痛，泻后痛减，腹痛拒按，嗳气酸馊，或有呕吐，不思乳食，夜卧不安。舌苔厚腻，或微黄，脉滑实，指纹滞。治法：运脾和胃，消食化滞。方药：保和丸加减。

（4）脾虚泻　症状：大便稀溏，色淡不臭，多于食后作泻，时轻时重，面色萎黄，形体消瘦，神疲倦怠。舌淡苔白，脉缓弱，指纹淡。治法：健脾益气，助运止泻。方药：参苓白术散加减。

（5）脾肾阳虚泻　症状：久泻不止，大便清稀，澄澈清冷，完谷不化，或见脱肛，形寒肢冷，面白而虚浮，精神萎靡，睡时露睛。舌淡苔白，脉细弱，指纹色淡。治法：温补脾肾，固涩止泻。方药：附子理中汤合四神丸加减。

2. 变证

（1）气阴两伤　症状：泻下过度，质稀如水，精神萎靡或心烦不安，目眶及囟门凹陷，皮肤干燥或枯瘪，啼哭无泪，口渴引饮，小便短少，甚至无尿。唇红而干，舌红少津，苔少或无苔，脉细数。治法：健脾益气，酸甘敛阴。方药：人参乌梅汤加减。

（2）阴竭阳脱　症状：泻下不止，次频量多，精神萎靡，表情淡漠，面色青灰或苍白，哭声微弱，啼哭无泪，尿少或无，四肢厥冷，舌淡无津，脉沉细欲绝。治法：挽阴回阳，救逆固脱。方药：生脉散合参附龙牡救逆汤加减。

命题考点10　小儿腹泻的西医治疗原则

【历年真题纵览】

A1 型题

下列有关小儿腹泻的西医治疗原则，错误的是

A. 调整饮食
B. 控制肠道内外感染
C. 纠正水、电解质紊乱
D. 尽早使用止泻剂
E. 加强护理，防治并发症

参考答案：D

【考点评析】

总的治疗原则为：预防脱水，纠正脱水，继续饮食，合理用药，纠正滥用抗生素。

第六单元　泌尿系统疾病

命题考点1　急性肾小球肾炎中西医病因

【历年真题纵览】

A1 型题

1. 急性肾小球肾炎的最常见病因是

A. 肺炎球菌感染
B. 金黄色葡萄球菌感染
C. 肺炎克雷伯杆菌感染
D. 流感嗜血杆菌感染
E. 溶血性链球菌感染

参考答案：E

2. 下列各项与急性肾小球肾炎发病初期病变关系最密切的是

A. 肺、脾、肾
B. 肺、心、肾
C. 脾、肾、肝
D. 肝、肾、心
E. 心、肾、肺

参考答案：A

【考点评析】

西医病因为 A 组 β 溶血性链球菌引起的上呼吸道感染或皮肤感染。中医学认为小儿水肿，外因为感受风邪、水湿、疮毒，内因为肺、脾、肾三脏虚弱。

命题考点2　急性肾小球肾炎中西医发病机理

【历年真题纵览】

A1 型题

1. 急性肾炎的病理变化特点是
   A. 局灶－节段性病变
   B. 毛细血管外增生性肾炎
   C. 硬化性肾炎
   D. 致密沉积物肾炎
   E. 弥漫性渗出性增生性肾小球肾炎

参考答案:E

2. 急性肾炎的中医病机主要是
   A. 肺气不宣
   B. 脾失健运
   C. 肾失开合
   D. 膀胱不利
   E. 三焦不通

参考答案:A

3. 与急性肾小球肾炎无关的脏腑是
   A. 肺
   B. 脾
   C. 肾
   D. 膀胱
   E. 心包

参考答案:E

【考点评析】

急性肾小球肾炎(APSGN)是抗原抗体免疫复合物所致的肾小球毛细血管病变,其病理变化特点是弥漫性、渗出性、增生性肾小球肾炎。

中医认为,肺失宣降,水湿困脾,中阳不振,脾失健运,湿与热合,下注膀胱,损伤下焦血络,导致血尿。疮疡热毒内侵,初伤脾胃,继伤及肾,肾不主水,三焦有失决渎,水泛为肿。

命题考点3　急性肾小球肾炎的临床表现

【历年真题纵览】

A1 型题

下列哪项不是急性肾炎的临床特征
   A. 多数病人都有血尿
   B. 病程早期常有高血压
   C. 部分病例可出现急性肾功能不全
   D. 血压急剧升高时可出现高血压脑病
   E. 浮肿为可凹性,上行性

参考答案:E

【考点评析】

发病前1～3周有上呼吸道感染或脓皮病。临床表现轻重不一,轻者仅见镜下血尿,重者可在短期内出现循环充血、高血压脑病或急性肾功能不全而危及生命。水肿常为最早出现的症状,自颜面眼睑开始,晨起重。浮肿为非凹陷性,多数浮肿不重。

命题考点4　急性肾小球肾炎的诊断

【历年真题纵览】

A2 型题

患儿,男,7岁。浮肿4天,小便量小,色如浓茶,尿蛋白(＋＋),红细胞20/HP,血压正常,血清总补体明显低于正常。其诊断是
   A. 肾炎性肾病
   B. 急进性肾炎
   C. 急性肾炎
   D. 慢性肾炎
   E. 单纯性肾病

参考答案:C

【考点评析】

病史询问注重发病年龄、性别及链球菌感染史。起病2周内必须测定血清 C_3。根据:①起病前1～3周有链球菌前驱感染;②水肿、少尿、高血压、血尿等临床特征;③尿常规有蛋白、红细胞和管型;④血清 C_3 降低,伴或不伴有ASO升高,APSGN即可诊断。

命题考点5　急性肾小球肾炎的一般处理

【历年真题纵览】

A1 型题

1. 急性肾炎伴高血压和水肿,限盐饮食每日供盐
   A. 0.5～1 g
   B. 1～2 g

C. 2 ~ 3 g

D. 3 ~ 4 g

E. 4 ~ 5 g

参考答案：B

2. 治疗急性肾炎错误的是

A. 卧床休息水肿消退，肉眼血尿消失

B. 血沉接近正常可恢复上学

C. 尿 Addis 计数正常才能正常活动

D. 水肿及高血压的患者应限制钠盐摄入

E. 初期给予青霉素至少 2 周

参考答案：E

【考点评析】

休息，急性期宜限制盐、水、蛋白质摄入。有水肿及高血压的患者应限制钠盐摄入，食盐每天 1 ~ 2 g。氮质血症者每日限蛋白质 0.5 g。起病 2 ~ 3 周内不论病情轻重均应卧床休息，直到肉眼血尿消失、水肿减退、血压降至正常，才可下床在室内活动或到户外散步。血沉降至正常可恢复上学，但应避免剧烈运动，直至尿液 Addis 计数恢复正常才能正常活动。青霉素常连用 7 ~ 10 天。

命题考点 6　急性肾小球肾炎风水相搏证、湿热内侵证的症状、治法、主方

【历年真题纵览】

A1 型题

1. 小儿急性肾小球肾炎风水相搏证的首选方剂是

A. 麻黄连翘赤小豆汤

B. 银翘散

C. 五味消毒饮

D. 葱豉桔梗汤

E. 藿香正气散

参考答案：A

A2 型题

2. 李某，男，12 岁，5 天前因受凉后感头身酸痛、恶寒、发热、咽痛，旋即出现颜面及双下肢浮肿，尿少色黄赤，腰痛，咽喉红肿疼痛，舌暗红、苔薄黄，脉浮滑数。辨证为

A. 风热证

B. 风水相搏

C. 水湿浸渍

D. 湿热壅盛

E. 痰热壅肺

参考答案：B

3. 患儿，8 岁。患感冒 1 周未愈。昨起水肿从眼睑开始，继而四肢、全身，颜面为甚，舌苔薄白，脉浮。治疗应首先考虑的方剂是

A. 越婢加术汤

B. 麻黄汤

C. 麻黄连翘赤小豆汤

D. 五皮饮

E. 五苓散

参考答案：C

【考点评析】

1. 风水相搏证——证候：眼睑先肿，继而四肢，皮肤光亮，指压不显，小便短黄，多有血尿，兼有发热、恶风、咳嗽、肢痛，苔薄白，脉浮。治法：疏风利水。方药：麻黄连翘赤小豆汤。

2. 湿热内侵证——证候：稍见浮肿，小便短赤，多有血尿，身发疮毒，舌质较红，苔薄黄，脉滑数。治法：清热解毒，利湿消肿。方药：五味消毒饮合五皮饮加减。可用麻黄连翘赤小豆汤。

命题考点 7　急性肾小球肾炎水气上凌心肺证的症状，水毒内闭证的症状、治法、主方

【历年真题纵览】

A2 型题

急性肾炎患儿，肢体水肿，咳嗽气急，心悸胸闷，口唇青紫，脉细无力。治疗应首选

A. 呋塞米加己椒苈黄丸

B. 呋塞米加龙胆泻肝汤

C. 毛花苷 C 加己椒苈黄丸

D. 毛花苷 C 加龙胆泻肝汤

E. 二氮嗪加己椒苈黄丸

参考答案：A

【考点评析】

1. 水气上凌心肺证——证候：肢体浮肿，经久不退，尿量减少，咳嗽气急，心悸胸闷，口唇青紫，脉细无力。治法：润肺逐水，温阳扶正。方药：己椒苈黄丸。

2. 水毒内闭证——证候：全身浮肿，尿少尿闭，头晕头痛，恶心呕吐，甚或昏迷，苔腻，脉弦。治法：辛开苦降，辟秽解毒。方药：温胆汤合麻黄附子细辛汤。

命题考点8 肾病综合征的主要临床特点、分型及单纯性肾病与肾炎性肾病的鉴别要点

【历年真题纵览】

A2 型题

患儿,男,3岁。反复浮肿月余。尿蛋白(+++),镜检(-),尿蛋白定量>200 mg/(kg·d);血白蛋白25 g/L,胆固醇10.4 mmol/L,血压正常,尿素氮正常。应首先考虑

A. 急性肾炎

B. 单纯性肾病综合征

C. 尿路感染

D. 肾盂肾炎

E. 急进性肾炎

参考答案:B

【考点评析】

1. 临床特征:①大量蛋白尿;②低白蛋白血症;③高脂血症;④明显水肿。第1、2项为诊断的必备条件。

2. 分型:单纯性肾病、肾炎性肾病、先天性肾病综合征。

3. 鉴别:单纯性肾病发病年龄偏小,多在2~7岁起病。单纯性肾病起病缓慢,主要表现为水肿。水肿严重时可有少尿,一般无明显血尿和高血压。肾炎性肾病水肿不如单纯型肾病显著,可出现肉眼血尿和不同程度高血压,病程多迁延反复。

命题考点9 肾病综合征的并发症

【历年真题纵览】

A1 型题

肾病综合征的并发症有

A. 感染

B. 电解质紊乱

C. 血栓形成

D. 肾上腺危象

E. 以上都是

参考答案:E

【考点评析】

肾病综合征的并发症有:感染、电解质紊乱、血栓形成、肾上腺危象。

命题考点10 肾病综合征脾虚湿困证、脾肾阳虚证的症状、治法、主方

【历年真题纵览】

A1 型题

1. 小儿原发性肾病综合征脾肾阳虚型的首选方剂是

A. 五苓散

B. 真武汤合黄芪桂枝五物汤

C. 五皮饮

D. 杞菊地黄丸

E. 参苓白术散

参考答案:B

A2 型题

2. 患儿,8岁。1年前因反复感冒出现水肿及尿检异常,经治疗水肿消退,尿检仍未恢复正常。现症面白少华,倦怠乏力,易出汗及感冒,舌淡苔薄,脉缓弱。已诊断为肾病综合征,其证候是

A. 风水相搏

B. 气阴两虚

C. 肺脾气虚

D. 脾肾阳虚

E. 肝肾阴虚

参考答案:C

【考点评析】

1. 脾虚湿固证——证候:肢体浮肿、按之凹陷难起,面色萎黄,神疲乏力,胸闷腹胀,纳少便溏,小便短少,四肢欠温。舌质淡、苔白滑、脉缓或细弱。治法:益气健脾,利水消肿。方药:五苓散合五皮饮。

2. 脾肾阳虚证——证候:高度浮肿,按之没指,目胞浮肿,胸水、腹水,足肿,四肢不温,食欲减退,甚则咳逆上气,胸满喘急,难以平卧。舌质淡,苔白,脉细无力。治法:温阳利水。方药:真武汤。

命题考点11　肾病综合征的肾上腺皮质激素治疗方案

【历年真题纵览】

A1 型题

关于肾病综合征的肾上腺皮质激素短程疗法不正确的是

A. 适用于2~7岁小儿初发的单纯性肾病

B. 泼尼松每天剂量2 mg/kg,分3~4次口服,共4~6周

C. 激素效应者改为隔日早餐后顿服2 mg/kg,共4~6周

D. 疗程结束时不能骤然停药

E. 不良反应较少

答案:D

【考点评析】

肾病综合征的肾上腺皮质激素治疗分中长程治疗、短程治疗。短程治疗在共8周的治疗后,骤然停药。

第七单元　神经肌肉系统疾病

命题考点1　化脓性脑膜炎的病因

【历年真题纵览】

A1 型题

脑膜炎可由多种化脓菌引起,在非流脑流行年,原菌多为

A. 流感杆菌

B. 肺炎链球菌

C. 金黄色葡萄球菌

D. 草绿色链球菌

E. B组溶血性链球菌

参考答案:B

【考点评析】

病原菌以肺炎链球菌、流感杆菌多见。发病与机体的免疫与解剖缺陷有关。

命题考点2　化脓性脑膜炎的临床表现

【历年真题纵览】

A2 型题

患儿,2岁半。病初2天有轻微咳嗽,随后出现高热,体温达40℃,烦躁,频繁呕吐。查体,神志清楚,颈项强直;脑膜刺激征阳性,巴彬斯基征阳性。舌质红,苔薄黄。脑脊液检查:外观混浊,压力增高,细胞计数200×10^6/L,以多核细胞为主,糖0.8 mmol/L,蛋白质1.1 g/L。应首先考虑的诊断是

A. 病毒性脑膜脑炎

B. Reye综合征

C. 急性化脓性脑膜炎

D. 结核性脑膜炎

E. 隐球菌性脑膜炎

参考答案:C

【考点评析】

1. 新生儿期感染中毒症状重而脑膜刺激症状轻。

2. 婴幼儿期前囟已闭者则症状渐趋典型。常先以易激惹、烦躁不安、面色苍白、食欲减低开始,然后出现发热及呼吸系统或消化系统症状,如轻微咳嗽、呕吐、腹泻等,继之嗜睡,头向后仰,感觉过敏。哭声尖锐,眼神发呆,双目凝视,有时用手打头、摇头。前囟饱满,颈项强直,脑膜刺激征阳性。

3. 儿童期起病急,除高热、呕吐、食欲不振、精神萎靡外,常自诉头痛,可诉关节痛、肌肉酸痛。病情进展,可迅即发生嗜睡、谵妄、惊厥、昏迷,脑膜刺激征明显。偶见皮肤出血。

命题考点3　化脓性脑膜炎的常见并发症

【历年真题纵览】

A1 型题

化脓性脑膜炎合并硬膜下积液的治疗方法是

A. 应做硬膜下穿刺放液

B. 加大青霉素剂量

C. 加大地塞米松

D. 用甘露醇脱水

E. 以上都不是

参考答案:A

【考点评析】

化脓性脑膜炎的常见并发症有:硬膜下积液、脑室膜炎、脑积水、脑性低钠血症,脑神经受累可产生耳聋、失明等。脑实质病变可产生继发性癫痫及智力发育障碍。合并硬膜下积液,少量液体不必穿刺,积液多时应反复进行穿刺放液,一般每次不超过20~30 ml。

命题考点4 化脓性脑膜炎诊断依据

【历年真题纵览】

A1 型题

1. 小儿化脓性脑膜炎的脑脊液变化为

A. 细胞数增高,蛋白正常,糖降低

B. 细胞数增高,蛋白增高,糖降低

C. 细胞数正常,蛋白正常,糖降低

D. 细胞数增高,蛋白升高,糖升高

E. 细胞数增高,蛋白正常,糖正常

参考答案:B

2. 小儿化脓性脑膜炎,最可靠的诊断依据是

A. 糖定量降低

B. 脑脊液检菌阳性

C. 脑膜刺激征阳性

D. 脑脊液细胞数显著增加

E. 脑脊液外观混浊或脓性

参考答案:B

【考点评析】

一般根据病史、典型临床表现及脑脊液改变,即可诊断。典型病例的脑脊液压力增高,外观混浊,白细胞总数显著增多,可达1 000 $\times 10^6$/L,以中性粒细胞为主,糖含量显著降低,常 $<$ 1.1 mmol/L,甚至测不出;蛋白质含量增高在1 000 mg/L以上。脑脊液涂片革兰染色找菌是明确脑膜炎病因的重要方法,通常阳性率在70%~90%。

命题考点5 化脓性脑膜炎与结核性脑膜炎、病毒性脑膜炎的鉴别诊断

【历年真题纵览】

A1 型题

1. 区别化脓性脑膜炎和结核性脑膜炎的主要检查方法是

A. 病史

B. OT试验

C. 脑脊液检查

D. 周围血象变化

E. 胸部X线检查

参考答案:C

2. 下列疾病,脑脊液放置24小时后,可有纤细的网状薄膜形成的是

A. 化脓性脑膜炎

B. 病毒性脑膜炎

C. 结核性脑膜炎

D. 脑脓肿

E. 脑肿瘤

参考答案:C

B1 型题

3.

A. 糖正常,氯化物升高,蛋白明显下降,细胞数升高,以中性粒细胞为主

B. 糖明显下降,氯化物下降,蛋白明显升高,细胞数升高,以中性粒细胞为主

C. 糖明显下降,氯化物下降,蛋白明显升高,细胞数升高,以淋巴增高为主

D. 细胞数增高,淋巴为主,糖正常,氯化物正常,蛋白升高

E. 糖明显升高,氯化物正常,蛋白正常,细胞数正常

①化脓性脑膜炎

②病毒性脑膜炎

③结核性脑膜炎

参考答案:①B ②D ③C

【考点评析】

1. 不同病原菌引起的脑膜炎与化脓性脑膜炎在临床表现方面有很多相似之处,主要依靠脑脊液常规及细菌学检查结果鉴别。

2. 病毒性脑膜炎:除有一般脑膜炎特征外,全身感染中毒症状不重。脑脊液外观清亮或微混,细胞数多在300 $\times 10^6$/L以下,以淋巴细胞为主,蛋白定量正常或略高,糖及氯化物含量正常,细菌学检查阴性。

3. 结核性脑膜炎:常有结核病接触史。起病较慢,结核菌素试验阳性,可伴肺部或其他部位结核病灶。脑脊液外观呈毛玻璃样混浊,细胞数多在500 $\times 10^6$/L以下,蛋白含量增高,糖及氯化物含量减少,静置24小时可见薄膜,将薄膜涂片可找到结核杆菌。

命题考点6 化脓性脑膜炎的抗生素选择

【历年真题纵览】

A1 型题

对于小儿化脓性脑膜炎抗生素选择，下列描述错误的是

A. 使用有效的抗生素

B. 选择对病原菌敏感的药物

C. 选择能较高浓度透过血脑屏障的药物

D. 急性期要静脉给药，用药早、足量、足疗程

E. 急性期要静脉给药，用药早、早停药

参考答案：E

【考点评析】

化脓性脑膜炎的抗生素选择：早期、足量、联合、静脉用药。选用对病原菌敏感、可穿透血脑屏障的高脂溶性低分子量抗生素，使其在脑脊液中达到杀菌水平。联合用药时，应注意药物的相互拮抗作用。肺炎双球菌脑膜炎治疗首选药物为青霉素，治疗大肠杆菌脑膜炎首选抗生素为氨苄青霉素＋庆大霉素，病原菌不明的化脓性脑膜炎首选抗生素为氨苄青霉素。

命题考点7 化脓性脑膜炎颅内压增高的处理

【历年真题纵览】

A2 型题

患儿，1岁。高热剧烈呕吐2天入院，经腰穿脑脊液检查，确诊为"化脓性脑膜炎"。近1日昏睡，意识不清，颈强(＋)，反复抽搐，给予相应处理后，持续高热，并出现双瞳孔不等大，肢体张力增强。进一步紧急处理为

A. 给予速尿(呋塞米)脱水

B. 20%甘露醇脱水

C. 给予退热，止抽

D. 配伍更有效的抗生素

E. 给予地塞米松静点

参考答案：B

【考点评析】

及时使用脱水剂，减轻颅内高压，预防发生脑疝。

第八单元 小儿常见心理障碍

命题考点1 多发性抽动症中医病因

【历年真题纵览】

A1 型题

多发性抽动症的基本病理改变是

A. 瘀血阻窍

B. 痰瘀互阻

C. 肝风内动

D. 肝风痰火胶结成痰

E. 痰蒙清窍

参考答案：D

【考点评析】

中医认为本病外因多为五志过极、过食肥甘厚味及感受六淫之邪；内因则为先天禀赋不足，素体虚弱，或为久病误治热病伤阴。其病机则为肝风痰火，胶结成痰。

命题考点2 多发性抽动症的临床表现

【历年真题纵览】

A1 型题

多发性抽动症的临床表现不包括

A. 突然抽搐发作

B. 重复语言

C. 说秽语

D. 紧张时加重

E. 神经系统检查可见异常

参考答案：E

【考点评析】

多发性抽动症的临床表现：相继或同时出现多组肌肉抽搐和发声，或伴秽语为主要临床症状。神经系统检查无异常。

命题考点3 多发性抽动症的中医辨证论治

【历年真题纵览】

A1 型题

1. 多发性抽动症肝风内扰、痰湿中阻证的主方为

A. 十味温胆汤加减

B. 宁肝息风汤加减

C. 大定风珠加减

D. 补阳还五汤加减

E. 镇肝息风汤加减

参考答案:B

2. 小儿多发性抽动症肝亢风动证的中医治疗方药是

A. 千金龙胆汤加减

B. 礞石滚痰丸加减

C. 醒脾散加减

D. 大定风珠加减

E. 归脾汤加减

参考答案:A

A2 型题

3. 患儿,9 岁。头面、躯干、四肢肌肉抽动,频繁有力,喉中痰鸣,怪声不断,烦躁口渴,睡眠不安。舌质红,苔黄腻,脉滑数。其证型是

A. 肝亢风动

B. 痰火扰心

C. 脾虚肝旺

D. 阴虚风动

E. 风热上扰

参考答案:B

【考点评析】

1. 肝亢风动　症状:面红目赤,烦躁易怒,挤眉眨眼,撅嘴喊叫,摇头耸肩,发作频繁,抽动有力,大便秘结,小便短赤。舌红,苔黄,脉弦数。治法:清肝泻火,息风镇惊。方药:千金龙胆汤加减。

2. 痰火扰心　症状:头面、躯干、四肢肌肉抽动,频繁有力,喉中痰鸣,怪声不断,甚或骂人,烦躁口渴,睡眠不安。舌质红,苔黄腻,脉滑数。治法:泻火涤痰,清心安神。方药:礞石滚痰丸加减。

3. 脾虚肝旺　症状:面色萎黄,精神疲惫,胸闷不适,食欲不振,睡卧露睛,喉中作声,肌肉抽动,时作时止,时轻时重。舌质淡,苔白或腻,脉沉弦无力。治法:益气健脾,平肝息风。方药:醒脾散加减。

4. 阴虚风动　症状:形体消瘦,两颧潮红,五心烦热,性情急躁,睡眠不安,口出秽语,挤眉眨眼,耸肩摇头,肢体震颤,大便干结。舌质红绛,舌苔光剥,脉细数无力。治法:滋阴潜阳,柔肝息风。方药:大定风珠加减。

第九单元　造血系统疾病

命题考点1 小儿营养性缺铁性贫血的中医病因病机

【历年真题纵览】

A1 型题

小儿营养性缺铁性贫血的中医病因内因是

A. 稚阴稚阳

B. 肝常有余

C. 肺常不足

D. 脾常不足、肾常虚

E. 喂养失宜

参考答案:D

【考点评析】

小儿营养性缺铁性贫血的中医病因病机:由于小儿"脾常不足"、"肾常虚",故而容易产生贫血。若因喂养失宜,如过饥、过饱,脾胃损伤,精微无从运化,气血不能化生,或因母乳不足,饮食偏嗜,营养缺乏,脾胃虚弱,血液生化乏源,终至气血亏虚而成为贫血。亦可因于脏腑虚损,如先天禀赋不足,肾气不充,脏腑机能低下,体质虚弱,因虚致损,气血不足;或大病久病,精气耗夺,伤及脾、胃、心、肝等脏,使气血不生,血枯失荣,形成贫血。此外,诸虫寄生,如蛔虫、钩虫、绦虫寄生肠道,吸取机体营养,耗损气血,日久亦可引起贫血。

命题考点2 小儿营养性缺铁性贫血的临床表现、实验室检查及西医治疗方法

【历年真题纵览】

A1 型题

1. 早期诊断缺铁性贫血最灵敏的指标为

A. 末梢血中红细胞减少

B. 末梢血中血红蛋白减少

C. 血清铁蛋白减低

D. 血清铁减少

E. 红细胞游离原卟啉增高

参考答案:C

A2 型题

2. 8 个月患儿,母乳喂养,未加辅食。近 2 个月来腹泻,食欲不振,有异食癖,皮肤黏膜渐苍白,肝肋下 3 cm,脾肋下 1.5 cm,血红蛋白 70 g/L,红细胞 3.5×10^{12}/L。最可能的诊断是

A. 营养性感染性贫血

B. 营养性缺铁性贫血

C. 营养性感染性贫血

D. 生理性贫血

E. 先天性再生低下性贫血

参考答案:B

【考点评析】

1. 起病较缓慢,一般表现为面色、皮肤、口唇、睑结合膜、甲床逐渐苍白,疲乏无力,不爱活动,年长儿可诉头晕、眼花、耳鸣,消化系统症状如食欲减退、消化不良。神经系统症状见烦躁不安,智力减退,注意力不集中。脾脏不同程度肿大,淋巴结亦可肿大。

2. 血红蛋白和红细胞减低,以血红蛋白降低为主,呈小细胞低色素性贫血。血清铁蛋白降低;血清铁降低;总铁结合力增高;红细胞游离原卟啉降低;骨髓细胞总数增加,幼红细胞增生活跃,以中、晚幼红细胞增生明显,各期红细胞均较正常小,胞浆少、染色偏蓝,白细胞系和巨核细胞一般正常。

命题考点3 贫血的中医辨证论治

【历年真题纵览】

A2 型题

患儿,女,5 岁。面色不华,已逾 3 个月,指甲苍白,纳食不佳,四肢乏力,大便溏泻,舌淡苔薄白,脉细无力。血常规示小细胞低色素性贫血。治疗应首选

A. 八珍汤

B. 大补元煎

C. 参苓白术散

D. 保和丸

E. 补中益气汤

参考答案:C

【考点评析】

本病以脏腑辨证为主,兼用气血阴阳辨证。小儿营养性贫血以虚证为主,按"形之不足,温之以气;精之不足,补之以味"的原则,运用调理脾胃,阴阳双补,脾胃并调之法,使阳生阴长,精血互生。

1. 脾胃虚弱　症状:面色萎黄无华,唇淡不泽,指甲苍白,长期食欲不振,神疲乏力,形体消瘦,大便不调。舌淡苔白,脉细无力,指纹淡红。治法:健运脾胃,益气养血。方药:参苓白术散加减或异功散加味。

2. 心脾两虚　症状:面色萎黄或苍白,唇甲淡白,发黄枯燥、容易脱落,心悸气短,头晕目眩,夜寐欠安,语声低弱,精神萎靡,注意力不集中,食欲不振。舌淡红,脉细弱,指纹淡红。治法:补脾养心,益气生血。方药:归脾汤加减。

3. 肝肾阴虚　症状:头晕目涩,面色苍白,肌肤不泽,毛发枯黄,爪甲易脆,四肢震颤抽动,两颧潮红,潮热盗汗,发育迟缓。舌红,苔少或光剥,脉弦数或细数。治法:滋养肝肾,益精生血。方药:左归丸加减。

4. 脾肾阳虚　症状:面白虚浮,唇舌爪甲苍白,精神萎靡不振,发育迟缓,囟门迟闭,方颅鸡胸,毛发稀疏,畏寒肢冷,纳谷不馨,或有大便溏泄。舌淡苔白,脉沉细无力,指纹淡。治法:温补脾肾,益精养血。方药:右归丸加减。

命题考点4 特发性血小板减少性紫癜的临床表现及诊断标准

【历年真题纵览】

A1 型题

1. 下列哪一项不属于过敏性紫癜的好发部位

A. 下肢

B. 臀部

C. 上肢

D. 躯干

E. 面部

参考答案:E

A2 型题

2. 患儿,男,14 岁。2 周前患急性咽炎。1 天前突然牙龈出血,口腔血疱,双下肢瘀斑。实验室检查:血红蛋白 110 g/L,白细胞 9×10^{9}/L,血小板 10×10^{9}/L,骨髓增生活跃,巨核细胞 23 个/片。应首先

考虑的诊断是

A. 急性白血病

B. 再生障碍性贫血

C. 过敏性紫癜

D. 特发性血小板减少性紫癜(急性型)

E. 特发性血小板减少性紫癜(慢性型)

参考答案:D

【考点评析】

1. 急性型发病年龄较小,多在2~8岁,男、女发病数无差异,病前1~3周或同时伴病毒感染,以往无出血病史。起病急,以自发性皮肤和(或)黏膜出血为突出表现,出血点、瘀斑自针头大小至米粒大,遍布全身,以四肢多见。常见鼻及牙龈出血。

2. 慢性型病程超过6个月,多见于学龄期儿童,女孩较多见,男女发病数约为1:3。起病缓慢,出血症状较急性型轻,脾脏可轻度肿大,出血症状及血小板减少时轻时重,或发作与缓解交替,血小板随病情波动。血小板计数减少。急性型骨髓巨核细胞数多正常或轻度增多。

命题考点5 特发性血小板减少性紫癜的辨证论治

【历年真题纵览】

A1 型题

1. 治疗特发性血小板减少性紫癜阴虚火旺证,应首选的方剂是

A. 大补阴丸合茜根散加减

B. 归脾汤加减

C. 桃红四物汤加减

D. 犀角地黄汤加减

E. 黄土汤加减

参考答案:A

2. 下列哪个方剂治疗紫癜血热伤络证作为首选

A. 玉女煎

B. 茜根散

C. 归脾汤

D. 犀角地黄汤

E. 龙胆泻肝汤

参考答案:D

【考点评析】

辨证论治:本病的辨证以八纲辨证为主,兼用脏腑气血辨证。根据起病的缓急和临床不同的证候,分清实证、虚证、虚实夹杂证。急性型多属实证,常为外感邪热之毒,治疗宜采用清热解毒、凉血止血之法;慢性型多属虚证,大多因脏腑虚损所致,治疗宜采用益气健脾,养血摄血之法;兼有瘀血者,配合活血祛瘀法;久病伤阴者,应用滋阴清热之法。

1. 血热伤络 症状:起病急骤,皮肤密集瘀斑瘀点,紫癜红润鲜明,伴有齿衄、鼻衄,偶有尿血;面红目赤,心烦口渴,便秘尿少。舌红苔黄,脉数。治法:清热解毒,凉血止血。方药:犀角地黄汤加减。

2. 气不摄血 症状:皮肤、黏膜瘀斑瘀点反复发作,斑色青紫而暗淡,伴鼻衄、齿衄,神疲乏力,面色萎黄或苍白无华,食欲不振,大便溏泄,头晕心悸。舌淡红,苔薄,脉细弱。治法:益气健脾,摄血养血。方药:归脾汤加减。

3. 阴虚火旺 症状:皮肤黏膜散在瘀点瘀斑,下肢尤甚,时发时止,血色鲜红,伴齿鼻衄血,低热盗汗,手足心热,心烦颧红,口干咽燥。舌红少苔,脉细数。治法:滋阴清热,凉血宁络。方药:大补阴丸合茜根散加减。

4. 气滞血瘀 症状:病程缠绵,出血反复不止,皮肤紫癜色暗,面色晦暗,舌黯红或紫或边有紫斑,苔薄白,脉细涩。治法:活血化瘀,理气止血。方药:桃仁汤加减。

第十单元 结缔组织病及免疫性疾病

命题考点1 哮喘的中西医病因

A1 型题

1. 下列各项,与哮喘发病密切相关的是

A. 心、肝、肾

B. 肝、脾、肾

C. 心、脾、肾

D. 肺、脾、心

E. 肺、脾、肾

参考答案:E

2. 小儿哮喘发病的主要内因是

A. 外感六淫之邪

B. 嗜食酸、甘、咸、腻

C. 胎禀不足与伏痰

D. 接触异常气味

E. 活动过度,情绪激动

参考答案：C

【考点评析】

西医认为，哮喘是一种多基因遗传病。哮喘病因包括遗传因素和环境激发因素，过敏体质与哮喘关系密切。中医学认为，内因为患儿胎禀不足，表现为痰饮内伏的特殊体质，外感六淫之邪、饮食、劳倦、情绪因素均为哮喘发作诱因。

命题考点 2 哮喘发作期的中医病机

【历年真题纵览】

A1 型题

1. 小儿哮喘发作的病机是

A. 肺气郁闭

B. 外邪夹痰饮伏留肺络

C. 痰气交阻，肺气郁闭

D. 外因诱发，触动伏痰，痰阻气道

E. 肺失宣降，肺气上逆

参考答案：D

B1 型题

2.

A. 外邪引动伏痰，痰阻气道

B. 感受外邪，肺气郁闭

C. 感受外邪，肺气失宣

D. 肺脾肾不足，痰饮内伏

E. 脾肾阳虚，肾不纳气

①哮喘发作期的主要病机是

②哮喘缓解期的主要病机是

参考答案：①A ②D

【考点评析】

哮喘的发病机理可以概括为外邪袭肺，触动伏痰，痰邪交结，郁于肺经，气道受阻，肺失宣降，肺气上逆，发为哮喘。

命题考点 3 婴幼儿哮喘诊断标准

【历年真题纵览】

A1 型题

下列哪一项不是婴幼儿哮喘的诊断依据

A. 喘息发作≥3 次

B. 肺部出现哮鸣音

C. 喘息症状突然发作

D. 一定伴有发热

E. 二级亲属中有哮喘病史

参考答案：D

【考点评析】

适于年龄小于 3 岁，喘息反复发作者。

(1) 计分原则：①喘息发作≥3 次（3 分）；②肺部出现哮鸣音（2 分）；③喘息突然发作（1 分）；④有其他过敏史（1 分）；⑤一、二级亲属中有哮喘病史（1 分）。

(2) 评分原则：总分≥5 分者，诊断为婴幼儿哮喘。喘息发作只 2 次或总分≤4 分者，初步诊断可疑哮喘。如肺部有喘鸣音，可做以下任意一项试验：①1% 肾上腺素每次 0.01 mg/kg 皮下注射，15 ~ 20 分钟后若喘息缓解或喘鸣音明显减少者加 2 分；②以沙丁胺醇气雾剂、沙丁胺醇水溶液雾化吸入后观察喘鸣音改变情况，如减少明显者加 2 分。

命题考点 4 3 岁以上儿童哮喘诊断标准

【历年真题纵览】

A1 型题

3 岁以上儿童哮喘诊断标准不正确的是

A. 喘息呈反复发作

B. 可做肾上腺素皮下注射喘息明显缓解帮助诊断

C. 可追溯与某种变应原或刺激因素有关

D. 支气管扩张剂有明显疗效

E. 以吸气相为主的哮鸣音，吸气相延长

参考答案：B

【考点评析】

①年龄≥3 岁，喘息呈反复发作（或可追溯与某种变应原或刺激因素有关）；②发作时双肺闻及以呼气相为主的哮鸣音，呼气相延长；③支气管扩张剂有明显疗效；④除外其他引起喘息、胸闷和咳嗽的疾病。疑似病例可选用 1% 肾上腺素皮下注射，最大量每次不超过 0.3 ml，或以沙丁胺醇气雾剂或溶液雾化吸入，观察 15 分钟，若喘息明显缓解及肺部哮鸣音明显减少，或 1 秒钟用力呼气容积上升率 > 15%，可作诊断。

命题考点5　咳嗽变异型哮喘的诊断及治疗

【历年真题纵览】

A2型题

患儿，女，5岁。反复咳嗽2个月，咳嗽呈发作性，干咳痰少，夜间加剧，用抗生素治疗无效，口服氨茶碱能明显减轻症状。应首先考虑的是

A. 寒性哮喘

B. 热性哮喘

C. 急性上呼吸道感染

D. 咳嗽变异性哮喘

E. 急性支气管炎

参考答案：D

【考点评析】

①咳嗽持续或反复发作 >1个月，常在夜间和(或)清晨发作，运动后加重，痰少，临床无感染征象，或经较长期抗生素治疗无效；②气管舒张剂治疗可使咳嗽发作缓解(基本诊断条件)；③个人过敏史或家族过敏史，变应原试验阳性可辅助诊断；④气道呈高反应性特征，支气管激发试验阳性可辅助诊断；⑤除外其他原因引起的慢性咳嗽。治疗原则是去除病因、控制发作。

命题考点6　哮喘的中医分期、辨证论治

【历年真题纵览】

A2型题

1. 患儿昨日起流涕，咳嗽，夜间突发喘促，咳痰稀白，呼气延长，喉中哮鸣，脉浮滑。其证候是

A. 风寒闭肺

B. 风寒感冒

C. 风寒咳嗽

D. 寒性哮喘

E. 痰浊阻肺

参考答案：D

2. 患儿，4岁。有哮喘病史，此次喘促迁延不愈月余，动则喘甚，面白少华，形寒肢冷，小便清长，伴见咳嗽痰多，喉间痰鸣，舌质淡，苔白腻，脉细弱。其证型是

A. 寒性哮喘

B. 热性哮喘

C. 虚实夹杂

D. 肺脾气虚

E. 肾虚不纳

参考答案：C

【考点评析】

1. 发作期

(1)寒性哮喘　症状：咳嗽气促，喉间哮鸣，咳痰清稀色白，呈黏沫状，形寒无汗，面色晦滞带青，四肢不温，口不渴，或渴喜热饮。舌淡红，舌苔薄白或白腻，脉象浮滑。治法：温肺散寒，化痰定喘。方药：小青龙汤合三子养亲汤。

(2)热性哮喘　症状：咳喘哮鸣，声高息涌，痰稠色黄，发热面红，胸闷膈满，渴喜冷饮，小便黄赤，大便干燥或秘结。舌红，舌苔黄腻，脉象滑数。治法：清热化痰，止咳定喘。方药：麻杏石甘汤或定喘汤加减。

(3)虚实夹杂　症状：病程长，喘促迁延不愈，动则喘甚，面白少华，形寒肢冷，尿频或小便清长，伴见咳嗽痰多，喉间痰鸣。舌淡，苔白或腻，脉细弱。治法：降气化痰，补肾纳气。方药：射干麻黄汤合都气丸加减。

2. 缓解期

(1)肺气虚弱　症状：面白，气短懒言，语声低微，倦怠乏力，容易出汗，反复感冒。舌质淡，苔薄，脉细无力。治法：补肺固表。方药：玉屏风散加减。

(2)脾气虚弱　症状：面色虚浮少华，食少脘痞，大便不实，倦怠乏力，痰多而咳。舌淡，苔白，脉缓无力。治法：健脾化痰。方药：六君子汤加减。

(3)肾虚不纳　症状：面白少华，形寒怯冷，四肢不温，腿膝酸软，动则心悸气促，遗尿或夜间尿多，小便澄清。舌淡，苔薄白，或舌红，苔红剥，脉沉细无力。治法：补肾固本。方药：金匮肾气丸加减。

命题考点7　哮喘发作期的西医治疗

【历年真题纵览】

A1型题

对哮喘持续状态的处理哪一项是错误的

A. 吸氧

B. 补液纠正酸中毒

C. 糖皮质激素类静脉滴注

D. 支气管扩张剂

E. 脱敏疗法

参考答案:E

【考点评析】

急性发作期主要是解痉和抗感染治疗,用药物缓解支气管平滑肌痉挛,减轻气道黏膜水肿和炎症,减少黏痰分泌。脱敏疗法应当在缓解期进行。

1. 支气管扩张剂:沙丁胺醇、博利康尼、茶碱类。

2. 肾上腺皮质激素:用于哮喘持续状态或一般平喘药不能缓解者。一般可口服强的松,每日 1～2 mg/kg(最大量不超过 40 mg),分 3～4 次口服。

3. 镇静剂和祛痰剂。

4. 控制感染。

5. 纠正缺氧和失水、电解质紊乱。

命题考点 8 哮喘的预防

【历年真题纵览】

A1 型题

哮喘的预防治疗,根本在于

A. 解除支气管痉挛

B. 降低气道高反应性

C. 缓解症状

D. 脱敏治疗

E. 消除慢性气道炎症

参考答案:E

【考点评析】

1. 避开过敏原和刺激物,尽量减少上呼吸道感染,避免各种诱发因素。

2. 哮喘缓解期进行正确的预防性治疗。中药可辨证使用玉屏风散;西药可选用色甘酸钠、酮替酚、丙酸倍氯米松及免疫调节剂胸腺肽、左旋咪唑。

3. 哮喘发作期积极控制气道炎症和症状,防止病情恶化或并发肺气肿、肺心病。

命题考点 9 风湿热的中西医病因及中医辨证论治

【历年真题纵览】

A1 型题

1. 导致风湿热的病原菌是

A. 金黄色葡萄球菌

B. 肺炎双球菌

C. A 组乙型溶血性链球菌

D. 流感杆菌

E. 大肠杆菌

参考答案:C

2. 风湿热湿热阻络证的治疗方药宜选用

A. 宣痹汤加减

B. 蠲痹汤合独活寄生汤加减

C. 大秦艽汤加减

D. 真武汤合金匮肾气丸加减

E. 补阳还五汤加减

参考答案:A

【考点评析】

1. 病因:一般认为风湿热与 A 组 β 型溶血性链球菌感染有密切关系。可能是链球菌感染的合并症。中医学认为,小儿阳气未充,或素体阳虚,腠理空疏,卫阳不固,外感风寒湿邪,不易及时驱散,邪从热化,留滞经络,闭阻气血,使肌肉关节疼痛而成痹证。有湿热阻络、风湿淫心、寒湿痹阻、心脾阳虚、气虚血瘀证。

2. 中医辨证论治

(1)湿热阻络 症状:发热恶风,汗出不解,口渴欲饮,关节肿痛,局部灼热,或呈游走性,可有鼻衄,皮肤红斑,小便黄赤,大便秘结。舌质红,苔黄厚腻,脉滑数。治法:清热利湿,祛风通络。方药:宣痹汤加减。

(2)寒湿阻络 症状:关节酸痛,局部不红,遇寒加剧,得温痛减,或有低热,气短乏力,心悸怔忡。舌质淡,苔薄白,脉沉细或细数。治法:散寒除湿,养血祛风。方药:蠲痹汤合独活寄生汤加减。

(3)风湿淫心 症状:发热不退,头重身困,心悸气短,疲乏无力,关节肿痛,纳呆泛恶。舌质淡,苔腻,脉濡滑。治法:祛风除湿,通络宁心。方药:大秦艽汤加减。

(4)心脾阳虚 症状:心悸怔忡,动则气短,难以平卧,面色无华,浮肿尿少,手足不温。舌质淡胖,苔薄白,脉细数或结代。治法:温阳利水。方药:真武汤合金匮肾气丸加减。

(5)气虚血瘀 症状:病程日久,神疲乏力,心悸气短,动则尤甚,面晦颧红,唇甲发绀,形体瘦弱。舌质紫暗,苔薄,脉细弱或结代。治法:养血活血,益气通脉。方药:补阳还五汤加减。

命题考点 10　急性风湿热的临床表现

【历年真题纵览】

A1 型题

1. 风湿性心肌炎的临床表现下列哪项是错误的

A. 出现早搏和心动过速

B. 心率增快

C. 心前区第一心音减弱

D. 严重时可出现奔马律

E. 心尖区可听到隆隆样收缩期杂音

参考答案:E

2. 风湿热最常见的皮肤损害是

A. 环形红斑

B. 结节性红斑

C. 多形红斑

D. 蝶状红斑

E. 圆形红斑

参考答案:A

【考点评析】

1. 急性风湿热约半数病人在病前 1 ~ 4 周有上呼吸道感染或猩红热等链球菌感染病史。风湿性关节炎常为急性起病,而心脏炎可呈隐匿性经过,就诊时已是心瓣膜病。病初多有发热、热型不规则、乏力、精神不振、面色苍白、腹痛等症状,随后出现特征性症状和体征,包括心脏炎、关节炎、舞蹈病、环形红斑和皮下小结,并有反复发作的倾向。

2. 急性风湿热心肌炎表现为:①心率增快在 110 ~ 120 次/分以上,安静与睡眠时无明显减慢。②心音减弱,第一心音低钝,有时出现奔马律。心尖区可听到吹风样收缩期杂音,多因心脏扩大发生二尖瓣相对性闭锁不全或狭窄所致,故为可逆性。③心律失常,可见期前收缩,不同程度的房室传导阻滞,以第I度最常见。还有 Q-T 间期延长,S-T 段下移和 T 波低平等变化。④心脏扩大,心力衰竭时更甚。

命题考点 11　风湿热的特征症状和体征及 Jones 诊断标准

【历年真题纵览】

A1 型题

1. 确诊风湿热的主要表现哪项是错误的

A. 心脏炎

B. 游走性多发性关节炎

C. 舞蹈病

D. 发热

E. 环形红斑

参考答案:D

2. 确诊风湿热的次要表现哪一项是错误的

A. 发热

B. 关节酸痛

C. 皮下结节

D. 血沉加快

E. 有风湿热既往史

参考答案:C

3. 下列哪一项不属于风湿热诊断标准中的主要表现

A. 心脏炎

B. 多关节炎

C. 发热

D. 舞蹈病

E. 环形红斑

参考答案:C

A2 型题

4. 患儿,5 周岁。两周前曾患上感,目前不规则发热,易疲倦,脸色略苍白。查体发现,心率增快,心尖部第一心音减弱,并可闻及早搏,心电检查:P-R 间期延长,ST 段下移,实验室检查:C 反应蛋白增高。下列哪项检查可以帮助确诊

A. 血沉

B. 谷草转氨酶

C. 抗透明质酸酶

D. 心脏 X 线检查

E. 肌酸磷酸激酶

参考答案:C

【考点评析】

风湿热的特征表现:心脏炎、关节炎、舞蹈病、环形红斑和皮下小结。Jones 诊断标准主要表现有心脏炎、多发性游走性关节炎、舞蹈病、环形红斑和皮下小结,次要表现有发热、关节痛、既往风湿热病史、急性期反应物升高(ESR、CRP)、P-R 间期延长。有两项主要表现或一项主要表现和两项次要表现,再加上有近期链球菌感染的证据,提示风湿热高度可能。抗 O、抗链球菌激酶、抗透明质酸酶等抗体滴度上升都可表明近期链球菌感染。如多发性关节炎已列为主要表现,则关节痛不能作为次要表现;如心脏炎已列为主要表现,则 P-R 间期延长不能作为次要

表现。

命题考点 12 急性风湿热的治疗与预防

【历年真题纵览】

A1 型题

1. 治疗风湿性心肌炎的首选药是

A. 阿司匹林

B. 维体舒

C. 消炎痛

D. 布洛芬

E. 肾上腺皮质激素

参考答案:E

2. 有关风湿热的预后下述哪项有错误

A. 舞蹈病的预后一般良好

B. 首次发作累及心脏者,预后较差

C. 反复发作累及心脏者预后不良

D. 并发心功能不全者预后不良

E. 伴发心包炎者预后良好

参考答案:E

【考点评析】

清除感染病灶、抗风湿。初次发作预防包括注意饮食及居室卫生,加强锻炼,防止上呼吸道感染。对已有急性扁桃体炎、咽炎、中耳炎、淋巴结炎、猩红热应及早给予青霉素肌注。风湿热患者,如发生上呼吸道链球菌感染,则风湿热复发的危险性很大,初发年龄越小,复发机会越多。预防药物首选长效青霉素。风湿性心脏炎首选肾上腺皮质激素。

命题考点 13 过敏性紫癜的中西医病因病机

【历年真题纵览】

A1 型题

过敏性紫癜的发病是由于

A. 机体对致病原产生不恰当的免疫应答

B. 抗原抗体复合物沉积于皮肤

C. 致敏原破坏免疫系统

D. 预防接种不会成为过敏因素

E. 主要病理改变为皮下瘀血

参考答案:A

【考点评析】

引起本病的过敏因素有感染因素、食物因素、药物因素,其他如预防接种,花粉吸入,蚊、蜂叮咬等均可致敏。机体对上述致病原产生不恰当的免疫应答,形成抗原抗体复合物,沉着于全身的小血管壁,引起血管炎为主的病理改变,属自身免疫性疾病。中医学认为外感风热之邪,湿热挟毒蕴阻于肌表血分,迫血妄行,以致血不循经,溢于脉外、渗于肌肤之间、积于皮下而发为本病。

命题考点 14 过敏性紫癜的临床表现

【历年真题纵览】

A1 型题

下列哪一项不属于过敏性紫癜的好发部位

A. 下肢

B. 臀部

C. 上肢

D. 躯干

E. 面部

参考答案:E

【考点评析】

发病一般较急,半数以上患儿病前 1 ~ 3 周有上呼吸道感染史,首发症状以皮肤紫癜为主,约半数病人有关节肿痛或腹痛,可为单一症状,亦可两种以上症状同时或先后出现。皮疹主要位于下肢和臀部,重者延及上肢及躯干。

命题考点 15 过敏性紫癜的诊断及鉴别诊断

【历年真题纵览】

A1 型题

过敏性紫癜与特发性血小板减少性紫癜鉴别点是

A. 特发性血小板减少性紫癜出血点高出表面

B. 过敏性紫癜出血点遍布全身

C. 特发性血小板减少性紫癜血小板减少

D. 过敏性紫癜血小板减少

E. 过敏性紫癜出血时间延长

参考答案:C

【考点评析】

注意皮疹的特点及分布，皮疹多见于腰以下，两侧对称，结合皮肤紫癜特点和有胃肠道或关节症状以及实验室检查，可明确诊断。注意与特发性血小板减少性紫癜、败血症、腹部外科病鉴别。特发性血小板减少性紫癜皮肤、黏膜可见出血点及瘀斑，分布在全身各处，出血点或瘀斑不突出于表面，化验血小板降低，出血时间延长。

命题考点16 过敏性紫癜的中医辨证论治

【历年真题纵览】

A1 型题

1. 过敏性紫癜血热妄行证的首选方剂是

A. 银翘散

B. 犀角地黄汤

C. 四妙散

D. 葛根黄芩黄连汤合小承气汤

E. 茜根散

参考答案：B

A2 型题

2. 患儿，10 岁。两天前臀部及双下肢皮肤出现紫癜，伴腹痛阵作，口臭纳呆，腹胀便秘，今日出现便血。舌红，苔黄，脉滑数。其证型是

A. 血热妄行

B. 胃肠积热

C. 风热伤络

D. 肝肾阴虚

E. 气虚血瘀

参考答案：B

【考点评析】

临证施治，应首先分清标本虚实。初起热毒较盛，治应清热解毒凉血；久则耗阴津，虚热内生，故恢复期常用滋阴清热、益气健脾等法以进一步清除余邪，调节气血；若合并瘀血之证，则佐以活血化瘀，以达到降低毛细血管通透性和改善血液循环的作用。

1. 风热伤络　症状：紫癜见于下半身，以下肢和臀部为多，呈对称性，颜色鲜红，呈丘疹或红斑，大小形态不一，可融合成片，或有痒感，伴发热，微恶风寒，咳嗽，咽红，或见关节痛、腹痛、便血、尿血。舌质红，苔薄黄，脉浮数。治法：祛风清热，凉血安络。方药：银翘散加减。

2. 血热妄行　症状：起病急骤，壮热面赤，咽干，心烦，渴喜冷饮，皮肤瘀斑成片，伴鼻衄、齿衄，大便干燥，小便黄赤。舌质红绛，苔黄燥，脉弦数。治法：清热解毒，凉血化斑。方药：犀角地黄汤加减。

3. 湿热痹阻　症状：皮肤紫癜多见于关节周围，尤以膝踝关节为主，关节肿胀灼痛，影响肢体活动，偶见腹痛、尿血。舌质红，苔黄腻，脉滑或弦数。治法：清热利湿，通络止痛。方药：四妙散加味。

4. 胃肠积热　症状：瘀斑遍布，下肢多见，腹痛阵作，口臭纳呆，腹胀便秘，或伴齿龈出血，大便色黄或暗褐。舌红，苔黄，脉滑数。治法：泻火解毒，清胃化斑。方药：葛根黄芩黄连汤合小承气汤加味。

5. 肝肾阴虚　症状：起病缓慢，时发时隐，或紫癜已退，仍有腰背酸软，五心烦热，潮热盗汗，头晕耳鸣，持续镜下血尿，或见管型、蛋白尿。舌质红，少苔，脉细数。治法：滋阴补肾，活血化瘀。方药：茜根散加减。

6. 气虚血瘀　症状：病情反复发作，斑疹紫暗，腹痛绵绵，神疲倦怠，面色萎黄，纳少。舌淡边尖有瘀点瘀斑，苔薄白，脉细弱。治法：益气活血，化瘀消斑。方药：黄芪桂枝五物汤加减。

命题考点17 皮肤黏膜淋巴结综合征的中医病因病机

【历年真题纵览】

A1 型题

皮肤黏膜淋巴结综合征的中医病因病机是

A. 温邪与气血相搏，侵犯营血

B. 风邪与气血相搏，侵犯营血

C. 素体阳虚，腠理空疏

D. 卫阳不固，外感风寒湿邪

E. 温邪直中脏腑

参考答案：A

【考点评析】

中医认为本病主要是外感温热时邪，侵入机体，与气血相搏，毒热炽盛，侵犯营血所致。

命题考点18　皮肤黏膜淋巴结综合征的临床表现及实验室检查

【历年真题纵览】

A1 型题

下列哪一项是皮肤黏膜淋巴结综合征最早出现的症状

A. 皮肤黏膜疹

B. 淋巴结肿大

C. 心血管症状和体征

D. 发热

E. 腹痛、腹泻

参考答案:D

【考点评析】

1. 主要表现:①发热,呈稽留热或弛张热,为最早出现的症状,常见持续性发热1~2周。②皮肤黏膜表现:躯干部多形性荨麻疹样红斑或猩红热样皮疹,无水疱或结痂。四肢末端病初呈实性肿胀和恢复期指端膜状脱皮,此为本病特征。双眼结膜充血,无脓性分泌物和流泪,口唇干燥潮红、皲裂、杨梅舌,口腔及咽部黏膜弥漫性发红而无溃疡及伪膜形成。③颈部淋巴结非化脓性肿大。

2. 心血管症状和体征少见,但很重要。表现为心脏杂音、心律不齐、心脏扩大、心力衰竭。伴冠状动脉病变者可呈心肌缺血甚至心肌梗死。其他伴随症状:可出现腹泻、呕吐、腹痛,或脓尿、血尿等。

3. 实验室检查:血白细胞增高、中性粒细胞增高、血沉增快、C反应蛋白增高、免疫球蛋白增高,部分病例转氨酶增高,有心脏受损者可见心电图和超声心动图改变。

命题考点19　皮肤黏膜淋巴结综合征的诊断与鉴别诊断

【历年真题纵览】

A1 型题

1. 皮肤黏膜淋巴结综合征的诊断不包括

A. 不明原因的发热,持续5天或更久

B. 双侧结膜充血

C. 杨梅舌

D. 发病初期手足硬肿和掌跖发红,以及恢复期指趾端出现膜状脱皮

E. 躯干部环形红斑,水疱及结痂

参考答案:E

2. 下列不属皮肤黏膜淋巴结综合征诊断标准的是

A. 不明原因发热,持续5天或更久

B. 球结膜弥漫性充血

C. 躯干部多形性充血性红斑

D. 外周血以淋巴细胞为主,异常淋巴细胞大于10%

E. 颈淋巴结非化脓性肿大

参考答案:D

【考点评析】

本病诊断标准应在下述6条主要临床症状中至少满足5条方能确诊:①不明原因的发热,持续5天或更久,抗生素治疗无效;②双侧结膜充血;③口腔及咽部黏膜弥漫充血,唇发红及干裂,并呈杨梅舌;④发病初期手足硬肿和掌跖发红,以及恢复期指趾端出现膜状脱皮;⑤躯干部多形红斑,但无水疱及结痂;⑥颈淋巴结的非化脓性肿胀,其直径达1.5 cm或更大。但如二维超声心动图或冠状动脉造影查出冠状动脉瘤或扩张,则4条主要症状阳性即可确诊。

命题考点20　皮肤黏膜淋巴结综合征的西医治疗原则

【历年真题纵览】

A1 型题

皮肤黏膜淋巴结综合征的西医治疗错误的是

A. 阿司匹林和双嘧达莫

B. 肾上腺皮质激素

C. 大剂量丙种球蛋白静滴

D. 抗生素控制感染

E. 对症支持治疗

参考答案:B

【考点评析】

治疗皮肤黏膜淋巴结综合征除对症、支持疗法外,主要是对抗血管炎症和对抗血小板凝集,常用阿司匹林和双嘧达莫。在发病10天内用大剂量丙种球蛋白静滴可有效地预防冠状动脉瘤。

命题考点 21　皮肤黏膜淋巴结综合征的中医辨证论治

【历年真题纵览】

A1 型题

治疗皮肤黏膜淋巴结综合征气营两燔主方是

A. 银翘散加减

B. 竹叶石膏汤加减

C. 生脉散加味

D. 清营汤加减

E. 麻杏石甘汤加减

参考答案:D

【考点评析】

1. 卫气同病　症状:病起急骤,持续发热,不恶寒或微恶风,口渴喜饮,无汗,微咳,目赤头痛,口咽潮红,手掌足底潮红,面部、躯干部初现皮疹,颈部淋巴结肿大,胃纳减退,或有吐泻。舌边尖红,苔薄白或黄,脉浮数。治法:清热解毒,辛凉透表。方药:银翘散合白虎汤加减。

2. 气营两燔　症状:壮热不已,汗出不畅,渴欲冷饮,目赤唇红,斑疹鲜红,偶有瘙痒,单侧或双侧颈淋巴结肿大,坚硬触痛,表面不红,不化脓,手足呈坚实性肿胀,掌跖及指趾端潮红。杨梅舌,指纹紫或脉细数。治法:清热解毒,凉营化瘀。方药:清营汤加减。

3。气阴两伤　症状:身热已退(或有低热留恋),疲乏少力,自汗盗汗,手足硬肿及红斑消退,指趾末端出现膜样脱皮,口渴喜饮。舌红少津,苔薄白,指纹紫,脉细数。有的患儿可见心悸、脉结代等。治法:益气养阴,清解余邪。方药:沙参麦冬汤或竹叶石膏汤加减。

第十一单元　营养性疾病

命题考点 1　营养不良的中西医病因、临床表现及分度

【历年真题纵览】

A1 型题

1. 蛋白质—能量营养不良的最主要病因是

A. 喂养不当

B. 久吐、久泻

C. 早产

D. 反复外感

E. 各种虫证

参考答案:A

2. 小儿易患疳病的原因是

A. 脏腑娇嫩

B. 发育迅速

C. 肺常不足

D. 脾常不足

E. 肾常虚

参考答案:D

A2 型题

3. 一女童,体重较同龄正常儿童低 30%,腹部皮褶厚度为 0.3 cm,同时伴有皮肤干燥,肌张力减低,应诊断为

A. 营养不良轻度

B. 营养不良重度

C. 营养不良中度

D. 属正常儿童

E. 糖尿病

参考答案:C

【考点评析】

原因:喂养因素、疾病因素、禀赋不足。

表现:体重不增是最先出现的症状,继之体重下降,营养不良开始,体重比正常小儿减轻 15% ~ 25%,腹壁皮下脂肪厚度 0.8 ~ 0.4 cm。病久者身高也低于正常;皮下脂肪逐渐减少或消失,首先为腹部,其次为躯干、臀部、四肢,最后为面颊部。重症患儿皮包骨头,状若老人,体重低,脉搏缓慢,基础代谢率降低,肌张力低下,智力落后。食欲低下,常有便秘,并可有饥饿型腹泻,呈频繁、少量多次的大便,并带有黏液。严重者可因血清蛋白降低而出现水肿。可并发营养性贫血、各种维生素缺乏、感染、自发性低血糖。分为疳气、疳积、干疳。疳气证候:形体消瘦,面色萎黄少华,毛发稀疏,食欲不振或能食善饥,精神欠佳,易发脾气,大便或溏或干,或有酸臭味,或尿如米泔,舌淡,苔薄白或薄黄,脉细。

命题考点2 营养不良的中西医病机

【历年真题纵览】

A1 型题

疳证病机源于

A. 心肾

B. 脾胃

C. 肝胆

D. 脾肺

E. 心肺

参考答案:B

【考点评析】

西医病机为新陈代谢失常,组织器官功能低下。疳证病机源于脾胃,其影响范围并不局限于脾胃,脾为后天之本,脾病日久,气血虚衰,诸脏失养,必累及其他脏腑。

命题考点3 营养不良的中西医治疗

【历年真题纵览】

A2 型题

1. 患儿,10个月。于出生4个月添加辅食时出现泄泻,纳差,形体日渐消瘦,面色萎黄,毛发色黄稀疏,烦躁哭闹,夜眠不安,腹大如鼓,喜揉眉挖鼻,吮指磨牙,舌质淡,苔腻,指纹紫滞。治疗首选方

A. 肥儿丸

B. 八珍汤

C. 六君子汤

D. 四君子汤

E. 资生健脾丸

参考答案:A

2. 小儿,面、目、皮肤发黄,颜色较深,晦暗无华,日益加重,右胁下痞块,纳呆,食后易吐,小便黄短,大便溏或灰白,舌见瘀点,苔黄腻。治疗应首选方剂

A. 血府逐瘀汤

B. 茵陈理中汤

C. 茵陈蒿汤

D. 五苓散

E. 疳积散

参考答案:A

【考点评析】

应查明病因,治疗原发病,改善喂养方法;应用各种消化酶,或蛋白同化类固醇制剂,或胰岛素等,目的在于恢复消化器官的功能,促进消化,改善代谢。中医消积、理脾、益气、养血。

命题考点4 佝偻病的病因

【历年真题纵览】

A1 型题

维生素D缺乏性佝偻病的病因不包括

A. 日光照射不足

B. 未行母乳喂养

C. 生长发育过快

D. 疾病影响

E. 维生素D摄入不足

参考答案:B

【考点评析】

佝偻病的病因包括:日光照射不足、维生素D摄入不足、生长发育过快、疾病影响及其他。

命题考点5 佝偻病的临床表现

【历年真题纵览】

A1 型题

1. 3~6个月小儿,活动期佝偻病最早的骨骼体征是

A. 鸡胸

B. 方颅

C. 前囟未闭

D. 肋骨串珠

E. 颅骨软化

参考答案:E

A2 型题

2. 患儿,男,3岁。出生后人工喂养,近来常表现夜间多汗。检查:方颅,胸骨下部显著前突,胸廓呈鸡胸,肋骨与肋软骨交界处变厚增大。应首先考虑的是

A. 结核病

B. 风湿热

C. 佝偻病

D. 脑积水

E. 以上均非

参考答案:C

3. 患儿,男,1岁。夜间烦吵,多汗数月,体查:前囟2 cm×2 cm,方颅,肋骨串珠明显。血钙、磷乘积下降,碱性磷酸酶增高。其病证应诊断为

A. 结核感染

B. 营养不良

C. 佝偻病活动早期(初期)

D. 佝偻病后遗症期

E. 以上均非

参考答案:C

4. 3个月小儿,诊断为佝偻病,下列哪项不是活动期佝偻病特有的骨骼体征

A. 鸡胸

B. 方颅

C. 前囟未闭

D. 肋骨串珠

E. 颅骨软化

参考答案:C

【考点评析】

1. 激期(活动期)骨骼表现颅骨软化、方颅、前囟迟闭、乳牙萌迟、胸廓畸形、四肢畸形等。可有肌肉松弛,肌力减弱,韧带松弛,甚至头项软弱,坐、立、行等运动机能发育落后。肝、脾韧带松弛,常能触及肝脾肿大。腹壁肌肉松弛致腹部膨隆如蛙腹。患儿大脑皮层功能异常,条件反射形成缓慢,可见表情淡漠,精神呆滞,语言功能落后,免疫力低。

2. 颅骨软化:以手指轻压颅骨或枕骨中央部位可感觉颅骨内陷,随手放松而弹回,似压乒乓球样的感觉。多见于3~6个月婴儿,是佝偻病激期最早出现的骨骼体征。在约1岁时,尽管佝偻病仍在进展,颅骨软化常消失。

3. 临床按病程分为活动早期、活动期、恢复期和后遗症期。

命题考点6 维生素D缺乏性手足搐搦症的临床表现

【历年真题纵览】

A1型题

1. 佝偻病性手足搐搦症在幼儿及儿童多见的典型表现是

A. 惊厥

B. 手足搐搦

C. 喉痉挛

D. 枕秃

E. 肋骨串珠

参考答案:B

A2型题

2. 患儿,7日。近日经常夜惊多汗,且抽搐2次,抽后意识清,进奶好,医生诊断为:维生素D缺乏性手足搐搦症。本病以下哪项不具备

A. 喉痉挛

B. 全身性抽搐

C. 助产士手,芭蕾舞足

D. 面神经征阳性

E. 婴儿期呈婴儿痉挛性发作

参考答案:E

【考点评析】

显性症状有惊厥、手足搐搦、喉痉挛,隐性症状有面神经征、腓反射、人工手痉挛征。全身抽搐、喉痉挛多发生在婴儿期,幼儿及儿童多见手足搐搦。

命题考点7 维生素D缺乏性佝偻病及维生素D缺乏性手足搐搦症的诊断

【历年真题纵览】

A2型题

1. 患儿,男,6个月。夜惊多汗,烦躁,不安,面色不华,纳食不佳,枕秃,舌淡苔白,指纹淡。实验室检查:血钙磷乘积稍低,血碱性磷酸酶升高。诊断为佝偻病,其分期及证型是

A. 活动早期,肾精亏损

B. 活动早期,肾虚骨弱

C. 活动早期,脾气虚弱

D. 活动期,肾精亏损

E. 活动期,肾虚骨弱

参考答案:C

2. 患儿,3个月。易激惹,烦躁多哭,夜寐不安,多汗,摇头擦枕,生长发育与同龄儿相同。X线骨骼检查正常。实验室检查:血清总钙及血磷偏低,碱性磷酸酶稍有增高。初步诊断为维生素D缺乏性佝偻病,其分期是

A. 活动早期

B. 活动期

C. 恢复期

D. 后遗症期

E. 以上均非

参考答案:A

3. 患儿,男,6个月。混合喂养,未加辅食。睡眠不安,易惊多汗,二便正常。检查:未见骨骼异常。应首先考虑的是

A. 结核感染

B. 营养不良

C. 佝偻病初期

D. 佝偻病活动期

E. 正常儿

参考答案:C

【考点评析】

1. 初期常自2~3个月开始出现非特异性的神经精神症状,表现为易激惹、烦躁、睡眠不安、夜惊夜啼,常伴与室温季节无关的多汗,患儿因汗多而摇头擦枕导致枕秃。

2. 脾虚气弱(初期)证候:多汗夜惊,烦躁不安,面色不华,纳呆便溏,头颅软,囟门开大,毛发稀黄,枕秃常见,舌质淡红,苔薄白,指纹淡红或脉缓无力。

命题考点8 维生素D缺乏性佝偻病及维生素D缺乏性手足搐搦症的鉴别诊断

【历年真题纵览】

A2 型题

一婴儿突发惊厥,无热,反复发作3次,惊厥后意志清,活泼如常。患儿为人工喂养,极少户外活动,未服鱼肝油。查体:出牙延迟,哈氏沟明显,方颅,血钙1.0 mmol/L。最确切的诊断为

A. 佝偻病早期

B. 佝偻病的活动期

C. 维生素D缺乏性手足搐搦症

D. 低血糖症

E. 低血镁症

参考答案:C

【考点评析】

在维生素D缺乏的病因基础上,有佝偻病的症状、体征,后出现惊厥、手足搐搦、喉痉挛、面神经征、腓反射、人工手痉挛征,排除其他因素导致的惊厥,可诊断为维生素D缺乏性手足搐搦症。

命题考点9 维生素D缺乏性佝偻病的治疗

【历年真题纵览】

A1 型题

口服治疗量的维生素D治疗佝偻病其合理时间是

A. 至佝偻病痊愈

B. 至3岁

C. 至骨骼体征消失

D. 持续用1个月

E. 持续用1年

参考答案:D

【考点评析】

西医治疗:根据佝偻病各期采用不同的治疗方法。活动期以维生素D治疗为主,根据病情轻重及是否有合并症行口服或突击疗法,酌情补充钙剂。恢复期重在防止佝偻病复发,后遗症期则应加强功能锻炼,必要时外科手术矫形。初期每日给治疗量维生素D 5 000~10 000 U,连服一个月后改预防量。激期每日给治疗量维生素D 10 000~20 000 U,持续一个月后改预防量,恢复期可用预防量维持。

命题考点10 维生素D缺乏性手足搐搦症的治疗

【历年真题纵览】

A1 型题

佝偻病性手足搐搦在痉挛发作时哪项处理最正确

A. 迅速静推甘露醇

B. 立即注射维生素D

C. 先用镇静剂再用钙剂

D. 先立即静注钙剂

E. 保持安静待其自然缓解

参考答案:C

【考点评析】

应迅速控制惊厥或喉痉挛。立即给予苯巴比妥钠,每次约8 mg/kg,肌内注射,必要时4~6小时后可重复;或水合氯醛,每次40~50 ml/kg保留灌肠;

或安定每次 0.1 ~ 0.3 mg/kg,肌内或静脉注射。对喉痉挛者应立即将舌拉出口外,并行人工呼吸或加压给氧,必要时气管插管。迅速补充钙剂是控制惊厥的重要措施。应用钙剂后即同时口服维生素 D。

命题考点 11 维生素 D 缺乏性佝偻病的预防

【历年真题纵览】

A2 型题

某小儿,2 个月。足月顺产,母乳喂养,为预防佝偻病服用维生素 D,每日补充的合理剂量是

A. 200 U

B. 400 U

C. 2 000 U

D. 5 000 U

E. 10 000 U

参考答案:B

【考点评析】

加强宣传工作;加强孕期保健,孕妇应多晒太阳,多食富含维生素 D、钙、磷和蛋白质的物质,妊娠中晚期应加服鱼肝油及钙剂;尽量母乳喂养,及时添加辅食,婴幼儿期最易发生佝偻病,应多晒太阳,保证小儿对各种营养素的需要,应用维生素 D 预防。婴幼儿期应用维生素 D 预防佝偻病,每天予维生素 D 400 ~ 800 U。

第十二单元 感染性疾病

命题考点 1 麻疹的病因、传染源、传播途径和发病年龄

【历年真题纵览】

A1 型题

1. 麻疹发病年龄多见于

A. 1 ~ 5 岁

B. 5 ~ 10 岁

C. 6 个月 ~ 1 岁

D. 3 ~ 5 岁

E. 10 ~ 18 岁

参考答案:A

2. 麻疹的传播途径是

A. 性传播

B. 接触传播

C. 母婴传播

D. 飞沫传播

E. 血液传播

参考答案:D

【考点评析】

麻疹病毒感染,患者是唯一的传染源,其主要传播途径为带病毒的飞沫通过喷嚏、咳嗽、说话直接传入呼吸道。患者大多数为婴幼儿,以 1 ~ 5 岁多见。

命题考点 2 麻疹的临床表现

【历年真题纵览】

A1 型题

1. 麻疹恢复期皮肤可见

A. 无色素瘢痕及脱屑

B. 无色素瘢痕,可见脱屑

C. 有色素瘢痕,可见脱屑

D. 有色素瘢痕,无脱屑

E. 有色素瘢痕,并有麦麸状细微脱屑

参考答案:C

2. 发热伴咳嗽流涕,热甚疹出者,应首先考虑的是

A. 麻疹

B. 幼儿急疹

C. 猩红热

D. 水痘

E. 风疹

参考答案:A

【考点评析】

1. 潜伏期 6 ~ 18 天不等,一般为 10 ~ 12 天。

2. 前驱期指从发热开始至出疹,一般为 3 ~ 4 天。发热为其首发症状,体温或渐升,或骤增,可达 39 ~ 40℃,无一定热型。同时出现喷嚏,流涕,咳嗽,咽部充血,双眼结膜充血,羞明流泪,食欲不振,畏寒头痛,全身不适等症。

3. 出疹期 2 ~ 5 日不等。发热 3 ~ 4 天后,皮疹自耳后发际及颈部开始,渐及额、面部,然后自上而下延至躯干及四肢,甚至达手掌及足底。开始为玫

瑰色斑丘疹，略高出皮面，初起稀疏分明，其后可有不同程度的融合，颜色呈暗红色，但疹间还可见正常皮肤。此期体温升高可达40℃，咳嗽加剧，咽红肿痛，出现嗜睡或烦躁，颈部淋巴结和脾脏可轻度增大，肺部可闻及少量啰音，肺部X线检查可见肺纹理增多。

4. 恢复期出疹3～5天后，如果没有并发症，皮疹依出疹顺序逐渐消退，疹退处有麦麸样脱屑（除手心脚掌外），留存棕色瘢痕，经1～2周后才完全消失，此色素斑在病的后期有诊断意义。随着皮疹消退，热度同时下降，精神、食欲好转，上呼吸道症状也很快消失。

命题考点3 麻疹的中医分型论治

【历年真题纵览】

A2 型题

1. 小儿出麻疹2天，皮疹密集成片，遍及全身，色紫红，壮热不退，烦躁不安，神昏谵语，抽搐。舌红绛起刺，脉数。治疗应首选方剂

A. 清营汤

B. 止痉散

C. 大定风珠

D. 羚角钩藤汤

E. 黄连阿胶汤

参考答案：D

2. 患儿，2岁。发热4天，持续不退，起伏如潮，每潮一次，疹随外出，依序而现，疹点细小，由疏转密，触之碍手，疹色先红后暗红，烦渴嗜睡，咳嗽增多，舌质红，苔薄黄，脉洪数。治疗应首先考虑的方剂是

A. 银翘散

B. 青蒿鳖甲汤

C. 清解透表汤

D. 犀角地黄汤

E. 沙参麦冬汤

参考答案：C

3. 患儿，男，3岁6个月。麻疹已6日，现高热不退，咳嗽气急，鼻翼扇动，口渴烦躁，疹点密集色暗，舌红苔黄，脉数。其证型是

A. 麻疹顺证，初热期

B. 麻疹顺证，见形期

C. 麻疹逆证，麻毒闭肺

D. 麻疹逆证，热毒攻喉

E. 麻疹逆证，邪陷心肝

参考答案：C

【考点评析】

中医分型论治

1. 顺证

（1）邪犯肺卫（初热期） 症状：发热，咳嗽流涕，目赤怕光，神倦纳呆，口腔颊部近臼齿处可见"麻疹黏膜斑"。舌苔薄白，脉浮数。治法：辛凉透表，清宣肺卫。方药：宣毒发表汤加减。

（2）邪入肺胃（见形期） 症状：发热持续，疹随外出，初起稀疏，色较鲜红，以后逐渐稠密，融合成片，色转暗红，口渴多饮，目赤眵多，咳嗽加剧，烦躁或嗜睡。舌质红，舌苔黄，脉洪数，指纹紫。治法：清热解毒透疹。方药：清热透表汤加减。

（3）阴津耗伤（收没期） 症状：疹点出齐后，发热渐退，咳嗽减轻，疹点依次渐回，皮肤呈麦麸状脱屑，并有色素沉着，胃纳增加。舌红少津，脉细缓。治法：养阴益气，清解余邪。方药：沙参麦冬汤。

2. 逆证

（1）麻毒闭肺 症状：高热不退，咳嗽气促，鼻翼扇动，口渴烦躁，疹点不多，或疹点密集色紫，或疹点早回。舌红，苔黄，脉数。治法：宣肺开闭，清热解毒。方药：麻杏石甘汤加减。

（2）热毒攻喉 症状：身热不退，咽喉肿痛，声音嘶哑，或咳嗽声重，状如犬吠，喉中痰鸣。舌质红，苔黄腻，脉滑数。治法：清热解毒，利咽消肿。方药：清咽下痰汤。

（3）邪陷心肝 症状：高热烦躁，神昏谵语，甚则抽搐，或有鼻扇，皮疹密集遍及周身，色紫暗。舌红绛，脉弦数。治法：清热解毒，息风开窍。方药：羚角钩藤汤。

命题考点4 麻疹的预防与护理

【历年真题纵览】

A1 型题

下列关于麻疹预防、护理的叙述，错误的是

A. 流行期，未患过麻疹的小儿尽量不去公共场所

B. 一旦与麻疹患儿接触，应立即隔离观察

C. 卧室空气要流通

D. 注意补足水分

E. 出疹期间勿洗脸、洗眼

参考答案:E

【考点评析】

1. 锻炼身体,增强机体抗病能力,做好儿童保健工作,保持室内空气流通。

2. 麻疹流行期间,易感儿童不要去公共场所,减少感染机会。患儿隔离至出疹后5天;并发肺炎者,延长隔离至出疹后10天。

3. 凡接触麻疹的易感儿童,应予隔离观察21天。曾注射丙种球蛋白预防者,需留检28天。按照规定程序按时接受预防接种。

命题考点5 风疹的病因

【历年真题纵览】

A1型题

关于风疹描述错误的是

A. 通过空气飞沫传播

B. 人类是风疹病毒的唯一自然宿主

C. 在出疹前、中、后数天内传染性最强

D. 风疹病毒耐热,在38℃室温能存活4小时

E. 除鼻咽分泌物外,血、尿、粪中也可有病毒存在

参考答案:D

【考点评析】

病因:风疹病毒感染。风疹病毒不耐热,在37℃和室温中很快灭活。

命题考点6 风疹的临床表现及辨证论治

【历年真题纵览】

A1型题

1. 风疹的皮疹特点是

A. 发热3~4天后出疹

B. 红色丘疹,疹后脱皮

C. 淡红色斑丘疹,先见于面部,24小时内波及全身

D. 疹退后有色素沉着

E. 全身皮肤充血潮红

参考答案:C

2. 风疹邪郁肺卫证,治疗应选用

A. 银翘散

B. 桑菊饮

C. 麻杏石甘汤

D. 葶苈大枣泻肺汤

E. 五味消毒液

参考答案:A

【考点评析】

1. 后天性风疹:潜伏期10~21天,一般18天,前驱期1~2天,有低热或中度发热,咽痛流涕,轻咳,或有呕吐、腹泻,耳后、后颈部及枕部淋巴结肿大,有轻度压痛。发热后1~2日出疹,呈多形性,大部分是散在斑丘疹,也可呈大片皮肤发红或针尖状猩红热样皮疹,皮疹首见于面部,24小时内遍及颈、躯干、手臂,最后至足部,常常是面部皮疹消退而下肢皮疹方现,一般历时3天,俗称"三日疹"。疹退后无色素沉着,亦无脱皮。在前驱期末和出疹早期软腭处可见红色点状黏膜疹,与其他病毒感染所致黏膜疹相似,无特异性。出疹时多伴低热、淋巴结肿大、轻度肝脾肿大。合并症有感染后脑炎和血小板减少性紫癜等,预后均良好。

2. 先天性风疹综合征:①一过性新生儿期表现,如肝脾肿大、紫癜、血小板减少、淋巴结肿大、脑膜脑炎等;②永久性器官畸形和组织损伤,如动脉导管未闭、肺动脉瓣狭窄、白内障、青光眼、感觉神经性听力丧失等;③慢性或自身免疫引起的晚发疾病,如精神运动落后、行为障碍、肌张力减低、糖尿病、甲状腺炎、性早熟、生长激素缺乏等,这些迟发症状可在生后2个月至4年内发生。

3. 辨证论治

(1) 邪郁肺卫 症状:发热恶风,流涕喷嚏,疹色浅红,稀疏细小,有瘙痒感,耳后及枕部淋巴结肿大,舌质偏红,苔薄白,脉浮数。治法:疏风清热,解表透疹。方药:银翘散加减。

(2) 邪入气营 症状:壮热口渴,烦躁不宁,疹色鲜红或紫暗,疹点较密,小便短赤,大便秘结,舌质红,苔黄糙,脉洪数。治法:清热解毒,凉血透疹。方药:透疹凉解汤加减。

命题考点7 孕妇预防风疹的重要性

【历年真题纵览】

A1型题

妇女妊娠3个月内患哪种病最容易影响胚胎的

正常发育

A. 风痧

B. 丹痧

C. 奶麻

D. 麻疹

E. 以上均不是

参考答案:A

【考点评析】

母亲孕期患风疹可通过胎盘导致胎儿宫内感染,其发生率和致畸率与感染时胎龄密切相关。妊娠早期感染病情严重,可引起胎儿多器官损害。先天性风疹患儿在出生后数月内仍有病毒排出,故具有传染性。

命题考点8 幼儿急疹的发病年龄及临床表现

【历年真题纵览】

A1 型题

幼儿急疹发热与出疹的关系是

A. 发热数小时~1天出疹

B. 发热1~2天出疹

C. 发热3~4天出疹,出疹时发热更高

D. 发热3~4天出疹,疹出热退

E. 发热与出疹无明显关系

参考答案:D

【考点评析】

发病年龄多见于6~18个月的小儿,3岁以后少见。潜伏期为8~15天,一般10日左右。突发高热,体温高达39~40℃,持续3~5天,发热期间咽峡部充血,但食欲精神好。少数患儿有烦躁,睡眠不宁或出现惊厥,惊厥为时短暂,呈全身抽搐。高热持续3~5天后,体温骤退,热退后9~12小时内出现皮疹为本病特征。皮疹为红色斑疹和斑丘疹,主要分布在躯干、颈部及上肢,皮疹之间有3~5 mm的空隙,偶尔在皮疹周围可见晕圈。几小时内皮疹开始消退,一般2~3天消失,无脱屑及色素沉着,部分患儿软腭可见红色小疹点,颈部淋巴结轻度肿大。

命题考点9 水痘的西医病因

【历年真题纵览】

A1 型题

水痘是由于感染以下哪种病原微生物

A. 麻疹病毒

B. 单纯疱疹病毒

C. EB病毒

D. 柯萨奇病毒

E. 带状疱疹病毒

参考答案:E

【考点评析】

病原为水痘-带状疱疹病毒。

命题考点10 水痘与脓疱疮、丘疹型荨麻疹的鉴别

【历年真题纵览】

A1 型题

1. 水痘任何年龄都可发生,儿童好发于

A. 1岁以内

B. 1~4岁

C. 5~8岁

D. 8~10岁

E. 12岁以上

参考答案:B

2. 患儿,8岁。发热伴皮疹3天。皮疹呈向心性分布,躯干部多,四肢远端、手掌、足底较少。斑、丘、疱疹和结痂同时存在,疱疹形似露珠水滴,壁薄易破,周围有红晕,发热为38.0℃左右。应首先考虑的诊断是

A. 手足口病

B. 风疹

C. 水痘

D. 丘疹样荨麻疹

E. 脓疱疮

参考答案:C

【考点评析】

丘疹性荨麻疹皮疹为红色丘疹,大小形态不一,痒感更明显。脓疱疮皮损为化脓性疱疹,疱液可培

养出细菌。水痘皮疹特点:成批出现红色斑疹或斑丘疹,迅速发展为清亮、卵圆形、泪滴状小水疱,周围红晕,无脐眼,经24小时后,水疱内容物变为混浊,易破裂,疱疹持续3~4天,然后从中心干缩,迅速结痂。由于皮疹不断出现,一个病人身上可见到斑疹、丘疹、疱疹和结痂等各期皮疹同时出现。

命题考点11 水痘风热轻证、毒热重证的辨证、治法、主方

【历年真题纵览】

A2型题

患儿,女,3岁。低热恶寒,鼻塞流涕,全身皮肤成批出疹,为红色斑疹和斑丘疹,继有疱疹,疱浆清亮,头面、躯干多见,舌红,苔薄白,脉浮数。其诊断是

A. 风疹,邪郁肺卫证
B. 麻疹,见形期
C. 幼儿急疹,肺卫蕴热证
D. 猩红热,邪侵肺胃证
E. 水痘,风热轻证

参考答案:E

【考点评析】

1. 风热轻证——发热轻微,鼻塞流涕,咳嗽,喷嚏,起病后1~2天出疹,此起彼落,斑丘疹、疱疹、痂盖可同时并见,疹色红润,疱浆清亮,分布稀疏,以躯干为主。苔薄白,脉浮。治法:疏风清热,利湿解毒。方药:大连翘汤加减。

2. 毒热重证——证候:壮热不退,烦躁不安,口渴欲饮,面红目赤,水痘分布较密,根盘红晕显著,疹色紫暗,疱浆混浊,大便干结,小便黄赤。舌红或红绛,苔黄燥而干,脉洪数。治法:清热凉营,解毒渗湿。方药:清胃解毒汤加减。

命题考点12 猩红热的西医病因、中医发病机理

【历年真题纵览】

A1型题

猩红热的病原是

A. 肺炎双球菌
B. A组甲型溶血性链球菌
C. A组乙型溶血性链球菌
D. 大肠杆菌
E. 金黄色葡萄球菌

参考答案:C

【考点评析】

病原为具有红疹毒素的A组β型溶血性链球菌。中医病因病机为感受痧毒疫疠之邪,乘时令不正,寒暖不调,邪从口鼻侵入人体,蕴于肺胃二经。

命题考点13 猩红热的临床表现,猩红热与麻疹、幼儿急疹、风疹的鉴别诊断

【历年真题纵览】

A1型题

1. 下列四种发疹性疾病中,具有杨梅样舌的是

A. 麻疹
B. 风疹
C. 猩红热
D. 幼儿急疹
E. 以上都是

参考答案:C

2. 下列四种发疹性疾病中,具有色素沉着的是

A. 麻疹
B. 风疹
C. 猩红热
D. 幼儿急疹
E. 以上都是

参考答案:A

3. 下列四种发疹性疾病中,白细胞增高者为

A. 麻疹
B. 风疹
C. 猩红热
D. 幼儿急疹
E. 以上都是

参考答案:C

4. 猩红热的临床表现不包括

A. 初起发热,咽喉红肿糜烂
B. 发热数小时到1天内出疹
C. 皮疹鲜红密集成片,先见颈、胸然后遍布全身
D. 恢复期有色素沉着
E. 口周苍白圈,杨梅舌

参考答案:D

【考点评析】

1. 普通型前驱期有高热、咽痛、腹痛、红草莓舌。起病 12 ~ 48 小时内出疹,皮疹首见于颈部、腋下和腹股沟处,通常 24 小时内布满全身。其特点为全身皮肤弥漫猩红色约针尖大小的丘疹,触之如粗砂纸样,或如寒冷时的鸡皮样疹,疹间皮肤潮红,用手压可暂时转白。面颊部潮红,无丘疹,而口周围皮肤苍白,为口周苍白圈。皮肤皱褶处如腋窝、肘、腹股沟等处,皮疹密集,色深红,其间有针尖大之出血点,形成深红色横行线,称"帕氏征"。

2. 恢复期一般情况好转,体温降至正常,皮疹按出疹顺序消退,疹退 1 周后开始脱皮,先从面颈部糠屑样脱皮,渐及躯干、四肢,手足可呈大片状脱皮。无色素沉着遗留。另有轻型、重型、外科型。麻疹、幼儿急疹、风疹鉴别诊断见以上相关内容。

命题考点 14　猩红热的并发症

【历年真题纵览】

A1 型题

以下哪项不是猩红热的并发症

A. 化脓性中耳炎

B. 类风湿关节炎

C. 急性肾小球肾炎

D. 中毒性关节炎

E. 蜂窝织炎

参考答案:B

【考点评析】

化脓性并发症、中毒性并发症、变态反应性并发症。

命题考点 15　猩红热的预防、病原学治疗及中医辨证施治

【历年真题纵览】

A1 型题

1. 猩红热患儿及疑似者,应隔离治疗

A. 3 天

B. 4 天

C. 5 天

D. 6 天

E. 至咽拭子培养阴性

参考答案:E

2. 猩红热病原学治疗首选

A. 氯霉素

B. 四环素

C. 红霉素

D. 青霉素

E. 氧氟沙星

参考答案:D

A2 型题

3. 患儿,男,9 岁。发热,咽痛 1 天后出疹。查体:体温 39.5℃,颜面潮红,环口苍白圈,咽充血,扁桃体肿大,可见脓液,颈部、躯干、四肢见弥漫性红色丘疹,以皮肤皱褶处为多。舌质红,苔薄黄,脉浮数。血常规:WBC $18.5 \times 10^9/L$。其病证诊断为

A. 麻疹,见形期

B. 风疹,邪热壅盛

C. 猩红热,邪侵肺卫

D. 猩红热,毒在气管

E. 猩红热,疹后阴伤

参考答案:C

B1 型题

4.

A. 辛凉宣透,清热利咽

B. 清气凉营,泻火解毒

C. 养阴生津,清热润喉

D. 清热解毒,软坚消肿

E. 辛凉透表,清宣肺卫

①猩红热邪侵肺卫治以

②猩红热疹后阴伤治以

参考答案:①A　②C

【考点评析】

1. 预防:①隔离传染源:猩红热病人,同时患急性咽扁桃体炎病人都是传染源,均需隔离至咽拭子培养阴性时。②切断传播途径:流行期间,禁止小儿去公共场所,消毒处理。③保护易感者:对密切接触病人的易感者,可肌内注射青霉素或口服复方新诺明 3 ~ 5 天,也可肌注 1 次长效青霉素 60 万 ~ 120 万 U。病原学治疗:首选青霉素,青霉素过敏可选红霉素。

2. 中医辨证施治:本病以温病卫气营血辨证为主,初起邪侵肺卫,治以清凉透表,清热利咽;痧毒入里,毒在气营,治以清气凉营,泻火解毒;病久伤阴,或余毒不清,治以养阴清热,生津增液。病程中如见变证,心悸者佐以清心宁神,惊搐者佐以开窍平肝。

(1)邪侵肺卫　症状:发热骤起,头痛,恶寒,灼热无汗,或伴呕吐,咽部红肿疼痛,常影响吞咽,上腭有粟粒样红疹,皮肤潮红,丹痧隐隐。舌红,苔薄白或薄黄,脉浮数有力。治法:辛凉宣透,清热利咽。方药:解肌透痧汤加减。

(2)毒在气营　症状:壮热不解,面赤,口渴,咽喉肿痛,伴糜烂白腐,皮疹密布,色红如丹,甚则色紫如斑点。疹由颈、胸开始,继则弥漫全身,压之退色。见疹后的1~2天舌红起刺,苔黄燥,3~4天后舌光红起刺,状如草莓,脉数有力。治法:清气凉营,泻火解毒。方药:凉营清气汤加减。

(3)疹后伤阴　症状:丹痧布齐后1~2天,身热渐退,咽部糜烂疼痛减轻,见低热,唇口干燥,或伴有干咳,食欲不振。舌红少津,苔剥脱,脉细稍数。治法:养阴生津,清热润喉。方药:沙参麦冬汤加味。

命题考点16　流行性腮腺炎的病因

【历年真题纵览】

A1型题

流行性腮腺炎肿大部位是

A. 两侧颈部
B. 两侧耳后
C. 两侧颌下
D. 两侧面部
E. 耳垂为中心

参考答案:E

【考点评析】

腮腺炎病毒感染。腮腺肿大的特点是以耳垂为中心,向前、后、下蔓延。

命题考点17　流行性腮腺炎的中医病机特点

【历年真题纵览】

A1型题

1. 痄腮的病变经络是

A. 少阳经、厥阴经
B. 少阳经、阳明经
C. 少阳经、太阳经
D. 少阴经、厥阴经
E. 以上均不是

参考答案:D

2. 流行性腮腺炎主要侵犯的经脉是

A. 足厥阴肝经
B. 足少阳胆经
C. 足太阳膀胱经
D. 足阳明胃经
E. 足少阴肾经

参考答案:B

3. 流行性腮腺炎的中医病因是

A. 风热时邪
B. 时行疫气
C. 时行邪毒
D. 风温邪毒
E. 暑热时邪

参考答案:D

【考点评析】

病因为外感风温病毒。风温病毒,从口鼻而入,壅阻少阳经脉,郁而不散,结于腮部。

命题考点18　流行性腮腺炎的中医辨证、治法、主方

【历年真题纵览】

A2型题

1. 患儿,男,6岁。发热,体温38℃,微恶寒,右侧耳下腮部漫肿,舌苔薄黄,脉浮数。治疗应首选

A. 五味消毒饮
B. 普济消毒饮
C. 柴胡葛根汤
D. 桑菊饮
E. 黄连解毒汤

参考答案:C

2. 患儿,5岁。颌下有肿块,形似鸡卵,皮肤掀红灼热,肿势高突,压痛明显,按之中软,有波动感,高热不退。其治法是

A. 清热疏风,化痰散结
B. 清热疏风,托里透脓
C. 清热疏风,泻火解毒
D. 清热疏风,利湿消肿
E. 滋阴清热,托里透脓

参考答案:B

【考点评析】

中医辨证论治

1. 常证

(1)温毒在表　症状:轻微发热,一侧或双侧耳下、腮部或颌下漫肿疼痛,边缘不清,触之痛甚,咀嚼不便,或有咽红。舌质红,舌苔薄白或薄黄,脉浮数。治法:疏风清热,散结消肿。方药:柴胡葛根汤加减。

(2)热毒蕴结　症状:高热不退,多见两侧腮部肿胀疼痛,坚硬拒按,张口、咀嚼困难,口渴引饮,烦躁不安,或伴头痛,咽红肿痛,食欲不振,呕吐,便秘溲赤。舌质红,舌苔黄,脉滑数。治法:清热解毒,软坚散结。方药:普济消毒饮加减。

2. 变证

(1)邪陷心肝　症状:在腮部尚未肿大或腮肿后5~7天,壮热不退,头痛项强,嗜睡,严重者昏迷,惊厥,抽搐。舌质绛,舌苔黄,脉数。治法:清热解毒,息风开窍。方药:清瘟败毒饮加减。

(2)毒窜睾腹　症状:腮部肿胀渐消,男性多有一侧或两侧睾丸肿胀疼痛,女性多有一侧或两侧少腹疼痛,伴有发热、呕吐。舌质红,舌苔黄,脉数。治法:清肝泻火,活血止痛。方药:龙胆泻肝汤加减。

命题考点 19　流行性腮腺炎的主要并发症

【历年真题纵览】

A1 型题

1. 患儿,9 岁。发热,双侧腮腺肿大 9 天。现头痛,呕吐。查体:体温 39℃,嗜睡,颈项强直。实验室检查:脑脊液蛋白定量 20 mg/dl,细胞数 160×10^6/L,以淋巴细胞为主。应首先考虑的是

A. 化脓性脑膜炎

B. 化脓性腮腺炎并发脑膜脑炎

C. 流行性腮腺炎并发脑膜脑炎

D. 结核性脑膜炎

E. 流行性腮腺炎并发胰腺炎

参考答案:C

B1 型题

2.

A. 肺炎

B. 脑膜脑炎

C. 心肌炎

D. 急性肾炎

E. 关节炎

①麻疹最常见的并发症是

②流行性腮腺炎最常见的并发症是

参考答案:①A　②B

【考点评析】

麻疹常见喉炎、肺炎、神经系统等并发症;流行性腮腺炎常见脑膜脑炎、睾丸炎、附睾炎、卵巢炎、胰腺炎等并发症。

命题考点 20　中毒型细菌性痢疾的病因病机

【历年真题纵览】

A1 型题

1. 中毒型细菌性痢疾的内因是

A. 脾胃虚弱,伏痰停留

B. 肾气亏虚,开合失司

C. 脾胃薄弱,卫外不固

D. 时邪疫毒,经口入腹

E. 肺气亏虚,营卫失调

参考答案:C

2. 中毒性菌痢致病菌在我国较多见的是

A. 志贺杆菌

B. 福氏杆菌

C. 宋氏杆菌

D. 鲍氏杆菌

E. 以上均不是

参考答案:A

【考点评析】

本病系由革兰阴性痢疾杆菌引起,属志贺菌属。中医学认为,小儿脾胃薄弱,卫外不固,是本病发病的内因。而时邪疫毒,污染食物,经口入腹,蕴伏肠胃则为本病的外因。

命题考点 21　中毒型细菌性痢疾的临床表现

【历年真题纵览】

A1 型题

中毒型细菌性痢疾的临床表现错误的是

A. 突然出现高热
B. 未腹泻前即出现严重的感染中毒表现
C. 开始即发热、腹泻,2~3 天内再发展为中毒型
D. 全身中毒症状严重
E. 也有开始出现米泔水样便

参考答案:E

【考点评析】

起病急骤,全身中毒症状严重,一般突然出现高热,可达 41℃或更高,未腹泻前即出现严重的感染中毒表现;也有开始即发热、腹泻、脓血便,2~3 天内再发展为中毒型者。

命题考点 22 中毒型细菌性痢疾的治疗原则及治疗措施

【历年真题纵览】

A1 型题

下列均是抢救休克型中毒性菌痢的措施,但应除外的是

A. 低分子右旋糖酐
B. 5% 碳酸氢钠
C. 毛花苷 C
D. 蒙脱石散
E. 氨苄青霉素

参考答案:D

【考点评析】

由于本病病情危急,变化迅速,以感染性休克和脑水肿为其主要表现,因此应积极进行抗感染、抗休克、脱水等治疗。

命题考点 23 中毒型细菌性痢疾的中医辨证论治

【历年真题纵览】

A1 型题

中毒型细菌性痢疾毒邪内闭证的方药是

A. 黄连解毒汤加味
B. 参附龙牡救逆汤加味
C. 白头翁汤
D. 大黄牡丹汤
E. 真人养脏汤

参考答案:A

【考点评析】

1. 毒邪内闭 症状:突然高热,烦躁萎靡,或恶心呕吐,反复惊厥,神志昏迷或见呼吸困难,节律不整。可有痢下脓血;或虽未见下痢脓血,但用棉签在肛门内检到黏液粪便。舌质红,苔黄厚或灰糙,脉数。治法:清肠解毒,泄热开窍。方药:黄连解毒汤加味。

2. 内闭外脱 症状:突然面色苍白或青灰,四肢厥冷,汗出不温,皮肤花纹,口唇发绀,呼吸浅促,节律不匀,神志不清。脉细数无力或脉微欲绝。治法:回阳救逆,益气固脱。方药:参附龙牡救逆汤加味。

第十三单元 寄生虫病

命题考点 1 蛔虫的感染途径

【历年真题纵览】

A1 型题

1. 蛔虫的感染途径是

A. 吞入具有感染性的蛔虫卵引起
B. 飞沫
C. 接触虫卵
D. 血液
E. 接触患儿

参考答案:A

【考点评析】

本病是由吞入具有感染性的蛔虫卵引起。蛔虫卵感染者或蛔虫病患者是蛔虫病的主要传染源。蛔虫卵随粪便排出后,若厕所粪便管理不善,虫卵便到处散布,污染食物或其他物品,若小儿在地上爬玩,或生吃蔬菜、泡菜及不洁瓜果,喝不洁生水,均易受感染。

命题考点 2 蛔虫的防治方法

【历年真题纵览】

A1 型题

1. 蛔虫的防治方法错误的是

A. 开展卫生教育

B. 养成良好的卫生习惯,饭前便后洗手

C. 常用药物是扑蛲灵

D. 勤剪指甲

E. 搞好环境卫生,加强粪便管理

参考答案:C

2. 治疗小儿胆道蛔虫症,应首选的方剂是

A. 使君子散

B. 乌梅丸

C. 肥儿丸

D. 资生健脾丸

E. 驱蛔承气汤

参考答案:B

【考点评析】

开展卫生教育,养成良好的卫生习惯,饭前便后洗手,勤剪指甲,不吃生冷及未洗净的瓜果。搞好环境卫生,加强粪便管理,杜绝传染的来源。蛔虫病常证的治疗在于及时有效地驱虫。常用驱蛔灵、甲苯哒唑等。

命题考点3 蛲虫的感染途径

【历年真题纵览】

A1 型题

蛲虫的感染途径是

A. 吞入具有感染性的蛲虫卵引起

B. 飞沫

C. 接触虫卵

D. 血液

E. 接触患儿

参考答案:A

【考点评析】

蛲虫病主要是吞入带有感染性的蛲虫卵所引起。因为虫卵不需体外孵化而是经手互相传染,或自身再感染,所以在小儿集体机构及家庭中长期和反复流行。

命题考点4 蛲虫的防治方法

【历年真题纵览】

A1 型题

蛲虫病的预防措施不包括

A. 在集体儿童机构,开展普查普治

B. 进行卫生宣教工作

C. 每年预防性口服灭虫药物

D. 培养良好的卫生习惯

E. 集体儿童机构勤用湿扫法打扫室内

参考答案:C

【考点评析】

蛲虫病的预防措施包括在集体儿童机构,开展普查普治及进行卫生宣教工作;培养良好的卫生习惯;注意环境卫生,对集体儿童机构勤用湿扫法打扫室内或紫外线消毒,玩具消毒。应防止患儿用手抓肛门。每日晨起用温水洗会阴及肛周。患儿的内衣、短裤及床单应用开水烫洗。驱虫治疗有甲苯哒唑、驱蛔灵、扑蛲灵、丙硫咪唑等。

第十四单元 小儿危重症的处理

命题考点1 心搏呼吸骤停临床表现及诊断

【历年真题纵览】

A1 型题

下列各项,不属心搏呼吸骤停临床表现的是

A. 突然昏迷

B. 大动脉搏动消失

C. 心音消失

D. 瞳孔缩小

E. 呼吸停止或严重呼吸困难

参考答案:D

【考点评析】

患儿多突然昏迷、瞳孔散大、对光反射消失、大动脉(颈、股动脉)搏动消失、心尖搏动摸不到、心音听不到、呼吸停止、面色灰暗或发绀。心电图呈等电位线或室颤。凡患儿突然昏迷,伴大动脉搏动或心音消失即可确诊为心跳呼吸骤停。

命题考点2 心肺复苏的步骤

【历年真题纵览】

A1 型题

一般心肺复苏的正确步骤是

A. 通畅气道,建立呼吸,循环支持,药物治疗

B. 建立呼吸,通畅气道,胸外心脏按压

C. 先口对口人工呼吸,再胸外心脏按压,心腔内注射药物

D. 先胸外按压恢复心跳,再口对口呼吸及药物治疗

E. 先心腔内注射药物恢复心跳,再进行口对口呼吸及胸外心脏按压

参考答案:A

【考点评析】

通畅气道、人工呼吸、心脏按压、建立人工循环、复苏药物应用、心电图监护、消除心室纤颤、良好的记录、低温。

命题考点3 感染性休克的临床表现及诊断

【历年真题纵览】

A1 型题

感染性休克的临床表现不包括

A. 起病迅猛

B. 循环功能不全

C. 皮肤潮红

D. 精神萎靡、嗜睡

E. 双眼凝视无神

参考答案:C

【考点评析】

起病迅猛,甚至在原发病显现之前即有重型休克。除严重感染症状外,尚有循环功能不全和组织缺血缺氧的表现,以及重要器官的代谢功能障碍。除上述特征外,婴儿可表现双眼凝视无神,面色青灰,皮肤瘀血花纹,无反应或哭闹,体温骤升或不升,心率增快或心律不齐。年长儿可有反复寒战、发绀、皮肤冷湿而肛温高达40℃左右、眼窝陷落、精神萎靡、嗜睡等特点。

命题考点4 感染性休克的治疗原则

【历年真题纵览】

A1 型题

感染性休克治疗原则不包括

A. 积极控制感染

B. 纠正代谢紊乱

C. 立即输全血

D. 扩充有效循环血量

E. 调整微血管舒缩功能

参考答案:C

【考点评析】

感染性休克治疗原则:积极控制感染;扩充有效循环血量,纠正代谢紊乱;调整微血管舒缩功能,保护重要脏器;抗介质治疗等。快速输液扩容阶段每日总量不超过250~500 ml。

命题考点5 休克的中医辨证分型

【历年真题纵览】

A2 型题

患儿手足厥冷,壮热神昏,强直抽搐,面色青紫或苍白,喉中痰鸣,或皮肤有瘀斑,舌红绛,苔焦黑,脉弦滑而数,指纹紫滞。治疗选用

A. 黄连解毒汤

B. 人参白虎汤

C. 清营汤合羚角钩藤汤加减

D. 生脉散

E. 参附汤

参考答案:C

【考点评析】

休克的中医辨证分型:

1. 热毒内闭　症状:高热,烦躁,或精神萎靡,甚则神志昏迷,强直抽搐,喉中痰鸣,胸腹灼热,面色苍白,手足厥冷,口渴喜饮,小便短赤,大便秘结。舌红,苔黄燥,脉细数。治法:清热解毒,通腑开窍。方药:清瘟败毒饮合小承气汤加减。

2. 气阴亏竭　症状:神志不清,面色苍白,呼吸促而弱,皮肤干燥,尿少口干,四肢厥冷。唇舌干燥,苔少而干,脉细数而无力。治法:益气养阴,救逆固脱。方药:生脉散加减。

3. 阴竭阳脱　症状:神志不清,面色青灰,皮肤紫花或大片瘀斑,皮肤湿冷,四肢冰凉过肘膝,汗出如油,呼吸不整,体温不升。唇紫发青,苔白滑,脉微欲绝,指纹淡隐。治法:益气回阳,救逆固脱。方药:参附汤或参附龙牡救逆汤加减。

第十五单元　中医相关病证

命题考点 1　咳嗽的中医病因病机

【历年真题纵览】

A1 型题

小儿咳嗽的致病原因主要为

A. 感受外邪

B. 素有伏痰

C. 饮食不当

D. 先天不足

E. 感受疫毒

参考答案:A

【考点评析】

小儿咳嗽的致病原因主要为感受外邪。病位主要在肺脾。发病机理为肺脾受累。外感咳嗽是病起于肺,而内伤咳嗽可由他脏先病,累及于肺所致。

命题考点 2　咳嗽的辨证分型证治

【历年真题纵览】

A1 型题

1. 小儿痰热咳嗽的主要特点是

A. 咳嗽频作,声重喉痒,咳痰清稀

B. 咳嗽不爽,痰黄黏稠

C. 咳声重浊,痰多壅盛,色白而稀

D. 干咳无痰,喉痒声嘶

E. 咳嗽痰多,痰黄黏稠,咳痰不易

参考答案:E

A2 型题

2. 小儿,阵发性痉挛性咳嗽 1 个半月,经治疗咳嗽减轻,但痰粘难以咳出,伴低热,烦躁盗汗,舌红苔少,脉细数。治疗应首选方剂

A. 人参五味子汤

B. 沙参麦冬汤

C. 加味泻白散

D. 桑白皮汤

E. 牡蛎散

参考答案:B

3. 患儿,6 岁。咳喘反复发作。症见面色苍白,气短懒言,语声低微,倦怠乏力,自汗怕冷,四肢不温。其治法是

A. 补肺固卫

B. 健脾化痰

C. 补肾固本

D. 温肺化痰定喘

E. 清肺化痰定喘

参考答案:A

4. 患儿咳喘反复发作,面色㿠白,形寒肢冷,脚软无力,大便澄清。其证候是

A. 肺气虚弱

B. 脾虚气弱

C. 肾虚不纳

D. 肺脾气虚

E. 阴虚肺热

参考答案:B

【考点评析】

咳嗽的辨证分型证治:

1. 外感咳嗽

(1)风寒咳嗽　症状:咳嗽频作,咳声重浊,咽痒,痰白清稀,鼻塞流涕,恶寒无汗,发热头痛,全身酸痛。舌苔薄白,脉浮紧或指纹浮红。治法:疏风散寒,宣肺止咳。方药:金沸草散加减。

(2)风热咳嗽　症状:咳嗽不爽,痰黄黏稠,不易咯出,口渴咽痛,鼻流浊涕,伴有发热恶风,头痛,微汗出。舌质红,苔薄黄,脉浮数或指纹浮紫。治法:疏风解热,宣肺止咳。方药:桑菊饮加减。

2. 内伤咳嗽

(1)痰热咳嗽　症状:咳嗽痰多,色黄黏稠,难以咯出,甚则喉间痰鸣,发热口渴,烦躁不宁,尿少色黄,大便干结。舌质红,苔黄腻,脉滑数或指纹紫。治法:清肺化痰止咳。方药:清金化痰汤加减。

(2)痰湿咳嗽　症状:咳嗽重浊,痰多壅盛,色白而稀,喉间痰声辘辘,胸闷,神乏困倦,纳呆。舌淡红,苔白腻,脉滑。治法:燥湿化痰止咳。方药:三拗汤合二陈汤加减。

(3)气虚咳嗽　症状:咳嗽反复不已,咳而无力,痰白清稀,面色苍白,气短懒言,语声低微,自汗畏寒。舌淡嫩,边有齿痕,脉细无力。治法:健脾补肺,益气化痰。方药:六君子汤加味。

(4)阴虚咳嗽　症状:干咳无痰,或痰少而黏,痰中带血,不易咯出,口渴咽干,喉痒,声音嘶哑,午后潮热或手足心热。舌红,少苔,脉细数。治法:养阴润肺,兼清余热。方药:沙参麦冬汤加减。

命题考点3　腹痛的主要病因病机

【历年真题纵览】

A1 型题

腹痛的主要病因病机不包括

A. 感受寒邪

B. 气阴亏虚

C. 乳食积滞

D. 脏腑虚冷

E. 气滞血瘀

参考答案：B

【考点评析】

感受寒邪、乳食积滞、脏腑虚冷、气滞血瘀，病机有寒热之分。

命题考点4　腹痛的辨证分型证治

【历年真题纵览】

A2 型题

1. 患儿，4岁。两天前出现腹痛，证见脘腹胀满，疼痛拒按，不思乳食，矢气频作，腹痛欲泻，泻后痛减，粪便秽臭，夜卧不安，舌质淡红，苔厚腻，脉象沉滑。其证型是

A. 脾胃虚寒

B. 气滞血瘀

C. 乳食积滞

D. 腹部中寒

E. 胃肠积热

参考答案：C

2. 患儿，5岁。近2天来腹痛绵绵，时作时止，痛时喜按，面白少华，神疲乏力，手足不温，食后腹胀，大便偏稀。唇舌较淡，脉沉缓。治疗应首选

A. 养脏散

B. 香砂平胃散

C. 大承气汤

D. 小建中汤

E. 少腹逐瘀汤

参考答案：D

【考点评析】

腹痛的辨证分型证治：

腹痛有感受外邪、乳食积滞、脏腑虚冷、气滞血瘀型。本病以腹痛为主要症状，辨证时首先辨气、血、虫、食。腹痛属气滞者，胀痛时聚时散、痛无定处；属血瘀者，有跌仆损伤或手术史，腹部刺痛，痛有定处，按之痛剧，局部满硬；属虫积者，有大便排虫史，或镜检有虫卵，脐周疼痛，时作时止；属食积者，有乳食不节史，见嗳腐吞酸，呕吐不食，脘腹胀满。再辨寒、热、虚、实。如疼痛阵作，得寒痛减，兼有口渴引饮，大便秘结，小便黄赤，舌红苔黄少津，脉洪大而数，指纹紫者属热；暴痛而无间歇，得热痛减，兼有口不渴，下利清谷，小便清利，舌淡苔白滑润，脉迟或紧，指纹淡者属寒。治疗腹痛，以调理气机，疏通经脉为主要原则，根据不同的证型分别治以温散寒邪、消食导滞、通腑泄热、温中补虚、活血化瘀。除内服药外，还常使用推拿、外治、针灸等法配合治疗，可提高疗效。

命题考点5　积滞的病因病机

【历年真题纵览】

A1 型题

积滞的病机是

A. 脾胃虚寒

D. 湿热中阻

C. 胃失和降

D. 食滞不化

E. 胃阴亏虚

参考答案：D

【考点评析】

病因主要由于乳食内积，脾胃虚弱。病机为乳食停滞不化，气滞不行。

命题考点6　积滞的临床表现

【历年真题纵览】

A1 型题

积滞的临床表现不正确的是

A. 不思乳食

B. 都有腹泻

C. 腹胀嗳腐

D. 多见于婴幼儿

E. 常在感冒、泄泻、疳证中合并出现

参考答案：B

【考点评析】

以不思乳食，腹胀嗳腐，大便不调为特征。多见于婴幼儿。常在感冒、泄泻、疳证中合并出现。

命题考点 7　积滞的诊断和鉴别诊断

【历年真题纵览】

A2 型题

患儿，3 岁。不思进食，泛恶，夜间哭闹少寐，腹胀，舌苔厚腻垢浊。其诊断是

A. 厌食

B. 积滞

C. 疳证

D. 口疮

E. 夜啼

参考答案：B

【考点评析】

诊断：①乳食不思或少思，脘腹胀痛，呕吐酸腐，大便溏泄，味如败卵或便秘。②烦躁不安，夜间哭闹或有发热等症。③有伤乳、伤食史。④大便检查，有不消化食物残渣或脂肪球。鉴别诊断：应与厌食、疳证相鉴别。

命题考点 8　积滞的分型证治

【历年真题纵览】

A1 型题

积滞脾虚挟积证的首选药物是

A. 酵母片

B. 乳酸菌素片

C. 健脾丸

D. 乳酶生

E. 肥儿丸

参考答案：C

【考点评析】

积滞的分型证治：

1. 乳食内积　症状：不思乳食，嗳腐酸馊或呕吐食物、乳片，脘腹胀满疼痛，大便酸臭，烦躁啼哭，夜眠不安，手足心热。舌质红，苔白厚或黄厚腻，脉象弦滑，指纹紫滞。治法：消乳化食，和中导滞。方药：乳积者选消乳丸，食积者选保和丸。

2. 积滞化热　症状：面色苍黄，食欲不振，腹痛腹胀，低热盗汗，睡眠不安，口中气秽，大便酸臭。舌质红苔黄而腻，脉象弦滑，指纹紫滞。治法：消乳化食，清热导滞。方药：枳实导滞丸加减。

3. 脾虚夹积　症状：面色萎黄，形体消瘦，神疲肢倦，不思乳食，食则饱胀，大便稀溏酸腥。舌质淡，苔腻脉细滑，指纹紫滞。治法：健脾助运，消食化滞。方药：健脾丸加减。

命题考点 9　厌食的病因及主要病机

【历年真题纵览】

A1 型题

厌食的主要病机是

A. 脾胃虚弱，纳化无权

B. 脾失健运，乳食不化

C. 暑湿内伤，脾为湿困

D. 脾胃失健，纳化不和

E. 肝郁气滞，乘脾犯胃

参考答案：D

【考点评析】

主要病因为喂养不当，多病久病及先天不足，其病机为脾胃运化失健。

命题考点 10　厌食的辨证论治及其他疗法

【历年真题纵览】

A2 型题

1. 患儿，3 岁。近两月来食欲不振，厌恶进食，食而乏味，嗳气无酸腐，大便不调，但无酸臭，形体尚可，精神正常。舌质淡红，苔薄白，脉尚有力。其证型是

A. 脾失健运

B. 脾胃气虚

C. 脾胃阴虚

D. 积滞化热

E. 脾胃虚寒

参考答案：A

2. 患儿厌食 1 年余，1 年来反复感冒，形体偏瘦，精神较差，面色萎黄，易出汗，大便夹未消化食物，舌

淡苔薄白,脉弱无力。治疗应首选

A. 不换金正气散

B. 参苓白术散

C. 养胃增液汤

D. 滋生健脾丸

E. 保和丸

参考答案:B

【考点评析】

1. 辨证论治

(1)脾失健运　症状:食欲不振,厌恶进食,食而乏味,或伴胸脘痞闷,嗳气泛恶,大便不调,偶尔多食后则脘腹饱胀,形体尚可,精神正常。舌淡红,苔薄白或薄腻,脉尚有力。治法:调和脾胃,运脾开胃。方药:不换金正气散加减。

(2)脾胃气虚　症状:不思进食,食而不化,大便偏稀夹不消化食物,面色少华,形体偏瘦,肢倦乏力。舌质淡,苔薄白,脉缓无力。治法:健脾益气,佐以助运。方药:异功散加味。苔腻便稀者,去白术,加苍术、薏苡仁燥湿健脾;大便溏薄加炮姜、肉豆蔻温运脾阳;饮食不化加焦山楂、炒谷芽、炒麦芽消食助运;汗多易感加黄芪、防风益气固表;情志抑郁加柴胡、佛手解郁疏肝。

(3)脾胃阴虚　症状:不思进食,食少饮多,皮肤失润,大便偏干,小便短黄,甚或烦躁少寐,手足心热。舌红少津,苔少或花剥,脉细数。治法:滋脾养胃,佐以助运。方药:养胃增液汤加减。

2. 其他疗法

(1)针灸疗法

①体针:脾失健运证取脾俞、足三里、阴陵泉、三阴交,用平补平泻法;脾胃气虚证取脾俞、胃俞、足三里、三阴交,用补法;脾胃阴虚证取足三里、三阴交、阴陵泉、中脘、内关,用补法。均用中等刺激不留针,每日1次,10次为1个疗程。

②耳穴:取脾、胃、肾、神门、皮质下。用胶布粘王不留行籽贴按于穴位上,隔日1次,双耳轮换,10次为1个疗程。每日按压3~5次,每次3~5分钟,以稍感疼痛为度。用于各证型。

(2)推拿疗法:脾失健运证补脾土,运内八卦,清胃经,掐揉掌横纹,摩腹,揉足三里;脾胃气虚证补脾土,运内八卦,揉足三里,摩腹,捏脊;脾胃阴虚证揉板门,补胃经,运八卦,分手阴阳,揉二马,揉中脘。

(3)中药外治法:可用高良姜、青皮、陈皮、荜拨、荜澄茄、苍术、薄荷、蜀椒各等量,研为细末,做成香袋,佩带于胸前;亦可用藿香、佩兰、槟榔、山药、扁豆、白芷、砂仁、黄芪、白术、党参各等份,用无纺棉制成11 cm×9 cm药棉,盖神阙穴。30日为1个疗程,每10日换药1次。

命题考点11　急惊风的中西医病因

【历年真题纵览】

A1型题

1. 小儿急惊风的主要病机是

A. 外感风邪

B. 肝阳上亢

C. 痰热生风

D. 土虚木亢

E. 阴虚风动

参考答案:B

2. 小儿急惊风热性惊厥主要病因是

A. 感染

B. 颅内肿瘤

C. 颅内血管瘤

D. 颅脑外伤

E. 脑出血

参考答案:A

【考点评析】

热性惊厥主要是感染所致。无热惊厥可有颅内疾病、颅外疾病病因。急惊风的外因为感受风邪温邪及湿热疫病之气,内因与小儿体质特点有关。小儿肤薄神怯,气血未充,为纯阳之体,心常有余,肝常有余,故小儿易为邪侵,而外感六淫,皆能致痉。

命题考点12　急惊风的临床表现

【历年真题纵览】

A1型题

小儿惊风的特征性证候为

A. 抽搐神清

B. 高热抽搐伴神昏

C. 四肢抽搐,口吐涎沫

D. 四肢抽搐或作猪羊叫

E. 突然仆倒,昏不知人

参考答案:B

【考点评析】

高热,突然起病,意识丧失,双手握拳,头向后仰,眼球固定,双目发直,眼露白睛,口吐白沫,牙关紧闭,抽动不已。严重者可有颈项强直,角弓反张,呼吸不整,双唇青紫,二便失禁。持续数秒至数分钟或更长,继而转入嗜睡或昏迷状态。新生儿发作的特点为面部或一侧肢体的局部阵挛,或无定型异常动作,如呼吸暂停、两眼凝视、眨眼或眼斜视等。

命题考点 13　急惊风的鉴别诊断

【历年真题纵览】

A1 型题

癫痫与急惊风的鉴别点错误的是

A. 癫痫抽搐时口吐白沫或作畜鸣声

B. 癫痫一般不发热

C. 癫痫可有家族史

D. 癫痫脑电图检查可见癫痫波型

E. 癫痫无意识丧失

参考答案:E

【考点评析】

应与癫痫鉴别。癫痫发作时抽搐反复发作,抽搐时口吐白沫或作畜鸣声,抽搐停止后神情如常。一般不发热,年长儿较为多见,有家族史,脑电图检查可见癫痫波型。

命题考点 14　急惊风中医四证八候

【历年真题纵览】

A1 型题

1. 下列各项中,不属于惊风八候的是

A. 搐

B. 摇

C. 搦

D. 引

E. 反

参考答案:B

2. 下列各项,不属"惊风四证"的是

A. 痰

B. 瘀

C. 热

D. 惊

E. 风

参考答案:B

【考点评析】

热、痰、风、惊四证及搐、搦、颤、掣、反、引、窜、视八候。

命题考点 15　急惊风的辨证论治

【历年真题纵览】

A2 型题

1. 患儿,男,3 岁。夏季发病,发热 1 天,无汗,口渴烦躁,2 分钟前突然抽搐。查体:体温 40.2℃,舌红,苔黄,脉洪数。辨证为

A. 风热致惊

B. 暑邪致惊

C. 温邪内陷

D. 湿热疫毒

E. 痰湿惊风

参考答案:B

B1 型题

2.

A. 银翘散

B. 羚角钩藤汤

C. 琥珀抱龙丸

D. 玉枢丹合保和丸

E. 黄连解毒汤合白头翁汤

①急惊风风热证用方为

②急惊风温邪内陷证用方为

③急惊风湿热疫毒证用方为

④急惊风暴受惊恐证用方为

⑤急惊风痰湿惊风证用方为

参考答案:①A　②B　③E　④C　⑤D

【考点评析】

1. 感受风邪　症状:发热,头痛,咳嗽,咽红,鼻塞流涕,烦躁不安,突然痉厥昏迷,热退后抽痉自止。舌红,苔薄黄,脉浮数。治法:疏风清热,息风定惊。方药:银翘散加减。

2. 温热疫毒

(1)邪陷心肝　症状:在原发温热疾病基础上,出现高热不退,头痛项强,恶心呕吐,突然肢体抽搐,神志昏迷,面色发青,甚则肢冷脉伏,烦躁口渴。舌红,苔黄腻,脉数。治法:平肝息风,清心开窍。方药:羚角钩藤汤合紫雪丹加减。

(2)气营两燔　症状:病来急骤,高热,狂躁不

安，剧烈头痛，神昏谵妄，抽痉，颈项强直，口渴。舌质深红或红绛，苔黄燥，脉数。治法：清气凉营，息风开窍。方药：清瘟败毒饮加减。

(3)湿热疫毒　症状：持续高热，神志昏迷，谵妄烦躁，反复抽搐，腹痛拒按，呕吐，大便黏腻或夹脓血。舌红，苔黄腻，脉滑数。治法：清热化湿，解毒息风。方药：黄连解毒汤加减。

(4)暴受惊恐　症状：暴受惊恐后突然抽痉，惊惕不安，惊叫急啼，甚则神志不清，四肢厥冷，大便色青。苔薄白，脉乱不齐。治法：镇惊安神，平肝息风。方药：琥珀抱龙丸加减。

命题考点 16　急惊风的急救处理

【历年真题纵览】

A1 型题

急惊风的急救处理措施错误的是

A. 退热

B. 抗感染

C. 地西泮

D. 高张葡萄糖

E. 多巴胺

参考答案：E

【考点评析】

1. 一般处理：患儿侧卧，解开衣领，清除口、鼻、咽分泌物和呕吐物，保持呼吸道通畅，防止窒息。上下磨牙间安放牙垫，防止舌被咬伤。

2. 控制惊厥

(1)针刺法：取人中、合谷、内关、中冲、十宣。

(2)选用止惊药物：首选安定类药物，安定每次 0.2～0.3 mg/kg，最大剂量不超过 10 mg，直接静脉注射，速度为每分钟 1 mg，用后 5 分钟内生效。必要时 15 分钟后重复 1 次。水合氯醛：每次 50～60 mg/kg。苯巴比妥钠：每次 8～10 mg/kg。氯丙嗪：每次 1～2 mg/kg。

药　理　学

第一单元　药物作用的基本原理

命题考点 1　量效关系的基本概念

【历年真题纵览】

A1 型题

关于药物量效关系的正确叙述是

A. 引起效应的浓度称阈浓度

B. 引起效应的剂量称效应强度

C. EC50/TC50 比值

D. 引起最大效应的剂量称最大效能

E. 血药浓度下降到阈浓度时的效应称后遗效应

参考答案:A

【考点评析】

在一定剂量范围内,药物效应随着剂量增加而增加,称为量效关系。刚引起效应的浓度称阈浓度。

命题考点 2　副作用、毒性反应、变态反应、后遗效应的基本概念

【历年真题纵览】

A1 型题

1. 不良反应不包括

A. 副作用

B. 变态反应

C. 戒断效应

D. 后遗效应

E. 继发反应

参考答案:C

2. 下列关于药物不良反应叙述错误的是

A. 治疗量时出现的与治疗目的无关的反应

B. 难以避免,停药后可恢复

C. 常因剂量过大引起

D. 常因药物作用选择性低引起

E. 副作用与治疗目的是相对的

参考答案:C

3. 下列关于副作用的描述,正确的是

A. 药物在治疗剂量时出现的与治疗目的无关的作用

B. 药物应用不当而产生的作用

C. 因病人有遗传缺陷而产生的作用

D. 停药后出现的作用

E. 因用药剂量过大产生的作用

参考答案:A

B1 型题

4.

A. 副作用

B. 毒性反应

C. 过敏反应

D. 耐受性

E. 成瘾性

①巴比妥类药物引起皮疹、发热,属于

②巴比妥类药物引起呼吸抑制,属于

参考答案:①C　②B

【考点评析】

1. 副作用是药物固有的作用,指药物在治疗剂量下出现与治疗目的无关的作用,对于病人可能带来不适或痛苦,一般较轻微,多是可以恢复的功能性变化。

2. 毒性反应一般是药物过量时药理作用的延伸。

3. 变态反应指少数经过致敏的病人对某种药物的特殊反应,包括免疫学上的所有四型速发和迟发变态反应。

4. 后遗效应指停药以后血浆药浓度已降至阈浓度以下时残存的生物效应。

命题考点 3　药物的吸收、分布、代谢、排泄及其影响因素

【历年真题纵览】

A1 型题

下列有关胎盘屏障的叙述，错误的是

A. 是胎盘绒毛与子宫血窦间的屏障

B. 通透性与一般毛细血管相同

C. 几乎所有药物均可通过

D. 可阻止药物从母体进入胎儿血循环中

E. 妊娠妇女原则上应禁用一切影响胎儿发育的药物

参考答案：D

【考点评析】

胎盘对药物的转运并无屏障作用，对药物的通透性与一般的毛细血管无明显差别，几乎所有的药物都能透过胎盘进入胎体。

命题考点 4　半衰期和连续多次给药的药-时曲线

【历年真题纵览】

A1 型题

1. 某药半衰期为 5 小时，1 次用药后从体内基本消除(消除 95% 以上)的最短时间是

A. 10 小时左右

B. 1 天左右

C. 2 天左右

D. 5 天左右

E. 10 天左右

参考答案：B

2. 按一级动力学消除的药物，其 $t_{1/2}$

A. 随给药剂量而变

B. 固定不变

C. 随给药次数而变

D. 口服比静脉注射长

E. 静脉注射比口服长

参考答案：B

【考点评析】

半衰期通常指血浆药物消除半定期，即血浆药物浓度下降一半所需的时间。是描述药物消除规律最重要的参数之一，其长短可反映体内药物的消除速度。药动学通常以血药浓度时间曲线，简称时量曲线来表示药物的体内过程，时量曲线以时间为横坐标，以血药浓度为纵坐标，曲线上的每一点都是药物吸收、分布、代谢和排泄过程的综合体现。按一级动力学消除的药物 $t_{1/2}$ 为一恒定值，且不因血浆药物浓度高低而变化。

第二单元　拟胆碱药

命题考点 1　毛果芸香碱对眼睛的作用

【历年真题纵览】

A1 型题

1. 有关毛果芸香碱的叙述，错误的是

A. 能直接激动 M 受体，产生 M 样作用

B. 可使汗腺和唾液腺的分泌明显增加

C. 可使眼内压升高

D. 可用于治疗青光眼

E. 常用制剂为 1% 滴眼液

参考答案：C

2. 毛果芸香碱滴眼可产生哪种作用

A. 近视、扩瞳

B. 近视、缩瞳

C. 远视、扩瞳

D. 远视、缩瞳

E. 虹膜角膜角变窄

参考答案：B

【考点评析】

毛果芸香碱激动瞳孔括约肌 M 受体，使瞳孔缩小，睫状肌的环形肌向瞳孔中心方向收缩，悬韧带放松，晶状体变凸，产生近视。

命题考点 2　毛果芸香碱的应用

【历年真题纵览】

A1 型题

毛果芸香碱的主要是适应证是

A. 青光眼

B. 角膜炎

C. 结膜炎
D. 视神经水肿
E. 晶状体混浊

参考答案:A

【考点评析】

毛果芸香碱临床应用于青光眼及虹膜炎。

命题考点3 新斯的明的作用及应用

【历年真题纵览】

A1 型题

新斯的明禁止用于以下哪种疾病

A. 重症肌无力
B. 支气管哮喘
C. 术后腹气胀
D. 抗胆碱药过量中毒
E. 阵发性室上性心动过速

参考答案:B

【考点评析】

新斯的明可逆性抑制胆碱酯酶,产生N和M样作用,治疗重症肌无力、腹气胀、尿潴留。因为增加支气管腺体分泌,禁止用于支气管哮喘。

第三单元 有机磷酸酯类中毒与解救

命题考点1 药物解救原则

【历年真题纵览】

A1 型题

下列关于有机磷酸酯类中毒解救的说法错误的是

A. 对经皮肤侵入的中毒者,用热水清洗
B. 及早、足量、反复注射阿托品
C. 经口中毒者,抽出胃液和毒物,并立即洗胃
D. 发现中毒时,立即将患者移出有毒场所
E. 经口中毒时,可用硫酸镁导泻

参考答案:A

【考点评析】

1. 迅速消除毒物:对经皮肤侵入的中毒者,用温水和肥皂清洗;经口中毒者,抽出胃液和毒物,并立即洗胃。

2. 积极使用解毒药:及早、足量、反复注射阿托品,解除M样症状。

命题考点2 胆碱酯酶复活药的应用

【历年真题纵览】

A1 型题

关于碘解磷定的叙述,正确的是

A. 可迅速制止肌束颤动
B. 对乐果中毒疗效好
C. 属易逆性抗胆碱酯酶药
D. 不良反应较氯解磷定小
E. 对内吸磷中毒无效

参考答案:A

【考点评析】

碘解磷定作用:对骨骼肌作用最为明显,能迅速控制肌束颤动,对自主神经系统功能的恢复较差。

第四单元 抗胆碱药

命题考点1 阿托品的作用

【历年真题纵览】

A1 型题

阿托品抗休克作用的机制是

A. 收缩血管,增加外周阻力
B. 扩张血管,改善微循环
C. 兴奋心脏,增加心输出量
D. 松弛支气管平滑肌,改善症状
E. 以上均非

参考答案:B

【考点评析】

作用:M胆碱受体阻断。阿托品与M胆碱受体结合,阻断M受体,拮抗Ach或胆碱受体激动药的作用。阿托品作用广泛,随剂量增加,依次出现腺体分泌减少,瞳孔扩大和调节麻痹,胃肠道及膀胱平滑肌抑制,心率加快,大剂量可出现中枢症状并能阻断神经节N胆碱受体。应用:腺体分泌减少;瞳孔扩大和调节麻痹;膀胱和胃肠道平滑肌的兴奋性下降;心率加快。

命题考点2 阿托品的应用

【历年真题纵览】

A1 型题

1. 阿托品用于麻醉前给药的主要目的是

A. 抑制呼吸道腺体分泌

B. 抑制排尿

C. 抑制排便

D. 防止心动过速

E. 消除紧张情绪

参考答案:A

2. 阿托品对下列哪种疾病疗效最好

A. 支气管哮喘

B. 胃肠绞痛

C. 胆绞痛

D. 肾绞痛

E. 胃幽门括约肌痉挛

参考答案:B

【考点评析】

适用于各种内脏绞痛、膀胱刺激征、小儿遗尿症,用于全身麻醉前给药、严重盗汗及流涎症;眼内滴用适于儿童验光配眼镜、虹膜睫状体炎;还可治疗缓慢型心律失常、感染性休克及解救有机磷酸酯类中毒。阿托品对胃肠绞痛,膀胱刺激症状如尿频、尿急等疗效较好,但对胆绞痛或肾绞痛疗效较差。

命题考点3 阿托品的不良反应及禁忌证

【历年真题纵览】

A1 型题

阿托品禁用于

A. 膀胱刺激征

B. 中毒性休克

C. 青光眼

D. 房室传导阻滞

E. 麻醉前给药

参考答案:C

【考点评析】

不良反应:心率减慢;口干;视物模糊;烦躁;小便困难;肠蠕动减少。禁忌证:青光眼、前列腺肥大禁用,老年人慎用。

命题考点4 山莨菪碱的作用及应用

【历年真题纵览】

A1 型题

1. 山莨菪碱的作用与阿托品相比较,可以替代阿托品的是

A. 抑制腺体分泌

B. 松弛胃肠平滑肌

C. 兴奋心脏作用

D. 中枢兴奋作用

E. 扩瞳

参考答案:B

A2 型题

2. 患者,男,20岁。急性上腹部剧烈疼痛,临床诊断为“急性胃痉挛”。其解痉药物应选用

A. 受体阻断剂

B. β受体阻断剂

C. H_2 受体阻断剂

D. M 受体阻断剂

E. N 受体阻断剂

参考答案:D

【考点评析】

M 胆碱受体阻断。应用:感染性休克;内脏平滑肌绞痛。青光眼禁用。

命题考点5 常用眼科用药及常用解痉药

【历年真题纵览】

B1 型题

A. 缓慢型心律失常

B. 晕动病

C. 胃、十二指肠溃疡

D. 扩瞳、查眼底

E. 过速型心律失常

①后马托品用于

②东莨菪碱用于防治

③丙胺太林用于

参考答案:①D ②B ③C

【考点评析】

后马托品用于扩瞳、查眼底,东莨菪碱用于防治晕动病,丙胺太林用于胃、十二指肠溃疡。

第五单元　拟肾上腺素药

命题考点 1　去甲肾上腺素的作用、应用及不良反应

【历年真题纵览】

A1 型题

1. 大剂量静脉注射可引起心率减慢的是
A. 肾上腺素
B. 去甲肾上腺素
C. 异丙肾上腺素
D. 多巴胺
E. 间羟胺
参考答案:B

2. 用药剂量过大或时间过长时,可引起急性肾功能衰竭的拟肾上腺素药是
A. 肾上腺素
B. 去甲肾上腺素
C. 异丙肾上腺素
D. 间羟胺
E. 多巴胺
参考答案:B

【考点评析】

去甲肾上腺素激动 α_1 受体,使皮肤、黏膜及内脏血管收缩;激动 β_1 受体,兴奋心脏;小剂量收缩压升高,舒张压不变或稍低,大剂量收缩压、舒张压均升高;大剂量出现血糖升高。用于早期神经源性休克及嗜铬细胞瘤切除后或药物中毒时的低血压。稀释液口服用于上消化道局部止血。由于血压升高反射性兴奋迷走神经使心率减慢。用药剂量过大或时间过长时可引起肾脏血管剧烈收缩,引起急性肾衰。

命题考点 2　肾上腺素的作用、应用及不良反应

【历年真题纵览】

A1 型题

1. 对 α 受体和 β 受体均有强大的激动作用的是
A. 去甲肾上腺素
B. 多巴胺
C. 可乐定
D. 肾上腺素
E. 多巴酚丁胺
参考答案:D

2. 肾上腺素对心脏的作用不包括下列的哪一项
A. 收缩力增强
B. 传导加快
C. 自律性增加
D. 耗氧量增加
E. 减少心肌血供
参考答案:E

【考点评析】

肾上腺素有强大的激动 α、β 受体作用,主要兴奋心血管系统,松弛平滑肌和加强新陈代谢。主要用于心脏停搏抢救、过敏性休克、支气管哮喘急性发作及其他速发性变态反应,增强局麻药作用及局部止血。治疗量可致心悸、烦躁、头痛、面色苍白、震颤和血压升高等;血压骤升;心律失常。

命题考点 3　异丙肾上腺素的作用及应用

【历年真题纵览】

A1 型题

1. 主要兴奋 β 受体的拟肾上腺素药是
A. 去甲肾上腺素
B. 肾上腺素
C. 间羟胺
D. 异丙肾上腺素
E. 多巴胺
参考答案:D

2. 可治疗支气管哮喘的拟肾上腺素药物是
A. 氨茶碱
B. 去甲肾上腺素
C. 甲氧明
D. 异丙肾上腺素
E. 多巴胺
参考答案:D

3. 异丙肾上腺素治疗哮喘最常见的副作用是
A. 失眠
B. 心动过速
C. 代谢缓慢
D. 体位性低血压

E. 急性肾功能衰竭

参考答案:B

【考点评析】

β受体激动药,对$β_1$、$β_2$选择性低,对α受体几乎无作用。用于心搏骤停、房室传导阻滞、休克、支气管哮喘急性发作。

命题考点4 多巴胺的作用及应用

【历年真题纵览】

A1 型题

1. 能够舒张肾血管,增加肾血流量,可治疗急性肾功能衰竭的药物是

A. 肾上腺素

B. 去甲肾上腺素

C. 异丙肾上腺素

D. 多巴胺

E. 间羟胺

参考答案:D

B1 型题

2.

A. 肾上腺素

B. 去甲肾上腺素

C. 异丙肾上腺素

D. 多巴胺

E. 麻黄碱

①治疗过敏性休克,应首先考虑的药物是

②治疗心肌收缩力减弱、尿量减少而血容量已补足的休克,应首先考虑的药物是

参考答案:①A ②D

【考点评析】

多巴胺主要激动α、β多巴胺受体。主要用于各种休克;与利尿药合用可治疗急性肾功能衰竭和急性心功能不全。

第六单元 抗肾上腺素药

命题考点1 酚妥拉明的作用及应用

【历年真题纵览】

A1 型题

1. 酚妥拉明的主要作用是

A. 直接兴奋心脏$β_1$受体

B. 直接兴奋心脏α受体

C. 直接兴奋心肌细胞

D. 阻断心脏M受体

E. 阻断皮肤黏膜血管α受体

参考答案:E

2. 用于治疗外周血管痉挛性疾病的药物是

A. 异丙肾上腺素

B. 多巴胺

C. 酚妥拉明

D. 阿托品

E. 肼苯哒嗪

参考答案:C

【考点评析】

竞争性阻断α受体,对$α_1$、$α_2$受体具有相似的亲和力。用于外周血管痉挛性疾病如雷诺综合征;抗休克;治疗充血性心力衰竭及肾上腺嗜铬细胞瘤的诊断;高血压危象及术前准备等。

命题考点2 β受体阻滞药的作用、应用及不良反应

【历年真题纵览】

A1 型题

1. β肾上腺素受体阻断药能引起

A. 房室传导加快

B. 脂肪分解增加

C. 肾素释放增加

D. 心肌细胞膜对离子通透性增加

E. 心肌耗氧量下降

参考答案:E

2. 下列哪一疾病不是β肾上腺素受体阻断药的适应证

A. 心绞痛

B. 甲状腺功能亢进

C. 窦性心动过速

D. 高血压

E. 支气管哮喘

参考答案:E

【考点评析】

竞争性阻断β受体;对心血管系统产生影响;对支气管平滑肌的影响;抑制细胞代谢及抑制肾素释放等;有些药物还有一定的内在拟交感活性、膜稳定

作用、抗血小板作用及降低眼压等作用。

第七单元 镇静催眠药

命题考点1 苯二氮䓬类的作用、应用及不良反应

【历年真题纵览】

A1 型题

1. 地西泮的药理作用不包括
   A. 抗焦虑
   B. 镇静催眠
   C. 抗惊厥
   D. 中枢性肌肉松弛
   E. 抗晕动

参考答案:E

2. 关于苯二氮䓬类的不良反应特点,哪项不正确
   A. 长期用药可产生耐受性
   B. 可引起锥体外系不良反应
   C. 可随乳汁分泌,哺乳妇女忌用
   D. 注射速度过快可致呼吸抑制
   E. 与巴比妥类相比,其戒断症状发生较轻

参考答案:B

【考点评析】

1. 苯二氮䓬类的作用:①抗焦虑,选择性作用于边缘系统,用于各种原因的焦虑症。②镇静催眠,用于失眠和麻醉前给药。③抗惊厥,用于辅助治疗破伤风、子痫、小儿高热惊厥和药物中毒性惊厥,注射是用于癫痫持续状态的首选药。④中枢性肌肉松弛,用于治疗中枢性和外周性的肌肉痉挛。

2. 不良反应:与药物对中枢神经系统的抑制有关。无抗晕动作用。不良反应最常见的是思睡、头昏、乏力和记忆下降,其次为早醒、易激动、头痛、步履不稳和共济失调。长期用药可产生耐受性。哺乳妇女忌用。注射速度过快可致呼吸抑制。快速停药产生戒断症状。

命题考点2 镇静催眠药常用制剂

【历年真题纵览】

B1 型题

1.
   A. 三唑仑
   B. 地西泮
   C. 巴比妥类
   D. 硫喷妥
   E. 水合氯醛

①作用时间最短的苯二氮䓬类药物是
②可用于麻醉诱导的是
③持续焦虑状态宜选用
④癫痫持续状态的首选药物是

参考答案:①A ②D ③B ④B

【考点评析】

1. 地西泮抗焦虑、镇静、催眠、抗惊厥、中枢性肌肉松弛。

2. 三唑仑催眠作用强而短,后遗效应少,依赖性较强。

3. 硫喷妥钠静脉麻醉。

4. 巴比妥类随着剂量的增加依次出现镇静、催眠、抗惊厥和麻醉作用。

5. 水合氯醛临床主要用于催眠,尤适用于顽固性失眠。

第八单元 抗癫痫药

命题考点 常用抗癫痫药的临床应用

【历年真题纵览】

A1 型题

1. 下列药物中治疗癫痫持续状态的首选药物是
   A. 苯巴比妥
   B. 苯妥英钠
   C. 安定
   D. 硫酸镁
   E. 水合氯醛

参考答案:C

2. 对癫痫大发作、小发作和精神运动性发作均

有效的药物是
A. 苯巴比妥
B. 乙琥胺
C. 卡马西平
D. 苯妥英钠
E. 丙戊酸钠
参考答案:E
3. 苯妥英钠对下列哪型癫痫无效
A. 小发作
B. 大发作
C. 部分性发作
D. 癫痫持续状态
E. 精神性发作
参考答案:A
4. 下列哪种药物属于广谱抗癫痫药物
A. 苯巴比妥
B. 苯妥英钠
C. 丙戊酸钠
D. 卡马西平
E. 乙琥胺
参考答案:C
5. 关于丙戊酸钠,下列叙述哪项不正确
A. 为广谱抗癫痫药
B. 其抗癫痫作用与 GABA 有关
C. 对小发作优于乙琥胺,为治疗小发作的首选药物
D. 对大发作疗效不及苯妥英钠
E. 对精神运动性发作疗效近似卡马西平
参考答案:C

A2 型题

6. 患者,男,40 岁。癫痫病史多年。今因癫痫持续状态被送入医院。应采取的治疗措施是
A. 口服苯巴比妥
B. 口服苯妥英钠
C. 口服丙戊酸钠
D. 静脉注射安定
E. 肌内注射氯丙嗪
参考答案:D

【考点评析】

苯妥英钠抗癫痫,用于癫痫大发作效果最好;可用于治疗外周神经痛;抗心律失常。卡马西平对精神运动性发作和局限性发作疗效较好,对大发作亦有效,对小发作效果差;治疗三叉神经痛疗效优于苯妥英钠,对舌咽神经痛也有效。可用于神经性尿崩症。丙戊酸钠对大发作疗效不及苯妥英钠、苯巴比妥,对小发作疗效优于乙琥胺,对精神运动性发作与卡马西平相似。扑米酮在体内转化成苯巴比妥和苯乙基丙二酰胺。地西泮是治疗癫痫持续状态的首选药。苯妥英钠用于抗癫痫、外周神经痛,抗心律失常。乙琥胺是防治小发作的首选药。丙戊酸钠对各型癫痫都有一定疗效。

第九单元　抗精神失常药

命题考点 1　氯丙嗪的作用、应用及不良反应

【历年真题纵览】

A1 型题

1. 下列对氯丙嗪的叙述哪项是错误的
A. 可对抗阿扑吗啡的催吐作用
B. 抑制呕吐中枢
C. 能阻断 CTZ 的 DA 受体
D. 可治疗各种原因所致的呕吐
E. 制止顽固性呃逆
参考答案:D
2. 有关氯丙嗪的叙述,正确的是
A. 氯丙嗪是哌嗪类抗精神病药
B. 氯丙嗪可与异丙嗪、哌替啶配伍成"冬眠"合剂,用于人工冬眠疗法
C. 氯丙嗪可加强中枢兴奋药的作用
D. 氯丙嗪可用于治疗帕金森病
E. 以上说法均不对
参考答案:B
3. 氯丙嗪引起的锥体外系反应不包括
A. 帕金森综合征
B. 急性肌张力障碍
C. 静坐不能
D. 迟发性运动障碍
E. 多动症及惊厥
参考答案:E
4. 氯丙嗪长期大剂量应用最严重的不良反应是
A. 胃肠道反应
B. 体位性低血压
C. 中枢神经系统反应
D. 锥体外系反应
E. 变态反应
参考答案:D

5. 用于人工冬眠的药物是
A. 吗啡
B. 丙咪嗪
C. 氯丙嗪
D. 苯海索
E. 左旋多巴
参考答案:C

【考点评析】

氯丙嗪通过阻断中脑-边缘系统和中脑-皮层系统的DA样受体而发挥疗效。阻断α肾上腺素受体和M胆碱受体。①抗精神病作用,用于Ⅰ型精神分裂症、躁狂症。②镇吐作用,对多种疾病和药物引起的呕吐都有效。③对体温调节的影响,抑制体温调节中枢,使体温调节失灵。用于低温麻醉和人工冬眠疗法。④加强中枢抑制药的作用,可增强麻醉药、镇静催眠药、镇痛药及乙醇的作用。不良反应主要有:锥体外系反应、内分泌紊乱、体位性低血压、阿托品样效应。

命题考点2 丙咪嗪的作用及应用

【历年真题纵览】

A1 型题

1. 下列对丙咪嗪的描述错误的是
A. 属于三环类抗抑郁药
B. 能引起阿托品样作用
C. 能引起直立性低血压
D. 用于各型抑郁症治疗
E. 用于抑郁症急性发作的治疗
参考答案:E

2. 丙咪嗪禁用于
A. 高血压
B. 糖尿病
C. 溃疡病
D. 癫痫
E. 青光眼
参考答案:E

B1 型题

3.
A. 氯丙嗪
B. 丙咪嗪
C. 碳酸锂
D. 地西泮
E. 利血平
①上述各项,属抗抑郁症药物的是
②上述各项,属抗精神分裂症药物的是
参考答案:①B ②A

【考点评析】

丙咪嗪抑制突触前膜NA及5-HT的再摄取,使突触间隙递质浓度增高。用于各类抑郁症的治疗。三环类抗抑郁药大多数具有抗胆碱作用。

第十单元 抗帕金森病药

命题考点1 左旋多巴的作用及应用

【历年真题纵览】

A1 型题

下列药物中能补充纹状体中多巴胺的不足,从而发挥抗震颤麻痹作用的药物是
A. 左旋多巴
B. 苯海索
C. 卡比多巴
D. 溴隐亭
E. 阿托品
参考答案:A

【考点评析】

左旋多巴在脑内转变为多巴胺,用于帕金森病治疗,治疗肝昏迷。

命题考点2 卡比多巴的作用及应用

【历年真题纵览】

A1 型题

1. 卡比多巴治疗帕金森病的机制是
A. 激动中枢多巴胺受体
B. 抑制外周多巴脱羧酶活性
C. 阻断中枢胆碱受体
D. 抑制多巴胺的再摄取
E. 使多巴胺受体增敏
参考答案:B

2. 卡比多巴治疗帕金森病的机制是
A. 激动中枢多巴胺受体
B. 抑制外周多巴脱羧酶活性

C. 阻断中枢胆碱受体

D. 抑制多巴胺的再摄取

E. 使多巴胺受体增敏

参考答案:B

【考点评析】

卡比多巴不易通过血脑屏障,抑制外周多巴脱羧酶的活性。提高脑内多巴胺的浓度,增强左旋多巴的疗效,是左旋多巴的重要辅助药。

命题考点3　苯海索的作用及应用

【历年真题纵览】

A1 型题

1. 苯海索治疗帕金森病的机制是

A. 补充纹状体中多巴胺的不足

B. 激动多巴胺受体

C. 兴奋中枢胆碱受体

D. 阻断中枢胆碱受体

E. 抑制多巴脱羧酶活性

参考答案:D

2. 对苯海索的描述错误的是

A. 对震颤疗效好

B. 适用于轻症患者

C. 对抗精神病药引起的帕金森病有效

D. 对肌肉僵直和运动困难疗效好

E. 有外周抗胆碱作用

参考答案:D

3. 治疗氯丙嗪引起的震颤麻痹,宜选用

A. 多巴胺

B. 左旋多巴

C. 苯海索

D. 苯巴比妥

E. 地西泮

参考答案:C

【考点评析】

苯海索可阻断中枢胆碱受体,减弱纹状体中乙酰胆碱的作用。抗震颤疗效好,但改善强直及运动迟缓较差。对某些继发性症状如过度流涎有改善作用。对抗精神病药物引起的帕金森综合征也有效。

第十一单元　镇痛药

命题考点1　吗啡的作用、应用、不良反应及禁忌证

【历年真题纵览】

A1 型题

1. 吗啡不用于治疗

A. 急性锐痛

B. 心源性哮喘

C. 急慢性消耗性腹泻

D. 支气管哮喘

E. 肺水肿

参考答案:D

2. 吗啡的外周作用是

A. 松弛胃肠道平滑肌

B. 促进肠道腺体分泌

C. 收缩膀胱括约肌

D. 收缩外周血管引起血压升高

E. 收缩脑血管引起颅内压降低

参考答案:C

3. 关于吗啡描述错误的是

A. 强而持久的镇痛作用

B. 镇静作用

C. 呼吸抑制

D. 降低胃肠平滑肌张力

E. 引起直立性低血压

参考答案:D

4. 吗啡急性中毒致死的主要原因是

A. 过敏性休克

B. 心搏骤停

C. 成瘾

D. 抑制呼吸

E. 肾功能衰竭

参考答案:D

【考点评析】

吗啡的镇痛作用部位主要是脊髓胶质区、丘脑内侧、脑室及导水管周围的灰质。吗啡的作用、应用:镇痛、镇静、呼吸抑制、镇咳、缩瞳、致呕吐。吗啡的外周作用有:兴奋胃肠道平滑肌,增加小肠静息张力,增加结肠张力,抑制胆汁、胰液和肠液分泌;扩张动脉和静脉,产生体位性低血压,脑血管扩张、颅内压增高;增

加输尿管的张力和收缩力，抑制膀胱排空反射，增加膀胱外括约肌张力和膀胱容积，延长产程；抑制免疫。临床用于镇痛、心源性哮喘、止泻。镇痛同时对意识和其他感觉无明显影响，兼有镇静和欣快。对心肌梗死性心前区剧痛有效。不良反应及禁忌证：呼吸抑制、恶心呕吐、便秘、尿潴留、胆道压力增加、体位性低血压、免疫抑制；耐受性及成瘾性。

命题考点2 哌替啶（度冷丁）的作用特点及应用

【历年真题纵览】

A1 型题

1. 哌替啶的作用特点错误的是
   A. 镇痛较吗啡弱
   B. 抑制呼吸与吗啡相当
   C. 镇静与吗啡相当
   D. 大剂量有中枢兴奋作用
   E. 可致直立性低血压

参考答案：E

2. 哌替啶叙述错误的是
   A. 镇痛
   B. 人工冬眠
   C. 麻醉前给药
   D. 心源性哮喘
   E. 止泻

参考答案：E

3. 哌替啶的中枢作用不包括
   A. 镇痛
   B. 抑制呼吸
   C. 镇静
   D. 恶心呕吐
   E. 直立性低血压

参考答案：E

【考点评析】

哌替啶对中枢神经系统有镇静、镇痛作用，可提高胃肠道平滑肌及括约肌张力，致体位性低血压。用于镇痛、麻醉前给药、人工冬眠、心源性哮喘和肺水肿。

第十二单元 解热镇痛药

命题考点1 阿司匹林的作用、应用及不良反应

【历年真题纵览】

A1 型题

1. 阿司匹林解热作用机制是
   A. 抑制环氧酶（COX），减少 PG 合成
   B. 抑制下丘脑体温调节中枢
   C. 抑制各种致炎因子的合成
   D. 药物对体温调节中枢的直接作用
   E. 中和内毒素

参考答案：A

2. 阿司匹林镇痛作用的机制是
   A. 兴奋中枢阿片受体
   B. 兴奋中枢多巴胺受体
   C. 促进外周前列腺素合成
   D. 抑制外周前列腺素合成
   E. 抑制中枢多巴胺合成

参考答案：D

3. 阿司匹林不具有的不良反应是
   A. 瑞夷（Reye）综合征
   B. 荨麻疹等过敏反应
   C. 水钠潴留，引起水肿
   D. 诱发胃溃疡和胃出血
   E. 水杨酸反应

参考答案：C

【考点评析】

阿司匹林解热作用机制是抑制环氧酶（COX），减少 PG 合成。小剂量抗血栓形成，显著减少 TXA_2 水平而对 PGI_2 水平无明显影响。解热镇痛，抗风湿、影响血栓形成。常用于头痛、牙痛、肌肉痛、神经痛及月经痛等慢性钝痛及感冒发热等，也用于预防心肌梗死和脑血栓形成。不良反应：抑制 COX-1，干扰 PGs 合成，刺激胃黏膜，引起胃肠道不适。其他不良反应还有凝血障碍、过敏反应、阿司匹林哮喘、水杨酸反应。

命题考点2　对乙酚氨基酚、布洛芬、吲哚美辛的作用特点及应用

【历年真题纵览】

1. 在解热镇痛抗炎药中，对PG合成酶抑制作用最强的是

A. 阿司匹林

B. 保泰松

C. 非那西丁

D. 吡罗昔康

E. 吲哚美辛

参考答案：E

2. 临床常选用对乙酰氨基酚治疗

A. 感冒发热

B. 急性痛风

C. 类风湿性关节炎

D. 急性风湿热

E. 预防血栓形成

参考答案：A

3. 主要用于治疗风湿性和类风湿性关节炎的药物是

A. 布洛芬

B. 对乙酰氨基酚

C. 秋水仙碱

D. 丙磺舒

E. 非那西丁

参考答案：A

B1 型题

4.

A. 阿司匹林

B. 对乙酰氨基酚

C. 布洛芬

D. 保泰松

E. 吲哚美辛

①超量服用可引起急性中毒性肝损坏的药物是

②长期口服可引起凝血障碍的药物是

③长期应用可引起视力模糊和中毒性弱视的药物是

参考答案：①B　②A　③C

【考点评析】

对乙酚氨基酚解热镇痛作用缓慢而持久，强度类似阿斯匹林。抑制外周PG合成酶的作用较弱，所以几乎无抗炎作用。适用于感冒发热、头痛、关节痛及神经肌肉痛等。布洛芬具有抗炎、解热及镇痛作用，主要用于治疗风湿及类风湿关节炎，也可用于一般解热镇痛。吲哚美辛是最强的PG合成酶抑制药之一。具有显著抗炎抗风湿及解热镇痛作用，对炎性疼痛有明显镇痛效果。对急性风湿性及类风湿性关节炎、强直性脊柱炎、骨关节炎等疗效较好，常作强直性脊柱炎的首选药。对癌性发热以及其他不易控制的发热常有效。

第十三单元　抗组胺药

命题考点　H_1 受体阻滞药的作用、应用及常用制剂

【历年真题纵览】

A1 型题

1. H_1受体阻断药对下列何种疾病疗效差

A. 血管神经性水肿

B. 过敏性鼻炎

C. 过敏性皮炎

D. 过敏性哮喘

E. 荨麻疹

参考答案：D

2. 关于 H_1受体阻断药，下列说法中错误的是

A. 有抗组胺 H_1型效应

B. 有镇静、嗜睡等中枢抑制作用

C. 有抗乙酰胆碱作用

D. 可用于变态反应性疾病

E. 可用于止痛

参考答案：E

【考点评析】

H_1 受体阻滞药阻断平滑肌 H_1 受体，阻断中枢 H_1受体，拮抗脑的内源性组胺介导的觉醒反应；还有抗胆碱、局部麻醉作用。用于变态反应性疾病、晕动症及呕吐、失眠。常用制剂：苯海拉明、异丙嗪、氯苯那敏、敏克静、赛庚啶、阿司咪唑、特非那定等。

第十四单元 利尿药及脱水药

命题考点1 呋喃苯胺酸(呋塞米)的作用、应用及不良反应

【历年真题纵览】

A1 型题

1. 呋塞米不宜和下列哪种抗生素合用
   A. 头孢曲松
   B. 青霉素
   C. 红霉素
   D. 卡那霉素
   E. 环丙沙星

参考答案:D

2. 呋塞米的利尿作用部位是
   A. 近曲小管
   B. 髓袢降支粗段髓质部和皮质部
   C. 髓袢升支粗段髓质部和皮质部
   D. 远曲小管
   E. 集合小管

参考答案:C

3. 下列不属于呋塞米适应证的是
   A. 急性肺水肿
   B. 急性左心衰
   C. 尿崩症
   D. 加速毒物的排泄
   E. 急性肾功不全早期

参考答案:C

【考点评析】

作用于髓袢升支粗段,利尿作用强大、迅速而短暂。用于严重水肿,急性肺水肿、脑水肿,急、慢性肾功能衰竭,加速毒物排泄,急性高钙血症的紧急处理。不良反应:水、电解质紊乱,耳毒性,胃肠道反应,高尿酸血症。

命题考点2 氢氯噻嗪的作用、应用及不良反应

【历年真题纵览】

A1 型题

1. 有关噻嗪类利尿药的叙述,错误的是
   A. 具有降压作用
   B. 可升高血脂
   C. 使尿酸排出增加
   D. 可升高血糖
   E. 可促进远曲小管对钙离子的重吸收

参考答案:C

2. 氢氯噻嗪的不良反应不包括
   A. 低钾血症
   B. 高尿钙
   C. 高尿酸血症
   D. 高血糖
   E. 高血脂

参考答案:B

3. 痛风者应慎用的药物是
   A. 氢氯噻嗪
   B. 螺内酯
   C. 氯沙坦
   D. 卡托普利
   E. 甘露醇

参考答案:A

4. 氢氯噻嗪的主要作用部位在
   A. 近曲小管
   B. 集合管
   C. 髓袢升支
   D. 髓袢升支粗段
   E. 远曲小管的近端

参考答案:E

5. 糖尿病患者不宜选用的利尿药是
   A. 呋塞米
   B. 氢氯噻嗪
   C. 氨苯蝶啶
   D. 螺内酯
   E. 甘露醇

参考答案:B

【考点评析】

抑制髓袢升支粗段的皮质部对 NaCl 的重吸收,

促进远曲小管对钙离子的吸收,可以治疗高尿钙症,单独治疗轻度高血压或与其他降压药合用。主要不良反应有电解质紊乱、血糖升高、高尿酸血症。

命题考点3 螺内酯(安体舒通)的作用、应用及不良反应

【历年真题纵览】

A1 型题

通过竞争醛固酮受体而发挥利尿作用的药物是

A. 氨苯蝶啶

B. 乙酰唑胺

C. 阿米洛利

D. 布美他尼

E. 螺内酯

参考答案:E

【考点评析】

螺内酯竞争醛固酮受体,直接抑制肾小管 K^+-Na^+ 交换。用来消除醛固酮升高有关的顽固性水肿。不良反应有高血钾、性激素样副作用。

命题考点4 甘露醇、山梨醇的作用及应用

【历年真题纵览】

A1 型题

用于脑水肿最安全有效的药是

A. 山梨醇

B. 甘露醇

C. 乙醇

D. 乙胺丁醇

E. 甘油

参考答案:B

【考点评析】

甘露醇脱水、利尿。用于脑水肿及青光眼。

第十五单元 抗高血压药

命题考点1 氢氯噻嗪的降压作用及应用

【历年真题纵览】

A1 型题

1. 利尿降压药的作用机制不包括

A. 排钠利尿,减少血容量

B. 减少血管壁细胞内 Na^+ 的含量,使血管平滑肌扩张

C. 诱导血管壁产生缓激肽

D. 抑制肾素分泌

E. 降低血管平滑肌对缩血管物质的反应性

参考答案:D

2. 长期应用可引起低血钾的降压药是

A. 利血平

B. 哌唑嗪

C. 硝苯地平

D. 氢氯噻嗪

E. 肼屈嗪

参考答案:D

3. 合并心功能不全的轻度高血压患者首选

A. 硝苯地平

B. 可乐定

C. 普萘洛尔

D. 硝普钠

E. 氢氯噻嗪

参考答案:E

【考点评析】

氢氯噻嗪抑制髓袢升支粗段的皮质部对 NaCl 的重吸收,单独治疗轻度高血压或与其他降压药合用。主要不良反应有电解质紊乱、血糖升高、高尿酸血症。

命题考点2 卡托普利(巯甲丙脯酸)的作用及应用

【历年真题纵览】

A1 型题

1. 对高肾素型高血压病有特效的是

A. 卡托普利
B. 依那普利
C. 肼屈嗪
D. 尼群地平
E. 二氮嗪
参考答案：A

2. 卡托普利（巯甲丙脯酸）的降血压机制
A. 抑制肾素的合成
B. 抑制肾素的释放
C. 抑制血管紧张素Ⅰ合成酶
D. 抑制血管紧张素转化酶
E. 以上均非
参考答案：D

【考点评析】

卡托普利通过抑制血管紧张素Ⅰ转变为血管紧张素Ⅱ，降低肾素－血管紧张素－醛固酮系统的活性，使血管扩张，外周阻力降低，醛固酮释放减少，使血压下降。降压同时伴有肾素活性反馈性升高。单独使用治疗原发性及肾性高血压，对中、重度高血压需与利尿药或钙拮抗剂合用，以增加疗效。近年来该药也用于慢性充血性心功能不全的治疗，对早期心肌内心性肥厚有逆转作用，并能防止心室的进一步扩大。

命题考点3　卡托普利的不良反应

【历年真题纵览】

A1 型题

1. 下列抗高血压药物中，哪一药物易引起刺激性干咳
A. 维拉帕米
B. 卡托普利
C. 氯沙坦
D. 硝苯地平
E. 普萘洛尔
参考答案：B

2. 血管紧张素转化酶抑制药的不良反应不包括
A. 诱发高血钾
B. 导致低血钾
C. 肾脏病变患者可出现蛋白尿
D. 顽固性干咳
E. 血管神经性水肿
参考答案：B

3. 可引起高血钾、咳嗽、血管神经性水肿的药物是
A. 卡托普利
B. 可乐定
C. 哌唑嗪
D. 肼屈嗪
E. 米诺地尔
参考答案：A

【考点评析】

卡托普利久用引起咳嗽；剂量过大可产生蛋白尿、粒细胞减少症、肾功能损害、低血压等；可引起高血钾、肾功能损害，正常人一般无明显影响，肾动脉硬化或肾异体移植时，可引起可逆性肾功能受损。

命题考点4　普萘洛尔的降压作用及应用

【历年真题纵览】

A1 型题

1. 普萘洛尔降压机制不包括
A. 减少血管紧张素－肾素分泌，抑制肾素-血管紧张素-醛固酮系统
B. 减少去甲肾上腺素释放
C. 阻止钙离子内流，松弛血管平滑肌
D. 减少心输出量
E. 阻断中枢β受体，使兴奋性神经元活动减弱
参考答案：C

A2 型题

2. 病人频发房性早搏，自觉心悸不适，心率90次/分。可以选用以下何种药物治疗
A. 普萘洛尔（心得安）
B. 美西律
C. 地西泮（安定）
D. 地高辛
E. 奎尼丁
参考答案：A

【考点评析】

普萘洛尔降压作用出现缓慢，2～3周后显效，与利尿药及血管扩张药合用，降压效应更显著。可以减慢窦性心率。适用于轻度及中度高血压，对伴有肾素活性和心输出量偏高的病人有较好的疗效。对缺血心肌有保护作用，尤其适用于伴有慢性心功能不全的高血压患者。

命题考点5 硝苯地平的降压作用及应用

【历年真题纵览】

A1 型题

1. 有关硝苯地平降压时伴随状况的描述，下列哪项是正确的

A. 心率不变

B. 心排血量下降

C. 血浆肾素活性增高

D. 尿量增加

E. 肾血流量降低

参考答案:C

2. 硝苯地平治疗高血压引起踝部水肿的原因可能是

A. 低蛋白血症

B. 用药剂量不足

C. 局部过敏反应

D. 水钠潴留

E. 前毛细血管扩张

参考答案:E

【考点评析】

硝苯地平通过减少细胞内钙离子含量而松弛血管平滑肌，对轻、中、重度高血压均有降血压作用，用于心律失常、高血压、心绞痛、慢性心功能不全等疾病。亦适用于合并有心绞痛或肾脏病、糖尿病、哮喘、高脂血症及恶性高血压患者。降压时反射性引起心率增快，心排出量增加，血浆肾素活性增高。引起踝部水肿的原因可能是毛细血管扩张。

命题考点6 哌唑嗪的降压作用、应用及不良反应

【历年真题纵览】

A1 型题

1. 选择性阻断 α_1 受体，降低外周阻力的降压药是

A. 硝普钠

B. 肼屈嗪

C. 哌唑嗪

D. 可乐定

E. 美托洛尔

参考答案:C

2. 哌唑嗪的主要不良反应是

A. 刺激性干咳

B. 心率减慢

C. 颜面潮红

D. 心率增快

E. 首剂现象

参考答案:E

【考点评析】

哌唑嗪选择性阻断突触后膜 α_1 受体，扩张小动脉及静脉血管平滑肌，使外周阻力降低而血压下降。对肾血流量无影响，降压时不反射引起心率加快，但稍增加血浆肾素活性。用于轻、中度的高血压，与利尿药及 β 受体阻断药合用可增强降压效果。主要不良反应为首剂现象。

命题考点7 可乐定的降压作用及应用

【历年真题纵览】

A1 型题

1. 可以作为治疗吗啡类镇痛者的戒毒药的降压药是

A. 利舍平

B. 可乐定

C. 普萘洛尔

D. 硝苯地平

E. 氢氯噻嗪

参考答案:B

A2 型题

2. 男，65 岁。高血压病史 20 年。近日出现上腹部疼痛，经钡餐检查诊断为胃溃疡，除应用抗消化性溃疡药外，其控制血压药物最好选用

A. 甲基多巴

B. 可乐定

C. 利舍平

D. 硝苯地平

E. 氢氯噻嗪

参考答案:B

【考点评析】

可乐定兴奋延髓背侧孤束核突触后膜的 α_2 受体和延髓嘴端外侧区的咪唑啉受体，使交感神经张力下降，外周血管阻力降低，血压下降。主要用于治疗中度高血压，与利尿药合用也可用于重度高血压，也用于预防偏头痛，或作为治疗吗啡类镇痛者的戒毒药。

命题考点 8　利血平的降压作用、应用及不良反应

【历年真题纵览】

A1 型题

1. 利血平降压作用的环节是
A. 耗竭交感神经末梢递质
B. 阻滞钙通道
C. 减少肾素释放
D. 松弛血管平滑肌
E. 抑制血管紧张素转化酶
参考答案:A

A2 型题

2. 患者,男,48 岁。十二指肠溃疡病史 20 年,近感头痛,眩晕而就诊。检查:血压 160/100 mmHg (21/13 kPa)。下列降压药应慎用的是
A. 可乐定
B. 利血平
C. 肼屈嗪
D. 氢氯噻嗪
E. 卡托普利
参考答案:B

【考点评析】

利血平主要通过减少去甲肾上腺素的合成,抑制去甲肾上腺素再摄取等产生降压作用。有降低血压、镇静、安定作用。适用于轻度高血压。常见鼻塞、乏力、体重增加、心动过缓,以及胃酸分泌增多、胃肠运动亢进、大便次数增多等,这与副交感神经功能占优势有关。长期用药可引起抑郁症。

命题考点 9　肼屈嗪、硝普钠的降压作用及应用

【历年真题纵览】

A1 型题

1. 硝普钠主要用于
A. 高血压危象
B. 中度高血压
C. 肾型高血压
D. 轻度高血压
E. 原发性高血压
参考答案:A

2. 对小动脉和小静脉平滑肌都有直接松弛作用的药物
A. 肼屈嗪
B. 硝普钠
C. 可乐定
D. 哌唑嗪
E. 普萘洛尔
参考答案:A

B1 型题

3.
A. 卡托普利
B. 可乐定
C. 哌唑嗪
D. 肼屈嗪
E. 米诺地尔
①大剂量应用可致红斑狼疮样综合征的药物是
②可引起高血钾、咳嗽、血管神经性水肿的药物是
参考答案:①D　②A

【考点评析】

肼屈嗪促进血管内皮细胞 NO 的生成,增加细胞内 cGMP 浓度以及血管平滑肌细胞的超极化,降低细胞内 Ca^{2+} 水平而发挥作用。能直接松弛血管平滑肌,主要扩张小动脉,使外周阻力降低,血压下降。适用于中等度高血压。硝普钠促进血管内皮细胞 NO 的生成,增加细胞内 cGMP 浓度而起作用。主要用于高血压危象,适用于伴有心力衰竭的高血压患者。

命题考点 10　常见不良反应

【历年真题纵览】

A1 型题

肼屈嗪不良反应不包括
A. 头痛
B. 心动过缓
C. 鼻充血
D. 红斑狼疮
E. 心肌缺血
参考答案:B

【考点评析】

肼屈嗪常见不良反应有头痛、眩晕、恶心、颜面潮红、低血压、心悸等。长期大剂量应用可引起全身

性红斑狼疮综合征。硝普钠常见不良反应:常见心悸、头痛、眩晕以及呕吐等。连续大剂量应用,因代谢产物硫氢盐过高而发生中毒,可引起甲状腺功能减退,肝肾功能不全者禁用。

第十六单元 抗心律失常药

命题考点 常用抗心律失常药的应用(奎尼丁、利多卡因、苯妥英钠、普萘洛尔、胺碘酮、维拉帕米)

【历年真题纵览】

A1 型题

1. 高血压并伴有快速心律失常者最好选用
A. 硝苯地平
B. 维拉帕米
C. 地尔硫䓬
D. 尼莫地平
E. 尼卡地平
参考答案:B

2. 某患者对奎尼丁过敏,房颤复律后最好选用何种药物预防复发
A. 普萘洛尔
B. 胺碘酮
C. 维拉帕米
D. 地高辛
E. 普鲁卡因胺
参考答案:B

3. 交感神经过度兴奋引起的窦性心动过速最好选用
A. 普萘洛尔
B. 胺碘酮
C. 苯妥英钠
D. 普鲁卡因胺
E. 美西律
参考答案:A

4. 关于胺碘酮的叙述,下列哪一项是错误的
A. 降低窦房结和浦肯野纤维的自律性
B. 减慢浦肯野纤维和房室结的传导速度
C. 延长心房和浦肯野纤维的动作电位时程、有效不应期
D. 阻滞心肌细胞 Na^+、K^+、Ca^{2+} 通道
E. 对 α、β 受体无阻断作用
参考答案:E

5. 关于维拉帕米药理作用叙述正确的是
A. 能促进 Ca^{2+} 内流
B. 增加心肌收缩力
C. 对室性心律失常疗效好
D. 降低窦房结和房室结的自律性
E. 口服不吸收,不利于发挥作用
参考答案:D

6. 可用于洋地黄中毒所致的室性心律失常的药物是
A. 利多卡因
B. 奎尼丁
C. 普罗帕酮
D. 普萘洛尔
E. 胺碘酮
参考答案:A

【考点评析】

奎尼丁具有降低自律性、减慢传导速度、延长有效不应期、对自主神经的影响等作用。广谱抗心律失常药,对室上性及室性心律失常均有效。安全范围小,不良反应较多:心血管反应、胃肠道反应、金鸡纳反应、过敏反应。

利多卡因对心室浦氏纤维有较强的选择性作用,对心脏其他部位的作用不明显。仅用于治疗室性心律失常。苯妥英钠治疗剂量对浦氏纤维的选择性作用较强,对心房肌和窦房结无明显影响。主要用于室性心律失常的治疗。

普萘洛尔为 β 受体阻断剂,除抗心律失常作用外,还有抗高血压和抗心肌缺血作用。适用于各种与交感神经兴奋有关的心律失常,主要是室上性心律失常。

胺碘酮能选择性延长动作电位时程以及有效不应期,并对钠、钙及钾通道有一定的阻滞作用,还有肾上腺素 α 和 β 受体阻断作用。用于各种室上性和室性心律失常,是广谱抗心律失常药。奎尼丁的不良反应有头痛、头晕、耳鸣、腹泻、恶心、视力模糊等,严重者可晕厥或猝死。

维拉帕米抑制自律性、减慢传导、延长不应期。主要用于治疗室上性心律失常,是治疗室上性阵发性心动过速的首选药。

第十七单元 抗慢性心功能不全药

命题考点1 强心苷的作用及应用

【历年真题纵览】

A1 型题

1. 强心苷治疗心衰最基本的作用是

A. 正性肌力作用

B. 增加自律性

C. 负性频率作用

D. 缩短有效不应期

E. 加快心房和心室肌的传导

参考答案:A

2. 强心苷治疗慢性心功能不全的最基本作用是

A. 使已扩大的心室容积缩小

B. 增加心肌收缩力

C. 增加心室工作效率

D. 降低心率

E. 增加心率

参考答案:B

3. 强心苷降低心房纤颤患者的心室率,是因为

A. 降低心室自律性

B. 改善心肌缺血状态

C. 降低心房自律性

D. 兴奋迷走神经和抑制房室传导

E. 抑制迷走神经

参考答案:D

4. 强心苷主要用于治疗下列哪种疾病

A. 完全性心脏传导阻滞

B. 心室纤维颤动

C. 心包炎

D. 二尖瓣重度狭窄

E. 充血性心力衰竭

参考答案:E

【考点评析】

强心苷的作用:加强心肌收缩力、心肌总耗氧量不增加;减慢心率;对心肌电生理的影响;对心电图的影响;对神经系统的作用;利尿作用。用于慢性心功能不全和某些心律失常。

命题考点2 强心苷的不良反应及防治

【历年真题纵览】

A1 型题

1. 关于强心苷类药物的毒性反应,下列说法中错误的是

A. 胃肠道反应

B. 中枢神经系统反应

C. 视觉障碍

D. 肝功能损害

E. 心脏反应

参考答案:D

2. 强心苷中毒最早出现的症状是

A. 色视

B. 畏食、恶心和呕吐

C. 眩晕、乏力和视力模糊

D. 房室传导阻滞

E. 神经痛

参考答案:B

【考点评析】

强心苷的不良反应:胃肠道症状、中枢神经系统反应及视觉障碍、心脏毒性。防治:注意诱发中毒的各种因素,如低钾、高钙、低镁血症、心肌缺氧等。应警惕中毒的早期表现。根据中毒的严重程度采取相应的措施。

命题考点3 常用制剂及用法

【历年真题纵览】

A1 型题

下列哪种强心苷在静脉给药时起效最快

A. 洋地黄毒苷

B. 地高辛

C. 去乙酰毛花苷

D. 铃兰毒苷

E. 毒毛花苷 K

参考答案:E

【考点评析】

1. 慢效制剂:洋地黄、洋地黄毒苷。口服给药。

2. 中效制剂:地高辛。口服给药。

3. 快效制剂：去乙酰毛花苷 C、毒毛花苷 K。静脉给药。毒毛花苷 K 起效最快，显效时间 5～10 分钟。

命题考点4　利尿药抗慢性心功能不全作用

【历年真题纵览】

A1 型题

利尿药抗心衰的作用机制是

A. 只减轻前负荷
B. 只减轻后负荷
C. 既减轻前负荷又减轻后负荷
D. 改善心脏泵血功能
E. 正性肌力作用

参考答案：C

【考点评析】

利尿药通过减轻水钠潴留，减少血容量，使心脏前负荷减轻；降低血管张力，使心脏后负荷减轻。

命题考点5　血管扩张药抗慢性心功能不全的作用及常用血管扩张药

【历年真题纵览】

A1 型题

抗心衰血管扩张药中属于直接扩张血管的是

A. 硝普钠
B. 卡托普利
C. 硝苯地平
D. 哌唑嗪
E. 普萘洛尔

参考答案：A

【考点评析】

直接扩张血管药：硝普钠、肼屈嗪、硝酸甘油；α_1 受体阻断药：哌唑嗪；钙拮抗剂：硝苯地平；血管紧张素转换酶抑制剂：卡托普利。

第十八单元　抗心绞痛药

命题考点1　硝酸甘油的作用及应用

【历年真题纵览】

A1 型题

1. 下列药物中最常用于治疗心绞痛的药物有

A. 硝酸甘油
B. 普萘洛尔
C. 阿托品
D. 肾上腺素
E. 强心苷类药物

参考答案：A

2. 心绞痛发作时，应首选的药物是

A. 普萘洛尔
B. 硝酸甘油
C. 硝苯地平
D. 维拉帕米
E. 哌替啶

参考答案：B

3. 下列有关硝酸甘油作用的叙述正确的是

A. 对心脏有明显的直接作用
B. 对全身的小静脉和小动脉都有扩张作用
C. 对冠状动脉和侧支血管无扩张作用
D. 对阻力血管有明显的扩张作用
E. 可引起支气管、胆道平滑肌收缩

参考答案：B

【考点评析】

硝酸甘油可舒张冠状动脉，舒张容量血管，降低前负荷，用于抗心绞痛、治疗慢性心功能不全。

命题考点2　硝酸甘油的主要不良反应

【历年真题纵览】

A1 型题

1. 下列哪项是硝酸甘油常见不良反应之一

A. 皮肤湿冷
B. 搏动性头痛
C. 心率减慢
D. 室性期前收缩

E. 反射性血压增高

参考答案：B

2. 硝酸甘油的不良反应主要是由哪种作用所致

A. 心输出量减少

B. 血压降低

C. 耗氧量减少

D. 血管扩张

E. 心肌血液的重新分布

参考答案：D

【考点评析】

硝酸甘油的主要不良反应：常见不良反应，如搏动性头痛、皮肤潮红等，多因扩张外周血管引起，通常连用数日可自行消失；可引起体位性低血压。

命题考点3 其他硝酸酯类制剂及应用

【历年真题纵览】

A1 型题

稳定型心绞痛需要多次口服的首选药是

A. 硝酸甘油

B. 硝苯地平

C. 普萘洛尔

D. 硝酸异山梨醇酯

E. 双嘧达莫

参考答案：D

【考点评析】

硝酸酯类是稳定型心绞痛首选药，硝酸异山梨醇酯口服片是长效硝酸酯制剂，服用方便。

命题考点4 普萘洛尔的作用及应用

【历年真题纵览】

A1 型题

1. 普萘洛尔更合适于

A. 不稳定型和变异型心绞痛者

B. 稳定型心绞痛伴高血压者

C. 不稳定型心绞痛伴高血脂者

D. 冠状动脉痉挛引起的变异型心绞痛

E. 稳定型心绞痛伴高血脂者

参考答案：B

2. β 受体阻断剂抗心绞痛的作用机制不包括

A. 心率减慢

B. 心肌收缩力减弱

C. 心肌氧耗量减少

D. 舒张期延长，冠脉灌流时间增加

E. 心室容积缩小

参考答案：E

A2 型题

3. 患者心绞痛，既往有哮喘病史，下列哪种药物不能应用

A. 硝酸甘油

B. 维拉帕米

C. 普萘洛尔

D. 硝苯地平

E. 硝酸异山梨酯

参考答案：C

【考点评析】

普萘洛尔具有阻断心脏上的 β_1 受体，拮抗儿茶酚胺的作用，使心肌收缩力下降，心率减慢，心肌耗氧量降低。治疗劳力性心绞痛，对兼有高血压或心律失常患者更为适用。变异型心绞痛禁用 β 受体阻滞药，因为 β_2 受体的扩张血管作用被阻滞，血管上的 α 受体占优势，可导致冠状动脉痉挛，病情恶化。心肌收缩力减弱，使射血时间延长，心排血不完全，心室容积扩大，增加了心肌耗氧量，这是本药的不足之处。

命题考点5 钙通道阻滞药的抗心绞痛作用及应用

【历年真题纵览】

A1 型题

1. 硝苯地平对哪种心绞痛疗效较好

A. 稳定型心绞痛

B. 不稳定型心绞痛

C. 变异型心绞痛

D. 混合型心绞痛

E. 心绞痛伴有心律失常

参考答案：C

2. 钙拮抗药治疗心绞痛下列叙述哪项是不正确的

A. 减弱心肌收缩力

B. 减慢心率

C. 增加室壁张力

D. 改善缺血区的供血

E. 扩张小动脉而降低后负荷

参考答案:D

【考点评析】

钙通道阻滞药扩张外周小动脉和静脉,抑制心肌收缩力,减慢心率。抗心绞痛、抗高血压、抗心律失常。常用钙通道阻滞药:硝苯地平、地尔硫䓬、维拉帕米。

第十九单元 血液系统药

命题考点1 铁制剂的应用及不良反应

【历年真题纵览】

A1 型题

1. 治疗慢性失血(如内痔出血)所致的贫血应选用

A. 枸橼酸铁胺

B. 硫酸亚铁

C. 叶酸

D. 维生素 B_{12}

E. 甲酰四氢叶酸钙

参考答案:B

2. 口服铁剂最常见不良反应是

A. 高血压

B. 出血反应

C. 胃肠道刺激

D. 过敏反应

E. 嗜睡

参考答案:C

【考点评析】

铁制剂主要用于治疗和预防缺铁性贫血。缺铁性贫血口服铁剂首选硫酸亚铁,因为二价铁易于吸收。口服铁制剂主要有胃肠道刺激症状,如恶心呕吐、腹痛腹泻。注射用铁制剂因其刺激性可引起局部疼痛,静注可引起静脉炎。

命题考点2 叶酸、维生素 B_{12} 的作用及应用

【历年真题纵览】

A1 型题

1. 下列有关叶酸的说法,错误的是

A. 主要经十二指肠和空肠上段吸收

B. 吸收需要内因子的协助

C. 参与嘌呤的从头合成

D. 促进氨基酸之间的转换

E. 妊娠妇女需要量增加

参考答案:B

2. 对于应用甲氨蝶呤引起的巨幼红细胞性贫血,治疗时应选用

A. 维生素 B_{12}

B. 叶酸

C. 叶酸 + 维生素 B_{12}

D. 甲酰四氢叶酸钙

E. 红细胞生成素

参考答案:D

【考点评析】

叶酸、维生素 B_{12} 用于巨幼红细胞性贫血、再生障碍性贫血与白细胞减少症的辅助治疗。维生素 B_{12} 吸收需要内因子协助,叶酸不需要。对应用叶酸拮抗剂甲氨蝶呤、肝脏因素等造成二氢叶酸还原酶功能或产生障碍所致巨幼红细胞贫血,应用一般叶酸制剂无效,需直接选用甲酰四氢叶酸钙治疗。

命题考点3 维生素 K 的作用及应用

【历年真题纵览】

A1 型题

预防新生儿出血宜选用

A. 维生素 K

B. 肝素

C. 右旋糖酐

D. 叶酸

E. Fe_3O_4

参考答案:A

命题考点4 肝素的作用、应用及不良反应

【历年真题纵览】

A1 型题

1. 肝素抗凝的主要作用机制是增强下列哪项的亲力

A. 抗凝血酶Ⅰ和因子Ⅰ

B. 抗凝血酶Ⅱ和因子Ⅱ

C. 抗凝血酶Ⅱ和因子Ⅲ
D. 抗凝血酶Ⅲ和因子Ⅱ
E. 抗凝血酶Ⅲ和因子Ⅲ
参考答案:D
2. 体外循环抗凝血,宜选用
A. 肝素
B. 醋酸香豆素
C. 华法林
D. 双香豆素
E. 新双香豆素
参考答案:A
3. 有关肝素的叙述,错误的是
A. 肝素具有体内外抗凝作用
B. 可用于防治血栓形成和栓塞
C. 降低胆固醇作用
D. 抑制炎症反应作用
E. 可用于各种原因引起的 DIC
参考答案:C

A2 型题

3. 某男,55 岁。因突发心前区压榨样疼痛入院。经心电图诊断为急性心肌梗死,给予强心、利尿、扩血管及其他相关治疗,并每 3 小时静脉注射肝素 1 000 U。用药过程中发现患者出现口腔、皮肤黏膜多处出血点,此时应采取的措施是
A. 减少肝素用量
B. 加大肝素用量
C. 停用肝素,注射维生素 K
D. 停用肝素,注射鱼精蛋白
E. 停用肝素,注射氨甲苯酸
参考答案:D

【考点评析】

肝素激活抗凝血酶Ⅲ,加速凝血因子Ⅱa、Ⅶa、Ⅸa、Ⅹa、Ⅻa 的灭活。用于血栓栓塞性疾病、弥漫性血管内凝血、体外抗凝等。不良反应有:出血、过敏反应、其他。肝素过量自发出血的对抗药是鱼精蛋白。

命题考点 5 香豆素类药物的作用、应用及不良反应

【历年真题纵览】

A1 型题

华法林与下列何药合用应加大剂量
A. 阿司匹林
B. 四环素
C. 苯巴比妥
D. 吲哚美辛
E. 双嘧达莫
参考答案:C

【考点评析】

香豆素类药物拮抗维生素 K 的作用。主要用于各种血栓栓塞性疾病的防治。过量引起出血,其他不良反应有头晕、持续性头痛、腹痛、背痛等。凡是能提高肝脏微粒体酶活性的药物如巴比妥类,能通过加速香豆素类的生物转化而降低其抗凝作用。

命题考点 6 纤维蛋白溶解药的作用及应用

【历年真题纵览】

A1 型题

1. 链激酶用于治疗血栓性疾病,是由于
A. 扩张血管
B. 抑制凝血因子
C. 抑制血小板聚集
D. 促进纤溶酶原合成
E. 激活纤溶酶原
参考答案:E
2. 关于链激酶下列叙述不正确的是
A. 具有抗原性
B. 首次剂量大
C. 早期治疗效果好
D. 最严重的不良反应为出血
E. 对纤维蛋白的选择特异性高
参考答案:E

【考点评析】

纤维蛋白溶解药可使纤溶酶原转变为纤溶酶,后者可使纤维蛋白及纤维蛋白原降解,导致血栓溶解。主要用于急性血栓栓塞性疾病的治疗。

命题考点 7 阿司匹林的抗血小板作用及应用

【历年真题纵览】

A1 型题

1. 阿司匹林的抗血小板作用机制为
A. 抑制血小板中 TXA_2 的合成
B. 抑制内皮细胞中 TXA_2 的合成

C. 激活环氧酶
D. 促进内皮细胞中 PGI_2 的合成
E. 促进血小板中 PGI_2 的合成
参考答案:A
2. 阿司匹林预防血栓形成的作用机制是
A. 抑制凝血酶原的形成
B. 直接抑制血小板聚集
C. 抑制 PGEs 的生成
D. 抑制 TXA_2(血栓素)的合成
E. 直接溶解血栓
参考答案:D

【考点评析】

抗血小板药具有抑制血小板的黏附、聚集和释放的功能,可用于血栓形成、炎症、动脉粥样硬化、心血管及脑血管疾病等疾病的防治。阿司匹林抑制血小板环氧酶活性,使花生四烯酸生成的 TXA_2 减少,抑制血小板聚集。

第二十单元　消化系统药

命题考点 1　抗酸药的作用及常用制剂

【历年真题纵览】

A1 型题

下列药物中,抑制胃酸分泌作用最强的是
A. 西咪替丁
B. 法莫替丁
C. 奥美拉唑
D. 碳酸氢钠
E. 丙谷胺
参考答案:C

【考点评析】

奥美拉唑是质子泵抑制剂,是较强的胃酸分泌抑制剂。

命题考点 2　H_2 受体阻滞药(西咪替丁、雷尼替丁、法莫替丁)的作用与应用

【历年真题纵览】

A1 型题

1. 西咪替丁的药理作用机制
A. 激动 H_1 受体
B. 阻断 H_1 受体
C. 激动 H_2 受体
D. 阻断 H_2 受体
E. 阻断质子泵受体
参考答案:D
2. 下列何种药物具有抑制胃酸分泌的作用
A. 碳酸钙
B. 三硅酸镁
C. 氢氧化铝
D. 西咪替丁
E. 氢氧化镁
参考答案:D

【考点评析】

H_2 受体阻滞药(西咪替丁、雷尼替丁、法莫替丁)通过阻断胃黏膜壁细胞上的 H_2-受体而产生较强的抑酸作用。

命题考点 3　奥美拉唑(洛赛克)的作用及应用

【历年真题纵览】

A1 型题

1. 奥美拉唑治疗消化性溃疡的作用机制为
A. 抑制胃黏膜壁细胞上 Na^+-K^+-ATP 酶
B. 抑制胃黏膜壁细胞上 H^+-K^+-ATP 酶
C. 阻断胃黏膜壁细胞上胃泌素受体
D. 促进胃黏液的分泌
E. 杀灭幽门螺杆菌
参考答案:B
2. 阻断胃壁细胞 H^+ 泵的抗消化性溃疡药是
A. 米索前列醇
B. 奥美拉唑
C. 丙谷胺
D. 溴丙胺太林
E. 西咪替丁
参考答案:B

【考点评析】

奥美拉唑(洛赛克)的作用及应用:转变为有活性的次磺酰胺衍生物,抑制氢离子泵功能,使胃酸分泌减少。能增加贲门、胃体、胃窦部黏膜血流量,抑制幽门螺旋菌。用于对其他药(包括 H_2 受体阻断药)无效的消化性溃疡、反流性食管炎和卓-艾综合征。

命题考点 4 抗幽门螺杆菌药

【历年真题纵览】

A1 型题

常用抗幽门螺杆菌的药物是

A. 阿莫西林

B. 青霉素

C. 氯霉素

D. 红霉素

E. 先锋霉素

参考答案:A

【考点评析】

幽门螺杆菌是消化性溃疡的危险因素,临床常用如阿莫西林、甲硝唑等抗菌药物联合枸橼酸铋钾或奥美拉唑进行根治。

命题考点 5 甲氧氯普胺(胃复安)的作用、应用及不良反应

【历年真题纵览】

A1 型题

1. 具有止吐作用的药物是

A. 乳酶生

B. 甲氧氯普胺

C. 米索前列醇

D. 鞣酸蛋白

E. 枸橼酸铋钾

参考答案:B

2. 甲氧氯普胺的不良反应错误的是

A. 嗜睡、倦怠

B. 锥体系反应

C. 焦虑

D. 抑郁

E. 男性乳房发育

参考答案:B

【考点评析】

阻断 CTZ 的 D_2受体,发挥止吐作用,用于肿瘤化疗、放疗引起的恶心、呕吐;阻断胃肠多巴胺受体,引起从食管至近段小肠平滑肌运动,发挥胃肠促动药作用,用于慢性功能性消化不良引起的胃肠运动障碍如恶心、呕吐等。不良反应主要有:嗜睡、倦怠、锥体外系反应、焦虑、抑郁、男性乳房发育等。

第二十一单元 呼吸系统药

命题考点 1 镇咳药常用制剂

【历年真题纵览】

A1 型题

1. 具有中枢和外周双重作用的镇咳药是

A. 可待因

B. 右美沙芬

C. 溴己新

D. 喷托维林

E. 苯佐那酯

参考答案:D

2. 关于喷托维林的描述正确的是

A. 中枢性镇咳药

B. 久用成瘾

C. 镇咳作用与可待因相当

D. 具有胆碱能作用

E. 不具有外周镇咳作用

参考答案:A

【考点评析】

喷托维林是中枢性镇咳药,对咳嗽中枢具有直接抑制作用,有轻度阿托品样作用和局部麻醉作用,兼具外周性镇咳作用。

命题考点 2 祛痰药常用制剂

【历年真题纵览】

A1 型题

能够刺激胃黏膜,反射性引起呼吸道分泌,使痰液变稀,易于咳出的药物是

A. 溴己新

B. 氯化铵

C. 氨茶碱

D. 乙酰半胱氨酸

E. 可待因

参考答案:B

【考点评析】

氯化铵能够刺激胃黏膜,反射性引起呼吸道分泌,使痰液变稀,易于咳出。

命题考点3 β受体兴奋药(肾上腺素、异丙肾上腺素、沙丁胺醇)的平喘作用特点及应用

【历年真题纵览】

A2 型题

患者,男,21岁。呼吸困难,咳嗽,汗出1小时而就诊。查体:端坐呼吸,呼吸急促,口唇微绀,心率114次/分,律齐,双肺满布哮鸣音。为迅速缓解症状,应立即采取的最佳治法是

A. 口服氨茶碱
B. 肌注氨茶碱
C. 喷吸沙丁胺醇
D. 口服强的松
E. 口服阿托品

参考答案:C

【考点评析】

β受体兴奋药的平喘作用特点:吸入短效的β受体兴奋药是治疗急性支气管痉挛和预防运动性哮喘的最有效药物。

命题考点4 氨茶碱的作用、应用及不良反应

【历年真题纵览】

A1 型题

1. 氨茶碱的平喘机制主要是

A. 促进肾上腺素和去甲肾上腺素的释放
B. 激活磷酸二酯酶
C. 抑制磷酯酶 A_2
D. 激活腺苷酸环化酶
E. 抑制鸟苷酸环化酶

参考答案:A

2. 氨茶碱的常见不良反应不包括

A. 恶心、呕吐
B. 头晕
C. 心悸、心律失常
D. 血压剧降
E. 骨髓抑制

参考答案:E

【考点评析】

氨茶碱刺激肾上腺髓质释放儿茶酚胺类物质,兴奋 $β_2$ 受体。局部刺激性大,口服可引起恶心、呕吐。用于哮喘、心源性哮喘。静滴过快或浓度过高可强烈兴奋心脏,引起头晕、心悸、心律失常、血压剧降。

命题考点5 色甘酸钠的作用及应用

【历年真题纵览】

A1 型题

不能控制哮喘发作症状的药物是

A. 色甘酸钠
B. 氢化可的松
C. 氨茶碱
D. 异丙肾上腺素
E. 沙丁胺醇

参考答案:A

【考点评析】

色甘酸钠可稳定肥大细胞膜,防止膜裂解和脱颗粒,从而抑制过敏介质的释放,防止哮喘发作。用于预防各型哮喘发作。

命题考点6 二丙酸氯地米松的平喘作用及应用

【历年真题纵览】

A1 型题

治疗反复发作的顽固性哮喘,宜首选的药物是

A. 色甘酸钠
B. 异丙肾上腺素
C. 沙丁胺醇(舒喘灵)
D. 麻黄碱
E. 二丙酸倍氯米松

参考答案:E

【考点评析】

二丙酸氯地米松为地塞米松的衍生物,属于糖

皮质激素。治疗反复发作的顽固性哮喘。

第二十二单元　糖皮质激素

命题考点1　糖皮质激素的药理作用

【历年真题纵览】

A1 型题

糖皮质激素对血液成分的影响正确描述是

A. 减少血中中性白细胞数

B. 减少血中红细胞数

C. 减少红细胞在骨髓中生成

D. 减少血中淋巴细胞数

E. 血小板减少

参考答案：D

【考点评析】

糖皮质激素抗炎、抗免疫、抗毒作用，抗休克，对血液与造血系统、中枢神经系统的作用。

命题考点2　糖皮质激素的应用

【历年真题纵览】

A1 型题

1. 糖皮质激素用于严重感染的目的是

A. 加强抗菌药物的抗菌作用

B. 提高机体抵抗病能力

C. 抗炎、抗毒、抗过敏、抗休克

D. 加强心肌收缩力，改善微循环

E. 提高机体免疫力

参考答案：C

2. 下列有皮肤损害的疾病中，禁用糖皮质激素的是

A. 牛皮癣

B. 接触性皮炎

C. 天疱疮

D. 湿疹

E. 水痘

参考答案：E

【考点评析】

糖皮质激素用于严重急性感染、预防炎症后遗症、自身免疫性疾病和过敏性疾病、休克、血液病、局部应用、替代疗法。病毒性感染一般不用激素，用后可减低机体的防御能力而使感染扩散加剧。

命题考点3　糖皮质激素的不良反应及禁忌证

【历年真题纵览】

A1 型题

1. 长期应用糖皮质激素，突然停药引起肾上腺危象的原因是

A. 类肾上腺皮质功能亢进

B. 肾上腺皮质功能不全

C. 原病复发或恶化

D. ACTH 分泌突然增多

E. 抗体应激能力增加

参考答案：B

2. 糖皮质激素的不良反应是

A. 血糖降低

B. 血压降低

C. 红细胞数目减少

D. 淋巴细胞增多

E. 体内脂肪重新分布

参考答案：E

3. 糖皮质激素诱发和加重感染的主要原因是

A. 病人对激素不敏感

B. 激素用量不够

C. 激素能直接促进病原微生物繁殖

D. 激素抑制免疫反应，降低机体抵抗力

E. 使用激素时未能应用有效抗菌药

参考答案：D

4. 长期大剂量应用糖皮质激素可引起的不良反应是

A. 高血钾

B. 高血钙

C. 高血糖

D. 低血压

E. 以上均非

参考答案：C

A2 型题

5. 患者，女，60 岁。因全身关节疼痛，长期服用某药，昨日出现自发性骨折。导致该不良反应的药物

A. 强的松

B. 阿司匹林
C. 吲哚美辛
D. 保泰松
E. 布洛芬
参考答案:A

【考点评析】

糖皮质激素长期大量应用可引起:类肾上腺皮质功能亢进综合征、诱发或加重感染、诱发或加重消化性溃疡、心血管并发症、骨质疏松、肌肉萎缩、伤口愈合迟缓、其他。停药反应:肾上性皮质萎缩和机能不全,反跳现象。禁用于严重的精神病或癫痫,活动性消化性溃疡,新近做过胃肠手术,骨折、创伤修复期,角膜溃疡,肾上腺皮质功能亢进症,严重高血压,糖尿病,孕妇,抗菌药不能控制的感染。

命题考点4 糖皮质激素的常用制剂及用法

【历年真题纵览】

A1 型题

1. 抗炎作用最强的糖皮质激素是
A. 可的松
B. 氢化可的松
C. 氟化可的松
D. 倍他米松
E. 泼尼松
参考答案:D

2. 氢化可的松入血后与血浆蛋白结合率可达
A. 70%
B. 80%
C. 90%
D. 85%
E. 95%
参考答案:C

【考点评析】

糖皮质激素的常用制剂包括:氢化可的松、可的松、泼尼松、泼尼松龙、甲泼尼松、地塞米松、倍地米松等。

用法:大剂量冲击疗法、中剂量短中程疗法、一般剂量长程疗法、隔日疗法、小剂量替代疗法。大剂量冲击疗法适用于急性、重度、危及生命的疾病的抢救;一般剂量长期疗法多用于结缔组织病和肾病综合征;小剂量替代疗法适用于急、慢性肾上腺皮质功能不全症,脑垂体前叶功能减退及肾上腺次全切除后。

第二十三单元 抗甲状腺药

命题考点 硫脲类的作用、应用及不良反应

【历年真题纵览】

A1 型题

1. 硫脲类抗甲状腺药最严重的不良反应是
A. 血小板减少性紫癜
B. 再生障碍性贫血
C. 出血
D. 粒细胞缺乏性出血
E. 溶血性贫血
参考答案:D

2. 甲基硫氧嘧啶治疗甲状腺功能亢进症的机制是
A. 抑制食物中碘的吸收
B. 抑制甲状腺激素的合成
C. 抑制甲状腺激素的释放
D. 减少甲状腺激素的贮存
E. 对抗甲状腺激素的作用
参考答案:B

3. 关于硫脲类药物,下列说法中错误的是
A. 抑制甲状腺中碘的有机化过程
B. 主要用于甲状腺功能亢进
C. 严重的不良反应是粒细胞缺乏症
D. 可用于甲状腺危象的治疗
E. 影响碘的摄取和已合成的激素
参考答案:E

A2 型题

4. 女,43 岁。患甲状腺功能亢进 3 年,经多方治疗病情仍难控制,需行甲状腺部分切除术,正确的术前准备应包括
A. 术前两周给予丙硫氧嘧啶 + 普萘洛尔
B. 术前两周给予丙硫氧嘧啶 + 小剂量碘剂
C. 术前两周给予丙硫氧嘧啶 + 大剂量碘剂
D. 术前两周给予丙硫氧嘧啶
E. 术前两周给予卡比马唑
参考答案:C

【考点评析】

硫脲类抑制过氧化物酶从而抑制甲状腺激素的

合成。用于甲亢的内科治疗、甲亢手术前准备、甲状腺危象的治疗。用于甲状腺危象治疗时要给予大剂量碘剂。术前准备:先服用硫脲类药物使甲状腺功能恢复接近正常,术前两周加服大量碘剂,使腺体坚实,减少充血,以利手术进行。不良反应:过敏反应、粒细胞缺乏症、再生障碍性贫血、黄疸、中毒性肝炎、剥脱性皮炎等。

第二十四单元 降血糖药

命题考点1 胰岛素的作用、应用及不良反应

【历年真题纵览】

A1 型题

1. 下列哪种情况不首选胰岛素

A. 2 型糖尿病患者经饮食治疗无效

B. 1 型糖尿病

C. 糖尿病并发严重感染

D. 妊娠糖尿病

E. 酮症酸中毒

参考答案:A

A2 型题

2. 某男,68 岁。有糖尿病史多年,长期服用磺酰脲类降糖药,近日因血糖明显升高,口服降糖药控制不理想改用胰岛素,本次注射胰岛素后突然出现出汗、心悸、震颤,继而出现昏迷。此时应对该患者采取何种抢救措施

A. 加用一次胰岛素

B. 口服糖水

C. 静脉注射 50% 葡萄糖

D. 静脉注射糖皮质激素

E. 心内注射肾上腺素

参考答案:C

【考点评析】

胰岛素的作用:调节糖代谢,维持血糖正常水平,对脂肪、蛋白质代谢也有一定影响,以增强合成代谢为主。用于糖尿病、纠正细胞内缺钾。不良反应有低血糖、过敏反应、胰岛素耐受性。

命题考点2 磺酰脲类的作用、应用及不良反应

【历年真题纵览】

A1 型题

1. 大剂量可引起畸胎,孕妇忌用的药物是

A. 二甲双胍

B. 无定形胰岛素锌悬液

C. 阿卡波糖

D. 氯磺丙脲

E. 苯乙双胍

参考答案:D

2. 有一种降血糖药对尿崩症很有效,它是

A. 苯乙双胍

B. 氯磺丙脲

C. 格列本脲

D. 胰岛素

E. 拜糖平

参考答案:B

3. 下列可防止微血管病变的药物是

A. 甲苯磺丁脲

B. 氯磺丙脲

C. 格列本脲

D. 格列吡嗪

E. 格列齐特

参考答案:E

4. 既可治疗 2 型糖尿病,又可用于尿崩症治疗的药物是

A. 二甲双胍

B. 氢氯噻嗪

C. 甲苯磺丁脲

D. 氯磺丙脲

E. 格列本脲

参考答案:D

【考点评析】

磺酰脲类的作用:直接作用于胰岛β细胞,刺激内源性胰岛素释放而降低血糖;增强胰岛素的作用;影响水盐代谢;预防毛细血管血栓。用于胰岛功能尚存的非胰岛素依赖型糖尿病且单用饮食控制无效者、尿崩症,也可用于对胰岛素耐受的患者。不良反应:胃肠道不适,恶心、腹痛、腹泻、粒细胞减少、胆汁淤积性黄疸及肝损害。严重不良反应为持久性低

血糖。

氯磺丙脲能促进抗利尿激素分泌并增强其作用,可用于治疗尿崩症。格列齐特具有降低血小板黏度,抑制ADP诱导的血小板聚集能力。

命题考点3 双胍类的作用、应用及不良反应

【历年真题纵览】

A1 型题

1. 二甲双胍的降糖作用机制是

A. 使细胞内cAMP升高

B. 促进肝糖原合成

C. 增加肌肉组织中糖的无氧酵解

D. 增加肌肉组织中糖的有氧氧化

E. 刺激胰岛β细胞释放胰岛素

参考答案:C

2. 对胰岛功能完全丧失的糖尿病患者仍有降血糖作用的药物是

A. 格列本脲

B. 二甲双胍

C. 甲磺丁脲

D. 氯磺丙脲

E. 甲磺吡脲

参考答案:B

3. 新发肥胖型糖尿病患者首选降糖药是

A. 格列本脲

B. 二甲双胍

C. 甲磺丁脲

D. 氯磺丙脲

E. 甲磺吡脲

参考答案:B

4. 二甲双胍的不良反应是

A. 高血钾

B. 畸胎

C. 乳酸血症

D. 抑制纤溶酶原

E. 反应性高血糖

参考答案:C

【考点评析】

双胍类可促进葡萄糖的无氧酵解,不促进胰岛素的释放,对胰岛功能完全丧失的糖尿病患者,仍有降血糖作用。主要用于轻度糖尿病,尤其适于肥胖型单用饮食控制无效者。易引起乳酸血症。

命题考点4 α-葡萄糖苷酶抑制药的作用、应用及不良反应

【历年真题纵览】

A1 型题

α-葡萄糖苷酶抑制药的作用机制是

A. 刺激胰岛β细胞释放胰岛素

B. 促进肝糖原合成

C. 增加肌肉组织中糖的无氧酵解

D. 增加肌肉组织中糖的有氧氧化

E. 与碳水化合物竞争水解碳水化合物的酶

参考答案:E

【考点评析】

α-葡萄糖苷酶抑制药可抑制碳水化合物的水解,减少葡萄糖的吸收。对1、2型糖尿病患者均有效。

第二十五单元 合成抗菌药

命题考点1 氟喹诺酮类的抗菌作用

【历年真题纵览】

A1 型题

氟喹诺酮类药物抗菌作用机制是

A. 抑制细菌二氢叶酸合成酶

B. 抑制细菌二氢叶酸还原酶

C. 抑制细菌细胞壁合成

D. 抑制细菌蛋白质合成

E. 抑制细菌DNA螺旋酶

参考答案:E

【考点评析】

氟喹诺酮类抗菌作用机制是通过抑制细菌的DNA回旋酶而抑制DNA的合成。第二代对革兰阴性菌作用强,第三代对革兰阳性、革兰阴性菌均有效。

命题考点2 诺氟沙星、环丙沙星、左氧氟沙星的应用

【历年真题纵览】

A1型题

1. 喹诺酮类应用注意不包括

A. 不宜用于妊娠妇女和骨骼系统未发育完全的小儿

B. 合用非甾体类抗炎药可增加中枢的毒性反应

C. 定期检查血象

D. 避免与制酸药合用

E. 抑制氨茶碱代谢,使氨茶碱半衰期延长

参考答案:C

A2型题

2. 患者,女,45岁。因急腹症入院,诊断为化脓性胆囊炎穿孔并发绿脓杆菌性腹膜炎。既往有青霉素过敏史。抗感染治疗应选用

A. 羟苄青霉素

B. 头孢氨苄

C. 红霉素

D. 氯林可霉素

E. 环丙沙星

参考答案:E

【考点评析】

环丙沙星可用于青霉素过敏患者,对铜绿假单胞菌抗菌活性高于其他同类药物。

命题考点3 磺胺嘧啶、磺胺甲基异噁唑、磺胺异噁唑的应用

【历年真题纵览】

A1型题

1. 下列药物中最适宜治疗流行性脑脊髓膜炎的药物是

A. 环丙沙星

B. 磺胺嘧啶

C. 甲硝唑

D. 青霉素

E. 磺胺异噁唑

参考答案:B

2. 最早用于治疗全身性感染的人工合成的抗菌药是

A. 诺氟沙星

B. 萘啶酸

C. 甲氧苄啶

D. 磺胺类

E. 甲硝唑

参考答案:D

【考点评析】

磺胺嘧啶是磺胺类中血浆蛋白结合率最低和血脑屏障透过率最高的药物,对防治流行性脑膜炎有突出疗效。

命题考点4 磺胺类药物的不良反应及防治

【历年真题纵览】

A1型题

1. 某些磺胺类药物加服小苏打的目的是

A. 增强抗菌疗效

B. 预防过敏反应

C. 加快吸收速率

D. 减少胃肠道不良反应

E. 碱化尿液,增加磺胺药及其代谢物的溶解度

参考答案:E

2. 服用前要询问该药物过敏史,服药后应多喝开水,防止尿内结晶形成的药物是

A. 呋喃唑酮

B. 甲氧苄啶

C. 氧氟沙星

D. 磺胺嘧啶

E. 甲硝唑

参考答案:D

【考点评析】

碘胺类药物的不良反应包括泌尿系统损害,变态反应,血液系统反应,其他有恶心、呕吐及肝损害等。服药后应多喝开水,防止尿内结晶形成。

命题考点5 甲氧苄氨嘧啶的抗菌增效作用及复方制剂

【历年真题纵览】

A1 型题

1. 能增强磺胺类药物抗菌作用的药物是
   A. 呋喃唑酮
   B. 甲氧苄啶
   C. 氧氟沙星
   D. 磺胺嘧啶
   E. 甲硝唑

参考答案:B

2. 被称之为"抗菌增效剂"的药物是
   A. 甲氧苄氨嘧啶
   B. 磺胺嘧啶
   C. 磺胺邻二甲氧嘧啶
   D. 磺胺甲基异噁唑
   E. 磺胺异噁唑

参考答案:A

【考点评析】

本身具有很强的抗菌作用,抗菌谱与磺胺药相似,但单用细菌易耐药,与磺胺药合用双重阻断叶酸代谢,抗菌作用增强几倍至数十倍,甚至可杀菌并减少耐药菌株的发生。也可与其他抗菌药合用。

命题考点6 甲硝唑、替硝唑的应用

【历年真题纵览】

A1 型题

可口服治疗滴虫病的药物是
   A. 四唑环素
   B. 甲硝唑
   C. 呋喃妥因
   D. 乙酰砷胺
   E. 红霉素

参考答案:B

【考点评析】

甲硝唑和替硝唑对体内外革兰阳性、阴性厌氧菌,肠内外阿米巴,阴道滴虫都有效。

第二十六单元 抗生素

命题考点1 青霉素G的抗菌作用

【历年真题纵览】

A1 型题

青霉素的抗菌作用机制是
   A. 抑制二氢叶酸合成酶
   B. 抑制 DNA 的合成
   C. 抑制二氢叶酸还原酶
   D. 抑制细菌细胞壁黏肽的合成
   E. 与细菌核糖体 50S 亚基结合

参考答案:D

【考点评析】

与青霉素的抗菌作用有关的化学结构是β内酰胺环,能与转肽酶活性中心结合,使转肽酶失活,阻碍细胞壁的合成。对大多数革兰阳性球菌作用强,对革兰阳性杆菌如白喉杆菌、炭疽杆菌及革兰阳性厌氧杆菌如产气荚膜杆菌、破伤风杆菌敏感,革兰阴性球菌如脑膜炎奈瑟菌敏感,螺旋体敏感。

命题考点2 青霉素G的应用

【历年真题纵览】

A1 型题

1. 青霉素治疗
   A. 伤寒
   B. 血吸虫病
   C. 流感
   D. 流脑
   E. 秋季腹泻

参考答案:D

2. 对青霉素不敏感的细菌是
   A. 肺炎球菌
   B. 脑膜炎奈瑟菌
   C. 白喉杆菌
   D. 大肠杆菌
   E. 破伤风杆菌

参考答案:D

3. 治疗流行性脑脊髓膜炎应首选的抗菌药物是
   A. 磺胺嘧啶

B. 氯霉素
C. 红霉素
D. 磷霉素
E. 青霉素
参考答案:E
4. 治疗梅毒、钩端螺旋体病的首选药物是
A. 红霉素
B. 四环素
C. 氯霉素
D. 青霉素
E. 诺氟沙星
参考答案:D
5. 青霉素最适宜治疗下列哪种细菌引起的感染
A. 肺炎球菌
B. 新隐球菌
C. 肠球菌
D. 铜绿假单胞菌
E. 变形杆菌
参考答案:A

【考点评析】

青霉素用于链球菌感染;脑膜炎双球菌和其他敏感菌引起的脑膜炎;螺旋体引起的感染;革兰阳性杆菌引起的感染。

命题考点3 青霉素G的不良反应及过敏性休克的防治

【历年真题纵览】

A1 型题

1. 机体对青霉素最易产生以下何种不良反应
A. 后遗效应
B. 停药反应
C. 特异质反应
D. 副反应
E. 变态反应
参考答案:E
2. 青霉素治疗何种疾病时可引起赫氏反应
A. 大叶性肺炎
B. 梅毒或钩端螺旋体病
C. 草绿色链球菌心内膜炎
D. 回归热
E. 破伤风
参考答案:B
3. 青霉素所致过敏性休克应首选
A. 立即注射肾上腺素
B. 立即注射苯海拉明
C. 口服泼尼松
D. 立即静注葡萄糖酸钙注射液
E. 静注去甲肾上腺素
参考答案:A

【考点评析】

青霉素G的不良反应:变态反应、赫氏反应、肌注局部神经炎。青霉素治疗梅毒和钩端螺旋体病时,大量螺旋体被杀死释放的物质引起赫氏反应。过敏性休克首选肾上腺素抢救。

命题考点4 广谱青霉素(氨苄青霉素、羟氨苄青霉素、羧苄青霉素)的特点及应用

【历年真题纵览】

A1 型题

1. 下述氨苄西林的特点哪项是错误的
A. 耐酸、可口服,但吸收不完全
B. 肝肾浓度最高
C. 对革兰阳性菌有较强抗菌作用
D. 对耐药金黄色葡萄球菌有效
E. 对铜绿假单胞菌无效
参考答案:D
2. 对铜绿假单胞菌无效的药是
A. 氨苄西林
B. 羧苄西林
C. 哌拉西林
D. 庆大霉素
E. 头孢他定
参考答案:A
3. 第一个耐酶青霉素是
A. 青霉素
B. 甲氧西林
C. 青霉素V
D. 羧苄西林
E. 氨苄西林
参考答案:B

【考点评析】

广谱青霉素的特点是广谱。本类药物都不耐青霉素酶。

1. 氨基青霉素:包括氨苄西林、阿莫西林等。铜绿假单胞菌对氨基青霉素天然耐药。

2. 羟基青霉素:包括羧苄西林、替卡西林等。对铜绿假单胞菌和变形杆菌有一定的抗菌作用。

3. 酰脲类青霉素:包括美洛西林、哌拉西林、阿洛西林等。在广谱青霉素中,本组药物抗菌谱最广,抗菌作用最强,对铜绿假单胞菌有强大抗菌作用。

命题考点5 各代头孢菌素类的特点、应用及不良反应

【历年真题纵览】

A1 型题

1. 抗铜绿假单胞菌作用最强的头孢菌素是
   A. 头孢西丁
   B. 头孢他定
   C. 头孢孟多
   D. 头孢噻肟
   E. 头孢呋辛

参考答案:B

2. 第三代头孢菌素的特点,叙述错误的是
   A. 体内分布较广,一般从肾脏排泄
   B. 对各种 β-内酰胺酶高度稳定
   C. 对 G^- 菌作用不如第一、二代
   D. 对绿脓杆菌作用很强
   E. 基本无肾毒性

参考答案:C

【考点评析】

第一代和第二代头孢菌素均无抗铜绿假单胞菌作用,第三代有不同程度的抗铜绿假单胞菌作用,头孢他定作用最强。

命题考点6 红霉素的抗菌作用

【历年真题纵览】

A1 型题

大环内酯类药物的抗菌机制是
   A. 阻碍细胞壁的合成
   B. 与细菌核糖体 30S 亚基结合
   C. 与细菌核糖体 50S 亚基结合
   D. 抑制二氢叶酸合成酶
   E. 抑制二氢叶酸还原酶

参考答案:C

【考点评析】

红霉素的主要作用机制是不可逆地与细菌核蛋白体 50S 亚基结合,抑制蛋白质合成,呈现快速抑菌效应。红霉素为抑菌剂,对绿脓杆菌和伤寒、副伤寒效果差,但对抗药金黄色葡萄球菌感染有效。

命题考点7 红霉素的应用

【历年真题纵览】

A1 型题

1. 治疗军团菌病的首选药物是
   A. 麦迪霉素
   B. 红霉素
   C. 土霉素
   D. 多西环素
   E. 四环素

参考答案:B

2. 临床上对青霉素、头孢类过敏患者,治疗革兰阳性球菌治疗最好选择以下哪类药物
   A. 氯霉素
   B. 红霉素
   C. 土霉素
   D. 庆大霉素
   E. 四环素

参考答案:B

【考点评析】

红霉素可用于军团菌引起的肺炎。

命题考点8 红霉素的不良反应

【历年真题纵览】

A1 型题

红霉素类的不良反应不包括
   A. 可引起肾毒性
   B. 静注可引起血栓性静脉炎
   C. 引起肝损害
   D. 口服大剂量可出现胃肠道反应
   E. 可引起耳毒性

参考答案:A

【考点评析】

红霉素类的不良反应主要为胃肠道反应，少数产生肝损害，有耳毒性、心脏毒性。

命题考点9 其他大环内酯类常用制剂

【历年真题纵览】

A1 型题

1. 对克拉霉素描述错误的是
   A. 抗菌活性强于红霉素
   B. 对酸稳定，口服吸收迅速完全
   C. 对细胞色素 P450 影响较红霉素低
   D. 无首关消除现象
   E. 药物分布广泛，组织浓度高于血药浓度

参考答案：D

2. 目前已知大环内酯类中半衰期最长的药物是
   A. 红霉素
   B. 罗红霉素
   C. 吉他霉素
   D. 阿奇霉素
   E. 乙酰螺旋霉素

参考答案：C

3. 大环内酯类抗生素不包括
   A. 阿奇霉素
   B. 螺旋霉素
   C. 克拉霉素
   D. 林可霉素
   E. 罗红霉素

参考答案：D

【考点评析】

常用制剂：克拉霉素、阿奇霉素、螺旋霉素、罗红霉素等。

命题考点10 林可霉素与氯林可霉素的抗菌作用、应用及不良反应

【历年真题纵览】

A1 型题

1. 林可霉素长期用药可引起的不良反应是
   A. 肾功能损害
   B. 过敏性休克
   C. 再生障碍性贫血
   D. 永久性耳聋
   E. 假膜性肠炎

参考答案：E

2. 治疗急慢性金黄色葡萄球菌骨髓炎的首选药物
   A. 克林霉素
   B. 乙酰螺旋霉素
   C. 四环素
   D. 氯霉素
   E. 妥布霉素

参考答案：A

【考点评析】

林可霉素对各类厌氧菌有强大的抗菌作用，对部分需氧革兰阴性球菌、人型支原体和沙眼衣原体也有抑制作用，革兰阴性杆菌对其耐药。特点是易于渗透骨组织。主要用于需氧革兰阳性球菌感染及厌氧菌感染。不良反应主要为胃肠道反应，长期用药可引起二重感染，伪膜性肠炎。偶见黄疸及肝损伤。

命题考点11 氨基糖苷类的抗菌作用

【历年真题纵览】

A1 型题

1. 氨基苷类抗生素的作用部位主要是在
   A. 细菌核蛋白体 30S 亚基
   B. 细菌核蛋白体 50S 亚基
   C. 细菌的细胞壁
   D. 细菌的细胞壁
   E. 以上说法全不对

参考答案：A

2. 对氨基糖苷类不敏感的细菌是
   A. 痢疾杆菌
   B. 大肠杆菌
   C. 克雷伯菌属
   D. 变形杆菌
   E. 淋病奈瑟菌

参考答案：E

【考点评析】

氨基糖苷类可抑制细菌蛋白质合成；对革兰阴性杆菌有强大抗菌活性；对沙雷菌属、沙门菌属、产碱杆菌属、不动杆菌属、分枝杆菌属也有一定的抗菌

作用。

命题考点 12　氨基糖苷类的不良反应

【历年真题纵览】

A1 型题

1. 氨基苷类最常见的不良反应是

A. 肾毒性

B. 肝脏毒性

C. 变态反应

D. 头痛头晕

E. 耳毒性

参考答案:E

2. 氨基糖苷类药物中耳、肾毒性较大的药物是

A. 卡那霉素

B. 链霉素

C. 庆大霉素

D. 新霉素

E. 奈替米星

参考答案:D

3. 不属于氨基糖苷类药物主要不良反应的是

A. 过敏反应

B. 肾毒性

C. 肝损害

D. 神经肌肉接头阻滞

E. 耳毒性

参考答案:C

【考点评析】

氨基糖苷类的不良反应包括耳毒性、肾毒性、神经肌肉接头的阻滞和过敏反应。

命题考点 13　链霉素、庆大霉素、丁胺卡那霉素的应用

【历年真题纵览】

A1 型题

1. 治疗鼠疫的首选药为

A. 链霉素

B. 红霉素

C. 氯霉素

D. 青霉素

E. 卡那霉素

参考答案:A

2. 对阿米卡星描述不正确的是

A. 氨基糖苷类药物中抗菌谱最广

B. 对铜绿假单胞菌所产生的钝化酶稳定

C. 与羧苄西林合用治疗中性粒细胞减少感染疗效满意

D. 是卡那霉素的半合成衍生物

E. 与头孢噻吩合用对免疫缺陷者感染疗效较差

参考答案:E

3. 对庆大霉素不正确的描述是

A. 为氨基糖苷类中首选药

B. 对肺炎支原体亦有作用

C. 与羧苄西林合用治疗铜绿假单胞菌,但不宜混合静脉滴注

D. 肌内注射吸收较差

E. 口服用作肠道术前准备与治疗肠道感染

参考答案:D

【考点评析】

1. 链霉素为鼠疫和土拉菌病首选。为抗结核病一线药。与四环素联合治疗鼠疫,与青霉素联合治疗草绿色链球菌、肠球菌引起的感染性心内膜炎。

2. 庆大霉素:对铜绿假单胞菌有效。主要用于严重革兰阴性杆菌感染。口服治疗肠道感染及肠道术前准备。

3. 丁胺卡那霉素主要用于其他氨基糖苷类抗生素耐药菌株引起的感染。与羧苄西林或头孢噻吩合用治疗中性粒细胞减少或其他免疫缺陷者感染,疗效满意。

命题考点 14　四环素类的抗菌作用

【历年真题纵览】

A1 型题

1. 对四环素不敏感的病原体是

A. 革兰阳性球菌

B. 结核杆菌

C. 革兰阴性菌

D. 肺炎支原体

E. 立克次体

参考答案:B

2. 下列有关四环素类药物的描述正确的是

A. 治疗细菌性感染的首选药

B. 对立克次体、支原体、衣原体无效
C. 其吸收不受食物和离子的影响
D. 脑脊液中药物浓度高于血浓度
E. 多西环素对耐四环素的金黄色葡萄球菌仍有效

参考答案:E

【考点评析】

四环素类能快速抑制革兰阳性菌中肺炎球菌、溶血性链球菌、草绿色链球菌、葡萄球菌、破伤风杆菌、炭疽杆菌和革兰阴性菌中脑膜炎球菌、痢疾杆菌、大肠杆菌、流感杆菌、布氏杆菌生长,也抑制立克次体、支原体、衣原体、螺旋体、阿米巴原虫。

命题考点15 四环素类的应用

【历年真题纵览】

A1 型题

治疗立克次体病的首选药物是
A. 青霉素 G
B. 庆大霉素
C. 链霉素
D. 四环素
E. 多黏菌素

参考答案:D

【考点评析】

四环素是立克次体感染和斑疹伤寒、恙虫病、支原体、衣原体感染的首选药物。多西环素、米诺环素主用于治疗酒糟鼻、痤疮和沙眼衣原体所致疾病,以及回归热、霍乱和百日咳、痢疾、布鲁菌病。对革兰阳性菌感染疗效不如青霉素。土霉素可治疗肠内阿米巴病。

命题考点16 四环素类的不良反应

【历年真题纵览】

A1 型题

不属于四环素类药物常见不良反应的是
A. 胃肠道反应
B. 二重感染
C. 对骨和牙生长的影响
D. 肝、肾毒性
E. 灰婴综合征

参考答案:E

【考点评析】

不良反应常见胃肠道反应,偶见过敏,长期应用可致二重感染,影响骨牙生长,长期或大剂量可致肝毒性甚至死亡。

命题考点17 氯霉素的抗菌作用

【历年真题纵览】

A1 型题

氯霉素的抗菌特点是
A. 对结核分枝杆菌作用强
B. 对立克次体、衣原体、支原体无效
C. 对脑膜炎奈瑟菌、流感嗜血杆菌仅为抑菌药
D. 治疗伤寒一般不作首选
E. 对革兰阳性菌作用强于青霉素类

参考答案:D

【考点评析】

氯霉素可与细菌核糖体50S亚基结合,抑制肽酰基转移酶组织蛋白质合成而抗菌。对革兰阴性菌抗菌活性较革兰阳性菌强,对大多数肠杆菌科敏感,对厌氧菌有相当抗菌活性,对氯霉素敏感的病原体还包括立克次体、螺旋体、衣原体、支原体等,但对分枝杆菌、病毒、真菌、原虫无作用。

命题考点18 氯霉素的应用

【历年真题纵览】

A1 型题

1. 伤寒、副伤寒所致严重感染,首选
A. 红霉素
B. 氯霉素
C. 青霉素
D. 庆大霉素
E. 四环素

参考答案:B

2. 氯霉素临床应用阐述错误的是
A. 治疗多药耐药流感嗜血杆菌感染
B. 对Q热、斑疹伤寒8岁儿童可选用
C. 严禁局部点眼
D. 伤寒一般不作首选
E. 不用于结核杆菌、真菌引起的感染

参考答案:C

3. 易通过血脑脊液屏障进入脑脊液的药物是
A. 土霉素
B. 新霉素
C. 红霉素
D. 氯霉素
E. 四环素
参考答案:D

【考点评析】

氯霉素可作为伤寒、副伤寒首选药物之一,也对立克次体感染如Q热、多种敏感菌引起的感染有效。

命题考点19 氯霉素的不良反应

【历年真题纵览】

A1 型题

1. 引起"灰婴综合征"的药物是
A. 氯霉素
B. 青霉素
C. 灰黄霉素
D. 红霉素
E. 土霉素
参考答案:A

2. 能显著抑制骨髓造血系统的药物是
A. 多西环素
B. 氯霉素
C. 庆大霉素
D. 红霉素
E. 克林霉素
参考答案:B

【考点评析】

氯霉素的不良反应主要有:胃肠道反应,抑制骨髓造血,二重感染,过敏反应,致灰婴综合征等。

第二十七单元 抗真菌药与抗病毒药

命题考点1 咪唑类的抗菌作用及应用

【历年真题纵览】

A1 型题

抗真菌药的分类及代表药搭配正确的是
A. 抗生素类——克霉唑
B. 咪唑类——伊曲康唑
C. 烯丙胺类———5-氟胞嘧啶
D. 抗生素类——特比那芬
E. 烯丙胺类——两性霉素
参考答案:B

【考点评析】

咪唑类可抑制真菌细胞色素 P_{450} 依赖酶,减少细胞膜麦角固醇合成,改变膜通透性使真菌死亡。常用酮康唑、咪康唑、克霉唑、伊曲康唑、氟康唑等。

命题考点2 阿昔洛韦、利巴韦林的作用及应用

【历年真题纵览】

A1 型题

1. 对利巴韦林正确的描述是
A. 选择性抑制DNA多聚酶,属DNA抗病毒药
B. 仅抑制病毒DNA复制,属DNA抗病毒药
C. 对RNA和DNA病毒都有抑制作用
D. 为DNA链终止剂病毒药,属抗DNA病毒药
E. 嵌入DNA,抑制RNA合成,属RNA抗病毒药
参考答案:C

2. 对阿昔洛韦描述错误的是
A. 对Ⅰ、Ⅱ型单纯疱疹病毒最有效
B. 为HSV首选药
C. 对正常细胞几乎无影响
D. 常见不良反应是脱发
E. 血浆蛋白结合率低
参考答案:D

【考点评析】

阿昔洛韦是广谱、高效抗病毒药,抑制DNA多聚酶,阻止DNA合成,适用于单纯疱疹病毒、带状疱疹病毒感染和乙肝。利巴韦林是广谱抗病毒药,对多种RNA和DNA病毒有效:甲、乙型流感病毒,甲、乙肝炎病毒,腺病毒。治疗病毒性肺炎和支气管炎效果好。防治甲、乙型流感及麻疹、甲型肝炎等。

第二十八单元　抗结核病药

命题考点1　异烟肼的应用及不良反应

【历年真题纵览】

A1 型题

1. 异烟肼抗结核杆菌的作用机制是
   A. 抑制细菌分枝杆菌酸的合成
   B. 影响细菌胞质膜的通透性
   C. 抑制细菌核酸代谢
   D. 抑制细菌细胞壁的合成
   E. 抑制 DNA 螺旋酶

参考答案:A

2. 应用异烟肼抗结核,合用维生素 B_6 的目的是
   A. 增强疗效
   D. 延缓耐药性的产生
   C. 延长异烟肼的作用时间
   D. 减轻神经系统不良反应
   E. 预防过敏反应

参考答案:D

3. 治疗活动性结核的首选药为
   A. 利福平
   B. 链霉素
   C. 异烟肼
   D. 乙胺丁醇
   E. 吡嗪酰胺

参考答案:C

4. 各种类型结核病的首选药物是
   A. 链霉素
   B. 对氨水杨酸
   C. 异烟肼
   D. 乙胺丁醇
   E. 吡嗪酰胺

参考答案:C

【考点评析】

1. 异烟肼分布广泛,穿透力强。全身体液和细胞液,尤其脑脊液、胸腹水、关节腔、肾、纤维化或干酪化病灶及淋巴结中含量较高。大部分在肝脏内乙酰化代谢,其乙酰化速度有明显的人种和个体差异,有快代谢型和慢代谢型。联合用药为治疗各类结核病的首选药。

2. 异烟肼的不良反应可见神经系统损害、肝脏损害和皮疹、发热、粒细胞减少、血小板减少和溶血性贫血等。异烟肼和利福平均能造成肝脏损害,联合应用应定期检查肝功能。维生素 B_6 可以防止周围神经炎的发生。

命题考点2　利福平的抗菌作用及应用

【历年真题纵览】

A1 型题

1. 利福平的抗菌作用机制是
   A. 抑制蛋白质合成
   B. 抑制二氢叶酸还原酶
   C. 抑制 DNA 回旋酶
   D. 抑制细胞壁分枝菌酸的合成
   E. 抑制细菌依赖于 DNA 的 RNA 多聚酶

参考答案:E

2. 服用下列抗结核病药后,患者的尿、泪液等可被染成橘红色的药物是
   A. 异烟肼
   B. 利福平
   C. 乙胺丁醇
   D. 链霉素
   E. 吡嗪酰胺

参考答案:B

3. 组织穿透力最强的抗结核药是
   A. 链霉素
   B. 利福平
   C. 异烟肼
   D. 丁胺卡那霉素
   E. 乙胺丁醇

参考答案:B

【考点评析】

利福平的抗菌谱广,不仅对结核杆菌和麻风杆菌作用强,亦可杀灭多种革兰阳性菌和阴性菌。此外,高浓度对沙眼衣原体和某些病毒也有效。主要与其他抗结核病药合用治疗各种类型结核病。也可用于麻风病及重症胆道感染的治疗,局部用药治疗沙眼、急性结膜炎及病毒性角膜炎。

命题考点3　链霉素的抗结核病作用特点

【历年真题纵览】

A1 型题

不易进入脑脊液中的抗结核药为

A. 吡嗪酰胺

B. 异烟肼

C. 链霉素

D. 利福定

E. 利福平

参考答案:C

【考点评析】

链霉素对结核杆菌仅有抑制作用,穿透力弱、不易通过血脑屏障。结核杆菌对其产生耐药性,必须与其他药物联合使用,用于结核病的治疗。

命题考点4　乙胺丁醇的应用及不良反应

【历年真题纵览】

A1 型题

主要毒性为球后视神经炎的抗结核药

A. 异烟肼

B. 链霉素

C. 吡嗪酰胺

D. 利福平

E. 乙胺丁醇

参考答案:E

【考点评析】

乙胺丁醇联合其他抗结核病药治疗对异烟肼和链霉素耐药或对对氨基水杨酸钠不能耐受的结核病患者。最大的不良反应是球后视神经炎。

诊断学基础

第一单元 症状学

命题考点1 发热的病因、临床表现、伴随症状

【历年真题纵览】

A1 型题

1. 长期使用解热药或激素类药后，常出现的热型是

A. 消耗热
B. 不规则热
C. 回归热
D. 稽留热
E. 弛张热

参考答案:B

2. 发热最常见的原因是

A. 感染
B. 无菌坏死物质吸收
C. 抗原抗体反应
D. 广泛性皮炎
E. 重度安眠药中毒

参考答案:A

3. 发热不伴有寒战的有

A. 败血症
B. 大叶性肺炎
C. 急性肾盂肾炎
D. 伤寒
E. 流行性感冒

参考答案:D

【考点评析】

1. 发热可分为感染性发热和非感染性发热。感染性发热原因如病毒、细菌、支原体、立克次体、寄生虫等;非感染性可见于坏死物吸收、抗原-抗体反应、内分泌与代谢障碍、散热减少、体温调节中枢功能异常、自主神经功能紊乱等。

2. 发热分度:低,37.4~38℃;中,38.1~39℃;高,39.1~41℃;超高,41℃以上。

3. 热型分为稽留热，弛张热，间歇热，波状热，不规则热。

4. 发热伴随症状可见面红、皮疹、意识障碍、周围循环功能不全等。

命题考点2 胸痛与腹痛

【历年真题纵览】

A1 型题

1. 下列哪项不符合胸壁疾患所致胸痛的特点

A. 疼痛部位较固定
B. 局部有压痛
C. 举臂动作时可加剧
D. 因情绪激动而诱发
E. 深呼吸或咳嗽可加剧

参考答案:D

2. 下列哪种病变引起的胸痛常沿一侧肋间神经分布

A. 胸肌劳损
B. 流行性胸痛
C. 颈椎病
D. 带状疱疹
E. 皮下蜂窝织炎

参考答案:D

3. 常伴有呼吸困难与发绀的突发性胸部剧痛或绞痛常见于

A. 心肌梗死
B. 心绞痛
C. 肺梗死
D. 肺淤血
E. 胸膜炎

参考答案:C

4. 发生腹部绞痛的原因

A. 腹内脏器破裂
B. 腹膜炎症病变
C. 有管腔脏器的梗阻

D. 腹腔内出血

E. 腹壁创伤

参考答案:C

5. 患者胸腔积液合并剧烈胸痛,最可能的诊断是

A. 胸膜间皮瘤

B. 右心衰竭合并胸水

C. 结核性胸膜炎

D. 肝硬化引起胸水

E. 肺炎合并反应性胸膜炎

参考答案:A

A2 型题

6. 患者,女,20 岁。突然发作上腹痛,按压后疼痛程度减轻。应首先考虑的是

A. 胃溃疡

B. 胃痉挛

C. 胃炎

D. 急性胃扩张

E. 胃穿孔

参考答案:B

7. 患者,男,65 岁。突感上腹部剧烈疼痛,取硝酸甘油片含服,未能缓解。查体:脸色青白,血压 80/60 mmHg(10.67/7.98 kPa),除心率 140 次/分外,心肺听诊无异常,腹平软,无压痛、反跳痛,肠鸣音存在。应首先考虑的是

A. 胃痉挛

B. 胃穿孔

C. 急性胰腺炎

D. 心绞痛

E. 心肌梗死

参考答案:E

8. 患者,男,24 岁。近 3 年来反复餐后 3~4 小时上腹痛,持续至下次进餐后才缓解。应首先考虑的是

A. 消化性溃疡

B. 胃癌

C. 慢性胃炎

D. 胃肠神经官能症

E. 胆囊炎

参考答案:A

B1 型题

9.

A. 急性发热

B. 黄疸

C. 呕吐

D. 腹泻

E. 血便

①肠梗阻可见腹痛,并伴有

②肠套叠可见腹痛,并伴有

参考答案:①C ②E

【考点评析】

1. 胸痛由胸部或心肺的病变引起,有时也包括腹腔的病变,如炎症、内脏缺血、肿瘤、肝胆的疾患等。胸痛问诊要点包括年龄、部位、性质、诱发与缓解的因素及伴随症状。

2. 胸壁疾病所致的胸痛常固定于病变部位,局部压痛明显,常于局部压迫或胸廓活动时加剧,局部麻醉后疼痛暂时缓解。胸壁炎症伴有局部红、肿、热表现。带状疱疹有成簇水疱沿一侧肋间神经分布且伴剧烈神经痛。流行性胸痛突出症状为突发胸、腹部肌痛,呈转移性:出现于胸、腹、颈、肩、腰、四肢,最后转移到膈肌部位,肌肉压痛阳性。肺梗死表现为突然剧烈刺痛或绞痛、呼吸困难、伴咯血。心绞痛呈压榨性伴窒息感、阵发性胸骨后疼,硝酸甘油有效。心肌梗死较心绞痛更剧烈持久,并伴濒死感,在胸骨后,持续,一般药物无效。干性胸膜炎常呈尖锐刺痛,与呼吸有关。

3. 腹痛由腹部或腹外器官疾病引起,包括腹膜或腹腔脏器的炎症、空腔脏器的梗阻或扩张、脏器扭转或破裂、包膜的牵张、腹腔内血管梗阻、中毒、肿瘤、胸腔疾病的牵涉痛等。腹痛的问诊要点包括部位、性质与程度、诱发加剧与缓解的因素及伴随症状、既往腹痛病史。

4. 胆石或泌尿系结石为阵发性绞痛,相当剧烈,致使患者辗转不安。急性弥漫性腹膜炎为持续性、广泛性剧烈腹痛伴腹壁肌紧张或板样强直。内脏性疼痛为隐痛或钝痛,多由胃肠张力变化或轻度炎症引起。胀痛可能为实质脏器的包膜牵张所致。

命题考点 3 咳嗽、咳痰、咯血、呼吸困难

【历年真题纵览】

A1 型题

1. 下列叙述不正确的是

A. 长期慢性咳嗽——慢性支气管炎

B. 夜间咳嗽较明显——肺结核

C. 体位改变时咳嗽加剧——支气管扩张

D. 干性咳嗽——肺炎

E. 大量脓痰静置后出现分层现象——肺脓肿

参考答案:D

2. 嘶哑样咳嗽,可见于

A. 急性喉炎

B. 声带疾患

C. 百日咳

D. 胸膜炎

E. 支气管扩张

参考答案:A

3. 大咯血是指一日咯血量

A. 大于 100 ml

B. 大于 200 ml

C. 大于 300 ml

D. 大于 400 ml

E. 大于 500 ml

参考答案:E

4. 夜间阵发性呼吸困难,可见于

A. 急性脑血管疾病

B. 癔病

C. 急性感染所致的毒血症

D. 慢性阻塞性肺气肿

E. 左心功能不全

参考答案:E

5. 严重吸气性呼吸困难最主要的特点是

A. 鼻翼扇动

B. 发绀明显

C. 哮鸣音

D. 呼吸加深加快

E. 三凹征

参考答案:E

6. 左心衰竭发生呼吸困难的主要机制是

A. 肺淤血

B. 肺泡张力增加

C. 肺泡弹性减退

D. 肺循环压力升高

E. 以上都不是

参考答案:A

7. 下列各项,不会出现吸气性呼吸困难的是

A. 支气管哮喘

B. 急性喉炎

C. 气管异物

D. 喉痉挛

E. 喉头水肿

参考答案:A

8. 下列疾病中,哪项为我国最常见的咯血原因

A. 支气管扩张

B. 肺癌

C. 肺结核

D. 肺炎链球菌肺炎

E. 风湿性心脏病

参考答案:C

9. 下列各项,不属咯血特点的是

A. 血内混有食物残渣

B. 血色鲜红

C. 多无黑便

D. 咯血前可有喉部作痒

E. 有肺结核、肺癌等病史

参考答案:A

10. 下列各项中,属百日咳咳嗽特点的是

A. 犬吠样

B. 鸡鸣样吼声

C. 金属调

D. 声音嘶哑

E. 无声

参考答案:B

A2 型题

11. 患者,26 岁。近 1 个月来,以夜间咳嗽为主,痰中带血丝,伴低热,盗汗。应首先考虑的是

A. 肺结核

B. 支气管扩张

C. 肺癌

D. 风湿性心脏病(二尖瓣狭窄)

E. 急性肺水肿

参考答案:A

12. 中年以上男性持续或间断咯血痰或少量咯血,最大可能是

A. 肺炎

B. 肺脓肿

C. 肺气肿

D. 肺癌

E. 肺栓塞

参考答案:D

13. 某患者突发呼吸困难,吸气时胸骨上窝、锁骨上窝和肋间隙明显凹陷,临床诊断可能是

A. 左心功能不全

B. 右心功能不全

C. 肺气肿

D. 气管异物

E. 大块肺栓塞

参考答案:D

14. 患者于睡眠中突然憋醒，有窒息感，被迫坐起，约10分钟症状缓解，最可能的诊断是

A. 支气管哮喘发作

B. 端坐呼吸

C. 夜间阵发性呼吸困难

D. 肺气肿

E. 自发性气胸

参考答案:C

B1 型题

15.

A. 咳嗽伴咯血

B. 咳嗽伴杵状指

C. 咳嗽伴哮鸣音

D. 咳嗽伴大量脓痰

E. 咳嗽伴双肺底水泡音

①脓胸

②二尖瓣狭窄

参考答案:①B ②A

16.

A. 咯铁锈色痰

B. 咯粉红色泡沫痰

C. 唇色、睑结膜苍白

D. 午后潮热，盗汗

E. 弛张热，巩膜黄染

①急性左心功能不全，常伴有

②肺炎球菌肺炎，常伴有

参考答案:①B ②A

17.

A. 咯血伴脓痰

B. 咯血伴皮肤黏膜出血

C. 咯血伴心尖部舒张期杂音

D. 咯血伴刺激性干咳

E. 咯血伴黄疸

①二尖瓣狭窄

②支气管扩张

参考答案:①C ②A

18.

A. 神经官能症

B. 左心衰竭

C. 喘息型慢性支气管炎

D. 气胸

E. 喉水肿

①呼气性呼吸困难

②混合性呼吸困难

参考答案:①C ②D

【考点评析】

1. 咳嗽由呼吸道、胸膜、心血管疾病使延髓咳嗽中枢受刺激引起。咳嗽问诊要点包括咳嗽的性质、出现的时间及节律、咳嗽的音色、痰的性质与痰量、伴随症状。

2. 干性咳嗽表现为咳嗽而无痰或痰量甚少，常见于急性咽喉炎与急性支气管炎的初期、胸膜炎，轻症肺结核、肺癌等；湿性咳嗽多见于肺炎、支气管扩张与肺脓肿痰量多时，痰可分层：上层为泡沫，中层为浆液或浆液脓性，下层为坏死性物质；晨起或夜卧时咳剧，咳痰，见于慢性支气管炎、支气管扩张与肺脓肿；夜间咳痰明显见于慢性心功能不全和肺结核等患者（可能与夜间迷走神经兴奋性增高有关）。

3. 慢性咳嗽见于慢性呼吸道疾病，如慢性支气管炎、支气管扩张、肺脓肿、空洞型肺结核等。咳嗽声音嘶哑是声带发炎或肿瘤所致，见于喉炎，喉结核，喉癌、息肉、纵隔肿瘤、肺癌、主动脉瘤压迫喉返神经。

4. 呼吸困难病因包括呼吸系统疾病、心脏病、中毒、血液病、神经精神因素。呼吸困难表现为鼻翼扇动、发绀、端坐呼吸及辅助呼吸肌参与呼吸活动。呼吸困难伴发热咳嗽为气管、肺的感染；咯粉红色泡沫样痰为左心衰；伴大咯血见于肺结核、支气管扩张；伴心悸水肿考虑心脏疾患；伴窒息感见于支气管哮喘、心源性哮喘、癔病；伴一侧胸痛见于心肌梗死、胸膜炎、肺癌、肺栓塞等。

5. 咯血的病因有支气管和肺的疾病、心血管疾病、其他出血性疾病在肺脏的表现。咯血量的分级：每日十数口至100～200 ml者属小量咯血，每日200～500 ml者属中量咯血，每日超过500 ml者属大量咯血。

命题考点4 恶心与呕吐、呕血与黑便

【历年真题纵览】

A1 型题

1. 下列除哪项外，均可引起中枢性呕吐

A. 耳源性眩晕

B. 洋地黄中毒

C. 尿毒症

D. 胆囊炎

E. 妊娠反应

参考答案:D

2. 喷射性呕吐，可见于

A. 耳源性眩晕

B. 胃炎

C. 肠梗阻

D. 尿毒症

E. 脑炎

参考答案:E

3. 呕吐伴寒战、发热、右上腹疼痛应考虑

A. 急性胰腺炎

B. 急性胆囊炎

C. 急性胃肠炎

D. 急性阑尾炎

E. 以上都不是

参考答案:B

4. 上消化道出血可单纯表现为呕血或黑便,也可两者兼有,这取决于

A. 原发病

B. 出血部位

C. 出血量

D. 在胃内停留时间

E. 以上均非

参考答案:C

5. 上腹痛具有周期性和节律性,呕吐物呈咖啡残渣样,临床上最可能的诊断

A. 急性胃黏膜病变

B. 慢性胃炎

C. 胃溃疡

D. 胃癌

E. 胃黏膜脱垂症

参考答案:C

A2 型题

6. 某一风湿热患者,服用阿司匹林半个月突然出现呕血,首先应考虑为

A. 消化性溃疡

B. 急性胃黏膜病变

C. 肝硬化食管胃底静脉曲张

D. 十二指肠炎

E. 慢性胃炎

参考答案:B

7. 胆道蛔虫梗阻出现腹痛的特点是

A. 突发中上腹剧烈刀割样持续性疼痛

B. 持续性、广泛性剧烈腹痛伴腹肌紧张

C. 右上腹进行性锐痛

D. 剑突下钻顶样疼痛

E. 右上腹阵发性绞痛

参考答案:D

B1 型题

8.

A. 呕吐物为隔餐食物,带腐臭味

B. 呕吐物为黄绿色,带粪臭味

C. 呕吐物为大量黏液及食物

D. 呕吐物为血液

E. 吐出胃内容物后仍干呕不止

①急性胃炎的临床表现是

②急性胆囊炎的临床表现是

参考答案:①C ②B

9.

A. 黏液脓血便

B. 四肢抽搐,顽固性呕吐

C. 皮肤黏膜出血点

D. 发热,盗汗

E. 腹泻,呕吐

①霍乱的典型表现是

②流行性出血热的典型表现是

参考答案:①E ②C

10.

A. 5 ~ 20 ml

B. 30 ~ 40 ml

C. 50 ~ 70 ml

D. 80 ~ 100 ml

E. 120 ml 以上

①大便隐血试验阳性,提示消化道出血量在

②出现柏油样便,提示消化道出血量在

参考答案:①A ②C

【考点评析】

1. 恶心呕吐病因有反射性呕吐、中枢性呕吐、前庭障碍性呕吐、神经官能症性呕吐。问诊要点包括呕吐发生时间、诱发因素及与进食、饮酒、药物、精神因素等的关系;呕吐特点;呕吐的剧烈程度及呕吐物的性状;呕吐的伴随症状;既往史。

2. 中枢性呕吐常见原因有:①中枢神经系统疾病如脑血管疾病,中枢神经感染,颅内高压症等;②药物或化学性毒物的作用;③其他,代谢障碍,妊娠,甲状腺危象等。颅内压增高所致呕吐常伴有剧烈头痛,呕吐呈喷射性,常无恶心先兆,吐后不感觉轻松。常见于颅内高压症或青光眼,如脑出血、脑积水、脑肿瘤等。

3. 呕血黑便病因包括消化系统如食管、胃及十二指肠、肝胆道、胰腺疾病;血液病;急性传染病等。服用非甾体类抗炎药(如阿司匹林、吲哚美辛等)和应激所引起的急性胃十二指肠黏膜病变,是导致呕

血的常见原因。问诊要点包括年龄、发病季节、诱因、呕血方式、既往史、个人史、伴随症状。上消化道出血的临床表现取决于出血病变的性质、部位、失血量与速度,一般幽门以上的出血常以呕血为主,幽门以下的出血则以黑便为主,但并非绝对,与出血量有关。呕血伴上腹痛,若中青年人,慢性反复发作的上腹痛,具有一定的周期性与节律性,多为消化性溃疡;中老年人,慢性上腹痛,疼痛无明显规律性并有厌食及消瘦者,应警惕胃癌。

4. 上消化道出血量达到约 20 ml 时,粪便隐血试验可呈阳性反应,当出血量达 50 ~ 70 ml 以上,可表现为黑便。如果出血量在 400 ml 以内,由于轻度的血容量减少可很快被组织间液与脾脏贮血所补充,一般无其他症状;当出血量超过 400 ml,失血又较快时,患者可有头晕、乏力、心动过速和血压偏低等失血性贫血症状;失血超过 800 ~ 1 000 ml 时,可出现失血性休克等急性周围循环衰竭症状。

命题考点 5　黄疸

【历年真题纵览】

A1 型题

1. 下列除哪项外,常可引起肝细胞性黄疸
   A. 疟疾
   B. 急性甲型肝炎
   C. 中毒性肝炎
   D. 钩端螺旋体病
   E. 肝癌

参考答案:E

2. 正常血清总胆红素含量为
   A. 0 ~ 6.8 μmol/L
   B. 0.7 ~ 1.7 μmol/L
   C. 1.7 ~ 10.26 μmol/L
   D. 1.7 ~ 17.1 μmol/L
   E. 1.7 ~ 21.7 μmol/L

参考答案:D

3. 血液中非结合胆红素明显升高见于
   A. 溶血性黄疸
   B. 肝细胞性黄疸
   C. 胆汁淤积性黄疸
   D. Dubin-Johnson 综合征
   E. 以上都不是

参考答案:A

4. 黄疸伴胆囊肿大者最常见于
   A. 胆总管以上梗阻
   B. 胆总管以下梗阻
   C. 胆囊管梗阻
   D. 左右肝管汇合部梗阻
   E. 胆囊癌肝门部转移

参考答案:B

B1 型题

5.
   A. 直接胆红素增加,尿胆原增加,尿胆红素阳性
   B. 直接胆红素正常,尿胆原增加,尿胆红素阴性
   C. 直接胆红素正常,尿胆原阴性,尿胆红素阴性
   D. 直接胆红素增加,尿胆原阴性,尿胆红素阳性
   E. 以上都不是

①肝细胞性黄疸
②溶血性黄疸
③胆道完全梗阻性黄疸

参考答案:①A　②B　③D

【考点评析】

1. 黄疸的概念:正常血清总胆红素浓度为 1.7 ~ 17.1 μmol/L,其中结合胆红素 3.42 μmol/L,非结合胆红素 13.68 μmol/L。当血清胆红素浓度增高至 17.1 ~ 34.2 μmol/L,临床上尚未出现黄疸者,为隐性黄疸;血清胆红素浓度超过 34.2 μmol/L,临床上出现黄疸者,为显性黄疸。黄疸分为肝细胞性黄疸、溶血性黄疸和阻塞性黄疸。

2. 由于病毒性肝炎、中毒性肝炎、肝硬化、传染性单核细胞增多症、钩端螺旋体病等导致肝细胞受损而致处理胆红素代谢的能力下降,血中非结合胆红素增加,另一方面,因肝细胞坏死或胆汁排泄通路受阻,转化成的结合胆红素反流入血,血中结合胆红素增加,称为肝细胞性黄疸。临床表现为乏力、倦怠、食欲不振、实验室检查肝功能异常,血中非结合胆红素、结合胆红素均增加,但结合胆红素与总胆红素比值不定,<20% 或 >20%。

3. 由于先天性、遗传性因素或免疫性及非免疫性因素引起的大量红细胞的破坏分解,致使非结合胆红素生成增多,超过了肝脏的处理能力,导致非结合胆红素在血中滞留而出现的黄疸称为溶血性黄疸。急性溶血有高热、寒战、头痛、呕吐,常有血红蛋白尿,慢性溶血有贫血和脾大,血中非结合胆红素、结合胆红素均增加,但结合胆红素与总胆红素比值 <20%,尿中尿胆原增加,但无胆红素。

4. 各种原因使肝内或肝外的胆管发生阻塞,其上方的胆管内压力增高,胆管扩张,引起肝内毛细胆管破裂,胆汁中的胆红素反流入血所致的黄疸称为

阻塞性黄疸。临床表现为皮肤瘙痒，心率减慢，血清结合胆红素增加，但结合胆红素与总胆红素比值 > 40%，粪色变浅或变白，尿中尿胆原减少或消失，胆红素阳性。

5. 黄疸伴胆囊肿大主要见于肝外阻塞性黄疸，如胰头癌、壶腹癌、胆总管癌等。

命题考点 6　抽搐与意识障碍

【历年真题纵览】

1. 抽搐不伴有意识障碍者，最常见于

A. 局限性癫痫
B. 手足搐搦症
C. 破伤风
D. 狂犬病
E. 癔病性抽搐

参考答案：B

2. 脾破裂可引起的休克是

A. 感染性
B. 过敏性
C. 损伤性
D. 失血性
E. 疼痛性

参考答案：D

3. 下列哪项不属于意识障碍

A. 嗜睡
B. 抽搐
C. 意识模糊
D. 谵妄
E. 昏迷

参考答案：B

4. 病理性的持续睡眠状态，可被唤醒，并能正确回答问题称为

A. 嗜睡
B. 意识模糊
C. 昏睡
D. 昏迷
E. 谵妄

参考答案：A

A2 型题

5. 患者，女，23 岁。被人发现时呈昏迷状态。查体：神志不清，两侧瞳孔呈针尖样大小，呼吸有大蒜臭味，应首先考虑的是

A. 安定中毒
B. 急性毒蕈中毒
C. 急性有机磷农药中毒
D. 亚硝酸盐中毒
E. 一氧化碳中毒

参考答案：C

B1 型题

6.

A. 癔病
B. 破伤风
C. 脑血管疾病
D. 中毒性痢疾
E. 脑膜炎

①抽搐伴高血压，肢体瘫痪，见于
②抽搐伴苦笑面容，见于

参考答案：①C　②B

7.

A. 先发热后有意识障碍
B. 先有意识障碍然后发热
C. 意识障碍伴心动过缓
D. 意识障碍伴高血压
E. 意识障碍伴呼吸缓慢

①蛛网膜下腔出血
②三度房室传导阻滞

参考答案：①B　②C

【考点评析】

1. 意识障碍疾病可见于颅脑疾患如脑循环障碍、占位、外伤，全身性疾病如重症感染、内分泌与代谢障碍、心血管疾病、中毒或物理性损害等。如先发热后有意识障碍见于急性感染；先有意识障碍后有发热见于脑出血、蛛网膜下腔出血、巴比妥类药物中毒；伴呼吸缓慢为呼吸受抑制。

2. 以觉醒障碍为主可分为嗜睡、昏睡、昏迷，意识模糊是一种最常见的轻度意识障碍。意识内容障碍按其表现不同，可分为谵妄和醒状昏迷，醒状昏迷可见于以下三种不同病症：去皮质综合征、无动性缄默症和持续性植物状态。

3. 嗜睡是一种病理性倦睡。表现为持续性的、延长的睡眠状态，但当呼唤或推动病人的肢体时，病人可立即转醒，并能进行一些简短而正确的交谈，或执行一些命令，然而刺激一旦撤除，又迅速入睡。是严重意识障碍的早期表现。常见于颅内压增高或器质性脑病的早期。

4. 昏睡是比嗜睡深较昏迷浅的意识障碍，只在疼痛等强刺激下能觉醒，停止刺激马上入睡。

5. 昏迷为病人的觉醒状态、意识内容及随意运

动严重丧失,分为浅昏迷和深昏迷。

6. 意识模糊表现为觉醒与意识功能两方面具有障碍,如不够觉醒、注意力不集中、思维不清晰。

7. 谵妄又称急性精神错乱状态,是一种以兴奋性增高为主的高级中枢急性活动失调状态。

8. 抽搐伴意识丧失,见于癫痫大发作、重症颅脑疾病等。而手足搐搦症则表现间歇性双侧强直性肌痉挛,以上肢手部最典型,呈"助产手"。由破伤风引起者为持续性强直性痉挛,伴肌肉剧烈的疼痛。狂犬病通常表现有肌张力增高和面部肌肉痉挛。癔病性抽搐杂乱无规律,不伴意识丧失和二便失禁。意识障碍伴有瞳孔缩小见于吗啡类、巴比妥类及有机磷农药等中毒。呼吸有大蒜臭味,是急性有机磷农药中毒。

第二单元 问 诊

命题考点 问诊的内容:一般项目、主诉、现病史、既往史、个人史、婚育史、家族史

【历年真题纵览】

A1 型题

1. 下列除哪项外,均是采录"既往史"所要求的内容

A. 过去健康情况
B. 预防接种情况
C. 传染病史
D. 过敏史
E. 是否到过传染病的流行地区

2. 下列除哪项外,均是采录"主诉"所要求的内容

A. 主诉是迫使病人就医的最主要的症状
B. 一般不超过 20 个字
C. 确切的主诉常可作为诊断的向导
D. 主诉的记录,尽量使用诊断术语
E. 症状不突出者,可把就医的主要目的作为主诉

参考答案:D

参考答案:E

3. 下列各项中,哪项不是主诉的内容

A. 最主要的症状或体征
B. 最明显的症状或体征
C. 治疗经过
D. 最主要症状或体征的性质
E. 最主要症状或体征的持续时间

参考答案:C

4. 现病史是指

A. 主要症状的特点
B. 病人就诊的主要原因
C. 疾病的原因与诱因
D. 疾病诊治经过
E. 该次得病的全部情况

参考答案:E

B1 型题

5.

A. 呼吸困难
B. 呕吐
C. 腰痛
D. 肌肉震颤
E. 腹泻

①属呼吸系统疾病问诊内容的是
②属循环系统疾病问诊内容的是

参考答案:①A ②A

【考点评析】

1. 既往史的内容:包括病人既往的健康情况和过去曾经患过的疾病,特别是与现病有密切关系的疾病。对生活或居住地区的主要传染病和地方病、外伤、手术、预防接种以及对药物、食物和其他接触物的过敏史等,均应记录在既往史中。

2. 迫使病人就诊的最主要最明显的症状或体征及其持续时间为主诉。确定主诉可提供对某系统疾病的诊断线索,主诉要简明,要有明显的意向性。通常用一两句话加以概括,并同时注明症状自发生到就诊的时间。尽可能用病人自己的言词,而不用医生的诊断用语。

3. 现病史是病史中最主要部分,它记述病人发病的全过程,即发生、发展及演变。主要包括:起病情况,主要症状的特点,病因及诱因,病情的发展与演变,伴随症状,诊治经过,病程中的一般情况。

4. 系统回顾问诊提要。呼吸、循环系统都要问到呼吸困难,了解其发生的时间、性质及程度。如呕吐、腹泻属消化系统疾病的问诊内容,腰痛属泌尿系统疾病的问诊内容,肌肉震颤属代谢与内分泌系统疾病的问诊内容。

第三单元 全身状态、皮肤、淋巴结检查

命题考点1 一般情况检查

【历年真题纵览】

A1 型题

1. 视诊能观察到全身一般状态和许多全身或局部的体征，除了

A. 年龄

B. 发育营养

C. 肝脏肿大

D. 表情

E. 体位及步态

参考答案：C

2. 关于双手触诊法下述哪项不正确

A. 将左手置于被检查脏器或包块的后部

B. 将被检查部位推向右手方向

C. 使被检查脏器或包块更接近于体表

D. 有利于右手触诊

E. 用于肝、脾、肾和腹腔肿物的检查

参考答案：D

3. 叩击心脏或肝脏被肺的边缘所覆盖的部分所产生的叩诊音为

A. 清音

B. 浊音

C. 鼓音

D. 实音

E. 过清音

参考答案：B

4. 酸性汗味最常见于

A. 风湿热或长期服用解热镇痛药物的患者

B. 脚癣合并感染

C. 腋臭患者

D. 多汗者

E. 正常人汗液

参考答案：A

5. 呼吸有烂苹果味最常见于

A. 糖尿病酮症酸中毒

B. 肝昏迷

C. 尿毒症

D. 酒精中毒

E. 有机磷农药中毒

参考答案：A

6. 下列各项，属被动体位的是

A. 角弓反张

B. 翻动体位

C. 肢体瘫痪

D. 端坐呼吸

E. 以上均非

参考答案：C

7. 口测法体温的正常范围是

A. 36.0～37.0℃

B. 36.3～37.2℃

C. 36.5～37.7℃

D. 36.5～37.5℃

E. 36.2～37.2℃

参考答案：B

8. 临床上检查意识状态的方法一般多用

A. 问诊

B. 触诊

C. 叩诊

D. 听诊

E. 嗅诊

参考答案：A

9. 下列哪项不是中度水肿的特点

A. 全身疏松组织均有可见性水肿

B. 外阴部明显水肿

C. 指压后可出现明显的组织下陷

D. 平复缓慢

E. 指压后可出现较深的组织下陷

参考答案：B

B1 型题

10.

A. 自动体位

B. 被动体位

C. 强迫体位

D. 强迫仰卧位

E. 强迫俯卧位

①急性腹膜炎

②患者自己不能调整或变换肢体的位置，见于极度衰弱或意识丧失的病人

参考答案：①D ②B

【考点评析】

1. 视诊既用于观察全身一般状态，如发育、营养、意识状态、面容与表情、体位、步态等，也适用于局部体征的观察，如皮肤、黏膜、毛发、五官、头颈、胸

腹、脊柱、四肢、肌肉、骨骼等，对特殊部位需特殊仪器帮助检查。

2. 被动体位是病人不能自己调整或变换体位，肢体瘫痪病人采取此体位。强迫体位临床常见强迫仰卧位，强迫俯卧位，端坐呼吸，辗转体位，角弓反张位等。急性腹膜炎患者仰卧，双腿屈曲，借以减轻腹部肌肉的紧张，采取强迫仰卧位，极度衰弱或意识丧失的病人不能自己调整或变换肢体的位置，采取被动体位。

3. 右手置于被检查部位，左手置于被检查脏器或肿块的背部，左手将被检查脏器或肿块推向右手，此时右手趁脏器或肿块被固定且更接近于体表的机会认真触摸。双手对应触诊法主要适用于肝、脾、肾、子宫、腹腔肿块的检查。可联合用视诊和触诊法检查患者水肿，中度水肿全身组织均可见明显水肿，指压后可出现明显的或较深的组织下陷，平复缓慢。重度水肿在胸腔、腹腔、鞘膜腔内可见积液，外阴部也可见严重水肿。

4. 叩诊检查中浊音在叩击被少量含气组织覆盖的实质脏器时出现，如叩击心脏或肝脏被肺的边缘所覆盖的部分。在病理情况下，可见于各种原因所致的肺组织含气减少，如肺炎等。正常肺部的叩诊音为清音。鼓音正常见于左下胸的胃泡区及腹部，病理情况下，见于肺空洞、气胸、气腹等。过清音主要见于肺气肿。实音正常见于叩击不含气的实质脏器，如心脏、肝脏等，病理情况下，见于大量胸腔积液、肺实变等。

5. 正常人汗液无强烈刺激性气味。酸性汗味见于风湿热或长期服用水杨酸、阿司匹林等解热镇痛药物的患者。狐臭味见于臭汗症。脚臭味见于多汗者或脚癣合并感染。呼吸有烂苹果味最常见于糖尿病酮症酸中毒。刺激性蒜味见于有机磷农药中毒。氨味见于尿毒症，浓烈的酒味见于饮酒后、醉酒等。

6. 口测法体温正常值为36.3～37.2℃，肛测法正常值为36.5～37.7℃，腋测法正常值为36.0～37.0℃。检查者可通过对话来了解患者思维、反应、情感活动、定向力等，同时还要做痛觉试验、瞳孔对光反射、腱反射等以判断意识障碍的程度。

命题考点2 皮肤、淋巴结的检查

【历年真题纵览】

A1 型题

1. 蜘蛛痣罕见于下列哪个部位

A. 面颊部

B. 手背

C. 前胸

D. 上臂

E. 下肢

参考答案：E

2. 皮肤黏膜色素沉着最常见于

A. 肝硬化

B. 肝癌晚期

C. 慢性肾上腺皮质功能减退症

D. 肢端肥大症

E. 疟疾

参考答案：C

3. 下述有关正常淋巴结的描述哪项正确

A. 直径多为0.2～0.5 cm，质地韧，表面光滑

B. 与毗邻组织可有粘连

C. 有明显压痛

D. 质地柔软，表面光滑

E. 容易触及

参考答案：D

4. 乳腺炎时可出现哪组淋巴结肿大

A. 左锁骨上淋巴结

B. 右锁骨上淋巴结

C. 腋窝淋巴结

D. 滑车上淋巴结

E. 腹股沟淋巴结

参考答案：C

B1 型题

5.

A. 红色皮疹

B. 淤点

C. 紫癜

D. 淤斑

E. 血肿

①直径小于2 mm，加压后退色

②直径3～5 mm，加压后不退色

参考答案：①A ②C

【考点评析】

1. 蜘蛛痣是皮肤小动脉末端分支性扩张所形成的血管痣，形似蜘蛛，故称为蜘蛛痣。蜘蛛痣多出现在上腔静脉分布的区域之内，如面、颈、手背、上臂、前胸和肩部等处。蜘蛛痣的发生一般认为与雌激素增多有关，常见于慢性肝炎或肝硬化。

2. 患者皮肤、黏膜出血面的直径不超过2 mm者称为出血点，皮疹压之退色，出血点和小红痣压之不退色。皮下出血直径3～5 mm者为紫癜，直径5 mm

以上者为瘀斑,片状出血并伴有皮肤显著隆起,称为血肿。

3. 由于表皮基底层的黑色素增多,以致部分或全身皮肤色泽加深,称为色素沉着,常见于慢性肾上腺皮质功能减退,也见于肝硬化、肝癌晚期、疟疾、肢端肥大症等。

4. 触诊法检查患者浅表淋巴结,淋巴结分布全身,一般只能检查身体各部表浅的淋巴结。这些淋巴结平时很小,直径多为0.2～0.5 cm,质地柔软,表面光滑,与毗邻组织无粘连,不易触及,更无压痛。非特异性淋巴结炎多因所属部位的某些急、慢性炎症引起,上肢的炎症常引起腋窝淋巴结肿大。

第四单元　头、颈部、胸壁及胸廓检查

命题考点1　头部体检

【历年真题纵览】

A1 型题

1. 球结膜水肿见于
   A. 肝炎
   B. 颅内高压
   C. 沙眼
   D. 高血压不伴颅内高压
   E. 急性肾小球肾炎

参考答案:B

2. 甲状腺功能亢进时,Graefe 眼征是
   A. 眼球下转时上睑不能相应下垂
   B. 瞬目减少
   C. 辐辏运动减弱
   D. 上视时无额纹出现
   E. 双侧眼球突出

参考答案:A

3. 病理性双侧瞳孔缩小,可见于
   A. 有机磷中毒
   B. 青光眼
   C. 视神经萎缩
   D. 脑肿瘤
   E. 脑疝

参考答案:A

4. 鼻根部与眼内眦之间有压痛提示何部位病变
   A. 上颌窦
   B. 筛窦
   C. 额窦
   D. 蝶窦
   E. 视网膜

参考答案:B

5. 流行性腮腺炎可出现腮腺管开口处黏膜红肿,其部位在
   A. 上颌第2臼齿相对应的颊黏膜上
   B. 下颌第2臼齿相对应的颊黏膜上
   C. 舌下
   D. 上颌第1臼齿相对应的颊黏膜上
   E. 下颌第1臼齿相对应的颊黏膜上

参考答案:A

【考点评析】

1. 头面部检查:眼睛检查中,球结膜透明而隆起者为球结膜下水肿,见于脑水肿及输液过多;双眼突出常见于甲状腺功能亢进症。常伴有 Graefe 征:眼球下转时上睑不能相应下垂,Stellwag 征,瞬目减少,Moebius 征:眼球内聚能力减弱,Joffroy 征:上视时无额纹出现。瞳孔缩小见于虹膜炎,中毒(如毒蕈、有机磷),药物反应(吗啡、毛果芸香碱)等;瞳孔扩大见于外伤、绝对期青光眼、视神经萎缩、阿托品类药物影响、颈交感神经刺激、濒死状态等。

2. 由于引流不畅所致的鼻旁窦炎,可查及病人鼻旁窦有压痛。上颌窦炎时双颧压痛,额窦炎时眼眶上内侧压痛,筛窦病变时则鼻根和眼内角之间压痛,蝶窦位置较深,不能在体表检查。

命题考点2　颈部体检

【历年真题纵览】

A1 型题

1. 心室收缩时颈静脉有搏动,可见于
   A. 高血压病
   B. 严重贫血
   C. 三尖瓣关闭不全
   D. 主动脉瓣关闭不全
   E. 甲状腺功能亢进症

参考答案:C

2. 甲状腺Ⅱ度肿大是指
   A. 能看到肿大又能触及,但在胸锁乳突肌内侧
   B. 不能看到,但能触及
   C. 看不到又触不到

D. 能看到又能触及,并超过胸锁乳突肌外缘

E. 能看到又能触及,且超过甲状软骨上缘

参考答案:A

3. 关于颈静脉搏动,正确的是

A. 均为病理性

B. 引起静脉压升高者皆可出现

C. 视诊可见,触诊可及

D. 见于交界区心律、左心衰竭,而不见于房室传导阻滞

E. 指颈外静脉搏动

参考答案:A

4. 肝颈静脉回流征不出现于下列哪种疾病

A. 右心衰竭

B. 上腔静脉阻塞综合征

C. 缩窄性心包炎

D. 心包积液

E. 肺心病

参考答案:B

【考点评析】

1. 颈部检查中颈部血管正常时在坐位或半卧位(45°)时颈静脉应当是塌陷的。如坐位或半卧位时颈静脉充盈并可见搏动为颈静脉怒张,提示静脉压增高,见于右心功能不全、缩窄性心包炎、心包积液或上腔静脉梗阻;颈静脉搏动见于右房室瓣关闭不全(器质性或相对性)的患者,心室收缩时血液自右心室反流进入右心房,使颈静脉产生显著性心室收缩期搏动,弱而弥散,触之无搏动感;颈静脉回流征阳性提示肝脏淤血,是右心功能不全的重要征象之一,亦可见于渗出性或缩窄性心包炎;如安静见颈动脉搏动明显为主动脉瓣关闭不全、甲亢、高血压等排血量增加及脉压增加的疾病。

2. 甲状腺肿大分度:不能看出肿大但能触及者为Ⅰ度;能看见肿大又能触及,但是在胸锁乳突肌以内者为Ⅱ度,超过胸锁乳突肌者为Ⅲ度。

3. 气管检查方法:以食指和无名指放在胸锁关节,中指放在气管上,观察气管是否居中,大量胸水、气胸、纵隔肿瘤、不对称甲状腺肿可使气管向健侧移位,肺不张、胸膜粘连又把气管拉向患侧。

命题考点3 胸壁体检

【历年真题纵览】

A1 型题

1. 胸骨角连接的部位是

A. 第一肋骨

B. 第二肋骨

C. 第三肋骨

D. 第四肋骨

E. 第五肋骨

参考答案:B

2. 严重肺气肿时

A. 胸廓前后径与左右径比例缩小

B. 胸廓扁平

C. 胸廓前后径与左右径比例增大

D. 肋间隙变窄

E. 腹上角缩小

参考答案:C

A2 型题

3. 患者,女,48 岁。右乳房发现肿块 2 个月。查体:右乳头抬高,右乳外上象限可扪及一个 2 cm × 2.5 cm大小肿块,质硬,表面不平,边界不清。应首先考虑的是

A. 乳腺纤维瘤

B. 乳腺增生病

C. 乳癌

D. 乳房结核

E. 乳管扩张症

参考答案:C

4. 患者,女,26 岁。左乳房发现肿块 1 年,无疼痛。查体:左乳外下象限可扪及 2.5 cm × 1.5 cm 大小肿块,形如鸡卵,表面光滑,活动度好,应首先考虑的是

A. 乳腺增生病

B. 乳腺纤维瘤

C. 乳房结核

D. 乳腺癌

E. 乳腺导管内乳头状瘤

参考答案:B

5. 患者胸骨下部显著前突,左、右胸廓塌陷,肋骨与肋软骨交界处变厚增大,上下相连呈串珠状。其诊断是

A. 肺结核

B. 佝偻病

C. 肺气肿

D. 支气管哮喘

E. 肺纤维化

参考答案:B

B1 型题

6.

A. 皮下气肿

B. 胸骨压痛
C. 吸气时肋间隙回缩
D. 上腔静脉阻塞
E. 肋间隙膨隆
①大量胸腔积液
②白血病
参考答案:①E ②B

【考点评析】

1. 桶状胸指胸廓的前后径增大,与横径几乎相等,胸廓呈圆桶形;肋间隙增宽,有时饱满;腹上角呈钝角,胸椎后凸。见于阻塞性肺气肿及支气管哮喘发作患者。佝偻病胸表现为胸骨特别是胸骨下部显著前凸,两侧肋骨凹陷,胸廓前后径增大,横径缩小,胸部上、下长度较短,形似鸡胸。有时佝偻病患者肋骨与肋软骨交接处增厚隆起呈圆珠状,在胸骨两侧排列成串珠状。扁平胸指胸廓扁平,前后径短于横径的一半。

2. 皮下气肿是由肺、气管、胸膜受伤或病变后,气体逸出并存积于皮下所致;单侧胸廓膨隆多伴有肋间隙增宽,若同时有呼吸运动受限,气管、心脏向健侧移位者,见于一侧大量胸腔积液、气胸、液气胸、胸内巨大肿物等;胸骨压痛叩痛见于白血病。

3. 上腔静脉梗阻时,胸壁静脉曲张的血流方向自上而下,下腔静脉受阻时,静脉血流自下向上;胸壁压痛见于胸壁、肋骨、神经的炎症、外伤、肿瘤浸润。

4. 乳房检查顺序为先健侧后病侧,按内上、外上、外下、内下、中央的顺序。乳房肿块见于乳腺癌、纤维瘤、囊性增生、结核、慢性脓肿、乳管堵塞等。恶性肿块形状不规则、表面不光滑、边界不清、质坚硬,晚期可与皮肤及深部组织粘连,尚可有“橘皮样变”、乳头内陷及血性分泌物。

第五单元 肺、胸膜、心脏、血管检查

命题考点1 肺脏查体

【历年真题纵览】

A1 型题

1. 可闻及病理性支气管呼吸音的部位是
A. 肩胛下区
B. 喉部
C. 胸骨上窝
D. 背部第6颈椎附近
E. 以上均非
参考答案:A

2. 正常肺泡呼吸音的最明显听诊部位在
A. 喉部
B. 肩胛下部
C. 胸骨角附近
D. 右肺尖
E. 肩胛上部
参考答案:B

3. 肺气肿时,心脏浊音界的改变多为
A. 心浊音界向左扩大
B. 心浊音界缩小
C. 心浊音界向右扩大
D. 心浊音界向两侧扩大
E. 以上均非
参考答案:B

A2 型题

4. 患者咳嗽。查体:气管向左偏移,右侧胸廓较左侧饱满,叩诊出现鼓音。应首先考虑的是
A. 右侧气胸
B. 左侧肺不张
C. 右下肺炎
D. 肺气肿
E. 右侧胸腔积液
参考答案:A

B1 型题

5.
A. 支气管扩张
B. 支气管哮喘
C. 心源性哮喘
D. 慢性支气管炎
E. 肺炎球菌肺炎
①两肺散在干、湿啰音,其多少及部位不固定者,见于
②患侧呼吸运动减弱,叩诊浊音,可闻及支气管呼吸音者,见于
参考答案:①D ②E

6.
A. 肺实变
B. 肺气肿
C. 肺不张
D. 气胸
E. 胸膜增厚
①病侧呼吸动度减弱伴叩诊为浊音、呼吸音消

失者，见于

②病侧呼吸动度减弱伴叩诊为鼓音、呼吸音消失者，见于

参考答案：①C ②D

【考点评析】

1. 呼吸：呼吸类型分为胸式呼吸（成年女性）、腹式呼吸（儿童及男子），胸肺疾病胸式呼吸消失，腹部疾病腹式呼吸消失。正常呼吸频率为16～20次/分。呼吸节律异常可有潮式呼吸、间停呼吸、下颏呼吸、点头呼吸、鱼嘴呼吸、鼾声呼吸、抽泣样呼吸、叹息呼吸。库斯莫尔呼吸见于酸中毒大呼吸。

2. 肺部触诊、叩诊：触觉语颤增强见于肺实变、压迫性肺不张、较浅而大的空洞；减弱见于肺泡内含气过多、支气管堵塞、胸壁距肺组织距离加大、体质衰弱。胸膜摩擦感见于胸膜炎症及肿瘤，胸膜高度干燥，其他疾病波及胸膜。肺部叩诊自肺尖开始，左右对比，从上到下。正常叩诊音为清音。右肺下界在锁骨中线、腋中线、肩胛线分别在第6、8、10肋，肺气肿等使肺下界下移。肺下界移动度正常值为6～8 cm，肺的弹性减退、胸膜粘连移动度减小。病理叩诊音有浊音或实音、鼓音、过清音、浊鼓音、空瓮音、破壶音。

3. 肺部听诊：支气管呼吸音在喉部，胸骨上窝，背部第6、7颈椎及第1、2胸椎附近都可听到；支气管肺泡呼吸音在胸骨角附近，肩胛间区的第3、4胸椎水平及右肺尖可听到；肺泡呼吸音除上两种呼吸音外的区域，其余肺部都可听到，乳房下部、肩胛下部、腋窝下部因胸壁肌肉较薄且肺组织较多故肺泡呼吸音较强。病理性肺泡呼吸音包括呼吸音减弱或消失、增强、呼气延长、断续性呼吸音、粗糙型呼吸音、变调性呼吸音。啰音是伴随呼吸音的附加音，分为干啰音（支气管病变）和湿啰音（肺和支气管病变）。听觉语音减弱见于衰弱、支气管阻塞、肺气肿、胸水、气胸、胸膜胸壁增厚或水肿；增强见于肺实变、肺空洞、压迫性肺不张；性质改变有支气管语音、胸语音、羊鸣音、耳语音和胸耳语音。

4. 肺的常见病变体征：肺实变体征有呼吸动度呈局限性减弱或消失；语颤增强；叩诊浊音；肺泡呼吸音消失，听到病理性支气管呼吸音、有响性湿啰音，听觉语音增强及支气管语音、胸语音或胸耳语音。肺气肿体征有桶状胸，气管居中，呼吸动度减弱或消失；语颤减弱；叩诊过清音，肺界下移，肺下界移动度减小；听诊呼吸音减弱。气胸体征有患侧胸廓饱满，肋间隙增宽，呼吸动度减弱或消失，气管被推向健侧；语颤减弱或消失；叩诊鼓音；听诊患侧呼吸音减弱或消失。肺不张体征有患侧胸廓凹陷，肋间隙变窄，气管拉向患侧；语颤减弱或消失；叩诊浊音或实音；听诊呼吸音减弱或消失。

命题考点2 心脏查体

【历年真题纵览】

A1 型题

1. 容易闻及二尖瓣杂音的体位是

A. 坐位

B. 立位

C. 平卧位

D. 右侧卧位

E. 左侧卧位

参考答案：E

2. 在胸骨左缘第3、4肋间触及收缩期震颤，应考虑为

A. 主动脉瓣关闭不全

B. 室间隔缺损

C. 二尖瓣狭窄

D. 三尖瓣狭窄

E. 肺动脉瓣狭窄

参考答案：B

3. 高血压性心脏病左心室增大，其心脏浊音界呈

A. 靴形

B. 梨形

C. 烧瓶形

D. 普大型

E. 心腰部凸出

参考答案：A

4. 下列哪项提示左心功能不全

A. 脉搏强而大

B. 舒张早期奔马律

C. 奇脉

D. 脉搏过缓

E. 脉搏绝对不齐

参考答案：B

5. 下列各项中，可见毛细血管搏动征的是

A. 主动脉瓣狭窄

B. 主动脉瓣关闭不全

C. 低血压性休克

D. 心包积液

E. 心力衰竭

参考答案：B

6. 风湿性二尖瓣狭窄的特有体征是

A. 心尖部第一心音亢进

B. 心尖部舒张期隆隆样杂音

C. 心尖部收缩期吹风样杂音

D. 胸骨左缘第2肋间隙第二心音亢进伴分裂

E. 开瓣音

参考答案:B

7. 心包摩擦音通常在什么部位听诊最清楚

A. 心尖部

B. 心底部

C. 胸骨左缘第3、4肋间

D. 胸骨右缘第3、4肋间

E. 左侧腋前线3、4肋间

参考答案:C

A2 型题

8. 患者心悸,气短1年,劳累后加重。检查:脉搏80次/分,节律不规整,心率约110次/分,心律完全不规则,心音强弱绝对不一致。此患者心律失常的类型是

A. 窦性心律不齐

B. 窦性心动过速

C. 过早搏动

D. 心房纤维颤动

E. 室上性心动过速

参考答案:D

9. 患者3年来经常心悸,气短。检查:心尖搏动稍向左下移位,心浊音界稍向左下扩大,心尖部听诊可闻及3/6级以上粗糙的收缩期吹风样杂音及舒张期隆隆样杂音。应首先考虑的是

A. 单纯二尖瓣狭窄

B. 单纯二尖瓣关闭不全

C. 二尖瓣狭窄及二尖瓣关闭不全

D. 主动脉瓣狭窄

E. 主动脉瓣关闭不全

参考答案:C

10. 患者多食,大便每日2~3次。查体,血压140/60 mmHg(18.62/7.98 kPa),双眼突出,心律不齐,脉搏短绌。应首先考虑的是

A. 糖尿病合并缺血性心脏病

B. 风心病伴心房纤颤

C. 高血压性心脏病伴心房纤颤

D. 肺心病伴心房纤颤

E. 甲状腺功能亢进症伴心房纤颤

参考答案:E

B1 型题

11.

A. 二尖瓣关闭不全

B. 二尖瓣狭窄

C. 主动脉瓣关闭不全

D. 主动脉瓣狭窄

E. 动脉导管未闭

①上述各项,可闻及心尖区粗糙的吹风样收缩期杂音的是

②上述各项,可闻及胸骨左缘第2肋间及其附近机器声样连续性杂音的是

参考答案:①A ②E

12.

A. 脉搏短绌

B. 水冲脉

C. 奇脉

D. 颈静脉搏动

E. 交替脉

①主动脉瓣关闭不全,多表现为

②缩窄性心包炎,多表现为

参考答案:①B ②C

【考点评析】

1. 心脏的大小:正常心尖搏动在第5肋间左锁骨中线内侧0.5~1.0 cm处,范围的直径为2.0~2.5 cm。正常心脏浊音界在2、3、4、5肋间,右侧心界到正中线的距离为2~3 cm,2~3 cm,3~4 cm;左侧心界到正中线的距离为2~3 cm,3.5~4.5 cm,5~6 cm,7~9 cm。心前区隆起见于小儿先心病或风心病见右室大者。

2. 心脏杂音:杂音主要是由于血流由层流变为涡流所引起。杂音的特征包括最响部位、时期、性质、强度(SM分6级)、传导方向、杂音与体位与呼吸与运动的关系。左房室瓣区的心尖部隆隆样舒张中晚期杂音,在左侧卧位时更明显,为左房室瓣狭窄,注意和奥-弗杂音区别,粗糙的吹风样收缩期杂音,常提示左房室瓣关闭不全;主动脉瓣区舒张期杂音为主动脉瓣关闭不全,收缩期杂音提示主动脉瓣狭窄;肺动脉瓣区舒张期杂音为肺动脉瓣关闭不全,记住格-斯杂音的概念,收缩期杂音提示肺动脉瓣狭窄;三尖瓣区舒张期杂音为三尖瓣狭窄,收缩期杂音提示三尖瓣关闭不全;胸骨左缘3、4肋间的SM粗糙、响亮、伴震颤提示室缺;连续性杂音见于动脉导管未闭,应和双期杂音区别;心包摩擦音收缩期及舒张期均可听到,以收缩期较明显,通常在胸骨左缘3、4肋间处较易听到,坐位稍前倾、深呼气后屏住呼吸

时易于听到,见于心包炎。

3. 血管征:视诊可见肝颈静脉回流征、毛细血管搏动征;触诊包括水冲脉、交替脉、重搏脉、奇脉;听诊可有枪击音、杜氏双重杂音;周围血管征包括点头运动、颈动脉搏动、毛细血管搏动征、水冲脉、枪击音、杜氏双重杂音,由脉压增大引起,常见于主动脉瓣关闭不全;水冲脉常见于主动脉瓣关闭不全、发热、甲亢、严重贫血、动脉导管未闭等;交替脉表示心肌损伤,见于左心功能不全、重度高血压、冠心病等;奇脉是心包填塞的重要体征之一,常见于心包积液和缩窄性心包炎。

第六单元 腹部和神经系统检查

命题考点1 腹部查体

【历年真题纵览】

A1 型题

1. 下列哪项体征最能提示腹膜炎的存在
   A. 肠鸣音减弱
   B. 叩出移动性浊音
   C. 腹部压痛
   D. 腹部触及肿块
   E. 反跳痛

参考答案:E

2. 对脾脏肿大与腹腔肿块的鉴别,最有意义的是
   A. 质地
   B. 活动度
   C. 有无压痛
   D. 有无切迹
   E. 叩诊音的差异

参考答案:D

3. 空腹听诊出现震水音,可见于
   A. 肝硬化腹水
   B. 肾病综合征
   C. 结核性腹膜炎
   D. 幽门梗阻
   E. 急性肠炎

参考答案:D

4. 腹部叩诊出现移动性浊音,应首先考虑的是
   A. 尿潴留
   B. 幽门梗阻
   C. 右心功能不全
   D. 巨大卵巢囊肿
   E. 急性胃炎

参考答案:C

5. 仰卧位时,前腹壁与胸骨下端到耻骨联合的连线大致在同一水平面上,称为
   A. 腹部平坦
   B. 腹部饱满
   C. 腹部膨隆
   D. 腹部低平
   E. 腹部凹陷

参考答案:A

6. 下列哪项不是腹水的表现
   A. 蛙状腹
   B. 移动性浊音
   C. 波动感
   D. 震水音
   E. 直立时下腹饱满

参考答案:D

A2 型题

7. 患者,女,40 岁。仰卧时腹部呈蛙状,侧卧时下侧腹部明显膨出。应首先虑的是
   A. 胃肠胀气
   B. 腹腔积液
   C. 巨大卵巢囊肿
   D. 肥胖
   E. 子宫肌瘤

参考答案:B

8. 患者腹部膨隆呈球形,转动体位时形状改变不明显。应首先考虑的是
   A. 肝硬化
   B. 右心功能不全
   C. 缩窄性心包炎
   D. 肾病综合征
   E. 肠麻痹

参考答案:E

9. 患者反复呕吐隔餐食物。查体:消瘦,上腹部膨胀,并见胃型。应首先考虑的是
   A. 肝炎
   B. 肝硬化
   C. 胃炎
   D. 幽门梗阻
   E. 胆囊炎

参考答案:D

10. 患者饱餐后上腹部持续疼痛1天。查体:上

腹部压痛、反跳痛。应首先考虑的是

A. 急性胃炎

B. 急性胰腺炎

C. 急性肝炎

D. 右肾结石

E. 肝癌

参考答案:B

B1 型题

11.

A. Murphy(莫菲氏征)阳性

B. 麦氏点压痛

C. Courvoisier(库瓦济埃征)阳性

D. Courvoisier(库瓦济埃征)阴性

E. 板状腹

①胰头癌引起梗阻性黄疸,可见:

②急性胆囊炎,可见:

参考答案:①C②A

【考点评析】

1. 腹部检查:体表划区有四区法和九区法,九区法较常用。

2. 腹部外形检查可见膨隆(全腹、局部)、凹陷(全腹、局部)、平坦。腹壁静脉曲张见于门静脉循环障碍或上下腔静脉回流受阻。蠕动波见于幽门梗阻或肠梗阻。腹壁紧张见于腹膜炎,板状腹为弥漫性腹膜炎,揉面感为结核性腹膜炎或某些癌性腹膜炎。压痛提示腹腔脏器炎症,反跳痛提示炎症波及腹膜。

3. 正常人触不到肝脏,即使触到多在肋缘下1 cm内,肝脏触诊应记录大小、质地、表面形态及边缘、压痛、搏动。脾脏触诊掌握测量法,甲乙线、甲丙线、丁戊线,注意大小、形态、质地、表面形态、有无压痛和摩擦感。肾脏触诊注意大小、形态、硬度、表面形态、敏感性和移动度。

4. 肠蠕动音正常为4~5次/分,肠鸣音有频繁(大于10次/分)、稀少(3~5分钟1次)和消失;肠鸣亢进为胃肠炎症,金属音为肠梗阻,无肠鸣音见于肠麻痹。若在空腹时或餐后6~8小时以上仍有震水音,则表示胃内有液体潴留,见于幽门梗阻、胃扩张和胃液分泌过多等。

5. 腹部血管杂音包括肾动脉狭窄、腹主动脉狭窄的杂音,及门脉高压患者脐周的静脉营营音。

命题考点2 神经系统查体

【历年真题纵览】

A1 型题

1. 中枢性瘫痪的特点是

A. 肌张力降低

B. 腱反射减弱

C. 浅反射消失

D. 不出现病理反射

E. 肌张力增强

参考答案:E

2. 上肢椎体束征是指

A. Babinski(巴彬斯基征)

B. Oppenheim(奥本海姆征)

C. Gordon(戈登氏征)

D. Hoffmann(霍夫曼征)

E. Chaddock(查多克征)

参考答案:D

3. 震颤麻痹病人可出现的步态是

A. 蹒跚步态

B. 醉酒步态

C. 慌张步态

D. 剪刀步态

E. 共济失调步态

参考答案:C

B1 型题

4.

A. 巴宾斯基征

B. 贡达征

C. 拉塞格征

D. 霍夫曼征

E. 布鲁津斯基征

①脑膜炎应出现的是

②坐骨神经痛应出现的是

参考答案:①E ②C

5.

A. Murphy(莫菲)征阳性

B. 麦氏点压痛

C. Courvoisier(库瓦济埃)征阳性

D. Courvoisier(库瓦济埃)征阴性

E. 板状腹

①胰头癌引起梗阻性黄疸,可见

②急性胆囊炎,可见

参考答案:①C ②A

【考点评析】

1. 中枢性面神经麻痹:核上病变为中枢性面瘫,表现为病变对侧颜面下部肌肉麻痹,鼻唇沟变浅,不能鼓腮,口歪向病侧,见于脑血管病变、肿瘤和炎症。周围性面神经麻痹:核下病变为周围性面瘫,表现为同侧颜面肌肉麻痹,眼裂增大,不能皱眉闭目,不能皱额,鼻唇沟变浅,不能鼓腮,口歪向健侧。

2. 感觉障碍类型分为末梢型、神经根型、脊髓横贯型、内囊型、脑干型、皮质型。运动功能分级为肌力(分0~5六级)减退、肌张力的弛缓和增强、不随意运动和共济失调检查。

中枢性瘫痪病变在上神经元,表现为肌张力增强,无肌萎缩,反射增强或亢进,有病理反射。周围性瘫痪病变在下神经元,表现为肌张力减弱或消失,有肌萎缩,反射减弱或消失,无病理反射。

3. 浅反射包括角膜反射、腹壁反射、提睾反射;深反射包括肱二、三头肌反射,桡骨骨膜反射、膝腱反射、跟腱反射、阵挛均属于牵张反射。锥体束征包括 Babinski(巴彬斯基)征、Oppenheim(奥本海姆)征、Gordon(戈登氏)征、Chaddock(查多克)征、Hoffmann(霍夫曼)征,为上运动神经元损害出现的原始反射。脑膜刺激征包括颈强直、Kernig(克匿格)征、Brudzinski(布鲁金斯基)征。

命题考点3 肛门、直肠与脊柱四肢查体

【历年真题纵览】

A1 型题

1. 肛门与直肠的检查,下列哪种体位是错误的

A. 左侧卧位

B. 俯卧位

C. 蹲位

D. 仰卧位或截石位

E. 肘膝位

参考答案:B

2. 下列脊椎病变,除哪项外,脊椎叩痛常为阳性

A. 脊椎结核

B. 棘间韧带损伤

C. 骨折

D. 骨质增生

E. 椎间盘脱出

参考答案:D

A2 型题

3. 患者,男,58岁。腰痛,腰部活动受限。检查:脊柱叩击痛,坐骨神经刺激征(+)。应首先考虑的是

A. 腰肌劳损

B. 脑膜炎

C. 蛛网膜下腔出血

D. 腰椎间盘突出

E. 肾下垂

参考答案:D

B1 型题

4.

A. 指关节梭状畸形

B. 杵状指

C. 匙状甲

D. 浮髌现象

E. 肢端肥大

①支气管扩张,常表现为

②类风湿性关节炎,常表现为

参考答案:①B ②A

【考点评析】

1. 肛门与直肠的检查,可采取左侧卧位、蹲位、仰卧位或截石位、肘膝位。

2. 脊椎结核、棘间韧带损伤、骨折、椎间盘脱出均可出现脊椎叩痛常为阳性。

3. 有些内科病变也可表现在骨骼系统上。

第七单元 实验室诊断

命题考点 三大常规与生化检查

【历年真题纵览】

A1 型题

1. 血白细胞总数增多,可见于

A. 伤寒杆菌感染

B. 再生障碍性贫血

C. 急性失血

D. 使用氯霉素的影响

E. 脾功能亢进

参考答案:C

2. 下列除哪项外,常可出现血沉明显增快

A. 风湿病的病情趋于静止时

B. 亚急性细菌性(感染性)心内膜炎

C. 重度贫血

D. 心肌梗死
E. 多发性脊髓瘤
参考答案:A
3. 低钾血症的诊断依据是
A. 血清钾低于 3.5 mmol/L
B. 血清钾低于 5.5 mmol/L
C. 心率过快
D. 腹胀
E. 抽搐
参考答案:A
4. 下列为 DIC 实验室检查,哪一项是错误的
A. Plt $<100\times10^9$/L
B. PT 比正常对照延长 3 秒以上
C. 纤维蛋白原 <2 g/L
D. 血清纤维蛋白降解产物(FDP)减少
E. 血片中破碎细胞增多
参考答案:D
5. 下列各项,属伤寒细菌学检验方法的是
A. 咽拭子涂片
B. 血培养和骨髓培养
C. 咽拭子培养
D. 大便隐血检验
E. 肥达反应
参考答案:B
6. 典型伤寒患者的血常规检查结果是
A. 白细胞增加,中性粒细胞增加
B. 白细胞减少,嗜酸性粒细胞减少
C. 白细胞正常,中性粒细胞增加
D. 白细胞减少,嗜酸性粒细胞增加
E. 白细胞增加,中性粒细胞减少
参考答案:B
7. 在骨髓细胞学检查中,粒红比值正常可见于哪种病变
A. 多发性骨髓瘤
B. 缺铁性贫血
C. 急性化脓菌感染
D. 急性溶血性贫血
E. 慢性粒细胞性白血病
参考答案:A
8. 血清总胆红素、结合胆红素、非结合胆红素均中度增加,可见于
A. 蚕豆病
B. 胆石症
C. 珠蛋白生成障碍性贫血
D. 急性黄疸性肝炎
E. 胰头癌
参考答案:D
9. 下列关于溶血性黄疸的叙述,正确的是
A. 直接迅速反应阳性
B. 尿中结合胆红素阴性
C. 血中非结合胆红素不增加
D. 尿胆原阴性
E. 大便呈灰白色
参考答案:B
10. 颗粒管型 0~2 个/HP;血红蛋白 70 g/L,血肌酐 800 μmol/L,应首先考虑的诊断是
A. 再生障碍性贫血
B. 高血压病 3 级
C. 慢性肾炎尿毒症期
D. 肝硬化肝功能失代偿期
E. 肝肾综合征
参考答案:C
11. 下列关于血尿素氮的改变及临床意义的叙述,正确的是
A. 上消化道出血时,血尿素氮减少
B. 大面积烧伤时,血尿素氮减少
C. 严重的肾盂肾炎,血尿素氮减少
D. 血尿素氮对早期肾功能损害的敏感性差
E. 血尿素氮对早期肾功能损害的敏感性强
参考答案:D
12. 下列关于内生肌酐清除率的叙述,正确的是
A. 肾功能严重损害时,开始升高
B. 高于 80 ml/min 提示预后不良
C. 肾功能损害愈重,其清除率愈低
D. 肾功能损害愈重,其清除率愈高
E. 其测定与肾功能损害程度无关
参考答案:C
13. 下列除哪项外,均可引起血清钾增高
A. 急、慢性肾功能衰竭
B. 静脉滴注大量钾盐
C. 严重溶血
D. 代谢性酸中毒
E. 代谢性碱中毒
参考答案:E
14. 对诊断急性胰腺炎最有价值的血清酶检查是
A. 谷草转氨酶
B. 淀粉酶
C. 碱性磷酸酶
D. 谷丙转氨酶

E. 乳酸脱氢酶

参考答案:B

15. 对心肌缺血与心内膜下梗死的鉴别,最有意义的是

A. 淀粉酶

B. 血清转氨酶

C. γ-谷氨酰基转肽酶

D. 肌酸磷酸激酶

E. 血清碱性磷酸酶

参考答案:D

16. 乙型肝炎疫苗接种成功的标志是

A. 抗 HBs(+)

B. 抗 HBc(+)

C. 抗 HBe(+)

D. 抗 HBs(-)

E. 抗 HBc(-)

参考答案:A

17. 对诊断系统性红斑狼疮最有意义的检查是

A. 免疫球蛋白测定

B. 抗核抗体

C. 总补体溶血活力测定

D. E 玫瑰花试验

E. 淋巴细胞转化试验

参考答案:B

18. 以下有关类风湿因子(RF)的描述,哪一项是错误的

A. RF 为一种抗自身变性 IgG 的抗体

B. 主要用于风湿性疾病的疗效观察

C. SLE 可呈阳性

D. RF 可用胶孔凝集试验检测

E. 类风湿性关节炎患者 RF 阳性率较高

参考答案:B

19. 病理性蛋白尿,可见于

A. 剧烈活动后

B. 严重受寒

C. 直立性蛋白尿

D. 妊娠中毒

E. 以上均非

参考答案:D

20. 下列检查结果中,最能反映慢性肾炎患者肾实质严重损害的是

A. 尿蛋白明显增多

B. 尿中白细胞明显增多

C. 尿中红细胞明显增多

D. 尿中出现管型

E. 尿比重固定于 1.010 左右

参考答案:E

21. 粪便中查到巨噬细胞,多见于

A. 阿米巴痢疾

B. 细菌性痢疾

C. 急性胃肠炎

D. 血吸虫病

E. 霍乱

参考答案:B

22. 痰镜检查到色素细胞最常见于

A. 心衰引起肺淤血

B. 肺包囊虫病

C. 阿米巴肺脓疡

D. 支气管哮喘

E. 以上都不是

参考答案:A

23. 不符合渗出液者为

A. 穿刺液自凝

B. 呈现不同颜色或混浊

C. 比重 >1.018

D. Rivalta 试验(-)

E. 细胞数 $>500\times10^6/L$

参考答案:D

A2 型题

24. 患者脑脊液检查结果:蛋白质定性(+++),定量 10 g/L。氯化物为 100 mmol/L,葡萄糖为 2.0 mmol/L,可能的诊断是

A. 流行性乙型脑炎

B. 化脓性脑膜炎

C. 病毒性脑膜炎

D. 脑膜白血病

E. 结核性脑膜炎

参考答案:B

25. 患者食欲和记忆力减退。检查:眼睑苍白,血红细胞、白细胞和血小板均减少。应首先考虑的是

A. 再生障碍性贫血

B. 缺铁性贫血

C. 溶血性贫血

D. 失血性贫血

E. 巨幼红细胞性贫血

参考答案:A

B1 型题

26.

A. HBsAg (+)

B. 抗 - HBs（+）

C. HBeAg （+）

D. 抗 - HBc（+）

E. 抗 - HBe（+）

①作为机体获得对 HBV 免疫力及乙型肝炎患者痊愈的指标是

②HBV 感染进入后期与传染减低的指标是

参考答案：①B②E

27.

A. 淀粉酶

B. 血清转氨酶

C. γ - 谷氨酰基转肽酶

D. 血清碱性磷酸酶

E. 肌酸磷酸激酶

①对诊断骨质疏松最有意义的是

②对诊断心肌梗死最有意义的是

参考答案：①D ②E

28.

A. 淡红色尿

B. 淡黄色尿

C. 酱油色尿

D. 深黄色尿

E. 乳白色尿

①急性溶血时，可出现的是

②丝虫病患者，可出现的是

参考答案：①C ②E

29.

A. 红细胞管型

B. 白细胞管型

C. 上皮细胞管型

D. 透明管型

E. 蜡样管型

①正常人尿中可以偶见的管型是

②主要见于肾盂肾炎的管型是

参考答案：①D ②B

【考点评析】

1. 血细胞检查：血红蛋白正常值男 120 ~ 160 g/L，女 110 ~ 150 g/L，增多与减少意义与红细胞相同，对鉴别贫血的性质有意义。红细胞男正常值（4.0 ~ 5.5）$\times 10^{12}$/L，女（3.5 ~ 5.0）$\times 10^{12}$/L，增多见于血液浓缩、组织缺氧、真性红细胞增多症，减少见于各种原因的贫血。白细胞正常值（4.0 ~ 10）$\times 10^{9}$/L，低于4.0 $\times 10^{9}$/L 为白细胞减少，高于 10 $\times 10^{9}$/L 为增多，分为中性粒、嗜酸性、嗜碱性、淋巴细胞、单核细胞，意义均很重要。血小板正常值（100 ~ 300）$\times 10^{9}$/L，减少见于血小板减少性紫癜、再生障碍性贫血、白血病、脾功能亢进、理化损伤，增多见于原发性血小板增多症、脾切除术后。

2. 网织红正常值 0.5% ~ 1.5%，绝对值（24 ~ 84）$\times 10^{9}$/L，用来反映骨髓造血功能状态和贫血疗效观察。

3. 血沉正常值男性 0 ~ 15 mm/h，女性 0 ~ 20 mm/h，血沉增快的原因为血液中含正电荷物质增多，如免疫球蛋白增多，和含负电荷物质减少，如贫血和白蛋白降低。

4. 骨髓细胞学检查粒、红比值正常，见于正常骨髓象，或骨髓病变未累及粒、红两系，如原发性血小板减少性紫癜，或粒、红两系平行减少，如再生障碍性贫血。缺铁性贫血红系减少；急性溶血性贫血红系增生；急性化脓菌感染和慢性粒细胞性白血病粒系增生。

5. 肾功能检查：内生肌酐清除率降低可由于急性、慢性肾小球损害、肾血流减少等，异常较 BUN、Cr 早；另外，也作为肾小球滤过功能损害的观测，肾功能不全代偿期 Ccr 在 50 ~ 80 ml/min，随肾功能损害愈重，其清除率愈低。血肌酐反映肾小球滤过功能，比 BUN、尿酸准确。尿素氮增高见于①器质性肾功能损害，但属于急性肾衰竭肾功能轻度受损；②肾前性少尿，③蛋白质分解或摄入过多。二氧化碳结合力为血浆中结合状态的二氧化碳的量，间接反映体内 $NaHCO_3$ 的量，增加为碱中毒，降低为酸中毒。浓缩稀释试验测定肾小管的重吸收功能。

6. 血清钾测定的临床意义：增高见于①急、慢性肾功能衰竭及肾上腺皮质功能不全：肾脏排钾减少，②食入或注射大量钾盐；③严重溶血或组织损伤；④组织缺氧或代谢性酸中毒。降低见于禁饮食、呕吐腹泻丢钾、碱中毒、高醛固酮血症、利尿等。

7. 血清酶检查：ALT、γ - GT 是反映肝功能的指标。心肌酶检查中 CK - MB 对心肌损害有特异性，其他还有 CK、AST、LDH1。CK - MB 在心梗后 4 ~ 6 小时开始显著升高，24 小时达高峰，3 ~ 4 日恢复正常，其升高幅度比 AST 和 LDH 都大。血清淀粉酶异常多见于胰腺炎等，起病后 6 ~ 12 小时开始升高，12 ~ 24 小时达高峰，2 ~ 5 日后恢复正常。超过 5 000 U/L即有诊断价值。血清碱性磷酸酶在骨骼、肝脏中含量较多，当骨骼或肝脏发生病变可使其含量变异。肌酸磷酸激酶主要分布于骨骼肌和心肌。

8. 免疫学指标：抗链球菌溶血素“O”检查反映近期有无溶血性链球菌感染。类风湿因子为一种抗自身变性 IgG 的抗体，并非类风湿性关节炎患者特有。肥达反应检测伤寒或副伤寒。抗核抗体阳性为SLE,核荧光图型呈膜型或滴度达1:160以上者对SLE有确诊价值。抗双股DNA抗体阳性为SLE活动性的标志。

9. 乙型肝炎病毒标志物检测:HBsAg阳性是感染HBV指标,或为病人,或为HBsAg携带者。抗-HBs阳性表明曾感染过HBV,病毒多已清除。HBeAg阳性是病毒复制的指标。抗-HBe阳性反映HBV感染进入后期与传染减低的指标。HBcAg阳性表示体内HBV在复制。抗-HBc阳性反映HBV感染、复制。

10. 尿及粪便检查:尿液检查包括尿量、颜色、透明度、比重等一般性状检查,还有尿蛋白、酮体、尿糖等化学检查,还有细胞、管型等显微镜检查。生理性蛋白尿又称功能性蛋白尿,见于高蛋白饮食、妊娠、剧烈运动、长期直立体位、精神波动、受寒等,多为暂时性,病理性蛋白尿多呈持续性。透明管型偶可见于健康人清晨浓缩尿中,在肾实质病如肾小球肾炎时可明显增多;白细胞管型表示肾实质有炎症变化,主要见于肾盂肾炎、间质性肾炎等。尿比重固定在1.010左右,称为等张尿,见于肾实质已有严重损害的慢性肾炎。粪便检查有细胞检查和隐血试验。粪中巨噬细胞多见于细菌性痢疾。

第八单元　心电图诊断

命题考点　正常心电图及常见疾病的心电图表现

【历年真题纵览】

A1型题

1. 下列各项中,哪项不是病毒性心肌炎的临床诊断依据

A. 心功能不全或心源性休克

B. 心脏扩大

C. 肌酸磷酸激酶同工酶升高

D. 心电图表现为完全性右或左束支阻滞

E. ST-T段改变,T波高耸

参考答案:E

2. 反映左、右心房电激动过程的是

A. P波

B. P-R段

C. QRS波群

D. ST段

E. T波

参考答案:A

3. 前间壁心肌梗死特征性心电图改变,见于

A. V3、V4、V5

B. V1、V2、V3、V4、V5

C. V1、V2、V3

D. V5、Ⅰ、aVL

E. Ⅱ、Ⅲ、aVF

参考答案:C

A2型题

4. 患者,男,55岁。慢性冠状动脉供血不足。其心电图诊断之一为"Ⅰ度房室传导阻滞(房室传导延缓)"。其心电图的表现应为

A. P波增宽

B. P-R间期延长

C. QRS波群时限延长

D. ST段延长

E. Q-T间期延长

参考答案:B

5. 患者,男,45岁。心悸10天,心电图示多个导联提前出现的宽大畸形QRS波群,其前无相关P波,其后T波与QRS波群主波方向相反,代偿间歇完全。其诊断是

A. 房性早搏

B. 房室交界性早搏

C. 室性早搏

D. 房室传导阻滞

E. 室内传导阻滞

参考答案:C

6. 患者,男,70岁。急性心肌梗死,突发昏厥,心电图电活动无可辨认的QRS波群、ST段及T波,频率400~450次/分。其诊断是

A. 心房纤颤

B. 窦性停搏

C. 室性心动过速

D. 心室扑动

E. 心室颤动

参考答案:E

B1型题

7.

A. P波

B. QRS波群

C. S-T段

D. T波

E. Q-T间期

①代表心室除极和复极总时间的是

②代表心房除极波形的是

参考答案：①E　②A

8.

A. ST 段下移

B. ST 段明显上抬，呈弓背向上的单向曲线

C. T 波高耸

D. T 波倒置

E. 异常深而宽的 Q 波

①心肌损伤的心电图改变是

②心肌坏死的心电图改变是

参考答案：①B　②E

【考点评析】

1. 心电图导联的位置：肢导连接红 R（右手）、黄 L（左手）、绿 F（左足）、黑 F（右足）；肢导电轴 RL 为Ⅰ导、LF 为Ⅱ导、RF 为Ⅲ导。V1 位于胸骨右缘第 4 肋间；V2 位于胸骨左缘第 4 肋间；V3 位于 V2、V4 连线中点；V4 位于左锁骨中线与第 5 肋间交叉；V5 位于 V4 水平线与左腋前线交叉；V6 位于 V4 水平线与左腋中线交叉。

2. 心电图各波段的临床意义：P 波代表左、右心房去极时的电位和时间的变化；P－R 间期代表心开始去极的时间；QRS 波群代表左、右心室去极过程电位和时间的变化；T 波代表心室快速复极时的电位改变。

3. 心肌梗死的心电图表现及定位诊断：前间壁为 V1、V2、V3 导联；前壁心梗为 V3、V4、V5 导联；广泛前壁为 V1、V2、V3、V4、V5 导联；侧壁心梗为 V5、Ⅰ、aVL 导联；下壁心梗为Ⅱ、Ⅲ、aVF 导联。

第九单元　影像、放免诊断

命题考点　常见疾病的影像与放免诊断

【历年真题纵览】

A1 型题

1. 对腹部实质性脏器病变，最简便易行的检查方法是

A. X 线摄片

B. CT 扫描

C. 同位素扫描

D. B 型超声波检查

E. 纤维内窥镜检查

参考答案：D

2. 对二尖瓣狭窄程度的判定最有价值的是

A. 听诊

B. 胸部 X 线摄片

C. 心电图检查

D. 胸部 CT 扫描

E. 二维超声心动图检查

参考答案：E

3. 下列除哪项外，均可选择胸部 X 线检查进行鉴别

A. 胸腔积液是血性或脓性

B. 大叶性肺炎或支气管肺炎

C. 气胸或肺大泡

D. 肺不张或肺实变

E. 肺脓肿或肺肿瘤

参考答案：A

4. 某肺叶发生肺不张时，典型的 X 线表现是

A. 中等密度、边界不清的云絮状阴影

B. 密度增高、边缘清楚，呈散在小花朵状阴影

C. 密度增高、边缘锐利的粗乱的线条状阴影

D. 斑点状或小块状密度甚高的致密阴影

E. 三角形密度均匀增高的片状阴影

参考答案：E

5. 肺动脉高压早期的 X 线表现是

A. 双肺纹理增多

B. 双肺透亮度增加

C. 右下肺动脉主干增宽

D. 右心房肥大

E. 右心室肥厚、扩张

参考答案：C

6. 龛影的主要 X 线表现是

A. 圆形钡斑

B. 钡斑周围环绕透明带

C. 胃黏膜溃烂

D. 向腔外突出的钡斑阴影

E. 胃壁僵直

参考答案：D

7. 逆行肾盂造影显示肾小盏杯口呈虫蚀状改变，杯口附近肾实质内有团块状造影剂与杯口相连是

A. 肾结石

B. 肾实质肿瘤

C. 肾盂肿瘤

D. 肾脓肿

E. 肾结核

参考答案:E

8. 下列关于甲状腺功能亢进症的叙述,正确的是

A. T_4、T_3 均增高时,才能诊断

B. T_4、T_3 均降低时,才能诊断

C. 仅有 T_3 增高也可诊断

D. T_3 增高时,T_4 则降低

E. 以上均非

参考答案:C

9. 反映甲状腺功能状态的最好指标是

A. 血浆总 T_3、T_4 浓度

B. 血浆结合型 T_3、T_4 浓度

C. 血浆 FT_3 浓度

D. 血浆游离甲状腺素浓度

E. 血浆甲状腺素结合能力

参考答案:D

A2 型题

10. 患者,男,60 岁。脑溢血后长期卧床,2 天前出现发热、咳嗽、呼吸困难等症状,胸透见两肺下叶有多数散在边缘不清小灶阴影。应首先考虑的是

A. 大叶性肺炎

B. 干酪样肺炎

C. 间质性肺炎

D. 转移性肿瘤

E. 小叶性肺炎

参考答案:E

B1 型题

11.

A. 肺大泡

B. 肺脓肿

C. 浸润型肺结核空洞形成

D. 慢性纤维空洞型肺结核

E. 周围型肺癌空洞形成

①X 线下见右上肺有多发的厚壁空洞,周围有较广泛的纤维条索影。应首先考虑的是

②X 线下见右下肺出现大片的浓密阴影,其内见一个含有液平面的圆形空洞,洞内壁光整,洞壁较厚。应首先考虑的是

参考答案:①D ②B

12.

A. 骨质疏松

B. 骨质软化

C. 骨质破坏

D. 骨质增生硬化

E. 骨膜增生

①局限性骨质密度减低,骨小梁消失,形成骨质缺损是

②脊柱骨质密度减低,骨小梁减少,间隙增宽,椎体上、下缘向内凹陷变扁,呈鱼脊椎样是

参考答案:①C ②B

【考点评析】

1. 超声检查的主要用途之一便是检测实质性脏器的大小、形态、边界及脏器内部回声;另外还可以检测某些囊性器官的形态、走向及功能状态,检测心脏、大血管和外周血管的结构、功能及血流动力学状态等。二维超声心动图检查可观察心脏形态,各房室大小,瓣膜形态、动度,房室间隔缺损等,对二尖瓣狭窄程度的判定最有价值。

2. 多种疾病可累及胸膜产生胸腔积液,X 线检查能明确积液的存在,但难以区别液体的性质。肺不张 X 线表现由于部位和程度不同,而呈片状或三角形的均匀的密度增高阴影,患肺体积缩小,常伴有叶间裂,肺门或纵隔移向患区或膈升高。龛影是溃疡的直接 X 线征象,为向腔外突出的钡斑阴影。

3. 肺动脉高压常表现为:右下肺动脉干扩张,肺动脉段中度凸出或其高度≥3 mm,中心肺动脉扩张和外周分支纤细,两者形成鲜明对比,圆锥部显著凸出或锥高≥7 mm。

4. 肾结核造影时可以看到肾功能障碍,肾小盏破坏,溃疡空洞,肾盂积水,输尿管狭窄及膀胱改变。肾小盏末端失去正常杯口外形,边缘模糊不整齐,呈虫蚀样破坏,造影剂充盈在病变小盏附近空洞内,表现为边缘模糊、轮廓不规则的团块状阴影。

5. 血液中的 T_3、T_4 有两种形式存在,一种是与蛋白质结合,为结合型 T_3、T_4,一种呈游离状态,即游离型 T_3、T_4,游离型和结合型之和为血清总 T_3、T_4。结合型只有转变成游离型才能进入细胞发挥其生理作用,故测定游离甲状腺素浓度更能反映甲状腺功能状态。T_3 和 FT_3 是判断甲状腺功能的基本试验,又分为 T_3 型甲亢,T_3 升高,T_4 正常;T_4 型甲亢,T_4 升高,T_3 正常。

6. 小叶性肺炎多见于幼儿、老人或极度衰弱的人,表现为发热、咳嗽、咳痰,可有发绀及呼吸困难等,X 线表现多见于两肺下野,肺纹理增多、增粗和模糊,见斑片状模糊致密影,密度不均。

7. 慢性肺脓肿 X 线表现为密度不均、排列紊乱的索条状及斑片状影,伴有圆形、椭圆形或不规则的厚壁空洞,内外壁边缘清楚,有或无液面。浸润型肺结核空洞形成,结核空洞可单发或多发,多为薄壁光滑的圆形或椭圆形囊状透光区,其间很少有液平面。

慢性纤维空洞型肺结核两肺上部有多发的厚壁的慢性纤维病变及空洞，轮廓大多不甚光整规则，周围有较广泛的纤维索条影和散在的新老病灶。

8. 骨质疏松表现为骨质密度减低，骨小梁稀疏、粗糙，网状结构空隙增大，骨皮质变薄。

第十单元　皮外骨伤、五官科病证

命题考点　下列常见病的辨证、治法、处方、操作：蛇串疮、扭伤、耳鸣、耳聋、牙痛

【历年真题纵览】

A1 型题

1. 落枕病证，主要损伤筋脉为
   A. 手三阳、足少阳
   B. 手三阳和足少阳
   C. 足三阳和手少阳
   D. 手三阳和足太阳
   E. 手三阳、足阳明

参考答案：B

2. 治疗耳聋实证，应首选的经穴是
   A. 足少阴，手太阳经穴
   B. 足少阳，手少阳经穴
   C. 足少阴，手少阴经穴
   D. 足少阳，手少阴经穴
   E. 足少阴，手少阳经穴

参考答案：B

A2 型题

3. 患者，男，48 岁。耳肿胀痛，鸣声不断，按之不减，烦躁易怒，胸胁胀痛，口苦咽干，舌苔黄，脉弦数。治疗除取翳风、听会、侠溪、中渚外，还应加
   A. 外关、合谷
   B. 听宫、足三里
   C. 太冲、丘墟
   D. 肾俞、关元
   E. 耳门、太溪

参考答案：C

4. 某男，牙痛甚烈，兼有口臭、口渴、便秘、脉洪，在选取主穴基础上，加取
   A. 外关、风池
   B. 内庭、二间
   C. 太溪、行间
   D. 解溪、足三里
   E. 三间、行间

参考答案：B

5. 患者耳鸣不断，按之不减，烦躁易怒，胸胁胀痛，口苦咽干，舌苔黄，脉弦数。治疗除取听会、翳风、中渚、侠溪外，还应加
   A. 听宫、关元
   B. 听宫、足三里
   C. 耳门、太溪
   D. 太冲、丘墟
   E. 外关、合谷

参考答案：D

【考点评析】

1. 蛇串疮：取穴曲池、合谷、支沟、血海、三阴交、太冲。

2. 扭伤：①肩部：肩髃、肩髎、肩贞。②肘部：曲池、小海、天井。③腕部：阳池、阳溪、阳谷。④腰部：肾俞、腰阳关、委中。⑤髋部：环跳、秩边、居髎。⑥膝部：膝阳关、梁丘、血海、膝眼。⑦踝部：解溪、昆仑、丘墟。

3. 耳鸣耳聋：取少阳经穴为主。主穴取翳风、听会、侠溪、中渚。

4. 牙痛：取手足阳明经穴为主。主穴取合谷、颊车、内庭、下关。

传染病学

第一单元 传染病学总论

命题考点1 感染过程的表现

【历年真题纵览】

A1 型题

1. 传染病最常见的感染过程的表现是
  A. 潜伏性感染
  B. 病原携带状态
  C. 显性感染
  D. 隐性感染
  E. 病原体被清除
参考答案:D

2. 熟悉各种传染病的潜伏期,最重要的意义是
  A. 有助于诊断
  B. 预测疫情
  C. 确定检疫期
  D. 估计病情严重程度
  E. 推测预后
参考答案:C

3. 下面关于感染的描述,错误的是
  A. 感染过程中起决定作用的是人体,病原体只有通过人体才能起作用
  B. 感染过程的构成必须具备病原体、人体和外环境三个因素
  C. 病原体侵入人体,临床上出现相应的症状、体征,则意味着感染过程的开始
  D. 病原体侵入的数量越大,出现显性感染的危险也越大
  E. 病原体的致病力包括毒力、侵袭力、病原体数量和变异性
参考答案:C

4. 下列哪点有利于传染病和其他感染性疾病的鉴别
  A. 有无传染性
  B. 有无宿主
  C. 有无致病微生物
  D. 微生物在宿主体内寄生和繁殖的能力
  E. 临床表现的特点
参考答案:A

5. 病原体引起感染后的表现,一般以下列哪种情况最常见
  A. 病原体被清除
  B. 隐性感染
  C. 显性感染
  D. 病原携带状态
  E. 潜伏性感染
参考答案:B

B1 型题

6.
  A. 病原体进入机体后,被非特异性免疫所清除
  B. 病原体侵入机体后,仅引起特异性免疫
  C. 病原体侵入机体后,既引起特异性免疫,又引起非特异性免疫
  D. 病原体侵入机体后,寄生于机体某些部位,被机体免疫功能局限化,机体免疫功能下降时,可引起相应的临床表现
  E. 病原体侵入机体后,不引起相应的临床表现,但机体能排出病原体
①上述描述,属病原携带状态的是
②上述描述,属显性感染的是
参考答案:①E ②C

7.
  A. 病原体被清除
  B. 隐性感染
  C. 显性感染
  D. 病原携带状态
  E. 潜伏性感染
①感染过程的表现中最易识别的是
②感染过程中最常见的表现是
参考答案:①C ②B

【考点评析】

感染过程的表现有病原体被清除、隐性感染、显性感染、病原携带状态、潜伏性感染。

命题考点2 感染过程中病原体的作用

【历年真题纵览】

A1 型题

1. 病原体的致病与下列哪种因素关系不大

A. 侵袭力

B. 毒素

C. 数量

D. 细菌的大小和形态

E. 病原体的变异性

参考答案:D

2. 关于病原体在传染过程中的作用,下列哪项是错误的

A. 在同一传染病中,入侵病原体的数量一般与致病力成正比

B. 在同一传染病中,入侵病原体的数量一般与潜伏期成正比

C. 病原体的毒力与致病力成正比

D. 病原体的侵袭力与致病力成正比

E. 在不同传染病中,能引起疾病发生的最低病原体数量相差很大

参考答案:B

【考点评析】

感染过程中病原体的作用与侵袭力、毒力、数量和变异性有关。

命题考点3 传染病流行过程三环节

【历年真题纵览】

A1 型题

1. 构成传染过程必须具备的三个环节是

A. 病原体,社会因素,体液作用

B. 传染源,传播途径,易感人群

C. 病原体的数量,致病力,特异性定位

D. 病原体,人体,病原体所处的环境

E. 吞噬作用,屏障作用,自然因素

参考答案:B

2. 构成传染过程的必备因素是

A. 传染源、传播途径和易感人群

B. 微生物、媒介及宿主

C. 病原体、人体和它们所处的环境

D. 寄生虫、中间宿生及终末宿主

E. 病人、污染物及外界环境

参考答案:A

【考点评析】

传染病流行的环节指传染源、传播途径和人群易感性。

命题考点4 传染病的特征

【历年真题纵览】

A1 型题

1. 传染病的基本特征为

A. 有传染性、免疫性和病原体

B. 有传染性、流行性、地方性和季节性

C. 有传染性、病原体、免疫性和流行性

D. 有传染性、传播途径和免疫性

E. 有传染性、免疫性和流行性

参考答案:C

2. 下列各项,不属传染病基本特征的是

A. 有病原体

B. 有感染后免疫性

C. 有流行病学特征

D. 有发热

E. 有传染性

参考答案:D

3. 当新的传染病出现时,我们根据传染病的基本特征采取的相应措施哪项不正确

A. 及时分离确定其病原体是什么

B. 及时隔离传染源,采取措施切断传播途径

C. 确定传染病在不同人群的分布特点,重点人群加强防护

D. 尽早研制相应的疫苗

E. 传染病流行可造成人的恐慌,应加强信息封锁

参考答案:E

【考点评析】

传染病的基本特征为有病原体、有传染性、有流行病学特征,有感染后免疫性。

命题考点 5　传染病的治疗和预防

【历年真题纵览】

A1 型题

1. 传染病的早期诊断中主要测定血清中的

A. 特异的 IgG

B. 特异的 IgA

C. 特异的 IgM

D. 特异的 IgD

E. 特异的 IgE

参考答案:C

2. 为保护易感染人群所用各种免疫措施中最重要的是

A. 转移因子

B. 丙种球蛋白

C. 高价免疫球蛋白

D. 减毒活疫苗或灭活疫苗

E. 中药预防

参考答案:D

B 型题

3.

A. IgA

B. IgD

C. IgE

D. IgG

E. IgM

①常在传染病恢复期出现,持续时间较长的抗体是

②感染过程中首先出现,常为近期感染标志的抗体是

参考答案:①D　②E

【考点评析】

1. 传染病的治疗原则为治疗、护理与隔离、消毒并重,一般治疗、对症治疗与特效治疗并重。

2. 治疗方法包括一般及支持疗法;病原或特效疗法;对症疗法;康复疗法和中医药疗法。

3. 传染病的预防包括管理传染源、切断传播途径和保护易感人群。

第二单元　病毒性肝炎

命题考点 1　肝炎病毒的生物学特性

【历年真题纵览】

A1 型题

1. 下列肝炎病毒基因组归类于 DNA 病毒的是

A. 甲型肝炎

B. 乙型肝炎

C. 丙型肝炎

D. 丁型肝炎

B. 戊型肝炎

参考答案:B

2. 乙型肝炎病毒是

A. 双股 DNA 病毒

B. 单股 DNA 病毒

C. 双股 RNA 病毒

D. 单双股 RNA 病毒

E. 缺陷 RNA 病毒

参考答案:A

【考点评析】

甲型肝炎病毒属小 RNA 病毒科嗜肝病毒属;乙型肝炎病毒属嗜肝 DNA 病毒;丙型肝炎病毒为单链 RNA 病毒;丁型肝炎病毒是一种有缺陷的单链 RNA 病毒;戊型肝炎病毒为小 RNA 病毒。

命题考点 2　肝炎的流行过程

【历年真题纵览】

A1 型题

1. 水源暴发流行的肝炎,最常见的病原是

A. HAV 和 HBV

B. HBV 和 HCV

C. HCV 和 HEV

D. HDV 和 HBV

E. HEV 和 HAV

参考答案:E

2. 当前我国输血后肝炎最重要的病原是

A. HAV

B. HBV

C. HCV
D. HDV
E. HEV
参考答案:C
3. 哪种肝炎病毒,性接触有重要传播作用
A. HAV
B. HBV
C. HCV
D. HDV
E. HEV
参考答案:B
4. 戊型肝炎的主要传播途径是
A. 唾液传播
B. 注射－输血传播
C. 垂直传播
D. 飞沫呼吸道传播
E. 经粪－口途径传播
参考答案:E
5. 丙型肝炎主要传播途径是
A. 血液
B. 性
C. 粪便
D. 日常生活接触
E. 母婴
参考答案:A
B1 型题
6.
A. 血液传播
B. 飞沫传播
C. 唾液传播
D. 食物传播
E. 蚊虫传播
①乙型肝炎是
②戊型肝炎是
参考答案:①A ②D

【考点评析】

1. 甲、戊型肝炎的传染源主要是急性期患者和亚临床感染者。乙、丙、丁型肝炎的传染源是相应的急、慢性患者及病毒携带者。

2. 甲、戊型肝炎主要经过粪－口传播,病毒随粪便排出,通过污染的手、水、食物等经口感染。乙、丙、丁型肝炎可通过传染源的各种体液传播,包括输血及血制品以及使用污染的注射器或针刺;母婴传播;日常生活密切接触传播;性接触传播。

3. 我国属于甲型及乙型肝炎的高发地区。

命题考点 3 病毒性肝炎的临床分型

【历年真题纵览】

A1 型题
1. 下列各项,不属急性重型肝炎典型表现的是
A. 黄疸迅速加深
B. 出血倾向明显
C. 肝大
D. 出现烦躁、谵妄等神经系统症状
E. 急性肾功能不全
参考答案: C
2. 甲肝病毒所致急性肝炎的临床表现,通常不包括以下哪一项
A. 中低度发热,乏力
B. 食欲减退,恶心及厌油
C. 部分病人出现黄疸
D. 大多数有肝脏肿大和肝区触痛与叩痛
E. 常有肝性脑病或可迁延年余
参考答案:E
3. 扑翼样震颤见于哪型肝炎
A. 急性黄疸型
B. 急性无黄疸型
C. 急性重型
D. 慢性迁延型
E. 慢性活动型
参考答案: C
4. 蜘蛛痣、肝掌多见于哪型肝炎
A. 急性黄疸型
B. 急性无黄疸型
C. 急性重型
D. 慢性迁延型
E. 慢性活动型
参考答案:E
5. 一般认为患者病后免疫可维持终身的肝炎是
A. 甲型肝炎
B. 乙型肝炎
C. 丙型肝炎
D. 丁型肝炎
E. 戊型肝炎
参考答案:A
6. 下列各项,不符合淤胆型肝炎临床表现的是
A. 黄症深
B. 自觉症状重
C. 皮肤瘙痒

D. 大便颜色变浅

E. 血清胆固醇升高

参考答案:B

7. 病毒性肝炎产生黄疸的原因,不包括下列哪一项

A. 肝细胞病损

B. 受损肝细胞对胆红素的摄取、结合与排泄功能发生障碍

C. 肝外胆管被炎症细胞破坏

D. 胆栓形成

E. 胆小叶结构有不同程度的破坏,结合胆红素不能正常排入胆小管

参考答案:C

【考点评析】

1. 急性肝炎分为急性黄疸型肝炎,临床表现分为黄疸前期、黄疸期和恢复期;急性无黄疸型肝炎。

2. 慢性肝炎有轻、中、重度的不同。

3. 甲型肝炎肝脏病变表现为肝细胞坏死和肝组织炎症反应。乙型肝炎对肝细胞的损害主要是通过免疫应答造成。急性肝炎的肝脏病理表现以气球样变最常见;慢性肝炎的病理改变主要有炎症、坏死和纤维化。

命题考点 4 肝炎的肝功能检查

【历年真题纵览】

A1 型题

1. 诊断慢性活动型肝炎最有参考价值的肝功能检查是哪一项

A. 丙氨酸转氨酶升高

B. 血清碱性磷酸酶升高

C. γ-球蛋白明显升高

D. 凝血酶原时间延长

E. γ-谷氨酰转肽酶升高

参考答案:C

2. 急性黄疸型甲型肝炎最早出现的肝功能改变是

A. 丙氨酸转氨酶值升高

B. 门冬氨酸转氨酶值升高

C. 血清碱性磷酸酶升高

D. 胆碱酯酶活力升高

E. 血清胆红素升高

参考答案: A

A2 型题

3. 患者,22 岁,食欲减退,乏力,进行性黄疸 8 天,24 小时尿 <200 ml 已 2 天,神志不清 1 天入院,查肝肋下未及,ALT 40 U/L,胆红素 342 μmol/L,HBsAg阳性。哪项指标最能及时预测病情变化和预后

A. 血红蛋白定量

B. 血胆红素

C. 血胆固醇量

D. 血凝血酶活动度测定

E. 血 ALT 活性测定

参考答案:D

B1 型题

4.

A. 凝血酶原活动度 <40%

B. 胆红素 > 17.1 μmol/L

C. 碱性磷酸酶明显升高

D. 丙氨酸转氨酶明显升高

E. HPT 逐渐升高

①急性重型肝炎诊断的重要依据是

②急性重型肝炎预后良好的标志是

参考答案:①A ②E

【考点评析】

肝功能检查包括血清胆红素检查、蛋白质测定、凝血酶原时间、血清转氨酶、转肽酶。

命题考点 5 肝炎的病原学检测

【历年真题纵览】

A1 型题

1. 下列血清标志物中,哪一项是急性乙型肝炎出现最早的标志物

A. HBsAg

B. 抗-HBs

C. HBeAg

D. 抗-HBe

E. DNA 多聚酶

参考答案:A

2. 关于 HBsAg 与抗- HBs 下列哪项说法是错误的

A. HBsAg 与乙肝病毒常同时存在,是传染性指标之一

B. HBsAg(+)也可能是 HBV 携带者

C. HBsAg 持续存在于急性感染恢复期

D. 抗- HBs(+)表示病人曾感染过 HBV

E. 抗- HBs(+)是一种保护性抗体

参考答案:C

3. 下列乙肝病毒标记物中反映 HBV 有活动性复制和传染性的是

A. 表面抗原(HBsAg)

B. 表面抗体(抗-HBs)

C. e 抗原(HBeAg)

D. e 抗体(抗-HBe)

E. 核心抗体(抗-HBc)

参考答案:C

4. 下列哪项检查阳性表示乙型肝炎患者传染性强

A. HBsAg

B. 抗-HBs

C. HBeAg

D. 抗-HBe

E. 抗-HBc

参考答案:C

5. 乙型肝炎疫苗接种成功的标志是

A. 抗 HBs(+)

B. 抗 HBc(+)

C. 抗 HBe(+)

D. 抗 HBs(-)

E. 抗 HBc(-)

参考答案:A

6. HBV 感染进入后期与传染性减低的指标是

A. HBsAg(+)

B. 抗-HBs(+)

C. HBeAg(+)

D. 抗-HBc(+)

E. 抗-HBe(+)

参考答案:E

7. 下列血清标志物中,据哪一项可基本否定慢性丁型肝炎的诊断

A. HBeAg(-)

B. HBsAg(-)

C. HDAg(-)

D. IgM 抗 HDV(-)

E. PCR 检测 HBV-DNA(-)

参考答案:B

8. HBsAg 与 HBeAg 均阳性说明病人

A. 病毒复制强,有传染性

B. 具有免疫力

C. 病情比较稳定

D. 乙肝恢复期

E. 无传染性

参考答案:A

9. 作为机体获得对 HBV 免疫力及乙型肝炎患者痊愈的指标是

A. HBsAg(+)

B. 抗 - HBs(+)

C. HBeAg(+)

D. 抗 - HBc(+)

E. 抗 - HBe(+)

参考答案:B

B1 型题

10.

A. HBsAg

B. 抗-HBs

C. HBcAg

D. 抗-HBc

E. 抗-HBe

①感染后,最早出现的抗体是

②不游离存在于血液中的标志物是

参考答案:①D ②C

11.

A. HBsAg 阳性

B. HBeAg 阳性

C. 抗-HBe 阳性

D. 抗-HBc 阳性

E. 抗-HBs 阳性

①感染 HBV 后出现保护性抗体的标志是

②HBV 复制活跃的标志是

参考答案:①E ②B

12.

A. 抗-HBe

B. 抗-HBs

C. HBcAg

D. HBsAg

E. 抗-HBc

①注射乙肝疫苗后阳性的标志是

②HBV 处于复制状态,有传染性的是

参考答案:①B ②C

【考点评析】

1. HBsAg 是感染 HBV 后最早出现的血清学标志,感染 4 ~7 周血清中开始出现。

2. HBeAg 阳性提示乙肝病毒在体内复制,其传染性最强。

3. 抗-HBs阳性提示对HBV产生了免疫力。

4. 抗-HBe持续阳性提示HBV复制处于低水平。

5. 抗-HBc阳性且滴度较高提示HBV有活动性复制,抗-HBc阳性且滴度较低提示为过去感染。

命题考点6 诊断依据

【历年真题纵览】

A2型题

1. 女,16岁,食欲减退、乏力、黄疸进行性加深10天,尿少3天,神志不清1天。查体:嗜睡状,皮肤巩膜明显黄染,皮肤可见瘀斑。有扑击性震颤,肝脾未扪及,血清总胆红素238 μmol/L,ALT 450 U/L,血清碱性酸酶6.4 U/L,临床上应考虑哪种类型的病毒性肝炎

A. 急性重症肝炎
B. 亚急性重症肝炎
C. 慢性重症肝炎
D. 急性黄疸型肝炎
E. 淤胆型肝炎

参考答案:A

2. 男,28岁,3年来反复乏力、纳差、肝区隐痛,血清转氨酶反复升高,胆红素偏高,血清球蛋白升高,类风湿因子阳性。体检:面色灰暗、肝掌及蜘蛛痣,肝右肋下2 cm,质地中等,脾肋下0.5 cm。对此病例的诊断应是

A. 慢性迁延性肝炎
B. 慢性活动性肝炎
C. 慢性重型肝炎
D. 胆道感染
E. 类风湿关节炎

参考答案:B

3. 患者,男,30岁。3天前出现恶寒,发热,纳差,自服五积散不效。今晨起病情加重,又见恶心呕吐,巩膜、皮肤黄染,小便黄。苔微腻,脉弦。实验室检查:血清转氨酶显著升高,乙肝六项正常。过去无肝炎病史。其诊断应首先考虑的是

A. 急性甲型肝炎
B. 急性无黄疸型甲肝
C. 慢性乙肝
D. 重型肝炎
E. 急性乙肝

参考答案:A

4. 患者,男,40岁。两胁胀痛,痛无定处,食少纳呆,舌苔薄白,脉弦。实验室检查:血清丙氨酸转氨酶246 U/L,HBsAg阳性。其证型是

A. 肝肾阴虚
B. 肝胆湿热
C. 瘀血阻络
D. 脾肾阳虚
E. 肝气郁结

参考答案:E

5. 男,50岁,慢性肝炎史20年。5年前出现食管黏膜下静脉曲张,3个月前发现肝右叶拳头大肿物。甲胎蛋白阳性。患者的正确诊断是

A. 慢性肝炎
B. 慢性肝炎伴胆管上皮癌
C. 慢性肝炎伴食管静脉曲张
D. 慢性肝炎伴肝硬化
E. 肝硬化伴细胞性肝癌

参考答案:E

【考点评析】

1. 根据流行病学、临床表现和实验室检查,结合患者的具体情况及动态变化进行综合分析,并根据特异性检查作出病原学诊断。

2. 需与传染性单核细胞增多症、中毒性肝炎、肝外阻塞性黄疸等疾病鉴别。

命题考点7 肝炎的治疗和预防

【历年真题纵览】

A1型题

1. 对HBeAg阳性母亲所生下的新生儿预防HBV感染最有效的措施是

A. 丙种球蛋白
B. 高效价乙肝免疫球蛋白
C. 乙肝疫苗
D. 乙肝疫苗+高效价乙肝免疫球蛋白
E. 乙肝疫苗+丙种球蛋白

参考答案:D

2. 病毒性肝炎的治疗原则哪项不正确

A. 急性肝炎予以保肝及支持治疗
B. 急性丙肝可以予以抗病毒治疗
C. 慢性肝炎抗病毒治疗基础上的综合治疗
D. 重型肝炎予以支持对症治疗
E. 各型肝炎都应积极寻找肝源,准备进行肝

移植

参考答案:E

3. 病毒性乙型肝炎抗病毒治疗常用药物是

A. 阿卡明

B. 干扰素

C. 白细胞介素-2

D. 强力宁

E. 猪苓多糖

参考答案:B

【考点评析】

1. 慢性肝炎的抗病毒治疗包括干扰素、核苷类似物、病毒唑和免疫调节治疗。

2. 预防包括管理传染源、切断传播途径和保护易感人群。急性甲型及戊型肝炎自发病之日起隔离3周。

第三单元 流行性出血热

命题考点1 生物学和流行病学特性

【历年真题纵览】

A1 型题

1. 以鼠类为主要传染源的传染性疾病是

A. 流行性脑脊髓膜炎

B. 传染性非典型肺炎

C. 流行性出血热

D. 霍乱

E. 细菌性痢疾

参考答案:C

2. 下列哪一项不属于流行性出血热的传播途径

A. 接触传播

B. 饮食传播

C. 空气传播

D. 蚊媒传播

E. 螨媒传播

参考答案:D

3. 下列有关流行性出血热的描述,正确的是

A. 发病以青少年为主

B. 一般不经呼吸道传播

C. 无明显季节性

D. 所有患者均有五期经过

E. 可有母婴传播

参考答案:E

【考点评析】

1. 流行性出血热病毒属 RNA 病毒,自然携带该病毒的主要是小型啮齿动物,人不是本病的主要传染源。

2. 病毒能通过宿主动物的血及唾液、尿、便等排出体外,可以通过接触传播、呼吸道传播、消化道传播、虫媒传播和垂直传播途径传播。

3. 人群普遍易感,病后在发热期即可检出血清特异性抗体,2 周可达到高峰。

4. 该病毒进入人体后随血流首先感染血小板、血管内皮细胞和单核细胞等,然后进入骨髓、肝、脾、肺、淋巴等组织进一步增殖后,病毒大量进入血流引起病毒血症。

命题考点2 流行性出血热的临床表现

【历年真题纵览】

A1 型题

1. 流行性出血热早期休克最主要的原因是

A. 大出血

B. DIC

C. 脱水

D. 血浆大量渗出,血容量下降

E. 继发细菌感染

参考答案:D

2. 下列各期,流行性出血热患者可出现"三痛"症状的是

A. 发热期

B. 低血压期

C. 少尿期

D. 多尿期

E. 恢复期

参考答案:A

3. 流行性出血热常有典型的"三痛"指

A. 头痛、腰痛、眼眶痛

B. 头痛、背痛、眼眶痛

C. 头痛、腰痛、腿痛

D. 腰痛、腿痛、牙痛

E. 腰痛、腿痛、前额痛

参考答案:A

4. 流行性出血热早期出血的主要原因是

A. 弥散性血管内凝血

B. 凝血因子缺乏

C. 血小板减少

D. 血中肝素类物质增多

E. 全身小血管壁损害及血小板减少

参考答案:E

5. 流行性出血热患者全身各组织器官都可有充血、出血、变性、坏死,表现最为明显的器官是

A. 心

B. 肺

C. 肾

D. 脑垂体

E. 大肠

参考答案:C

B1 型题

6.

A. 黏液脓血便

B. 四肢抽搐,顽固性呕吐

C. 皮肤黏膜出血点

D. 发热,盗汗

E. 腹泻,呕吐

①霍乱的典型表现是

②流行性出血热的典型表现是

参考答案:①E ②C

7.

A. 心源性休克

B. 内失血浆性休克

C. 感染中毒性休克

D. 失水性休克

E. 失血性休克

①中毒型菌痢的休克属于

②流行性出血热的休克属于

参考答案:①C ②B

A2 型题

8. 女,19 岁,农民。12 月在水利工地上突起发热,伴头痛,眼眶痛,腰痛。病程第 4 日就诊时热已退,血压偏低,球结膜水肿,出血,胸背部见条索点状瘀点。前一日 24 小时尿量 340 ml。该病例最可能的诊断是

A. 败血症

B. 血小板减少性紫癜

C. 流行性出血热

D. 钩体病

E. 急性肾小球肾炎

参考答案:C

9. 32 岁男性患者,因发热、腰痛 5 天,无尿 2 天以"流行性出血热"入院。入院后经利尿、纠酸等治疗未见好转。目前烦躁不安,眼睑浮肿,脸潮红,体表静脉充盈,血压 23/12 kPa,心率 120 次/分,律齐。应考虑是

A. 心力衰竭

B. 肾脏脑病

C. 高血压脑病

D. 高血容量综合征

E. 肺实质弥漫性出血

参考答案:D

【考点评析】

1. 流行性出血热的临床过程分为发热期、低血压休克期、少尿期、多尿期、恢复期。

2. 在发热期特征性表现为头痛、腰痛、眼眶痛(三痛征),颜面、颈、上胸潮红(三红征),球结膜、咽部、舌质充血鲜红或出血(黏膜三红征)。

3. 在低血压休克期的特点是热退病情反而加重。

命题考点 3 流行性出血热的实验室检查

【历年真题纵览】

A1 型题

1. 下列哪一型并非属于流行性出血热早期实验室检查的典型结果

A. 外周血白细胞总数增多

B. 外周血异常淋巴细胞增多

C. 血小板数减低

D. 血红蛋白明显减低

E. 尿蛋白阳性

参考答案:D

B1 型题

2.

A. 伤寒

B. 中毒型菌痢

C. 流行性乙型脑炎

D. 急性病毒性肝炎

E. 流行性出血热

①血中白细胞增多,血小板明显较少,多见于

②血中白细胞增多,异型淋巴细胞比例常高于 10%,多见于

参加答案:①E ②E

【考点评析】

1. 在病后第2日可出现尿蛋白，部分患者尿中有膜状物。

2. 发热期始有血小板降低。

3. 血清特异性抗体 IgM 在第1病日即可阳性，第3病日阳性率近100%。

命题考点4 流行性出血热的诊断及诊断依据

【历年真题纵览】

A1 型题

1. 确诊流行性出血热的依据是

A. 鼠类接触史

B. 全身感染和中毒症状

C. "三痛"和"三红"征

D. 特异性 IgM 抗体滴度升高

E. 异型淋巴细胞增多

参考答案：D

A2 型题

2. 男，35岁，因发热，咳嗽、头痛、腰痛4天，体温39~40℃。查体：面部潮红，眼球结膜水肿，软腭有充血和出血点。化验：血常规 WBC 12×10^9/L，中性89%，血小板 50×10^9/L，尿常规除蛋白（+++）外，余无异常。医生首先考虑的诊断是

A. 急性上呼吸道感染

B. 流行性感冒

C. 急性肾炎

D. 流行性出血热

E. 急性支气管炎

参考答案：D

【考点评析】

1. 根据流行病学资料、临床表现、常规检查、病原学检查等可明确诊断。

2. 病原学检查方面，血清特异性抗体 IgM 阳性；血或尿标本病毒抗原或病毒 RNA 阳性可确诊。

3. 在本病的发热期应与上呼吸道感染、流感、流脑等鉴别；低血压休克期应与中毒型菌痢、休克型肺炎等鉴别，出血倾向明显者应与血小板减少性紫癜等鉴别，以急性肾衰少尿为主要表现者应与急性肾小球肾炎等鉴别。

命题考点5 流行性出血热各期治疗和预防

【历年真题纵览】

A1 型题

1. 流行性出血热发热期的治疗原则是

A. 补充血容量、纠正酸中毒、血管活性药物与肾上腺皮质激素应用

B. 稳定内环境、促进利尿、导泻和放血疗法、透析疗法

C. 控制感染、减轻外渗、改善中毒症状、预防 DIC

D. 维持水与电解质平衡

E. 补充营养，逐渐恢复工作

参考答案：C

2. 下列各项，不属于流行性出血热少尿期治疗措施的是

A. 输血浆

B. 利尿

C. 导泻

D. 透析

E. 补液

参考答案：E

A2 型题

3. 一流行性出血热患者，第9病日尿量80 ml，血压24/16 kPa，脉洪大，面浮肿，体表静脉充盈，两肺底散在少许湿啰音。此时治疗上应采取下列何项措施

A. 改用平衡盐液静滴、降压、促进利尿、导泻

B. 采用高渗糖溶液静滴、降压、利尿

C. 纠正酸中毒，静滴利尿药和扩血管药

D. 严格控制液体入量，加强利尿导泻，必要时放血或血透

E. 应用甘露醇利尿

参考答案：D

A3 型题

4. 23岁男性农民，11月份因发热、头痛、呕吐3天为主诉入院。体检：面颈部潮红，双腋下少许出血点，化验：尿常规蛋白（++），红细胞3~10个/HP，末梢血象：WBC 23.0×10^9/L，异型淋巴10%，PLT 48×10^9/L。

①该患者的诊断可能为

A. 钩端螺旋体病

B. 流行性乙型脑炎

C. 流行性脑脊髓膜炎

D. 流行性出血热

E. 胆囊炎

参考答案：D

②住院 2 天后，热退但症状加重，出血点增加，四肢厥冷，脉搏细弱，BP：80/60 mmHg。此时对该患者的治疗原则首先是

A. 积极补充血容量

B. 以应用血管活性药物为主

C. 以应用激素为主

D. 以纠正酸中毒为主

E. 以输入胶体液为主

参考答案：A

【考点评析】

1. 发热期治疗原则为早发现、早休息、早治疗及就近治疗，把好休克、出血、肾衰和继发感染四关。

2. 低血压休克期的治疗原则为补充血容量、纠正酸中毒、改善微循环、维护重要脏器的功能等。

3. 少尿期治疗关键是防治肾衰竭及其并发症。多尿期治疗主要是注意水电解质平衡，防治继发感染。

4. 对本病的预防包括疫情监测、灭鼠防鼠、加强食品卫生管理、注意个人防护和疫苗注射。

第四单元　艾滋病

命题考点 1　艾滋病的生物学和流行病学特性

【历年真题纵览】

A1 型题

1. 可经母婴途径传播的传染病是

A. 伤寒

B. 霍乱

C. 艾滋病

D. 鼠疫

E. 细菌性痢疾

参考答案：C

2. 艾滋病的传染下列哪一项未被证实

A. 急性感染期的病人

B. 血清抗 HIV 阳性者

C. 隐性感染者/无症状感染者

D. 已感染 HIV 的动物

E. 有机会性感染的晚期病人

参考答案：D

3. 艾滋病的传播途径中，下列哪一条是不肯定的

A. 性接触

B. 蚊叮咬

C. 接触血液或其他制品

D. 静脉药瘾者

E. 母婴传播

参考答案：B

【考点评析】

1. 引起艾滋病（AIDS）的病原体是人类免疫缺陷病毒（HIV），是一种 RNA 病毒。该病毒不耐酸。

2. 艾滋病患者和无症状 HIV 感染者都是传染源，血液、精液和阴道分泌物能传播 HIV。

3. AIDS 可通过性传播、血液或血液制品传播，其中包括器官或组织移植传播、母婴传播。

4. 人群对本病普遍易感。目前我国已进入艾滋病的快速增长期。

5. HIV 可致辅助性 T 淋巴细胞等免疫系统的细胞出现溶解或死亡，或出现功能缺陷。AIDS 的病理改变可分为淋巴、造血组织和神经系统的原发病变，是病毒直接引起的。另一类是免疫功能障碍引起的机会感染和恶性肿瘤。

命题考点 2　临床分期及表现

【历年真题纵览】

A1 型题

1. 下列各项，不属艾滋病典型表现的是

A. 口咽念珠菌感染

B. 长期发热

C. 头痛，进行性痴呆

D. 皮肤黏膜出血

E. 慢性腹泻

参考答案：E

2. 艾滋病的潜伏期，通常在下列哪个范围

A. 1 ~ 2 个月

B. 1 ~ 2 个月（平均 40 天）

C. 3 ~ 5 天

D. 6 ~ 12 周

E. 2 ~ 10 年（平均 5 年）

参考答案:E

3. 下列哪项不是艾滋病期的表现

A. 卡波西肉瘤

B. 脉络膜视网膜炎

C. 持续性淋巴结肿大

D. 消化道感染

E. 呼吸道感染

参考答案: C

【考点评析】

1. 急性感染期可持续3~4天,表现为发热、乏力、咽痛等类似上呼吸道感染。

2. 无症状感染期可持续2~10年或更久,患者无任何临床症状。

3. 艾滋病前期可有淋巴结肿大、全身不适、肌肉疼痛、各种感染等。

4. 艾滋病期发生各种机会性感染和各种恶性肿瘤。

命题考点3 实验室检查

【历年真题纵览】

A1 型题

在感染 HIV 后抗- HIV 由阴转阳的最早时间是

A. 感染后2~6周

B. 感染后2~6个月

C. 持续性全身淋巴结肿大期

D. 合并卡氏肺孢子虫肺炎时

E. 合并卡波西肉瘤时

参考答案: A

【考点评析】

1. 实验室检查白细胞总数常减少,淋巴细胞绝对值下降。

2. 抗-HIV 初筛试验阳性并经确认试验证实,为诊断 HIV 感染的必要条件。

3. 免疫学检测中 CD_4^+ 细胞计数是 HIV 感染进程及指导治疗的指标,感染者应每6个月检查一次,还有针对机会感染和恶性肿瘤的其他检查。

命题考点4 艾滋病的诊断

【历年真题纵览】

A1 型题

1. 确定某人为艾滋病病毒感染者时,哪一条必不可少

A. 有可能感染的病史

B. 有血清抗 HIV 阳性

C. 自病人血液分离出 HIV

D. 有一定特殊的临床症状

E. 有发生机会性感染或恶性肿瘤的表现

参考答案:B

A2 型题

2. 男,40岁,因反复机会性感染入院,检查发现患者伴发卡波西肉瘤,诊断应首先考虑

A. 先天性胸腺发育不全

B. 腺苷脱氨酶缺乏症

C. X-性连锁低丙球血症

D. 艾滋病

E. 选择性 IgA 缺乏症

参考答案:D

【考点评析】

艾滋病病例有确诊病例和疑似病例。

1. 确诊病例

(1) HIV 感染者:有流行病史且抗-HIV 阳性。急性 HIV 感染系高危人群在随访过程中抗-HIV 阳转,并经确认试验证实。

(2) 艾滋病:流行病史及相应的临床表现,抗-HIV 阳性,$CD4^+$ 总数 $<0.2\times10^9/L$ 或 $CD4^+$ 总数 $(0.2\sim0.5)\times10^9/L$,找到机会感染的病原体或抗原或抗体或肿瘤的病理证据。

2. 疑似病例

(1) 有流行病史及临床表现,但抗-HIV 阴性。

(2) 抗-HIV 阳性者所生的子女。

(3) 有流行病史,临床表现不明显,CD^+ 细胞总数 $<0.2\times10^9/L$。

(4) 有口腔念珠菌感染、皮肤黏膜卡波西肉瘤、卡氏肺囊虫肺炎、隐球菌脑膜炎或进展性肺结核等,要追查抗-HIV,如阳性可确诊,反之应定期随访,做有关的血清学和免疫学检查,直至能确定或否定诊断。

命题考点5 艾滋病的治疗原则及方法

【历年真题纵览】

A1 型题

1. 不能用于艾滋病治疗的抗病毒药物是

A. 齐多夫定

B. 双脱氧胞苷

C. 双脱氧肌苷

D. 阿糖腺苷

E. 拉米夫定

参考答案:D

2. 艾滋病的治疗涉及多个方面,当前哪一条为实际进行的

A. 抗病毒治疗、免疫治疗与并发症治疗并重

B. 以并发症(感染、肿瘤)治疗为主

C. 以免疫治疗为主,兼顾抗病毒治疗与并发症治疗

D. 以对症治疗为主,兼顾抗病毒治疗

E. 以对症、支持治疗为主,兼顾对并发症的治疗

参考答案:A

【考点评析】

1. 治疗原则主要是抑制病毒在体内复制,并注意各种机会感染及恶性肿瘤。抗病毒治疗、免疫治疗、机会感染和恶性肿瘤的治疗支持及对症治疗、预防性治疗。

2. 抗病毒治疗

(1)反转录酶抑制剂:包括核苷类似物(NRTI)和非核苷类似物(NNRTI)两类。NRTI 可与 HIV 反转录酶结合抑制其活性,并可在细胞内磷酸化,形成三磷酸脱氧核苷酸,作为 DNA 合成的底物被链接到 HIV 新合成的 DNA 链上,由于它们无 3 羟基,不能使新合成的 DNA 链再继续延长,阻止了病毒 DNA 链的合成。NNRTI 主要与 HIV 反转录酶的疏水区结合,直接抑制病毒反转录酶的活性,进而抑制 HIV 的反转录过程。

(2)蛋白酶抑制剂(PI):此类药物可与病毒多聚蛋白体竞争结合蛋白酶,进而抑制蛋白酶活性,阻止病毒的成熟。

(3)高效抗反转录病毒治疗(highly active anti-retroviral therapy,HAART):单用一种抗病毒药物疗效低,易诱发病毒变异,产生耐药性,因而目前主张联合用药,常用两种 NRTI 加一种 PI 或两种 NRTI 加一种 NNRTI。AIDS 患者经 HAART 治疗后只要病毒复制被有效抑制且能维持足够长的时间,其免疫功能可有不同程度的恢复,病死率下降。

3. 免疫治疗:可试用α-干扰素及白细胞介素 2 等,似有短期疗效。静脉注射人血丙种球蛋白,对治疗机会感染有帮助。严禁应用有免疫抑制作用的药物。

4. 机会感染与恶性肿瘤的治疗

(1)抗原虫治疗

①卡氏肺囊虫肺炎:首选复方新诺明治疗。

②弓形虫病:常用乙胺嘧啶和磺胺嘧啶联合治疗,也可用乙胺嘧啶加复方新诺明或加克林霉素。

③隐孢子虫肠炎:口服螺旋霉素或阿奇霉素,也可用甲硝唑和克林霉素,可以减轻症状但不能清除原虫体。

(2)抗真菌治疗

①隐球菌脑膜炎:首选两性霉素 B 静脉滴注,常与 5-氟胞嘧啶联合用药,也可与氟康唑合用。

②念珠菌性口腔炎和咽炎:轻者可用制霉菌素加甘油局部涂搽,重者可口服氟康唑。

(3)抗病毒治疗

①疱疹病毒感染:可用阿昔洛韦治疗。

②肝炎病毒感染:艾滋病患者常合并 HBV 和 HCV 感染,可试用干扰素。

(4)抗细菌治疗

①结核或胞内鸟型分枝杆菌感染:可用环丙沙星、利福平、乙胺丁醇、异烟肼联合方案,如肝功能正常也可考虑用吡嗪酰胺、链霉素,如有副反应可改用阿米卡星。

②其他革兰阳性球菌或革兰阳性杆菌感染:可用哌拉西林或一代、二代头孢菌素。如为耐药金葡菌感染,首选万古霉素。如系绿脓杆菌感染,可选用头孢他啶或环丙沙星,严重者可加用丁胺卡那。

(5)并发恶性肿瘤的治疗:卡波西肉瘤可用长春新碱和阿霉素等,也可选用α-干扰素。

5. 支持及对症治疗:加强营养,不能口服者可用胃肠营养或静脉高营养。贫血及白细胞、血小板低者可输血。患者常有忧郁、绝望等表现,需进行心理和精神治疗,不应歧视。

命题考点 6 艾滋病的预防

【历年真题纵览】

A1 型题

预防艾滋病的措施很多,但不包括下列哪一项

A. 加强对艾滋病病人的治疗护理,限制其传染性

B. 对艾滋病病人隔离,限制其学习与工作

C. 加强对艾滋病病人的教育,杜绝其性乱行为

D. 加强对献血人员的管理,防止 HIV 感染者献血

E. 禁止艾滋病感染者结婚

参考答案:B

【考点评析】

预防包括管理传染源，切断传播途径，如提倡使用避孕套、禁止吸毒、严格使用血及血制品等，保护易感人群。

第五单元　传染性非典型肺炎

命题考点 1　SARS 冠状病毒生物学和流行病学特性

【历年真题纵览】

A1 型题

1. "非典"的主要传播途径是

A. 经空气飞沫传播

B. 经消化道传播

C. 经接触传播

D. 性传播

E. 血液传播

参考答案：A

B1 型题

2.

A. 空气

B. 水、食物

C. 蚊虫

D. 土壤

E. 母婴

①传播 SARS 的是

②传播流脑的是

参考答案：①A　②A

【考点评析】

1. 传染性非典型肺炎(SARS)是由 SARS 冠状病毒(SARS-CoV)感染后引起的一种急性呼吸系统传染病，该种病毒为有包膜的 RNA 病毒，室温下可在尿里存活至少 10 天，75℃加热 30 分钟能够灭活病毒。

2. 主要传播途径是直接接触患者的呼吸道分泌物。

3. 人群普遍易感。主要流行于冬季。病毒由呼吸道进入人体，在呼吸道黏膜上皮内复制，进一步引起病毒血症。

命题考点 2　传染性非典型肺炎的临床表现

【历年真题纵览】

A1 型题

1. 传染性非典型肺炎的潜伏期一般为

A. 1～3 天

B. 2～10 天

C. 5～7 天

D. 14 天

E. 1 个月

参考答案：B

2. 典型传染性非典型肺炎的首发症状是

A. 发热

B. 咳嗽

C. 呼吸困难

D. 腹泻

E. 鼻塞、流涕

参考答案：A

3. SARS 的首发症状是

A. 发热

B. 咳嗽

C. 腹泻

D. 胸闷

E. 鼻塞

参考答案：A

【考点评析】

1. 潜伏期为 1～14 天，一般为 2～10 天。

2. 起病急，常以发热为首发和主要症状，进入进展期，通常难以用退热药控制高热，病程为 1～2 周，可有咳嗽、胸闷甚至呼吸窘迫等。

3. 体征不明显，部分患者可有少许湿啰音。

4. 临床分为早期、进展期和恢复期。

命题考点 3　传染性非典型肺炎的辅助检查

【历年真题纵览】

A1 型题

1. 能可靠反映传染性非典型性肺炎病程进展的检查手段是

A. CT 检查
B. B 超检查
C. 血清检查
D. X 线胸片
E. 病毒分离培养

参考答案:D

2. 下列关于传染性非典型肺炎(SARS)患者外周血象及淋巴细胞检测的叙述,错误的是

A. 白细胞计数正常或下降
B. 常有淋巴细胞减少
C. 血小板计数可减少
D. $CD4^+$、$CD3^+$T 淋巴细胞均显著减少
E. 血红蛋白明显降低

参考答案:D

【考点评析】

1. 实验室检查包括外周血象、T 细胞亚群检测、血生化检查、SARS-CoV 抗体检查。

2. 胸部 X 线或 CT 检查基本影像表现为磨玻璃密度影像和肺实变影像。

命题考点 4 临床诊断

【历年真题纵览】

A1 型题

1. 下列与传染性非典型性肺炎诊断有关的描述,错误的是

A. 疑似诊断病例
B. 临床诊断病例
C. 医学观察病例
D. 重症传染性非典型性肺炎
E. 轻型传染性非典型性肺炎

参考答案:E

2. 临床诊断某病人患传染性非典型肺炎必须要有的依据是

A. 血白细胞降低
B. 抗菌药物治疗无效
C. 刚从"非典"疫区返回
D. 临床症状体征和胸部影像学改变
E. 用激素治疗后病情缓解

参考答案:D

【考点评析】

1. 根据流行病学史、临床症状和体征、一般实验室检查、胸部 X 线影像学改变,配合 SARS 病原学检测,排除其他类似的疾病,可以作出 SARS 的诊断。具有临床症状和出现肺部 X 线影像改变,是诊断 SARS 的基本条件。

2. 分为临床诊断、确定诊断、疑似病例和医学观察病例。

命题考点 5 传染性非典型肺炎的治疗原则及方法

【历年真题纵览】

A1 型题

"非典"治疗的重点应放在

A. 用干扰素抗病毒治疗
B. 用特异性免疫球蛋白
C. 合理使用糖皮质激素基础上的综合治疗
D. 补充大量维生素
E. 止咳

参考答案:C

【考点评析】

1. 目前缺少针对病因的特效治疗,临床上应以对症支持治疗和针对并发症的治疗为主。

2. 糖皮质激素的使用目的在于抑制异常的免疫病理反应,改善机体的一般状况,减轻肺的渗出、损伤,防止或减轻后期的肺纤维化。

命题考点 6 传染性非典型肺炎的预防

【历年真题纵览】

A1 型题

根据传染病防治法,SARS 的管理应

A. 按甲类管理
B. 按乙类管理
C. 按丙类管理
D. 各级医疗机构自行决定
E. 各省级卫生管理机构自行决定

参考答案:A

【考点评析】

SARS 是按照甲类传染病管理的传染病之一。

1. 管理传染源

(1)早发现、早报告、早隔离、早治疗患者。

(2)对确诊病例、临床诊断病例、疑似病例应在

指定的地点按呼吸道传染病分别进行隔离治疗。同时满足以下条件时方可出院:①未用退热药物,体温正常7天以上;②呼吸系统症状明显改善;③胸部影像学有明显吸收。

(3)对医学观察病例,条件许可时应在指定的地点或家中接受医学观察、检疫,检疫期一般为14天。

2.切断传播途径

(1)养成良好的个人卫生习惯,如打喷嚏、咳嗽捂住口鼻,清洁鼻子后洗手,洗手后用清洁毛巾或纸巾擦干,不共用毛巾。

(2)流行期间避免前往空气不流通、人口密集的公共场所,减少集会活动。

(3)医院必须加强管理,高度重视消毒隔离,注意医护人员的防护,防止医院内交叉感染。

(4)有关SARS的实验或检验应在具备生物安全防护条件的实验室进行,并做好工作人员的防护。

3.保护易感人群:研制SARS-CoV疫苗,以积极主动预防SARS。

第六单元 流行性脑脊髓膜炎

命题考点1 病原学和流行病学特性

【历年真题纵览】

A1型题

1.流行性脑脊髓膜炎的病原体是

A.肺炎球菌
B.流行性感冒杆菌
C.乙型溶血性链球菌
D.金黄色葡萄球菌
E.脑膜炎球菌

参考答案:E

2.造成流行性脑脊髓膜炎大流行的因素主要是

A.菌群毒力增强
B.菌群变异
C.带菌者增多
D.人群免疫力下降,新的易感者逐渐累及增加
E.细菌产生耐药性造成流行性

参考答案:D

3.我国流行性脑脊髓膜炎当前主要流行菌群是

A.A群为主,B群次之,C群局部地区出现
B.B群为主,A群次之
C.C群为主,D群次之
D.C群为主,B群次之
E.D群为主,A群次之

参考答案:A

4.流行性脑脊髓膜炎败血症期患者皮肤瘀点的主要病理基础是

A.血管脆性增强
B.播散性血管内凝血(DIC)
C.血小板减少
D.小血管炎致局部坏死及栓塞
E.凝血功能障碍

参考答案:D

B1型题

5.

A.12~1月
B.2~4月
C.5~6月
D.7~9月
E.10~12月

①菌痢多见于
②流脑好发于

参考答案:①D ②B

6.

A.空气传播
B.水和食物源传播
C.虫媒传播
D.血液和体液传播
E.母婴传播

①流行性脑脊髓炎的传播途径与上述哪项有关
②霍乱的传播途径与上述哪项有关
③丙型肝炎传播途径与上述哪项有关

参考答案:①A ②B ③D

7.

A.肠毒素
B.细胞毒素
C.神经毒素
D.内毒素
E.类毒素

①霍乱发病主要由哪项引起
②流脑发病主要由哪项引起

参考答案:①A ②D

【考点评析】

1.流行性脑脊髓膜炎是由脑膜炎球菌引起的急性化脓性脑膜炎。脑膜炎球菌属于奈瑟菌属,仅存于人体,以C型血清群毒力较强。

2. 带菌者和患者为传染源。

3. 空气传播。

4. 任何年龄均可发病，冬春季发病较多，主要发生于15岁以下的儿童。

5. 流脑的基本病变是血管内皮损害，小血管和毛细血管内皮肿胀、坏死和出血，中性粒细胞浸润。

命题考点2 临床表现

【历年真题纵览】

A1 型题

1. 流行性脑脊髓膜炎暴发休克型的主要临床表现，下列哪项是错误的

A. 寒战、高热、中毒症状严重

B. 散在皮肤瘀点

C. 周围循环衰竭

D. 脑脊液此时多澄清

E. 尿量减少或无尿

参考答案：B

2. 高热、头痛、呕吐，全身皮肤散在瘀点，烦躁不安，最可能的诊断是

A. 结核性脑膜炎

B. 流行性脑脊髓膜炎

C. 流行性乙型脑炎

D. 伤寒

E. 中毒性细菌性痢疾

参考答案：B

【考点评析】

1. 普通型分为上呼吸道感染期、败血症期、脑膜炎期。

2. 暴发型包括败血症休克型、脑膜脑炎型、混合型。

命题考点3 实验室检查

【历年真题纵览】

A1 型题

1. 流行性脑脊髓膜炎脑脊液典型生化改变为

A. 压力增高，白细胞数增加，蛋白质增高，糖、氯化物正常

B. 压力增高，白细胞数增加，蛋白质正常，糖、氯化物稍增加

C. 压力增高，白细胞数增加，蛋白质正常，糖、氯化物稍降低

D. 压力增高，白细胞数 $<1\times10^9/L$，蛋白质稍增加，糖、氯化物正常

E. 压力增高，白细胞数 $>1\times10^9/L$，中性粒细胞增加，蛋白质增高，糖、氯化物降低

参考答案：E

2. 不支持流行性脑脊髓膜炎诊断的脑脊液检查的是

A. 外观混浊呈脓性

B. 蛋白质含量高

C. 细胞数 $<0.5\times10^9/L$，以单个核细胞为主

D. 糖含量明显减少

E. 氯化物含量减少

参考答案：C

B1 型题

3.

A. 肥达反应

B. 粪便培养

C. 血培养

D. 粪便镜检

E. 胆汁培养

①确诊流脑常用的检查是

②确诊菌痢常用的检查是

参考答案：①C ②B

【考点评析】

实验室检查包括血象、脑脊液检查（脑脊液混浊似米汤样，细胞数升高，以中心粒细胞为主，蛋白显著增高）、细菌学检查、免疫学检查等。

命题考点4 流脑的诊断与鉴别诊断

【历年真题纵览】

A1 型题

1. 流行性脑脊髓膜炎与其他化脓性脑膜炎具有很大鉴别意义的是

A. 意识障碍的出现和程度

B. 生理反射异常及出现病理反射

C. 皮肤瘀点、瘀斑

D. 发病季节

E. 颅内压增高程度

参考答案：C

A2 型题

2. 男，20岁，农民。发热，头痛，恶心呕吐3天。

查体:T:37.8℃,BP:60/40 mmHg,脉搏细速,躯干有瘀点,双肾区叩击痛,检查血常规 WBC $30\times10^9/L$,中性 0.80,异常淋巴细胞 0.10,血小板 $50\times10^9/L$,尿蛋白(++)。该患者最有可能的诊断为

A. 流行性脑脊髓膜炎
B. 败血症,感染性休克
C. 流行性肾病综合征出血热
D. 钩端螺旋体病
E. 传染性单核细胞增多症

参考答案:A

3. 男,4 岁,3 月 4 日入院。发热,头痛,皮疹近 2 天,突发精神极度萎靡,皮肤瘀斑增多融合成片,面色苍白,四肢厥冷,脉搏细速,血压 11/6 kPa,脑膜刺激征阴性。考虑最有可能的诊断是

A. 流行性脑脊髓膜炎普通型
B. 暴发性流行性脑脊髓膜炎休克型
C. 金黄色葡萄球菌败血症
D. 流行性乙型脑炎
E. 肾综合征出血热

参考答案:B

4. 女,9 岁,学生。1 月底因突起高热、剧烈头痛、恶心伴非喷射性呕吐 1 次入院。体检:神清,全身皮肤散在瘀点、瘀斑,颈项抵抗,心率 120 次/分,两肺无异常,腹软无压痛。化验检查:血白细胞计数 $20\times10^9/L$,中性粒细胞 0.89,淋巴细胞 0.05,单核细胞 0.06。最可能的诊断是

A. 伤寒
B. 流行性脑脊髓膜炎
C. 结核性脑膜炎
D. 流行性乙型脑炎
E. 病毒性脑炎

参考答案:B

【考点评析】

1. 根据流行病学资料、临床表现如突发高热、头痛、呕吐等还有实验室检查可诊断。

2. 本病要与其他化脓性脑膜炎、结核性脑膜炎等鉴别。

命题考点 5　流脑的治疗和预防

【历年真题纵览】

A1 型题

1. 治疗流行性脑脊髓膜炎,应首选的抗菌药物是

A. 磺胺嘧啶
B. 氯霉素
C. 红霉素
D. 磷霉素
E. 青霉素

参考答案:E

2. 流行性脑脊髓膜炎脑膜脑炎型病人出现昏迷、潮式呼吸和瞳孔不等大时,主要抢救措施是

A. 肌内注射苯巴比妥钠
B. 20% 甘露醇液静脉推注
C. 注射山梗菜碱
D. 立即行气管切开
E. 使用人工呼吸机

参考答案:B

B1 型题

3.

A. 青霉素 G
B. 红霉素
C. 氯霉素
D. 诺氟沙星
E. 林可霉素

①流行性脑脊髓膜炎抗菌治疗,应首选的药物是

②细菌性痢疾抗菌治疗,应首选的药物是

参考答案:①A　②D

【考点评析】

1. 治疗包括一般治疗;抗菌治疗;对症治疗。

2. 对于普通型流脑的抗菌药物治疗,青霉素是首选药物,在脑脊液中的浓度为血液浓度的 10% ~ 30%,大剂量注射可使脑脊液达到有效浓度。

3. 在预防方面有药物和菌苗预防,有 A 群和 C 群多糖体疫苗。

第七单元　细菌性痢疾

命题考点 1　痢疾的分群

【历年真题纵览】

A1 型题

1. 痢疾杆菌分为 4 群,目前国内最常见的菌群是

A. 志贺
B. 福氏

C. 鲍氏
D. 宋内
E. 舒氏

参考答案:B

2. 目前认为志贺菌致病必须具备的条件是
A. 过度劳累
B. 暴饮暴食
C. 细菌变异性
D. 痢疾杆菌对肠黏膜上皮细胞的侵袭力
E. 发病季节

参考答案:D

B1 型题

3.
A. 福氏
B. 宋内
C. 鲍氏
D. 志贺
E. 舒氏

①目前国内常见的痢疾杆菌菌群是
②能产生最强外毒素的痢疾杆菌菌群是

参考答案:①A ②D

【考点评析】

1. 细菌性痢疾是由痢疾杆菌引起的肠道传染病。

2. 痢疾杆菌属肠杆菌科志贺菌属,为革兰阴性杆菌,有两种抗原,即菌体(O)抗原及表面(K)抗原,我国的血清型以B型最常见。

命题考点2 致病机制

【历年真题纵览】

A1 型题

1. 痢疾杆菌的主要致病机制是
A. 侵入的细菌数量
B. 外毒素
C. 神经毒素
D. 侵袭力和内毒素
E. 肠毒素

参考答案:D

2. 中毒型菌痢的发病主要是由于
A. 细菌毒力强
B. 感染细菌数量大
C. 细菌外毒素的作用
D. 机体对细菌内毒素的反应性增高
E. 痢疾杆菌突破血脑屏障,侵入中枢神经系统

参考答案:D

【考点评析】

1. 痢疾杆菌对肠黏膜上皮细胞的侵袭力是决定其致病的主要因素;痢疾杆菌可产生内、外两种毒素,内毒素可增高肠壁的通透性,进一步促进毒素的吸收,引起恶寒、发热等毒血症状。

2. 急性菌痢的基本病理变化为急性弥漫性纤维蛋白渗出性炎症,病变部位以乙状结肠为主。慢性患者形成肠壁增厚及慢性溃疡,其周围可有息肉样增生。

命题考点3 生物学和流行病学特性

【历年真题纵览】

A1 型题

1. 中毒型菌痢好发于
A. 2岁以下
B. 2~7岁
C. 10~14岁
D. 青壮年
E. 以上均不是

参考答案:B

2. 细菌性痢疾的传播途径为
A. 密切接触传播
B. 消化道传播
C. 飞沫传播
D. 虫媒传播
E. 体液传播

参考答案:B

【考点评析】

1. 患者和带菌者是传染源,主要经粪-口途径传播。

2. 人群普遍易感,儿童发病率最高。

命题考点4 临床表现

【历年真题纵览】

A1 型题

1. 中毒性菌痢最严重的临床表现是
A. 起病急骤
B. 高热

C. 惊厥
D. 循环衰竭和呼吸衰竭
E. 昏迷
参考答案:D

2. 慢性细菌性痢疾病程,常超过的时间是
A. 1个月
B. 2个月
C. 3个月
D. 6个月
E. 12个月
参考答案:B

3. 下列哪项不是痢疾的必有症状
A. 里急后重
B. 腹痛
C. 下痢赤白脓血
D. 痢下白冻
E. 肛门灼热
参考答案:E

4. 腹痛、腹泻、出现脓血便,伴发热恶寒,最可能的诊断是
A. 细菌性痢疾
B. 阿米巴痢疾
C. 急性胃肠炎
D. 流行性脑脊髓炎
E. 霍乱
参考答案:A

B1 型题

5.
A. 急性菌痢普通型
B. 中毒性菌痢
C. 急性菌痢轻型
D. 慢性菌痢急性发作
E. 慢性菌痢隐匿型
①急起发热,腹痛、腹泻、脓血便,多见于
②突起高热,面色青灰,出冷汗及脉细数,尿少,多见于
参考答案:①A ②B

6.
A. 急性普通型
B. 中毒型休克型
C. 中毒型脑型
D. 慢性急性发作型
E. 慢性隐匿型
下列病例属于菌痢的哪一型
①急起腹痛、腹泻、脓血便,无发热,有慢性腹泻史
②急起畏寒发热、腹痛、腹泻、脓血便
③急起高热,面色苍白,四肢厥冷及发绀、脉细、尿少
参考答案:①D ②A ③B

7.
A. 感染性休克
B. 重度脱水
C. 肝脓肿
D. 柏油样大便
E. 腹膜炎
①霍乱患者容易出现
②中毒性细菌性痢疾容易出现
参考答案:①B ②A

8.
A. 黏液脓血便
B. 米泔水样便
C. 酒醉貌
D. 皮肤、巩膜黄染
E. 皮肤黏膜出血点
①急性典型菌痢的症状为
②流行性脑脊髓膜炎典型表现是
参考答案:①A ②E

9.
A. 胃、十二指肠
B. 小肠
C. 回肠末端
D. 盲肠、升结肠
E. 直肠、乙状结肠
①细菌性痢疾的主要病变部位
②伤寒的主要病变部位
参考答案:①E ②C

【考点评析】

1. 急性菌痢包括急性典型(普通型)菌痢;急性非典型(轻型)菌痢;中毒型菌痢,其中又包括休克型、脑型、混合型。

2. 慢性菌痢包括迁延型、急性发作型、隐匿型。

命题考点5 粪便检查

【历年真题纵览】

A1 型题

1. 确诊急性菌痢,主要靠下列哪项检查
A. 大便常规

B. 大便细菌培养

C. 血常规

D. 乙状结肠镜

E. 血液培养

参考答案：B

A2 型题

2. 男，28 岁，渔民。昨晚进食海蟹一只，晨起腹泻稀水便，10 小时内排便 20 余次，量多，水样，无臭味，中午呕吐 3～4 次，初起水样，后为米泔水样。发病后无排尿，就诊时呈重度脱水征，神志淡漠，BP 80/50 mmHg。下列检查均有助于诊断，除了

A. 血培养

B. 血清凝集试验

C. 大便悬滴镜检

D. 大便碱性蛋白胨增菌培养

E. 大便涂片革兰染色镜检

参考答案：A

【考点评析】

粪便中发现脓细胞，支持急性典型细菌性痢疾。粪便细菌培养是确诊的主要依据，一般应连续送检 3 次。阳性时应常规进行药敏试验。

命题考点 6　诊断

【历年真题纵览】

A1 型题

1. 患者腹痛、腹泻 3 天，大便呈黏液脓血便，伴发热。应首先考虑的是

A. 细菌性痢疾

B. 阿米巴痢疾

C. 急性胃肠炎

D. 血吸虫病

E. 霍乱

参考答案：A

A2 型题

2. 男，40 岁，4 个月前发热、腹痛、腹泻，服药 1 天好转，此后腹泻反复发作，多于劳累及进食生冷食物后，大便 5～6 次/日，稀便有黏液，有腹痛、里急后重。体检：左下腹压痛。大便镜检 WBC 20～30/HP、RBC 5～10/HP，发现有结肠阿米巴滋养体。此病人最可能的诊断是

A. 急性菌痢

B. 阿米巴痢疾

C. 慢性菌痢

D. 慢性血吸虫病

E. 肠结核

参考答案：C

3. 男，23 岁。5 周前因腹痛、腹泻脓血便，伴里急后重感，在当地医院诊断为“急性细菌性痢疾”，经口服环丙沙星治疗 4 天好转。1 天前吃西瓜后再次出现腹痛、腹泻，大便每日达 10 余次，轻度里急后重。粪便镜检每高倍镜视野脓细胞 20～40 个，红细胞 20～30 个。考虑诊断为

A. 急性非典型细菌性痢疾

B. 急性典型细菌性痢疾

C. 慢性迁延性细菌性痢疾

D. 慢性隐匿性痢疾

E. 慢性细菌性痢疾急性发作

参考答案：B

4. 患者男性，40 岁。痢下赤白黏冻，白多赤少，腹痛，里急后重，饮食乏味，中脘饱闷，头身重困，舌质淡红，苔白腻，脉濡缓。症属

A. 寒湿痢

B. 休息痢

C. 噤口痢

D. 虚寒痢

E. 阴虚痢

参考答案：A

5. 患者下痢日久不愈，时发时止，腹胀食少，嗜卧怕冷，常饮食不当、受凉、劳累而发，发作时大使次数增多，黏液夹有血液，舌淡苔腻，脉虚而数。痢疾发作时，粪便镜检 30～40 个白细胞/高倍视野。其证是

A. 阴虚痢

B. 休息痢

C. 虚寒痢

D. 寒湿痢

E. 虚寒痢

参考答案：B

【考点评析】

1. 本病在诊断上分为疑似病例、确诊病例、中毒型菌痢和慢性菌痢。

2. 本病当与其他感染性腹泻、阿米巴痢疾、流行性乙型脑炎等鉴别。

命题考点7 菌痢的治疗和预防

【历年真题纵览】

A1 型题

1. 治疗急性细菌性痢疾病人的首选药物是
A. 四环素
B. 氯霉素
C. 链霉素
D. 诺氟沙星
E. 磺胺脒
参考答案:D

2. 下列中毒性细菌性痢疾的治疗措施,错误的是
A. 抗菌治疗
B. 扩充血容量
C. 纠正代谢性酸中毒
D. 血管活性药物的应用
E. 纠正代谢性碱中毒
参考答案:E

3. 痢疾初起,用药当忌
A. 疏散表邪之品
B. 清热凉血之品
C. 调气行血之品
D. 理气化滞之品
E. 收敛止涩之品
参考答案:E

4. 中毒型痢疾休克型抢救中最重要的措施是
A. 降温止惊
B. 防治循环衰竭
C. 防治脑水肿
D. 防治呼吸衰竭
E. 抗菌治疗
参考答案:B

5. 对中毒型菌痢采用山莨菪碱治疗,其主要作用是
A. 控制抽搐
B. 兴奋呼吸中枢
C. 解除肠道痉挛
D. 抑制频繁的腹泻
E. 解除微循环痉挛
参考答案: E

6. 哪项是预防细菌性痢疾综合措施的重点
A. 切断传播途径
B. 发现并处理带菌者
C. 隔离及治疗病人
D. 服用痢疾活菌苗
E. 流行季节预防投药
参考答案:A

7. 细菌性痢疾的主要预防措施是
A. 隔离及治疗现症病人
B. 流行季节预防服药
C. 及时发现、治疗带菌者
D. 口服痢疾活菌苗
E. 切断传播途径
参考答案:E

A2 型题

8. 患者,女,30 岁。下痢赤白黏冻,有时或见脓血便。腹痛,里急后重,肛门灼热,小便短赤。舌红,苔黄腻,脉滑数。取新鲜粪便标本做细菌培养检出痢疾杆菌。治疗应首选
A. 芍药汤
B. 白头翁汤
C. 胃苓汤
D. 附子理中汤
E. 连理汤
参考答案:A

B1 型题

9.
A. 清热化湿解毒
B. 清热凉血解毒
C. 散寒燥湿化浊
D. 温中理脾
E. 温补固涩
①疫毒型痢疾的治法是
②久痢不止,大肠虚弱,脾肾不固,治宜
参考答案:①B ②E

【考点评析】

1 急性菌痢的病原治疗可选用喹诺酮类、磺胺类等。

2. 中毒型菌痢的治疗应把好高热惊厥、循环衰竭和呼吸衰竭三关。

3. 慢性菌痢的治疗包括抗菌治疗;处理肠道菌群失调和肠功能紊乱等。

4. 痢疾是由于感染湿热疫毒之邪,蕴结肠胃所致。初起如使用收敛止涩之品,易闭门留邪,致病情加重,或时愈时发,反复不休,转为慢性。芍药汤和白头翁汤均治痢疾,白头翁汤主治泻下脓血,赤多白少的热痢;芍药汤治疗腹痛便脓血,赤白相兼的湿热痢。

第八单元 霍 乱

命题考点1 病原学分类

【历年真题纵览】

A1 型题

关于0139型霍乱以下哪条不正确

A. 疫情凶猛,传播迅速

B. 无家族聚集性

C. 人群普遍易感

D. 与01及非01群其他弧菌感染有交叉免疫力

E. 病例散发

参考答案:C

【考点评析】

霍乱是由霍乱弧菌引起的烈性肠道传染病,基本上都是埃尔托型流行。

命题考点2 流行病学特性

【历年真题纵览】

A1 型题

1. 引起霍乱流行的最主要途径是

A. 经水传播

B. 经食物传播

C. 经呼吸道传播

D. 经接触传播

E. 经虫媒传播

参考答案:A

2. 霍乱的流行季节在我国为

A. 3~4月

B. 3~12月

C. 5~6月

D. 9~12月

E. 7~8月

参考答案:E

3. 发生霍乱时,对疫区接触者的检疫期是

A. 3天

B. 5天

C. 7天

D. 9天

E. 12天

参考答案:B

B1 型题

4.

A. 家畜

B. 病人

C. 蚊虫

D. 螺蛳

E. 鼠类

①乙脑传染源主要是

②霍乱传染源是

参考答案:①A ②B

【考点评析】

1. 患者和带菌者是传染源。
2. 本病经粪-口传播。
3. 人群普遍易感。流行地区以沿海地带为主。

命题考点3 霍乱肠毒素的作用机制

【历年真题纵览】

A1 型题

1. 霍乱肠毒素引起小肠过度分泌的机制是由于

A. 弧菌内菌素引起肠细胞分泌功能增强

B. 弧菌产生的酶引起自主神经系统功能失调

C. 弧菌溶血引起自主神经系统功能失调

D. 肠毒素激活细胞环磷酸腺苷介质系统的结果

E. 胆汁分泌减少,引起肠道功能减退

参考答案:D

2. 霍乱泻吐的主要原因是

A. 内毒素作用

B. 肠毒素作用

C. 细菌的直接作用

D. 肠道过敏反应

E. 迷走神经兴奋性增高

参考答案:B

【考点评析】

霍乱弧菌可黏附于上皮细胞刷状缘的微绒毛上,在繁殖和死亡过程中产生强烈的外毒素——霍乱肠毒素,由于胆汁分泌减少及肠液分泌量大,严重者出现米泔水样排泄物。死亡患者的主要病理改变为严重脱水现象。

命题考点4 临床表现

【历年真题纵览】

A1 型题

1. 霍乱病人常见的临床表现是
   A. 先吐后泻
   B. 先泻后吐
   C. 吐泻同时发生
   D. 只泻不吐
   E. 只吐不泻

参考答案：B

2. 霍乱的典型临床症状为
   A. 剧烈泻、吐米泔样物，严重脱水，肌肉痉挛、周围循环衰竭
   B. 剧烈泻、吐米泔样物，高热，严重脱水，肌肉痉挛、周围循环衰竭
   C. 剧烈泻、吐米泔样物，腹痛，严重脱水，肌肉痉挛、周围循环衰竭
   D. 剧烈泻、吐米泔样物，高热，腹痛，严重脱水及周围循环衰竭
   E. 剧烈泻、吐米泔样物，腹痛，严重脱水，脑水肿，周围循环衰竭

参考答案：A

B1 型题

3.
   A. 感染性休克
   B. 重度脱水
   C. 肝脓肿
   D. 柏油样大便
   E. 腹膜炎

①霍乱患者容易出现

②中毒性细菌性痢疾容易出现

参考答案：①B ②A

【考点评析】

1. 霍乱主要症状是呕吐、腹泻，临床典型表现有泻吐期、脱水虚脱期、恢复期。

2. 临床分型可根据脱水程度分为轻型、中型、重型、中毒型四种。

命题考点5 实验室检查

【历年真题纵览】

B1 型题

1.
   A. 肥达反应
   B. 粪便培养
   C. 血培养
   D. 粪便镜检
   E. 胆汁培养

①确诊霍乱常用的检查是

②确诊伤寒常用的检查是

参考答案：①B ②C

2.
   A. 血培养
   B. 粪便培养
   C. 粪便常规
   D. 临床表现
   E. 肥达反应

①伤寒确诊应根据

②霍乱确诊应根据

参考答案：①E ②A

【考点评析】

可根据粪便常规检查作出初步诊断。

命题考点6 诊断与鉴别诊断

【历年真题纵览】

A1 型题

霍乱确诊条件必须依据
   A. 有腹泻，粪培养阳性或血清凝集试验，血清抗体测定效价呈4倍以上增长
   B. 粪涂片可见革兰阴性弧菌
   C. 粪涂片见鱼群样细菌
   D. 剧烈的腹泻，腹痛不明显
   E. 有与霍乱病人接触史，同时出现腹泻

参考答案：A

【考点评析】

根据临床表现和粪便检查或血清检查可确诊。

命题考点7 霍乱的治疗原则及方法

【历年真题纵览】

A1 型题

1. 重型霍乱患者治疗的关键是
   A. 大量口服补液
   B. 有效抗菌治疗
   C. 短期应用糖皮质激素
   D. 禁食
   E. 快速静脉补液

参考答案:E

2. 抢救霍乱病人最紧急的措施是
   A. 抗生素
   B. 补液疗法
   C. 解痉药物
   D. 止吐和止泻药物
   E. 糖皮质激素

参考答案:B

3. 霍乱病人的补液量,中型典型成年病人24小时内一般为
   A. 2 000 ~ 3 000 ml
   B. 3 000 ~ 4 000 ml
   C. 4 000 ~ 8 000 ml
   D. 8 000 ~ 12 000 ml
   E. 12 000 ~ 16 000 ml

参考答案:C

B1 型题

4.
   A. 抗菌治疗
   B. 补液治疗
   C. 糖皮质激素的使用
   D. 血管活性药物的使用
   E. 强心治疗

①霍乱治疗的关键是

②可减少霍乱腹泻量及缩短排菌时间的治疗是

参考答案:①B ②A

【考点评析】

1. 在治疗方面,及时适量补充水及电解质是治疗的关键,静脉补液是抢救和治疗重、中型患者最常用的主要手段。

2. 补液原则为早期、快速、足量,先盐后糖,先快后慢,及时补碱,见尿补钾。

3. 抗菌治疗首选氟喹诺酮类。

4. 患者症状消失后大便培养每日1次,停药后连续3次阴性时才符合出院标准。

第九单元 消毒与隔离

命题考点1 消毒的概念和目的

【历年真题纵览】

A1 型题

消毒的基本概念是
   A. 杀死物体上的所有微生物
   B. 杀死物体上的病原微生物,但不一定杀死全部微生物
   C. 防止细菌生长繁殖,细菌一般不死亡
   D. 防止细菌进入人体或其他物品
   E. 抑制细菌生长繁殖,最后杀死细菌

参考答案:B

【考点评析】

1. 传染病消毒是指用物理或化学方法消灭停留在不同传播媒介物上的病原体,借以切断传播途径,阻止和控制传染的发生。

2. 消毒的目的有:防止病原体播散到社会中,引起流行;防止患者再被其他病原体感染;保护医护人员免受感染。

命题考点2 消毒的种类和方法

【历年真题纵览】

A1 型题

下列哪个化学制剂不属于高效消毒剂
   A. 臭氧
   B. 环氧乙烷
   C. 醛类
   D. 新洁尔灭
   E. 过氧化氢

参考答案:D

【考点评析】

1. 消毒的种类包括疫源地消毒、预防性消毒。

2. 消毒的方法包括高、中、低效消毒法。

3. 消毒方法的检测包括物理测试法、化学指示剂法、生物指示剂法、自然菌采样法和无菌检测法。

命题考点3 隔离的概念、种类和期限

【历年真题纵览】

A1 型题

1. 预防肠道传染病的综合措施中,应以哪一环节为主

A. 隔离治疗病人
B. 隔离治疗带菌者
C. 切断传播途径
D. 疫苗预防接种
E. 接触者预防服药

参考答案:C

2. 严密隔离适用于

A. 麻疹
B. 水痘
C. 伤寒
D. 狂犬病
E. 肺炭疽病

参考答案:E

3. 确定一种传染病的隔离期限是根据

A. 该病传染性的大小
B. 病程的长短
C. 病情的严重程度
D. 潜伏期的长短
E. 各病排出病原体的最长期限

参考答案:E

【考点评析】

1. 隔离指把传染期内的患者或病原携带者置于不能传给他人的条件下,防止病原体向外扩散,便于管理、消毒和治疗。

2. 隔离的种类包括严密隔离、呼吸道隔离、消化道隔离、接触隔离和昆虫隔离。

命题考点4 医院感染的概念和防护原则

【历年真题纵览】

A1 型题

有关医院感染的概念,错误的是

A. 在医院内获得的感染
B. 出院之后的感染有可能是医院感染
C. 入院时处于潜伏期的感染一定不是医院感染
D. 与上次住院有关的感染是医院感染
E. 婴幼儿经胎盘获得的感染属医院感染

参考答案:E

【考点评析】

1. 狭义的医院感染指住院患者发生的感染,其中对无明显潜伏期的感染,规定在48小时后发生的感染为医院感染。

2. 下列情况属于医院感染:①对于无明显潜伏期的感染,规定在48小时后发生的感染为医院感染;有明确潜伏期者则以住院时起超过该平均(或常见)潜伏期的感染。②本次感染直接与上次住院有关。③在原有感染基础上出现其他部位新的感染(除外脓毒血症迁徙灶),或在原感染已知病原体基础上又分离出新的病原体(排除污染和原来的混合感染)的感染。④新生儿经产道时获得的感染。⑤由于诊疗措施激活的潜在性感染,如疱疹病毒、结合杆菌等的感染。

3. 医院感染的防护原则包括标准预防的概念、标准预防的基本特点和具体措施。

医学伦理学

第一单元 绪 论

命题考点1 医学道德概述

【历年真题纵览】

A1 型题

医学道德是一种职业道德,除具有一般职业道德的特点,还具有自身特点,但不包括

A. 自主性
B. 实用性
C. 全人类性
D. 人道性
E. 继承性

参考答案:B

【考点评析】

1. 医学道德是医务人员在医疗卫生工作中形成并依靠社会舆论和内心信念指导的,用以协调医务人员与服务对象以及医务人员相互关系的行为原则和规范的总和。

2. 医学道德具有科学性、服务性、继承性、实践性、时代性的特征。

3. 医学道德具有对医院人际关系的调节作用、对医疗质量的保证作用、对医学科学的促进作用、对社会文明的推动作用。"医乃仁术",道德是医学的本质特征,是医疗卫生工作的目的。

命题考点2 医学道德现象

【历年真题纵览】

A1 型题

下列哪一项不属于医德意识现象

A. 医德观念
B. 医德情感
C. 医德信念
D. 医德意志
E. 医德评价

参考答案:E

【考点评析】

医学道德现象包括医德意识现象、医德规范现象和医德活动现象。

命题考点3 伦理学和医学伦理学概述

【历年真题纵览】

A1 型题

1. 下列表述最能全面反映伦理学概念内涵的是

A. 研究职业道德现象的科学
B. 研究政治道德现象的科学
C. 研究道德现象的科学
D. 研究婚姻家庭道德现象的科学
E. 研究社会公德的科学

参考答案:C

2. 下列各项中不属于医学伦理学任务的是

A. 确定符合时代要求的医德原则和规范
B. 反映社会对医学职业道德的需求
C. 直接提高医务人员的医疗水平
D. 为医学的发展导向
E. 为符合道德的医学行为辩护

参考答案:A

3. 医学伦理学的核心问题是

A. 医务人员之间的关系
B. 医务人员与患者的关系
C. 医务人员与社会之间的关系
D. 医务人员与科学发展之间的关系
E. 以上都不是

参考答案:B

B1 型题

4.

A. 有利、公正
B. 权利、义务
C. 廉洁奉公

D. 医乃仁术

E. 等价交换

①属于医学伦理学基本范畴的是

②属于医学伦理学基本原则的是

③属于医学伦理学基本规范的是

参考答案:①B ②A ③C

【考点评析】

1. 医学伦理学是研究医学领域中的医学道德现象和医学道德关系的科学。它是运用一般伦理学的原则来解决医疗卫生实践和医学科学发展中人们相互之间、医学团体与社会之间关系而形成的一门科学。

2. 医学伦理学的研究对象是医学领域中的医学道德现象和医学道德关系。

3. 医学伦理学的三个特征:实践性、继承性和时代性。

4. 医学伦理学的任务是:反映社会对医学的需求、为医学的发展导向、为符合道德的医学行为辩护。

5. 医学道德的基本范畴有权利与义务、情感与良心、审慎与保密、荣誉与幸福等。

命题考点4 加强医学伦理学教育的意义

【历年真题纵览】

A1 型题

社会主义市场经济条件下加强医学伦理教育的必要性主要取决于

A. 公正分配医药卫生资源的要求

B. 实现医疗活动道德价值的要求

C. 协调医疗关系的要求

D. 合理解决卫生劳务分配问题的要求

E. 正确处理市场经济对医学服务正负双重效应的要求

参考答案:E

【考点评析】

医学伦理道德教育,可以:①保障市场经济对医学实践促进作用的发挥,防止和最大限度地限制市场经济对医学实践的负面影响;②为医疗体制改革奠定基础、引导方向;③可以解决医疗单位内部以及医疗单位与人民群众的矛盾;④有利于提高医务人员的整体素质。

第二单元 医学伦理学的形成和发展

命题考点1 国内外医学伦理学的发展

【历年真题纵览】

A1 型题

1. “人命至重,有贵千金,一方济之,德逾于此。”此话出自

A. 张仲景

B. 李时珍

C. 陈实功

D. 孙思邈

E. 钱乙

参考答案:D

2. 下列各项,不属于中国古代医德思想内容的是

A. 救死扶伤、一视同仁的道德准则

B. 仁爱救人、赤诚济世的事业准则

C. 清廉正直、不图钱财的道德品质

D. 认真负责、一丝不苟的服务态度

E. 不畏权贵、忠于医业的献身精神

参考答案:A

3. 1948 年世界医学会颁布了全世界医务人员道德行为准则,它的基础是

A.《南丁格尔誓言》

B.《夏威夷宣言》

C.《苏联医师宣言》

D.《东京宣言》

E.《希波克拉底誓言》

参考答案:E

4. 关于生物-心理-社会医学模式,下述提法中错误的是

A. 人们关于健康和疾病的基本观点

B. 医学道德进步的重要标志

C. 医学临床活动和医学研究的指导思想

D. 医学实践的反映和理论概括

E. 对医德修养和医德教育的最全面认识

参考答案:E

B1 型题

5.

A.《纽伦堡法典》

B.《赫尔辛基宣言》

C.《希波克拉底誓言》
D.《大医精诚》
E.《伤寒杂病论》
①西方最早的经典医德文献是
②制定有关人体实验的基本原则的是
③反映孙思邈的医德思想和境界的是
参考答案:①C ②A ③D

6.
A.“上以疗君亲之疾,下以救贫贱之厄”
B.“若有疾厄来求救者,不得问其贵贱贫富、长幼妍媸、怨亲善友、华夷愚智,普同一等,皆如至亲之想……”
C.“病人对某些科学研究拒绝参加时,绝对不能使医生和病人之间的关系受到影响或妨碍”
D.“我决心竭尽全力除人类之病痛,助健康之完美,维护医术的圣洁和荣誉”
E.“凡我所耳闻目睹的关于人们的私生活,我决不到处宣扬,我决不泄露作为应该守密的一切细节”
①出自《大医精诚》的是
②出自《希波克拉底誓言》的是
③出自《赫尔辛基宣言》的是
参考答案:①B ②E ③C

【考点评析】

1. 我国医德学和儒家伦理都形成于春秋末期。

2. 唐代孙思邈所著《千金要方》中的《大医精诚》、《大医习业》篇,强调医生既要医术精又要品德好,被看作我国医学史上医德规范的开拓者。在品德修养上,要安神定志,无欲无求,对病人富有同情心,一视同仁。

3. “救死扶伤,实行革命的人道主义”是我国医学伦理学的基本原则。

4. 古希腊文化是西方文明的源头,伟大的医学家希波克拉底被称为西方医德的奠基人,其著名的《希波克拉底誓言》对医生之间、医患之间的行为准则作了较系统的阐述。主张医生应该爱人类,立志献身医学。《纽伦堡法典》是关于人体实验的国际文件,制定了有关人体实验的基本原则。《日内瓦宣言》和《国际医德守则》指出人道主义伦理观是其理论基础,医学的目的是为了病人的利益,增进病人的健康。

5. 20世纪70年代后,医学伦理学发展到生命伦理学阶段。

6. 医学模式的转变是医德进步的标志。自古至今,医学模式的发展经历了3个阶段:自然哲学(经验)模式、生物模式、生物-心理-社会模式。生物-心理-社会医学模式对医师的职业道德提出了更高的要求,不仅要关心病人的躯体、个人,更要关心心理、家庭、社会等人文因素。

第三单元 医学伦理学的理论基础

命题考点1 医学伦理学的理论基础

【历年真题纵览】

A1 型题

1. 下列哪一个不是医学伦理学的理论基础
A. 生命论
B. 美德论
C. 人道论
D. 价值论
E. 效果论
参考答案:D

2. 下列哪一项不是生命神圣论的局限性
A. 有阶级性
B. 有历史性
C. 影响卫生资源的分配
D. 只偏重于人口的数量
E. 不能把人的自然素质同生命存在的价值相统一
参考答案:E

3. 医学人道主义的核心内容是
A. 尊重病人
B. 同情病人
C. 医生对病人尽义务
D. 病人的自主权利
E. 以上都不是
参考答案:A

4. 医德荣誉感
A. 属于医德荣誉的客观评价
B. 是社会对医德行为的褒奖
C. 是对医务人员履行医德义务的社会赞许
D. 反映医务人员对医德行为社会价值的自我感受
E. 是国家对医德行为的褒奖
参考答案:D

5. 下列哪一项属于医学人道论的观点

A. 人具有最高价值

B. 人的生命是神圣不可侵犯、至高无上、极其重要的

C. 判定人的生命价值要把内在价值和外在价值相结合，不仅重视生命的内在质量，更应重视生命的社会价值

D. 要根据生命质量的高低来决定对生命的取舍

E. 对高生命质量的人给予更多的保护权利

参考答案：A

【考点评析】

医学伦理学是以生命论、人道论、美德论和公益论等为基本理论的。

命题考点2 医德品质的含义和内容

【历年真题纵览】

A1 型题

1. 医德品质的内容中哪项是不正确的

A. 仁慈

B. 严谨

C. 诚挚

D. 公正

E. 幸福

参考答案：E

2. 下列关于医德品质的涵义的说法，最确切的是

A. 是一定社会的道德原则和规范在个人思想和行为中的体现

B. 是一个人在一系列的道德行为中所表现出来的比较稳定的特征和倾向

C. 是指医务人员对医德原则和规范的认识

D. 是指医务人员基于对医德原则和规范的认识而产生的稳定性的行为习惯

E. 既包括医务人员对医德原则和规范的认识，也包括医务人员基于这种认识所产生的具有稳定性特征的行为习惯

参考答案：A

【考点评析】

医德品质的内容是仁慈、严谨、诚挚、公正。

第四单元 医学道德的规范体系

命题考点1 医学道德原则和基本原则

【历年真题纵览】

A1 型题

1. 医学伦理学的基本原则是

A. 调节职业生活中各种关系所遵循的根本原则

B. 调节职业生活中人与人、人与社会关系所遵循的根本原则

C. 调节医学职业生活中医德关系所应遵循的根本原则

D. 调节医学职业生活中各种医德关系所应遵循的原则

E. 调节医学职业生活中各种医德关系所应遵循的根本原则

参考答案：B

2. 社会主义医学道德原则的根本宗旨是

A. 为工农阶级提供生命、健康服务

B. 全心全意为人民的健康服务

C. 实行社会主义的人道主义

D. 救死扶伤、防病治病

E. 为全社会提供生命、健康服务

参考答案：B

B1 型题

3.

A. 有利、公正

B. 权利、义务

C. 廉洁奉公

D. 医乃仁术

E. 等价交换

①属于医学伦理学基本范畴的是

②属于医学伦理学基本原则的是

③属于医学伦理学基本规范的是

参考答案：①B ②A ③C

【考点评析】

1. 医学道德的原则是医务人员在医学实践中观察、处理伦理问题的准绳或标准，包括基本原则和具体原则。

2. 基本原则的具体内容为："救死扶伤，防病治病，实行社会主义的医学人道主义，全心全意为人民

的身心健康服务。”

命题考点2 医学道德具体原则的内容

【历年真题纵览】

A1 型题

1. 不包含在医学伦理学有利原则之内的是

A. 努力使病人受益

B. 努力预防和减少难以避免的伤害

C. 对利害得失全面权衡

D. 造成有意伤害时主动积极赔偿

E. 关心病人的客观利益和主观利益

参考答案:D

2. 医学伦理学的具体原则中,不包括的是

A. 公益性原则

B. 尊重的原则

C. 不伤害的原则

D. 自主的原则

E. 公正的原则

参考答案:D

3. 违背了不伤害原则的做法是

A. 妊娠危及胎儿母亲的生命时,行人工流产

B. 有证据证明,生物学死亡即将来临而且病人痛苦时,允许病人死亡

C. 糖尿病人足部有严重溃疡,有发生败血症的危险,予以截肢

D. 强迫病人进行某项检查

E. 以上都不是

参考答案:D

4. 下列各项对医疗公正的正确描述除外

A. 社会每个成员在需要基本医疗服务时,有及时得到治疗的权利

B. 社会每个成员不受种族、性别的限制

C. 社会每个成员不受职业、年龄的限制

D. 社会每个成员在需要任何医疗服务时都能得到满足

E. 社会每个成员有平等享受基本医疗的权利

参考答案:D

5. 医疗机构施行手术、特殊检查或特殊治疗时,如果无法取得患者意见又无家属或关系人在场,应该

A. 经治医师提出医疗处置方案,在取得医疗机构负责人或者被授权负责人员的批准后实施

B. 经治医师提出医疗处置方案,在取得群众认可后实施

C. 经治医师提出医疗处置方案,在取得第三者证实有效后实施

D. 经治医师提出医疗处置方案,在取得县级以上卫生行政部门批准后实施

E. 经治医师提出医疗处置方案,在取得同行讨论批准后实施

参考答案:A

6. 医学伦理的尊重原则主要包括以下几方面,除了

A. 尊重患者及其家属的自主权或决定

B. 尊重患者的一切主观意愿

C. 治疗要获得患者的知情同意

D. 保守患者的秘密

E. 保守患者的隐私

参考答案:B

7. 医学伦理学的无伤害原则,是指

A. 避免对病人的躯体伤害

B. 避免对病人造成躯体痛苦

C. 避免对病人的身心伤害

D. 避免对病人的心理伤害

E. 避免对病人的任何身心伤害

参考答案:E

8. 在下述各项中,不符合有利原则的是

A. 医务人员的行动与解除病人的疾苦有关

B. 医务人员的行动使病人受益而可能给别的病人带来损害

C. 医务人员的行动使病人受益而会给家庭带来一定的经济负担

D. 医务人员的行动可能解除病人的痛苦

E. 受病人或家庭条件的限制,医务人员选择的诊治手段不是最佳的

参考答案:B

9. 医学伦理学的公正原则,是指

A. 不同病人给予不同对待

B. 不同的经济给予不同对待

C. 不同样的需要给予同样的对待

D. 同样需要的人给予同样的对待

E. 不同的病情给予同样的对待

参考答案:D

B1 型题

10.

A. 医生检查病人时,由于消毒观念不强,造成

交叉感染

B. 医生满足病人的一切保密要求

C. 妊娠危及母亲的生命时，医生给予引产

D. 医生对病人的呼叫或提问给予应答

E. 医生的行为使某个病人受益，但却损害了别的病人的利益

①上述各项中属于医生违背不伤害原则的是

②上述各项中属于医生违背有利原则的是

③上述各项中属于医生违背尊重原则的是

参考答案：①A　②E　③B

11.

A. 有限的移植器官供体如何分配给需要者

B. 有些器官移植是在亲属间进行的

C. 用确认脑死亡病人的器官施行器官移植术

D. 器官移植者的人格完整有待改善

E. 器官移植的前景未达到全球的合作

①上述各项，涉及“公正”伦理问题的是

②上述各项，符合“有利而不伤害”伦理原则的是

参考答案：①A　②C

【考点评析】

1. 具体原则包括不伤害原则、有利原则、尊重原则和公正原则等。

2. 尽力提供最佳的诊治、护理手段，选择利益大于危险或伤害的措施是防范伤害的要求，对不伤害原则的理解，不应仅局限于对躯体的不伤害，还要想到对精神的不伤害。

3. 医务人员的行为使病人受益而不会给他人带来太大的伤害是有利原则的要求。当有利原则有时会与其他原则发生冲突时要抓主要矛盾来选择处理。

4. 尊重原则要求医务人员尊重病人知情同意和选择的权利。履行尊重原则的重点为尊重病人及其家属的自主性，但并不是满足患者的所有要求，对于缺乏或丧失知情同意和选择能力的患者，应该尊重亲属或监护人知情同意和选择的权利。当在生命的危急时刻，亲属或监护人不在场而又来不及赶到医院时，医务人员出于患者的利益和责任，可以行使家长决定权。医务人员要尊重病人及其作出的理性决定，但医务人员尊重病人的自主性，决不意味着要放弃自己的责任。因为，尊重病人也包括对病人的帮助、劝导、说服、甚至限制病人进行选择。

5. 公正原则包括两个部分：分配性质的公正和服务态度的公正。医务人员要公正地分配卫生资源，尽力实现病人基本医疗和护理的平等，坚持实事求是，站在公正的立场上处理医患纠纷、医护差错事故。

命题考点3　医学道德规范的含义和内容

【历年真题纵览】

A1 型题

1. 某医师为不得罪同事，将病人严格区分为“你的”和“我的”，对其他医师所负责的病人一概不闻不问，即使同事出现严重失误，也是如此。这种做法违反了哪一条正确处理医务人员之间关系的道德原则

A. 彼此平等、互相尊重

B. 彼此独立、互相支持和帮助

C. 彼此信任、互相协作和监督

D. 彼此独立、互相协作和监督

E. 彼此平等、互相协作和监督

参考答案：C

2. 下列关于廉洁的叙述不正确的是

A. 医生有权知道病人的病史及相关情况

B. 医生有获得正当经济报酬的权利

C. 为保证医务活动的正常进行，医生有权在任何时候行使干涉权

D. 在诊治过程中医生有权决定是否手术

E. 医生有权获得患者及其家属的尊重

参考答案：C

3. 在市场经济条件下的医德建设，重点是纠正和防止

A. 稀有卫生资源分配不公的现象

B. 追求个人正当利益的现象

C. 淡化卫生事业的福利性

D. 强调医务人员的社会价值

E. 片面追求经济效益的行为

参考答案：E

4. 我国卫生部于1988年制定的医务人员医德规范七条内容中，不直接涉及医患关系的是

A. 第2条

B. 第3条

C. 第4条

D. 第5条

E. 第7条

参考答案：E

【考点评析】

1. 医学道德规范是在医学道德原则指导下所制

定的行为准则和具体要求，也是培养医务人员医德品质的具体标准。医德规范的本质，是医务人员的医德意识和医德行为的具体标准。医德规范的形式，以“哪些应该做，哪些不应该做”的形式表现，如以“戒律”、“宣言”、“誓词”、“法典”、“守则”等形式表现出来。

2. 卫生部《医务人员医德规范及实施办法》中，医德规范的具体内容有救死扶伤，实行社会主义的人道主义；尊重患者的人格与权利；文明礼貌服务；廉洁奉公；为病人保密；互学互尊、团结协作；钻研技术、精益求精。

3. 医德规范的主要内容：①医务人员医德规范及实施办法；②中国医学生誓言。伦理医学和政治法律所指的权利与义务之间的关系有区别。

命题考点 4 医学道德范畴的含义和作用

【历年真题纵览】

1. 体现医师克己美德的做法是
A. 风险大的治疗尽量推给别人
B. 点名手术无论大小能做多少就做多少
C. 只要是对病人有利的要求有求必应
D. 只要是病人的要求有求必应
E. 对病人有利而又无损自我利益的才去做
参考答案：C

2. 关于医务人员的同情感，错误的是
A. 它是医务人员发自内心的情感
B. 它是促使医务人员为患者服务的原始动力
C. 它是医德情感内容中低层次的情感
D. 它是责任感的基础
E. 它比责任感具有较大的稳定性
参考答案：E

3. 医学道德的幸福是指
A. 物质生活得以相对满足时所产生的愉悦感觉
B. 精神生活得以相对满足时所产生的愉悦感觉
C. 物质和精神生活得以相对满足时所产生的愉悦感觉
D. 实现了自己的理想和目标而引起的一种精神上的满足
E. 获得褒奖后引起的一种精神上的满足感
参考答案：C

4. 关于医德良心，下述提法中错误的是
A. 医德良心是对道德情感的深化
B. 医德良心是对道德责任的自觉认识
C. 医德良心在行为前具有选择作用
D. 医德良心在行为中具有监督作用
E. 医德良心在行为后具有社会评价作用
参考答案：C

5. 下列关于保密内容的表述中，错误的是
A. 对可能给患者带来沉重精神打击的诊断保密
B. 对可能给患者带来沉重精神打击的不良预后保密
C. 无论在何种情况下，为患者保守一切秘密
D. 为属于患者隐私权范围的个人隐私保密
E. 为涉及党和国家安全利益的医疗秘密保密
参考答案：C

B1 型题

6.
A. 一些医院片面追求最大利益，一些医务人员把医疗权力，技术当作牟取个人不正当利益的手段
B. 医疗服务不但要立足于现实，而且要立足于发展
C. 在行为前选择，在行为中监督，在行为后评价
D. 不将危重疾病的真实情况告诉患者
E. 在医疗服务中用尊称、敬称
①属于保密内容的是
②属于良心作用的是
参考答案：①D ②A

7.
A. 同情感
B. 责任感
C. 事业感
D. 公正感
E. 愧疚感
①医学道德情感不包括的内容是
②在医学道德情感中，最重要的一种情感是
③医德情感中最基本的道德情感是
参考答案：①E ②B ③A

【考点评析】

1. 医学道德的基本范畴有权利与义务、情感与良心、审慎与保密、荣誉与幸福等。

2. 医师有要求病人和家属配合诊治、在特殊的情况下享有干涉病人行为的道德权利。医师的权利

具有一定的自主性。

3. 医学道德审慎是指医务人员在行为之前的周密思考及行为之中的小心谨慎、细心操作。内容有言语审慎和行为审慎。审慎的本质是一种智慧与良好道德品质的表现。医疗审慎主要体现在行为前的周密思考和行为过程的细心、周到、一丝不苟。

4. 医德情感包括3个内容:同情心、责任感、事业感。一个比一个层次升华,理性内涵增加。

建立医德情感的基础是对病人的高度负责;前提是不计较个人利益。

5. 医务人员的良心是医德感情的演化,是强烈的道德责任感和自我评价能力。医务人员的良心可以产生对行为的监督、激化和能动作用。

第五单元 医患关系道德

命题考点1 医患关系的基本内容

【历年真题纵览】

A1 型题

1. 下面最能涵盖医患关系内容的是

A. 政治、法律关系

B. 经济、商品关系

C. 道德、文化关系

D. 技术与非技术关系

E. 以上都不是

参考答案:D

2. 体现医患之间契约关系的有下列做法,但不包括

A. 患者挂号看病

B. 医生向患者作出应有承诺

C. 先收费用然后给予检查处理

D. 先签写手术协议然后实施手术

E. 患者被迫送红包时保证不给医生宣扬

参考答案:E

3. 医患之间正常的信托关系应该建立于哪一种关系之上

A. 上下级关系

B. 契约关系

C. 社会主义医德关系和法制关系

D. 亲属关系

E. 货币交易关系

参考答案:C

4. 医患关系是一种

A. 主从关系

B. 商品关系

C. 信托关系

D. 单纯的技术关系

E. 陌生人关系

参考答案:C

B1 型题

5.

A. 医患双方不是双向作用,而是医生对病人单向发生作用

B. 医患双方在医疗活动中都是主动的,医生有权威性,充当指导者

C. 医生和病人具有近似同等的权利

D. 长期慢性病人已具有一定医学科学知识水平

E. 急性病人或虽病情较重但他们头脑是清醒的

①主动被动型的特点是

②共同参与型适用于哪种病人

参考答案:①A ②D

【考点评析】

1. 我国的医患关系是以社会主义人道主义为原则建立起来的平等关系、以社会主义法制为保证建立起来的信赖关系和以与救死扶伤相关联、以医疗技术为保证的委托关系。

2. 医患关系是以医务人员为一方,以患者及家属为一方在诊断、治疗、护理过程中结成的人际关系。它是以与救死扶伤相关联、以医疗技术为保证的委托关系。这种委托关系是由于医患之间的医学知识占有不同,所处的地位、职责不同所决定的。

命题考点2 医患关系的发展趋势

【历年真题纵览】

A1 型题

1. 医患关系出现物化趋势的最主要原因

A. 医生对物理、化学等检测诊断手段的依赖性

B. 医院分科越来越细,医生日益专科化

C. 医患双方相互交流的机会减少

D. 医生降低了对患者的重视

E. 医患交流中出现了屏障

参考答案:A

2. 在医患关系发展趋势中,物化趋势可能带来的负面影响是

A. 忽视了医患感情交流

B. 医护人员加强自己的道德修养

C. 更加尊重患者

D. 注意医患关系的融洽

E. 提高整体医疗质量

参考答案:A

B1 型题

3.

A. 医患交往的社会性日益突出为社会所关注

B. 将部分医德规范、观念纳入《中华人民共和国执业医师法》

C. 医患交往在经济条件、文化背景方面日显重要

D. 指导患者就医,自主选择医生、护士、治疗小组的做法

E. 部分医务人员在诊疗工作中过于依靠仪器检测

①上述各项,体现我国当今医患关系法制化趋势反映在

②上述各项,体现在医患关系中,体现病人自主性的是

参考答案:①B ②D

【考点评析】

医患关系是一种契约关系,又是一种信托关系。随着社会发展,高科技在医学中应用,已经逐渐形成了一种复杂的社会关系。医患关系发展的三种趋势:民主化、法制化和物化趋势。医患关系发展中出现的物化趋势可能带来负面影响。

命题考点3 影响医患关系的因素

【历年真题纵览】

A1 型题

医患关系要做到真诚相处,最主要的是

A. 关系和谐

B. 尽职尽责

C. 平等相待

D. 互相尊重

E. 互相信任

参考答案:E

【考点评析】

影响医患关系的根本是双方的信任。

命题考点4 医务人员的权利和义务

【历年真题纵览】

A1 型题

1. 下面关于医务人员权利的理解,不正确的是

A. 医务人员享受权利的前提是履行自己的义务

B. 医务人员权利的范围是维护病人平等医疗权利的实现,促进病人身心健康

C. 医务人员享有的职业权利是其必须履行的义务

D. 医务人员享有的权利是病人实现自己医疗权利的满足

E. 医务人员权利与病人权利发生矛盾时,要求医务人员放弃权利而服从病人的权利

参考答案:E

2. 医生行使干涉权不是针对

A. 拒绝治疗的住院精神病患者

B. 要求易诊的患者

C. 需要隔离而拒绝隔离的传染病患者

D. 有意扰乱正常医疗秩序的患者

E. 实施自杀行为的抑郁症患者

参考答案:B

3. 医生有尊重病人自主权的义务,但不包括

A. 为病人的选择医疗方案提供必要的信息

B. 允许任何病人拒绝治疗

C. 让病人自主选择医疗方案

D. 拒绝病人的非分选择

E. 允许病人自主选择医护人员

参考答案:C

4. 体现医师克己美德的做法是

A. 风险大的治疗尽量推给别人

B. 点名手术无论大小能做多少就做多少

C. 只要是对病人有利的要求有求必应

D. 只要是病人的要求有求必应

E. 对病人有利而又无损自我利益的才去做

参考答案:C

5. 下列关于保密内容的表述中,错误的是

A. 对可能给患者带来沉重精神打击的诊断保密

B. 对可能给患者带来沉重精神打击的不良预后保密

C. 无论在何种情况下,为患者保守一切秘密

D. 为属于患者隐私权范围的个人隐私保密

E. 为涉及党和国家安全利益的医疗秘密保密

参考答案:C

A2 型题

6. 男性,67 岁,知识分子。医生以肺部肿物待查收入院。住院后,确诊为肺癌,但尚未告诉患者和家属。而患者告诉医生自己无儿无女,仅与 66 岁的老伴相依为命,如果是肺癌,不要将病情告诉他的老伴,以免她冠心病发作;如果手术,可以自己签字。医生此时怎样做在道德上最佳

A. 对患者家属保密,而对患者不保密

B. 对患者本人不保密,但如何告知家属由患者决定

C. 对患者和家属都保密

D. 对患者和家属都不保密

E. 对患者家属不保密,对患者保密

参考答案:B

7. 某老年患者身患肺癌,生命垂危,家属明确要求不惜一切代价地抢救,医生应选择

A. 尊重家属意见,不惜一切代价进行抢救

B. 说服家属彻底放弃治疗与抢救

C. 实施积极安乐死

D. 有限度地治疗与抢救

E. 实行消极安乐死

参考答案:A

8. 有一年轻男患,在得知自己患了黄疸性肝炎以后,很恐惧,怕女朋友离开他,怕同车间的伙伴疏远他,所以十分恳切地请求医师替他保密。医师看他很值得同情,就决定替他保守这个秘密,但要求他抓紧治疗,不要耽误了病情。医师的正确做法是

A. 替病人保密的同时,把他留在医院治疗

B. 替病人保密,给他开一些对症的药,让他在家治疗,以免别人知道

C. 应该拒绝保密,拒绝给他治疗,以免被传染

D. 介绍他去别的医院

E. 不能保密,让他住院,隔离治疗

参考答案:E

B1 型题

9.

A. 医生对自杀的病人予以制止

B. 医生的行为以保护病人利益、促进病人健康、增进其幸福为目的

C. 医生要保护病人的隐私

D. 医生的行为要遵循医德规范的要求

E. 医生在紧急灾难(如传染病流行)面前要服从卫生部门调遣

①能体现医生特殊干涉权的是

②能体现医学伦理学有利原则的是

③体现医学道德和卫生法律义务的是

参考答案:①A ②B ③E

【考点评析】

1. 医生的权利有诊治权,特殊干预权,工作,学习权和参与权。医生的诊治权具有自主性、权威性、特殊性的特点。

2. 医生的特殊干涉权适用范围有①对精神病患者、意志丧失和自杀未遂等患者拒绝治疗时,医生可以行使特殊干涉权,强迫治疗或采取措施控制其行为。②人体试验性治疗时,虽然患者已知情同意,但对一些高度危险的试验,医生必须以特殊干涉权保护患者利益。③患者要求了解自己疾病的真情,但当了解后不利于诊治或产生不良影响时,医生有权隐瞒真相。

3. 医学伦理学广义的有利原则不仅对病人有利,而且医务人员的行为有利于医学事业和医学科学的发展,有利于促进人群和人类的健康;医学道德义务是指医务人员依据医学道德的原则和规范的要求,对病人、集体和社会所负的道德责任,以应有的行为履行自己的职责。其中包括遵守法律、法规,遵守技术操作规范。

4. 医师的权利具有一定的自主性,使医务人员正当的职业道德权利受到尊重和维护,医务人员的权利和义务是相辅相成的,尊重病人的自主性,决不意味要放弃自己的责任。

命题考点 5 患者的权利和义务

【历年真题纵览】

A1 型题

1. 患者的权利不包括

A. 平等的医疗权

B. 病人的经济免责权

C. 知情同意权

D. 诉讼权与获得赔偿权

E. 要求保护隐私权和免除一定社会责任权

参考答案:B

2. 人在患病后,有权选择愿意接受或拒绝医生

制定的诊治方案,这种权利是

A. 自主原则的体现

B. 有利原则的体现

C. 尊重原则的体现

D. 公正原则的体现

E. 不伤害原则的体现

参考答案:A

3. 在下列各项中,不属于病人道德义务的是

A. 配合医学生实习

B. 支持医学科研

C. 不能对医生的诊断提出质疑

D. 支付医疗费用

E. 尊重医务人员的劳动

参考答案:C

4. 从总的方面来说,患者享有的保密权有两大内容

A. 为自己保密和向自己保密

B. 疾病情况和治疗决策

C. 躯体缺陷和心理活动

D. 个人隐私和家庭隐私

E. 致病原因

参考答案:A

A2 型题

5. 某年轻女患者,自诉左侧乳房有硬结,到某医院外科诊治。经活体组织检查证实为乳腺癌。经患者及其家属同意后,收住院行乳腺癌根治术。在术中右侧乳房也作了活体组织切片,检查结果为"乳腺瘤性肿瘤,伴有腺体增生"。虽然目前不是癌组织,但是将来有癌变的可能性,医生决定将右侧乳房切除。术后患者及其家属认为,医生未经患者或其家属同意切除右侧乳房,要求追究医生的责任并要求赔偿。上述病例从伦理学上分析,哪一个说法是正确的

A. 该医生未经患者及其家属同意,自行切除患者右侧乳房,损害了患者的知情同意权

B. 该医生为了防止右侧乳房癌变,切除右侧乳房的做法是正确的

C. 该医生未经患者及其家属同意,自行切除患者右侧乳房,是对患者的伤害,不符合无伤原则

D. 患者及其家属的赔偿要求是无理的

E. 以上说法都不对

参考答案:A

6. 一位医生在为其患者进行角膜移植手术的前一夜,发现备用的眼球已经失效,于是到太平间看是否有尸体能供角膜移植之用,恰巧有一尸体。考虑到征求死者家属意见很可能会遭到拒绝,而且时间也紧迫,于是便取出了死者的一侧眼球,然后用义眼代替。尸体火化前,死者家属发现此事,便把医生告上法庭。经调查,医生完全是为了患者的利益,并没有任何与治疗无关的动机。对此案例的分析,哪个是最恰当的

A. 此案例说明我国器官来源的缺乏

B. 此案例说明我国在器官捐赠上观念陈旧

C. 此案例说明医生为了患者的利益而摘取眼球在伦理学上是可以得到辩护的

D. 此案例说明首先征得家属的知情同意是一个最基本的伦理原则

E. 此案例说明医院对尸体的管理有问题

参考答案:D

7. 某中学生,15 岁。经骨髓穿刺检查诊断为"急性淋巴细胞白血病",给以常规治疗,症状无缓解。医生告诉家长,此病目前尚无理想的治疗方法,医院正在尝试一种疗效不肯定、治疗也有一定风险的药物。其家长表示愿意做这种实验性治疗,但没有履行书面承诺手续。治疗二天后,病人病重,抢救无效,死亡。此后,家属否认曾同意这种治疗方案,称是"拿病人做试验",要追究医生责任,于是造成医疗纠纷。病人家属称本案是"拿病人做试验"并告上法庭。对该医生的正确医德评价是

A. 家长没有书面承诺,医生未尊重家长的保留意见

B. 抢救不够及时,拖延了时间

C. 家长没签字,医生必须承担患儿死亡的责任

D. 家长没签字,医生在实行知情同意的方式上有失误

E. 医生做实验是为了积累临床数据,诱骗家长知情同意

参考答案:D

B1 型题

8.

A. 知情同意

B. 支持医学发展

C. 病人利益至上

D. 医德境界

E. 内心信念

①属于病人权利的是

②属于病人义务的是

③属于医德评价方式的是

参考答案:①A ②B ③C

【考点评析】

1. 患者有平等的医疗权、疾病的认知权、知情同意权、知情选择权、诉讼权与获得赔偿权、要求保护隐私权和免除一定社会责任权。但应该注意的是:不论是知情同意或知情选择,病人表示拒绝是自主权体现。病人的保密权一旦与他人或社会的利益发生矛盾,有时要由医生的干涉权来调整,以确保人民的利益为重。有时病人的免除社会责任权是有一定限度的。

2. 患者有保持和恢复健康的责任,如实提供病情和有关信息。在医师指导下接受和积极配合医生诊疗的义务、遵守医院各种规章制度的义务和支持医学生的实习和医学研究等医学科学发展的义务。

命题考点6 医患沟通的含义与技巧

【历年真题纵览】

A1 型题

1. 医患沟通的含义是指

A. 思想沟通和语言沟通、心理沟通

B. 思想沟通和情感沟通、心理沟通

C. 思想沟通和情感沟通、语言沟通

D. 情感沟通和语言沟通、知识沟通

E. 知识沟通和思想沟通、心理沟通

参考答案:C

2. 医疗活动中,医务人员要善于运用的下列语言中,不包括

A. 专业性语言

B. 解释性语言

C. 礼貌性语言

D. 安慰性语言

E. 保护性语言

参考答案:A

3. 医患沟通中最重要的是

A. 医生的态度

B. 医生的交流技巧

C. 医生的医疗水平

D. 患者的配合程度

E. 医生的性格培养

参考答案:A

4. 下面关于指导-合作型的医患关系模式的说法最正确的是

A. 患者无条件地配合医师诊治

B. 患者能充分发挥自己的主观能动性

C. 患者在医师指导下自己治疗

D. 医师虽处指导地位,但患者也有一定主动性

E. 患者与医师有同等权力和主动性

参考答案:D

5. 在慢性病中,医患关系中最理想的模式是

A. 主动被动型

B. 共同参与型

C. 指导合作型

D. 主动主动型

E. 被动被动型

参考答案:B

B1 型题

6.

A. 医患双方不是双向作用,而是医生对病人单向发生作用

B. 医患双方在医疗活动中都是主动的,医生有权威性,充当指导者

C. 医生和病人具有近似同等的权利

D. 长期慢性病人已具有一定医学科学知识水平

E. 急性病人或虽病情较重但他们头脑是清醒的

①指导合作型的特点是

②主动被动型的特点是

③共同参与型适用于哪种病人

参考答案:①B ②A ③D

【考点评析】

1. 医患沟通是医患之间利用语言或非语言形式进行的信息交流。其特征是具有明显的专业性和时限性,一般是围绕着与健康相关的问题展开,以解决患者的健康需要为主要目的。

2. 医务人员的谈话要善解人意,同情患者的境遇;要理解患者的内心感受,关注情感差异,个性化地处理谈话方式和交谈内容;要用平易亲切的语言、呵护的心态"探讨"医疗问题,内容明确,表述准确。

命题考点7 医患关系道德的内容和实质

【历年真题纵览】

A1 型题

1. 下列医患关系中,属于技术关系的是

A. 医务人员对患者良好的服务态度
B. 医务人员对患者高度的责任心
C. 医务人员对患者的同情和尊重
D. 医务人员以精湛医术为患者服务
E. 患者对医务人员的尊重

参考答案:D

2. 医患关系道德的作用不包括
A. 保证和促进医疗质量提高
B. 调整医患关系
C. 培养医学人才成长
D. 促进医学科学的发展
E. 提高患者康复的几率

参考答案:D

【考点评析】

1. 医患关系道德包括:①举止端庄,文明礼貌;②尊重病人,一视同仁;③言语谨慎,保守秘密;④廉洁奉公,尽职尽责;⑤钻研医术,精益求精。

2. 医患关系道德不仅是一种理论,而且是指导医患双方行为的准则。具有协调医患双方关系的作用和提高医疗质量和全民健康水平的实质。

第六单元　临床诊疗工作中的道德

命题考点1　临床诊疗道德的原则和要求

【历年真题纵览】

A1 型题

1. 在临床工作中,生命质量衡量标准不包括的是
A. 个体生命的健康程度
B. 个体生命的治愈希望
C. 个体生命的预期寿命
D. 个体生命的价值观念
E. 个体生命的德才素质

参考答案:D

2. 临床诊疗道德中最基本的原则是
A. 病人第一的原则
B. 协同一致的原则
C. 保密原则
D. 最优化原则
E. 身心统一原则

参考答案:A

3. 在使用辅助检查手段时,不适宜的是
A. 认真严格地掌握适应证
B. 可以广泛积极地依赖各种辅助检查
C. 有利于提高医生诊治疾病的能力
D. 必要检查能尽早确定诊断和进行治疗
E. 应从患者的利益出发决定该做的项目

参考答案:D

4. 医疗机构施行手术、特殊检查或特殊治疗时,如果无法取得患者意见又无家属或关系人在场,应该
A. 经治医师提出医疗处置方案,在取得医疗机构负责人或者被授权负责人员的批准后实施
B. 经治医师提出医疗处置方案,在取得群众认可后实施
C. 经治医师提出医疗处置方案,在取得第三者证实有效后实施
D. 经治医师提出医疗处置方案,在取得县级以上卫生行政部门批准后实施
E. 经治医师提出医疗处置方案,在取得同行讨论批准后实施

参考答案:A

【考点评析】

1. 临床诊疗道德的原则包括:患者健康利益第一的原则、最优化原则、身心统一原则。

2. 四诊的道德要求是安神定志、实事求是。

命题考点2　临床治疗工作的道德要求

【历年真题纵览】

A1 型题

1. 药物治疗的医德要求中不包括
A. 坚持治本为主,标本结合的原则
B. 尽量选用贵重药品
C. 选用安全有效的药物
D. 严格掌握配伍禁忌
E. 坚持节约的原则

参考答案:B

2. 下面关于用药治疗的道德要求中,不正确的是
A. 不准开人情方

B. 不准搭车取药

C. 对症用药,确保无误

D. 注意节约,减轻病人负担

E. 尽量联合用药,减轻药物的毒副作用对病人的危害

参考答案:E

3. 在通常情况下,手术治疗前最重要的伦理原则是

A. 检查周全

B. 知情同意

C. 减轻病人的疑虑

D. 安慰家属

E. 确定手术方式

参考答案:B

B1 型题

4.

A. 对症下药,剂量安全

B. 合理配伍,细致观察

C. 节约费用,公正分配

D. 以上都是

E. 以上都不是

①中医药物治疗中的道德原则哪点是正确的

②中医药物治疗中的道德原则不包括

参考答案:①D ②E

【考点评析】

药物治疗中的道德要求包括:对症下药,剂量安全;合理配伍,细致观察;节约费用,公正分配。

命题考点3 特殊科室的工作特点及道德要求

【历年真题纵览】

A1 型题

1. 我国医疗卫生工作,传染科室工作人员的具体道德要求中不包括

A. 预防为主

B. 消毒隔离,加强保护

C. 准确及时,实事求是

D. 加强宣传

E. 深切同情

参考答案:E

2. 下列各项,不属急危重病人抢救工作中对医务人员提出的道德要求是

A. 要争分夺秒,积极抢救病人

B. 要满腔热忱,重视心理治疗

C. 要全面考虑,维护社会公益

D. 要加强业务学习,提高成功率

E. 要保守病人的隐私、秘密

参考答案:B

【考点评析】

对于急诊、传染科等特殊科室都有其特殊的道德要求。

第七单元 医学科研工作的道德

命题考点1 医学科研工作的道德

【历年真题纵览】

A1 型题

1. 关于临床科研实施中的道德要求的说法,不正确的是

A. 临床科研设计要建立在坚实的业务知识和统计学知识的基础上

B. 要坚持科学的方法为指导,使之具有严格性、合理性和可行性

C. 要严格按照设计要求、实验步骤和操作规程进行实验,切实完成实验的数量和质量

D. 客观分析综合实验所得的各种数据,既不能主观臆造,也不可任意去除实验中的任何阴性反应

E. 有些科研课题的设计可以缺少对照组,可以不必遵循随机的原则

参考答案:E

2. 医学科研的根本价值目标是

A. 经济价值目标

B. 学术价值目标

C. 政治价值目标

D. 医德价值目标

E. 社会价值目标

参考答案:D

【考点评析】

医学科研必须要有科学性。

命题考点 2 医学人体实验工作的道德

【历年真题纵览】

A1 型题

1. 人体实验中应把什么放在首位

A. 社会利益

B. 科学利益

C. 实验者利益

D. 受试者利益

E. 医院利益

参考答案:D

2. 下列人体实验类型中,不需要付出道德代价的是

A. 自体实验

B. 自愿实验

C. 欺骗实验

D. 强迫实验

E. 天然实验

参考答案:E

3. 在临床医学研究中必须尊重受试者的知情同意权,下面做法中错误的是

A. 必须获得受试者的知情同意

B. 无行为能力者需获得代理同意

C. 获得同意前需要用受试者能够理解的语言向受试者提供基本的信息

D. 禁止用欺骗的手法获得受试者同意

E. 可以利诱受试者,让他同意

参考答案:E

A2 型题

4. 某研究者,为了验证氯霉素对伤寒的疗效,在 408 例伤寒病人中进行对照实验,其中 251 例用氯霉素治疗,其余 157 例不用。结果使用组 251 人中死亡 20 人,死亡率 7.07%;未用组 157 人中死亡 36 人,病死率 22.8%,已有结论被亲自证实。在临床医学研究中,对受试者应该做到的是

A. 以科学利益放在第一位,病人利益放在第二位

B. 危重病人和病情发展变化快的患者不应被使用安慰剂

C. 在医学研究中,即使病人病情恶化也不可以中断实验

D. 为了更好地获得实验数据,可以对病人说谎,可以不解答病人的疑问

E. 在医学研究中,不必一味坚持知情同意

参考答案:B

B 型题

5.

A. 贝尔蒙报告

B. 东京宣言

C. 吉汉宣言

D. 悉尼宣言

E. 赫尔辛基宣言

①关于保护人类受试者的伦理原则和准则的是

②涉及人类受试者医学研究的伦理准则的是

参考答案:①A ②E

6.

A. 以健康人或病人作为受试对象

B. 实验时使用对照和双盲法

C. 不选择弱势人群作为受试者

D. 实验中受试者得到专家的允许后可自由决定是否退出

E. 弱势人群若参加实验,需要监护人的签字

①能体现人体实验知情同意的是

②不能体现知情同意的是

③能体现人体实验科学原则的是

参考答案:①E ②A ③B

【考点评析】

1. 医学人体实验研究的道德原则的主要依据是《纽伦堡法典》和《赫尔辛基宣言》。

2. 人体试验的道德原则有:知情同意原则、维护病人利益的原则、医学目的的原则和科学对照的原则。

3. 在人体实验中维护受试者利益的做法是:①先进行动物实验;②对可能出现的意外有足够的估计和处理办法;③出现问题立即终止;④要有专家参与或指导。

4. 受试者选择要坚持公平原则,具体内容是负担要公平,利益要公平。特别对弱势人群更应注意此点。

5. 医学人体实验一旦出现意外损害,损伤者有权获得公平的赔偿,死亡者家属有权获得赔偿。可预见的不良反应不在赔偿之列。凡要进行医学人体实验都要经过伦理委员会审批。

6. 人体实验保密原则有对研究资料保密、医生与病人之间的保密、研究者与受试者之间的保密。

第八单元　医学道德的评价、教育和修养

命题考点 1　医学道德实践的内容

【历年真题纵览】

A1 型题

1. 医德实践的具体内容包括

A. 医德评价

B. 医德规范体系

C. 医德教育

D. 医德修养

E. 医德评价、医德教育和医德修养

参考答案:E

2. 医德体系中评价医务人员的行为是否道德的具体标准是

A. 医德规范

B. 医德范畴

C. 医德修养

D. 医德原则

E. 医德行为

参考答案:A

B1 型题

3.

A. 疗效标准

B. 经济标准

C. 行为标准

D. 社会标准

E. 科学标准

①医学道德的评价标准中,医疗行为善恶的基本出发点和根本标准是

②医学道德的评价标准中,有利于人类生存和人类健康的标准是

参考答案:①A　②D

【考点评析】

1. 医学道德实践的内容有医学道德评价、医学道德教育和医学道德修养。

2. 医德评价的方式有社会舆论、内心信念、传统习俗。

3. 评价医德的标准包括:有利、自主、公正、互助。

4. 医德评价的意义在于:提高医务人员的道德水平;建立医疗机构的医德医风;促进卫生事业的改革。

5. 医德评价依据,要坚持:动机与效果、目的与手段的辩证统一。

命题考点 2　医学道德修养

【历年真题纵览】

A1 型题

1. 医德理论修养直接解决的矛盾是

A. 对医德善恶由不知到知,由知之不多到知之较多

B. 是否情愿去做合乎医德要求的事

C. 有没有坚定的医德信念

D. 有没有克服困难的医德意志

E. 医德知与行能否统一

参考答案:A

2. 下列各项,不属医德修养内容的是

A. 树立正确的医德认识,在实践中进行医德品质的培养

B. 认真学习医学伦理学知识,进行医德理论培养

C. 在医疗实践中以医德原则和规范要求自己,进行认知培养

D. 学习国家医疗体制改革文件,进行卫生政策培养

E. 以正确的医德思想克服旧的道德观念的影响,进行医德信念培养

参考答案:D

3. 什么既是一种医德修养方法,又是一种医德修养境界

A. 学习

B. 积善

C. 自我反省

D. 慎独

E. 实践

参考答案:D

【考点评析】

1. 医德修养是指医学生和医务工作者为培养医德品质进行的勤奋学习、自我教育和自我陶冶的过程与功夫以及经过长期医疗实践的磨炼所达到的医德境界。其中包括在医疗实践中所形成的情操、举止、仪貌、品行等。与医疗实践相结合是医德修养的

根本途径。

2. 医德修养的意义在于:提高本人的医德素质;形成医院的良好医风;促进社会的精神文明。

3. "慎独"是医德修养的重要途径,自律与他律是医德品质的养成方式。自律是指人们严格要求自己,自觉地遵循道德规范,通过内心信念、自我道德教育、自我道德修养、自我道德评价提高自身的道德素质。道德修养的基础是自律。

第九单元 生命伦理学

命题考点 1 生命伦理学的含义

【历年真题纵览】

1. 医德关系的哪一方面成为生命伦理学的主要研究对象

A. 医务人员与患者之间的关系

B. 医务人员相互之间的关系

C. 医务人员与患者家属

D. 医务人员与医学科学发展之间的关系

E. 以上都不是

参考答案:D

2. 伦理学作为学科出现的标志是

A.《黄帝内经》

B.《医业伦理学》

C.《备急千金要方》

D.《希波克拉底誓言》

E. 帕茨瓦尔《医学伦理学》

参考答案:E

3. 医学伦理学发展到生命伦理学阶段,其理论基础的核心是

A. 生命神圣论

B. 美德论

C. 义务论

D. 生命质量与生命价值论

E. 人道论

参考答案:D

【考点评析】

生命伦理学是根据道德价值和原则,对生命科学和卫生保健领域内的人类行为进行系统研究的科学,是对传统医学伦理学的继承和发展,它是围绕改进生命和提高生命质量而展开的有关人类行为的各种伦理问题的概括。

命题考点 2 生命伦理学的意义和作用

【历年真题纵览】

A1 型题

1. 从伦理学上分析,生物-心理-社会医学模式取代生物医学模式在本质上反映

A. 医疗技术的进步

B. 以疾病为中心的医学观念

C. 医学道德的进步

D. 重视人的心理健康

E. 重视人的内在价值

参考答案:C

2. 下列关于医学模式的说法,哪一项是错误的

A. 生物医学模式是建立在近代生物学、化学、物理学和社会实践基础之上的医学模式

B. 生物医学模式认为任何一种疾病都可在器官、细胞或生物大分子上找到可测量的、形态的或化学的改变

C. 医学模式向生物－心理－社会医学模式的转变在本质上反映了医学道德的进步

D. 生物医学模式对人类健康、疾病的认识是片面的,没有对医学起推动作用

E. 20 世纪下半叶开始,医学模式由生物医学模式逐渐转变为生物－心理－社会医学模式

参考答案:D

3. 生命质量的衡量标准不包括

A. 个体生命健康程度

B. 个体生命德才素质

C. 个体生命优化条件

D. 个体生命治愈希望

E. 个体生命预期寿命

参考答案:C

4. 下面关于新医学模式的理解,不正确的是

A. 新医学模式从生物、心理、社会相结合上认识疾病和健康

B. 新医学模式从生物、心理、社会诸方面寻找影响健康和疾病的因素

C. 新医学模式标志着人们对健康和疾病的认识达到了顶峰

D. 新医学模式关注的健康是一种在身体、精神和社会方面的完满状态

E. 新医学模式从生物、心理、社会诸方面开展医疗卫生保健活动

参考答案：C

B1 型题

5.

A. 任何一种疾病都可找到形态的或化学的改变

B. 从生物和社会结合上理解人的疾病和健康

C. 不仅关心病人的躯体，而且关心病人的心理

D. 实现了对病人的尊重

E. 对健康、疾病的认识是片面的

①生物－心理－社会医学模式的基本观点是

②由生物医学模式转变到生物－心理－社会医学模式，要求临床医生

③生物医学模式的基本点是

参考答案：①B ②C ③A

【考点评析】

20 世纪 70 年代后，传统医学模式向生物－心理－社会医学模式转变。生命伦理学是围绕改进生命和提高生命质量而展开的有关人类行为的各种伦理问题的概括，把人们的道德观念从微观推向宏观，并结合起来；把人们的道德观念从某一方位的道德，引向全方位的道德观念；完善生命、发展生命，使医学伦理道德体系进一步完善。

命题考点 3 生命伦理学研究的内容及伦理原则

【历年真题纵览】

A1 型题

1. 我国卫生部规定，一名供精者的精子最多只能提供给

A. 8 名妇女受孕

B. 6 名妇女受孕

C. 15 名妇女受孕

D. 5 名妇女受孕

E. 10 名妇女受孕

参考答案：D

2. 安乐死的定义

A. 自然死亡

B. 他人干预死亡

C. 无痛苦死亡

D. 脑死亡

E. 自己结束生命

参考答案：C

3. 在我国实施人类辅助生殖技术，下列各项中违背卫生部制定的伦理原则的是

A. 使用捐赠的精子

B. 使用捐赠的卵子

C. 实施亲属代孕

D. 实施卵胞浆内单精注射

E. 使用捐赠的胚胎

参考答案：C

4. 临终关怀的根本目的是为了

A. 节约卫生资源

B. 减轻家庭的经济负担

C. 提高临终病人的生存质量

D. 缩短病人的生存时间

E. 防止病人自杀

参考答案：C

5. 世界上第一个安乐死合法化的国家是

A. 澳大利亚

B. 挪威

C. 比利时

D. 新西兰

E. 荷兰

参考答案：E

6. 我国提倡通过什么途径获得供体移植器官

A. 自愿捐献

B. 互换器官

C. 器官买卖

D. 强行摘取

E. 强制捐献

参考答案：A

A2 型题

7. 德国一位女牙医助理马里翁在一次车祸中受重伤，送到医院后被判定为脑死亡，后来的全面检查表明：当时该“患者”腹中 4 个月的胎儿完全正常，如果“患者”凭借现代医术使植物人状态长期维持下去，就可以保证胎儿发育成熟，直至出生；如果让“患者”体面地死去，就必须撤掉生命维持系统。这个难题，要求医学服务

A. 认真解决医学上能不能做与伦理上应不应做的矛盾

B. 认真解决临床诊断技术的问题

C. 认真解决临床治疗技术的问题

D. 认真解决服务态度的问题

E. 认真解决医药卫生资源宏观分配的矛盾

参考答案:A

【考点评析】

1. 人工辅助生殖技术的伦理原则:有利于患者、知情同意、保护后代、社会公益、保密原则、严防商业化。人工授精术要严格遵守生命伦理的道德标准。一名供精者的精子最多只能提供给5名妇女受孕。

2. 器官移植的伦理原则:自愿、效用、公平。当前,我国的器官移植道德准则是参考1986年国际移植学会发布的有关准则。在器官移植工作中,医师的道德责任主要分为5个方面:活体捐赠器官方面的;尸体捐赠器官方面的;器官分配方面的;接受者方面的;有关商业活动方面的。

3. 在进行基因诊断与治疗时,应该遵循的道德原则有:①尊重病人;②知情同意;③有益于病人;④保守秘密。

4. 人类的胚胎是人类的生物学生命,应该得到尊重,但是胚胎不能与人完全等同对待。对人类胚胎干细胞的研究是为了人类的利益,是对生命的最大尊重。

5. 人类干细胞研究应该遵循的伦理道德原则有:①尊重;②知情同意;③安全有效;④防止商品化。

6. 临终关怀的伦理道德意义表现为:①人道主义的升华;②生命神圣、质量与价值的统一;③人类文明的进步和生死观念的更新。对实施临终关怀的医务人员提出的道德要求有6条。

7. 脑死亡的哈佛标准:①反应全部消失;②自主运动和自主呼吸消失;③诱导反射消失;④脑电波平直。宣布脑死亡的附加条件是:①连续观察24小时,并反复观察、测试;②排除外体温过低和服用中枢神经抑制剂。

8. 积极(主动)安乐死与消极(不主动)安乐死的主要区别。在世界上有立法执行安乐死的国家。

命题考点4 有关生命伦理学文献的内容

【历年真题纵览】

A1 型题

1. 出版世界上第一部《医学伦理学》的国家是

A. 英国

B. 美国

C. 德国

D. 中国

E. 法国

参考答案:A

2. 规范全世界精神科医生行为准则的是

A.《希波克拉底誓言》

B.《赫尔辛基宣言》

C.《纽伦堡法典》

D.《纪念白求恩》

E.《夏威夷宣言》

参考答案:E

3. 关于人体实验的国际性著名文件是

A.《夏威夷宣言》

B.《赫尔辛基宣言》

C.《希波克拉底誓言》

D.《东京宣言》

E.《悉尼宣言》

参考答案:B

B1 型题

4.

A.《纽伦堡法典》

B.《赫尔辛基宣言》

C.《希波克拉底誓言》

D.《大医精诚》

E.《伤寒杂病论》

①西方最早的经典医德文献是

②制定有关人体试验的基本原则的是

参考答案:①C ②A

【考点评析】

1. 在《希波克拉底誓言》中,对后世有较大影响的是:①不伤害原则;②为病人利益原则;③保密原则。

2. 孙思邈提出的"大医精诚"的基本内涵。

3. 毛泽东同志在《纪念白求恩》一文中号召学习白求恩同志的国际主义和共产主义精神,学习毫无自私自利,对工作极端负责,对同志、人民极端热忱,对技术精益求精的精神。

4.《纽伦堡法典》是全世界遵循的进行人体实验的行为规范。

5.《赫尔辛基宣言》是一份包括以人作为受试对象的生物医学研究的伦理原则和限制条件,也是关于人体实验的第二个国际文件,比《纽伦堡法典》更加全面、具体和完善。

6.《夏威夷宣言》除了重申医学良心和慎独外,还为精神科医生制定了在医疗、教学和科研实践中应遵循的道德准则,以规范全世界精神科医生的行为。

卫生法规

第一单元　卫生法

命题考点1　卫生法概述

【历年真题纵览】

A1 型题

1. 我国制定和颁布卫生法的机构是
   A. 卫生部
   B. 国务院
   C. 全国政协
   D. 最高人民法院
   E. 全国人大及其常委会

参考答案:E

2. 卫生法的最高宗旨和卫生工作的最终目的是
   A. 保护公民健康
   B. 预防为主
   C. 动员全社会参与
   D. 卫生工作法制化
   E. 祖国传统医学与现代医学并重

参考答案:A

3. 我国卫生立法的重要原则和卫生工作的根本方针是
   A. 促进国际交流
   B. 保护公民健康
   C. 规范卫生工作行为
   D. 预防为主
   E. 推动卫生事业发展

参考答案:D

4. 下列各项,不属卫生法制定基本原则的是
   A. 公平原则
   B. 遵循宪法原则
   C. 依照法定权限和程序的原则
   D. 坚持民主立法的原则
   E. 从实际出发的原则

参考答案:A

5. 卫生法律规范是指
   A. 反映统治阶级意志,由国家制定或认可并以国家强制力保证实施的行为规范的总和
   B. 由国家制定或认可,旨在调整保护人体健康活动中形成的各种社会关系的法律规范的总和
   C. 执政阶级为维护人体健康,通过国家制定或认可的行为规则的总称
   D. 统治阶级为维护人体健康,通过国家制定或认可的行为规则的总称
   E. 执政阶级为维护人体健康,通过国家制定或认可,并用国家强制力保证实施的行为规则的总称

参考答案:E

【考点评析】

1. 卫生法是由全国人大常委会制定和颁布的有关卫生方面的规范性文件,旨在保护人体健康的法律规范的总和。

2. 卫生法的渊源包括宪法、法律、卫生行政法规、地方性卫生法规、卫生部门规章等。

3. 卫生法的基本原则是保护公民身体健康、预防为主、祖国传统医学与现代医学相结合、动员全社会参与卫生工作、国家卫生监督和卫生工作社会化。

命题考点2　卫生行政法规的制定和颁布

【历年真题纵览】

A1 型题

1. 已公布的卫生行政法规是由哪一级机构制定和颁布的
   A. 卫生部
   B. 国务院
   C. 最高人民法院
   D. 地方人民政府
   E. 人民代表大会

参考答案:B

2. 在我国卫生法律体系中,《突发公共卫生事件应急条例》、《医疗事故处理条例》、《中药品种管理条例》等规范性文件属于

A. 卫生法律
B. 卫生规章
C. 卫生行政法规
D. 地方卫生法规
E. 卫生技术法规

参考答案:C

3. 我国卫生法有以下几种表现形式,除了

A. 宪法
B. 卫生法律、规章
C. 技术性法规
D. 政府红头文件
E. 卫生行政法规

参考答案:D

【考点评析】

1. 卫生法规是由全国人大常委会制定和颁布的有关卫生方面的规范性文件。

2. 卫生行政法规是由国务院制定和颁布,或卫生部制定由国务院批准颁布的卫生行政管理和管理事项的规范性文件。

第二单元 卫生法中的法律责任

命题考点1 法律责任的分类

【历年真题纵览】

A1 型题

1. 卫生法中的法律责任,分别是

A. 赔偿责任、补偿责任、刑事责任
B. 经济责任、民事责任、刑事责任
C. 行政处分、经济补偿、刑事责任
D. 行政处罚、经济赔偿、刑事责任
E. 民事责任、行政责任、刑事责任

参考答案:E

B1 型题

2.

A. 财产关系
B. 财产赔偿
C. 民事责任
D. 行政责任
E. 刑事责任

①可以由当事人协商解决的是

②由国家行政管理机关依法追究的是

参考答案:①C ②D

【考点评析】

由于行为人违反卫生法律规范的性质和社会危害的不同,卫生法的法律责任分为民事责任、行政责任和刑事责任三种。

命题考点2 卫生法中的民事责任

【历年真题纵览】

A1 型题

下列各项,不属我国民法通则规定的承担民事责任的方式是

A. 排除妨碍
B. 返还财产
C. 赔偿损失
D. 罚金
E. 赔礼道歉

参考答案:D

【考点评析】

承担民事责任的方式有停止损害;排除妨碍;消除危险;返还财产;恢复原状;修理、重作、更换;赔偿损失;支付违约金;消除影响、恢复名誉;赔礼道歉。

命题考点3 卫生法中的行政责任

【历年真题纵览】

A1 型题

1. 下列各项,不属卫生行政处罚的是

A. 警告
B. 停止损害
C. 罚款
D. 没收违法所得
E. 责令停产停业

参考答案:B

2. 卫生法中的行政处罚,以违反行政管理法规所规定的义务为前提,实施行政处罚的卫生行政主管机关是县级以上的

A. 药品监督管理部门

B. 卫生行政管理部门
C. 司法部门
D. 工商行政管理部门
E. 卫生组织、社会团体

参考答案:B

【考点评析】

1. 行政责任有行政处罚和行政处分两种形式，两者的区别在于:制裁的对象不同、作出决定的机关不同、制裁的方式不同。

2. 行政处罚的方式有警告、罚款、没收违法所得、没收非法财务、责令停产停业整顿、暂扣或吊销许可证、暂停或吊销执照、行政拘留等。

3. 行政处分包括警告、记过、记大过、降级、撤职、开除、留用察看和开除。

命题考点4 卫生法中的刑事责任

【历年真题纵览】

A1 型题

下列各项，不属于我国刑法规定刑罚的种类是
A. 有期徒刑
B. 撤职
C. 管制
D. 罚金
E. 没收财产

参考答案:B

【考点评析】

实现刑事责任的方法为刑罚，分为主刑和附加刑两类;卫生法中须承担的刑事责任共有十二种情况。

第三单元 执业医师法

命题考点1 执业医师的概念和职责

【历年真题纵览】

A1 型题

1.《执业医师法》规定，医师在执业过程中应当履行的职责是
A. 以病人为中心，实行人道主义精神
B. 防病治病，救死扶伤
C. 遵守职业道德，保护患者隐私
D. 树立敬业精神，尽职尽责为患者服务
E. 防病治病，救死扶伤，保护人民健康

参考答案:E

2. 对于《执业医师法》的适用对象，以下说法不正确的是
A. 本法颁布之日前按照国家有关规定取得医学专业技术职称和医学专业技术职务的人员
B. 乡村医生
C. 计划生育技术服务机构中的医师
D. 军队医师
E. 在中国境内申请医师考试、注册、执业或者从事临床示教、临床研究等活动的境外人员

参考答案:E

【考点评析】

执业医师是指依法取得执业医师资格或者执业助理医师资格，经注册在医疗、预防、保健机构中执业的专业医务人员。

命题考点2 医师资格考试的目的

【历年真题纵览】

A1 型题

1. 国家实行医师资格考试制度，目的是检验评价申请医师资格者是否具备
A. 医学专业学历
B. 取得医学专业技术职务的条件
C. 从事医学专业教学、科研的资格
D. 开办医疗机构的条件
E. 从事医学实践必需的基本专业知识与技能

参考答案:E

2. 某临床医学专业研究生刚毕业即擅自开设诊所独立行医。依据《中华人民共和国执业医师法》，其行为属于
A. 个体行医
B. 执业医师行医
C. 执业助理医师行医
D. 未办理手续非法行医
E. 未取得医师资格非法行医

参考答案:E

【考点评析】

《执业医师法》规定:国家实行医师资格考试制

度，考试办法由国务院卫生行政部门规定。通过医师资格考试，说明掌握了基本的专业知识和基本实践技能，具备了行业的准入资格。

命题考点3 申请参加执业医师考试的条件

【历年真题纵览】

A2 型题

1. 王某1998年于医科大学本科毕业分配到市级医院工作，《中华人民共和国执业医师法》颁布3个月后，其依照有关开办医疗机构的规定申请个体开业，依据《执业医师法》卫生行政部门应

A. 批准其个体行医资格申请
B. 要求其应具备主治医师资格
C. 要求其参加国家执业医师资格考试
D. 要求其参加国家执业助理医师资格考试
E. 要求其能保证个体行医质量，才能予以受理申请

参考答案：C

2. 在医疗、保健、预防机构中试用期满一年可参加执业医师资格考试者，应具有的学历是

A. 高等学校医学专科学历
B. 高等学校医学本科学历
C. 中等专业学校医学专业取得执业助理医师资格者
D. 高等学校医学专业专科取得执业助理医师执业证者
E. 中等专业学校医学专业

参考答案：B

【考点评析】

《执业医师法》规定：具有高等学校医学专业本科以上学历，在执业医师指导下，在医疗、预防、保健机构中试用期满一年；取得执业助理医师执业证书后，具有高等学校医学专科学历，在医疗、预防、保健机构中工作满二年的；具有中等专业学校医学专业学历，在医疗、预防、保健机构中工作满五年的可以参加执业医师考试。具有高等学校医学专科学历或者中等专业学校医学专科学历，在执业医师指导下，在医疗、预防、保健机构中试用期满一年的，可以参加执业助理医师资格考试。

命题考点4 医师执业注册的程序和要求

【历年真题纵览】

A1 型题

1. 已经通过执业医师考核，但未经注册取得执业证书的

A. 不得从事医师执业活动
B. 可在预防机构从事医师执业活动
C. 可在保健机构从事医师执业活动
D. 可在执业医师指导下，在预防、保健机构从事医师执业活动
E. 可在执业医师指导下，从事医师执业活动

参考答案：A

2. 根据医师执业注册制度，受理申请医师注册的卫生行政部门在收到注册申请后，应在自收到申请之日起多少日内作出准予注册或不予注册的书面答复

A. 15日
B. 20日
C. 30日
D. 40日
E. 45日

参考答案：C

3. 黄某2001年10月因医疗事故受到吊销医师执业证书的行政处罚，2002年9月向当地卫生行政部门申请重新注册。卫生行政部门经过审查决定对黄某不予注册，理由是黄某的行政处罚自处罚决定之日起至申请注册之日止不满

A. 1年
B. 2年
C. 3年
D. 4年
E. 5年

参考答案：B

B1 型题

4.

A. 执业准入
B. 执业证书
C. 执业注册
D. 执业医师
E. 执业资格

①经国家医师资格考试后准备从事医师诊疗活动还应经

②依法取得医师执业证书的医务人员具备

参考答案:①C ②E

【考点评析】

1. 国家实行医师执业注册制度。

2. 第十三条规定:除第十五条规定的不得给予注册的情况外,受理申请的卫生行政部门应当自收到申请之日起三十日内准予注册,并发给由国务院卫生行政部门统一印制的医师执业证书。

3. 第十四条规定:虽取得医师资格,但未经医师注册取得执业证书,不得从事医师执业活动。

4. 第十五条规定:不具有完全民事行为能力的;因受刑事处罚,自刑罚执行完毕之日起至申请注册之日止不满二年的;受吊销医师执业证书行政处罚,自处罚决定之日起至申请注册之日止不满二年的;有国务院卫生行政部门规定不宜从事医疗、预防、保健业务的其他情形的不予注册。

命题考点5 医师执业变更注册的规定

【历年真题纵览】

A1 型题

1. 医师甲经执业医师注册,在某医疗机构执业。一年后,该医师受聘到另一预防机构执业,其改变执业地点和类别的行为

A. 预防机构允许即可

B. 应到准予注册的卫生行政部门办理变更注册手续

C. 无须经过准予注册的卫生行政部门办理变更注册手续

D. 任何组织和个人无权干预

E. 只要其医术高明,就不受限制

参考答案:B

2. 某中医内科医师经执业医师注册后,在医疗机构执业。以后,该医师进修放射专业知识与技能,并被原医疗机构安排至放射科工作,对其改变执业范围的行为

A. 医疗机构允许即可

B. 应到准予注册的卫生行政部门办理变更注册手续

C. 应到准予注册的上一级卫生行政部门办理变更注册手续

D. 任何组织和个人无权干涉

E. 只要其医术高明,就不受限制

参考答案:B

【考点评析】

《执业医师法》第十七条规定:医师变更执业地点、执业类别、执业范围等注册事项的,应当到准予注册的卫生行政部门办理变更注册手续。

命题考点6 医师享有的权利

【历年真题纵览】

医师在执业活动中不享有的权利是

A. 获得与本人执业活动相当的医疗设备,基本条件

B. 参加专业学术团体

C. 对病人进行无条件临床试验治疗

D. 在执业范围内进行疾病诊查和治疗

E. 接受继续医学教育和技能培训

参考答案:C

【考点评析】

《执业医师法》规定医师在执业活动中享有七项权利。在注册的执业范围内,进行医学诊查、疾病调查、医学处置,出具相应的医学证明文件,选择合理的医疗、预防、保健方案;按照国务院卫生行政部门规定的标准,获得与本人执业活动相当的医疗设备基本条件;从事医学研究、学术交流,参加专业学术团体;参加专业培训,接受继续医学教育;在执业活动中,人格尊严、人身安全不受侵犯;获取工资报酬和津贴,享受国家规定的福利待遇;对所在机构的医疗、预防、保健工作和卫生行政部门的工作提出意见和建议,依法参与所在机构的民主管理。

命题考点7 医师履行的义务

【历年真题纵览】

A1 型题

1.《执业医师法》规定,医师在执业活动中应履行的义务之一是

A. 在注册的执业范围内,选择合理的医疗、预防、保健方案

B. 从事医学研究、学术交流,参加专业学术团体

C. 参加专业培训，接受继续医学教育
D. 努力钻研业务，更新知识，提高专业水平
E. 获得工资报酬和津贴，享受国家规定的福利待遇

参考答案:A

2. 医师签署有关医学证明材料，必须亲自诊查、调查，并按照规定及时填写医学文书，对医学文书及有关材料不得

A. 与同行讨论
B. 用电脑打印
C. 随身携带
D. 向主管医生报告
E. 隐匿、伪造或者销毁

参考答案:E

B1 型题

3.

A. 医师的义务
B. 医师的权利
C. 医师的职责
D. 医师的社会地位
E. 医师的执业条件

①医师履行职责应受全社会尊重受法律保护，体现的是

②医师发扬人道主义精神，救死扶伤，防病治病，体现的是

参考答案:①D　②C

4.

A. 医师在执业活动中，人格尊严、人身安全不受侵犯
B. 医师在执业活动中，应当遵守法律、法规，遵守技术操作规范
C. 对医学专业技术有重大突破，做出显著贡献的医师，应当给予表彰或者奖励
D. 医师应当使用经国家有关部门批准使用的药品、消毒药剂和医疗器械
E. 对考核不合格的医师，可以责令其接受培训和继续医学教育

①属于医师执业权利的是
②属于医师执业义务的是
③属于医师执业规则的是

参考答案:①A　②B　③D

【考点评析】

《执业医师法》规定医师在执业活动中必须履行五项义务:遵守法律、法规，遵守技术操作规范;树立敬业精神，遵守职业道德，履行医师职责，尽职尽责为患者服务;关心、爱护、尊重患者，保护患者的隐私;努力钻研业务，更新知识，提高专业技术水平;宣传卫生保健知识，对患者进行健康教育。

命题考点 8　注销医师注册的规定

【历年真题纵览】

A1 型题

1. 下列哪一项医师注册后不应当撤销

A. 死亡或者被宣告失踪的
B. 受刑事处罚的
C. 受吊销医师执业证书行政处罚的
D. 因参加医师定期考核不合格暂停执业活动期满，再次考核仍不合格的
E. 中止医师执业活动满 1 年的

参考答案:E

2. 对考核不合格的医师，县级以上卫生行政部门可以责令其暂停执业活动

A. 1 个月至 3 个月
B. 3 个月至 6 个月
C. 6 个月至 9 个月
D. 1 年
E. 2 年

参考答案:C

3. 医师在执业活动中，有下列行为之一的，由县级以上人民政府卫生行政部门给予警告或者责令暂停六个月以上一年以下执业活动，情节严重的，吊销其执业证书，除了

A. 由于不负责任延误急危病重患者的抢救和诊治，造成严重后果的
B. 未经亲自诊查、调查，签署诊断、治疗或者出生、死亡等证明文件的
C. 使用未经批准使用的药品、消毒药剂和医疗器械的
D. 使用麻醉药品、医疗用毒性药品、精神药品和放射性药品的
E. 隐匿、伪造或者擅自销毁医学文书及有关资料的

参考答案:D

A2 型题

4. 医师张某，因嫌弃在医院工作工资太少，从医院辞职后从事医药销售工作已有二年，有关卫生行政部门应对其做如何处理

A. 处以罚款 3 000 元

B. 注销注册，收回医师执业证书

C. 处以罚款 1 万元以上

D. 令其在规定期限内回医院工作

E. 以上都不对

参考答案：B

【考点评析】

注册后有下列情形之一的，其所在的医疗、预防、保健机构应当在三十日内报告准予注册的卫生行政部门，卫生行政部门应当注销注册，收回医师执业证书：死亡或被宣告失踪；受刑事处罚的；受吊销医师执业证书行政处罚的；被按规定暂停执业活动期满，再次考核仍不及格的；中止医师执业活动满二年的；有国务院卫生行政部门规定不宜从事医疗、预防、保健业务的其他情形的。被注销注册的当事人有异议的，可以自收到注销注册通知之日起十五日内，依法申请复议或向人民法院提出诉讼。

命题考点 9　执业医师法规定的法律责任

【历年真题纵览】

A1 型题

1. 医师在执业活动中违反卫生行政规章制度或者技术操作规范，造成严重后果的责令暂停执业活动，暂停期限为

A. 3 个月以上 6 个月以下

B. 半年至 1 年

C. 1 年以上，1 年半以下

D. 半年以上，3 年以下

E. 6 个月以上，2 年以下

参考答案：B

2. 未经批准擅自开办医疗机构行医的，承担以下法律责任，除外

A. 没收其违法所得及其药品器械

B. 处以 10 万元以下罚款

C. 对医师吊销执业证书

D. 警告

E. 构成犯罪的，追究刑事责任

参考答案：D

A2 型题

3. 某医生因技术过失致患者组织器官损伤造成功能障碍。在调查中发现其涂改、伪造病案和有关资料，给调查带来极大的困难，情节较为严重。其所在单位采取的措施的是

A. 罚款

B. 责令书面检查

C. 记大过

D. 吊销医师执业资格证书

E. 交有关部门追究刑事责任

参考答案：E

A3 型题

4. 医生刘某看药品经营能挣钱，便与院领导拉关系，请假离岗搞药品销售，时间近三年，对刘某离岗二年以上的行为

①医院应当报告准予注册的卫生行政部门的期限是

A. 离岗满二年的 10 个月内

B. 离岗满二年的 15 日内

C. 离岗满二年的 30 日内

D. 离岗满二年后三个月内

E. 离岗近三年的当时

②医院未按规定履行报告职责，若导致严重后果，由卫生行政部门给予警告，并对该机构的行政负责人给予

A. 行政处分

B. 行政罚款

C. 注销注册

D. 吊销执照

E. 以上都不是

③对刘某的行为，卫生行政部门应当

A. 责令其回岗

B. 注销注册，收回执业证书

C. 允许其自愿选择是否回岗

D. 给予行政处罚

E. 给予行政处分

参考答案：①D　②C　③B

【考点评析】

1.《执业医师法》规定的法律责任有民事责任、行政责任、刑事责任。

2. 医师在执业活动中，出现下列行为：违反卫生行政规章制度或者技术操作规范，造成严重后果的；由于不负责任延误急危重病患者的抢救和诊治，造成严重后果的；造成医疗责任事故的；未经亲自诊查、调查，签署诊断、治疗、流行病学等证明文件或者有关出生、死亡等证明文件的；隐匿、伪造或者擅自销毁医学文书及有关资料的；使用未经批准使用的药品、消毒药剂和医疗器械的；不按照规定使用麻醉药品、医疗用毒性药品、精神药品和放射性药品的；

未经患者或者其家属同意，对患者进行实验性临床医疗的；泄露患者隐私，造成严重后果的；利用职务之便，索取、非法收受患者财物或者牟取其他不正当利益的；发生自然灾害、传染病流行、突发重大伤亡事故以及其他严重威胁人民生命健康的紧急情况时，不服从卫生行政部门调遣的；发生医疗事故或者发现传染病疫情，患者涉嫌伤害事件或者非正常死亡，不按照规定报告的。由县级以上人民政府卫生行政部门给予警告或者责令暂停六个月以上一年以下执业活动；情节严重的，吊销其医师执业证书；构成犯罪的，依法追究刑事责任。

第四单元　药品管理法

命题考点1　药品管理法概述和制定目的

【历年真题纵览】

A1 型题

1. 医师使用的药品、消毒药剂和医疗器械应当是
   A. 所在医疗单位允许使用的
   B. 正式生产的
   C. 有经营权的单位销售的
   D. 经临床证明可以使用的
   E. 经国家有关部门批准使用

参考答案：E

2. 药品管理法规是具体规定药品研制、生产、经营、使用、监督检验规范的法律总和，其监督管理的核心是
   A. 药品配置技术
   B. 药品生产工艺
   C. 药品经营过程
   D. 药品使用情况
   E. 药品质量

参考答案：E

3. 以下哪一项不属于药品的范畴
   A. 生化药
   B. 诊断药品
   C. 中药饮片
   D. 运动药
   E. 中药材

参考答案：D

【考点评析】

药品管理法的立法目的是为加强药品监督管理，保证药品质量，增进药品疗效，保障公民用药安全，维护人体健康。

命题考点2　假药与劣药的含义和区别

【历年真题纵览】

A1 型题

1. 有下列哪一种情形的属于劣药
   A. 药品所含成分的名称与国家药品标准规定不符合的
   B. 超过有效期
   C. 未取得批准文号生产的
   D. 变质不能药用的
   E. 被污染不能药用的

参考答案：B

2. 药品所含成分与国家药品标准规定的成分不符合的是
   A. 劣药
   B. 假药
   C. 残次药品
   D. 仿制药品
   E. 特殊药品

参考答案：B

B1 型题

3.
   A. 劣药
   B. 假药
   C. 残次药品
   D. 仿制药品
   E. 特殊管理药品

①超过有效期的药品是

②所标明的适应证或者功能主治超出规定范围的药品是

参考答案：①A　②B

【考点评析】

1.《药品管理法》规定禁止生产、销售假药。药品所含成分的名称与国家药品标准或者省、自治区、直辖市药品标准规定不符合的；以非药品冒充药品或者以他种药品冒充此种药品的为假药。有下列情形之一的药品按照假药处理：国务院卫生行政部门规定禁止使用的；未取得批准文号生产的；变质不能药用的；被污染不能用的药。

2.《药品管理法》第三十四条规定禁止生产、销售劣药。药品成分的含量与国家药品标准或者省、

自治区、直辖市药品标准规定不符合的；超过有效期的；其他不符合药品标准规定的为劣药。

命题考点3 特殊管理药品分类及作用

【历年真题纵览】

A1 型题

1. 被定义为："连续使用后易产生身体依赖性、能成瘾的药品"是

A. 毒性药品

B. 精神药品

C. 麻醉药品

D. 放射性药品

E. 直接作用于中枢神经系统的药品

参考答案:C

2. 医师除正当诊治外，可用的药品为

A. 副作用很大的药品

B. 精神药品

C. 医疗用毒性药品

D. 放射性药品

E. 麻醉药品

参考答案:A

3. 不属于操作管理的药品是

A. 副作用很大的药品

B. 精神药品

C. 医疗用毒性药品

D. 放射性药品

E. 麻醉药品

参考答案:A

【考点评析】

1.《药品管理法》第三十九条规定：特殊药品包括麻醉药品、精神药品、医疗用毒性药品和放射性药品四类。

2. 直接作用于中枢神经系统，使之兴奋或抑制，连续使用能产生依赖性的药品是精神药品。

命题考点4 麻醉药品和精神药品处方管理

【历年真题纵览】

A1 型题

1. 除特殊需要外，第一类精神药品的处方，每次不超过多少日常用量

A. 一日

B. 三日

C. 五日

D. 七日

E. 十四日

参考答案:B

B1 型题

2.

A. 二日极量

B. 四日极量

C. 二日常用量

D. 三日常用量

E. 七日常用量

①毒性药品每次每张处方不超过

②第一类精神药品每次每张处方不超过

参考答案:①A ②D

【考点评析】

1.《麻醉药品使用管理制度》规定：麻醉药品分为阿片类、可卡因类、大麻类、合成麻醉药类及国家药政主管部门规定的其他易成瘾癖的药品、药用原植物及其制剂。

2. 麻醉药品的每张处方注射剂不得超过二日常用量，片剂、酊剂、糖浆剂等不超过三日常用量，连续使用不得超过七天。

3.《精神药品管理办法》规定：除特殊情况外，第一类精神药品的处方，每次不超过三日常用量，第二类精神药品的处方，每次不超过七日常用量，处方应当留存两年备查。

命题考点5 药品处方管理办法

【历年真题纵览】

A1 型题

1. 药品的每张处方不得超过

A. 一日常用量

B. 二日常用量

C. 三日常用量

D. 五日常用量

E. 七日常用量

参考答案:E

2. 医师开具处方时，除特殊情况外必须注明的是

A. 患者体重

B. 药品的拉丁文

C. 处方药或非处方药

D. 临床诊断

E. 是否为过敏体质

参考答案:D

3. 医疗机构从事药剂技术工作必须配备

A. 保证制剂质量的设施

B. 管理制度

C. 检验仪器

D. 相应的卫生条件

E. 依法经过资格认定的药学技术人员

参考答案:E

B1 型题

4.

A. 白色处方

B. 橙色处方

C. 淡绿色处方

D. 淡红色处方

E. 淡黄色处方

①医疗机构今后印制的处方颜色,儿科处方是

②医疗机构今后印制的处方颜色,麻醉品处方是

参考答案:①C ②D

5.

A. 6 个月

B. 1 年

C. 2 年

D. 3 年

E. 4 年

①普通处方、急诊处方、儿科处方的保存期是

②麻醉药品处方的保存期是

参考答案:①B ②D

【考点评析】

1.《处方管理规定》规定:处方由各医疗机构按规定的格式统一印制。麻醉药品处方、急诊处方、儿科处方、普通处方的印刷用纸应分别为淡红色、淡黄色、淡绿色、白色。

2. 每张处方不得超过五种药品。处方一般不得超过 7 日用量;急诊处方一般不得超过 3 日用量;对于某些慢性病、老年病或特殊情况,处方用量可适当延长,但医师必须注明理由。

3.《处方管理规定》规定:医疗机构审核和调配处方的药剂人员必须是依法经资格认定的药学技术人员。

命题考点 6 药品广告管理

【历年真题纵览】

A1 型题

可以在国家药品监督管理部门指定的医学、药学专业刊物上介绍,但不得在大众传播媒体发布广告的是

A. 非处方药

B. 处方药

C. 进口药品

D. 保健品

E. 贵重药品

参考答案:B

【考点评析】

必须由执业医师开具处方的药品和麻醉精神类药品都不得擅自发布广告。

命题考点 7 药品管理法规定的法律责任

【历年真题纵览】

A2 型题

某药店经营者为贪图利益而销售超过有效期的药品,结果造成患者服用后死亡的特别严重后果,依据《中华人民共和国刑法》,给经营者的刑罚是

A. 处 3 年以下有期徒刑或拘役,并处罚金

B. 处 3 年以上 7 年以下有期徒刑,并处罚金

C. 处 3 年以上 10 年以下有期徒刑,并处罚金

D. 处 10 年以上 20 年以下有期徒刑,并处罚金

E. 处 10 年以上有期徒刑或无期徒刑,并处罚金

参考答案:E

【考点评析】

《药品管理法》规定的法律责任有行政责任、民事责任和刑事责任。《刑法》第一百四十二条规定:生产销售劣药,对人体健康造成严重危害的,处 3 年以上 10 年以下有期徒刑,并处销售金额百分之五十以上两倍以下的罚金;后果特别严重的,处 10 年以上有期徒刑或无期徒刑,并处销售金额百分之五十以上两倍以下罚金或没收财产。

第五单元　传染病防治法

命题考点1　传染病防治法的宗旨和传染病及相关概念

【历年真题纵览】

A1 型题

1. 在传染病的预防工作中，国家实行的制度是
   A. 爱国卫生运动
   B. 有计划的卫生防疫
   C. 预防保健
   D. 有计划的预防接种
   E. 以上都不是

参考答案：D

【考点评析】

1.《传染病防治法》的立法宗旨是为了预防、控制和消除传染病的发生和流行，保障人民健康。

2. 传染病是由多种病原微生物，如细菌、病毒、寄生虫等引起的一种疾病，它可以在人与人、动物与动物或人与动物之间相互传播，具有传染性、流行性和反复性的特点。

3. 医院感染是指住院病人在医院内获得的感染，包括在住院期间发生的感染和在医院内获得出院后发生的感染及医院工作人员在医院内获得的感染。

命题考点2　法定传染病分类

【历年真题纵览】

A1 型题

1. 我国《传染病防治法》将法定管理传染病分为
   A. 甲类2种、乙类25种、丙类10种
   B. 甲类2种、乙类23种、丙类9种
   C. 甲类2种、乙类22种、丙类11种
   D. 甲类2种、乙类20种、丙类13种
   E. 甲类2种、乙类19种、丙类14种

参考答案：A

2. 下列不属于法定乙类传染病的是
   A. 流行性出血热
   B. 流行性脑脊髓膜炎
   C. 急性出血性结膜炎
   D. 流行性乙型脑炎
   E. 猩红热

参考答案：C

【考点评析】

1.《传染病防治法》将传染病分为甲、乙、丙三类。

2. 甲类传染病指：鼠疫、霍乱。

3. 乙类传染病指：传染性非典型肺炎、艾滋病、病毒性肝炎、脊髓灰质炎、人感染高致病性禽流感、麻疹、流行性出血热、狂犬病、流行性乙型脑炎、登革热、炭疽、细菌性和阿米巴性痢疾、肺结核、伤寒和副伤寒、流行性脑脊髓膜炎、百日咳、白喉、新生儿破伤风、猩红热、布鲁菌病、淋病、梅毒、钩端螺旋体病、血吸虫病、疟疾。

4. 对乙类传染病中传染性非典型肺炎、炭疽中的肺炭疽和人感染高致病性禽流感，采取甲类传染病的预防、控制措施和疫情上报要求。

命题考点3　传染病防治方针与管理原则

【历年真题纵览】

A1 型题

1. 传染性非典型肺炎防治工作应坚持的原则是
   A. 预防为主，防治结合，分级负责，依靠科学，依法管理
   B. 预防为主，及时隔离，依靠科学，防治结合，加强监督
   C. 有效预防，宣传教育，加强监测，防治结合，科学管理
   D. 预防控制，分级负责，依靠科学，防治结合，及时隔离
   E. 预防为主，及时控制，科学治疗，统一监测，防治结合

参考答案：A

2. 在传染病的预防工作中，国家实行的制度是
   A. 预防保健制度
   B. 有计划的预防接种制度
   C. 爱国卫生运动
   D. 有计划的卫生防疫
   E. 以上都不是

参考答案：B

【考点评析】

国家对传染病实行预防为主，防治结合，分类管理，依靠科学、依靠群众的防治原则。

命题考点 4 传染病预防与疫情报告

【历年真题纵览】

1. 医疗机构发现法定传染病疫情或者发现其他传染病暴发、流行时,其疫情报告应当遵循的原则是

A. 属地管理

B. 层级管理

C. 级别管理

D. 特别管理

E. 专门管理

参考答案:A

2. 执行职务的保健人员、卫生防疫人员发现下列哪类疾病时,必须按照国务院卫生行政部门规定的时限向当地卫生防疫机构报告疫情

A. 甲类传染病病人和病原携带者

B. 乙类传染病病人和病原携带者

C. 丙类传染病病人

D. 甲类、乙类和监测区域内的丙类传染病病人、病原携带者、疑似传染病的病人

E. 疑似甲类、乙类、丙类病人

参考答案:D

3. 下列各项,不属于法定责任疫情报告人的是

A. 疾病预防控制机构

B. 医疗机构

C. 采供血机构

D. 执行职务的医疗卫生人员

E. 社会福利机构

参考答案:E

4. 疫情责任报告人发现乙类传染病病人、病原携带者或疑似传染病病人时,向发病地卫生防疫机构报告传染病,报告的时限为

A. 城镇于 3 小时内,农村于 6 小时内

B. 城镇于 6 小时内,农村于 10 小时内

C. 城镇于 6 小时内,农村于 12 小时内

D. 城镇于 6 小时内,农村于 24 小时内

E. 城镇于 12 小时内,农村于 24 小时内

参考答案:E

A2 型题

5. 某校住校学生郑某感到不适,几天后确诊患病毒性肝炎。校保健室初步诊治,便安排其去市院住院治疗,并未引起注意。过几天后,又有郑某的同学、班主任教师、军训的军官相继发病。保健室负责人及管理学生的干部为此受到学校的严厉批评。对郑某的发病必须按卫生部规定的时限向当地卫生防疫机构报告疫情的是

A. 郑某

B. 校保健室

C. 班主任老师

D. 军训的军官

E. 学校

参考答案:B

【考点评析】

发现甲类传染病和乙类传染病中的传染性非典型肺炎、炭疽中的肺炭疽、艾滋病、脊髓灰质炎、人感染高致病性禽流感的病原携带者和疑似传染病病人,城镇应于 2 小时内、农村 6 小时内通过传染病疫情监测系统进行报告;发现乙类传染病病人,疑似病人,伤寒和副伤寒、痢疾、梅毒、淋病、乙型肝炎、白喉、疟疾的病原携带者,城镇应于 2 小时内、农村6 小时内通过传染病疫情监测系统进行报告。

命题考点 5 传染病的控制措施

【历年真题纵览】

A1 型题

1. 传染病暴发流行时,必要时当地政府可以采取以下紧急措施,除了

A. 临时征用房屋、交通工具

B. 限制或者停止集市、集会、影剧院演出或者其他人群聚集的活动

C. 停工、停业、停课

D. 封闭被传染病病原污染的公共饮用水

E. 停止一切活动

参考答案:E

2. 医疗机构发现甲类传染病时,对疑似传染病病人,应及时采取的措施是

A. 确诊前在指定场所单独隔离治疗

B. 上报疾病预防控制机构

C. 宣布本行政区域为疫区

D. 向卫生行政部门提出疫情控制方案

E. 封闭可能造成传染病扩散的场所

参考答案:A

B1 型题

3.

A. 鼠疫、霍乱和炭疽

B. 甲类传染病人和病原携带者、乙类传染病

病人中的艾滋病病人、炭疽中的肺炭疽病人

C. 疑似甲类传染病病人

D. 对除了艾滋病病人、肺炭疽患者以外的乙类传染病病人

E. 丙类传染病病人

①须予以隔离治疗的患者是

②哪种病人死亡后必须将尸体立即消毒，就近火化

③在明确诊断前，在指定场所进行医学观察的是

④必须根据病情，采取必要的治疗和控制传播措施的是

参考答案：①B ②A ③C ④D

【考点评析】

1. 发现传染病时的控制措施有隔离措施、紧急措施和特殊措施。

2.《传染病防治法》规定：对甲类传染病病人和病原携带者，乙类传染病中的传染性非典型肺炎、炭疽中的肺炭疽、人感染高致病性禽流感的病人予以隔离。

命题考点6 各级医疗机构、疾病预防控制机构及政府部门在传染病预防控制中的职责

【历年真题纵览】

A1 型题

1. 必须按照国务院卫生行政部门的有关规定，严格执行消毒隔离制度，防止发生院内感染和医源性感染的机构是

A. 疾病控制中心

B. 卫生监督所

C. 预防保健机构

D. 医疗保健机构

E. 卫生行政管理机构

参考答案：D

B1 型题

2.

A. 在必要时可以采取停工、停业、停课等措施

B. 承担本单位及负责地段的传染病预防、控制和疫情管理工作

C. 对甲类传染病疫区实施封锁管理

D. 承担责任范围内的传染病监测管理工作

E. 对违反《中华人民共和国传染病防治法》的行为给予行政处罚

①各级各类卫生防疫机构按照专业分工应

②各级各类医疗保健机构设立的预防保健组织或人员应

参考答案：①D ②B

【考点评析】

《传染病防治法》第五条、第六条、第七条规定：各级人民政府领导传染病防治工作，制定传染病防治规划，并组织实施。各级卫生行政部门对传染病防治工作实施统一监督管理。各级疾病预防控制机构承担传染病监测、预测、流行病学调查、疫情报告以及其他预防、控制工作。各级医疗保健机构承担本单位和责任地段的传染病预防、控制和疫情管理工作。各级各类卫生防疫机构按照专业分工应承担责任范围内的传染病监测管理工作。

命题考点7 违反传染病防治法的法律责任

【历年真题纵览】

A1 型题

1. 因严重违反《传染病防治法》及有关法律规定，按照《刑法》，判处3年以下有期徒刑或拘役，并处或单处罚金的违法犯罪行为是

A. 引起甲类传染病传播或有传播危险的

B. 引起乙类传染病传播或有传播危险的

C. 从事试验、保藏传染病菌种、毒种的人员违反国家规定，造成传染病菌种、毒种扩散，后果严重的

D. 违反过境卫生检疫规定，引起检疫传染病传播或有传播危险的

E. 从事传染病防治工作的人员严重不负责任，导致传染病传播流行的

参考答案：D

2. 某县暴发传染病，县政府主要领导以稳定、发展经济为由，要求并指示有关机构隐瞒传染疫情，造成传染病传播、流行，该主要领导应依法承担的行政责任是

A. 行政处分

B. 行政处罚

C. 行政赔偿

D. 行政拘留

E. 行政裁决

参考答案:A

A2 型题

3. 医生赵某,在门诊值班时发现一患有霍乱病人,但未予以隔离治疗,经诊治后让患者回家,结果使患者家人都患上该病,有关卫生行政部门对其进行行政处分。医生对处分不满,他应该在多长期限内向上一级卫生行政部门申请复议

A. 1 个月内

B. 15 日内

C. 10 日内

D. 60 日内

E. 随时都可以

参考答案:B

【考点评析】

1. 违反《传染病防治法》要负行政责任和刑事责任。

2. 按照《刑法》第三百三十一条规定,从事试验、保藏、携带、运输传染病菌种、毒种的人员违反国家规定,造成传染病菌种、毒种扩散,后果严重的,处予3 年以下有期徒刑或拘役;后果特别严重的,处三年以上七年以下有期徒刑。第三百三十二条规定,违反过境卫生检疫规定,引起检疫传染病传播或有严重传播危险的,处予 3 年以下有期徒刑或拘役,并处或单处罚金。第四百零九条规定,从事传染病防治工作的人员严重不负责任,导致传染病传播或者流行的,情节严重的,处予 3 年以下有期徒刑或拘役。

命题考点 8 制定《医院感染管理规范(试行)》的目的

【历年真题纵览】

A1 型题

制定《医院感染管理规范(试行)》的目的是

A. 有效预防和控制医院感染,保障医疗安全,提高医疗质量

B. 有效预防和控制传染性非典型肺炎的发生和流行

C. 预防、控制和消除传染病的发生与流行,保障公众的身体健康和生命安全

D. 有效预防、及时控制和清除突发公共卫生事件,保障公众的身体健康和生命安全

E. 有效预防和控制疾病,维护正常的社会秩序

参考答案:A

【考点评析】

《医院感染管理规范(试行)》第一条指出,为加强医院感染管理,有效预防和控制医院感染,提高医疗质量,保证医疗安全,特制定本规范。

命题考点 9 医疗废物的定义

【历年真题纵览】

A1 型题

医疗废物,是指医疗卫生机构在医疗、预防、保健及其他相关活动中产生的

A. 麻醉、精神性药品的废弃物

B. 放射性、医疗用毒性物品的废弃物

C. 具有直接或间接感染性、毒性以及其他危害性的废物

D. 医院制剂配制中产生的中药材废渣

E. 普通医疗生活用品废弃物

参考答案:C

【考点评析】

《医疗废物管理条例》所称医疗废物是指医疗卫生机构、预防、保健以及其他相关活动中产生的具有直接或间接感染、毒性以及其他危害性的废物。

第六单元 突发公共卫生事件应急条例

命题考点 1 突发公共卫生事件概述

【历年真题纵览】

A1 型题

1. 下列卫生机构在突发事件发生后追究法律责任的是

A. 履行报告职责及时按程序上报

B. 未及时采取控制措施的

C. 履行突发事件监测职责的

D. 接受接诊病人的红包

E. 服从突发事件应急处理指挥部调度的

参考答案:B

B1 型题

2.

A. 制定全国突发事件应急预案

B. 制定行政区域应急预案

C. 预防控制体系

D. 监测与预警系统

E. 开展突发事件日常监测

①县级以上人民政府建立和完善突发事件

②县级以上人民政府卫生行政主管部门指定机构负责

参考答案:①B ②D

【考点评析】

1.《突发公共卫生事件应急条例》是为了有效预防、及时控制和消除突发公共卫生事件的危害,保障公众身体健康与生命安全,维护正常的社会秩序而制定的。

2. 国家建立统一的突发事件预防控制体系。地方人民政府建立和完善突发事件监测与预警系统。卫生行政主管部门负责开展突发事件的日常监测,并确保监测与预警系统的正常运行。

命题考点2 突发公共卫生事件应急工作的方针与原则

【历年真题纵览】

A1 型题

1.《突发公共卫生事件应急条例》规定,突发事件工作应遵循的原则是

A. 完善并建立监测与预警手段

B. 预防为主,常备不懈

C. 积极预防,认真报告

D. 及时调查,认真处理

E. 监测分析,综合评价

参考答案:B

2. 突发公共卫生事件不应坚持的原则是

A. 分级负责

B. 反应及时

C. 措施果断

D. 依靠科学

E. 加强分工

参考答案:E

【考点评析】

突发事件应急工作应当遵循预防为主、常备不懈的方针,贯彻统一领导、分级负责、反应及时、措施果断、依靠科学、加强合作的原则。

命题考点3 突发公共卫生事件应急的报告与信息发布

【历年真题纵览】

A1 型题

省、自治区、直辖市人民政府在接到应急报告时,凡是应当报告的,应当在几小时内向国务院卫生行政主管部门报告

A. 1 小时

B. 2 小时

C. 3 小时

D. 4 小时

E. 5 小时

参考答案:A

【考点评析】

出现以下情形应该在接到报告 1 小时内上报:发生或者可能发生传染病暴发、流行的;发生或者发现不明原因的群体性疾病的;发生传染病菌种、毒种丢失的;发生或者可能发生重大食物和职业中毒事件的。监测和医疗卫生机构发现应该上报情形之一的,应当在 2 小时内向所在地卫生行政主管部门报告;接到报告的卫生行政主管部门应当在 2 小时内向本级人民政府报告,并同时向上级卫生行政主管部门和国务院卫生行政主管部门报告。各级人民政府应当在接到报告 1 小时内,向国务院卫生行政主管部门报告,国务院卫生行政主管部门负责向社会发布突发事件的信息。

命题考点4 突发事件的应急处理与保障实施

【历年真题纵览】

A1 型题

1.《突发公共卫生事件应急条例》规定,医疗卫生机构应当对传染病做到

A. 早发现、早观察、早隔离、早治疗

B. 早报告、早观察、早治疗、早康复

C. 早发现、早报告、早隔离、早治疗

D. 早发现、早报告、早隔离、早康复

E. 早预防、早发现、早治疗、早康复

参考答案:C

2. 对流动人口中的传染性非典型肺炎病人、疑似病人处理的原则是

A. 就地控制、就地治疗、就地康复

B. 就地隔离、就地治疗、就地康复

C. 就地控制、就地观察、就地治疗

D. 就地隔离、就地观察、就地治疗

E. 就地观察、就地治疗、就地康复

参考答案:D

【考点评析】

1.《突发公共卫生事件应急条例》第四十一条规定:对传染病病人和疑似传染病病人,应当采取就地隔离、就地观察、就地治疗的措施。

2. 第四十二条规定:有关部门、医疗卫生机构应当对传染病做到早发现、早报告、早隔离、早治疗,切断传播途径,防止扩散。

第七单元　医疗事故处理条例

命题考点1　医疗事故概述和具有的特征

【历年真题纵览】

A1 型题

医疗事故的违法性是指行为人在诊断护理中违反

A. 法律

B. 行政法规

C. 技术操作规范

D. 与院方的约定

E. 与病人的约定

参考答案:C

【考点评析】

1. 为了正确处理医疗事故,保护患者和医疗机构及其医务人员的合法权益,维护医疗秩序,保障医疗安全,促进医学科学的发展,制定了《医疗事故处理条例》。

2. 医疗事故是指医疗机构及其医务人员在医疗活动中,违反医疗卫生管理法律、行政法规、部门规章和诊疗护理规范、常规,过失造成患者人身损害的事故。过失行为和人身损害之间存在因果关系。

3. 构成医疗事故过失行为,必须具有违法性和危害性双重特点。违法性是指行为人在诊断护理中违反诊疗护理规章制度和技术操作规程,这些可以是成文的,也可以是约定俗成大家在实践中遵循的,但违法不等于犯罪。

命题考点2　医疗事故的分级

【历年真题纵览】

A1 型题

1. 关于医疗事故,下列哪一条是错误的

A. 医疗事故分为责任事故和技术事故

B. 医疗事故分为四级

C. 二级事故又分为三类

D. 只要行为人有过失,一旦患者死亡就可认定医疗事故

E. 医疗事故发生后,医患双方可协商解决

参考答案:C

B1 型题

2.

A. 造成患者明显人身损害的其他后果的

B. 造成患者轻度残废、器官组织损伤导致一般功能障碍的

C. 造成患者中度残废、器官组织损伤导致严重功能障碍的

D. 造成患者死亡、重度残废的

E. 造成患者死亡的

①构成二级医疗事故的情形为

②构成四级医疗事故的情形为

参考答案:①C　②A

【考点评析】

1. 根据对患者人身造成的损害程度,医疗事故分为四级:一级指造成患者死亡、重度残疾的;二级指造成患者中度残疾、器官组织损伤导致严重功能障碍的;三级指造成患者轻度残疾、器官组织损伤导致一般功能障碍的;四级指造成患者明显人身损害的其他后果的。二级医疗事故又分为二级甲等和二级乙等两类。

2. 医疗事故根据原因分为责任事故和技术事故。医疗责任事故指医务人员因违反规章制度和诊疗护理常规等失职行为为主要原因所致的事故。医疗技术事故指医务人员因专业技术水平和经验不足

为主要原因导致诊疗护理失误所致的事故。

命题考点3 医疗事故的报告与处置

【历年真题纵览】

A1 型题

1. 发生医疗纠纷需要进行尸检的，尸检时间应在死亡

A. 12 小时内
B. 24 小时内
C. 36 小时内
D. 48 小时内
E. 72 小时内

参考答案：D

2. 医疗机构发生重大医疗事故，主管部门接到报告后应依据《医疗事故处理办法》，立即

A. 逐级报告
B. 组织人员对事故进行调查处理
C. 责令当事人书面检查
D. 赔偿损失
E. 提起诉讼

参考答案：B

A2 型题

3. 病人甲输液中发生反应，经对症处置，症状消失，当天夜里出现心悸，呼吸困难，晨5时死亡。家属认为是医院的责任，拒不从病房移走尸体。第二天上午上班，院方决定做尸检，请法医魏某做。下午魏某告知院方因紧急会务不能去做，家属也不同意尸检，第三天又请到法医李某，经与家属协商，第四天进行了尸检，李某未能对死因作出解释。使纠纷无法结论，对这一结果

A. 只能以死因不明定论
B. 魏某承担因拖延而迟延尸检，无法结论的结果
C. 李某承担因未作出解释而无法结论的结果
D. 院方承担因请人不当而无法结论的结果
E. 家属承担因不同意尸检延迟尸检而无法结论的结果

参考答案：E

【考点评析】

1. 患者有权复印部分病历材料，严禁涂改、伪造、隐匿、销毁或抢夺病历。医疗机构要按规定书写并保管病历。

2. 发生导致患者死亡或可能为二级以上的医疗事故；导致3人以上人身损害后果的；有规定要上报的情形必须在12小时内上报。

3.《医疗事故处理条例》第十八条规定：患者死亡，医患双方当事人不能确定死因或者对死因有异议的，应当在患者死亡后48小时内进行尸检；具备尸体冻存条件的，可以延长至7日。尸检应当经死者近亲属同意并签字。

命题考点4 医疗事故技术的鉴定

【历年真题纵览】

A2 型题

1. 某患者因剧烈腹痛到乡卫生院就诊，因医生诊断、治疗错误，造成该患者功能障碍，经县医疗事故鉴定委员会鉴定为“三级医疗事故”。其家属对鉴定结论持有异议，认为应属“二级医疗事故”。该事故进一步处理解决的正确程序是

A. 接到结论通知书十五日内，向法院提起行政诉讼
B. 由县级医疗事故鉴定委员会重新鉴定
C. 接到结论通知书十五日内，向上一级卫生行政部门申请复议
D. 由当事人所在的医院与患者家属协商解决
E. 此鉴定为最终鉴定结论，上报有关部门备案

参考答案：C

B1 型题

2.

A. 处理医疗事故工作
B. 首次医疗事故鉴定工作
C. 再次医疗事故鉴定工作
D. 申请再次鉴定
E. 医疗事故赔偿

①省级地方医学会负责组织
②县(市)、区及地方医学会负责组织

参考答案：①C ②B

3.

A. 24 小时内
B. 48 小时内
C. 15 日内
D. 30 日内
E. 45 日内

①凡发生医疗事故或事件，临床诊断不能明确死亡原因的，病人死亡后对其进行尸解的期限要求是

②对医疗事故技术鉴定委员会所作的结论不服的，病员及其家属和医疗单位在接到结论之日起，可以申请重新鉴定的期限要求是

参考答案：①B ②C

【考点评析】

1. 负责组织医疗事故技术鉴定工作的医学会，应当自受理医疗事故技术鉴定之日起5日内，通知医疗事故争议双方当事人提交进行医疗事故技术鉴定所需的材料。当事人应当自收到医学会的通知之日起10日内提交有关医疗事故技术鉴定的材料、书面陈述及答辩。

2. 医疗事故技术鉴定书内容应当包括：双方当事人的基本情况及要求；当事人提交的材料和负责组织医疗事故技术鉴定工作的医学会的调查材料；对鉴定过程的说明；医疗行为是否违反医疗卫生管理法律、行政法规、部门规章和诊疗护理规范、常规；医疗过失行为与人身损害后果之间是否存在因果关系；医疗过失行为在医疗事故损害后果中的责任程度；医疗事故等级；对医疗事故患者的医疗护理医学建议。

命题考点5 不属于医疗事故的法定情形

【历年真题纵览】

A1 型题

1. 下列情形中属于医疗事故的是
   A. 诊疗护理过失，虽未造成死亡、残废、功能障碍，但对健康造成一定损害，延长了治疗时间
   B. 由于病情突然变化而发生意外
   C. 因病人体质特殊而发生难以防范的后果
   D. 对解剖关系辨不清，误伤邻近重要器官，造成功能障碍
   E. 发生难以预料的并发症

参考答案：D

A2 型题

2. 内科医生王某，在春节探家的火车上遇到一位产妇临产，因车上无其他医务人员，王某遂协助产妇分娩。在分娩过程中，因牵拉过度，导致新生儿左上肢臂丛神经损伤。王某行为的性质为
   A. 属于违规操作，构成医疗事故
   B. 属于非法行医，不属医疗事故
   C. 属于超范围职业，构成医疗事故
   D. 属于见义勇为，不构成医疗事故
   E. 虽造成不良后果，但不属医疗事故

参考答案：E

3. 患者，女，34岁。因咳嗽、发热2天到卫生院就诊，经诊断为上呼吸道感染，给予肌内注射链霉素0.5 g。10分钟后，患者面色苍白，呼吸急促，继而抽搐、昏迷，即行紧急抢救，40分钟后，呼吸心跳停止。患者死后，其家属认为该院未对患者做皮试就进行注射，是院方责任。根据《医疗事故处理办法》，这是一起
   A. 医疗技术事故
   B. 医疗责任事故
   C. 严重医疗差错
   D. 医疗意外
   E. 并发症

参考答案：D

A3 型题

4. 患者朱某因阑尾炎住院，医生甲认为应当立即手术，朱某不同意，要求保守治疗。至第二天晚间，发生阑尾炎穿孔，急行手术。术者医生乙告知患者，由于没及时手术，已形成严重腹膜炎，后遗症难免。术后几天中，朱某一直腹痛。主治医生丙认为是腹膜炎所致，未予特殊处理。后发现是腹内遗留一把止血钳所致。

①造成术后腹痛的性质属于
   A. 患者不配合
   B. 医疗意外
   C. 医疗差错
   D. 医疗事故
   E. 难以避免的并发症

②对造成术后腹痛这一后果应承担责任的是
   A. 患者朱某
   B. 医生甲
   C. 术者乙
   D. 主治医生丙
   E. 以上都不是

③患者和医疗单位对此事性质的确认和处理有争议时，可
   A. 由医疗单位组织专家鉴定并最终处理
   B. 由当地医疗事故技术鉴定委员会鉴定并处理

C. 由当地医疗事故技术鉴定委员会鉴定，医疗单位处理

D. 由当地医疗事故技术鉴定委员会鉴定，卫生行政部门处理

E. 由卫生行政部门鉴定并处理

参考答案：①D　②C　③D

【考点评析】

在诊疗护理中，不属于医疗事故的情形有：①在紧急情况下为抢救垂危患者生命而采取紧急医学措施造成不良后果的；②在医疗活动中由于患者病情异常或者患者体质特殊而发生医疗意外的；③在现有医学科学技术条件下，发生无法预料或者不能防范的不良后果的；④无过错输血感染造成不良后果的；⑤因患方原因延误诊疗导致不良后果的；⑥因不可抗力造成不良后果的。

命题考点6　医疗事故的法律责任

【历年真题纵览】

A2 型题

1. 某医院发生一起重大医疗过失行为，造成患者冯某死亡，鉴定为一级医疗事故。冯父、冯妻、冯妹及堂兄、表弟等6人从外地赶来参加了医疗事故的处理。根据《医疗事故处理条例》规定，医院对参加事故处理的患者近亲属交通费、误工费和住宿费的损失赔偿人数不超

A. 二人

B. 三人

C. 四人

D. 五人

E. 六人

参考答案：A

B1 型题

2.

A. 造成医疗责任事故、情节严重的

B. 隐匿、伪造或者擅自销毁医学文书，构成犯罪的

C. 造成医疗技术事故、情节严重的

D. 受刑事处罚的

E. 考核不合格的医师

①给予刑事处罚

②开除

③注销注册、收回医师执业证书

④责令暂停执业活动3～6个月

参考答案：①B　②C　③D　④E

3.

A. 医疗事故损害后果与患者原有疾病状况之间的关系

B. 患者的经济状况

C. 患者亲友在纠纷处理过程中的态度

D. 无过错输血感染造成的不良后果

E. 医患双方协商解决

①医疗事故赔偿确定具体赔偿数额，应当考虑的因素是

②对发生医疗事故的赔偿等民事责任争议问题处理时，可以考虑的方式是

参考答案：①A　②E

【考点评析】

1. 医疗事故的法律责任有民事责任、行政责任、刑事责任。

2. 医院对参加事故处理的患者近亲属交通费、误工费和住宿费的损失赔偿人数不超过二人。

第八单元　中医药条例

命题考点1　《中医药条例》的制定目的与适用范围

【历年真题纵览】

A1 型题

1.《中华人民共和国中医药条例》明确对中医药发展的政策是国家

A. 保护、支持、发展中医药事业

B. 保护、扶持、发展中医药事业

C. 保护、发展中医药事业

D. 扶持、发展中医药事业

E. 积极保护中医药事业

参考答案：B

2. 制定《中华人民共和国中医药条例》的核心目的是

A. 保护人体健康

B. 保护传统医药学

C. 发展传统医药学

D. 继承创新中医药

E. 保持中医药特色

参考答案：A

【考点评析】

1. 为了继承和发展中医药学，保障和促进中医药事业的发展，保护人体健康，制定了中医药条例。

2. 保护人体健康是《中医药条例》立法的根本目的，是中医药事业发展的核心导向，也是中医药人员的职责。

命题考点2 发展中医药事业的方针、原则、政策

【历年真题纵览】

A1 型题

为全面发展中医药事业，国家鼓励中西医

A. 相互支持、相互帮助、共同发展

B. 相互学习、相互补充、共同提高

C. 相互交流、相互学习、共同提高

D. 相互发展、相互交流

E. 相互学习、保持中医优势

参考答案：B

【考点评析】

1.《中医药条例》第三条规定：国家保护、扶持、发展中医药事业，实行中西医并重的方针，鼓励中西医相互学习、相互补充、共同提高，推动中医、西医两种医学体系的有机结合，全面发展我国的中医药事业。

2. 发展中医药事业应当遵循继承与创新相结合的原则，保持和发扬中医药特色和优势，积极利用现代科学技术，促进中医药理论和实践的发展，推进中医药现代化。

3. 各级人民政府应当逐步完善城乡中医医疗、预防、保健、康复体系，将中医医疗机构的建设纳入区域卫生规划并统筹设置。各级综合医院应当设置中医科室和一定数量的中医病床。

命题考点3 中医医疗机构的管理与要求

【历年真题纵览】

A1 型题

《中华人民共和国中医药条例》规定，依法设立的社区卫生服务中心（站）和乡镇卫生院等城乡基层卫生服务机构，应当能够

A. 开展各项中医药业务活动

B. 提供中医医疗服务

C. 提供康复服务活动

D. 进行现代设备诊断服务

E. 提供保健咨询业务

参考答案：B

【考点评析】

《中医药条例》第十条规定：依法设立的社区卫生服务中心（站）和乡镇卫生院等城乡基层卫生服务机构，应当能够提供中医医疗服务。

命题考点4 中医药教育和科研

【历年真题纵览】

A1 型题

1. 下列各项，不属承担中医药专家学术经验和技术专长继承工作的指导老师应具备的条件是

A. 具有大学本科以上学历

B. 具有较高学术水平和丰富的实践经验、技术专长

C. 具有良好的职业品德

D. 从事中医药专业工作30年以上

E. 担任高级专业技术职务10年以上

参考答案：A

B1 型题

2.

A. 中药技术人才

B. 中医从业人员

C. 中医医疗机构

D. 中医药教育机构

E. 中医药科研机构

①应当符合国家规定的设置标准，并建立符合国家标准的临床教学基地的是

②国家鼓励开展中医药专家学术继承工作，培养高层次的中医临床人才和

参考答案：①D ②A

【考点评析】

《中医药条例》第十五、十六条规定：设立各类中医药教育机构，应当符合国家规定的设置标准，并建立符合国家标准的临床教学基地。国家鼓励开展中医药专家学术继承工作，培养高层次的中医临床人才和中药技术人才。

第九单元　医务人员医德规范及卫生行业作风建设

命题考点 1　医德规范的制定目的和内容

【历年真题纵览】

A1 型题

1. 医德规范是指导医务人员进行医疗活动的
   A. 技术规程
   B. 技术标准
   C. 行为准则
   D. 思想准则
   E. 思想和行为准则

参考答案:E

2. 下列哪一项不属于医德规范的内容
   A. 为病人保守医密
   B. 尊重病人的权利与人格
   C. 减少病人的经济负担
   D. 互学互尊,团结协作
   E. 严谨求实,奋发进取,钻研技术,精益求精

参考答案:C

【考点评析】

1. 医德规范是指导医务人员进行医疗活动的思想和行为准则。

2. 医德规范的具体内容有救死扶伤,实行社会主义的人道主义;尊重患者的人格与权利;文明礼貌服务;廉洁奉公;为病人保密;互学互尊、团结协作;钻研技术、精益求精。

命题考点 2　卫生行业作风建设的内容

【历年真题纵览】

A1 型题

下列哪一个不是卫生行业建设存在的问题
   A. 收受回扣
   B. 开单提成
   C. 开大处方
   D. 无效检查
   E. 先进诊断

参考答案:E

【考点评析】

1. 为切实加强医德医风建设,纠正医疗服务领域中收受药品回扣、“红包”、“开单提成”、乱收费等不正之风,努力树立行业作风新形象,全面加强行业作风建设,卫生部制定了《关于加强卫生行业作风建设的意见》,明确重申卫生行业纪律,对违反卫生行业纪律的行为要依法依纪严肃查处。

2. 医务人员严禁在医疗活动中收取药品生产或经营单位发放的“临床促销费、开单费、处方费、统方费”等形式的变相回扣,严禁利用处方权为个人牟私利,切实做到合理用药、合理检查、合理治疗。

命题考点 3　违规人员的处罚

【历年真题纵览】

A2 型题

某医师,在去年 8 月至今年 6 月的执业活动中,为了从个体推销商手中得到好处,多次使用未经批准的药品和消毒药剂,累计获得回扣 8 205 元。根据《执业医师法》的规定,应当依法给予该医师的行政处罚是
   A. 警告
   B. 责令暂停 9 个月执业活动
   C. 罚款 1 万元
   D. 吊销执业证书
   E. 没收非法所得

参考答案:D

【考点评析】

《通知》规定:各级卫生行政部门要加强领导、监督和检查,对整顿后仍违反规定的人员,要停止 6 ~ 12 个月的处方权,并记入本人年度考核登记表,作为执业医师资格审定的重要依据之一,情节严重的要给予相应的行政处分,构成犯罪的要移送司法机关追究刑事责任。